내 이름은
데몬 코퍼헤드

내 이름은
데몬
코퍼헤드

바버라 킹솔버 장편소설 | 강동혁 옮김

DEMON

COPPERHEAD

은행나무

생존자들을 위하여

"현재에 어느 정도 영향을 끼치지 않는 과거를
떠올리는 것은 무의미한 일이다."
— 찰스 디킨스,《데이비드 코퍼필드》

차례

일러두기

1. 원문에서 이탤릭체로 강조한 경우 고딕체로 표기했고, 대문자로 강조한 경우 진하게 표시했다.
2. 본문 하단의 각주는 모두 옮긴이의 것이다.

1

일단 나는 알아서 태어났다. 내 탄생을 지켜보려고 모인 사람들이 꽤 되긴 했다. 그러나 그 사람들은 언제나 그렇게 모이는 정도로 끝이었다. 최악의 임무는 내게 맡겨졌다는 말이다. 엄마는 말하자면 정신이 나가 있었다.

평범한 날에 사람들이 본 엄마는 바깥에, 트레일러 주택 덱에 있는 모습이었다. 선량한 이웃들이 골칫거리가 될 만한 것을 찾아 이리저리 집적대다 보면 엄마를 보게 되는 것이다. 늦여름과 가을의 구린 공기 저 너머로, 산 위로 시선을 들면 엄마가 거기 있게 마련이었다. 탈색한 금발에 팰맬 담배를 피우며. 산 위에 있는 배의 선장인 것처럼 난간에 매달려서, 이제는 그 배가 가라앉을 시간이 된 것처럼. 우리가 지금 이야기하는 사람은 열여덟 살 소녀다. 완전히 혼자이고 누가 봐도 임신한 상태다. 엄마가 그런 식으로 모습을 드러내지 못한 날, 엄마를 찾아가 문을 두드리고 트레일러 안으로 쳐들어가 화장실에 기절해 있는 엄마를 발견하는 일은 낸스 페곳에게 맡겨졌다. 엄마의 오물이 사방에 널브러져 있었고 난 이미 나오는 중이었다. 물고기 색깔의 미끌미끌한 볼모처럼 플라스틱 타일 바닥의 때를 묻혀가며 꿈틀거리면서 버둥댔다. 나는 아직, 아기들이 진짜 인생을 살기 전에 들어가서 떠다니는 그 주머니* 안에 있었다.

페곳 아저씨는 바깥에 트럭을 세워두고 있었다. 저녁 예배를 드리러 가던 중에, 아마 자기가 살면서 여자들을 기다리느라 얼마나 많은 시간을 썼는지 생각하고 있었을 것이다. 아저씨의 아내가, 임신한 그 계집애가 다시 술에 취했는지 살펴봐야 하니 예수 놀이는 좀 기다렸다가 하자고 했을지도 모르겠다. 페곳 아줌마는 변죽을 울리는 여자가 아니었고, 필요하다면 예수 그리스도에게도 똑바로 앉아서 머리나 예쁘게 올리고 있으라고 말했을 것이다. 페곳 아줌마는 가엾은 어린애가 화장실에 있으며 낭에서 빠져나오려 발버둥 치는 중이라고, 911에 전화를 걸라고 외치며 되돌아 나왔다.

그때의 나는 새파란 꼬마 프로 권투선수 같았다. 그게 나중에 페곳 아저씨가 우리 엄마 인생 최악의 날을 스스럼없이 이야기할 때의 단어였다. 내게 눈길을 준 최초의 사람들에게 내가 그렇게 보였다면야 받아들여야 할 것이다. 꼬마 권투선수 같아 보였다는 말은 싸워볼 기회가 있다는 뜻이다. 희박한 확률이라는 건 안다. 사람들이 엄마가 밀어낸 아이의 따귀를 때리며 살아 있는 시늉이라도 해보라고 하는 동안 엄마가 자기 소변과 약병 사이에 뒹굴고 있었다면 그 녀석은 파멸할 가능성이 크다. 약쟁이한테서 태어난 아이는 약쟁이가 된다. 그는 절대 알고 싶지 않은 모든 존재로 자라난다. 썩은 치아, 생기를 잃은 눈, 어딘가로 도망가버릴 거라 생각했는지 차고에 공구를 넣고 문을 잠가버리는 골칫거리, 경치 좋은 고속도로에서 한참 물러난 곳에

*   태아를 둘러싼 반투명의 얇은 막인 '양막'을 뜻한다.

쭈그려 있는 모텔을 주 단위로 빌려 전전하는 생활. 더 좋은 것들을 가질 가능성을 바랐다면, 이 녀석은 알아서 어떤 부유하거나 똑똑하거나 기독교인인, 약쟁이가 아닌 부류의 엄마에게서 태어났어야 한다. 다들 말하듯, 이 세상에 태어나는 자는 밖으로 나오는 순간부터 승자로든 패자로든 낙인찍힌다.

하지만 나는, 이 몸께서는 슈퍼히어로의 구조를 받을 개자식으로 태어나셨다. 아니, 그런 작품이 아직 존재하긴 하던가? 우리 트레일러 주택이라는 유니버스에? 아니면 슈퍼히어로들은 모두 스몰빌**을 떠나 더 큰 액션을 찾으러 갔을까? 구원하느냐 구원받느냐, 그것이 문제로다. 마지막 페이지에 이르기까지 당신은 이게 끝은 아니겠지, 싶은 마음으로 이 글을 읽게 될 것이다.

이 모든 일이 일어난 날은 수요일이었다. 나쁜 수요일로 예정된. 슬픔 등등으로 가득 찬. 거기에 더해 나는 태아용 지퍼백에 여전히 들어 있는 채로 나왔다. 그래도. 페곳 아줌마의 말에 따르면 낭에 담긴 채 태어나면 한 가지 행운이 따른다. 그건 절대 물에 빠져 죽지는 않으리라는 신의 약속이다. 구체적인 약속. 그래도 약물 과용으로 죽거나 운전석에 앉은 채 운전대에 꽂혀 까맣게 타 죽을 수는 있다. 하긴 자기 머리를 날려버릴 수도 있다. 하지만 내가 마지막 숨을 거두지 않을 곳이 딱 한 군데 있다면 물속이다. 감사합니다, 주님.

이 모든 게 관계된 건지는 모르겠지만 난 언제나 바다가 좋았다. 보통 아이들은 공룡이나 그 비슷한 뭔가의 제조사와 모델명을 모조리 외우는 데 집착한다. 나한테는 그 '뭔가'가 고래와 상어였다. 지금

** 〈슈퍼맨〉의 클라크 켄트가 슈퍼맨이 되기 전에 살았던 가상의 마을.

도 나는 아마 평범한 수준 이상으로 물에 대해 생각할 것이다. 물속을 떠다니면서, 파란색이라는 색깔 자체에 대해서, 물고기에게는 그 파란색이 전부라는 사실에 대해서. 공기와 소음과 사람과 우리의 그 중요하다는 정신없는 헛소리들은 기껏해야 사소하고 짜증스러운 자극일 뿐이다.

실물로 바다를 본 적은 없다. 그냥 사진만, 파도가 솟아올라 도서관 컴퓨터로 흘러넘치는, 최면이 걸릴 듯한 화면만 봤다. 그러니 내가 바다에 대해 뭘 알겠는가? 아직도 바다의 모래투성이 턱수염을 딛고 서서 그 눈동자를 들여다보지 못했는데? 지금도 나를 산 채로 삼키지 않을 게 확실한, 단 하나의 큰 존재를 만날 때만 기다리고 있는데.

루얼린 탄광촌과 라이트 푸어*라고 불리는 정착지 사이에 있는 리 카운티의 한가운데 활기 없는 곳, 두 개의 가파른 산 사이에 있는 도로 꼭대기가 우리의 단칸 트레일러가 있던 곳이다. 나는 차마 헤아리고 싶지 않을 만큼 오랜 시간을 그 숲속에서 매곳**이라는 이름의 소년과 함께 시냇물을 헤치고 다니며 큰 돌덩이를 뒤집고 초능력자 놀이를 하면서 보냈다. 고를 것이야 많았지만 확실히 DC보다는 마블 히어로가 좋았다. 울버린이 가장 좋았고. 반면 매곳은 스톰을 고르곤 했는데, 스톰은 여자였다. (훌륭한 능력을 가진 돌연변이였지만 그래도.) 매곳은 맷 페곳을 줄인 말로, 뻔한 얘기지만 내 생일 파티 때 비명을 질렀던 페곳 아줌마와 혈연관계였다. 아줌마가 매곳의 할머니였다. 페곳 아줌마는 매곳과 내가 '옆집에 사는 거친 아이들'로 지낸

---

*   Right Poor. '그야말로 가난하다'라는 뜻.
**   Maggot. '구더기'라는 뜻.

이유였다. 하지만 그렇게 되려면 일단 녀석이 태어나야 했다. 매곳은 나보다 조금 앞서서 태어났다. 그다음에는 녀석의 엄마가 구칠랜드 여자 교도소에서 긴 휴가를 보내는 동안 녀석이 페곳 아줌마에게 맡겨져야 했다. 우리한테는 어린애 인생 하나쯤 거뜬히 망쳐버릴 사연이 있다. 하지만 그 이야기를 하는 건 하나의 연구 과제다.

우리가 사는 이곳은 코퍼헤드라는 독사가 득시글거리는 곳으로 잘 알려져 있었다. 사람들이야 늘 자기가 뭘 아는 줄 아니까. 하지만 내가 아는 진실은 다르다. 뱀이 즐겨 엎드려 있는 모든 바위 주변을 기어다니며 보낸 세월 동안 우리는 코퍼헤드를 한 마리도 보지 못했다. 그래, 뱀은 항상 있었다. 하지만 뱀에도 종류라는 게 있다. 일단 흔하고 점박이 무늬가 있는 종류는 워터 데블이라는 놈이다. 쉽게 성을 내니 녀석의 성질을 건드리는 실수를 하면 빠르게 공격한다. 하지만 물려봤자 개한테 물리거나 벌에 쏘인 것만 못하다. 이 물뱀 한 놈이 다가오면 두개골 속 작은 옷장에 저장해둔 모든 욕설을 외치게 된다. 그런 다음에는 피를 닦고 막대기를 집어 들고 어댑토이드*** 놀이를 계속하며, 이끼 낀 사악한 그루터기를 후려치면 된다. 하지만 코퍼헤드한테 공격당하면, 뭐든 그날 하려고 했던 일은 끝장이다. 물린 손이나 발이 끝장날 수도 있고. 그러니까 보이는 뱀이 무엇인지는 대단히 중요하다.

주의를 기울이면 한 가지 단서로 다른 것을 알아낼 수 있다. 누구든 비글과 양치기 개는 분간할 수 있다. 빅맥과 와퍼도. 그 말은 개도 중요하고 햄버거도 중요하지만 뱀은, 미친, 뱀이라는 뜻이다. 엄마의

*** 마블 코믹스에서 쓰이는 용어로, 다른 존재의 초능력을 흉내 내거나 응용할 수 있는 인공물 혹은 안드로이드를 뜻한다.

식료품 할인 구매권 봉투에 적힌 우리 집 주소를 볼 때마다 식료품점 계산원들은 우리 골짜기가 코퍼헤드로 가득하다고 말했다. 스쿨버스 기사도 들어오고 나갈 때마다 내 뒤로 문을 쾅 닫으며 그렇게 내뱉었다. 꼭 코퍼헤드의 뾰족한 뱀 얼굴에 대고 문을 닫는 것 같았다. 사람들은 위험에 처한 사람이 상대방이고 자기가 축복해주는 입장일 때는 위험을 기꺼이 믿는다.

내가 그 모든 축복의 밑바닥에 이르기까지 여러 해가 오고 또 갔다. 축복이 전부 뱀에 관한 것은 아니었다. 엄마가 재활 치료 센터에서 배운 말을 빌리자면, 엄마는 '나쁜 선택'을 했다. 장담하는데, 한두 가지 나쁜 선택을 한 게 아니다. 그리고 그중에는 코퍼헤드라는 남자가 있었다. 추정컨대 그는 멜런전* 특유의 검은 피부와 밝은 녹색 눈에 더해, 시선을 끄는 붉은 머리카락의 소유자였을 것이다. 엄마의 말에 따르면 그는 동전처럼 반짝거리는 그 빨간 머리를 길게 기르고 다녔다. 그런 말을 하는 걸 보면 엄마도 상태가 보통은 아니었던 것 같지만. 코퍼헤드의 오른팔에는 뭔가에 두 번 물린 자리를 휘감은 뱀 문신이 있었다. 첫 번째는 교회에서, 코퍼헤드가 어린아이였을 때, 뱀 다루기**를 하는 가족들 사이에서 남성성을 증명하려다 물린 것이었다. 두 번째는 나중에, 주님의 시선에서 멀리 떨어진 곳에서 물린 것이고. 엄마는 코퍼헤드에게 당시의 기억을 떠올리게 하는 문신은 필요하지 않았다고, 마지막 순간까지 그 팔이 코퍼헤드를 괴롭혔다고 말했다. 코퍼헤드는 내가 태어나기 전 그해 여름에 죽었다.

---

*   미국 남동부에 사는 인종으로, 확실하지는 않으나 유럽과 아프리카, 아메리카 원주민의 혼혈로 추정된다.

**   미국 일부 지역의 기독교 분파에서 신의 보호를 믿는다는 것을 보이고자 의례적으로 하는 행동으로, 성경을 문자 그대로 해석한 교리에 따른 것이다.

엉망진창이었던 내 생일에는 수많은 사람들이 놀라 구급차를 불렀고, 그다음에는 아동복지 센터 차량이 몬스터 트럭 진흙탕 경주 때처럼 몰려들었다. 하지만 내가 이런 눈을, 이런 머리카락을 가지고 자라나는 걸 보고 놀랄 사람은 없었을 것이다. 문신을 한 채로 태어났으면 모를까.

엄마는 내가 태어난 날을 자기 나름대로 기억한다. 나는 그 말을 한 번도 믿지 않았다. 엄마야 그 사건이 일어났을 때 정신을 잃었으니까. 낭 안에 들어 있기도 했고 신생아였다는 점을 생각하면 나 역시 목격자라고 할 수는 없겠지만. 대신 난 페곳 아줌마의 이야기를 알았다. 그리고 페곳 아줌마와 우리 엄마와 하루라도 보내보면 둘 중 어느 복권이 당첨인지 알게 된다.

엄마의 이야기는 이랬다. 내가 태어난 날, 아기 아빠의 어머니가 난데없이 나타났다. 그 여자는 엄마가 만나본 적도 없고 만나고 싶지도 않았던, 아무도 아닌 사람이었다. 엄마도 그 가족에 대해 들은 얘기가 있었으니까. 뱀을 다루는 침례교도라는 건 시작에 불과했다. 그 가족에게는 서로를 곤죽이 되도록 패버리는 인간들, 아내를 허리띠로 때리는 남편들, 뭐든 손에 잡히는 물건으로 아이를 구타하는 어머니들이 있다고 했다. 그 물건 중 다름 아닌 성경이 있었다는 데는 의심의 여지가 없었고. 이 점에 관해서 나는 엄마 말을 믿었다. 너무 독실해서 뱀들을 주고받는 사람들이 멍든 눈도 주고받는다는 얘기야 이상할 게 없었으니까. 처음 듣는 이야기라고? 그럼 당신은 사막은 술이 존재하지 않는 곳이라고도 생각할지 모르겠다. 그러나 남서부 버지니아에서 일어나는 지랄 맞은 일은 한두 가지가 아니다.

그 여자가 나타났을 때 엄마는 고통으로 정신이 나가 있었다고 한다. 그날 뜬금없이 산통인가 뭔가가 찾아왔다. 최악의 진통을 무디게 해보겠다는 생각에 엄마는 정오가 되기 전에 시그램 위스키를 마셨다. 술을 더 마시려면 눈을 뜨고 있어야 하니까 화이트크로스*도 충분히 먹었고. 그 모든 게 좀 과해지자 바이코딘**도 좀 먹었다. 고개를 들어보니 낯선 사람의 얼굴이 화장실 창문에 너무 바짝 붙어 있었다. 입이 똥구멍처럼 보일 정도로. (엄마가 쓴 말이다. 상상은 당신 자유다.) 그 여자는 쿵쾅거리며 트레일러를 빙 돌아 현관으로 와 지옥의 유황불을 싣고 엄마에게 쳐들어온다. 전능하신 주님께서 자궁에 넣어주신 순결한 어린양에게 무슨 짓을 하는 거냐? 그 여자는 죽은 아들의 하나밖에 없는 자식을 이 악덕의 소굴에서 꺼내 품위 있게 키우려고 온 터였다.

엄마는 늘 내가 그 운명을 아슬아슬하게 피했다고 장담했다. 그 여자가 나를 휙 채 가서 테네시주 오픈 애스***에 사는, 웬 야만적인 광신도 무리와 함께 살도록 할 뻔했다는 것이다. 오픈 애스라는 지명에는 내가 손을 좀 댄 거다. 엄마는 아빠의 가족 이야기도, 심지어 아빠가 죽은 이유도 아예 말하지 않으려 했다. 그냥 내가 절대 가서는 안 되는 '악마의 욕조'라 불리는 어떤 장소에서 나쁜 사고가 일어났다고만 했다. 하지만 어린애의 귀에 들리지 않도록 비밀을 지키는 행위는 그 귀 사이에 씨앗을 심을 뿐이다. 이번에도 그 씨앗은 나의 작은 머릿속에서 자라 그 나이 어린이가 TV에서 봐도 되는 어떤 죽음보다 끔찍한 죽음이 되었다. 어느 정도였느냐 하면, 나는 욕조에 겁을 먹었다. 우리한테 욕조가 없었으니 망정이지. 페콧 가족에게는 욕조가 있었고, 나는 그 욕조와 거리를 두었다. 하지만 엄마는 고집

---

*   마약으로 쓰이는 메스암페타민, 즉 필로폰을 일컫는 속어.

**   마약성 진통제의 일종.

***   Open Ass. 실제 지명이 아니다. 직역하면 '벌어진 엉덩이' 정도다.

을 꺾지 않았다. 엄마가 코퍼헤드의 어머니에 관해 한 말은, 그 여자가 머리가 흰 늙은 마귀 할망구라는 것뿐이었다. 이름은 벳시이고. 나는 실망했다. 최소한 끝내주는 빨간 머리 블랙 위도우이기를 바랐는데. 그 여자는 우리가 만날 수 있는 유일한, 아버지 쪽 친척이었다. 그리고 자식의 시계태엽을 감기도 전에 부모의 태엽이 다 풀려버리면 자식은 그 새까만 구멍을 들여다보며 너무 오랜 인생을 흘려보내게 될 수 있다.

아무튼 엄마는 그쪽과 전혀 얽히고 싶어 하지 않았다. 엄마는 양육권을 잃을까 봐 두려워하며 살았고 재활 치료 센터에 모든 것을 내주었다. 내가 세상에 나오자 엄마는 세상을 등지고 재활 치료 센터로 들어가서 100퍼센트를 바친 것이다. 엄마는 몇 년에 걸쳐 내주고 또 내준 끝에, 사람들 말대로라면 재활 치료 센터의 전문가가 되었다. 재활을 너무 여러 번 해서.

보면 알겠지만 엄마가 해준 이야기는 진흙탕을 휘젓듯 모든 걸 더 혼란스럽게 만들었을 뿐이다. 웬 여자가 나타나서(아닐지도 모르고) 나한테 더 나은 가정을 주겠다고 한 다음(아닐지도 모르고) 엄마한테서 찰지고도 귀가 먹먹해지는 욕설을 연달아 들은 뒤(내가 엄마를 알아서 하는 말이다) 떠난다. 엄마가 나를 이리저리 휘두르려고 자기 나름의 이야기를 지어낸 걸까? 엉망진창이 된 엄마의 머릿속에서는 이 이야기가 사실이었을까? 어느 쪽이든 엄마는 그 여자가 여자애를 구하러 왔다고 분명히 밝혔다. 내가 아니라. 이게 엄마만의 동화라면 왜 여자애일까? 엄마가 정말 원한 것이 여자애, 엄마가 행실을 바로잡도록 만들어줄 무슨 분홍색 꾸러미 같은 거였을까? 나는 망가질 수 없는 존재인 줄 알고?

다른 것 한 가지 더 말하자면, 사소한 점이긴 하지만, 이 이야기에서 엄마가 한 번도 아빠의 이름을 언급하지 않았다는 것이다. 우들이 아빠의 성이라 그 여자를 '우들 마녀'라고 부르긴 했지만. 엄마는 아기라는 골칫덩이를 연결해준 남자 이야기는 전혀 하지 않았다. 다른 때에는 아빠 얘기를 충분히 했다. 여섯 개들이 맥주 캔의 마지막 정류장이 사랑이나 뭐 그런 것일 때면 언제나. 아빠와 엄마가 함께한 모험 얘기였다. 하지만 내 존재에 관한 이 이야기에서 아빠는 그냥 '나쁜 선택'일 뿐이다.

2

　내가 지금 하려는 일은, 모든 사건을 일어난 순서대로 정리하고, 머릿속에서 끌려 나온 젊은이의 생각을 간간이 넣거나 빼고, 그에 따라 몇 개의 점을 적절히 연결하는 것이다. 하지만 제기랄. 어린애란 아무것도 책임지지 않는 끔찍한 존재다. 어린 시절을 지나 어른이 되면 비참함은 잊고 당신이 하려고 했던 일이 무엇인지 처음부터 알았던 것처럼 굴기 쉽다. 당신이 자랑스럽게 여길 만한 어딘가에 이르게 되었다고 가정한다면 말이다. 그게 아니라면, 모든 일을 잊는 걸로 마무리 짓는 게 더 쉽다. 그러니 이 일은 자랑스럽게 여기지도 않고 잊어버리지도 않는 세 번째 선택지다. 쉽지 않다.

　내 기억에, 나는 언제나 무언가에 대해 이야기하기보다는 그냥 바라보기를 더 좋아했다. 나도 궁금한 건 많았다. 문제는 사람들이었다. 그 사람들이 보기에 어린애란 솔직한 대답을 해줄 만큼 완전한 인간이 아니다. 예를 들면 이렇다. 옆집 페곳 아저씨네 가족은 뜰에 장대에 달린 새집을 하나 두고 있었다. 주렁주렁 매달린, 엄청나게 엉망인 박에 새들이 드나들 문으로 구멍을 뚫어놓은 것이었다. 말하자면

새가 사는 트레일러였다. 어떤 부부가 가족을 꾸렸는데 아무도, 그러니까 자식도 손자도 **절대** 이사를 나가지 않는 그런 트레일러 말이다. 그들은 그냥 계속 같이 살며, 다른 이동식 주택을 끌고 들어와 그 집 위에 세운다. 그렇게 원래의 트레일러 위로 나부끼는 너덜너덜한 깃발과 약쟁이 각각이 드나들 현관이 갖추어진 하나의 대가족이 유지된다. 실직이라는 깃발 아래 모인 하나의 국가. 페곳 아저씨네 새집이 그런 것이었다. 새 버전의 엿 같은 트레일러 단지. 하지만 어떤 새도 그 안에 살지는 않았다. 집 뒤의 숲속에 새 둥지가 많이 있었다. 또 새들은 페곳 아저씨의 트럭 보닛 아래 등등 아무 곳에나 둥지를 짓곤 했다. 집세도 받지 않는, 이미 지어진 집에는 왜 들어오지 않는 걸까? 페곳 아저씨는 새들도 다른 모두와 똑같다고, 자기만의 방식으로 사는 걸 좋아한다고 했다. 자기도 이사하는 데 새집 비용 이상 들지 않을 정부 주택을 알고 있지만 그 주택도 똑같이 인기가 없다면서.

그건 그렇다 치고. 그럼 왜 새집을 그 위에 매달아두고 곰팡이를 키우는 걸까? 매곳은 험비가 그 새집을 기술 시간에 만들었다고 말해주었다. 험비는 매곳의 삼촌인데, 그가 학교 근처에서 마지막으로 목격된 건 비지스나 엘비스가 활동하던 시절이었다. 지금은 90년대고. 페곳 가족이 그 오랜 세월 불량 새집을 높은 장대에 매달아놓은 이유가 무슨, 아들 험비를 기억하기 위해서라고? 나는 믿지 않았다. 페곳 부부에게는 다 합쳐서 자식 일곱 명이 있었는데, 그들은 플로리다주 오칼라처럼 먼 곳에도, 1.5킬로미터쯤 떨어진 가까운 곳에도 살았다. 몇 명인지도 알 수 없는 사촌들이 식사할 특권을 가진, 반쯤 길들인 동물 떼처럼 그 집을 마구 드나들었다. 가족 중에서는 단 두 사람만 빼놓고 모두가 대화 상대 혹은 대화 소재가 되었다. 이때의 두 사람이란 첫째, 매곳의 엄마였고, 둘째, 험비였다. 한 명은 구칠랜드에서 복역 중이고 한 명은 아무도 말하지 않는 이유로 죽은 뒤였다.

페콧 아저씨네 가족에게는 새가 없는 새집 말고도 개가 없는 개 우리가 있었다. 페콧 아저씨는 우리가 아는 모든 늙은 남자들이 그러듯 너무 지치기 전까지, 언젠지는 몰라도 폐가 따라주던 시절까지는 사냥개들을 부렸다. 개들에게는 나무 위까지 쫓아버릴 여우나 곰들이 있었고 가을에 페콧 아저씨는 우리를 숲으로 데려가, 인삼을 캐거나 사사프라스*를 파내게 했다. 그것들이야 달리기로 우릴 따돌릴 수 없으니까. 대체로는 그냥 우리를 밖으로 내보내려는 것이었다. 사람들이 라디오에 나온 사람을 목소리만 듣고 알듯이 페콧 아저씨는 새들의 노랫소리를 알아들었다. 우리가 엽총을 다룰 만한 나이, 그러니까 아홉 살인가 열 살쯤 되었을 때 페콧 아저씨는 우리에게 수사슴 잡는 법과 진입로 위쪽으로 뻗은 나뭇가지에 사슴 사체를 올려놓고 손질하는 법을 알려주었다. 그렇게 하면 고리 형태의 창자가 쏟아져 나와 자갈밭에서 김을 내뿜었다. 페콧 아줌마는 도자기 냄비로 사슴구이를 만들었다. 그걸 먹어보지 않은 사람은 아무것도 먹어보지 않은 것이나 마찬가지다.

텅 빈 개 우리는 우리 트레일러와 페콧 가족의 집 사이에 있었다. 매콧과 나는 그 우리 위에 방수포를 펼쳐놓고 그리로 나가서 자곤 했다. 보통은 어딘가에서 나무가 쓰러지며 전깃줄이 끊겨 TV를 볼 수 없을 때였다. 어느 여름에는 아마 한 달 정도 그렇게 했을 것이다. 내가 닌텐도 덕헌트 챌린지를 하다가 건 컨트롤러를 실수로 놓쳐서, 그게 화면을 박살 낸 다음이었다. 내가 집으로 보내져 산 채로 가죽이 벗겨지지 않도록 매콧이 대신 자백했다. 페콧 아줌마는 그 모든 소리

---

*　　남아메리카의 나무로, 향이 좋아 차로 쓰인다.

를 들었는데도 매곳의 말을 그대로 믿는 듯했다. 아마 모두에게 인생의 황금기가 한 번쯤은 있기 때문일 것이다. 누군가가 뒤를 받쳐준 덕에 모든 것이 괜찮을 뻔했는데, 박살 난 TV 같은 웬 멍청한 것 때문에 꾸지람을 들으며 슬프게도 그 기회를 놓쳐버린 순간이.

페곳 가족의 집은 사방에 숲이 있는 도로 맨 꼭대기에 자리 잡고 있었다. 언젠가 그들은 닭을 키운 적도 있었다. 연쇄살인범의 정신을 가지고 있어 내게 악몽을 꾸게 했던 수탉도 그중 한 마리였다. 하지만 그곳은 제대로 된 농장이 아니었다. 마찬가지로 페곳 가족은 교회에 가장 잘 다닐 것 같은 사람들은 아니었으나 날 받아준 사람들이었다. 엄마는 교회를 경멸했다. 엄마를 맡았던 위탁 부모 몇 명이 교회에 미쳐 있었기 때문이다. 하지만 나는 별로 신경 쓰지 않았다. 나는 노래하는 여자들을 보는 게 좋았고, 나머지 시간에는 쭉 자면 됐다. 거기다가 자동으로 사랑을 받는다는, 예수님이 내 편이라는 얘기도 마음에 들었고. 다른 사람들처럼 그런 얘기만 들으면 수도꼭지가 열렸다 닫히는 건 아니었다. 하지만 성경 속 이야기 몇 가지에는 나도 확실히 신경을 썼다. 나사로 이야기는 내 정신을 어지럽혔다. 아빠가 돌아올 수 있다는 생각 때문이었다. 나는 아빠를 찾으러 가야겠다고 했다. 페곳 아줌마는 엄마에게 내가 테네시주에 있는 아빠의 무덤을 봐야 한다고 말했고, 둘은 크게 싸웠다. 매곳은 성경 속 이야기는 슈퍼히어로 만화와 같은 장르라는 설명으로 나를 진정시켰다. 현실과 헷갈려서는 안 된다고.

어린아이는 다양한 규칙이 있는 다양한 세계를 그냥 받아들인다. 이 집과 저 집의 차이도. 페곳 가족의 집은 들어가야 할 자리에 물건이 들어가는 집이었다. 페곳 아저씨가 식료품을 가지고 집에 오면 그 식료품은 곧장 냉장고에 들어갔다. 매곳과 내가 거실에서 우리만의 3차

세계대전을 치르고 나면 레고와 잡동사니는 우리가 밖으로 나가기 전에 치웠다. 그러지 않으면 지옥 같은 대가를 치러야 했다. 우리 집에서는 그렇지 않았다. 우리 집에서 우유는 자기만의 삶을 살아가는 것처럼 상할 때까지 조리대 위에 놓여 있었다. 엄마는 머리가 제자리에 박혀 있지 않으면 우린 머리마저 잃어버리고 말 거라고 했는데, 틀린 말은 아니었다. 엄마의 직장 신분증 배지는 변기 뒤에 있었고 화장품은 주방 싱크대 옆에 있었으며 핸드백은 바깥, 의자 밑에 있었다. 신발이야 어디든 있었겠고. 그게 그냥 엄마였다. 나는 내 방 물건을 치워놓으려 노력했다. 대체로는 그림을 그리려고 간직한 스케치북과 액션피겨들이었다. 한번은 엄마에게 TV에서 보는 것처럼 이불을 개려면 어떻게 해야 하느냐고 물었는데, 엄마는 그 말이 우스워 죽으려고 했다.

우리 아이들은 멀리까지 떠돌아다녔다. 때로는 오래된 탄광촌까지 갔다. 그곳에는 작은 연립주택들이 있었는데, 꼭 모노폴리 게임에 들어 있는 집들 같았다. 다만 별다른 이유 없는 장난과 다양한 방식으로 무너진 지붕 때문에, 모든 집들이 서로 더는 닮아 있지 않았다. 우리는 원뿔 모양의 탄광 폐기물 위에서 '언덕의 왕'*을 하고, 사진 앨범 속에서 본 옛 광부들처럼 검은 얼굴에 눈꺼풀만 하얀 채로 집으로 돌아가곤 했다. 아니면 시냇가에서 말썽을 부렸다. 입에도 담지 못할 악마의 욕조를 말하는 건 아니다. 그곳은 엄마를 미쳐 날뛰게 했고, 어쨌든 저 너머 스콧 카운티에 있었다. 단연코 최고의 장소는 우리 집 바로 뒤로 흘러가는 작은 지류였는데, 그곳에서라면 소년이 투명

---

*   한 아이가 높다란 더미 위에 서 있으면 다른 아이들이 그 아이를 쓰러뜨리는 놀이.

인간으로 변할 수 있었다. 물이 그 자체의 생각을 가지고 수많은 바위 아래로 흘러갔다. 그리고 물 밑에는, 부자가 된 느낌을 갖게 하는 일종의 진흙이 있었다. 그 흙은 나뭇잎 냄새를 진하게 풍겼고, 먹고 싶은 색깔을 띠었다. 그곳은 페곳의 개울이라 불렸다. 페곳 집안은 그곳에서 가장 오래 살았던 사람들이었다. 그들의 집은 위쪽에 다른 집이 한 채도 없었던 시절, 어떤 페곳 집안사람이 예전에 지은 것이었다. 그곳만이 단 하나의 커다란 농장이고 사람들이 노새를 부려 담배밭을 갈던 시절에 말이다. 페곳 아저씨가 그렇게 말했다. 그렇게 가파른 땅에서 농사를 짓는 방법은 노새를 동원하는 것밖에 없었다. 트랙터를 탔다간 굴러떨어져 죽을 테니까.

엄마와 내가 살던 트레일러도 엄밀히 말하면 페곳 가족의 트레일러로, 매곳의 이모인 준이 녹스빌로 이사하기 전에 쓰던 집이었다. 엄마가 페곳 가족에게서 그 트레일러를 빌렸는데, 아마 그게 페곳 집안사람들이 감시를 게을리하지 않으면서도 엄마를 도와준 이유일 것이다. 말하자면 A군 선수인 페곳 부부의 딸이 게임에서 빠진 이후 들어온 2군 선수가 엄마였다. 매곳의 말에 따르면, 페곳 부부는 준이 간호사 자격증을 따서 떠난 이후에도 그녀를 자식 중에서 가장 좋아했다. 많은 의미가 담긴 말이었다. 대부분의 가족은 리 카운티를 벗어난 사람보다는 차라리 교도소에 간 사람을 더 빨리 용서하니까.

분명히 말해두지만 나와 엄마는 페곳 가족의 친척이 아니었다. 그러니까 우리 집은 그곳에 쌓여가는 가족 트레일러가 아니었다. 그런 초라한 유형의 집들은 일반적인 현실보다는 TV의 리얼리티 쇼에 훨씬 더 많이 나온다. 내 생각에는 코퍼헤드 가족이 없는 곳에서 코퍼헤드 가족을 보고 싶어 하는 것과 비슷한 이유 때문일 것이다. 페곳 부부는 사는 집 한 채와 여분의 단칸 트레일러 한 채만이 있었다. 우리가 사는, 매우 품위 있게 유지되는 도로 양옆으로 여덟 가족인가 아홉 가족이 자리 잡고 있었는데, 그들도 혈연관계는 없었다.

하지만 페콧 가족이 엄청난 소음을 내는 사람들이라는 데는 의심의 여지가 없었다. 나는 매콧이 완전히 당연하게 받아들이는 수많은 사촌들이 부러웠다. "어머어, 매티. 네 속눈썹만 가질 수 있으면 사람이라도 죽일 수 있겠다! 남자애한테 저렇게 예쁘장한 얼굴을 낭비하다니, 신도 공평하지 않아!"라는 식으로 굴던, 섹시한 사촌 누나들까지도. 그러면 매콧은 누나들의 팔이 뜨거워질 때까지 문질러 누나들이 꺅 소리를 지르게 했다. 사실은 누나들 모두가 어느 순간에든 매콧의 빈약한 궁둥이를 걷어차줄 수 있는 힘센 치어리더였는데. 누나들이 겁을 먹었을 리는 없었다. 그건 그냥 누나들의 일상이었다. 여자들이 매콧에게 여자 특유의 개소리를 하고, 매콧이 그걸 싫어하는 척하는.

그러면 나는 아니, 진짜 이러기야? 하는 식으로 굴었다. 예쁘장하다라는 말이 남자라면 응당 임질처럼 피해야 하는 말이고 매콧에게 지켜야 할 불알이 있다는 건 나도 알았다. 매콧의 남성성과 관련된 상황 전체는, 약하게 표현하자면, 복잡했다. 하지만 이런 일은 매콧에 대해 성급히 판단할 만한 사람이 아무도 없을 때, 사촌들만 있을 때 벌어지곤 했다. 나도 그 자리에 있긴 했다. 하지만 나는 사촌 한 명 없는 머저리였다. 어떤 여자애가 매콧한테 그러듯 나한테 그 난리를 치고 난 뒤, 모두가 거실 바닥에 자리를 잡고 〈시티 레인저〉를 보려 할 때 내 위에 반쯤 누워 있으려고만 한다면야, 돈이라도 내고팠던. 소파에 혼자 앉아서 아래쪽의 사촌 무더기를 바라보며 '야, 대체 누가 사랑받는 걸 싫어한다는 거야?'라고 생각하는.

나는 앞에서 페곳 아줌마를 페곳 아줌마라고 불렀다. 앞으로도 계속해서 그렇게 글을 쓰겠다. 진실은 당혹스럽기 때문이다. 사실 나는 페곳 아줌마를 마마*라고 불렀다. 매곳이 그렇게 불러서 나도 그랬다. 나는 매곳의 사촌이 내 사촌이 아니라는 것도, 페곳 아저씨가 내 할아버지가 아니라는 것도 알았다. 페곳 아저씨라면 모두가 그랬듯 나도 페그 아저씨라고 불렀다. 난 모든 아이에게 사회복지사와 공짜 급식, 주말에 집에 가져가서 먹으라고 주는 비니위니 통조림**과 함께 마마도 주어진다고 생각했다. 뭐랄까, 배정된다고. 그러지 않으면 난 어디서 마마를 얻겠는가? 위탁 가정을 전전한 고아인 엄마한테서 마마를 얻게 될 가능성은 없었다. 유령 아빠의 어머니 얘기는 이미 했고. 그래서 나는 매곳과 마마를 나눠 가져야 했다. 페곳 아줌마는 내가 그래도 괜찮다고 여기는 것 같았다. 내가 공식적으로 잠을 자는 곳은 엄마의 트레일러이고 매곳에게는 페곳 가족의 집 2층에 자기 방이 있다는 점을 빼면 페곳 아줌마는 우리 둘을 전혀 차별하지 않았다. 똑같은 호스티스 케이크를 주었고, 소매에 술이 달린 똑같은 카우보이 셔츠를 만들어주었다. 우리가 욕을 하거나 야구 모자를 쓰고 식탁에 앉으면 똑같이 어깨를 손마디로 살짝 찍었다. 페곳 아줌마는 한 번도 우리를 세게 때리지 않았다. 하지만 오, 주여, 아줌마가 혀로 하는 채찍질은 대단했다. 페곳 아줌마를, 희어진 머리를 짧게 자르고 엄마들이 입는 청바지에 굽 없는 노란색 샌들을 신은 왜소한 할머니 스타일의 아줌마를 보면 '여기엔 내 앞길을 막을 만한 게 아무것도 없군'이라는 생각이 들게 마련이지만 몰라서 하는 소리다. 도둑질을

---

*   mammaw. '할머니'를 부르는 말이다.
**   베이크드 빈스와 소시지를 함께 넣고 삶은 간편식.

하거나 어른들에게 나쁜 말을 하거나 페곳 아줌마가 심어놓은 토마토를 망치거나 종이봉투를 뒤집어쓰고 페곳 아줌마의 헤어스프레이를 들이마시다가 걸리면, 페곳 아줌마는 우리 머리카락이 다 빠질 정도로 야단을 쳤다.

엄마를 포함한 모두가 내 진짜 이름을 놓아버린 뒤에도 내 본명을 부른 건 페곳 아줌마뿐이었다. 나는 삶의 꽤 늦은 시기, 그러니까 한 이십대가 되어서야 다른 곳에 사는 사람들은 태어날 때 쓴 이름을 계속 지킨다는 걸 알게 되었다. 내가 그걸 어떻게 알겠는가? 아니, 스눕독이나 나스, 스카페이스 같은 이름은 엄마가 지어준 이름이 아니잖나. 나는 그냥 모든 곳이 우리와, 리 카운티에 있는 우리 집과 비슷하다고 생각했다. 우리 동네에서는 대부분의 남자들이 다른 이름을 갖게 되고 그 이름이 남는다. 쇼티나 그럽이나 체크아웃 같은. 험비가 처음부터 험비는 아니었으리라는 건 합리적인 추측이다. 페곳 아저씨는 탄광에서 쓰는 나사 기계에 발이 으깨지고 나서 페그라고 불리게 됐다.*** 어떤 이름은 사람을 찾아온다. 그러면 그 사람은 죽을 때까지 그 이름을 향해 개처럼 달려가고, 그 이름은 모두가 잊은 본명과 함께 서류에 나란히 적힌다. 나는 부고 페이지를 보고 이런 이름 대부분이 너무하다고 생각했다. 누가 스터비****라는 이름으로 죽고 싶겠는가? 하지만 살면서는 그게 별문제가 아니다. 가장 친한 친구인 매곳에게 맥주를 한잔 사주면서, 둘 다 이름에 대해서는 아무 생각도 하지 않을 수 있다.

그러니까 다른 사람들이 내 이름을 버려두고 떠난 다음에도 페곳

***　'페그(peg)'에는 '못'이라는 뜻이 있다.
****　'땅딸막하다'라는 뜻.

아줌마가 여러 이름 중 내 본명을 간직한 건 평범하지 않은 일이었다. 내 본명은 데이먼이다. 성은 필즈, 엄마와 같다. 액션으로 가득했던 내 출생 이후, 병원에서 준 서류를 채울 때 엄마가 내게 아빠의 꼬리표를 달지 않은 데에는 엄마 나름의 이유가 있었던 게 분명하다. 지금이야 틀림없지만 내가 아빠와 닮게 된 건, 자라나 머리가 빨개지면서부터였다. 엄마의 장점 목록에서 외모가 여전히 주된 항목이고 '나쁜 선택'이라는 단어가 아직 엄마의 어휘에 들어오지 않던 시절에는 내게 아마 다른 아빠 후보자들이 있었을 것이다. 그중 신사답게 손을 들고 자기 이름을 적어 넣을 사람은 아무도 없었지만. 엄마를 병원에서 집으로 태워다준 사람도 없었고. 그런 일은 엄마의 인생에서 벌어진 신사다운 일 대부분이 그랬듯 페그 아저씨의 몫이 되었다. 페그 아저씨가 그런 일을 좋아했는지 아닌지는 또 다른 이야기다.

데이먼이라는 부분에 관해서는, 그런 달달한 보이 밴드 가수 이름 같은 걸 떠올린 건 엄마 책임이다. 내가 젖을 떼기도 전에 사람들이 그 이름을 데몬, 즉 악마로 바꿔놓으리라는 걸 엄마는 과연 짐작했을까? 학교에 갈 나이가 되기 한참 전부터 나는 온갖 이름으로 불렸다. 울부짖는 데몬, 데몬 시먼*. 하지만 구리철사 같은 머리카락이 나고 특정한 태도를 취하게 되면서, '꼬마 코퍼헤드'라는 말을 듣기 시작했다. 아주 많이. 그런데 말이다. 붉은 피를 가진 사내 녀석 중 '꼬마 어쩌고'라는 말을 듣고 싶어 하는 녀석은 하나도 없다. 자식 이름에 '주니어'를 붙일 계획이 있는 모든 사람에게 하는 충고다. 당신의 미니 버전으로 살아가는 인생에서 느낄 수 있는 짜릿함은 카펫에서 말라붙은 정액을 발견하는 짜릿함 정도에 불과하다.

---

*   '시먼(semen)'에는 '정액'이라는 뜻이 있다.

하지만 유명한 유령 아빠가 있으면 그 이름을 다른 빛으로 조명하게 된다. 나 역시 그런 식으로 눈에 띄는 게 싫었다고는 못 하겠다. 매곳이 상점에서 도둑질 실험을 시작한 바로 그즈음에, 나는 데몬 코퍼헤드로 알려지기 시작했다. 부정할 수 없을 거다, 그 이름에는 힘이 있다.

3

　머럴 스톤이 할리데이비슨 부츠에 달린 사슬을 짤그랑거리며 우리 집 계단을 올라왔을 때 엄마는 좋은 사람이야, 라는 식이었다. 널 좋아해, 너도 저 사람을 좋아하고. 내게는 이런저런 지시 사항이 주어졌다.

　그는 스토너*라는 이름을 썼다. 그가 엄마에게 상냥한 말을 할 때면 엄마는 귀 기울여 경청했다. 그때쯤 엄마는 오랫동안 약을 끊은 상태였다. 월마트에서 잘리지 않고 핼러윈 의상, 산타 장식, 밸런타인데이 상품, 부활절 사탕, 접이식 잔디 의자 등 계절상품의 재고를 모두 채울 만큼. 엄마는 집세를 제때 냈고, 서랍 한가득 단약 토큰이 있었다. 늦은 밤이면 엄마는 보물을 깔고 앉은 용이 그러듯 그것들을 꺼내 내려다보았다. 그 정도는 기억난다. 엄마가 퇴근하고 집에 와서 반바지로 갈아입고 멜로옐로**를 한 캔 따서 우리 집 덱에 앉아 난간

---

[*]　'약쟁이'라는 뜻.

^{**}　고카페인 음료의 일종.

에 발을 얹고 다리는 쭉 뻗어 일종의 공짜 선탠을 받으며 담배를 피우던 모습, 막대기를 가지고 뛰어다니다가 눈알이 뽑히지 않게 조심하라며 개울에 있는 나와 매곳에게 소리치던 모습. 달리 말하면 그 시절에는 인생이 끝내줬다.

기억나지 않는 것들은 모르는 것들이다. 법적으로 술을 마실 수 있는 나이가 되었는데 이미 알코올중독 3년 차라는 건 어떤 기분일까? 옛 친구들은 여전히 약이나 술이나 결혼에 취하려고, 가급적 그 셋 모두의 완벽한 결합을 이루어내려고 돌아다니고 있는데, 자기는 학교에 갈 나이가 된 자식이 있고 월마트 파티용품 코너와 장기적 관계를 맺고 있는 건 얼마나 거지 같은 기분일까? 엄마가 함께 일해야 했던 사람들은 모두 최소한 삼십대의 중년 스타일이었다. "행복한 하루 보내, 자기"라고 말해준 다음 각자의 남편과 치킨 바구니와 〈제퍼디!〉***가 있는 집으로 갈 법한 단약 친구들과 월마트 친구들. 이때쯤 엄마는 내가 태어난 이후로 더 많은 남자 친구들을 사귀어보고 실패한 다음이었다. 그들은 모두 엄마를 버렸는데, 그 이유는 첫째, 그 남자들이 엄마가 다시 약을 하도록 만들어서 엄마 자격을 유지하는 데에 법적 문제를 겪게 했기 때문이거나 둘째, 엄마를 재미없어했기 때문이다.

그러다가 스토너가 와서, 자기는 깨끗한 여자를 존중한다고 주장했다. 당구공 같은 머리에 큼지막한 이두근, 귀고리 대신 게이지****를 낀 스토너 자신도 '미스터 깨끗'처럼 보였다. 엄마는, 그가 머리를 기르고 싶으면 기를 수는 있지만 머리 미는 것을 좋아한다고 말했다.

***　　미국의 퀴즈 쇼.
****　　귓불을 뚫어 늘린 뒤 그 구멍에 박아 넣는 방식의 장신구.

엄마 생각에, 셔츠 없이 데님 조끼를 입은 근육질 대머리 남자는 남성성의 처음이자 끝이었다. 그때까지도 코를 파면 안 된다는 걸 배우고 있던 아이에게 남자 친구의 섹시함에 대해 이야기하는 엄마가 놀랍게 느껴진다면, 당신은 외로움의 저 먼 끝까지 느껴본 적이 없는 것이다.

엄마는 내게 담뱃불을 붙여주었고, 그렇게 우리는 수다를 떨곤 했다. 당연히 담배는 멘톨이었다. 엄마의 머릿속에서는 그게 아동 친화적인 선택이었다. 나는 엄마와 담배를 피우며 다양한 남자의 남성적 요소에 대해서 이야기하는 것이 깊은 존중을 보여주는 징표라고 생각했다. 그래서 나는 그런 것들을 알게 되었다. 오후 5시쯤 되어 거뭇하게 털이 자란 머리통은 그야말로 섹시한 것이라고. 하지만 턱수염을 완전히 기른 걸 보면, 스토너는 어느 시점에 면도할 기력을 다해버린 듯했다. 그의 수염은 밴달 새비지* 만화가 아닌 데에서 볼 수 있는 가장 숱 많고 검은 수염이었다.

시간이 시작되기 전부터 위쪽의 강력한 인물 중 누군가는 이 땅을 비극으로 물들였다. 또 누군가는 미스터 깨끗의 결벽증 스프레이를 만들어 쓰레기 같은 화장실 샤워 커튼에서 곰팡이를 제거해 그 커튼을 새것처럼 만들어주었다. 엄마 말에 따르면 스토너는 두 번째 부류에 속한 사람이었다.

엄마는 스토너가 나타날 때를 대비하기 시작했다. 퇴근하고 집에 돌아와서는 화장을 지우는 대신 더 했다. 그리고 스토너는 실제로 나타나 칭찬을 퍼부었다. 엄마가 끝내준다고, 엄마 때문에 죽겠다고, 엄마가 복숭아 두 개보다 더 예쁘다고 했다. 나는 '폐하'라고 불렸다. 지

---

*   DC 만화에 나오는 악당.

금까지 인생의 대부분을 SNAP**의 공짜 점심 서류에 적어달라고 엄마 이름을 노래처럼 불러대며 커온 아이를 그렇게 부르다니, 무슨 뜻이었을까? 스토너는 내 문제가 마마보이로 사는 데 익숙해진 것이라고 했다. TV를 보는 동안 엄마 무릎을 베고 누운 나를 보면 스토너는 "아, 저거 봐. 꼬마 왕이 왕좌에 누워 있네"라고 말했다.

하지만 그는 최신형 포드 픽업트럭과 할리데이비슨의 FXSTSB 배드보이가 있었다. 둘 다 할부도 없었다. 스토너의 그런 부분은 깔보기 어려웠다. 그는 할리데이비슨의 받침대를 차서 내리고 엄마를 만나러 들어갔다. 나와 매곳에게는 그게 다음 한 시간을 꽉 채워 그 괴물을 들여다보라는 신호였다. 크롬 도금된 오토바이에 비친 우리 자신의 멍청한 얼굴을 보며, 한번 타보라고 서로를 도발하면서. 우리는 그 순간 스토너가 밖에 나와 그에게 걸렸다가는 전기의자에 앉게 될 게 뻔하다고 확신했다.

그랬기에 스토너가 굉음을 울리며 내게 한번 타보고 싶냐고, 그냥 고속도로까지만 갔다가 돌아오자고 한 날은 하느님 맙소사였다. 거절할 이유가 뭐겠는가? 매곳은 이야, 너 운도 좋다, 하는 표정으로 나를 보았다. 엄마가 덱에서 소리쳤다. "애 꽉 잡아, 스토너. 걔가 다치면 내가 당신을 곤죽으로 만들어버릴 테니까."

내 문제는 신발이 없다는 것이었다. 토요일이라, 우리는 해머헤드 켈리와 조준 연습을 하고 있었다. 해머헤드 켈리는 결혼으로 추가된, 페곳 집안의 사촌 비슷한 녀석으로 우리보다 나이가 많았다. 조용한 성품의 그 녀석은 페곳 아저씨가 사슴 사냥에 가장 데려가고 싶어 하는 아이였다. 그 녀석이 공기총을 가져왔다. 우리 계곡에는 총으로

**   Supplemental Nutrition Assistance Program, 영양 보충 지원 프로그램.

쏠 만한 것이 잔뜩 있기 때문이었다. 어쨌든 요점은 내 신발이 어디에 있는지 생각해내야 했다는 것이다. 아마 매곳네 집에 있을 터였다. 엄마는 나한테 신발이 필요하다고 생각했는지 가서 신발을 신고 오라고 했고, 그래서 나는 그 말대로 했다. 하지만 페곳 아줌마가 대체 무슨 일이냐고 나를 달달 볶는 걸 피할 수는 없었다. 페곳 아줌마는 창밖을 내다보고 있었다. 엄마가 길을 따라 걸어왔고, 스토너는 빨대로 엄마 창자에서 뭔가를 빨아내려는 것처럼 허리를 숙이고 엄마에게 입을 맞추고 있었다. 엄마는 기꺼이 공범이 될 생각이었다.

페곳 아줌마는 아마 저 녀석 오토바이에서 떨어져 머리가 깨지고 말 거라는 조언을 내게 해주었다. "최악은, 저 녀석이 널 놔두고 그냥 가버릴지도 모른다는 거야." 페곳 아줌마가 말했다.

오, 주여. 나는 할리데이비슨에 타고 모두가 볼 수 있도록 도로를 질주하고 싶었으나 그때부터는 반쪽씩 쪼개진 호두 껍데기처럼 펼쳐진 나 자신의 머리를 떠올리지 않을 수 없었다. 주변에는 이웃들이 몰려 있을 테고, 스토너는 저 푸른 하늘을 향해 속도를 내고 있겠지. 내 말은, 페곳 아줌마는 괜히 연기나 피워댈 사람이 아니라는 것이다. 아줌마는 뭘 알아도 제대로 알았다. 당시에 나는 활짝 펼쳐진 소년의 뇌가 어떤 모습일지 전혀 몰랐다. 지금은 알지만. 그 광경은, 봤다는 사실 자체를 취소하고 싶은 것들의 목록 순위권에 올라 있다. 하지만 내 작은 머리에는 어떤 장면을 상상하는 잔혹한 재능이 있었다. 나는 밖으로 나가 스토너에게 배가 아프다고 했다. 매곳이라면 내 입장이 되기 위해 자기 불알이라도 팔았겠지만 진정한 친구인 매곳은 해머헤드에게 우리 모두 안으로 들어가 내 컨디션이 나아질 때까지 게임보이를 하자고 했다.

"그러든지." 스토너가 말했다. 하지만 말투를 들으면 "뒈지든지" 같았다. 그는 이미 계약금을 냈다는 듯 엄마의 어깨에 한쪽 팔을 걸치고 서 있었다.

하지만 내가 그 괴물을 탈 날은 오고야 말았다. 나는 샌드위치의 치즈처럼 스토너와 엄마 사이에 끼어 있었다. 필요 이상으로 그의 목 문신이 잘 보였다. 엄마는 내 뒤에 앉은 채 노란 머리를 흩날리며 팔로는 나를 감고 스토너의 울퉁불퉁한 이두박근을 잡고 있었다. 스토너의 목 문신은 목을 따라 두피까지 꽤 길게 이어졌다. 나는 문신을 한 게 머리를 밀겠다고 생각하기 전인지 후인지 궁금했다. 어린아이가 더 중요한 질문 대신 생각할 만한 멍청한 문제였다. 이를테면 이 드라이브가 장기적으로 우리 셋을 어디로 데려갈까 하는 의문 대신에 말이다.

처음에 드라이브의 목적지는 프로스 피자였다. 스토너는 모든 걸 특대형으로 주문했다. 자기는 맥주를, 나와 엄마에게는 콜라를 시켜주었다. 우리가 피자에 꽤 심각한 상처를 남긴 뒤 엄마는 화장실에 잠시 가겠다고 양해를 구했다. 스토너의 친구라는 사람 두 명이 다가와 별일 아니라는 듯 그냥 교대하는 것처럼 우리 자리에 앉았다.

나는 그 남자들을 몰랐다. 리 카운티에서는 모르는 얼굴을 보기가 힘들다고들 하는데. 엄마의 경우는 확실히 그랬다. 엄마는 19번 선반에 놓인 솔로 컵*까지 걸어갈 수 있는 모든 사람을 안내해줬으니까. 하지만 자기 영역에서만 지내는 아이의 경우는 사정이 달랐다. 나는 그 남자들이 엄마를 위아래로 훑어보는 걸 알아챘지만 그들이 한 집단에 속해 있다는 건 몰랐다. 스토너 옆에 은근슬쩍 앉은 남자는 피

---

*   파티 등에서 주로 사용하는 일회용 플라스틱 컵.

부가 희고 머리카락도 희었다. 목 가운데에 그려진 눈을 포함해 문신을 많이 한 사람이었다. 대체 왜 그런 문신을 하기로 생각했는지는 나도 모르겠다. 내 옆에 앉은 남자에게서는 액스 스프레이* 악취가 풍겼다. 그는 콧수염과 염소수염을 작게 기르고 있었다. 보통은 악마나 아이언맨에게서 보이는 수염이었다. 어린애답게 슈퍼히어로와 사악한 슈퍼빌런들에게 집착하던 나의 두뇌는 그 모습을 어떻게 그릴까 하는 생각으로 흘러갔다. 문신을 새긴 사람은 눈이 하나 더 있으니 '엑스트라 아이'라고 부르기로 했다. 그는 그 눈으로 생각을 읽을 수 있었다. 다른 사람은 지옥의 악취라는 뜻에서 '헬 리커'로 부르기로 했다. 그에게는 체취로 사람을 죽이는 능력이 있었다.

그들은 스토너와 대화하기 시작했다. 이 녀석 이름이 뭐랬지. 꼬마 데몬이라고? 악마의 새끼네. 내가 백만 번은 들은 농담이었다. 그때 리커가 "센터폴드**의 새끼"라는 말을 떠올렸고, 엑스트라 아이는 "여우야 새끼를 까는 법이지, 스토너. 새끼가 한 마리라서 다행이네"라고 말했다. 스토너는 사람들이 다 네 생각처럼 멍청한 건 아니니 조심하는 게 좋을 거라고 말했다.

"아, 그래? 누가 그렇게 똑똑한데?" 엑스트라 아이가 물었다. 나도 궁금했다.

"짐." 스토너가 말했다. 실망스러운 말이었다. 나는 스토너가 말한 사람이 나일지도 모른다고 생각했으니까.

"무슨 짐?" 그들이 알고 싶어 했다.

스토너가 빠르게, 살짝 윙크했다. "척하면 알아들어야지, 이 빌어먹

---

*   미국의 데오드란트 중 하나.
**   남성 잡지의 가운데 페이지에 실리는 섹시한 여자의 사진을 말한다.

을 멍청이들아. 등에 지고 갈 짐 씨 말이야."

"아아, 그 말이었구나." 리커가 말했다. "지고 갈 십자가 씨."

나는 마음이 여리던 그 나이에도 나쁜 놈들의 명단을 꽤 잘 알고 있었지만 그중 짐이라는 사람은 없었다. 남자들은 엄마가 돌아올 때까지 짐이라는 사람에 대해 웃어댔는데, 나한테는 그 시간이 영원처럼 느껴졌다. 그들은 디스펜서에서 컵을 가져다가 스토너의 맥주를 나눠 마시고 그의 채굴 프로젝트에 대해 물었다. 스토너가 우물을 파고 다닌다니 새로운 소식이었다. 스토너는 사고 싶은 체리색 카마로를 발견했는데, 그 카마로에 트레일러가 딸려 있다면 어떻게 하겠느냐고 물었다.

"살 거야, 아니면 그냥 막 굴릴 거야?" 엑스트라 아이가 묻자 리커도 물었다. "연결부가 얼마나 단단한데?" 셋 다 배꼽이 떨어져라 웃었다. 나는 목구멍이 딱딱하고 둥근 구멍처럼 얼어붙을 때까지, 얼음이 있는 부분까지 콜라를 빨아 먹으며 앉아 있었다. 오가는 말 전부가 혼란스러웠다.

여름방학이 되자 페곳 가족은 나를 녹스빌로 데려가겠다고 제안했다. 매곳의 이모인 준을 만나러 가 2주 동안 머물 거라고. 준 이모는 병원에서 일하는 간호사로 혼자 잘해나가고 있었다. 남는 방이 있는 아파트에 산다고 했다. 결혼조차 하지 않은 사람치고는 공간이 아주 많은 셈이었다.

내가 떠올린 첫 질문은 녹스빌이 바다와 가깝냐는 것이었다. 답은, 방향이 틀렸다는 것이다. 내가 바다 구경에 이상하게 집착하는 아이였다는 얘기는 이미 했다. 그러므로 그 점은 실망스러웠다. 분명히 밝히지만 버지니아 비치 정도면 나쁘지 않았다. 하와이나 캘리포니아처럼 불가능한 곳이 아니었으니까. 엄마의 직장 동료로, 매년 여름 남편과 함께 버지니아 비치에 가서 콘도에 묵다 오는 린다의 말에 따르면 자동차에 기름을 가득 채우고 일곱 시간만 달리면 된다고 했다. 하지만 페곳 부부는 딸을 만나러 가는 길에 나를 데려가는 것이었으므로, 나는 예의 바르게 굴어야 했다. 게다가 학교, 교회, 월마트가 아닌 곳을 어디든 보게 된다는 생각은 꽤 흥미진진했다. 그때까지는 다른 곳을 본 적이 한 번도 없었으니까.

내 다음 질문은 엄마는 어떻게 하느냐는 것이었다. "내가 알람을 맞춰야 한다고 말해주지 못하면 엄마가 회사에 늦을 텐데요." 내가 페곳 아줌마에게 말했다. 내게는 엄마 대신 출근용 신발과 신분증 배지를 찾아야 한다거나 식료품 사러 갈 시간을 알려주어야 한다는 것 등 걱정거리가 많았다. 페곳 아줌마는 나와 엄마의 상황을 제대로 이해하지 못했다. 누가 냉장고에서 멜로옐로를 꺼내 엄마한테 갖다주나요? 엄마 말 상대는 누가 해주고요? 페곳 아줌마는 엄마한테 가서 물어보라고 했고, 나는 그렇게 했다. 나는 엄마가 안 된다고 할 거라고 확신했는데, 엄마는 얼굴이 밝아지면서 페곳 가족과 함께 녹스빌에 가다니 얼마나 재미있겠냐고 말하기 시작했다. 거의 뭐랄까, 놀라지도 않은 듯했다.

떠나기 전날 밤, 나는 베갯잇을 속옷과 티셔츠와 슈퍼히어로로 그림을 그려놓은 스케치북으로 채우고, 옷을 입은 채로 잤다. 아침에는 페곳 가족이 트럭에 짐을 싣기 한 시간 전부터 덱에 나와 있었다. 트럭은 접어서 눕힐 수 있는 뒷좌석이 서로를 마주 보도록 설치된 닷지 램이었다. 매곳과 나는 녹스빌까지 가는 내내 슬랩잭*을 하며 딱지투

---

*   어린이들이 하는 카드놀이의 일종.

성이인 서로의 무릎을 걷어찰 예정이었다.

엄마는 나와 함께 덱에 앉아 페곳 가족의 집에 불이 들어오기를, 그런 다음에는 우리 집에 그림자를 드리우는 산 위로 태양이 떠오르기를 기다렸다. 골짜기에 살면 해가 오후 늦게 들었다가 일찍 진다. 필요한 다른 많은 것이 그렇듯이. 그 이후로 여러 해 동안 나는 더 평평한 지역에서 훨씬 더 많은 햇빛이 이리저리 팽개쳐지는 것을 보고 놀랐다. 예쁜 엄마가 줄담배를 피우며 새들의 노랫소리를 듣는 모습을 지켜보던 흥분한 아이는 그것 말고도 많은 것을 배우게 될 터였다. 엄마는 내가 전에도 알려준 새들의 이름을 물어보며 시간을 죽이려 했다. 내가 아는 새 이름은 많지 않았지만 페그 아저씨는 전부 다 알았다. 굴뚝새, 카나리아, 조리. 우리가 제대로 샤워를 하는 대신 세면대에서 겨드랑이와 얼굴에만 물을 끼얹으면 페그 아저씨는 우리가 조리 목욕을 한다고 했다. 그날 아침, 엄마를 떠나려고 서두르면서 내가 했던 게 바로 조리 목욕이었다. 그 모든 게 내 머릿속에 낙인처럼 찍혀 있다. 나한테 알려준 것들을 엄마가 계속해서 떠올린 일이라든지. 엄마는 예의 바르게 행동하고 존댓말을 쓰고 고맙다고 인사하는 걸 잊지 말라고 했다. 특히 사람들이 돈을 낼 때 그러라고. 또 준의 아파트를 뒤지고 다니지 말라고도 했다. 어린애가 주 경계선을 넘어갈 때 말해줘야 하는 것들이었다. 나는 엄마에게 그 빌어먹을 알람 시계 좀 맞추라고 했다. 그 말에 엄마가 웃었다. 내가 냉장고에 이미 **빌어먹을 알람 시계 좀 맞춰**라고 쪽지를 붙여놓았기 때문이다. 엄마는 내게 많이많이 사랑한다고, 자기를 잊지 말라고 했다. 이상한 일이었다. 엄마는 평소에 그렇게까지 감정적이지 않으니까.

마침내 페그 아저씨가 저 아래 길가에서 "자, 그럼, 갈 준비 됐다"라고 소리쳤다. 나는 계단을 내려가려 했지만 모두가 지켜보는 가운데 엄마가 나를 붙들더니 내가 창피해서 죽을 지경이 될 때까지 내 목에 입을 맞추었다.

그게 끝이었다. 우리는 엄마를 떠났다. 페그 아저씨는 손을 흔들었지만 페곳 아줌마는 그냥 엄마를 빤히 보며, 뭐랄까, 슬픈 표정을 지었다. 페곳 아줌마가 뒤를 돌아보며 안전벨트를 맸는지, 아직 쿠키를 먹고 싶지는 않은지 물을 때마다 나는 그 표정을 볼 수 있었다. 페곳 아줌마는 주 경계선을 한참 지날 때까지 그 표정을 짓고 있었다.

4

녹스빌은 놀랄 일을 감춰두고 있었다. 그 놀랄 일이란, 준 이모의 아파트에서 사는 에미 페굿이라는 여자애였다. 그 애는 매곳의 죽은 삼촌인 험비의 딸이었다. 새집을 만든 그 험비 삼촌 말이다. 에미는 긴 갈색 머리에, 냉혈한 같은 특유의 표정을 짓는 말라깽이 6학년생이었다. 그 애는 언제든 휘둘러 사람을 후려치고, 그런 뒤에는 그 사람의 머리를 집어넣고 다닐 수 있을 것 같은 모습의 헬로키티 배낭을 항상 들고 다녔다. 그 가방을 밑바닥까지 뒤지는 데에는 상당한 시간이 걸릴 터였다.

우리는 즉시 준 이모의 혼다에 밀려들었다. 그 차는 우리 모두가 점심 식사를 할 수 있도록 데니스로 우리를 싣고 갔다. 운전을 하느라 엉망이 되어버린 다리를 쉬어야 했던 페그 아저씨만 예외였다. 준 이모는 우리에게 안전벨트를 매라고 했는데, 나로서는 뒷좌석 안전벨트 세 개가 전부 작동하는 걸 본 게 그때가 처음이었다. 에미는 가운데에 앉아서 우리에게는 말을 걸지 않고 배낭에서 머리 끈인지 뭔지를 꺼냈다. 그것 말고 또 뭐가 들어 있는지는 보여주지 않겠다는 티를 잔뜩 냈다. 우리의 어린 영혼에는 그게 너무 큰 충격을 줄지 모른다는 식이었다.

준 이모는 우리에게 뭐든 먹고 싶은 걸 주문하게 해주었다. 꼭 생일 같았다. 우리는 창가에 앉았는데, 바깥에서 온갖 일이 벌어졌으므로 집중하기가 어려웠다. 골라 햄이라는 이름의, 부모가 없고 간질을 앓는 여자애를 제외하면 우리 학교에서 도시에 가본 적이 한 번도 없는 아이는 아마 나뿐이었을 것이다. 보통 내 또래의 다른 아이들은 친척이 사는 녹스빌에 가본 적이 있었다. 나는 양껏 눈요기를 했다. 뒷자리에 개가 탄 경찰차나 박살 난 머스탱을 끌고 가는 견인차 같은 게 지나가면 이야, 저것 좀 봐! 하고 소리쳤다. 그러면 에미가 내게로 눈길을 홱 돌렸다. 그게 뭐? 너 사는 데서는 사람들이 엿 같은 차로 폐차 사고를 내는 경우가 없니?라는 식이었다. 준 이모는 페곳 아줌마와 직장 얘기를 하느라 바빴다. 이모는 점심을 먹은 뒤 출근해서 다음 날 아침까지 일해야 했다. 낮 근무와 밤 근무가 서로 등을 맞대고 있었다. 이모는 긴 근무시간과 응급실에서 본 것들에 대해 이야기했다. 아직 아기를 품고 있는 배를 칼에 찔린 채로 온 임신한 여자라든지. 생각해보면 그런 일에 비해 머스탱이 박살 나는 건 대단치도 않은 사건이었다.

에미가 자아를 극복하고 우리에게 말을 걸기 시작한 이후에는 그 애의 입을 통해 더 많은 응급실 이야기가 매곳과 내게 전해졌다. 알고 보니 저 위의 우리 동네에서 사람들이 서로에게 해야겠다고 생각할 수 있는 최악의 헛짓거리가 녹스빌에서는 생각만으로 남지 않고 실행에 옮겨지는 듯했다. 아마 그보다 더한 일까지도. 도시의 특징은 거대하다는 것이다. 분명 난 TV에서 도시를 본 적이 있었다. 그야, TV에서 보여주는 건 (〈동물의 세계〉를 제외하면) 도시뿐이니까. 그래서 나도 녹스빌에 가면 녹스빌 같은 걸 보게 되리라고 예상했다.

다만 모퉁이를 돌면 도시에서 빠져나오게 될 줄 알았다. 산과 목장, 그런 살아 있는 것들이 보이는 곳으로 돌아가게 될 줄로. 절대 아니었다. 준 이모가 우리를 데리고 외출할 때마다 우리는 차를 타고 오직 건물밖에 없는 거리를 스무 곳이나 서른 곳쯤 지났다. 어떤 형태로든 끝이 보이지 않았다. 당신이 아직 도시에 가보지 않은 몇 안 되는 사람이라면 내가 도시에 대해 말해주겠다. 도시란 쉽게 탈출할 수 없는 뜨거운 난장판이다.

매곳은 과연 우리가 녹스빌에 오기 전부터 에미를 알았을까? 그랬다. 매곳의 가족 모두가 에미를 알았다. 우리 엄마도 마찬가지였다. 나는 그 사실에 경악했다. 어떤 이유에서인지, 죽은 험비 삼촌에게 딸이 있고 그 딸이 준 이모와 같이 산다는 이야기는 고향에서 절대로 나오지 않았다. 매곳은 나더러 우리 엄마가 이미 알고 있으니 엄마한테는 말해도 되지만 스토너에게는 이 사실을 말하면 안 된다고 했다. 나는 우리가 돌아갈 때쯤에는 스토너와 엄마가 헤어졌을 게 거의 분명하니까 신경 쓰지 말라고 말했다. 문제 될 것 없다고. 이 대화는 녹스빌에 도착한 첫날 밤에, 에미가 잠든 가운데 이루어졌다. 우리는 〈제3의 눈〉을 보느라 늦게까지 깨어 있었고, 결국 에미가 기절했다. 매곳이 기어가 에미가 정말로 잠들었는지 확인하느라 그녀의 손에 들린 배낭을 빼냈다.

준 이모의 남는 방은 사실상 얼음 아가씨의 집처럼 썰렁했다. 에미는 우리가 머무는 2주 동안 할머니 할아버지가 쓸 수 있도록 그 방을 비워주어야 했다. 우리 아이들은 베개와 이불로 거실에 만들어놓은 거대한 둥지에서 잤다. 우리는 그곳을 요새라고 불렀지만 에미는 그게 우리의 '배[船]'라고 고쳐주었다. 매곳은 배 이름을 **똥꼬로 쏴라**라고 짓자고 제안했다가 강등당했다. 에미는 아주 작고 멍청한 인형들을 아주 작고 멍청한 여행 가방에 잔뜩 넣고 다녔는데, 에미의 세상에서는 그 인형들에게 계급이 있었다. 대위, 일병 등등. 매곳은 보통 여행 가방 인형 군단 전체보다도 아래 계급인 접시닭이 같은 게 된 반면 나는 중간 계급이었다. 우리는 에미의 인형들을 강도질이나 살인에 연루시키려 했는데, 에미는 그 일에 완전히 빠져들어 우리를 놀라게 했다. 에미는 녹스빌 외곽에 시체 농장이라고 불리는 곳이 있다고 했다. 시체 농장은 사람들이 시체를 파묻었다가 시체가 썩으면 파내서 범죄의 과학적 측면을 연구하는 곳이었다. 그래, 뭐, 우리는 에미의 규칙에 장단을 맞추며 베개로 만든 배 안에서 잠을 잤다. 나는 에미에게 바다를 본 적이 있느냐고 물었다. 본 적 없고 보고 싶지도 않다는 게 에미의 대답이었다. 에미는 개틀린버그에 있는 '심해의 기적' 수족관에 간 적이 있었는데, 거기에서 상어를 보고 겁에 질렸다.

내 의견을 묻는다면 에미가 사는 건물이 그 어떤 상어보다도 무서웠다고 하겠다. 꼭 듀크 뉴켐과 둠*의 성에 갇힌 것만 같았다. 그 건물에 사는 가족이 천 가구쯤 됐는데 모든 집의 현관이 하나의 복도를 향해 열렸다. 계단은 다른 통로를 지나 아래로 이어졌다. 주 현관 바깥에는 자동차와 자동차로, 사람과 사람으로 가득한 거리가 있었다. 어디에도 바깥이 없었다. 나는 에미에게 이 사람들은 다 누구냐고 물었고, 에미는 전혀 모르겠지만 낯선 사람들은 위험하니 그들에게 말을 걸어서는 안 된다고 했다. 둠의 성은 에미에게 평범한 장소였다. 에미는 학교에 나이키 에어맥스와 퍼비 인형 등등을 가진 친구들이 있다고 했는데, 그 말은 그 친구들이 우리같이 때 묻은 4학년생들보다 쿨하다는 뜻이었다. 그런데 그 친구들은 대체 어디에 있을까? 어

---

*　　　비디오 게임 이름들.

디에도 없었다. 에미는 여름 내내 그 친구들을 만나지 못했다. 그들은 다른 둠의 성에 살았다. 어른이 없는 편이 더 좋긴 했어도 리 카운티의 집에서 우리는 어른이 있든 없든 미쳐 날뛰었으나 이곳에서는 그럴 수 없었다. 에미는 미지의 인간들이 너무 많고 살인의 가능성도 있다며 단 한 순간도 혼자 있지 않았다. 학교가 끝나면, 에미는 엄마들이 올 때까지 자기 수준과 맞지 않는 어린애들과 함께 공예를 하는 형편없는 곳에 갔다. 이 표현은 에미가 한 말을 그대로 빌려 온 것이다. 응급실은 24시간 운영됐으므로, 준 이모가 야간 교대를 할 때면 에미는 아래층의 나이 든 여자에게로 갔다. 고약한 눈빛의 고양이 두 마리를 키우는 그 여자의 집에서 에미는 잠을 자고 아침을 먹고 TV를 보았는데, 그 말은 이웃 중 최소 한 명은 범죄자 성향이 아니라는 뜻이었다. 그 여자의 고양이들이라면 몰라도. 그게 에미의 생활이었다. 학교, 팝시클** 막대로 쓰레기 만들기, 잠자기.

준 이모는 곧 쉬는 날이니 할 건 그때 하자고 했다. 그동안 페곳 부부는 딸의 전기를 써버리고 싶지 않아 전등을 끈 채 식탁에 앉아 있었다. 페그 아저씨는 거리를 잘 몰랐고, 이곳에는 뒤뜰이 없었다. 그러니까 진짜 아예 없었다. 내가 물어봐서 안다. 나는 이런 곳이 세상에 있으리라고는 생각도 못 했다. 어린아이의 관점에서 말썽을 부리고 돌아다닐 장소가 하나도 없다는 뜻으로 하는 말이 아니다. 이 사람들은 대체 토마토를 어디서 키운단 말인가?

아파트 자체는 위치만 무시하면 괜찮았다. 스파이스 걸스의 포시 같이 손톱이 반짝거리고 갈색 머리를 짧게 자른 준 이모처럼 세련됐다. 이모는 주근깨도 좀 있었다. 확실히 섹시했다. 그러니까 그녀를

**   막대 아이스크림 상표.

준 이모라고 부르지 않았다면 그렇게 생각했을 거라는 뜻이다. 이모의 가구는 사람들이 보통 가지고 있는 것보다 한 등급 위로, 세트를 이루었다. 앞면에서 얼음과 찬물이 나오는 냉장고와 스툴이 딸린 주방 조리대. 책이 꽂힌 책장. 모두가 쓰는 화장실 한 곳과 준 이모만 쓰는, 이모의 침실 안에 있는 욕조 딸린 화장실 한 곳. 나는 그때까지도 욕조를 약간 무서워했지만 티를 내지는 않았다. 이모는 문에 신발용 선반이 달린 옷장도 있었다. 그 선반에는 신발이 스물한 켤레 있었고. 내가 실제로 세어본 것이다. 우리가 온 첫날에, 에미는 작정하고 아파트의 이 모든 특별한 점을 모두 보여주었다. 아마 한 시간은 걸렸을 것이다. 그런 다음, 우리는 할 일이 거의 없어졌다. 페곳 아줌마는 준 이모의 옷장을 들여다보며 수선을 시작했다. 페곳 아줌마는 찢어진 적이 있다는 게 전혀 티 나지 않을 정도로 모든 것을 수선할 수 있었고, 매곳의 옷을 전부 직접 지었다. 페곳 아줌마가 가진 능력 중 하나였다. 페그 아저씨는 알지도 못하는 사람 천 명의 부고까지 포함해 〈녹스빌 뉴스 센티널〉을 읽더니 담배 피울 곳이 없다고 불평했다. 그런 뒤에는 아래층으로 내려가 건물 앞 인도에서 더 많은 모르는 사람들과 함께 담배를 피워야겠다고 생각했다. 그 사람들 모두가 친근한 방식으로 세차게 담배를 빨아댔다. 매곳과 나는 준 이모가 코드 블루나 총상으로부터 사람들을 살려내는 일을 마치기를 기다리며 매곳의 게임보이를 번갈아 했다. 아니면 나는 스케치북에 그림을 그렸다. 나는 준 이모가 현실에서 정말로 하는 일을 해내는 초능력을 가진 원더우먼이라도 된 것처럼 브라 타입의 옷을 입은 이모를 그렸다. 주변이 너무 조용해져서 우리는 다른 아파트 사람들이나 그들의 TV 소리까지 들을 수 있었다. 도시란 정말이지 이상하고도 외로운 존재다.

준 이모의 침실 옷장에는 카펫이 깔려 있었다. 믿을지 모르겠지만 옷장 안에 말이다. 게다가 그 옷장은 우리 셋이 들어갈 수 있을 만큼 컸다. 우리는 문에 난 틈을 통해 비스듬히 들어오는 여러 가닥의 빛 줄무늬와 함께 어둠 속에 앉아 있었다. 그렇게 나와 매곳과 스물한 켤레의 신발은 에미의 응급실 이야기를 들었다. 어떤 남자의 다리가 잘려서 엉뚱한 시체와 같이 묻혔다는 이야기. 준 이모에 관한 이야기도 있었다. 이모랑 자고 싶어 했지만 걷어차여 인도를 나뒹굴었던 존스빌 고등학교의 남자들. 그중 여러 명은 심지어 이모에게 결혼해달라고 애걸했는데도 같은 꼴을 당했다고 한다. 간호 학교에서도 사람만 바꿔서 똑같은 일이 벌어졌다. 우리는 에미의 부모에게 무슨 일이 있었는지, 준 이모가 그렇게 섹시해서 예비 남편이나 아기들이 이모를 가만히 놔두지 않는다면 에미는 왜 준 이모랑 같이 사는지에 관한 이야기가 나오기를 기다렸다. 그런 말은 나오지 않았다. 에미에게는 다른 관심사가 있었다. 헐거운 카펫 아래에 비밀리에 뭘 숨겨놨다거나. 에미가 처음으로 그걸 파내러 갔을 때, 나는 빛 줄무늬가 진 매곳의 얼굴이 나를 바라보며 대체 뭐야?라고 말하는 것을 보았다. 그때 에미가 납작해진 담배와 껌 통을 가지고 일어났다. 우리한테 껌을 먹고 싶은지 물어보면서. 우린 좋다고 했다.

에미가 말했다. "뭔가 하고 싶다는 건 어떤 기분일까?"

우리는 에미가 껌 포장지를 아주 천천히 벗기는 모습을 지켜보았다. 에미가 그걸 입에 집어넣는 모습을 지켜보며, 그 계집애의 이상함에 취해 있었다. 처음에는 껌을 아예 원하지도 않았는데 이젠 침까지 흘렸다. 에미는 머리카락을 깡마른 어깨 너머로 넘겼다. 과일 냄새가 났다.

"예의가 없네." 잠시 후 매곳이 말했다.

"맘대로 지껄여." 에미가 말했다.

준 이모는 에미와 정반대였다. 이모는 원할 때면 언제든 먹을 수 있는 우리만의 특별한 간식 그릇을 주었다. 마침내 이모는 쉬는 날을 맞아 우리 모두를 트램펄린 공원, 미니 퍼팅 골프장, 병원에 데려갔다. 동물원에서는 하루를 통째로 보냈다. 호랑이, 기린, 그런 것들이 잔뜩 있었다. 원숭이도 있었는데, 매곳과 나는 그 녀석들의 성질을 머리끝까지 돋우는 방법을 알아냈으나 이모가 집어치우지 않으면 당장 집에 가겠다고 해서 그만두었다. 이모는 엄청나게 친절했지만 헛짓거리는 절대 받아주지 않았다. 끈적끈적하고 더운 날이었다. 아마 동물들도 우리만큼 그 날씨를 싫어했을 것이다. 유일하게 즐거워하는 야영객은 바위로 미끄러져 그리 깨끗하진 않은 웅덩이에 빠지고 또 빠지던 작은 펭귄들뿐이었다. 나는 뭐랄까, 아니, 세상에! 나도 저렇게 하고 싶다, 펭귄 똥이고 뭐고 다 좋으니까, 라는 생각이었다. 나는 준 이모에게 동물원에 바다에 해당하는 부분도 있느냐고 물었지만 그런 건 없었다. 내가 같은 질문을 여러 번 던진 모양이었다.

그때 이모가 아이디어를 냈다. 이모는 내 양쪽 귀를 잡더니, 나한테 달린 손잡이라도 잡은 것처럼 나를 보고 섰다. "네가 뭘 좋아할지 알겠다." 이모가 말했다. 개틀린버그에는 본격적인 바다가 갖추어진, 거대한 수족관이 있었다. 상어도 있고 전부 다 있었다. 나는 에미가 이미 그곳에 대해 말해주었으며 에미는 거길 별로 좋아하지 않는 게 확실하다는 말을 하지 않았다. 준 이모는 내 귀 손잡이를 놓고, 쉬는 날이 또 생기면 즉시 그 수족관에 가자고 했다. 에미는 난 경고했다, 그러니까 자고 일어나보니 불알이 뜯겨 있어도 울지 마, 라는 눈으로 나를 보았다.

하지만 우리는 수족관에 가게 되었다. 상어 등등 모든 것이 있는 그곳에, 에미가 겁을 먹었더라도. 쥐구멍에도 저마다 볕 들 날이 있는 것이다.

준 이모는 모든 근무시간에 일하면서도 우리를 여기저기 데려갔다. 나는 어린애였기에 그 점에 대해서 아무 생각을 하지 않았다. 그러다가 어느 날 밤, 이모가 늦게 들어왔다. 어쩌면 이른 아침이었는지도 모르겠다. 나는 깨어 있었지만 무슨 소리를 내서 이모를 놀라게 하고 싶지 않았다. 그러다가 어느 정도 시간이 지났을 때는 내가 베개 더미에 누워서 이모를 지켜보고 있다는 걸 알리기가 너무 이상해져버렸다. 이모는 물 한 잔을 따르더니 흰 신발을 벗고 식탁에 앉아 그냥 유리잔을 바라보았다. 빗질이라도 하듯 양손으로 머리카락을 쓸었다. 매곳이 가끔 하는 것과 똑같은 행동이었다. 이모는 매곳과 똑같은 파란 눈, 매곳의 여자 사촌들이 매곳을 죽이고서라도 빼앗아 가고 싶어 하던 검은 속눈썹을 지녔다. 나는 매곳의 엄마를 본 적이 한 번도 없었지만 매곳의 엄마가 준 이모의 여동생이라는 생각이 문득 떠올랐다. 두 사람이 같이 노는 모습이 그려졌다. 지금 이곳에서 둘 중 하나가 온 힘을 다해 사람들을 챙기려 하는데, 다른 한 명은 사람을 조각조각 썰어버리려다가 거의 성공할 뻔했다는 이유로 구칠랜드에서 10년인가 12년을 복역하고 있다니.

이모는 식탁 밑으로 두 다리를 뻗고 의자 등받이에 기댔다. 그렇게 너무 오래 있어서, 이모가 잠든 게 틀림없다고 생각했다. 하지만 아니었다. 잠시 후, 이모가 천천히 새는 에어 매트리스처럼 길고도 조용히 숨을 내쉬는 소리를 들을 수 있었다. 이모가 그렇게 많은 숨을 내쉬어야 했다니 믿을 수가 없었다. 그 소리는 영원히 이어졌다.

알고 보니 수족관에 간 날은 내 인생 최고의 하루였다. 진짜 바다를 보게 됐을 때 그 바다가 개틀린버그의 '심해의 기적' 수족관보다 낫다면 나는 놀랄 것이다. 거기에는 뭐든 다 있었다. 해마, 문어, 위아래 거꾸로 헤엄치는 해파리. 안에 손을 넣어 이것저것 만져볼 수 있는 얕은 수조도 있었다. 주된 구경거리는 상어 터널이었는데, 거기서는 덩치 큰 개체들이 들어 있는 거대한 수조 아래로 걸어갈 수 있었다. 상어, 가오리, 거북. 다만 거북의 크기가 혼다 자동차만 했다. 얼굴에 전기톱 같은 게 튀어나와 있다는 것만 빼면 상어와 비슷하게 생긴 톱상어도 있었다. 농담하는 게 아니다.

페곳 아줌마가 그날 우리와 함께 갔다. 부부 중 한 명은 언제나 집에 남아 있어야 했다. 그래야 나머지 우리가 차에 탈 수 있었다. 페그 아저씨는 집에 남으면 뭔가를 고쳤다. 아니면 페곳 아줌마가 집에 남아서 우리 저녁을 준비했다. 그 음식 때문에 준 이모는 향수병에 걸렸다. 개틀린버그에 간 날에는 페곳 아줌마와 준 이모가 수다를 멈추지 않았다. 톱상어 같은, 당연히 관심을 기울여야 할 끝내주는 것들이 있었는데도. 우리를 수족관에 들어가게 해주느라 100달러인지 얼마인지 말도 안 되는 돈을 냈으면서도. 하지만 우리는 곧 이모네 집을 떠날 예정이었고, 엄마와 딸에게는 아직도 할 이야기가 남은 모양이었다. 준이 얼마나 열심히 일하는지에 대해서라든지. 페곳 아줌마는 그러지 말라고 했다. 또 둘은 준 이모가 교대 근무를 하는 얘기나 이모가 다른 병원으로 옮길 수 있다는 얘기를 했다. 이모가 켄트라는 남자랑 사귈 생각을 한다고도 했다. 이모는 켄트가 약 쪽에서 일한다고 했다. 켄트가 약쟁이라는 뜻은 아닌 것 같았다. 준 이모야 좋은 일밖에 하지 않으니까. 물론 그 모든 이야기가 나와는 아무 상관도 없었다.

우리는 상어 터널을 마지막까지 남겨두었다. 상어 터널이 가장 좋은 구경거리이기도 했고, 에미가 상어 터널에 갈 것이냐는 문제를 놓고 에미와 준 이모가 한 주 내내 치명적인 전투를 벌였기 때문이기도 했다. 에미는 개틀린버그에는 가지 않겠다고 단호히 말하는 것으로 싸움을 시작했다. 그다음에 에미가 세운 또 하나의 실패한 계획은 우리 모두가 수족관에 가 있는 동안 자신은 차에 남는 것이었다. 준 이모에게는 무지하게 침착하게 구는 특유의 태도가 있었다. 사람들은 결국 이모가 놓은 길을 따라가든지 아예 떠나버리는 수밖에 없었다. 이모가 응급실에서 "환자분, 몸에 총알구멍이 생긴 건 유감이지만 제가 할 일이 있어서요"라고 말하는 모습이 상상됐다. 간단히 말하면, 에미는 결국 그 빌어먹을 상어 터널에 들어가게 됐다. 준 이모는 지난번에는 에미가 너무 어렸다고, 이제는 다시 말에 올라 두려워할 게 아무것도 없다는 걸 알아야 한다고 말했다.

그래서 우리는 상어 터널에 들어갔다. 준 이모는 에미를 무시했고, 매곳과 나는 거대한 것들이 헤엄쳐 다니는 100만 톤의 물이 머리 위에 있다는 사실에 머리가 터져버릴 것만 같았다. 바닥 자체가 움직였다. 그건 예상하지 못했는데. 신발이 그 깊은 소금물로 끌려 들어가는 것만 같았다. 나는 에미가 무슨 생각을 하는지 보려고 뒤를 돌아보았는데, 홍해를 가르던 모세의 이름을 걸고, 에미는 완전히 얼어붙어 있었다. 수족관 표를 사느라 큰돈을 낸 사람들이 유모차를 밀고 음료수를 들고 에미 주변으로 밀려들었는데, 에미는 넋이 나가도록 겁에 질려 있었다.

난 딱히 생각하지 않고 그냥 돌아갔다. 하지만 바닥이 움직이고 있었으므로 어디에도 갈 수 없었다. 시간이 시간이 아닌 것처럼 느껴지는 꿈속에 들어온 것 같았다. 에미의 겁먹은 눈이 나를 보고 있었다.

나는 고개를 들어 바다 생물들을 쳐다보던 모든 사람들을 밀치고 지나갔다. 사실상 아틀란티스 라군의 아쿠아맨이나 마찬가지였다. 그러다가 나는 단단한 땅을 딛게 됐고, 에미는 진짜로 익사하려는 사람처럼 내게 매달렸다.

"괜찮아." 내가 에미에게 말했다. "널 놔두고 가버리지는 않아."

"근데 고모는 가버렸어. 뒤도 돌아보지 않았어."

"이 건물을 나가지는 않았을 거야. 터널을 지난 다음에 널 찾으러 돌아왔겠지."

에미는 떨고 있었다. "그럴 것 같지 않던데."

"아냐." 내가 말했다. "준 이모는 완전 그럴 생각이었어. 계속 널 지켜보고 있다고."

나는 다른 사람들이 돌아올 때까지 에미와 함께 기다리기로 했다가, 자연사할 때까지 남은 평생 매곳에게서 개틀린버그의 빌어먹을 상어 터널에 대해 듣게 되는 경우를 생각했다. 하지만 무슨 이유에서인지는 몰라도 에미는 알겠다고, 해보자고 했다. 나는 에미의 손을 잡아주어야 했다. 에미는 눈을 감고 있었다.

준 이모가 계속 지켜보고 있다는 말은 사실이었다. 우리 엄마야 어떤 방식이나 형태, 형식으로도 그러지 않았지만. 그러니까 나는 에미한테 인생을 믿어도 된다고 약속한 것이다. 그렇지 않다는 걸 알면서. 나는 에미가 자기 본능에 따르도록 놔뒀어야 했다. 절대로 그 말에 다시 올라타지 말라고, 빌어먹을 기회가 생길 때마다 그 말이 에미를 내동댕이칠 거라고 얘기했어야 했다. 그랬다면 에미는 나중에 자신에게 닥칠 엿 같은 일에 대비해 좀 더 현명해질 수 있었을 것이다. 결과가 더 나아졌을지도 모른다. 지금으로서는 이런 말은 너무 과한 것이지만. 미안하다.

준 이모는 우리에게 선물 가게에서 쓰라고 5달러라는 거금을 주었다. 매곳은 플라스틱 톱상어를, 에미는 알사탕을 샀다. 모두가 기다리고 있었다. 충동적인 결정으로 나는 에미에게 뭔가를 사주었다. 일부가 뱀으로 되어 있는 작은 은팔찌였다. 포장에는 곰치인지 뭔지라고 적혀 있었다. 나는 자동차로 걸어가는 길에 에미에게 팔찌를 주었다. 아마 뱀을 싫어하겠지만 이건 용기의 훈장 같은 거라고 했다. 에미는 고맙다고만 말했다. 그러다가 집으로 가는 길에, 에미는 나와 사랑에 빠졌다며 우리는 나이가 차는 대로 결혼해야 한다고 했다. 그래, 나는 말했다. 그때쯤 나는 상하 관계에 꽤 익숙해졌으니까. 하지만 솔직히 말하면 약간 충격받았다. 나는 에미에게 물었다. 왜 나야? 매곳이 아니고? 에미가 말했다. 참 나. 매티는 내 사촌이잖아.

그 말에 나는 나만의 사촌이 없다는 점에 대해 평소 느끼던 뜨끔한 느낌을 받았다. 하지만 나는 그 사실에 장점도 있다는 걸 몰랐다. 에미가 나와 사랑에 빠질 수 있다든지. 나는 에미에게 사랑에 빠지는 방법을 모르겠다고 했다. 에미는 걱정하지 말라고, 쉽다고 했다. 자기는 학교에서나 팝시클 막대 공작소의 남자애들과 늘 사랑에 빠진다면서.

매곳은 그게 에미가 걸레임을 증명할 뿐이라고 했다. 내 생각에 매곳은 소외된 기분이었던 것 같다.

*****

우리가 집에 돌아가려고 짐을 싼 날, 에미가 덤벼들어 온갖 지시 사항을 늘어놓았다. 나는 엄마를 설득해, 에미에게 전화를 걸어도 좋다는 허락을 받아야 했다. 그 시절은 페이스북도 문자메시지도 없었던 90년대니까. 에미는 내가 전화를 걸지 않으면 날 버리고 다른 누군가와 사랑에 빠지겠다고 했다. 그걸 좀 더 일찍 알았다면 좋았을 걸 그랬다. 아무튼 나는 집을 떠나온 이후로 엄마 생각을 별로 하지 않았다. 설령 엄마가 자길 잊지 말아달라고 간절하게 굴었더라도 그랬겠지만. 내 생각에 그건 멍청한 소리였다. 대체 누가 엄마를 잊겠는가? 아무튼 난 잊었지만.

나는 집으로 돌아가는 길에 엄마 생각을 아주 많이 하는 것으로 보상했다. 두 시간 거리였지만 우리는 기름을 넣고 콜라를 사 먹으러 컴벌랜드 갭에 들렀고 들소가 있는 공원에도 들렀다. 페그 아저씨는 상상할 수 있는 가장 느린 운전자다. 마침내 우리는 정신이 산산이 부서질 것만 같은 시속 8킬로미터의 속도로 진입로에 들어섰다. 나는 페그 아저씨가 차를 세우기 전부터 문을 열고 굴러 나갈 준비가 되어 있었다. 하지만 페곳 아줌마가 고개를 돌리더니, 다른 사람들이 내리는 동안 내 팔에 손을 얹었다. 나한테 해야 할 말이 있다고 했다. 아줌마는 긴장해 있었다. 전혀 마음에 들지 않았다.

"뭐, 엄마가 죽었다고 말하실 건 아니잖아요. 엄마가 보이는데." 내가 말했다. 엄마가 밖에 나온 걸 보면 트럭 소리를 들은 게 틀림없었다. 엄마는 저 위, 덱에서 기다리고 있었다.

"그래, 아무도 안 죽었지. 내가 말해주려는 건 좋은 소식이야." 페곳 아줌마가 말했다. "너한테 아빠가 생겼단다."

"아빤 죽었어요." 내가 말했다. 예의를 차리려고 했지만.

"음, 아니야, 네 아빠는 죽지 않았어. 내가 너한테 말해주려는 아빠는 말이다."

나는 내가 찾아가야 하느냐 마느냐를 놓고 여러 차례 토론이 오갔던, 아빠가 묻힌 무덤을 떠올리고 불쑥 말했다. "나사로 얘기는 사실이 아니에요!"

페곳 아줌마가 내게 이상한 표정을 지었다. "아니, 그 아빠 말고. 새로운 아빠 말이야. 난 얘기했으니, 가보거라."

나는 이해가 되지 않았다. 덱에 올라가 엄마의 포옹과 입맞춤으로 공격을 받으면서도. 그때 스토너가 집에서 나왔다. 찰나의 순간, 나는 나한테 새로운 아빠가 생겼다는 말을 스토너가 어떻게 받아들일지 궁금했다. 그리고 깨달았다.

5

내가 떠나 있던 2주 동안 엄마는 다음과 같은 일을 했다.

1. 스토너와 결혼했다.
2. 휴가를 내고 주말 동안 루레이 캐번으로 신혼여행을 떠났다.
3. 가구를 옮겼다.

내 침실이 큰 방이었는데, 이제 와서 엄마가 한 말에 따르면 우리는 방을 바꿔야 했다. 엄마와 스토너는 둘인데 나는 하나니까. 엄마는 스토너가 돈을 잘 버니 곧 더 나은 집을 구하게 될 거라고 했다. 나는 스토너가 셔츠도 없이 러닝만 입고서, 커피 탁자에 부츠를 올려놓은 채 〈아메리칸 아이언〉*을 훌훌 넘기는 동안 내 집이라고도 할 수 없는 내 집을 돌아다녔다. 스토너는 이제 이곳은 자신의 왕국이며 자신은 누구의 환심도 살 필요가 없다는 식으로 굴었다.

---

* 　　미국 모터사이클 잡지.

내 방이 아닌 내 방에는 내가 싫어하는 자리인 창문 아래에 침대가 놓여 있었고, 나의 액션히어로들은 상상할 수 있는 가장 멍청한 방식으로 선반 위에 놓여 있었다. 빨간색은 빨간색끼리, 초록색은 초록색끼리, 히어로들의 실제 동맹 관계나 능력과는 아무 상관도 없이 말이다. 꼭 내가 떠나 있는 동안 뇌가 없는 유령 아이가 이곳에 갇혀서 무의미한 방식으로 자기 물건을 늘어놓은 것만 같았다.

게다가 매곳과 나의 요새 안에는 이제 개가 한 마리 들어 있었다. 밴달 새비지의 턱수염처럼 거대하고 검은색이며 눈에는 증오심이 담긴 개였다. 놈은 누가 가까이 다가갈 때마다 짖으며 자기 몸을 사슬에 던져댔다.

몇 주 뒤면 학교가 시작될 터였다. 평생 처음으로, 나는 여름방학이 끝나기를 바랐다. 그런 일이 가능할 줄 누가 알았겠는가? 한편 나는 모든 시간을 매곳의 집에서 보냈다. 매곳에게 함께 살아야 하는 부모가 없다니 얼마나 행운인지 알라고 했다. 매곳은 내 의견에 전적으로 동의했다. 우리는 위층에 있는 매곳의 방에서 스토너가 개 우리에 들어가 사탄과 '시간'을 보내는 걸 보았다. 내가 어린애처럼 징징대는 거라고 생각할까 봐 하는 말인데, 자기 개한테 사탄이라는 이름을 붙인 건 그 개자식이다. 스토너는 익히지 않은 스테이크를 이용해 그 개에게 살인 방법을 훈련시켰다. 날고기를 흔들어대다가 홱 잡아당기면 개가 완전히 미쳐 날뛰었다. 스토너는 그걸 재미있어했다.

"니미 씨부럴, 저 개가 주인 허파를 찢어버릴 때까지 넌 여기 있는 게 좋겠다." 그게 매곳의 조언이었다. 전혀 필요 없는 조언이었다. 어차피 그게 남은 여름 동안의 내 계획이었으니 말이다. 방학이 지나면 내가 그 집에서 보낼 시간은 방과 후로만 제한될 터였다. 나는 페곳 가족이 이 계획에 동참할 거라고 생각했다.

그 계획에 동참하지 않은 것은 엄마였다. 엄마가 질문을 던졌다. 페곳 가족이 나와 스토너를 이간질하는지? 나는 엄마에게 굳이 그럴 필요 없다고, 이간질이야 스토너 혼자서 충분히 잘한다고 말했다. 엄마는 싸가지 없게 말한다고 내 입을 쳤다. 하지만 그건 어느 모로 보나 끝이 아니었다. 엄마는 새 남편에 대한 이웃들의 의견이 내 의견보다 중요하다는 듯 굴었다. 자기 자신의 의견보다도.

나는 결국 화가 나서 엄마에게 페곳 아줌마가 전에 했던 말을 전했다. 내가 스토너의 할리데이비슨에서 떨어져 머리가 깨진다 한들 스토너는 신경 쓰지 않으리라는 것 말이다. 엄마는 특유의 표정으로 눈을 휘둥그렇게 뜨더니 그 주 남은 시간 동안은 페곳 가족의 집에 갈 수 없다고 했다. 엄마는 왜소한, 정말이지 아주 작은 사람이었다. 페곳 아줌마의 말에 따르면 그건 엄마가 다 자라기도 전에 나를 가졌기 때문이었다. 그런 모습의 좋은 점은, 내가 열 살 때쯤 엄마의 키를 거의 따라잡았고 어떤 경우에는 엄마에게 "어디 막아봐"라고 말하기 시작했다는 것이었다. 이번이 바로 그런 경우였다.

이번에 엄마의 답은, 아마 엄마는 나를 막을 수 없겠지만 스토너라면 확실히 막을 수 있으리라는 것이었다. 어쩌면 엄마에게 남편이 필요한 이유가 바로 그것인지도 몰랐다. 딱히 궁금한 건 아니었지만.

다른 말로 하면, 우리는 엿 같은 가족 드라마로 변해가고 있었다. 나는 너무 화가 나서 신경조차 쓸 수 없었지만 내 생각엔 엄마도 의심했던 것 같다. 스토너가 왜 창녀처럼 옷을 입느냐고, 직장에서는 누구랑 수작을 부리는 거냐고, 퇴근한 뒤에는 어디를 가는 거냐고 늘 들들 볶아댔으니까. 엄마는 퇴근 후 아무 데도 가지 않았는데 말이다. 스토너는 심지어 엄마가 단주 모임이나 단약 모임에 가는 것도 싫어했다. 그곳 사람들이 대부분 남자였기 때문이다. 스토너는 기회가 있을 때마다 놓치지 않고 엄마는 이제 결혼한 몸이므로 더는 현장에 나가서는 안 된다고 말했다.

그러니 어쩌면 엄마의 격려 연설은 나만큼이나 엄마 자신을 위한 것이었을지도 모른다. 스토너가 좋은 직장에 다니는 만큼 우리는 운이 좋다는 얘기였다. 장담하는데 리 카운티에서는 그런 식의 주장이, 그러니까 스토너가 하는 일이 점점 잘되고 있으니 그가 돈을 잘 벌 것이고 우리는 안전해지리라는 주장이 전혀 논리적이지 않다.

그놈의 일자리 때문에 스토너가 재림 예수라도 된다는 걸까? 영업용 차량 운전자라니. 그 말은 스토너가 트럭을 몬다는 뜻이었다. 특별한 면허가 있으므로 그냥 평범하고 일상적인 물건이 아니라 맥주를 싣고 돌아다닐 수 있다는 뜻. 스토너의 말대로라면, '제품'을 싣고서 말이다. 안호이저-부시의 유통 트럭 운전기사로서 스토너는 최대 75킬로그램까지 나가는 제품을 들어 올리고 나를 수 있다는 걸 증명하는 시험을 매년 통과해야 했다. 나는 이 모든 내용 말고도 아주 많은 것을 전혀 알고 싶지 않았지만, 스토너는 바닥에 누워 엑스마크 바벨을 들어 올리며 그렇게 말했다. 그 바벨도 스토너 특유의 악취 그리고 사탄과 함께 들어온 물건이었다. 그놈의 바벨이 거실 공간 대부분을 차지했다. 스토너가 땀에 젖은 러닝을 입고 가죽 팔찌를 찬 채 언제라도 터질 것처럼 목 혈관이 불거진 채로 그 사이에 누워 있을 때면 더욱 그랬다. 그렇게 그는 바벨을 한 번 밀어 올릴 때마다 똥이라도 싸는 것처럼 끙끙거렸다. "50곳도 넘는 고객사에 제품을 순환, 유통하지." 스토너가 교수나 뭐 엿 같은 거라도 되듯이 말한다. "도로 상황과 관계없이 순회로를 모두 돌아야 해."

'의료 및 치과 보험'이 엄마를 흥분시킨 부분이었다. 이제는 내가 편도선을 제거해야 하거나 차에 치일 경우 보험 혜택을 받을 테니까.

아니면 몇몇 선생들이 첫째 날부터 엄마가 나한테 먹이기만을 기다려왔던 ADHD 약을 살 때라든지. 스토너는 아, 그래, 리들링*인지 뭔지가 있으면 저 녀석을 한풀 꺾을 수 있지, 라고 말했다. 엄마의 태도는 애매했다. 하지만 엄마는 내가 이제는 필요하든 필요하지 않든 치과에 가게 되었다고 확실히 말했다. 난 전혀 신나지 않았다. 나는 애들한테서 치과란 고문실과 같은 곳이라고 들었고, 또 다른 사람들에게서는 치과 의사가 그렇게 나쁜 사람은 아니라는 말을 들었다. 나는 한 번도 치과에 가본 적이 없었다.

곧 나는 지금의 내가 기대할 수 있는 최선이란 치아를 드릴로 뚫는 것이라는 사실을 알게 되었다. 스토너가 세운 계획은 어린 데몬에게 완전히 새로운 인생을 주겠다는 것이었다. 그 인생은 어느 날 아침, 엄마가 출근하고 나서 아침밥을 먹던 중에 설명되었다. 나는 군대에서 가르치는 것처럼 자제력을 배우게 될 터였다. 말해두지만 스토너가 군대에 가본 적이 있는 건 아니었다. 내 생각에는 영화를 본 것 같다.

스토너는 엄마가 내게 너무 관대하게 굴었다며, 허리를 숙여 우유에 탄 치리오**를 한 입 더 후루룩 삼킨다. 나는 스토너가 먹는 모습이 정말이지 개와 비슷하다고 생각한다. 그가 음식을 담아 먹는 빨간색 플라스틱 그릇조차 얼마나 개 밥그릇처럼 생겼던지. 네 엄마는 네 태도를 그냥 봐줬지. 이젠 올바른 사람들이, 규율이 있고 다른 사람을 존중하는 사람들이 어떻게 사는지 배우게 될 거야.

나는 그 말에 할 얘기가 없었다.

스토너가 번개처럼 빠르게 앞으로 손을 뻗더니 내 턱을 쳤다. 내

---

*   ADHD 약으로 종종 쓰이는 리탈린을 잘못 발음한 것.
**   시리얼 상표.

숟가락이 손에서 날아가 바닥에 떨어졌다. 한쪽 귀가 울리고 뺨은 타는 듯했다. 나는 스토너를 빤히 보았다. "내가 뭘 어쨌다고요?"

"이 거만한 새끼. 네가 한 행동 때문이 아니야, 네 생각 때문이지."

내가 무슨 생각을 했다고? 나는 스토너가 개처럼 아침밥을 먹는다고 생각했다. 귀에 피어싱을 한 개처럼. 나는 그 구멍 하나에 목줄을 채워, 스토너에게 지옥의 산책을 시켜주고 싶다고 생각했다.

"문제는 이거다." 스토너는 방금 아무 일도 일어나지 않았다는 듯 침착하게 설명한다. 팔뚝으로 턱수염에 묻은 우유를 닦고, 문신한 머리를 긁으면서. 내가 이렇게까지 망가진 게 놀랍지도 않다고 말한다. 네 엄마가 애 키우는 법을 어떻게 알겠냐? 네 엄마도 위탁 가정에서 컸는데. 네 엄마가 완전한 루저를 또 하나 키워내게 될 건 분명하지. 나는 생각했다. 방금 엄마를 완전한 루저라고 불렀는데, 그럼 엄마랑 결혼한 이유는 정확히 뭐지? 나는 우리가, 엄마와 내가 얼마나 운이 좋은지에 관한 수다의 결론을 따라가기가 힘들었다. 스토너가 우리를 둘 다 고쳐놓으러 왔다는 결론을.

나는 두 주먹을 식탁에 올린 채 시리얼 그릇을 주먹 사이에 두고 앉아 있다. 빨간 머리카락이 난 머리는 여전히 내 목 위에 얹혀 있다. 스토너는 개처럼 후루룩대며 시리얼을 다 먹는다. 나는 눈도 깜빡이지 않고 움직이지도 않는다. 나도 군대 영화를 봤다. 내 그릇의 우유는 상할 수 있고 낮은 변해 밤이 될 수 있다. 그래도 나와는 아무 상관이 없다. 나는 가만히 있다. 스토너가 의자를 뒤로 밀고 그릇을 싱크대에 던져 넣더니 나간다. 모기장이 쾅 닫힌다.

그런 다음 나는 바닥에서 숟가락을 집어 들고 시리얼을 먹는다. 승리란 게 있다면 그게 나의 승리다. 뚝뚝 물이 새는 수도꼭지 아래의 그릇처럼 채워지는 것. 저 남자를 벼르며, 증오로 채워지는 것.

내가 페곳 아줌마에게 스토너에 대해 말하자 아줌마는 엄마와 이야기를 해봐야겠다고, 그게 아니면 사회복지국에 신고해야겠다고 말했다. 나는 엄마를 골랐다. 그래서 둘은 이야기를 나누었다. 나는 엄마가 스토너 때문에 상처받았다는 걸 알 수 있었다. 어쩌면 엄마는 남자 대 남자라는 거지 같은 상황이 얼마나 나빠질 수 있는지 몰랐을 것이다. 엄마는 스토너에게 어느 정도 반격해보려 했다. 어느 날 밤, 엄마는 집에 피자를 사 왔다. 우리가 TV를 켜놓고 거실에서 피자를 먹던 중에, 엄마는 밝고도 기묘한 작은 목소리를 써서 자기도 여전히 이런저런 것들에 대한 의견이 있으며, 이곳이 자기 집이니 그 의견을 말할 수 있어야 한다고 했다. 광고가 나올 때였다.

무슨 의견. 그게 스토너의 질문이었고, 엄마의 답은 이랬다. 쟤. 쟤가 아직 내 아들이라는 거. 스토너는 아무 말도 하지 않았다. 프로그램이 다시 나왔다. 〈로 앤 오더〉였다. 나는 더는 먹고 싶지 않았다. 피자는 햄과 파인애플이 들어간 프로스의 하와이안 피자로, 내가 가장 좋아하는 것이었다. 엄마야 당연히 그 사실을 알았지만 스토너는 몰랐다. 이 피자는 엄마가 나한테 보내는 암호화된 메시지나 마찬가지였다. "이 배를 포기하지 마. 내가 아직 너와 함께 타고 있어"라는 내용의. 하지만 스토너가 조용해지면서 눈이 완전히 잔인하게 변해가던 그때, 나는 지금껏 먹은 것을 토하지만 않아도 다행이라고 생각했다.

프로그램이 끝났다. 스토너가 일어나 TV를 끄더니 엄마를 마주 보고 다시 앉았다. "그래." 스토너가 말했다. "주정뱅이랑 약쟁이들이 애들을 잘 돌보긴 하지."

엄마의 눈이 내게로 향했다. 집에 불이 났어. 엄마의 눈이 하는 말은 그것이었다. 내가 죽을 수도 있다는 점이 정말 미안해.

나는 엄마가 미안해한다는 걸 알았다. 우리는 백번도 넘게 이런 일을 거쳐왔다. 상처를 준 모든 사람에게 사과하기, 그건 9단계였다. 그 다음 단계는 더 높은 힘, 도덕적 평가, 원칙의 실천이었다. 우린 그 모든 단계를 거쳤다.* 엄마는 노력했고, 공평하게 말하자면 그때도 노력했던 것 같다.

"엄마는 취해 있지 않아요." 내가 말했다. "나를 지키려고 끊었어요."

"빌어먹을, 누가 너한테 물어봤어?" 스토너가 커피 탁자 위로 몸을 숙이고 피자 상자를 닫더니 내가 앉아 있던 바닥에서 먼 곳으로 미끄러뜨렸다. 나는 자기가 훈련시키는 동물이고, 방금 피자라는 특권을 잃어버리기라도 한 것처럼. 그가 엄마를 돌아보았다.

"네 자식을 그렇게 좋아해서, 씨발 이웃들이 키우게 놔뒀나 보네. 이 얘긴 이미 했을 텐데. 내가 말했잖아. 근데 넌 듣지 않았지. 저놈은 요즘에도 자기 집보다 그 빌어먹을 페곳네 집에서 더 오래 지내. 내 말이 틀려?"

"아니." 엄마가 말했다.

"그래, 안 틀리지. 넌 여기 앉아서 장님 시늉이나 하고 있잖아. 저놈이 옆집에 사는 그 꼬마 호모랑 돌아다니는데도. 엄마가 교도소에 갇힌 그놈이랑. 내 말이 틀려?"

엄마는 아무 말도 하지 않았다.

"그 꼬마 호모의 창녀 같은 엄마가 빌어먹을 남자 친구를 찔러서 교도소에 있다고." 스토너가 엄마에게 더 가까이 몸을 숙이더니 소리쳤다. "내. 말이. 씨발. 틀려?"

엄마는 고개를 끄덕이더니 저었다. 겁을 먹어서 헷갈린 것이다. 스토너가 나를 돌아보았다.

---

*　　중독 극복을 위한 12단계 프로그램을 말한다.

"네 계획이 그거냐, 데몬? 자라서 호모 새끼가 되는 거?"

"계획 같은 거 없는데요." 내가 말했다. 나는 이런 대화가 벌어지는 것조차 믿을 수 없었다.

"그래? 남자 친구를 사귀었다가 그놈을 찌르고, 결국 교도소에 들어가서 돌림빵이나 당할 거라는 생각을 안 한단 말이야? 이 집안사람들은 다 그런 식인가?"

나는 스토너가 대답을 듣는 대신 토사물을 뒤집어쓰게 되면 어떻게 느낄까 궁금했다. 내가 향한 방향이 바로 그쪽이었으니까. 하지만 스토너는 신경 쓰지 않았다. 그는 다시 고개를 돌려 엄마에게 소리쳤다. 나는 그즈음 엄마에 대한 미안함을 다 써가고 있었다. 개자식이랑 결혼하겠다는 건 내 생각이 아니었으니까.

"저놈한테 말해." 스토너가 엄마에게 소리쳤다. "지금 당장. 우리 모두 들을 수 있게. 저놈은 그 집에 돌아가지도 못하고, 그 호모랑 놀지도 못할 거야. 내일도 그렇고 앞으로도 영원히. 안 그랬다간 대가가 따를 줄 알아."

엄마가 그 말을 따라 했고 나는 그런 엄마를 용서할 생각이 없었다.

나는 학교가 시작할 때까지 거의 밖에 나가지 못했다. 일주일 내내 비가 내려서 외출 금지를 당한 기분이 더 심하게 들었다. 나는 〈엑스맨〉 〈아이언맨〉 〈엑소 특공대〉 〈스폰〉 〈헐크〉 재방송을 천 번은 보았다. 스토너가 TV를 원할 때면 방으로 들어가 그것들을 만화책 버전으로 읽었다. 나는 스토너가 다양한 방식으로 박살 나는 슈퍼빌런으로 나오는 그림을 스케치북에 그렸다. 어느 시점에는 TV 프로그램과 만화책, 그림, 내 꿈이 모두 섞여 나 자신이 없어진 것 같은 기분이 들었다. 그냥 안에 짐승을 품은, 나와 비슷하게 생긴 조용한 소년이 전사의 분노 감마 폭발을 일으킬 준비를 하고 있었다.

앞에서 내가 사람들에 대해 한 말이 있다. 만약 신경만 쓰면 사람은 누구나 사물을 분간할 수 있다고. '만약 신경만 쓰면'이라니, 대단한 만약이다. 아마 이 지구상에서 가장 거대한 만약일 것이다. 왜 사람들은 뱀들에 관해서는 아무것도 알아채지 못하고, 사람의 특정한 면들에 관해서는 천 퍼센트를 알아채는 걸까?

당신은 나도 매곳도 모른다. 당신이 만약에, 예를 들어 2학년이던 우리를 보았다면 같은 부류의 두 아이라고 생각했을 것이다. 두 명의 백인 소년 이상도 이하도 아닌. 죽은 내 아버지는 멜런전이었지만 멜런전은 대체로 백인으로 통한다. 게다가 나는 조그만 금발 엄마와도 섞여 있었다. 그러므로 나는 백인 중에 가장 희다고는 할 수 없지만 백인이라고 할 만큼은 희었다. 그러니까 우리는 월마트 테니스화를 신고 손톱에 때가 낀 두 명의 말썽쟁이였다. 당신이 도시 출신이라면, 내 생각이지만, 아마 우리를 한 쌍의 조그만 촌뜨기라고 불렀을 것이다. 어울리는 짝이라고.

잠시 시간을 뒤로 감도록 하겠다. 그러면 약속을 어기는 셈이지만 잠깐만이다. 9학년 때. 나는 엄청나게 자라서 아주 조그만 빨간 콧수염을 길렀다. 매곳은 머리카락을 어깨까지 길렀으며 사촌들에게서, 더 심한 경우에는 월그린*에서 아이라이너와 손톱 광택제를 훔쳤다. 매곳에게는 돈이 있었지만 남자가 걸어 들어가서 그런 물건을 살 수는 없었다. 직접 쓸 생각이었으니까. 그는 테니스화도 더는 신지 않았다. 우리는 이미 페곳 아줌마가 집에서 만든 옷에 심한 반감이 있었다. 미안하지만 술이 달린 카우보이 셔츠는 사양하겠다고. 그런데 매곳의 취향은 눈길을 사로잡는 방향으로 되돌아오기 시작했다.

---

*   미국의 드러그스토어.

이제 우리를 보라. 이성애자 소년과 퀴어. 당신이 누구든, 당신이 달리 무슨 말을 하든 간에 ─ "잘됐네"나 "저 새끼 얼굴 차버리고 싶어", 심지어 "난 상관없어"라고 하겠지 ─ 당신은 여전히 눈에 보이는 것을 볼 것이다. 소년 한 명과 퀴어 한 명. 눈은 관심이 있는 것을 본다. 나는 과거와 똑같은 아이이고 매곳도 마찬가지인데도. 매곳은 언제나 똑같은 매곳이었다.

매곳을 매곳이라고 부르기 시작한 건 나였다. 우리는 어렸고, 그 이름은 엄청나게 웃겼다. 그 별명을 고집한 것도 나였다. 매티 페곳이 학교에 가자 당연히 매티 패곳*이라는 별명이 생겼으니까. 나는 그 별명을 피해 엔드런**을 하려 했다. 매곳을 부르는 다른 별명이 하나도 없었다고는 못 하겠다. 다른 별명이 존재한 건 사실이었다. 하지만 스토너와의 그날 밤 이후로, 매곳의 다른 별명들은 내가 들을 수 있는 곳에서 한 번도 나오지 않았다.

나라고 사람들의 생각을 전혀 짐작하지 못한 것은 아니다. 하지만 뭔가를 단어로 부르기 시작하면 그것에 이빨이 돋는다. 그때 나는 그 벌레가 파고드는 것을, 내 머릿속에 독을 뱉어내며 내가 매곳을 보는 방식을 바꾸려 한다는 것을 느꼈다. 그 별명이 함께 있는 우리 둘을 보는 사람들에 대해 내가 느끼는 감정을 바꾸려 한다는 것을.

그때까지 나는 스토너를 싫어할 만한 이유를 일상적으로 수집해왔다. 하지만 그날 밤에는 불이 켜졌다. 놈이 내 머리에 한 짓 때문에라도 나는 그놈을 불태워버릴 생각이었다.

---

*   매곳의 본명은 Matty Peggot이고, 학교에 가면서 그에게 새로 붙은 별명은 Matty Faggot이다. faggot은 남성 동성애자를 비하하는 말이다.

**   미식축구에서 공을 들고 수비진 측면을 우회해 질주하는 기술.

6

　매곳의 어머니가 교도소에 간 일에 관해서. 매곳과 내가 아직도 분홍빛 뇌와 아주 짧게 깎은, 연필 끄트머리에 달린 지우개 같은 머리를 하고서 뛰어다니던 그 시절에 나는 그 이야기를 얼마나 알았을까? 페곳 아줌마는 우리 둘 모두에게 그 이야기의 가장 나쁜 부분을 감추려 했다. 하지만 이야기에 모든 요소가 갖추어지면, 이웃들을 너무 사랑해서 그들에 관한 이야기를 도저히 멈출 수 없는 이 동네에서 그 이야기는 전설이 된다. 그리고 전설은 귀가 달린 모든 사람에게 알려지게 마련이다. 우리에게도 귀는 있었고.

　시작은 평범하다. 한 소녀가 잘못된 남자에게 심하게 빠진다. 그 소녀가 머라이어 페곳이었다. 모두가 하는 말에 따르면, 머라이어는 로미오 블레빈스 같은 부류와 어울릴 일이 전혀 없는 아이다. 로미오는 머라이어에 비해 나이가 너무 많고, 솔직히 말해서 너무 잘생기기도 했다. 머라이어에게 잘못된 점은 전혀 없었지만 그렇다고 그녀가 가족에서 미모를 담당한 건 아니다. 페곳 가족에게는 딸이 네 명 있었는데, 그중 위의 셋은 80년대 대부분 혹은 내내 리 카운티에서 홈커밍이라든가 축제의 여왕스러운 모든 것과 연관되었다. 치어리더, 연인. 준은 A만 받는 학생이면서도 자기가 원하는 모든 남자와 데이트할 수 있을 만큼 인기가 많았다. 들어본 적도 없는 얘기였다. 페콧 집안 여자애들은 쩔었다. 그러다가 머라이어가 나온다. 납작한 가슴에 깡마른 체형, 땅처럼 고집스러운 성격. 못생긴 건 아니지만 머라이어는 특유의 모습 때문에 그 무엇의 여왕도 되지 못할 터다. '나한테 페콧 집안 딸인지 물어볼 생각도 하지 마라, 씨발' 같은 모습.

반면에 로미오라는 녀석은 몸짱인 나쁜 남자다. 잡지 모델 같은 외모다. 엄청난 돈을 받지 않는 한, 백만 년이 지나도 아빠 옷 같은 건 입지 않을 남자. J. C. 페니의 광고에 나오는 것 같은 남자. 그는 죽여주게 몸매가 좋고 살인 미소의 소유자이며 수사자 갈기 같은 머리를 하고 있다. 완전히 그림 같다. 로미오가 머라이어 쪽으로 눈을 돌린 이유야 누가 알겠느냐만, 머라이어는 복권에라도 당첨된 기분이었고 로미오도 그런 척했다. 그러니까 머라이어가 복권에 당첨된 것처럼 굴었다는 말이다. 머라이어가 행운에 매달리고 싶다면야, 로미오가 편할 때 그의 황금 자지를 받아들이는 행운을 누릴 수 있었다. 다른 모든 시간에는 불평 없이 그의 심부름을 할 수 있었고. 로미오와의 데이트는 그의 집에 가 빨래를 해주는 것일 수도 있었다. 로미오는 숲속에 있는 방 두 개짜리 A자 형태 집에서 산다. 더필드 외곽의 산 위에 있는 집이다. 그리고 그는 소형 밴에 자기 장비를 싣고 다니는 자동차 정비공으로서 성공적인 사업을 하고 있기도 했다. 기름때 묻은 표준적인 멍키스패너를 만졌다는 게 아니라 전자 기기를 다루었다는 뜻이다. 진단 능력이 있다. 당시는 자동차가 자동 유리창에서 브레이크까지 모든 것에 근사한 회로를 품기 시작했던 시기였다. 누가 모자라도 떨어뜨리면 자동차가 완전히 미쳐 날뛰게 하려고. 게다가 로미오가 자동차 정비소를 손님 있는 곳까지 가져간다는 게 핵심이었다. 차가 고장 났을 때 그의 서비스가 너무 편리했기에 로미오는 얼마든 원하는 값을 받을 수 있었다. 그의 예쁘장한 얼굴을 불러내는 것만으로 복권에 당첨된 셈이었으니까.

페곳 아줌마는 바보가 아니었기에 "반짝인다고 금은 아니다, 얘야"라고 말하며 발을 구른다. 머라이어는 아직 고등학생이었기에 몰래 돌아다니는 것 말고는 다른 방법을 몰랐다. 막내딸도 결국 하루쯤은 여왕이 되어야 했던 건지도 모른다. 아니면 정말로 로미오를 사랑하거나. 상관없다. 머라이어는 로미오를 끊을 생각이 없다. 머라이어가 그런 생각을 떠올리기라도 하면 로미오가 특유의 미소를 베풀어주고 머라이어는 녹아버린다. 머라이어의 고등학교 3학년 시절은 페곳 집 안에서 벌어진, "엄마는 몰라요, 진짜 다정하다고요"와 "진짜 다정하기는 개뿔, 그놈은 닭장에 들어간 여우야"와 "저랑 단둘이만 있을 때는 달라요"로 이루어진 기나긴 다툼이었고, 그 다툼은 언제나 같은 데서 끝났다. "경고했다, 얘야. 그러니까 울면서 오지나 마." 그러다가 이야기는 2장에 접어들었고, 머라이어는 임신해서 더필드 외곽의 숲속에 있는 로미오의 A자형 집으로 이사한다.

알고 보니 로미오에게는 그럴 생각이 전혀 없었다. 머라이어가 아기를 낳기도 전에 그는 주님과 다른 모두가 보는 앞에서 다른 여자들과 나돈다. 자기 씨앗을 품은 건 머라이어에게 행운이라는 암시를 남기며. 그는 원해서 임신한 건 머라이어가 아니냐고 했다. 다음으로는 아기가 태어난다. 머라이어는 이제 복권 당첨자가 된 기분이 별로 들지 않는다. 죽도록 피곤해진 그녀는 남자에게 집에 남아서 도와주거나 최소한 꼬리를 쫓아 뱅뱅 도는 짓이라도 그만두라고 잔소리를 해댄다. 이런 식으로 입을 놀린 대가로 머라이어는 황금 자지와 살인 미소보다 훨씬 더 많은 것을 받게 된다. 어느 날 밤, 거창한 파티가 끝나고 나서 머라이어는 로미오를 위협한다. 언니 준에게, 아기를 데리고 빠져나가게 와서 도와달라고 전화하겠다고. 로미오는 벽에서 전화기를 뽑아버리고 머라이어를 때려눕힌 뒤, 전화선으로 머라이어의 두 손을 등 뒤에 묶는다. 비명을 지르는 머라이어를 끌고 밖으로 나가 덱 난간에 제대로 꽉 묶는다. 루거*를 머라이어의 입속에 넣고 굴려대며, 차가운 금속 자지를 빠는 그 잘난 입 구멍 느낌이 어떠냐고 묻는다. 머라이어의 침으로 젖은 총열 끝을 꺼내 그녀의 얼굴에 커다란 미소를 그린다. 가끔 이렇게 해보라면서. 그러면 덜 보기 싫어질 수도 있으니까. 그런 다음 머라이어의 셔츠를 찢고, 차가운 패브릭 펜슬로 그녀의 가슴에 커다란 하트를 그린다. 그녀에게 자기 남편을 사랑하는 것도 한번 해봐야 한다고 말한다. 꼴 보기 싫은 수유용 브라 대신 적당히 섹시한 걸 입으라고. 아니, 대체 왜 아직도 애를 위해 젖소처럼 살고 있느냐고. 애가 사실상 걸어 다니는데 역겹다고. 빌어먹을 머라이어 페곳에게 이제야 젖가슴이 생겼는데, 그게 빌어먹을 신생아의 재산이 되었다면서.

결국 지루해진 로미오는 총을 주머니에 집어넣고 떠난다. 그것도 자신의 소형 밴이 아니라, 탈출용으로 더 적절한, 머라이어의 쉐보레 몬자를 타고서. 머라이어의 운수 사나운 날은 그게 끝이 아니다. 시작이다. 로미오는 거실에 있는 놀이용 울타리 속 매티를 머라이어가 볼 수 있도록 현관문을 열어두었다. 머라이어는 매티가 배고파지고 무서워 미치려 하는 모습을 지켜봐야 한다. 매티는 걸으려면 한참 남았다. 거의 일어나 앉지도 못하는, 언제나 텅 비어 있는 나이. 심장이

*　　권총의 한 종류.

터지도록 울면서 놀이용 울타리의 흰 그물 너머를 보며 작고 서글픈 눈으로 **왜엄마왜?**라고 묻는다.

처음에는 두 시간이다. 그런 다음에 로미오가 예쁘장한 미소를 지으며 돌아와 머라이어에게 미안하냐고 묻는다. 머라이어는 미안하다고 말하고, 가엾은 매티를 진정시키고 먹이려고 달려간다. 이 사랑스러운 보금자리에서는 그게 화해로 통한다.

머라이어는 집에 가게 해달라고 부모에게 애원할 수 없다. 이미 경고를 받았으니까. 게다가 그녀는 한결같이 고집스럽다. 머라이어는 언니에게 도와달라고 빈다. 준은 아직 집에 살고 있지만 지금은 지역 전문대학교에 다니는 천재다. 사실 페곳 가족 전체가 날카로운 공구를 보관해둔 오두막이나 마찬가지다. 그 가족에는 재능과 능력이 있는 사람들이 가득하다. 죽음으로 최근 가족에게 재앙을 가져다준, 새집의 험비는 예외지만. 험비는 페곳 집안의 위에 떠 있는 먹구름이다.

상황은 나빠진다. 로미오는 한 번에 며칠씩 집에 들어오지 않고, 집에 돌아와봐야 저녁 식사나 자기가 원하는 경우 섹스를 요구할 뿐이다. 하지만 보통은 너무 취해 있다. 지옥 한가운데에서도, 파도가 높이 솟아도, 삐삐가 아무리 여러 번 울려도 얼굴을 처박은 채 침대에서 정신을 잃고 있다. 머라이어는 바로 이런 때를 고대한다. 이때쯤 로미오는 온갖 엿 같은 방식으로 머라이어를 위협한 뒤다. 주먹질로 머라이어의 이가 하나 뽑혔으며, 상황 정리는 습관이 되어 있다. 어느 날 저녁, 그는 한 번 더 머라이어를, 놀이용 울타리 안에서 온몸이 찢어지도록 우는 매티가 보이는 곳에 놔둔다. 지금은 겨울이라 춥다. 문은 열려 있고, 머라이어는 이번엔 아이가 죽을 게 틀림없다고 생각한다. 원한다면 얼마든지 도와달라고 소리 지를 수 있지만 이 높은 곳에서 대답할 존재라고는 숲속의 부엉이밖에 없다. 머라이어는 베여서 피가 날 때까지 손목을 홱홱 잡아당기지만 로미오는 조심성 많은 남자인 데다 매듭 묶는 법을 잘 알고 있다.

첫 한 시간 동안 아기는 작고 빨간 얼굴에 콧물이 래커처럼 칠해질 때까지 울어댄다. 속눈썹은 전부 달라붙었고 턱은 부들부들 떨린다. 두 번째 한 시간에는 조용해져 가만히 누운 채 그 눈으로 머라이어를 바라본다. 세 번째 한 시간에는 눈이 감기고 작은 몸이 떨린다. 시간은 머라이어의 추측이다. 세 시간일 수도 있고 30분이었을 수도 있다. 하지만 어두워지기 시작하자 추측은 사실이 된다. 이때가 머라이어가 기도하는 방법을 기억해낸 시점이다. 중학교 시절에, 꽤 오래전에 잊어버린 행동이다. 그 시절에는 인생이 고약했다. 미안해하는 것보다 화내는 게 낫고 부탁하는 것보다는 명령하는 게 낫다는 걸 알기 시작했던 시절이었다. 신이 관련된 분야에서도.

머라이어는 주저앉아버린다. 다시 부탁하게 된다. 제발요, 주님, 제 아기가 죽게 놔두지 말아주세요. 머라이어의 가슴은 바위처럼 단단하고 타는 듯하다. 그녀는 눈물을 흘리고 젖을 흘리며 젖소처럼 운다. 매티가 어둠 속에서 다시 울부짖기 시작한다. 엄마의 마음을 터뜨려야 할 필요가 있을 때를 대비해서 아기들이 보관해두는 특별한 울음이다. 머라이어는 그 울음이 칼처럼 갈비뼈를 찔러오며 뼈에서 가죽을 들어내는 것을 느낀다. 하지만 그녀는 아기가 아직 배고픔으로도, 추위로도, 더필드 외곽에 있는 A자형의 좆같은 방 두 개짜리 집에, 이 좆같은 가족에 태어났다는 불운으로도 죽지 않았다는 사실에 신께 감사드린다. 로미오는 아침이 될 때까지 오지 않을 것이다. 이날이 머라이어를 깨뜨리고 다시 만들 밤이다.

머라이어는 정말 미안한 것처럼 굴 생각이다. 그래, 큼지막한 미소를 지으면서 집에 돌아온 그를 보게 되어 정말로 미안한 것처럼 굴

것이다. 연기를 할 것이다. 그 남자가, 자신이 머라이어의 기도에 대한 응답이라고 생각하도록 놔둘 것이다. 하지만 이 밤에 머라이어는 너무 멍청해서 잊었던 다른 것들을 기억해낸다. 미안해하는 것보다는 화내는 게 낫다는 것을.

머라이어는 로미오의 트럭에서 칼을, 작토* 칼 한 자루를 몰래 꺼내 자기 몸에 청테이프로 붙여놓기로 한다. 다음번에 또 손이 뒤로 돌려져 묶이면, 자를 만한 날이 필요해지면 그 칼에 손이 닿을 것이다. 칼은 머라이어의 엉덩이에, 그녀의 부모님이 아직도 모르는 '나비는 자유다' 문신 아래에 붙일 것이다. 비밀이 한 가지 생기는 셈이다. 언제나 차고 다닐, 이 달콤한 칼날이라는. 다시 한번 묶이게 되면 이 나비가 그녀를 자유롭게 해줄 것이다.

머라이어가 로미오에게 쓰려는 것도 바로 그 칼이다. 로미오가 마침내 잔뜩 취해 머라이어와 아기 둘 모두에게 너무 많은 엿을 먹이고 나서 완전히 정신을 잃은 날, 머라이어가 그를 뒤집어 눕히고 일하러 갈 수 있을 만큼 깊이 잠든 날. 머라이어는 양옆의 턱뼈 모두에 닿을 때까지 입 가장자리의 뺨을 베어버린다. 남은 평생 짓고 다닐 수 있는, 똥이나 처먹을 미소다. 그리고 그의 가슴 피부에는 커다란 하트도 새긴다. 머라이어는 아무리 피가 솟구쳐도, 활짝 벌어진 살점 밖으로 작은 덩어리를 이루어 떨어지는 노란색 뺨 지방을 보고도, 그가 정신을 차리며 지른 비명에도 멈추지 않는다. 머라이어는 로미오를 로레나 보빗** 해버리지는 않지만(아직 그런 행동이 발명되지 않았을지도 모른다) 충분히 많은 것을 해낸다. 머라이어는 애 아빠가 J. C.

*　　칼 등을 만드는 회사의 브랜드.
**　　1993년 버지니아주에서 잠든 남편의 성기를 잘라버린 여자.

페니의 카키 옷 모델을 할 수 없게 되었다는 걸 알고, 꼬마 매티를 데리고 서둘러 그곳을 빠져나온다.

머라이어는 그가 고소를 할 거라고는 생각하지 못한다. 당연한 얘기지만 머라이어는 어린 데다가, 완벽하지는 않아도 언제나 자기 잘못을 인정하는 사람들과 함께 자랐다. 모든 사람이 자기 행실대로 대가를 받는다고 배웠다. 머라이어는 그 남자도 자기가 당할 일을 알았을 거라고, 이제는 미안해할 거라고 확신했다. 그 모든 일이 있었으니까. 하지만 사악한 자들은 대부분의 사람들과는 다른 숫자를 머릿속에 넣고 산다. 그들이 하는 나쁜 짓은 전부 신경 쓰지 않아도 되는 쪽에 놓이고, 그들이 당한 일은 두 배의 무게가 된다.

로미오 블레빈스는 변호사를 사고, 머라이어나 그를 알았던 모든 사람을 가스라이팅했듯 배심원을 가스라이팅한다. 자신을 착한 사마리아인으로, 머라이어를 질투심 많고 정신 나간 쌍년으로 만든다. 그 아기는 심지어 로미오의 아기도 아닙니다. 악어가죽 부츠에 금시계를 찬 변호사가 말한다. 블레빈스 씨는 저 여자가 스토킹하러 올 때까지 자기 인생에만 신경을 쓰고 있었습니다. 블레빈스 씨가 이런 문제를 겪은 건 처음이 아닙니다. 어린 여자애들이 못된 생각을 품고서, 나름의 수단을 동원해 남자의 발목을 잡으려는 거지요. 그때는 다른 시대, 80년대였다. DNA 기술이 많이 개발되지 못했고, 사람이 하는 말을 그대로, 그 사람이 동원하는 수단과 함께 믿어주던 시대. 변호사가 한 말은, 로미오가 부모에게 쫓겨나 갈 곳이 없던 어린 미혼모를 불쌍히 여겼다는 것이었다. 그런 다음에 머라이어가 질척거렸다는 것이다. 로미오가 고속도로에서 캠리 자동차가 망가진 웬 노부인을 도우러 밤에 나가기라도 하면, 머라이어가 발작하곤 했다는 것이다. 아이를 제대로 돌보기에는 머라이어 자신이 너무 불안정하다고도 했다. 그게 아기의 주치의가 한 증언이기도 했다. 두 차례, 머라이어가 그 작은 녀석을 탈수로 완전히 약해지고 병이 난 상태로 병원에 데려갔기 때문에.

머라이어가 증언대에 올라 흐느꼈다. 그녀는 고문당했다고, 아기가 집 안에 있는 상태에서 밤새 덱 난간에 묶여 있었다고 했다. 심한 비약으로 느껴지는 이런 이야기들을 울부짖을수록 그녀는 더 미친 사람처럼 보였다. 로미오에게는 증인이 열 명 있었지만 머라이어에게는 한 명도 없었다. 페곳 가족은 머라이어를 위해 최선을 다했으나 악어가죽 부츠를 신은 변호사들만큼 해주지는 못했다. 그런 남자들은 페곳 가족과는 아예 다른 땅을 걸으니까. 페곳 가족은 뭘 생각해야 할지 몰랐다. 그들이 들은 건, 로미오가 달과 빌어먹을 모든 별들까지 묶어놓을 만큼 대단한 인간이라는 얘기와 머라이어는 너무 자존심이 강해서 언니 말고는 아무에게도 사정을 말하지 않았다는 얘기, 준조차 최악의 상황 말고는 모른다는 얘기뿐이었다. 아무도 머라이어가 묶인 모습을 보지 못했다. 머라이어가 법정에 출두했을 때는 흉터도 아문 뒤였다. 로미오의 흉터는 아니었고. 알지 모르겠지만, 사람들은 모두 예쁘장한 사람을 믿고 싶어 한다. 그다음으로 믿고 싶어 하는 건 아주 망가진 사람들이고. 로미오는 둘 다였다. 배심원들은 머라이어가 상품을 독차지하기 위해서, 다른 여자들을 떼어놓는 방법으로서 로미오의 모습을 망치고 그의 인생을 망가뜨렸다고 판단했다.

이것이 여러 해에 걸쳐 내게 조각조각 전해진 이야기다. 그 와중에 사람들의 의심과 후회가 이 스튜에 조미료를 더했다. 그들은 머라이어의 열여덟 번째 생일이 얼마 지나지도 않아서 그 치명적인 무기 공격이 이루어졌다는 점에 호들갑을 떨었다. 머라이어가 촛불을 불며 소원을 빌지 않은 것만은 확실했다. 로미오는 로맨스에 적합한 사람이 아니었고, 머라이어가 처해 있던 꼴을 생각하면 머라이어 자신도 아마 생일을 잊었을 것이다. 그래도 소녀는 성인이 되었다. 머라이어의 자존심이 더 일찍 무너졌다면 블레빈스가 미성년자와 동거했다는 문제가 더 시끄럽게 부각되었을 테고 머라이어는 성인으로서 재판을 받지 않았을지도 모른다. 그녀는 소년원에서 어느 정도 복역한 뒤, 성인이 되어 매곳의 엄마로서 완전히 다른 삶을 살 수도 있었다. 머라이어가 되고 싶어 한 것은 그것밖에 없었고.

12년의 형기가 시작될 때 머라이어는 심각한 문제가 있는 사람들을 위한 유독 특별한 교도소인 매리언으로 보내졌다. 머라이어는 그런 사람이라고밖에 보이지 않았으니까.

소녀가 곤경에 처했을 때는 아무도 그녀의 입에서 나오는 말을 믿지 않았다. 그런데 오늘날에는 머라이어 입장의 이야기가 복음이 되었다. 세상은 바뀐다. 사람들은 눈 깜짝할 사이에 꼬마 매티에 대해 야단을 떨어대며, 페곳 아줌마에게 얼마나 예쁜 아기냐고, 아기가 빨던 엄지에 그 아름다운 외모가 들어 있던 건 아니냐고 했다. 사과가 떨어진 곳에서는 사과가 나게 마련이니까. 모두에게는 지고 가야 할 각자의 십자가가 있고. 페곳 아줌마는 머라이어에게 해주었던, 모두가 자기가 깐 요에 눕는 것이라던 말 때문에 나름의 형기를 살아야 할 터였다. 게다가 마을 사람들이 들은 말도 있었다. 엄마가 자기 딸을 쫓아내서 이런 일이 벌어졌다고 말이다. 페곳 아줌마는 자기 십자가를 지고 매티의 기저귀를 갈아주고 녀석에게 신발 끈 묶는 방법을 가르쳤다.

이 모든 것이 내 이야기와 어떻게 맞아 들어가는지 말하기는 어렵다. 로미오는 소형 밴을 타고 알 수 없는 지역으로 갔다. 거기서라면 그가 새로운 얼굴로 뭐든 적당한 이야기를 할 수 있을 터였다. 나는 악몽 속에서가 아니면 그 무시무시한 미소를 본 적이 없었다. 때로는 멀쩡히 깨었을 때 머릿속으로 보기도 했지만. 스토너를 그렇게 만들어놓으면 호박을 깎아놓은 것처럼 보이지 않을까 생각했다. 뱀과 함께 누우면 그 뱀을 마주 물고 싶은 충동을 느끼며 깨게 마련이다. 내 말은 그게 전부다.

7

학교가 시작되었고, 나는 가택 연금 상태에서 뛰쳐나갈 준비가 되어 있었다. 첫날에는 비가 너무 많이 내려 우리 도로가 씻겨 내려가는 바람에 고속도로까지 내려가서 버스를 타야 했다. 솔직히 도로 상태가 그렇게까지 나빠 보이지는 않았지만 버스 기사들은 위험을 전혀 감수하지 않으려 했다. 대체로 나이 든 여자들이었고 학교에는 망가진 차축을 수리할 돈이 없었기 때문이다. 아무튼 걸어가기에 나쁘지는 않았다. 아마 우리가 사는 맨 꼭대기에서 약 1.6킬로미터쯤 되었을 것이다. 우리 버스 정류장에서 버스를 타는 사람은 1학년생 쌍둥이와, 우리가 알기로는 평생 가는 상처를 받은 서로 다른 가족에 속한 딱한 고등학생 두 명을 포함해 아홉 명이었다. 어린 나이에도 나는 열여섯 살이 되면 패스트푸드점에서 일자리를 구하거나 방과 후에 식료품 배달을 해 탈것을 구할 수 있다는 사실을 알았다. 우리는 작은 무리를 이루어서 어른들이 어디로든 차를 몰아가는 모습을 지켜보았다. 그 어른이 몇 안 되는 운 좋은 어른이라면 직장에 가는 것이겠고. 매곳과 나는 서로에게 해주어야 할 온갖 이야기를 억눌러

참느라 서로의 어깨를 치지 않으려고 애쓰며 강아지처럼 히죽거렸다. 내 경우에는 해주지 말아야 할 이야기였을지도 모른다. 스토너가 한 말이 내 머릿속에 거대하게 자리 잡았으니까.

하지만 학교는 여전히 학교였다. 수학 수업은 안녕, 얘들아, 돌아온 걸 환영한다! 수학 기억하지? 아뇨, 고인스 선생님, 기억 안 나는데요, 라는 식이었다. 그리고 모두가 아는 역사는 5학년 교과 과정의 버지니아주 역사였으므로, 제임스타운 파멸의 날 이후로 쭉 진도를 나가야 했다. 매곳과 나는 순식간에 흐름을 되찾았다. 영어 수업 내내 창문에 몸을 던져대던 자살 특공대 말벌에게 고무줄을 쏜 것이다. 급식실에 가서는 감자튀김을 먹지 않을 여자애들을 찾았다. 잘 알려지지 않은 사실은, 매곳이 나보다 거의 한 살 더 많지만 신생아 시절에 처리해야 했던 나쁜 일 때문에 유치원생 크기로 자라나는 데 더 많은 시간이 걸렸다는 점이다. 그렇게 우리는 같은 학년이 됐다. 행운이다. 매곳과 함께 학교에 온 지금 나는 스토너에게서 천 킬로미터는 떨어진 기분이었다. 스토너의 계획이 내가 학교를 빼먹고 싶다는 마음조차 들지 않도록 내 가정생활을 구리게 만드는 것이었다면, 그 방법은 마법같이 통했다.

하루가 끝날 때쯤이면 1학년 쌍둥이 엄마가 그 조그만 애들을 언덕 위까지 데려갈 산악 오토바이를 타고 버스 정류장에서 기다렸다. 표창장이라도 줘야 할 엄마였다. 나머지 우리는 각자 알아서 하도록 남겨졌다. 이제 매곳과의 교제를 전면 금지당한 상태로 돌아간다는 건 생각할 수 없었다. 우리는 금지 구역이 어디서부터 시작하는지조차 확실히 알 수 없었고. 우리 집에서 보이는 부분이 어디까지인지 생각해야만 했다. 안전을 기하려고, 우리는 그 위 먼 곳까지 올라가기 전에, 놀면서 몇 시간을 보냈다. 나는 문에 머리를 들이밀며 고함을 쳤지만 집에는 아무도 없었다. 집에 들어가 냉장고에서 스니커즈를 꺼낸 뒤 내 방으로 갔다. 그게 끝이었다. 내 바람이었지만.

엄마가 퇴근해서 집에 오더니, 첫날을 잘 보낸 거면 좋겠다고 소리친다. 나는 괜찮았다고 마주 소리친다. 그때 스토너가 집에 들어온다. "이런, 니미 씨발, 데몬. 이리로 당장 와."

내가 주방 바닥에 진흙을 끌고 들어왔다. 스토너가 미치려 했다. 진흙일 뿐이잖아요, 아니에요? 난 어린애고, 우린 진흙으로 만들어진 집에서 살고 있다고요. 그래, 뭐, 나는 신발을 벗어 밖에 둔 다음 대걸레와 양동이를 가져왔다. 내가 청소를 하자 상태가 더 나빠졌다. 약을 쉴 때 엄마는 술을 마시면 변기를 끌어안고 토하곤 했다. 어쩌면 내 비위가 약한 것도 그래서인지 모른다. 엄마는 싱크대 옆에 서서 아무 말도 하지 않은 채 손으로 입을 막고 있었다. 엄마의 입이 무슨 생각을 떠올릴까 봐 대비하는 듯했다. 스토너가 문을 막고 서서 〈알카트라즈 탈출〉에 나오는 악당 교도관처럼 허리에 양손을 얹고 있었다.

나는 바닥을 걸레질하기 시작하고, 스토너는 뭘 하는 거냐고 묻는다. 나는 바닥을 걸레질한다고 말한다. 괄호 안에는 들리지 않게 **보면 모르냐, 멍청아**를 덧붙여서. 스토너는 그딴 식으로 해서는 안 될 것 같다고 말한다. 여보. 스토너가 말한다. 저 대걸레로 될 것 같아?

엄마가 스토너를 본다. 안 된다고 고개를 젓는다.

스토너도 엄마 말에 동의한다. 나도 결국 알게 되지만, 그가 원하는 것은 내가 무릎을 꿇고 엎드려 그 빌어먹을 리놀륨 바닥을 손걸레로 박박 문질러 닦는 것이다. 클로록스를 탄 물이 든 양동이를 가지고서. 누군가가 바닥을 먹고 싶어 하거나, 씨발 문신 시술소를 열고 싶어 할지도 모르니까.

그래, 뭐, 난 바닥을 문질러 닦았다. 말해두지만 나는 여전히, 대부분의 엄마들은 자기 아이가 클로록스를 아예 건드리지 않기를 바라는 나이다. 내가 아는 한은 우리 엄마도 그런 엄마고. 약 냄새에 약간 취하는 것 같다. 나는 청소를 마치고 싱크대에서 걸레를 빨았다. 엄마는 여전히 아무 말 없이 그 자리에 서 있다. 나는 스토너를 보았다. 토하거나 기절하기 전에 일을 마쳐야만 했다.

"당신 아들은 이게 깨끗하다는데. 당신 보기에도 깨끗해?"

엄마가 놀라서 그를 보았다.

"아니면 평소처럼 등신같이 절반만 노력한 것 같아? 난 지금도 바닥에 저 녀석이 남긴 빌어먹을 자국이 보이거든. 당신은 당신 아들이 끌고 들어온 빌어먹을 똥 자국이 안 보여?"

엄마가 이상해 보였다. 뭐, 엄마는 평소 출근할 때 입는 슬랙스와 단추 달린 블라우스, 하루 종일 서 있는 데 적합한 크록스를 신었고 프로답게 보이려고 포니테일로 머리를 묶었다. 하지만 취한 것처럼, 눈에 뭐가 낀 것처럼 보였다. 난 엄마가 약에 취했을 리는 없다고 생각했다. 나는 엄마가 칼을 획 꺼내 스토너를 썰어버리길 바랐을까? 아니. 하지만 뭔가는 바랐다. 엄마가 빌어먹을 정신을 차렸으면 좋겠다고 생각했다. 미안해하는 것보다는 화를 내는 게 낫다는 걸 알았으면 좋겠다고. 하지만 엄마가 끌어낼 수 있는 분노는 그냥 눈물과 토사물에 섞여 바로 새어 나올 뿐이었다. 마침내 엄마가 말했다. "데몬, 가서 다시 닦는 게 좋겠다."

염병. 보이는 건 아무것도 없었다. 엄마의 눈은 아주 좋았다. 그 눈이, 말하자면 엄마의 머리에서 언제나 제대로 작동하는 유일한 부위였다. 어쨌든 나는 바닥을 다시 문질러 닦았다. 걸레질에 엄청난 분노가 담겼기에 리놀륨이 조금이라도 남는다면 다행일 터였다. 나는 양동이 물을 다시 비우고 걸레를 다시 헹군 다음, 외야에서 홈으로 공을 던질 때처럼 양동이에 집어 던졌다. 스토너를 밀치고 문밖으로 나가려 했다. 스토너가 내 티셔츠 목깃을 잡고 다시 안으로 끌어당겼다.

어딜 가려고? 그게 스토너의 질문이었다. 아직 청소가 끝나지 않았어. 다 같이 거실을 한번 살펴보자. 그가 말했다. 거실 카펫에도 진흙 자국이 더 남아 있으니까. 말해두지만 그 카펫은 처음부터 고약하게 낡아 있었다. 시간의 여명 이후로 얼룩져 있었다. 나와 엄마는 이 트레일러에 처음 살기 시작한 사람과는 거리가 멀었다. 스토너는 내게 뭐가 보이냐고 물었고, 나는 거지 같은 카펫이 보인다고 했다. 스토너는 그 말이 맞다고 했다. 그 카펫을 청소해야 한다고도. 저렇게 보이는 바닥에서 어떻게 웨이트트레이닝을 할 수 있겠느냐며.

내게는 몇 가지 아이디어가 떠올랐지만 그 생각을 혼자만 간직했다. 엄마가 청소용 솔과 스테인저웨이*를 꺼내 건네주더니, 주방으로 가서 숨었다. 스토너는 내가 클로록스 걸레로 얼룩을 문질러 닦고, 그 얼룩에 카펫 청소제를 뿌리고, 한편으로는 취할 대로 취해가는 모습을 가만히 서서 내려다보았다. 매곳과 나는 바로 그렇게 취할 목적으로 스테인저웨이를 써본 적이 한 번 있었기에 그래서는 안 된다는 걸 알고 있었다. 세상에는 약 대신 빨기에 비교적 괜찮은 것과 나쁜 것이 있는데, 스테인저웨이는 구토의 마을로 가는 급행열차다. 혼합물에 광택제까지 섞였다면 더더욱.

그래서다. 지금 내가 생각할 수 있는 건 구토, 스토너가 내게 내 토사물을 치우게 하는 상황, 그때 보게 될 얼룩, 그리고 내가 여기에 무릎을 꿇고 엎드려서 누가 누구를 죽일 때까지 스테인저웨이를 들이마시게 되리라는 사실뿐이다. 오래 걸리지는 않을 것이다. 내 코에서

---

*　　미국의 얼룩 제거제 상표.

는 콧물이 쏟아져 나왔고 귓속에서 미친 듯이 울리는 소리가 났다. 머릿속에 〈엑스맨〉 주제곡이 울렸다. 그 곡 한 가락이 울리고 또 울렸다. 빌어먹을 카펫에 난 분노의 구멍을 문질러 닦는 나의 사운드트랙처럼 다-나-나-나 **나** 나 내! 다-나-나-나 **나** 나 내!! 그 소리가 머릿속에서 너무 시끄럽게 울려, 솔직히 그 소리가 내 입 밖으로 나오는 건지 아닌지 알 수 없었다. 하지만 입 밖으로도 소리가 나온 게 틀림없었다. 스토너가 내게 입 다물라고 소리 지르기 시작했으니까. 나는 그에게 마주 다-나-나-나 **나** 나 내!라고 소리치고 있었다. 이 시점에, 나는 철저히 정신이 나가 있었으니까.

그 이후로 기억나는 것은 내가 거지같이 사방에 토하고 스토너가 내 두 팔을 등 뒤로 돌려 해머록을 걸었다는 것뿐이다. 그의 손이 내 입을 막고 있어 숨을 쉴 수가 없었다. 달리 싸울 도리가 없어서, 나는 그의 손을 물었다. 세상에, 예수님을 걸고, 스토너의 손 살점에 이를 박아 넣고 피 맛을 보는 기분이라니. 꼭 내가 사탄이고, 평생 이 업적을 위해 훈련된 것만 같았다.

나는 결국 내 방에 틀어박혀 터진 입술을 살피며 안쪽으로 터진 건 아무것도 없기를 바라게 되었다. 그랬을 가능성이 느껴지긴 했지만. 나는 침대에 앉아 스토너가 알카트라즈 탈출을 불가능하게 하려고 450킬로그램의 그 멍청한 바벨을 내 침실 문 바깥쪽에 밀어대는 뎅그렁 쿵쾅 소리를 듣고 있었다. 입에서 피 맛이, 내 피와 스토너의 피 맛이 느껴졌다. C형 간염 같은 더러운 게 걸리지 않기를 바라야겠다는 생각이 들었지만 언제나 엄마는 스토너가 깨끗하며 마약을 전혀 하지 않는다고 장담했다. 그냥 하는 일이 일인 만큼 맥주를 많이 마실 뿐이라고. 그가 나를 가두고 나자 고함이 들렸다. 대부분은 스토너였고 일부는 엄마의 목소리였다. 스토너의 목소리가 더 들리더니 조용해졌다. 둘이 나간 건지도 몰랐다. 앉아서 〈아빠 뭐 하세요〉가 나오기 전에 뭔가를 한 입 먹는 건지도 몰랐다. 나야 좆도 관심 없었지만.

나는 침대 위에 웅크리고 울었다. 그런 나 자신이 싫었지만. 그런 다음 일어나서 토했다. 화장실로 나갈 수 없어 쓰레기통에 토했다. 스니커즈. 학교에서 착한 체중 감시단 여자애들에게서 받아 온 프렌치프라이. 저녁을 먹을 가능성이 낮아 보였으므로 안타까운 일이었다.

나는 도망칠까 생각했다. 창문은 몇 센티미터밖에 열리지 않았으므로 창문으로 빠져나간다는 건 간단한 문제가 아니었다. 하지만 창을 깨뜨릴 수는 있었다. 우리 트레일러는 언덕 위에 서 있었으므로 거기서부터는 땅이 꽤 가팔랐지만 그리 내려가는 건 할 수 있었다. 아마 뼈를 최소한으로만 부러뜨릴 수 있을 터였다. 그런 다음에는 갈피를 잡을 수 없었다. 내가 갈 수 있다고 생각되는 유일한 장소는 옆집이었다. 거긴 확실히 그리 멀지 않았다. 또 어디가 있을까? 나는 준이모를 떠올렸다. 이모는 떠돌이들을 받아주는 것으로 알려져 있었다. 나는 에미에게 한 번도 전화를 걸지 않은 것이 유감스러웠지만 엄마가 장거리 통화료를 내주지 않으려 했다. 에미는 아마 지금쯤 미련을 버렸을 것이다. 어쨌든 나는 에미를, 자신만의 둠의 성에 틀어박힌 그녀를 생각했다. 지금은 내가 감금당한 상황이므로 더욱 후회스러웠다. 경찰에게 걸리지 않고 녹스빌까지 히치하이킹으로 이동한다는 건 비약이었다. 설령 거기에 간대도 주소를 몰랐다. 둠의 성, 2층. 나란 놈은 웬 쓸모없는 머저리일까. 사실상 태어날 때부터 우리 엄마를 믿어서는 안 된다는 걸 알고 있었으면서 플랜 B를 마련해두지 않다니.

스토너는 다음 날 나를 학교에 보내지 않았다. 엄마가 스토너에게 내가 출석 체크를 너무 오랫동안 하지 않으면 출석 담당관이 전화를 하게 될 거라고 말하는 소리가 들렸다. 스토너는 애 키우는 방법에 대해 그렇게 잘 알면, 어쩌다가 광견병에 걸려 사람을 물어뜯는 개를 아들로 두게 되었느냐고 말했다. 엄마는 출근하기 전에, 내가 화장실에 가야 하고 음식 비슷한 것도 먹어야 한다고 설명하려 했다. 그런 다음 스토너가 나를 다스리게 놔두고 떠났다. 그렇게까지 서로에게 할 말이 없는 두 남자도 없었을 것이다.

결국 나는 다시 학교에 가도 좋다는 허락을 받았지만 남는 시간에는 갇혀 지냈다. 미칠 것 같은 존재 방식이었다. 나는 매곳에게 도망칠 생각을 하고 있다고 말했지만 매곳은 그러지 말라고 조언했다. 매곳은 내게 강철 같은 깡이 있고, 결국에는 스토너가 무너져 내릴 거라고 말했다. 그런 상황이 며칠이나 지속되었는지 기억나지 않는다. 사흘이나 나흘, 거기에 더해 끔찍하게 지루한 주말이었을 것이다. 모든 것이 뒤죽박죽이었다. 저녁에는 스토너와 엄마 사이에 오가는, 마음에 들지 않는 개소리가 들렸다. 전혀 마음에 들지 않았다. 페곳 가족도 아마 그 소리를 듣기 싫었을 것이다. 1년 중 그 시기에는 창문을 열어두니까. 나는 스케치북에 그림을 그리며, 스톤 빌런을 뭉개버릴 다양한 천재적 방법들을 만들어내며 그 소리를 지워버리려 했다. 액션을 나타내는 선과 함께 그에게서 눈알과 피어싱이 뽑혀 날아가고, 구름 거품과 함께 펑! 펑! 소리가 난다든지. 아니면 한 번에 몇 시간씩 야구방망이로 벽을 쾅쾅 쳐댔다. 둘의 입을 다물게 하려고. 아니면 아직 안 미쳤다면 둘을 미치게 만들려고.

그러던 어느 늦은 저녁, 문이 획 열리고 스토너가 서 있다. 나는 놀란다. 나는 티셔츠와 속옷 차림으로 침대에서 치토스 한 봉지를 먹고 있다. 그야, 빌어먹을 있는 게 그것밖에 없으니까. 그러지 않을 이유도 없으니까. 나는 이미 흠, 9천 번쯤 읽은 《어벤져스》를 읽고 있었다.

"엄마가 보잔다." 그가 말했다.

흥미로운데. 나는 그렇게 생각했다. 무슨 함정일까나. 나는 침대에서 나갈 의도가 전혀 없었지만 스토너가 서 있었다. 나는 그가 집에 있는 줄 몰랐다. 스토너는 저녁에 아주 많이 나가 있었다. 뭔 정신 나간 시간에 일을 하거나, 그보다 높은 확률로는 술을 마시며 흥청거리고 있었을 것이다. 대체 누가 문 닫을 시간이 그렇게 가까울 때 맥주를 배달시켜야 하겠는가? 스토너는 내가 그의 트럭이나 오토바이 소리를 듣지 못할 때 집에 돌아온 게 틀림없었다. 분명했다. 나는 스토너에게 엄마가 뭘 원하느냐고 물었고, 스토너는 엄마가 내게 나를 얼마나 사랑하는지 보여주고 싶어 한다고 말했다. 초조해질 만큼 이상한 말이었다. 나는 엄마를 소리쳐 불렀다. 대답이 없었다.

"엄마!" 나는 더 크게 말하며 거실로 뛰쳐나갔다. 아무도, 아무것도 없었다. **"엄마!"** 이제 생각하니, 빌어먹을, 엄마가 이사 나간 것 같았다. 이 개자식과 결혼한 건 엄마인데, 내가 이 개자식에게 발목이 잡혀버린 것이다. 주방에는 사방에 쓰레기가 널렸고 싱크대에는 접시들이 있었다. 식탁에는 진병이 있었다, 아, 제기랄. 아, 젠장. 병이 비어 있다. 새로운 광경은 아니었다. 스토너는 특유의 표정을 짓고 있다. 그 표정만으로도 놈을 죽여버릴 수 있을 것 같다.

엄마는 침실에 있다. 옷을 입고서, 신발까지 전부 다 신고서 누운 채 정신을 잃고 있다. 얼굴을 위로 향한 채다. 죽은 건 아니다. 내가 가장 먼저 확인한 게 그거였으니까. 숨을 쉬고 있으니, 아직 술독에 빠져 죽은 건 아니다. 침대 옆 거시기에 약병이 닫힌 채 놓여 있다. 나는 한 번에 하나씩, 병 세 개의 어린이 보호용 마개를 돌려 연다. 무슨 약인지 모르겠다. 자낙스*와, 엄마가 절대 곁에 두어서는 안 되는 거지 같은 것들이다. 하지만 다행히도 병은 비어 있지 않다. 엄마는 약을 전부 먹어버린 게 아니므로, 그냥 캐딜락 탄 기분을 느낄 만큼 취해 있을 뿐 완전히 가버린 건 아니다. 하지만 주님께서도 아시듯, 엄마는 어쨌든 가버릴 수 있다. 엄마는 대단히 조심성 있는 운전자가 아니니까.

"911 불러요." 내가 스토너에게 말하자 그 빌어먹을 멍청이가 이유를 묻는다.

"911 부르라고!" 내가 그에게 소리 지른다. "빌어먹을, 이 무식한 멍청아! 약물 과용일지도 모른다고."

이 시점에 나는 '무식한 멍청이'라는 말로 내가 스토너의 보상 프로그램에서 무엇을 얻게 될지 생각조차 하지 않고 있다. 이미 아니까. 우리가 살던 인생은 끝나버렸다.

---

*   신경안정제의 일종.

8

전화기를 잡은 건 나였다. 스토너가 나를 막으려고 팔을 휘둘러 허공에 주먹질을 해댔다. 우리 둘이 하도 시끄럽게 굴어서 페그 아저씨가 주방문을 두드렸다. 스토너는 나더러 전화하면 후회할 거라고 말했다. 나는 궁금했다. 엄마는 정말 죽을까? 아니면 그냥 엄마의 진정한 특색에 따라, 약을 다 토해내고 계속해서 시그램과 신경계 약물 파티를 벌이며 살아갈까? 내가 스토너보다 오래 버틸 수 있을까? 당시에 나는 내 인생이 그보다 나빠질 수 없을 거라고 생각했다. 조언을 하나 하겠다. 그런 생각은 하지도 마라.

나는 구급차 기사와 함께 앞자리에 타서 신발 끈을 묶으려 노력했다. 구급대가 도착하기 전에 간신히 청바지를 입을 수 있었지만 신발을 들고 집에서 달려 나가야 했다. 모든 것이 바로 그렇게 빠른 속도로 무너졌다. 페곳 가족의 트럭이 우리를 따라왔다. 스토너는 엄마와 함께 뒤에 탔다. 그때쯤 그는 완전히 "네, 맞습니다. 제가 남편입니다" 하는 식이었다. 그가 입에서 너무 많은 개소리를 쏟아내고 있어서 나는 그 악취에 숨이 막힐 것 같았다. 구급대가 나타나 누가 전화를 걸었느냐고 물은 순간부터 시작이었다. 당연히 스토너가 전화를 걸었다고 했다. (잠깐, 뭐라고?) 환자의 이름, 생일, 스토너가 재빨리 넣어둔, 자기 주머니에서 꺼낸 약병 여러 개. 약병에 적힌 이름은 엄마의 동료 직원들 것이라고 스토너가 확인해주었다. 스토너는 그들에게 화를 냈다. 완전히 존경할 만한 시민인 것처럼 굴었다. 아, 세상에, 그 아무아무 사람들이, 라는 식이었다. 꼭 주일학교 선생님이라도 된 것처럼 행세했다. 내가 들어본 것 중 스토너가 '개자식'이나 '니미 씨발' 같은 말을 섞지 않고 가장 많은 말을 한 경우였다. 스토너가 완전히 새로운 사람이 된 걸까? 끔찍한 사건에 충격을 받아 남자가 된 건가? 그럴 리 없었다.

우리는 사이렌이 울부짖는 가운데 롱노브 도로를 빠르게 달려 내려가, 사람들이 침대에 잠들어 있는 모든 작은 마을들을 지나쳐 갔다. 페닝턴 갭에서는 빨간불을 그대로 지나쳐 갔고, 그런 다음에는 모든 관련자가 병원에 도착해 달려가는 아수라장이 펼쳐졌다. 나는 응급실에도, 사람들이 엄마를 옮겨 간 곳에도 들어갈 수 없었다. 어린아이였기 때문이다. 나는 페곳 가족과 함께 영원처럼 느껴지는 시간 동안 대기실에 앉아 있었다. 우리는 배가 고파 죽을 지경이었다. 페곳 아줌마가 우리에게 줄 걸 사고 페그 아저씨에게는 뜨거운 커피를 가져다주려고 자판기로 갔다. 우리는 각자 샌드 과자 네 봉지를 먹었고, 그런 다음에는 매곳이 플라스틱 연결 의자에 쭉 뻗어 잠들었다. 페곳 아줌마는 내일 학교에 가야 하니 우리가 집에 가야 한다고 생각했다. 바로 그때 사회복지국에서 나온 한 여자가 나와 이야기를 해야겠다고 했다.

나는 그 여자를 전혀 몰랐다. 그 여자는 자기 이름을 알려주었지만 나는 즉시 그 이름을 잊었다. 그녀는 두 가지 다른 색조의 초록색 재킷과 치마를 입고 있었다. 뭔지는 몰라도 그녀를 갉아먹는 것을 극복하려면 100년은 자야 할 것 같은 모습이었다. 눈 밑이 진짜로 심하게 늘어져 있어서, 눈 아래에 스페어타이어를 하나씩 집어넣을 수 있을 것 같았다. 우리는 몇 년 전 내 사건을 다루었던 담당관인 트루디 씨를 불러달라고 했고, 여자는 트루디 씨가 더는 사회복지국에서 일하지 않는다고 했다. 아침이 되면, 내게는 그 여자일 수도 있고 아닐 수도 있는 새로운 담당관이 생길 거라고 했다. 그녀는 단지 우연히 이 시간에 대기 중일 뿐이었다. 내 생각에는 그게 여자의 눈을 설명해주는 듯했다. 여자는 페곳 가족에게 집에 가도 된다고, 자기가 어디든 나를 데려다줘야 하는 곳으로 데려가겠다고 했다. 그 말에 나는 경악했다. 이 여자가 대체 누구길래 내가 어디로 가야 하는지 안다고 생각하는 걸까? 나는 고맙지만 사양하겠다고, 엄마가 재활 센터에 있을 때 늘 그랬듯 페곳 가족과 함께 있겠다고 했다. 여자는 나한테 미안한데, 꼬맹아, 나 사는 데서는 네 방법이 전혀 통하지 않아, 같은 표정을 지어 보였다.

페곳 아줌마가 주머니에 쑤셔 넣으라고 샌드 과자 몇 봉지를 더 주고, 얼마간의 지폐와 공중전화를 걸 때 쓸 수 있는 잔돈도 주었다. 당시에는 공중전화가 있었다. 그러면서 페곳 아줌마는 나를 데려갈 수 있게 되면 바로 전화하라고 했다. 그렇게 우리는 토론을 위해 작은 방으로 갔다. 다크서클 대 데몬. 여자는 사람들이 평소 묻는 질문부터 시작한 다음 페곳 가족에 대해 진지한 이야기를 했다. 그 집에서 일어난 일 중 나를 불편하게 한 일이 하나라도 있었느냐고. 나는 혼란스러웠다. 여자가 하는 말이, 내가 페곳 가족에게 한 일을 묻는 것이라고 생각했다. 언젠가 페곳 가족의 TV를 부숴버린 일이라든지, 잡다한 물건을 학교에 가져가서 다른 잡다한 물건으로 바꾼 일이라든지. 우리는 변죽을 잔뜩 울렸고, 그런 이후에 나는 마침내 여자가 무엇을 묻는지 알았다. 내가 매곳이나 페곳 부부에게 성추행을 당한 적이 있느냐는 거였다. 스토너가 쓸데없는 의견을 낸 게 틀림없었다. 나는 그런 일은 한 번도 일어난 적이 없고, 내가 이야기하고 싶은 학대자는 스토너라고 말했다.

여자는 그래, 그 얘기를 해보자꾸나, 라고 했고 나는 이야기를 했다. 말해두지만 때는 새벽 3시쯤이었고 내가 기억하는 한 나는 그날 샌드 과자와 치토스를 제외하면 아무것도 먹지 못했다. 너무 지쳐서 예의를 차릴 수 없었고 바위를 휩쓸어 가는 강물보다도 화가 나 있었다. 여자는 우리 관계를 가장 잘 설명하면 어떤 것이겠느냐고, 알고 싶다고 말했다. 나는 두 남자가 소총 한 자루를 사이에 두고 각기 총열과 개머리판 쪽에 서 있는 관계인 것 같은데, 그런 관계를 뭐라고 부르느냐고 물었다. 스토너를 안다면, 장담하건대 방아쇠를 당기는 쪽에 있고 싶을 거라고도 했다. 심지어 내 마음대로 할 수만 있으면 그놈을 단번에 쏴버리지 않고 무릎과 팔꿈치부터 날려버려 놈이 자비를 구걸하게 할 거라는 말과 본질적으로 같은 얘기를 했다. 여자는 이 모든 것을 서류철에 적었다.

여자는, 그녀의 표현을 빌리자면 내 새아버지에 관해 더 많은 질문을 던졌다. 그 호칭은 그녀가 우리 상황을 이해하지 못한다는 증거였다. 내가 잊어버리고 있던, 터진 내 입술에 관한 질문. 거기에 더해, 911을 부르느냐 마느냐를 두고 벌어진 우리의 싸움을 떠올리게 하는 새로운 상처들에 관한 질문. 나는 왼쪽 눈이 퍼렇게 멍드는 것을 느낄 수 있었고, 오른쪽 옆구리가 너무 아파서 이렇게 많이 숨을 쉬지 않으면 좋겠다고 생각했다. 다크서클은 내게 셔츠를 걷어 한번 보여줄 수 있느냐고 물었다. 그 말에 나는 아기가 된 기분이었다. 다크서클은 가방에서 카메라를 꺼내 사진을 찍었다. 심지어 허리띠 아래쪽에도 뭔가 있느냐고 물었다. 그건 예수님을 걸고 안 되죠, 라고 대답했다. 이미 거의 죽고 싶은 마음이었다. 싸움에서 지는 건 충분히 나쁜 일이었다, 사람들이 빌어먹을 스크랩북에 모아두지 않더라도.

다크서클은 내가 스토너에게 한 공격에 대해서, 소위 물어뜯기 사건들에 대해서 말하고 싶어 했다. 나는 사건들이란 건 없다고, 그런 사건은 한 번뿐이라고 말했다. 내가 반복적으로 공격했다면 이가 남아나지 않았을 거라고. 다크서클은 그 말을 적어두었다. 나는 여자의 펜에서 잉크가 다 떨어질 때까지 말을 이어갈 수 있었지만, 여자는 준 이모를 몰래 엿본 날 밤을 떠올리게 하는, 길게 끄는 숨을 내쉬었다. 남자들이 서로의 약한 부분을 찢어낸 다음 여자들이 수습하느라 대걸레질을 할 때 그녀들에게서 느리게 새어 나오는 바람 소리. 이 여자에게 나는 그런 남자일 뿐이었다. 나는 그녀에게 소리치고 싶었다. 그건 공평한 싸움이 아니었다고. 스토너는 사이코이고, 나는 빌어처먹을 열 살이라고.

다음 단계는 일종의 검사였다. 나는 다크서클에게 그렇게 심하게 다친 건 아니라고 말했지만, 다크서클은 정신적인 측면에 관한 검사를 해야 한다고, 나를 풀어줘도 되는지 살펴보는 거라고 했다. 안 풀어주면 어쩔 건데요? 나는 여자가 내게서 이끌어낸, 살인 충동에 대한 고백을 적어둔 서류철을 눈여겨보고 있다. 그냥 화가 나서가 아니라 정신적 문제로 누군가를 다치게 하거나 죽이는 경우 어디에 가는지 나는 알았다. 매리언. 미친 사람들이 가는 교도소. 매곳의 말에 따르면 그곳에는 면도날처럼 날카로운 철사로 울타리가 쳐져 있고, 경비 탑도 세워져 있다. 매곳의 엄마가 처음 보내진 곳이다. 그런 뒤 얼마 지나서 사람들은 매곳의 엄마가 미친 유형이 아니라 그냥 정상적으로 화가 난 유형의 여자라고 판단하고 그녀를 구칠랜드 여자 교도소로 보냈다. 매곳은 두 곳 모두로 면회를 갔었다.

내가 잠시 의식을 잃었는지, 다음 순간에는 한 남자가 내 어깨에 손을 얹고 있었다. 의사의 흰 가운이 아니라 셔츠에 넥타이를 맨 차림이었다. 그 무시무시한 서류철과 함께. 나는 일어나 앉아서 "네, 알겠습니다"라고 말하고는 나를 매리언으로 보낼 거냐고 물었다. 나는 그가 미소를 눌러 참는 걸 알 수 있었다. 그는 내게 매리언에 대해 뭘 아느냐고 물었다. 그는 지쳐 보였지만 다크서클처럼 지쳤다기보다는 필요 이상으로 일을 어렵게 만들지는 말자는 식이었다. 나는 그에게 거기 절대로 가고 싶지 않다는 걸 빼면 매리언에 대해서는 아무것도 모른다고 말했다. 그는 걱정할 것 없다고, 자기가 내 문제를 해결해 주겠다고 했다. 그는 자리에 앉아 정해진 질문들을 던진 뒤 스토너 얘기를 꺼냈다. 지금 이 순간 스토너에게 정말로 화가 났을 뿐인지, 아니면 정말로 그가 죽기를 바란 적이 한 번이라도 있는지. 그는 우리가 사냥을 즐기는 가족인지, 집에 총이 있는지, 총이 자물쇠가 달린 곳에 보관되어 있는지 아니면 내가 그 총을 꺼낼 수 있는지 물었다. 그리고 너무 슬퍼서 잠들어 깨어나지 않았으면 좋겠다는 생각을 한 적이 있는지 물었다. 나는 딱히 그런 건 아니라고, 그냥 깨어났을 때 다른 집이었으면 좋겠다는 생각을 하며 잠드는 게 보통이라고 말했다. 그는 이해할 만하다고 말했다.

다크서클이 돌아와 다 됐다고 말했다. 나는 매리언에 가지 않는 게 분명했다. 하지만 엄마의 상황이 상황인 만큼 나는 몇 주 동안 스토너와 단둘이 지내야 했겠지만 그런 일은 일어나지 않을 터였다. 우리는 모두가 동의한 새로운 계획을 진행할 예정이었다. 데몬이 집으로 돌아가지 않는 계획. 엄마가 자기 자식을 보내버리겠다는 데 동의할 만큼 정신을 차린 게 분명했다.

여자는, 집에서 나갈 경우에 내게 어떤 선택지가 있는지 알고 싶어 했다. 믿을 만한 어른, 엄마의 동료, 누구든 내가 함께 머물 수 있을 만한 사람이 있는지? 나는 페곳 가족이 있다고 거듭해서 말했다. 그게 다였다. 하지만 그렇게는 되지 않을 터였다. 여자는 스토너가 페곳 가족에 대한 민원을 제기했기 때문에 나를 그 집에 배치하기 전에 조사를 해봐야 한다고 말했다. 멍청하긴. 그래도 나는 페곳 가족이 두어 번 스트라이크를 당할지도 모른다는 생각이 들었다. 교도소에 들어가 있는 매곳의 엄마와, 입에 담지도 못할 험비가 있으니까. 페곳 가족의 잘못은 아니었지만 사람들은 최악을 생각하는 걸 좋아한다. 씨앗은 나무에서 먼 곳에 떨어지지 않는다든지 등등. 그때 나는 준 이모를 떠올렸다. 만일 녹스빌에 믿을 만한 어른이 있다면 어떻게 되는 거냐고 물었다. 하지만 여자는 서류상의 문제로 내가 주 바깥으로 나갈 수는 없다고 말했다. 어쩌면 에미가 그곳에 산다는 게 일종의 위반 행위인지도 몰랐다. 그게 비밀 유지를 설명해줄 수도 있었다. 하지만 준 이모가 무법자라니 말이 되지 않았다. 나는 그냥 자러 가고 싶었다. 여자는 나를 종이가 깔린 침대가 있는 다른 작은 방으로 데려다주었고, 나는 그 위에 누울 수 있었다.

이후 어느 시점에 한 남자가 어둠 속에서 나를 깨웠다. 그는 TV 볼 때 먹을 만한 음식이 담긴 쟁반을 가져왔다. 그는 그런 쟁반이 여러 개 든 손수레를 밀고 있었다. 나는 배고파 죽을 것 같았다. 이 남자는 흰 수술복을 입고 머리에는 흰 모자를 썼으며 신발에는 흰 주머니를 덮어씌운 상태였으므로, 남자가 아니라 옷만 보였다. 유령 같았다. 나는 그에게 낼 돈이 없다고 말했다. 그는 돈은 이미 지불됐다고, 하지만 병원 음식 때문에 사람들이 아파지는 경우가 종종 있다고 말했다.

나 대신 음식을 먹어주겠다고도. 나는 겁이 나서 알겠다고 했다. 그는 앉아서 쟁반을 무릎에 올려놓고 먹었다. TV를 보면서 먹는 유의 음식을 먹는 굶주린 유령처럼 보였다. 그 말은 내가 꿈을 꾸는 게 틀림없다는 뜻이었다.

나의 새로운 인생은 새로운 담당관인 바크스 선생님과 함께 환하게, 이른 시각부터 시작됐다. 그녀는 블라인드를 걷으며 말했다. "좋은 아침이야, 데이먼. 집에 데려다줄게." 아주 잠깐, 나는 내게 집이 있다고 생각했고 그리로 가게 될 줄 알았다. 때로는 좋은 하루가 기껏해야 10초쯤 이어지기도 한다.

바크스 선생님의 이름은 잘못 지었다. 그녀에게 개 같은 면은 없었다.* 선생님은 내가 잠에서 깨어 온갖 엿 같은 일을 떠올리는 동안, 또 그녀가 완전히 어린애라는 걸 알아채는 동안 미소 짓고 서 있었다. 나는 수많은 담당관들을 거쳐왔다. 담당관들에게 애착을 갖지도 않았고 그러고 싶지도 않았다. 하지만 이번에는 얘기가 달랐다. 바크스 선생님은 엄마보다 젊었고, 담당관들을 교도관처럼 보이게 하는 재킷 형태의 옷이 아니라 원피스를 입었다. 작은 물결을 이루는 완전히 곱슬곱슬한 금발은 보통 TV에 나오는 배우나 인어, 천사에게서 보이는 것과 같았다. 어쩌면 바크스 선생님이 나의 수호천사인지도 몰랐다. 빌어먹을, 이제야 나타나다니.

바크스 선생님은 유령이 의자에 남겨놓은 빈 플라스틱 음식 쟁반을 보더니 (그걸 보면 아마 유령이 아니었던 모양이다) 내 왕성한 식욕에 대해 한마디 했다. 그녀는 농장에 있는, 내가 머물 임시 거처를

---

*   '바크(bark)'는 '개가 짖는다'는 뜻.

찾았다며 거기서도 나를 잘 먹여주었으면 좋겠다고 말했다. 나는 위가 위 자체를 소화하는 걸 느낄 수 있었다. 그만큼 배가 고팠다. 하지만 바크스 선생님이 오해할 만한 말은 아무것도 하고 싶지 않았다.

바깥은 아직 날이 완전히 밝지도 않은 상태였다. 그저 불을 여전히 켜둔 회색 시간이었다. 바크스 선생님은 작은 부츠를 신은 채 또각또각 빠르게 걸어갔다. 그녀의 자동차는 문에 사회복지국 마크가 그려진 도요타로, 생긴 걸 봤을 때는 주행거리가 엄청나게 쌓인 낡은 모델 같았다. 나는 뒷자리에 탔다가 운전석에 앉은 사람을 보고 놀랐다. 다크서클이었다. 세상에, 나는 생각했다. 저 여자는 아예 집에 가지도 않는 모양이었다. 바크스 선생님이 조수석에 탔고, 우리는 내가 구급차를 타고 왔던 길을 되짚어갔다. 나를 다루는 데 사람이 둘이나 필요하다고 생각한 이유는 전혀 모르겠다. 우리는 잠자리에 들었다가 다시 일어난 사람들의 집을, 평범한 상황을 지나쳐 갔다. 그들은 지금 시리얼을 먹고 있었다. 제정신이 박힌 엄마와 살아 있는 아빠가 있는 모든 아이들이.

마침내 바크스 선생님은 좌석 등받이에 팔꿈치를 댄 채 뒤를 돌아보며 우리가 갈 곳에 대해 이야기해보자고 했다. 나는 크릭슨이라는 이름의 신사와 함께 지내게 될 텐데, 그 사람은 단기로만 아이들을 받아준다고 했다. 지금 그곳에는 남자아이들이 있었다. 크릭슨 부부는 정기적으로 위탁 가정 역할을 해왔는데, 그러던 중 아내가 세상을 떠났고, 지금 크릭슨 씨는 특이하고 어려운 사례만을 맡는다고 했다. 바크스 선생님은 말투가 친절했다. 나를 어린애가 아니라 한 개인으로 보는 듯한 말투였다. 그녀는 내가 밤새 병원에서 기다려야 했던 걸 미안해했다. 야구로 치면, 사회복지국은 너무 많은 베이스를 밟아야 하는데 시설이 부족하다고 했다. 간단히 말하면 나랑 같은 처지의 아이들이 너무 많다는 것이었다.

새로운 소식은 아니었다. 학교에서는 어떤 애가 집이 없거나, 그런 상황을 별로 달가워하지 않는 친척 집의 소파에서 잔다는 이야기가 들려왔다. 7학년이나 8학년의 예쁘장한 혹은 못생긴 여자애들이 임신해서 쫓겨났다는 얘기도 있었고. 그런 얘기는 계속 이어졌다. 내가 어느 날 잠에서 깨 그런 아이가 될 거라고는 꿈도 꿔보지 못했다. 바크스 선생님은 나의 서글픈 상황 변화에 충격을 받은 표정이었다. 운전대를 잡고 앉은 동료, 살아 있는 시체들의 밤 선생은 딱히 그렇지 않은 듯했고.

굉장한 드라이브가 되어가고 있었다. 나는 학교에는 계속 가는 거냐고 물었고, 바크스 선생님은 그렇다고, 모든 것이 똑같지만 버스 노선만 길어지는 거라고 말했다. 크릭슨 씨네 집 남자애들이 자세한 방법을 알려줄 거라고. 나는 아, 제기랄, 이라고 말했다가, 실수, 죄송해요, 라고 말했다. 하지만 내게는 역사책이나 과제물 등등이 없었다. 전부 집에 있었다. 내게는 사실, 빌어먹을 아무것도 없었다. 구급차를 타고 집에서 나오는 바람에 양말조차 없었다. 바크스 선생님은 정말 미안하다고, 최선을 다해 어찌어찌 지내야 할 거라고 말했다. 다음 주에 들르겠다며, 내가 전에 살던 곳에 가 필요한 물건을 챙겨 오도록 노력해보겠다고 했다. 자신이 최선을 다할 수 있도록 중요한 물건 목록을 만들어달라고 했다. 나는 별로 기대하지 않았다. 스토너가 뒤뜰에 불을 피워놓고 내 옷과 교과서를 태워버리는 모습이 그려졌다. 내 만화책과 액션히어로를 그 불에 하나하나 던져버리는 모습이.

바크스 선생님과 다크서클은 어느 길로 가야 할지를 놓고 의견이 갈렸고, 어느 시점에서 차를 돌려야만 했다. 다크서클은 바크스 선생님에게 나에게 엄마 얘기를 해야 한다고 다시 알려주었고, 바크스 선생님이 아, 맞다, 너 엄마 소식 들었니?라고 말했다. 아뇨, 못 들었는데요. 뭐, 좋은 소식이었다. 엄마는 병원에서 퇴원하는 대로, 그날 늦은 시각에 바로 치료 시설에 들어가게 되었다. 나는 어젯밤 최악의 상황이 지난 뒤 엄마에 대해 묻지 않았다. 아마 내가 나쁜 거겠지만 솔직히 말해 질렸다. 우리 집에 사이코를 끌어들인 뒤 자기는 퇴거하다니, 대체 누가 그런 짓을 하나?

바크스 선생님은 엄마가 수용 시설에서 몇 주를 보낼 예정이고, 그 다음에는 가정 지도를 받은 뒤 나를 데려갈 수 있을 거라고 말했다. 그러니까 이번에는 엄마가 전에도 몇 번 거쳤던, 닷새짜리 단기 재활 프로그램이 아니었다. 이전의 프로그램은 정비에 가까웠다. 이번에는 엄마에게 완전한 엔진 교체가 필요하다고 결정된 듯했다. 바크스 선생님은 엄마가 사회복지국에 내 안전을 맡기겠다고 동의했다는 걸 이해했느냐고 물었다. 지금 엄마가 이 거래에서 자기 몫을 하기 위해서는 추가적인 도움을 받아야 한다는 걸 이해했느냐고.

나는 그때까지도 페곳 가족과 함께 지낼 수 없는 이유를 이해하지 못했다. 하지만 내가 스토너를 당국에 찔렀다는 걸 생각해보면, 지금 와서 그의 옆집에 사는 건 미치도록 무서운 일이었다. 나는 스토너가 내 방에 들어가, 내가 오랜 시간을 들여 스케치북에 그려놓은 '스톤빌런'의 악랄하고도 만족스러운 최후를 보게 되리라 생각했다. 턱수염, 피어싱, 크고 박박 민 머리. 아무리 스토너라도 그건 알아볼 터였다. 악어가 스토너의 거시기를 물어뜯는 그림도 있었다. 놈은 날 잡으러 올 터였다.

우리는 흙길을 따라 농장으로 올라갔다. 나는 용기를 내, 내가 한 말 때문에 얼마나 상황이 곤란해진 거냐고 물었다. 예를 들어 스토너에 대해서 한 말이라든가. 바크스 선생님은 아무도 내게 화나지 않았다고 말했고, 나는 그러시겠죠, 아줌마, 라고 생각했다. 어린애들이 잘못된 개소리를 하면 사람들이 전해 듣게 마련이다. 그러면 엄청난 대가가 치러진다. 원래 그렇게 돌아가는 것이다. 우리는 뜰에 풀이 너무 웃자라 있어 베어서 건초로 써도 될 것 같은 낡은 농가 앞에 멈춰 섰다. 다크서클이 차를 주차 모드로 바꿔놓았다. 바크스 선생님은 새로운 위탁 가정을 만나러 가기 전에 물어볼 게 있느냐고 물었다. 뭘 물어보겠는가? 아미티빌*처럼 생긴, 오래된 잿빛 집이 눈앞에 있는데. 그때까지만 해도 나는 집에 가지 못하리라는 사실을 완전히 이해하지 못했던 것 같다.

지금 우리는 그냥 앉아 있다. 두 사람은 앞자리에서 서로를 바라보며 둘 다 아니, 네가 해, 같은 표정을 짓고 있다. 마침내 다크서클이 말한다. "법적 책임자는 너야. 네가 데리고 들어가야 해."

바크스 선생님은 겁을 먹었다. 저 집 안에 있는 게 뭔지는 몰라도, 나를 그리로 데리고 들어가 잘 있어라, 꼬맹아, 엿 같겠지만, 이라고 말하는 역할은 맡고 싶어 하지 않는다. 아마 오늘이 바크스 선생님에게는 사회복지국 대표로 아이들을 집에서 떼어내는, 거지 같은 일을 하는 첫날인지도 몰랐다. 그녀는 이제 막 내 것은커녕 자기 자신의 몫조차 감당하고 싶지 않다는 걸 깨달은 듯했다. 수호천사는 개뿔. 나는 바크스 선생님의 시승용 자동차였다.

---

*   뉴욕주 서퍽 카운티에 있는 집으로, 일가족 살해 사건과 심령 현상이 일어났다는 괴담으로 유명하다.

9

크릭슨은 덩치가 크고 살집이 있으며 얼굴이 불그레한 남자로, 기름진 머리카락을 농구공에 댄 손가락처럼 빗어 넘긴 인간이었다. 작은 눈이 머리통에 깊이 박혀 있고 코는 뾰족한, 기본적인 개 유형의 얼굴이었다. 다만 그의 집 주방에, 온기 없는 나무 스토브 아래 바닥에 엎드린 두 마리 늙은 사냥개보다 더 못된 품종인 것 같았다. 개들은 추위가 닥치면 바로 그곳으로 달려갈 준비를 하고 있는 것처럼 보였다.

늙은 남자의 목소리가 프레디 크루거*의 속삭임처럼 들려왔다. 말하려면 목이 아프니 빌어먹을 최선을 다해 들으라는 듯이. 그래, 나는 그 영화를 본 적이 있다. 자동차 극장의 뒷자리에서. 엄마와 스토너는 내가 잠들었다고 생각했지만. 리 카운티의 많은 아이들이 그런식으로 교육받는다. 무서운 남자가 앉으라고 하면, 우리는 앉는다.

한편 바크스 선생님은 미치도록 긴장한 채 체크리스트를 짚어 내

---

*   영화 〈나이트메어〉에 나오는 연쇄살인범.

려가고 있었다. 내가 다른 위탁 아동들과 같은 방에서 잘 것인지, 그 방은 점검을 받았는지, 그날 아침 크릭슨이 전화로 나에 관한 브리핑을 받았는지. 크릭슨은 빨리 끝내쇼, 아가씨, 하는 식이었다. 다른 소년들은 학교에 갔고 그는 나가서 소들을 돌봐야 했다. 바크스 선생님은 그에 대해 아무런 반대 의견이 없었다. 나는 긴장한 채 앉아서 아미티빌 내부를 살펴보았다. 지저분하게 말려 올라간 리놀륨, 스토브 위 벽의 누런 기름때, 열린 땅콩버터 통과 조리대 위에 온통 어질러진 쓰레기. 모든 것에 골마지가 끼어 있었다. 나는 바크스 선생님이 이 남자의 아내가 죽었다고 말한 걸 떠올렸다. 그 여자의 시체가 지금도 이 집 뒤쪽 어딘가에 누워 있는 건 아닌지 궁금했다. 그 여자가 골로 간 이후로 이곳에서 정리라고는 눈곱만큼도 이루어지지 않은 것 같았으니까.

바크스 선생님은 말을 마치고 커다란 노란색 봉투를 건네주었다. 크릭슨은 그 안에 수표가 들었느냐고 물었다. 바크스 선생님은 늘 그랬듯 수표는 우편으로 받아볼 수 있을 거라고 말했다. 바크스 선생님이 나를 프레디 크루거에게 남겨놓고 떠나리라는 걸 믿을 수 없었지만, 그녀는 엄마에게서 백만 번은 보았던 바로 그 눈빛으로 나를 보았다. 미안. 그렇게 그녀는 작은 부츠를 신고 또각또각 떠났다. 사회복지국에 결국은 자기들이 망친 모든 아이들에게 사과해야 하는 9단계 같은 게 있는 건지 궁금했다.

나는 바크스 선생님이 문을 나서자마자 이 늙은 남자가 사랑한다는 소 떼에게 달려갈 거라고 생각했지만, 그는 별로 서두르지 않고 더러워 보이는 냄비에서 더러워 보이는 컵으로 커피를 따랐다. 그는 플란넬 셔츠 아래로, 와플처럼 주름이 들어가 있고 긴 소매는 완전히 해지고 때가 탄 속옷을 입고 있었다. 밤이고 낮이고 그 셔츠 한 벌로 사는 것 같았다. 엄마는 방식이 서툴긴 했지만 나를 더럽게 키운 건 아니었다. 비위가 상해서, 노인네가 커피를 후루룩 마시는 꼴을 참기 힘들었다.

그는 나를 돌아보며 질문하는 듯했다. 그래서 나는 고맙지만 사양하겠다고, 커피는 별로 마시지 않는다고 말했다. 그가 소름 끼치는, 목이 졸린 듯한 목소리로 뭔가 말했다. 너무 조용해서 알아들을 수가 없었다.

내가 그에게 물었다. "네, 선생님?"

"다른 애들은 무는 놈을 좋아하지 않는다고 했다. 내가 그 녀석들한테 말해줬어. 아무도 무는 놈을 좋아하지는 않아."

나는 스토브 아래의 개들을 보며 그게 무슨 뜻인지 알아내려 애썼다. 개들은 사실 죽은 것처럼 보였다. 아니면 너무 늙어서, 통조림에서 꺼낸 고양이 먹이를 씹는 것도 어려워 보였다. 하지만 이 정보는 알아야만 할 것 같았다. 내가 물었다. "어떤 개가 무는데요?"

그는 멍청이를 보듯 나를 보았다. "너."

그는 창밖으로 사회복지국 자동차가 떠나는 모습을 지켜보았다. 나는 그의 바지 지퍼가 열려 있다는 걸 알았다. 아니면 바지가 너무 낡아서 이 유령을 포기해버린 건지도 몰랐다. 잠시 후 그가 속삭였다. "아직 아무도 네 이를 갈아버리지 않았다니 놀라운 일이구나."

내게는 다른 애들이 무는 놈을 얼마나 싫어하는지 알게 될 때까지, 배 속까지 구역질을 느낄 시간이 하루 있었다. 스토너가 기록을 남긴 게 틀림없었다. 그러니까 나는 등에 '약쟁이 엄마, 게이 베스트 프렌드, 손을 무는 놈'이라고 적힌 것이나 마찬가지였다. 크릭슨이 그날 아침 위탁 아동들에게 뭐라고 말했는지는 모르겠지만 지금쯤은 학교의 모두가 들었을 것이다. 나는 절대 학교로 돌아가고 싶지 않았다. 여기에 있고 싶지도 않았고. 내게는 죽도록 속이 빈 상태가 이어지고 있었지만 크릭슨은 아침을 먹었느냐고 묻지 않았다. 주방에는 요리를 하던 고약한 냄새가 났다. 발 냄새와 베이컨 냄새 사이의 냄새였다. 그 냄새조차 나를 배고프게 했다. 하지만 크릭슨은 커피만 마시고는 말했다. "가자." 그렇게 우리는 그날의 노동을 위해 밖으로 나갔다.

우리는 소들에게 건초를 주는 일부터 시작했다. 헛간에서는 소똥 냄새가 났다. 그야 놀랍지 않다. 하지만 그 냄새는 미친 폭풍의 전선처럼 느껴졌다. 눈에 눈물이 고일 정도였다. 소들은 진흙투성이였고 검은색이었으며 강압적인 태도를 보였다. 재빨리 일어나지 않으면 사람을 밟아 죽일 수 있는 크기였다. 내가 건초 주는 작업에 대해 할 수 있는 이야기는 대략 이게 전부다. 건초는 쇠스랑으로 주변에 뿌려졌다. 크릭슨은 소가 약 200마리쯤 있는데 대부분은 목장에 나가 있다고 말했다. 8월에는 임신한 어린 암소를 제외한 소들에게 건초를 주지 않는다고도 얘기했다. 이 녀석들이 바로 그런 암소였다. 크릭슨은 내게 소 떼에 관해 뭘 아느냐고 물었다. 나는 아는 게 전혀 없었다. 그는 내게 트랙터를 몰 줄 아느냐고도 물었고, 대답은 마찬가지였다. 내가 너무도 쓸모없어 그가 화가 났다는 걸 알 수 있었다. 그는 건초를 마련해본 적이 있느냐고 물었다. 빌어먹을 비가 그치지 않는다면 그 일을 해야 할 테니까. 내게 담배꽃을 따고 담배를 잘라본 적이 있는지도 물었다. 그 일도 예정돼 있으니까. 그는 애들을 학교에 보내지 않고 담배를 자르게 한다고 말했다. 그 모든 담배를 거둬들이는 건 빌어먹을 신이나 할 수 있는 일이니까. 그래서 그는 내가 학교를 좋아하거나 하는 게 아니었으면 좋겠다고 말했다. 나는 네, 그럼요,

아뇨, 학교야 어찌어찌 견디는 중이에요, 라고 말했다.

나는 뭐든 크릭슨이 내게 건네주는 것을 들고 그를 따라다녔다. 비가 계속 내리다 말다 했다. 내가 생각할 수 있었던 것은 집뿐이다. 내가 어디에 있는지 아플 만큼 걱정하고 있을 페곳 아줌마. 우리의 시냇가와 그곳의 훌륭한 진흙. 밝은 면을 보자면, 이 남자는 내게 클로록스로 바닥을 문질러 닦으라고 하지 않을 터였다. 하지만 어느 순간에는 내가 어쨌든 그 짓을 해야겠다고 결정할지 몰랐다. 우리는 대문 너머로 소들을 몰아갔다. 말뚝에서 헐겁게 떨어져 나온 철조망을 찾아 추레하고 낡은 울타리를 확인하며 몇 시간씩 걸었다. 크릭슨은 생김새도 소리도 전쟁 무기처럼 생긴 거대한 스테이플 건을 가지고 다니며 그걸로 철조망을 이었다. 그는 내일이면 내가 직접 울타리를 치게 될 테니 주의를 기울이라고 했다. 진심으로 하는 말인가. 악명 높은 내 손에 그 무기를 쥐여주다니.

나는 너무 배가 고파 똑바로 생각할 수 없었다. 마침내 점심을 먹으러 갈 시간이 되었다. 크릭슨은 저녁이라고 불렀지만 무슨 상관인가. 점심은 베이컨 토마토 샌드위치였다. 크릭슨은 만들어진 이후로 한 번도 씻지 않은 것처럼 보이는 프라이팬에 베이컨과 토마토를 넣고 한꺼번에 튀겼다. 새로 기름을 넣을 필요가 없었다. 나는 베이컨이, 소년들로 이루어진 이 집의 엔진에 넣는 휘발유라는 걸 알 수 있었다. 냉장고에 커다란 베이컨 꾸러미가 있었다. 아직 포장을 풀지 않은 빵 덩어리가 조리대 위에 벽돌처럼 쌓여 있었고. 그러니까 좋은 소식도 좀 있는 셈이었다.

점심을 먹은 뒤, 우리는 더 많은 울타리를 돌아보고 트랙터 엔진의 스파크 플러그를 교체했다. 점심시간이 한참 지났을 무렵, 두 소년이 버스가 내려준 고속도로에서부터 걸어 올라오는 것을 보았다. 그들은 집으로 들어가 배낭을 내려놓더니, 크릭슨 씨가 내게 호스와 청소용 솔을 쥐여주고 가버린 헛간으로 달려 나왔다. 나는 그곳에서 때로 찌든 곡물 통에 물을 뿌리고 있었다. 이 시점에는 긴장돼 토할 것만 같았다. 아니나 다를까, 비교적 작은 녀석이 내게 이를 드러내 보이고 늑대 인간처럼 울부짖더니 기인처럼 웃었다.

나는 안녕, 난 데이먼이야, 라고 말했다. 최선을 다해서. 그러니까, 모르겠다. 무는 사람처럼 보이기는 싫었다. 덩치 큰 녀석이 자기 이름은 토미이며, 이 녀석은 스왑-아웃이라고 했다. 그러고는 내가 씻어놓은 양동이를 가져가 쌓기 시작했다. 작은 아이는 공구실로 들어가 삽을 꺼내더니 헛간 저쪽 끝에 있는 똥을 삽으로 치웠다. 모두가 스왑-아웃이라는 그 녀석을 알았다. 그는 나와 2학년 과정을 같이 다녔는데, 스왑-아웃에게는 그 과정이 처음이 아니었다. 그는 아마 지금도 머리와 성장에 영향을 주는, 아직 진행 중인 어떤 일 때문에 낮은 학년에 머물고 있을 터였다. 그는 소름 끼치게 작았고 얼굴이 이상했으며, 눈이며 뭐며 모든 게 있어서는 안 될 곳에 있었다. 사람들은 녀석이 아직 자궁에 들어 있을 때 녀석의 엄마가 술을 마셔서 그렇게 된 거라고 했다. 나는 언제나 우리 엄마는 안 마셨고?라고 생각했다. 하지만 엄마는 나를 품고 있을 때 대체로 술을 끊었다고, 최소한 초기 몇 달은 그랬다고 주장했다. 보이는 거의 모든 것에 구역질이 느껴졌기 때문이라고. 나로서는 행운이었다.

"우린 네가 올 줄 알았어." 토미가 말했다. 나는 흥미롭다고 말했다. 난 절대 몰랐으니까. 토미는 정확히 내가 올 거라고 생각한 건 아니라고 했다. 4월과 9월에 농장에 무슨 세금이 나오게 되어 있어서, 늙은이에게 세금 낼 돈이 필요하니, 그 시점에 보통 소년이 한 명 더 들어온다는 거였다. 난 어떻게 생각해야 할지 알 수 없었다. 토미에게 여기에 얼마나 살았느냐고 물었고, 토미는 2년 정도 오면가면 지냈다고 했다. 때로는 4월에, 때로는 9월에 들어왔다고. 그는 크리키*의 아내가 죽기 전에 자신을 좋아했지만 크리키는 그를 싫어했기에 지금은 필요에 따라 왔다 갔다 한다고 말했다. 나는 그냥 아하, 라고 말하고 그만두었다.

나는 이 토미라는 녀석을 엘크 노브 초등학교에서도 본 적이 있었다. 하지만 그는 나보다 나이가 조금 많아서 지금은 중학교에 다녔다. 성이 워델이라서, 어떤 사람들은 그를 토미 워들스**라고 불렀다. 토미 자신도 그렇게 불렀고. 그는 눈이 둥글고 컸으며, 머리통에 비해 너무 많이 난 것처럼 보이는 갈색 머리카락을 가진 통통한 곰돌이 스타일의 아이였다. 머리카락이 삐죽 서 있었다. 그 시절의 일부 남자들은 〈90210〉에 나오는 루크 페리 헤어스타일을 하려고 했지만, 토미의 경우에는 젤이나 무언가 때문에 머리가 선 게 아니었다. 그냥 그 모든 게 토미였다. 토미는 그가 입고 다니는 옷에 비해서도 과했다. 재킷 소매에는 소시지 같은 팔이 들어가 있었고, 허리띠 부근에서는 청바지가 쭉 늘어났다. 이제는 그 이유를 알 것 같았다. 위탁 가정. 내 생각이지만 사람들이 자주 들러서 안녕, 얘야, 너 좀 터질 것 같은데 쇼핑하러 가자꾸나, 라고 말하지는 않는 듯했다.

무는 놈으로 여겨질 것에 대한 모든 걱정을 극복하고 나니 토미는 참 착했다. 그는 내게 양동이를 쌓아두어야 하는 곳을 보여주었고, 옥수수 창고에 들어가 암소와 송아지들에게 줄 옥수수를 가지고 나오는 법과 그 안에 들어가기 전에 해야 할 다양한 일에 대해서도 알

---

*   크릭슨의 이름을 가지고 하는 말장난으로, '삐걱거리다'라는 뜻.
**   '워들(waddle)'에는 '뒤뚱거리다'라는 뜻이 있다.

려주었다. 옥수수 창고는 작은 헛간 같은 곳으로, 쥐가 너무 많아서 발걸음을 조심해야 했다. 진짜로 하는 말인데, 쥐가 발 위로 달려갔다. 곡물 자루같이 들기 힘든 게 있으면 토미가 들려고 했다. 그는 나를 바보 취급하지 않고 모든 걸 설명해주었다. 그는 수컷이든 암컷이든 소들이 전부 앵거스라고 불린다고 말했다. 암소들은 새끼를 낳도록 기르고, 수컷들은 거세한 뒤 반쯤 자랄 때까지 목장에서 길렀다. 본격적인 겨울이 닥치기 전에 그 소들은 가축 수용소로 팔려 나간 다음 서부의 어딘가로 향해 가서는 나머지 살을 찌웠다. 그다음에는 햄버거가 되었다.

토미는 곡식을 줄 때나 밤이 되어 소들을 몰 때 늘 소들에게 다정하게 말을 걸었다. 녀석들은 그냥 멍청하고 거대한 괴물인데도 말이다. 토미는 나와 똑같았다. 꼭 우리 인생에서 벌어진 모든 나쁜 일을 보상하려는 것만 같았다. 최소한 나는 거세당한 뒤 햄버거가 될 예정은 아니었으니까. 그것만은 분명했다. 토미는 여기에서 지내다 보면 익숙해진다고 했다. 그는 이 농장을 크리키 농장이라고 불렀다. 그건 이름 짓기의 천재인 패스트포워드가 지어낸 이름이었다. 패스트포워드는 이곳에서 지내는 다른 위탁 아동인데, 고등학생이고 미식축구 연습도 하므로 아직 집에 오지 않은 상태였다. 그는 리 고등학교 미식축구 팀의 간판스타로, 모두에게는 그 팀이 제너럴스라는 이름으로 알려져 있었다. 토미의 이야기를 들으니 패스트포워드는 살아 있는 모든 사람이 가장 좋아하는 인간이었다. 심지어 크릭슨 씨, 특히 죽은 크릭슨 부인까지 말이다. 토미는 나도 패스트포워드를 좋아하게 될 테니 두고 보기만 하라고 했다. 패스트포워드는 아주 오랫동안 이 농장에 있었고, 말하자면 부부의 진짜 아들이나 마찬가지였다. 비록 그는 크릭슨 씨를 싫어했지만 말이다. 아니, 크리키라고 불러야 했다. 우리 모두 그 늙은이의 면전에서가 아니면 크리키라는 이름을 쓰기로 되어 있었다.

토미는 들어가기 전에 몸을 씻을 장소를 보여주었다. 현관 옆에 막이 쳐져 있고, 손과 신발, 지나치게 젖지 않고 씻을 수 있는 모든 부분에 호스로 물을 뿌릴 수 있도록 수도꼭지가 있었다. 나는 하루 종일 비를 맞아 이미 젖어 있었다. 하지만 뭔가를 먹게 되어 신났다. 나는 토미가 한 말, 즉 내가 이 상황에 익숙해질 수 있을 것이며 최소한 몸을 낮추고 겪어낼 수는 있을 것이라는 말이 사실이기를 바랐다. 어쩌면 학교에서는 나에 대한 쓰레기 같은 소리가 그렇게 많이 돌지 않을지도 몰랐다. 아무도 존중하지 않는 아이인 스왑-아웃에게만 달린 문제라면 말이다. 나는 엄마가 재활 센터에서 보낼 3주를 견딘 뒤, 아무도 달라지지 않은 채 집으로 돌아가게 될 터였다. 스토너에 대한 계획은 없었다. 아마 사회복지국에는 계획이 있을지도 몰랐다. 어쩌면 결국 하늘에는 신이 있어서, 우리 모두가 향수 냄새 나는 방귀를 뀌게 될지도 몰랐다.

토미 워들스는 내가 신발에 묻은 오물을 호스로 씻어내느라 한 발로 서 있을 때 자기를 잡게 해주었다. 내 신발 끈이 온통 꼬여 있었다. 나는 어젯밤 구급차에서 신은 이후로 신발을 한 번도 벗지 않았다는 걸 알아차렸다. 같은 이유로 양말도 없었다. 내가 입은 모든 것이 축축했고 소똥 냄새가 났다. 내가 가진 모든 옷이. 내일 학교에서도 나는 소똥 냄새를 풍길 터였다.

우리가 저녁을 먹으려고 앉으려는 참에 패스트포워드가 집에 왔다. 모두들 포드 픽업트럭에 탄 그가 캡틴 아메리카라도 된 것처럼 굴었다. "왔다!" 하는 식이었다. 그 녀석은 어떤 잡일도 하지 않은 데다가 라리아트 F-150을 타고 있었다. 네모난 헤드라이트가 달리고 빨간색과 은색으로 이루어진 2톤짜리 차였다. 끝내줬다. 나는 그 차가 패스트포워드의 것인지, 아니면 농장에서 빌린 건지 뭔지 궁금했다. 위탁 아동들이 자기 소유의 물건을 가져도 되는지 궁금했다. 난 알아야 할 게 많았다.

패스트포워드가 주방으로 들어오자, 빌어먹을 개들까지 고개를 들었다. 그 개들이 움직인 건 하루 중 그때가 처음이었다. 그는 체형이 길고 호리호리했으며, 유명한 누군가와 비슷한 생김새였다. 치아는 전부 깨끗했고 눈썹이 검었으며 머리카락은 믿을 수 없을 만큼 폭발하는 듯한 모습이었다. 머라이어 캐리가 대걸레 머리를 하고 다니던 시절의 미친 곱슬머리 같았다. 분명히 그만큼 길지는 않았지만. 당시에는 머리를 길게 기른 사람은 미식축구 팀에 넣어주지 않았다. "안녕, 패스트." 다른 모든 소년들이 말했다. "얘는 데몬이야."

패스트포워드가 코미디 배우라도 되는 것처럼 걷다 말고 멈춰 서서 다른 아이들에게서 내게로, 내게서 다른 아이들에게로 시선을 돌리며 나를 뭐라고 생각해야 할지 고민한다. 나는 무는 놈에 관한 이야기에, 드러낸 이빨과 으르렁거림에 대비하고 있다. 하지만 그는 록스타처럼 미소 지으며 말한다. "새로운 피네! 여기 재고 업데이트 좀 해야겠어." 크릭슨 씨도 그렇게 생각한다는 듯 미소 지으며 고개를 끄덕인다. 나를 데려오겠다는 것이 전부 그의 생각이었다는 듯이. 말도 안 되는 소리다. 어린 소년 무리가 나이 든 아이를 동경하는 건 평범한 일이다. 하지만 패스트포워드는 그 늙은 개자식마저 자기 힘 아래 두고 있었다. 나는 생각했다. 데몬, 잘 보고 배워.

저녁은 맨위치 소스 한 통을 위에 뿌린 햄버거 고기와 마카로니, 녹인 치즈였다. 끝내줬다. 난 엄마에게 이 얘기를 해줄 생각이었다. 엄마는 저녁으로 만들 것을 절대 생각해내지 못했다. 크릭슨 씨가 패스트포워드에게 연습은 어땠느냐, 누가 디펜스를 맡았느냐, 지금도 제너럴스가 올해의 무패 행진을 이어갈 거라고 생각하느냐고 물었다. 엉망이 된 늙은이의 목구멍에서 너무도 많은 단어가 나왔다. 그는 하루 종일 패스트포워드를 위해 말을 아껴둔 것이다. 저녁을 먹은 뒤 크릭슨 씨는 다른 방으로 가서 TV를 보았다. 다시 말해 리클라이너 의자에서 잠들었다. 패스트포워드는 재빨리 빠져나갔다. 나머지 우리는 남자애 세 명에게, 특히 그중 한 명이 상당히 모자라 손이 딸리는 경우에 기대할 법한 성의 없는 방식으로 뒷정리를 했다. 주방이 그런 꼴인 이유였다.

토미가 내게 집의 나머지 부분을 보여주었다. 위층에 있는 우리 방, 우리가 쓰게 될 화장실. 화장실은 패스트포워드에게 가장 먼저 쓸 권리가 있는 게 분명했다. 그에게는 면도 등 해야 할 일이 더 많았으니까. 우리 침실에는 벙커 침대 두 개 외에는 별다른 게 없었다. 뭐라도 소지품이 있는 행운아를 위해 물건을 넣어둘 옷장. 숙제를 하고 싶을 경우 할 수 있는 탁자. 토미와 스왑-아웃은 벙커 침대 하나를 같이 썼고, 내가 또 다른 벙커 침대의 위층과 아래층 중 어느 것을 써야 할지를 놓고 토론했다. 스왑-아웃은 투표하지 않았다. 그 녀석은 그냥 별로 수다쟁이가 아니라고만 해두자. 하지만 녀석은 기어오르기를 좋아했다. 나는 2학년 시절에 스왑-아웃이 언제나 미친 원숭이처럼 라디에이터에 올라가던 걸 떠올렸다. 선생님은 늘 스왑-아웃에게 내려오라고 소리를 질러댔다. 조만간 난방이 들어오면 녀석이 화상을 입을 것이기 때문이었다. 그리고 어느 날 실제로 스왑-아웃은 화상을 입었다. 그런 울부짖는 소리는 들어본 적도 없었다. 반면 토미는 아래쪽에 도서관에서 빌려 온 책을 쌓아둘 수 있다는 이유로 침대 아래층을 더 좋아했다. 그는 그곳에 책을 잔뜩 쌓아두었다. 더 박스카 칠드런 시리즈, 《구스범스》. 그렇게 많은 책을 대여할 수 있을 줄 누가 알았겠는가? 토미는 페닝턴 중학교 도서관이 더 크다고 말했다. 그게 중학교의 유일한 좋은 점이라고.

나는 우리 넷이 모두 같은 방에서 잘 거라고 생각했지만 아니었다. 패스트포워드는 복도 끝에 자기만의 방이 있었다. 그는 그곳에서 오랫동안 살았다. 크릭슨 부인이 살아 있을 때 그를 입양하는 절차를 시작했지만 마무리하지 못한 터였다. 그래서 크릭슨은 여전히 패스트포워드를 위탁 아동으로 데리고 있으면서 매달 500달러의 수표를 받았다. 내가 이 모든 것을 바로 알게 된 건 아니다. 이건 알아내기에는 복잡한 일이었고, 크릭슨과 패스트포워드의 태도를 볼 때는 특히 그랬다. 그들은 수표를 나눠 쓰자는 일종의 비밀 계약을 맺고 있었다.

우리는 허락 없이 패스트포워드의 방에 들어갈 수 없었으므로 나는 문 앞에서 방 안을 들여다보았다. 패스트포워드에게는 스토너의 것과 다른 프리웨이트 기구가 있었다. 미식축구 트로피, 책상(패스트포워드에게는 가구가 있었다) 위 벽에 테이프로 붙여놓은, 제너럴스의 유명한 순간을 찍은 신문 사진들. 토미의 말로는 패스트포워드가 4-H*의 송아지 키우기 프로젝트에서 땄다는 수많은 리본이 벽을 따라 꽂혀 있었다. 하지만 그건 과거의 일이었다. 지금 패스트포워드는 쿼터백이 되어 픽업트럭을 몰며 섹시한 여자애들을 데리고 다녔다. 모든 여자와 그 여자의 자매들까지 그의 한 조각을 원했다. 나는 패스트포워드를 겨우 두 시간 알았을 뿐이지만 상황이 어떤지 이미 알 수 있었다.

그의 진짜 이름은 스털링 포드였다. 누가 그보다 나은 이름을 원할

---

*　　미국 청소년 교육 및 개발 프로그램.

수 있겠는가? 은화와 관계된 뭔가*에 여태껏 만들어진 최고의 엔진이라니. 하지만 그는 패스트포워드라는 이름이 일찍 붙었다고 했다. 실제로도 그 이름이 잘 어울렸다.

패스트포워드는 집의 모든 곳에, 그리고 누군가 기억할 경우 스왑-아웃에게 주어야 하는 약과 소총을 크리키 늙은이가 보관해두는 총기 보관장의 열쇠에 자유롭게 접근할 수 있었다. 크릭슨의 다른 위탁 아동들이 스왑-아웃의 약을 팔아버린 과거의 어느 사건 이후로 사회복지국에서 자물쇠 달린 보관장에 약을 보관하도록 한 게 분명했다. 스왑-아웃이 먹는 것이 각성제인지 진정제인지는 주님만 아실 일이었다. 둘 다일 수도 있었다. 그게 보통이었다. 학교 애들 절반은 매일 쉬는 시간 전에 약을 타려고 양호교사 앞에 줄을 서야 했다. 패스트포워드는 아무튼 모든 특권을 가졌고, 반면 비천한 삶을 사는 우리 세 소년은 저녁에 우리 방에 머물러야 했다. 아무도 우리가 몇 시에 자러 가는지, 아침에 일어나긴 하는지 신경 쓰지 않았다. 첫날 밤, 나는 죽도록 피곤했지만 소똥 옷을 입고 자러 가는 게 걱정됐다. 그때 난데없이 토미가 사람들이 나를 빈손으로 여기 데려온 거냐고 물었다. 위탁 가정의 점호에 대해 잘 알았기에. 토미는 내게 입고 자라며 자기 티셔츠를 한 벌 빌려주었다. 토미라는 녀석은 평범한 아이가 아니었다.

그는 패스트포워드가 불이 꺼지기 전 점호를 하러 찾아올 거라고 했다. 아니나 다를까 패스트포워드가 찾아와 "차-렷!"이라고 말했다. 토미와 스왑-아웃은 경례하며 가슴을 내밀었고 패스트포워드가 사열했다. 우리 모두가 어디선가 본 영화 같았다. 멍청해 보였지만 그

---

*   '스털링(sterling)'에는 '법정 순도의 은'이라는 뜻이 있다.

렇게 하지 않을 방법을 알 수 없었으므로 나도 그렇게 했다. 패스트포 워드는 나를 자세히 살펴보더니 말했다. "이런, 이런. 이 초록 눈 꼬마를 좀 봐." 그는 내게 멜런전이나 빨간 머리의 혼혈인 같은 것인지 물었다. 나는 아빠가 멜런전이었다고 말했다.

다음으로 패스트포워드는 우리에게 뭘 가지고 있느냐고 물었다. 토미가 주머니를 뒤져 치클릿** 한 봉지를 꺼내자 패스트포워드가 가져갔다. 그런 다음 그는 스왑-아웃 앞에 서서 기다렸다. 허리를 숙이고 그 조그만 녀석의 얼굴을 들여다보았다. 스왑-아웃은 아무것도 없다고 한다. 패스트포워드가 주먹을 들자 스왑-아웃은 피부 속에서 쭈그러드는 것만 같다. 주먹질은 없었지만 맞는다는 게 뭔지 이 아이가 아는 건 분명하다. 나는 평소에도 이래?라는 눈으로 토미를 보고, 토미는 응, 맞아, 라는 식이다.

"크리키가 오늘 아침에 점심 사 먹을 돈을 줬잖아." 패스트포워드가 느릿느릿 말한다. 스왑-아웃은 머리가 모자라니까. "넌 점심값도 가져가고, 땅콩버터 샌드위치도 받아 갔어."

"아니야." 스왑-아웃이 말한다.

"그랬어. 난 이 머리통에만이 아니라 학교에도 눈이 있다고. 패스트포워드에게 거짓말하면 형제들을 실망시키는 거야. 크리키가 너한테 준 현금이 있잖아. 이리 내놔."

평범한 어린아이가 땅콩버터 샌드위치를 받아 간다는 건 점심값을 다 써버렸다는 뜻이고, 무료 급식을 하는 어린애라면 그 애의 엄마가 서류에 서명하는 걸 잊어버렸다는 뜻이다. 어느 쪽이든 급식실 아줌마들은 그 땅콩버터 샌드위치를 여기, 좆 됨의 훈장이다, 라는 식으로 놓

**   겉에 사탕을 씌운 껌의 한 종류.

아주었다. 스왑-아웃은 돈을 챙기려고 모욕의 샌드위치를 받아 갔다. 미간이 좁은 그의 눈이 함정에 빠진 토끼 눈처럼 마구 움직였다. 패스트포워드가 허둥대는 작은 얼굴 앞에서 손가락을 꺾으며 손을 내민다. 스왑-아웃이 지폐를 내민다.

다음은 나였다. 패스트포워드가 빤히 바라보았다. 내가 말했다. "형, 난 씨발 양말도 없어!"

나는 이 집이 씨-폭탄*을 쓰는 집인지, 패스트포워드가 내게 형인지 선생님인지도 알 수 없었지만 위험을 무릅썼다. 그러자 패스트포워드가 웃었다. 나는 아무것도 없이 내버려졌다고 말했다.

패스트포워드가 특이한 표정을 지었다. "아무것도 없다고. 확실하지."

"당연하지."

"여기선 패스트포워드한테 비밀을 만들지 않아, 데몬. 한 번 더 기회를 줄게. 자수하면 다 용서해주겠어. 주머니 확인해봐."

나는 주머니를 확인해 뭉개진 샌드 과자 몇 개를 꺼냈다. 충격적이었다. 병원에서 보낸 어젯밤은 누군가의 딱하게 망가진 삶을 찍은 영화 같았다. 그런데 그 누군가가 나였다. 샌드 과자와 10달러와 전화를 걸 잔돈을 가지고 있는. 기억이 났다면 난 확실히 샌드를 먹었을 것이다. 나는 귀가 달아오르는 것을 느꼈다. 첫째, 나는 살면서 한 번이라도 그렇게 많은 돈을 가져본 적이 없었고 그런 경우가 있다 한들 한동안은 아니었으니까. 둘째, 이제 막 그 돈을 잃게 되었으니까. 셋째, 거짓말을 하다가 걸린 것처럼 보였으니까. 패스트포워드는 대체 어떻게 알았을까?

패스트포워드는 우리의 목표와 목적에 도움을 준 내가 자랑스럽다

---

* '씨'로 시작하는 욕설.

고 말했다. 그러니까 그건, 패스트포워드가 나를 좋아한다는 건 좋은 일이었다. 그는 이 집에서는 귀중품을 안전하게 보관하기 위해 자기가 그것들을 맡아둔다고 말했다. 우리는 패스트포워드가 비품을 마련할 수 있게 되는 대로 파티를 열어 축하할 터였다. 농장 파티라고 했다. 다른 애들은 와, 농장 파티다! 하고 말했다. 패스트포워드는 우리가 힐빌리** 특공대라고 설명했는데, 힐빌리 특공대란 똥꼬를 빨아대지 않는다는 점만 빼면 보이스카우트와 비슷한 것이었다. 패스트포워드가 우리 대장이었고 우리를 위해서 규칙을 만들었다. 그는 크리키 때문에 무너져 내리지 말라고 말했다. 그러더니 "쉬어!"라고 했고, 우리는 모두 힘을 풀었다. 그가 떠나자 토미와 스왑-아웃이 각자의 침대로 기어들었다. 나는 토미의 커다란 티셔츠를 입고 내 침대에 들어갔다. 나는 위층을 골랐다. 그때까지도 옥수수 창고 전체에 있던 쥐들과, 어둠 속에서 도사리고 있으면서 어쩌면 내 치아를 줄로 갈아내고 싶어 할지 모를 크리키를 생각하고 있었기에 위층 침대가 바람직해 보였다.

힐빌리란 모두가 아는 단어다. 하지만 실제로 아는 건 아니다. 페그 아저씨가 언젠가 트럭 범퍼에 '힐빌리 캐딜락'이라는 스티커를 붙였을 때 나는 아무것도 모르는 어린애였다. 내가 그 단어를 아는 건 대체로, 닉 앳 나이트***에서 언젠가 틀어주었던 〈비벌리 힐빌리스〉 때문이었는데, 그때의 힐빌리란 허리띠 대신 밧줄을 매고 도시를 뛰어다니거나 아주 오래된 소총을 들고 멍청한 트럭을 몰고 다니던 가족이

**   hillbilly. '두메산골 촌뜨기'라는 뜻으로, 보통 미국 애팔래치아산맥 인근에 사는 사람들을 말한다. 교육받지 못하고 가난한 이 지역 사람들을 일컫는 멸칭이다.
***   미국 케이블 방송 니켈로디언의 심야 편성 시간.

었다. 죽도록 웃겼다. 그 채널에서 틀어주던 〈건스모크〉〈먼스터스〉 등 대부분의 흑백 방송보다 더. 그러다가 언젠가 고등학교에 다니는 매곳의 사촌 누나 보니가 우리가 그 프로를 보는 걸 보더니, 우리더러 아무것도 모르는 똥 덩어리라고 했다. 보니는 연극부에 속한, '재능과 소질이 있는' 사람으로 전방위적인 재수탱이였다. 보니는 누구를 보고 비웃는 건지 조심하라고, 저 가족이 우리일 수도 있다고 말했다.

그게 무슨 뜻일까? 여기에는 저렇게 살아가거나 저런 쓰레기를 몰고 다니는 사람이 없다. 그건 분명하다. 심지어 셔츠를 속옷에 집어넣고 아주 오래된 자동차를 몰며 크리스마스 행진을 하는, 골동품 트랙터 클럽 사람들조차도 그러지는 않는다. 그 사람들은 그냥 늙은 거다. 총으로 전구를 쏘고 요들을 부르고 집에서 돼지를 키운다고? 매곳은 보니에게 가서 여름 영재 학교에서 만난 거만한 남자 친구하고 볼일이나 보라고, 우리는 놔두라고 했다. 보니는 실제로 그렇게 했고. 하지만 나는 궁금했다.

그러니까, 뭐랄까, 몇 년 동안이나 궁금했다는 말이다. 그러던 어느 날 페그 아저씨가 자기 트럭 옆에서 담배를 피우고 있을 때 나는 근처에서 말썽을 부리다가 아저씨한테 그 힐빌리 캐딜락 스티커를 트럭에 붙인 이유를 물어봐야겠다고 생각했다. 나는 그게 나쁜 뜻이냐고 물었고, 페그 아저씨의 답변은 충격적이었다. 힐빌리는 니거*와 비슷한 단어라는 거였다. 나는 당연히 모두가 아는 말을 했다. 니거는 개자식들 아니면 쓰지 않는 단어라고. 페그 아저씨는 그렇기도 하지만 백인 개자식이 아닌 사람 중에도 그 말을 쓰는 사람이 있다고 했

* 흑인에 대한 멸칭.

다. 그건 맞는 말이었다. 아이스큐브, 제이지, 투팍 같은 사람들이 있으니까. 페그 아저씨는 그런 사람들을 별로 좋아하지 않았다. 사실은 정반대였다. 그러나 매곳과 나 때문에 페곳 가족의 집에서는 여전히 그 사람들의 노래가 들렸으므로, 페그 아저씨도 그들에 대해 알 터였다. 니거라는 단어는 그 사람들이 **좋아하는** 단어였다. 페그 아저씨는 아이스큐브가 아니라 다른 사람들이 니거라는 말을 지어냈다고 말했다. **힐빌리**라는 단어도 다른 사람들이 우리한테 쓰려고, 개자식처럼 굴려고 만들었다고 했다. 하지만 그 사람들이 실수로 우리에게 초능력을 주었다. 페그 아저씨가 한 말은 아니지만 내가 이해한 바로는 그랬다. 사람들에게 그들이 한 말을 되돌려주는 것은 그들이 절대 우리가 될 수 없다는 것 또는 우리를 잡을 수 없다는 것에 대한 증거였다. 우리가 그들의 똥으로는 닿을 수 없는 존재라는.

알고 보니 세상에는 이런 일이 얼마든지 있었다. 그런 말은 오랜 세월에 걸쳐 똥 쪼가리처럼 내던져졌지만 염병할 자존심을 담아 트럭 범퍼에 붙을 뿐이었다. 레드넥, 문샤이너, 리지 러너, 힉스** 같은 말들. 한심한 것들.

**   가난하고 교육 수준이 낮은 백인들에 대한 멸칭들.

10

토미 워들스는 떠버리였다. 하긴 그 녀석같이 이야깃거리가 있다면 누구든 떠버리가 되지 않겠는가. 토미는 부모가 엉망진창인 애가아니었다. 그냥 상상할 수 있는 가장 험한 운을 타고났을 뿐이지. 토미의 아빠는 무슨 토지측량사 같은 사람이었는데, 소형 비행기가 추락하면서 죽었다. 녀석의 엄마는 늙은이가 아니었는데도 심장에 뭔가 문제가 있었다. 부모가 세상을 떠났을 때 너무 어렸던 토미는 그들을 기억하지 못했다. 그에게는 정신이 좀 나간 할머니가 있었는데, 그 할머니는 노픽 구석탱이의 양로원에 살았다. 다른 친척들은 죽었거나, 토미의 아빠가 외동이었기 때문에 애초에 없었다. 그러니까 토미는 뭐랄까, 사실상 평생 버지니아주의 돌봄을 받아왔다.

토미는 나이가 들수록 위탁 가정이 나빠진다고, 좀 더 나은 가정에서는 아기나 아직도 작은 축에 드는 아이들을 선호한다고 말했다. 내 생각에 토미는 그렇게 작았던 적이 없었을 것이다. 하지만 토미는 도서관 책을 읽고 사람들이 자기를 싫어한다는 사실을 무시하는 방법으로 주어진 상황에서 최선을 다하는 스타일이었다. 그는 여렸기에 크리키 농장에서는 불행할 수밖에 없었다. 그 늙은이에게 여런 사람은 쓸모없었으니까. 그래도 토미는 반복적으로 그곳에 오게 되었다. 크리키에게는 돈이 필요했고, 토미에게는 여전히 영구적 환경이 마련되지 않았으니까. 토미는 쿠키를 만들어주고, 지금까지 쓰인《마법의 시간여행》의 책 한 권 한 권 줄거리를 모두 설명하게 허락해줄 착한 아줌마에게 입양되었어야 한다. 하지만 사람들이 어린애들만을 원한다는 점에서는 입양이 위탁 가정보다도 힘들다. 삶은 그런 식으로 잔인하다. 그리고 난 그게 그 사람들의 손해라고 생각한다. 토미는 곁에 두고 싶은 아이니까. 확실하게.

나와 토미의 한 가지 공통점은 우리 둘 다 그림 그리기를 좋아한다는 점이었다. 토미는 그림 그리기를 끼적거리기라고 불렀다. 토미에게 그림은 피와 같은 것, 그가 다칠 때마다 흘러나오는 것이었다. 토미와 끼적거리기의 관계가 무엇인지 알아내기까지 어느 정도 시간이 걸렸지만, 크리키가 햄버거와 맨위치로 이루어진 저녁밥을 너무 많이 먹었다고 토미를 불러내, 이 농장은 남자애들이 아니라 수소를 살찌우는 곳이라고 말한 첫날 밤에 단서를 얻었다. 사실 크리키는 그보다 나쁜 말을 했다. 사실상 토미가 여기 있는 이유는 아무도 뚱뚱한 남자애를 원하지 않기 때문이고, 크리키도 거절당한 애들을 받아주느라 위탁 가정을 운영하는 게 아니라는 뜻이었다. 나는 그가 내뱉은 개소리를 믿을 수 없었지만, 다른 애들은 그냥, 또 시작이네, 하는 식으로 계속 먹어댔다. 토미는 일어나서 접시를 싱크대에 넣고 거실로 갔다. 나는 토미가 소파 위에 웅크리고 있는 것을 보았다. 무릎에 신문을 댄 채 허리를 숙이고 신문 위에 연필로 뭔가를 쓰고 있었다. 혼신의 힘을 다하는 듯 머리카락이 삐죽 서 있었다. 나는 녀석도 페곳 아줌마가 언제나 하던 십자말풀이나 스크램블 게임을 하는 줄 알았다. 하지만 나중에 구경하러 갔다가 본 것은 해골이었다. 글자가 없는 가장자리 전체를 뒤덮은 작은 해골들. 그렇게 많은 해골은 본 적이 없을 거다. 토미는 고스족 취향이 있는 어린애로 보이지는 않는다. 토미에게서 절대 해골을 기대할 수는 없다.

유독 거지 같은 하루를 보낸 날이면 토미는 버스에서도 교과서에서 찾을 수 있는 모든 빈틈에 끼적거리기를 했다. 이번에도 해골이었다. 하지만 보통 토미는 내게 자기 인생 이야기를 해주었다. 우리는 버스에서 함께 앉았다. 이야기할 시간이 충분히 있었다. 우리의 일과는 이런 식이었다. 오전 5시에 일어나 정신을 차리고, 아침을 먹고 싶다면 아침을 만들고, 흙길을 걸어 고속도로까지 간 다음, 빌어먹을 달빛을 받으며 버스가 오기를 기다린다. 나는 페곳 계곡에서부터 차를 타고 가는 길도 멀다고 생각했었다. 뭘 잘 몰랐던 것이다. 우리는 크리키 농장에서 리 고등학교까지 가는 1차 버스를 타고 가서, 종이를 씹어 뭉쳐서 서로 던지며 전쟁을 벌이거나 서류에 서명을 받아 공짜 아침 식사를 먹는 아주 먼 지방에서 온 다른 아이들과 함께 급식실에서 기다리다가, 스왑-아웃과 나는 엘크 노브 초등학교로, 토미는 페닝턴 중학교로 가는 2차 버스를 탔다. 시간도 아주 오래 걸렸고 정류장도 아주 많았다. 엄마들이 애를 엉뚱한 곳에 내려주었다며 기사에게 뭐라 소리를 질러댔고 기사도 마주 소리를 질렀다. 우리는 잠들었다가, 누군가가 비키라고 말해서 잠이 깼다.

고등학생들과 함께 타는 버스는 모든 것을 배우는 공간이었다. 여자가 어떻게 임신하는지, 뒤통수를 맞지 않도록 조심하는 방법은 무엇인지. 투자한 시간을 고려하면 멀리 떨어진 지방의 아이들이 가장 많은 교육을 받는 셈이었다. 나는 스쿨버스에서 자기 여자 친구를 손가락으로 쑤시는 녀석 혹은 그런 자기 남자 친구의 몸 위에 엎드리는 여자애를 몇 명 보았다. 그런 걸 전혀 원하지 않는 여자애에게서 뺨을 맞은 녀석도 여럿이었다. 한두 명은 입술도 터졌다. 한번은 덩치 큰 남자애한테 면봉이라고 불리는 데 싫증 난 어떤 사납고 왜소한 담황색 머리카락의 여자애가 그 녀석의 뒷자리를 밟고 일어서서, 에치 어 스케치*를 부숴버렸다. 화면 쪽을 아래로 하자 은색 똥 같은 게 녀석의 얼굴 전체에 흘러내렸다. 오즈 영화에 나오는 양철 나무꾼 모습이었다. 여자애는 보통내기가 아니었다. 지금쯤 그 애는 어딘가의 수장이 되었을 것이다. 최소한 임신은 하지 않았겠지.

우리가 악취 나는 노란색 버스에서 젊은 인생을 낭비하는 동안 패스트포워드는 매일 아침 운동 기구로 몇 시간을 더 보낸 뒤 일어나 라리아트를 타고 리 고등학교로 유유히 떠났다. 열혈남아라면 누구나 열여섯 살이 되면 자신만의 자동차를 갖고 싶다는 꿈을 꾼다. 여자랑 자기 위해서.

나는 학교에서 매곳을 다시 만나게 되었다. 매곳은 이야, 친구! 우린 네가 외계인들한테 납치된 줄 알았어!라는 식이었다. 그것도 문제를 보는 한 가지 방식이다. 매곳은 그 시점에 내가 살아 있는 이유였다. 그는 내게 필요한 옷이나 다른 물건들을 집에서 챙겨다 줌으로써 나를 구해주었다. 페그 아저씨에게 열쇠가 있었으므로, 그들은 스토너가 밖에 나갔을 때 빈집털이처럼 몰래 들어가 베갯잇에 내 귀중품을 담았다. 그중에는 스케치북도 있었다. 매곳이 그 베갯잇을 한 번에 하나씩 학교로 가져왔다. 사람들은 스토너가 이제 그 동네에 별로 얼굴을 비추지 않는다고 했다. 그러니까 학교는 내게 남은 유일한 정상적인 삶이었던 셈이다. 양쪽 끝에 크리키 농장이 기다리는.

---

*　　손잡이를 돌려서 그림을 그리는, 판 형태의 기계식 장난감.

시간이 흘렀고 약속은 지켜졌다. 첫째, 건초. 크리키는 우리가 학교에 있는 동안 트랙터로 풀을 베었다. 그런 다음에는 건초를 계속해서 4.5미터 길이로 자르는, 아주 오래된 베일러*를 트랙터로 끌고 다니며 건초를 묶었다. 기계는 엄청나게 긁히는 소리를 냈고 그럴 때마다 크리키는 특유의 쉰 목소리로 소리쳤다. "빌어먹을 태즈웰 똥 덩어리 같으니!" 크리키는 공룡이 아직 태즈웰 카운티를 돌아다니던 시절에 그곳 누군가에게서 그 기계를 산 게 분명했다. 크리키가 기계를 세우고 모든 것의 전원을 내린 다음에는 그와 패스트포워드가, 대체로는 패스트포워드가 베일러에 기어 올라가 안으로 손을 집어넣어서 뭔가를 이리저리 휘저었다. 그러면 기계가 다시 작동했다. 나머지 우리는 그렇게 뭉쳐진 건초를 끌고 가 들판에 쌓았다. 트럭에 실을 준비를 하기 위해서였다. 이렇게 뭉쳐진 건초는 당시 트랙터와 포클레인으로 이런 일을 처리하던 대부분의 농장이 작업한 거대하고 둥근 건초 더미가 아니라 사람이 들고 다닐 수 있는 사각형 건초 더미였다. 새 기계라니, 절대 안 되지. 크리키에게는 노예 소년들이 있었으니까. 하지만 우리는 엉망진창이었다. 일단 토미에게는 여러 장점이 있었지만 그중에 힘이 세다는 장점은 없었다. 노끈으로 묶은 건초를 두 손으로 든 그는 내가 도와주러 갈 때까지 변비라도 걸린 것처럼 얼굴이 빨개진 채 서 있었다. 거기다 스왑-아웃은 오, 주여. 건초 더미 하나가 스왑-아웃만큼 혹은 그 이상으로 무거웠다. 그 녀석이 어떤 식으로든 하고 싶어 한 건 우리가 쌓아놓은 더미에 기어 올라가는 것뿐이었다. 그러면 결국 더미가 무너지고 전반적으로 말도 안 되는 결과가 이어졌을 뿐인데도. 우리는 한 번에 도합 200여 개의 건초 꾸러미를

---

* 수확한 건초를 압축하는 작업기.

트럭 짐칸에 실었다가 다시 내려서 헛간에 쌓아야 했다. 그때도 더 많은 기어오르기와 변비 걸린 얼굴, 헛짓거리가 동반되었다. 그때쯤 크리키는 하자 있는 상품을 팔았다는 점에서 태즈웰 카운티보다는 위탁 가정을 연결해주는 당국을 더 심하게 욕했다.

그게 나의 첫 주말이었다. 일요일 밤에 나는 샤워할 기회가 없었다. 패스트포워드가 시간을 끌었기 때문이다. 아래층에 오래되고 고약한 욕조가 딸린 화장실이 하나 더 있었지만, 그곳은 하수도가 주기적으로 막혔으므로 그 욕조를 두려워한 건 나만이 아니었다. 크리키조차 위층 화장실을 썼다. 나는 남은 힘을 다 끌어내서야 내 침대로 기어 올라가, 200개의 브릴로 건초 패드**로 문질러져 온몸이 근질거리는 채 불구덩이 위에 누워 있을 수 있었다. 나는 이 교도소에서 3주를 복역해야 하는데 그중 한 주도 아직 완전히 지나지 않았다. 엄마가 어떻게 지낼지 궁금했다. 엄마는 언제나 약을 끊는 것이 상상할 수 있는 가장 끔찍한 지옥이라고 말했고, 나는 엄마가 가엾었다. 지금은 아니었다. 지옥 같은 소리 하네. 나는 머릿속으로 엄마에게 말했다. 엄마가 오늘 해야 했던 일은 그 빌어먹을 도덕적 평가랑 그들먹하게 드러누워 있는 것뿐이잖아. 깨끗하고 좋은 이불에.

또 한 가지 약속이 지켜졌다. 우리의 힐빌리 특공대 농장 파티 말이다. 패스트포워드가 물자를 구해 오겠다기에 나는 월마트의 19번 통로 물건 정도를 생각했다. 솔로 컵과 종이 접시 같은. 내가 그렇게 멍청한 꼬마였다.

처음에 패스트포워드는 과자를 꺼냈다. 난 완전히 신났다. 그 시절

** 브릴로 패드는 철 수세미 상표명.

밤에 나는 엄마가 냉장고에 넣어두던 스니커즈만 생각해도 집이 그리워지며 마음이 찢어질 것 같았다. 그러니 그때 나는 완전히, 리세스*와 쿠키라니, 오예!라는 식이었다. 그게 이 파티의 목적이라고 생각했다. 하지만 패스트포워드는 내 교육에 인내심을 발휘했다. 솔직히 큰형 같았다. 그는 이게 내 신고식이라고 말했다. 우리는 패스트포워드의 방에서 파티를 했다. 멋진 일이었다. 그의 물건을 둘러보고 심지어 몇 가지는 만져볼 수도 있었으니까. 나는 그러다가, 고등학교에서 주는 황금 스포츠 트로피가 실제로는 플라스틱이라는 걸 알게 되었다. 어쨌든 멋져 보였다. 우리는 불빛이 새어 나가지 않게 막고, 정전을 대비해 주방에 보관해두는 양초 하나를 가져와 불을 붙였다. 크리키는 잠자리에 들었다. 다들 크리키는 보청기를 빼면 시체나 마찬가지라고 했다.

패스트포워드의 방 창문으로 바깥의 나무들이 보였다. 달은 거의 둥글었으나 완전히 둥글지는 않았다. 패스트포워드는 크리키 부인이 암으로 죽어갈 때 만들어준 깔개가 있었다. 걸레를 꼬아서 만들어준 것과 똑같이 생겼다. 크리키 부인은 아픈 데다가 엄청난 양의 약을 먹고 있었기에, 패스트포워드 방의 깔개를 만들어주는 것만을 하고 싶어 했다. 우리는 그 깔개 위에 작은 원을 그리고 앉아 패스트포워드의 엄마가 되고 싶어 했던 죽은 여자를 생각했다. 우리는 사탕과 쿠키를 먹었다. 패스트포워드가 담배를 돌렸고 우리는 담배를 피웠다. 크리키는 집 안에서 담배를 피우게 해주었는데, 내게는 새로운 일이었다. 엄마는 언제나 밖에 나갔다. 페그 아저씨도 그랬다. 페곳 아줌마는 리클라이너에서 담배를 피우다 잠들어 집을 태워버린 사람

*   미국의 과자 브랜드.

을 너무 많이 알았기에 흡연에 대한 규칙을 두고 있었다.

우리는 아무것도 태우지 않았다. 토미는 연기를 조금씩 뻐끔거리다가 기침하며 토해내는 식으로 어린애처럼 담배를 피운 반면 스왑-아웃은 타고났다. 나는 그 중간이었다. 그때 피운 담배가 멘톨이 아닌 첫 담배였으니까. 패스트포워드는 우리 특공대의 모든 대원에게 자기만 지어줄 수 있는 비밀 이름이 있다고 했다. 이제 여기 살지도 않는 아이들도 그런 대원에 포함되었다. 이젠 내게도 그런 이름이 생길 터였다. 토미는 본스(Bones)였다. 해골을 끼적거리는 데다가, 겉으로 보이는 그 모든 것 이면에 좋은 뼈를 가지고 있었으니까. 내가 보기에도 그랬다. 스왑-아웃은 와일드맨**이었다. 그럼. 데몬은 어떻게 할까.

패스트포워드는 아주 오래 나를 바라보았다. 고개를 뒤로 젖히고 야성적인 검은 곱슬머리를 갈기처럼 늘어뜨린 그는 내 머릿속 공간을 뒤지듯 눈을 가늘게 뜨고 있었다. 마침내 그가 말했다. "다이아몬드. 찬란하고 빛나고 큰 가치가 있으니까. 존재하는 그 무엇보다 단단하지."

남자가 이런 식으로 말을 하는 것도, 다른 남자를 이렇게 열심히 쳐다보는 것도 전혀 정상적인 일이 아니다. 여자를 좋아하는 이성애자 남자한테는 말이다. 패스트포워드는 확실히 이성애자였고. 하지만 토미와 스왑-아웃은 그냥 고개를 끄덕였다. 그래, 멋지네, 하는 식으로. 다이아몬드. 어색하지도 않았다. 그건 그냥 패스트포워드가 부리는 마법 같은 거였다. 사람들은 그의 말을 복음처럼 받아들였고, 그가 자신을 알아봐주었다는 것만으로 더 큰 사람이 된 것 같다고 느꼈다.

**   '거친 사람, 야만인, 미친 사람'이라는 뜻.

나는 괜찮긴 한데, 다이아몬드는 부자들이나 약혼하는 여자들 것인 줄 알았다고 말했다.

패스트포워드가 말했다. "그것도 포함이야. 여자애들이 네가 가진 걸 원하게 될 거야."

나는 당연히 당황했고, 그럴 리 없다고 말했다. 하지만 패스트포워드는 이런 문제에 관해 자신이 틀린 적은 한 번도 없다고 했다. 두고 보라고. 그냥 몇 년만 있어보라고.

이후로 우리는 그동안 봐온 영화에 대해 이야기했다. 토미는 패스트포워드에게 나한테 슈퍼히어로를 그리는 재능이 있다고 말했고, 패스트포워드는 그래? 어디 보자, 라고 말했다. 나는 가서 스케치북을 가져왔고 패스트포워드는 감명받았다. 나는 패스트포워드에게 비교적 잘 그린 그림만을 보여주었다. 준 이모가 섹시한 원더우먼 복장을 입은 그림이라든지. 패스트포워드는 준 이모가 어디 사는지 알고 싶어 했다. 내게 여자 형제가 있느냐고도 물었다. 그 말을 듣자 나를 여자 아기인 줄 알고 데려가려 했던, 엄마가 들려준, 늙은 코퍼헤드 부인 이야기가 떠올랐다. 나는 사람들이 왜 여자 버전일 때 내가 더 나을 거라고 생각하는지 궁금했다.

한편 패스트포워드는 자기가 자본 핫한 여자애들에 관한 이야기로 주제를 옮겼다. 그 이야기라면 우리야 당연히 경청했다. 멀리사라는 여자는 미식축구 연습이 끝나면 언제나 패스트포워드의 트럭에서 그의 물건을 빨아주었다. 그녀는 밴드 연습 때문에 늦게까지 학교에 남았는데, 그래서 편했다. 게다가 멀리사는 플루트를 연주했다. 그것도 편하지, 패스트포워드가 말했다. 우리는 패스트포워드가 입을 O자로 만들 때까지는 그의 말뜻을 알아듣지 못했다. 그 모습에 스왑-아웃이 미쳐서 동물처럼 울부짖었다. 이 꼬마 녀석은 불행히도 머릿속이 많이 망가졌지만 그 안쪽 깊은 곳 어딘가에는 빨아준다는 개념이 살아 있는 듯했다. 반면 나는 멀리사와 패스트포워드가 대낮에 학교 주차장에 세워둔 트럭에 있는 모습을 더 많이 생각했다. 세상에, 상남자였다. 그렇게 겁이 없다니.

거기서부터 우리의 이야기는 좀비 등 더 이상한 주제로 흘러갔다. 크리키 부인이 이 집 어딘가의 뒤쪽 침실에 아직도 누워 있는 거라면? 말도 안 되는 소리였다. 나는 이 집에 오자마자 바로 그런 생각을 했다고 말했다. 다른 애들은 우스워서 배꼽을 잡으며 멍청아, 방금 네가 한 얘기잖아, 라고 말했다. 그래서 나는 내가 생각만 하는 건지 그 생각을 소리 내서 말하는 건지 아주 열심히 고민해야만 했다. 난 취해 있었으니까. 전에도 헤어스프레이, 매직 마커, 학교 교무실에서 빌려 온 타자기 먼지떨이 등 많은 것에 취해보았지만 이건 다른 차원이었다. 뭘 보거나 생각하거나 먹어도 시간의 거품이 연속적으로 하나씩 하나씩 터지는 것 같았다. 나는 패스트포워드에게 이게 대체 무슨 일이냐고 물었고, 패스트포워드는 쿠키가 특별한 것이라고 말했다. 패스트포워드의 여자 친구가 되려고 오디션 중인 로즈라는 여자애가 그 쿠키를 만들었다고. 어때, 로즈가 시험을 통과할 만해? 우리는 뭐, 당연하지, 라는 식이었다. 나는 스왑-아웃과 토미를 보며 그들이 이 모든 걸 아는지 궁금해졌다. 답은 그렇다, 였다. 서로 부딪혀대며 멍청이같이 웃었지만 내 눈에는 평소보다 나아 보였다. 본스와, 와일드맨과 더 닮아 있었다. 그 망가지고 왜소한 어린애조차 내면에는 언젠가 사납고 왜소한 남자가 될 소질이 있다는 게 보였다.

패스트포워드는 우리에게 눈을 감으라고 했다. 나는 패스트포워드가 아마도 뭔가를 비밀스럽게 숨겨둔 장소를 뒤지는 소리를 들었다. 잠시 후 그가 그렇지!라고 말했다. 우리를 내려다보며 모자를 들고 서서. 그냥 평범한 초록색 야구 모자인데, 패스트포워드는 보물이 담긴 그릇이라도 되는 것처럼 두 손으로 들고 있었다. 그는 다시 앉는다. 서 있다가, 두 손으로 모자를 든 채 그냥 털썩 주저앉아 책상다리를 한다. 나는 엉망이 된 상태에서도 그 신체적 행동에 감명받는다. 뛰어난 운동 능력이다. 우리는 모두 허리를 숙여 구경한다. 촛불 빛 덕분에 나는 모자 속에 든 것이 금이 아니라 작은 점들임을 알아본다. 알약이다. 다 똑같은 건 아니다. 나는 약물 파티가 뭔지 알게 된다.

패스트포워드가 모자를 돌리고 우리는 각자 뭔가를 가져간다. 내가 뭘 가져온 건지는 전혀 모른다. 인생이 더 지나고 난 지금은 그럴싸한 추측을 할 수 있지만. 둥글지 않고 끝이 뾰족하며 가운데에 금이 그어져 있었던 것 같다. 아마 분홍색이었을 것이다. 그걸 혀로 느껴보았던 게 기억난다. 알약이 내려가던 느낌, 그다음에는 형제들과 함께 누워서 천장을 휩쓸던 버터빛 불빛을 보던 그때 내 등 아래에서 깔개와 바닥이 완전히 땀에 젖은 채 단단하게 느껴지던 감촉도.

열 살짜리가 약을 먹고 취하다니. 바보 같은 어린애들이다. 이때 우리가 해야 하는 말은 저 녀석들이 한 선택을 봐, 저런 선택이 인생 파멸로 이어지는 거야, 다. 하지만 인생이란 지금 이 순간, 양치하고 잘 자라는 인사와 꽉 찬 식료품 카트 사이의 더러운 틈새에서 벌어진다. 그곳에서는 이런 말이 통하지 않는다. 아이들, 선택, 파멸, 그게 우리가 작업할 수 있도록 주어진 노동력과 재료였다. 스스로도 안전이 무엇인지 한 번도 알지 못했던 나이 든 소년이 우리에게 안전한 느낌을 갖게 해주려 하던 것. 우리에게는 잠시 우리를 내려다보며 미소 짓고 세상이 우리 것이라고 말해줄 창문의 달이 있었다. 모든 어른은 어딘가로 가버렸으니까. 모든 것을 우리 손에 맡겨두고서.

11

내가 바크스 선생님과 사랑에, 아니면 무슨 빌어먹을 것에 절반쯤 빠져 있었다는 말은 과언이 아니다. 나의 나머지 절반은 뭐랄까, 아줌마, 당신은 내 인생의 엉덩이 화상이에요, 당신과 내가 다른 행성에 태어났다면 좋았을 걸 그랬어요, 라는 식이었다. 나도 안다, 남자의 삶이란 이런 식이다. 익숙해져야 한다. 나는 사무실로 불려 갔고, 거기에 바크스 선생님이 우리의 첫 만남을 기다리고 있었다. 차를 몰고 나와 시골에 있는 우리를 확인하는 것보다는 그게 쉬웠을 테니까. 우리는 출석 담당관의 사무실을 썼다. 담당관의 아이들 사진이 책상 사방 천지에 붙어 있어서 바크스 선생님이 소꿉장난을 하는 것처럼 보였다. 바크스 선생님은 완전히, 안녕! 좋아 보이는구나, 데몬! 하는 식이었다. 바크스 선생님도 좋아 보였다. 정말이지 여자다운 부위를 눈에 띄게 하는 흰 스웨터를 입었으니까.

바크스 선생님이 가져온 소식은 좋지 않았다. 3주가 지난 지금도 내가 집에 돌아가는 일은 그렇게 간단치 않았다. 나는 감독하에 엄마를 만나러 갈 수 있겠지만 엄마는 재활 치료를 받은 뒤에도 일상으로 복귀해 약물 테스트를 받아야 했다. 엄마의 상태가 확실해지면 나를 집으로 돌려보내는 문제에 대해 의논할 터였다. 스토너는? 그건 어려운 문제라고 바크스 선생님이 말했다. 나와 스토너는 잘 지내는 방법을 배워야 할 터였다. 잘됐네, 난 생각했다. 그 와중에 사탄한테 귀여운 강아지 묘기도 가르치고.

바크스 선생님이 크리키 농장에 관해 묻기에 나는 말해주었다. 늙은이는 토미에게 잔인하게 굴었고, 스왑-아웃은 다른 상황에 있어야 한다고. (솔직히 말하면 다른 유니버스에 있어야 했다.) 바크스 선생님은 크릭슨이 날 때린 적이 있느냐고 물었다. 답은 아뇨, 저는 맞은 적 없어요, 였다. 그걸로 끝이었다. 바크스 선생님은 유감스럽지만 토미와 스왑-아웃은 자기 책임이 아니라고 했다. 보통은 한 가정의 모든 아이들이 동일한 위탁 업체에서 보내지지만, 크릭슨은 비상용 위탁 가정에 해당하는 곳이라 토미와 스왑-아웃은 바크스 선생님이 근무하지 않는, 다른 위탁 업체에 소속되어 있었다. 위탁은 업체에 의해 이루어지는 것이고, 스토너의 말을 빌리자면 우리는 제품이었다. 50곳도 넘는 고객사에 제품을 순환, 유통하지. 살다 보면 배우는 게 생기게 마련이다.

바크스 선생님은 아무도 크리키 농장으로 나를 만나러 가서는 안 되지만, 방과 후에 자기가 나를 데리고 맥도날드 등 이야기를 나눌 수 있는 곳으로 데려가 엄마를 만나게 해줄 수 있다고 했다. 그런 다음 바크스 선생님이 나를 농장으로 다시 데려다줄 터였다. 크리키는 내가 헛간 일을 하지 않고 엄마를 만나러 갔다는 사실에 화를 낼 것이다. 그는 숙제조차 절대 핑계로 삼지 못하게 했으니까. 바크스 선생님과 이런 문제에 대해서는 이야기하지 않았다. 바크스 선생님은 엄청난 서류 더미가 있으며, 그 귀여운 바지에 개미라도 들어갔는지 움직이지 못해 안달이었다. 나는 내가 아는 다른 애들도 위탁 아동일지 궁금했다. 수학과 체육을 같이 듣는 애들 중 힐빌리 특공대의 비밀 이름을 가진 아이들이 있을까. 바크스 선생님은 그 점에 대해 말해줄 수 없었다. 다만 자신에게는 만나야 할 다른 아이들이 있다고만 했다. 그중 대부분이 나보다 어리다고도 했고. 그녀는 내가 모든 상황에 아주 잘 대처하고 있어서, 또 내가 나 자신을 돌볼 수 있는 아이처럼 보여서 엄청나게 자랑스럽다고 했다. 개소리였다. 내가 떠나기 직전에 바크스 선생님이 고개를 들고 말했다. 아, 잠깐! 그녀는 내 집에 들러서 옷과 소지품을 챙겨다 주기로 했다는 걸 방금 떠올렸다. 그녀는 시킨 대로 목록을 만들었느냐고 물었다.

나는 제기랄, 이라고 생각했다. 깊은 걱정에 눈썹이 구겨진, 열심히 노력하는 천사라니. 내가 나 자신이라는 악당이 아니라 이 세상의 바크스 선생님들에게 의존했다면 어떻게 됐을까? 아마 양말조차 없는 꼬마, 엄마가 약물 과용을 했던 날 밤에 입은 구린내 나는 속옷을 아직도 입고 있는 녀석이 됐을 것이다.

"괜찮아요." 내가 말했다. "필요한 건 없어요."

크리키 농장은 나름의 인생을 살아갔다. 헐거워진 수도가 쾅쾅댔고 널빤지는 삐걱거렸으며 물이 똑똑 샜다. 밤이면 나는 2층 침대에 누워 아무런 위로를 해주지 못하는 그 거지 같은 소리를 들었다. 쥐들이 부스럭거리며 돌아다니는 소리. 아니면 바퀴벌레들이 세계 레슬링 챔피언십 경기를 벌이는 소리. 어쩌면 둘 다일지도 몰랐다. 우리는 늦은 밤 주방에서 동물들의 잔치가 벌어진다는 걸 알고 있었다. 사방에서 쥐똥이 발견되었기 때문이다. 꼭 쥐들이 자기 집으로 돌아가는 길을 찾기 위해 똥으로 흔적을 남겨둔 것만 같았다. 당연한 얘기지만 돼지우리처럼 관리되는 주방은 엉뚱한 무리를 끌어들인다. 우리가 뭘 알았겠는가? 우리는 청소년이었다. 매일이 새로운 놀라움을 전해주었다. 원더브레드 빵을 새로 뜯었는데 뭔가가 한쪽 끝에서 다른 쪽 끝으로 굴을 파고 나갔다는 걸 알게 되는 아침이 한두 번이 아니었다. 모든 빵 조각에 쥐 크기의 구멍이 있었다. 크리키가 그 빵을 버리게 해주었을 것 같은가? 신문에 묶여 있던 고무줄을 전부 모으는 그가? 사과를 심지까지 다 먹지 않는 사람을 계집애라고 부르는 그가? 쥐가 먹고 남은 빵도 예외는 아니었다. 크리키는 토스터에 구우면 병균이 죽는다고 했다. 그럴지도 모르겠다. 내가 살아남아서 그 이야기를 전하고 있으니까.

아무튼 밤에는 벽 속에서 파고 긁어대는 소리가 났다. 파이프에서는 별 이유도 없이 물이 움직였다. 코 고는 소리. 길고 딱한 방귀 소리. 스왑-아웃은 저쪽 자기 침대에서 심한 가려움증을 겪는 듯한 소리를 자주 냈다. 진짜다. 반 죽을 때까지 자기 몸을 긁어댔다. 나는 문득 저 녀석이 모든 학년을 1년 이상 다녔다면 지금쯤 나이가 상당하겠다고 생각했다. 그는 악마처럼 담배를 피웠고, 그 외에도 토미나 나보다 나이가 많다는 다른 징후를 보였다. 왜소한 체격 탓에 모든 점에서 오해를 받긴 했지만. 나는 나이가 몇 살 더 들고 나서야 소년이 밤에 자기 침대에서 죽을 때까지 자기 몸을 긁는 듯한 소리를 내려면 무슨 짓을 해야 하는지 완전히 알 수 있었다.

우리는 우리만의 망가진 작은 부족, 특공대였다. 우리는 점호를 고대했다. 그 시간에 우리는 패스트포워드의 관심에 대한 허기를 채울 수 있었다. 패스트포워드가 나를 편애하면, 실제로도 그랬는데, 그게 다른 방식으로는 아무 버터가 없던 내 일상의 버터 바른 빵이 되었다. 패스트포워드는 내 머릿속에, 여태껏 존재했던 모든 슈퍼히어로가 들어 있다는 걸 알아냈고, 나한테 그들의 모든 인생사를 풀어내게 했다. 그는 진짜 만화책이라도 되는 듯 내 그림을 보았다. 그림을 자세히 살피며 이것저것을 왜 그려 넣었는지 물었다. 패스트포워드는 내가 자기를 슈퍼히어로로 그려주기를 바랐다. 나는 생각해봐야 한다고, 사람이 가진 초능력이 언제나 그렇게 두드러지는 건 아니라고 말했다.

패스트포워드의 초능력은 두드러졌다. 난 시간을 버는 중이었다. 나는 연습하느라 그림을 꽤 여러 장 버린 뒤에야 확정했다. 포스 패스트포워드, 일명 패스트맨은 쫄쫄이와 망토와 미식축구 헬멧을 걸친, 전신이 단단한 근육질로 이루어진 인간이었다. 그의 초능력은 의지력. 모두가 패스트맨의 팀이 되고 싶어 하기에, 누구에게든 아무거나 시키고 그 사람이 기뻐하게 만들 수 있는 능력이었다.

패스트포워드는 내가 처음으로 보여준 그림을 집어 들고 오랫동안 살펴보았다. 공포스러웠다. 내 그림은 멍청했다. 하지만 아니었다. 한참 만에 패스트포워드는 내게 재능이 있다고 말했다. "너희 모두, 이거 보여?" 패스트포워드가 손등으로 페이지를 넘기며 다른 애들에게 말했다. "이건 가르칠 수 없는 거야. 재능이라고." 그 말에, 그 시점까지 이어져온 나의 개똥 같은 인생이 살 만한 가치를 갖게 됐다. 그 이후로 나는 훨훨 날아다녔다. 나는 크리키를 슈퍼빌런인 크리크 이블로 그렸다. 그는 전구처럼 생긴 머리 위로 몇 가닥 안 되는 머리카락을 빗어 넘긴 대머리였다. 아이를 고문할 방법을 떠올릴 때마다 그 머리에 불이 들어왔다. 나는 세 컷짜리 만화를 그렸다. 땡! 소리와 함께 전구 머리에 불이 켜지고, 크리크 이블이 주머니에서 줄을 꺼내며 "이리 와라, 네 이를 갈아줄 테니"라고 말했다. 아니면 "난 애들이 아니라 수소를 살찌우려는 거다"라고 말하며 토미에게 뼈만 든 접시를 건네주거나. 그때 패스트맨이 휙 들어와 악랄한 크리크 이블을 완패시키고 아이들을 구한다. 나는 패스트맨에게 모든 것을 쏟아부었다. 그가 타고 다니는 패스트모빌은 포탑이 달린, 날 수 있는 라리아트 픽업트럭이었다.

패스트포워드는 내가 매일 밤 만화를 그려주기를 바랐다. 가장 잘 그린 몇 가지는 가져갔다. 몇 장은 그의 방에 보관되었다. 다른 애들도 내 만화를 죽도록 좋아했다. 그게 우리의 매일 이벤트였다. 나는 어디든 꼭대기까지 기어 올라갈 수 있는 와일드맨과, 누군가의 뼈가 부러지면 즉시 고쳐줄 수 있는 능력을 가진 슈퍼본스를 그렸다. 그건 그냥 지어낸 것이다. 토미의 실제 능력은 친절함이었지만 슈퍼히어로의 유니버스에서는 그 능력으로 뭔가를 얻어내게 하기가 어려웠다.

우리는 숙제라고는 전혀 하지 않는 우리 방의 탁자에 둘러앉곤 했다. 내가 그림을 그리면 애들이 지켜보았다. 때로 나는 피곤해서 한 번 건너뛸 수 있으면 좋겠다고 생각했다. 하지만 그냥 그렸다. 그림 그리기는 패스트포워드는 할 수 없지만 나는 할 수 있는 일이었다. 나는 패스트포워드의 팀이 되기 위해 뭐든 할 생각이었다.

감독하의 면회는 이상한 거다. 나와 엄마는 대체로 맥도날드에서 햄버거와 감자튀김을 먹었다. 테이블 네다섯 개 떨어진 곳에서는 바크스 선생님이 다이어트 콜라를 마시며 책을 읽는 척하면서 실제로는 우리를 지켜보았다. 여기서 무슨 일이 일어날 거라고 생각한 걸까? 엄마가 갑자기 방향을 틀어 플라스틱 칼로 나를 찌르기라도 할까 봐? 내 닥터페퍼에 필로폰을 집어넣을까 봐? 사회복지국에서 크리키가 뱀처럼 혐오스럽게 구는 건 전혀 신경 쓰지 않으면서 약쟁이 엄마와 관련해서는 한 걸음 내디딜 때마다 상향등을 번쩍이다니 얼마나 엿 같은 일인가?

아, 실수. 약쟁이 엄마가 아니라 회복 중인 약쟁이 엄마다. 엄마는 눈이 초롱초롱하고 맑았으며, 재활 센터에서 아주 잘 해내고 있다고, 이번에는 모든 것이 다를 거라고 내게 말했다. 이런 말이 친절하지 않다는 건 알지만 난 엄마에게 어떻게 다르냐고 물었다. 빈말 아니냐고. 아, 엄마에게는 나름의 대답이 있었다. 엄마는 전에 무료 재활만을 받아보았다. 사회복지국이 내주는 비용으로 주말 동안 오래오래 갇혀 있었다고. 이번엔 완전히 차원이 달랐다. 심리 치료 시간 등등이 있었다. 돈이 들었고, 스토너가 그 돈을 냈다. 엄마는 도덕적 평가가 평생을 돌아본다는 의미였음을 전에는 전혀 몰랐다고 말했다. 거기에 미래에 대한 소망도 들어 있었고. 엄마는 자신의 미래가 나라고 했다. 엄마가 약을 끊은 이유의 100퍼센트가 나라고.

나는 이 말에 기분이 좋아져야 한다는 걸 알았지만 솔직히 걱정만 하나 더 늘었다. 엄마가 한 달 만에 돌아서서 다시 코가 비뚤어지게 취하거나 약을 하기 시작하면? 그럼 그건 무슨 뜻일까? 나는 그리 강력한 이유가 아니었다는 뜻이다. 스토너는 돈을 낭비했다고 열받을 것이고 내게 화를 풀 것이다. 엄마는, 자기가 약을 끊고 그 상태를 유지하도록 하며 우리 가족을 제대로 굴러가게 하는 초능력을 내게 부여했다. 엄청난 압박이었다.

좋은 면을 보자면, 엄마는 약쟁이들의 집에 사는 사람치고 괜찮아 보였다. 엄마는 화장을 했고 그리 지치지 않았으며 헤어스타일도 좀 달라졌다. 엄마는 스토너가 사준 새 원피스를 입었다. 스토너가 이미 세 번 자신을 만나러 왔고 대부분의 면회가 허가되었다고 엄마는 말했다. 스토너는 엄마에게 원피스와 꽃, 그리고 깜빡하고 서명하지 않은 카드를 가져왔다. 뭐, 중요한 건 마음이니까. 스토너는 엄마의 다른 원피스에 달린 라벨을 보고 엄마의 사이즈를 알았다. 이 모든 것이 스토너가 훌륭한 남자라는 증거임이 틀림없었다. 엄마는 스토너가 나도 사랑한다고, 이제 우리는 더 나은 가족이 될 거라고 말했다. 돌리우드*에 가는 등 재미있는 일들을 함께하게 될 거라고. 나는 엄마에게 바다를 보러 가고 싶다고 말했고 엄마는 웃었다. 너무 나가진마, 엄마는 그렇게 말했다.

결국 엄마는 방향을 틀어 어디에서 지내느냐고 물었다. 사람들이 농장이라는 말은 해주었다며, 그곳 생활이 얼마나 즐거운지 알고 싶다고 했다. 쓰다듬어줄 동물들도 있고 그러냐면서. 말해두지만 엄마본인도 위탁 가정에서 크며 좋은 경험이라고는 하나도 하지 못했다. 그런데 지금은 무지갯빛 환상에만 젖어 있다니? 나는 응, 엄마, 쓰다듬을 수 있는 동물원 그 자체야, 주요 동물은 바퀴벌레랑 쥐고, 라고 말했다. 난 엄마에게 소똥을 삽으로 치웠던 즐거운 시간에 대해서 말했고, 내 위탁 부모가 내 이를 줄로 갈아내겠다고 위협하는 소름 끼치는 늙은이라는 말도 했다. 약을 시작했다는 말은 하지 않았다. 내생각에 그 집의 문제는 약물이 아니었다. 그 반대였지.

엄마는 결국 나 때문에 흐느끼게 되었다. 내가 말했다. 저기, 난 그냥 이 짓을 끝내고 집에 가고 싶어. 엄마는 엄마 역할을 해, 나는 내역할을 할게. 엄마는 알겠다고 했다. 아마 내가 자라서 엄마 인생의또 다른 재수 없는 놈팡이가 되어간다고 생각했을 것이다. 유소년 대표 스토너 말이다. 나라고 못되게 굴고 싶었던 건 아니다. 하지만 엄마가 불쌍하게 느껴질 때마다 내 머릿속의 무언가가 그러지 마, 그건함정이야, 라고 말했다. 나는 엄마를 상대로 모든 방법을 다 써보았

---

*   테네시주의 놀이공원.

138

다. 엄마에 관해 내가 쓸 수 있는 방법은 한 가지밖에 남지 않았다. 냉담해지는 것.

그다음 주 토요일, 크리키 농장으로 손님들이 찾아왔다. 그날은 토미와 내가 오래된 울타리를 뽑고 녹슨 말뚝에서 녹슨 철조망을 뜯어낸 다음 궂은날에 대비해 보관해두는 평범한 날이었다. 크리키는 그런 인간이었으니까. 앞으로 찾아올 건 궂은날밖에 없다, 이 녀석들아! 모든 걸 아껴둬라, 인생은 거지 같고 그다음엔 죽게 될 테니까! 울타리 작업이란 크리키가 올라갈 수 없는 모든 가파른 언덕을 돌아다닌다는 뜻이었으므로, 좋은 면을 보자면 그의 똥 같은 일을 피해 쉰다는 뜻이었다. 우리는 숲 가장자리에서 번갈아가며 개미집에 오줌을 누었다. 토미는 그걸 미안하게 여겼다. 그는 건초를 비집고 돋아난 파란 꽃을 찾아냈다. 그런 다음 우리는 그늘에 앉아 나무 위에서 대체 무슨 일이 벌어지는지 귀 기울였다. 새들이 토론하고 있었다. 딱따구리가 딱-딱-딱 소리를 냈다. 이 바깥에 나와 있는, 작은 존재들로 이루어진 완전히 다른 삶은 자신의 일에만 신경을 쓰며 사실상 내 일에는 쥐똥만큼도 관심을 기울이지 않았다. 그 소리를 듣다 보면 궁둥이를 깔고 앉아 있을 수 있다. 좋은 의미로 말이다. 내가 숲을 좋아하는 이유였다.

우린 검은뻐꾸기의 소리를 들었다. 매일 듣는 소리는 아니었다. 2사이클 엔진에 시동이 걸리는 듯하다가 결국 특유의 소름 끼치는 **꿀꺽, 꿀꺽** 소리로 이어지는 소리. 검은뻐꾸기의 울음은 그날이 가기 전에 폭풍이 올 거라는 뜻이다. 새가 그런 걸 안다니 토미는 놀랐지만, 이 말은 페그 아저씨의 성경에서 나온 것이므로 토미도 믿었다. 나는 이미 무수히 많은 것들로 토미를 놀라게 했다. 사사프라스 줄기를 씹으면 루트비어와 정확히 같은 맛이 난다든지. 봉선화 풀을 수건 빨듯으깨 옻나무 독이 오른 곳에 바르면 가려움증이 없어진다든지. 페그 아저씨 이야기로 토미를 혼이 쏙 빠지도록 놀라게 하는 게 나의 소일거리였다.

토미는 배를 깔고 쭉 뻗어 엎드린 채 자기 얼굴 가까이로 풀 한 조각을 들어 올리고 있었다. 다른 쪽 주먹은 그의 얼굴을 떠받치느라 뺨 밑에 짓눌려 있었다. 토미의 머리카락에는 풀씨가 들어 있었고, 도깨비바늘이 소시지 포장지 같은 그의 청바지와 셔츠에 잔뜩 달라붙어 있었다. 나는 허리를 숙여 그가 무엇을 쥐고 있는지 보았다. 그건 머리로 상상할 수 있는 한 가장 작은, 엄청나게 작은 초록색 메뚜기였다. 꼭 작은 것들의 행성에서 온 것 같았다. 토미가 말했다. "폭풍 얘기는 이해가 돼. 새들도 알아야 할 거 아냐? 그래야 비를 맞지 않을 테니까."

나는 그 점에 대해 토미에게 동의했다. 빗속에 갇히는 건 새에게 엿 같은 일일 것이다. 날기 힘들 테니까. 토미와 나는 이런 식의 정신적인 일에 몰입할 수 있었다. 다른 남자들과 있을 때는 그냥, 그런 일이 벌어지지 않는다. 우리가 시간을 끌었던 건 대체로 울타리 작업을 마쳤고, 직접 헛간으로 끌고 가기에는 너무 큰 거대한 철조망 꾸러미가 생겼기 때문이었다. 다른 이유는? 크리키의 집에서 우리는 사실상 두려움 속에 살았다. 잘못을 저지를지 모른다는 두려움, 크리키에게 뭐가 옳은 일이냐고 묻는 것에 대한 두려움. 그랬기에 둘 중 어느 쪽이 더 나쁠지 토론하느라 엄청나게 많은 시간을 보냈다. 마침내 내가 크리키에게 가서 트랙터로 철사를 끌고 가라는 건지 뭔지 물어보겠다고 했다.

그렇게 언덕을 반쯤 내려왔을 때쯤 나는 집 앞에 주차된, 페곳 아저씨의 트럭처럼 보이는 차를 보았다. 그럴 리가. 그때 페곳 가족 세 명 모두가 현관에 올라가 크리키와 이야기하는 것을 발견했다. 나는 환성을 지르며 언덕을 달려 내려갔다. 그들이 나를 집으로 데려가려 고 온 게 틀림없다고 생각했다.

간단히 말하자면, 아니었다. 그냥 방문이었다. 페곳 가족이 자신들 은 학대범이 아니라고 사회복지국을 설득한 방법은 모르겠다. 바크 스 선생님은 그들이 이곳을 방문할 수 없다고 했었다. 그랬기에 나의 옛 인생과 새 인생이 현관에서 수다를 떠는 모습을 보자 내 회로가 다 타버렸다. 페그 아저씨와 크리키는 공통의 사촌이 몇 명 있다는 걸 알아가는 중이었다. 리 카운티에서는 누군가를 만날 때마다 그렇 게 한다. 일단 각자의 가족 관계가 어떻게 되는지 알아보는 것이다. 그런 다음에는 진도를 나가서 사일리지*, 앵거스 소, 소고기 가격 등 을 이야기한다. 쉰 목소리로 페그 아저씨와 이야기하는 크리키는 다 른 사람 같았다. 크리키를 보면 어떻게 이 늙은 놈이 한때나마 결혼 을 하고 젊었을 수 있는지, 어떻게 이런 놈이 인간일 수 있는 건지 생 각하게 된다. 그런데 지금은 알 것 같았다. 옛날 옛적에 멋진 땅 한 뙈 기와 전도유망한 미래가 있으며 농사일을 좋아하는 소년이 있었다. 페그 아저씨가 그걸 아는 이유는, 페그 아저씨가 어렸을 때는 그의 가족이 옥수수와 담배 농사를 지으며 잘 지냈기 때문이다. 한 번에 한 뙈기씩 그 땅을 집 짓는 사람들에게 팔기 전 일이었다. 페곳 아줌 마도 마찬가지였다. 페곳 아줌마는 원래 농장의 어린 소녀였다. 그러 나 아줌마의 아빠는 아이 한 명이 태어날 때마다 땅을 조금씩 돼지 몇 마리 값에 팔아버렸다. 그 후로 그들의 농장은 페곳 아줌마의 형

---

*   가축의 겨울 먹이로, 말리지 않고 저장하는 풀.

제들과 페곳 아저씨가 일하는 탄광이 되었다. 페곳 아저씨의 발이 뭉개진 건 탄광 일 때문이었고.

아무튼 나는 매곳과 페곳 아줌마를 주방으로 안내했다. 페곳 아줌마는 그 모습에 거의 심장마비를 일으킬 뻔했다. 아줌마는 햄 비스킷을 가져왔지만 청소를 하기 전에는 통조림을 따면 안 된다며 크리키가 라이솔*을 어디에 보관하느냐고 물었다. 좋은 질문이었다. 말해두지만 주방은 그냥 맛보기에 불과했다. 페곳 아줌마는 아직 화장실을 보지 못했으니까. 나는 페곳 가족에게, 지난번 보았던 자리에 여전히 누워 있는 두 마리 개 피트와 마이크를 소개해주었다. 매곳은 내가 학교에서 이야기해주었던, 고약한 똥과 파멸의 수챗물이 넘치는 욕조, 우리가 지하실에서 발견한, 미라화된 너구리를 보고 싶어했지만 그것들은 뛰어넘었다. 우리는 페곳 아줌마의 멋진 햄 비스킷을 앉아서 먹을 수 있도록 깨끗한 수건을 꺼내 소파에 깔았다. 난 뭐랄까, 구원받은 기분이었다. 페곳 가족은 곧 집에 돌아올 거냐고 물었다. 그들은 심지어 바크스 선생님과 이야기한 적도 없었다. 페그 아저씨와 친척인 버스 기사에게서 내가 있는 곳을 알아내고 그냥 찾아온 터였다. 페곳 아줌마는 상당히 속상한 표정이었다. 그녀는 허리를 숙이고 내 무릎을 토닥이며 계속 기도해야 한다고 말했다. 난 이 가족이 매곳의 엄마를 만나러 교도소에 가는 모습을 떠올렸다. 매곳은 그 일에 대해 한 번도 이야기한 적이 없지만, 이제 나는 페곳 가족이 구칠랜드의 면회실에 가서 햄 비스킷을 먹는 모습을, 페곳 아줌마가 딸 머라이어에게 이렇게 말하는 모습을 떠올릴 수 있었다. 그 안에서 잘 버텨, 아가. 기도하고. 우리가 풀어줄게.

---

*   소독제로 쓰는 크레졸 비눗물.

그때 패스트포워드가 밖으로 나왔다. 나는 페곳 가족이 리 고등학교 제너럴스의 MVP인 내 친구를 만나게 되어 신이 났다. 우리는 모두 밖으로 나갔다. 페곳 아줌마가 이 잘생긴 젊은이를 가늠해보는 모습과 매곳이 그냥 입을 떡 벌리고 있는 모습이 보였다. 미식축구에 대해서는 손톱만큼도 신경 쓰지 않는 매곳이. 그게 바로 패스트포워드의 능력이었다. 크리키와 페그 아저씨가 암소를 보겠다고 갔던 헛간에서 돌아왔다. 페그 아저씨가 패스트포워드와 악수했다. 이런 말을 하기는 싫지만, 나는 패스트포워드의 시점에서 페곳 가족을 보며 그가 두 사람을 늙은 시골뜨기 부부로 볼지, 둘이 데려온 아이를 그냥 좀 이상하거나 뭐 그런 존재로 볼지 궁금했다.

그들이 떠나고 나서 다른 애들은 저녁을 먹었다. 스왑-아웃은 그 모든 멍청함에도 불구하고 닌자처럼 양파를 썰 수 있었다. 그냥 그 모습을 지켜보지만 않으면 됐다. 내가 들어가자 크리키는 빌어먹을 토미는 어디 있느냐고 물었고, 나는 아, 젠장, 아, 세상에, 라고 말했다. 나는 철조망 꾸러미와 함께 토미를 저 위 들판에 놔두고 왔다. 몇 시간이 지났다. 토미는 지금도 그 위의 웃자란 풀밭에 있을 터였다. 내가 바로 돌아오겠다고 말했으니까. 토미는 나를 믿었으니까. 그러니 토미는 해가 질 때까지 거기 있을 터였다.

12

엄마는 재활 센터를 졸업해 집에 가야 했다. 이제 나는 맥도날드 대신 우리 집 주방이나, 그 모든 일이 일어난 날 밤에 내가 놔두고 온 그대로 아수라장인 내 방에 앉아 있을 수 있었다. 그렇게 엄마를 만날 때 나는 평범한 어린아이로 지냈던 때가 너무도 그리워 가슴이 아팠다. 어느 순간에든 바크스 선생님이 문을 두드리며 "미안, 시간이 다 됐어"라고 말할 테고 그런 다음에는 **짜잔**, 위탁 가정에서의 생활로 돌아가는 것이다. 이 상황은 몇 년 뒤에 벌어질, 여자애들이 **지금 빼, 빨리!**라고 말하는 상황과 비슷했다. 솔직히 모 아니면 도였으면 좋겠다. 차라리 빌어먹을 맥도날드에 가는 게 낫지.

하지만 엄마는 이런 순간을 위해 산다고 했다. 나는 집에 못 가는데 엄마는 집에 있을 수 있다는 그 불공평함에도. 일을 망친 건 내가 아니었는데 말이다. 엄마는 여전히 약물 테스트에 통과해야 했다. 단단한 땅을 호미질해야 했던 셈이다. 그러므로 바크스 선생님은 내가 크리스마스 때쯤 집에 돌아오는 것이 현실적인 목표라고 말했다. 엄마가 나를 해치려 든다면 맥도날드보다 이곳에 훨씬 더 많은 수단이 있었는데도, 이곳에서는 바크스 선생님이 우리를 아기처럼 돌보지 않았다. 바크스 선생님은 엄마가 신뢰를 얻어가고 있다고 했다. 선생님은 나를 내려주고 바깥의 자기 차에서 한 시간을 기다리며, 숙제라도 되는지 담당 사례 서류 작업을 했다. 그래, 숙제였다. 바크스 선생님은 심각하게 젊었다. 교사 자격증을 따려고 야간학교에 다녔다. 선생님은 그게 자기 꿈이라고 했다. 아이들을 좋아한다면서. 그래서 난 생각했다. 난 대체 뭔데요?

처음으로 집에 돌아간 날에는 방과 후 시간을 이용했다. 스토너가 직장에 있는 시간이었다. 엄마는 스토너가 아직 나의 복귀에 반대하고 있다고 했다. 우리 셋이 가족으로 지내는 스트레스로 엄마가 다시 약에 빠지게 될 테니까. 웬 엄마가 자기 자식한테 그런 개소리를 하느냐고 물을지도 모르겠다. 당시에는 나조차 그런 생각을 했다. 하지만 엄마는 나한테 주려고 탁자에 우유와 쿠키를 올려놓았다. 아마 TV를 통해 연습해온 듯했다. 엄마는 긴장하고 있었다. 나는 엄마를 좀 풀어주었다. 엄마는 집에 돌아온 기념으로 스토너가 준 선물을 보여주었는데, 그중에는 숫자에 불이 켜지며 시간을 알려주는 새 전자레인지도 있었다. 엄마는 위탁 부모가 지금도 개자식처럼 굴고 있느냐고 물었고, 난 목매달리는 것만 아니면 사람은 무엇에든 익숙해질 수 있다고 말해주었다. 페그 아저씨에게서 들은 말이었다.

시간이 다 되자, 바크스 선생님이 들어와 뭐든 챙겨 가고 싶은 걸 챙기라고 했다. 내가 가장 먼저 한 생각은 스니커즈와 내가 가장 좋아하는 만화책 등 그리웠던 물건을 챙겨야겠다는 것이었다. 하지만 값이 나가는 건 뭐든 패스트포워드에게 넘겨야 할 테니 결국 많은 걸 챙기지는 못했다. 그냥 몰래 가지고 들어갈 수 있는 작은 크기의 액션히어로로 두 개만 챙겼다. 스왑-아웃과 토미의 침대에 숨겨놓을 생각이었다. 둘은 누가 액션히어로를 거기에 넣어두었는지 절대 알아내지 못할 것이다. 둘의 인생이라는, 거지 같은 해피밀에 딸려 나오는 깜짝 장난감이랄까.

돌아가는 길에 우리는 창문을 내렸다. "냄새 좀 맡아봐." 바크스 선생님이 말했다. "가을이야." 쟁기질을 한 사일리지 들판, 나뭇잎을 태우면서 나는 연기, 약간 달착지근한 무언가. 아마 땅에서 썩은 사과일 터였다. 바크스 선생님은 시골 소녀였다. 선생님은 자기 부모님의 농장이 어디에 있는지 보여주었다. 우리가 그 길을 지났기 때문이다. 그해 가을에 내가 기억하는 가장 행복한 시간이 바크스 선생님과 함께 차를 타고 가던 그때였다. 선생님은 수다를 떨며 전에는 내 담당관이 누구였냐는 둥 질문을 던졌다. 솔직히 말해 기억나지 않았다. 나는 담당관 한 명을 두어 번 만나곤 했고, 담당관은 완전히 어이, 너는 내가 **책임진다**, 라는 식이었다. 다음 방문에는 새로운 담당관이 와서 파일에 적힌 내 이름을 보고 읽었고.

바크스 선생님은 외모로 보아 그녀를 임신시키고 결혼하고 싶어하는 남자 친구가 있을 거라 생각했으나, 선생님은 그 얘기를 하지 않았다. 선생님은 작년에 집에서 나왔고 룸메이트와 함께 노턴에 아파트를 얻었다. 선생님의 부모는 돈 낭비라고 생각했지만 선생님은 그만큼 심하게 자립을 원했다. 나는 왜 교사가 되고 싶냐고 물었고 선생님은 사람이란 꿈을 좇아야 하게 마련인 데다 교사가 사회복지국보다 돈도 많이 준다고 말했다. 선생님은 아파트를 혼자 쓰고 싶어했다. 룸메이트가 더러운 그릇이며 쓰레기를 사방에 놔둔다면서. 선생님은, 가장 친한 고등학교 친구 두 명이 장학금을 받아 대학교에 들어갔지만 자신은 장학금을 받지 못했으며 그래서 죽을 것 같았다고 했다. 받을 장학금이 그렇게 많지 않다는 건 다들 알았지만 그래도 선생님은 부끄러워했다. 선생님은 자신이 두 친구만큼 똑똑한 줄 알았다. 그런데 말이야. 선생님이 말했다. 이건 포기하는 게 아니야. 때로는 차선책을 받아들여야 할 때도 있어. 선생님의 경우에 사회복지국의 일자리와 게으름뱅이 룸메이트가 사는 아파트, 마운틴 엠파이어 지역 전문대 야간학교가 그 차선책이었다.

선생님은 크면 뭐가 되고 싶냐고 물었다. 나는 생각해봐야 했다. 우리는 헛간 몇 군데, 그리고 노랗고 초록색인 커다란 잎사귀가 딱한 저녁 불빛에 흔들리던 담배 농장을 지났다. 선생님은 나를 돌아보며 말했다. 왜 그렇게 우울하신가, 친구?

나는 전에는 내게 그런 질문을, 자라서 무엇이 되고 싶으냐는 질문을 던진 사람이 한 명도 없었기에 모르겠다고 말했다. 대체로 내게 자란다는 건 계속 살아남는다는 뜻이었다.

결국 나는 토요일 하루를 통째로 엄마와 보낼 수 있게 되었다. 그날 엄마는 깜짝 소식을 전해주었다. 임신했다는 거였다. 오, 주여. 나도 여느 아이처럼 아는 건 없었지만 이런 질문을 던질 만큼은 알고 있었다. 어떻게 재활 센터에서 임신할 수가 있어?

엄마는 웃었고, 임신한 건 그 전이지만 다른 이유로 혈액 검사를 하기 전에는 임신했다는 걸 몰랐다고 했다. 이제는 안다고. 내년 4월이면 내게는 남동생이나 여동생이 생길 터였다. 사실 나는 이 소식에 극도로 흥분했다, 말하자면. 사촌 한 명 없던 나, 데몬이 곧 큰형이나 큰오빠가 되다니. 매곳이 질투할 터였다. 매곳은 지금까지 형제나 자매가 없고, 미래에도 형제자매가 생길 가능성은 거의 없거나 아예 없었다. 구칠랜드는 여자 전용 교도소니까.

나와 엄마는 멋진 하루를 보냈다. 우리는 밖으로 나가 갈퀴로 낙엽을 모았고, 매곳이 온 뒤에는 낙엽 더미 안에서 뛰었다. 나는 달려가 폐곳 아줌마를 보고 싶었지만 엄마가 나를 독차지하고 싶어 했으므로 남았다. 어느 시점에는 엄마가 나를 보며 어머, 세상에, 데몬, 거기 가더니 나보다 커진 것 같구나!라고 말했다. 불가능한 일이었으므로, 우리는 벽에 표시를 해서 키를 쟀다. 머리에 시리얼 상자를 대는 공식적인 방법으로. 우리 키를 표시한 두 개의 연필 선 중에서는 내 선이 머리카락 한 올 차이로 위에 있었다. 엄마는 맨발로 서 있을 때 키가 귀엽게도 150센티미터라고 늘 말해왔는데, 알고 보니 그동안 내내 겨우 149.8센티미터일 뿐이었다. 특이한 숫자는 아니었다. 그런데 이제는 내가 그 키에 머리카락 한 올을 더한 키가 되었다. 믿을 수 없었다. 나는 여러 학년을 꿇은 애들을 제외한 대부분의 아이들보다 키가 큰 상황에 익숙했다. 하지만 부모보다 키가 커진다는 건 환상적이었다. 우리는 음악을 틀어놓고 미친 듯이 춤을 추었다. 그야 우리가 원래 하는 일이니까. 그런 다음에는 바닥에 앉아서 멍청한 보드게임을 했는데, 그건 아주 오랫동안 해본 적 없는 일이었다. 난 계속 아기 생각을 했다. 아기 이름을 뭐라고 지을 건지 엄마에게 물었다. 나야 전혀 알 수 없었으니까. 토미도 좋은 이름이었다. 스털링도 괜찮았다. 엄마는 그게 이름인지도 몰랐지만.

나는 아기 방은 어디로 할 거냐고 물었고, 엄마는 애매하게 대답했다. 실은 그런 태도에 분위기가 좀 죽었다. 알고 보니 엄마와 스토너는 큰 집으로 이사하는 문제를 놓고 다투고 있었다. 둘은 결혼한 지 그리 오래되지 않았고 스토너는 지금도 좋은 시간을 보내는 걸 좋아했기에 이 아기를 낳는 것을 그리 탐탁지 않아 했다. 말도 안 되는 소리였다. 아이가 없는 버전의 엄마와 함께 돌아다니고 싶었다면 그 기회야 이미 10년 전에 놓친 셈이었으니까. 거기다가 아기는 이미 오고 있었다. 난 아기를 고객 센터로 데려가서 돈을 돌려받을 수는 없다고 말했지만 엄마는 웃지 않았다. 실제로 깊이 들어가지는 않았지만 엄마는 스토너가 생각하는 게 사실상 그런 거라고 말했다.

나는 체커보드 전체를 뒤집어엎고 간지럼 태우기 전투에 돌입함으로써 화제를 바꾸었다. 사실상 그냥 바보짓을 했다. 우리는 웃다가 오줌을 지릴 뻔했다.

스토너가 4시쯤 집에 돌아오기로 되어 있어서, 나는 기다렸다가 최소한 인사라도 해야 했다. 소위 가족이 되는 법을 배우는 일이었다. 바크스 선생님은 4시 30분에 와서 나를 데려가겠다고 했다. 나는 엄마가 약물 과용을 한 날 밤 이후로 스토너를 보지 못했으므로 약간 얼어붙었다. 스토너는 똑같은 모습이었다. 데님 조끼, 가죽 팔찌, 피어싱. 나는 스케치북에서 그를 죽이며 엄청나게 많은 시간을 보냈다. 스토너는 못 봤대도 내가 그 그림을 그린 건 사실이었다. 지금 스토너를 보니, 스토너도 그 사실을 안다는 느낌이 들었다. 이성적이지 않았다. 그냥 내 머릿속에서 벌어지는 일이었다.

스토너는 엄마에게 입을 맞추더니 우리 둘이 뭘 하고 있었느냐고 물었다. 엄마는 별말을 하지 않고 냉장고에서 맥주를 꺼내 스토너에게 따주더니 앉아서 나랑 좀 이야기를 하지 않겠느냐고 했다. 새출발을 해보라고. 그러지, 스토너가 말했다. 그는 주방 의자 하나를 돌려놓고 두 다리를 벌려 거꾸로 걸터앉더니 팔짱을 껴 등받이에 얹은 채로 나를 보았다. 엄마가 초조해하며 눈에 들어간 머리카락을 쓸었다. 엄마는 하루 종일 행복하고 즐거워했는데 지금은 엄마를 똑바로 보지 않고도 엄마의 변화가 느껴졌다.

스토너는 위탁 가정에서 뭘 배우고 있느냐고 물었다. 나는 지금까지는 대체로 건초를 모으고 소 떼를 돌보고 울타리를 치고 학교로 오가며 두 시간씩 버스를 타는 법을 배웠다고 말했다. 나는 스토너에게 다른 건 전부 사실상 집과 똑같다고 말했다. 언제나 뒤통수를 조심해야 한다는 점에서. 스토너의 눈빛이 바뀌었다. 그는 태도 면에서 뭘 배운 건지 물어본 거라고 했다.

나는 잘 배우고 있다고, 고맙다고 했다.

"있잖아!" 엄마가 말했다. "내가 아기 얘기를 해줬더니 데몬이 아주 신나 했어." 엄마는 나를 보고 있었다. 입은 미소 지었으나 눈은 아니었다. 제발 나를 구해달라는 그 눈. "이 아이가 남자 아기라서 데몬한테 남동생이 생긴다고 생각해봐. 둘이 똑 닮았을 거야."

스토너가 엄마를 빤히 보았다. "씨발 물라토*일 리는 없지."

"우리 아빠는 멜런전이었어요." 내가 말했다. "그, 뭔지는 몰라도 아저씨가 말한 게 아니고."

엄마는 화제를 바꿔보려고 오늘 스토너가 어디로 배달을 다녔는지, 거실에 가지 않겠는지 물었다. 거실 의자가 더 편하고, 자기 허리가 아프다면서.

스토너는 여전히 엄마를 내려다보고 있었다. "우리한테 얘기하라며. 씨발, 얘기하고 있잖아."

스토너는 할 말이 많았다. 엄마의 약한 상황을 생각하면 내가 더 배려심을 발휘해야 한다든지. 스토너는 엄마와 함께 상담받으며 많은 걸 배웠다고 했다. 우리가 잘 지내게 해줄 새로운 단어들을. 그중 하나가 반대 장애**였다. 스토너는 반대 장애란 질병이며 나한테 그 병이 있다고 했다. 여기 들어오고 싶으면, 내 돛에서 바람을 좀 빼기

---

*   흑인과 백인의 혼혈.

**   opposition disorder. '적대적 반항 장애(oppositional defiant disorder)'를 잘못 줄인 말.

위해 약을 먹어야 할 거라고도. 확실히 내 귀에는 그게 너무 많은 듯했다. 바람이.

엄마는 이런 말을 하나도 듣지 못한 것처럼 굴면서 크리스마스라는 다른 화제를 들고나왔다. 크리스마스 즈음이면 내가 집에 돌아올 거라고, 함께 뭔가 특별한 일을 하자고. 나는 엄마에게 페깃 가족이 방학 동안 다시 녹스빌에 갈 거라고 말했던 게 기억났다. 아마 그때도 나를 데려가겠다고 초대할지 몰랐다.

스토너의 조언은, 그렇게 빨리는 안 되지, 자식아, 였다. 스토너는 내가 아직 매깃과 어울려서는 안 된다고 말했다. 난 그게 나와 엄마 둘 모두에게 놀라운 일임을 알 수 있었다. 나는 스토너에게 바크스 선생님이 페깃 가족을 확인하고 엄지 척을 주었다고 말했다. 알고 보니 선생님은 고등학교 시절 매깃의 사촌과 데이트를 한 적이 있었다. 엄마는 하하, 리 카운티가 그럼 그렇지, 라는 식이었다.

스토너가 천천히 고개를 돌려 엄마에게 시선을 고정했다. 커다란 경비견 같았다. "그 바크스라는 쌍년이 언제부터 우리 가족 일에 관한 규칙을 만든 거지?"

나는 엄마가 하마터면 자살할 뻔하고 스토너가 내 눈에 멍을 들인 날 밤부터라고 생각하고 있었지만, 그건 나만의 생각인 듯했다. 스토너의 말에 따르면 페깃 가족과 나는 안 되는 사이였다. 그는 자신이 금지명령을 신청해두었으니 내가 그 집에 가면 경찰이 나를 체포할 거라고 했다.

나는 이게 사실이야?라는 눈으로 엄마를 보았다. 엄마는 아주 작게, 아주 작게 고개를 저었다. 스토너는 보지 못했다.

파란색 불이 들어오는, 스토너가 엄마에게 사준 전자레인지가 4시 21분을 알렸다. 떠날 때까지 9분 남았다. 나는 그 주방에 있고 싶지 않았고 농장으로 돌아가고 싶지도 않았다. 나는 가만히 앉아서, 어디에도 존재하지 않는 아무것도 아닌 존재가 되고 싶은 마음으로 나의 시간이 째깍째깍 흘러가는 것을 지켜보았다.

13

이런 얘기가 있다. 신이 머리를 나눠주는데 거머리를 나눠준다는 줄 알고 도망간 돌머리가 있다고. 그 사람이 바로 스왑-아웃이었다. 하지만 토미는 달랐다. 토미는 엄청나게 머리가 좋았고, 어떤 곤경에 빠진 상태에서도 빠져나올 방법을 스스로 생각해낼 수 있었다. 하지만 그런 다음에는 다시 그 구멍으로 기어 들어가 가만히 앉아 있었다. 토미는 마치 어떤 상황의 구린 쪽을 선택하는 것처럼 보였다. 아무도 그 상황에 처하지 않도록. 지켜보기 힘들었다.

예를 들어 우리한테 물이 없었던 날이 그랬다. 일요일이었다. 자고 일어나 변기 물을 내렸는데 아무 일도 일어나지 않았다. 텅 빈 파이프가 울부짖었다. 화장실 세면대에도 아무것도 나오지 않았다. 주방도 마찬가지였다. 애들은 나쁜 소식이라고, 우물이 말라붙었다고 했다. 하루 이틀 지나면 괜찮아지겠지만 그동안에는 조심하라고. 아니나 다를까, 크리키가 주방으로 우리를 불러 농사가 왜 전쟁인지 강의했다. 기나긴 인생 내내, 사람과 가축과 기계가 담보권을 실행하려는 은행과 싸워야 한다는 것이다. 한 가지라도 낭비하면 그건 은행 입장에서 승점을 올리는 거였다. 그러니까 하나도 낭비해서는 안 됐다. 음식도, 곡식 한 톨도, 물도. 난 기독교인답게 굴려는 거다. 그가 말한다. 고아들을 받아주는 거지. 그런데 그중 웬 빌어먹을 멍청이가 하는 일이라고는 물로 가득 차 있던 망할 우물을 통째로 낭비하는 것밖에 없어.

나는 크리키에게 난 고아가 아니고, 거기다가 그가 그렇게 기독교인답다면 우리는 바로 이 순간에도 교회에서, 예를 들면 착취당하기 싫다면 남을 착취해서도 안 된다는 등의 규칙에 대해 의논하고 있을 거라고 말하고 싶었다. 하지만 크리키가 생각하는 '웬 빌어먹을 멍청이'는 내가 아니었다.

자연스럽게 떠오른 용의자는 토미였다. 우리가 헛간 일을 나눈 방식 때문이었다. 스왑-아웃이 삽, 나는 사료, 토미가 물을 맡았다. 나는 곡식을 준 뒤 송아지를 어미와 짝지워 방목장에 넣었고, 토미는 들통을 호스로 행군 다음 헛간 구유를 채웠다. 농장에는 헛간에 물이 들어가게 하려면 열어야 하는, 전용전이라 불리는, 파란 손잡이가 달린 수도가 하나 있었다. 거기에서 이어진 같은 선이 밖으로 돌며 30여 에이커*의 모든 구유를 채우게 되어 있었다. 전용전 손잡이를 다시 잠그는 걸 잊어버리고 집으로 돌아가면 물이 흐르고 또 흘러 밤새 구유를 넘치도록 채웠다. 우물에 물이 있다면 말이다. 물이 없으면 1분도 더 채우지 못했고. 호스를 잠근 뒤 전용전 잠그기를 잊어버리는 건 세상에서 가장 쉬운 일이었다.

토미는 그런 실수를 하지 않았다. 한 번 그런 실수를 하고 엄청나게 얻어맞은 적이 있어서였다. 그 이후로 토미는 전용전 손잡이에 빨

---

* 1에이커는 약 4000제곱미터.

래집게를 달아놓았다. 아까도 말했지만 토미는 머리가 있는 녀석이었다. 그는 전용전을 틀 때마다 셔츠에 빨래집게를 집어놓았다. 일을 마치면, 빨래집게는 다시 손잡이로 갔다. 만일 토미가 집에 왔는데 누군가가 토미의 셔츠에 여분의 젖꼭지처럼 달랑거리는 빨래집게가 있는 걸 보면, 제기랄! 헛간으로 다시 달려가고, 모든 게 문제없어지는 거였다.

우물을 말려버린 건 바로 패스트포워드였다. 우리가 허드렛일을 마치고 한참이 지나서 패스트포워드가 밖으로 나가 호스로 라리아트를 세차했다. 차대나 측면에 흰 줄이 들어간 타이어에 진흙 한 점 남겨놓지 않았다. 토요일 밤은 드라이브를 위한 날이었으니까. 그 말은 열여섯 살 이상 기혼자 미만의 모든 리 카운티 사람들이 남들을 구경하고 자기도 구경거리가 되려고 차를 몰며 시내를 이리저리 오간다는 뜻이었다. 패스트포워드는 세차를 하고 드라이브를 하러 나가느라 우물을 말려버렸다.

그러니 패스트포워드가 크리키에게 자초지종을 설명해줄 수도 있었다. 나는 분명 그럴 거라고 생각했다. 패스트포워드는 그 빌어먹을 전용전이 어떻게 작동하는지 알았다. 우리 중 누구보다도 오래 이 농장에 있었으니까. 게다가 크리키는 패스트포워드를 벌하지도 않을 터였다. 크리키가 느끼기에는 패스트포워드의 똥에서도 핸드 로션 같은 냄새가 났을 테니까. 늙은이는 그 물이 미국과 리 카운티 미식축구에 도움이 되는, 필요한 희생이었다고 말할 방법을 어떻게든 찾아냈을 것이다. 그러니 난 다 털어놓고 넘어가자고 생각한다. 크리키가 토미에게 낭비가 심한 놈에게 어떤 변명거리가 있는지 들어보자고 묻는다. 패스트포워드는 스토브 옆에서 커피를 타고 있다. 나는 그 모습을 보고 있다. 돌아서는 패스트포워드와 눈을 맞춘다. 이봐,

대장, 이라고 생각하면서. 대체 뭐야?

한마디도 없다. 크리키는 밖으로 나가 더럽고 낡은, 찢어진 호스를 한 조각 가지고 온다. 그게 물과 관련된 범죄에 합당한 처벌이라는 듯이. 그러고는 토미의 딱하고 커다란 궁둥이를 스무 번 내려치며 우리에게 그 꼴을 구경시킨다. 패스트포워드가 집을 나선다. 토미는 팀을 대신해 매질을 당한다. 토미는 허리를 숙이고 조리대에 매달려 울지 않으려 한다. 다 떠나서, 그는 패스트포워드를 고자질하지 않는다. 솔직히 나는 놀랐다. 난 그냥, 그렇게 좋은 사람이 아니다. 그렇게 용감하지 않다.

우리는 최선을 다해 물 없이 하루를 살아갔다. 나중에 나는 헛간에서 토미를 발견했다. 쌓인 건초 더미 사이에 구석진 공간이 있었는데, 토미는 그곳에 웅크리고서 머리를 축 늘어뜨린 채 낡은 종이 곡식 자루에 뭔가를 끼적거리고 있었다. 토미는 언제나 만일을 대비해 연필을 한 자루 가지고 다녔다. 다른 사람들이 반창고나 심장 약을 가지고 다니듯이. 나는 이유를 물어보고 싶어서 토미와 함께 앉았다. 하지만 사실 물어보고 싶지 않았다. 나는 이해했다. 어떤 유니버스에서는 물을 마시지 않고 X를 쳐가며 여러 날을 버티면 보상 칩을 받지만 우리 유니버스에서는 미움받지 않고 하루를 삶으로써 칩을 받는다. 크리키의 미움을 받는다는 건 그냥 배경의 소음 같은 거였다. 하지만 패스트포워드의 미움을 받는다는 건 실제로 의미가 있는 일이었다. 어쨌든 거래는 이루어졌다. 이제 토미는 곡물 자루에 그린 해골 숫자로 기네스 기록을 세우고 있었다.

나는 토미가 그림 그리는 모습을 오래 지켜보다가 물었다. "넌 무슨, 어린이 고스족 같은 거야?"

토미가 놀란 듯했다. 물론 토미는 머리카락이 서 있어서 언제나 그렇게 보였다. 하지만 토미는 내 말을 이해하지 못했을 거라고 생각한다. "해골이랑 죽음 말이야." 내가 말했다. "보통 고스족 거 아냐?" 그 옛날 90년대인데도 우리 학년에는 까만색 립스틱을 칠하고 다니며 자해한 자리를 보여주는 여자애가 있었다. 시대를 한참 앞서간 애였다.

토미는 해골을 그리는 건 그리기 쉬워서라고 했다. 자기는, 얼굴과 표정을 나타내고 근육이 붙은 팔이나 그런 것들을 다 그릴 수 있는 나처럼 재능 있는 사람이 아니니 해골에 머물러 있다고. 토미는 자기가 보고 싶어 할 때마다 그 해골들이 거기에 있다고 했다. 자신의 작은 친구들이라고.

엄마는 회복하고 있었지만 그걸 별로 신나게 여기지는 않았다. 우리는 일주일에 한 번씩 만났는데, 엄마가 시간을 낼 수 있으면 주말에 만났지만, 엄마는 쓰레기 같은 시간에 일을 해야 했다. 엄마는 운이 좋아서 일자리를 되찾았으나 아무도 원치 않는 교대 시간을 맡으며 밑바닥에서부터 새로 시작해야 했다. 스토너는 내가 올 때마다 알아서 거의 모습을 보이지 않았는데 나나 엄마한테는 좋은 일이었다. 엄마는 스토너에 대해 불평하고 싶어 했다. 스토너가 아기 문제에 관해서 별로 응원해주지 않는다면서, 아기를 낳고 싶다면 엄마가 알아서 해야 한다고 했다. 스토너는, 핼러윈 의상과 사탕 재고를 채우며 기나긴 시간 서서, 그저 할인 판매 중인 정원 의자에 앉아 잠을 잘 수 있었으면 좋겠다는 생각만 하며 일해야 하는 엄마의 말에 귀 기울이기를 싫어했다. 엄마는 의자에 앉아서 잠을 아주 많이 잤다. 엄마는 핼러윈 직전에는 절대 임신하지 말라고, 그랬다가는 평생 옥수수 캔디에 질리게 될 거라고 했다. 난 엄마에게 조언 고맙다고 말했다.

핼러윈 의상을 걸어두는 게 그리 나쁜 일 같지는 않았다. 농장에서 우리는 개처럼 일하고 있었다. 토미는, 크리키 농장이 아무도 오래 머물지 않는, 비상 전용 위탁 가정이라던 바크스 선생님의 말에 동의했다. 토미는 겨울이 되어 농장 일이 한산해지면 늙은이가 우리를 곁에 두고 싶어 하지 않는다고 말했다. 물론 나하고는 상관없는 일이었다. 나야 눈 내리기 전에 우리 집 침대로 돌아가게 될 테니까. 하지만 이 농장은 내 인생처럼 느껴지기 시작했다. 추운 아침, 우리가 스토브에 불을 붙이려고 신문지를 쑤셔 넣는 동안 연기로 꽉 차는 주방. 맨위치 저녁밥 혹은 식료품점에서 사 온 연한 고기가 아니라 들판의 소로 만들어 신발 가죽 맛이 나는 스테이크. 우리가 먹는 모든 고기는 전에 우리에게 앵거스라고 알려져 있었다. 다른 말로는 그 엿 같은 방목장에 들어가 소를 직접 잡아야 한다는 뜻이었다. 우리에게는 음식이 주어졌지만 음식이 충분한 적은 한 번도 없었다. 그렇다고 우리 일이 끝나거나 우리 발이 따뜻하게 느껴진 적도 없었다. 우리는 추운 채로 잠에서 깨어 추운 채로 잠자리에 들었고, 지하실에 있는 세탁기에 우리의 더러운 옷을 던져 넣은 뒤 며칠씩 옷이 거기에 있다는 사실을 잊어버렸다. 지금도 세탁기에서 썩어가는 옷 냄새를 맡으면 나는 그 시절로 바로 돌아간다. 그 냄새가 우리의 인생 전부였다.

우리는 금요일 밤 동안에는 살아 있었다. 크리키의 트럭에 구겨 타고 리 고등학교 제너럴스 팀의 홈 경기장인 파이브스타 경기장으로 가기 위해서였다. 이 지역의 다른 모든 사람들과 함께 관중석에 서서, 우리 팀이 레드레이지 필드하우스에서 함성을 지르며 나오기를 기다렸다. 여자애들은 머리가 떨어지도록 소리를 질러댔고, 다 큰 남자들도 그들 바로 곁에서 함께했다. 크리키는 우리가 구내 매장에서 칠리 핫도그를 먹게 해주었고, 우리는 옥외 관람석 높은 자리에서 패스트포워드의 미친 폼을 구경했다. 우리 형과 제너럴스의 다른 선수들이 유니언이나 패트릭 헨리 출신의 개자식들을 학살하도록 목청이 찢어져라 소리를 질렀다. 퍼스트 앤 텐*, 한 번 더! 이 모든 일이 끝나고 나면 다른 누구도 아닌 우리만이 주전 쿼터백과 같은 지붕 아래서 자리라는 걸 우리는 알고 있었다.

거대한 어깨에 가늘고 빠른 다리를 하고 흰 유니폼을 걸친 패스트포워드를 본 나는 패스트맨을 그릴 방법에 대한 새로운 관점을 얻었다. 머릿속에 다른 디자인도 떠올랐다. 패스트포워드는 내 신체 협응력이 좋다고 생각했다. 그냥 토미나 스왑-아웃하고만 비교한 건지도 몰랐다. 주님께서도 아시다시피, 그건 공정한 싸움이 아니었지만. 아무튼 패스트포워드는 바쁘지 않으면 내게 이것저것을 보여주었다. 패스를 주고받는 방법. 무게중심을 유지하는 방법. 이런 시범은 우리가 게으름을 부리고 있어도 크리키가 보지 못할 헛간 뒤에서 이루어졌다. 토미와 스왑-아웃은 곡물을 나르는 들통 위에 앉아서 그 모습을 지켜보곤 했다. 거름에 젖은 청바지를 입고, 눈에는 별을 품고서. 처음에 나는 별게 아니었다. 늙은 사람들과, 빈 탄산음료 캔을 휴지통에 던져 넣는 걸 스포츠라고 생각하는 엄마 곁에서 어린 시절을 보냈으니까. 하지만 내가 패스트포워드에게서 받은 인정은 내 미래를 결정했다. 언젠가 나는 저 사람이 되어 저 유니폼을 입고 저 어깨를 갖게 될 것이다. 그 치어리더들이라니.

그 시절의 나는 농장이든 큰 세상의 다른 무엇이든 별로 보지 못했다. 솔직히 말하면 지금도 딱히 다르지 않다. 나는 사람들이 트랙터

---

* 미식축구에서 공격 팀이 퍼스트 다운을 기록하고 10야드만 더 가면 한 번 더 퍼스트 다운을 할 수 있는 상황.

나 〈스타워즈〉에 나오는 AT 워커 크기의 콤바인을 타고 항행하는 초록색의 거대한 바다처럼 생긴 들판을 TV로 보았다. 그게 진짜인 줄은 몰랐다. 만들어낸 것인 줄 알았다. 리 카운티의 그 어느 곳도 조금도 그런 바다 농장처럼 평평하지 않으니까. 여기서는 모든 곳이 가파르고, 모든 것이 언덕 아래로 굴러 내려간다. 땅 전체를 쟁기질하면 그 흙 대부분이 한 해가 끝날 때쯤에는 아래쪽 협곡에 쌓인다. 그러면 뭐든 기르겠다는 생각은 끝장이다.

농부가 산비탈에서 할 수 있는 일이 크리키가 하는 일이었다. 그는 하느님이 언덕 위에 풀을 키우시게 하고, 하느님의 풀을 먹도록 소를 쳤다. 그런 다음 그 소들을 서쪽으로 보내 끝장냈고. 소를 햄버거로 만들고 돈을 벌기 위한 가축 사육장은 모두 서쪽에 있으니까. 여기에는 없다. 우리는 그냥, 크리키의 소를 팔릴 만한 크기로 키울 뿐이다. 크리키는 그렇게 소 한 마리를 팔 때마다 엉덩이를 한 대씩 걷어차이는 기분이 드는 값인 200~300달러밖에 받지 못한다고 했다.

쟁기질을 할 만큼 평평한, 크리키의 유일한 땅은 3에이커로, 계곡 낮은 곳에 있었다. 그게 우리가 버스를 타러 걸어가는 길을 따라 난 계곡 밑바닥 담배밭의 평균적인 크기다. 크리키 농장에 와서 그 들판을 지나간 첫날, 어쩌면 나는 좋은 담배가 있네, 라고 생각했을지 모른다. 그보다는 아무것도 알아채지 못했을 가능성이 더 크지만. 그리고 앞으로 다시는 그럴 일이 없을 것이다. 길가의 악어나 곰을 못 보고 지나칠 일은 없잖은가. 무식한 개자식이라면 풍경이 참 예쁘네, 라고 말할지 모르겠다. 사람과 아이들을 산 채로 삼키는 들판이 있네, 라고 말하는 대신.

사람들은 8월을 개의 날들이라고 부른다. 동물들이 더위에 미치기 때문이다. 하지만 농장의 아이에게 진짜 개의 날들은 9월과 10월이다. 담배 작업, 그러니까 겉순 따기와 꼭지 따기, 자르기, 말리기, 벗기기를 모두 하는 시기이기 때문이다. 나는 평생 농장 아이들이 그 얘기를 하는 걸 들어왔다. 심지어 저학년 애들도 담배를 자르는 시기에는 학교를 빼먹었다. 어떤 아이들은 자기 농장이 아닌 곳에서 일을 해야 했고 그 대가를 받았다. 나는 그들이 부러웠다. 임신해서 모든 관심을 받는 언니에게 어린 여자아이가 갖는 질투심의 남자 버전이었다. 나는 유치한 것들밖에 몰랐다. 숲속에서 말썽을 부리고 다니거나 게임보이를 하는 등의 일 말이다. 그러나 이제 나는 일하는 아이가 될 터였다.

그해 가을 나는 머릿속에 언젠가 내 남동생에게 해줄 모든 일에 대한 목록을 작성하고 있었다. 하지만 시간이 지나자 내 머릿속에 어린 시절에 관한 생각은 하나밖에 남지 않았다. 선택지를 얻게 된 모든 아이들에게 말하노니, 그 달콤한 선택지를 가지고 도망쳐라. 숨어라. 그 선택지를 아주 심하게 사랑해라. 그럴 기회는 씨발 달아나서 다시는 돌아오지 않을 테니까.

담배꽃 따기는 8월에 시작된다. 5학년생의 머리 높이 혹은 그보다 높은 식물 수천 그루의 꼭대기에서 꽃을 따야 한다. 위로 쭉 뻗은, 줄줄이 늘어선 담배를 따라 걸어가며 꼭대기에 난 분홍색 꽃의 큰 줄기를 꺾는다. 마지막으로 한 번 솟구치듯 자라도록 식물을 풀어주는 것이다. 담배는 계절이 끝나기 전에 우리 머리를 넘어서게 되겠지만 우리는 그때까지도 그 식물의 주인이 되어야 한다.

내게 담배꽃 따기 첫날은 지독하게 더웠다. 크리키가 우리에게 셔츠를 벗지 말고, 우리에게 준 크고 고약한 가죽 장갑을 끼고 있으라고 했지만 우리는 크리키가 시야에서 벗어나자마자 셔츠를 벗어 던졌다. 나는 장갑을 끼고 싶지 않았지만 토미가 끼지 않으면 후회할 거라고 했다. 크리키는 우리 모두에게 꽃을 딸 줄을 배정해주었고 늙은이로서는 도저히 불가능할 만큼 빠르게 움직였다. 그와 패스트포워드가 우리를 앞질러 갔다. 나는 열심히 일했고 그들 뒤에 바짝 붙어 있었다. 토미와 스왑-아웃이 뒤를 맡았다. 손을 위로 뻗고 있어서 팔이 아팠다. 수액이 모든 것의 위로 끈적끈적하게 흘러내렸고, 태양은 머리 위에 떠 있는 불덩이 같았다. 끈적끈적한 장갑으로 얼굴의 땀을 닦으려 했다면, 가엾은 일이다. 나는 왼손잡이라서 담배꽃 따기에 왼손을 쓰고 오른손으로는 땀을 닦으려 했다. 그러다가 한쪽 팔에 힘이 풀려 다른 팔을 써야 했는데, 땀이 계속 흐르게 놔두니 눈이 타버릴 것 같았다. 그러는 내내 세상에, 담배 일은 힘들구나, 라고 생각했다. 아직 아무것도 보지 못한 셈이었는데.

어느 시점에 토미와 스왑-아웃이 어디에도 보이지 않아 그들을 찾으러 돌아갔다. 한참 뒤에서 둘을 발견하고 야, 너희들, 대체 뭐야?라는 마음이 되었다. 토미는 땅에 집어 던지고 계속 걸어가야 하는 분홍색 꽃 전체를 모으고 있었다. 자기 줄을 따라 걸어가며 그 꽃들을 모아, 미친 신부라도 되는 것처럼 품에 안고 있었다. 세상에, 토미, 내가 말했다. 너 궁둥이가 풀처럼 퍼레지겠어. 토미는 걱정하지 말라고, 일을 거의 마쳤다고 했다.

나는 토미를 따라 들판 가장자리까지 갔다. 거기, 길가에 작은 흙더미 두 개가 있었다. 부셸* 단위의 들통을 엎어놓은 크기였다. 나란히, 나란히. 나는 한 번도 본 적 없는 흙더미였다. 토미는 한 아름 안고 있던 꽃을 두 개의 흙더미 가운데 내려놓아 둘 사이를 갈랐다. 아무 말도 하지 않고서. 그러더니 일하러 돌아갔다. 나는 묻지 않았다.

*   1부셸은 약 27킬로그램.

그날 밤 잠자리에 든 이후 토미는 그게 무슨 일이었는지 말해주었다. 토미의 부모가 버지니아 동부 어딘가에 묻혀 있었으므로, 토미는 그들의 무덤을 본 적이 한 번도 없었다. 내가 아빠의 무덤을 한 번도 보지 못한 것과 마찬가지였다. 하지만 나는 토미가 한 일을 해야겠다는 생각을 한 번도 한 적이 없었다. 토미는 그냥 무덤을 만들어냈다. 토미는 지금까지 여덟 가정을 돌아다녔다. 토미가 기억하는 한에서는 말이다. 토미는 그 모든 집에 작은 무덤을 남겨놓았다.

14

담배 자르기는 담배꽃을 따고 나서 약 한 달 뒤에 시작된다. 자르기가 개엿 같은 짓 중에서도 가장 개엿 같은 짓이다. 해본 적 없다고? 그 일은 이런 식으로 진행된다. 처음에는 팀의 가장 서툰 일꾼이(토미가) 앞으로 걸어가며 이랑 사이에 담배 윗가지를 던진다. 윗가지란 90센티미터 길이의 나무 막대로, 아이들이 칼싸움을 할 때 쓰는 것과 비슷하게 생겼다. 윗동네 애들이라면 모두 그런 칼싸움을 해본 적이 있다. 윗가지 수백만 개가 헛간에 쌓여서 가을에 쓰이기만을 기다리기 때문이다. 그러고 나면 다른 사람들이 토미를 따라가며 그 첫 번째 나무 막대를 집어 들고 땅에 찔러 넣어 세운다. 스피어라고 불리는 날카로운 금속 뚜껑을 그 끝에 끼운다. 넘어지면 그게 몸을 관통할 테니 넘어지진 마라. 다음으로, 손도끼를 가지고 담배 식물의 아랫부분을 친다. 180센티미터 높이의 담배 나무를 자르는 거다. 그 나무를 집어 들어, 밑동이 스피어에 꿰뚫리도록 막대에 박아 넣는다. 다른 담배를 잘라서 그 위에 또 박아 넣는다. 그렇게 해서 막대 하나에 식물 여섯 개가 꿰뚫려, 나뭇잎 텐트를 떠받친 막대 같은 모습이 될 것이다. 그런 다음에는 작은 금속 스피어 끝을 떼어내고 계속 움직인다. 막대를 땅에 박은 다음 스피어를 끼우고 이 모든 일을 다시 한다.

스피어에 꿰뚫린 식물이 햇볕 아래에 서서, 사흘 동안 이슬을 맞으며 일광 화상에서 회복하면 트럭 평대에 싣고 헛간으로 끌고 간다. 그런 다음 서까래까지 가지고 올라가 빨랫줄에 건 바지처럼 난간에 걸어 보존 처리를 한다. 담배는 모든 부분이 말라서 갈색이 될 때까지 그렇게 둘 것이다. 그런 다음에야 담배를 내리고 줄기에서 잎사귀를 벗겨내 뭉친 뒤 판다.

담배를 걸어놓기 위해 헛간 난간까지 12미터를 기어 올라가는 것은 사실상 원숭이가 해야 할 일이다. 아니면 도시가 아닌 농장을 돌보는 슈퍼히어로라든지. 혹시 모를까 봐 하는 말이지만 그런 슈퍼히어로는 없다. 그러니까 이건 하다가 죽을 수 있는 일의 전형적인 사례로, 남자들 사이의 경쟁이 된다. 담배를 얼마나 빨리 무모하게 걸 수 있느냐는 경쟁. 가까스로 떨어지지 않은 사람, 충격적으로 떨어진 사람, 오늘날까지 휠체어를 타는 사람을 모두가 한 명쯤은 안다. 나도 이름을 댈 수 있다. 이런 일을 할 기계는 존재하지 않으므로, 이 일은 아이들과 남자들이 한다. 절름발이 혹은 전설이 될 기회다. 패스트포워드는 훌륭했다. 하지만 스왑-아웃은 오, 주여. 스왑-아웃은 장관이었다. 사람들이 말하듯 재능 없이 태어나는 아이는 없다.

그 계절 내내 우리는 담배 작물을 심고 제대로 자리 잡았는지 확인하고 잡초를 뽑고 잔가지를 치고 살충제를 뿌려 백성병과 푸른곰팡이를 제거했다. 비가 너무 많이 내려 살충제 분사기를 가지고 들어갈 수 없으면 손으로 살충제를 뿌리며 질척질척 돌아다녀야 한다. 서리가 내리기 전에 수확하지 못하면 이 모든 게 헛수고다. 그러므로 10월에는 매일 하루 종일 들판에 나가 목숨을 걸고 담배를 베어야 한다. 그

다음 막대를 집어 들고 땅을 찌른다. 담배 식물을 썰고 들어 올려 그 막대에 처박는다. 찌르고-썰고-들어 올리고-처박기를 여섯 번 하고 나아가야 한다. 영원히, 아멘. 주님의 가호가 따르기를. 담배를 꽉 채운 막대 하나는 13~18킬로그램쯤 된다. 하루가 가기 전에 그런 막대를 수백 개는 들어 올려야 한다. 계산은 당신이 해봐라. 난 이미 일을 했으니까. 그 모든 게 합쳐지면 온몸이 아프게 된다.

하지만 그래도 계속한다. 날씨와 상관없이 해 뜰 때부터 해 질 때까지. 농부는 작물을 거둬들이지 못하면 전부 잃는 거니까. 땅도, 가축도, 비를 가려주는 지붕도. 어떤 사람은 하루 동안 서툴게 일하면 고함을 듣고 만다. 그러나 농부들에게 그 하루는 죽느냐 사느냐 하는 문제다. 담배 투어는 지옥에서 한 계절을 보내는 것처럼 느껴진다. 그 여행을 마친 사람은 군대의 베테랑 같은 느낌으로 귀환하게 된다. 자랑스럽고 기진맥진하고 엉망이 되어, 감사를 받고 싶다는 마음으로. 남들의 눈에는 보이지 않게 된다. 학교로 돌아가, 국가와 연방의 차이조차 모르는 역사 속 또 한 명의 멍청이처럼 취급받는다.

크리키는 10월 대부분 시간에 우리가 학교에 가지 못하게 했다. 어린애 시절에도 나는 햇볕에서 그렇게 오랜 시간을 보낸 적이 한 번도 없었다. 나는 거울을 보고, 호둣빛 얼굴에서 내다보는, 연못 물 같은 내 눈을 보고 놀랐다. 하지만 우리는 그달이 끝나기 전에 담배를 헛간에 들여놔야 했다. 그러지 않으면 2월에 담배 줄기에서 딸 잎사귀가 시퍼런색일 테니까. 크리키는 그게 죽음보다 못한 운명이라는 듯 우리를 위협했다. 그때쯤 나는 이 집을 떠난 지 오래일 터이므로 2월의 시퍼런 잎사귀는 나와 아무런 상관이 없었다. 하지만 지금의 나는 여전히 지옥에 있었다. 나는 매일 생각했다. 이게 틀림없이 끝일 거라고. 아니면 내가 끝이거나. 나는 생각했다. 학교는 내가 알았던 것보다 나은 거래였구나. 담배는 그 자체로 교육이구나. 온몸이 이미 아픈데, 그 몸을 다시 끌고 나갈 방법이 뭐란 말인가? 등과 햇볕에 익은 귀와 빌어먹을 이빨까지 아픈데.

일주일쯤 지난 어느 정오에, 나는 사태가 더 나빠질 수 있다는 걸 알았다. 구역질이 나기 시작했다. 카펫 청소제에 심하게 취한 것 같았다. 내가 앓았던 최악의 두통을 이미 두어 시간쯤 앓은 뒤의 일이었다. 모든 것이 윙윙거렸다. 매미가 귓속에 들어가 가게를 차린 것 같았다. 나는 억지로 계속 일했는데, 쪼다가 되거나 애들을 실망시키거나 하는 일을 전혀 하고 싶지 않기 때문이었다. 하지만 미친 생각이 들기 시작했다. 예를 들어 그냥 키 큰 담배 식물 사이에 누워 있으면 아무도 모르리라는 생각. 그런 다음 허리를 숙이고 신발에 오트밀을 토했다.

그래도 나는 계속해야 했다. 그런 상태로 매를 맞는다는 건 생각할 수 없는 일이었으니까. 하지만 토미가 나를 발견하고 장갑이 어디에 있느냐고, 망할, 장갑을 쓰라지 않았느냐고 개소리를 외치는 걸 보면 넋이 나가 있었던 게 분명하다. 아, 제기랄, 이젠 네가 아파서 내가 패스트포워드를 데려와야 하잖아. 나는 토미에게 그러지 말라고 했지만 토미는 달려갔다. 그 이후로는 많은 것이 기억나지 않는다. 패스트포워드와 크리키가 나를 집으로 데려가 눕히고 물을 엄청나게 먹였으나 다 토했다. 더 많은 물을 그렇게 토한 뒤에야 삼킬 수 있었다. 크리키는 열받은 게 분명했다. 하지만 이번이 처음이니, 크리키는 지금부터는 교훈을 마음에 새기고 빌어먹을 장갑을 끼라고 했다.

장갑은 너무 크고 뻣뻣했다. 야구 글러브를 낀 채로 공구를 사용하려는 기분이었다. 나는 패스트포워드가 장갑 없이 일하는 걸 본 적이 있었다. 그러니 그날은 내가 맨손으로 작업한 첫날이 아니라, 병이 나한테 영향을 끼친 날이었다. 그 병은 몸속에 쌓여가니까. 병의 이름은 담뱃잎농부병이다. 니코틴 중독. 아이들이 늘 그 병에 걸린다. 어른보다 자주. 그래서 패스트포워드는 장갑을 끼지 않을 수 있었던 것이다. 나이가 들어서 담배를 더 많이 피우면 몸이 독에 익숙해져서 모든 걸 더 쉽게 받아들인다.

대체 어떤 바보가 그 모든 일을 겪고 싶어 하느냐고 물을지 모르겠다. 사람들을 중독시키고 폐를 까맣게 물들이며 농부의 궁둥이를 터뜨리는 작물이라니. 말해두지만 예전에는 정부에서 돈을 주고 담배를 키우게 했다. 담배를 재배할 수 있는 양에 관한 법도 있었다. 담배가 충분히 딱 적정량만 공급되도록 보장하기 위해 가격 지지 정책도 실시됐다. 세계가 우리의 잎담배를 심하게 원했다. 필립 모리스를 비롯한 놈들이 제품을 확보하고 애들을 중독시키고 재산을 쌓았다. 그렇게 우리 모두는 100년쯤 행복하게 살았다. 사람들이 흡연의 단점을 이해하게 되고 누군가를 정신이 나가도록 고소할 때까지는 말이다. 그러자 정부에서는 뭐, 그럼 그건 신경 쓰지 마, 라고 말하며 가격 지지 정책을 단계적으로 철폐했다.

나는 크리키 농장에서 벌어지는 일에 대해 어린아이로서밖에 이해하지 못했다. 그러나 하여간에 모든 남자들이 그런 시장가 보증 제도가 사라지는 것에 대해 이야기했다. 그들이 차지한 아메리칸 파이 한 조각이 썩었기에 농장을 압류당하고, 자식이나 결혼하지 않은 이모나 고모의 집에 들어가 살고, 장애 수당을 신청하고. 슈퍼히어로의 힘을 가진 소수만이 남아서 더 많은 땅을 일구거나 허리가 부러지도록 일했다. 그들은 우리 담배 대부분이 이제는 중국에 팔린다고 했다. 그 말은, 우리가 공산주의자들을 죽이는 데 도움을 준다는 뜻인 듯했다. 그러니까 뭐, 하느님께서 미국을 축복해주시고, 그런 거다.

대체 왜 계속 노력하는 거지? 줄기에서 담뱃잎을 벗겨내는 건물에서 보낸 길고도 추운 나날의 수많은 시간에, 나는 남자들이 그 질문을 곱씹는 소리를 들었다. 그러니까, 맞다. 시퍼런 잎사귀를 따내는 건 앞으로 다가올 몇 년 동안 내 문제가 될 터였다. 과거에는 그 작업을 하는 건물이 세계에서 가장 좋은 이야기를 들을 장소였다. 사람들이 1년 내내 그런 이야기를 비축해두었다. 요즘은 대체로 여태껏 존재했던 가장 슬픈 이야기가 나올 뿐이었다. 세상이 우리를 놔두고 떠나간 이야기. 농부에게는 땅이, 땅만이 있다. 농부는 땅과 결혼한 것 이상이다. 그는 생명 유지 장치에 달려 있는 셈이다. 농부가 자기 땅을 옥수수나 콩에 쓰면 1에이커당 순수익 700달러를 거둬들일 수 있다. 스타워즈식 농장을 경영하는 100에이커짜리 땅의 주인들에게는 아무 문제 없는 좋은 일이다.

하지만 그 농부가 우리라면? 갈 만한 밭이 3에이커밖에 없는 우리라면? 잎담배를 기르도록 주님께서 특별히 만들어주신 작은 지옥의 한 조각에서 농부들은 언제나 1에이커에 7천 달러를 벌었다. 3에이커의 밭은 대단한 재산이 아니지만 그걸로 농부들은 살아갈 수 있었다. 인간에게 알려진 모든 작물 중 이 소중하고 작은 경작지에서 그런 수익을 내는 합법적인 작물은 하나도 없었다. 규칙은 흙과 비와 경사도에 따라 정해졌다. 가족의 땅을 떠난다는 건 자기 몸에서 빠져나가는 것과 비슷했을 것이다. 땅은 살아 있다. 그 자체로 몸이다. 자신만의 재능을 가진 몸. 아마 이렇게도 말할 수 있을 것이다, 중독성이 있는 몸이라고. 이 동네 산의 뒷면에서 농사를 지으면, 담배를 재배하는 선택을 하거나 다른 무언가를 시도했다가—알고 보니 그 무엇을 시도하든 마찬가지였다—모든 것을 잃게 되었다. 그러는 동안 어딘가의 누군가는 당신이 당해도 싼 일을 당했다고 생각하며 당신의 실패를 비웃을 테고.

　내가 처음으로 담배꽃을 따고 담배를 수확했던 그 시절에 우리는 담배 광고가 더는 나오지 않게 됐다는 걸 알아차렸다. 이유는 알 수 없었다. 그 까닭이 바로 담배란 아이들이 TV를 통해 보는 것조차 위험한 존재라는 사람들의 생각 때문이라는 걸 알았다면, 우리는 그걸 죽을 만큼 웃긴 일이라 생각했을 것이다. 우리 학교에는 흡연 구역이 있었다. 선생들도 아이들도 쉬는 시간에 담배를 피웠다. 담배 바이어들은 우리에게, 암 얘기는 겁을 주려는 것뿐이지 증명된 게 아니라고 했다. 송아지를 길러 도축한다거나 석탄을 캔다거나 소총으로 밤비를 쏴 죽이는 등 우리가 먹고살기 위해 하는 다른 모든 일에 대해서 그러듯 도시 사람들이 우리와 우리가 하는 힘든 일에 대해 쓰레기같이 지껄여대는 또 하나의 사례라고. 이제는 담배가 코앞에 있어도 알아보지 못할 사람들이 그 식물을 악마라고 부르고 있었다.

　필립 모리스네 사람들이 악마에게 진짜 이빨이 있다는 걸 알았는지는 모르겠지만 만일 그랬다면 그들은 생각보다 훨씬 더 철저하게 그 비밀을 감췄다. 그들은 자부심을 가지고 담배를 재배하고 피우라고 말하며 사실상 그런 내용의 범퍼 스티커를 나눠주었다. 나는 무료로 학교에 가져갈 수 있도록 그 스티커가 잔뜩 쌓여 있던 게 기억난다. 우리는 실제로 담배를 재배하고 피웠다. 그러는 동안 킬로당 가격은 지옥같이 떨어졌고, 담배 한 갑에는 너무 많은 세금이 붙었다. 우리는 식료품 살 돈을 담배로 태우게 됐다. 우리는 '자랑스러운 담배 농부' 스티커를 트럭에 붙이고 돌아다녔다. 그 스티커가 우리의 건강과 위대해지겠다는 꿈과 함께 벗겨지고 빛바랠 때까지. 작은 똥더미 위에 서서 유일하게 서 있을 만한 곳을 지키려 싸우고 있다면 전능하신 주님처럼 싸워야 한다.

15

11월 19일. 절대 잊지 못할 나의 생일.

내 생일을 아는 사람이 아무도 없었으므로 나는 그 생일이 거창한, 아무것도 아닌 날이 되기를 기대했다. 엄마야 당연히 알겠지만 내가 아는 한 엄마는 방문 계획이 없었다. 엄마는 아마 그 주 토요일에 일을 쉬려 할 터였다. 한편 나는 누구에게도 말할 계획이 없었다. 크리키에게는 더욱 그랬다. 크리키는 그 사실을 내게 불리하게 이용할 테니까. 뭐랄까, 내가 태어나는 것만으로도 너무 많은 걸 기대했다는 식으로 말이다.

하지만 전날 밤 우리 방에서 특공대 점호를 위해 줄을 서 있을 때 나는 그 말을 불쑥 내뱉었다. 내일이면 열한 살이 된다고. 어린아이에게 그 사실은 마음속에 눌러놓기에는 너무 괴물 같은 일이 될 수 있다. 게다가 패스트포워드는 진정한 형이었다. 패스트포워드는 내가 이미 열한 살보다 나이가 많다고 생각한 듯했다. 나이에 비해 키가 컸기 때문이다. 패스트포워드는 미리 알려주지 않은 게 참 나쁘다고, 알았다면 뭔가 준비했을 거라고 했다. 그래도 노력은 해보겠다고 말했다. 나는 또 한 번의 약물 파티가 벌어질 거라고 추측했다. 아니면 여자 친구의 특별한 쿠키를 먹게 된다거나. 당시에는 인생이 내게 의지할 것을 별로 주지 않았다. 평범한 쿠키라도 얼마든지 내 하루를 빛낼 터였다.

나는 그 생각에, 뭔가 좋은 일이 다가오고 있다는 생각에 매달렸다. 잠에서 깨 옷을 입고, 토미와 스왑-아웃과 함께 완전하고도 전면적인 어둠 속에서 버스가 오기를 기다렸다. 그때쯤은 가을이 오고 한참 지난 때였고, 나는 그동안 내내 '기다려, 데몬. 오늘이 그날이야'라고 생각해왔으니까.

페곳 아줌마도 아는 게 틀림없었다. 아줌마는 내게 케이크를 구워준 유일한 사람이었으니까. 하지만 학교에서 만난 매곳은 전혀 감을 잡지 못했다. 나도 매곳에게 말해주지 않았다. 가장 친한 친구의 기분을 상하게 할 필요는 없으니까. 고인스 선생님이 출석을 불렀고, 인터컴으로 방송이 나왔다. 그런 다음 내 이름이 불렸다. 데이먼 필즈, 교무실로. 그렇지! 누군가가 알았다. 내가 가장 먼저 한 생각은 엄마가 나를 학교에서 데려갈 허락을 받았다는 것이었다. 어쩌면 페곳 아줌마가 뭔가 가져온 걸지도 몰랐다. 나는 음식이기를 바랐다.

나는 교무실에 갔다가, 나를 부른 사람이 바크스 선생님이라는 걸 알았다. 괜찮았다. 바크스 선생님도 선물을 가져올 수 있었다. 그걸 금지하는 법은 없으니까. 하지만 선생님은 기분이 안 좋아 보였다. 내게 출석 담당관 사무실로 들어오라고 했다. 바크스 선생님은 문을 닫고 앉았다. 나는 사방을 둘러보았다. 선생님이 뭔가 가져왔다면 내가 보지 못하는 모양이었다. 그래도 나는 기분이 좋았다. 뭔가 벌어지려는 게 분명했다. 나는 자리에 앉아 커다란 책상 너머로 바크스 선생님을 보았다.

"데이먼." 선생님이 그렇게 말하더니 아무 말도 하지 않았다. 엄청나게 이상했다. 표정이 별로 좋지 않았다.

"알아요." 나는 한참 만에 슬슬 이해가 되어 말했다. "괜찮아요."

바크스 선생님이 나를 빤히 보았다. "뭐가 괜찮아?"

"엄마가 내 생일을 잊어버린 거요."

바크스 선생님의 푸른 눈이 크고 둥글어졌다. "어머, 세상에. 데이먼. 너 생일이 언제니?"

"오늘요. 근데 괜찮아요, 선생님이 몰랐던 것도요. 익숙해요."

바크스 선생님은 경악한 표정으로 울기 시작했다. 그러니까 출석 담당관의 아이들 사진 옆에 있던 크리넥스 상자에서 티슈를 꺼내며 흑흑댔다는 것이다. 코를 풀었다. 검은 화장품이 선생님의 눈에서 흘러내렸다. 개똥 같았다.

"정말 괜찮아요." 내가 말했다. "신경도 안 써요. 알겠죠?"

바크스 선생님은 계속 고개를 저으며 코를 풀었다. "아냐, 데이먼. 미안해. 괜찮지 않아. 너무, 너무 미안해. 너희 엄마 일이야."

"뭐가 엄마 일이에요?"

"나쁜 소식이야."

당연히 이 시점이야말로 내가 자제력을 잃고 **빌어먹을**, 내가 그럴 줄 **알았어**, 말해줄 필요도 없어요, 또 취하거나 약을 먹어서 크리스마스에도 내가 집에 못 가게 된 거죠, 엄마가 그런 빌어먹을 씨발 **씨발**이니까!라고 말해야 하는 시점이다.

나는 바크스 선생님의 좌우로 씨-폭탄을 떨어뜨리고, 선생님은 손을 내밀며 아니, 아니야, 라고 말한다. 내가 정말 모르고 있다고. 들어보라고.

엄마가 죽었다.

그럴 리는 없었다. 그냥, 없었다.

더 할 말이 없네요. 나는 의자에서 일어나 나가려고 한다. 교무실로 가서 직장의 엄마에게 전화를 걸 수 있을 것처럼. 아니면 모르겠다, 뭘 해야 할지. 그러는 동안 바크스 선생님은 자기 말이 맞다고, 유감스럽지만 사실이라고 계속 말한다. 너무, 너무 미안하다고. 나는 바크스 선생님에게 그 말을 믿지 않는다고 말했다. 하지만 그 말이 사실이라면 뭘로 죽은 거냐고도 했다. 바크스 선생님이 옥시* 때문이라고 했다.

믿을지 모르겠지만 난 물어볼 수밖에 없었다. 옥시가 뭔데요?

---

* 아편류 마약인 옥시코돈을 말한다.

16

삶이나 운명이 마침내 엄마의 앞길에 너무 많은 바위를 던져서, 엄마가 그만 종 치기로 한 모양이었다. 이것저것 책임질 누군가가 꼭 필요하다면야 삶이나 운명 대신 예수님이 그렇게 했다고 말하든지. 그게 첫 번째 선택지였다. 아니면 두 번째, 어쩌면 엄마는 죽을 생각이 아니었지만 계산을 잘못했을지 몰랐다. 29년 동안 쌓아온 오산을 끝마친 것이다. 물론 그런 오산 중 하나가 나였고, 나는 남은 인생 내내 둘 중 어느 것이 정답인지 물을 수 있었다. 자살이냐, 사고냐. 그쪽 길에는 답이 없다.

엄마가 내 엄마로서 출근했다가 같은 날짜에 다시 퇴근했다는 게 아무렇게나 벌어진 일 같지 않다는 것만큼은 분명하다. 그런 식으로 날짜를 딱 맞추려면 어느 정도 달력을 보고 생각을 정리했을 거라는 생각이 들게 마련이다. 그게 문제다. 엄마는 계획가가 아니었다. 게다가 엄마가 그날이 내 생일이었다는 걸 기억했는지조차 확신할 수 없다. 엄마를 아는 사람이라면 누구든 그 점에 동의할 것이다.

하지만 이제는 다들 엄마가 계획을 세웠다고 전적으로 확신했다.

경야와 장례식은 아이를 버리고 세상을 떠난 이 여자에 대한 모욕의 스로다운*이었다. 가짜로 코를 풀고 내 쪽으로 눈알을 굴리다가 내가 가까이 다가가면 입을 다무는 것. 아이는 들어서는 안 된다. 이게 누구 잘못인지 나는 모른다는 듯이. 엄마는 내가 그럴 만한 가치가 있는 착한 아들인 한 약을 끊고 지내겠다고 약속했었다. 아무도 그 사실을 내게 감추지는 않았다, 나는 좆도 몰랐지만. 나는 그때 열한 살이었다.

장례식은 모든 부분에서 잘못돼 있었다. 일단은 교회에서 열렸다. 아마 요청에 따라 그렇게 됐을 것이다. 하지만 교회와 엄마는 친구 사이가 아니었다. 엄마의 가장 이른 위탁 가정까지 거슬러 올라가는 문제다. 그 집에는 성경을 구타와, 그리고 더 나쁜 경우에는 불량한 어린 여자아이들을 처벌하는 특별한 요리법과 섞었던 목사가 있었다. 그 이야기의 교훈은, 엄마가 절대 교회에서 죽지는 않겠다고 말했다는 것이다. 그런데 지금은 엄마가 마지막 순간까지 모든 전투에서 지고, 월마트에서 사 온 흰 관에 들어 있었다. 월마트는 엄마가 대단히 싫어한 또 하나의 장소였는데. 예수님은 아마 벽에 걸린 사진에서 내려다보며, 널 만난 적은 없는 것 같구나, 그리고 얘야, 그 옷은 어디서 난 거냐?라고 생각했을 것이다. 그 옷은 누군가가 엄마에게 입힌, 못생긴 꽃무늬 원피스였다. 엄마는 '매니저에게 감사하는 날'에 직장에나 입고 갈 만한 옷이라고 개인적으로 농담을 해대던 그 멍청한 원피스를 입은 채 마을 사람 절반에게 보이고 묻힐 터였다. 지금 엄마는 천국에서 '윗분에게 감사하는 날'에 그 옷을 입고 있을 테니, 농담은 이어진다. 엄마는 아마 재활 센터에 있을 때 스토너가 사준

---

*   미식축구에서 심판이 공을 양 팀 사이에 떨어뜨려 게임을 재개하는 일.

원피스를 입고 싶어 했겠지만 스토너를 아는 내가 생각하기에는 그가 영수증을 가지고 있다가 옷을 환불받았을 것 같다.

아, 하지만 그는, 스토너 씨는 완전히 상심해 있었다. 넥타이를 매고 추가적인 효과를 위해 편광 선글라스까지 쓰고 있던 그를 못 알아볼 뻔했다. 사람들이 조의를 표하려고 줄을 섰는데, 스토너는 여자들이 그를 끌어안고 이렇게 젊은 나이에 배우자를 여의다니, 이렇게 젊은 나이에 홀몸이 되다니 얼마나 큰 비극이냐고 말해줄 수 있도록 관 옆에 서 있었다. 그런 다음 그 여자들은 총총히 걸어가, 뭐든 엄마에 대해 실제로 생각한 개소리를 늘어놓았다. 나는 그들의 얼굴이 변하는 모습을, 고개를 한데 모으고 부산스럽게 산 자들에게로 돌아가는 모습을 볼 수 있었다.

교회는 페곳 가족이나 우리 중 누군가가 다닌 곳이 아니었다. 스토너의 가족 몇 명만이 예외였다. 가라앉는 강 세례 교회. 어쩌면 그 덕에 스토너가 그곳을 자기 영역이라 느꼈는지 모르겠다. 하지만 그렇다고 해서 스토너가 관 옆에 설 자격을 얻게 된 이유는 알 수 없었다. 스토너는 엄마를 안 지 1년이 될까 말까 했다. 엄마의 토사물을 대걸레로 닦아내고 엄마를 침대에 눕히고 엄마의 자동차 열쇠를 찾아다주고 엄마를 제시간에 출근시킨 건, 매년 그렇게 한 건 나였다. 내가 마지막으로 한 번 엄마를 챙겨줄 수 있었지만 아무도 내게 그 일을 부탁하지 않았다.

페곳 가족은 할 수 있는 일을 했다. 학교로 나를 데리러 왔고, 집에서 내 교회 옷을 가져왔으며, 주말 동안 나를 맡아주었다. 페곳 아저씨는 전기이발기를 꺼내 머리를 깎아주었다. 난 극심하게 이발이 필요한 상태였다. 매곳은 더 심했다. 머리 깎을 때가 몇 년은 지난 것 같았다. 하지만 경의를 표하는 의미에서, 이번만큼은 페곳 아저씨와 매곳이 휴전을 하고 머리카락 전쟁을 벌이지 않았다. 그래서 나는 더 슬퍼질 뿐이었다. 뭐랄까, 매곳과 파파*가 머리 깎는 걸 놓고 싸우지도 못한다면 세상이 어떻게 된 걸까 싶었다. 노턴에서 사촌 몇 명이 장례식에 참석하러 왔다. 보통 집이 가득 차면 TV 채널과 마지막으로 남은 닭 날개를 놓고 고함이 오가고 부드러운 물건이 상당량 날아다니게 마련이었다. 하지만 다들 이상하게 조용했다. 마치 조금이라도 소음을 내면 망가질지 모르는 이상한 존재로 변해버렸다는 듯 나를 눈여겨보았다. 페곳 아줌마는 아줌마대로 내게 먹을 것을 주고, 엄마가 이 세상 무엇보다 나를 사랑했다는 이야기를 해주었다. 친절한 말이었다. 비록 당시의 나는 진짜 그런 건 아니죠, 엄마는 약을 더 사랑했어요, 라고 생각했지만.

나는 더 많은 길을 여행하고 나서야 약물 대 사랑하는 사람 식으로 문제가 간단하지 않다는 걸 알게 되었다. 갈망은 몸속과 마음속에서 저절로 단계적으로 커질 수 있고 그와 동시에 가장 좋아하는 약물을 참아내는 신체의 능력은 점점 낮아진다. 이 약 저 약을 오가며 오랫동안 몸을 망칠수록 다음번에 별을 보려다 너무 먼 데까지 가버릴 확률이 높아진다. 처음으로 밀려오는 어마어마한 안도감이 느낄 수 있는 마지막 안도감일지 모른다. 장기적으로 나는 마지막 순간의 엄마를 그렇게 그리게 되었다. 엄마가 그 작은 몸을 뻗을 수 있을 만큼 뻗어 푸른 하늘에, 어떤 평화에 도달하려 했다고. 그리고 마침내 그 평화를 얻었다고. 어른이 된 내가 뒷걸음질 쳐 이 장면에 들어올 수 있다면, 지나치게 꽉 끼는 교회 옷을 입고 다크호크**처럼 열받은 채

---

* pappaw. 할아버지를 부르는 말이다.
** 마블 코믹스의 캐릭터 중 하나.

뒤쪽 장의자에 앉은 그 아이와 함께 앉아 이렇게 말해줄 수 있으면 좋겠다. 넌 네가 거인인 줄 알지만 넌 이 망가진 세상의 너무도 작은 점이야. 이건 너 때문이 아니야.

하지만 그런 소원은 낭비가 될 것이다. 그 아이는 그런 말을 들을 기분이 아니었으니까. 나는 지금도 나를 버티게 해주던 유일한 것이 분노였음을 뼛속 깊이 느낄 수 있다. 모두에게, 하지만 대체로는 엄마에게 화가 났다. 스토너와 결혼한 다음 우리 둘을 모두 버린 것에 대해, 엄마가 무슨 똥을 뿌려도 아무도 다시는 그녀에게 손을 대지 못할 무슨 천국으로 도망가버린 것에 대해.

그리고 나는 엄마에게 개자식처럼 굴었던 나, 끝인 줄 몰랐기에 더욱 심하게 굴었던 나 자신과 함께 살아가야 할 터였다. 지난번 집에서 엄마를 봤을 때 잘 있으라는 인사라도 했던가? 엄마가 나를 안아주게 놔뒀던가? 모르겠다. 나는 그 마지막 몇 분을 다시 보려고 노력하며 그 순간이 무슨 빌어먹을 은행 금고 문이라도 되는 것처럼 그 몇 분을 두드려왔고 앞으로도 그럴 것이다. 하지만 그 안에 뭔가 있대도 떠오르지는 않는다. 접근 불가.

대신, 나는 장례식의 모든 것을 기억한다. 그날은 바다에 있는, 나를 난파시키려고 기다리는 어떤 괴물 같은 암초처럼 내 머릿속에 크고 단단하게 자리 잡는다. 나는 하느님께 그 기억이 머릿속을 떠나게 해달라고 빈다. 기억은 남는다. 전부 다. 발이 커져서 운동용 양말 말고는 신을 수 없게 됐기에 페그 아저씨에게 빌렸던, 가려운 검은색 양말. 땀과 구두약의 냄새. 엄마가 싫어하던, 치약 같은 초록색 벽. 떠는 듯한 오르간 소리. 고약한 향수 냄새를 풍기던 늙은 여자들. 엄청나게 많은, 저 위 높은 곳의 색유리 창에서 윙윙거리고 또 윙윙거리던 말벌들. 11월치고는 따뜻한 날이었고, 내 생각에는 말벌들이 깨어났던 것 같다. 나는 예배 내내 말벌들을 지켜보았다.

교회에서 사람들이 낯설어 보였다. 나는 그중 일부 혹은 대부분을 만나본 적이 있다고 확신하지만 그들의 얼굴을 보고 있지는 않았다. 그냥 돌처럼 단단한 심장만 보였다. 그들 모두가 엄마는 이런 일을 자초했다고, 저 싸구려 흰색 관 속에서 엄마에게 어울리는 마지막 드라이브를 하고 있다고 생각했다. 사람들의 못된 면은 이런 때에 드러난다. 그들의 유일한 관심사란 불행한 사람이 무슨 짓을 했기에 그처럼 딱한 처지가 되었는지 생각하는 것뿐이다. 그들은 불운을 막기 위한 벽을 친다. 나는 사람들이 그 짓을 하는 걸 지켜보았다. 그들이 엄마에게 해줄 수 있는 일이 그것뿐이라면, 그들은 내게 아무것도 아니었다.

내가 페곳 가족의 집에서 지나치게 조용한 사촌들에게 느꼈던 감정은 틀리지 않았다. 나는 하룻밤 사이에 변한, 새롭고도 이상한 존재였다. 크리키는 우리를 고아라고 부르기를 좋아했고, 나는 마음속으로 실제로는 내가 고아가 아니라는 사실에 언제나 **자긍심**을 느꼈다. 그러니까 나도 똑같이 했던 셈이다. 아직 운 좋은 편에 속해 있었기에 불운을 막을 벽을 쌓았다. 그러나 지금의 나는 불쌍한 사람들 쪽으로 건너갔다. 그렇게 비참한 어린애는 없었을 것이다. 예배가 시작될 때 사람들은 '놀라우신 하느님'이라는 노래를 불렀는데, 나는 가사와 정반대 기분이었다. 한때는 볼 수 있었지만 지금은 눈이 먼 느낌, 전에는 구원을 받았지만 이제는 길을 잃은 느낌.

목사와 그가 한 설교에 대해서는, 죄와 육신과 그 모든 이야기에 대해서는 파고들지 않겠다. 나는 귀 기울이지 않았다. 남동생이 엄마와 함께 그 관에 들어 있다는 생각을 하고 있었다. 페곳 아줌마와 함께 엄마를 보러 갈 때까지 그 부분은 떠오르지 않았다. 페곳 아줌마가 엄마의 죽은 손을 쓰다듬으며 말했다. "가엾은 마마, 넌 최선을 다했어." 그때 실감이 났다. 내 동생이 관 속에 있었다. 나는 동생을 도둑맞았다. 웬 엿 같은 낭비인가.

스토너가 알현식을 연 곳으로 가 엄마를 볼 생각은 없었다. 하긴 어떤 어린애가 시체 옆에 그렇게 가까이 가고 싶어 하겠는가? 그것도 엄마 시체인데? 내 계획은 뒤로 빠져서, 다른 사람들이 엄마를 보게 하는 것이었다. 하지만 페곳 아줌마가 나를 지켜보고 있었고, 앞을 시간이 되기 직전에 내게 관을 닫기 전에 작별 인사를 하지 않는다면 언제까지나 후회하게 될 거라고 말했다. 그때까지는 사람들이 엄마를 그 관 속에 가둬버리기 직전이라는 생각이 실감 나지 않았다. 그것도 영원히. 나는 페곳 아줌마가 내 어깨를 잡고 나를 데리고 통로를 걸어가도록 놔두었다.

그런데도 결국 작별 인사를 하지 못했다. 너무 충격받아서. 엄마가 죽었다는 사실 때문만이 아니었다. 그건 예상했다. 남동생에 관한 생각 때문도 아니었다. 그야 예상하지 못했지만. 최악은, 엄마가 너무 화난 것처럼 보인다는 점이었다. 나는 죽은 사람이 안식에 들면 평화로운 표정을 짓는다는 말을 들은 적이 있었다. 그런 말을 한 사람은 그날의 엄마 같은 건 본 적이 없는 사람이다. 나도 열받았지만 엄마는 정당하게 열받은 것처럼 보였다. 엄마가 도망쳤는데도 벌을 받지 않았다는 내 가설과 관련해 이 점이 내 머릿속을 어지럽혔다.

그래서 나는 세상을 증오하며 그 교회에 앉아 있었다. 예배는 영원히 이어지는 것 같았고, 매장은 그보다도 오래 이어지는 듯했다. 묘지로 가기 위해 나는 결국 가족용으로 마련된 리무진에 탔다. 페곳 가족이 나를 데려왔고 스토너는 스토너답게 그 소중한 트럭을 타고 왔는데도, 장의사가 나를 그 리무진에 태웠다. 엄마의 가족은 나뿐이었다. 좌석도 더 있고 누르는 버튼하며 모든 게 달려 있는, 거실만 한 크기의 자동차에 탄 것도 나뿐이었다. 모든 아이가 어느 시점에는 리무진을 타겠다는 꿈을 꾼다. 졸업생 무도회가 됐든 언제든. 하지만 나는 뺐으면 한다. 나도 리무진을 한 번 타봤는데, 그건 내 인생에서 가장 슬픈 드라이브였으니까.

운전기사는 장의사의 아들로, 앞좌석에 어떤 여자와 함께 타고 있었다. 여자는 클럽 같은 걸로 머리카락을 전부 정수리에 올렸고, 기사와 끊임없이 이야기하면서 목뒤의 곱슬곱슬한 금발 잔머리를 만지작거렸다. 농구 경기에서 부당하게 졌다는 얘기, 누가 누구에게 접근금지 명령을 걸었다는 얘기, 누가 바람을 피우다 걸려서 따귀를 맞고 사팔뜨기가 되었다는 얘기가 들렸다. 고등학교 스타일의 정보였다. 기사는 종종 보이는, 목울대가 너무 크고 손이 거대하며 지나치게 키가 큰 녀석으로 귀 뒤가 빨갛게 달아올라 있었다. 일광 화상을 입힐 만한 어떤 일도 하지 않는 1년 중 늦은 시기인데도. 그는 여자가 말하는 동안 대체로 고개를 끄덕이며 웃었다. 여자가 신발을 벗고 스타킹 신은 발을 대시보드에 올렸다. 내가 제일 처음으로 한 생각은 흠, 가족이 아니구나, 였고 두 번째 생각은 아예 장례식에 가지도 않았구나, 솔직히 옷 입은 게 좀 걸레 같네, 저기서 플러팅을 하다니, 였다.

잠시 후 기사가 좌석으로 팔을 뻗는다. 이제는 그가 여자의 목뒤를 엄지로 쓰다듬는다. 그가 이 계집애에게 들이대면서, 우리 엄마가 땅에 묻히는 걸 보러 가는 나를 태워주는 한편으로 보지 생각을 하고 있다. 세상이 돌아가는 것을 멈추게 할 만큼 슬픈 일은 아무것도 없다는 생각이 나를 꽤 세게 후려쳤다. 사람들은 계속해서 원하는 것을 원할 테고, 나는 나 혼자다.

엄마는 스토너의 죽은 친척들과 함께 러셀 카운티의 땅에 묻혔다.

아마 스토너가 이미 그 자리를 소유하고 있었을 것이다. 그가 모든 돈을 댔으니, 결정도 그가 했겠지. 하지만 엄마는 우리 아빠와 함께 묻혀야 했다. 이제 나는 어디에 있는지 모를 아빠의 무덤을 볼 기회를 전부 잃은 것만 같았다. 그리고 스토너의 죽은 친척들과 함께 어울리려고 러셀 카운티에 돌아올 일은 지옥에 떨어져도 없을 테니, 끝이었다. 나는 토미와 같은 처지가 됐다. 부모님을 만나고 싶으면 어디로도 이어지지 않는 길을 가는 와중에 조그만 가짜 무덤들을 만들어야 했다.

나는 옥시가 뭐냐고 물었었다. 그해 11월만 해도 옥시는 아직 반짝거리는 새로운 존재였다. 옥시콘틴*. 허리와 목뼈가 자갈을 담은 자루처럼 덜그럭거리는, 해고당한 막장 광부를 위한 신의 선물. 그건 무릎은 쑤시고 ADHD를 앓는 손자들을 혼자서 키워야 하는, 달러 제너럴 잡화점에서 2교대 근무를 하는 꼬부랑 할머니를 위한 약이기도 했다. 여기든 저기든 찢어졌는데, 온 세상이 그가 경기장으로 돌아오기만을 기다리는 모든 축구 선수를 위한 것이기도 했고. 그게 우리의 구원이었다. 누군가 나무를 흔들었고, 그래, 우리는 선악과를 먹고 말았다.

월마트의 고객 서비스 매니저인 루이즈 레이미에게 그 약을 처방한 의사는 그 약이 안전한 것 이상으로 안전하다고 말했다. 루이즈는 그 말을 그대로 믿었다. 그 약은 정맥류며 뭐며 잔뜩 앓는 그녀가 저녁 교대 근무 내내 서 있도록 해줄 터였다. 그게 주님의 기적이 아니라면 과연 뭐가 기적이겠는가. 그리고 19번 통로의 동료에게 같은 것

* 옥시코돈 함유 진통제.

이 필요하다면, 그 동료가 합법적으로 약을 사든 휴게실에서 루이즈가 핸드백에서 꺼내주는 약을 편법으로 사든, 기적이 퍼진다고 해봐야 기적이 더 일어나는 것뿐이지 않겠는가?

전쟁터에서 처음으로 쓰러지는 사람은 잊힌다. 한 사람의 부주의한 실수로 사랑을 잃어버리는 경우는 없다. 자루에 들어간 시체가 산처럼 쌓이고 난 뒤에야 우리는 깃발을 들고 실수를 다른 이름으로 부르기 시작한다. 한 사람의 몰락에 천이라는 숫자를 곱하면 무언가 의미가 있을 게 틀림없으니까. 그런 일에는 나름의 상표가 필요하다. 그 모든 희생의 의미가.

엄마는 무명용사였다. 월마트는 늦지 않게, 새로운 재고 담당 여직원을 훈련시킬 터였다. 그러면 그 여자는 크리스마스 쇼핑객들을 맞이하고 루돌프 풍선을 불다가 나자빠지고 밸런타인데이 사탕이 들어오기 전에는 지겨워 죽을 지경이 되겠지. 하트 모양의 그런 상자 하나는 스토너가, 여자의 아빠 허락 없이 할리데이비슨에 태우고 돌아다닐 프로스 피자의 미성년 웨이트리스에게 주려고 사 갈 것이다. 우리 트레일러는 철저하게 클로록스로 닦이고 모든 카펫이 뜯겨 나갈 것이다. 아이들의 아빠 두 명으로부터 모두 버림받은, 준 이모의 고등학교 친구에게 페곳 가족이 빌려줄 수 있도록. 페곳 부부가 곤경에 빠진 사람을 도와주다가 심하게 덴 최근 사례를 생각해보면, 아마 준 이모는 친구를 도와달라고 부부를 심하게 졸라댔을 것이다. 하지만 그 여자네 가족이 새출발을 원했기에, 결국 페곳 부부는 분명 트레일러에서 오래된 얼룩을 깨끗이 닦아냈을 것이다. 내가 한때 엄마보다 머리카락 한 올만큼 키가 컸다는 걸 증명하는, 주방 벽의 연필 선 두 개를 포함해서. 엄마의 인생은 그 무엇에도 흔적을 남기지 않았다.

17

스토너와 나는 감독을 받으며 면접을 하다가, 점심을 반쯤 먹었을 때 김이 다 빠져버렸다. 스토너는 콤보 세트에서 종교를 발견하기라도 한 것처럼 음식을 한 입 물고 씹으며 포일 포장지를 바라보는 짓을 반복했다. 나는 엑스라지 음료 컵을 들고 뭐든 내가 잃어버린 것이 그 안에 들었을지 모른다는 듯 그 입구를 내려다보았다. 달그락거리는 얼음. 서로를 보고 싶어 하지 않는 두 남자의 전형이었다. 나야 언제나 스토너에게 별로 할 말이 없었다. 그러나 전에는 우리를 계속 즐겁게 해줄 데몬 개선 프로그램이 있었다. 전에는 스토너가 그 프로그램으로 꽤 신나 했다. 오늘은 아니었다.

나는 계속해서 바크스 선생님을 돌아보며 우리를 꺼내주기를 바랐지만 선생님은 책을 읽고 있었다. 바크스 선생님은 이게, 스토너와 내가 화해하는 게 엄마가 원한 일이라고 분명히 밝혔다. 엄마란 밀어버리기 어려운 단단한 바위다. 그럼 죽은 엄마는 어떻겠는가. 엄마와 스토너는 상담을 받은 적이 있었고, 스토너는 완전히 처음부터 다시 시작하기로 동의한 터였다. 네 명으로 이루어진 가족이니 뭐니. 하지만 네 사람 중 두 명이 라인업에서 지워진 지금은 발을 질질 끌게 됐다. 바크스 선생님이 그를 달달 볶아 이번 만남을 성사했다. 그래서 지금의 우리가 된 것이다. 임무 완료. 바크스 선생님은 그 빌어먹을 책에 코를 처박고 있었다.

"이사하시겠죠." 내가 말했다.

"시간이 나는 대로 짐을 꺼낼 생각이다. 지난 2주 동안 놈들이 장거리 배달로 날 죽이려 했어. 쉴 만도 하지."

난 스토너가 우리의 트레일러에서 또 뭘 꺼내 갈 생각인지 궁금했다. 문손잡이와 구리 선일까. 매곳의 말에 따르면 스토너는 모든 것을 탈탈 털어 간 뒤였다. 사탄까지.

"리 카운티를 떠날 건가요?" 내가 물었다.

물고 씹고. 스토너가 나를 쳐다보았다. "누가 물어봐?"

"아무도요. 그냥 궁금했어요. 아저씨가 어디서 살지랑 전부 다요."

"난 다시 힐타운에서 살 거다. 같은 데야."

"지금은 그 아파트에 다른 사람이 사는 줄 알았는데요. 아저씨가 아는 사람이요."

"아니야."

나는 스토너가 스포츠용품을 사러 가다가 뒤로 걸어서 엄마를 만난 곳, 월마트로 가는 모습을 상상했다. 스토너는 인생을 그 시점까지 되감기 해 다른 통로로 접어든 다음 새출발을 할 수 있었다. 머리카락을 날리며 그의 할리데이비슨 뒷자리에 올라탈 다른 여자 친구를 찾는 것이다. 그렇게 둘이 떠난다. 나는 무슨 일이 일어날지 모른다는 두려움에 이 계열의 생각을 그만두어야 했다. 사람들 앞에서 울거나 스토너에게 주먹을 날리게 될지 몰랐다. 스토너는 완전히 새출발을 했는데, 나는 그와 엄마가 남긴 것에 처박혀 있다니. 꾸러미에서 찢어낸 종이처럼 지금, 여기, 아무것도 없이.

스토너가 편광 선글라스를 벗고 눈을 문질렀다. 장례식 때 썼던 셔츠와 넥타이는 스토너에게 그것들을 빌려준 정체 모를 사람에게 돌아갔지만 실내에서 쓰는 선글라스는 새로운 모습으로 간직하기로 한 듯했다. 슬픔에 젖은 남편 모습의 일환으로. 하지만 박박 민 머리와 가죽 재킷을 생각하면 선글라스는 그 모든 것을 범죄적인 방향으로 기울어지게 했을 뿐이다.

"정말 행복했을 수도 있어." 스토너가 난데없이 말했다. "그 여자랑 나 말이야. 상황이 달랐다면. 그 계집은 타오르는 장작이었거든, 다 따져보면."

엄마의 불길에 대체로 오줌을 갈긴 남자한테서 엄마 욕을 어떤 식으로든 들어야 하는 이유가 뭘까. **상황이 달랐다면**, 이라고? 나라는 존재가 그의 훌륭한 결혼을 망쳐버렸다는 얘기다. 그 사실이 변치 않고 남아 있었다. 똑같은 쓰레기 더미가 밟으라고 기다리고 있었다. 나는 다시 바크스 선생님을 보았고, 그녀가 나를 똑바로 바라보는 걸 보고 놀랐다. 나는 제발요? 하는 식으로 문을 향해 눈알을 굴렸지만 바크스 선생님은 특유의 버릇대로 눈썹을 한데 모았다. 그 말뜻은 여기서 처리할 일이 있을 텐데, 젊은이, 였다. 사실이었다. 선생님은 틀리지 않았다. 그 중 가장 중요한 일은, 앞으로 내게 대체 무슨 일이 닥칠 것이냐는 문제와 스토너가 그 일에 대해 뭐라도 할 말이 있을 것이냐는 문제였다.

사회복지국은 처음에 애매한 태도를 취했다. 그러나 지금은 스토너가 원한다면 그에게 발언권이 있다는 입장이었다. 스토너는 엄마와 상담을 받으러 나타났고, 나를 지원하는 데 도움을 줄 때도 사근사근하게 굴었다. 내 터진 입과 멍든 눈은 어쩌고? 한 번에 며칠씩 방에 나를 가둬둔 건 어쩌고? 질문이 이어졌다. 하지만 엄마는 언제나 스토너 편을 들면서, 내가 다루기 어려운 아이라고 했다. 아동 학대를 한 건 스토너보다는 엄마 자신이라고 엄마는 말했다. 바크스 선생님이 전해준 이 동화 때문에 나는 엄마에게 너무도 화가 나서 엿 같은 거짓말쟁이 년이라고 부르겠다는 목적만으로 엄마를 되살려내고 싶었다. 엄마를 무덤에서 파내러 러셀 카운티의 묘지로 가지 않는 한 그런 일은 벌어지지 않겠지만. 대신 내가 한 일은 바크스 선생님이 그 말을 해준 날 조수석 창문을 깨버릴 뻔한 것이었다. 우리의 수다는 밀러스 채플 도로에 세워둔 바크스 선생님의 차 안에서 벌어졌다. 하지만 부서진 건 내 손마디뿐이었다. 내 신용도도 부서졌다고 할 수 있겠지만. 다루기 힘든 아이가 신용을 잃을 수 있는 한에서는 말이다.

나는 그 일에 대해 엄마를 용서하지 않았지만, 바크스 선생님이 말로 나를 진정시킨 이후에는 그 이유를 이해할 수 있었다. 스토너 사건은 절대 내게 일어나서는 안 되는 일이었다. 내가 엄마에게 그렇게 말했다. 뭐랄까, 매일 말이다. 엄마라면 자기 자식이 한 남자의 신발을 핥고 주먹질을 당하지 않도록 그 애를 보호해야 한다고. 엄마는 일을 망쳤고 그 사실을 알았다. 나는 과거에 한 번도 엄마의 도덕적 평가 어쩌고저쩌고에 100퍼센트 참여한 적이 없지만 이제는 이해할 것 같았다.

엄마는 모든 책임을 졌다. 좋은 점은, 그 결과 스토너를 상대로 아무런 혐의도 제기되지 않았다는 것이다. 그 덕에 우리는 58번가의 햄버거 가게에서 우리 감정을 자유롭게 이야기하도록 남겨졌다. 보통 죽은 아내의 자식에 대한 아동 지원에 관해서 새아빠에게 확고히 정해진 의무는 없을 것이다. 하지만 내게는 선택할 수 있는 법적 보호자가 많지 않았다. 스토너가 완전히 관심을 잃기에 좋은 시간은 아니었다.

나는 스토너가 학교에 대해서든 다른 무엇에 대해서든 묻기를 기다리고 있었다. 절제력과 타인에 대한 존중 면에서 진전을 보이고 있는지에 대해서. 하지만 아무 말도 없었다. 스토너의 신병 훈련소는 문을 닫았다. 아마 미친 소리 같겠지만 나는 스토너가 내 성격을 어떤 식으로든 모욕하기를, 관심을 보여주기를 바랐다. 나는 가치 있는 사람처럼 보일 만한 아무 말을 불쑥불쑥 내뱉고 있었다. 솔직히 말해 그런 말이 많지는 않았지만. 심지어 내가 꽤 잘하는 단 한 가지, 내 그림조차 엄마가 죽은 뒤로는 그려지지 않았다. 심지어 스케치북을 펼쳐 내가 그린 예전 그림을 볼 수도 없었다. 아마 너무 슬펐던 것 같다. 나는 슬픔과 그림이라는 면에서는 토미와 정반대였다.

그리고 지금 나는 스토너를 위해 온갖 것을 파헤치며 나 자신을 부끄럽게 하고 있었다. 나는 유소년 미식축구 대표 팀에 도전해볼 거라고 했다. 웨이트트레이닝도 시작했다고 했다. 완전한 거짓말은 아니었다. 패스트포워드가 나와 미식축구에 대해 예언했고 내게 자기 바벨을 쓰게 해주었으며 남자들이 쓰는 신체 부위 이름을 가르쳐주었으니까. 사두근, 삼두근, 광배근. 그런 단어들은 스토너에게서 아주 작은 관심의 불꽃을 이끌어냈다. 한 10초 정도, 그런 다음 스토너는 쿼터파운더의 여러 겹을 펼쳐 모든 피클을 흩어놓는 일을 다시 시작했다.

나는 스토너가 다음 수를 두도록 놔두기로 했다. 지루한 게임이었다. 스토너는 내가 말을 멈추었다는 걸 알아채지 못한 듯했으니까. 그는 먹을 만한 매력적인 음식이 다 떨어졌다는 듯, 더 나은 누군가가 나타났을지 모른다는 듯 주위를 둘러보고 있었다. 주변 사람들은 대체로 저가 세트 메뉴를 먹는 아이들과 함께 있는 부모였다. 나는 그들이 나보다 더 행복할 거라고 가정할 수밖에 없었다. 우리 자리가 문 옆이었으므로, 누가 들어올 때마다 우리는 12월의 상쾌한 바람을 맞았다. 얼어붙을 듯한, 비 섞인 바람 같은 것이었다. 그 가을에 내게는 겨울 코트가 없었다. 엄마가 계속 나한테 한 벌 사주겠다고 했지만 사주지 않았다.

나는 아무 말도 하지 않았고, 스토너도 아무 말도 하지 않았다. 나는 콜라를 들고 다 마셨다. 그 순간에 얼음이 더 필요했으니까. 머리에 구멍을 내야 할 것 같았다. 이제는 온 가슴이 아팠다. 부부가 아이와 들어왔다. 그냥 믿고 싶어지는, 좋아 보이는 가족이었다. 광고 같은 가족. 꼬마 녀석은 폭신폭신한 재킷에 장화를 신었으며 까치발을 딛고 걷는 모습이 조그마한 달 탐사자 같았다. 엄마는 보라색 코트를 입고 높은 장화를 신었으며, 추위로 두 뺨이 붉어져 있었다. 젊어 보였다. 언젠지는 몰라도 엄마가 나를 처음 가졌을 때처럼. 남편인지 남자 친구인지가 주문하러 가자 여자는 장화 뒤꿈치에 쪼그려 앉더니 아이의 코트 지퍼를 풀고 아이를 꺼내주면서, 윤기 나는 머리카락을 어깨 너머로 휙 넘기고 다른 곳은 어디에도 가고 싶지 않다는 듯그 애 얼굴을 보고 미소 지으며 말을 걸었다. 나는 엄마가 나를 보고저렇게 짜릿해하던 적이 있을지 궁금했다. 엄마는 아기를 포기하지않겠다고 위탁 부모와 필사적으로 싸웠으며, 결국은 임신하고 파산하고 남자 친구조차 없는 채로 독립해야 했다. 엄마는 언제나 내가엄마의 인생에 일어난 처음으로 좋은 일이라고 말했다. 그리고 2호아기에 대해서도 신난 것 같았다. 스토너는 그렇지 않았더라도.

스토너는 감자튀김이 들어 있던 종이 케이스 안쪽을 손가락으로훑더니 손가락에서 소금을 핥았다. 그의 검은 턱수염에서 작은 소금알갱이가 보였다. 나는 스토너가 아빠가 될 뻔했던 아기에 대해서 한번이라도 생각한 적이 있는지, 아니면 완전한 새출발의 일환으로 그아기를 완전히 잊어버렸는지 궁금했다. 장례식에서는 그 장례식이두 개들이 세트로 진행되었다는 말이 전혀 나오지 않았으니, 아마 다른 사람들은 아무도 몰랐을 것이다. 그러니 이제는 밤에 침대에 누워, 그 둘이 영원히 죽었다는 사실에 대해 생각할 사람은 온 세상에 나뿐이었다. 한 사람이 책임지기에는 엄청난 일 같았다. 내 동생의 인생 전체가 영영 일어나지 않을 일이 되다니.

바크스 선생님이 내 관심을 끌며 손목시계를 가리켰다. 젠장, 할렐루야.

나는 죽은 고기로 이루어진 지저분한 점심밥을 포일에 도로 집어넣고 그 고기가 안식하게 놔두었다. 다시 생각해보니, 한 시간 뒤면 쫄쫄 굶게 될 테니 나중에 먹을 수 있게 간직해야 할 것 같았다. "그게, 다음 주에 성적표가 나오는데 잘될 것 같아요." 내가 말했다. "우등생 명단에도 들 수 있어요." 아무리 절박한 마음에서였다지만 이 말은 멍청했다. 스토너는 학교에 대해 딱히 신경을 쓰지 않았다. 게다가 내 말은 사실도 아니었다. 완전히 거짓말도 아니었지만. 나는 학교를 한 달 빼먹는 바람에 엄청나게 많은 진도를 따라잡느라 엉덩이가 터질 뻔했다고 말했다.

스토너는 그 귀여운 소금 프로젝트를 진행하다가 고개를 들어 나를 보았다. 별 표정이 없었다.

"10월에요." 내가 말했다. "그때 담배를 수확했거든요."

"흠." 스토너가 말했다. "그러니까 네가 학교에 빠져도 위탁 부모가 신경을 쓰지 않는다는 거냐?"

"씨발 예수님을 걸고요, 아저씨."

스토너는 내가 자기를 걷어차기라도 한 것처럼 허리를 펴고 앉더니 혹시 주일학교 선생님이 있는지 주위를 둘러보았다. "욕할 필요는 없다."

나는 그를 노려보았다. "부모는 없어요. 집 없는 애들을 데리고 노예 농장을 운영하는 늙은 남자 한 명만 있다고요. 내가 어디 사는지 알잖아요. 바크스 선생님이 말해줬고, 엄마도 말해줬으니까요. 무슨, 의식이 없는 거예요? 난 거기가 싫어요."

"그래, 미안하다." 스토너가 손을 쫙 폈다.

"아무튼 일단은 일이 거의 끝났으니까 거기에 오랫동안 더 머물지는 않을 거예요. 겨울에는 그 사람이 애들을 농장에 두지 않거든요."

스토너는 그냥 고개를 끄덕였다. 양말 서랍이 다 차서 남는 양말을 둘 곳이 필요하다고 내가 설명하기라도 하는 것처럼. 그의 집은 안 된다는 게 그럴싸한 추측이었다. 난 스토너가 뭐라도 신경 쓰기를, 그가 지구라는 행성에서 사라지기를 너무도 심하게 바랐다. 나는 동시에 그 두 가지를 다 원했다. 그리고 세 번째 소원은, 58번가의 햄버거 가게에서 우는 모습을 모두에게 보이는 열한 살짜리 빨간 머리 소년이 되지 않는 것이었다.

내게는 한 가지 무기가 남아 있었다. "그러니까 매곳하고 어울리게 될 것 같네요. 페곳 가족이 학교가 끝나면 녹스빌로 같이 가자고 초대해줬거든요. 다음 주에요. 크리스마스 방학에."

스토너는 멍한 표정이었다. 학교가 크리스마스에 방학한다는 걸 모르나? 리셋 버튼을 눌러 정말로 모든 게 지워진 건가? 옆집에 사는, 나로서는 도저히 따라 할 수 없는 단어로 그가 지칭했던 감방 죄수의 아들조차?

"다들 좋은 시간 보내면 좋겠구나." 스토너가 말했다. 나는 배 속이 쑥 꺼지는 듯했다. 스토너는 이 가족에서 우리가 어떤 사람이 되어야 하는지에 관한 기준을 그렇게까지 기꺼이 내려놓은 것이다.

그게 내 마지막 기회였다. 페곳 가족이 녹스빌에 가는 건 사실이었다. 내가 초대를 받았다는 건 사실이 아니었다. 하지만 나는 갈 생각이었다. 아니면 어디에 가려고.

18

그래서 나는 거짓말을 했다. 학기 마지막 날, 가난한 아이들에게 열어주는 리 카운티 레이디 리더스 크리스마스 파티 장소로 가는 버스가 오기 전이었다. 그 파티는 그 자체로 치욕이었다. 파티에 참가하는 아이들 일부는 서로 떡을 칠 만한 나이였는데, 레이디 리더들은 남편들 중 한 명을 솜 턱수염을 달고 가짜 지방을 제대로 장착한 쾌활한 남자로 출격시켰고, 우리는 와, 산타다!라는 식으로 반응해야 했다. 후루룩 빨아들이면 칠면조 고기와 그레이비소스가 함께 입에 들어오고 마는, 인생의 그런 상황 중 하나다. 나는 우리가 어떻게 뽑혔는지 궁금했다. 레이디 리더들이 선생님들에게, 각 학년에서 가장 기분 나쁘고, 식료품 할인 구매권에 의존하는 아이 세 명을 지명해달라고 한 걸까? 뭐, 그래. 세상에는 골라 햄 같은 애들도 있고, 비가 오나 눈이 오나 매년 여섯 명 전부 머릿니가 긴 채로 나타나는 하우저만 가족 아이들도 있다. 하지만 우리 대부분은 그럭저럭 잘 빠져나간다. 그러다가 어느 날 인터컴에서 우리 이름을 부르며 요 행운아들, 가서 크리스마스 파티 찐따 버스에 타렴, 하는 소리가 나오는 것이다. 반에서 시간을 죽이고 있을 때 내가 기다리던 게 바로 그거였다. 나와 매곳은 행맨*을 하는 중이었다. 매곳은 크리스마스에 어디에 갈 거냐고 물었다. 위탁 가정에서도 선물을 주느냐고. 그러자 이야기가 그냥 흘러나왔다. 나는 구세군 보호소나 노숙자들을 받아주는 무슨 교회에 있을 거라고 했다. 솔직히 말해 전혀 알 수 없었다. 노숙자를 위한 교회 지하실에 갈 가능성은 그리 높지 않았다. 그냥 그 말이 매곳의 웃어른에게 전달되기를 바랐을 뿐이다.

매곳은 나와 함께 녹스빌에 간다는 생각에 전적으로 동의했다. 동의하지 않았던 건 페곳 아줌마였다. 차를 타고 페곳 가족의 집에 갔을 때, 나는 뭔가 달라진 걸 알 수 있었다. 엄마의 장례식에서 페곳 아줌마는 내게 유일한 가족 같았다. 하지만 매곳은 밤새 토론을 한 뒤에야 페곳 아줌마가 마침내 알았다, 오라고 해라, 라고 말했다고 했다. 지금 트럭을 타고 가는 길은 너무도 조용했다. 페그 아저씨가 히터를 틀어서 차 안이 옷장처럼 답답해졌다. 매곳이 페그 아저씨에게 라디오를 틀어달라고 했지만 페그 아저씨는 그 말을 듣지 않았고, 그걸로 끝이었다. 뭔가가, 나와 관련된 무슨 일이 벌어지고 있었다. 나는 전날 헛간 청소를 한 데다 샤워할 차례가 오지 않아 내 몸에서 좋지 않은 냄새가 날지도 모른다는 걸 깨달았다. 나는 무너져 내리더라도 아무도 볼 수 없게 창문에 얼굴을 댔다. 이제는 이게 평생의 내가 될까? 사람들이 원치 않는 곳에서 자리나 차지하는 존재? 예전의 나라는 존재가 쉰 우유처럼 변해버렸다. 죽은 약쟁이의 자식. 아메리칸 파이의 썩어버린 작은 조각. 모두가 그냥, 뭐랄까. 제거되기를 바라는 찌꺼기.

*   단어 맞히기 게임.

오, 주여, 에미 페곳이라니. 여름 이후로 몇 달 동안 그녀는 완전히 디즈니 채널처럼 변해버렸다. 형광 바람막이에 출랑거리는 포니테일. 그녀의 방 전체에 테이프로 붙어 있는, 예쁘장한 헤어스타일에 뿌루퉁한 표정을 한 보이밴드 포스터. 포스터가 너무 많아서, 페곳 아줌마는 그 방에서 옷을 갈아입는 게 부적절하게 느껴진다고 말할 정도였다. 페그 아저씨는 그 말에 혼란스러워했다. 페그 아저씨는 그 보이밴드가 여자라고 생각했으니까.

우리가 도착한 저녁에는 준 이모가 아직 직장에 있었으므로 에미가 건물 앞에서 우리를 마중했다. 충격적이고도 새로운 변화는, 에미가 이제 집에 혼자 머문다는 것이었다. 나는 이 여자애가 본격적으로 두 손을 허리에 대고 페그 아저씨에게 트럭을 주차할 자리를 알려주는 모습을 봤지만 믿을 수가 없었다. 우리가 엘리베이터를 타고 짐 올리는 일을 전부 다 도와주면서 "자기 집이다, 생각하세요"라거나 "다들 오셔서 엄마가 신나셨어요" 같은 말도 하고. 준 이모는 이제 새로운 이름으로 불리고 있었다. 엄마라는 이름으로.

다시 찾은 녹스빌은 그랬다. 놀랄 거리가 많았다. 들어가는 길에, 우리는 날씨가 따뜻한데도 사람들이 단단한 얼음 위에서 스케이트를 타는 어떤 공원을 지났다. 태양이 이글거리는데 사람들이 트레이닝 점퍼에 반바지를 입고 뛰어다녔다. 정상적인 곳에서라면 그런 날에 얼음이 낀 연못 위를 걸어가려 하는 것만으로도, 미안하지만 죽은 목숨이 된다. 하지만 도시에서는 그런 규칙이 적용되지 않았다. 모두가 정상적인 모든 것에 싫증이 나서, 더 이상한 방법을 찾아 나선 것 같았다.

이런 상황은 사람들이 응급실에 가야 끝나는 일을 하는 데까지 이어졌다. 준 이모는 질릴 대로 질려 고향으로 돌아가야겠다고 했다.

엄청난 충격이었다. 우리는 이모가 집에 돌아오기를 기다렸다. 에미는 이모가 우리에게 할 말이 있다고 했다. 한 번이라도 그런 적이 있던가. 우리는 주방의 바에 앉아 이모가 야식으로 가져다준 바비큐 윙을 먹었다. 준 이모는 크리넥스를 뭉쳐 코를 풀면서 울고 웃었다. 그녀는 모든 것과 멀리 떨어져 있는 녹스빌에 처박혀 지내는 건 질렸다고 했다. 어차피 자해하고 온 멍청이들을 기워주느라 이렇게 열심히 일할 거라면, 차라리 어린 시절을 함께 보낸 멍청이들을 기워주겠다고 했다. 사람이 원할 수 있는 모든 것이 리 카운티에 있으니까. 이모는 응급실 의사가 다른 간호사들 앞에서 이모를 로레타 린*이라고 부르며 조롱하는 것에도 질렸다. 이모는 텍사스 대학교에서 무슨 과정을 마쳐서, 페닝턴 의원의 보조 의사 같은 무슨 새로운 일자리에 고용되었다. 페그 아저씨가 무릎을 탁 치며 얼씨구, 라고 했고, 페곳 아줌마는 울었다. 둘 다 같은 이유에서였다. 행복해서. 준 이모는 둘에게 눈에 넣어도 아프지 않을 존재였다. 이모의 졸업 사진이 부부의 거실 맨 윗자리에 걸려 있었다. 이모는 전설이었다. 임신하는 대신 고등교육을 받아 모든 기록을 깨고, 세 개 주에서 가장 큰 외상 병원에 고용된 준 페곳.

그러니까 그게 새로운 소식이었다. 준 이모는 지금까지 신발에서 리 카운티의 진흙을 털어내는 인생을 살아왔는데, 자신이 정말로 원하는 것은 친근한 얼굴과 건초 깎는 냄새, 숲으로 오랫동안 산책 다닐 개 한 마리를 키우는 것뿐임을 알게 됐다. 매곳은 개 이름을 뭐라고 지을지 알고 싶어 했다. 이모는 웃었다. 루퍼스라고 지을지도 모르겠다며.

---

*　　미국의 컨트리 싱어송라이터 겸 가수로, '광부의 딸'이라는 대표곡이 있다.

에미도 이사 올 예정이었다. 준 이모는 서류 작업이 끝나 에미가 입양되었다고 말했다. 그렇게 비밀이 드러났다. 준 이모는 에미의 목을 팔로 감으며 에미를 끌어당겼다. 둘 다 활짝 웃고 있었다. 빌어먹을, 둘은 정말 그렇게 보였다. 혈연처럼.

나는 정신이 멍해진 채로 윙을 먹으며 침묵을 지켰다. 인생이 그렇게 바뀔 수도 있다는 생각에. 죽은 사람의 아이로 살다가, 7학년에 누군가를 엄마로 부르기 시작하다니. 나는 아주 이상한 기분이 들었다. 그냥 계속 상자로 손을 집어넣어 감사하다고도 고맙다고도 말하지 않고 윙을 더 꺼냈다. 그 짧은 순간만큼은 아무도 원하지 않는 사람이 된 기분조차 잊어버렸다.

그해 크리스마스 뉴스에는 온통 살인 사건 이야기뿐이었다. 에미가 사로잡혀 있었다. 에미는 TV 앞 바닥에 자리 잡고 최신 뉴스를 기다렸다. 온 가족이 죽었다. 그 가족의 이웃이 인터뷰를 해, 충격적인 범죄가 일어나고 난 뒤 피해자의 이웃이든 살인자의 이웃이든 이웃들이 TV에 나와 늘 하는 말을 했다. 전혀 예상하지 못했고 그보다 착한 사람은 본 적이 없다는 얘기였다. 다른 말로 하면 그들은 이웃에게 아무런 관심을 기울이지 않는다는 뜻이었다. 내 고향에서와는 달랐다. 페곳 가족이 첫째 날부터 내 인생에서 벌어진 수많은 나쁜 상황에서 나를 지켜봐주었다는 것 등 몇 가지 예시만 생각해봐도 그랬다.

에미가 울음을 터뜨린 건 그 시련에서 살아남은 아기 때문이었다. 살인자들은 최악의 방식으로 자동차 납치를 한 뒤 고속도로의 갓길에, 나머지 가족과 함께 죽어가도록 그 아기를 내버려뒀다. 경찰이 엄마의 품에서 울고 있던 그 아기를 발견했다. 엄마 옆에는 총에 맞아 죽은 아빠와 누나가 있었다. 매일 밤 TV에서는 이 가족의 똑같은 사진을 보여주었다. 모두 미소 지으며 똑같은 겉옷을 입은, 거지 같은 자동차 여행을 떠나기 전에 찍은 게 분명한 사진이었다. 그들이 종교적인 면에서 과한 사람들이었다는 것, 여호와의 증인 같은 사람들이었다는 것은 분명했다. 하지만 그 조그만 금발 아기라니. 그 애가 에미의 아기라는 생각이 들 정도였다. 에미는 준 이모에게 아기가 어느 병원에 있는지 알 수 있느냐고 물었다. 전화를 걸어서 아기 상태를 물어보겠다는 거였다. 대답은 아뇨, 선생님, 그럴 수는 없습니다, 였고 에미는 정신을 쏟을 더 적절한 무언가를 찾아야 했다. 그녀는 뉴스를 봐서는 안 됐다. 그 살인 사건이 늘 헤드라인을 장식했으니까. 하지만 야간 근무를 하는 준 이모는 우리를 막을 입장이 아니었다. 그런 다음에는 페곳 부부가 에미와 거의 같은 정도로 관심을 가졌다.

다만 이 말은 해야겠다. 뉴스는 모든 면에서 나빴다. 살인 사건은 일부에 불과했다. TV를 볼 때면 언제나 나는 도시 사람들이 그 이야기를 지어냈다고 생각했다. 아니었다. 우리가 그곳에 있을 때 마침내 일시적 한파가 닥쳤고, 뉴스에서는 잠을 자기 위해서 도서관이며 버스 정류장 등등에 들어가려는 모든 불운한 사람들을 보여주었다. 그들에게는 친척이 없는 것처럼 보였다. 뭐랄까, 나를 정말로 원치 않는 사람의 집에 쳐들어가는 건 구린 일이다. 하지만 쳐들어갈 사람이 아무도 없고 먹을 것조차 없는 저 딱한 사람들 같은 건 본 적도 없었다. 나무에서 사과 하나라도 서리할 곳이 어디 있겠는가? 도시에서는 돈이 없으면 망한 거였다. 다른 길은 없었다. 그게 자동차 납치 같은 대혼란으로 이어졌다.

준 이모가 살인-아기 이야기에 단호히 반대한 이후로, 에미에게는 다른 대화 상대가 필요해졌다. 그녀는 나를 골랐다. 그 일은 우리가 도착하고 이틀 뒤부터 시작됐다. 온갖 거지 같은 일을 생각해야 해서 거의 잠들지 못했기에, 나는 매곳이 통나무 써는 소리를 내며 코를 고는 동안 소파 쿠션에 축 늘어져 깨어 있었다. 매곳은 죽은 사람처럼 잤다. 죽은 사람보다 시끄럽다는 점만 달랐다. 이제 에미는 남자 사촌들과 함께 자기에는 너무 커버려서 준 이모와 한방을 썼고, 페곳 부부는 백스트리트 보이스와 함께 에미의 방을 썼다.

에미는 고양이처럼 조용히 거실로 슬쩍 들어왔다. 어둠 속에서 다가와 나를 내려다보고 섰다. 흰 가운을 입은 깡마른 모습이, 건드리기라도 하면 부스러져 내려 손가락에 먼지만 남을 것 같았다. 자기 반바지에 경배하라던 그 아가씨는 어디 갔을까? 나는 낮에 본 에미가 가짜인지 궁금해졌다. 이 조그만, 나방 날개 같은 여자애가 진짜 사람일까? 내가 무언가 말해야 하나? 에미는 바닥에 앉아 울었다. 계속해서 놀라는 것처럼 조금씩 숨을 헐떡거리는 걸 빼면 정말 조용했다.

"그 살인 때문이야?" 내가 마침내 물었다.

에미는 고개를 돌리지는 않았으나 끄덕였다.

"제기랄." 내가 말했다. "사람들이 아무 이유 없이 죽다니 싫다."

"그 아기는 너무 작은데, 완전히 혼자야. 그 애 생각이 멈춰지지 않아. 나도 그만해야 하는 건 아는데."

"네 잘못이 아니야. 머릿속에 든 건 사실 어떻게 할 수 없는걸."

에미가 고개를 돌려 나를 보았다. 나는 일어나 앉아 말했다. "사람들이 뭐라고 하는지는 나도 알아. 십대의 조그만 머리를 비우고 뭔가 좋은 걸 집어넣으라고 하지. 나한테도 늘 그래. 그럼 뭐랄까, 진심으로 하는 말이야? 그냥 뇌에 라이솔을 뿌리고 잊어버리라고? 어떻게 그럴 수가 있어? 하는 생각이 들어."

"아, 세상에." 에미가 말했다. "너희 엄마 일 말이지. 유감이야."

에미는 어른처럼 말했다. 나는 에미가 우리 엄마 이야기를 알고 있어서 놀랐다. 나는 에미에게 고맙다고, 나도 에미의 일이 유감스럽다고 말했다. "그러니까 준 이모를 만나기 전에 말이야. 언젠가 너한테 진짜 부모님이 있었다면."

"날 낳아준 엄마 말이구나. 그래." 에미가 어깨를 으쓱했다. "사실 그 엄마 얘기는 할 수 없어."

"하지만 지금 넌 입양됐잖아. 그러니까 결국은 다 잘된 건지도 몰라."

"아, 당연하지. 난 운이 좋아."

"말해 뭐 하냐. 아무도 위탁 가정에 가지 않길 바라."

"그렇게 나빠?"

"지금까지는 그랬어. 사실상 거기서 보낸 하루의 모든 시간이 싫어. 교도소랑 피구를 섞어놓은 것 같다니까. 음식도 충분하지 않고."

"널 비웃고 싶어 하는 나이 많은 애들이랑 하는 피구 말이지?"

"그래. 날 다치게 한 다음에 비웃는 애들."

에미는 그 문제를 생각하는 듯했다. 그러니까 진짜로 깊이. 에미가 속삭였다. "애들이 학대당해? 그런 얘기를 들었는데."

"우리 엄마가 어렸을 때는 확실히 학대 비슷한 거지 같은 일을 당했어. 기독교 집안이라는 곳에서. 나는 그냥, 밤낮으로 등 뒤를 조심하지."

에미가 두어 차례 눈을 깜빡였다. 어둠 속에서도 모습이 아주 잘 보여 놀라웠다. 에미가 이미 심란해하고 있다는 걸 생각하면, 그 애를 더 놀라게 해서는 안 된다는 걸 알았다. 하지만 이건 에미가 자초한 일이었다. 아무도 그런 적이 없었는데. 나는 모두가 말하듯 어딘가에는 주님의 천사 같은 좋은 위탁 부모도 분명히 있을 거라고 말했다. 하지만 나는 아직 그런 사람들을 만나지 못했다. 그 사람들은 나 같은 애를 받아주지 않으니까.

"무슨 말이야, 너 같은 애라니?"

나는 어깨를 으쓱했다. "모르겠어."

에미가 깊이 숨을 들이쉬었다가 내쉬었다. "작년 여름엔 내가 너랑 매티한테 너무 못되게 굴었어. 미안해. 꽤 힘든 한 해였거든." 이번에 도 에미는 누군가의 엄마나 교회에 다니는 착한 아줌마가 된 것 같았 다. 나는 내가 무슨 일을 상대하는 건지 알 수 없었다. 내 나이가 좀 더 많았으면 좋겠다는 생각이 들었다.

"넌 괜찮았어." 내가 말했다. "가끔은."

에미가 미소 지었다. "그래. 네가 날 상어한테서 구해준 다음엔 말 이지." 에미가 무릎을 세우더니, 내가 그날 준 은팔찌를 보여주었다. 팔찌를 발목에 차고 있었다. 에미 같은 애한테 팔찌를 주면 이런 일 이 일어나는 것이다. 나는 에미가 아직도 그 팔찌를 가지고 있다는 걸 믿을 수 없었다.

"상어가 너를 쓰러뜨릴 것도 아니고. 네가 왜 그렇게 무서워하는지 알 수가 없었어."

"그야, 상어가 단검 같은 이빨을 가진 사악한 동물이니까? 넌 왜 겁 을 안 먹은 거야?"

"이유 없어. 그냥 겁이 안 나. 바다를 생각하는 걸 좋아해. 바다 안 에 사는 모든 것에 대해서도. 그게 내 뇌에 뿌리는 라이솔 같은 거야. 진정이 되든지 그러나 봐."

"왜 이래. 상어가 널 진정시킨다고?"

나는 일상적인 에미의 조각들이 이 대화에 슬쩍 다시 끼어드는 것 을 알 수 있었지만 상관없었다. 어쩌면 그건 우리가 지금 하는 이 일이 뭔지는 몰라도 아침이 되어 펑 터져버리지 않을 수 있다는 뜻인지 몰랐다. "딱히 상어만 그런 건 아니야." 내가 말했다. "물속에 들어가는 것 전부가 그래. 난 나 자신을 물속에 집어넣고 떠다녀. 그냥, 뭐랄까. 내 머릿속 영화에서."

"머릿속 영화가 있어? 네가 익사하는 것도 보이겠다. 아주 마음이 놓이네."

"근데 난 익사 안 해. 나한테 절대 일어나지 않을 나쁜 일 딱 한 가지가 익사야."

"왜? 유소년 적십자 수영 수업이라도 들었어?"

나는 웃었다. "아니. 사실대로 말하자면 수영을 별로 해보지 않았어. 뭐랄까, 한 뼘 이상 깊은 물에서는."

"그런데도 익사 면역인 이유는?"

나는 누구에게도 내가 태어난 이상한 방식에 대해 말한 적이 없었다. 하지만 여자애와 함께 어둠 속에 깨어 있다는 건 평소의 나를 벗어나는 일이었다. 온 세상이 조용했다. 나는 최대한 좋게 말하려고 노력했다. 내가 엄마를 기습적으로 덮쳐, 태어나기 전의 아기를 보호하는 물거품에 든 채로 너무 빠르게 나왔다고.

"양막 말이지." 에미가 말했다.

"뭐?"

"네가 양막 안에 든 채로 태어났다고. 그게 의학 용어야. 엄마가 그런 일이 일어나는 걸 한 번 봤대. 의사들조차 그 모습에 완전히 당황했다고 했어. 얼마나 많은 아기들이 응급실에서 태어나는지 알면 너도 놀랄 거야."

준 이모와 응급실에 관해서라면 그 무엇도 나를 놀라게 할 수 없겠지만, 나는 내게 일어난 일이 진짜라는 것, 이름이 있는 일이라는 것을 알게 되어 좋았다. "그래, 맞아. 난 소명을 받았어.* 그런 일이 일어나면 익사하지 않는다는 보장이 돼. 그러니까 바다는 절대 나를 무찌르지 못할 거대한 존재야."

에미가 웃었다. "그건 그냥 오래된 힐빌리 미신이야."

나는 그 말에 약간 상처를 받았다. 에미의 말이 옳더라도. "나한테 그 말을 해준 게 너희 마마니까, 너희 마마한테 가서 따져. 물어보는 김에 예수님이 죽은 자들 가운데에서 살아났다는 얘기에 대해서도 물어보고."

우리는 너무도 조용하게, 서로의 얼굴이 겨우 몇 센티미터밖에 떨어지지 않은 채로 이야기하고 있었다. 이제 내가 일어나 앉았다. 뭔지 몰라도 이건 끝났다. 아마 아침이 되면 아예 일어나지 않은 일이 될 것이다. 하지만 에미는 떠나지 않았다. 그녀도 일어나 앉아 한동안 나를 보더니 내가 싫어하는 말을 했다. "미안."

"그래, 뭐. 대단한 일도 아닌데."

"대단한 일 맞아. 난 네가 완전히 안전한 곳에 대해 생각하고 싶어 하는 이유를 알겠어. 그렇게 많은 일을 겪었으니까. 너희 엄마 일도 그렇고, 모두 다."

"우리 엄마가 죽은 건 제일 나쁜 일도 아니야. 네가 정말 알고 싶은지 모르겠지만."

에미는 앉아서 나를 마주 보며 기다렸다. 그녀에게서는 과일 샴푸 냄새가 났다. 나는 못된 말을 하거나, 아니면 그냥 진실을 말하고 싶었다. 엄밀히 말하면 살해당한 가족의 아기보다도 어렸지만 죽은 남

---

*　　양막은 영어로 caul이다. 이 단어를 잘 모르는 주인공은 caul을 소명, 호출 등을 뜻하는 call로 잘못 알아듣고 반응하고 있다.

동생에 대해서 말하고 싶었다. 나는 그 말을 해버렸다. 미안. "근데 그거 알아? 애가 결국 죽었다면 최악의 상황은 아니야. 죽는 게 씨발 평생 고아로 사는 것보다 나으니까."

"아니야!" 에미가 말했다. 너무 큰 소리로 말해 자기 입을 틀어막았다. 그런 다음 손을 치우고 속삭였다. "그 아기한테는 할머니 할아버지가 있어. 다른 지방에 있지만 아기를 데리러 올 거래."

"잘됐네. 그 아기를 원하는 사람이 있다니."

에미가 손을 뻗어 내 머리를 쓰다듬었다. 엄마 이후로는 아무도 나를 건드린 적이 없었다. 내 머리카락은 그 시점에 완전히 통제를 벗어났고, 나는 내가 얼마나 딱한 꼴인지 알고 있었다. 그해에는 나의 모든 부분이 소매를 벗어나 자라고 있거나 솜털이 나고 있거나 형태가 변하고 있었다. 심지어 내 코뼈도 어느 정도 변했다. 그런데 나는 여전히 토미의 셔츠를 입고 잤다.

"가엾은 데몬." 에미가 조용히 말했다. "널 입양할 사람을 찾을 수는 없대?"

이전에 에미가 페곳 아줌마나 준 이모처럼 나를 데이먼이라고 부른 건 한 번뿐이었다. 자기가 두 사람 편이라는 걸 보여주기 위해서였다. 나는 가엾은 누구도 되고 싶지 않았다. 다만 에미에게 입을 맞추고 싶었다. 아니면 내가 너무 엉망이라 토하고 싶었다. 둘 다일지도 몰랐다. 순서는 지키는 게 좋겠지만.

"다들 입양이 자동으로 이루어지는 줄 아는데." 내가 말했다. "리카운티에는 고아를 원하는 사람보다 고아가 훨씬 더 많아. 내 담당관은 이게 개인적인 문제는 아니라고 했어."

"그 사람은 그래도 괜찮대? 네 담당관 말이야."

어째서인지, 나는 바크스 선생님이 어린애라는 말을 해서는 안 된다는 걸 알았다. 뭐라도 말할 대상이 이제는 바크스 선생님밖에 없어진 내가 한 주 한 주 선생님에게 해줄 이야기를 모아둔다는 것도. "그 사람은 돌보는 애들이 엄청나게 많아. 대부분은 나보다 어리고. 그러니까, 뭐. 시간이 난다면야 좋은 사람이겠지."

"너무 힘들겠다."

우리는 둘 다 다시 누웠다. 에미는 내 눈을 들여다보았다. 우리는 잠시 함께 슬퍼했다. 나는 그 느낌을 영영 잊지 않을 것이다. 뭐랄까, 배고프지 않은 느낌이었다.

19

나는 준 이모의 집에 초대받지 않은 사람이었다. 그 느낌은 냄새처럼 내 위에 감돈다. 샤워를 해서 크리키의 헛간과는 한 걸음 멀어졌지만 이건 씻겨 없어지는 냄새가 아니다. 사람은 이런 냄새에 익숙해지게 마련이다. 좋은 방식으로는 아니지만. 어느 정도냐면, 결국 온 세상이 종종 초대받지 못한 곳으로 느껴지게 된다. 이런 처지가 되어본 적이 있다면 당신도 무슨 말인지 알 것이다. 모르겠다고? 부럽다.

준 이모는 나를 개의치 않았다. 아니면 원하든 원하지 않든 상냥하게 구는 걸 잘했든지. 아마 간호 학교에서 그런 걸 가르칠 것이다. 준 이모는 바다와 관련된 곳에 갈 때 그랬듯 내 생각을 읽었다. 이번에도 내가 좋아하는 곳으로 우리를 데려갔다. 우리가 하는 일은 구경하는 것뿐이라며 매곳과 에미가 별로 좋아하지 않았는데도 스케이트보드 공원에 데려갔다. 하지만 오, 주여. 살면서 보행자 도로라는 걸 본 적이 없는 아이들에게는 TV를 통해 스케이트보더들을 보는 것조차 만화나 SF처럼 느껴졌다. 믿어지지 않았다. 그런데 그들을 실제로 본다고? 젠장. 나는 좋아서 죽을 것 같았다. 날 수 있는 애들처럼.

준 이모는 그런 사람이었다. 나의 작은 순간들을 돌봐주는. 식사 때마다 내 접시에 음식을 더 놓아주는. 레이디 리더스에서처럼 "내가 친절하게 구는 모습을 보렴"이라는 식으로 행동하는 게 아니라 그냥 조용하게. 나는 예의범절을 활용해, 음식을 더 먹고 싶어서 8월 즈음부터 기다리던 사람처럼 굴지 않으려 애썼다.

내가 두려워했던 건 크리스마스 아침이었다. 페곳 가족은 선물을 사다가 준 이모의 트리 아래에 쌓아두었지만 이상하게도 아무도 그 선물 얘기를 하지 않았다. 선물을 흔들어보지도 않았고, 누가 가장 큰 선물을 받았는지 보려고 상표를 확인하지도 않았다. 나 때문이었다. 거기에 있어서는 안 되는 아이인 나 때문에. 어색했다. 나는 크리스마스 아침에 나를 거의 없는 존재로 만들 계획을 세웠다. 선물이 전부 개봉될 때까지 배가 아픈 척하거나 정말로 오랫동안 샤워를 할 생각이었다. 대체로, 나는 그냥 크리스마스가 없었으면 좋겠다고 생각했다.

최악은 밤이었다. 나와 매곳은 사실상 선물과 함께 트리 아래에 누워 있었다. 솔직히 그 트리는 나무가 아니었다. 그냥 가짜로 만든, 식탁 위에 꾸며놓은 작은 트리였다. 이렇게 고급스러운 사람에게서는 더 나은 트리를 기대할 법도 한데. 하지만 녹스빌 어디에서 삼나무를 베어 오겠는가? 고향에서는 어느 농부든 자기 울타리와 인접한 땅의 나무를 베어 가게 해준다. 크리키의 농장에서 우리는 방목장의 삼나무를 베어다 쌓아놓고 태웠다. 수가 너무 많고 귀찮았으니까. 그런 게 바로 준 이모가, 모든 것이 너무 멀리 떨어져 있다며 녹스빌을 싫어한 이유였다. 예를 들면 크리스마스트리부터 멀었으니까.

내 처지도 그랬다. 나는 스웝-아웃과 휘발유 때문에 약간 통제를 벗어난, 크리키의 농장에서 피웠던 우리의 마지막 삼나무 모닥불처럼 거지 같은 것들을 생각하고 있었다. 매곳은 잠들어 있었다. 그때 갑자기 에미가 내 등을 건드렸다. 나는 똥을 쌀 뻔했다. 몸을 굴려보니 그녀가 한 뼘 떨어진 곳에 누워 있었다. 에미가 돌아올 줄은 몰랐다. 이번에 에미는 단순히 살인 아기에 꽂혀 있는 게 아니었다. 그건 다행이었다. 우리는 전처럼 조용했고 매곳은 깨지 않았다. 아니면 좋은 친구여서 잠든 척하고 있었든지. 그는 다음 날도, 그다음 날도 아무 말도 하지 않았다. 이런 일이 그날 이후 매일 밤 벌어졌는데도. 에미는 나를 놀라게 하지 않았다. 내가 언제나 경계했으니까.

우리는 베개에 누워서 태양 아래 있는 모든 것에 대해 이야기했다. 무얼 좋아하는지, 무얼 싫어하는지. 나는 우리 아빠가 악마의 욕조라는 곳에서 죽었기 때문에 생긴, 욕조와 관련된 내 문제를 에미에게 말해주었다. 사실 욕조가 두려웠던 건 어렸을 때뿐이라고도. 하지만 에미는 웃지 않았다. 그녀는 이사하는 것에 대해, 녹스빌을 떠나는 것에 대해 두려워했다. 믿을 수가 없었다. 나는 에미에게 그곳에는 나무와 산, 강, 귓가에 노래하는 새들이 있다고, 사람을 뺀 나머지 세상 전부가 있다고 했다. 사람은 그저 한 가지일 뿐이라고. 어른들 없이 어디든 우리가 원하는 곳에, 심지어 밤에 갈 수 있다고. 숲으로. 나는 에미에게 이 모든 일에 대해 말해주느라 너무 정신이 팔려서 나 자신의 엉망진창이 된 인생을 잊어버릴 뻔했다. 어떤 면에서는 에미의 처지가 나보다 나빴으니까. 에미는 반딧불이조차 본 적이 없었다. 그건 그야말로 비극이다. 나는 다양한 반딧불이에 대해 말해주었다. 한 종류는 완전히 어두워졌다가 모두 함께 반짝인다고. 수천 마리가 그렇게 반짝이면 협곡 전체의 이쪽저쪽에서 하나의 크고 반짝거리는 빛이 터진다고. 그걸 보면 정신이 나갈 만큼 신이 난다.

시간이 지나면서 우리는 어두운 면을 이야기하기 시작했다. 일단은 나의 죽은 남동생 이야기. 또 하나는 에미가 준 이모와 살게 된 이야기. 엿같이 복잡한 이야기였다. 알고 보니 에미에게는 처음부터 통제 불능이던 엄마가 있었다. 에미의 살해당한 아빠 험비의 여자 친구였다. 나는 험비가 죽은 건 사냥 사고였다는 말을 들은 적이 있었다. 에미는 그렇다고, 험비가 어느 날 기저귀를 사러 가겠다더니 결국 웬 친구들과 함께 칠면조 사냥을 가게 되었다고 했다. 세 남자, 12구경 엽총 세 자루, 파이어볼 위스키 한 병. 숨어서 칠면조 사냥을 하느라 좁은 공간에 들어갈 때 들고 가기에는 너무 많은 위스키였다. 모두가 아는 사실이다. 그들은 모른 게 분명했지만. 아, 세상에. 에미는 문제가 된 건 험비의 엽총이지만 여러 다른 버전의 이야기가 있다고 했다. 험비가 실수로 총을 발사했다는 버전이라든지, 누군가가 그 총 위에 앉았다는 버전이라든지. 험비는 페닝턴의 병원에 가기에는 너무 망가진 상태라 녹스빌로 옮겨야 했다. 가는 길에 피를 너무 많이 흘렸다.

가엾은 페곳 아줌마. 파이어볼 위스키라는 측면을 생각해보면, 페곳 아줌마가 술을 악마의 액체라고 부르며 통제하는 것도 이상하지 않았다. 에미는 제 나름대로 자기 자신을 탓했다고 했다. 그렇게 어린 아빠에게 아기가 준 스트레스와 긴장감이라는 면에서 말이다. 당시 험비의 여자 친구는 에미와 함께 집에 있었으므로 사건에 연루되지 않았다. 아마 그냥, 험비가 사러 간 기저귀를 오랫동안 기다리고 있었을 것이다. 하지만 십대 엄마였던 데다 사고로 완전히 망가진 그녀는 전면적으로 나쁜 소식만 전해오는 그런 엄마가 되었다. 페곳 가족이 끼어들어 에미를 데려가야 했다. 그러다가 험비가 죽은 다음 해에 페곳 부부의 딸 머라이어가 자기 문제로 교도소에 갔고 매곳도 돌봐줘야 할 대상으로 나타났다. 말하자면 가족에게 재수가 옴 붙었던 셈이다.

페곳 아줌마가 매곳만이 아니라 매곳 이전에 에미까지 받아주었다는 이 이야기는 내게 새로운 소식이었다. 길러야 할 조그만 아이 두 명이라니. 그게 바로 우리를 위한 페곳 가족이다. 문을 활짝 열어놓은. 나는 페곳 부부가 전에도 여름 내내 다른 사촌들을 받아주었다는 걸 알고 있었다. 그중에는 부모가 갈라선 해머헤드 켈리와 그의 이복 누이도 있었다. 바로 그렇게 해서 페그 아저씨가 사슴 사냥을 시작하게 된 거였다. 에미는 해머헤드가 요즘에도 들르는지, 아니면 부모가 갈라서면서 아빠를 따라갔는지 물었다. 나는 해머헤드가 자신의 새 엄마, 준 이모의 여동생이자 지금도 페그 아저씨가 가장 좋아하는 딸 인 루비 이모와 지내고 있다고 했다. 불행했던 에미의 아빠를 생각해 사냥 얘기는 꺼내지 않았다. 밤비를 쏘아 죽인다는 점에 대한 도시 사람 특유의 관점에서 에미가 어디에 서 있는지도 알 수 없었고. 하지만 나는 해머와 페그 아저씨가 여전히 같이 사냥을 다닌다는 걸 알고 있었다. 겨울에, 나는 해머가 페곳 아저씨네 진입로에서 수사슴 가죽을 벗기는 모습을 여러 번 보았다. 기다란 칼을 사체의 가운데까지 끌어당겨 창자와 허파를 주르륵 미끄러져 쌓이도록 빼내는 그 모습을 보면, 그가 너무도 크고 신사적으로 보여 죽을 것만 같았다. 꼭 그가 그 사슴을 상냥하게 대해주는 것만 같았다, 사슴이 죽었는데도.

나는 에미에게 지금 그가 그냥 해머라는 이름으로 살고, 페그 아저씨가 너무 늙어서 하지 못하는 일, 예를 들면 하수구 수리 같은 일을 도와주러 온다고 말했다. 엄밀히 따지면 그렇게 혈연관계가 깊은 건 아니지만 사실상 그는 페곳 부부의 손자였다. 나는 에미에게 나도 사실상 그런 손자라고, 좀 더 실질적인 면에서는 나도 그 부부의 손에 컸다고 말했다. 나는 아주 오랫동안 페곳 아줌마를 진짜 마마라고 생각했다고 인정했다.

에미는 내 눈을 똑바로 바라보았다. 그런 식의 시선을 받으니 겁이 날 지경이었다. "정말 그랬으면 좋겠다고 생각하는구나?" 에미가 말했다. "그럼 두 분이 널 입양할 수밖에 없으니까." 에미는 자기 손가락에 입을 맞추고 내 뺨을 어루만졌다.

"근데 아마 안 할 거야."

나는 에미가 내 말이 틀렸다고 말해주기를 바랐지만 에미는 돌아누워 천장을 보았다. 나는 생각에 잠긴 에미를 지켜보았다. 전에는 다른 사람의 얼굴을 그렇게 가까이에서 본 적이 없었다. 에미는 흑설탕 같은 주근깨가 있었고, 한쪽 눈썹에 제 말로는 고양이가 할퀸 자국이라는 작은 은색 선이 가 있었다. 아주 작은 고랑이 눈썹 털 사이로 파여 있었다. 그 부분의 눈썹은 다시 자라지 않았다.

에미가 다시 내게로 돌아누웠다. "모르겠어. 두 분은 우리 중 누구도 법적으로 입양한 적이 없거든. 매티한테는 그냥 보호자고. 매티의 엄마가 지금도 매티의 엄마야."

"구칠랜드에서 엄마 노릇을 많이 하는 건 아니지만." 내가 말했다. "기분 나빠지라고 하는 말은 아니야."

하지만 에미는 다른 어딘가로 생각이 가버린 채 망가진 과거를 떠올리고 있었다. 나는 페곳 부부가 그렇게 착한 사람들이라는 점을 생각하며, 에미의 그런 모습에 꽤 충격을 받았다. "우리 둘을 모두 받아들인 건 지나친 일이었어." 에미가 말했다. "생각해봐, 매티는 신생아고 나는 유아였는걸. 가엾은 마마. 마마한테는 나를 데려갈 준 고모가 정말로 필요했어. 최근까지는 그 생각을 별로 해보지 않았지만, 아니, 누가 그런 일을 하겠어? 죽은 오빠의 두 살짜리 딸을 키우다니. 그것도 아직 간호 학교에 다니면서."

그 질문에 대한 답은 준 페곳이었다. 페곳 부부는 준 이모가 학교를 마치는 동안 에미와 같은 곳에 살면서도 모두가 같은 가족으로 지낼 수 있도록 트레일러를 옆집으로 들여왔다. 그게 준 이모가 병원에서 일자리를 구하고 에미와 함께 녹스빌로 떠난 이후 엄마의 집이, 그다음에는 엄마와 나의 집이 될 트레일러였다. 언제나 나쁜 소식만 가져오는 에미의 진짜 엄마는 그때까지도 이따금 페곳 가족의 집에 나타나, 법정에 출두해서 에미를 데려가겠다고 위협했다. 그 여자는 주사 약물 사용자에 노숙자에 기타 등등의 이유로 그럴 만한 처지가 아니었지만 멈추지 않고 한밤중에 나타나, 카인이라도 깨우려는 것처럼 문을 쾅쾅 두드리며 자기 아이를 보겠다고 난리를 쳤다. 페곳 아줌마는 그 여자가 준 이모를 쫓아가 에미를 훔치려 하지 못하도록 에미가 테네시주에 있다는 사실을 비밀로 했다. 그래서 그렇게 다들 쉬쉬한 것이다. 하지만 그 불쾌한 엄마는 결국 에미를 아예 넘겨주기로 합의했다. 엄마 전쟁에서 준 이모가 마침내 이겼다니, 아멘 할렐루야였다.

나는 진짜 엄마한테 포기당하는 게 어떤 기분이었느냐고 물었다. 에미는 엄마라면 누구 부럽지 않은 엄마가 있다고 말했다. 다른 엄마는 아예 보지 못하더라도 상관없다고.

이 모든 이야기의 좋은 점은, 내가 에미를 상당히 사랑하게 되었다는 것이다. 에미는 아름다웠고 어른 같았다. 낮에는 우리 둘 다 티를 내지 않았다. 나는 에미와 매곳과 함께 어울리면서 평소처럼 굴려고 노력했다. 하지만 가끔 에미에게 감명을 줄 만한 말을 했다. 위탁 가정의 다른 애들이 내 만화를 괜찮게 생각한다는 얘기라든지. 미식축구 영웅 패스트포워드가 내 친구라든지. 에미는 그냥 예의 바른 말을 했지만 매곳이 끼어들어 그 친구가 얼마나 멋진지 얘기했다. 나는 페곳 가족이 농장에 찾아왔을 때 매곳이 패스트포워드를 만나 알게 됐다는 사실을 잊고 있었다. 이 말에 에미는 그 유명한 패스트포워드를 만나보고 싶다고 말하는 정도까지 관심을 가졌다.

그렇게 우리는 쿨하게 굴었다. 나는 다른 에미가 진짜인지, 아니면 그냥 에미가 하는 방과 후 게임의 일종인지 궁금했다. 하지만 그렇다기엔, 에미는 책을 읽는 동안 같은 소파에 앉게 해주었고 담요 밑으로는 자기 발로 내 발을 스쳤다. 책에서 고개를 들고 내게 미소를 짓곤 했다. 아, 세상에. 아주 답도 없었다. 지난여름에 에미는 우리가 결혼하게 될 거라는 말을 한 번 한 적이 있었다. 어린애들이 하는 개소리였다. 누군가가 모노폴리 돈을 주면서 "자, 가서 집을 사"라고 말하는 것과 같았다. 하지만 이제 나는 에미를, 에미의 얼굴이나 치약 냄새를 생각하기만 해도 아래층 그 녀석이 잠에서 깨어나는 느낌을 받았다. 이건 어린애 얘기가 아니다. 우리는 밤에 이야기하곤 했고, 나는 그럴 배짱이 없으면서도 에미에게 키스하는 데 집착하게 되었다. 마침내 키스한 건 에미였다. 에미는 2루로 가고 싶으냐고 물었고, 난 당연히 그러고 싶었다. 그 2루가 어디에 있는지는 정확히 몰랐지만. 하도 여러 가지 얘기가 있어서 말이다. 나는 좋다고 했고, 에미는 내 손을 자기 잠옷 목 부분으로 넣어 자기 가슴에 댔다. 젖꼭지와 모든 것이 따뜻하고 부드러웠다. 오, 주여. 나는 그토록 혼란스러운 동시에 기뻤기에 완전히 새로운 반응을 경험했다. 내 몸이 실수로 무슨 짓을 저지를지 몰라 두려워졌다. 하지만 참았다. 나는 그냥 에미에게 사랑한다느니 뭐 그런 말을 했다. 그리고 언제든 에미가 리 카운티로 돌아오면, 준 이모의 개 루퍼스와 함께 산책할 수 있을 거라고 말했다.

그런 다음 나 자신을 진정시키려고 새로운 뇌-라이솔을 썼다. 에미와 함께하는 숲속 산책이 그것이었다. 나는 우리가 손을 잡고 어쩌면 우리만의 개와 함께 걸어가는 모습을 상상했다. 어른이 되어서. 그 편이 어린애로 사는 것보다 훨씬 더 안전할 테니까.

크리스마스 아침 식사에는 거미지 부인을 초대했다. 거미지 부인이란 준 이모가 야간 교대 근무를 할 때 에미가 잠을 자는 아래층 집의 고양이 아줌마였다. 에미는 비록 낮 동안의 베이비시팅과 팝시클 막대류의 장난질은 졸업했지만, 지금도 낯선 사람과 마주칠 위험이 있는 건물에서 밤에 혼자 지낼 만한 나이는 아니었다. 나는 그 고양이 아줌마도 선물을 받지 못할 거라고 생각했다. 그러니 우리는 함께 앉아 다른 사람들을 구경할 수 있을 터였다. 나는 샤워실에 머물 필요가 없을 테고.

에미는 거미지 부인이 딱한 인물이며, 그녀를 비웃었다가는 준 이모가 우리를 죽일 거라고 경고했다. 나는 나 자신이 멍청이 팀의 최우수 선수라 누굴 비웃을 입장이 아니라고 말했다. 그런데 알고 보니 그 아줌마에게는 자신만의 리그가 있었다. 우리는 모두 거미지 부인, 메리 크리스마스!라는 식이었는데, 거미지 부인은 "글쎄, 크리스마스야 즐거울 수도 있지. 모르겠구나. 기분이 너무 좋지 않아서"라는 식이었다. 준 이모는 카인과 아벨은 어떻게 지내느냐고 물었다. 거미지 부인의 고양이들이었다. 그러자 그녀는 "글쎄, 둘 다 꽤 오랫동안 저승 문턱에 있었지. 하지만 그게 최선이야. 내가 먼저 세상을 떠나면 누가 그 애들을 받아줄지 모르겠어"라고 말했다.

거미지 부인은 페곳 부부가 리 카운티에서 알던 누군가의 자매였다. 그래서 거미지 부인은 안전한 인물이며 낯선 사람이 아님을 우리가 아는 것이었다. 거미지 부인은 에미와 준 이모가 이곳으로 이사한 이후로 계속해서 에미를 돌보는 데 도움을 주었으니, 둘은 거미지 부인에게 익숙했다. 하지만 세상에. 거미지 부인은 모든 상황에 대해 기분이 처지는 말을 했다. 크리스마스트리가 예쁘지 않나요? 글쎄, 크리스마스트리 때문에 불이 난 적이 많지. 그래, 날씨가 따뜻하긴 하지만 그 말은 겨울이 오래갈 거라는 뜻이야. 거미지 부인은 특유의 두꺼운 갈색 스타킹을 무릎 아래까지 말아 올리고 있었는데, 끔찍하게 아픈 정맥류 때문에 낮이고 밤이고 신고 있어야 했다. 거미지 부인은 그 스타킹에 이름을 붙여두었다. 압박 호스라나. 내가 물어본게 아니다, 그건 확실히 말하겠다. 그냥 그 얘기가 나왔다. 팬케이크와 베이컨으로 이루어진 아침 식사를 하는 내내 거미지 부인은 자신이 이 세상에서 너무도 버려진 존재이며 남편이 죽은 뒤로 그 누구와도 어울릴 수 없을 만큼 형편없어졌다는 얘기를 했다. 에미는 꾹 다문 입을 물고기처럼 길게 늘인 채 웃지 않으려고 애쓰며 나를 보았다. 준 이모가 에미의 등 뒤 그리 멀지 않은 곳에 있는 것 같았는데.

하지만 다들 거미지 부인을 무척 상냥하게 대해주었다. 선물 여는 시간이 되자, 놀랍게도 그들은 거미지 부인만이 아니라 내게도 선물을 마련해두었다. 거미지 부인은 보송보송한 분홍색 목욕 가운을 받았는데, 그게 너무 예뻐서 죽을 때 입고 묻혀야 할지도 모르겠다고 했다. 나한테는 마지막 순간에 새로 가격표를 붙인 게 틀림없는, '산타'한테서 왔다는 선물을 주었다. 양말(나는 페그 아저씨와 같은 사이즈의 양말을 신었다), 스트레치 암스트롱*, 밥 잇**, 그리고 매곳에게 주려던 게 분명하지만 매곳이 선물 주인을 다시 배정해도 좋다고 했을 포켓몬 카드였다.

*   팔이 늘어나는 액션피겨.
**   전자 게임기의 일종.

준 이모는 내게 놀라운 선물을 주었다. 만화를 그리는 데 쓰는 컬러 마커였다. 한쪽 끝에는 가느다란 촉이, 다른 쪽 끝에는 두꺼운 촉이 있었고, 존재하는지조차 몰랐던 많은 색으로 이루어져 있었다. 피부색을 표현하는 색만 여덟 가지였다. 거기다가 안에 칸이 인쇄된, 만화를 그리는 진짜 스케치북도 있었다. 내 눈을 믿을 수가 없었다. 엄마가 죽은 이후로 더는 그림을 그리고 싶지 않았지만, 이제는 어딘가로 달려가 그림을 시작하고 싶어 기다릴 수가 없었다. 나는 준 이모가 원더 간호사로 나오는 만화를 그릴 생각이었다. 심장이 뜯겨 나간 소년에게 새로운 심장을 넣어주는.

우리가 떠나기 전 마지막 밤, 에미는 산산조각 났다. 나는 에미에게 리 카운티로 이사 오면 늘 서로를 보게 될 거라고 말했다. 하지만 준 이모의 병원 계약이 먼저 마무리되어야 했으니 이사는 5월까지 기다려야 했다. 달리 말하면 영원 같은 시간이 남아 있었다. 엄마와 내 동생이 죽은 지 겨우 39일밖에 지나지 않았는데, 그 시간은 내가 살아온 몇 년의 세월보다 길게 느껴졌다.

나는 좀 더 행복한 면을 곱씹으려고 노력했다. 페곳 부부가 내게 선물을 주어 놀랐던 일이라든지. 나는 그게 페곳 아줌마가 나를 입양하고 싶어 한다는 신호인지에 관해 에미의 의견을 구했다. 에미는 너무 기대해서는 안 되지만 물어봐서 나쁠 건 없을 거라고 했다. 이미 늦었다. 나는 너무 기대하고 있었으니까. 페곳 아줌마는 이미 개학할 때까지는 크리키 농장으로 돌아가는 대신 페곳 가족의 집에서 지내도 된다고 말했다. 거기에는 어떤 의미가 있을 게 틀림없었다.

그러나 에미는 완전히 슬픔에 빠져, 양옆으로 눈물이 줄줄 흐르는 채로 누워 있었다. 그 모습에 나는 죽을 것만 같았다. 에미는 자기를 기다릴 건지, 5월이 오기 전에 다른 여자 친구를 사귀지는 않을 건지 물었다. 나는 그건 걱정할 필요 없다고 말했다. 나이 든 아줌마 같은 목소리로 "나는 그 누구와도 어울릴 수 없을 만큼 형편없어, 거의 죽은 고양이를 찾을 수 있다면 모를까"라고 말했다. 그러자 에미가 웃었다. 그러니 좋은 일이었다. 우리는 그렇게 거미지 부인을 놀리고 서로를 간지럽히며 기분을 북돋웠다. 끔찍한 짓이지만 뭐, 알잖나. 우리는 어린애들이다. 나는 거미지 씨가 죽은 지 얼마나 됐느냐고 물었다.

"몰라." 에미가 말했다. "우리는 아주 오래전부터 거미지 부인을 알았는데, 거미지 씨를 본 적은 한 번도 없어. 심지어 거미지 씨가 왜 죽었는지도 모르겠어."

"목매달아 죽었나 봐." 내가 말했다. "거미지 부인의 압박 호스로."

그 말에 우리 모두 웃음을 터뜨렸다. 매곳까지. 매곳이 그동안 내내 깨어 있었던 것이다.

우리는 페곳 가족의 집에 돌아왔다. 내가 용기를 낼 때까지는 며칠이 흘렀지만 결국 시간이 됐다. 집 안은 조용했다. 페그 아저씨가 매곳과 사촌 몇 명을 데리고 교회 유소년 리그 애들과 함께 볼링을 치러 나갔다. 나한테도 같이 가자고 했지만 나는 그럴 기분이 아니라고 했다. 그들이 떠난 뒤 아래층 주방으로 내려갔다. 거기서 페곳 아줌마가, 새해 첫날에 페곳 가족이 늘 새해의 행운을 빌며 먹는 동부콩을 한 솥 가득 끓이고 있었다. 그 콩 수프를 먹으며 행운을 비는 게 페곳 가족의 전통이었다. 엄마는 늘 그런 얘기는 들어본 적도 없다고 했지만 엄마의 운이 어땠는지 보라.

나는 페곳 아줌마가 수프에 이것저것 넣는 모습을 지켜보며 주방을 어정거렸다. 양파, 당근. 동부콩 외에 훨씬 많은 것이 들어갔다. 게다가 그 수프는 하루 종일, 그런 뒤에도 좀 더 끓여야 했다. 페곳 아줌마는 언제나 크리스마스에 먹은 컨트리 햄의 커다란 뼈다귀를 집어넣었다. 올해에는 크리스마스 저녁으로 먹으려고 그 햄을 녹스빌에 가져갔다가, 뼈를 포일에 싸서 다시 가져왔다. 그러니 그 뼈는 내가 아는 대부분의 사람보다 장거리를 여행한 셈이었다. 그 모든 게 행운을 위해서였다. 솥에서 김이 올라와 창문을 뿌옇게 흐렸고 주방에서 놀라운 냄새가 났다. 나는 페곳 아줌마에게 요리 솜씨가 아주 훌륭하다고, 내가 가본 집 중 여기가 최고라고 말했다. 페곳 아줌마는 어깨 너머로 나를 보더니 다시 수프를 저었다. 나는 페곳 아줌마와 아저씨가 크리스마스에 준 선물에, 내가 기대하지 못했던 그 선물에 감사 인사를 했다. 선물을 받은 당시에도 고맙다고 말했지만 중요한 질문을 던지기 전에 모든 예의범절을 동원하고 싶었다.

"즐거운 크리스마스였지?" 페곳 아줌마가 물었다. 나는 그렇다고, 녹스빌에서 끝내주는 시간을 보냈으며 페곳 아줌마가 나를 따라가게 해주어 고맙다고 말했다. 아줌마는 계속 수프를 저었다. 나는 수프 냄새가 너무 좋다고, 여길 떠날 일이 없었으면 좋겠다고 말했다.

페곳 아줌마는 커다란 수저를 내려놓고 가만히 서서 뿌연 창밖을 내다보았다. 그런 다음 앞치마 끈을 풀고 다가와 식탁에 앉았다. 아줌마의 안경이 너무 뿌예서 눈이 보이지 않았다. 잠시 나는 겁을 먹었다. 편광 선글라스를 쓴 스토너와, 나를 정말 보아야 할 때가 되면 눈이 멀어버리는 것 같은 다른 모든 어른들이 생각났다. 그런 다음 증기가 걷혔고, 나는 페곳 아줌마의 푸른 눈을 볼 수 있었다. 그 눈은 여전히 약간 흐렸다. 매곳은 아줌마가 백내장이 있어서 눈 수술을 받아야 한다고 말해준 적이 있었다. 하지만 페곳 아줌마는 나를 똑바로 바라보고 있었다.

"데이먼, 우리가 너를 영원히 데리고 있을 수 있는지 물어보는 거니?"

나는 그렇다고 대답하기가 겁났다. 그때 나는 페곳 아줌마의 답이 거절이리라는 걸 알았으니까.

알고 보니 페곳 아줌마와 아저씨는 그 문제를 이미 의논한 다음이었다. 장례식 다음 주에 바크스 선생님이 둘을 만나 위탁 아동 배치가 가능한지 물었다. 내가 다른 어디보다도 이곳을 더 편안하게 여겼으니까. 사회복지국은 스토너의 거짓말을 밝혀낸 게 분명했고, 페곳 아줌마가 내게 있는 최선의 가능성이라고 판단했다. 그래서 페곳 아줌마와 페그 아저씨는 이 문제를 이야기했다. 이야기하고 또 이야기했다고, 그녀는 말했다. 하지만 그럴 수는 없다고 결정했다. 보호자든 위탁 부모든 뭐든 공식적인 걸로는 안 된다고.

나는 내게 이 말을 해주지 않은 바크스 선생님이 증오스러웠다. 창피해서 죽고 싶었다. 페곳 아줌마는 슬픈 표정으로 계속해서 머리를 문질렀다. 잿빛 머리카락이 이쪽저쪽으로 뻗쳤다. 꼭 그날 아침 빗질하는 걸 잊은 듯했다. 어쩌면 빗질은 중요하지 않은 건지도 몰랐다. 아무도 페곳 아줌마 나이의 사람을 정말로 많이 쳐다보지는 않았으니까. 보통은 나 자신도 그랬다. 하지만 지금의 나는 쳐다보고 있다. 페곳 아줌마가 나의 유일한 기회였기에.

페곳 아줌마는 방문은 언제나 환영이라고 말했다. 하지만 페곳 아줌마와 페그 아저씨는 나이가 들어가고 있었고, 페그 아저씨는 관절염이 너무 심해져 밤낮으로 다리가 아프다고 했다. 게다가 페그 아저씨는 당뇨병에 걸려서 배에 주사를 맞았다. 페곳 아줌마는 자기 눈 애기는 하지 않았지만 나는 상황을 이해했다. 페곳 아줌마는 매곳의 엄마가 석방될 때까지 겨우 2년이 남았다고 했다. 어쩌면 그녀가 좋은 행실을 보여 그보다 일찍 석방될지도 모른다고도. 매곳의 엄마가 머라이어라는 걸 생각해보면 그럴 가능성은 크지 않았지만. 어쨌든 어느 시점에는 머라이어가 와서 매곳을 데려가 그를 마저 키울 터였다. 나는 어디서 키울 거냐고 물었고, 페곳 아줌마는 둘만의 집이 생길 거라고 했다.

매곳이 이 집에서 살지 않는다니 상상조차 할 수 없었다. "매곳은 알아요? 이사 나가야 한다는 걸?"

"그래, 얘야. 매곳도 알아. 좀 슬프긴 하겠지만 아이는 엄마가 키워야지. 머라이어가 원하는 일이기도 하고. 매곳이 저렇게 커지고 있는데 페그 아저씨랑 내가 항상 저 애를 돌봐줄 수는 없어."

솔직히 말해 매곳은 그렇게 크지 않았다. 자기 또래치고는 말이다. 하지만 나는 컸다. 나는 침묵을 지켰다.

"너랑 매티는 눈 깜짝할 사이에 십대가 될 거다. 운전을 배우고 여자애들에게 구애하겠지. 주님께서 자비를 베푸시길." 페곳 아줌마는 미소를 짓는 동시에 슬픈 표정을 지으며 모기를 쫓듯이 한 손을 흔들었다. 그 손이 100살은 되어 보였다. 손마디와 연골.

나는 우리 앞에 어떤 길이 놓여 있는지 생각해본 적이 없었다. 매곳이 운전을 배우고, 뭐든 생각하는 대상에게 구애한다니. 그건 재앙일 수 있었다. 매곳은 이미 긴 머리와 음악 취향, 비교적 이상한 잡지 몇 권 때문에 페그 아저씨와 전쟁을 벌이고 있었다. 전반적인 태도 때문에. 스토너와 나 사이의 태도 전쟁 같은 건 아니었다. 하지만 낮은 단계의 싸움이 한 발 한 발 진행되고 단계가 높아지면 더 큰 위험이 찾아오리라는 걸 알 수 있다. 슈퍼 마리오에서처럼.

나는 바크스 선생님이 페곳 가족에게 내가 다루기 힘든 아이라고 말한 건지 궁금했다.

"저는 그런 십대 일은 하나도 하지 않을 거예요." 내가 페곳 아줌마에게 말했다. "마마를 신경 쓸게요. 마마랑 페그 아저씨 둘 다요. 약속해요. 아마 제가 매곳도 더 나아지게 할 수 있을 거예요."

페곳 아줌마는 나 대신 창문을 보았다. 눈이 내리기 시작해, 온 세상이 빌어먹게도 고요했다. 페곳 가족의 커다란 시계가 신성한 준 이모의 사진과 함께 벽난로 선반에 놓여 있는 다른 방에서 째깍거리는 소리가 들렸다. 준 이모도 나를 구해주지는 않을 것이다.

"근데 만약에." 나는 입을 열었다가 한발 물러섰다가 다시 말했다. "제가 엄청난 도움이 될 수 있다면요? 식료품이나 무거운 것들을 나른다든지요. 제가 그냥 매곳의 엄마가 나올 때까지만 머무르다가, 매곳의 엄마가 나오면 저도 다른 집을 찾아가면요?"

페곳 아줌마는 바크스 선생님과 그 문제도 의논해보았다고 말했다. 하지만 선생님은 그게 별로 좋은 생각이 아니라고 충고했다. 바크스 선생님은 십대 소년들에게 집을 찾아주기란 가장 어려운 경우이며, 가능하다면 비교적 어린 나이일 때 일종의 영구적인 상황을 마련해주는 것이 낫다고 했다. 바크스 선생님은 페곳 부부에게 자기가 계속 일을 맡겠다고 약속했다.

그게 끝이었다. 페곳 부부는 이번만큼은 부모가 아니라 평범한 할머니 할아버지로 살아보고 싶어 했다. 나는, 둘보다 젊고 나를 영원히 받아줄 어떤 착한 사람들을 바크스 선생님이 찾아주도록 놔두어야 했다.

충격받지 말았어야 했는데. 에미가 내게 경고를 해줬고, 솔직히 나도 알고 있었다. 하지만 내 안의 무언가가 고집을 부렸다. 이제는 모든 게 조각나버렸고. 나는 페곳 아줌마 앞에서 울었다. 끔찍했다. 페곳 아줌마가 티슈 한 상자를 찾아와 내 등을 아기처럼 문질러줘야 했다.

"얘야, 미안하구나." 페곳 아줌마가 거듭 말했다. 너무 싫어서 주먹으로 깨부수고 싶은 말이었다.

내가 느낀 수치심의 측면에서는 울음이 가장 괴로운 부분이었다. 나는 엄마의 장례식에서도 눈물 한 방울 흘리지 않았다. 모두가 미워서. 그때의 나는 바위처럼 단단했다. 하지만 준 이모가 그렇게 잘해주고 에미가 나와 사랑에 빠져 있었기에, 나 자신이 물러지게 놔두었다. 페곳 부부가 다른 모두와 다르다고 생각했다. 특별하다고, 자기 몸을 사랑하듯 이웃을 사랑한다는 예수님 같다고. 씨발 거. 그 교훈은 배우지 않았던가? 주일학교 이야기는 또 하나의 슈퍼히어로 만화였다. 가까스로 우리를 구해줄 예수님을 믿는 건 배트맨 신호를 쏘아 올리는 것처럼 비현실적인 일이었다.

20

그날부터, 그 주방에서부터 나는 혼자였다. 새로운 해, 새로운 인생. 나는 아직 나만의 집에서 돈을 내고 있지는 않았지만 그런 기분이 들었다. 독립적인 느낌. 전혀 마음에 들지 않았다.

바크스 선생님은 새 위탁 가정을 찾아주었다. 매코브 가족이었다. 매코브 부부, 브레일리와 헤일리라는 이름이 붙은 1학년 남자아이와 2학년 여자아이, 거기에 더해 모두가 쌍둥이라고 불렸기에 나로서는 절대 제대로 알아듣지 못한 이름을 가진 아기 둘. 비명 1호와 비명 2호면 될 것이다. 한 녀석이 잠들면 다른 녀석이 발작했고 둘이 서로를 계속 울게 만들었기에 그 집에서는 잠을 잔다는 사건이 별로 벌어지지 않았다. 기쁜 일도 그렇고.

이 가족의 주된 문제점은 그야말로 파산했다는 것이었다. 돈을 두고 그렇게까지 스트레스를 느끼는 사람은 본 적이 없을 거다. 매코브씨는 자주 일거리가 있었지만, 이 일과 저 일을 하는 사이에 브레일리에게는 더 나은 테니스화가 필요했고 헤일리는 유소년 체조 팀 선발전에 참가할 5달러를 달라고 했으며 아기들에게는 기저귀 등등이 필요했다. 거기에 더해 뭔지는 몰라도 피터의 돈을 훔쳐 폴에게 주는 식으로 신용카드에 무슨 일이 벌어지고 있었기에 예산을 맞추지 못하고 매달 현금이 쪼들렸다. 매코브 부인은 브레일리와 헤일리가 다른 아이들이 가진 것을 갖지 못해 학교에서 괴롭힘을 당할까 봐 토 나오도록 걱정했다. 정당한 염려였다. 사랑의 배낭, 다른 말로는 우리가 굶지 않도록 주말마다 무료 급식을 하는 아이들의 집으로 교회 아줌마들이 보내주는 음식 자루를 받기 위해 하필 매주 금요일 줄을 섰던 사람인 내가 하는 말이니 틀림없다. 다른 상황에 대해서는 전혀 모르겠다. 나는 언제나 그 아이였으니까. 그래서 나는 그 문제에 대해 최대한 상처받지 않고 강하게 자랐다. 하지만 할 수만 있다면 그 길은 가지 않는 게 좋다. 브레일리는 작지만 통통한 애벌레 스타일의 아이였고 헤일리는 트롤 인형과 무지개 색깔 조랑말들로 이루어진 혼자만의 작은 세상에 살았으므로, 둘 다 등에 과녁이 그려진 셈이었다. 그 둘이 사랑의 배낭 쪽으로 갔다면 목숨을 걱정해야 했을 것이다.

매코브 부인은 허리를 굽혀 위탁 아동을 받아들이겠다는 생각은 백만 년 동안 해본 적 없다고 말했다. 하지만 사회복지국에서 주는 추가적인 소액의 돈을 매달 받아 상황이 변하기를 바라고 있다고 했다. 게다가 그들은 선량한 기독교인이었으니, 혹시 학교에서 누가 물어보면 나는 그렇게 대답해야 했다.

매코브 씨는 소액의 여유 자금을 활용해 상황을 전환하겠다는 아이디어가 많이 있었고 그런 아이디어 대부분을 시도했다. 암웨이 제품을 판매하고 가짜 출생증명서가 딸린 아메리칸 케널 클럽 강아지를 키우고 인간 광고판이 되거나 정자 기부를 하는 등등. 거기다 복권도 산 게 분명했다. 그가 한 가장 새로운 생각이 위탁 아동을 받아들이는 것이었다. 내가 잘되면, 현금을 두 배로 받기 위해 아이를 두 명 받아들일지도 몰랐다. 나는 감정이 상하지 않았다. 크리키는 인당 한 달에 500달러를 벌고 싶어 한다는 점을 조금도 개의치 않고 밝혔으니까. 나는 상황을 잘 알고 있었다.

단, 매코브 씨가 헤아리지 못한 문제는 나한테 돈을 써야 한다는 것이었다. 예를 들어 내가 먹을 수 있도록 식료품을 더 산다든지. 그곳에 간 첫 주에 매코브 씨는 나더러 음식값 등등에 돈을 보태겠느냐고 물었다.

"돈을 보태다니, 어떤 식으로요?" 내가 물었다. 그가 무슨 말을 하는 건지 전혀 알 수 없었다.

"돈을 조금만 내라는 거야, 친구. 음식을 더 사야 하니까."

우리 둘은 주방 식탁에 앉아서, 매코브 씨가 봉투에 브로슈어를 넣으면 내가 우표를 핥아 봉투에 붙이는 '사업'을 하고 있었다. 매코브 씨가 더 많은 브로슈어로 손을 뻗으려고 허리를 숙일 때마다 바짝 깎은 정수리 너머로 분홍빛 두피가 보였다.

"나는 정정당당함을 아주 중요하게 생각하거든." 그가 말했다. "네 숙소는 무상이야." 무상이란 내 방에 대해서는 요금을 청구하지 않겠다는 뜻이라고 그는 설명했다.

"감사합니다." 내가 말했다. 그 방은 침실이 아니라 개 방이었다. 바크스 선생님이 나를 이곳에 데려온 날, 그녀는 매코브 가족이 내게 준다고 했고 사회복지국에서 승인한 귀여운 침실을 살펴보았다. 카우보이 벽지에 〈토이 스토리〉에 나오는 우디가 그려진 침대보 등등. 하지만 바크스 선생님이 떠나고 나서 보니 그곳은 부부의 아들인 브레일리의 방이었다. 매코브 부인은 이 사실을 밝혔다가는 나를 돌려보낼 테니 바크스 선생님에게는 말하지 말라고 했다. 그래서 나는 말하지 않았다. 매코브 가족의 개 방에서 자는 것이 뭐든 사회복지국에서 다음으로 꾸며낼 일보다는 나았다. 집 뒤쪽에 붙은 그 방에는 세탁기와 건조기가 있었다. 예전에 세탁기 물이 샌 바닥은 심각하게 썩어 있었고 발을 조심하지 않으면 리놀륨이 푹 꺼졌다. 꽤 오래전에 아메리칸 케널 클럽의 강아지들을 키웠던 곳이었다. 실제로 그 냄새가 났다. 거기다 세탁기와 건조기가 늘 돌아갔기에 시끄럽기까지 했다. 아이들과 아기들이 그렇게 많았으니까.

매코브 씨는 소위 부속실이 마음에 드냐고 물었다. 그의 아내가 내게 에어매트리스 침대 하나와 내 물건을 넣을 작은 판지 서랍장을 사주었으므로 나는 좋다고 했다. 하지만 돈이 없어서 밥값은 낼 수 없다고 했다. 미안하다고.

매코브 씨는 봉투에 브로슈어 넣기를 그만두고 눈을 가늘게 떴다. 나에 관한 상황을 전부 알아내려는 듯했다. 그는 내려다보는 두 개의 구멍 같은, 유독 짙은 갈색 눈을 가지고 있었다. 강렬했다. "그럼 적자인데, 친구. 문제가 생겼구나. 하지만 해결할 수 있지."

"네." 내가 말했다.

나는 매코브 씨의 사업을 위해 우표를 좀 더 핥았다. 이 브로슈어는 상처 입은 심장만 빼고 모든 것을 고칠 수 있다는 청록색 해조류 알약에 관련된 것이었다. (페그 아저씨는 덕트 접착테이프에 관해 같은 말을 하곤 했다.) 브레일리와 헤일리는 위층 각자의 방에서 CD 플레이어로 〈라이온 킹〉과 스파이스 걸스를 틀며 소음 전쟁을 벌였고, 매코브 부인은 자기 방에서 쌍둥이에게 뭘 먹이려 노력하는 중이었다. 이 모든 점을 생각했을 때 위층에서 상당히 소란스러운 소리가 들려온 셈이었다.

나는 위층에서 별로 환영받는 기분을 느끼지 못했으므로, 매코브 부인이 집 안을 구경시키며 바크스 선생님에게 소위 내 침실이라는 공간을 보여준 단 한 번을 제외하고는 그곳에 가지 않았다. 아래층은 가구가 하나도 없어서 거실 블라인드가 늘 닫혀 있었고, 그래서 나머지 공간이 모두 어두웠기에 주방만이 지낼 만했다. 매코브 가족은 붐비는 골목에 살았다. 아마 거실 가구가 하나도 없다는 사실을 이 카운티 사람 모두에게 알리고 싶지 않았을 것이다. 바크스 선생님도 그 점에 꽤 놀랐다. 매코브 부인은 가구가 좀 있긴 있었다고 했다. 몇 달 전까지는. 그건 상상할 수 있는 최고의 가구로, 월마트가 아니라 굿맨 퍼니처에서 산 것이었다고 했다. 거기다가 모든 가구가 어우러지는, 무슨무슨 스타일의 최고급 침실도 있었다고. 그러나 그 시점에 매코브 부부의 침실에는 그들이 운 좋게 간직한 매트리스밖에 없었다. 압류하는 사람들이 사람이 누워 잤던 매트리스는 가져가지 않았기에.

주방은 나를 배고프게 한다는 점만 빼면 괜찮은 공간이었다. 나는 매코브 씨의 봉투에 붙이는 우표 맛이 좀 나은 것, 딸기 맛 거셔* 같은 것인 척했지만 배가 당황스러울 정도로 꼬르륵댔다. 매코브 가족의 불도그 미시가 바닥에 철퍼덕 누워 있었다. 심지어 문 옆에 놓인 그릇에 반쯤 차 있는 개 사료는 신경 쓰지도 않았다. 고기처럼 보이는 빨갛고 두툼한 개 먹이가 보였다. 역겹게 들리겠지만 그것조차 나를 배고프게 했다.

매코브 씨는 방과 후 일자리를 구해볼 생각을 해야 한다고 했다. 나는 그에게 내 문제는 나이가 열한 살이라는 점이라고 했다. 나는 열여섯 살이 될 때까지는 일자리를 구할 수 없다는 말을 들었었다.

*   사탕의 일종.

매코브 씨는 그런 규칙은 몇몇 경우에만 적용되는 것이며, 그보다 어린 애들도 가족 기업에서는 일해도 된다고 말했다.

"지금 하는 것처럼요?" 나는 귀를 쫑긋 세웠다. 그가 내게 돈을 줄지도 모른다는 생각에서였다. 하지만 아니었다. 매코브 씨는 족발 경영인지 뭔지* 때문에 이건 그 경우에 해당하지 않는다고 말했다. 자신은 내게 돈을 주는 동시에 위탁 아버지가 될 수는 없으니, 내가 더 먼 곳을 봐야 한다고 했다. 자기가 더듬이를 한번 뻗어보겠다고.

매코브 씨는 자기가 이 가족에서 직설을 담당한다고 말했다. 하지만 나는 그가 무슨 말을 하는지 절반 정도는 짐작조차 할 수 없었다. 언제나 그는 상대보다 인생 경험이 많다는 얘기를 했다. 그는 군대에서 브라이트 스타 작전을 비롯한 여러 작전에 참여했었다. 그게 그의 헤어스타일과 복장을 설명해주었다. 그는 무언가의 대장이 된 것처럼 언제나 티셔츠가 아니라 단추를 잠그는 옷을 입었다. 중동에서 집으로 돌아온 뒤, 그는 복지 혜택을 이용해 마운틴 엠파이어 지역 전문대학교에서 경영학 학위를 땄다. 그래서 창업에 대해 아는 것이었다. 그는 자신이 실험해온 모든 것의 목록이 있었다. 매코브 부인은 그를 고용하지 않는 사람은 누구든 바보라고 했고, 실제로 사람들은 그를 고용했다. 2주에 한 번씩. 의료 기기 상사, 주유소, 조경 서비스, 마루 업체 등 내가 그곳에 사는 동안과 그 이전 몇 년 동안, 그리고 내 생각이지만 그가 오늘날까지도 계속해서 일해온 여러 곳에서. 그런 곳의 급료는 형편없었고 매코브 씨는 그런 일자리에 비해 능력이 너무 많았다. 게다가 자기 상관들보다 훨씬 많은 걸 알고 있었다. 남자라면 그런 상황에 오래 머물 수 없다.

* 족벌 경영을 잘못 말한 것이다.

*****

그해에 관해 가장 많이 기억나는 건 음식이다. 음식을 먹은 기억이 아니라 음식에 대해 **생각한** 기억. 매코브 집안에서의 식사는 단 한 번도 나를 만족시킬 만큼 충분하지 않았다. 저녁은 보통 매코브 씨가 집으로 오는 길에 드라이브스루에서 가져온 햄버거였다. 어른은 두 개, 아이들은 하나씩. 나눠 먹을 감자튀김이 좀 있을 때도 있었다. 아니면 매코브 부인이 냉동고에 넣어둔 린 퀴진**을 전자레인지에 데워주었다. 이번에도 아이들은 하나씩, 어른은 두 개씩이었다. 매코브 부인은 아기를 낳고 찐 살을 빼려고 하고 있었기에, 작은 상자에 든 세일 중인 그런 음식을 엄청나게 많이 샀다. 아기 넷을 낳고 나서, 그녀는 얼굴이 작고 예쁘장하며 나머지 모든 부분은 상당히 푹신해진 그런 여자가 되었다.

매코브 부인은 과자 상자를 냉장고 위에 보관했다. 정말이지 종류가 다양했다. 프링글스, 오레오, 덩커루스. 사실상 과자 파티가 그 위에서 벌어지고 있었다. 나는 누군가가 준 이모의 집에서처럼 내게 과자 그릇을 주기만을 계속 기다렸지만, 매코브의 집에서는 그 누구도 "내 집이다 생각해"라고 말하지 않았다. 나한텐 다른 집이 없었는데도. 학교를 마치고 나면, 매코브 부인이 가끔 과자 상자를 내려 우리 한 명 한 명에게 과자를 나누어주었지만 매일 그런 건 아니었고 나도 과자를 달라고 할 만큼 바보는 아니었다.

다행히도 바크스 선생님이 학교에 계속 내 무상 급식 서류를 보내주었지만, 교회 아줌마들이 이제는 내가 다른 누군가의 문제가 되었

**　　냉동식품 브랜드.

다는 걸 알고 나를 사랑의 배낭 명단에서 뺐다. 나는 학교에서 다른 애들과 함께 급식실을 돌아다니며 남은 감자튀김이든 뭐든 손에 넣을 수 있는 것을 주워 먹었다. 매곳은 더는 끼지 않았다. 녀석은 집에서 동부콩 수프와 햄 비스킷, 사과 코블러*를 비롯해 지금까지 알려진 최고의 음식들을 먹었고, 솔직히 말하면 그 음식들에 마냥 고마워하지도 않았다. 매곳과 나는 여전히 가장 친한 친구였고, 당연히 피로 맺어진 형제였다. 그러나 몇몇 남녀 당사자들이 교실에서 지나치게 많은 키스 타임을 가진 이후로 1월에 우리는 새로운 반에 배정되었기에, 점심시간이 겹치지 않는 한 별로 만나지 못했다. 실제로 이야기를 나눌 때면 매곳은 페곳 아줌마가 내 안부를 묻는다는 얘기를 꺼내곤 했다. 그 말에 뭐라고 대답해야 했을까? 나는 매곳에게 걱정하지 말라고, 나는 내 방이 딸린 새로운 위탁 가정에 갔으며 그곳이 끝내준다고 말했다. 나는 매곳을 질투하게 하려고 그 집에 개도 있다고 말했다. "우린 개도 있어"라고. 매코브의 암캐 미시는 사실 나와 전혀 관계를 맺고 싶어 하지 않았지만 말이다. 아마 자기 방에서 쫓겨나서 그랬을 것이다.

급식실 방문은 절대 오래 이어지지 않았다. 나는 언제나 점심밥을 빠르게 삼킨 뒤, 쟁반을 놔두는 주방 선반 같은 곳에 머물렀다. 어떤 사람들, 특히 여자애들은 사실상 점심을 건드리지도 않고 그냥 가져와 쟁반을 내려놓고, 음식이 나무에서 자라기라도 하는 것처럼 춤추듯 떠났다. 한 입도 깨물지 않은 사과, 따지도 않은 우유 팩. 음식을 가져갈 내가 없는 다른 점심시간에도 이런 일이 벌어지고 있다는 생각을 하니 죽을 것 같았다. 하, 1학년이 아마 가장 좋은 음식을 내버리

---

*   위에 밀가루 반죽을 두껍게 씌운 과일 파이의 일종.

고 있을 터였다. 그 낭비를 생각하면 울고 싶었다.

일상은 그럭저럭 견딜 수 있었다. 주말은 거칠었다. 나는 극단까지 치닫는, 음식에 관한 꿈을 꿨다. 페퍼로니가 들어간 커다란 피자를 먹고, 후추를 뿌린 고기의 냄새를 맡고, 그 엄청난 고무 같은 촉감의 치즈를 이로 느끼다가, 빵! 하고 깨는 것이다. 뒤쪽의 개 방에서 배고픈 채로. 나는 먹을 수 있는 것을 찾아 더러운 옷 더미를 뒤지곤 했다. 헤일리가 때로 주니어 민츠 같은 것을 조그만 반바지 주머니에 한 상자 남겨놓았다. 나는 그걸 개처럼 냄새로 찾아냈다.

나는 매코브 부인에게 얼마나 배가 고픈지 말하고 싶었다. 진짜다. 150센티미터가 넘는 키에 이 집에 있는 누구보다 큰 신발을 신으니, 나를 부부의 1, 2학년 아이들처럼 햄버거 한 개짜리 인간이라기보다는 두 개짜리 인간으로 여겨야 할지 모른다고 말하고 싶었다. 나는 머릿속에서 매코브 부인과 상상할 수 있는 모든 방식으로 이 대화를 했다. 그 대화는 언제나 페곳 아줌마와의 마지막 대화처럼 끝났다. 그 시점에 나는 구조에 대한 모든 희망을 포기한 상태였다. 나는 이미 바크스 선생님에게 불평했고, 바크스 선생님은 그 문제를 매코브 가족에게 이야기했지만, 매코브 가족은 완전히 놀란 것처럼 굴면서 밤낮으로 내게 먹을 것을 준다고, 나처럼 많이 먹고도 어떻게 계속 배가 고플 수 있느냐고 했다. 바크스 선생님은 그들의 이야기를 믿었다. 그녀는 나더러 음식이 부족하면 제발 부탁이니 더 달라고 하라고 했다. 바크스 선생님의 예쁘장한 머리통에 이 사람들이 거짓말과 도둑질을 일삼는 사기꾼이라는 생각이 스쳤는지는 잘 모르겠다. 만일 그랬더라도 그녀에게는 선택지가 부족했다. 선생님을 포기할 수밖에 없었다.

바크스 선생님은 다른 이론에 매달렸다. 내가 그들을 더 세게 밀어붙여야 한다는 거였다. 바크스 선생님은 자기 꿈을 포기했을까? 아니,

바크스 선생님은 자신이 원하는 것을 위해 열심히 노력했다. 데이먼이 자기 자신을 돌보지 않겠다면 다른 누군가가 데이먼을 돌봐주리라고 기대할 수 있을까? 인생은 자기가 만드는 것이다! 이곳은, 위탁 가정은 바크스 선생님이 자란 곳이 아니었다. 그녀는 사람들이 할 수 있는 것의 경계선 바로 그 위에서 살아갈 수도 있다는 걸 전혀 몰랐다. 너무 심하게 밀어붙이면 빌어먹을 절벽으로 떨어질 수도 있다는 걸.

　매코브 부인이 그렇게 나쁜 사람은 아니었다. 그냥 하루의 모든 시간에 애들이 그 여자에게 매달려 있어 미쳐가고 있었을 뿐이다. 내 말은, 애들이 부인에게 정말 매달려 있었다는 뜻이다. 아기들은 잠자기 혹은 잠자지 않기, 먹기, 비명 지르기, 기저귀 바꾸기 등등을 위층의 부부 침실에서 했고, 대부분의 날에 매코브 부인은 정오나 그보다 늦게까지 아래층에 내려오지 않았으며, 내려올 때도 잠옷에 가운을 입고 있었다. 혹시 옷을 입고 있어도 옷인지 잠옷인지 100퍼센트 확신할 수 없는 겉옷을 입었다. 머리는 거의 감지 않은 채 무신경하게 하나로 묶었다. 매코브 부인과 나는 자동차 안에서 이야기를 나눴는데, 그곳에서 매코브 부인은 내가 알아서 지내야 할 거라는 걱정을 전달했고, 나는 그렇게 했다. 나는 이 순간, '데몬을 위해 목소리를 높이라'는 바크스 선생님의 계획에 따르지 않았다. 내 문제에 사람들이 언제나 귀 기울이고 싶어 하리라는 생각은 어린애나 하는 것이다. 나도 눈이 있었다. 매코브 부인은 그럴 기분이 아니라는 걸 봤다.

　우리가 차를 탄 건 매코브 부인이 나를 전당포로 데려가고 있었기 때문이었다. 그 집에 전당포에 맡길 물건이 하나라도 남아 있다는 생각은 들지 않겠지만, 매코브 부인은 뭔가를 떠올리곤 했다. 부인의 엄마 것이었던, 한 줄 가득 꿰인 진주. 좋은 물건이었다. 매코브 부인이 간직하려고 했지만 그럴 수 없었던 보석. 아니면 아이들이 조부모에게서 각자 받은 워크맨 두 개 중 하나. 매코브 부인은 아이들이 워크맨 하나를 나눠 쓰면 된다고 판단했다. 발작적 분노가 일어났다. 꼬마 헤일리는 엄마가 손에서 워크맨을 빼 가자 피의 살인을 부르짖었고, 매코브 씨는 그 중국산 쓰레기로 얼마를 받은 애가 눈이 뿌옇게 흐려져 발작할 만한 가치가 있었으면 좋겠다고 했다.

그리고 아기 물건. 오, 주여. 위층에는 아기 물건을 둘 공간조차 없었다. 그들은 아기 물건을 빈 거실에 쌓아놓았다. 모든 게 최상급 상태였다. 아기들을 위해 발명된 장치들이 얼마나 많은지 믿어지지 않을 것이다. 그네, 바운서, 소위 신생아 헬스장. 신생아한테 그런 게 필요하다는 건가. 누군가가 그 쌍둥이에게 엄청나게 많은 돈을 썼다. 알고 보니, 그 사람들은 부자인 데다 멀리 떨어진 어느 도시에 사는 매코브 부인의 부모였다. 오하이오라고 했던가. 매코브 부인은 그곳에서 어린 시절을 보냈고, 이곳에 정착하지 못하는 것처럼 보였다. 그녀는 언제나 더 나은 물건을 사고 싶어 했다. 정확히 누구에게 잘 보이려 그러는 건지는 짐작할 수 없었지만. 매코브 부인은 이웃과 이야기를 나누지 않았다. 그녀는 자기 부모가 매코브 씨를 탐탁지 않게 여기지만 아이들에게 돈 쓰는 건 좋아하며, 그 모든 물건을 전당포에 맡겼다는 걸 알면 그녀를 호적에서 파버릴 거라고 했다. 하지만 워크맨으로 인해 벌어졌던 개판을 생각하면, 아기들이 애착을 갖기 전에 그 쓰레기들을 팔아버리는 게 현명한 움직임일 터였다.

전당포로의 여행은 매코브 씨가 자동차를 쓰지 않고 1, 2학년 두 아이를 돌볼 수 있는 주말에 이루어졌다. 궁극적인 계획은 두 번째 자동차, 이상적으로는 미니밴을 구해 매코브 부인이 모든 아이들을 데리고 재미있는 곳에 가는 것이었지만 지금까지 그녀는 전당포까지

밖에 가지 못했다. 우리는 페닝턴 갭에 있는 다양한 전당포에 가거나, 저 멀리 존스빌이나 로즈 힐까지 갔다. 매코브 부인은 사랑을 전파하는 게 좋다고 했다. 내가 가장 좋아했던 부분은 매출이 괜찮을 경우 돌아오는 길에 소닉 버거에 들른 일이었다. 분명히 말해두는데, 길은 멀었다. 카시트 두 개에 앉아서 스테레오로 새된 소리를 질러대는 쌍둥이와 함께 로즈 힐에 가다니.

그렇게 먼 곳까지 사랑을 전파하는데도 전당포 주인들은 대부분 매코브 부인을 알았다. 그래서 매코브 부인이 나를 데려간 것이다. 그녀는 거리 위쪽에 차를 대고, 내게 보석이나 바운서를 들려 보냈다. 자기가 직접 가게에 들어가지는 않았다. 심각하게 어색한 일이었다, 내가 그 신경질적이고 늙은 전당포 사람들을 상대하려 한다는 건. 나는 매코브 부인이 들어갈 수 있게 아기들과 함께 있겠다고 했지만, 아니. 매코브 부인은 언제나 내게 할 말을 알려주었다. 진짜 큐빅 지르코늄이라고, 미개봉 상태 그대로라고 등등. 나는 우리 엄마가, 다른 말로는 매코브 부인이 아닌 어떤 아줌마가 아프다고 말해야 했지만 그래도 전당포 주인들은 알아냈다. 아니, 리 카운티잖은가. 도망칠 수는 있어도 숨을 수는 없다. '여기 오늘 전당포 대출'의 주인은 그냥 고개만 저으며, 에바 매코브가 바깥 자동차에 타고 있는 것을 아니, 가서 그녀를 데려오는 게 좋을 거라고 했다.

난 그렇게 했다. 고함 지르기 대회가 이어졌다. 너무 잘나셔서 자기 가게에 들어오지도 못하냐며, 남자의 일을 하게 하려면 어린애 대신 남편을 들여보내라고 주인 남자가 매코브 부인에게 말하며 그녀를 따라 인도까지 나왔다. 매코브 부인은 그 남자가 엿같이 가격을 후려친다고, 아무리 형편없는 가격을 제시해도 받아들일 만큼 그녀가 어려운 처지에 빠져 있을 거라고 생각한다고 마주 소리쳤다. 남자는 매코브 부인에게 징징거리는 건 집과 더 가까운 곳에서 하라고 고함쳤다. 그런 식이었다. 이 일은 존스빌 시내에서 토요일에 벌어졌기에, 꽤 많은 군중을 끌어들였다.

매코브 부인은 집으로 가는 길 내내 한마디도 하지 않았다. 백만 년이 지나도 매코브 씨와 이혼하지 않겠다는 맹세를 했을 뿐이다. 이건 그녀가 난데없이 하곤 하는 말이었다. 내가 아는 한, 그 누구도 그녀에게 이혼하라고 하지 않았는데도.

나는 모든 시간에 배가 고팠지만 밤이 최악이었다. 나는 음식 그림을 여러 장 그리고 또 그렸다. 봉이 달린 구운 닭고기. 돼지갈비, 으깬 감자. 음영을 제대로 넣느라 몇 시간을 보냈다. 그레이비소스에 하이라이트를 넣었다. 학교에 메이지 클링컨비어드라는 어떤 여자애가 있었는데, 그 애는 내가 최대한 자기랑 가까이 앉으려 했기에 자기를 좋아한다고 생각했던 모양이다. 하지만 내가 그 자리에 앉은 건 그 애의 도시락에 든 것 때문이었다. 사실 몇 안 되는 여자애들이 점심 경연 대회를 벌이고 있었다. 베티나 쿡은 자기가 그 대회의 승자라고 생각했다. 자기만의 푸딩 컵에, 삼각형으로 자른 샌드위치가 있었으니까. 아빠의 비서가 학교까지 태워다 주고 그 샌드위치를 자르는 하녀가 집에 있을 베티나. 나는 뭐랄까, 크러스트는 버리려나? 하는 마음이었다. 나한테는 메이지 클링컨비어드가 딱이었다. 장담하는데, 그 점심은 엄마가 싸주는 것이었다. 게다가 매일 놀라운 뭔가가 나왔다. 두껍게 썬 햄, 감자 샐러드, 집에서 만든 디저트. 작은 사각형으로 자른 복숭아 코블러. 지금 이 순간에도 나는 그 코블러를 그릴 수 있다.

1월 말쯤 나는 밤에 주방으로 몰래 들어가 과자를 털기 시작했다. 어떤 상자에서도 과자를 많이 꺼내 가지 않도록 조심했고, 언제나 포장지를 정확히 원래대로 돌려놓았다. 그러다가 일주일쯤 지나서, 학교에서 집으로 돌아와보니 냉장고 위가 텅 비어 있었다. 흠, 나는 생각했다. 온 가족이 산후에 찐 살을 뺐으면 하고 매코브 부인이 바라나 보다고 짐작했다.

하지만 아니었다. 간식은 사라진 게 아니라 그냥 옮겨졌다. 매코브 부인이 싱크대에서 아기 젖병을 씻던 내 위로 허리를 숙였는데, 그녀의 숨결에서 오레오 냄새가 났다. 아이들은 그 빌어먹을 잠옷 전체에 작은 프링글스 가루를 붙인 채 아래층으로 뛰어 내려왔다. 아이들이 자기만의 과자를 챙겨두고 있었다. 나는 내가 도둑질을 했다는 걸 그들이 어떻게 알아냈을지 궁금해하며 자책했다. 나는 매우 조심했다. 모두가 잠들 때까지 침대에 누워 있었다. 내가 먹게 된 음식에 대해 주님께 감사도 드렸다. 그런 다음 몰래 주방에 들어가 성스러운 성찬식을 했다. 정확히 프링글스 두 개, 오레오 하나, 각 시리얼 한 줌씩을 가져갔다. 덩커루스 한 팩을 통째로 가져간다거나, 그들이 추적할지 모르는 것을 가져간 일은 한 번도 없었다. 대체 어떻게 알았을까?

내가 그 집에서 뭐라도 알아낸 유일한 방법은 헤일리를 통해서였다. 예를 들어 실제로는 매코브 집안의 개와 다른 무슨 개의 잡종이었던 잉글리시 불도그를 등록하려 했지만 결국 아무도 속이지 못했던 사업이라든지. 매코브는 다른 아빠 개를 이용해 새끼를 세 번인가 네 번 낳게 한 뒤에야 포기했다. 그 이후 미시는 개 방에 돌아가기를 거부했다. 그러니까 내 탓이 아니었다. 그보다는 나쁜 기억 때문이었던 것이다. 헤일리는 강아지들이 너무, 너무 사랑스러웠고, 아빠가 팔리지 않는다며 개들을 데려갈 때마다 매번 모두 키우자고 울었다고 말했다. 매번. 그게 헤일리였다. 충분히 울기만 하면 모든 것을, 무엇이든 가질 수 있다고 생각하는 아이. 내게 주어진 조건이 그랬다. 이 가족에서 실제로 직설적으로 말을 하는 유일한 사람은 아기처럼 구는 어린애밖에 없는 상황이었다. 나는 어둠 속에서 총을 쏘고 있었다.

그래도 나는 헤일리를 내 편으로 돌리려 노력했다. 내 방에 있는 것 중 빨래 더미를 제외하면 유일하게 올라가 앉아 있을 만한 물건인 에어매트리스에 내가 앉아 있는 동안 헤일리는 자주 내 방에 들어왔다. 그 매트리스는 조그만 아이가 쓸 만한 크기였다. 그게 내게 음식을 주지 않는 이유인지도 몰랐다. 그래야 내가 그보다 커지지 않을 테니까. 내가 그림을 그리다가 고개를 들어보면 헤일리가 문 앞에서 나를 지켜보고 있었다. 한 손에 트롤 인형의 파란색 머리카락을 대롱대롱 잡은 조그마한 여자아이가. 나는 헤일리가 얼마나 오래 거기에 서 있었는지 궁금해하곤 했다. 남자가 자기 침대에 무방비 상태로 있을 때 몰래 다가오는 건 여자애들의 특징일까? 하지만 이번 경우는 에미와는 분명히 달랐다. 헤일리는 어린아이였으니까. 헤일리는 자기 아빠와 똑같은 갈색 눈이었다. 얼굴에 까만 구멍이 뚫린 것처럼. 나는 헤일리가 다가와 앉아서, 내가 그림 그리는 모습을 구경하게 해주었다. 헤일리는 내가 강아지들을 그리고 또 그리게 했는데, 그러다가 개 이야기가 나온 것이었다. 그야말로 딱한 다른 이야기도 나왔다. 부모들이 심하게 싸우다가, 한번은 엄마가 다이어트 셰이크까지 든 믹서기를 통째로 아빠에게 던졌다는 얘기였다. 나는 헤일리가 내 컬러 마커를 이용해 내 스케치북에 자기 이름을 쓰도록 해주었다. 글을 배운 지 얼마 안 되었기에, 헤일리는 Haillie라는 이름에서 l을 포함한 모든 글자에 점을 찍었다. 그래서 내가 스펠링을 아는 것이다. '브레일리(Brayley)'는 제기랄, 그야 누구나 짐작하듯이 모르겠고.

마침내 과자는 도대체 어떻게 된 거냐고 대놓고 물어보았다. 헤일리는 이제 엄마가 자신과 브레일리에게 방에 음식을 보관하도록 해주었다고 말했다. 헤일리는 이것, 저것, 또 다른 것에 관해 계속 말을 이어갔다. 칩스 어호이에서 초콜릿 칩을 빼 먹는 게 좋다는 등등. 결국 나는 기절할 것 같은 기분이 되었다. 그때 조그마한 머리에 작은 전구가 들어왔다. 헤일리가 허리를 숙여 속삭였다. "좀 가져다줄까?" 나는 그래, 괜찮으면, 이라고 말했다. 그러자 헤일리는 뭐가 먹고 싶냐고 물었다.

나는 아마 오레오 한 봉지라고 말했던 것 같다. 그러자 헤일리는 자기 손으로 내 입을 막으며 **"쉬이잇!"** 했다. 그 애는 무릎을 딛고 몸을 일으켜 내 귀에 입술을 대고 아주 작은 목소리로 속삭였다. "한 박스를 통째로 가져다줄게. 근데 말하지 마. 여기서 먹지도 말고. 밖으로 가지고 나가."

나는 왜 안 되느냐고 물었다. 헤일리는 조그만 입에 지퍼를 치우는 시늉을 하더니 세탁기 위 선반을 가리켰다. 그 위에는 온갖 잡동사니가, 눈여겨보지 않을 평범한 물건들이 있었다. 세제 통, 플라스틱 들통. 섬유 유연제. 그리고 아기 모니터였다. 카메라가 달린.

21

매코브 씨는 골리스 마켓에서 내 일자리를 구해주었다. 그곳은 58번 도로에 있는, 조그만 간이 주유소다. 간판에는 메리 매클러리가 이혼하고 나서 가수가 되어보겠다고 내슈빌로 떠나기 전인 옛날 옛적 그대로 '메리의 미니 마트'라고 적혀 있다. 그건 다른 얘기지만.

출근 첫날, 매코브 씨는 나를 그곳까지 태워다주고 주인인 골리 씨에게 소개해주었다. 골리 씨는 해외 출신으로 외국인 억양이 있었다. 나는 매일 학교가 끝나면 스쿨버스를 타고 그곳에 가야 했고, 매코브 부인이 나를 데리러 왔다. 그곳에는 과자와 음식이 있었으므로 나는 급료의 일부로 그곳에서 공짜로 저녁을 먹을 수 있었다. 그건 골리스 마켓에서 일할 때의 좋은 점 중 한 가지였다. 골리 씨는 하루 종일 뜨끈한 등 아래에 놔두었던 핫도그 같은 것들을 늘 그렇게 많이 버려야 하다니 참 안타까운 일이라고 말했다. 그러니 내가 그의 쓰레기통이 될 수 있었다!

골리스 마켓에서는 음식과 기름 외에 집으로 가는 길에 사 가고 싶어지는 평범한 물건들을 팔았다. 호스티스 케이크, 맥주, 타이레놀,

니코레트 껌 등등. 골리 씨는 약이나 담배 같은 더 비싼 물건들을 계산대 뒤쪽 선반에 보관했다. 매코브 씨와 골리 씨가 수다를 떨었고 나는 긴장했다. 금전등록기를 어떻게 작동하는지 전혀 모르는 데다가 담배와 맥주를 팔다니? 그러다가 교도소에 가는 걸까? 담배 통에 손이 닿느냐 마느냐는 문제가 아니었다. 나는 골리 씨보다도 조금 키가 컸다. 골리 씨는 누군가가 까먹고 물을 주지 않은 작은 갈색 나무처럼 보였으니까. 사람들은 언제나 나를 더 나이 많은 애로 오해했다. 아마 골리 씨는 내가 열한 살이라는 걸 몰랐을 것이다. 매코브 씨는 그것만 믿고 있었을 테고. 하지만 나는 미국에서 누가 뭘 팔 수 있느냐에 대한 법이 있을 거라고 꽤 확신한다.

알고 보니 나는 그 무엇도 팔지 않을 터였다. 나는 머럴 스톤이 매코브 씨에게 추천한 사람이 운영하는, 그 부지의 다른 업장에서 일할 예정이었다. 나는 문밖으로 뒷걸음질 치며 안안 돼, 절대 스토너와 일하지는 않을 거예요, 라고 말했다. 그러자 그들은 아니, 스토너랑 일하는 건 아니야, 그 사람 친구지, 라고 말했다. 나는 매코브 씨가 스토너를 아는지조차 몰랐지만 이번에도 이곳은 리 카운티였으니까.

매코브 씨는 내게 행운을 빌어주고 떠났다. 나는 골리 씨가 금전등록기를 잠그고 손을 닦고 나를 밖으로 데리고 나가기를 기다렸다. 그는 믿어지지 않을 정도로 느리게 그런 일들을 했다. 우리는 마침내 뒤쪽으로 돌아 나갔다. 거기에 내 새로운 직장의 충격 1호가 있었다. 실제 쓰레기장 밖에서 내가 여태 본 것 중 가장 높은 쓰레기 산이었다. 나의 새로운 직장이자, 곧 알게 되겠지만 지상의 지옥이었다.

원칙적으로 쓰레기 더미에 무슨 문제가 있다는 말은 아니다. 모든 남자아이들이 그렇듯 나는 쓰레기 더미를 좋아했다. 매곳과 나는 페그 아저씨가 그 한 주의 쓰레기를 가지고 카운티 매립장에 갈 때면 언제나 데리고 가달라고 애원했다. 쓰레기장에는 구경할 게 너무도 많았다. 사람들은 버리러 왔던 것보다 더 많은 가구를 싣고 떠났다. 잠재력이 있을지 모르는 가전제품이라든지. 사실을 말하자면, 사람들이 버리는 것으로 두 번째 세상을 통째로 만들 수 있을 정도다. 매립지는 나의 주된 철학, 즉 살아 있는 모든 사람이 기본적으로 매일매일 옛 물건을 다른 물건으로 바꾸는 과정에 있다는 점을 생각해낸 곳이다. 단, 이때는 매코브 가족과 달리 사다리의 아래가 아니라 위로 올라가는 것이 중요하다. 매립지, 전당포, 월마트. 물건을 이쪽으로 또는 저쪽으로 옮기기 위한 그 모든 장소. 나는 슈퍼히어로가 나오지 않는 만화라는, 말도 안 되는 것을 떠올렸다. 의자 모양의 흙더미가 될 때까지 이 가족에서 저 가족으로 언덕을 따라 내려가며 전달되는 의자 같은 세속적인 물건만 나오는 만화를. 나는 그 만화를 〈지상의 악〉이라고 부를 생각이었다.

나는 예전부터 모든 선량한 미국인은 매주 쓰레기를 매립지로 가져간다고 생각해왔지만, 알고 보니 매코브 가족처럼 시내에 사는 경우에는 집집마다 찾아와 쓰레기를 가져가는 사람들이 있었다. 놀라웠다. 쓰레기를 운반한다는 목적만으로 존재하는 트럭이 있다니. 사람들이 거리를 따라 이동하며 다른 사람들의 쓰레기통을 비우다니. 이런 건 시내에서나 벌어지는 일이었다. 카운티 외곽에 사는 우리는 독립적이었다. 엄마와 나는 페곳 아저씨가 내갈 수 있도록 우리 쓰레기를 옆집으로 옮겼다. 크리키 농장에서는 쓰레기를 태우거나, 태울 수 없는 경우에는 크리키의 미경지에 있는 가파른 배수로에 굴렸다. 크리키는 거기에 아마 100년은 되었을 쓰레기 더미를 두고 있었다. 거기서는 탈수기가 튀어나와 있는 모습과 자동차 펜더, 침대 스프링 등이 모두 땅속으로 다시 녹슬어 들어가는 모습을 볼 수 있었다. 내 만화 아이디어는 거기에서 얻은 것이다. 그게 농장에서는 정상이었다. 하지만 어떤 사람들에게는 농장도, 매립지를 제외하면 쓰레기를 둘 곳도 없었다. 픽업트럭이 없다면 그런 사람들에게는 매립지까지의 거리가 엄청나게 멀게 느껴질 수 있었다.

그럴 때 골리스 마켓이 편리한 서비스를 제공하는 것이다. 사람들은 적은 금액을 내고 마켓 뒤쪽의 공터에 쓰레기를 버릴 수 있었다. 쓰레기장은 별개의 사업으로, 남자아이들이 고용되어 쓰레기를 뒤졌다. 돈이 되는 건 뭐든 쌓았다. 알루미늄 캔은 한쪽 더미에, 플라스틱병은 다른 더미에. 배터리는 또 다른 더미였다. 나의 새 고용주는 근처에 없었다. 골리 씨는 여기서 기다리라고, 그가 곧 돌아와 일을 시킬 거라고 했다. 그런 다음 그는 발을 질질 끌며 계산대로 돌아갔고, 나는 주위를 둘러보았다. 쓰레기 산 뒤에서 나는 충격 2호를 발견했다. 거기에 서서 플라스틱 탄산수병을 씻고 있는 사람은 스왑-아웃이었다.

"와일드맨." 내가 말했다. "무슨 일이야?"

그는 호스로 병을 헹구다 말고 나를 빤히 보았다. 분사기 노즐이 사방에 새고, 그 조그만 녀석은 덜덜 떨고 있었다. 자기 몸에 물을 뿌리는 바람에 후드티와 청바지가 잔뜩 젖었다. 그때 스왑-아웃의 얼굴이 밝아지더니 그가 꺅 소리를 질렀다. 다이아몬드!

그가 내 특공대 이름을 기억하다니 믿을 수 없었다. 자기 지퍼 잠그는 법도 기억하지 못할 게 확실한 녀석이. 나는 그 녀석을 끌어안고 싶었지만 물론 그렇게 하지 않았다. 우리는 그냥 우리만의 쓰레기섬에서 길을 잃은 소년들처럼 그 자리에 서 있었다. 나는 스왑-아웃 대신 호스 노즐을 잠가주고 질문을 던졌다. 이제 스왑-아웃은 매일 여기에서 일했다. 학교는 더는 다니지 않는다, 끝났다. 그 말은 스왑-

아웃이 정말 열여섯 살이었으리라는 뜻이었다. 그게 아니라면 저기 엘크 노브 초등학교에서 최선을 다했다고 생각하고 포기했든지. 지금 그는 크리키의 농장이 아닌 어떤 아파트에서 남자 몇 명과 함께 살고 있었다. 누구와, 무엇을, 어디에서 하는지 사실 나로서는 추측할 수 없었다. 스왑-아웃이 뭐든 말하는 방식은 문장이 떨어져서 산산조각 나는 것과 같았다. 주울 수 있는 걸 주워, 거꾸로 맞춰가야 했다.

스왑-아웃은 이제 내가 썩은 감자 대신 여기에서 일하는 거냐고 말했다. 빌어먹을 그게 무슨 뜻인지는 모르겠지만. 나는 썩은 감자가 물건인지 사람인지 물었고, 스왑-아웃은 그렇다고 대답했다. 썩은 감자는 사람이었다. 나는 그가 우리 사장이냐고 물었고, 스왑-아웃은 아니라고, 어린애라고 말했다. 그 녀석이 늘 토하다가 해고당했다고. 사장은 지금 이곳에 없었고, 그의 이름은 고오스였다.

고스? 내가 물었다. 아니. 고즈? 아니.

"우우우우." 스왑-아웃은 무시무시하게 두 손을 펄럭거리며 말했다. "죽은 사람 같은 고오스!"

고스트, 유령. 그게 나의 새로운 사장이었다. 우리는 그의 트럭이 방향을 돌려 앞으로 다가오는 모습을 지켜보았다. 그러나 나는 그가 가게에 들어가는 모습도, 거기에서 골리 씨가 재활용 업체의 본부라고 말해준 뒷방으로 들어가는 모습도 보지 못했다. 그곳은 사적인 곳이기에 나는 절대로 들어가서는 안 됐다. 나는 사장이 뒷방에서 나와 충격 3호를 안겨주기 전까지 그를 보지 못했다.

고스트는 창백하고 머리가 흰 남자로, 정신 나간 문신을 하고 있었다. 내가 프로스 피자에서 한 번 만난 적이 있는 스토너의 친구였다. 스토너에게 다가와 여우가 새끼를 깐다느니, 지고 갈 짐이니 십자가니 놀렸던 다른 놈, 지옥의 악취 '헬 리커'와 함께 있던. 고스트는 '엑스트라 아이'였다.

사람들의 더럽고 거지 같은 쓰레기를 분류해야 했다는 말은 그중
에 기저귀도 있었다는 뜻이다. 인간의 똥. 쥐가 있었다는 말은 한두
마리를 봤다는 뜻이 아니다. 쥐는 우리가 헤쳐가는 하루의 일부였다.
조준 연습용 표적, 우리의 친구, 뭐든 원하는 대로 부르길. 우리는 그
중 몇 마리에게 이름을 붙였다. 병을 헹구고 캔을 찌그러뜨리는 것은
스왑-아웃의 부서에서 하는 일이었고, 고스트는 조금이라도 머리를
써야 하는 일은 모두 내게 맡겼다. 그는 이제야 그 빌어먹을 동남아
새끼가 카드 전체를 가지고 놀 줄 아는 조수를 구해줬다고 말했다.
그가 방금 해고한 아이, 썩은 감자의 패에는 발견하기 전에 쓰레기장
에 너무 오래 있었던 음식은 먹지 말라고 말해주는 카드가 없었던 게
분명하다.

고스트가 내게 보여준 첫 번째 일거리는 오래된 자동차 배터리에
서 산을 빼내는 방법이었다. 먼저 바닥에 못을 박아 구멍을 낸다. 대
부분의 배터리는 구획이 나뉘어 있어, 그걸 알아낸 다음 각 구획에
구멍을 하나씩 뚫어야 한다. 그런 다음 배터리를 뒤집어 유리병 같은
것에 산을 집어넣는다. (플라스틱은 안 된다. 플라스틱은 절대 안 된
다. 썩은 감자에게는 그 카드도 없었던 게 분명하다.) 고스트는 모든
산을 금속 깡통에 모아 '산'이라고 적고, 본부 뒷문 바깥, 프로판 가스
통 근처의 페인트 희석제 깡통 옆에 줄 세워놓았다. 그는 그 모든 게
안에서 구린내를 풍기는 걸 원하지 않는다고 했다.

농담 같은 소리였다. 그가 안에서 나올 때마다 너무 심한 악취가
풍겼으니까. 때로는 썩은 달걀 냄새가 났고 보통은 고양이 오줌 냄새
가 났다. 그는 창문 환풍기를 언제나, 추운 날에도 틀어놨다. 거기서

나오는 고양이 오줌 냄새가 쓰레기 악취보다도 심하게 맴돌았다. 고스트가 무슨 일을 하는지는 아무도 알 수 없었다. 그는 프라이팬과 병을 우리에게 주며 호스로 헹구라고 했고, 병은 즉시 매립지의 쓰레기 더미에 넣고 장난치지 말라고 했다. 여기서 말하는 것들은 피부나 옷과 친한 존재가 아니다. 나는 청바지에 산을 좀 묻혔는데, 세탁기를 거치자 모든 얼룩이 구멍이 됐다. 나는 고스트가 스왑-아웃 대신 나에게 배터리를 맡긴 이유를 이해했다. 그 가엾은 녀석은 며칠만 배터리를 만졌다간 모기장이 될 터였다.

나는 한 시간에 4달러, 하루에 16달러를 받았다. 현금으로. 나는 학교에서 곧장 그곳으로 갔고, 매코브 부인이 아이들을 재운 뒤 9시쯤 데리러 왔으므로 하루에 네 시간 이상 일한 셈이었다. 어두워진 다음에는 스왑-아웃과 내가 가게로 들어가 골리 씨의 남은 음식을 먹곤 했다. 그는 우리가 씻을 수 있는 화장실을 마련해두었다. 나는 물건이 배달된 뒤 골리 씨가 선반의 재고를 채우게 도와주었고, 그 동네 사람들이 뭘 먹고 사는지 보았다. 대체로 맥주와 화장지, 캠프파이어용 돼지고기와 콩이었다. 세상에, 감기약도 있었다. 그는 슈다페드*를 100상자씩 들여오곤 했다. 이틀 뒤면 다 없어졌다. 나는 사람들이 사가는 모습도 보지 못했다. 골리 씨가 그렇게 감기에 많이 걸렸다고 해도 티는 나지 않았다. 사실 골리 씨가 살아 있는지조차 확실하지 않았다. 그의 피부에는 잿빛이 돌았다. 그는 몇 시간씩 움직이지 않고 앉아 있었다. 계산대 근처에 둔 작은 TV를 바라보면서.

골리 씨는 우리가 돌아다녀도 전혀 신경 쓰지 않았다. 그는 자신도 어렸을 때 우리와 똑같이 쓰레기장에서 일했다고 말했다. 하지만! 해

---

*   코감기약의 일종.

피엔딩을 맞아, 지금의 그는 미국에 살며 고향의 가족에게 돈을 보낼 수 있었다. 그는 어느 시점에 결혼했지만, 지금은 더필드에 있는 작은 아파트에 혼자 살았다. 그는 가게에서 살며 요리도 하고 다 하므로 아파트에 물건이 하나도 필요하지 않다고 말했는데, 그 말은 사실이었다. 그가 가게를 닫은 적이 있대도 나는 본 적이 없었다.

그 지역 근처에는 집이 한 채도 없었다. 사람들은 좀 더 나은 곳으로 가는 길에 잠시 그곳에 들렀다. 때로는 엄마가 아이들을 데리고 들어왔다. 건물 배치에 익숙하지 않은 게 분명했고, 단지 누군가를 최대한 빨리 화장실에 보내야 했기에 들른 것이었다. 그런 사람들은 핑계를 대기 위해 콜라나 사소한 것들을 사곤 했지만 뻔했다. 한편 골리 씨에게 10달러를 내고, 뒤쪽으로 차를 몰아가 한 달 분량의 쓰레기봉투를 버리고, 축하하기 위해 칠리 핫도그 같은 걸 사는, 존중할 만한 사람들도 있었다. 그 외에는 거친 사람들이 있었다. 몇몇 사람들은, 분명히 말하지만 그런 사람이 한 명은 아니었는데, 쓰레기봉투를 사용하지 않았다. 그들의 픽업트럭 짐칸 **자체**가 쓰레기통이었다. 쓰레기 더미가 높이 쌓이고 나면 그들은 차를 몰고 와 요금을 내고 뒷문을 연 뒤 쓰레기를 갈퀴로 긁어냈다. 내가 말하는 건 화장실 쓰레기를 포함한 모든 쓰레기다. 나는 그들의 집 꼬락서니를 상상하지 않기 위해 최선을 다해야 했다.

최악은, 쓰레기 사업과는 아무 상관 없는 단골들이었다. 그들은 맥주와 콩을 선불로 산 다음 슬쩍 뒤로 돌아가 고스트와 그들만의 일을 했다. 나는 상황을 이해하기 시작했다. 골리스 마켓은 밑바닥 인생들에게 서비스를 제공했고, 나는 그곳에서 일했다. 그러므로 나도 밑바닥 인생이었다.

어떤 사람들은 내가 그보다 나은 존재였던 적은 한 번도 없다고 말할 것이다. 나를 트레일러 주택에서 데리고 살려던 엄마한테서 태어났으니까. 병원에서 태어난 것도 아니고 트레일러 주택 안에서 태어났으니까. 나는 트레일러 쓰레기 인생의 이글스카우트*인 셈이었다. 아이를 닥치게 하겠다고 그 입에 위스키를 집어넣고 젖병에는 콜라를 넣는 십대 엄마를 둔 나 같은 애들은 이 세상의 불쌍한 존재들이다. 하지만 나도 처음에는 여느 아이만큼 괜찮았다. 존댓말과 고맙다는 인사를 하고, 숙제를 하고, 어떻게 하면 미소를 받을 수 있는지 고민했다. 나는 이기기 위해 경기에 참여했다. 나의 모든 조그만 자긍심과 꿈을 가지고서. 그 꿈이 커서 캐럴 댄버스와 결혼해 어벤져스가 되겠다는, 유소년의 대표적인 꿈이면 또 어떤가. 나는 매일 태양이 저 바깥 어딘가에서 빛나고 있으리라고 생각하며 잠을 깼다. 그 태양이 다른 인간을 비추듯 나도 비출 수 있을 거라고 생각하면서.

5학년 즈음에 나는 선생 몇 명을 포함한 누구보다도 키가 커졌다. 우리가 체육관에서 뭐든 할 때마다 애들은 나와 같은 편이 되고 싶어 했다. 언제나 말이다. 여자애들은 수작을 걸었다. 에미는 내가 마음이 여리다느니 잘생겼다느니, 어쩌고저쩌고 온갖 말을 했었다. 수많은 가엾은 아이들은 존재한다는 이유만으로 얼굴에 주먹질을 당한다. 그 시점까지 나는 내가 어떤 존재인지에 대해 별로 생각해본 적이 없었으나 어쨌든 그런 존재는 아니었다. 그때는 아직 예전이었다. 그 시절의 마지막 단계. 아직 저 녀석들보다 나아지자, 그래야 저 녀석들을 혐오할 수 있으니까, 라고 말하는 온갖 방식을 갖춘 인터넷이 출현하기 전 말이다. 우리 학교에는 도서관에 컴퓨터가 두 대 있었

---

*　　보이스카우트의 최고 단계.

고, 그중 한 대만 작동했다. 몇 안 되는 아이들이 거기에서 이메일 계정을 만들고, 생각하면 웃음밖에 나오지 않는 로봇에게서 메일을 받는 프로젝트를 했다. 그 시절에 누군가를 낙인찍기 위해 존재하던 것은 세균 게임이라는 것으로, 어린애들이 어떤 찐따를 만진 뒤 찐따 병균을 묻히겠다고 위협하며 뛰어다니는 놀이였다. 어떤 경우에는 하우저만네 아이들의 경우처럼 진짜 머릿니가 관계돼 있을 수도 있었으니, 뭐. 조심해야 했다.

하지만 5학년이 된 우리는 더는 어린애가 아니었다. 찐따 남자애들은 주먹질을 당했다. 여자애들에게는, 나로서는 관심 없는 여자애들만의 거지 같은 뭔가가 있었다. 자기들끼리 돌려보는 슬램북*이라든지. 슬램북이란 수업 시간에 쓰는 것처럼 얇은 스프링 공책인데, 선생님에게 보여줄 게 아니라는 걸 알려주려고 앞면에 **슬램북, 주인 있음**이라고 적혀 있었다. 어떤 여자애가 그런 공책으로 내 등을 쿡 찌르며 우리 분단을 따라 전달하라고 했다. 이런 게, 뼈만 남을 때까지 눈썹을 뽑고 번개 모양으로 머리카락을 나눠 놓은, 인기 있는 여자애들의 사업이었다. 뭐, 어떤 여자애 뒤에 앉아 하루 종일 그 애 머리를 내려다보고 있으면 헤어스타일이 눈에 들어온다. 하지만 나한테 누가 떠민 뒤에도 공책만큼은 내 눈에 들어오지 않았다. 뭔가가 웃겨 죽겠다는 듯 그 공책에 뭔가를 쓰고 나를 보는 여자애들이 있었는데도.

그러다가 데몬 교육의 날이 왔다. 징계를 당하지 않은 모든 학생에게는 쉬는 시간이었다. 나야 평소처럼 꼼지락거리거나 책상에 그림을 그리다가 징계를 당했지만. 우리는 아주 작은 의자가 붙은 일체형

---

*   질문이 적혀 있는 공책으로, 아이들 사이에 돌려보며 공책을 받은 사람이 답을 채워 넣는다.

책상에 앉았는데, 나 정도 덩치의 아이에게는 그게 아주 지옥 같았다. 나무 책상의 상판은 우리 선조들이 남긴 먼지가 찌들어 있어 가장자리가 온통 잿빛이었다. 우리 부모와 조부모들이 그 책상을 사용했다. 선생 몇 명도 그 책상을 썼고. 5학년 선생님인, 미라화된 인간 허들스 선생님을 포함해서 말이다. 허들스 선생님은 기독교 음악회에서 스트립쇼 흉내를 냈다는 이유로 전교생 앞에서 우리 엄마를 채찍질한 것으로 유명했다. (엄마랑 하느님은 절대 잘 맞지 않았다.) 하지만 지금 그 늙은 박쥐를, 원피스를 걸친 쪼그라든 해골을 보는 것은 전혀 두렵지 않았다. 이 책상에는 누군가의 이름과 털북숭이 남자 성기, 낙서들이 너무 많이 새겨져 있어서 전통을 이어가지 않는 게 무분별한 일로 보였다. 나는 연필을 쥐고 그 자리에 앉아, 죽기 직전까지 오랜 시간을 헤쳐나가고 있었으니 말이다. 앞으로 올 죄수들이 즐기도록 훌륭한 만화 캐릭터를 그리는 나 자신이 자랑스러웠다.

그렇게 수업 종이 울리고 모두가 줄지어 나간다. 노란색 공책이 내 책상에 탁 놓인다. 애들이 지나가면서 또 한 권의 공책을 탁 놓는다. 여자애들이 나가는 길에 먼 길을 돌아 내 책상을 지나간다. 이 모든 게 너무 웃겨서 웃고 있다. 데몬의 징계에 기운을 북돋워주기 위한 슬램북 더미다.

첫 번째 페이지에는 숫자가 매겨 있다. 숫자 옆에 사인이 있다. 그게 나의 암호명이 된다. 페이지를 넘긴다. 모든 페이지 맨 위에는 한 아이의 이름이 적혀 있다. 그 아이에 대한 의견을 적고, 숫자와 함께 사인한다. 이 모든 건 내게 새로운 일이었고, 나는 전혀 비밀스럽지 않은 신분을 위해 숫자를 사용하다니 꽤 우스꽝스럽다고 생각했다. 모든 인기 있는 여자애의 페이지에는 모두가 귀여워 상냥해 착해 함께 있는 게 즐거워라고 적는다. 순서야 어떻든 늘 그런 단어다. 독실한 여자애들은 너무 곧이곧대로야 재미없어 같은 말을 받는다. 아니면 L-7이라 적히는데, 그건 '정사각형'을 나타내며 '정사각형'은 너무 곧이곧대로야 재미없어를 나타내는, 잘 알려진 암호다. 남자애들의 페이지도 있다. 인기 있는 애들은 끝내줘 몸짱 최고의 친구 등을 받는다.

어쩌면 나는 이런 공책에 데몬 페이지가 있을 거라고 생각하지 않았는지 모르겠다. 생각했는지도 모르고. 어느 쪽이든 오줌을 지린 것처럼 뜨거운 게 번져가는 그 기분을 느낄 준비가 되어 있지 않았다. 똥 먹는 찌질이 쓰레기 변태 새끼. 예외는 없었다. 누군가가 머저리라고 썼다. 이건 아니지. 나는 엄마가 죽은 이후로 조용해졌고, 아마 크리스마스 이후로 교실에서 대여섯 마디 이상 해본 적이 없었을 것이다. 그걸 근거로 날 머저리라고 하려면 꽤 노력이 필요하다.

그 이후로도 달라진 건 없었다. 내가 모든 것을 알아채는, 새로운 찐따의 눈을 갖게 되었다는 사실을 제외하면. 사람들이 내게 가까이 다가오지 않았다. 체육관에서도 내게 손을 대지 않았다. 내가 슛을 성공해도 응원조차 하지 않았다. 급식실에서는 내가 개처럼 먹기라도 할 것처럼 내 얼굴에 접시를 들이밀었다. 나는 이제 내게 햇빛이 비치기를 바라지 않았다. 나는 나 자신을 칠판처럼 지웠다. 작아져 껑충한 청바지와 페그 아저씨가 크리스마스에 빌려준 늙은이의 신발을 신은 채, 나는 집 안에 수도가 없는 깡촌 아이들과 성경 시대 이후로 만들어진 모든 스타일의 옷은 죄악이라고 생각하는 오순절 교회 신도들의 부족에 합류했다. 내 특기는 배터리에서 산을 빼내기 위한 구멍을 뚫는 것이었다. 누가 그런 나를 데리고 새 옷을 사러 가겠는가? 머리가 길어 목깃에 닿는데 누가 잘라주겠는가? 바크스 선생님은 내가 추레해지는 것을 알아챘고, 매코브 부인에게 사회복지국에서 다달이 주는 수표면 그런 비용을 감당하고도 남아야 한다는 사실을 거듭 알려주었다. 매코브 부인은, 관심은 가졌지만 그냥 자기 아이들을 돌보느라 너무 바빴다는 말을 계속했다.

나는 몇 달 뒤면 에미가 이리로 이사 온다는 사실을, 우리가 함께 할 산책을 생각해왔다. 손을 잡고 할 그 산책을. 하지만 이제 나는 그냥 에미가 나와 다른 학교에 다니기를, 에미와 준 이모가 내 정체를 영영 알아내지 못할, 이 나라의 어느 먼 지방으로 가기만을 바랐다.

그 일은 학교에서의 이런 똥 같은 어느 하루가 끝나고 나의 똥 같은 일자리에서 똑같은 일을 좀 더 겪고 나서 벌어졌다. 나는 뭐랄까, 통제력을 잃고 매코브 부인의 자동차 대시보드를 주먹으로 여러 번 내리쳤다. 부인이 겁먹고 오줌을 지릴 정도였다. 부인이 한 일은 내게 좋은 하루를 보냈느냐고 물은 것뿐이었다. 왜 그 말에 버튼이 눌렸는지 모르겠지만 나는 주먹을 휘둘렀고 매코브 부인은 조용해졌다. 마침내 그녀는 내가 걱정된다고 말했다. 나는 빌어먹을, 훨씬 더 많이 걱정해야 할 것 같다고 말했다. 주위가 어두웠고 매코브 부인의 얼굴은 보이지 않았다. 그 점이 도움이 됐다. "아줌마는 헤일리랑 브레일리가 학교에서 괴롭힘을 당할까 봐 엄청나게 걱정하죠." 내가 말했다.

그녀가 "그래"라고 말했다. 겁먹은 목소리였다. 무슨 일이 닥칠지 아는 것처럼.

"뭐, 날 좀 봐요." 그렇게 모든 것을 말했다. 슬램북과 애들이 나를 피한다는 것, 모두 다. 애들이 내 주변에서 코를 킁킁거리는 시늉을 하며 누가 똥을 쌌느냐고 묻는다든지. "그리고 있잖아요." 내가 말했다. "걔들은 내가 누구랑 같이 사는지 알아요. 얘기가 퍼지고 있어요."

나는 운전대 앞에 앉은 매코브 부인이 뻣뻣해지는 것을 느꼈다. 매코브 가문의 평판이 떨어지다니.

일요일에 매코브 부인은 나를 월마트로 데려갔다. 나는 새 청바지와 티셔츠, 허리띠, 신발에 새로운 칫솔까지 얻었다. 브레일리가 내 칫솔을 실수로 변기에 던져버린 이후로 오랫동안 가져본 적 없는 물건이었다. 그 애들은 아래층 화장실에서 노닥거리는 걸 좋아했다. 나는 매코브 부인에게 고맙다고 했고, 매코브 부인은 내가 그달에 골리스 마켓에서 번 돈을 거의 다 써버렸다는 사실을 매코브 씨에게 말하지 말라고 했다.

하지만 다음 날 학교에서, 나는 새 옷을 입고도 끔찍한 기분이었다. 자랑스럽지도 않았다. 솔직히 창피했다. 아무것도 바뀌지 않을 테니까. 이제 애들은 모두 내가 딱 그만큼 더 불쌍해졌다고 생각할 터였다. 그만큼 노력했으니까. 찐따는 절벽이다. 일단 그 선을 넘으면 넘은 것이다.

이제 내게 남은 몇 안 되는 친구들은 골리스 마켓까지 타고 가는 스쿨버스의 고등학생 남자들이었다. '친구'란 말은, 그들이 내가 함께 앉도록 놔두고 나를 쫓아내지 않았다는 뜻이다. 그들을 위해 맨 뒤의 좌석 두 줄을 남겨주어야 한다는 걸 모두가 알고 있는 레드넥 녀석들. 대체로 그들은 여자 얘기를 했다. 누가 난잡한 창녀인지, C형 간염이나 임질이 있어서 피해야 하는 여자는 누구인지. 약 얘기도 했다. 누가 무슨 약을 얼마나 많이 가지고 있는지. 그들은 버스에 탈 때마다 "어이, 잘 지내?"라고 묻는 것 말고는 내게 개인적으로 별다른 말을 걸지 않았다. 하지만 나는 입을 다물고 교육을 받았다. 그들이 몇 가지 질문을 던지기는 했다. 내가 몇 학년이냐는 등등. 5학년짜리를 그런 대화에 끼워주고 싶어 하지는 않을 거라는 생각에 나는 8학년이라고 했다. 그들은 내게 유소년 미식축구를 하느냐고 물었고, 이번에도 나는 거짓말로 그렇다고 말했다. 내년에는 리 고등학교의 유소년 대표 팀에 들어갈 거라고. 내가 패스트포워드와 친구라고 말했고, 그들은 그 말에 그야말로 놀랐다. 이들도 팀에 속해 있었다. 1군은 아니었지만 그래도. 그들은 내가 제너럴스에 들어오면 좋겠다고 했다. 내가 괜찮은 태클이나 타이트엔드가 될 것 같다면서. 나는 그들 중 누가 그 말을 했는지, 그게 며칠이었는지 기억한다. 그해에 누군가 내게 친절한 말을 해준 건 그때 한 번뿐이었으니까.

대부분의 날은 내 입에서 한마디도 나오지 않은 채로 흘러갔다. 내가 무언가 말한다면 그건 스왑-아웃과 골리 씨에게 하는 말이었다. 헤일리가 내 마커를 가지고 놀려고 내 방에 들어올 경우 헤일리에게 하는 말이거나. 나는 가진 것이 그 마커밖에 없어 잉크가 다 떨어질까 봐 걱정하면서도 헤일리가 가지고 놀게 놔두었다. 헤일리는 내가 자기를 만화로 그려주기를 바랐으므로, 나는 베개 밑에 오레오를 놓아주는 하울리 요정을 만들어냈다. 악당들이 나타나면 하울리 요정이 비명을 질러 그들을 지구에서 쫓아냈다. 내게 있는 것은 그게 다였다. 비행 청소년 집단, 2학년짜리 어린애, 외국에서 온 100살짜리 남자, 뇌 대신 스크램블드에그를 넣고 다니는 녀석. 바크스 선생님은 이제 주로 학교에 관해서만 나를 괴롭혔다. 왜 성적이 떨어졌느냐고 물었다. 대단한 비밀도 아니라고, 나는 말했다. 학교가 싫다고. 나는 바크스 선생님에게 애들이 얼마나 무자비한지 말했다. 바크스 선생님은 버티라고, 중학교에 가면 아이들이 더 착해진다고 했다. 나는 한순간도 바크스 선생님을 믿지 않았다.

아쉬워하는 마음으로 크리키 농장을 돌이켜볼 수 있다니 믿기 어렵지만 우리 편에 패스트포워드가 있었다는 사실이 그리웠다. 나를 다이아몬드처럼 단단하고 반짝거리는 사람처럼 느껴지게 하던 패스트맨. 나는 어두운 면이 있다는 걸, 패스트포워드가 남들에게 자기 똥을 닦게 놔둔다는 걸 알았다. 하지만 그건 패스트포워드가 우리에게 준 가르침이었다. 사람은 운 좋게 저 위에서 태어나지 않더라도 고개를 들고 높이 올라갈 수 있다는 가르침. 그 어떤 어른도 내 편을 들어주지 않았던 그 오랜 세월 동안 패스트포워드는 그들의 게임에서도 우리가 이길 수 있음을 보여주었다.

그해 여름, 내 윗입술 위쪽에는 빨간색의 윤기 나는 털이 아주 흐릿하게 자라기 시작했다. 그것도 당황스러운 일이었다. 내가 그때까지 패스트포워드와 함께 살았다면 그는 내게 면도하는 법을 가르쳐 줄 수 있었을 것이다. 내게는 나 같은 아이가 겪는 일이 무엇인지 실제로 아는 대화 상대가 한 명 있었을 것이다. 패스트포워드는 내가 어렴풋이 생각한 것이 사실이라고 솔직히 말해주었을 것이다. 내가 일하는 곳이 필로폰 공장이라고.

22

바크스 선생님이 엄청난 소식을 가져왔다. 매우 흥분한 상태였다. 선생님은 나를 학교로 데리러 와서 시골로 오랫동안 드라이브를 했다. 우리 둘 다 좋아하는 시간이었다. 그런 다음, 어찌나 고급스러운지 드라이브스루조차 없는 란초라는 이름의 멕시코 레스토랑에서 저녁을 먹었다.

다 좋은데, 나는 담당관과 함께 도망쳤다는 이유만으로 결근할 수 없었다. 고스트는 화를 돋우고 싶은 상대가 아니었다. 그의 목에서 노려보는 그 문신된 눈이라니, 오, 주여. 나는 프로스 피자에서 처음 만났을 때 내가 머릿속에서 그를 어떻게 그렸는지 한 번도 잊지 않았다. 생각을 읽을 수 있는 슈퍼빌런, 엑스트라 아이. 지금 나는 그게 사실이면 어쩌지?라는 생각이었다. 고스트가 이 생각까지 볼 수 있다면? 나는 바크스 선생님과 이 문제에 대해 이야기하지 않았다. 바크스 선생님은 내가 골리스 마켓에서 일한다는 사실을 몰랐기 때문이다. 처음 그곳에서 일하기 시작했을 때, 나는 이게 사회복지국에서 몰라도 나쁠 건 없는 상황인지 알아내려고 많은 질문을 던졌다.

하지만 지금은 나와 바크스 선생님만이 차에서 최고의 시간을 즐기고 있었기에, 나는 고스트에게 더는 신경 쓰지 않았다. 나는 좋은 하루를 보낼 준비가 되어 있었다. 우리는 파란색의 커다란 석탄 활송 장치가 나무들 위로, 거인이 타는 물 미끄럼틀처럼 산등성이에서부터 내려오는, 탄광촌의 구불구불하고 좁은 길을 탔다. 켄터키주 경계선을 따라 이어지는 그 높고 흰 절벽들이 있는 곳까지 저 멀리. 그날은 쟁기질한 들판의 냄새가 나고 산이 푸릇푸릇해지는 것이 보이는, 그런 4월의 하루였다. 마치 세상이 자, 모두들, 난 아직 죽지 않았어! 라고 말하는 것 같았다. 우리는 라디오를 켜고 우리가 아는 모든 노래를 따라 불렀다. 큰 소리로, 창문을 내리고서. 우리 둘은 저 멀리 내슈빌에서 샤니아*가 우리 소리를 듣기를 바라는 듯 '유아 스틸 더 원 (You're still the one)'을 불렀다.

바크스 선생님은 자동차 운전대 앞에서 이렇게 자유로운 기분을 느낀 적은 한 번도 없다고 말했다. 나는 골리스 마켓에서 몇 년이나 일해야 자동차 비슷한 걸 구할 수 있을지 궁금했다. 상황을 생각하면 아마 100년은 걸릴 터였다. 두 달을 일하고 나서 티셔츠 몇 장과 월마트에서 파는 가장 싼 브랜드의 테니스화를 샀으니까. 그 이상의 무언가를 샀다 해도 나는 알 수 없었다. 매코브 가족이 소위 안전을 이유로 내 돈을 보관했기 때문이다. 크리키 농장에서 패스트포워드가 그랬듯이.

바크스 선생님은 나더러 머리를 깎으니 잘생겨 보인다고 했다. 그러니까 엄밀히 말하면 그해에 누가 내게 친절한 말을 해준 건 두 번

---

*   컨트리음악으로 유명한 캐나다의 싱어송라이터 샤니아 트웨인을 말한다. 컨트리음악의 중심지로 알려진 내슈빌과 자주 연관된다.

이었다. 하지만 그런 다음 바크스 선생님은 그걸 자기 공로로 돌리려 했다. 그러니 기록은 지워졌다. 선생님은 이렇게 말했다. 내가 목소리를 높여야 한다고 했지? 필요한 게 있으면 뭐든 매코브 가족에게 말해. 구하라, 받을지어다. 그런 평소의 헛소리였다. 그보다는 누군가의 대시보드를 주먹으로 후려치면 눈에 띄게 된다고 해야 맞았다. 하지만 분위기를 해치고 싶지 않았으므로 바크스 선생님이 나름대로 생각하게 놔두었다.

우리는 컴벌랜드 절벽 옆에 이르러 차에서 내렸다. 거기에 있는 공원을 우회해 걸은 다음, 버지니아주의 남은 수백 킬로미터가 계속해서 이어지는 벼랑을 올려다보며 섰다. 나는 그 위에 올라가서 아래를 내려다보면 어떤 기분일지 궁금했다. 내 정신은 계속해서 그리로 돌아가고 또 돌아가며, 뛰어내리면 어떨지 궁금해했다. 꼭 죽겠다는 건 아니고, 그냥 공기를 가르는 소년이 되면 어떤 기분인지 알아보려는 것이다. 내가 그러겠다는 건 아니지만. 뛰어내리는 것 말이다. 공기를 가르는 것도 그렇고. 머릿속에 떠오르는 생각은 어쩔 수 없다.

바크스 선생님이 소식을 전한 건 거기서였다. 엄청난 충격이었다. 내게 나도 모르는 돈이 있다는 것이었다. 엄마가 죽은 뒤 사회복지국에서는 내가 사회보장급여를 받을 수 있도록 서류 작업을 했다. 그건 고아로 살 때의 좋은 면이었다. 고아라는 이유로 돈을 주니까. 누가 알았겠는가? 엄청나게 많은 돈은 아니었다. 엄마가 월마트에서 벌던 돈의 몇 퍼센트니까. 매코브 씨의 말에 따르면 그건 모욕적인 금액이었다. 하지만 그래도 그건 보조금이었고, 나는 열여덟 살이 될 때까지 매달 그 돈을 받게 될 터였다. 바크스 선생님은 그 돈을, 내가 위탁 가정에서 나온 이후에 쓸 수 있는 계좌에 들어가도록 준비해두었다고 했다. 선생님은 이렇게 하는 편이 위탁 부모에게 계좌를 맡기는 것보다 좋은 결과를 내는 경향이 있다고 말했다. 그리고 나는 사실상 아가씨, 씨발 그거 하나는 맞았소, 라는 식이었다.

바크스 선생님은 내가 대학에 가는 데 그 돈을 쓰겠다고 약속하기를 바랐다. 그러니까 마운틴 엠파이어 대학의 자동차 정비학과 같은 곳이 아니라 **멀리** 어딘가로. 그 말은 성적을 올리겠다고 약속하라는 뜻이었다. 초등학교도 졸업 못 하고 대학교에 갈 수는 없다고 선생님은 말했다. 그게 새로운 정보라도 되는 것처럼. 나는 선생님에게 엘크 노브에서는 출석만 해도 중학교에 올라간다고, 나 같은 덩치의 아이는 특히 그렇다고 말했다. 고학년 스포츠 팀에 우리 같은 애들이 필요하니까. 바크스 선생님은 그건 자기가 바라는 태도가 아니라고 했다. 나는 화제를 돌리려 했지만 선생님은 이 점에 정말로 집착했다. 출석하는 것만으로는 인생에서 무엇도 이룰 수 없다고. 내 인생의 방향을 돌리기에는 지금도 늦지 않았다고. 나는 내가 이 계좌의 돈을 대학에 쓰는 게 필수적인 일인지 물었고, 바크스 선생님은 엄밀히 말하면 그렇지 않다고 말했다. 하지만 그렇게 하지 않는 건 바보 짓이라고도 했다. 그러면 인생에서 다른 아이들이 누리는 것과 같은 기회만을 누리게 될 테니까.

선생님은 그냥 자기가 대학에 못 가서 씁쓸해하는 거였다. 선생님은 야간 수업을 들어왔지만, 그런 수업은 회사에 다니지 않으면서 책을 읽고 뭐든 알아내고 싶은 것을 연구하는 것만으로도 어른으로서 독립적으로 살 수 있게 해주는 먼 곳의 대학 수업과는 달랐다. 난 그런 삶을 사는 사람을 한 명도 몰랐다. 솔직히 현실적이지 않아 보였다. 그냥 고아 보너스를 이해하려 노력하고 있었다. 나는 토미 워들스가 궁금했다. 그 녀석은 부모가 둘 다 죽었으니 돈을 두 배로 받을까? 바크스 선생님은 아마 그럴 거라고 말했다. 그러자 나는 다른 무언가, 즉 내가 태어나기도 전에 죽은 아빠가 궁금해졌다. 내가 그 오랜 세월 미친 듯이 돈을 모아온 건 그저 열여덟 살에 미친 복권에 당첨되리라는 걸 알기 위해서였단 말인가?

슬프게도 그건 아니었다. 바크스 선생님은 아동 지원 방법을 찾고 싶어서 그 문제도 살펴보았지만 내 출생증명서에 아버지는 나와 있지 않다고 말했다. 나는 선생님에게 그래도 내게는 아버지가 있었고 그 사람 이름을 안다고 말했다. 페곳 아줌마와 엄마가 나를 아버지의 무덤으로 데려가는 문제를 놓고 말다툼한 덕분에 심지어 아버지가 묻힌 장소까지 알았다. 묘지는 테네시주 머더 밸리*에 있었다. 나는 둘이 아주 오래전, 겨우 몇 번 그 지명을 말하는 것을 들었다. 하지만 그런 이름은 잘 잊히지 않는다.

바크스 선생님은 그런 건 아무 소용도 없다고 말했다. 내 출생증명서에 아버지의 이름을 올리지 않은 건 엄마의 실수였다. 아버지가 죽었으니, 특히 값비싼 실수였다. 나는 바크스 선생님 앞에서 욕을 하면 안 되는데도 "제기랄"이라고 말했고, 그때 딱 한 번 선생님은 인상을 찡그리며 "그래, 제기랄 제기랄이다"라고 말했다. 이번에도 엄마의 실수였다. 엄마는 프로였다.

*****

우리는 레스토랑에서 식사하려고 어두워지기 전에 마을로 돌아갔다. 하지만 매코브 부인이 골리스 마켓으로 나를 데리러 왔을 때 내가 거기에 없고, 매코브 부인은 기름을 낭비했다며 화를 내고, 매코

---

* '살인의 계곡'이라는 뜻.

브 씨는 내가 일을 빠졌다며 화를 내고, 그런 식의 일들이 쭉 일어날 게 걱정되기 시작했다. 나는 바크스 선생님에게 숙제할 시간을 충분히 내려면 8시 정각이 되기 전에는 돌아가야 한다고 말했다. 노력만 하면 모두를 행복하게 해줄 거짓말은 언제나 찾을 수 있다. 숙제 얘기만 하면 바크스 선생님은 온통 미소를 지었다. 거의 항상. 분홍색 스웨터, 꽉 끼는 슬랙스, 그 천사 같은 머리카락. 바크스 선생님이 섹시하다고 생각한다고 해서 에미를 배신하는 게 아니었다. 왜냐하면 (1) 에미는 인기가 많았으니 나를 보면 즉시 나와 헤어질 테고 (2) 바크스 선생님은 여자 친구와는 다른 범주, 즉 법적 보호자였으니까.

레스토랑은 초현실적이었다. 이국적으로 장식되었고, 심지어 멕시코 사람 두어 명이 음식을 가져오기까지 했다. 멕시코 사람이 요리까지 한다는 생각이 들 수밖에 없었다. 쌀과 양상추를 제외하면 내가 먹은 것의 이름을 단 한 가지도 댈 수 없었지만 전부 훌륭했고 엄청나게 양이 많았으며, 나는 돼지처럼 쑤셔 넣었다.

저녁 식사가 끝나갈 때쯤 바크스 선생님은 소식이 더 있다고 말했다. 이번에는 좋은 소식이 아니었다. 실은 끔찍한 소식이었다. 하지만 그 점을 알아내기까지 나는 시간이 조금 걸렸다. 바크스 선생님은 너무 신이 나서 의자에서 방방 뛰고 있었다. 선생님은, 그해 여름 전일제 수업을 듣고 교사 자격증을 딸 만큼 충분히 돈을 모았다. 가을이면 학생을 가르치기 시작할 것이다. 그런 다음에는 초등학교나 유치원 교사 자리를 얻을 게 거의 보장되고, 마침내 괜찮은 액수의 돈을 벌기 시작할 터였다.

바크스 선생님은 새롭고 멋진 직업을 가지려고 사회복지국 일자리를 떠날 예정이었다. 나를 떠날 예정이었다. 바크스 선생님의 다른 모든 소중한 고아들도. 우리는 엿이나 먹으라지. 돈을 위해서.

바크스 선생님은 8시가 되기 전에 나를 매코브 가족 집에 데려다 주었다. 내가 부탁한 그대로였다. 그 사람들이 나를 데리러 골리스 마켓까지 갈 필요가 없도록. 나는 주방으로 들어가 매코브 씨에게 담당관과 약속이 있었으며, 담당관이 골리 씨와 이야기해서 나는 어쨌든 돈을 받게 되었다고 거짓말을 했다. 그런 다음 구린내 나는 개 방으로 가서 세탁기를 주먹으로 쳤다. 빨래 더미에 있던 누군가의 검은 티셔츠를 사용해 얼룩진 피를 닦아내고 불을 끈 다음, 좃같은 어린애 크기의 에어매트리스 침대에 얼굴을 처박았다.

다시 생각해본 뒤, 일어나서 세탁기 위의 선반을 뒤져 아기 모니터를 가져다가 대걸레통 안에 넣어두었다. 내가 우는 모습을 누군가 볼 필요는 없었다.

어쩌면 어떤 아이들은 이른 나이부터 돈과 관련해서 뭐가 뭔지 배울 것이다. 하지만 아마 대부분은 무지할 테고, 나도 마찬가지였다. 열한 살이 되어 급료를 받게 될 때까지는 말이다. 그 전까지 내 생각은 모호했다. 직업이 있으면 돈이 있고, 직업이 없으면 돈이 아니라 기본적으로 식료품 할인 구매권이나 전자 복지 혜택 카드를 받는 거라고. 나는 회색 지대가 있다는 걸 사실 몰랐다. 그래, 부유한 사람들에 대해서는 알았다. 몇 안 되는 사람들은 영화배우나 프로 축구선수, 대통령 등등이 되어 큰돈을 번다는 걸. 이런 유형의 사람들은 100퍼센트 리 카운티가 아닌 곳에 살았다. 1970년대에 유잉 근처에 농장을 샀다는, 나스카* 카레이서 한 명을 제외하면. 노동조합이 있던 시대의 광부들도 그렇고. 한 시간에 30달러나 40달러를 벌었다며, 노인들

---

*   종합 스톡 자동차 경주 대회.

은 지금도 그 시절을 예수님이 우리 사이를 걸어 다니며 100달러짜리 지폐를 뿌려대던 시절처럼 이야기했다. 하지만 대체로 나는 급료는 급료라고 생각했다. 월마트에서 준 것이든, 푸드컨트리에서 준 것이든, 리 은행이나 헤어 어페어 미용실이나 킹스포트에 있는 이스트맨 화학 공장에서 준 것이든.

확실히 살다 보면 배우게 된다. 나도 이제는 고등학교를 졸업하면 돈이라는 측면에서 한 단계 올라가게 마련이라는 걸 안다. 대학은 또 한 단계 올라가는 것이지만 크나큰 단점이 있다. 대학에 들어가서 얻을 수 있는 유형의 직업을 가지면 결국 집에서 멀리 떨어진 도시에서 살게 될 가능성이 크다는 것이다. 다만 내가 하려는 말은 급료의 토템 기둥*이 있다는 것이다. 위쪽으로 올라가는 요소로서 학교가 하나 있고, 사는 곳이 시골이냐 도시냐, 라는 요소가 하나 있는. 하지만 가장 중요한 건 당신이 무슨 일을 하든 그 일로 누구를 행복하게 만드느냐는 것이다. 당신은 월마트 쇼핑객들에게 상상할 수 있는 최악의 싸구려 신발을 팔고 있는가, 아니면 사업하는 남자들에게 고급 정장을 팔고 있는가? 바닥을 사포질하는 것 같은 정확히 똑같은 일이라도 달러 제너럴 잡화점에서 할 수도 있고, 영화배우의 대저택에서 할 수도 있다. 급료를 보여주면 어느 쪽 바닥인지 내가 맞혀보겠다. 부유한 사람을 행복하게 만들어주고 있거나 평범한 사람이 부자가 된 기분을 느끼게 만들고 있다면, 즉 그 사람들이 남들보다 나아졌다고 느끼게 만든다면 돈이 굴러 나온다. 당신이 돌봐주는 대상이 하류 인생이라면 돈이 별로 나오지 않는다. 그 사람이 만일 어린애라면, 행

＊   북아메리카 원주민들이 만든 장대로, 칸칸이 다른 토템이 새겨져 있다. 여기서
　　는 일종의 위계질서를 뜻하는 비유로 쓰였다.

운을 빈다. 어린아이의 삶을 나아지게 하는 것과 관계된 모든 일은 밑바닥에 있으니까. 학교 교사의 급료는 대체로 똥통에 처박힌 수준이다. 지금의 나는 이게 상식이라는 걸 알지만, 바크스 선생님이 잘 있어라, 찌질아, 난 이제 큰돈을 벌 테니까, 라고 말한 날에는 그 사실을 전혀 몰랐다. 학교 교사라니!

나는 그 이후로 높은 곳과 낮은 곳의 친구를 두루 사귀었고, 그중 가장 훌륭한 사람 중에는 학교에서 아이들을 가르치는 교사들도 있었다. 나를 보러 나타나준 이들. 수업 시간 외에 그들은 배달 기사를 하거나 주유소에서 야간 근무를 하거나, 이건 진짜 사례인데 밴드에서 연주하며 여름에는 아이스크림 트럭을 몰았다. 그들에게는 부업이 필요했다. 진짜로 필요했다, 그냥 살아가기 위해서라도.

그러니까 바크스 선생은, 스물두 살에 사회복지국을 위해 그 작은 심장이 터지도록 일하고 있던 선생님은 진짜 직업을 갖게 된 것이다. 게으름뱅이와 같이 사는 대신 자기만의 초소형 아파트에서 살기를 절박하게 원했기에, 그러기 위해서는 급료의 토템 기둥을 올라 1급 교사가 되어야 했기에. 그래서 그녀는 모든 시간을 들여 공부했다. 사회복지국에서 주는 돈이 그 정도다. 우리의 다크서클은 사회복지국에 너무 오래 있어서 살아갈 이유조차 없었다. 하루에 2교대를 하며 더필드에 있는, 집세를 늦게 내도 괜찮다고 하는 사촌 소유의 쓰레기 같은 2세대용 주택으로 퇴근했다. 당신이 담당관과의 만남에서 그 여자 맞은편에 앉은 아이라고? 양쪽 눈에 멍이 들고 후드티에서는 고양이 오줌 냄새를 풍기고 있다고? 미안하지만 그 여자가 생각하는 것은 그날 밤에 어떤 TV 프로그램을 볼까 하는 것뿐이다. 진취성이 있는 인간은 누구나 지금쯤 다른 어딘가로 옮겨 갔을 테니까. 군대에 가든, 보험 판매업을 하든, 경찰이나 심지어 교사가 되든 말이다. 사회복지국의 급료는 사실상 씨발 땅콩버터 샌드위치나 처먹어라, 하는 식이니까. 커다란 세상이 이 일에, 백인 쓰레기 고아들을 구하는 일에 부여하는 가치가 그 정도다.

이 애들이 자라서 세탁기나 서로에게 주먹질을 하게 된다고? 심지어는 예컨대 드러그스토어의 드라이브스루 창문을 부수게 된다고? 그리로 기어 들어가 거기 있는 것을 가져가게 된다고? 그게 얼마나 놀라운 일인지 한번 말해보라. 땅콩버터 샌드위치는 그런 식으로 돌아온다. 모든 쥐구멍에는 나름의 볕 들 날이 있으니까.

23

여름이 오고 있었고, 나는 이제 하루하루를 헤아렸다. 쓰레기 산 사업장에서의 전일제 근무가 방학을 보내기에 딱히 짜릿한 방법은 아니었다. 그래도 어린아이에게는 여름이란 곧 자유라는 생각이 그냥 새겨져 있다. 석 달 동안은 너무 작은 책상에 앉아 교실에서 가장 엄청난 똥싸개가 되지 않으려고 노력하지 않아도 된다.

기록을 위해 하는 말인데, 나라고 처음부터 학교를 싫어하지는 않았다. 한때 나는 상당히 노력하는 것으로 알려져 있었다. 적어도 남자애들 사이에서는 글을 잘 읽는 축에 들었다. 어쩌면 엄마가 자랑스러워할 거라고 생각했는지 모르겠다. 아니면 엄마처럼 낙제생이 되지는 않으리라는 걸 보여주고 싶었는지도 모르겠다. 어느 쪽이든 그런 생각은 더는 적용되지 않았다. 이제 나는 다른 애들이 손을 들고 정답을 말하는 모습을 지켜보았다. 걔들한테는 잘된 일이었다. 주제 문장, 애포매톡스 코트하우스*, 식물

---

* 미국 버지니아주 중부의 마을로, 이곳에서 남부의 리 장군이 북부의 그랜트 장군에게 항복하며 남북전쟁이 종결되었다.

의 생애 주기. 그게 다 뭐라고? 뇌가 알고 싶어 하는 것이라고는 여기서 나가는 문은 어디냐, 그리고 그 문이 어디로 이어지든 계속 배가 고플 것이냐는 문제뿐인데.

교장과 교사들, 바크스 선생님은 모두 내게 열심히 공부하지 않고 잠재력을 다 발휘하지 못한다는 똑같은 훈계를 했다. 나는 그들과 싸우지 않았다. 어느 시점에 이르면, 사람들이 당신을 무가치하다고 생각해도 전혀 신경 쓰이지 않는다. 대체로는 그 사람들보다 먼저 그렇게 생각하는 방법을 쓰기 때문이다. 나는 그들에게 말하고 싶었다. 당신들이 보고 있는 지금 이 모습이 내 잠재력이에요. 씨발 **당신이라면** 이걸 뭐라고 부를 건데요? 나라고 이런 인간이 되어 살고 싶어 했을 거라고 진심으로 생각하는 거예요?

노력이라고? 노력이 뭔지 말해주겠다. 노력이란, 호리호리하고 추한 꼴불견 인간으로서 눈초리를 받고 교사에게 창피를 당하고 여자애들에게 비웃음을 당하거나 찐따로서 주먹질을 당하지 않으며 하루하루를 살아나가는 것이다. 다시 하는 말이지만 겪어봤다면 당신도 알 것이다. 추측해야만 알 수 있다면 당신은 감조차 잡지 못할 테고. 그 모든 사람들은 내가 낙제한 이유가 무엇인지 계속해서 묻고 또 물어야만 했다. 내가 벽을 보면서 단지 **죄송합니다** 말고 또 무슨 말을 할 수 있을까? 나는 영원히 먹으라고 주어진 그 단어, **죄송하다**라는 말의 잔인하고도 탄내 나는 좆 까, 라는 맛을 사랑하는 법을 배우고 있었다.

하지만 여름 첫날을 위해서는 여전히 뱃속에 작은 불을 품고 있었다. 내가 활짝 미소 지으며 평일 오전 9시에 골리스 마켓에 들어서는 모습을 상상해보라. 매코브 씨가 어딘지는 모르겠지만 최근에 그만두지 않은 직장으로 가는 길에 나를 내려주었다. 나는 가게 안의 골리 씨가 창문에 원 플러스 원 옥수수 핫도그 팻말을 거는 모습을 볼 수 있다. 저쪽, 쓰레기장 멀리에서는 스왑-아웃이 지나가는 자동차에서 다 보이는 곳에서 나무에 대고 오줌을 갈기며 한 손으로 담배에 불을 붙이는 모습이 보인다. 그렇게 나는 오, 주여, 라고 생각한다. 있는 것은 이게 전부다. 뒤쪽으로 돌아가 고스트의 문을 쾅쾅 두드리고 출근 체크를 한다.

학교에 대해 당신이 모르는 건 모두가 무언가를 향해 움직인다는 점이다. 망가진 인생이라도 참여하기는 한다. 좋아, 얘들아, 이 수업, 이 단원, 이 학년을 통과하자꾸나. 5월에 우리는 학업 표준 시험을 볼 거야. 우리의 딱한 학교가 올해에는 아마 더 나은 점수를 올리겠지. 선생님들은 자리를 지킬 것이고 모두가 다음 학년으로 넘어갈 거란다. 어쨌든 모든 아이는 나이를 먹고 싶어 한다. 그러니까 말하자면 자동적 향상이 일어나는 것이다. 학교란 녹스빌 쇼핑몰 에스컬레이터 같은 것이다. 올라서서 타고 가는 것. 올라가는 길에 반짝거리는 새것과 우연히 마주칠 기회는 언제나 있다.

지금의 나는 떨어져 나왔다. 골리스 마켓에는 어떤 단원도, 심지어 한 주의 구분도 없었다. 우리는 롤오프로 시간을 쟀다. 롤오프란 거대한 금속 통이다. 철로에서 쓰는 수레와 비슷한 것이다. 우리는 그걸 쓰레기로 가득 채운다. 그런 다음에는 픽업트럭이 와서 그걸 매립지까지 끌고 간다. 사람들이 버리고 간 쓰레기를 푼돈을 받고 팔 수 있는 것, 재활용할 수 있는 것, 전당포에 넘길 수 있는 것, 뭉개야 하는 것, 물을 빼야 하는 것 등등으로 분류하고 나면 남은 것은 쓰레기 중 쓰레기뿐이다. 상당히 독성이 강한 쓰레기이기도 하지만 중요한 건 그게 아니다. 우리가 그 쓰레기를 30미터 롤오프에 던져 넣어야 한다는 사실이었지. 쓰레기를 던져 넣는 것만으로도 그리 쉬운 일은 아니었다. 회사에서는 롤오프를 가져가고 빈 통을 가져다 두는 비용으로 400달러를 청구했으므로, 우리는 알뜰살뜰하게도 10달러어치 쓰레기 잔여물의 100배 분량을 그 쓰레기통에 쑤셔 넣으려 노력해야 했다. 그 말은, 발을 구르고 납작하게 펴고 깨고 또 깬 다음, 그 쓰레기를 가스 펌프 위의 캐노피보다 높이 쌓는 데에 우리의 모든 초능력을 동원해야 했다는 뜻이다. 거의 다 실었을 때쯤 뭐든 그 꼭대기에 올리려면 팔을 제대로 휘둘러야 했다. 회사에서 통을 끌고 갈 때 꽤 많은 쓰레기가 떨어지기도 했다. 그러면 골리스 마켓에서 매립지까지 쓰레기 오솔길이 남았다. 우리 문제는 아니었고.

우리의 여름은 이랬다. 롤오프를 최대한으로 채운다. 4주든 6주든 상관없다. 옛 롤오프가 떠나고 빈 롤오프가 들어오면, 처음 시작했던 곳으로 돌아간다. 이곳은 그 누구도 그 무엇도 나아지지 않는 진짜 세상이었다. 나는 열여섯 살이 되어 학교를 그만두는 날만을 기다리며 시간을 벌었다. 나 자신을 거지 같은 전일제 일자리에 적응시키는 평생을 예상하며.

한편 매코브 가족은 아주 심각한 똥통에 빠져 있었다. 자동차가 다시 압류된 것이다. 그 자동차는 최신형 닷지 스피릿으로, 하늘색의 리스 자동차였다. 내 생각엔 그중 중요한 요소는 아마 아무것도 없었겠지만. 요점은 매코브 씨가 더는 출근할 수 없어 일자리를 잃었다는 것이다. 돈을 받아 가겠다는 사람들이 찾아와, 빚쟁이가 한 푼도 더 벌 수 없도록 차를 빼앗아 가는 게 왜 말이 되는 건지는 나도 모르겠다. 학교를 싫어하는 학생에게 소리를 질러대는 선생의 어른 버전일까.

처음에 매코브 가족은 노숙자가 되는 것 말고 대체 뭘 해야 하는지 몰랐다. 그들은 이미 집세가 밀리고 있었기 때문이다. 다음으로 그들은 (1) 매코브 씨가 전화 설문 조사를 하고 매코브 부인은 개 미용을 하는, 새로운 가내 사업 두 가지를 시작하는 일에 대해서 또는 (2) 개 미용은 좆 까고, 아이들을 데리고 오하이오로 가 매코브 부인의 부모와 함께 사는 것에 대해서 풀타임 부부 싸움에 열을 올렸다. 나는 매코브 씨가 이긴다는 쪽에 걸었다. 그야, 바지를 입는 쪽은 확실히 매코브 씨였으니까. 이 싸움의 결론이 어디로 이어지는지는 분명 내게도 중요한 문제였다. 나 개인의 궁둥이는 오하이오 어느 곳으로도 움직이지 않을 테니까.

그렇다고 개 미용을 하지도 않을 테고. 나는 골리스 마켓에서 풀타임으로 일하고 있었다. 알고 보니 고스트는 플리너타운 쪽에 살면서 골리스 마켓 바로 옆을 지나 출퇴근했다. 그러므로 그가 출근하는 길에 나를 데려다줄 수 있었다. 고스트가 지킨 시간도, 고스트와 단둘이 그의 쉐보레 픽업트럭을 타고 다닐 때 내 머릿속에 떠오른 생각도 딱히 마음에 드는 건 아니었다. 하, 세상에. 하지만 고스트가 무슨 망나니짓을 하느라 사라지는 주가 아니면 나는 대부분의 날에 출근할 수 있었다. 고스트는 날이 어두워진 뒤에 많은 사업을 했기에, 나도 저녁에 더 오래 남아 있어야 했다. 하지만 나는 익숙해졌다. 스왑-아웃에게는 믿을 만한 대마초 공급처와 후한 마음씨가 있었다. 확실히 시간을 더 빨리 흘러가게 하는 데 도움이 됐다. 실은 더 천천히 흘러가게 하는 건지도 모르겠지만 상관없었다. 오랜만에 한 번씩 스왑-아웃은 같이 사는 남자 것이라는 글록 19 권총을 가지고 왔고, 우리는 롤오프 가장자리에 병을 죽 세워놓고 사격 연습을 했다. 페그 아저씨가 총 쏘는 법을 보여준 지 몇 년이 지났으므로 나는 솜씨가 대단치 않았으나 시간이 지나면서 조준 실력도 늘었다. 스왑-아웃의 조준 솜씨는 언제까지나 엿같이 무서웠다. 향상이란 스왑-아웃의 특징이 아니었으니까. 우리는 에어로졸을 눈여겨보았다. 흡입할 수 있다는 가능성 외에도 훌륭한 표적이 되었기 때문이다. 에어로졸을 쏘면 그야말로 빅뱅이 일어났다. 하지만 우리는 뽁뽁이를 밟아 터뜨리는 것 같은 몇 가지 유치한 짓거리만으로도 무척 즐거워할 수 있었다. 하나 더, 약에 심하게 취한 남자애 두 명이 얼마나 많은 핫도그를 먹어치울 수 있는지 당신은 아마 못 믿을 것이다. 골리 씨는 일부러 더 많은 핫도그를 만들어야 했다.

스왑-아웃이 집에 가는 저녁이면 나는 가게에 혼자 남아 골리 씨를 돕곤 했다. 골리 씨는 인도에서 보낸 어린 시절에 관해 이야기하는 걸 좋아했다. 그곳에서는 수많은 사람들이 쓰레기장 자체에서 살아가는 모양이었다. 진짜 쓰레기로 지은 집에서. 그 말이 기이한 동화처럼 들린다면 골리 씨는 거짓말하는 사람이 아니라는 말만 해두겠다. 그는 사실 쓰레기 더미에서 태어나 어린 시절을 보내는 게 별일도 아니라는 듯이 굴었다. 그는 남자아이들이 서로에게 장난을 치기 위해 한 일들, 예를 들면 함정을 설치하고 악취 폭탄을 터뜨린 일 등등에 관한 온갖 멋진 이야깃거리가 있었다. 명절이면 (여기서 말하는 명절은 기독교 명절과는 완전히 다른 어떤 것이다) 그들은 여신과 코끼리 같은 것들의 거대한 조각상을 —기대하시라— 쓰레기장에서 찾아낸 물건으로 만들었다! 쓰레기로 만든 신이라니, 그런 건 지어낼 수 없다. 이 노인은 평생 이야깃거리를 모으며, 들어줄 사람만 기다려온 것 같았다. 그는 다른 어딘가에 아내가 있었겠지만, 이 시점에 나는 내가 바로 골리 씨의 청중이었다고 확신한다. 알고 보니 그는 원래 갈리 씨였다. 나는 골리 씨가 배달 영수증에 그 이름을 쓰는 걸 보았다. 나는 놀랐지만, 그는 착각하는 사람이 나만은 아니라고 했다. 리 카운티의 모두가 이곳을 골리스 마켓이라고 생각한다고. 골리 씨의 말에 따르면 '골리'란 "이야, 그거 진짜 훌륭한데"라는 뜻이었으므로 그 이름도 괜찮다고 했다. 그의 광고 전략이었다.

쓰레기장에서 보낸 어린 시절에 관한 이런 이야기를 듣다 보면, 나는 때로 바크스 선생님이라면 외국 고아들의 모든 상황에 얼마나 관심을 가질지 그녀에게 말해주고 싶어졌다. 그러다가 생각났다, 상황이 달라졌다는 게. 나는 다크서클 담당관에게 돌아와 있었다. 그녀는 어느 때보다도 딱한 인간 자루가 되어 있었고, 거기에 더해 바크스 선생님이 이 배를 버리고 꿈을 좇으러 갔다는 사실에 심각하게 화가나 있었다. 그건 나도 마찬가지였다. 내 생각이지만, 우리는 둘 다 억울한 마음에 서로에게 최대한 말을 적게 하기로 결정했다. 다크서클은 내가 직장에 있는 동안 한 달에 한 번씩 집으로 전화를 걸었고, 매코브 부인은 내가 밖에 나가서 놀고 있다는 무슨 거짓말을 지어냈다. 다크서클은 그 말을 듣고 좋아했을 것이다, 나와 이야기할 필요가 없으니까. 혹시나 해서 말하지만, 나는 열한 살이다. 다크서클은 내 법적 보호자이고. 그런데 그녀가 생각하는 완벽한 피후견인은 무단결석 중인 피후견인이었다.

매코브 부부는 이 시점에 개와 고양이처럼 싸우고 있었다. 나는 잠에서 깨기도 전에 주방에서, 그리고 밤에는 위층 둘의 방에서 둘이 물고 뜯는 소리를 듣곤 했다. 아기들이 우는 소리를 누를 정도로 목소리가 높아졌다. 그런 와중에도 매코브 부인은 이따금 갑자기 아무 이유 없이, 예를 들면 빨래 더미를 세탁기에 집어넣다가, 내게 자기는 절대로 매코브 씨와 이혼하지 않겠다고 말했다.

그 말이 사실이라면 앞으로 일어날 엿 같은 일 부문에서 배제할 수 있는 거의 유일한 일이 이혼이었다. 7월에는 집주인이 밀린 집세를 내지 않으면 쫓아내겠다고 그들을 위협했다. 그들은 내가 골리스에서 벌어 온 돈에 손을 대는 방법으로 집세를 냈다. 내가 돈을 보태야 한다는 점에 관해서는 이제 의심의 여지가 없었다. 그들은 과연 이 방법에 관해 내게 말해줄 계획이었을까? 아니. 나는 부모가 그 문제를 이야기하는 걸 들은 헤일리를 통해 그 사실을 알아냈다. 그들이 돈을 보관해두는 서랍에서 내 돈을 꺼내 쓴다는 걸. 나는 미쳐 날뛰었다. 가엾은 꼬마는 자신이 꺼내놓은 문제의 씨발스러운 수준을 깨닫고는 오줌을 지렸다. 나는 쿵쾅거리며 위층으로 올라가, 사회복지국에 그들을 고발하겠다고 소리쳤다. 그들이 가져간 이 돈을 벌기 위해 내가 한 다양한 불법적인 일들을 자세히 말하지 않고 어떻게 고발할 수 있을까? 그건 전혀 알 수 없었다. 난 그냥 본능으로 밀어붙였다. 그들의 침실에 있는 물건 몇 개가 램프 하나를 포함해 박살 났다. 아기들이 자동차 경보음처럼 울어댔다. 보기 좋은 장면은 아니었다. 나는 남은 내 돈을 가져다가 땅콩버터 통에 넣고, 내 도움이 필요하면 씨발 부탁하라고 말했다.

하지만 그들이 달리 무슨 방법을 쓰겠는가? 솔직히 헐크의 순간이 지나간 뒤 나는 화가 나기보다는 걱정이 됐다. 매코브 가족은 자동차가 없어서 딱한 꼴이 되어 있었다. 내게 골리스 마켓에서 집으로 가져다달라며 식료품 목록을 준 뒤, 콩 통조림 값을 두 배로 냈다고 기겁하는 식이었다. 하지만 푸드 라이온이 있는 곳까지 8킬로미터를 걸어 다닐 수는 없었다. 매코브 씨는 덩치가 조금씩 깎여나갔다. 그는 지금도 아내와 아이들을 얕보았지만, 나를 자기 친구처럼 대하기 시작했다. 이제 그는 오후에 맥주를 엄청나게 많이 마셨다. 저녁에 집에 가보면, 그가 주방에서 구슬픈 이야기를 나누고 싶어 했다. 나는 그럴 기분인 경우가 거의 없었다. 하지만 내가 개 방으로 들어가면 그는 그냥 나를 따라왔다. 그게 더 나빴다. 일단 그곳에는 남자 두 명이 앉을 공간이 없었고, 속옷이 사방에 널려 있었다. 내 것도 아닌 속옷이.

그는 가족의 생계를 책임지지 못해 패배자가 된 기분이었다. 내 돈을 가져갔다가 아이들 앞에서 고함을 듣다니 거의 죽을 것만 같다고 했다. 그는 완전히 미안해했다. 그러면 불도그가 흰자가 보이도록 그를 쳐다보았고, 나는 사과해야 하는 사람이 나인 것만 같았다. 수치심은 나도 아는 똥구덩이었다. 매코브 씨는 내가 진짜 아들이라도 된 것처럼 내게 인생의 조언을 해주는 질척거리는 기분에 빠지곤 했다. 구걸하는 처지에 이것저것 고를 수는 없다지만 그의 조언만은 별로 선택하고 싶지 않았다. 그는 언제나 같은 말을 했다. 매일 버는 돈보다 한 푼을 덜 쓰면 행복해지고 그보다 더 쓰면 끝장난 거라고. 그는 그 까맣고 서글픈 눈으로 나를 보며 이 말을 해주었다. 행복의 비결은 기본적으로 2센트라는 것이었다.

늦여름이 되었다. 부부 싸움에서 개 미용에 관한 부분은 아무 결론에도 이르지 못했으므로, 표지판은 오하이오를 가리키고 있었다. 매코브 부인의 부모가 전화를 걸자 매코브 부인은 울고 있는 두 아이들을 내선으로 연결해주었다. 아빠가 너무 못돼서 아기들은 아주 작은 것조차 가질 수 없었다. 바비 인형도, 리사 프랭크도, 우아앙. 세상에, 매코브 씨가 처가에 들어간다고 생각해보라. 아수라장이다. 그들은 학기가 시작되기 전에 마을을 떠나기로 했다. 다크서클이 내게 새로운 배정지를 찾아주어야 할 터였다. 최소한 드디어 난 생계를 책임지는 집안의 가장이 개 방에서 자는 그 집에 대한 걱정을 멈추게 되었다.

이제 나는 지옥으로 가는 길의 다음 정거장을 걱정할 수 있었다. 내게 아무 관심이 없는 나의 담당관과 함께 말이다. 나는 그녀에게 전화를 걸어 크리키 농장으로 돌아가야 하느냐고 물었다. 다크서클은 크리키가 아니라 크릭슨이며 그건 아니라고 말했다. 사회복지국은 크리키가 위반 행위를 하고 있다는 걸 알아냈기에 그의 위탁 권한을 없앴다. 그들은 어려운 사례를 맡아줄 다른 사람을 찾고 있었다. 다크서클은 그런 경우를 "영구적 배정에 저항하는 아이들"이라고 표현했고, 당연히 나는 토미를 떠올렸다. 토미는 저항하기는커녕 영구적인 배정지를 두 팔로 끌어안을 터였다. 다시는 해골을 그리지 않고.

이즈음에 나는 계획을 세웠다. 위험할 수도 있겠고, 미친 것만은 확실한 계획이었다. 근데 말이다. 당신도 어디 직접 미치광이의 마을에서 한동안 살아봐라. 무슨 생각을 하게 되는지.

내 명의로 된 것이라고는 밤낮으로 배낭에 넣어 가지고 다니던, 돈이 든 통뿐이었다. 나는 돈을 받을 때마다 매코브 부부가 집세를 내고 남긴 돈 위에 그 돈을 쑤셔 넣었다. 돈을 정확히 세어볼 기회는 없었다. 직장에서도 사생활이 없었고 밤에 내 방에서도 아기 모니터 때문에 사생활이 없었으니까. 내가 돈을 세는 모습을 봤다면 매코브 부부는 혈압이 터져버릴 터였다. 하지만 나는 대부분의 날에 8시간어치 일당을 받았고, 그해 여름 대체로 8주간 일했다. 8주에 못 미친 건 고스트가 심하게 취한 날이 있었기 때문이다. 그 정도면 충분할 터였다.

8월이 되었다. 매코브 부인은 아직 전당포에 맡기지 않은 모든 것을 종이 상자에 넣었고 매코브 씨는 아마 머리에 총알을 박아 넣는 방안의 장단점을 가늠해보고 있을 터였다. 그런데도 아무도 내게 어디에 가서 살게 될 거라는 말을 해주지 못했다. 다크서클이 생각하는 일이란 같은 질문을 계속 다시 던지는 것이었다. 내가 궁지에 몰렸을 때 나를 받아줄 수 있는 친구가 있는지? 다크서클은 페곳 가족에게도 다시 확인해보았다. 당황스러운 일이었다. 그 얘기를 몇 번이나 들어야 하는 걸까? 아니, 페곳 가족은 나를 원하지 않았다. 그들은 학기가 시작되기 전 며칠 동안은 내가 그 집에 가서 매슈와 시간을 보내도 된다고 말했다. 아마 매곳이 지루해한다는 뜻일 터였다. 집 근처에서 눈 화장을 하며 모두를 미치게 만들고 있겠지. 그러자 매곳의 할머니 할아버지는 내가 매곳에게 좋은 영향을 끼쳤던 건지도 모른다는 생각이 떠올랐을 것이다. 나는 생각했다. 빌어먹을, 내가 뭐랬어요. 내가 다크서클에게 한 말은 이것이었다. "생각해보겠다고 전해주세요."

다크서클이 계속해서 물어본 또 한 가지 문제는 친척들에 관한 것이었다. 나한테 친척이 있는지. 이 얘기는 이미 하지 않았던가? 아줌마, 좀 찾아봐요. 엄마는 고아에 위탁 아동이었다. 엄마가 아는 한 살아 있는 친척은 한 명도 없었다. 거기다 엄마도 죽었고. 아빠는 죽었다는 부분으로 곧장 넘어가면 된다. 게다가 내 출생증명서에 따르면 아빠는 존재하지도 않았다.

하지만 아빠가 존재하는 건 사실이었다. 엄마는 그 점을 매우 분명히 밝혔다. 내가 태어난 날에 웬 늙은 암탉이 나를 데리러 왔다는 엄마의 이야기는, 그래, 의문의 여지가 있었다. 하지만 내가 나이를 먹을수록 점점 더 많은 사람이 나더러 아빠를 닮았다고 했다. 달리 말하면 나도 어딘가에서 왔다는 뜻이었다. 누군가에게서.

8월 첫 목요일, 매코브 가족은 오하이오 방향을 가리키는 이삿짐 트럭을 진입로에 대고 있었다. 나는 다크서클에게 페곳 가족에게 가겠다고 말해두었다. 페곳 가족이 나를 데리러 올 테니 다크서클이 나를 태워다 줄 필요는 없다고. 나는 다크서클이 내 배정지 문제를 해결할 때까지 그곳에 머물겠다고 했다. 개 방에서 보낸 마지막 날 아침에 최대한 많은 것을 배낭에 쑤셔 넣었다. 옷, 스케치북, 돈 통. 나머지는 쓰레기였다. 가지고 있던 장난감은 브레일리에게 주었다. 나는 공기가 빠지도록 에어매트리스 마개를 빼서 그 위에 두었다. 아이들이, 특히 헤일리가 그리울 터였다. 나는 골리스 마켓에서 그 애들에게 줄 작별 선물을 샀다. 헤일리한테는 플라스틱 말, 브레일리에게는 풍선껌 맛이 나는 아이스크림 한 통. 나는 이불과 함께 침대를 말아 빨래 바구니에 넣은 뒤 밖으로 가지고 나갔다. 매코브 부부에게도 작별 인사를 하려 했지만, 둘은 이삿짐 트럭에 어떻게 퀸사이즈 매트리스를 넣을지를 놓고 서로에게 고함을 질러대고 있었다. 뭐, 그럼 그러시든지. 헤일리가 나를 안아주었다. 브레일리는 분홍색 아이스크림 턱수염을 쓱 닦고는 계단에서 손을 흔들었다. 고스트가 다가왔고 나는 그의 픽업트럭에 탔다. 그게 다였다. 모든 게 끝났고 나는 매코브 집안에서 나왔다.

직장에서의 하루는 이상했다. 머리가 정상적이지 않은데, 나만 그런 게 아니었다. 뭐랄까, 웬 아줌마가 자동차 창문을 내리고서는 자기 장애 수당 수표를 가지고 도망친 니미럴 남편을 본 적이 있느냐고, 꽉 채워서 30분 동안 소리를 질러댔다. 게다가 배배 꼬아 묶은 쓰레기봉투 안에서 어미 스컹크와 새끼 스컹크 네 마리를 발견하기도 했다. 어미 스컹크가 구멍을 뚫고 가족을 그리로 데리고 들어간 것이었다. 근데 그것들은 스컹크였다. 그 말은, 그 녀석들을 몰아내는 건 완전히 다른 얘기였다는 뜻이다. 〈리썰 웨폰 3〉*였달까.

교대 근무가 끝날 때도 페곳 가족은 나를 데리러 오지 않았다. 나는 다크서클이 이번 생에든 다음 생에든 절대 페곳 가족에게 전화를 걸어 확인하지 않으리라는 걸 알았기에 다크서클에게 거짓말했다. 나는 골리 씨에게 다음 날에는 오지 못할 거라고 말했다. 거짓말이 아니었다. 그래서 골리 씨가 일주일 수당을 일찍 주었다. 나는 매코

---

*   미국의 액션 영화로, 폭탄 해체 작업을 다룬다.

브 가족에게 줄 테니 그들의 외상에 올리라며 몇 가지 물건을 챙겼다. 캔디바, 슬림짐** 등 들고 다니기 쉬운 것들이었다. 골리 씨는 이게 매코브 가족이 평소 사는 식료품 목록이 아님을 알았을지 모르겠다. 하지만 알았더라도 그는 아무 말도 하지 않았다. 족히 한 시간 정도 햇빛이 남아 있을 때, 나는 골리스 마켓을 떠났다. 교차로로 걸어가 남쪽의 23번 고속도로로 접어든 다음 엄지를 내밀었다.

녹슨 엘 카미노를, 반은 자동차고 반은 픽업트럭처럼 생긴 그 물건을 탄 한 남자가 다가온 건 5분도 지나지 않아서였다. 뒷자리에는 진흙투성이 개 두 마리가 타고 있었다. 난 그걸 좋은 징조라고 생각했다. 그 남자가 아동 학대범은 아니라는 뜻으로. 왜 범죄 현장에 개를 데리고 다니겠는가? 아무튼 차에 탔다. 개들이 어디서 그렇게 진흙투성이가 됐는지는 몰라도, 이 남자 역시 개들과 함께 있었던 모양이었다. 셔츠 소매에는 진흙이 달라붙었고 머리에는 흙덩이가 매달려 있었다. 하지만 괜찮았다, 피는 아니니까. 나는 태워줘서 고맙다고 했다. 내게 오늘 밤 어디로 갈 거냐고 물었고, 나는 테네시주라고 말했다.

그가 웃었다. "**구체적으로** 어디 말이냐, 이 녀석아. 테네시주는 뭐랄까, 크거든."

나는 아마 그 남자로서는 한 번도 들어본 적 없는 곳일 거라고 했다. 머더 밸리라고.

그는 내 말이 맞다고, 자기한테는 새로운 장소라고 했다. 하지만 그런 이름을 들은 지금은 영영 잊지 못할 거라고 했다. 나는 그럼요, 아저씨, 절대 못 잊죠, 라고 말했다.

**   육포 과자 이름.

24

　진흙투성이 남자는 목사였다. 그는 켄터키에 있는 무슨 호수로 캠프에 다녀오는 길이었다. 일요일 예배 시간이 되기 전에 집으로 돌아가 씻어야 했다. 뭐, 몸을 씻기 위한 추가 시간을 예정에 넣다니 똑똑한 것 같았다. 그는 자신이 목회하는 곳은 카터스 밸리에 있는 작은 교회라고 했다. 나는 사람들이 일요일에 구불구불한 뒷길을 드라이브하다가 보게 되는, 문에서 작업복과 실내복 차림의 사람들이 나오는 교회를 상상했다. 그들의 하느님 사업에 고매하거나 대단한 점은 전혀 없었다. 이 남자도 그런 식이었다. 그는 머리를 식히기 위해 낚시를 한다고 말했다. 물가에 개들과 함께 앉아, 새와 개구리들이 함께 찬송가를 부르는 소리를 듣다 보면 주님 바로 곁에 있는 기분이 든다고.

　그는 머더 밸리에 대체 누가 살기에 만나러 가느냐고 물었고, 나는 할머니라고 말했다. 그는 할머니를 본 지 얼마나 되었는지 물었다. 방금 신을 만나고 왔다는 사람 얼굴에 연기를 피워대고 싶지 않아서, 나는 기억나지 않는다고 말했다. 아니, 내가 태어난 날 나타났다는 아줌마에 대한 엄마의 말이 사실이라면, 내가 그걸 기억하겠는가?

다만 나는 할머니 이름을 알았다. 벳시 우들. 그 이름을 큰 소리로 말하는 것이 힘처럼 느껴졌다. 저번에 완전히 헐크가 되어 내 돈 통을 돌려달라고 했던 것과 비슷했다. 벳시 우들은 뺨을 부리는 사람일 수도, 아이를 때리는 사람일 수도 있겠지만 어쨌든 내 쪽 사람이었다. 사람들은 친족에게 빚을 지게 마련이다. 한 가지만 예를 들어보자면 벳시 우들의 죽은 아들은 그동안 내내 내게 사회보장급여를 주었어야 했다. 최악의 경우는, 엄마가 이야기를 지어냈기에 할머니가 아예 존재한 적이 없는 사람으로 밝혀지는 것이었다. 아니면 할머니가 진짜 존재하는데 내가 찾지 못할 수도 있었다. 아빠가 묻힌 곳을 안다는 게 할머니가 같은 마을에 산다는 걸 보장하지 않았다. 게다가 누군가 지켜보고 있다면 경찰이 나를 데려갈지도 몰랐다. 그러니 사실 최악의 경우는 꽤 많았다. 나도 바보가 아니어서 잘 알았다. 다만 그중 어느 경우도 내가 이미 처한 상황보다 나빠 보이지는 않았다.

남자는 내게 몇 살이냐고 물었고 나는 열다섯 살이 된다고 말했다. 이번에도 엄밀히 말하면 거짓말은 아니었다. 언젠가는 열다섯 살이 될 테니까. 우리는 그의 사워크림과 양파 감자칩 한 봉지를 나누어 먹었고, 그는 내게 낚시에 관한 많은 팁을 알려주었다. 나야 최고의 낚시꾼에게서 이미 배운 적이 있었으니 들을 생각이 없었지만. 페그 아저씨는 날씨가 흐린지 맑은지, 어떤 벌레가 부화할지까지 고려해 모든 구멍에 집어넣을 최적의 미끼를 알아냈다. 그의 낚시 도구 상자는 어린애를 평생 홀릴 수 있었다. 어른들은, 그러니까 모든 어른은 페그 아저씨가 어떻게 빌어먹을 매번 고기를 잡는지 알고 싶어 했다. 페그 아저씨의 답은, 입을 조심해야 한다는 것이었다. 그게 농담이었는지는 결국 모르겠다. 나는 낚싯대를 들고 앉아 아저씨를 지켜보며 아저씨의 표정을 따라 하곤 했다. 페곳 가족에게 화가 나 있었기에 이제 와서 기억하기에는 고통스러운 일이었지만. 목사는 큰 지렁이 대 눈 큰 물고기에 관해 할 말이 많았다. 카터스 밸리는 아주 깊숙한 곳에 있었고 우리가 있는 곳까지 어둠이 깔렸다. 그는 가던 길에서 벗어나 나를 트럭 휴게소에 내려주었다. 밤새도록 분주한 곳에 있어 야 내게 운이 더 따라줄 거라는 생각에서였다.

밤새 분주하다는 면에서 목사의 생각은 틀리지 않았다. 독실한 스타일이다 보니 아마 구체적으로 어떻게 분주한지는 몰랐겠지만. 나는 벌레들이 날아다니는 그 이상한 분홍색 조명 아래에서 갈피를 잡으려 하고 있었다. 그때 어떤 여자가 다가오더니 내게 아이스*가 있는지 블로잡**이 필요한지 물었다.

그 여자가 말한 아이스는 500그램짜리 봉투에 담긴 얼음이 아니었다. 나도 그 정도는 알았다. 하지만 나는 내 구역에서 멀리 벗어나 있었다. 배기가스가 에어로졸처럼 나를 취하게 했다. 그 여자는 정말이지 마귀할멈 같은 인간이었다, 세상에. 뼈만 보이도록 깡마른 데다 싫을 정도로 나이가 많았다. 그 여자가 입은 옷을 보면 거사를 반쯤 치르다가 세상을 하직할 것처럼 보였다. 검은 브래지어, 조그만 흰색 상의, 미니스커트, 쇄골과 막대처럼 가느다란 다리가 모두 드러나 있었다. 나는 감사하지만 사양할게요, 아주머니, 라고 말했다.

나는 도망쳤어야 했다. 나도 그랬기를 바란다. 하지만 여느 아이들이 그렇듯 연장자에게 예의 없이 굴어서는 안 된다는 교훈이 내게도 박혀 있었다. 그 여자는 내게 볼일이 끝나지 않았다. 그녀는 자기를

* '필로폰'을 가리키는 은어.
** '구강 성교'를 가리키는 은어.

제대로 쓰다듬어주면 자기도 나를 쓰다듬어주겠다고, 또 내게 자기에게 줄 게 좀 있지 않느냐고 말했다. 80, 심지어 40도 괜찮다고.

80이나 40 뭐요, 나는 그렇게 물었고 여자는 말했다. "얘야, 난 옥시가 정말 필요해."

이번에는 물어볼 필요가 없었다. 나는 떠났다. 여자가 나를 쫓아왔다. 내게 사실 목적지가 없다는 점을 생각하면 이상한 일이었다. 내 계획은 길가에서 오줌을 눈 다음 차를 타는 것이었지만, 여자의 특별한 제안 이후로는 그 무엇도 꺼내놓을 수 없었다. 나는 트럭 휴게소의 소형 마트로 갔고 여자는 계속해서 내게 붙어 거의 혼잣말을 했다. 걷는 게 어렵다는 듯 거대한 핸드백을 엉덩이에 부딪히며 걸었다. 나는 가슴이 쿵쾅거렸다. 그 여자를 쫓아내는 건 무례한 일로 느껴졌지만 나는 그렇게 한 다음 서둘러 유리문을 지나 과자와 기념품이 놓인 그 모든 선반을 지나서 화장실 표지판이 있는 뒤쪽으로 곧장 갔다. 계산대의 남자는 윌리 넬슨*** 스타일을 따라서 머리를 땋고 반다나를 하고 있었다. 윌리의 섹시한 쿨함만 빠져 있을 뿐이었다. 그는 내 티셔츠에 '도망자'라고 적혀 있기라도 한 듯 나를 지켜보았다. 내 그림자가 다른 복도로 사라졌지만 여자는 여전히 그쪽에 있었다. 살면서 남자 화장실 문으로 들어가는 게 그렇게 구원처럼 느껴진 건 처음이었다.

트럭 운전기사 두 명이 소변기에서 서로 이야기하고 있었으므로 나는 칸으로 들어가 오줌을 누었다. 그런 다음 바지를 올린 채 왕좌에 앉았다. 그냥 조용한 곳에서 생각을 하고 싶어서였다.

"……가지고 다니는 걸 볼 때마다 난 그 빌어먹을 게 그놈 물건이

*** 미국의 싱어송라이터.

아니라는 걸 알았어." 트럭 운전기사 한 명이 말했다. "현장에서 경찰을 불렀어야 하는데."

"지금쯤 그 개자식은 텍사스에 있을걸. 너도 알잖아."

그들은 내 얘기를 하는 게 아니었지만 나는 엿같이 긴장했다. 그곳에서는 클로록스와 오줌 냄새가 났다. 악몽처럼 환했다. 그 모든 흰타일을 비추는 밝은 빛에 귀가 울렸다. 나는 바깥에 있는 내 여사친이 낚시를 드리울 다른 대상을 발견할 때까지 가만히 있어야 했다. 한편 돈을 얼마나 가지고 있는지 알아야 할 것 같았다. 나는 배낭에 손을 넣어 땅콩버터 통을 꺼냈다. 매코브 부부의 요새로 쳐들어가 그 돈을 되찾아오기 전부터 나는 내 시급에 그해 여름 동안 일한 주의 수를 곱하며 시간을 보냈다. 그 결과는 현실적이지 않은 숫자였다. 엄청나게 많은 돈. 분명 매코브 부부가 집세를 뭉텅이로 빼 갔지만, 나는 지금도 그럭저럭 괜찮은 액수를, 수백 달러를 기대하고 있었다. 내가 손에 현금을 들고 할머니 집에 나타난다면 할머니는 나를 하루 일을 할 수 있는 인간, 뭔가 가치가 있는 인간으로 볼 터였다. 쓰레기가 아니라.

나는 트럭 운전기사들이 떠나기를 기다렸다가 통을 열고 마구 뒤엉킨 현금을 꺼냈다. 급료는 대체로 소액의 지폐와 동전으로 받았으므로 통은 25센트 동전으로 절반쯤 차 있었다. 무게가 아마 2.5킬로그램은 나갔을 것이다. 손이 떨려왔다. 나는 지폐를 무릎에 대고 펴서 종류별로 나누려다가 몇 장을 떨어뜨렸다. 잔돈은 아직 건드리지도 않았다.

나는 문이 열리고 누군가 들어오는 소리를 들었지만 그 사람이 아무 말도 하지 않았기에 계속 그 모든 지폐를 무릎에 올려놓고 있으려고 애쓰며 세어나갔다. 동전은 시끄러웠으므로 통을 바닥에 두었다.

나는 1달러짜리를 열 개들이 더미로 쌓은 뒤 헤아렸다. 도합 190달러였다. 다음으로는 5달러짜리를 셌는데, 10달러짜리를 세기도 전에 200달러를 넘었다. 엄청나게 많았다. 제기랄. 난 부자였다.

"애, 빨간 머리야. 나오렴. 착하게 굴어."

오, 주여. 남자 화장실에 여자가 들어와 있었다. 그 여자였다. 나는 최대한 오래 숨을 참았다가 내쉬었다. 나는 그 여자가 돌아다니는 소리를 들었다.

"그 안에 돈 통 가지고 있는 거 보여. 나한테 다이아몬드 반지라도 사주려는 거니, 아가?"

잠시 눈이 흐려졌다. 나는 가만히 있었다. 그런 다음 바닥에서 통을 집어 들었다.

"그냥 농담이야, 애야. 네 예쁜 자지를 공짜로 빨아줄게. 그건 어때? 그런 다음 너랑 나랑 그 돈을 가지고 파티를 하는 거야."

나는 지폐를 다시 통에 쑤셔 넣었지만 엄청나게 많은 1달러짜리를 사방에 떨어뜨렸다. 그 모든 돈을 주워 배낭에 통을 집어넣고 지퍼를 채웠다. 조용히 하려고 노력하면서. 나는 허리를 숙이고 칸 아래를 보려 했지만 누구의 발도 보이지 않았다.

"왜 그래, 나한테 화가 난 거니, 아가? 난 아무 뜻도 없어. 그냥 너랑 재미를 보고 싶을 뿐이란다. 넌 조금 재미를 봐야 할 것 같은데."

틀린 말은 아니었다. 하지만 이건 아니었다. 나는 그 여자의 신발이 또각거리며 돌아다니는 소리를 들을 수 있었다. 가만히 앉아 있는 것 말고는 할 일이 없었다. 이 세상에는 오줌을 눠야 하는 주님의 트럭 운전기사들이 충분히 있으니, 그중 한 명이 여기에 들어와 저 여자를 쫓아버릴 게 분명했다. 하지만 그 운전기사는 빌어먹을 시간을 끌고 있었다.

그때 세상에, 씨발 그 여자가 나를 내려다보고 있었다. 칸막이 위쪽 너머로.

나는 펄쩍 뛰었다. 그 여자의 꼴을 생각했을 때 여자가 딛고 선 곳에서 내려오거나, 운이 따라줄 경우 떨어질 때까지는 1분이 걸릴 터였다. 나는 화장실에서 나와 거의 출구에 도착했다. 그때 비명이 들리기 시작했다. 빌어먹을 개자식 내 돈 돌려줘 도와주세요 경찰 도와주세요 강도를 당했어요!

나는 밖으로 나왔지만 셔츠를 잡혀 다시 끌려 들어갔다. 고약한 눈의 계산원이었다. 그는 윌리 넬슨보다 훨씬 젊었고 보기보다 힘이 셌다. 그는 나를 잡지 선반에 대고 밀치더니 어디로 갈 생각이냐고 물었다. 나는 밖이라고 말했다. 여자는 내가 자기 돈을 훔쳤다고 고함을 지르고 소리를 쳐댔다. 계산원은 우리에게 아는 사이냐고 물었고, 여자는 나를 본 적이 한 번도 없다고 말했다.

계산원은 나를 위아래로 훑어보았다. 여자도 똑같이 했다. 처음으로 나를 제대로 본 그녀는 자신이 쫓던 사람이 초등학생 계열이라는 걸 알고 놀란 듯했다.

"신고를 해야겠냐, 꼬마야? 아니면 이 여자분에게 돈을 드릴래?"

"염병할." 내가 말했다. "이건 빌어먹을 내 돈이에요."

"아닐 텐데." 남자가 말했다. "욕설도 도움이 되지 않아."

"죄송해요. 근데 이건 제 돈이에요."

남자가 눈알을 굴려댔다. 나는 존재하지도 않는 친구를 끌어안듯 두 팔로 내 배낭을 끌어안고 있었다. 이걸 빼앗으려면 놈은 나를 죽여야 할 터였다.

남자는 이 쇼를 구경하고 있던 심야의 쇼핑객 무리를 둘러보았다. "이 아이가 제 손님을 터는 걸 보신 분?"

아무도 입을 열지 않았다. 그들은 눈앞의 과자나 기념품 병따개에 관심을 가졌다. 계산원이 손님으로 취급한 그 여자는 이제 정의로운 노부인처럼 불쾌한 표정으로, 정신이 맑은 시늉을 꽤 잘해내고 있었다. 바깥에서와 지금 사이의 어느 순간에, 여자는 분홍색 홈드레스인지 셔츠 같은 것을 걸쳤다. 그래서 화장 솜씨가 나쁜 누군가의 할머니처럼 보였다. 엄청나게 큰 그놈의 핸드백에 온갖 걸 다 넣고 다니는 모양이었다. 여자는 맨 위 단추를 잠그고 훌쩍거렸다. "땅콩버터 통에 모아둔 내 비상금이에요. 여기 이 꼬마가 내 핸드백에서 통을 꺼내 갔어요."

나는 여기 이 꼬마가 1분 전만 해도 당신이 함께 파티를 즐기고 싶어 하던 사람이라고 말해주고 싶었다. 그러나 이곳에서는 누구도 내 말을 믿지 않을 터였다. 밝은 빛 아래에서 본 세상은 엉망진창 그대로였고, 우리도 있는 그대로 어른과 아이였으니까.

"빌어먹을 매처럼 나를 지켜보고 있었잖아요." 내가 계산원에게 말했다. "내가 남자 화장실에 들어가는 걸 봤잖아요. 눈이 있다면 저 여자가 남자 화장실에 들어가는 것도 봤겠죠. 저 여자가 저 안까지 나를 따라 들어왔어요. 나를 설득해서……."

"그만하면 됐어." 남자가 손마디가 붉어진 큰 손을 들어 올리며 말했다. 나는 그가 그 손으로 내 입을 막을까 봐 겁에 질렸다. 난 내가 무슨 일을 하게 될지 알았으니까.

"그냥 저 애의 배낭을 들여다보세요." 여자가 말했다. "저 애가 배낭 안에 내 통을 가지고 있는지 봐요." 트럭 휴게소의 창녀에게서는 도저히 볼 수 없을 만큼 권위 있고 강력한 말이었다. 이 여자가 단골 손님이라면 어떻게 이 남자가 알아보지 못할 수 있는지 궁금했다. 하지만 내가 뭘 알겠는가. 창녀들이 여기저기 돌아다니면서 쇼핑을 하는지도 모르지.

"지프 땅콩버터 통이에요." 여자가 말했다. "10센트랑 25센트짜리 동전이 가득 들었어요."

빌어먹을. 이 여자는 지폐에 대해서는 알지도 못했다. 진짜 현금이 전부 내 무릎에 올라와 있을 때 문 아래로 본 게 틀림없었다.

"돈이 얼마나 있었는지 물어보세요." 내가 말했다. "저 여자가 정답을 말하면 줄게요."

그 말에 여자가 울부짖었다. "난 몰라, 난 모른다고! 내가 아주 오랫동안 모아온 잔돈이야. 그게 얼마인지 어떻게 알겠니?"

이제는 손님들이 발을 질질 끌고 계산대로 오고 있었다.

"아무도 널 웃긴다고 생각하지 않는다, 이 녀석아. 저 여자분에게 돈을 드려. 그러면 놔주마."

"내 돈이라고요, 아저씨. 저 여자가 화장실에 들어와서 내가 돈을 가지고 있는 걸 봤고, 지금은 나한테서 그 돈을 빼앗으려고 아저씨를 속이는 거예요."

나는 노려보는 것으로 남자의 기를 죽이려 노력했다. 남자는 팔짱을 끼고 고개를 저었다. 모두 '여긴 끝났어, 넌 망했고'라는 표시였다. 나는 문으로 뛰쳐나가 어둠 속으로 도망칠까 생각했다. 나는 이곳의 그 누구보다도 빨랐으니까. 하지만 그러면 이 남자가 경찰을 불러 나를 쫓게 할 것이 뻔했다.

"너희 부모님한테 전화를 걸어야 하냐?" 남자가 물었다.

내가 웃었다. "어디 해보세요."

남자는 농담을 알아듣지 못했다. "신분증 같은 것 좀 볼 수 있을까?"

"무슨 신분증 같은 거요?" 내가 묻자, 그는 몇 가지 물건의 이름을 댔다. 운전면허증, 학생증. 내게 있지도 않고 가져본 적도 없는 물건들이었다. 문득 나는 저 바깥의 고속도로에서 차에 치여 납작하게 돼도 아무도 그 시체를 뭐라고 부를지 알지도 못하고 신경도 쓰지 않으리라는 생각이 들었다. 로드킬이었다.

이때쯤에는 가게 전체에 긴장감이 감돌았다. 미친 여자가 울부짖었고 사람들은 계산대 앞의 줄에서 움직이고 있었다. 윌리가 망할 주먹을 날리자 나는 몸이 반으로 접힌다. 그가 내 배낭을 가져간다. 프로의 움직임이다. 나는 숨을 고를 겨를도 없다. 그가 통을 꺼내 완전히 강압적으로 묻는다. "이건 뭘까, 이 씹새끼야?" 꼴좋다는 듯이 내 면전에서 그 통을 흔들어댄다. 내 뱃속에서 분노가 부풀어 오른다. 개 같은 창녀는 본격적으로, 내가 뭐랬어요!라는 식으로 군다. 다만 그 여자는 눈이 휘둥그레져 있다. 우리가 말하는 게 많은 돈이라는 걸, 지폐라는 걸 보았기에. 여자의 비명이 하늘까지 높아진다. 일요일로만 이루어진 한 달 동안 엉망진창으로 취할 생각에 행복한 노래를 부르고 있다.

남자가 내 돈을 그 여자의 손에 쥐여주는 모습은 현실처럼 보이지도 않는다. 그 모든 사람이 지켜보는 가운데, 내 편을 드는 사람은 한 명도 없다. 잡지 선반이 무너지도록 세게 주먹질을 하고, 그 좆같은 환영 매트에 공짜 브로슈어를 온통 쏟아놓는 것 말고는 할 일이 아무것도 없다. 비명이 어디서 들려오는지 알 게 뭔가. 남자에게 나치라고, 나는 그 돈을 벌기 위해 1년 내내 일했는데 그 대가로 거짓말이나 하는 좆같은 창녀에게 그 돈을 주어야 하냐고 말하는 사람은 나 같지 않다. 나는 여자에게도 문제를 제기한다. 여자의 조그만 망가진 얼굴을 마주 보며, 가서 씨발 약물 과용으로 뒈지라고 한다.

내가 그렇게 말했다. 내 심장의 모든 증오심을 담아 그 여자에게, 가서 우리 엄마가 죽은 것처럼 죽으라고 했다. 가서 파티를 즐기라고, 그러다가 쓰레기통 뒤에서 혼자 그 추한 몸뚱이를 없애버리라고.

나는 문으로 걸어 나갔다. 문이 나를 위해 열렸다가 등 뒤에서 닫혔다.

심장이 너무 심하게 두근거려 눈에서 박동이 느껴질 정도였다. 나는 여행자들이 휘발유 증기 아지랑이 속에서 차에 기름을 넣고 있는 주유기를 지났다. 트랙터 트레일러 여러 대가 신조차 버린 이 밤에 대기하며 한가로이 잠든 커다란 주차장을 지났다. 사람들의 그림자가 트럭 주변에 머무르며 흥정하고 있었다. 나의 일부는, 누군가가 나를 따라와 이 지옥은 현실이 아니며 너는 이 사람이 아니라고 말하기를 기다리고 있었다. 실수였다.

나는 그렇게 버지니아를 떠났다. 엄지를 내민 채 26번 고속도로의 갓길을 따라 걸으며, 할머니가 나를 처음이자 마지막으로 보았던 그때와 똑같이 벌거벗은 궁둥이 말고는 아무것도 없는 채로 할머니가 있는 곳으로 향했다.

25

내가 한 말이 되돌아와 나를 괴롭혔다. 하룻밤이 더 지나기 전에, 나는 쓰레기통과 주유소 건물 뒤쪽 사이의 어두운 공간에 웅크린 채, 아침이면 이곳에서 죽게 될지도 모른다고 생각하고 있을 터였다.

나는 그 지옥 구덩이 같은 트럭 휴게소를 서둘러 떠나, 스코알 담배를 뺨이 튀어나오도록 문 채 아무 말도 하지 않는 장거리 트럭 운전기사의 차에 탔다. 그의 라디오는 전부 가스와 레바*였다. 괜찮았다. 그냥 윌리만 아니면 됐다.

나는 앞선 일로 녹초가 되었기에, 운전기사에게 테네시주로 가고 있다고 말한 뒤 잠들었던 것 같다. 실수였다. 알고 보니 테네시주는 길이만 650킬로미터는 되는 터무니없는 존재였다. 테네시주의 절반가량을 가로지른 뒤에야 나는 잠을 깨, 어떤 기겁할 영화에서 본 마천루 위로 태양이 떠오르는 모습을 본다. 어떤 빌딩에는 헬보이 같은 뿔이 달렸다. 농담이 아니다.

---

*　　컨트리음악 가수인 가스 브룩스와 레바 매킨타이어를 말한다.

내슈빌이다, 운전수가 말한다. 나는 니미럴, 아저씨, 내슈빌이요?라는 식이다. 그렇게 간단하다니. 나는 살면서 지금까지의 그 어느 순간보다 머더 밸리에서 멀어졌다.

바로 이해되지는 않았다. 나는 내슈빌이 유니코이 카운티와 가까운 곳인지 물었다. 아빠가 묻힌 지역에 관해 내가 아는 건 불길한 이름이 붙은 계곡 말고는 유니코이가 전부였으니까. 운전기사는 테네시주의 카운티를 잘 몰랐지만 지도가 있어서 운전대 위에 펼쳐놓았다. 그는 지도를 자세히 살펴보는 동시에 굉음을 울리고 주간 고속도로를 달려가며 차선을 바꾸고 샌드위치를 먹었다. 무서웠다. 잠시 후 포기하고 내게 지도를 밀어놓았다. 나는 곧 유니코이와 내슈빌을 찾았고 트럭 운전기사에게 나를 제발 여기서 내려줄 수 있느냐고 물었다. 지난 다섯 시간을 엉뚱한 방향으로 가며 보냈으니까. 멍청한 놈. 행운을 찾아 떠났는데, 첫째 날에 수백 달러를 잃고 테네시주를 절반이나 가로질러 오다니.

트럭 운전기사는 도로 출구에서 차를 세우고 나를 내버렸다. 나는 가만히 서서 달걀 샌드위치와 방귀 냄새가 나지 않는 공기를 들이쉬었다. 표지판을 보니 나의 선택지는 세 가지 맛이었다. 주유소, 타코벨, 병원. 공공장소에서 소변을 보기에는 너무 밝은 낮이었으므로 화장실로 향했다. 화장실에 들어갈 용기도 없었지만. 배가 고파 죽을 것 같았다. 배낭을 뒤져 사과 하나를 꺼낸 뒤 걸어가면서 먹었다. 골리 씨가 생각났다. 나는 사괏값을 매코브 가족에게 청구하는 방법으로 골리 씨에게서 그 사과를 훔쳤다. 씨앗까지 포함해 사과를 전부 먹지 않으면 우리를 쓸모없는 놈 취급하던 크리키도 생각났다. 나의 행복한 인생을 담은 성적표 감상을 방해하려는 건지 누군가가 "어이, 형제님!"이라고 소리쳤다.

나는 펄쩍 뛰었다. 나는 필립스 66*에 시선을 두고 있었기에 길옆에서 야영하던 커플을 완전히 놓쳤다. 남자가 웃자란 잡초 사이로 비틀거리며 나왔다. 예수님 같은 더러운 머리에, 유리를 끼운 것 같은 희끄무레한 눈을 가진 남자였다. 그는 내게 자신의 형제냐고, 구원을 받았느냐고 물었다. 그 뒤를 따라온 여자는 무척 우물쭈물하는 모습이었다. 눈에 머리카락이 들어가 있었다. 여자는 남자가 자기 주인인 것처럼 굴었다. 둘 다 힘겨운 삶에서 비롯된 생김새였다. 옷도 피부도 모두 물 빠진 가죽의 칙칙한 색깔이었다.

"구원하고는 정반대죠." 나는 그렇게 말하고 계속 걸어갔다.

"그럼 내게 5달러를 줘." 그가 소리쳤다. "주님께서 축복해주실 거야."

"돈 없어요." 나는 돌아보지 않았다. "주님이 저한텐 볼일이 없으신가 보네요."

남자가 다가와서 내가 손에 들고 있던 사과를 낚아챘다. 그는 내 앞에서 뒷걸음질로 걸어가며 나를 놀렸다. "회개하라!" 그가 말했다. "누구든 후하게 씨를 뿌리는 자는 거둘지니!"

"아, 씨발. 진짜 이러기야?" 나는 걷다가 멈추었다. "내가 가진 모든 걸 누가 이미 다 털어 갔다고. 그런데 마지막으로 남은 사과 반쪽까지 가져가?"

이 말에 그가 놀랐다. 우리가 텅 빈 주유소 부지에 서 있는 동안 그는 자기 손에 들린 내 사과를 바라보았다. 사과가 입을 열어 이 문제를 해결해주리라고 생각하는 것처럼. "황야에서 온 이 사람은 누구인가?" 그가 물었다. "그대의 어머니가 산고를 겪으며 그대를 낳은 나무

---

*   주유소 브랜드.

아래에서 나는 그대를 깨웠노라."

우물쭈물하던 여자가 조금씩 그의 등 뒤로 돌아가더니 나를 보며 고개를 저었다. 진짜야, 친구, 겁을 먹도록 해, 라는 식이었다.

두 번 말할 필요는 없었다. 나는 남자와 사과가 아직 문제를 해결하고 있을 때 빠른 걸음으로 멀어졌다. 옆걸음질로 남자 화장실에 들어가 문을 쾅 닫았다. 화장실은 다행히 부지 뒤쪽에 있고 안에서 문을 잠글 수 있는 일인용 화장실이었다. 오물 구덩이 같은 냄새가 났지만 노숙자 예수가 떠날 때까지 그곳에 머물 계획이었다. 더는 배가 고프지 않았다. 악취 때문이었다. 하지만 목이 말라 죽을 것 같았다. 나는 냄새나는 수도꼭지에서 나오는 물을 마시고, 다양한 사실을 마주하기 위해 쓰레기통 위에 앉았다. 내게는 이제 돈이 없다는, 한 푼도 없다는 사실. 이 화장실에서 나간 뒤에는 배가 고프리라는 사실. 내가 그 어느 때보다도 집에서 멀리 떨어져 있다는 사실. 정말 실수로 수백 킬로미터를 가야만 했다면, **빌어먹을**, 반대 방향으로 가서 지금쯤 바다에 있을 수도 있다는 사실.

그리고 집이 없다면, 집에서 멀리 떨어져 있다는 것도 진짜 문제가 아니라는 사실.

누군가가 두 차례 문을 쾅쾅 두드리더니 떠났다. 내 정신은 애벌레처럼 기어 최악의 장소로 가더니 거기에 처박혔다. 나는 다른 사람에게 죽으라는 저주를 내렸다. 아마 그 여자는 지금 이 순간의 나보다 잘 지내고 있을 것이다. 하느님이든 누구든 그 여자에게 관심을 기울이고 있다면 말이다. 아마 실제로 그렇겠지.

마침내 한 남자가 짤그랑거리는 열쇠를 가지고 와 자기 시설물 안에서 배회하면 안 된다고 소리쳤다. 그래서 나는 밖으로 나와 주위를 둘러보았다. 위험 요소는 없었다. 나는 관리인에게 미안하다고 말하고 밖으로 나섰다. 주간 고속도로를 가로질러 반대편의 진입로로 가서 동쪽으로 가는 차를 잡아타려 했지만 별다른 소득이 없었다. 구급차 한 대가 비명을 지르며 지나갔다. 나는 저런 구급차가 나를 집에서 데리고 나왔다는 걸 생각했다. 내게 진짜 집이 있었던 인생의 마지막 날에. 인생이 어떻게 될지는 아무도 모른다.

태양이 높이 떴는데도 여전히 갓길에 서서 엄지를 내민 채 내가 아직 노숙자처럼 보이지는 않는지 생각했다. 화장실 안에 그렇게 오래 있었다는 걸 생각해보면 아주 오래전부터 입고 있던 티셔츠와 속옷을 갈아입을 수도 있었는데. 자동차가 지나갔다. 사업가들, 아이들을 데리고 있는 엄마들. 나를 노골적으로 버려두고 가며 아무도 내 눈을 바라보지 않는다. 나는 계속해서 가방에 든 음식을 생각했다. 그게 내가 가진 전부였으므로 아껴야 했다. 그런 다음 캔디바와 슬림짐을 하나씩 먹었다.

문득 이곳이 내슈빌이라는 생각이 떠올랐다. 누가 이곳에 사는지 생각하면 놀라운 일이었다. 가스 브룩스, 돌리 파튼 등등. 캐리 언더우드.* 안됐지만 돈이 없으면 도시란 있을 만한 곳이 아니다. 내슈빌은 내게 겨우 두 번째 도시였지만 나도 그 정도는 알았다. 나는 사슴 사체 같은 눈을 하고 판지로 만든 딱한 팻말에 '도와주세요' '배가 고파요' '상이군인' 같은 단어를 써 들고 있던 녹스빌 거리의 남자들을 떠올렸다. 그들이 녹스빌을 벗어나 빌어먹게도 가고 싶어 하던 장소의 이름도. 빙고. 나는 스케치북을 꺼내, 모든 색깔을 이용해 놀라운 팻말을 만들었다. **유니코이.**

존나 믿을 수가 없었다. 바로 다음 자동차가 다가와 멈추었다. 노란

---

*   모두 유명한 컨트리음악 가수들.

폭스바겐이었다. 비틀은 아니었지만 스포츠카 느낌이 나는 세단이었다. 파워 윈도가 달린. 차를 몰던 여자가 조수석 창문을 내리고 말했다. "가자!" 그래서 나는 차에 탔다. 이제야 맞는 방향으로 가게 됐다.

말이 정말 많은 여자였다. 그녀가 처음으로 꺼낸 화제는 자기가 유니콘에게 꽂혔다는 것이었다. 나와 같다고 했다. 이런 우연이라니, 정말 미친 것 같지 않냐고. 나는 무슨 말을 해야 할지 몰랐다. 난 딱히 유니콘을 좋아하지 않았으니까. 하지만 나라는 존재는 그 대화에 필요하지 않았다. 나는 여자가 가장 좋아하는 유니콘 물건의 목록이 한 귀로 들어와 다른 귀로 나가는 동안 쌓여만 가는 킬로미터 수를 지켜보았다. 침대보, 우비. 그러는 내내 나는 이 여자의 나이를 알아내려 했다. 여자는 바크스 선생님 또래가 틀림없었다. 일단은 차를 몰았고, 지나치게 작은 티셔츠가 아무것도 걸치지 않은 몸 가운데를 비롯한 아주 많은 것을 보여주었으니까. 다른 한편으로 반짝이는 손톱 광택제와 부풀린 뱅 머리, 머리에 벌레가 앉은 것 같은 작은 나비 모양 클립 같은 것을 볼 때는 2학년생인 헤일리 매코브와 비슷한 나이 같기도 했다.

여자는 마침내 TV 프로그램 이야기로 넘어갔다. 그녀가 가장 좋아하는 프로는 〈사브리나〉였다. 나는 TV보다는 만화를 더 좋아한다고 말했다. 160킬로미터 전에 자동차에 탄 이후로 내가 처음 한 말이었을 것이다. 여자는 "가자!"라는 식이었다. 알고 보니 여자는 그 말을 아주 많이 했다. 내가 늙은 여자를 쓰러뜨리고 그 시체를 10미터짜리 롤오프에 숨겼다고 말했어도 그 여자는 "가자!"라고 말했을 게 거의 확실하다. 여자는 잠을 깨려고 엄청나게 큰 커피 보온병을 홀짝이면서 맨발로 운전하고 있었다. 신발은 대시보드 위에 놓여 있었는데, 엄청나게 큰 나무 밑창의 빨간색 샌들이었다. 내게는 전부 새로운 일이었다. 이제 나는 세상에 나와 있었다. 여자는 멤피스에서부터 밤새 차를 몰아 왔다. 녹스빌에 있는 남자 친구를 보러 가는 길이며, 남자 친구는 나이가 더 젊다는 것만 빼면 〈결혼 이야기〉에 나오는 폴과 똑같이 생겼다고 했다.

녹스빌이라니, 제기랄. 아마 지금쯤 에미는 이사했을 것이다. 나는 곧 녹스빌에, 에미는 리 카운티에 있게 될 것이다. 누군지는 몰라도 우주의 통제 센터에 있는 자는 배꼽이 떨어져라 웃고 있을 테고.

나의 유니코이 팻말은 여전히 내 무릎에 놓여 있었다. 나는 그제야 여자가 팻말을 잘못 읽었으리라는 생각이 들었다. 멍청하긴. 유니콘이라니. 내가 이 여자의 자동차에 타고 있던 세 시간 전체가 실수였다. 녹스빌까지 몇 킬로미터가 남았는지 보여주는 팻말이 점차 보이기 시작했다. 나라는 똥개가 똥개답게 길거리에 다시 버려지는 순간까지의 카운트다운이었다. 누구도 원하지 않지만 아직 물에 빠뜨려 죽이지는 않은 똥개. 나는 배고픈 수준을 넘어서서 미칠 지경이었고, 이 여자에게 팔 수 있는 물건이 배낭 안에 뭐라도 있는지 궁금했다. 매코브 부인에게서 한 가지 배운 게 있다면 사람들이 아주 이상한 물건도 산다는 것이었다. 내게는 마커가 있었지만 누군가가 내게 준 가장 좋은 선물과 이별할 생각은 없었다. 나는 준 이모가 그 사실을 기억이나 할지 궁금했다.

맨발의 운전자는 어디에 내려주기를 바라느냐고 물었고 나는 트럭 휴게소만 아니면 어디든 좋다고 말했다. 그래서 그렇게 됐다. 러브 크리크라는 표시가 있는 출구. 마지막으로 한 번 "가자!"라고 말한 뒤 여자는 날아갔다.

어두운 하늘에 구름이 끼고 있었다. 나는 너무 지쳐 있었다. 무시당하면서 갓길에 서 있을 수 없었다. 게다가 너무 배가 고파 달리 뭘 해야 할지 생각할 수도 없었다. 나는 주간 고속도로를 나가서 러브 크리크 도로를 따라 걸었다. 그 이유는 제기랄. 모르겠다. 세찬 비가 내리기 시작하자 골리스 마켓과 비슷한 소형 마트를 향해 뛰었다. 안에 불이 켜진 것이 보였다. 늙은 남자가 느릿한 밤을 나려고 계산대에 자리 잡고 있었다. 그는 내가 그곳에 있었다는 걸 영영 모를 것이다. 나는 건물 뒤쪽을 돌아 거의 젖지 않은 골목의 벽과 쓰레기통 사이에 웅크리고 동물처럼 배낭을 뒤졌다. 나는 골리 씨에게서 훔쳐 온, 내게 남은 마지막 슬림짐을 먹었다.

그런데 골리 씨는 말이다. 그는 내게 먹을 것을 주고 지켜보는 걸 그 무엇보다 좋아했다. 그는 손님들에게 튀긴 파이나 핫도그를 건네주며 법석을 떨었고, 누구든 가게 안에서 음식을 먹어도 좋다고 적힌 팻말을 두었다. 그의 어린 시절이 이유였다. 이게 무엇보다 이상한 일일지도 모른다. 골리 씨는 부모와 누이들, 쓰레기장의 모든 친구들이 소위 '만져서는 안 되는 사람들'이었다고 했다. 그 말은 그들이 음식이든 뭐든 건드리면 뭐랄까, 파멸이라는 것이었다. 평범한 사람들은 그들의 손길이 닿은 물건을 절대로 가지지 않으려 했다. 그들의 몸도 마찬가지였다. 악수란 없었다. 골리 씨가 그림자로라도 높은 계급의 사람을 건드리면 그들은 경찰을 불러 골리 씨를 죽도록 패주었다. 골리 씨는 자기와 비슷한 사람들의 이름을 말했다. '달리'와 비슷하게 들렸다.*

나는 그 이야기에 어떤 오류가 있을 거라고 확신했다. 길에 넘어진 사람을 일으켜주기 위해서라면요? 골리 씨는 안 된다고, 사람들이 달리의 손에 닿느니 차라리 차에 치여 죽을 거라고 말했다. 그 사람들

---

*　인도의 불가촉천민 계급인 '달리트'를 말한다.

한테 선물을 주고 싶으면요? 안 되지. 돈은요? 가게에서 뭘 사면요? 골리 씨는 계산대 위에 돈을 올려놓으면 달리가 떠난 후에 사람들이 그 돈을 깨끗해지게 하는 기도를 한다고 했다. 골리 씨와 꼬마 친구들은 최고의 장난으로, 거리에서 음식을 파는 어떤 사람에게 달려가, 손으로 그 음식을 전부 만졌다. 그러면 그 사람은 음식을 버려야 했다. 오래 숨는 데 성공해 살해당하지 않는다면 돌아가 그 음식을 먹을 수 있었다.

수백만 년 전에 벌어진 일 같았다. 하지만 오랜 시간이 지났는데도 골리 씨는 사람들에게 음식을 나눠주는 걸 가장 좋은 순간으로 쳤다. 상상할 수 있는 가장 중요한 인물이, 예컨대 버지니아 주지사나 데일 언하트**가 자기 가게로 들어와도 골리 씨는 그들에게 핫도그를 건네줄 수 있을 테고 그들은 핫도그를 먹을 터였다. 골리 씨는 그게 마법처럼 느껴진다고 했다. 미국인들이 서로에게 얼마나 친절하게 구는지 도저히 익숙해지지 않는다면서.

나는 그에게 네, 그렇겠죠, 라고 말했다. 하지만 의심스러웠다. 아주 많은 사람이 한 번도 남의 손길을 받지 못한다. 덩크슛을 한 뒤에 하이파이브조차 받지 못한다. 나야 그 사실을 알 수밖에 없다. 조무래기들이 그런 사람을 쫓아다니며 "병균"이라고 소리친다. 이때의 '병균'은 만들어진 존재다. 미국에도 그런 유형의 사람을 부르는 단어가 있었다면 그 단어가 분명히 쓰였을 것이다.

나는 그날 밤 쓰레기통 뒤에서 죽지 않았다. 유니코이 카운티까지 가는 데는 그다음 날 하루와 세 번의 히치하이킹이 필요했다. 처음에

**   미국의 프로 자동차경주 선수.

는 내내 라디오를 켜고 있던 또 한 명의 트럭 운전기사였다. 그는 나를 26번 고속도로 갈림목에 내려주었다. 내가 전날 잘못 갔던 곳이었다. 다음으로는 자기보다 나이가 많은 트럭을 탄 짜증 나는 젊은 놈이었다. 얼굴은 시골 햄 덩어리 같고 가슴은 시멘트 벽돌 같았다. 그녀석은 자기랑 같이 가서 여자를 좀 찾아보지 않겠느냐고 계속 물었다. 나는 사양하겠다고 했지만 그는 뭐랄까, 한 가지 생각밖에 하지 못했다. 마침내 나는 마지막으로 얽혔던 창녀가 내 돈을 전부 가져갔기 때문에 창녀와 얽히지 않기로 맹세했다고 말했다. 그는 웃고 또 웃으며 운전대를 쳐댔다.

세 번째 자동차는 캐디 드빌이었다. 도스킨이라고 불리는, 그 짙은 갈색의 자동차. 그 차를 모는 남자도 짙은 갈색이었다. 그도 목사였다. 정장에 가느다란 넥타이, 깔끔하게 깎은 머리. 젊지도 않았지만 늙지도 않았다. 자동차는 확실히 낡았지만. 그는 상대가 뭘 보았든 자기도 그걸 보았다는 듯이 구는 특유의 태도를 가지고 있었다. 그는 내게 어떤 짐을 지고 있느냐고 물었고 나는 그에게 말해주었다. 돈 한 푼도 없는 열한 살짜리가, 눈곱만큼이라도 신경 쓰는 사람이 아무도 없는 상황에서 도망쳐, 아마도 똑같은 상황을 더 겪으러 가고 있다고. 내게서 그 모든 이야기가 흘러나오는 동안 그는 길에서 시선을 떼지 않은 채 고개를 끄덕이며 가끔은 손으로 머리를 쓸었다. 스토너와의 싸움, 나를 두고 죽은 엄마, 크리키 농장으로 보내진 일부터 내 돈을 훔친 약쟁이 창녀에게 죽으라고 저주를 걸었던 바로 이틀 전 밤까지. 그는 귀 기울이며, 하늘에서 우리에게 떨어진 눈물을 닦으려는 듯 다시 그 손으로 머리를 문질렀다.

그는 머더 밸리에 대해 들어본 적이 있었다. 그는 신자들을 돌보느라 그 지역을 꽤 넓게 여행했다고 말했고, 나는 그 말을 믿을 수 있었다. 그가 우리 교회의 담임 목사였다면 나도 교회에 갔을 것이다. 그는 한 번도 예수님이든 뭐든 강매하려 들지 않았다. 그가 한 유일한 조언은 유니코이에 코끼리를 목매달아 죽일 만큼 못된 인간들이 있으니 조심하라는 것이었다. 나는 알겠다고 말했다. 그게 목사 쪽 사람들이 쓰는 표현이라고 생각했다. 하지만 아니었다. 그곳 사람들은 정말로 코끼리를 사형에 처한 적이 있었다. 목사는 도서관에 갈 일이 있으면 찾아보라고, 하지만 사진은 보지 말라고 했다. 목매달린 코끼리의 모습은 그리 쉽게 잊히지 않으니까. 그 코끼리는 진저리가 나 결국 도망쳐버린 서커스 코끼리로, 술에 취한 조련사가 하도 심하게 채찍을 휘두르고 괴롭혀, 난동을 부리는 지점에까지 이른 녀석이었다. 나는 그 코끼리에게 이입할 수 있었다. 하지만 도망치는 과정에서 녀석은 실수로 마을의 누군가를 밟아 죽였고 그곳 사람들은 정의가 실현되기 전까지 잠잠해질 생각이 없었다. 오, 주여. 올가미 크기를 상상해보라. 코끼리를 매달기 위해 얼마나 대단한 구조물을 만들어야 했을지도.

그가 전해준 이야기의 교훈은, 사람들의 마음에 난 상처의 크기도, 기회만 주어진다면 그 상처를 고치기 위해서 그들이 어떤 일을 쉽게 저지를 수 있는지도 우리는 영영 알 수 없다는 것이었다. 나는 머라이어 페곳이 로미오 블레빈스의 살을 돌이킬 수 없게 깎아냈던 일을 떠올렸다. 목사는 자기가 본 한에서는 이런 유형의 상처가 이 세상에 기도가 필요한 주된 이유이며, 나를 위해 꼭 기도하겠다고 말했다. 그런 다음 내게 1달러를 주었다.

나는 텅 빈 교차로에서 내려 캐디가 멀어져가는 모습을 너무도 슬프게 지켜보았다. 나는 이름 붙일 수 없는 무언가를 소원했다. 또, 뭐든 1달러어치를 사서 내 배 속에 집어넣을 수 있는 마트도 있었으면 좋겠다고 생각했다. 나는 목사가 나를 그곳에, 그의 말로는 머더 밸리로 곧장 이어진다는 작은 길에 내려주기 위해, 가던 길에서 꽤 벗어났을 거라고 확신한다. 그 길의 끝에 묘지가 있는 건 분명했다. 산 사람은 아무도 그곳을 오가지 않았으니까. 나는 오후 내내 저녁이 될 때까지 걸었다. 신발이 떨어지기 시작했고 두 발에 모두 물집이 잡혔다. 도랑에서 텅 빈 빵 봉지를 찾아 월마트 테니스화 한쪽에 묶어 밑창이 떨어지지 않도록 했다. 진입로에 픽업트럭이 세워진 농장들을 지났지만, 산악 오토바이를 타고 요란하게 돌아다니는 아이들 말고 나와 있는 사람은 아무도 없었다. 나는 날짜를 잊고 있었다. 아이들이 학교에 가지 않은 걸 보면 아마 토요일일 터였다. 나는 꽃이 핀 담배 농장을 지났고, 그 꽃을 딸 사람이 내가 아니라는 사실에 행복감을 느끼려 노력했다. 농부가 다가와 픽업트럭에 몇 킬로미터 태워주고 다른 길로 갔다. 그를 보니 내 걷는 속도보다 그리 빠르지 않게 차를 몰던 페그 아저씨가 생각났지만 내 발은 잠깐의 휴식을 마다하지 않았다.

그날 밤에는 헛간에서 잤다. 건초가 쌓여 있었으므로, 누군가가 오더라도 눈에 띄거나 총에 맞지 않을, 쌓여 있는 건초 위로 기어 올라갔다. 죽기보다 피곤했다. 나는 건초 속에 웅크리고서, 해골을 그리던 토미를 생각하며 잠들었다. 배가 너무 비어 있어서 완전히 곯아떨어질 수는 없었다. 나는 서너 차례 토미에게 말을 거는 내 목소리에, 아니면 토미가 내게 말하는 소리에 깨어났다. 암흑 속에서 완전히 혼란스러워진 채 크리키 농장에 돌아와 있다고 생각했다.

다음 날은 일요일이 확실했다. 좋은 옷을 입은 사람들이 사방에서 나와 교회로 차를 몰아가는 걸 보고 알 수 있었다. 아이들은 깨끗이 씻고 옷 단추를 잠근 채 뒷자리에 앉아 있었다. 몇몇 가족이 내게 차를 태워주겠다고 했다. 하지만 가까이 다가와 머리에 건초가 붙은 더러운 내 꼴을 보았을 때, 나는 그들이 지은 표정을 알아보았다. 나는 걸어가도 괜찮다고 말하고, 머더 밸리가 얼마나 떨어져 있는지 물었다. 알고 보니 나는 이미 도착해 있었다. 여기가 머더 밸리였다. 이곳에는 농장이 있었다. 물론 묘지도 있었고. 내가 처음으로 마주친 묘지는 작은 흰색 교회 뒤쪽에 있는 작은 묘지였다. 나는 이쪽 끝부터 저쪽 끝까지 묘지를 샅샅이 훑었지만, 우들이라는 성을 가진 사람은 한 명도 발견되지 않았다. 그곳의 모든 사람은 다른 시대에, 1950년대나 그 이전에 죽었다.

나는 무덤 사이에 앉아 교회에서 나는 노랫소리에 귀 기울였다. 안의 사람들은 자신들을 돌봐주는 누군가 덕분에 절대로 혼자가 아니라는 사실에 무척 기쁜 듯했다. 그들은 약속이 진짜라고 너무도 확신하고 있었다. 그중 하나가 될 수 있다면 나는 내 한쪽 눈이라도 내놓을 수 있었다.

*****

나는 아마 10여 명의 사람들에게 벳시 우들이라는 사람을 아느냐고 물었을 것이다. 그러지 말아야 할 이유를 알 수 없었다. 리 카운티에서는 이름만으로 어떤 사람을 찾고 있다면 확률상 세 번쯤 시도했을 때 그 사람의 사촌이나 전 배우자를 만날 수 있었다. 머더 밸리에서는 그렇지 않았다. 어떤 사람들은 나를 무시했고, 어떤 사람들은 나를 엉뚱한 곳으로 안내했다. 간이식당의 한 남자는 나를 거지라고 생각해 쫓아냈다. 머더 밸리는 가게 몇 군데는 아직 살아 있고 그보다 훨씬 많은 가게는 망해서 널빤지가 쳐진 마을이었다. 이런 곳을 지나는 낯선 사람이 많지는 않았을 것이다. 하지만 더 멀리 갈 기운이 없었으므로 나는 계속 물었다. 병균 취급을 받더라도.

"우들이 어디 있느냐고? 우리들이야 여기 있지." 어느 익살꾼이 내게 말했다. 또 다른 사람은 당연히 그 여자를 안다고 말했다. 마지막으로 봤을 때 그 여자가 빗자루를 타고 있었다면서. 일요일이라 문을 닫았지만 남자 몇 명이 하역장에서 노닥거리던, 사료와 철물을 파는 가게에서 오간 대화였다. 빗자루를 탄다는 헛소리를 한 사람은 픽업트럭 짐칸에 서서 다른 트럭의 짐칸으로 건초 더미를 던지고 있었다. 작업복을 입은 남자들이 관객처럼 둘러서서 씹는담배를 우물거리고 있었다. 그들 모두가 웃었다. 그중 한 명이 장단을 맞추었다. "저 정도 덩치의 남자애라면 그 여자가 꼬치에 꽂아 구워서 가슴살을 먹겠는데."

나는 이미 멀어져가고 있었지만 그 말에 돌아설 수밖에 없었다. 그들은 아는 여자에 대해 말하는 것 같았다. 비록 그 여자가 아무도 마주치고 싶어 하지 않는 사람일지라도.

"그 여자가 진짜라는 말이에요? 그러니까 인간이라는 건가요?"

그들은 서로를, 그다음에는 나를 보았다. 교활하게. 머리 위의 전선에는 엄청나게 많은 비둘기들이 늘어서서 모두 내 쪽을 보고 있었다. 그 녀석들이 나를 지켜보는 것처럼 느껴졌다. 트럭 짐칸에 서 있던 남자가 대답했다. "진짜고말고. 그 여자가 인간이냐는 부분에 대해서는 배심원단이 아직 토론 중이겠다만."

모두가 웃었다. 새들은 빼고 말이다.

"어디 가면 찾을 수 있어요?" 내가 물었다.

너무도 고요했다. 건초와 달콤한 사료 냄새가 났다. 모두가 기다리고 있었다.

"와타우가 호수* 밑바닥에서. 운이 좋아야겠지만." 마침내 그중 한 명이 웃으며 말했다. 하지만 다른 사람들은 웃지 않았다. 말한 사람은 비교적 젊은, 키가 크고 홀쭉한 사람이었다. 아파 보이는 여드름이 나 있었다.

"할머니한테 예의 없게 굴 필요는 없잖아요." 내가 말했다. "내가 그분 친척이면 어쩌려고요?"

담배를 씹던 턱이 동시에 모두 멈추었다. 제기랄. 작업복 가슴 부분에 손을 집어넣은 이 모든 남자들이 낚싯대에 걸린, 본 적 없는 물고기를 보듯 나를 바라보고 있었다. 마침내 비교적 나이 많은 남자가 말했다. "만일 그렇다면 그 빨간 머리로 네가 바른말을 했다는 게 확인되는 셈이지."

하지만 할머니는 빨간 머리가 아니었다. 엄마 말에 따르면. "그게 무슨 뜻이에요?"

이제는 모두가 나 대신 그 남자를 보았다. 두 사람은 끼고 싶지 않은지 각자의 트럭으로 향했다. 한 명이 말했다. "말해, 슬림. 저 녀석한테 저 녀석이 찾는 것을 줘버려." 그러자 슬림이라는 뚱뚱한 남자가 말했다. "어이, 내가 해서는 안 되는 말을 했다는 거야? 그렇게 말하면 안 되지." 그러자 다른 사람들은 나를 식인종에게 먹이로 주는 문제에 관한 각자의 의견을 이야기했다. 내 머리가 터지기 직전이 될 때까지.

"다들 지옥에나 가버려요!" 내가 소리쳤다.

그걸로 됐다. 그들이 내게 말해주었다. 모두가 동시에. 과거에 가구점 아니면 학교였던 곳을 지나 왼쪽으로 돌아서 재닛 레인 혹은 늙은

---

*   테네시주 북서부의 호수.

당나귀 길이라 불리는 길로 들어가라고. 그들은 내가 노란색 2층 건물에 이르게 될 거라는 점 외에는 그 무엇에도 의견을 모으지 못했다. 나는 그들이 싸우도록 내버려두었다. 물집이야 엿이나 먹으라지. 나는 마지막 1킬로미터를 달려갔다.

길에는 표지판이 없었지만 노란 집은 실제로 있었다. 일행을 원하지 않는다는 듯 언덕 위에 혼자 높이 서 있었다. 집은 매우 잘 가꾸어져 있었다. 창문도 컸고 뜰에는 꽃이 복작거렸으며 주변의 울타리에는 철제 대문이 달려 있었다. 감히 열지 못했다. 나는 뜰에 있던 새들을 겁주어 쫓아낼 만큼 더러웠다. 그 모든 알록달록한 색깔과 윙윙대는 벌들을 보자 약간 현기증이 났다. 거기다가 최근에 먹은 게 별로 없기도 했고. 무슨 이유에서든 나는 잡초를 뽑는 여자를 즉시 보지 못했다. 그 여자가 허리를 펴고 허리에 손을 댈 때까지는. 젠장. 아마 내가 본 할머니 중 가장 키가 큰 할머니였을 것이다. 담배밭 일꾼처럼 피부가 검게 탔다. 이목구비가 엄해 보였다. 사료 가게의 남자들이 한 말이 틀렸다는 징후는 전혀 없었다. 할머니는 남자의 모자를 쓰고 남자의 신발을 신었으며 굵직한 짜임의 천으로 된 치마를 입었다. 스타킹을 신은 울퉁불퉁한 다리는 호두를 넣은 자루 같았다. 할머니가 움직이지 않았다면 나는 할머니를 허수아비라고 생각했을 것이다.

할머니가 나를 보았다. 던질 것처럼 모종삽을 들어 올렸다. "가!"

나는 얼어붙었다.

"*꺼지라고 했어. 여긴 남자애들 못 온다!*" 할머니가 무기로 공기를 썰어대기 시작했다.

내가 대문을 열고 한 발 다가갔다고 해도, 실제로도 그랬지만, 그건 전혀 용기 있는 행동이 아니었다. 그냥 선택의 여지가 없었을 뿐이다. "죄송해요." 내가 말했다. "제가 할머니 손자예요."

할머니가 모종삽을 내렸다. 그녀는 나이 든 사람들이 쓰고 다니는, 얼굴을 다 감싸는 선글라스를 벗었다. 선글라스 아래에는 눈을 헤엄치는 물고기처럼 보이게 만드는 두꺼운 안경이 하나 더 있었다. 내 눈처럼 초록색인 눈이 허옇게 흐려진 채 놀라워하고 있었다. 할머니는 그 자리에 서서, 터진 신발부터 쇠꼬챙이 같은 빨간 머리까지 나를 훑어보았다. 특히 그 빨간 머리를.

"오, 주여." 할머니가 말했다. 그러더니 땅에 주저앉았다.

26

할머니에게는 남자아이나 남자 계열의 그 무엇도 필요하지 않았다. "물을 버리려고 일어서는 그것들"이 할머니의 표현이었다. 나로서는 나쁜 소식이었다.

할머니의 응접실에서는 퀴퀴한 담배 냄새와 노인 냄새가 났다. 옛 시절부터 쌓여온 가구가 한 방에 그렇게 많이 있는 건 당신도 본 적이 없을 것이다. 의자의 나무 다리는 동물의 발 모양으로 조각돼 있었고 팔걸이에는 상하지 않도록 레이스 같은 게 씌워져 있었다. 할머니는 내가 앉도록 소파에 식탁보를 펼쳐놓았다. 그것도 소파를 상하지 않게 하려는 것이었다. 그런 다음 의자를 끌어오더니 장례식장에서 주는, 막대 손잡이가 달린 부채로 부채질을 하며 나를 살펴보았다. 그곳은 엿같이 더웠고 사방이 잡동사니와 온갖 것들로 붐볐다. 난로 위에는 크고 오래된 시계가 있었다. 그것도 여러 개. 이분의 시간을 낭비했다간 이분이 분명 알게 될 터였다.

"널 어쩌냐?" 할머니는 계속 물었다. 내가 알 것처럼.

할머니는 목소리가 남자 같았다. 1억 갑째 담배를 피울 때 상품으로 받는, 흡연가 특유의 낮은 목소리였다. 하지만 할머니가 하는 말의 내용과 말투 때문에 더욱 그렇게 느껴지기도 했다. 할머니는 상대방이 동의하든 말든 눈곱만큼도 신경 쓰지 않는 사람 같았다. 잠시후 할머니는 내가 감히 움직이지 못하고 돼지처럼 땀을 흘리도록 놔두고 자리에서 일어났다. 샌드위치가 담긴 접시를 가지고 돌아와 내가 그걸 전부 쑤셔 넣는 모습을 지켜보았다. 예쁜 모습은 아니었다.

할머니에게는 질문이 있었다. 시작은, 사람들이 나더러 아빠를 쏙 빼닮았다는 말을 해주었느냐는 질문이었다. 나는 그렇다고, 사람들이 나를 아빠의 별명인 코퍼헤드라고 불렀다고 말했다. 할머니는 그 말을 듣고 아니, 그 얘기는 하지 말자, 라는 식으로 고개를 저었다. 아마 뱀과 관련된 분야에 나쁜 기억이 있는 듯했다. 할머니는 뜰에 있을 때 나 때문에 심장마비에 걸릴 뻔했다고 말했다. "나는 내 아들이 죽은 자들 가운데서 살아 돌아온 줄 알았다. 다시 내 마음에 들려고 남자가 아니라 어린애로 돌아온 줄 알았어. 하지만 그렇게는 안 되지. 남자아이란 아직 무얼 겨눠야 할지 배우고 있는 조그만 남자일 뿐이니까."

나는 이 말이 우리가 소변보는 방식에 관한 얘기인지 궁금했다. 그게 매우 중요하고 두드러진 문제 같았으니까. 나는 전부 다 죄송하다고 말했고, 아빠가 무슨 짓을 했기에 할머니가 그렇게 기분이 나빠졌느냐고 물었다.

"오, 주여, 애야. 그 얘기를 시작했다간 얘기가 끝나기 전에 내가 죽을 거다."

나는 그것 때문에 나를 나쁘게 생각하지는 않았으면 좋겠다고 말했다. 우리 엄마는 아버지를 끝내준다고 생각했으니, 어쩌면 아버지가 나중에 자기 행동을 어떤 식으로든 뒤처리했을지도 모른다고. 나는 할머니가 엄마를 찾아와 남자아이로 태어난 나를 보았다는 말이 사실이냐고 묻고 싶었다.

하지만 할머니는 자기만의 생각에 빠져 있었다. "교회가 그 애의 문제였다." 할머니가 말했다. "교회 때문에 그 애가 헛걸음을 디딘 거야." 이건 내게 새로운 이야기였다. 특히 나이 든 사람이 한 얘기니까. 나는 물론 뱀 부리기에 관해 들어보았지만, 할머니는 문제가 그보다 심각했다고 말했다. 남자들이 구약시대로 돌아가고 싶어서, 처녀인 아이들을 거둬들이고 딸들을 노예로 이용했다고 했다. "내가 아는 사람 중에는 그런 짓을 저지르고도 무사할 수 있다면 야곱보다도 많은 아내를 두었을 놈들도 있다."

"야곱한테 아내가 여러 명 있었어요?" 내가 물었다. 나는 에이브러햄 링컨이 그려진 빈 접시를 들고 있었다. 어쩌다가 링컨이 거기 들어갔는지 궁금했다. 나는 링컨의 얼굴에 붙은 샌드위치 부스러기를 핥지 않으려고 노력해야 했다.

"아내가 둘, 첩이 둘이었지. 넌 성경도 모르냐?"

함정 질문 같았다. 나는 할머니에게 사실을 말했다. 엄마가 그 모든 것을 싫어했다고. 그리고 내가 아는 한 할머니의 아들도 리 카운티에 도착했을 때쯤에는 아마 교회스럽지 않았을 거라고. 엄마는 남자 친구의 그런 면을 절대 참아주지 않았을 것이라고.

"넌 그 애를 모르잖니." 할머니가 말했다. "그 녀석은 7월에 죽었고, 너는 가을이 되어서야 태어났으니까."

나는 할머니가 그 사실을 안다는 점에 약간 경악했다.

"그 녀석은 자동차에도 미쳐 있었어. 병이었지. 자동차는 뱀보다도 빠르게 남자를 죽일 수 있다. 나는 1961년 이후로 그 살인 기계를 몰아본 적도 없고 가져본 적도 없어."

과한 정보였다. 일단 아빠가 차에 빠져 있었다는 게 그랬다. 그건 내 피에도 유전된 열병 같았다. 예전부터 나는 놀이터에 있으면서도 길 쪽으로 눈을 돌리고 쇳덩어리가 굉음을 울리며 지나가는 모습을 지켜보는 그런 아이였다. 나이 든 소년들이 이야, 수어사이드 도어 콘티넨털이잖아!라고 소리치는 동안에.

둘째로, 1961년부터라니? 어떻게 현대 인간에게 차가 없을 수 있을까?

할머니는 식료품을 배달시켜 먹고, 시내에서 뭔가가 필요할 때면 걸어간다고 했다. 아니면 딸 한 명에게 태워다 달라고 하거나 심부름 해달라고 한다고. 할머니는 도합 열한 명의 딸을 키우고 교육시켰다. 몇 명은 변덕스러운 십대 시절부터, 몇 명은 아기 때부터. 그러니까 할머니는 위탁 엄마와 비슷했다. 다만 할머니는 이런 일을 급료든 뭐든 받지 않고 자력으로 했다. 할머니는 사회복지국이 일을 거지같이 처리한다는 어두운 관점을 가지고 있었다. 나는 할머니에게 나도 동감이라고 말했다.

그러니까 엄마의 정신 나간 이야기는 사실이었다. 벳시 우들이 엄마를 만나러 왔던 게 틀림없었다. 할머니가 지옥의 유황불을 뿜었다는 얘기는 확실히 사실이 아니었다. 그냥 엄마의 악몽이었을 뿐이다. 하지만 나를 데려가려던 계획은 사실이었다. 엄마가 그 계획에 동의 했을까? 내가 물 빼는 관 없이 태어났다면, 여기 이 집에서 완전히 다른 나로 자라났을까? 동물 발이 달린 의자에 앉아 샌드위치를 먹으면서? 머리가 터질 것 같았다.

나는 화장실을 쓰겠다고 했고, 할머니는 욕실이라 부르는 곳으로 안내해주었다. 다행히 그 안에 변기도 있었다. 당기는 체인이 달려 있어서 작동 방법을 알아내는 데 약간 시간이 걸리는 이상한 변기이긴 했지만. 할머니가 욕실에 남아 내가 서서 오줌을 누는지 지켜보는 일은 없었다.

전체적으로 무시무시한 오후였다. 할머니는 내가 두고 도망친 사람 중에 전화를 걸어야 할 사람들이 있는지 물었다. 나는 딱히 없다고 말했다. 그래도 할머니는 경찰이 찾아오는 걸 원치 않는다며 이 문제를 밀어붙였고, 나는 내가 살아 있고 친척과 함께 있다는 걸 알아야 하는 사람이 누구인지 알려주었다. 할머니는 전화를 건 뒤, 대체 뭐에 씌었기에 자신을 찾아왔느냐고 물었다.

나는 나의 딱한 사정을 전했다. 할머니가 엄마에 관해 "내가 뭐랬니"라는 말을 하는 건 바라지 않았다. 엄마가 일을 완전히 망친 건 아니니까. 그래서 나는 엄마가 애들은 주먹으로 교육해야 한다고 믿는, 엄마가 죽은 그날까지 엄마를 괴롭히고 세뇌했던 남자와 사귀기 전까지 내 인생은 훌륭했다고 말했다. 그 이후에는 남자애들로 노예 농장을 운영하는 늙은이의 위탁 가정 얘기를 했고. 그러는 내내 할머니는 내가 뭐랬니, 하는 눈으로 나를 보고 있었다. 나는 남자는 사탄이라는 것과는 다른 시각을 내세우려고 노력했다. 솔직히 매코브 부인도 대단치는 않았고 다크서클도 마찬가지였으니 말이다. 더 많은 돈을 받겠다고 나를 버린 바크스 선생님은 말할 것도 없었다. 트럭 휴게소에서 만난 창녀도 확실히 나쁜 등장인물이었고. 하지만 그 말을 꺼내기는 까다로웠다. 나는 그냥, 나는 열심히 살아가는 사람이었고 그 점을 증명하기 위해 돈을 가지고 출발했지만 그 돈을 도둑맞았다는 말로 이야기를 마무리했다.

내 이야기가 끝났을 때 할머니가 한 말은 "가엾은 계집애 같으니"뿐이었다.

잠깐, 뭐라고? 가엾은 내가 아니라? 할머니가 말한 가엾은 사람은 그 도둑이 아니었다. 나는 그 여자가 창녀라는 말을 하지 않았다. 할머니는 **엄마** 얘기를 하는 거였다. 나는 엄마가 나를 두고 죽은 것에 여전히 화가 나 있었으므로 엄마 편을 들 준비가 되어 있지 않았다. 하지만 할머니는 **엄마**를 두고 죽은 자기 아들에게 화가 난 듯했다. 할머니는 그게 엄마한테 저지르기에는 비열한 일이었다고 말했다. 엄마에게 아기를 맡기고 떠난 것. 나는 엄마도 같은 기분이었을지, 그래서 내 출생증명서에서 아버지의 이름을 지워 복수하려 한 것인지 궁금했다. 확실히 엄마는 뭐든 아빠를 빼앗아 간 사고에 대해 상당히 화가 나 있었다. 사고 얘기를 아예 거부할 정도였다. 어쩌면 할머니에게 답이 있을지 몰랐다. 그러나 할머니는 갑자기 축 처져 슬픈 표정을 지었다. 완전히 김이 빠진 듯했다. 우리는 앉아서 째깍거리는 시계 소리를 들었다. 할머니는 커다랗고 둥근 남자용 금시계도 있었는데, 주머니에서 꺼내 보더니 태엽을 감고 소매에 문질러 닦아 다시 넣었다. 회색 고양이 한 마리가 커다란 보관함 같은 것 아래에서 살금살금 나오더니 못된 눈으로 나를 보고는 벽을 따라 스며들듯 문밖으로 달려 나갔다.

그런 뒤 난데없이 할머니가 일어서서 꼬마 형제 딕을 데리고 나올 때가 왔다고 말했다.

오, 주여. 내 거시기*를 꺼내겠다고? 내가 입양되기에 부적절하다는 걸 증명하기 위해?

할머니는 한마디도 더 하지 않고 그냥 밖으로 나갔다. 나는 무릎의 에이브러햄 링컨과 함께 남겨졌다. 몇 분 뒤 할머니가 작은 남자가 앉은 휠체어를 밀고 돌아왔다.

---

*   '딕(dick)'은 남성의 성기를 가리키는 속어이기도 하다.

아아, 그래. 꼬마 형제 딕 말이구나.

그는 덩치가 어린애만 했지만 할머니처럼 나이가 많고 머리가 희었다. 할머니와 똑같은 멜런전 모습이었다. 밝은색 눈과 짙고 짙은 색 피부. 이들이 내 가족인 게 분명했다. 하지만 할머니가 그야말로 키가 크고 튼튼한 반면 그는 작고 구부정했고 뼈가 가늘었다. 그를, 둘 다 한쪽으로 돌아간 그의 작은 두 발을 보는 것은 가슴 아픈 일이었다. 발이 휠체어의 발판에도 닿지 않았다. 어깨가 한쪽으로 굽었고 머리는 다른 쪽으로 젖혀져 있었다. 다만 눈은 할머니와 똑같았다. 연못의 녹조 색깔이었다. 할머니의 눈에는 두꺼운 안경이 있었고 그의 눈은 맨눈이었지만 둘 다 어린애처럼 나를 바라보고 있었다. 나는 가만히 앉아서 그 네 개의 초록색 눈이 나를 훑어보도록 놔두었다.

"앤 네 조카 손자야." 할머니가 딕에게 말했다. "데이먼의 자식이야."

딕의 눈이 커졌다. 아마 내 눈도 커졌을 것이다. 나는 내 이름이 아버지에게서 따온 것임을 몰랐다. 작은 남자의 입이 벌어졌다. 웃는 것처럼 보였지만 아무 소리도 나지 않았다.

"남자애야." 할머니가 말했다. "어쩔 수 없지, 안 그래?"

남동생 딕의 머리가 비틀린 궤도에서 옆으로 내저어졌다. 할머니에게 동의한다는 뜻이었다. 하지만 그는 일종의 빛나는 눈으로 나를 보고 있었다. 거의, 우린 한배에 탄 거야, 나의 친구여, 하는 표정이었다.

"쟬 어떻게 할까?" 할머니가 물었다.

딕은 고개를 끄덕이며 다시 조용히 웃었다. 그의 눈에 주름이 잡혔다. 그는 마침내 소리가 나올 때까지 애써 입을 움직였다. "찌껴어"처럼 들렸다.

할머니가 고개를 끄덕였다. "그래. 좋은 생각이네, 씻겨야겠어. 그런 다음에는?"

남동생 딕은 내 눈을 똑바로 들여다보며 나를 책처럼 읽어냈다. 나는 고개를 돌리고 싶었지만 그가 놔두지 않았다. 그러더니 내 몸의 나머지 부분을 살폈다. 그 부분도 읽을 수 있다는 듯이. 내가 갔던 모든 곳, 내가 잃은 모든 빌어먹을 것, 나의 온전한 수치심과 딱함을. 그는 특히 빵 봉투로 감싼 내 신발에 관심을 보이는 듯했다. 고개를 끄덕이며 입을 움직이는 동작이 다시 시작됐다. 소리가 나올 때까지 우물 손잡이로 펌프질을 하는 것 같았다. "째진 바리 피로해."

"아, 세상에. 그렇네. 제인 엘렌한테 저 애한테 맞는 신발을 구해 올수 있는지 물어볼게. 눈이 날카롭네, 동생."

할머니는 나를 위층의 욕조 딸린 욕실로 데려갔다. 그랬다. 젠장맞을 샤워기가 없었다. 게다가 이 엿 같은 건 평범한 욕조가 아니라 돼지를 통째로 삶을 수 있을 만큼 큰 욕조였다. 할머니는 수도를 트는 방법을 보여주고 제인 엘렌이라는 사람이 내가 입을 것들을 챙겨 오는 동안 오랫동안 몸을 불리는 게 좋겠다고 했다. 제인 엘렌한테는 온갖 덩치의 남동생들이 있는 모양이었다. 나는 변기에 앉아, 아빠를 데려간 악마의 욕조를 생각했다. 살아가는 내내, 내 머릿속에서 미쳐 날뛰던 쉬쉬하던 이야기를. 나는 악마의 욕조가 어떻게 생겼는지 몰랐고 앞으로도 모르겠지만 아마 이 길고 흰 도자기 그릇 같지는 않을 것이다. 나는 욕조를 내려다보며, 그래, 악마야, 너나 나나 하나는 죽는다, 라는 식이었다.

결국 나는 몸을 불려도 살 수 있다는 것, 그뿐만 아니라 목욕으로 인생이 더 나아지리라는 것을 알았다. 내 피부에서 똥 같은 나날을 씻어내게 되었으니까. 나는 물을 틀고 숨을 참으며 들어갔다. 내가 들어갔던 가장 깊은 물로 엉덩이를 살살 집어넣었다. 거기에 벌거벗었지만 죽지 않은 채로 앉아서 배 하나를 채울 수 있는 분량의 새로운 정보가 내 머릿속에 젖어들게 놔두었다. 아무도 존재하지 않던 내 인생. 페곳 아줌마라는 가짜 할머니를 차지하려 하던, 친척이 있는 사람들이 각자의 친척을 돌보는 동안 모든 줄에서 뒤로 밀려나던 내 평생이 전부 거짓이었다. 내게도 나의 친척이 있었다. 한 번에 모두 생각하기에는 너무 많은 정보였다. 앞으로 무슨 일이 닥칠지 전혀 알 수 없었다. 이 고생을 하고 얻을 수 있는 것이라고는 물려받은 신발 한 켤레뿐일지도 모르겠지만 그렇더라도. 내 이름은 아버지의 이름을 따서 지은 것이었다. 이 사람들은 나와 닮았다. 게다가 돈이 있다는 생각도 할 수밖에 없었다. 아니, 이 집을 보라. 응접실에 욕실, 아래층, 위층, 가구로 가득한 모든 방. 빌어먹을 발이 달린 의자라니. 내가 들어가 앉은 욕조에도 발이 있었다. 무시무시한 새 발톱처럼 생긴. 이건 거짓말이 아니다. 악마에게 욕조가 있다면 바로 이 욕조일 터였다.

누군가가 침대에 너무 많은 옷을 가져다 놓아서 방 안이 아웃렛처럼 보였다. 나는 몸에 맞는 가장 평범한 옷을 걸치고 아래층으로 내려갔다. 할머니와 제인 엘렌이라는 사람이 준비한, 거창한 저녁 식사가 기다리고 있었다. 제인 엘렌은 길고 곱슬곱슬한 검은색 머리카락에, 앞니에 새가 떠 있어 미소를 지을 때마다 그 사이로 혀를 집어넣는 땅딸막한 여자애였다. 그녀는 내가 볼 때마다 늘 그렇게 미소 지었다. 음식이 너무 많았다. 나는 기꺼이 빠져 죽을 생각이었다.

제인 엘렌은 할머니가 키우고 교육한 소녀 11호였다. 그녀는 고등학교에 다니며 의원에서 아르바이트를 했고, 여덟 살 때부터 이 집에서 살아왔다. 그 전에 제인 엘렌이 어디에서 왔는지에 관한 이야기는 없었다. 여기서 그리 멀지 않은 곳에 남자 형제들이 있고, 분명 남는 옷도 있는 걸 보면 수수께끼였다. 나 같은 순수한 고아가 아니었다.

제인 엘렌은 내 할머니와 사는 것이 상상할 수 있는 가장 행복한 삶이라는 듯 굴었다. 그들은 둘 다 남동생 딕을 반려동물처럼 대하며 이런저런 것들에 대해 그의 의견을 구하고 허리를 숙여 그의 턱을 닦아주었다. 우리의 저녁밥은 닭고기와 고구마, 완두콩이었다. 딕의 저녁은 초록색 밀크셰이크 같은 것이었는데, 둘은 그 밀크셰이크를 빨대가 달린 커다란 유리잔에 담아 가져다주었다. 딕의 문제 하나가 삼키는 것이었기 때문이다.

음식을 먹기 전에 할머니가 내게 물었다. "은혜에 보답할 거냐?"

이 시험에 어떻게 통과해야 할지 도저히 알 수 없었다. 나는 얼어붙었다. 포크는 닭고기 조각에, 심장은 식도에 걸렸다.

"우린 보답 안 한다!" 할머니가 걸걸한 목소리로 말했다. 제인 엘렌과 남동생 딕이 웃었다. 그렇게 우리 모두 음식에 파고들었다. 할머니는 더 많은 질문을 던졌다. 아버지가 죽은 뒤 엄마가 왜 그렇게 못 믿을 놈과 사귀었는지 같은 질문이었다. 나는 몇 가지 답을 떠올릴 수 있었다. 엄마는 머리에 똥만 차 있다는 것부터 시작해서. 하지만 예의를 차리느라 그냥 외로워서 그런 것 같다고만 말했다.

"외로웠다고! 악의로 가득 찬 깡패 놈의 집에 족쇄로 묶이는 것만큼 외로운 일은 없어." 할머니는 제인 엘렌을 보았다. 이번만큼은 제인 엘렌의 얼굴에 미소가 떠오르지 않았다. 나는 둘 다 악의로 가득 찬 집에서 시간을 보냈다는 생각이 들었다. 할머니는 뱀 부리기를 하는 남편과 지냈을 테고, 제인 엘렌이야 누가 알겠는가. 나는 그들에게, 증오로 이루어진 네 벽 안에 갇혀 아침 식사 대신 주먹을 마주하는 건 여자만이 아니라고 말하고 싶었다. 누구나 그럴 수 있다고. 증오는 다가와 빌어먹을 환영 매트를 깐다. 그러면 눈 깜짝할 사이에 증오의 집 안에 들어가게 된다. 하지만 나는 입을 다물고 있었다. 사람들이 나에 대해 아는 것보다 내가 사람들에 대해 아는 게 많은 편이 더 안전하다.

저녁을 먹은 뒤 할머니와 남동생 딕은 담배를 피웠다. 딕의 다리와 나머지 몸은 별로 믿음직스럽지 않았지만 두 손은 놀라웠다. 아주 작고 깨끗한 데다 손톱을 둥글게 깎은 그 손이 담배를 든 모습은 작고 하얀 새가 그의 손에 앉아서 예쁘장한 푸른 연기라는 노래를 부르는 것만 같았다. 나는 그 모습을 빤히 보지 않으려 노력했다. 동생은 누나와, 누나는 동생과 비슷했다.

그들은 그날 밤 나를 온갖 옷이 있는 방에 들였다. 지금은 누군가가 옷을 개서 넣어두었으므로 나는 침대에서 잘 수 있었다. 침대는 배만 한 크기로, 네 귀퉁이에 모두 높다란 나무 기둥이 달려 있었다. 이유가 뭔지는 전혀 알 수 없었다. 밤중에 깃발을 올릴 필요라도 있다는 걸까. 방에서는 집의 나머지 공간과 똑같이 먼지와 노인의 냄새가 났다. 문에는 페곳 가족의 집에 있던 것과 같은 구식 열쇠 구멍이 나 있었다. 매곳과 나는 그 구멍에 꽂을 기다란 쇠 열쇠를 가지고 놀곤 했다. 우리가 보물찾기를 하느라 그 열쇠를 뜰에 묻든 불에 녹이려 하든 뭘 하든 아무도 전혀 신경 쓰지 않았으니까. 내가 잠자리에 든 뒤 할머니가 와서 나를 들여다보았다. 그런 다음 문이 닫혔고, 열쇠가 돌아가며 찰칵하는 소리가 들렸다. 나는 할머니의 포로였다.

하지만 도망칠 수 있대도 어디로 가겠는가? 방 안에 갇히는 것이나 전반적으로 내 삶을 살아가는 것은 전혀 다르지 않았다. 내가 아는 유일한 길은 나를 도와주느니 밟고 지나갈 사람들로 가득했다. 나는 어느 날에든 엄마나 아기 남동생처럼 죽어버릴 수 있었다. 나는 오늘이 그날이 아니라는 점에 만족하기로 했다. 배가 불렀고 비를 맞지 않고 있었다. 내일은 다른 이야기였다. 아마 남자아이라는 이유로 쫓겨나는 이야기겠지.

하지만 내게는 할머니가 덮어놓고 좋아하는, 조언을 구하고 심지어 그 조언을 받아들이기까지 하는 딕이라는 사람이 있었다. 그런 다음에는 할머니가 사람들이 물을 버리는 얘기를 했던 게 생각났다. 딕이 정확히 어떻게 그런 일을 할 수 있는지 그려지지 않았다. 하지만 확실한 건 그가 일어서지는 않으리라는 것이었다.

27

할머니가 나에 대한 생각을 굳히기까지는 어느 정도 시간이 걸렸다. 할머니는 무엇도 잘못 처리하지 않는 그런 사람이었다. 절대로. 나에 관해서는 (1) 자신의 혈육 중 누구도 사회복지국의 식충이들에게 되돌려 보내져서는 안 되며 (2) 남자아이를 기르느니 차라리 자기 머리를 총으로 쏘겠다는 주의였다. 그녀의 방침을 관철하는 건 문제가 될 터였다.

남동생 딕에 대한 할머니의 의견은, 대부분의 사람이 그를 무뇌아라고 생각하지만 사실 그는 사람들이 아는 가장 똑똑한 인물이라는 거였다. 할머니는 내가 딕과 어울리기를 바랐지만 솔직히 그러기가 약간 무서웠다. 어떻게 어울려야 할지 몰랐기 때문이다. 나는 딕이 무슨 일을 당했기에 휠체어 신세가 되었는지 물었다. 할머니는 딕이 척추 쪽에 무슨 문제를 안고 태어났으며 세상도 그에게 도움이 되지 않았다고 말했다. 어렸을 때는 늘 학교의 남자아이들이 거의 죽을 지경이 될 때까지 딕을 괴롭혔다. 그를 사료 자루에 집어넣고 배수구에 숨기는 식의 장난을 쳤다. 딕이 너무 작아 맞서 싸우지 못하리라는 이유만으로. 책을 좋아하고 수업 시간에 답을 알고 있었다는 이유 때문이기도 했다. 다들 그걸 딕의 자업자득이라고 확신했다. 할머니는 누나로서, 뭐든 손에 들어오는 무기로 그 남자애들을 쫓아내는 데 익숙해졌다. 그러나 남매의 아버지는 다른 생각을 하고는 딕을 녹스빌에 있는 어느 집에 보내버렸다. 딕은 그곳에서 교육의 맛조차 보지 못했으므로, 딕을 만나러 갈 일이 있으면 할머니가 딕에게 책을 가져다주었다. 아버지는 딕을 보이지 않는 곳으로 치워버리고 싶어 했다. 교회 사람들이 장애는 신이 내린 벌이라고 했으니까. 가엾은 꼬마 딕은 몇 년 동안이나 그 집에 머물렀다. 나머지 가족들이 세상을 떠나고 할머니가 딕을 데리고 나올 수 있게 될 때까지.

빌어먹을. 나는 여전히 딕과 이야기하는 게 긴장됐지만 할머니가 이 모든 이야기를 해준 뒤에는 긴장감이 좀 덜어졌다. 알겠지만 만져서는 안 되는 아이들은 서로를 알아보게 마련이다.

딕의 방은 휠체어 때문에 아래층에 있었고 보통은 문이 열려 있었다. 처음 들어갔을 때 딕은 책을 읽느라 나를 알아보지 못했다. 평범한 독서가 아니었다. 그는 완전히 가버린 상태였다. 딕과 그 커다란 책은 이 집에, 심지어 이 세상에도 없는 것 같았다. 딕의 방은 사실상 침대가 들어 있는 거실이었다. 의자, 램프, 책상에 더해 의료 기기와 내가 보지 않으려 애썼던 화장실용품 몇 가지. 책상에서는 많은 일이 벌어지고 있었다. 연도 하나 있었다. 모든 벽에는 내가 학교 도서관을 포함한 그 어느 곳에서 본 것보다 많은 책들이 꽂힌 책장이 있었다. 책등이 아주 얇고 그 색깔로 보아 어린이책이 확실한 책도 몇 권 있었다. 나는 그런 책을 많이 보지 못했다. 예전에 누가 그런 책을 한 권 준 적이 있었다. 그 책에서는 남자아이가 심통을 내서 저녁밥을 먹지 못한 채 잠자리로 보내졌는데, 그 애의 머릿속에서는 그 애가 괴물이 되어 자신과 비슷한 사나운 괴물들만 있는 어떤 섬에 간다. 진짜로 열받은 괴물들이다. 그렇게 그들은 사나운 야단법석을 벌인다. 나는 그 이야기가 마음에 들었다. 하지만 만화책이 더 좋았다. 딕의 방에는 만화책이 한 권도 보이지 않았지만.

마침내 내가 말했다. "안녕하세요, 딕 아저씨*." 그러자 그는 고개를 들고 별로 놀라지 않은 듯 미소 지으며 내게 다가오라고 손짓했다. 딕 아저씨는 목구멍 혹은 성대가 망가졌지만 익숙해지면 그가 하려는 말을 대체로 알아들을 수 있었다. 하지만 그 지점에 이르기까지는 어느 정도 시간이 걸렸다. 딕 아저씨의 책을 확인한 첫 번째 날에, 나는 이 책은 무슨 내용이고 저 책은 또 무슨 내용이냐고 물으며 그의 대답을 이해하는 척했다. 사나운 남자아이가 나오는 책을 발견하지는 못했고, 딕 아저씨의 어린이책에는 오늘날의 아이들이 지루해할 만한 구식 그림이 그려져 있었다. 딕 아저씨는 읽었던 책을 전부 보관하는 게 틀림없었다. 그 책들이 장애인 보호소에 있을 때 누나가 가져온 책들이냐고 묻자 딕 아저씨는 그렇다고 했다. 그 말에 나는 마음이 좀 아팠다. 얼마나 비극적인 일인가? 오, 주여. 그러나 지금은 두 사람이 이곳에서 함께, 대부분의 사람보다 행복한 결말을 맞아 살고 있었다.

딕 아저씨는 거의 어떤 것에도 불쾌감을 느끼지 않았으므로, 시간이 지나면서 나는 할머니가 어떻게 이런 멋진 집을 구했는지(그건 다른 모든 가족보다 오래 살았기 때문이었다), 다른 사람들은 어쩌다 죽었는지(뱀보다 못되게 굴어서였다) 등 오지랖 넓은 질문을 던졌다. 우리 아빠를 기억하세요? 그럼! 할머니의 남편이 죽고 나서 할머

---

* 데몬은 할머니의 남동생인 딕을 '딕 아저씨(Mr. Dick)'라 부른다.

니가 딕 아저씨를 장애인 보호소에서 데려왔을 때쯤 아빠는 십대였다. 그 말에 나는 아찔했다. 아빠가 바로 이 집에서 살아 있는 어린애로서 걸어 다녔다니. 나는 아빠를 다른 부류의 존재라고 생각하는 데익숙해져 있었다. 앤트맨이나 예수님처럼. 하지만 아빠는 진짜 사람이었다. 나와 비슷하게 생긴 사람. 나는 궁금한 게 백만 가지는 됐다. 아빠의 첫 자동차는 뭐였는지, 아빠는 어떤 스포츠를 했는지. 딕 아저씨는 그 점에 대해 애매하게 말했다. 아빠가 독실한 할아버지와 많이 싸웠고, 그런 다음에는 규칙을 세울 할아버지가 집안에 없었기에할머니와 싸웠다. 그러더니 열여섯 살이 되어 나갔다. 아빠가 이 집을 나간 이후 엄마와 함께 리 카운티에 자리 잡을 때까지 기나긴 세월 동안 있었던 일에 대해 딕 아저씨는 전혀 몰랐다. 아마 아무도 몰랐을 것이다. 나는 그 집에서 아빠에 관한 온전한 책을 찾아 모든 페이지를 읽고 싶었다.

그래서 나처럼 생긴 십대 청소년에게 엿 먹었다는 것이 할머니가남자아이들에 대한 비관적인 관점을 갖는 계기였을까? 물어봐야 했다. 딕 아저씨는 미소 지으며 아니라고 고개를 젓더니 그건 한참, 한참 전 일이라는 듯 자신의 구부정한 어깨 너머를 가리켰다. 그렇겠지. 딕 아저씨의 조그맣고 가느다란, 뼈만 남은 팔다리를 사료 자루에 집어넣고 불알이 떨어질 때까지 웃어대던 덩치 크고 냄새나는 남자애들. 할머니는 빨간 머리의 아기가 생기기 한참 전에 마음을 정했다. 아마 아빠에게는 기회가 없었을 것이다.

할머니가 소위 교육을 위해 여자애들을 받아들이기 시작한 건 아들이 도망친 뒤였다. 나는 딕 아저씨에게 할머니가 그 여자애들에게일반적인 학교에서는 배울 수 없는 무엇을 가르쳤느냐고 물었다. 나는 이미 제인 엘렌이 매일 저녁 주방 식탁에 온통 숙제를 펼쳐놓고 공부하는 걸 보았다. 할머니는 제인 엘렌에게 쪽지 시험을 보게 하거나 역사는 물론 삼각법이니 뭐니 수학에 대해서까지 지도해주곤 했다. 늙은 사람이 그런 걸 안다는 사실이 놀라웠다. 그런 건 최신 발명품인 줄 알았는데. 딕 아저씨는 할머니가 그 여자애들이 반에서 최상위권이 되어 누구도 그 애들을 깔보지 못하도록 가르쳤다고 말했다. 오래된 노래에 가사만 다르게 붙인 셈이었다, 심술궂은 남자아이들과 거리를 두라고. 딕 아저씨는 그렇다고, 바로 그거라고 말했다. 나는 여자애들은 어떻게 교육을 마치고 떠났느냐고 물었다. 아저씨는 보통 결혼해서 나갔다고 대답했다.

길게만 느껴지는 2주 동안 나는 거의 한가롭게 지냈다. 어떤 날은 할머니가 나를 내보내 정원 일을 시켰다. 학교나 직장에 가지 않았다면 제인 엘렌도 함께 했다. 우리는 할머니가 가을 양배추를 심고 싶어 하는 땅을 갈았다. 나는 벌레에 관한 이야기 등등 아주 사소한 것으로도 제인 엘렌을 우스워 죽게 만들 수 있었다. 하지만 그게 한계였다. 그 집에는 TV가 없었다. 보통은 딕 아저씨가 아니면 아무도 없었다. 우리 남자들에게는 우리만의 농담거리가 있었다. 때로는 할머니를 아주 조금 놀리기도 했다. 딕 아저씨는 당연히 할머니를 사랑했지만 할머니는 어느 정도 미친 사람이었으니까. 우리만의 작은 비밀이었다.

어느 날 아침에 보니 딕 아저씨가 책상으로 휠체어를 밀고 가 뭔가를 하고 있었다. 본격적으로. 아저씨는 책을 읽는 게 아니라 글을 쓰는 중이었다. 연에다가. 나도 어렸을 때 할인 판매점에서 파는 연이 있었지만 아저씨의 연은 그런 평범한 게 아니었다. 담배 윗가지와 두루마리 백지로 만든 수제 연이었다. 딕 아저씨는 의자를 가지고 오라고 했고, 그래서 나는 앉아서 아저씨가 연에 글 쓰는 모습을 지켜보았다. 아저씨는 인간이 쓸 수 있는 가장 깔끔하고도 작은 글씨체의 소유자였다. 그렇게까지 뒤틀린 몸을 보상하려는지 아저씨의 글씨는 곧은 것 이상으로 곧았다. 크리스마스처럼 느리기도 했다. 아저씨가 한 문장을 완성하는 데는 영원처럼 오랜 시간이 걸렸다. 그런 말이 있지, 그토록 어린 나이에 그토록 현명한 자들은 오래 살지 못한다는.* 딱히 말이 되는 소리는 아니었지만 아마 사실일 터였다. 아저씨는 그 연 전체에 여러 문장들을 온통 써넣었다. 그러니까 한 100개쯤. 내 눈에는 그 여자와 다투지 마시오, 미치광이니까라는 글귀가 걸렸다. 아, 이런. 나는 사랑하는 누나와 문제가 있는 모양이라고 생각했다. 하지만 다른 문장에는 나는 악당으로 밝혀질 작정이다, 오늘날의 한가로운 쾌락이 싫구나라고 적혀 있었다. 나는 갈피를 잡을 수 없었다. 아무리 사나운 짐승도 연민을 전혀 모르지는 않는데. 그리고 가운데에는 더 큰 글자로 이렇게 적혀 있었다.

내가 죽으면 그 어떤 사람도 나를 동정하지 않겠지
왜 그러겠나, 나 자신조차
내 마음속에서 나에 대한 동정심을 찾지 못하는데.

나는 이게 무슨 내용인지 물었고, 딕 아저씨는 방금 다 읽어 책상에 올려놓은 책을 톡톡 두드렸다. 책 전체를 연에 베껴 쓸 생각인가? 아니었다. 그냥 가장 마음에 든 부분만 쓰려는 것이었다.

---

*   지금부터 나오는, 연에 적힌 대부분의 문장은 셰익스피어의 희곡 《리처드 3세》에서 발췌한 것이다.

"그런 다음에는 어떻게 돼요?"

아저씨가 창밖을 가리켰다. 그의 손이 위로, 위로 손짓했다.

"연을 날려요?"

아저씨는 그렇다고 고개를 끄덕였다. 아저씨는 책을 읽고 나면, 종종 누구든 그 책을 쓴 사람에게 고맙다는 인사를 전하고 싶어진다고 했다. 하지만 보통은 그 사람들이 죽었다고. 아저씨의 책에는 나도 아는 이름, 셰익스피어가 적혀 있었다. 죽은 건 분명했다.

"그러니까 은혜에 보답하는 거예요?" 내가 물었다.

아저씨는 그렇다고 고개를 끄덕였다. 그런 식이었다. 할머니는 이 집에서는 그런 행동을 하지 않는다고 했는데. 어쨌든 하느님한테는 말이다. 셰익스피어 같은 사람들의 은혜에 보답하는 건 괜찮은 듯했다. 아저씨가 할머니 등 뒤에서 수작을 부릴 리는 전혀 없었으므로 할머니도 이 일에 동참하고 있다고 생각할 수밖에 없었다. 휠체어에서 연을 날리는 건 엄청난 노력이 필요한 일이었다.

*****

마침내 할머니의 엉덩이에 불을 붙인 건 학교였다. 내가 가게 될 학교. 제인 엘렌은 이미 시험공부를 하고 있는데, 나는 심지어 ─ 몇 학년에 들어가야 하더라? 아무튼 그 학년에 발도 들이지 않은 상태였다. 갑자기 할머니는 비상이라도 걸린 것처럼 굴었고, 나는 어디에 불이 났는데요, 할머니?라는 식이었다. 나는 학교를 많이 빠진 상태였다. 보통은 어른들이 나를 더 잘 활용하고 싶어 해서였다. 이 어른은 아니었다. 할머니는 내가 무식한 개자식으로 자라나는 걸 기필코 막으려 했다. 나를 응접실로 불러들여 앉히고는 어디에 가고 싶은지에 대해 특별히 생각해둔 게 있느냐고 물었다. 할머니는 책상에 앉아 있었다. 할머니가 젖히며 열리는 뚜껑을 들어 올리기 전까지 나는 그게 책상이라는 것도 몰랐고. 잠시 후에야 할머니가 **특별히 생각해둔 게 있냐**고 한 게 무슨 말인지 알아들었다.

몇 학년이냐고요? 아니. 학교 말이다, 카운티나 주의 학교. 나는 할머니와 함께 지낼 수 없었다. 그러나 할머니는 내가 가고 싶은 곳이 리 카운티가 아니라면 나를 리 카운티로 돌려보내지도 않겠다고 했다.

나는 선택에 익숙하지 않았다. 그저 무덤에 들어가지 않은 상태로는 다시 보고 싶지 않은 사람들의 명단이 있을 뿐이었다. 그 꼭대기에는 스토너가 있었다. 다음은 크리키와 그의 농장이 있었고. 다크서클도 있었지만, 나는 사회복지국에 관한 할머니의 의견을 이미 알고 있었다. 할머니가 생각하는 것은 다른 계획이었다.

"난 네 나이보다도 오래 아이들을 돌봐왔다." 할머니는 안경 너머로 나를 보며 말했다. 유리 부분이 F-150 트럭의 투톤 컬러처럼 나뉘어 있었다.

"네, 할머니." 내가 말했다.

할머니는 지인들의 명단인, 명함이 든 롤러를 돌렸다. 이름, 전화번호. 아마 그 안에 든 명함이 100장은 되었을 것이다. 그렇게 많은 사람을 안다고 상상해보라. 할머니는 물론 늙은 사람이었다. 오십대나 육십대는 됐다. 사람을 모을 시간은 충분했다.

"내가 키우는 여자아이들은 보통 유니코이에 머물지 않는다." 할머니가 말했다. "더 큰 물고기를 요리해야 하니까." 나는 그들이 결혼했다던 딕 아저씨의 말을 생각했다. 그러니 아마 더 큰 물고기를 요리해야 했던 건 그들의 남편들이었을 것이다. 하지만 나를 그물로 잡은 거미 아줌마에게 싸움을 걸 생각은 없었다. 이게 바로 그런 싸움이었고. 할머니의 아이들 중 한 명이 나를 받아줄 것이었다. 우리는 다양한 여자애들과 그들의 직업, 그들에게 지금 아이가 있는지 살폈다. 그들은 사방에 살았다. 녹스빌에 두 명, 존슨시티에 한 명. 대부분은 대학에 다녔다. 할머니는 그 점을 자랑스러워했다. 그러니 그들은 자연스럽게 도시에 살게 된 것이다. 나는 누구든 나를 받아주고 싶어 한다면 정말로 기쁘고 놀랍겠지만 제발 도시에는 보내지 말아달라고 했다. 할머니는 알겠다고, 이해한다고 했다.

할머니는 우리가 무슨 방법을 떠올리든 법적 문제에 관해 사회복지국의 양해를 구해야 할 거라고 말했다. 나는 그들이 할머니에게 반대하지 않으리라는 걸 알고 있었다. 그들은 누구라도 나를 받아줄 사람을 찾아 변죽만 울려대고 있었다. 아마 할머니가 전화를 걸어 이봐, 데몬이 내가 아는 아동 포르노 판매 전과자랑 같이 살게 됐어, 라고 말해도 다크서클은 네, 그분 계좌를 알려주세요, 라고 말했을 것이다.

할머니는 사회보장에 대해 물어보고, 엄마가 죽어서 내가 받게 된 돈에 대해 알게 되었다. 나는 사회복지국에서 만든 계좌에 대해 말해주었다. 그러고 나자 현금화 가능성이라는 면에서 아빠가 궁금해졌다. 할머니는 벽을 보고 인상을 찡그리며 연필에 달린 지우개로 턱을 톡톡 두드렸다. 내가 말은 안 했지만, 할머니는 콧수염이 좀 나 있었다. 아마 할머니도 나와 같은 생각을 하고 있었을 것이다. 나는 할머니의 아들이 내게 빚을 지고 있다는 생각이 마음에 들었다. 그 생각에 내가 별로 한심하지 않은 존재가 된 기분이 들었다. 우리 모두가 이 거미줄에 함께 걸려 있는 셈이었으니까.

하지만 마침내 할머니가 한 말은 내가 버지니아주에 머물러야 한다는 것뿐이었다. 법적인 면에서.

나는 내가 그렇게 멀리 가야 한다면 리 카운티나 그 근처에 있겠다고 말했다. 나는 내가 그런 생각을 하고 있었는지도 몰랐다. 그냥 말이 튀어나왔다. 매곳과, 내가 평생 알았던 수백만 가지 다른 것들 때문이었다. 먹다가 이빨이 빠진 핫도그. 파이브스타 경기장, 제너럴스. 모두가 얼굴처럼 생겼다고 말하지만 실제로는 그렇지 않은 산. 그런 것을 다시는 보지 못한다니 말이 되지 않았다. 태즈웰이나 다른 버지니아의 카운티에 관해서 내가 아는 것은 미식축구 경기에서 그놈들이 궁둥이를 걷어차이는 걸 보고 싶다는 것뿐이었다. 그런 데 살면 나는 배신자가 되는 것이다.

할머니는 알겠다고, 어떤 일을 할 수 있을지 알아보겠다고 했다. 할머니에게는 그쪽에 사는 여자애들도 있었다. 한 명은 빅스톤 갭에, 한 명은 노턴에. 또 한 명은 존스빌에 살았지만 슬프게도 유방암으로 죽었다. 할머니는 거칠고 늙은 미치광이였는데도 그 여자애에 관해 이야기하며 약간 슬퍼했다. 팻시라는 그 여자애는 어린 나이에 조그만 아기 한 명만을 남기고 떠나버렸다. 팻시는 할머니가 처음으로 키운 여자애들 중 한 명이었으므로 그건 꽤 오래전 일이었다. 할머니는 지금도 팻시의 남편과 연락하며 지냈다. 할머니는 남자애를 집에 두는 것에 대해 그 남편이 어떻게 생각할지 전화를 걸어서 알아보겠다고 했다. 할머니는 이렇게 말했다. 분명히 말하지만, 그 사람이 좋다고 해도 이 거래에는 규칙이 있다. 일단은 시범 운행을 하는 거야. 할머니는 자신을 도와주는 가족에게 언제나 돈을 냈지만, 나 역시 품위 있는 젊은이로서 내 역할을 해야 할 터였다.

아, 제기랄. 나는 생각했다. 이번에도 집세를 내야 하다니. 죽은 아내가 있었다는 그 집은 얘기만 들어도 마음에 들지 않았다. 아기는 누가 돌보지? 자기 혼자서 살림을 꾸려가는 남편이? 아이들에게는 신발과 이발, 그 애들이 정말로 원하지는 않지만 인간 자격을 갖추기 위해서는 그래도 가져야 하는 것들, 예를 들면 치약이 필요하다는 걸 그에게 알려줄 사람이 없을 터였다. 학교에 가져갈 새로운 링 바인더 라든지. 할머니가 앓는 병에 나도 걸렸다는 얘기는 아니지만 현실을 직시하자. 남자는 머저리가 될 수 있다.

"그 사람은 학교 선생님이야. 잘된 일이지." 할머니가 말했다. "시민론이나 보건을 가르쳤던 것 같구나. 세상에, 오래된 일이야." 할머니는 인명 바퀴를 돌리며 그의 명함을 찾았다. "스포츠 분야와도 관계가 있었다. 잘은 모르겠지만, 스포츠가 네 수업에 방해가 되도록 그가 놔두지는 않을 거야. 꽤 괜찮은 사람이다. 여기 있구나, 윈필드."

하늘에 계신 우리 아버지. 당신이 정말로 존재한다고 생각하지 않았기에 헛되이 당신 이름을 불렀던 수백만 번에 대해 사죄합니다. 거룩하신 주님이시여. 우리 할머니가 리 고등학교 제너럴스의 코치에게 전화를 걸려고 수화기를 집어 들고 있었다.

나는 그들을 떠나게 되었다. 딕 아저씨와 할머니, 그리고 할머니가 나를 데려가 보여주었던 무덤 속 아빠의 잔해. 그곳에는 아빠의 진짜 이름, 그리고 아빠가 살았던 세월의 시작과 끝이 표시된 납작하고 반짝거리는 표지가 땅 위에 있을 뿐이었다. 내 이름이 무덤에 적힌 걸 보니 으스스했다. 엄마가 아빠를 용서했다면 아빠의 이름이 처음부터 끝까지 모두 나일 수도 있었다. 무덤은 할머니의 집을 지나 길을 쭉 따라가면 나오는, 버려진 것처럼 보이는 교회 뒤쪽에 있었다. 잡초가 볼만했다. 할머니는 장갑을 끼고 무릎을 꿇고 모든 것을 바로잡았다. 할머니는 뜰에서 꽃병 하나를 가져와 아빠 위에 내려놓고 전에 놔두었던 꽃병을 챙겼다. 내 생각이지만, 할머니는 티 내지는 않아도 아버지를 신경 쓰는 듯했다.

세상이 모든 것에 대한 생각을 바꾸기 직전인 것처럼 느껴지는, 그런 가을날이었다. 매미들이 왜-왜-왜 울었고 공기는 고요하게 남아 있었다. 여름에서 모든 투지가 빠졌다. 내 머리가 계속 내게 **도망쳐! 지금 당장!**이라고 말했다. 하지만 어디에서 무엇을 향해 도망쳐야 할지 몰랐다. 할머니는 잡초 뽑기를 그만두고 일어나 머리에 모자를 올려놓았고 우리는 자갈길 옆에 있는 집으로 돌아갔다. 할머니는 고랑 진 땅을 건너가는 사람처럼 발걸음을 크게 했고 나는 그 뒤를 따랐다. 할머니는 내게 화가 난 것 같았다. 나는 지금도 할머니를 뭐라고 불러야 할지 알 수 없었다. 마마가 있었으면 좋겠다고 생각하던 그 오랜 세월 끝에 이제야 마마를 만났는데 아귀가 맞지 않았다. 나는 할머니에게 "네, 알겠습니다"라는 식으로 굴었다. 태양이 우리 뒤에 떠 있었다. 나는 내 그림자가 할머니의 그림자에 닿도록, 할머니의 치마와 빠르게 움직이는 울퉁불퉁한 다리를 가로지르도록 움직였다. 별다른 이유는 없었다.

집으로 돌아온 나는 옷과 칫솔 등 할머니가 준 여러 가지 물건을 할머니가 준 여행 가방에 집어넣으며 이젠 이런 물건들이 데몬인지, 그렇다면 나는 지워진 건지 생각했다. 옷과 여행 가방이 마음에 들지 않았다는 뜻은 아니다. 그것들은 괜찮았다. 다음 날 제인 엘렌이 나를 킹스포트로 데려다줄 터였다. 거기서 윈필드 선생님이 정오에 월마트 주차장에서 우리를 마중할 터였다. 여기까지 오면서 죽을 뻔했던 그 모든 밤낮을 겪은 것에 비해 집으로 가는 여행은 한 시간 반밖에 걸리지 않았다. 미쳤다. 그게 리 카운티다. 사람을 세게 잡아당긴다.

나는 아래층 딕 아저씨의 방으로 갔다. 아저씨는 지난번에 읽은 책에 관한 연을 다 만들기 전까지는 새로운 책을 읽고 싶어 하지 않았다. 하지만 지금은 연도 만들고 있지 않았다. 그냥 창밖만 보고 있었다. 나는 아저씨와 지내던 시간이 그리울 거라고 말했고 아저씨도 그렇다고 했다. 나는 아저씨를 다시 보게 될지 궁금했다. 물론 윈필드 코치와의 일이 실패할 수 있겠지만 어느 쪽으로든 나는 버지니아에 있어야 하는 것으로 보였다. 이 사람들이 나를 만나러 올까? 자동차는 곧 죽음이라는 할머니의 태도를 보면 그럴 가능성은 크지 않았다. 나는 딕 아저씨에게 전화를 걸거나 편지를 쓰겠다고 말했다. 우표를 사는 방법이나 그와 비슷한 방법은 전혀 몰랐지. 우리는 꽤 오래 앉아 있었다. 나는 포옹을 좋아하는 사람이 아니다. 그것만 아니었어도 아저씨를 안았을 것이다.

아침부터 구름이 몰려들었고 바깥에서는 건장한 바람이 발길질을 해대며 나뭇잎을 뒤집어 은색 아랫면을 드러내고 있었다. 페그 아저씨는 그런 건 언제나 비가 다가온다는 뜻이라고 말했었다. 나는 딕 아저씨에게 연 날릴 준비가 됐느냐고 물었고 아저씨는 그렇다고 말했다. 그럼 날려요, 내가 말했다. 척추가 떨려왔다. 내 머리가 하루 종일 말해준 것이 아마 그것이었을 것이다. 달려. 가서 연을 날려.

아저씨는 꽤 충격받은 표정이었지만 좋다고, 다만 쓸 게 한 가지 더 있다고 말했다. 나는 인내심을 발휘하려 노력했다. 아저씨의 글 쓰는 속도는 세상에서 가장 느렸으니까. 아저씨는 이번 글귀는 다른 책에서 가져온 것이라고, 나를 위해 하늘에 올려 보내고 싶은 말이라고 했다. 아저씨는 그 글을 연의 맨 위에 적었다.

그 어떤 경우에도 비열해지지 마라. 거짓되지 마라. 잔인해지지 마라.
나는 언제나 네게 희망을 품을 수 있다.

그게 아저씨가 내게 하는 말이었다면, 내가 지금까지 살면서 들어본 어떤 말보다 남자 대 남자로서의 대화에 가까웠다. 이 말은 2센트가 곧 행복이라는 말을 완전히 날려버릴 정도로 좋았다. 내가 말했다. 네, 해봐요.

나는 아저씨에게 보통은 어떻게 연을 날리는지, 누가 뭘 도와주는지 묻지 않았다. 내게 나름의 계획이 있었으니까. 아저씨는 휠체어를 밀고 나가 현관의 경사로를 내려간 다음 앞쪽 인도의 판석으로 올라갔다. 아저씨의 휠체어가 갈 수 있는 곳은 거기까지였다. 그러나 아저씨는 여전히 뜰 안에 있었다. 달릴 공간이 없었다. 아저씨가 내게 연을 받아서 들고 가라고 했지만, 나는 말했다. 친구! 우린 그보다 잘할 수 있다고! 나는 아저씨의 휠체어를 인도에서 풀밭으로 밀었다. 아저씨의 몸무게가 건초 더미보다 그렇게 많이 나가지 않았으므로 어렵지 않은 일이었다. 우리는 울퉁불퉁한 풀밭을 밟으며 나갔다. 딕 아저씨가 입을 움찔거린 끝에 "기이, 기이이!" 하는 소리를 냈다. 나는 그 말을 그래, 이거지!라는 뜻으로 알아들었다.

나는 뒷문 빗장을 풀고 집 뒤쪽, 건초를 베고 남은 그루터기로 아저씨의 휠체어를 완전히 밀고 나갔다. 그 뒤로는 휠체어 움직임이 꽤 거칠어져서, 우리는 멀리 가지 않았다. 그냥 내가 그 빌어먹을 것을 달로 날려 보내기 위해 필요한, 달릴 거리를 확보할 수 있는 곳까지만 갔다. 구름이 밀려들며 들판 위에서 난동을 부리는 사나운 괴물 떼처럼 그림자를 드리우고 있었고, 나도 바로 그 괴물들과 함께 있었다. 나는 연을 집어 들고 실을 풀었다. 연이 하늘의 작은 얼룩이 될 때까지, 점점 더 많이. 비가 우리에게 침을 뱉어대기 시작하는 게 느껴졌지만 누가 신경 쓰겠는가. 천둥도 치라지.

실이 바람 속에서 세게 당겨졌지만, 나는 그 실을 딕 아저씨에게까지 끌고 가 아저씨의 손에 쥐여주었다. "꽉 잡으세요." 나는 그렇게 말하고 아저씨 옆의 땅에 털썩 주저앉아 개처럼 헐떡거렸다. 그가 가진 모든 힘으로 얼레와 연을 잡고 있던 아저씨는 조용했다. 아저씨의 표정이라니. 시선을 위로 향하고 몸은 기다란 실 한 가닥으로 폭풍이 치는 커다란 하늘에 묶인 아저씨의 온몸이 아저씨의 단어들과 함께 올라가, 누구든 귀 기울이는 자에게 말하고 있었다. 나는 그 모습에 필적할 만한 건 본 적이 없었다. 아저씨의 뼈 한 조각도 사료 자루에 쑤셔 넣어진 적이 없었다. 그는 거인이었다.

28

우리는 주차장에 앉아 기다렸다. 나는 배 속이 바위로 가득 찬 것 같았고, 제인 엘렌은 운전대에 숙제를 펼쳐놓은 채 수학 문제를 풀고 있었다. 대체 이 여자는 뭐가 잘못된 건가. 누가 말 좀 해주기 바란다. 하루가 말벌 둥지에서의 지옥으로 변해버릴 텐데, 아침 식사를 못 하게 될 위험에 처했는데, 지금도 숙제를 하고 있다니.

"윈필드 코치님이 안 오면?" 내가 물었다.

"올 거야." 제인 엘렌의 연필은 한 번도 움직임을 멈추지 않았다. 아마 나도 그랬을 것이다. 제인 엘렌은 내가 터뜨려버리기 전에 글러브 박스 좀 그만 만지작거리라고 이미 말했다. 자기가 모는 차는 89년식 코멧이라고.

"근데 안 오면?"

제인 엘렌은 뭔가를 지우더니 손목을 뒤집어 시계를 보았다. "아직 그렇게 늦지도 않았어. 우리가 일찍 온 거야."

나는 집에 가고 싶었다. 물론 집이 없었지만. 집이 더는 존재하지 않게 되더라도 이런 기분은 계속해서 든다. 아마 폭탄이 터져서 지구상에 음식이 전혀 남지 않게 된대도 배고픔은 계속 느끼지 않을까.

"오, 주여." 내가 말했다. 자동차가 들어왔는데, 거기서 내리는 사람은 내가 여태 본 가장 이상하게 생긴 사람이었다. 만화책에서 본 사람은 제외해야겠지만. 막대 같은 다리, 길고 흰 팔, 그의 몸 전체에 얽히느라 분주한 긴 손가락. 그의 손가락은 머리카락을 쓸어 넘기고 주차장을 돌아보며 팔꿈치를 감싼다. 빨간 머리이긴 했지만 나와 같은 일족은 아니었다. 그는 분홍색에 가까운 머리카락에 눈썹이 없는, 시체처럼 흰 스타일이다. 내가 노려보면 내 눈길에 화상을 입을 것만 같은 피부.

"아주 훌륭한 아침이네." 제인 엘렌이 숙제를 덮었다.

"스네이크맨이 출동했군." 내가 말했다.

제인 엘렌은 미소를 참지 못했다. 잇새에 혀가 끼는 그 미소를. 우리는 둘 다 스네이크맨의 모습을 빤히 보았다. 무례하다면 무례하게. 그의 자동차는 커다란 견인용 히치가 달린 머스탱 최신 모델이었다. 평범했다. 하지만 이 남자는, 세상에. 그는 팔로 자기 몸을 껴안은 채 주위를 둘러보며 그 자리에 서 있었다. 그런 다음에는 우리를 보며 가만히 서 있었고. 그는 빙 둘러 우리 옆으로 다가오더니 제인 엘렌의 자동차를 확인했다.

"뭘 찾는 거지?" 내가 속삭였다.

"몰라." 제인 엘렌이 마주 속삭였다. "뱀이 뭘 먹더라?"

제인 엘렌은 시동 걸 준비를 하고 열쇠에 손을 댔다. 하지만 그때 그가 우리에게 곧장 다가왔고 우리는 얼어붙었다. 그는 자기 손을 내가 있는 쪽의 열린 창문에 집어넣었다. 우리 둘 다 뒤로 몸을 젖혔다.

"너희 둘 다 벳시 우들의 아이들인가 보구나." 소름 끼치는 목소리였다. 너무 조용했다.

"누군데 그러시죠?" 내가 물었다.

"오늘 아침에 윈필드 코치님이 일이 좀 생기셨다. 토요일 연습은 정말로 길어질 수 있거든."

"그럼 누구세요?" 제인 엘렌이 평소의 모습을 되찾고 있었다. 그녀는 월마트 밖에서 만난 웬 괴물에게 나를 넘겨주지 않을 터였다.

그는 파리를 쫓듯 긴 손을 몸 앞으로 내저었다. "난 아무도 아니야. 보조 코치지." 그는 몸을 더 깊이 숙이더니 제인 엘렌에게까지 손을 뻗었다. 그 바람에 제인 엘렌이 다시 몸을 뒤로 젖혔다. "라이언 파일스." 그가 말했다. "사람들은 나를 유홀*이라 부른다."

제인 엘렌은 주근깨가 박힌, 좀비 같은 손을 빤히 바라보았다. "왜요?"

그는 다시 손을 가져가 헝클어진 분홍색 머리카락을 쓸었다. 우리는 기다렸다.

"내가 팀원들의 장비를 옮겨주거든. 패드, 헬멧, 이글루 냉방기까지. 코치님이 뭘 가져오라고 하실 때 실제 물건을 가져다주는 사람이나야." 그는 뼈가 더 있는 것처럼 목 위의 머리를 움직였다. 파충류 같은 남자였다. "트레일러는 안 가져왔는데. 물건이 많냐, 꼬마야?"

그에게 꼬마라 불리고 싶지 않았기에 나는 아무 말도 하지 않았다. 그는 창문으로 고개를 들이밀고, 뒷좌석에 있는 내 여행 가방 하나를 확인했다. "좋아, 해치우자."

나는 제인 엘렌을 돌아보았다. 날 스네이크맨한테 먹이지 마! 제인 엘렌은 그럼 어쩌라고?라는 표정이었다. 제인 엘렌이 남자아이라는 화물을 여전히 실은 채 머더 밸리로 돌아갈 수는 없었다. 그건 나도 알았다. 그랬다가는 제인 엘렌의 교육 기간이 20년으로 늘어날 테니까.

나는 가긴 했지만 싸워보지도 않은 건 아니었다. 제인 엘렌이 스네

---

* 미국의 운송 회사 이름.

이크맨을 공중전화로 데려가 신원을 보증해줄 누군가에게 전화를 걸도록 했다. 윈필드 코치님과 통화한 건 아니지만 학교의 무슨 비서가 그래, 맞는 것 같아, 유홀 파일스가 그 아이가 가야 하는 곳에 데려다줄 거야, 라고 말한 게 분명했다.

내가 가야 한다는 곳은 알고 보니 존스빌 시내를 내려다보는 커다란 언덕 위의 대저택이었다. 그곳은 평범한 집보다 훨씬 더 많은 것들이 있었다. 추가적인 부분들이 별도의 지붕과 창문까지 갖춘 채 밖으로 뻗어 나와 있었다. 성은 아니었지만 성 쪽에 가까웠다. 하긴 그럴 만했다. 리 카운티에 왕이 있다면, 그 왕은 제너럴스의 코치일 테니까. 유홀은 기어를 낮추고 가파른 진입로에 접어들었다. 내가 할 수 있었던 생각이라고는 난 절대 안 들어가겠다는 것뿐이었다. 대저택이라니. 어떻게 행동해야 할지 알 수 없었다.

"집이 최고지." 유홀이 특유의 비꼬는 투로 말했다. 그는 시동을 끄고, 화상을 입힐 듯한 눈으로 나를 돌아보았다. 갈색 눈이 거의 빨갛게 보였다. 지옥을 들여다보는 작고 둥근 창문 같았다. 커튼을 대신할 속눈썹이 없었다. 어떻게 저런 눈으로 거울을 보지? 그는 내 여행가방을 집어 들었고, 나는 젠장젠장젠장 늘 그랬듯 이번에도 탈출 계획이 없어라고 생각하며 그를 따라 현관으로 들어갔다.

안은 충격적이었다. 온갖 군데에 쓰레기가 쌓인 평범한 집처럼 보였다. 운동화가 든 상자들, 탄력 밴드, 스포츠 테이프, 덤벨, 박살 난 자동차 거울. 방 한가운데에는 옷가지가 걸린 운동용 자전거가 자리 잡고 있었다. 성 같은 면모도 확실히 있었다. 톱질한 통나무 선반이 갖추어진, 거대한 난로 굴뚝이라든지. 포크가 발명된 이후로 아무도 식사에 사용해본 적이 없는 것 같은 거대한 식탁 위에 대롱거리는 거대한 조명이라든지. 쌓인 신문과 잡지 사이로 선글라스 세 개와 알고 싶지도 않을 만큼 많은 코담배 깡통, 나이키 에어맥스 한 켤레가 보였다. 식탁 위에. 그걸 보니 엄마가 그리워졌다.

유홀은 코치님이 잠시 후 내려올 거라며, 코치님 사무실에서 할 일이 있으니 실례하겠다고 했다. 그는 뒤통수치듯 나와 악수하더니 스르륵 미끄러져 집 뒤쪽으로 사라졌다. 역겨움이 느껴졌다. 손을 씻을 수 있는 화장실이 있었으면 했다. 영화에서 보이는 것처럼 휘어진 난간이 달린 커다란 계단이 보였다. 나는 그곳도 똑같은 돼지우리일지, 아니면 돼지우리는 앞문 근처의 끝 영역에만 집중된 건지 궁금했다. 유일하게 깔끔한 지점은 한 소녀, 아니 사실 한 여인의 사진이 놓인 난로 위 선반뿐이었다. 젊었다. 80년대에 유행했으나 요즘 같으면 어떤 여자애도 그런 머리를 하고 죽은 모습을 들키고 싶어 하지 않을 폭탄 머리를 하고 있다는 점을 빼면 슬퍼 보였다. 그러니 아마 그랬을 것이다. 죽었을 거란 말이다. 할머니 손에 커서 이른 나이에 세상을 떠난 비극적인 아내. 그냥 추측이었다.

나는 뒤를 돌아보다 기겁했다. 어떤 아이가 사진이 살아난 듯 정확히 똑같은 얼굴로 나를 보고 있었다. 다만 비쩍 말랐다. 나와 거의 키가 비슷했으나 더 말랐다. 학교에서 즉시 얻어맞아 피떡이 되었을 만한 샌님 스타일의 납작한 모자를 쓰고 있었다. 그가 걸치고 있던 것이 악당 스타일의 가죽 재킷과 닥터 마틴만 아니었다면 그랬을 터였다. 그런 물건은 비싸다. 그 말은, 어딘가에 지원군이 있으니 주먹질을 할 때 조심하라는 뜻이다. 아이는 슬퍼 보였다. 약간은 여리고 약간은 무시무시한 모습이었다. 그 모든 모습이 동시에 보였다.

"안녕." 그 아이가 말했다. "난 앵거스야."

"앵거스 소 할 때 앵거스?"

녀석의 눈이 옆으로 휙 돌아갔다가 돌아왔다. "바로 그거지."

"그렇구나. 난 아마 한동안 여기 머물게 될 것 같아. 윈필드 코치님 이랑."

"응, 알아. 우리 아빠야."

아, 꼬마 고아구나. 다시 물어봐야지. 나는 앵거스에게 몇 학년이냐 고 물었고 녀석은 8학년이라고 말했다.

"그럼 너도 유소년 팀이야?"

앵거스는 나에 관한 설명서를 읽는 듯 커다란 잿빛 눈으로 나를 훑 어보았다. 나를 분해할 생각인지 다시 조립할 생각인지는 전혀 알 수 없었다. 나는 어두워지기 전에 이 집 사람들이 나를 쫓아내기로 하면 누구에게 전화를 걸지 선택지를 생각해보기 시작했다.

"아니." 마침내 그가 말했다. "비극 중의 비극이지. 유소년 팀이 아 니라는 거."

윈필드 코치님이 양동이에서 뭔가를 쏟아내듯이 계단을 내려왔다. 그는 덩치 큰 남자 특유의 소동을 일으키며, 방에 들어오기 전부터 말을 꺼냈다. "어이, 친구. 만나서 반갑구나. 미안, 연습이 길어져서. 바이킹 금요일이거든. 너도 그게 무슨 뜻인지 알겠지. 벳시 여사 말 로는 네가 리 카운티 출신이라던데, 맞니? 그럼 너도 이 지역을 알 테 고……."

그는 계단 맨 아래에 서서 나를 살펴보았다. 그는 덩치가 크고 어 깨가 넓었으며, 맥주로 망가지기 전까지는 완전히 근육질이었던 남 자 특유의 올챙이배를 갖고 있었다. 빨간 모자에 진하고 검은 눈썹. 솔직히 나는 그를 경기에서 보았는지, 아니면 그냥 빨간색 바람막이 만을 알아보았는지 알 수 없었다. "몇 살인가, 젊은이?"

나는 거짓말에 너무 익숙해져 있어서 생각을 해야만 했다. "다음

달에 열두 살이요.”

그가 길게 휘파람을 불었다.

“죄송합니다.” 내가 말했다.

“괜찮아. 여사도 그렇게 말했거든, 중학교에 들어간다고. 난 다른 브랜드에 다른 모델을 기대했다만. 너 라인백처럼 생겼구나, 아들.”

“네, 맞습니다.” 내가 말했다. 뱃속에서 그래, 이거지! 춤이 절로 나왔다. 천국의 하느님께서 필드 골을 차고 천사들은 소용돌이를 그리며 제비를 돌았다. 집이 최고다.

우리가 밥을 먹은 곳은 쓰레기가 잔뜩 쌓인 거대한 식탁이 아니었다. 윈필드 가족이 주방에 다른 식탁을 두고 있던 덕분이다. 전체적으로, 주방은 훨씬 더 깔끔했다. 매티 케이트라는 여자가 미트로프와 콜슬로를 내놓고, 눈에 들어오는 모든 것을 앞치마 자락으로 다 닦아낸 뒤 밤 인사를 하고 떠났다. 우리는 남아서 저녁을 먹었다.

그들은 아무 기도도 하지 않고 그냥 파고들었다. 앵거스가 식탁에서 여전히 그 모자를 쓰고 있었고 코치도 자기 모자를 쓰고 있는 걸 보면 이 집은 그런 규칙이 있는 집이 아닌 듯했다. 하지만 아마 다른 규칙은 있을 것이다. 긴장을 풀기에는 너무 일렀다. 나는 음식을 쑤셔 넣었다. 아마 너무 많이 너무 빠르게 먹었을 것이다. 창문이 열려 있어서 트랙터 소리가 났고 누군가가 밖에서 자르고 있는 건초의 냄새도 풍겼다. 그 건초를 헛간에 가져다 쌓을 사람이 내가 아니라서 다행이었다. 나는 이곳에서 지낸 뒤 다시 농장으로 보내질지 궁금했다. 아마 그럴 것이다. 나는 또래치고 덩치가 크다는 게 함정이라는 걸 깨달았다. 사람들은 그런 아이를, 상대에 맞서 싸우지는 못하는 다 큰 몸뚱이가 필요한 곳으로 어디든 보내버린다.

우리는 말하기보다는 먹기에 집중했다. 앵거스는 그러는 내내 그 커다란 잿빛 눈을 내게서 떼지 않았다. 망가에 나오는 것 같은 거대한 눈이었다. 코치님은 코치님대로 이가 거대했다. 뭐랄까, 너무 컸다. 너무 납작하고 너무 하얬다. 그는 별로 미소 짓지 않았다. 미소를 지으면 이 때문에 입술이 아플 것처럼 보였다. 그는 어른들이 노력할 때 하는 어색한 질문을 던졌다. 학교에서 가장 좋아하는 시간이 뭐냐는 둥. 나는 점심시간이라고 말했는데, 농담이 아니었지만 그는 웃었다. 나는 첫 경기를 못 봤기에 이번 시즌이 어떻게 되어가고 있는지 물었다. 또 내가 궁금했던 건, 대체 왜 코치님 아들은 유소년 미식축구를 하지 않나요?라는 거였다. 당연히 그래야 할 것 같은데. 물론 그래, 나도 앵거스의 손이 작고 어깨가 깡마른 것은 알아보았다. 그래도 말이다. 유소년 미식축구일 뿐인데. 누구든 벤치에 앉도록 해줄 텐데.

이후에 우리는 매티 케이트가 아침에 설거지할 수 있도록 접시들을 쌓아놓았고, 코치는 앵거스에게 나를 내 방에 데려다주라고 했다. 그 말에 나는 놀랐다. 내 방이라니. 나는 우리가 같은 방을 쓰게 될 줄 알았지만 아니었다. 우리는 위층으로, 그다음에는 더 많은 계단을 올라가 복도를 지난 다음, 방으로 갔다. 그 방은 이 집의 성처럼 생긴 부분 중 한 곳이었다. 사각형보다는 원형에 가까웠다. 여섯 개의 벽은 짙은 녹색으로 칠해졌고, 창틀은 흰색이었다. 세 개의 벽에 거대한 창문이 있었다.

"저 옷장을 쓰면 돼." 앵거스가 말했다. "매티 케이트가 시간이 있으면 옷장을 비워주겠다고 했는데, 그 안에 뭔가 있으면 그냥 복도에 내다 놔. 매티 케이트가 내일 가져갈 거야."

"알겠어." 내가 말했다. 하지만 그렇게 할 생각은 없었다. 다른 누군가가 처리하도록 바닥에 물건을 내버리라니, 정말인가? 나에 대해서 이런저런 말을 할 수 있겠지만, 한 가지 분명한 건 내가 길이 잘 들었다는 것이었다. 여기에 빠진 이를 가져가는 요정 같은 건 없으니, 빌어먹을 자기 물건은 알아서 치우라는 게 사실상 위탁 가정의 모토였다. 엄마는 위탁 가정을 거치고도 어떻게 계속 그런 식으로 살았을까? 주님의 신비 중 하나다.

앵거스는 커다란 창문들을 당겨 열었다. 공기가 텁텁하다면서. 하지만 나는 상관없었다. 그 냄새를 맡으니 페곳 가족의 다락방이 생각났다. 집 뒤쪽의 경관은 시야가 미치는 곳까지 언덕과 건초밭으로 이루어져 있었다. 한 남자가 지금도 저 아래에서 트랙터를 타고서 하루가 끝날 무렵의 노란 빛을 받으며 들판을 이리저리 오가고 있었다. 가운데 창문은 진입로를 내려다보았고, 앞쪽 창문은 존스빌의 지붕들 너머 그 뒤의 커다란 언덕을 마주 보았다. 나는 옛날 사람들이 왜 이런 집을 지었는지 알 수 있었다. 누가 공격을 해오든 그들이 다가오는 게 보일 테니까.

이곳은 내가 들어가본 가장 좋은 방이었다. 가장 좋은 집이기도 했다. 내가 그렇게 말했지만 앵거스는 그냥 어깨만 으쓱했다. "우리한테는 너무 과한 집이야."

"그런 건 존재하지 않는다고 생각했는데. 너무 많은 돈이니 너무 많은 음식이니 하는 것 말이야."

"음식을 너무 많이 먹는 건 가능해. 당연하지. 과식으로 죽기도 하는데."

"나도 그랬으면 좋겠다." 내가 말했다.

다시 한번 크고 슬픈 눈. 인도에 고인 웅덩이처럼 보였다.

"농담이야." 내가 말했다. "너희 집이 망할 때까지 먹어대지는 않을게."

"선택의 여지가 없을걸. 아빠가 네 체격을 좋아하니까, 새로운 최고급 수소라도 되는 것처럼 널 살찌울 거야."

"말도 안 돼." 내가 말했다. "그다음은 도축이잖아."

앵거스는 거의 미소 지었다. "경기를 도축이라고 볼 수도 있겠다. 네가 말한 거야, 내가 아니라. 기록을 남겨두려고 말한다."

"기록을 남겨두기 위해서 말하는 거지만, 라인백이 돼서 죽었다는 얘긴 들어본 적이 없어. 야한 치어리더들한테 치여서 혼수상태에 빠진다면 모를까."

앵거스의 반쯤 지은 미소가 너무 빠르게 다시 당겨져 들어갔다. 꼭 달팽이의 조그만 뿔을 건드렸을 때와 같았다. 성난 가죽 재킷과 텅 빈 눈 안으로 그 모든 게 끌려 들어갔다. 젠장. 나는 멍청함 위에 멍청함을 쌓고 있었지만 달리 어떻게 해야 할지 몰랐다. 내가 아는 한, 침대에 오줌을 싸는 나이를 지난 남자들은 더러운 말을 하며 우정의 기반을 쌓았다. 어느 문장에든 '씨발'이라는 말을 집어넣으면 엄청나게 웃긴 놈이 되는 것이다.

"너희 아빠한테 침대 감사하다고 전해드려." 내가 말했다. 다른 모든 방법이 실패했으니 아부를 시도해야지. "내가 지난번에 산 데서는 세탁실 바닥을 썼거든."

"우들 할머니네 집에서? 할머니가 널 바닥에서 자게 했단 말이야?"

"아니, 거기 말고. 너 그분을 알아? 우리 할머니를?"

우리 할머니. 꼭 주머니에서 아무렇지 않게 100달러를 꺼내는 것만 같았다. 나는 앵거스의 눈 뒤에서 뭔가가 움직이는 것을 보았다. 뭐랄까, 젠장, 끝내주잖아, 100달러네, 하는 것 같았다.

"엄마가 나를 데리고 우들 할머니를 만나러 가곤 했어." 앵거스가 말했다. "근데 너무 어렸을 때라 기억이 안 나."

그렇지. 그 모든 암과 죽음 이전의 일이다.

앵거스는 나만, 오직 나만 쓰는 화장실을 보여주었다. 샤워기와 욕조가 둘 다 있었다. 사용법은 차차 알게 될 것이다. 앵거스의 방과 앵거스의 아빠 방은 한 층 아래에 있었다. 나는 이 집에 방이 다 합쳐서 몇 개나 있느냐고 물었는데, 앵거스는 모른다고 했다. 믿을 수가 없었다. 나라면 숫자 세기를 가장 먼저 했을 텐데. 나는 방을 바꾸기도 하느냐고 물었다.

"왜? 지금 이 방이 마음에 안 들어?"

"아니. 너나 너희 아빠 말이야. 뭐랄까, 지루해져서 다른 방으로 간다든지."

앵거스는 나를 빤히 보았다.

"그냥 얼마 만에 한 번씩 다른 창문을 보는 거지. 뭐랄까, 어차피 전부 이 집 창문인데 안 그럴 것도 없잖아?"

"방을 자주 바꾸면 아빠를 못 찾을지도 몰라. 그래서 안 돼."

"잃어버리기엔 너희 아빠 덩치가 꽤 크던데." 내가 말했다.

"너도 두고 보면 놀랄 거야."

우리는 화장실에서 둘 다 거울을 마주 보고 있었다. 나는 앵거스가 썼던 방법을 그대로 써서, 녀석의 눈을 들여다보았다. "아래층의 어마어마한 아수라장을 생각하면 그럴 수도 있겠다."

나는 녀석이 약간 투지가 생겨 발끈하는 것을 보았다. 거의 안 보이긴 했지만 보이긴 보였다. 엿이나 먹으라는 태도 이면에는 아빠를 보호하고 싶어 하는 어린애가 있었다. 녀석의 아빠가 녀석을 보호해줄 수 있는 것보다도 더 심하게.

녀석은 내게 수건을 비롯한 물건들을 가져다주겠다고 아래층으로 내려갔지만, 시간이 너무 오래 걸려 잊어버렸다. 나는 여행 가방에서 옷을 꺼내 옷장에 넣었다. 옷장은 비어 있었다. 잘했어요, 매티 케이트. 나는 여행 가방을 침대 밑에 밀어 넣고 세 개의 창문 모두를 내다보았다. 남자는 지금도 건초를 베고 있었고 존스빌에는 가로등이 켜져 있었다. 나는 깨끗한 티셔츠를 입고 잠자리에 들었다. 난 기진맥진해 있었다. 거의 잠들었는데, 앵거스가 문을 두드리더니 다시 들어와 내 물건을 화장실에 두었다고 말했다. 나는 소름이 끼쳐 일어나 앉았다. 꼬마 헤일리가 난데없이 불쑥 나타나던 시절 같았다.

"그래. 고마워."

앵거스는 달라져 있었다. 잘 준비를 하느라 재킷과 모자를 벗고, 체격이 드러나는 흰색의 탄력 있는 옷을 입고 있으니 내가 생각한 것보다도 더 깡말라 보였다. 특히 허리가 가늘었다. 곱슬곱슬하고, 약간 대걸레처럼 보이는 숱 많은 금발도 그랬다. 내 말은 여자애의 머리카락이었다는 뜻이다. 여자애의 체형.

우리는 서로를 빤히 보았다. 그런 뒤 문이 닫히고 앵거스가 떠났다. 나만 남아서 멍해진 뇌를 다시 머릿속에 집어넣고, 내가 앵거스 녀석에게, 앵거스라는 여자애에게 멍청하게도 했던 모든 말을 떠올렸다. 그러나 떠올릴 수가 없었다. 그런 말이 너무 많았다. 유소년 팀이냐는 꽤 기억에 남는 말 외에도. 치어리더들한테 치여서 혼수상태에 빠진다느니. 우리가 같은 방을 쓰게 될 줄 알았다는 말도 했던가?

내가 어찌나 멍청했는지 생각하느라 잠이 오지 않았다. 최근에는 근처에 여자애들이 별로 없었던 것 같다. 특히 저런 부츠를 신은 여자애들은. 그래도 그렇지. 일단 알고 나니 진실이 대낮처럼 환히 보였다. 내 정신은 내가 앵거스에게, 여자애 앵거스에게 말했던 모든 머저리 같은 말 하나하나를 멈추지 못하고 재생했다. 그 시작은 "앵거스 소 할 때"였다.

29

 문제는 내게 두 번째 기회가 주어지리라는 점이었다. 스토너가 그 랬듯, 우리의 아수라장에서 벗어나 과거를 지우고 새출발을 할 수 있 다는 것. 나는 그런 일을 한 스토너에게 뼛속까지 영원히 화를 낼 계 획이었다. 그런데 이제는 내가 새출발을 할 차례가 됐다. 그래서 나 는 뭐랄까, 나 자신이 뼛속까지 싫어졌다. 이 모든 새로운 것들을 가 지고 아직 살아 있다는 게 어떻게 엄마에게 공정한 일이 될 수 있을 까? 옷과 방, 성처럼 생긴 죽이는 집까지 생겼는데. 내가 새로운 아이 로서 새 학교에서 새로운 학년을 시작하다니.

 이 집만 해도 그렇다. 우리 엄마는 안을 들여다봤다는 이유만으로 살해당했을 것이다. 엄마는 친구들과 함께 학교를 땡땡이치고 대낮 에 선생들의 집에 침입했다는 얘기를 해주곤 했다. 선생들이 어떤 술 을 가지고 있는지, 그들의 침실 서랍에는 뭐가 있는지 보려고 말이 다. 포르노, 바이브레이터 등등. 그런데 나는 선생과 살고 있었다. 윈 필드 코치님의 방에 뭐가 있을지는 주님만이 아시겠지만 코치님이 거실 바닥에 내버리는 쓰레기만으로도 가게를 차릴 수 있었다. 게다가 냉장고에는 맥주가, 찬장에는 짐빔이 있었다. 윈필드 코치님이 얼마나 일찍 잠자리에 드는지를 생각하면, 그는 내게 물건 나눠 쓰는 방법을 가르쳐달라고 부탁하는 것이나 마찬가지였다.

하지만 그렇다고 인생이 쉬워지지는 않았다. 존스빌 중학교 앞쪽 탑 위에는 시멘트 불도그 두 마리가 그 학교를 지키는 것처럼 서 있었다. 그 석상부터 학교 전체가 아기의 마을 같았다. 또각거리는 하이힐을 신은 교무실의 여자가 나를 새로운 반으로 데려다줬을 때 나는 아줌마, 난 여기서 씨발 내슈빌까지 히치하이킹했다고요, 이 복도도 혼자 못 걸어갈 것 같아요?라는 생각을 하고 있었다. 나를 보면서 **새로운 아이다! 부탁이니 날 해치지 말아줘!**라고 말하는 그 모든 강아지 같은 눈망울하며. 이게 시내와 시골의 차이인지는 모르겠지만 이 아이들은 머리를 적셔 빗으로 빗고 셔츠에는 단추를 채워 입는, 덩치만 큰 헤일리와 브레일리였다. 일부는 아침 먹은 부스러기가 아직도 입 주변에 붙어 있었다. 하늘에 걸고 사실이다. 6학년인데. 아무것도 모르는 녀석들이라니.

이 아이들은 대명사와 접촉사*, 로마 문명 등등에 대해 나보다 많이 알까? 그렇다. 작년 한 해를 좀 넘어서까지 정신적인 면에서 학교에 다니지 않았기에, 나는 너무 뒤떨어져 있어서 나 자신의 엉덩이와 경쟁하는 듯한 기분이었다. 하지만 내가 모르는 것 때문에 이상한 게 아니었다. 아는 것 때문이었다. 언제나 뒤통수를 조심해야 한다는 것. 창녀의 '재미'와 개자식의 '훈육', 담당관의 '처리 중'이라는 말이 뜻하는 것. 그리고 돈. 오, 주여. 이 애들이 주머니에서 5센트, 1센트, 10센트짜리를 한 움큼씩 꺼내, 그 돈을 죄다 내밀며 영양사가 가져가게

---

*   '접속사(conjunction)'를 일부러 subjunction으로 잘못 쓰고 있다.

하는 것을 보고 있으면 그 애들은 돈의 차이를 모르는 것 같았다. 관심이 없거나. 쉬는 시간에 녀석들은 야외에서 누가 가장 오래 숨을 참는지 혹은 벌이 윌 선생님의 원피스로 날아가 선생님 거시기를 쏠 것인지 같은 완전히 멍청한 헛소리를 놓고 진짜 25센트짜리 동전을 걸고 또 잃었다.

이 눈먼 강아지들과 나 사이에는 배터리를 비우고 쓰레기 자루를 끌며 받은 교육, 출퇴근에 쓰인 기나긴 시간이 가로놓여 있었다. 그 교육이 한 푼과 10센트의 차이를 알려주었다. 나는 인생의 똥이라는 잉크에 절어 있었다. 매질, 거짓말, 대마초에 취해 평화를 얻었던 나날, 배가 고팠던 여러 달. 나는 여기 이런 아이들같이 되고 싶지 않았다. 하지만 물고기들을 겁줘서 물 밖으로 끌려 나가고 싶지도 않았다. 그건 죽을 만큼 싫증 난 일이었다. 모든 순간에 누군가가 나를 불러내리라고, 내게는 비싼 새 신을 신고 이런 곳을 돌아다닐 일이 없으니 어디든 네가 기어 나온 똥구덩이로 돌아가라고 말할 것만 같은 기분이 들었다.

에어맥스와 새 청바지 같은 것들은 또 다른 이상한 이야기다. 앵거스가 나를 데리고 쇼핑을 하러 갔다. 코치님은 토요일 연습에 가면서, 필요한 걸 사 오라고 했다. 아무도 내게 묻지 않았다. 우리는 그냥 유홀의 머스탱을 타고 떠났다. 앵거스가 스네이크맨과 앞자리에 탔고, 나는 똥을 쌀 것 같은 기분으로 뒷자리에 앉아 있었다. 문제는, 돈이라는 면에서 내가 완전히 빈털터리라는 걸 이 사람들이 알아내기 전까지 이 모험이 얼마나 이어질 것이냐는 점이었다. 꽤 멀리까지 이어진다는 게 답이었다. 나는 앵거스에게 둘이 쇼핑하는 동안 차에 남아서 기다리겠다고 말하려 했지만, 앵거스는 바보같이 굴지 말고 차에서 내리라고 말했다. 차에는 유홀이 남아 있을 거라면서. 나는 앵거스를 따라 월마트에 들어갔고, 앵거스가 카트에 물건을 집어넣는 동안 통로를 연달아 지났다. 처음은 식료품. 앵거스는 내가 뭘 먹고 싶은지 물었다. 썩은 게 아니면 뭐든지 많을수록 좋다고 나는 말했다. 앵거스는 내가 일부러 재수 없게 군다고 생각하는 듯 눈알을 굴려댔다.

"진심이야." 내가 말했다. "내가 전에 먹었던 쓰레기가 뭔지 넌 알고 싶지도 않을걸."

"예를 들면?" 앵거스가 눈을 희번덕거리며 나를 보았다. "인간의 간이라도 먹었어? 다 쓴 탐폰?"

오, 주여. 나는 매코브 가족의 세탁기 뒤에서 주워 먹었던 미스터굿바 같은 것을 생각했었다. 하지만 이 앵거스라는 녀석은 뭐랄까, 너덜너덜한 전깃줄을 만질 때와 비슷한 충격을 주었다. 앵거스가 남자였다면 나와 더 잘 통했을 거라고 생각한다. 그런 사람이 없어서 문제지. 앵거스는 팔꿈치가 밖으로 튀어나오게 카트 안으로 몸을 숙이고, 역겨운 게임을 하며 가게를 빠르게 돌아다녔다. 박스를 하나 들고 이렇게 소리치는 식이었다. "어떤 게 더 좋아? 이거야, 아니면 발가락 잼이야? 이거야, 아니면 상어 오줌이야?"

우리는 먹은 점심을 토할 것처럼 보이는 몇몇 쇼핑객을 남겨두고 남성복 코너로 이동했다. 나는 앵거스에게 옷을 사지 않을 거라고 했다.

앵거스는 나를 빤히 보았다. "대체 왜 그래, 인마?"

"아무것도 아니야. 아무튼 고마워."

앵거스는 내가 정신과 환자라도 된다는 듯 고개를 저었다. 그 모습에 화가 났다. 내가 아직 이곳의 규칙을 모르는 건 사실이었다. 그래, 좋다. 하지만 앵거스가 나를 등신 취급하는 걸 두고 볼 수는 없었다.

"난 내가 가져온 옷이 좋아. 알았어? 난 괜찮다고. 그냥 가도 되지?"

"넌 괜찮다고? 그럼 이런 꼴로 가면 되겠네. 색맹 찐따가 〈웨인스 월드)*가 담긴 깡통을 딴 것 같은데."

"엿이나 먹어!" 내가 말했다. 하지만 웃긴 웃었다. 그러지 않는 방법은 여자애를 때리는 것인데, 그건 허락되지 않은 일이니까. 게다가 앵거스의 말이 틀린 것도 아니었다. 그날의 나는 그럭저럭 봐줄 만했다. 뷰글 보이 티셔츠에 군용 재킷을 입고 있었다. 하지만 목깃이 지나치게 넓은 데다 산(酸)에 씻겨 나간 자국이 너무 많이 보였다. 아기 똥 색깔의 테니스화는 다른 세기에서 가져온 신발처럼 이상한 모양이었다. "이건 사실 내 물건이 아니야." 내가 말했다. "그러니까 내 물건은 맞지. 근데 전부 우리 할머니 집에서 제인이라는 여자애한테 공짜로 받은 거라고."

"그럼 제인 뭐라는 사람 옷을 입고 드랙퀸이 되려나 보네."

"제인의 옷이 아니라 제인의 남자 형제들이 입던 옷이야. 물려받은 옷."

"닥쳐. 우들 할머니가 자기 집에 남자애들을 살게 했다고?"

"아니. 엄밀히 말하면 제인의 남자 형제들을 본 적은 한 번도 없어. 그냥 옷만 본 거야."

앵거스가 나를 위아래로 훑어보았다. "신비의 형제들이 너한테 이상한 머저리 옷을 물려줬다 그 말이야?"

나는 지옥에나 떨어지라고 했다. 진심으로. 사람들이 쓰레기 보듯 나를 깔보는 시선에 익숙해져, 매일 아침 나라는 쓰레기 위에 어떤 쓰레기를 입힐지 신경 쓰기란 힘들다는 사실을 설명할 기분이 아니었다. 내가 고를 수 있는 다른 신발은 빵 봉투에 들어 있다는 사실도. 나는 앵거스에게 난 색맹이 아니라고, 색맹이라도 네가 신경 쓸 일은

*   1990년대의 미국 코미디 영화.

아니라고 말했다. 그냥 까다롭지 않은 것뿐이라고.

"그럼 까다롭게 좀 굴어. 옷이 사람을 만드는 거야. 데몬에 대한 네 관점은 뭔데?"

성처럼 생긴 집에 사는 코치님의 딸에게는 '관점'이 있다. 오늘 그 녀는 납작한 모자가 아니라, 모자 리본에 아주 작은 주황색 깃털이 들어간 구식 남성 모자를 쓰고 있다. 주황색 캔버스화도 신었고. 색 이 비슷하니까 어울리는 거라고 앵거스는 생각했던 것이다. 하지만 내게 있는 건 소년의 두뇌와 텅 빈 지갑뿐이었다. 데몬에 대한 관점 은 없었다. 우리 카트가 할인 판매 속옷 선반 주위의 사람들을 막고 있었는데, 앵거스는 콧방귀도 뀌지 않았다.

"신발." 앵거스가 말했다. "모든 게 신발에서 시작되는 거야. 작문 숙제에 나올 만한 질문이지. 원수의 궁둥이를 차러 갈 때 신고 싶은 신발은?"

그 장면을 상상하고 싶은 충동이 들었다. 나한테도 원수는 있었다. 주차장 건너편에서부터 달려가 스토너를 걷어차다니, 내 머리는 신 발에 필요한 추가 기능을 바로 그려내기 시작했다. 독이 묻은 스파이 크와 빨리 도망치기 위한 제트팩 같은 것들. 달리 말하면 현실적인 건 아니었다. 나는 어떤 대답도 내놓을 수 없었고 앵거스는 이번에도 내가 일부러 짜증스럽게 군다는 듯 행동했다.

"그냥 말해!" 앵거스가 소리쳤다. "어떤 죽이는 신발을 신으면 기분 이 좋아지겠느냐고?"

"알았어, 에어맥스!" 나는 앵거스에게 마주 소리쳤다. 누군들 안 그 러겠는가. "하지만 오늘은 어떤 죽이는 신발도 사지 않을 거야. 씨발 난 한 푼도 없으니까. 알았어?"

쇼핑객 몇 명이 씨-폭탄을 한 번도 맞아본 적이 없는 것처럼 덜컥 멈추었다. 그 사람들만 탓할 수는 없는 게, 주위에는 애들이 있었다. 나는 조금 강도를 낮추었다. "난 돈이 하나도 없어."

앵거스의 잿빛 눈이 촉촉한 빛을 띠었다. 앵거스는 걱정하는 듯했다. 아마 생각을 거꾸로 돌려, 이 새롭고 파산한 머저리 버전의 나를 대하던 자신을 재생하고 있었을 것이다. 앵거스가 여자라는 걸 알고 놀란 뒤에 내가 해야 했던 그대로. "미안." 앵거스가 말했다. 이번만큼 은 나도 그 단어가 싫지 않았다. 앵거스가 말하니 좋아 보였다. 나는 그 말을 기다리고 있었다.

"됐어." 내가 말했다. "그냥 여기서 나가면 안 될까?"

"안 돼. 내 말은, 너한테 똑바로 말해주지 않아서 미안하다는 거야. 내 실수야." 앵거스는 주머니에서 은색 조각을 휙 꺼내더니 빛에 비 춰보며 위아래로 기울였다. 거울을 번쩍여 암호를 전달하는 것처럼. "마스터가 여기 계셔." 앵거스는 그렇게 말했다. 카드에 입을 맞추고 다시 주머니에 넣더니 그래, 여기서 나가자고 했다. 월마트의 나이키 복제품으로는 누구의 궁둥이도 걷어찰 수 없을 테니까.

우리는 빌어먹을 카운티 사방에서 그 신용카드를 날려댔다. 월마 트 슈퍼센터에서 슈쇼, 티제이맥스까지, 스네이크맨이 태워주는 차 를 타고 다녔다. 현금은 필요하지 않았다. 마스터께서 말씀하셨으니 까. 어떤 경우에는 그냥 코치님의 존재만으로도 통했다. 예를 들면 점심을 먹으러 간 하디스에서 그랬다. 우리가 문으로 들어가자 주변 에서 기겁할 만한 숭배의 역장이 발생했다. 계산대의 남자는 우리 음 식값을 계산하지도 않고 그냥 평소처럼 공짜로 주겠다고, 코치님에 게 안부를 전해달라고 했다. 매니저가 나와서 똑같은 말을 하더니, 코치님이 팔꿈치 부상을 입은 주전 쿼터백 대신 누군가를 투입할 거 냐고 물었다. 유홀은 자기는 사실 말할 입장이 아니라고, 그냥 보조 코치일 뿐이라고 말했다. 하지만 그런 선수 교체가 일어나도 놀라지는 말라면서. 우리가 식사하는 동안 그곳의 모든 사람들이 우리를 지켜보았다. 뭐랄까, 우리가 바닥에 튀김을 떨어뜨리면 그 사람들이 기념품으로 가져갈 것만 같았다. 그 모든 관심이 마음에 들었느냐고? 아마 그랬을 것이다. 아무도 진짜 나를 모른다면. 내가 먼지 하나 묻지 않은 에어맥스를 평소에도 신고 다니는 사람으로 보일 수만 있었다면. 유홀은 확실히 관심을 좋아했다. 앵거스는 너무 침착해서 속내를 짐작할 수 없었다.

앵거스는 이쪽으로 또 저쪽으로 내게 충격을 주었다. 일단은 자동차에 빠져 있다는 점이 그랬다. 우리는 57년식 노마드를 보면서 자동차 이야기를 시작했는데, 그 이후로 우리가 본 모든 멋진 차들의 이름을 대는 시합을 벌였다. 유홀도 엄청나게 많은 차를 알았지만 앵거스가 자기 몫을 몰랐다면 거짓말이었다. 이 녀석은 평균적인 여자애가 아니었다. 당연히 그렇겠지, 죽은 엄마 밑에서 컸는데, 라고 말할지 모르겠다. 하지만 그거 아는가? 나도 죽은 아빠 밑에서 컸는데, 그렇다고 내가 여자애들 하는 짓에 빠져 있는 걸 보지는 못할 거다. 게다가 이 사람들은 매티 케이트라는 사람을 내내 집에 두고 있었다. 매티 케이트는 잡일만 하는 것이 아니라 방과 후 주방에 함께 앉아 콜라를 마셨다. 내가 뭔가를 물어보고 싶어 하면 말상대를 해주었다. 난 몇 가지 질문이 있었다. 내가 직접 빨래를 하고 점심을 차려야 하는지? 답은 '아니요'였다. 그런 일은 전부 매티 케이트가 했다. 나는 매티 케이트에게 빨래라든가, 최악의 경우에는 집세를 내는 등 모든 일을 하는 데 꽤 익숙해져 있다고 말했다. 매티 케이트는 웃으며 자기 일자리를 빼앗으려 하지 말라고 했다. 내 일은 그냥 소년으로 사는 것이라면서. 이상했다. 전에는 그런 일자리를 가져본 적이 없는데.

하지만 매티 케이트는 내가 조그만 꼬마 아이는 아니라는 걸 알고 있었다. 전기면도기를 구해줘야 하는지 물었으니. (창피하긴 했지만, 답은 '그렇다'였다.) 그리고 내게 필요하냐고 묻지도 않고 올드스파이스 데오드란트를 가져다주었다. (더 창피했다.) 매티 케이트는 남편이 없고 팝워너 미식축구*를 하는 어린 아들을 둔 엄청나게 상냥한 여자였다. 입가에는 주름이 있었고 나이 든 여자들처럼 고무줄 바지 같은 것을 입고 다녔지만 완전히 늙지는 않은 사람이라는 걸 알 수 있었다. 눈 화장은 새 날개처럼 했다. 내가 말하려는 건, 앵거스가 진공청소기나 눈 화장 등 여자아이가 궁금해할 만한 걸 궁금해했다면 물어볼 대상이 있었다는 것이다. 그런 일은 아예 일어나지 않은 게 거의 확실했다. 앵거스는 철조망으로 만든 목걸이처럼 난-예쁘지-않아식의 물건을 문신으로 새길 만한 애였다. 하지만 앵거스는 매티 케이트와도 아빠와도 싸우지 않았다. 심지어 유홀과도. 그건 걱정스러운 일이었다. 그 남자는 점액을 질질 흘렸다. 언제나 자기 얼굴과 때 묻은 빨간 머리를 만지고 더듬었다. 앵거스가 음료 리필을 받으려고 일어났을 때 앵거스가 앉았던 자리 등 그야말로 잘못된 것들을 더듬기도 했고. 변태 자식. 하지만 그는 아주 오랫동안 앵거스의 아빠 밑에서 일해왔고 사람들은 많은 것에 익숙해지게 마련이다.

앵거스는 유홀이 거짓말쟁이라는 걸 알고 있었다. 그 정도는 앵거스가 내게 말해주었다. 진짜 보조 코치는 브리그스 선생님이라는, 존스빌 중학교에서 영어를 가르치는 동시에 유소년 팀 코치로 일하는 유급 교사였다. 거기다가 브리그스 선생님은 고등학교 팀에도 도움을 주었다. 연습 때 브리그스 선생님은 수비 코치를 맡았고, 윈필드

---

*   미국의 전국 단위 유소년 미식축구 리그.

코치님은 대체로 공격을 맡았다. 유홀은 그냥 심부름꾼으로, 팀 응원 단의 자금으로 고용된 아르바이트생이었다. 앵거스는 유홀이 실제보다 더 중요한 인물인 척 보조 코치 행세를 하는 한편 자기는 "아무도 아니야"라고 말하는 것으로 빠져나간다고 말했다. 꼭 허리를 숙여 자기가 남긴 거짓말을 닦는 것처럼.

우리는, 나와 앵거스는 그럭저럭 잘 지냈다. 시작은 까다로웠지만. 패션에 관한 충고는 사양했지만, 앵거스는 나보다 2학년 앞서 있었기에 학교에서 무엇을 조심해야 하는지 알려주었다. 나는 앵거스에게 내 이력 일부를 알려주었고. 내가 벳시 우들과는 무슨 관계인지, 그동안 살아왔던 곳은 전부 어디인지. 이런 이야기는 앵거스의 아빠가 잠자리에 들고 나서, 그러니까 저녁 7시 이후에 이루어졌다. 진짜다. 우리는, 안에 침대가 없어서 앵거스가 작업실이라고 부르는 위층 침실에서 숙제를 하고 TV를 보았다. 그곳에는 빈백 의자와, 앵거스가 아래층의 스포츠용품 소용돌이에서 건져 온 TV밖에 없었다. 앵거스는 그 어떤 운동 관련 물품도 작업실에 들이지 못한다는 절대적인 규칙을 두고 있었다. 위반 시 사형이었다. 다른 놀이로는 팝콘 결투, 서로의 입에 M&M 던져 넣기 등 앵거스의 작업실에서 벌어지는 거의 모든 일이 있었다. 나는 매티 케이트가 청소를 해야 한다는 게 불편하게 느껴졌지만, 앵거스는 똑같은 말을 했다. 매티 케이트에게는 일거리가 필요하니 그걸 빼앗지 말라는 것이었다.

그런 식으로 돌봄을 받는 데 익숙해지기란 어려웠다. 익히기 어려웠던 것은 규칙도 마찬가지다. 숙제는 해야 했다. 반드시. 학교 가기 전날 밤에는 놀러 다닐 수 없었다. 약물 파티는 평생 절대 해서는 안 된다. 나는 앵거스 아빠의 술을 손에 넣겠다는 생각조차 떠올리지 않았다. 앵거스는 완전히 거친 태도를 유지하며 수많은 집안일들을 결정했다. 식료품 목록 작성을 돕고, 난방기를 수리하라고 전화하는 식으로. 코치님은 냉장고가 비거나 파이프가 얼 때까지 눈치채지 못했을 것이다. 그 사람은 그냥 완전히 미식축구에만 빠져 있었다. 하지만 앵거스에게는 내가 보는 한 대단한 걱정거리가 없었다. 그 집의 모든 것은 나를 포함해 보살핌을 받고 있었다. 이곳에 머물면 나도 존스빌 중학교의 아기들처럼 될까? 나는 그걸 걱정할 상황은 아니라는 걸 알고 있었다. 아무도 나를 그렇게 오래 데리고 있지는 않았으니까.

30

나는 나를 팰 수 있는 덩치 큰 남자애들과 부딪힐지 모른다는 이유로 중학교를 두려워했다. 그때까지 반에서 네 번째, 다섯 번째로 컸던 나는 사람들이 싫어할 수는 있지만 겁이 나서 건드리지 않는 그런 패배자였다. 하지만 세상은 바뀐다. 학교는 맨 위 서랍에 있던 나를 맨 아래 칸으로 다시 쏟아버린다. 존스빌 중학교가 강아지들이 다니는 학교라는 건 사실이었지만 그렇다고 큰 개가 없는 건 아니었다. 시간이 지나면서 나는 그들의 냄새를 맡았다. 흡연 구역 주위에 쭈그리고 앉아 있거나, 끈이 묶이지 않은 커다란 신발을 빈 책상에 올려놓고 교실 뒤에서 빈둥거리는 그들. 유급을 여러 번 당해서, 봐줄 만한 구레나룻을 기르고 하루에 담배 한 갑을 피우는 습관을 들인 채로 8학년이 될 수 있었던 남자애들. 그들은 나를 조질 수 있었다.

하지만 6학년은 나를 새로운 데몬으로 속여냈다. 나는 여전히 나였지만 60달러짜리 신발을 신고 있었으니까, 뭐. 나는 변장한 패배자였다. 코치님과 함께 산다는 건 무기를 숨기고 다니는 것과 마찬가지였다. 내가 복도를 걸어가면 사람들이 갈라섰다. 웩, 위탁 가정 냄새나, 하는 식이 아니라 와, 쟤 좀 봐, 라는 식으로.

처음에는 그 누구도 나와 코치님의 관계를 정확히 알지 못했다. 나 자신을 포함해서. 나는 코치님의 자식이 아니었지만, 가족 영화를 봐도 되는지 같은 허가서에 서명을 해주는 사람은 코치님이었다. 코치님은 자기가 서명을 해주었다는 것도 모르는 듯했지만. 우리가 저녁 식사 시간에 서류를 가져가면 코치님은 그 덥수룩한 눈썹 아래에서 머릿속에 재생되는 경기를 보며, 소가 풀을 씹듯 저녁밥을 갈아내느라 턱을 움직이며 서명을 해주었다. 내가 자습실에서 포르노를 보겠다고 해도 그러라고 했을 것이다. 내가 진짜로 그랬다는 뜻은 아니지만. 하지만 내가 누군가의 아이라면 나는 코치님의 아이였다.

이후에는 더욱 그렇게 되었다. 코치님이 내게 토요일 연습을 돕도록 해주었기 때문이다. 심부름꾼의 심부름꾼에 불과했지만, 그래도 끝내줬다. 바로 나, 데몬이 분필로 해시 마크를 그리고 슬레드 트레이너와 보호 장비를 끌고 다녔다. 크리키가 우리를 금요일 밤 '기도회'에 데려가면 우리는 제너럴스의 대학살을 응원하며 소리를 지르던 파이브스타 경기장의 잔디밭에서. 레드레이지 필드하우스 안에서, 위대함이 있는 곳에서. 아니면 위대함이 남긴 젖은 수건과 낭심보호대가 있는 곳에서.

나는 토요일에만 일했다. 방과 후에는 못 했다. 코치님이 숙제 관련 규칙을 제정했고 앵거스가 그 규칙을 집행했기 때문이다. 앵거스는 내가 연습에 가는 걸 좋아하지 않았지만 코치님은 남자아이를 가둬둘 수는 없다고 했다. 나는 집에서 내 옷도 직접 세탁기에 집어넣을 수 없었으나 더러워진 팀 빨래는 내 목숨이 달린 것처럼 자루에 넣고 다니며 유소년 팀 선수들이 훈련하는 모습을 지켜보았다. 나라면 기회가 주어졌을 때 과연 어떤 플레이를 할지 생각했다. 패스트포워드는 오래전에 떠났지만, 이 선수들은 솜씨도 좋았고 타격도 훌륭했다. 연습 때 코치님은 다른 인간이었다. 무릎을 굽혀 쪼그린 채 날카로운 눈으로 선수들이 달리기 훈련을 하는 모습이나 패스를 완성하는 모습을 지켜보았다. 내 말은 진짜로 보았다는 것이다. 코치님은 그런 장면들을 외웠다. 실수나 심지어 실수를 저지를 만한 위험을 짚어내고 다시 하되 이번에는 망치지 말라고 소리를 질렀다. 그러면 선수들은 그대로 다시 했다. 필요하다면 스무 번이라도. 몽유병에 걸린 듯한 아빠는 어디로 갔을까? 우리를 문이라고 생각해 치고 지나가지 않도록 알아서 길을 비켜주어야 했던 그 남자는? 파이브스타 경기장에는 그 남자가 없었다. 그곳에서 코치님은 자신의 모든 능력을 발휘했다. 제너럴스 선수들이 자기가 원하는 만큼 빛나도록 달리게 한 다음 그들이 최고의 남자들이라고 말했다. 샤워하러 가라고 경기장에서 내보내며 그들의 등을 철썩 쳤다.

그런 남자들 중 하나가 나였다. 나는 어느 모로 보나 제너럴스에 들어갈 기회로부터 3년은 떨어져 있었고, 바닥에 난 구멍과 내 엉덩이를 구분하는 수준이 되려면 한참 더 있어야 했다. 하지만 어느 날, 코치님은 팀원들을 해산하고 나와 함께 장비를 싣다가 소리친다. "데몬, 고개 들어!" 내 얼굴로 공이 날아든다. 나는 그 공을 잡는다, 젠장 맞을 기적이다. 그리고 그 공을 다른 공들과 함께 두러 가지만, 아니다. 코치님은 패스를 해보자고 한다. 코치님이 공을 던지고 내게 경기장을 달리도록 한다. 내게 어떤 다리가 있는지 보자면서. 체력이 어떤지 보자면서. 이젠 네 팔을 보자. 나는 시야를 활용해, 패스트포워드가 공 잡는 법에 관해 보여주었던 것을 뭐라도 기억하려다가 똥을 쌀 뻔한다. 내 모든 것을 내놓는다.

내 모든 것이라고 해봐야 대단한 건 아니지만, 코치님은 내가 죽도록 노력하고 싶게 만든다. 커다란 치아가 마침내 코치님의 입에 딱 맞았다가, 구름을 뚫고 나오는 태양처럼 불쑥 튀어나온다. 잊을 수 없다. 코치님이 나의 팔다리 너머, 내게 있을지도 모르는 제너럴스의 영혼을 본 그 순간. 그 순간이 나와 코치님 사이에 있던 공에 주파수를 맞추었다. 손목 구부리기, 고개 돌리기. 그리고 나는 언젠가 코치님이 이 경기장에서 제너럴스로 뛰었던 순간을, 군중을 흥분시켰던 순간을, 경기 이후에 축하를 하며 코치님의 트럭에 김을 서리게 했을 관중석의 어느 여자에게 그 이를 번쩍였을 순간을 보았다. 나는 그 여자가 아마 앵거스의 엄마였을 거라고 생각했다. 그녀가 치어리더였을지 뭐였을지 궁금했다.

하지만 아니었다. 벳시 여사네 집 아이는 창문에 김 따위를 서리게 하지 않는다. 앵거스는 코치님이 미식축구 장학금을 받고 갔던 테네시 주립대학교 녹스빌 본교에서 두 사람이 만났다고 말했다. 코치님은 1년간 러닝백으로 뛰다가 어깨 부상을 당해 교육을 전공해야 했다. 나는 앵거스가 과연 자기 아빠가 연습 때 깨어나 어떤 사람이 되는지 알기라도 하는지 궁금했다. 알았으면 좋겠다고 생각했다. 그런 다음 좀 생각해보고, 모르는 게 낫겠다고 생각을 고쳐먹었다.

암스트롱 선생님이라는 어떤 교사 한 명 때문에 학교는 급격히 변했다. 그는 7학년과 8학년의 영어 교사로, 나를 가르치지는 않았지만 상담 교사 역할도 맡고 있었다. 그 말은, 말썽을 일으킬 게 뻔한 아이들을 그가 큰 그림으로 예의 주시 하고 있었다는 뜻이다.

존스빌 중학교에서는 나를 그냥 수업에 던져 넣었고 내가 타이태닉호처럼 가라앉기까지는 치열한 1분이면 충분했다. 수학 쪽지 시험은 "연산 순서 어쩌고저쩌고 유리수를 활용해 식을 단순화하시오"로

읽혔다. 숫자들과 숫자도 아닌 것들로 이루어진 한 페이지가 망할 암호 같았다. 나는 빈 답안지에 적었다. "단순화한 식은 이렇다. '좆 됐네.'"

나는 선생이 답안지를 걷어 가기 전에 그 글자를 찍찍 그어 지웠으므로 교장실에 불려 가지는 않았다. 그냥 멍청이들의 반으로 곧장 보내졌을 뿐이다. 거기에서 구레나룻이 있고 신발 끈이 풀린 13호 신발을 신은 신사를 알게 됐다. 우리는 모두 함께 움직였다. 크고도 느린 소 떼처럼 '하나둘 수학 교실'에서 태도 교정을 위한 모든 시간과 수없이 많은 자습실로. 자습실에서 우리가 주로 읽은 건 〈핫 로드 매거진〉〈머슬 머신〉〈카 앤드 드라이버〉였다. 여자애들이라면 〈얼루어〉와 〈코스모〉를 읽었다. 우리 중에는 여자도 있었으니까. 그 애들은 구레나룻 대신 장난 아닌 가슴이 있었다. 우리의 운명은 고등학교에서 농업학교 과정을 밟는 것이었다. 그다음에는 발을 질질 끌며 자동차 정비 직업교육 센터로 가거나, 여자애들이라면 미용 학교에 갔다. 그러니 우리가 하루 종일 잡지를 읽어도 누가 신경이나 쓰겠는가? 우린 직업 사다리에 뛰어오르는 셈이었는데.

하지만 나는 신입이었기에 암스트롱 선생님을 만나봐야 했다. 다른 애들이 암스트롱 선생님에게 소년 법정에서 증언해달라고 했기에 선생님이 내 문제를 해결하는 데는 몇 주가 걸렸다. 참 바쁜 사람이었다. 나는 강아지들이 아니라 섹시한 암캐들과 맥주를 살 만한 나이로 보이는 남자들로 이루어진, 존스빌의 새로운 개 떼에게 적응한 터였다. 여러 잠재력이 있는 친구들이었다. 게다가 교육에 방해받지 않고 하루 종일 스케치북에 그림을 그릴 수 있는 자유라니. 그때 암스트롱 선생님이 와서 내 일상을 뒤흔들어놓았다.

암스트롱 선생님에 관해 인정해줄 수 있는 한 가지는, 잠재력을 최대한 발휘하며 살아가지 않는다고 훈계하지 않았다는 것이다. 선생님은 엄마의 약물 과용 때의 병원 인터뷰나 그 이전까지 거슬러 올라가는, 나의 사회복지국 기록을 가지고 있었다. 나는 태어난 이래로 양육권 박탈이라는 똥 더미에 한 발을 담그고 있었다. 나는 암스트롱 선생님에게 그 내용을 다 읽었는지, 나보다도 나에 대해 많이 아는지 물었다. 선생님은 아니, 그건 아니라고 말했다. 내 기분이 어떤지 아는 척해야 하는 사람은 아무도 없다고. "내가 아는 건 이거야." 선생님이 말했다. "넌 회복력이 있다."

회복력이라. 나는 데몬의 문제를 일컫는, 50달러쯤 될 복잡한 단어들을 여러 개 들어왔다. 나는 회복력을 고칠 수 있도록 나한테 약을 먹이고 싶은 거냐고 물었다.

"고쳐야 한다는 게 아니야." 선생님이 말했다. "네가 강하다는 뜻이지. 모든 예상을 벗어날 정도로."

나는 선생님을 보았다. 선생님은 나를 보았다. 선생님의 손은 손가락이 맞닿은 채로 책상 위에 놓여 있었다. 안에 공기가 든, 아주 작은 새장처럼. 검은 손이었다. 손마디는 거의 검푸르러 보였다. 은색 결혼반지. 선생님이 말했다. "너도 알겠지만 가끔은 기적이 일어났다는 얘기가 들려온다. 자동차가 사고로 완전히 망가졌는데 운전자가 산 채로 걸어 나왔다는 식으로. 난 네가 그 운전자라는 말을 하는 거야."

선생님은 이곳 출신이 아니었다. 북부 억양이 있었다. 사알-아서 걸어 나온 **우운-전자**. 그래도 나는 선생님의 말을 이해할 수 있었다. "제가 운이 좋았다는 거네요."

"술 취한 사람이 정지 신호를 지나쳐 와서 네 차를 박살 냈는데, 네가 운이 좋은 거냐?"

"아뇨."

"그래, 아니지. 너는 네 잘못도 아닌 사고를 당했어. 그런데 살아서 걸어 나왔지."

나는 뭐랄까, 어깨를 으쓱하며 선생님의 말을 흘렸다.

"뭐, 내가 보기에는 그래. 넌 여기, 내 상담실에 왔어. 출석한 거야. 바깥 어딘가에서 뭔가를 부수려 들거나 그 뭔가에 총알을 박아 넣거나 불을 붙이려 하지 않고."

나는 언젠가 쓰레기 더미에 들어 있던 사슴 대가리 트로피에 정확히 그 세 가지 행동을 했던 나와 스왑-아웃을 떠올리고 미소 지었다. 뿔 양쪽 가지가 각기 다섯 갈래로 갈라진, 우리가 가지고 놀기 전까지는 완벽한 상태였던 트로피. 오, 주여, 그 유리 눈알이란. 하지만 암스트롱 선생님은 미소 짓지 않았다. 선생님은 나의 학업 성적에 관한 조언을 들었다고 말했다. 하지만 사람들은, 교사가 시험으로 측정할 수 있는 것 이상을 아는 경우가 많다고 했다. 선생님의 일은 다른 방법을 써서 그런 것들이 무엇인지 알아내는 거라고 했다.

나는 나를 고문할 생각이라면 그냥 바로 고백하겠다고 했다. 나는 학교를 싫어한다고.

선생님은 고개를 끄덕였다. "이해할 만하지. 뭘 좋아하는지 말해줄 수 있겠니?"

미식축구 연습을 돕는 건 좋았지만 이 사람에게 그걸 알릴 생각은 없었다. 아마 빼앗아 갈 테니까. 나는 열두 살짜리가 합법적으로 할 수 있는 것 중 좋아하는 건 하나도 생각나지 않는다고 말했다.

"그럼 앞으로 삶이 나아질 거라고 생각하는 거구나."

"뭐 그렇죠."

선생님은 고개를 끄덕였다. "무슨 소린지 알겠다."

내가 하는 말이 무슨 뜻인지 알았다는 걸까, 아니면 모든 아이들이 이런 말을 한다는 걸까. 나는 짐작할 수 없었다. 선생님은 부드러운 동시에 단단했다. 녹인 초콜릿 같은 눈의 소유자였다. 악의는 전혀 없었지만 내가 먼저 뭔가를 내놓지 않으면 빌어먹을 단 하나도 내주지 않을 터였다. 묵직한 안경, 단추 달린 셔츠, 보통 선생들보다 더 말쑥했다. 아니면 검은 피부 때문에 새하얀 목깃이 그렇게 보인 걸지도 모르겠다. 리 카운티에서 많이 보이는 모습은 아니었다. 우리는 TV에 나오는 NBA 선수나 래퍼들, 치아에 금을 박아 넣은 부유한 남자들에게 익숙했다.

그냥 나를 기다리는 것만으로 선생님은 내게서 몇 가지를 얻어냈다. 내가 그림 그리기를 좋아한다는 것. 선생님은 나의 소위 작품을 볼 수 있는지 물었고, 나는 이번에는 안 된다고 했다. 최근에 나는 인간의 신체를 연구하고 있었다. 아이스크림이 녹는 듯한 포즈로 의자에 앉아 있는, 나와 모든 수업을 같이 듣는 여자애의 신체를. 애들은 그 애를 핫소스라고 불렀다. 사실상 수위 낮은 포르노였다. 선생님은 그냥 넘어갔지만, 이번 주가 끝날 때쯤에는 그림을 좀 봐야겠다고, 핑계는 대지 말라고 했다. 그게 무슨 숙제인 것처럼.

그 말에 나는 기겁했다. 그때까지 가지고 있던 모든 스케치북을 훑어보았다. 크리키 농장 시절에 그린, 패스트맨이 아이들을 구해주는 매일 밤의 만화까지 말이다. 선생에게 보여줄 만한 건 없었다. 나는 긴장했다가 화가 났고, 그래, 그 인간이 내 머리통에 들어오고 싶다니 어디 보여주자고 생각했다. 나는 선생님에게 거지 같은 슈퍼히어로 그림을 가져다주었다. 아이들이 구원받는 만화. 선생님은 빌어먹을 논문이라도 읽듯 내 그림을 자세히 살펴보더니 평가를 받도록 해야겠다고 했다. 좋네요, 거의 다 끝났으니, 더 많은 시험을 보고 나면 거지 같은 바다에서 데몬이라는 타이태닉호가 더 깊이 가라앉겠죠,

라고 나는 생각했다.

틀렸다. 선생님이 내게 준 시험지는 전부 그림 시험이었다. 예를 들면 상자를 펼쳐놓은 연결된 사각형들이 있는데 그걸 다시 조립하면 어떤 상자가 될지 고르라는 식이었다. 이런 쓰레기 같은 문제가 여러 페이지에 거듭 나왔다. 너무 쉬워서 게임을 하는 것 같았다. 아주 오랜만에 내가 끝까지 푼 유일한 시험이었다. 나는 이게 진짜 시험을 위한 예열이라고 생각했다. 이번에도 틀렸다. 암스트롱 선생님이 나를 속였다. 이건 영재들에게 사용하는 특별한 시험이었고, 선생님은 내가 바로 영재라고 했다. 말도 안 되는 소리였다. 갑자기 선생님은 내가 어떻게 진도를 따라잡아야 할지에 대해 말했다. 그리고 내가 중학교에서 이런 궤도에 들어가면, 고등학교에 가서는 기술 시간에 새 집을 만드는 대신 미술 수업을 들을 수 있다고 했다.

나는 좀 화가 났다. 그 모든 새로운 것들에 익숙해지는 것만으로도 대가리가 아팠다. 옷, 사람들, 집. 내가 아직 의지할 수 있는 건 멍청이로서의 인생뿐이었다. 이젠 데몬으로서 남은 아주 작은 것마저 버리고 똑똑해져야 한다니. 그래도 내가 계속 나일까? 더 중요한 질문. 영재가 미식축구를 할 수 있을까? 의심스러웠다. 하지만 암스트롱 선생님은 나를 더 높은 수준의 영어 수업으로 옮겨주고 내게 수학 개인 교습을 붙여주었다. 알고 보니 개인 교습을 받는 건 참으로 섹시한 여섯 여자애와 나뿐이었으므로, 나는 이게 뭐냐 싶었다. 다음 해에 나는 다른 곳의 다른 학교에 배정되는 길을 가게 될 것이다. 그곳에서는 아무도 내가 얼마나 똑똑했는지 혹은 똑똑하지 않았는지 모를 테고.

나의 재능은 남들에 의해 발견되었다. 처음에 내 재능을 발견한 건 피시 헤드라는 놈으로, 체취와 액스 스프레이 데오드란트의 정확한 조합으로 공격자들을 쫓아내는 방법을 완성한 인물이었다. 수학 수업을 듣던 평범한 날이었다. 나는 그림으로 스케치북을 뒤덮고 있었다. 그 수업에서는 아무것도 하지 않았으니까. 잭슨 선생님은 연습 문제를 나눠준 뒤 남은 시간 동안 문고판 책을 읽거나 손톱을 칠했다. 오늘날까지도 숫자를 더하다 보면 그 찌르는 듯한 냄새가 머릿속에 들어온다. 당연히 잭슨 선생님의 수업은 영재반 수업이 아니라 바보들이 듣는 수업이었다. 나는 수학 개인 교습을 받고 있었으나 아직 효과가 나지 않고 있었다.

"야, 데몬. 빨리 다른 보지 좀 그려봐!" 피시 헤드가 속삭였다. '속삭였다'는 말은 교실 뒤쪽의 아이들이 모두 웃었다는 뜻이다.

나는 보지를 그렇게 잘 알지 못해서 여러 종류가 있는 줄 몰랐다. 나는 피시 헤드에게 털을 민 것과 안 민 것을 말하는 거냐고 물었지만, 아니었다. 피시 헤드는 다양한 유형을 부르는 이름을 알고 있었다. "젖이랑 비슷해." 그가 말했다. "자동차 종류만큼 젖 종류가 많다는 거 알지?"

솔직히 그런 생각은 해본 적이 없었다. 그 사실을 인정할 계획은 없었지만.

"길고 낮은 게 있어." 어휘력이 그리 대단치 않은 피시 헤드는 손으로 설명하려고 애썼다. 다른 녀석들이 끼어들어 도왔다. "옆이 납작하고, 부표처럼." 그들이 말했다. "자동차로 치면 밴처럼 생긴 거야."

누군가가 〈플레이보이〉를 가지고 왔다. 사람들 말처럼 천 마디 말보다 한 번 보는 게 나았다. 나는 그 잡지를 수업이 끝날 때까지만 가지고 있을 수 있었다. 그러나 나는 뭔가를 자세히 살펴보면 머릿속에 간직할 수 있다. 나는 이런 그림을 그리고 남자애들에게 돈을 받기 시작했다. 부위별로 50센트, 전신은 1달러. 얼굴은 빼고. 얼굴과 손을 그리는 데는 추가 요금을 받아야 했다. 그 부분이 가장 시간이 많이 걸리니까. 거기다가 그런 부위는 관심을 끌지도 못했다. 그런 다음 나는 그들에게 밤새 잡지를 가지고 있어야 다양한 브랜드와 모델을 더 잘 익힐 수 있다고 말했다. 몸매에 대한 나의 집착이 새로운 전환을 맞았다.

　내가 믿을 수 있는 유일한 존재는, 놀랍게도, 알고 보니 앵거스였다. 내게는 매곳 이후로 친구가 한 명도 없었다. 꽤 오래된 일이었다. 평소에는 보통 여자애랑 어울리지 않지만, 앵거스는 몸매든 모습이든 여자처럼 보이지 않았다. 끝내주는 부츠나 자동차를 잘 아는 것도 내가 앵거스와 어울린 이유 전부는 아니었다. 중요한 건, 헛소리를 전혀 하지 않는 앵거스의 특성이었다. 중학생 여자애를 만나본 적이 있는 사람은 누구나 걔들의 정체를 알 것이다. 화산처럼 폭발하는 개소리. 매 순간이 새로운 비상 상황이며, 가장 친한 친구가 적이 된다. 어제는 썸을 타던 남자애가 이제는 웬 다른 여자애와 대화를 나눈다. 모든 신체 부위가 너무 크거나 너무 작고, 아, 난 이 옷이 싫어, 나 임신했으면 어쩌지, 하는 식이다. 여자에 대한 나 자신의 경험은 그렇게 깊지 않다. 내가 이런 걸 아는 건 대체로 앵거스 때문이다. 앵거스는 이런 걸 전혀 참아주지 않았고, 불평하지 않고는 견디지 못했다. 아주 많이.

　"그래서 내가 미케일라한테 그랬어. 야, 네 엉덩이는 네 엉덩이야. 단순한 사실이라고. 그 청바지를 입든 말든 계속 그 꼴일 텐데 왜 계속 나한테 물어봐?"

　"입든 '말든'이라." 내가 말했다. "그건 상상해볼 만한데."

　"그쪽으로는 가지 말자, 친구야."

너무 늦었다. 나는 이미 상상해버렸으니까. 예술가의 연출이었다. 앵거스는 피시 헤드 무리와 전혀 어울리지 않았으니 이 사실을 몰랐겠지만, 당시 미케일라의 엉덩이는 전설이었다.

앵거스는 불평을 멈추고 낙엽 담는 자루를 건넸다. 그해 가을에는 매티 케이트가 뜰에 갈퀴질을 하라고 성화였기 때문이다. 아마 자기가 진공청소기를 돌리는 동안 우리가 귀찮게 하지 못하게 하려는 것이거나, 하루 종일 앵거스의 방에서 플레이 스테이션만 하지 않게 하려는 것이었겠지만. 그래도 낙엽 모으기라니. 낙엽은 언제나 더 떨어지게 되어 있다. 나는 낙엽 자루가 꽉 차서 벽돌 자루처럼 될 때까지 나뭇잎을 자루에 집어넣었다. 나의 버리기 경험은 어마어마했으니까. "좋아." 내가 말했다. "이제 말했으니까, 미케일라는 재수탱이 명단에서 지워줘."

"아아, 안 돼. 이건 굼바를 쏴버리면 굼바가 사라지는 마리오 게임이 아니라고. 미케일라는 원숭이 섬의 언데드야. 계속 돌아와."

내가 선택하고 싶은 낙엽 처리 방법은 방화였지만, 카운티에는 실외 소각에 관련된 법이 있었고, 앵거스는 법적 문제에 관해 미친 경찰 수준이었다. 앵거스의 깡패 같은 겉모습을 생각하면 말도 안 됐지만. 앵거스가 걱정하는 건 코치님이었다. 코치님이 순식간에 일자리를 잃을 수 있으니까.

"체육 수업을 듣고 있었거든. 난 내 할 일이나 하고 있었고. 그런데 도나가 오는 거야."(미니마우스 목소리 준비.) "'엘-리자-베스가 나한테 그러는데, 미-케일-라가 너랑 말 안 한다고 전해달래.' 그래서 내가 그랬지. 미안, 혹시 미케일라는 내가 대화를 하고 싶어 한다고 느꼈대? 내가 남극 프로젝트에서 미케일라의 짝이 된 건 **배정됐기** 때문이야, 노우드 선생님이 나한테 불쌍한 애들을 맡기셔서. 미케일라는 펭권이 산타가 키우는 니미럴 요정들이랑 같이 북극에서 산다고 생각하더라?"

어떤 여자애든 앵거스와 친구가 되려고 도전한다면 놀라운 일이겠지만, 실제로 도전하는 애들이 몇 명 있었다. 아마 코치님 때문이었을 것이다. 코치님의 궤도 안에 있는 것은 뭐든 거룩했으니까. 아니, 그 애들이 조각이나마 가지고 싶어 했던 건 앵거스였을지도 모르겠다. 앵거스의 태도든 옷이든 뭐가 됐든. 실패가 뻔한 노력이었다. 그래도 앵거스에게 남사친은 있었다. 괴짜들과 게임에 미친 놈들, 드럼을 치는 색스라는 녀석까지. 하지만 대부분의 남자애들은 앵거스를 두려워했다. 나도 포함해서. 그러나 코치님이 늘 자리를 비웠기에 친해질 기회가 있었다. 가을이 깊어질수록 우리는 집에서 코치님을 볼 수 없었다. 제너럴스는 무패 행진을 이어갔고 상대 팀은 하나씩 쓰러졌다. 리 카운티의 모든 사람이 죽도록 자랑스러워했다. 연습 때 아주 작은 실수 하나라도 저지르면 관중석을 뛰어 올라가는, 자살에 가까운 훈련을 30분 더 받게 되었다. 코치님은 잔디밭에 자기 기분을 똥처럼 뿌렸고. 한 사람이 실패하면 모두가 벌을 받는다, 팀은 한 몸이다 등등. 집에서 코치님은 서재에서 살며 경기 녹화본을 보았다. 심지어 암스트롱 선생님과 관련된 일에 대해서도 몰랐다. 그냥 보지도 않고 서류에 서명했을 뿐이다.

나는 암스트롱 선생님과의 상담 얘기를 앵거스에게 털어놓았다. 알고 보니 앵거스도 영재였다. 놀랍지 않았다. 앵거스는 토미처럼 책을 많이 읽었지만, SF 소설이나, 제목만으로도 불알에 난 털이 무서워 떨어질 법한 여자들 책 같은 어른의 책을 읽었으니까. 앵거스의 무서움은 그녀가 눈에 들어오는 모든 것을 해체, 분석한다는 점에도 적용되었다. 앵거스는 미케일라 같은 아마추어만 헤집는 게 아니었다. 그러니까 TV에 나오는 사람들 말이다. 예를 들어서 나랑 같이 어떤 쇼를 보는데 못생기고 안경을 쓴 등등의 여자애가 나오면, 앵거스는 그래, 봐, 라고 말하곤 했다. 쟤는 똑똑한 애로 나올 거야. 외국인이라면 아마 악당이겠지. 앵거스는 아무렇지도 않게 프로그램을 망쳐버릴 수 있었다. 우리처럼 말하는 캐릭터가, 시골뜨기가 나오면 그가 존재하는 이유는 단 하나, 멍청함 때문이었다. 두고 봐……. 내가 뭐랬어! 멍청하잖아! 여자애라면 더 심각했다. 여자애들은 콘돔을 파티용 풍선이라고 생각하고, 그 여자애의 바지 속에 들어가려는 남자는 그야말로 세상에서 가장 다정한 신사로 그려진다. 앵거스는 내가 이런 걸 한 번도 눈치채지 못했다니 믿을 수가 없다고 했다. TV에 나오는 그 무엇과도 비슷하지 않은 상황에 너무 익숙해져 있었기에, 나는 그냥, 와, 촌 동네 애들도 드디어 TV에 나온다!는 식이었던 것 같다.

앵거스는 영재반에 뽑혔다고 겁먹지 말라는 조언을 해주었다. 대단한 게 아니라고, 학급에서 사람을 뽑아 가 재미있는 걸 시키는 것뿐이라고. 부활절 방학 때는 여행을 간다. 바다로? 앵거스는 그럴 수도 있다고 말했다. 한번은 조지아주에 있는 스톤 마운틴에 갔어. 사실상 바다만큼 먼 곳이지. 그러니까 바다도 배제되는 건 아니야. 그럼 대단한 일이 될 터였다. 만약에 내년 봄에도 내가 이곳에 있다면, 그리고 수학을 어떻게든 해서 멍청이 구역에서 벗어난다면 말이지만. '만약에'가 아주 많았다.

그러는 한편, 나는 앵거스와 함께 그 큰 집에서 살아갈 방법을 알아내야 했다. 코치님은 저녁을 우물거리거나 주먹에 쥐고 있던 PBR 깡통을 우그러뜨린 뒤 식탁에 올려놓을 때만 자기 동굴에서 곰처럼 나왔기 때문이다. 큰 사각형 이는 언제나 코치님의 입을 아프게 하는 것처럼 보였다. 그건 그렇고, 앵거스는 그 이가 코치님 것이 아니라고 말해주었다. 코치님은 고등학교 시절 언젠가 엔드존에서 씹을 수 있는 것보다 많은 잔디를 물어뜯은 뒤로 앞니 전체를 잃고 틀니를 꼈다.

또 그건 그렇고, 앵거스는 진짜 이름을 알려주었다. 애그니스. 1학년 애들 몇 명이 앵거스를 놀리려고 이름을 바꾸어 불렀는데, 앵거스는 그 녀석들 입을 다물게 하려고 앵거스라는 이름이 더 마음에 든다고 말했다. 그런 뒤에는 정말 그렇다는 생각이 들었다. 마찬가지로 앵거스의 아빠는 모든 연습과 경기에 앵거스를 데려가 어깨 위에 앉혀두곤 했다. 어떤 아줌마가 만들어준, 아주 작은 제너럴스 저지를 입은 코치님의 딸이 모두가 볼 수 있도록 높은 곳에 앉아 있었다. 그러다가 5학년 때 코치님은 더는 앵거스가 연습에 따라오지 못하게 했다. 그곳은 젊은 아가씨가 있을 만한 곳이 아니었으니까. 앵거스는 알겠다고, 미식축구가 싫다고 말했다. 그런 뒤에는 정말 그렇다고 생각했다. 그게 엄마 없는 소녀 앵거스의 이야기였다. 그녀는 무적이었다. 코치님은 커다란 손으로 세상의 목덜미를 쥔 거물이었다. 모든 게임이 승리가 아니면 세상이 무너지고 마는, 샷 잔에 담긴 폭풍 같은. 앵거스는 그와 반대였다. 그녀는 완전한 바다였다, 어둡고 차가운.

31

페곳 가족은 어느 사촌을 통해 존스빌에 있는 나를 찾아 집으로 전화를 걸었다. 매티 케이트가 아무 말 없이 내게 전화를 연결해주었다. 페곳 아줌마의 목소리에 나는 숨을 쉴 수 없을 정도였다. 아줌마는 내가 잘 지내는지 알고 싶다고 했다. 아, 내게는 할 말이 있었다. "이제야 신경을 쓰시네요"로 시작하는. 하지만 대신 나는 목이 메었다. 그래, 나는 정말로 매곳과 페곳 아줌마와 페그 아저씨가 보고 싶었다. 그 집까지 누가 차를 태워다 줄지 알고 싶었다. 토요일에, 미식축구 연습이 끝난 뒤에.

나는 부탁만 하면 코치님이 유홀에게 나를 태워다 주라고 하리라는 걸 알고 있었다. 실제로 그랬다. 유홀은 페곳 가족의 집에 가 있는 동안 내내 바깥의 차에서 기다렸다. 그 옛날 감독하에 면회하던 때와 비슷했다. 사실은 비슷하지 않았지만. 유홀에게는 아무 힘이 없었으니 말이다. 나는 저녁을 먹을 때까지 남아 있었다.

페곳 가족은 내가 달에라도 갔다가 돌아온 것처럼 내 주위에 모여들었다. 페곳 아줌마는 내가 얼마나 컸는지 보라고 했고, 매곳은 너무도 달라진 모습으로 내게 충격을 주었다. 녀석은 화장을 해서 눈이 진짜 너구리 같아졌고, 아랫입술에는 귀고리 두 개를 달고 있었다. 페곳 가족은 존스빌과 코치님과 우리 벳시 할머니에 대해서, 어쩌다 그렇게 오랜 시간이 지난 지금에야 할머니가 내게 관심을 갖게 되었는지에 대해서 물었다. 나는 아마 내가 개의 토사물 같은 꼴로 할머니의 뜰에 나타나기 전까지는 할머니가 내 존재 자체를 몰랐기 때문일 거라고 말했다.

"아니야." 페곳 아줌마가 말했다. "그건 아니다. 할머니는 너에 대해 알고 계셨어."

다들 조용해졌다. 페그 아저씨가 페곳 아줌마를 보았다. 페곳 아줌마가 고개를 끄덕였다. 그렇게, 12년의 인생을 살고 난 뒤에야 나는 페곳 가족의 주방에서 할머니가 엄마와 이야기를 나누러 왔던 진짜 사연을 알게 되었다. 그날은 내가 태어난 날이 아니라 그 몇 주 전이었다. 아무도 본 적 없는 자동차 한 대가 협곡을 올라왔다. "쉐보레 왜건이었어." 페그 아저씨가 말했다. "웬 건방진 여자애가 몰고 있었지."

페곳 아줌마가 페그 아저씨의 팔을 탁 쳤다. 자기가 이야기를 하고 싶어서였다. "어린 여자애가 차를 몰고 왔어. 그런데 엄청나게 덩치가 크고 키가 큰 부인이 차에서 내리더니, 저 위로 너희 엄마를 만나러 가더구나."

"그때 그 여자애가 내려서 뒷문을 열었지. 그 안에 뭐가 있었을 것 같으냐?"

페곳 아줌마가 다시 손마디로 페그 아저씨를 툭 쳤다. "뒷자리에는 여태 본 것 중 가장 작은 늙은이가 앉아 있었어. 어른인데 정말 작았지, 많이."

나는 그 남자를 알았다. 하지만 안다고 말하지 않았다. 찰싹 맞고 싶지 않아서.

"그 남자는 내리지 않았어. 두 사람은 내내 그곳에 남아서 담배를 피웠지. 건방진 계집애가 누구든 한마디 해보라고 도발하듯이 그 커다란 차에 기대서 있었어."

"근데 혹시 두 분이……." 난 내가 뭘 알고 싶은지조차 몰랐다.

"얘야, 우린 그런 사람들을 한 번도 본 적이 없단다. 그냥 그 부인이 다시 나오기만 기다렸지. 그런 다음엔 그 사람들이 갈 길을 갔어."

폐곳 아줌마는 그 이후 발끈한 엄마가 이웃들한테 당신들이 신경 쓸 일이 아니라고 말했다고 했다. 하지만 폐곳 아줌마는 엄마한테서 죽은 남자 친구의 어머니가 간섭한다는 얘기, 그녀가 아기를 빼앗아 가고 싶어 한다는 얘기를 끌어냈다. 엄마의 남자 친구가 여름에 자기 어머니에게 편지를 보내, 모든 것에 대해 부분적으로 미안하며 11월이 되면 아빠가 된다고 말하고 그때쯤 와서 손자를 보겠느냐고 물었던 것이다. 아빠와 할머니는 20년간의 싸움을 마무리하고 화해하기 직전이었다. 그런데 아빠가 할머니에게 편지를 쓴 뒤 죽었다. 그렇게 된 거다. 타이밍이 나빴다. 그게 할머니를 얼마나 화나게 했을지는 알 수 있을 거다.

매곳은 낚시에 걸린 배스처럼 입을 벌린 채 앉아 이 모든 이야기를 들었다. 아마 나도 그랬을 것이다. 폐곳 아줌마가 그동안 내내 이 이야기를 알고 있으면서도 말해주지 않았다니 경악스러웠다. 엄마의 잘못임이 틀림없었다. 폐곳 아줌마와 엄마는 내가 머더 밸리에 있는 아빠의 무덤을 보러 가느냐 마느냐를 두고 미친 듯이 싸웠다. 엄마는 결사반대하는 쪽이었고. 엄마는 나를 빼앗아 갈지도 모르는 여자에 대해 내가 전혀 알지 못하기를 바랐다. 엄마가 내게 우들이라는 이름을 붙이지 않은 것도 놀랍지 않았다. 그 비밀만이 엄마에게 있는 힘이었다. 엄마는 아마 페곳 아줌마에게도 빌어먹을 월마트에 쌓여 있는 성경 전체를 놓고 맹세시켰을 것이다.

나는 무슨 말을 해야 할지 몰랐다. 다만 저녁 먹을 때까지는 있겠다고 했다.

다시 그 집에 돌아가니 기분이 이상했다. 나는 어떤 계단이 삐걱거리는지, 페곳 가문 조상의 사진 액자 중 무엇이 비뚤어져 있는지 등등 모든 것을 하나하나 다 알고 있었다. 내가 어렸을 때 오줌을 지릴 정도로 겁냈던 욕조. 아주 작은 머리 위에 먼지가 묻어 있는, 창틀 위의 조그만 부엉이 조각상 여러 개. 나는 집에 와 있는 동시에 이방인이 된 기분이었다. 매곳과 나는 매곳의 방에서 잠시 어울렸다. 매곳은 처음에 약간 서먹해하는 듯했다. 나를 페곳 가족과 함께 지내지 못하게 한 것을 비롯한 모든 일로 내가 페곳 가족에게 상당히 화가 나 있었다는 걸 그는 알았다. 하지만 나는 매곳에게 아주 잘 지내고 있다고, 성 같은 집에서 살고 있다고 말했다. 씨발 넌 머리가 왜 그러냐고. 매곳은 그 머리가 '타협'이라고 했다.

"뭐랑 뭐의 타협?" 지난번에 봤을 때 매곳의 머리는 어깨까지 내려와 있었다. 페그 아저씨는 매곳이 잠들어 있을 때 가위로 그 머리를 잘라버리겠다고 위협했고. 매곳은 머리를 자르는 데는 동의했지만, 자기 나름의 방식으로 자르겠다고 했다. '매곳의 방식'이란, 검은색으로 염색한 뒤 짧은 머리와 중간 정도로 긴 머리 사이의 다양한 길이로 모든 머리를 자르는 것이었다. 그 모든 머리가 매곳의 얼굴을 감싼 일종의 깃털처럼 보였다. 그 어떤 평범한 여자 머리도, 남자 머리도 아니었다.

"이발소에서 그렇게 해줬어?"

"아니, 학교에서 어떤 여자애가. 마사 콜디론이라는 애야. 너도 기억나지."

기억났다. 고스족 여자애. "자기 머리만 자르더니 진도를 나갔나 보네? 가위는 씻고 잘라준 거면 좋겠다."

매곳은 입으로 일종의 주먹 모양을 만들더니, 예전에 내 집이던 곳을 창밖으로 내다보았다. 아마 지금은 마사가 매곳의 가장 친한 친구일 터였다. "미안해, 인마." 내가 말했다. 나는 매곳의 새 친구들에 대해서도, 그가 빠져 있는 새로운 헛짓거리에 대해서도 알고 싶지 않았다. 그건 방금 터져버린 데몬에게로 나를 다시 데려갈 수 있는 마지막 다리처럼 느껴졌다. 나는 그 다리가 슬로모션으로 무너져 내리는 모습을 지켜보고 있었다.

나는 매곳에게 화장도 하고 뭐도 하고 다 했는데 어떻게 페곳 아줌마가 아직 널 죽이지 않았느냐고 물었지만, 매곳은 그냥 어깨를 으쓱했다. "뭘 어쩌겠어? 날 다시 엄마한테 보내?"

엄마 쪽 소식은 좋지 않았다. 매곳은 엄마가 가석방 심사를 받았지만, 교도관에게 버릇없는 말을 해서 탈락했다고 말했다. 완전히 불공평한 일이었다. 그 공격적인 년이 엄마에게 유독 심하게 굴었으니까. 교도관은 엄마가 점호 때 자리에 있었는데도 없었다고 보고했고, 수감되어 있는 동안 엄마가 동성애자인 척을 했다느니 뭐니 온갖 개소리를 해댔다. 그러다가 어느 날, 엄마가 더는 개소리를 받아줄 수 없어 터진 것이다. 머라이어 페곳의 저주였다.

저녁 식사 때 우리는 페곳 가족의 스타인 준이라는 더 기분 좋은 화제를 다루었다. 준 이모는 이제 페닝턴 갭 의원의 간호사로, 한 번도 본 적 없는 말도 안 되는 집에 살고 있었다. 페그 아저씨는 그곳이 지리학적인 돔이라고 말했다. 매곳은 보트를 뒤집어놓은 것 같다고 했다. 단, 창문과 위층이 있는. 에미는 그 집을 무엇보다 귀여운 존재로 생각한단다. 페곳 아줌마는 나를 그리로 데려가야겠다고 말했다. 준 이모와 에미가 언제나 나에 대해 묻는다고.

"지금은 남자 친구가 있어." 매곳이 선언했다.

"그 켄트라는 녀석 말이다." 페곳 아저씨가 말했다. "그 녀석이 준한테 꽤 오랫동안 사귀자고 했거든."

"준 이모의 촌뜨기 남자 친구 말고. 에미한테 남자 친구가 있다고." 매곳이 나를 보며 말했다. 화장 때문에 그가 짓는 표정을 정확히 알아보기가 어려웠다.

"그게 뭐." 내가 말했다. "안 될 게 뭐야? 걔도 여잔데."

"지금도 켄트는 녹스빌에 살긴 한다만, 꽤 자주 와." 페곳 아줌마가 말했다. "언제나 준을 보러 여기 온단다. 약국 관련 사업을 하던데."

"그는 약을 팔아." 매곳이 말했다. 휘둥그렇게 뜬, 검은 고리로 둘러싸인 눈. 죽은 자들의 광대.

그날 저녁 처음으로, 나는 밖에서 기다리는 유혹을 떠올렸다. 집으로 가는 가장 소름 끼치는 표를. 나는 약 10초간 먹는 것에 대한 흥미를 잃었지만 극복했다. 아니, 소고기찜인데 말이지.

"켄트는 정말 일을 잘하지." 페그 아저씨가 말했다. "언제라도 청혼할 것 같아."

"저는 유소년 미식축구 대회에 나가요." 내가 말했다. 나는 그럴 나이가 아니었다. 하지만 아무도 듣지 않고 있었다.

페곳 가족이 약속을 지켰기에 나는 그 모든 것을 보게 되었다. 뒤집힌 지리학적 보트 집과 8학년 아가씨가 된 에미, 준 이모의 약팔이 남자 친구. 우리는 에미의 방이 있는 2층으로 올라갔고, 에미는 옛날에 그랬듯 우리에게 자기 비밀을 말해주었다. 다만 옷장 안에서는 아니었다. 지리학적 돔 보트 집에는 옷장을 둘 공간이 없었다. 천장이든 벽이든 모든 것이 곡선을 이루는 삼각형의 모음이었다. 딱히 설명하기는 어렵다. 직접 봐야 한다. 우리는 에미의 침대에 앉았다.

간단히 말하면 에미는 켄트를 경멸했다. 그녀는 켄트가 준과 더러운 짓을 할 때마다 물개처럼 짖어댄다고 했다. 켄트는 에미가 잠들었다고 생각될 때까지 기다리며, 이 집에 올 때마다 쓰는, 아래층에 있는 접이식 소파에서 자는 척했다. 나는 준 이모가 개수작에 넘어간다는 생각이 마음에 들지 않았다. 매곳은 '난-아무것도-놀랍지-않아-난-입술에-귀고리를-달았다고-이것들아' 하는 식으로 굴었다. 하지만 나는 매곳이 놀랐다는 걸 알 수 있었다. 켄트가 시끄러운 녀석이라는 점은 놀랍지 않았다. 위층에서 문을 닫고 있는데도 우리는 켄트가 TV에 나올 것 같은 목소리로 페곳 가족에게 말하는 소리를 들을 수 있었다. 마치 그들이 홈쇼핑 채널을 보고 있는데, 켄트가 판매되는 제품인 것 같았다. 매곳은 에미에게 켄트의 커피에 오줌이나 드레이노* 같은 걸 탈 수 있을 거라고 했다. 그는 침대에서 내려가 에미의 화장품을 살펴보러 갔다.

"내 맥스 팩터 훔쳐 가면 뒈진다, 매트리스**. 그거 엄청 비싼 거야."

"오키도키. 똥구멍에 뭘 꽂을 때 쓰는 윤활제는 어떤 거야?"

나는 에미가 미치도록 끝내주는 모습이 되었을 거라고 생각했다. 하지만 에미는 우리보다 열 살은 많아 보였다. 에미는 디즈니 소녀에

---

*   하수구 청소제 상표.
**   '매티'라는 이름을 장난으로 변형한 말이다.

서 마돈나 카우걸 쪽으로 이동했다. 주름치마에 청재킷, 짙은 파란색 타이츠. 우리는 에미의 침대에 앉아 있었다. 그녀의 발이 완벽했기에 만져보고 싶었다. 꼭 파란색 비둘기 같았다. 에미는 지금도 타이츠 위로, 내가 준 뱀 은팔찌를 발목에 차고 있었다. 나는 에미가 그 팔찌를 언제나 차고 다니는 건지 궁금했다. 준과 켄트 커플의 행위를 조금도 당황하지 않고 이야기하는 에미는 매우 쿨해 보였다. 옛날 옛적에, 우리 둘이 첫 키스를 하고 30분이 지나 심장마비가 오기 15분 전까지 갔다는 건 전혀 기억나지 않는 듯했다. 그런 일은 없었다는 듯. 에미는 내게 완벽하게 친절했지만, 쳇. 나는 그냥 아는 애였다.

나도 그 일을, 지금도 에미에게서 나는 과일 향까지 포함해 기억하지 않으려 애썼다.

매곳이 에미의 남자 친구라는 화제를 몇 차례 꺼냈다. 나는 녹스빌에서 벌인 우리의 장난에 대해 알고 있었다는 걸 증명하기 위해 그가 뒤늦게 복수를 한 거라고 생각한다. 상처 주기를 좋아하는 매곳의 이런 모습은 말이 되지 않았다. 과거의 매곳은 파리 한 마리도 해치지 못하는 녀석이었다. 파리 날개를 떼어냈을 것은 확실하지만, 그건 그냥 애들 장난이니까. 에미는 미끼를 물지 않고 자신과 해머는 사귀는 게 아니라 그냥 친구라고 말했다. 나는 계속 해머?라고 생각했다. 이마를 덮는 헤어스타일의 해머헤드 켈리, 보위 나이프로 사슴 사체에서 내장을 빼내는 동안에도 이 세상을 살아가기에는 마음이 너무 여려 보이던, 엄청나게 예의 바른 사촌인 듯 사촌 아닌 듯한 그 녀석? 하지만 에미는 계속해서 우리를 아래층의 남자 친구 상황에 대한 이야기로 다시 이끌었다. 난 이해가 안 된다고 말했다. 준 이모는 바보가 아니고 이미 카운티의 남자 절반을 거절하지 않았느냐고. 저 켄트라는 사람에게 뭔가 있는 게 틀림없다고.

매곳의 가설은 그게 섹스라는 거였다. 켄트가 거대한 돼지고기 써는 칼을 가지고 있을 거라며.

에미는 아니라고, 준 이모가 켄트에게 끌리는 건 공짜로 주어지는 그 많은 물건 때문이라고 했다. 켄트는 포드 익스플로러를 타고 다니는 산타클로스 주니어였다. 여기저기 돌아다니며 접수대의 온갖 간호사들에게 선물을 뿌려댔다. 뚱뚱한 사람들한테는 사탕을, 그 사람들이 다이어트 중일 때는 헤어 어페어 미용실 쿠폰을. 켄트는 모두가 무엇을 원하는지 알려주는 첩자 요정이라도 둔 듯했다. 의사들은 실제로 하와이 등지로 공짜 휴가를 떠났다. 골프 여행이었다.

"니미 씨발." 매곳이 말했다. "나도 하와이."

"하와이에 가려면 의사나 간호사여야 해. 켄트의 약을 처방해주는 대가야."

"그래, 언제든 준 이모가 하와이에 가게 되면 우리도 데려가라고 해. 물개 인간이 밤새 이모를 박아대도 상관없어. 그래도 갈 거야." 매곳은 고양이 수염 같은 머리카락에 에미의 머리핀을 꽂고 있었다. 그래서 머리카락이 촉수처럼 사방으로 뻗었다. 남색 립스틱도 발랐고. 매곳이 돌아서서 자기 작품을 보여주었다.

"나도." 내가 말했다. 정말 초대받을 거라는 생각은 안 했지만, 오, 주여. 바다라니.

에미는 켄트가 남자 친구이기 때문에 준 이모는 그에게서 보상을 받을 수 없다고 말했다. 그냥 켄트의 인기에 흥분하고 있을 뿐이라고. "엄마는 주님의 푸른 지구에 하와이 휴가가 필요한 사람이 한 명이라도 있다면, 그 사람은 리 카운티의 의사라고 했어."

우리는 에미에게 녹스빌의 기억을 떠올리게 했다. 임신한 채 칼에 찔렸던, 배 속에 아기가 있던 여자. 에미는 우리가 별로 아는 게 없다는 식으로 고개를 저었다. "엄마는 돌아온 걸 후회하지 않아. 근데 의학적인 면에서, 리 카운티가 지옥으로 가는 문이라고는 했어. 환자랑 메디케이드* 신청서가 너무 많아서 일 처리가 불가능하다면서. 엄마가 알던 간호사랑 의사들은 전부 돈을 벌러 도시로 갔어."

그날은 날씨가 가혹했다. 그렇지 않았다면, 우리는 어른들을 흉보러 밖에 나갔을지도 모른다. 아닐지도 모르고. 매곳이 에미의 물건을 너무 심하게 즐기고 있었으니 말이다. 매곳은 에미의 반짝이는 마돈나 조끼를 걸쳤다. 셔츠는 벗은 채로. 그는 그야말로 소름 끼치게 깡말랐기에, 그 거대하고 하늘하늘한 바지는 청바지 위에 덧입었다. 잠시 후 우리는 누가 부르는 소리를 들었다.

"쉬잇." 에미가 말했다. 매곳은 멈춰 서서 털썩 주저앉더니 에미가 문으로 가는 동안 소방 훈련이라도 하듯 바닥을 굴렀다.

준 이모가 계단 위를 향해 소리치고 있었다. 페곳 가족이 집에 가고 싶어 했다. 비가 지붕을 두드려대는 소리가 지금은 사악한 나무 요정이 돌을 던지는 소리처럼 들렸다. 돔 형태의 집이었으므로, '지붕'이라는 말은 그 집 전체를 말하는 것이다. 아마 진눈깨비가 내릴 것이고 곧 어두워질 텐데, 페그 아저씨는 눈이 너무 나빠 지구상에서 가장 느린 음주 운전자처럼 휘청휘청 운전하게 될 터였다. 페곳 아줌마는 백내장 수술 이후로 예전의 독수리눈을 되찾았지만 운전을 하지는 않았다.

우리는 매곳이 품위를 버리고 돌아가 계단에 앉을 만큼 오랫동안 시간을 끌었다. 켄트가 의약 업계는 통증을 심각하게 생각하지 않는다는 그 빌어먹을 토크쇼를 마칠 때까지, 그 누구도 어디에도 가지

---

*   미국의 의료 보조금.

못했으니까. "이젠 그렇지 않다는 걸 알잖아요. 고통은 다섯 번째 활력 징후예요. 우린 환자가 객관적인 평가를 내놓을 수 있도록 고통 척도를 발명해냈죠."

"뭘 걱정하는지 알아요, 아빠." 준 이모가 말했다. "하지만 아빠가 이 약에 의존하게 될 가능성은 전혀 없어요. 회사에서 온갖 연구를 다 했거든요. 제가 설명서를 보여드릴 수 있어요."

준 이모는 거실의 일부인 주방에 있었다. 아래층 전체가 하나의 큰 방으로 이루어져 있었다. 나는 그 아래에 있는 이모를 지켜보았다. 반짝이는 포시 스파이스 머리에, 청바지 허리춤에 집어넣은 꽉 끼는 검은 셔츠. 내가 지금도 이모를 섹시하다고 생각하는 건 얼마나 변태 같은 일일지 궁금해졌다. 내가 이모 그리고 이모의 조카/딸을 섹시하다고 생각한다는 게. 이모는 우리가 먹을 저녁으로 닭고기와 생일 케이크를 구워두었다. 우리가 그날 온 이유가 내 생일이었다. 뭐, 그래, 난 저 여자를 사랑했다. 이제 이모는 페곳 가족이 집에 가져갈 수 있도록 남은 음식을 전부 싸고 있었다. 페곳 아줌마는 됐다고, 너 먹을 것도 좀 남겨두라고 말하겠지만 준이 이길 것이다. 이 가족은 내가 뻔히 알았다.

켄트가 진을 빼는 동안 페곳 부부는 소파에 함께 주저앉았다. 버트 레이놀즈 스타일에 콧수염, 토요일치고는 지나치게 차려입은 모습, 이 동네 사람은 누구도 신지 않는 신발. 켄트를 내려다보자니 검은 머리카락을 넘겨서 덮은 정수리의 붉게 빛나는 부분이 보였다. 크리키처럼 완전한 호머 심슨 스타일은 아니었다. 그냥 초심자의 작은 손길이랄까. 하지만 자기 머리에도 사기를 치는 사람을 믿을 수 있을까? 준 이모는 눈이 낮았다.

계단에서 에미가 내 옆에 있었다. 내 무릎이 에미의 무릎과 닿았지만 에미는 눈치채지 못했다. 그녀는 켄트를 증발시키는 데 안성맞춤인 초능력이 있으면 좋겠다는 듯 그를 눈여겨보고 있었다.

"우린 환자들한테 도표를 보고 통증에 숫자를 매기라고 해요." 준이모가 감자 샐러드를 텅 빈 노란색 버터 통에 넣으며 설명했다. "켄트의 회사에서 생각해낸 방법이에요."

"저희는 아버님 통증이 객관적 사실이라고 생각합니다." 켄트가 말했다. "그냥 주관적인 의견이 아니고요. 제 말은 그게 전부입니다." 확실히 그게 전부는 아니었다. 나는 에미를 보며, 오, 형제여, 하는 표정을 지었다.

"우리 사명은 고통받는 모든 환자가 그 도표에서 0을 찍게 만드는 겁니다." 켄트가 말했다.

에미가 손가락으로 권총을 만들어 자기 머리를 쏘았다.

페그 아저씨는 결국 켄트의 기적적인 진통제 공짜 쿠폰을 받았다. 아마 켄트의 입을 다물게 할 생각이었을 것이다. 여태 만들어진 그 무엇보다도 강력합니다. 네 시간마다 먹어야 하는 평범한 게 아니라 하루 종일 지속되죠! 몇 년 만에 처음으로 푹 주무실 수 있을 거예요!

바깥의 트럭에서 페그 아저씨가 시동을 켜자마자 페곳 아줌마가 말했다. "그 종이 이리 내놔. 당신이 집에 그 알약을 가져오면 내가 변기에 내려버릴 거야."

32

크리스마스가 다가오고 있었다. 나는 코치님이 나와의 볼일을 끝내버릴까 봐 긴장했다. 크리스마스는 사람들이 누가 가족이고 누가 가족이 아닌지 알아차리기 시작하는 때였다. 나는 앵거스에게 크리스마스에는 주로 뭘 하느냐고 물었다. 앵거스는 별것 안 한다고 말했다. 우리는 지붕에 올라 배수로를 청소하고 있었다.

"근데 **진짜** 넌 뭘 해?" 내가 물었다. "뭐랄까, 트리는 어디로 베러가?"

앵거스가 눈을 가늘게 뜨며 나를 보았다. 앵거스는 가장 오래되고 끈적끈적한 캔버스화를 신고 양철 지붕으로 기어올랐고, 나는 사다리에 남아 있었다. "집 안에 두는 그 멍청한 트리 말이야?"

어렸을 때도 안 해봤다는 거야? 그때도 안 해봤어. "우린 **종교**를 믿지 않아." 앵거스가 말했다. 이상하게 구는 사람은 나라는 듯이. 나는 뭐랄까, 누가 종교를 믿으랬나, 지금 씨발 **크리스마스** 얘기 하는 거잖아, 라는 식이었다. 크리스마스를 별것 아니라고 생각하는 아이라니, 들어본 적이나 있을까?

앵거스가 그런 아이였다. 앵거스가 뭔가를 갖고 싶어 하면 코치님은 언제나 그냥 가서 사라고 했다. 가짜 턱수염을 단 뚱뚱한 남자를 끌어들일 필요는 없었다. 이것도 반려동물을 키워서는 안 된다든가 숙제는 꼭 해야 한다는 것처럼 앵거스에게는 그냥 평범하게 느껴지는 코치님의 규칙이었다. 앵거스는 크리스마스 직전인가 직후에 엄마가 죽었기에 아빠에게는 크리스마스가 우울한 날이라고 했다. 어쩌면 크리스마스 당일이었을지도 모르고. 앵거스는 어느 날인지 잘 알지 못했다.

보통은 해피라는 이름의 남자가 배수로를 청소했다. 그러나 매티 케이트가 전화를 걸고 또 걸었는데 결국 그의 아내가 전화를 받아, 해피는 헛간에서 떨어져 허리가 부러졌으니 몇 달 뒤에 전화하라고 했다. 코치님은 다른 누구도 집에 관한 작업을 할 수 있을 거라고 믿지 않았다. 대체로는 아무도 그 일을 하고 싶어 하지 않기 때문이었다. 집은 지은 지 100년이 넘었고 위험 요소가 있었다. 웬 잡역부가 코치님의 집을 망가뜨린다고 생각해보라. 그 잡역부는 카운티를 떠나야 할 터였다. 하지만 배수로가 낙엽으로 너무 심하게 막혀 우리의 TV 작업실 지붕이 새고 있었다. 나는 앵거스에게 내가 올라가겠다고 했다. 내가 위에서 뭔가 망치더라도, 예를 들면 떨어지더라도 코치님에게는 말하지 말아달라고. 앵거스는 자기도 올라가겠다고, 우리가 함께 일을 망치면 코치님도 우리 둘을 해고할 수는 없을 거라고 했다. 나는 그건 네 생각이지, 라고 생각했다. 코치님은 그 주 주말 플레이오프 경기로 외부에 나가 있었다. 나는 코치님이 도와달라며 함께 가자고 할지 모른다고 생각했지만 그런 일은 없었다. 유홀만 데려갔다. 12월이었다. 그 집에서 보낼 나의 나날에는 한계가 있었다. 그게 내가 크리스마스와 죽음이라는 주제를 떠올린 이유였다.

"나도 그런데." 내가 말했다. "죽은 부모 때문에 명절이 망가진 것 말이야. 독립기념일을 크리스마스에 비할 건 아니지만, 우리 엄마한 테는 그날이 우울한 날이었어. 엄마는 아빠가 죽었다는 이유로 언제 나 우울해져서 폭죽조차 못 터뜨리게 했어."

앵거스가 나를 눈여겨보았다. 아마 코치님에게도 폭죽 관련 규칙이 있는 모양이었다. 이 가족은 알기 어려웠다.

"심지어 반짝이도 못 쓰게 했다니까. 더 높은 등급의 폭발물은 말할 것도 없고."

"너희 아빠가 폭발로 돌아가셨다는 거야?"

"아니, 물로 돌아가셨는데. 자세한 내용은 못 들었어. 그냥 장소만 듣고. 날짜랑."

"그런 다음에는 엄마가 네 생일에 돌아가신 거네. 씨발 좆같다, 야. 네가 이겼어."

난 준 이모네서 보낸 지난 생일을 떠올렸다. 엄마는 사실 그 그림에 들어가지 않았다. 나는 엄마의 죽음이 정확히 내 생일에 고정된 사건은 아니라고 말했다. "그보다는 내가 1년 내내 매일 끌고 돌아다니는 자갈 자루랑 더 비슷하지. 다른 누군가가 그 얘기를 꺼내면 솔직히 다행스러워. 그 순간만큼은 그 사람이 내가 자갈 자루를 끌고 다니게 도와줄 수 있는 것 같거든."

"흠." 앵거스는 맨손으로 배수로에서 갈색의 뭉친 낙엽을 긁어내며 말했다. 용감한 행동이었다. 아니, 그 똥 덩어리 안에 뭐가 사는지 어떻게 알고. 원시적 생명체가 있을지 몰랐다. 내 일은 양동이가 가득 찰 때까지 들고 있는 거였다. 그런 다음 사다리를 내려가, 우리가 집에서 먼 곳에 쌓기 시작한, 늪 냄새가 나는 더미에 버릴 생각이었다. 해피가 이 작업에 어떤 장치를 썼는지 우리는 전혀 몰랐다.

앵거스는 자기는 경우가 달랐다고 말했다. 엄마가 기억나지 않았으니까. 자갈 자루는 아니었다. "그보다는 목에 걸고 다니는 작고 반짝이는 거랑 비슷해. 가끔 어떤 아줌마가 허리를 숙이고서 '아가, 너희 엄마는 참 예쁘셨어'라거나 '보석 같은 분이셨지'라고 말해. 그럼 난 그냥 '아, 잘됐네요. 감사합니다'라고 말하고." 앵거스가 더 많은 질척거리는 낙엽을 양동이에 철꺽 집어넣었다. "무지는 축복이지."

나는 대마초를 피우면 이 일이 더 재미있어질 수 있다고 말했다. 신체 부위를 그려준 대가로 학교의 어떤 녀석에게서 괜찮은 대마초를 좀 얻은 터였으니까. 앵거스는 내가 한 여러 제안들을 거의 받아들이지 않았다. 코치님의 집에 스캔들을 일으킬 수 있는 제안이라면 특히 그랬다. 하지만 이번에는 유독 극단적이었다. 미쳤어? 사다리에서 떨어져 허리가 부러진 해피처럼 되고 싶은 거야? 등등. 알고 보니 앵거스는 살면서 대마초를 피워본 적이 한 번도 없었다. 그런 식으로 앵거스의 천진한 정신은 DARE* 경찰들이 학교에서 가르치는, 대마초를 피우면 미친다는 이론의 먹이가 된 것이다. 나는 대마초가 작업에 더 집중할 수 있도록 해주는 한편 거지 같은 면에는 신경 쓰지 않게 해준다는 걸 설명해 앵거스의 생각을 바로잡아주어야 했다. 먹히지 않았다. 앵거스는 천식 때문에 그 무엇도 피울 수 없었다. 나는 앵거스가 흡입기를 사용하는 걸 본 적이 있었지만, 그게 앵거스의 아빠가 궐련을 끊고 씹는담배를 쓰게 된 이유라는 건 몰랐다. 앵거스는 담배 때문에 어렸을 때 몇 번 입원했다고 말했다. 좋든 나쁘든 감정적으로 흥분하면 앵거스는 두드러기가 났다. 나는 앵거스한테서 두드러기를 본 적이 없었다. 감정적으로 흥분한 모습도.

---

*   약물 오남용 저항 교육(Drug Abuse Resistance Education)의 약자.

그러니까 앵거스는 삶의 모든 좋은 것들을 놓친 터였다. 대마초, 엄마, 크리스마스. 믿을 수 없었다. 나는 앵거스에게 죽음과 천식에 관해서는 불운에 대항할 수 없지만, 크리스마스에 관해서는 여전히 협상의 여지가 있다고 말했다. 앵거스는 그래야 할 의미를 모르겠다고 했다.

"그야 네가 뭘 놓치고 있는지 모르니까 그렇지." 나는 양동이를 비우러 갔고, 앵거스는 무릎을 가슴에 대고 두 손은 코트 주머니에 넣은 채 거기 앉아 떨고 있었다. 스타킹캡을 귀까지 내려쓴 채였다. 잿빛의 망가스러운 두 눈이 지붕 위에 버려진 어린아이처럼 세상을 내다보고 있었다.

나는 돌아와서 말했다. 중요한 건 선물이야. 쇼핑하고는 완전히 달라. 사람들이 너한테 너조차 가지고 싶어 했다는 걸 모르던 물건을 주는 거야. 아니면 너무 비싸서 겁이 나서 달라고 하지 못했던 물건이나.

앵거스는 낭비 같다고 했다.

나는 놀라는 게 중요하다고 말했다. 기다리는 게 중요하다고. 포장된 비밀들이 나무 아래에 쌓여가는 모습을 보는 것, 궁금해서 죽을 지경인 기분이 어떤 건지 느껴질 때까지 그 상자를 흔들어보고 찔러보는 것이라고. 그래서 엄마가 단돈 2달러도 없이 내 선물을 모두 직원 할인을 받아 사 온다고 해도 우리는 크리스마스를 씨발 치렀다. 너무 흥분돼 잠을 자지 못했다. 굴뚝조차 없는 우리의 트레일러 위에 닿는 순록의 발굽 소리가 들릴지 몰라, 아무것도 모르는 어린이의 모든 힘을 동원해 귀 기울였다. 그런 면에서 엄마와 나는 크리스마스를 완전히 즐겼다.

앵거스는 코치님이 장단을 맞추지 않을 거라고 했다.

나는 충격받았다. 전반적으로 앵거스는 재수 없을 정도로 밝은 면을 보는 편이었다. "데몬." 그녀는 늘 이렇게 말했다. "삶이란 거칠고도 맹렬한 질주야. 앞으로 좋은 일이 있을 수도 있으니 그걸 놓치진 마." 나는 대체로 그렇게 했다. 그러니까 기회를 놓쳤다. 하지만 크리스마스라니? 그건 포기할 수 없었다. 나는 코치님을 그렇게 심하게 끌어들일 필요는 없다고, 그냥 서로 선물을 주면 된다고 했다. 앵거스는 산타 놀이를 하는 아이들에게 질투심을 느꼈던 때가 있었는지도 모른다고 인정했다. 하지만 아빠한테 부탁하면 그건 아빠를 배신하는 거나 마찬가지였다. 나는 앵거스가 자신을 설득해가는 과정에 귀 기울였다. 어쩌면 아빠도 지금은 그 지점을 지나셨을지 몰라. 아마 사실은 어느 쪽이든 상관없으셨을 거야.

"좋아." 내가 말했다. "트리를 어디서 구해야 하는지는 내가 알아."

우리는 트리를 훔쳤다.

집으로 트리를 가지고 들어온 다음에야 장식할 게 아무것도 없다는 점을 깨달았다는 건 신경 쓰지 말자. 우리는 뭐든 걸고 싶은 걸 그 트리에 걸었다. 숟가락, 라이프세이버 민트 캔디, CD, 매티 케이트가 앵거스에게 패션 감각을 만들어주겠다는 부질없는 노력으로 지난 몇 년간 주었던 귀고리 같은 것들. 프레첼. 그건 절대적으로 터무니없는 우리의 트리였다. 전설적이었다.

우리는 선물에 너무 미쳐서 기다릴 수가 없었다. 24시간 내내 틀어주는 크리스마스 영화 재방송은 크리스마스가 되기 한참 전부터 시작된다. 그걸 보다 보면 어딘가에서는 이미 크리스마스가 된 게 틀림없다는 생각을 하게 되고. 한 23일 자정쯤 두 번째 혹은 세 번째로 나온 체비 체이스 영화를 반쯤 보다가 우리는 그만두었다. 어린애처럼 아래층으로 달려 내려가 코치님이 잠들어 있는 동안 모든 걸 뜯었다. 앵거스는 내게 멋진 만화책을 주었다. 그중에는 아기였을 때 떠나버린 아빠를 찾으러 여행을 떠나는 곤 프릭스라는 아이가 나오는 망가 시리즈도 있었다. 곤 프릭스에게는 초능력이 있다고 했다. 확실히 감동이었다. 옷도 있었다. 듣기에는 따분하지만, 옷을 준 사람이 앵거스라는 점을 생각하면 그렇지 않았다. 심지어 앵거스가 좋아하는 악당 스타일의 옷도 아니었다. 앵거스는 '인기남 데몬'에 관한 관점을 머리부터 발끝까지 생각해냈다. 조금만 예를 들자면 아주 가벼운 은색의 멤버스 온리 재킷. 그 재킷을 입으면 나는 학교의 주인이 될 수 있었다.

앵거스에 관해서 한 가지. 우리는 둘 다 안고 살아가야 할 쓰레기가 있었고, 앵거스의 방법은 눈곱만큼도 신경을 쓰지 않는 거였다. 상대방이야 앵거스가 그렇게 하는 걸 좋아하든 말든. 하지만 내가 다른 종류의 인간이 되어 인기를 얻고 싶어 했다면 앵거스는 내 앞길을 막지 않았을 것이다. 나를 도왔을 거다. 그리 평범하지 않은 일이었다.

게다가 앵거스는 내게 모형 배도 주었다. 아주 작은 돛과 아주 작은 밧줄이 달린, 페인트칠한 나무와 이쑤시개로 만들어진, 해상 여행용 배 전체를. 죽이는 부분은 이거였다. 그 배는 병 안에 들어 있었다. 심지어 두 배 사이즈의 큰 병도 아니고 그냥 평범한 맥주병 크기였다. 세상에 도대체 누가 어떻게 배를 그 안에 집어넣었는지 앵거스는 전혀 몰랐다. 앵거스가 골동품 몰에서 발견했을 때부터 배는 그 모습이었다. 앵거스는 그 배가 완전히 나의 상징과도 같다고 말했다. 바다를 선호한다는 점과, 또 불가능한 확률을 뚫고 이겼다는 점에서. 그녀는 언젠가 내가 빌어먹을 원하는 곳이면 어디든 가게 될 거라고 했다.

"네 생각이 그렇다면야." 내가 앵거스에게 말했다. "근데 그때도 내가 아직 병에 들어 있을까?"

앵거스가 웃었다. "세상이 병이야, 데몬. 중력이다 뭐다. 기적을 기대하지는 마."

나는 내 선물을 받는 것보다는 앵거스에게 줄 선물을 마련하는 게 더 신났다. 긴장되기도 했다. 현실적으로 말하자면 앵거스는 돌처럼 단단해 깨지지 않는 땅콩이었으니까. 코치님의 신용카드는 내 돈이 아니었고 그걸 쓰는 건 속임수처럼 느껴졌으므로 나는 그림을 그려 벌어들인 돈을 가지고 전당포에 갔다. 존스빌에 있는 '여기 오늘 전당포 대출'의 남자가 길거리에서의 말다툼과 남자의 일을 하러 온 소년 등등을 기억할지 궁금했다. 그는 잡지에서 한 번도 고개를 들지 않았다. 나는 매코브 집안사람들의 약탈물을 확인해보았으나 그 물건들은 오래전에 사라졌다. 이런 곳은 회전률이 빠르다. 말도 안 되는 물건이나 이상한 골동품이 아니면 대부분 총이나 보석이니까. 다만 내가 찾는 것은 바로 그런 말도 안 되는 물건과 이상한 골동품이었다. 나는 멋진 모자를 발견했다. 검은 벨벳에, 얼굴 부분으로 내려오는 베일이 드리워져 있었다. 전형적인 앵거스의 모습보다는 여성적이었지만, 감이 왔다. 그리고 내 감이 맞았다. 앵거스는 뽐내듯 그 모자를 쓰고 돌아다니며 자신이 리 카운티 장례식장의 매력적인 여우가 될 거라고 말했다. 나는 앵거스에게 옛날 책도 몇 권 구해다 주었다. 그중에는 조언이 담긴 책도 있었다. 우리는 함께 큰 소리로 그 조언을 읽었다. 조언은 모든 비상 상황에 해야 할 일에 관한 것이었다. 난파, 나이트클럽 화재, 엘리베이터 추락 등등. 나이트클럽이 뭐야? 앵거스는, 나이트클럽이 바와 비슷한데 도시에 있는 곳으로서 거기에 가면 사람이 너무 많아 다른 사람들 겨드랑이에 얼굴을 처박게 된다고 했다. 그러니 불이 나면 엿 된 거라고. 조언이 뭐였는지는 기억나지 않는다.

하지만 내 주된 선물은 앵거스의 초상화였다. 나는 그 초상화를 전당포에서 산, 제대로 된 액자에 집어넣었다. 유리며 뭐며 전부 갖춰진 액자였다. 오래전부터 앵거스가 어떤 슈퍼히어로가 될지 알고 있었다. 블랙 레더 앤젤, 검은 가죽의 천사. 그녀는 강력한 히어로로, 검은 가죽으로 만들어진 천사 날개가 달려 있었다. 어느 형태로든 배트 걸처럼 보이지 않게 하느라 몇 번 시도해야 했다. 하지만 해냈다. 앵거스의 주된 면모는, 사람을 갉아먹고 있는 것을 그 잿빛 눈으로 꿰뚫어 보는 능력이었다. 정신을 읽고, 뭔가 말하게 만드는 초능력. 앵거스는 완전히 놀라 자빠졌다. 미친 곰돌이 인형이라도 되는 것처럼 그 커다란 사각형 액자를 끌어안고 하루 종일 들고 다녔다.

매티 케이트는 자기 아이들과 함께 있으려고 휴가를 냈지만, 우리가 알루미늄 포일을 벗겨 데워 먹을 수 있는 것들로 냉장고를 가득 채워두었다. 그건 더 많은 선물을 푸는 것처럼 느껴졌다. 완두콩 감자칩 캐서롤, 돼지고기 껍질을 곁들인 동부콩. 사과 만두. 우리는 뭐든 먹고 싶은 것을 먹고 싶을 때마다 먹었다. 나는 새 옷을 입었고 앵거스는 베일 달린 모자를 썼으며 우리는 〈길리건의 섬〉에 나오는 부유한 하우얼스 가족처럼 "달링"이라고 말하거나, 〈더 프레시 프린스 오브 벨에어〉에서처럼 "끝장나는군"이라고 말하며 사흘 내내 먹고 TV를 보았다. 어느 시점에 나는 진짜 크리스마스 당일이 되었다는 걸 깨달았다. 그리고 결국 천국에는 하느님이 계시는지 모르겠다고 생각했다. 개똥 같은 내 인생의 느릿한 버스를 타고 가면서 한동안 이곳에 멈춰 있을 수 있었으니까.

크리스마스의 최고봉은 트리를 꺼내는 것이었다. 의문의 여지가 없었다. 나는 농부들이 반년 동안 쌓아서 태워버리는 물건을 훔치는 건 절도가 아니라고 앵거스를 설득했다. 그냥 달라고 해도 됐을 것이다. 하지만 크리키의 나무를 가져가는 것이 정의롭게 느껴졌다. 앵거스와 함께 몰래 그리로 나가 어두운 밤을 틈타 삼나무를 벤 것이 내 어린 시절의 정점 중 하나였다. 그저 운송을 위해 유홀을 끼워주어야 했던 것이 유감스러웠을 뿐이다. 유홀이 우리를 고자질할지도 몰랐는데, 그랬다가는 완전 범죄가 더럽혀질 터였으니까.

나는 크리키의 집에 도착하기 전에 유홀에게 헤드라이트를 끄라고 했다. 그곳은 그 어느 때보다 나빠 보였다. 유지 작업을 할 노예 소년들이 없었으니까. 불은 아래층 방 한 곳에 켜져 있었으므로 크리키가 그곳에 있는 듯했다. 귀먹은, 엉덩이처럼 못생긴 모습으로 혼자서. 나는 그러기를 바랐다. 라리아트의 흔적은 없었다.

내 어린 시절이 박살 난 그곳으로 돌아가기를 왜 그렇게까지 원했을까? 가본 뒤에야 알았다. 이유는 힘이었다. 아미티빌을 마주 보며, 뭐든 아직 그 안을 기어 다니거나 헤집고 다니는 존재에게 소리칠 수 있으니까. "좆 까. 우리를 팬 것도 굶긴 것도, 우리 모두가, 하지만 특히 토미가 차라리 죽었으면 좋겠다고 생각하게 만든 것도 좆 까. 그렇게 된 게 내가 아니라 토미라는 걸 내가 다행스럽게 여기게 만든 것도 좆 까." 침을 모아 얼어붙은 풀에 뱉어버리는 것. 악한 자에게 등을 돌리고 떠나버리는 것.

내게는 한 가지 깜짝 선물이 남아 있었는데, 그건 코치님에게서 받았다. 크리스마스가 지나고 며칠 뒤였다. 코치님은 자기 서재로 들어오라고 했다. 서재가 거실보다 심각했기에 코치님은 의자를 치워야만 했다. 그는 비디오테이프를 재생하기 위한 작은 TV를 두고 있었다. 우리가 상대하게 될 팀의 구멍을 찾기 위해서였다. 아니면 이미 뛴 경기일 때도 있었다. 단, 그 경우에는 오직 교훈을 얻기 위해 진 경기만 보았다. 코치님은 승리를 곱씹는 사람이 아니었다. 나는 오늘 무슨 테이프가 재생될지 알고 있었다. 평생 보아왔으니까. 최선을 다했지만 시간이 다 끝나버렸고 우리는 패배했다. 행운을 빈다, 어쩌고 저쩌고. 미안하다.

코치님은 아무 말도 하지 않았다. 나도 아무 말도 하지 않았다. 꽉 다문 입술 뒤에서 불거져 나온 치아 다음으로 코치님에게서 눈에 띄는 점은 눈썹과 가늘게 뜬 단단하고 푸른 눈이었다. 코치님은 언제나 빨간색 제너럴스 모자를 쓰고 다녔으므로 그날 모자를 쓰지 않은 코치님을 본 건 충격적인 일이었다. 노인의 흰머리가 빗지 않은 채로 삐죽 튀어나와 있었다. 나는 꼭 잠자리에 누워 있는 코치님을 본 것만 같았다. 이미 일을 망친 기분이었다.

"여기서 지낸 지 얼마나 됐지?" 모자는 코치님의 책상 위에 있었다. 코치님이 모자를 썼다. 나는 코치님이 재킷과 선글라스도 걸칠 거라는 생각이 반쯤 들었다. 코치님의 관점은 보여서는 안 됐다. "두 달, 석 달?"

"네, 코치님." 내가 말했다.

코치님은 은색 호루라기를 집어 들고 긴 끈을 빙빙 돌려 줄이 끝날 때까지 검지에 완전히 감았다. 그런 다음 반대 방향으로 돌려, 다시 완전히 감았다. 코치님의 습관이었다. 경기장에서 화가 났거나 생각에 잠겼을 때, 그러니까 언제나 그 행동을 했다. 그 가는 끈이 내 목에 감기는 기분이었다. 나는 그곳에서 도망쳐, 앞으로 나올 말을 듣지 않았으면 좋겠다고 생각했다. 유홀이 코치님에게 도둑질한 나무에 대해 말했거나, 매티 케이트가 내가 챙겨둔 대마초를 찾아냈을 것이다. 나 같은 사람이 망가질 수 있는 길은 백만 가지쯤 되었고, 내가 지금까지 발견한 길은 다른 곳으로는 전혀 이어지지 않았다.

"연습 도와주는 거 좋아했지?" 마침내 코치님이 물었다.

"네, 코치님." 나는 코치님을 보지 않았다. 심장이든 뭐라고 부르든 그걸 뭉쳐서 코치님 등 뒤의 창밖으로 던져버리고 싶었다. 언덕, 헐 벗은 나무들. 미약하고 오줌처럼 노란 겨울의 빛.

"너한테는 뭔가 있어." 코치님이 말했다.

"네?" 내 주머니는 비어 있었다. 나는 도둑질을 하지 않았다. 그래, 하긴 했다. 코치님한테서 훔친 적은 없었지만, 내 정신은 무력하게도 보호자들에게서 좀도둑질한 오레오와 슬림짐으로 날아갔다.

"난 즉시 알아봤다. 덩치는 물론이고. 속도도 있고, 패스할 곳을 찾 아내는 재능도 괜찮아. 난 너를 라인백감이라고 생각했다. 하지만 지 금은 네가 타이트엔드에 어울린다고 생각해."

나는 창문 안으로 돌아왔다.

"내가 몰랐던 건, 이 녀석이 출석을 할 거냐는 점이었다." 코치님이 끈을 다시 감았다가 풀었다. "솔직히 말하마. 나는 너 같은 아이들을 언제나 본다. 하느님께서 주신 걸 날려버리는 녀석들 말이지. 그 녀 석들은 쓰레기 중에서도 쓰레기 출신이야. 우리 모두 알지. 나쁜 가 정환경, 교도소에 갇힌 부모. 이 녀석들은 그냥 더 많은 말썽을 일으 키러 다닌다. 걔들이 아는 게 그거니까."

나는 다시 숨을 멈추었다. 내 부모 중 교도소에 간 사람은 없었 다. 내가 살았던 더 쓰레기 같은 집들은 사실 내 집이 아니었다. 하지 만 코치님은 이미 할 말을 해버렸다. 대답은 필요 없이.

"나는 어떤 아이가 얼마나 많은 재능을 가졌는지는 신경 쓰지 않는 다. 그 녀석이 너무 자만해서 시키는 대로 하지 않는다면, 내게는 시 간 낭비야. 자만심, 고집스러움, 뭐든 말만 해라. 그 녀석들은 영광을 원하면서 스타가 되고 싶어서 여기에 오지. 그리고 언덕 위에서 가장 대단한 깡패처럼 굴면 그 영광을 얻게 될 거라고 생각해."

나는 책상에 놓인 코치님의 주근깨 난 손을 바라보았다. 코치님의 제너럴스 모자와. 나는 사방으로 뻗친, 코치님 눈썹의 덥수룩하고 검은 털을 바라보았다. 그중 몇 가닥은 지나치게 길었다. 끔찍하고 잘못된 눈썹이었다. 나는 남자 대 남자로 코치님과 눈을 마주치지 않고 있었다. 그게 최선이었다.

코치님은 몸을 숙여 턱을 괴었다. "한 가지 말해주마. 네게 해주고 싶은 말이 있어. 성공적인 팀은 리더들로 이루어진 게 아니라 팔로어들로 이루어져 있다는 말."

"네, 코치님."

"그게 빌어먹을 쓰레기를 줍는 일인지는 중요하지 않아." 코치님이 말했다. "내가 팀원에게 맡긴 일이라면, 난 그 일이 완수되는 걸 보고 싶다."

코치님은 나와 쓰레기에 관해서 전혀 모르고 있었다. 하지만 볼 만큼 보았다. 나는 귀가 울렸지만 요점은 알아들었다. 코치님은 내가 계속 여기에 살게 되리라는 말을 한 것이었다. 앞으로 어떻게 될지 지켜보리라는 말을. 코치님은 나를 다음 해 가을 유소년 팀 연습에 넣는 일에 관해 브리그스 코치와 이야기해볼 생각이었다. 덩치만 된다면 7학년생들도 연습에 참여할 수 있었다. 미식축구 캠프는 여름 대부분 기간에 이어졌다. 엄밀히 말하면 8학년이 되기 전까지 나를 경기에 투입해서는 안 됐지만, 그 규칙은 철저한 게 아니었다.

고막을 두드려대며 흐르는 피 소리가 다른 모든 것을 묻어버렸다. 여름과 가을은 영원처럼 멀리 떨어져 있었다. 몇 달이나 됐으니까. 나는 그 모든 시간 동안 여기에서 지낼 터였다. 이 집에서. 미식축구를 준비하며.

33

삶에는 모든 일이 잘 되어가고 사람들이 뒤를 받쳐주는데 스스로는 알지도 못하는 황금기가 있다고 전에 내가 말했던가? 그게 잔인한 세상이 사람을 물어뜯는 방식이다. 내게는 돌이켜볼 나쁜 세월이 얼마든지 있다. 모욕과 단단한 주먹의 시절이. 근데 말이다. 나를 죽이는 건 황금기다. 내게는 두 번의 황금기가 있었다. 그리고 나는 개자식답게 그 두 번을 모두 놓쳤다.

첫 번째는 전반적인 어린 시절이었다. 맨발로 미쳐 뛰어다니며 계곡의 진흙을 묻히고 페곳 아줌마의 주방으로 뛰어 들어가던 시절. 계곡과 주방은 소년에게 천국의 두 가지 버전이었다. 어린아이는 그 이상을 바랄 수 없다. 하지만 안타깝게도, 그 아이는 더 나은 것을 요구하는 데 내내 집착했다. 보통은 살 돈이 없는 신발과 게임보이에.

두 번째는 7학년과 8학년이었다. 존스빌 중학교는 아기들의 마을이었지만 점점 내 마음에 들었다. 그곳에서는 겨우 한 학년 전만 해도 내가 아무 쓸모 없는 똥 쪼가리였다는 걸 아는 사람이 한 명도 없었다. 나는 다시 태어났다. 이제 나는 누구에게든 말을 걸고 온갖 종류의 친구들을 사귈 수 있었다. 대마초를 얻을 수 있는 느긋한 녀석들, 대수학 예비 과정이라는 죽음의 늪에서 나를 끌어내줄 수 있는 머리 좋은 녀석들. 친구의 종류가 한쪽 끝에서 반대쪽 끝까지 다양했다. 탈의실에서 꽉 잡고 역(逆)친록을 걸어 땅에서 들어 올릴 수 있는, 땀으로 미끌거리며 배꼽이 떨어지도록 웃어넘기는 팀원들. 친록만 빼면 여자애들도 똑같았다.

애들은 어려 보였다. 멍청이 반 애들이 아니면, 존스빌 중학교에서는 일을 계속해온 아이조차 찾기 힘들었다. 그런 애들과 친구가 되려면 억지로 만들어낸 문제에 어느 정도 귀 기울여 주어야만 했다. 난 그런 걸 참아줄 수 있었다. 앵거스보다 훨씬 더 많이. 여자애들은 티내는 것보다 많은 걸 알고 있어 사람을 놀라게 할 때가 있다. 남자는 경우가 다르다. 가만히 앉아서 그 모든 여자애들 얘기에 귀를 열고 있으면 몸의 다른 부위가 끼어들 수 있기 때문이다.

그렇게 불가능한 일이 일어났다. 적절한 때가 되면 학교는 멤버스 온리 재킷을 입은 데몬 코퍼헤드의 것이 될 터였다. 그는 사상 최고의 행복한 바보로 살았어야 했다. 하지만 아니었다. 그는 똥 같은 일이 벌어지기를 기다리며, 그날 자신에게 친절히 대해주는 모든 사람의 이면에서 앞으로 다가올 일을 살폈다. 나는 그때까지도 집도 절도 없는 고아로서 그저 좋은 옷을 입고 꾸며내고 있을 뿐이었다. 나는 행운을 누릴 만한 일을 아무것도 하지 않았으며 사람들이 무엇으로 만들어져 있는지 알았다. 그들은 곧 나를 배신할 것이다. 아니면 죽든지.

게다가 유홀과의 일도 있었다. 1월 후반의 일이다. 좆같이 어색했다. 코치님이 잠자리에 든 이후로 유홀은 코치님 서재에서 몇 시간을 보내곤 했다. 장부에 영수증을 끼웠는지 딸딸이를 쳤는지 누가 알겠는가. 그런 다음 그는 은밀히 다니겠다는 이유로 흰 양말을 신고 집 안을 돌아다녔다. 유홀은 한 번도 방에 들어오지 않았다. 그냥 **나타났**다. 그날 밤 우리의 빈백 TV 라운지 문 앞에도. 그는 그냥 그 자리에 있었다. 손가락을 구부려 나를 가리키면서.

"엇! 무슨 일이에요?" 내가 말했다. '이리 와'라는 손가락질의 의미를 모르는 척하면서.

"플레이북*이 엉망이야. 코치님이 떨어뜨리신 것 같더라. 바인더가 터졌어." 그는 옆으로 고개를 돌리며, 꼬인 머리카락을 눈에서 **빼냈**다. "내가 순서대로 정리하려는데 네가 도와줄 것 같았다. 너랑 코치님은 아주 가까운 사이니까, 네가 외웠을 것 같아서."

나는 앵거스를 보았지만, 앵거스는 네 제삿날이지 내 제삿날이냐, 하는 식이었다. 미식축구와 관련된 면에서 앵거스는 첫날부터 자기 입장을 명백히 밝혔다. 관심 없다고. 나는 유홀을 따라 아래층으로 내려가며, 어떻게 사람이 계단을 걸어 내려가면서 그렇게까지 파충류처럼 보일 수 있는지 생각했다. 그는 미끄러지듯 움직였다.

우리는 서재에 들어갔고 유홀이 문을 닫았다. "앉아, 앉아." 그는 책상 뒤에 있는 코치님의 회전식 의자로 슬쩍 돌아가며 말했다. 나는 서 있고 싶었지만, 유홀이 적갈색 눈으로 나를 태워버리려 했기에 물러났다. 의자에서 니패드가 담긴 상자와 마우스가드를 치운 뒤 내 궁둥이를 올려놓았다.

유홀이 서랍에서 플레이북을 꺼냈다. 플레이북은 전혀 망가지지 않은 것처럼 보였다. 유홀은 나를 여기로 불러들이려 거짓말을 했다. "그러니까 와글과 부틀레그와 셔블인가? 윙 티(Wing T) 대형일 때?

---

*   각 팀의 위치를 그림으로 풀이한 노트.

아니면 그 반대야?"

그가 책상 건너편으로 커다란 바인더를 밀어놓았다. 나는 바인더를 펼쳤다. 페이지를 홀홀 넘겨보았으나 평소와 다른 것은 아무것도 보지 못했다. 패스트푸드 기름으로 얼룩진 페이지들. 닳고 닳은 구멍이 고리에서 거의 떨어져 나오려는 그 페이지들. 완벽한 플레이북이었다. 유홀이 나를 보고 있었다.

"넌 네가 핫한 거지 새끼인 줄 알지. 안 그러냐."

나는 이 변태를 '선생님'이라고 불러야 할지 말지 한 번도 확신하지 못했다. 그러지 않기로 했다. "거지 새끼 같을 수도 있죠. 그런 얘기는 많이 들었으니까. 핫하다고 했는데, 체온을 말하는 거라면 그건 내가 알 수 있는 게 아니고요."

유홀이 히죽거렸다. "나더러 꺼지라는 영재의 한마디로 알아듣지."

제기랄. 그걸 대체 어떻게 알았지? 앵거스는 유홀은 물론이고 코치님에게도 그 사실을 말하지 않았다. 앵거스는 명예를 알았다. "뭐든 간에요." 내가 말했다.

"그래. 내가 뭘 알겠니? 그냥 아무것도 아닌 보조 코치인데. 아무것도 아닌 수많은 사람들 중 한 명 말이야. 주님의 자비를 걸고, 내가 널 막게 만들지는 마라." 그는 계속해서 길고 빨간, 기름진 머리카락을 손으로 쓸어대며 그 손으로 얼굴을 문질렀다. 그 한 가지 동작을 하고 또 했다.

"뭘 막아요?"

"아, 너도 알잖아. 가족이라도 된 것처럼 여기 들어오고 말이야. 네 전략을 활용해서."

이번에는 유홀이 손으로 얼굴을 쓸 때 그가 몰래 코를 파는 것이 보였다. 손가락 하나가 재빨리 콧구멍에 들어갔다. 유홀은 거기서 파낸 것을 보려고 내게서 시선을 뗐다. 코딱지를 손가락 끝으로 굴려 작은 공으로 만들었다. 유홀은 공포영화였다. 나의 뇌는 도망쳐라고 말했다. 눈은 돌아가지 않았다.

"무슨 말인지 모르겠는데요. 내가 여기 있으면 안 된다고 생각하면 우리 할머니한테 말하세요. 할머니 뜻이었으니까."

"뭐, 당연히 그랬겠지. 코치님은 아무 반항 없이 받아들였고." 유홀은 앞으로 몸을 숙이며 손가락 끝을 계속 굴려댔지만 눈은 다시 내게 두고 있었다. "난 여기서 11년 동안 코치님이 짖으라면 짖고 오라면 오면서 심부름을 해왔어. 너희 꼬마들을 니미럴 베이비시터라도 된 것처럼 여기저기 태우고 다니고. 나한테 젖꼭지가 달렸으면 네가 빨고 있었을 거다. 그런데 나는 밤이면 우리 어머니 집으로 보내져. 왜 그런 걸까, 난 모르겠는데?"

나는 아무 말도 하지 않았다. 오, 주여, 집중하기가 어려웠다. 나는 유홀의 눈이 저렇게까지 빨갛게 타오르는 걸 본 적이 없었다. 거기다 저 코딱지는 어떻게 할 계획이지?

"아, 그래. 그야 씨발 내가 아무도 아니기 때문이지. 그래, 그거야!" 그가 다시 등받이에 기댔다.

나는 기다렸다. 그는 움직이지 않았다. "그게 다예요? 말 다 했으면, 이제 가도 돼요?"

"네가 이 가족의 일부라고 생각한다면 지금 얘기를 친절한 경고로 생각해라. 저 사람들은 환영 매트를 깔아줄 거야. 그냥, 너를 무너뜨릴 네이키드 부틀레그*만 조심하라고."

---

*   미식축구의 전술 중 하나로 쿼터백이 러닝백에게 패스하는 척하며 반대 방향으로 달리는 방법이다.

400

나는 입에서 느껴지는 나쁜 맛이 없어질 때까지 얼마나 걸릴지 생각하며 그곳에서 나왔다. 아마 영원히 남아 있겠지. 굳이 뱀이 말해주지 않아도 나는 내가 이 가족에든 집에든 삶에든 속하지 않았다는 걸 알고 있었다. 내가 그렇게 똑똑했다.

알고 보니 나는 재능으로 가득 찬 사람이 아니라 절반의 재능만 있는 사람이었다. 여전히 수학에서는 짧은 털을 움켜쥔 것처럼 간신히 매달려 있었다. 하지만 언어예술은 내 관심을 끌었다. 상담 교사 암스트롱 선생님은 그냥 교사이기도 했다. 하지만 그는 나 자신이 가치 없는 존재라는 걸 확실히 알려주는, 일반적인 교사의 일은 하지 않았다. 우리는 모두 이 찻주전자 속 똥 덩어리야, 얘들아, 그러니 난 그냥 손톱이나 칠하겠어, 라는 식으로 잭슨 선생님이 하는 짓도 하지 않았다. 암스트롱 선생님은 우리를 인간으로 생각하는 것처럼 우리에게 말을 걸었다. 그는 대체로 7학년과 8학년을 가르쳤지만 그해 겨울에는 정규 영어 교사가 대상포진에 걸리는 바람에 6학년 수업도 많이 대체했다. 첫날에 암스트롱 선생님은 서로를 알아가자고 했다. 뭐든 물어봐도 된다고 했다. 아마 아이들이 그의 정체에 대해 긴장을 풀기를 바랐을 것이다. 몇몇 재수 없는 녀석들은 선생님에게 햇볕에 타기도 하냐고 물었다. 나는 당연히 아닐 거라고 생각했다. 나는 멜런전 정도로만 검은데도 절대 햇볕에 화상을 입지 않았다. 하지만 선생님은 그렇다고, 잔디를 깎는 등 밖에 나갈 때는 선크림을 바른다고 했다. 선생님은 우리에게 다른 놀라운 사실들을 말해주었다. 사람이 흑색일 때는 흑인이라는 말을 대문자로 써야 한다. 흑인이라는 단어는 피부가 검다는 뜻의 형용사가 아니라 중국인이나 미국인 같은 범주를 의미하는 것이니까. 고유명사이므로 모두 대문자로 시작해야 한다. 나는 멜런전은 어떠냐고 물었다. 선생님이 멜런전에 대해 들어본 적이 없을 거라고 생각했기 때문이다. 이번에도 놀랍게도 선생님은 좋은 예시라고 말했다. 멜런전도 고유명사라고.

선생님은 시카고 출신이었다. 그래서 억양이 있었던 것이다. 선생님은 '비스타'로서 대학에 다닌 뒤 여기에 왔는데, '비스타'란 도시 출신 사람들이 가난한 사람들을 도와주는 프로그램이었다. 선생님의 아내도 비스타로, 다른 도시 출신이었다. 그들은 이곳에서 만나 결혼했다. 아이는 없었다. 그들은 파이어 인 더 홀이라는 블루그래스* 밴드에서 연주했다. 선생님은 밴조, 아내는 피들. 나는 페그 아저씨를 떠올렸다. 아저씨는 자기가 좋아하는 음악이 오래됐다는 이유로 완전히 죽지는 않았다는 사실에 기뻐할 터였다. 암스트롱 선생님은 여기에 오기 전에는 블루그래스 음악을 한 번도 들어본 적이 없었지만, 산에 관련된 모든 것과 사랑에 빠져 이곳에 남았다.

나는 선생님의 아내를 알았다. 사람들이 뭔가를 마음에 들어 하지 않으면 그 문제가 입에 오르게 마련인데, 이번이 바로 그런 경우였다. 선생님의 아내는 백인이었다. 게다가 세상에, 미술 선생님이기도 했다. 중학교에는 미술 과목이 없었으므로 그녀는 리 고등학교에서 가르쳤다. 하지만 암스트롱 선생님이 내 그림 몇 장을 가져다가 아내에게 보여주었더니, 어느 날 선생님의 아내가 나를 만나러 왔다. 애니 선생님이었다. 선생님은 거의 노래하는 것 같은 목소리로 말했고 (실제로 선생님은 노래를 불렀다, 밴드였으니까) 히피처럼 옷을 입었다. 긴 파란색 치마에 긴 머리에는 꽃무늬 스카프를 둘렀고 네 가지 파란색의 작은 돌이 달린 귀고리를 찼다. 속눈썹이 금발이었는데,

---

*   미국 컨트리음악의 일종.

그리 자주 보이는 눈썹은 아니었다. 우리는 소파가 놓인 텅 빈 교사 휴게실에 있었지만, 선생님이 두꺼운 종이 몇 장과 연필 여러 자루를 낮은 탁자 위에 꺼내놓더니 바닥에 앉았으므로 나도 그렇게 했다.

선생님은 내게 여러 가지를 요구했다. 얼굴을 어떻게 그리는지 보여줄 수 있겠느냐고. 쉬웠다. 원으로 시작해, 가로 부분이 중심보다 아래쪽에서 나뉘는 십자가로 그 원을 나눈다. 눈은 그 선에 들어가고, 가운데에 틈새를 둔다. 두 눈과 같은 폭으로. 놀람이나 사랑이나 분노를 나타내기 위해 다양한 형태의 눈썹을 그린다. 그런 다음, 원 아래에 독립적인 부분으로서 턱을 그린다. 두개골과 턱뼈를 그리듯이. 얼굴 피부 아래에는 실제로 두개골이 있으니까. (이건 토미에게서 배운 것이다.) 선생님은 어떤 형태의 턱을 그릴지는 어떻게 결정하느냐고 물었다. 그야 간단했다. 어린아이나 여자를 그릴 때는 작은 턱, 남자를 그릴 때는 큰 턱, 슈퍼히어로를 그릴 때는 더 큰 턱이라고. 그게 여자 슈퍼히어로를 그리는 게 죽도록 까다로운 이유였다.

선생님은 내가 수업을 들은 적이 있는지, 아니면 TV에서 그림 그리는 프로그램을 본 적이 있는지 알고 싶어 했다. 나는 그런 프로그램이 있는 줄도 몰랐다. 선생님은 종이 울릴 때까지 계속 놀랐고, 나는 한 시간이 다 지났다는 걸 믿을 수 없었다. 선생님은 내게 타고난 재능이 있다며 그 재능을 키우기 위해 선생님과 함께 공부하고 싶은지 물었다. 원근법이니 구성이니 하는 것들을. 짧게 말하면 선생님이 나의 영재 교사가 되겠다는 거였다. 나는 선생님이 화실 가득 가지고 있는 다른 재료도 써볼 수 있었다. 연필이 아닌 미술 도구를. 오, 하느님 아버지.

'그녀가 산을 돌아올 거야'라는 노래를 들어본 적이 있는지 모르겠다. 그 노래는 나를 만나러 온 벳시 우들과 비슷했다. 할머니가 여섯 마리 백마를 타고 온 건 아니었지만 그래도 대단한 사건이긴 했다. 페그 아저씨라면 엄청난 소란이라고 했을 것이다.

처음은 겨울이 끝나갈 무렵이었다. 내 서류를 옮기기 위해서였다. 내가 코치님과 지내는 방식이 할머니 마음에 들면, 사회복지국에 가서 코치님을 내 새로운 보호자로 등록하기로 했다. 다크서클이야 아쉬움의 눈물을 흘리지는 않을 터였다. 다크서클은 내가 코치님 집으로 들어온 이후로 한 번도 전화를 걸지 않았다. 아이가 망가지지 않았다면 고치지 말라는 평소의 접근법을 취한 것이다. 또 만일 망가졌다면 똥구멍으로 휘파람이나 불고.

할머니는 그렇게 쉽지 않았다. 더 어려운 반으로 올라갔다고 해도 나는 아무 상도 받지 못했다. 할머니는 성적표를 원했다. 매티 케이트가 엉덩이뼈가 부서질 정도로 거실을 청소해 뒷방에 쓰레기들을 쌓아두었으므로 우리는 모두 거대한 식탁에 둘러앉았다. 딕 아저씨, 그리고 아저씨와 할머니를 코멧에 태우고 온 제인 엘렌까지 말이다. 벳시 할머니는 스포츠라는 그 개소리가 내 교육에 방해가 된 것인지 알고 싶어 했다. 나는 코치님을 보았다. 끈을 빙빙 돌리는 일은 없었다. 눈썹은 안정적이었다.

"지금 당장은 어떤 스포츠도 안 해요. 미식축구 시즌은 가을이 올 때까지 끝난 상태니까요." 내가 할머니에게 말했다. 할머니는 아마 주님이 만드신 지구에서 그 사실을 모르는 유일한 사람이었을 것이다. 물론 농구 같은 다른 스포츠도 존재하긴 했지만 리 카운티에서는 무의미했다. 미식축구가 아닌 모든 스포츠는 이 동네에서 바닐라나 마찬가지였다. 맛을 발명하긴 했는데, 그걸 대체 왜 먹나?

할머니는 코치님에게 그 말이, 내가 스포츠를 그만두었다는 말이 사실인지 물었다.

"우들 여사님, 이 젊은이는 제게 맡겨두셔도 됩니다. 저는 이 녀석의 잠재력을 최대한으로 키워주기 위해 최선을 다할 생각이니까요." 완전히 포커페이스였다.

할머니는 우리를 한 명 한 명 눈여겨보았다. 앵거스는 〈스쿠비-두〉의 그 여자애처럼 온몸을 삼켜버리는 거대한 초록색 스웨터를 입고 있었고, 머리카락은 악마의 뿔처럼 불쑥 튀어나온 손잡이 모양이었다. 할머니는 뭐랄까, 흐음, 이 녀석에게 내 교육이 필요할지도 모르겠어, 하는 식이었다. 하지만 코치님은 앵거스를 포기하지 않을 터였다. 별말을 하지는 않을지 몰라도, 코치님은 가끔 앵거스 뒤에 나타나 그 애의 목에 두 팔을 두르고 머리에 턱을 얹었다. 구원받은 사람처럼 그 애에게 기댄 채 서 있었다.

갑작스레 할머니가 180센티미터 키의 허수아비처럼 생긴 자기 몸을 일으켰고, 우리는 모두 숨을 들이쉬었다. 할머니가 다가와 앵거스의 엄마 사진을 집어 들었다. 소매로 닦고 바라보더니 다시 내려놓았다. 그런 다음, 내가 오르막을 오르는 것으로 보이는데 계속 그렇게 올라간다면 다 잘될 거라고 선언했다. 할머니는 내 성을 자기 성으로 바꾸는 방법에 대해 이야기했는데, 나는 딱히 열광하지는 않았다. 아빠와 정확히 똑같은 이름을 갖는다는 건 혼란을 초래하는 일처럼 보였다. 죽은 사람과 누군가를 헷갈렸다간 응보가 있을 수 있었다. 게다가 이 모든 일에서 엄마는 어디에 있다는 걸까? 삭제된 걸까? 그것만 빼면 다 좋았다. 내게는 법적 친척과 나를 싫어하지 않는 보호자가 있었다. 매티 케이트가 로스트 치킨을 가져왔고, 우리는 왕에게나 어울리는 식탁을 만들어진 용도대로 식사하는 데 사용했다.

하지만 나는 경고를 받은 상태였고, 할머니는 계속해서 나를 감시했다. 제인 엘렌이 벳시 할머니와 딕 아저씨를 몇 달에 한 번씩 차에 태워 왔고, 그럴 때마다 나는 멈추지 않는 서바이버가 된 기분이었다. 곧 투표로 섬에서 쫓겨날 처지가 된 것 같은 느낌. 나는 매달렸다. 밝은 면을 보면, 우리 거실 상황이 개선되었다. 코치님의 서재를 비롯해 벳시 할머니가 보지 못할 다른 곳으로 난장판이 옮겨졌다. 아주 오랜만에 한 번씩은 할머니 일행이 자고 갔다. 딕 아저씨는 아래층의 접이식 소파를 썼다.

앵거스가 이제 친구들이 와서 어울리는 게 그렇게까지 역겹지는 않다고 했으므로 우리는 다양한 친구들을 데리고 와서 놀았다. 앵거스의 친구들은 모두 남자, 내 친구들은 모두 여자였다. 앵거스는 그냥 자기 눈에 띄는 곳에서 드라마만 펼치지 말라고 했다. 앵거스와 색스 등등은 위층에 머물면서 게임을 하거나 색스가 빠져 있는 오래된 영화들을 보았다. 색스는 장면 전체를 외웠고, 앵거스와 모든 대사를 맞게 말하는 시합을 벌였다. 보고 있으면 미칠 것 같았다. 그들은 같은 반이었고, 색스는 앵거스를 꼬드겨 모든 것에 관한 시합을 벌였다. 모든 시험에서 최고 성적을 받는 걸 포함해서. 그 말은, 색스가 결국 사실상 모든 순간에 앵거스에게 화를 내게 되었다는 뜻이다.

한편 아래층에서는 소위 숙제 동아리 여자애들이 우리의 왕족 식탁에 둘러앉아, 데몬의 두개골이라는 아주 작은 우편함 투입구에 변수식을 넣으려 노력했다. 그들은 껌을 나누어주었고, 내가 수학 성적을 올리는 걸 너무 어려워하자 놀랐다. 내가 그중 한 명에게 수작을 걸면 다른 애들이 그 여자애에게 잔인하게 굴었다. 그들은 그냥 긴장을 풀고 평범한 인간이 되지 못했다. 앵거스의 말에도 일리가 있었다. 나도 이제 알 것 같았다. 그런 다음에는 메이 앤 라킨스의 언니인 린다가 함께 왔다. 그녀는 수학 천재로 추정됐다. 오, 세상에. 긴 머리에 긴 다리, 푸른 눈으로 길게 곁눈질하는 그녀의 모습은 뭐랄까, 야, 난 고등학생이야, 너희들은 모르는 걸 안다고, 라고 말하는 듯했다. 그녀가 아는 건 대수학이 아니었다. 책상 밑에서 물건이 서지 않게 애쓰는 동시에 수학 공식을 한번 풀어보라.

하지만 이 여자애들이 정말로 좋아한 사람은 딕 아저씨였다. 딕 아저씨가 있을 때면 여자애들이 하도 소동을 떨어서 질투가 났다. 훌륭한 팔다리를 가진 내가, 여자애들이 모여들어 매티 케이트를 부엌에서 몰아내고 딕 아저씨에게 딸기 밀크셰이크를 만들어주려고 믹서기를 가져갔다는 이유로, 나 자신을 불쌍하게 여기다니. 또 그 애들은 아저씨의 휠체어를 밖으로 밀고 나갔다. 아저씨가 봄의 첫 꽃 냄새를 맡을 수 있도록 능금나무 가지를 꺾어주기도 했다. 내가 그 애들의 작은 인형이 되고 싶었다는 말은 아니다. 문제는 그 애들이 평범한 남자들에게는 절대 하지 않는 방식으로 무척 상냥하게 굴었다는 것이다. 별로 노력하지도 않고. 겁먹지도 않고.

코치님은 내 미래를 보았다. 내 미래는 타이트엔드였다. 모든 아이들은 당연하지만 쿼터백을 꿈꾼다. 나도 그랬다. 패스트포워드의 교회에서 부름을 받은 이후로. 하지만 나는 코치님의 말을 한 번도 잊지 않았다. 팀은 팔로어로 만들어진다는 말. 코치나 쿼터백이 게임을 주도할 수는 있지만 작전이 실행되지 않는다면 아무 쓸모가 없다. 타이트엔드의 역할이 그것이었다. 타이트엔드는 빠르고 기민하며 패스를 받고 공을 잡고 있다가 내려놓는 걸 잘한다. 힘이 되고, 러닝 플레이 때는 엔드를 돌아 틈을 벌릴 만큼 덩치가 크다. 만일 내게 양방향으로, 그러니까 디 라인 쪽으로도 경기를 펼치는 데 필요한 무언가가 있다면, 그리고 충분히 간절하게 바란다면 나도 주님의 다이아몬드

중 하나가 될 수 있다. 제너럴스 말이다.

　미식축구 캠프는 여름에 상당히 오래 진행되었다. 유소년 팀과 대학 팀 모두 그랬다. 코치님은 유소년 팀 코치인 브리그스 선생님에게 이야기를 전해두었다. 브리그스 선생님은 내가 타이트엔드가 되어야 한다는 말에 동의하고 나를 그 자리에 넣었다. 8학년으로, 나와 키가 같고 13킬로그램 더 무거우며 다음 해에 제너럴스로 갈 콜린스의 대타로 말이다. 차기 콜린스가 되기 위해 나는 몸을 키워야 했다. 다 덤벼.

　브리그스 선생님은 고등학교 팀 수비 훈련도 진행했고, 때로는 나를 불러 햄버거 먹기 훈련을 시키기도 했다. 햄버거 훈련은 일대일로 진행되었다. 이 훈련은 브리그스 선생님이 누군가의 덩치를 키워야 할 때 진행되었다. 유홀은 그럴 때마다 눈치채고 헬보이의 눈으로 내기를 죽이려고 노력했다. 하지만 유홀에게는 무척 안된 일이게도, 나는 어렸던 만큼 그냥 달팽이처럼 그들의 왕국으로 진액을 흘리며 들어갔다. 나는 더는 심부름꾼이 아니었다. 코치님은 헬스장을 사용할 수 있는 완전한 권한을 주었고, 야영장에서 우리는 모두 현장 장비를 함께 사용했다. 거기에는 활송 장치도 있었다. 소 떼를 나르는 활송 장치처럼 생겼지만 천장이 더 낮아 90센티미터 정도인 금속 파이프 장치였다. 우리는 몸을 낮추고 그곳을 통과해야 했고 천장에 헬멧을 부딪치지 않으면서 오리걸음으로 달려야 했다. 사람 네 명이 나란히 그 안을 달리며, 가장 먼저 끝에 이르러 수비 중인 가드를 쳐서 언덕 위로 밀어 올리려 노력했다.

　활송 장치가 나의 초능력이었다. 다른 훈련도 그럭저럭 해냈지만 활송 장치 훈련에서는 경이로웠다. 나는 키가 컸는데도 나 자신을 작게 만들 수 있었다. 그러다가 끝에서는 내 길을 막고 선 것을 상대로 그게 뭐든 온 힘을 쏟았다. 모두가 세상에, 저 녀석 좀 봐, 터보 데몬이야,

라고 말했다. 내게는 그게 정상처럼 느껴졌다. 고개를 숙이고 눈에 띄지 않다가 공격하는 것이. 내 인생은 나를 그곳까지 이끌어 간 하나의 긴 활송 장치였다. 가을쯤에는 옷을 차려입었고, 금요일에는 저지를 입고 학교에 갔다. 내 몫으로 주어지는 응원단의 사랑을 완전히 누렸다. 빌어먹을 7학년이었는데. 1년만 더 있으면 나는 코치님 팀에서 뛰게 될 터였다.

34

그 학년에는 처음이었던 게 아주 많다. 첫 번째 스크리미지*, 첫 번째 유소년 게임, 첫 번째 태클, 첫 번째 패싱야드. 첫 번째 학교 무도회는 그 무도회에 관해 죽도록 진지하던 8학년 여자애와 함께 갔다. 그게 분명 내 첫 번째 진짜 데이트였다. 앵거스와 색스는 〈혹성 탈출〉 의상을 차려입고 함께 갔다. 성적 대결에서 진 사람이 (색스였는데) 목줄을 찬 인간 역할을 맡았다. 이 일이 벌어진 건 말해두지만 핼러윈이 아니라 홈커밍 행사에서였다. 그러니까 데이트는 아니었다. 하지만 앵거스가 나 대신 월마트에서 코르사주를 주문하고, 나를 굿윌로 데려가 60년대에 만들어진 것 같은 끝내주는 흰색 정장을 찾아냈다. 놀랍게도 내 사이즈였다. 나는 이 시점에 손발 크기에 어울리는 몸집으로 자라나 180센티미터가 되어 있었다. 매티 케이트 덕분이었다.

처음으로 치과에 갔다. 나는 그럴 필요가 없다고 생각했지만, 앵거스는 어린애처럼 굴지 말라며 그냥 모든 걸 청소하고 적당한 경우에 이를

---

* 한 팀을 둘로 나눠 하는 연습 시합.

때우기 위한 것뿐이라고, 평범한 사람들은 모두 그 일을 한다고 말했다. 상처가 되는 말이었다. 나는 치과에 가본 적이 한 번도 없는 다른 애들을 많이 알았으니까. 엄마도 시도조차 해보지 않은 건 아니었다. 내가 어렸을 때 엄마는 나를 매년 열리는 소외 지역 공짜 의료 행사에 데려가려 했다. 하지만 그런 병원은 광란 그 자체였다. 사람들이 안에 들어가려고 밖에 세워둔 차에서 며칠씩 야영했다. 엄마는 내가 짓밟혀서, 처음보다 치아 개수가 더 적어진 채로 집에 돌아가게 될까 봐 두려워했다.

성인 남자를 데리고 계단을 올라가본 것도 처음이었다. 그 남자란 자기 서재에서 정신을 잃은 코치님이었다. 자주 있는 일은 아니었지만 어쨌든 그런 일이 벌어졌다. 가을에는 그렇게까지 심하지 않았으나 봄에는 더 나빠질 터였다. 생각할 경기가 없는 오프 시즌에 코치님은 별로 할 일이 없었으므로 친구 삼아 술병을 꺼내곤 했다. 앵거스는 그냥 장단을 맞추면서, 그게 늘 왔다 가는 일이라고 했다. 네가 아빠 입장이라고 생각해봐. 앵거스가 말했다. 아내는 널 두고 죽었고 키워야 할 아기를 남겨두었다고 말이야. 그것도 여자 아기를. 아빠는 심지어 아들을 낳을 시도조차 못 해봤어.

학교가 절반쯤은 흥미로울 수 있겠다고 생각한 것도 그때가 처음이었다. 역사를 가르치는 브리그스 선생님에게 대처하기란 껌이었다. 시체처럼 굴지만 않으면, 선생님은 무죄 추정의 원칙을 적용해주었다. 미식축구 팀에 속해 있다면 추가 점수를 주었고. 암스트롱 선생님은 별로 그렇지 않았다. 암스트롱 선생님은 수업 때, 그러니까 언어예술 시간에 발표를 하면 점수를 주었다. 하지만 오, 주여. 무엇이 어디에 있느냐고 물을 때 문법을 틀리면, 선생님은 그걸 '품사 위반죄'라고 했다. "피곤하다"는 말을 하면, 선생님은 어깨를 축 늘어뜨리며 "그리고 깃털을 붙였다"는 식으로 응수했다. 선생님의 억양 때문이었다. 그 억양이 듣기 능력에 영향을 줄 수 있었으니까. 선생님에게는 "피곤하다(tired)"는 말이 "타르를 칠했다(tarred)"는 말로 들린 것이다.* 선생님은 주어-동사 일치, 반어법 등등을 우리에게 설득하고 '언제'와 '언제든'에 두 가지 다른 뜻이 있다는 자신의 의견을, 그야말로 틀린 의견을 설명하느라 한 해 전체를 보냈지만 성공하지 못했다. 포기하시지. 하지만 암스트롱 선생님에게 한 가지는 인정해줘야 했다. 선생님은 책상에 앉아 안경을 벗어 내려놓고 눈을 문질렀다. 그러면 오, 세상에, 그 양반이 뭐라고 말할지 도저히 알 수 없었다.

7학년 때 선생님은 우리에게 각자의 출신을 알아 오라는 배경 조사 프로젝트를 과제로 내주었다. 각자의 가족들이 어떤 일을 하는지. 그들이 다른 지역에서 왔다면 그 지역이 어딘지. 가을에 우리는 가족 중에서 노인들과 인터뷰해야 했다. 다음 해 봄에는 글을 쓰고 프레젠테이션을 해야 했고, 내가 아는 주요 노인은 광부였던 페그 아저씨였지만 아저씨는 내 친척이 아니었다. 암스트롱 선생님은 멜런전에 관한 내 질문을 떠올리고, 나더러 그 문제를 파헤쳐보라고 했다. 나는 '퍽이나 되겠네요'라고 생각했다. 고아로서의 습관이 쉽게 사라지지 않았기 때문이다. 하지만! 이제 내게는 무시무시한 할머니가 있었다. 더 좋은 건 딕 아저씨였다. 아저씨는 어떤 주제에 대해서든 아마 책 한 권을 써낼 수 있을 터였다.

암스트롱 선생님은 자신의 배경에 관한 이야기를 몇 가지 내놓았다. 자기 이름은 카림 압둘 자바**의 이름을 따서 루이스라고 지은 것이라는데, 무슨 소린지는 모르겠다. 선생님의 아빠는 농구를 좋아하

---

* 　　과거 미국에서 처벌의 일환으로 누군가의 몸에 타르를 칠하고 깃털을 붙이는 행위가 존재했다.
** 　　미국 NBA 선수로, 본명이 페르디난드 루이스 앨신더 주니어다.

는 의사였고, 엄마는 도서관 책임자였다. 두 분 다 선생님이 이리로 이사하겠다고, 시카고로 돌아가지 않겠다고 결정했을 때 선생님이 미친 거라는 의견을 냈다. 선생님은 10년이 지난 지금도 부모님이 밴조를 가지고 돌아다니며 하는 바보짓을 그만두고 집에 돌아오지 않겠느냐고 묻는다고 했다. 우리는 밴조를 연주하는 선생님 같은 남자를 한 명도 알지 못했다. 솔직히 우리는 뭐라도 하는 선생님 같은 남자를 한 명도 몰랐다. 리 카운티에 흑인이 다 합쳐서 20명쯤 있었다는 걸 생각하면 말이다. 선생님은 생각해보라며 밴조가 자기 민족의 발명품이라고, 아프리카에서 그들의 고조할머니 고조할아버지들이 연주하던 것과 비슷한 물건이라고 말했다. 선생님은 과거에 엄청나게 많은 흑인들이 이곳에 와서 살았다고 했다. 석탄 캐는 일을 하기 위해서였다. 남부에서는 괜찮은 급료를 받지 못한 데다가 흑인이라는 이유로 자주 살해당하기도 했다. 반면 버지니아의 이 후미진 지역은 전체적으로 노예 없이 좀 더 자유로웠다. 농장들이 찢어지게 가난한 작은 농장들이고, 큰 대농장이 아니었기 때문이다. 하지만 그 이후에 광산 일자리가 점점 줄어들었고, 흑인들은 모두 시카고 같은 곳으로 갔다. 일자리 때문이기도 했고 '대이동'이라는 것 때문이기도 했다. 남부의 먼 지역이 흑인혐오법으로 지상의 지옥이 되었고, 흑인들은 지옥에서 가급적 멀어지고 싶어 했기 때문이다. 우리는 왜 백인들도 같이 가지 않았느냐고 물었다. 선생님은 백인들은 사정이 달랐다고, 떠난 사람도 있었지만 대부분은 친척이 딸린 대가족을 이루고 이곳에서 오랫동안 살며 뿌리를 내렸기에 떠나지 않았다고 말했다. 누군가가 "아무도 나를 이 산에서 떠나게 할 수는 없지"라고 힐빌리 사투리로 말하자 한차례 웃음이 터졌다.

암스트롱 선생님은 그런 식의 말은 선입견에 뿌리를 둔 거라고 했다. 선입견은 암스트롱 선생님의 큰 화두였다. 선생님은 역사에 등장하는 산사람들에 대해 쓰인 글을 우리에게 읽어주었다. 무능력자, 불량배. 이상하게 생긴 머리. 우리는 그게 죽도록 우습다고 생각했다. 브래드 부처는 자신의 뾰족한 머리를 내보이며 수선을 떨었다. 암스트롱 선생님은 "안 웃겨"라고 말했다. 선생님은 우리가 가진 모든 것을 빼앗고 우리를 협곡에 처박아두어도 죄책감을 느끼지 않으려고 사람들이 우리를 동물처럼 만들었다고 했다. 하지만 암스트롱 선생님은 이곳 출신이 아니었으므로 우리는 선생님 말을 믿지 않았다. 우리는 그 말이 사실이라면 그 사람들이 뭘 그렇게 빼앗아 간 거냐고 물었다. 선생님은 음, 생각해보자꾸나, 산업혁명에 불을 붙이고 미국을 부유하게 만든 모든 목재와 석탄일까?라는 식이었다. 기찻길을 보아라, 선생님은 말했다. 상품을 실어 나르기 위해서 만들어져 있지. 한쪽 방향으로만 가. 사람들은 남겨두고. 그러자 우리는 모두 아, 뭐, 그러든지요, 라는 식이었다. 브래드 부처의 머리가 뾰족한 건 사실이었다. 절대 부정할 수 없었다.

암스트롱 선생님은 아주 많은 경우에 그냥 팔짱을 끼고 물러나 앉아 우리가 마구 떠들어대도록 놔두었다. 서로에게, 선생님에게, 이 좆같은 세상의 대통령에게. 선택은 우리 몫이었다. 물론 노골적인 욕설은 하면 안 됐지만 우리가 쓰는 말은 문제 삼지 않았다. 예를 들어, 우리가 어떤 사람은 개 뒷다리처럼 비뚤어졌다거나 엉뚱한 이불에서 태어났다거나 직접 만든 죄악처럼 못생겼다고 하면 그냥 놔두었다.* 이런 말은 언어예술로 간주됐다. 하지만 씨-폭탄이나 "그 새끼들" 같

* 전부 미국 남부에서 쓰이는 방언으로, '개 뒷다리처럼 비뚤어졌다'는 것은 부정직하다는 말이고, '엉뚱한 이불에서 태어났다'는 건 혼외자라는 뜻이며, '직접 만든 죄악처럼 못생겼다'는 말은 그야말로 매력이 없다는 뜻이다.

은 말은 안 됐다. 주님에 대한 사랑을 걸고 "병이 나았다"고 해야지 "병이 낳았다"라고 해서는 안 됐다. 암스트롱 선생님은 그 문제에 대해 분노를 터뜨렸다.

언어적 요소만이 아니라 선생님은 역사 교사가 아닌 것치고는 역사에 대해서도 관심이 많았다. (브리그스 코치님은 연습 문제만 풀게 했다. 죽도록 지겨웠다.) 예컨대 선생님은 반란군 깃발 같은 것에 대해서도 관심이 있었다. 주위에 많이 보이지만 아무도 그 깃발에 대해 생각하지는 않는다. 예컨대 우리가 그 깃발을 본 경우 중 한 번은 버스를 기다리느라 밖에 있을 때였다. 그때 차체가 높아지도록 트랙터 타이어를 끼운 쉐보레 D/K 픽업트럭이 우르릉대며 주차장에 들어왔다. 타이어가 비명을 질렀고 베이스 음이 쿵쾅거렸다. 셔츠를 벗은 고등학생 남자들이 창문에 매달려서 반란의 함성을 내지르고 있었다. 트럭이 주차장을 가로지르며 크게 유턴하더니 다시 고속도로로 나가, 짐칸에 케이블 타이로 묶어놓은 그 영광을 휘날렸다. 미국 남부군 깃발이었다. 내 주변의 많은 남자들이 웃었다. 몇 안 되는 사람들만이 웃지 않았다. 몇 명은, 우리를 버스에 태워주는 임무를 맡아 함께 있던 암스트롱 선생님을 보았다. 선생님은 그냥 단추를 채운 셔츠를 입고 팔짱을 낀 채 가만히 서서 그 깽판을 지켜보았다.

그런 뒤에는 조용해졌다. 버스를 탈 아이들은 버스에 탔다. 다른 모든 사람은 땅바닥에 있는 거지 같은 걸 쳐다보는 게 흥미롭다고 느꼈다. 신발, 자갈, ABC 껌. 내 기억으로는 핼러윈이 가까운 때였다. 응원단이 매직 마커로 악당 얼굴을 그려놓은 호박으로 현관 전체를 장식해두었으니까. 그러니까 그 호박도 볼만했다. 우리 모두는, 모두가 아니라도 대부분은 저 깃발 문제가 일종의 오, 제기랄 하는 상황이라는 걸 알고 있었다. 우리는 그 사태가 그냥 빨리 지나가기를 바랐다.

"자, 뻔한 문제부터 시작하자." 암스트롱 선생님이 말했다. 그러니까 그냥 빨리 지나갈 생각은 없었던 것이다. "남부연맹과 미합중국은 전쟁에서 반대편에 섰다."

여전히 조용했다. 우리 사이에서는 하지 않는 이야기, 하지 않는 일이 있었다. 그중에는 다른 사람을 면전에서 모욕하는 일도 포함되어 있었고. 우리는 고유명사로서 대문자로 써야 하는 흑인이라는 말이 사용되지 않을 때 대신 쓰이는 단어를 알고 있었다. 나이 많은 남자들이나 부모님이나 누구에게서든 그런 말을 들어본 적이 있었다. 그건 진짜 사람이 아니라 직접 만나본 적도 없고 제대로 알지도 못하는 것에 대해 불쾌해하는 경우에 쓰는 말이었다. 그때의 주차장에서 우리에게는 암스트롱 선생님이 그런 경우였다. 우리는 모두 수업에서 또는 소년법 체계를 지나는 동안 우리를 안내해줄 상담 선생님으로서 그를 만났고, 내가 아는 사람 중 누구도 암스트롱 선생님을 싫어하지 않았다. 나는 악당 얼굴의 호박에 시선을 둔 채, 눈은 맨 위가 아니라 얼굴의 **중간 부분**에 그려야 한다는 걸 이해하는 게 왜 그렇게 어려운 일인지 천 번째로 생각하고 있었다. 버스 한 대가 더 다가오자 사람들은 고개를 숙이고 차에 탔다. 아마 그 버스를 타면 안 되는 애들도 몇 명 있었을 것이다.

"얘들아." 암스트롱 선생님이 마침내 고함을 지르다시피 했다. 우리가 교실에서 무식한 짓을 할 때마다 늘 그러듯이. "내 말 듣고 있는 거냐? **전쟁** 말이야. 반대편이었다고. 저 두 깃발을 동시에 거는 건 말이 안 돼. 같은 경기에서 제너럴스와 애빙던 팰컨스를 동시에 응원하는 것과 같다니까."

와. 우리는 모두 헛소리네, 라고 생각하고 있었다. 그런 건 생각할 수도 없는 일이니까.

몇몇이 문화적 유산이라느니 개인적 감정이 있는 건 아니다, 라느니 웅얼거렸고, 암스트롱 선생님은 안경을 벗고 눈을 문질렀다. 평소처럼 흥미를 느끼는 상태와 그야말로 당황한 상태 사이의 어딘가에 있는 표정이었다. "우리가 얘기하는 게 누구의 역사지?" 암스트롱 선생님이 물었다. "버지니아주는 남부군에 가담하기로 투표했지. 그건 사실이야. 대농장주를 지원하기로 했다. 하지만 여기, 이 지방 사람들의 의견은 그 투표에 반영되지 않았어."

아무도 암스트롱 선생님과 언쟁하고 싶어 하지 않았다. 버스에 타지도 않고 슬금슬금 학교 건물로 물러나지도 않은 채 아직 바깥에 나와 있던 우리 모두 중에서 대농장의 뚱뚱한 고양이들을 위해 총을 들었을 사람은 한 명도 없다는 말을 내가 할 생각이었다. 우리는 사실 선생님이 우리에게 해준 말이 기뻤다. 버지니아의 산사람들이 민병대를 모아 다른 팀, 북군을 위해 싸웠다는 말이. 선생님은 우리더러 어떤 사람들에게 이 정보를 마음껏 전해야 한다고 말했고, 우리는 그 개자식들, 하는 식으로 고개를 절레절레 저었다. 그 개자식들 중 몇 명이 우리 형제나 친구나 아빠였는데도. 그게 암스트롱 선생님이었기 때문이다. 꼭 그러고 싶지는 않더라도, 결국 선생님의 편에 서게 되었다.

멜런전도 알고 보니 그런 단어였다. 특정한 사람들을 혐오하기 위해 만들어졌으나 결국 그 사람들이 단어의 방향을 틀어, 엿이나 먹어라, 내가 이 단어를 쓸 테니까, 라고 말하는 단어. 이들은 혼혈이었다. 온갖 유색인종에 더해 체로키 인디언과 포르투갈 사람까지 섞여 있었다. 예전에 포르투갈 사람은 백인이 아니라 하나의 인종이었다. 그들이 섞인 이유는 개척 시대의 리 카운티가 지금과 비슷했기 때문이다. 그 누구에게도 오줌 눌 요강 하나 없었다. 흙처럼 가난했던 그 사람들은 그냥 즐겁게 지내다가, 결국 온갖 색깔의 아기들을 낳게 되었다. 그 사람들이 어디로든 이동하면 그 아이들은 혐오 섞인 멜런전이라는 말로 불렸다. 딕 아저씨 말로는 그 말이, 뒤섞인 똥 덩어리를 뜻하는 무슨 다른 언어라고 했다.

딕 아저씨는 나의 배경 조사 프로젝트에 엄청나게 영향을 주었다. 아저씨가 쓴 내용을 전부 적으려면 연이 세 개는 더 필요했을 것이다. 아저씨는 그 시절에는 어떤 사람이 비(非)백인의 혈통을 아주 조금이라도 가지고 있어도 니거라고 불렸다고 설명했다. 그 말은 그 사람들이 투표하거나 농장을 소유하거나 등등의 행동을 할 수 없었다는 뜻이다. 그래서 모두가 멜런전이라고 불렸던 혼혈인들은 법원으로 가서 그래, 나는 **멜런전이야**, 라고 말했다. 적어둬. (고유명사니까, 대문자 M이야.) 법원 사람들은 아마 이 문제를 자세히 살펴보았겠지만, 법전에서는 멜런전이 이런저런 일을 할 수 없다는 내용을 전혀 찾을 수 없었다. 멋진 꾀였다.

그게 우리 친족이었다. 딕 아저씨와 벳시 할머니의 아버지가 이곳에서 멀리 떠난 건 예수님을 찾기 위해서기도 했지만 대체로는 더는 멜런전으로 살지 않기 위해서였다. 자식들은 이모나 고모, 사촌들에 대해 궁금해할 경우 채찍을 맞았다. 그들은 **멜런전**이라는 단어조차 들어본 적이 없었다. 하지만 그들은 계속해서, 과거 버지니아주에 남겨둔 짙은 색 피부에 눈이 초록색인 사람들에 대한 풍문을 들었다. 우리 아빠는 그런 사람들이 있다는 말이 사실이냐고 물으며 자랐다. 아빠가 도망쳤을 때쯤 아빠와 벳시 할머니는 서로에게 상처를 입어 말하지 않는 상태였다. 할머니는 아빠가 어떤 여자와 함께 리 카운티에 살고 있으며 아기를, 아빠로서는 영영 보지 못할, 초록색 눈의 꼬마 코퍼헤드를 낳을 예정이라는 편지를 보낼 때까지 아빠가 이곳에 돌아왔다는 걸 모르고 있었다.

덕 아저씨는 이 모든 것을 글로 써서 봉투에 담아 내게 주며 나중에 혼자 읽으라고 했다. 나는 어린아이였을 때부터 한 번도 목이 메거나 질질 짠 적이 없었다. 하지만 우리 친족과 아빠에 관해 읽은 뒤에는 베개에 얼굴을 파묻고 아기처럼 울었다.

앵거스는 내 여자 친구들에 관해 기록해두는 작은 공책을 마련하는 게 좋겠다고 했다. 그 애들을 모두 기억하기 위해서 말이다. 이건 그냥 앵거스가 앵거스답게 한 말이었다. 화가 나서 한 말이라기보다는 내 성공이 자랑스러워서. 나는 한 번에 그리고 오랫동안 그렇게 많은 여자 친구를 사귄 적은 없었다. 솔직히 말해 바로 그 시점까지 내가 살면서 만난 가장 흥미로운 스타일의 여성은 미술 교사인 애니 선생님으로, 여자 친구 명단에는 당연히 빠져 있었다. 린다 라킨스라는, 큰누나 스타일의 수학 천재이자 숙제 동아리의 죽이는 바람둥이에게도 강한 감정이 들었지만 이번에도 진지한 건 아니었다. 린다는 열일곱 살이었으니까.

실제로 나를 좋아했던 다른 애들에 관해서만 말하자면 그 애들은 나를 바쁘게 했다. 우리는 평범한 애들처럼 차에서 뭔가 하기에는 너무 어렸지만 뜻이 있는 곳에는 소파나 이불이나 침실이 있게 마련이다. 집 안의 모두가 잠들어 있을 때나 길게 이어지는 자습 시간에. 결국 나는 여자애와 뭔가를 하고 있지 않을 때면 여자애와 뭔가를 하는 생각을 하는 정도에 이르렀다. 머리를 다른 무언가에 간신히 집중시켜도 몸은 계속해서 그러기를 원했다. 배가 고플 때와 똑같았다. 나는 오랜 세월 만져서는 안 되는 사람이었다. 엄마가 포옹을 무척 좋아하는 사람이었다는 건 어렴풋하게 기억났지만 그다음에는 스토너가 나타났고 가족생활은 완전히 다른 종류의 접촉 스포츠가 되었다. 이런 식으로 살과 살이 맞닿는 것은 완전히 새로웠다. 나는 내가 하는 일이 무엇인지 또는 무엇이 허용되는지 몰라 긴장했다. 중학교 여자애들은 끝까지 가는 데에는 결사반대했기 때문이다. 꼭 모든 여자애들이 참여하는 계약이라도 맺은 것 같았다. 하지만 나는 이제 모든 공략점의 위치를 알고 있었다. 개인 교습을 받았으니까.

나는 가뭄에 콩 나듯 페곳 가족과 함께 에미를 만나러 갔지만 단 한 번의 연애는 끝난 뒤였다. 매곳은 에미가 지금 해머 켈리와 사귀고 있다고 맹세했지만 에미는 부정했다. 에미는 해머의 시골뜨기 같은 머리 모양을 놀렸고, 켈리를 사랑하는 건 그 녀석을 사냥에 데려가는 페그 아저씨뿐이라고 말했다. 그러니까 문제는 해머가 아니었다. 그냥 에미가 더는 내게 그렇게 섹시해 보이지 않았다. 난 처음에 상처를 받았지만 그다음에는 그렇지 않았다. 사람들이 말하듯 바다에는 물고기가 많으니까. 미식축구 팀 저지를 입고 금요일에 학교에 뛰어들면, 오, 주여, 성경 속 기적의 현장 같았다. 사방에서 물고기가 튀어나왔다.

기록을 위해 말하는 거지만 영재들도 미식축구를 할 수 있고 실제로도 한다. 팀원 중 몇 명은 내 정체를 알았지만 그렇다고 나를 심하게 곤란하게 하지는 않았다. 나는 한 번도 연습에 빠지지 않았다. 그 녀석들은 믿음직스러운, 미래의 제너럴스였다. 일례로 우리 유소년 팀의 쿼터백인 쿠시 포크는 우유처럼 선량했다. 유잉 근처, 어느 먼 지역 목사의 아들이었다. 키가 크고 금발에 실제로 두 뺨이 붉은, 선생님에게 지금도 "네, 선생님"이라고 말하는 스타일이었다. 그는 자신이 빨라진 건 아홉 명으로 이루어진 가족의 막내였고, 엄마가 여덟 명 먹을 음식만 요리했기 때문이라고 주장했다. 또 한 명인 터프 트러셀은 지금까지도 분명히 밝혀지지 않은 이유로 테레빈유를 마신 인물이었다. 벽돌 변소 같은 체격의 덩치 큰 광대인 그는 발정 난 수소처럼 대담했다. 뇌는 사슴 진드기 수준이었지만, 러닝백에게는 그게 단점이 되지 못했다.

영재로서 내가 한 가장 중요한 행동은 일주일에 두 번, 점심을 먹고 나서 피시 헤드를 비롯한 농업학교 애들과 함께 고등학교까지 차를 타고 가는 일이었다. 그들은 자동차 정비를 배웠고 나는 미술실에서 애니 선생님과 한 시간을 보냈다. 나는 선생님이 과일을 그리게 할 거라 생각했지만 아니었다. 선생님은 내가 좋아하는 게 만화라면 만화를 그리라고 했다. 나는 그냥 어떻게 작용하는지 보기 위해 다양한 재료를 써보기만 하면 됐다. 어느 날 선생님은 가만히 앉아서 초상화를 그리게 해주었다. 어차피 나야 비밀리에 그리고 있었지만. 선생님이 언제나 긴 치마를 입는 건 아니었다. 가끔은 모든 주머니에 붓과 자, 페인트 나이프, 주머니칼이 가득 든, 커다란 풍선 같은 바지를 입었다. 그 바지에는 시리얼바 같은 히피 음식도 있었다. 긴 금발에는 언제나 스카프를 둘렀고 대롱대롱 늘어지는 귀고리를 했다. 그녀는 크고 하늘하늘한 옷을 입은 작은 여자였다.

선생님은 미술실에 들어본 적도 없는 물건들을 가지고 있었다. 수채 물감, 구아슈. 나는 그것들을 전부 써볼 수 있었다. 선생님은 원근법, 소실점 등을 활용시켰다. 근육을 학습할 수 있도록 인체 도해를 베껴 그리게 했다. 만화는 현실적인 인물은 아니지만, 그 이면에는 진짜 사람이 있으니까. 두개골과 얼굴 같은. 그곳, 그 시간들. 나는 지금도 그 냄새를 맡을 수 있다. 이제 막 흐름을 타려 하면 물감을 치우고 다시 버스에 올라 중학교에 돌아갈 때가 되었다. 나는 살면서 한 번도 그런 식으로 시간이 쏜살같이 지나가는 걸 느껴본 적이 없었다.

앵거스는 그해 학술 팀에 들어가겠다고 야단법석을 떨었다. 아무도 학술 팀이 뭔지 몰랐다. 앵거스는 그게 스포츠와 같은 거라고, 다만 팀끼리 수학, 문학 등등 다양한 과목에 대해 가장 많은 것을 아는 경쟁을 벌이는 거라고 설명했다. 똑똑함 분야의 승리 같은 것이라고. 앵거스는 이제 고등학교에 다녔고, 거창하고 말도 안 되는 꿈을 품고 있었다. 나는 그건 절대 안 될 일이라고, 네가 말한 새에게는 날개가 없다고 말했다. 앵거스는 그 새가 이미 날고 있다고 말했다. 다른 고등학교에서는 실제로 이런 일이 벌어지고 있다고. 앵거스는 북부 버지니아에 사는, 색스의 사촌한테서 그 얘기를 들었다. 윗동네 애들은 귀에서 뇌가 쏟아져 나온 나머지 뇌 대 뇌 대결을 펼치기 위해 다른 애들과 만나야 하는 모양이었다.

나는 이불을 개는 등 추가적인 일을 내가 하고 싶어 할 때마다 엄마가 늘 했던 말을 해주었다. 왜 인생을 지금보다 힘들게 만드느냐고. 앵거스는 나를 무시하고, 색스의 사촌의 선생한테서 전화로 도움을 받아 제안서를 썼다. 앵거스는 엄청난 프레젠테이션을 준비해 교사 회의에서 발표하기 전 나를 상대로 연습했다. 나는 복장을 조금만 죽여보라고 말했다. 앵거스의 옷은 DC 코믹스의 브레이니악 티셔츠와 본인이 굿윌에서 직접 발견한 거대한 안경이었다. 하지만 그것만 빼면 완벽했다. 그래서 앵거스는 선생들 앞에서, 그다음에는 학부모 교사 모임에서 프레젠테이션을 했다. 다음은 기겁할 학교 이사회였다. 확신하는데 그 사람들은 저 괴짜 여자애는 애인이 없구나, 그래, 저 애가 공허한 삶을 채우도록 놔두자, 라고 생각했을 것이다. 그러고는 시합이라는 단어가 나올 때까지 졸았을 테고. 시합이란 버스를 타고 다른 학교에 간다는 뜻이었다. 돈이 든다는 뜻. 그들은 모두 같은 말을 했다. 이 분야는 이미 예산에 포함되어 있다고. 영재반 아이들은 6학년이나 7학년에 학교 여행을 간다고. 고등학생이 되면, 여전히 영재일 경우 그냥 미련을 버려야 했다.

패배는 앵거스를 더욱 단호하게 만들 뿐이었다. 나는 이해가 되지 않았다. 나는 앵거스에게 내가 미술로 그 모든 관심을 받고 있어 질투가 나는 거냐고 물었고, 앵거스는 미술이라니, 장난해?라고 말했다. 불공정함에 대해 말하고 싶다면 미식축구 얘기를 해보자면서. 유니폼, 장비, 원정 경기를 위해 동원되는 버스, 주 단위 챔피언전. 학교 이사회에서는 그 모든 것에 불붙은 집에 물을 퍼붓듯 돈을 부어댔다. 나는 뭐랄까, 앵거스, 그건 미식축구잖아, 라는 식이었다. 미식축구 없는 고등학교는 예수님 없는 교회나 마찬가지야. 누가 고등학교에 가기라도 하겠어?

색스는 이 계획을 부화하는 데 도움을 주었지만, 압박을 받자 쫄아서 빠졌다. 앵거스는 혼자였다. 최소한 선생들은 앵거스를 지지해주었을 거라는 생각이 들지 모르겠다. 눈에 들어오는 모든 것에서 최고가 되고, 진짜로 재미 삼아 책을 읽는 여자애라니. 하지만 그들은 뜨뜻미지근했다. 의견을 내세운 사람이, 옷장을 메탈 옷으로 가득 채우고 의견을 혼자만 간직하는 일이라고는 결코 없는 앵거스였기 때문이다. 게다가 코치님은 언제나 교사들을 상대로 지위를 악용해, 실력이 떨어지는 선수들이 유급당하지 않도록 막았다. 그게 앵거스의 잘못은 아니었지만 상황이 복잡했다. 결국 앵거스는 옛 존스빌 중학교 친구인 암스트롱 선생님에게 갔고, 선생님은 앵거스가 그 아이디어를 고등학교에서 프레젠테이션하도록 모임을 만드는 데 도움을 주었다. 그 모임이 발전해, 결국 이 문제에 관심이 있는 모든 애들이 참여한 작은 교실에서의 회의가 되었다. 관심을 가진 애들이란 그 교시에 수업을 빼먹고 싶었던 아이들이었고. 색스는 아프다며 빠졌다. 말하자면 용기가 없었던 것이다. 그때가 미술 시간이어서 나는 애니 선생님과 함께 앵거스의 모임에 갔다. 앵거스는 기술과 학교의 자부심 등등을 증진하겠다고 했다. 초록색 피부의 브레이니악이 그려진 검은 티셔츠를 입은 모습이 매우 위압적이었다. 거기다가 전투화를 신고, 머리카락은 신경 말단을 나타내는 50가닥의 작은 포니테일로 묶고 있었다. (학교에서 모자는 허가되지 않았다. 그러나 앵거스는 드레스 코드를 그렇게 극단까지 밀어붙일 수 있었다.) 앵거스의 긴장감은 오직 그녀의 눈에서만 드러났다. 앵거스는 다른 학술 팀에서 하는 일의 예시를 늘어놓았다. 수식이나 읽은 책의 제목이 들어간 팀 티셔츠를 만들고, 그 티셔츠를 입고 학교에 가는 등이었다. "미식축구 선수들이 금요일에 유니폼을 입는 것과 같죠." 앵거스가 말했다. "하지만 우린 월요일이나 화요일을 고를 수 있을 거예요. 그래야 똑똑한 애들한테도 고등학교라는 사회적 피라미드의 영주이자 주인이 될 자신만의 날이 생길 테니까요." 그 말이 상당한 웃음을 끌어냈다.

선생은 두 명만 그 자리에 와 있었다. 상황이 통제를 벗어나는 걸 막기 위해 교장도 와 있었고. 교장은 낮잠을 자는 것처럼 보였다. 선생 한 명이 발표 내내 인상을 찡그린 채 메모했다. 앵거스가 말을 마치자 암스트롱 선생님은 윈필드 학생의 새로운 계획에 갈채를 보내며 이 프로젝트가 학교의 학술적인 문화를 한 단계 발전시킬 수 있으리라고 믿는다고 말했다. 그는 이런 팀들이 어떻게 기능하는지 알고 있었으며, 사람들이 던질 만한 모든 질문에 대답하기 위해 그 자리에 있었다.

뭐, 찡그린 선생에게는 질문이 있었다. 누가 돈을 대나요. 저 애들의 수업을 빼주어야 하나요, 그 수업은 어떻게 보충하나요. 교사들도 방과 후에 시간을 투입해야 하나요. 그 여자는 80년대에 졸업생 무도회에 갔다가 그대로 얼어붙은 것처럼 보였다. 커다랗게 부풀린 헤어스타일에 커다랗게 부풀린 어깨. 무서웠다. 하지만 암스트롱 선생님은 평정심을 유지하면서 비용-편익의 비율에 관해, 각자의 담당 분야에서 아이들을 지원하기 위해 자원하는 교사들에 관해, 우리가 이미 가지고 있는 자원을 제대로 활용하는 방안에 관해 이야기했다.

어깨뽕은 그냥 넘어가지 않았다. "다른 학교와의 모임에 대해서 이야기하던데요. 그런 활동에 예산 배정이 필요하지 않다고는 못 하실 것 같습니다만."

암스트롱 선생님은 아마 그럴 거라고 말했다. 어깨뽕은 학교 이사회에서 그 문제에 관해 뭐라고 말했는지 물었다. 교장이 잠에서 깨더니, 이사회에서는 이미 결정을 내렸으니 사실 우리에게는 결정권이 없다고 말했다. 이번 모임에서 새로운 정보가, 이사회 사람들이 모르는 정보가 나온 것도 아니라면서.

우리 아이들은 무언가 일어나기를 기다리며 뒤로 빠져 있었다. 그리고 마침내 그 일이 일어났다. 암스트롱 선생님이 점점 짜증을 내고 있었다. 선생님의 억양이 심해지는 걸 보면 우리는 늘 알 수 있었다. 선생님은 학교 이사회를 존중하지만 우리 모두 그 신사들이 누구인지 알고 있다고 말했다. 솔직히 말해 우리 아이들은 몰랐지만. 어깨뽕은 아마 알았을 것이다. 그녀는 교실 뒤쪽에, 암스트롱 선생님은 앞쪽에 있었고, 모든 아이들이 구경하느라 고개를 앞뒤로 휙휙 돌려 댔다. 실제로 움직이는 소리가 들렸다. 어깨뽕은 무슨 뜻으로 하는 말이냐고 물었다. (회전, 쉭.) 암스트롱 선생님은 이사회 사람들은 대체로 기업이나 석탄 사업에 관련된 경험을 가진 사람들이라는 뜻일 뿐이라고 말했다. (다시 회전.)

어깨뽕은, 그래서 사업 경험에 뭔가 문제가 있는 거냐고 말했다.

암스트롱 선생님은, 자신이 하고 싶은 말은 그 사람들이 교육 그 자체에 훈련돼 있는 건 아니라는 뜻일 뿐이라고 했다. 그들은 광산 노동만으로 결판이 나던 다른 시절, 그 누구의 레이더에도 대학이 걸리지 않던 시절에 나타난 사람들이라고.

한편 앵거스는 도와줘!라는 식으로 나를 보고 있었다. 하지만 우리 같은 애들이 뭘 알겠는가? 학교 이사회, 대학, 레이더에 관한 한 그 주제에 대한 우리의 일반적인 생각은 그래서 뭐, 어쩌라고, 였다.

암스트롱 선생님은 미식축구 외의 활동으로 다른 학교와의 시합에 참여한 사람이 우리 중 누가 있느냐고 물으며 주장을 펼쳤다. 터무니없는 소리였다. 우리에게는 몇 안 되는 아이들이, 여자애들과 괴짜들이 참여하고 싶어 하던 과학 축제가 있었다. 하지만 주 단위 시합은 분명 아니었다. 우리는 아니, 싫은데요, 라고 말했다. 우리는 짓밟힐 테니까. 그건 모두가 알았다.

암스트롱 선생님은 그 말이 맞다고, 우린 짓밟힐 거라고 했다. 이 주에서 우리보다 동쪽에 있는 학군의 모든 학교에는 우리 학생들이 한 번도 누려본 적 없는 대학교 선행 과정이나 과학 실험 수업이 있으니까.

종이 울리고 싸움이 끝난 건 그때였다. 교장은 이미 누구의 눈에도 띄지 않고 슬쩍 빠져나간 뒤였고, 어깨뽕은 자기 일과 관련된 물건을 챙겨 떠났다. 하지만 소수의 아이들은 암스트롱 선생님의 의견에 반대하려고 남았다. 7학년 언어예술 시간의 재미를 떠올린 것이다. 그 아이들은 선생님에게 아니라고 말했다. 선생님이 틀렸다고. 우리가 짓밟히게 되는 건 북부 버지니아 같은 곳의 아이들이 그냥 우리보다 뇌가 크기 때문이라고 했다. 하지만 교실 밖에서라면 우리가 그 녀석들의 궁둥이를 채찍으로 때릴 수 있다고.

암스트롱 선생님은 눈을 문지르고 고개를 젓더니 말했다. "아, 빌어먹을 주님." 우리는 그 말이 언어적인 면에서 아슬아슬한 줄타기를 하고 있다고 느꼈다.

앵거스의 꿈이 박살 난 것은 유감이었지만, 내게 필요한 과외 시간은 애니 선생님과의 시간뿐이었다. 단지 그 시간을 더욱 원했을 뿐이다. 음식을 향한, 사랑과 손길을 향한, 그리고 이제는 내가 제대로 한 무언가를 보며 밝아지는 선생님의 얼굴을 향한 데몬의 욕망만큼 그 시간에 대한 갈증도 커졌다. 나는 사실 영재 프로그램이나 방학 때 간다는 봄 여행에는 별 관심이 없었다. 우리는 1년 내내 특정한 공간에서 공부하고 글을 써야 했다. 언제든 거기 갈 때는 아주 똑똑해지도록 말이다. 말이 안 됐다. 아니, 그냥 가면 안 되나? 어쨌든. 6학년 여행 때에는 갈 수 없었다. 아직 성적이 안 됐기 때문이다. 여행지는 샬럿에 있는 평범한 과학박물관이었고 예산 삭감으로 인해 숙박은 하지 못했다. 바가지 씌우기처럼 느껴졌다. 선생들은 내년에 보상해 주겠다고 약속했지만, 나는 1분도 그 말을 믿지 않았다. 앵거스는 두고 보라고 했다. 똑똑이 거시기에서 승리를 거두는 데 실패한 것은 실망스러운 일이었지만, 기분이 좋을 때면 앵거스는 언제나 거친 흐름을 믿어야 한다고 말하는 녀석이었다. 거친 흐름이 삶인지 뭔지는 모르겠지만. 100퍼센트 조진 건 아니니까, 가끔가다 한 번씩은 구원이 이루어지니까.

그러다가 7학년 때 오, 주여, 그 일이 일어났다. 학교에서는 우리가 콜로니얼 윌리엄스버그에 갈 거라고 했다. 게다가 오후에는 부시 가든스 놀이공원에도 가고, 또 하루는 종일 버지니아의, 내가 언제나 사랑해온, 그 빌어먹을 바닷가에 간다는 것이었다. 바다에. 논문 주제로는 뭣부터 시작해야 할지도 몰랐지만, 결국 주제를 좁히게 됐다. 해류. 해류는 엄청나게 큰 원을 그리며 지구를 돌았다. 정말이지 믿어지지 않을 것이다. 그러다가 3월이 다가왔고, 학교에서는 결국 버스를 빌릴 돈이 없다고 했다. 여행은 가지 않는다고. 앵거스의 말을 믿은 내가, 그 빌어먹을 흐름을 믿은 내가 바보였다.

그런데 마지막 순간에 구원이 찾아왔다. 자원봉사자 엄마 몇 명이 우리를 태워다 준다는 것이었다. 쩔었다. 내가 배정받은 자동차는 나와 운전자인 엄마, 그 엄마의 딸인 레이시와 레이시의 가장 친한 친구인 글리애나와 프리스틴이 탄 플리머스 이글 왜건이었다. 모두가 같은 교회에 다니는 미친 기독교인들이었으므로, 그들은 학교 주차장에서 나가는 순간부터 끝까지 자기들이 아는 모든 예수 노래를 불렀다. 율동도 하고. 나의 작은 빛이여, 나는 그 빛을 빛나게 하리(손가락을 촛불처럼 들어 올리며), 사탄이 그 불을 끄지 못하게(훅!). 나는 페그 아저씨가 목매달리는 것만 아니면 사람은 무엇에든 익숙해질 수 있다고 했던 말을 떠올렸다. 그래. 난 그 니미럴 바다를 볼 작정이었다.

그때 글리애나가 기분이 별로 좋지 않다더니 다른 말 없이 자기 몸과 뒷자리에 앉아 있던 우리 두 명의 몸 전체에 토했다. 찬양의 노래가 갑작스러운 죽음을 맞았다. 우리는 트럭 휴게소에 멈추었고, 그곳에서 글리애나는 진저에일을 받았으며 글리애나의 피해자들은 싸 온 짐을 화장실로 가져가 몸을 씻고 옷을 갈아입었다. 그런 다음 다시 밖으로 나갔다. 우리는 한 차 가득한, 약간 지친 기독교인들이었다. 글리애나는 멀미를 하지 않을 거라는 앞자리에 앉았다. 하지만 나는 글리애나의 멀미가 다른 종류일 거라고 직감했다. 우리가 타고 있는 도로는 81번 주간 고속도로였으니까. 존스빌에서 어디로든 가는, 하나의 곧은 고속도로 말이다.

아니나 다를까, '내 영혼에 분수처럼 솟구치는 기쁨'을 반쯤 부른 뒤 글리애나가 다시 토하며 운전 중이던 엄마에게 토사물을 뒤집어씌웠다. 그때쯤 이 모든 일에 역겨움을 느끼던 글리애나의 엄마는 다음 출구에서 공중전화를 찾아 우리가 묵기로 한 슈퍼 에이트 모텔에 전화를 걸겠다고 했다. 우리 차에 탄 사람들이 방향을 돌려 돌아가겠다는 걸 다른 사람들에게 알려주려고 말이다.

바다로 가는 나의 여정은 114번 출구에서 패퇴로 끝났다. 그곳의 이름은 기독교인의 도시, 크리스천스버그였다. 아이러니하게도.

35

애니 선생님은 어깨에 아무도 모르는 문신이 있다. 나는 지금도 그 문신을 그려 보일 수 있다. 선생님의 피부에서 헤엄치는 것처럼 긴 지느러미와 꼬리를 하늘하늘 뒤틀고 있는 금붕어. 비늘이 모두 완벽했다. 각각의 작은 곡선 가장자리에 금색이 들어가 있었다. 선생님은 교실에서 작업복으로 쓰는, 물감으로 얼룩진 커다란 셔츠를 늘 입었다. 아마 입고 다니기에는 너무 초라해진 암스트롱 선생님의 옷이었을 것이다. 나는 애니와 암스트롱 선생님이 부부의 일들을 하는 장면을 떠올리지 않으려 노력했다. 내가 선생님의 문신을 본 건, 날씨가 따뜻해진 이후 우리가 밖으로 나가 점심을 먹곤 했기 때문인데, 선생님은 탱크톱만 입고 나가곤 했다.

우리가 점심을 같이 먹은 건 선생님이 정말 좋은 사람, 단순하고도 소박한 사람이었기 때문이다. 선생님은 내가 결코 한 시간 안에 그림을 다 그리는 법이 없다는 걸 알아챘다. 어느 날 선생님은 나더러 중학교에서 농업학교 아이들의 버스를 타고 오는 대신 점심시간에 일찍 와서 시간을 좀 더 보내도 좋다고 말했다. 그 말은, 암스트롱 선생님의 수업이 끝난 뒤 바로 리 고등학교의 애니 선생님 미술실로 오라는 뜻이었다. 교실에 앉아 암스트롱 선생님이 누군가의 배경 조사 발표에 코멘트를 해주는 모습을 지켜보며, 내가 자기 아내한테 반해 있다는 걸 알면 선생님이 얼마나 안 신날지 생각하는 건 기분 좋은 일이었다. 암스트롱 선생님은 이런 사실을 전혀 몰랐다. 애니 선생님도.

애니 선생님은 내가 일찍 차를 탈 수 있도록, 아침에는 존스빌 중학교의 화장실을, 오후에는 리 고등학교의 화장실을 청소하는 수위 말도 씨와 함께 오게 주선했다. 말도 씨가 점심시간 전에 나를 리 고등학교에 데려다줄 예정이었다. 나는 그림만 두 시간을 그렸다. 그 이후에는 리 직업 전문학교까지 걸어가 피시 헤드를 비롯한 애들과 함께 중학교로 돌아가는 버스를 기다렸다. 직업 전문학교에 관해 말해둘 점 한 가지는 그곳에 징병 담당자들이 우글거렸다는 것이다. 육군, 해군. 억양과 복잡한 제복 때문에 별로 현실적이지 않아 보이던 그 남자들. 그들은 탁자를 설치해놓고, 우리가 다가와 앉아서 수다를 떨기를 바랐다. 아마 우리가 그냥 버스를 타고 왔을 뿐이라, 7학년생으로 연령 미달이라는 걸 몰랐을 것이다. 그리고 한 가지 말해두겠는데, 이 군인들은 눈을 들여다보는 것만으로도 똥이 나올 만큼 모욕감을 줄 수 있다. 집에 있는 너희 아버지는 지금 사각팬티를 입고 스파이크 TV*를 보고 있겠지? 너희 엄마는 네가 메디케이드로 인생 첫 진료를 받을 수 있도록 너한테 ADHD 진단을 받게 한 것일 테고? 이 주에서 직업을 가진 사람이 절반도 안 된다는 건 알았나? 실직이라는 면에서는 우리가 미국 1위인 것으로 보인다. 이런 문제에 답해봐라. 입대하자. 아마 피시 헤드 일행은 입대 날짜만 헤아리고 있었을 것이다.

*   성인 남성용 유료 TV 채널.

말도 씨와 함께 탄 차에 관해서 말하자면, 그는 여태 본 어떤 사람보다 조용했다. 그는 애니 선생님과 뭔가 말한 뒤 미술실에서 점심을 먹고 화장실 청소를 시작했다. 하지만 내게는 한마디도 하지 않았다. 내가 그의 트럭을 타고 다니던 모든 아침에. 그것 말고는 평범한 사람이었다. 작고 근육이 없는 왼손에 뭔가 일이 벌어지고 있긴 했지만, 운전과 수위 일에 관해서는 여전히 모든 걸 할 수 있었다. 애니 선생님은 말도 씨가 언제나 혼자였으므로 쉬는 시간에 그와 커피를 마시기 시작했다고 말했다. 거기서부터 점심이 시작되었다고. 다른 교사들은 말도 씨에게 시간을 내주지 않았다. 교사의 봉급이 훨씬 많은 것도 아니었는데. 애니 선생님은 주님의 자녀들은 모두 똥을 누지만 그들이 그 똥을 치우는 사람을 대하는 태도를 보면 그런 티가 전혀 나지 않는다고 말했다. 진짜 '똥'이라는 말을 썼다. 내가 선생님한테 왜 그렇게 반했는지 알 수 있을 것이다.

우리는 암스트롱 선생님의 배경 조사 프로젝트에서 한 가지를 배웠다. 리 카운티에서 돌멩이를 던지면, 가족이 탄광에서 일한 적이 있는 누군가가 맞게 되리라는 것 말이다. 우리 반의 거의 모든 아이들에게는 탄광에서 일하려고 어느 지방에서 온 증조할머니나 증조할아버지가 있었다. 아니면 이미 이곳에서 살다가 탄광에서 일하게 된 사람들이든지. 그들은, 자신들이 팔아버린 바로 그 땅 밑의 탄광에서 한 가족의 아이들 모두가 일하게 된 이야기를 해주었다. 석탄 업계 쪽 사람들이 여기에 와서, 묻혀 있는 보물에 대해서는 말하지 않고 땅을 사들였다. 그런 다음 남은 것은 일뿐이었다. 심지어 어린애들도 채굴 현장에서 석탄으로 가득 찬 통을 궤도로 미는 일을 했다. '낮은 채굴'이란 산 밑에서 허리를 굽히고 90센티미터 높이의 광층에서 일하는 것을 말했다. 할아버지들의 이야기는 대체로 우리 스스로 엉덩이를 터뜨리던 그 짓이 얼마나 끝내주었느냐는 계열이었다. 반면 할머니들의 이야기는 별로 끝내주지 않았다는 쪽으로 기울어졌다. 두 배로 요금을 물리는 석탄 회사의 상점에서 써야만 했던, 가짜 돈으로 급료를 받았던 일. 하루 종일 검은 먼지를 들이쉬고 밤새 시꺼메진 폐의 덩어리를 기침으로 토해내던 일. 갱도가 폭발하며 하루아침에 남편과 아들들이 모두 죽은 일.

어떤 여자애는 자기 프레젠테이션에 '동전의 뒷면'이라는 제목을 붙였다. 그 애는 아빠가 인접한 세 개 주에 걸쳐 푸드랜드 식료품 체인점 점포 일곱 군데를 두고 있는 베티나 쿡이라는 아이로, 친구들을 거느리고 다니며, 머리카락 끝부분이 바깥으로 휘어져 있었다. 과거 3학년 때 나를 당황시켰던, 크러스트를 자른 샌드위치를 점심으로 싸 오던 그 애. 맞다, 같은 베티나다. 베티나의 외가는 블루보닛 광산의 대주주였다. 베티나는 마을의 공원 벤치 등 여러 면에서 회사가 리 카운티에 해준 모든 것이 적힌 브로슈어를 나눠주었다. 베티나의 증조부는 켄터키 지하의 가장 큰 석탄 광맥을 매입하고, 특정 세금을 낼 필요가 없도록 그 광맥을 버지니아 쪽 땅으로 끌어내는 방법을 알아내 주지사의 표창을 받았다. 베티나에게는 상원 의원인지 뭔지 주 의회에 있는 친척이 아주 많았다. 베티나는 컴퓨터로 그 사람들 사진을 우리에게 보여주었다. 맞다, 베티나가 집에서 가져온 베티나의 컴퓨터였다. 베티나한테는 모토롤라 핸드폰도 있었다. 베티나 여왕님. 우리는 모두 베티나의 레벨이 다르다는 걸 알았다. 하지만 암스트롱 선생님은 그래, 모두 발표 차례가 있으니 들어보자, 라는 식이었다.

대체로 우리는 다리가 뭉개졌다거나 다이너마이트가 폭발했다는 식의 이야기를 들었다. 그 수업은, 보통 늙은이만의 개소리를 위한 시간을 얻지 못하는 노인들이 손자들에게 불평할 기회였다. 광부가 생매장을 당하지 않았다면, 그의 어느 부위가 먼저 망가질 것이냐는 점이 문제였다. 폐, 등 아니면 무릎. 나는 온몸이 망가져가던 페그 아저씨를 떠올렸다. 페그 아저씨는 다친 이후로 줄곧 장애 수당을 받았다. 이것도, 그러니까 보조금을 원하지 않는다는 것도 또 하나의 늙은이 관심사였다. 그들은 열심히 일하는 남자로 자랐고, 그들이 믿는 것도 바로 그것, 노동이었다. 장애 수당을 받아 생활하면서도 그걸 빌어먹을 지옥에나 떨어질 일로 생각했다. 그들은 그런 사람이 아니었다. 그들은 그런 사람을 증오했다. 그들은 노동조합에 대해서도 이야기했다. 하지만 그들은 조합이라는 단어를 신과 악수로 맺은 거래라도 된다는 듯 말했다. 우리는 노동자들이 급료와 안전 등등을 원한다는 일반적인 생각을 가지고 있었다. 하지만 그런 것들은 어디로 갔을까? 그런 것들이 주어지지 않으면 어쩔 건가?

주어지지 않으면, 그들은 모두 직장을 떠나 탄광 사장들이 자기 거시기나 빨게 놔둘 거라고 암스트롱 선생님은 말했다. 선생님이 이런 말을 쓴 건 아니지만, 뜻은 그랬다. 선생님은 우리에게 영화를 보여주었다. 우리는 물론 선생들이 영화를 보여주는 걸 좋아했다. 낮잠 시간, 가능하다면 키스 시간이었으니까. 하지만 이 영화는, 오, 주여, 정말이지 결말을 봐야 했다. 사람들이 파업을 하고 회사에서는 그들을 억지로 일터로 돌려보내기 위해 군대를 불렀다. 그러자 광부들이 뭐라고 말했을까? 우리에게도 총이 있다고 말했다. 심각했다. 블레어 산 전투. 이 전투는 남북전쟁을 제외하면 미국에서 벌어진 가장 큰 내전으로 변했다. 이 지역 산 전체의 남자 2만 명이 군대를 이뤄 싸웠다. 그들은 모두 같은 편이라는 걸, 노동자라는 걸 보여주기 위해 목에 붉은 반다나를 둘렀다. 암스트롱 선생님은 사람들이 우리를 레드넥이라고 부르는 까닭이 그 시절의 붉은 반다나까지 거슬러 올라간다고 말했다. 레드넥은 쩔었다.

아무튼 그건 모두 과거의 일이었고, 지금 우리 반에는 부모가 탄광에서 일하는 애들은 아무도 없었다. 우리는 평생 해고에 대해 들어왔다. 회사에서 모든 직종의 인간들을 기계로 바꾸고 있다는 얘기였다. 심공(深孔) 광산은 노천 광산으로 바뀌었고, 그런 다음에는 산의 머리통을 통째로 날려버린 뒤 기계로 조각을 주웠다. 베티나는 뭐랄까, 현실감각을 찾아, 이것들아, 회사는 돈을 벌기 위해 존재하는 거야, 그건 그냥 사실이라고, 라는 식이었다. 사실, 이 근처에 탄광과 관련된 직업은 거의 남지 않았다는 것이다. 베티나는 실직 같은 건 없다고도 말했다. 그냥 노력이 부족한 거라고. 베티나의 호위대는 모두 베티나 편을 들었고, 다른 애들은 석탄을 나쁘게 말하는 도시 사람들이 문제라고 했다.

내가 아는 탄광 사람들과 나는 가족이 아니었으므로, 이건 내 싸움이 아니었다. 그냥 그림을 엄청나게 많이 그리며 침묵을 지켰다. 나는 슈퍼히어로인 구시대의 붉은 반다나 광부가 회사 사람들을 조져버리는 만화 아이디어를 떠올렸다. 그리고 애니 선생님에게 그 히어로를 구시대 인물로 보이게 만드는 방법에 관한 조언을 청할 생각이었다. 선생님은 그런 식으로 끝내줬으니까. 선생님은 그렇게 할 방법을 정확히 알 터였다.

암스트롱 선생님은 평소처럼 한동안 말다툼이 통제를 벗어나게 놔두었다. 하지만 마침내 그가 말했다. 돈이 되는 일이라는 면에서 이 지역에 달리 할 게 아무것도 없는 이유가 궁금하지는 않니?

우리가 일반적으로 한 생각은, 주님께서 리 카운티를 일자리 우주의 똥구멍으로 만들었다는 것이었다.

"신이 한 일이 아니야." 선생님이 말했다. 억양에서 표가 나는, 딱 그런 정도로 짜증이 난 상태였다. 나는 그날을 그림처럼 기억한다. 연녹색 셔츠를 입은 암스트롱 선생님이 땀을 흘리던 모습. 우리 모두가 땀을 흘렸다. 5월에 에어컨은 없었고, 학교 앞에 세워놓은 시멘트 불도그 두 마리조차 혀를 빼물었다. 존스빌 중학교의 기다란 벽돌 건물 안에 들어 있던 모든 사람이 다른 어딘가에 있을 수 있으면 좋겠다고 생각하고 있었다. 우리를 자리에 붙들어놓을 작정이던 암스트롱 선생님만 빼고.

선생님은 우리에게 물었다. "광부들이 자녀들에게 다른 삶을 주고 싶어 했을 거라는 생각은 들지 않아? 그 모든 이야기를 들었는데? 석탄 회사에서도 그걸 알지 않았을까?"

선생님이 말해주기로, 회사에서 한 일은 광산에 가는 것 외의 모든 선택지를 엿같이 막아버린 거였다. 여기서만이 아니라 뷰캐넌과 태즈웰, 켄터키 동부 전체에서. 이 지역의 카운티는 통째로 매수되었다. 땅도 병원도 법원도 학교도 회사에서 소유했다. 광부가 되기 위해 그렇게 많은 교육을 받을 필요는 없었으므로 회사에서는 학교가 썩어가게 놔두었다. 어떤 공장이나 제조업체도 끼어들지 못하게 막았다. 오직 석탄만 남았다. 오늘날까지도 다른 일자리를 찾으려면 엄청나게 많은 땅을 가로질러 가야 했다. 암스트롱 선생님은 그게 우연이 아니라고 말했고, 이번만큼은 우리도 선생님 말을 믿었다. 우리의 조그만 머리통이라는 옷장 속 어두운 난장판 안에서 어떤 퍼즐 조각들이 맞아 들어가며, 우리의 세상이 끔찍한 방식으로 이해되었기 때문이다. 집에서 속옷만 입고 맥주를 마시는 아빠들, SNAP 쿠폰으로 식료품을 사는 엄마들. 반짝이는 금단추를 단 군대의 징병 담당관이 가망 없는 미래를 잔뜩 추수하러 온 일. 제기랄.

배경을 배우는 것의 문제는 결국 누군가를 치고 싶어진다는 것이다. 베티나 쿡과 그 애가 타고 다니는 말이라든지. (그럴 리는 없었다. 베티나 쿡의 아빠는 미식축구 지원단장에다 주된 기부자였으니까.) 옛날 옛적에 우리에게는 주님과 시골로 이루어진 우리만의 정직한 인생이 있었다. 그러더니 세상이 뒤집혀 주님도 시골도 더는 존재하지 않게 되었다. 그러나 석탄이 신의 선물이라는 생각은 여전히 내 핏줄에 새겨져 있고, 나는 그 생각을 믿고 싶다. 그렇지 않다면, 조지 워싱턴이 기차를 타고 와 자기 부하들에게 우리의 나무를 베라고 한 날 이래로 이 산맥 너머로부터 줄곧 들어온 좆같은 것들의 기차에 또 하나의 사기 행각이 실려 들어온 셈이니까. 빼앗길 수 있는 모든 것은 사라졌다. 산은 머리가 날아간 채로 남았고 강은 검게 흘렀다. 나의 사람들은 노력하다가 죽거나 그 방향으로 가고 있었다. 살아남는 일에 중독되었으니까. 여기에는 더는 내줄 피가 없었다. 그냥 전쟁의 상흔뿐. 광기였다. 고통으로 이루어진 세상, 살해당하기만을 갈망하는 세계.

36

나는 태어날 때부터 분수에 넘치는 것을 바랄 운명이었다. 데몬에게는 작은 낚시용 구멍만으로는 부족했다. 그 녀석은 바다를 통째로 원했으니까. 그리하여 녀석은 바다에 빠져버린 것이다. 나는 내 문제를 뒤늦게야 이해하게 됐다. 지금도 이해하지 못한 것일지 모른다. 이 이야기를 하는 건 그 문제를 밝히기 위해서다. 그건 일종의 질병이다. 요즘 아주 많은 사람들이 얘기하는 것 말이다. 마약중독자 모임에서 수리를 받는 망가진 영혼이든, 단추를 채운 스웨터 차림의 박사들이든. 다 좋다. 하지만 이건, 뭔가를 원하는 이 병은 어디에서 왔을까? 내가 태어난 방식에서 비롯한 것일까, 아니면 나를 만든 사람들 때문일까, 아니면 내가 나중에 어울린 무리 때문일까? 다들 나쁜 영향에 대해 경고하지만 사람을 무너뜨리는 건 그 사람의 내면에 이미 존재한다. 당신의 뱃속에 들어 있는 초조함. 머저리같이 피의 싸움을 벌이며 달빛조차 없는 어둠 속을 헤매고 다니는 수고양이 같은 그 초조함. 끝없이 사람을 스토킹하는 가망 없는 희망. 누군가가 나를 보고 사랑하면서도 나를 나로서 존재하게 해줄, 내가 할 수 있는 어떤 완벽한 말. 아니면 거울 속 나 자신을 보며 같은 이유로 할 만한 말.

어떤 사람들은 이런 식으로 뭔가를 원하는 적이 결코 없다. 그들은 술병이나 주사기, 위험하지만 예쁘장한 얼굴 등 온갖 잘못된 별들을 향해 손을 뻗지 않는다. 여기에 어떤 말을 써야 그 사람들이 보고 믿을까? 운이 좋은 사람에게는 모든 게 단순하다. 노랫말 그대로, 나의 이 작은 불빛을 사탄이 꺼버리지 못하게 하면 된다. 파이프* 더 깊은 곳을 들여다보며 뭐가 나오는지 보라. 빌어먹을 수고양이들은 무시하고. 멍청한 짓은 그만두고.

2001년은 내가 모든 것을 가지고서도 여전히 배고팠던 한 해다. 나는 제너럴스였다. 신입생인데 이미 그런 지위를 가지고 있었다. 금요일에는 등번호 88번이 적힌 유니폼을 입고 숭배받았다. 레드레이지 필드하우스에서 남자들로 이루어진 내 무리와 함께 함성을 받으며 나왔다. 멋진 태클, 탈의실에서의 레슬링, 단단한 살끼리 부딪히는 그 모든 경험은 내게 있는지도 몰랐던 완전히 다른 텅 빈 배를 채우는 것처럼 느껴졌다. 나쁜 것조차 좋게 느껴졌다. 내 팔의 모든 힘줄에 불이 붙은 것처럼 느껴질 때까지, 심장마비라도 걸리는 것처럼 가슴이 옥죄어올 때까지 헬스장에서 푸시업을 하고, 내 얼굴을 본 녀석이 제기랄, 야, 너 얼굴 전체에 치질이 걸린 것 같아, 라고 말하던 일. 그렇게까지 아프다는 게 씨발 너무 좋았기에 웃던 일. 대부분의 사람들은 그렇게까지 살아 있는 기분 근처에도 가보지 못한다.

경기 방법을 외우고 경기장에서 그 플레이를 하는 건 말로 표현할 수 없다. 어떤 생각을 받아들여 다른 몸에 닿는 몸으로, 모두가 볼 수

---

*   마약중독과 관련된 표현으로 보인다.

있는 온전한 참여로 바꾸는 건 마법이다. 성경에 대해서 사람들이 하는 말과 같다. 말씀이 사람이 되셨다고들 하지 않는가. 쿼터백의 생각을 읽는 방법을 배우고, 그가 무슨 행동을 하기 전에 거의 항상 하는 행동을 알게 되는 것. 제너럴스는 언제나 잘나가는 팀이었지만 이제는 데몬이 그들의 게임을 바꿔놓고 있었다. 패스는 쏘아져 나가 완성되었고, 관중석이 심장 한 번 뛸 시간 동안 죽은 듯 고요해졌다가 함성을 터뜨리는 소리가 들렸다. 이런 말은 미안하지만, 제기랄, 오르가슴 같았다. 아무도 기대하지 못한 일을 함으로써 군중을 날려버리는 일은.

윈필드 코치님은 아버지 같았다. 물론 추측일 뿐이지만 코치님은 내가 무엇을 할 수 있는지 알아본 처음이자 마지막 남자였다. 코치님은 내가 코치님을 위해서 할 수 있는 일만을 본 게 아니었다. 그런 사람이야 많았다, 아주 많았다. 이 꼬마는 내 담배를 딸 수 있고, 내게 돈을 벌어다 줄 수 있고, 내 개짓거리를 받아줄 수 있다는 식으로. 코치님과 함께 있을 때 우리가 한 모든 일은 주님과 이 나라를 위한 것이었지만, 구체적으로는 리 카운티를 위한 것이었다. 나는 〈쿠리어〉에 몇 번 이름이 언급되었다. 하긴, "위탁 가정에서 미식축구 스타로" 변한 혜성 같은 인물을 사랑하지 않을 사람이 누가 있겠는가. 나는 아주 조금 자만심이 들었지만 코치님은 더 심했다. 코치님이 언제나 나를 지켜보며 극한까지 몰아붙였다면, 그건 애국심 때문이었다. 나는 코치님이 살면서 아주 많은 것을 잃었다는 걸 알았다. 젊은 시절 아내를 잃기도 했지만, 그 전에는 지금의 나보다 몇 살 많지도 않은 어린애였을 때 다쳐서 망가지고 커리어를 잃었다. 나는 코치님이 너무 일찍 잠자리에 든다는 걸, 마음을 닫기 위해 술을 마신다는 걸 알았다. 또한 그런 사람이 여전히 다른 사람에게 뭔가 좋은 걸 느낄 수 있다면, 그 감정을 내게 느꼈다는 것도 알았다.

그러니까 나는 분수에 넘치는 것을 누렸다. 또 한 가지 예가 애니 선생님이었다. 고등학교에서 미술은 3학년과 4학년이 들을 수 있는 진짜 과목이었다. 그러나 선생님은 내게 특별 허가를 내주었다. 나는 원한다면 4년 내내 선생님 수업을 들을 수 있었다. 내가 그렇게 오랫동안 남아 있는다고 가정해야겠지만. 리 고등학교는 우리 같은 아이들이 삶의 갈림길에 이르는 장소였다. 커다란 벽돌 건물의 계단을 올라 오른쪽으로 돌아서 현관을 지나 교실로 들어가거나, 기나긴 철조망 터널을 따라 육군과 해군의 신병 모집 포스터 천 장을 지나서 리 직업 전문학교로 간다. 분명히 말해두지만 그쪽 길에 예술과 관련된 건 전혀 없다.

그해 가을 9월 11일에 일어난 사건 탓에 이제는 포스터가 포스터 위에 쌓여갔다. 징병 담당관들도 마찬가지였다. 그들은 모두 테러리스트 궁둥이를 걷어차주러 가자고 말했고, 많은 사람이 그 호출에 응했다. 그러지 않을 이유도 없었다. 고등학교와 죽음 사이에서, 최소한 한 개의 돈 나오는 직업을 주겠다는 약속에 유혹당하는 거다. 테러리스트의 공격 자체는 그리 현실적으로 느껴지지 않았으니까. 우리에게 고층 빌딩은 그저 TV에만 나오는 것이었으므로, 그중 두 채가 무너져 내리는 모습을 보고 또 보는 것은 우리가 보았던 여느 영화의 특수 효과를 보는 것과 비슷했다. 우리는 사람들이 죽었다는 걸 알았다. 모임을 열었고, 조기를 걸었고, 슬펐고 어쩌고 다 했다. 나는 그런 식으로 높은 데서 떨어지는 악몽을 꿨다. 그게 진짜 빌딩이라는 것도 알았다. 게다가 그 도시에는 여전히 아주 많은 빌딩들이 서 있었으므로 걱정할 만한 일도 맞았을 것이다. 여기서는, 만일 테러리스트가 비행기를 타고 날아와 아래를 보면 탈탈 털린 탄광의 흔적과 날아가버린 산을 내려다보며 "계속 가라. 여긴 이미 끝장났다"라고 말했을 것이다. 9·11이 어떻게 내 싸움인지 이해하기란 어려웠다. 동료 시민을 위해 좋은 일을 한다는 점에서 내게 더 나은 선택지는 미식축구였다.

리 직업 전문학교는 확실히 자유로 가는 길처럼 보였다. 더는 책상에 포로로 붙들려 있지 않고 자동차 정비소에서 일할 기회라니? 제발 갖고 싶었다. 하지만 암스트롱 선생님은 내 운명을 교실에 못 박았다. 스페인어, 기하학, 재무관리. 나한테 그런 게 조금이라도 필요할 것처럼. 내가 그런 수업에 매달린 건 단 한 가지 이유, 즉 애니 선생님과 보내는 매일의 한 시간 때문이었다. 그게 애니 선생님의 미술 수업을 들을 때의 좋은 점이었다. 나쁜 점은 애니 선생님을 독차지할 수 없었다는 것이다. 알고 보니 애니 선생님은 모두에게 친절했다. 교실을 돌아다니며 "구도가 멋진걸"이라거나 "여기, 색깔 사용이 마음에 드는구나"라고 말했다. 아니면 최소한 "정말 열심히 그린 티가 나, 에이든"이라고 말했다. 나는 다른 모두와 똑같은 과제를 해야 했다. 디자인 요소, 선과 격자 그림, 명암 넣기. 실물 모델 그리기. 선생님은 우리에게 돌아가며 모델 역할을 시켰다. 그래도 옷은 입고 있으라고 했으니까, 뭐. 나의 초기 미술 시간과는 달랐다. 이 미술 수업은 비율이니 그런 것을 다루었다. 긴장 대 이완 같은 것을. 배운 게 없다고는 말하지 않겠다. 유화, 자동차 이름이 붙은 온갖 안료, 티타늄, 카드뮴, 코발트. 우리는 숙제로 정물화를 그렸다. 앵거스는 '샐러드볼 안의 가짜 치아' 같은 훌륭한 것들을 떠올리게 도와주었다. 이제 만화를 그리려면 시간을 내서 그려야 했다.

모든 중학교가 리 고등학교로 흘러 들어갔다. 그 말은, 내가 다시 내 사람들과 학교에 다니게 되었다는 뜻이다. 매곳-데먼의 재결합.

앵거스와 같은 3학년인 에미. 하지만 우리 모두 각자의 길을 갔다. 원래 그러니까. 나는 운동선수였다. 매곳은 보통 그의 머리를 잘라주는 고스족 여자애, 마사와 어울렸다. 에미는 애니 선생님이 지도하는 합창단에서 노래를 불렀고, 예술 쪽의 인기 있는 애들, 연극부 등등과 어울렸다. 앵거스가 연극부 여자애들에 대해 못 참고 했던 말이야 짐작할 수 있을 것이다. 하지만 그렇더라도, 나는 나를 아는 사람들과 그 복도를 같이 쓰고 있었다. 몇 명은 내 편이었고 몇 명은 내 등에 얼음을 집어넣었다. 그중 한 명은 그때까지도 우리 엄마를 기억했다. 내가 존재하는 것처럼 느껴졌다.

내게 없었던 것은 내가 밤낮으로 생각하던 것이었다. 나는 고등학교에 다니는 제너럴스가 되었는데도 아직 자본 적이 없었다. 완전히는. 다양한 이유로 그런 일이 일어나지 않았다. 내가 제일 반해 있던 사람은 스물몇 살에 이미 결혼한 상태라 경계선을 벗어나 있었다. 선생님이기도 했고. 나는 어떤 가정과 선생의 스캔들 덕분에 법이 생겼다는 걸 알고 있었다. 게이트 시티에서 벌어진 그 사건으로 사람들은 태양이 식을 때까지 수다를 멈추지 않으려 들었다. 그러니 선생님과는 어쩔 도리가 없었다. 하지만 또래 여자애들은 어려 보였다. 내실을 쌓기보다는 상품을 자랑하는 데 더 중점을 두는 듯했다. 앵거스가 내 판단을 흐려놓았다.

그런 다음에 나는 예상치 못하게 린다 라킨스에게 빠졌다. 다리가 긴, 숙제 동아리의 바람둥이이자 메이 앤의 언니. 그녀는 이제 고등학교를 졸업했기에 내가 우연히 마주칠 만한 사람이 아니었지만, 어느 날 갑자기 내게 전화를 건다. 나는 "미안, 잘못 눌렀어"라는 말을 기다렸으나 린다 라킨스는 금요일 경기에 대해, 내가 얼마나 멋져 보였는지에 대해 말한다. 그런 다음 예열도 없이 타이트엔드인 나의 타이트한 엉덩이에 대해 **그거야말로** 좀 더 보고 싶다는 듯이 말한다. 그녀는 내 엉덩이가 완전히 근육일 것이고 자기 엉덩이도 꽤 탄탄하다고 장담한다. 자기 것 같은 보지에 혀를 집어넣어본 적이 있느냐고. 매티 케이트와 앵거스가 2미터도 채 떨어지지 않은 곳에서 아이스크림에 콜라를 붓고 있다. 지금 쓰는 건 주방의 전화기이고, 나는 똥구멍에서 벽돌이 나오는 것 같은 기분으로 고맙다고, 알겠다고, 생각해보겠다고, 감사하다고 말한다. 나는 몸의 앞쪽을 계속 벽으로 돌린 채 잠시 사생활을 위한 휴식 시간을 가졌다.

이런 일이 정기적으로 벌어졌다. 나는 뭔가를 웅얼거리고 달려가 위층에서 전화를 받곤 했다. 위층에는 각자의 방으로 끌고 들어갈 수 있는 긴 선이 달린 전화기가 있었다. 나는 거짓말을 잘했다. 하지만 오, 주여. 린다여. 나는 린다의 숨소리를 귓속에 담은 채 싸기 일보 직전인데, 매티 케이트가 문밖에서 소리친다. "색깔 있는 옷 빨래 내놓을 것 없니?" 린다는 우리 둘 다 만족할 때까지 멈추지 않았다. 총천연색의 묘사. 때로 나는 안전상의 이유로 거창한 마무리를 꾸며내야 했다. 사람들이 나를 기다리고 있어서 서둘러 나가야 한다든가. 하지만 정말이지. 젊은 남자에게 그런 식의 사정 중단은, 장담하는데, 치명적일 수 있었다.

나는 린다가 만날 일정을 잡아주기를 계속해서 기대했지만, 아니었다. 린다 라킨스는 폰섹스만 했다. 나의 1학년 시절 내내. 내가 뭐랄까, 그냥 린다의 전화를 끊어버릴 수 있다는 생각은 한 번도 머릿속에 스치지 않았다. 나보다 나이 많은 이 사람이 나를 찍었다. 그건 NFL 선발처럼 느껴졌다. 어디든 부르는 곳으로 가는 것이다. 나는 좀 더 어른스럽게 들릴 만한 말을 생각해내느라 엄청나게 많은 시간을 썼다. 그해에 다른 여자애들과 홈커밍 무도회 등 평범한 것들도 했다. 하지만 수화기의 에나멜을 빨아서 벗겨버릴 수도 있는 여자가 나의 밤에 광택을 내려고 기다린다는 걸 알면 평범한 데이트와 대화와 키스는, 그런 일이 일어난대도, 묘하게 변했다.

앵거스는 늘 그랬듯 내가 사귀는 미성숙한 스타일의 여자애들을 자유롭게 평가했다. 하지만 이번만큼은 앵거스가 아무것도 몰랐다. 내 거시기를 퍼렇게 질리게 만든, 이 연상의 여인에 대해서는 말이다.

페곳 가족이 나를 다시 자기들 편에 끼워주기 시작했다. 내가 꿈틀꿈틀 비집고 들어와 입양될까 봐 더는 걱정하지 않고 일요일 저녁 식사에 초대했다. 나는 그 모든 일에 대해 페곳 가족을 용서했다. 결국 최선의 결과가 나왔으니까. 벳시 할머니가 부자여서 매달 코치님에게 내 양육비로 수표를 보내기 때문만은 아니었다. 할머니는 나의 진짜 친척이었다. 내가 아빠에게서 받지 못한 것을 내게 갚아주고 있었다.

앵거스가 유홀의 감독하에 나를 페곳네 집까지 태워다 주곤 했다. 앵거스는 운전 교육을 받는 중이라 45시간의 주행을 해야 했다. 앵거스가 내가 태어난 트레일러를 비롯한 모든 것을 궁금해했기에 언젠가 우리는 트레일러로 올라갔다. 하지만 나는 무척 슬퍼졌다. 빅 휠스 세발자전거가 현관에 놓였고 장난감은 빗속에 방치되어 있었다. 죽은 잎사귀 사이에 반쯤 묻힌 벌거벗은 인형은 머리카락이 모두 잘렸다. 두피 전체에 머리카락 점만이 박혀 있었다. 그곳에는 완전히 새로운 가족이 살았다. 엄마와 나는 어디에도 없었다.

페곳 아줌마는 매번 내 친구에게 저녁을 먹고 가겠느냐고 물었고, 앵거스는 한두 번 그렇게 했다. 하지만 어색했다. 그해 겨울 앵거스는 검은색 가죽 오토바이 모자에 꽂혀 있었다. 헬멧이 발명되기 전의 옛날 영화에 나오는 것 같은 모자였다. 가엾은 페곳 아줌마는 앵거스의 모자를 벗길 처세술이 없었기에 그냥 그 가죽 모자를 바라보기만 했다. 그러니까 이쪽에는 쩔어주는 앵거스가, 저쪽에는 눈 화장을 하고 손톱을 검게 칠하고 입술에는 피어싱 수집품이 늘어만 가는 매곳이 있었던 셈이다. 엄청나게 충격적이게도 식탁에서는 데몬이 멋져 보이는 평범한 아이였다.

페곳 부부는 무척 늙었다. 페그 아저씨가 페곳 아줌마보다 더 늙었다. 페그 아저씨는 예전부터 다리를 절었지만, 이제는 레이지보이 리클라이너에서 일어나 주방 식탁에 앉는 것조차 하루의 사건이 되었다. 매곳이 부부를 지치게 하고 있었다. 매곳은 저녁을 먹을 때 두 마디도 하지 않았다. 그냥 때때로 **구해줘**, 라고 말하는 듯 그 검은 눈으로 나를 괴롭혔을 뿐이다. 매곳에게 구조는 필요하지 않았다. 매곳은 자기가 하고 싶은 걸 했으니까. 그는 학교를 충분히 **빠졌다**. 마약이 연관된 파티 얘기도 들렸다. 매곳이 맥스 팩터 화장품 말고도 많은 것을 훔쳐 온다는, 드러그스토어 습격에 대해서도. 나는 내가 페곳 가족의 상황에 어떻게 어울리는지 더는 잘 알 수 없었다.

어느 날 저녁 페그 아저씨가 나를 밖으로 데리고 가 보행 보조기를 주방 문 옆에 밀어두더니 헉헉거리며 트럭으로 다가갔다. 배터리 케이블에 대해 내 의견을 구하기 위해서라고 했다. 사실은 매곳 이야기를 하기 위해서였다. 예전과 똑같은 트럭인 닷지 램이었다. 페그 아저씨는 그 트럭에 탄 채 묻히게 될 거라고 확신한다. 페그 아저씨는 자신과 페곳 아줌마가 더는 매곳을 다스릴 수 없다고 했다. 매곳이 거의 무섭다고. 나는 매곳 엄마가 곧 교도소에서 나올 예정인지 묻지 않았다. 대신 긍정적인 면에, 그러니까 매곳이 화장품과 데스메탈 이면에서는 여린 마음의 소유자라는 점에 천착했다.

페그 아저씨가 물었다. "그 녀석은 무슨 생각인 거냐, 저런 꼴로 돌아다니다니?"

나는 모르겠다고 했다. 매곳을 배신하고 싶지 않았다. 하지만 동시에, 정말로 모르기도 했다.

페그 아저씨는 균형을 잡느라 트럭에 팔꿈치를 대고 떨리는 손으로 캐멀 담배에 불을 붙였다. 그는 담배를 피우며 하늘을 올려다보았다. 아래쪽 눈꺼풀이 축 늘어져 안쪽의 붉은 부분이 보였다. "내가 어렸을 때는, 우린 시키는 일만 했다." 그가 마침내 말했다. "빌어먹을, 그게 그렇게 어려운 거냐?"

나는 요즘의 우리는 아마 TV와 케이블 방송 때문에 더 망가졌을 거라고 말했다.

페그 아저씨는 그렇다고 해도 이유가 뭐냐고 물었다. 뭐가 그렇게 혼란스러우냐고. 아저씨가 원하는 게 내가 매곳을 버스 밑으로 던져버리는 일이라는 생각은 들지 않았다. 그냥 우리에게 무엇이 그렇게 힘든지 정말로 진실하게 궁금해하는 듯했다. 과거에 비해서 오늘날의 무엇이 그렇게 힘드냐고. 나는 차이점은 어쩌면 오늘날의 우리는 우리에게 없는 모든 것을 볼 수 있다는 점일지 모르겠다고 했다. 세상의 다른 모든 사람이 우리보다 부자이고 온갖 말도 안 되는 짓거리를 하고서도 그냥 빠져나간다고. 그게 열받는다고. 그래서 초조해진다고.

페그 아저씨는 캐멀 담배를 다 피우고 땅에 밟아 껐다. 오래된 가죽 신발의 발꿈치를 양옆으로 움직이며 슬로모션으로 담배를 갈아버렸다. 그렇게 작은 일을 하면서도 그는 시달렸다. "우리가 매곳을 망쳤다고 생각하니?" 그가 물었다. "나랑 그 애 할머니가 말이다. 너한테 하나 말해주고 싶다. 그 애 할머니는 무덤에 들어가는 날까지도 머라이어한테 더 잘해줬어야 한다고 생각할 거다."

나는 페곳 아줌마는 우리가 어렸을 때 언제나 매곳을 대할 때와 똑같은 친절함으로 나를 대해주었다고, 나는 그게 감사하다고 말했다. 가정에 관한 한, 온갖 가정을 겪어보았는데, 지금까지 페곳 집안이 최고였다고 했다. 나는 매곳이 미쳤거나 버릇이 없거나, 그런 건 전혀 아니라고 생각했다. 그냥 다른 유형의 사람이 되는 걸 시도해보고 있을 뿐이었다.

"글쎄, 어떤 여자가 저 녀석을 저 상태로 데려가겠니? 저 녀석이 계속 저런다면 말이야."

나는 매곳이 그냥 무모한 행동을 하는 단계를 지나고 있을 뿐이며, 시간이 지나면 돌아올지 모른다고 말했다. 아니면 누군가를 찾게 될 거라고. 나는 사람들이 늘 하는 말을 상기시켰다. 모든 발에는 맞는 신이 있다는 말. 페그 아저씨는 자기도 전에는 그렇게 생각했지만, 지금은 매곳이 자기 발에 맞는 신을 찾고 싶어 하는지조차 모르겠다고 말했다. 말은 안 했지만, 나는 뭐랄까, 그 말에 동의했다. 만약에 매곳이 그런 걸 원한다 할지라도, 하긴 솔직히 누가 원하지 않겠느냐만, 아마 그 녀석의 신발은 아직 발명되지 않은 건지 몰랐다. 만일 발명되었다면, 리 카운티에는 그 신발 재고가 없거나.

이상하게도 나는 계속해서 패스트포워드를 생각했다. 그가 우리를 보고, 우리가 대체로 한심한 패배자들이었는데도 우리 내면에 있는 진짜 사람을 볼 수 있었다는 점을. 패스트포워드는 어린 녀석이 아무리 더러운 똥물에 빠져도 고개를 들고 살아남을 수 있다는 증거였다. 그는 나를 다이아몬드라고 불렀다. 패스트포워드가 매곳에게 무얼 해줄 수 있을 거라고 생각했는지는 모르겠다. 그냥 이건 패스트맨이 필요한 상황처럼 보였다.

37

유홀 파일스가 나를 경멸한다는 사실은 전혀 변하지 않았다. 그는 연습 때 나를 매섭게 내려다보았고 집 안에 도사리고 다니며 내게 분수를 알려주려 했다. 나는 받은 만큼 갚아주었다. 나는 그가 우리 마우스가드를 건드리는 게 싫었고, 우리가 다쳤을 때 테이프를 감아주거나 얼음을 대주는 사람이 그라는 사실도 싫었다. 그가 우리와 함께 롱우드로 플레이오프 경기를 떠나는 것도 싫었다. 그해 우리가 간 가장 먼 곳이 바로 롱우드였다. 주 단위 준결승전 때문이었다. 나는 콜린스보다 오래 경기에 뛸 시간을 얻었으나 그게 콜린스의 마지막 경기였으므로 기분이 좋지 않았다. 콜린스는 3학년으로, 여자 친구가 아기를 가졌기에 시즌이 끝나면 학교를 그만둘 예정이었다. 상대 팀은 치어리더들에게 우리에 반대하는 특별한 트레일러 쓰레기 응원가를 만들게 하거나 팬들이 경기장에 소똥을 던지게 하는 등 평소와 비슷한 장난을 쳤다. 우리는 소똥에 익숙했다. 우리 동네에서 실외 경기를 할 때마다 그런 일이 벌어졌으니까. 하지만 우리는 꽤 근사하게 엿을 먹여주었다. 헬보이의 눈이 사이드라인에서 나를 불태우지만 않았어도 준결승전은 내 어린 시절의 하이라이트가 되었을 것이다. 그날 밤 늦은 시간에 유홀은 우리를 신생아처럼 취급했다. 우리 모텔 방으로 찾아와 파티를 하면 안 된다고 훈계하더니, 다음 날 아침 우리가 밖에 나갔었는지 확인할 수 있도록 문 바깥에 스카치테이프를 붙였다. 그 인간은 모든 좋은 것에 똥칠을 할 수 있었다.

때로 유홀은 말도 안 되는 잡일을 함께 하게 했다. 정비소까지 달려가, 수리된 태클 슬레드 싣는 걸 돕게 한다든지. 유홀은 내가 태클 슬레드를 어디에 두어야 하는지에 관한 진정한 감정을 내비칠 수 없도록 코치님 앞에서 부탁했다. 때로 유홀은 힐타운에 있는 자기 엄마 집에 들렀는데, 그 집은 홑집이 아니라 예전에 지어진 작은 가옥으로, 다 무너져가는 계단이 달린 현관이 있었다. 그 현관에는 오, 주여, 너무 많은 쓰레기가 있었다. 소파와 의자가 뒤집혀 있기도 하고 옆으로 눕기도 한 채로 쌓여 있었다. 고양이들이 머릿니라도 되는 것처럼 그 더미 사이로 사방에 기어 다녔다. 유홀이 집 안에 들어가 뭐든 하는 동안에 나는 자동차 안에 앉아서 머릿니 고양이들을 세곤 했다. 집에 들어가는 일은 돈을 아무리 주어도 할 수 없었다.

파일스 부인은 우리가 자신을 푸드랜드나 월마트에 내려주기를 바라곤 했다. 부인은 유홀 같은 해골이 아니라 좀 더 육중한 스타일이었다. 그러나 아들과 똑같이 눈이 빨갰고 이상하게 노인 버전으로 예의가 없었다. 얘야, 난 그냥 나이가 많은 아무것도 아닌 사람이야, 이제 의자 좀 앞으로 당겨서 자리 좀 내주렴, 하는 식이었다. 부인은 소름 끼치는 방법으로 내게 정보를 끌어냈다. 예컨대 매코브 가족에 대해서 그랬다. 매코브 가족은 오하이오에서 돌아와 페닝턴 갭에 살고 있었다. 얘야, 그 여자가 순금 보석을 전당포에 맡긴다던데 사실이니? 아무도 그 여자가 어떻게 정직한 방법으로 그런 물건을 얻었는지 모르던데. 나는 멍청하게도, 매코브 부인의 부유한 부모가 손주들의 버릇을 망치고 있다고 말한 뒤에야 부인이 실제로 알아내려던 것이 무엇인지 문득 깨달았다. 매코브 가족이 장물을 거래하는지 물었던 것이다.

부인이 이야기하고 싶어 했던 다른 부부는 애니와 암스트롱 선생님 부부였다. 그 사람은 대체 왜 자기한테 그 아름다운 여자를 아내로 둘 자격이 있다고 생각한 거냐. 온 세상 사람들이 그걸 궁금해하고 있어. 그 여자가 왜 자기 품위를 그런 식으로 깎아내렸는지 말이지. 이 경우 '아름답다'는 말은 백인이라는 뜻이었다. 나도 바보가 아니었다. 애니 선생님은 문신을 한 히피족이었다. 애니 선생님이 리 카운티의 다른 어떤 남자와 결혼했더라면, 사람들은 그 남자가 왜 자기 품위를 떨어뜨렸는지 물었을 것이다. 나처럼 양육된 아이는 나이 든 사람에게 대놓고 아줌마, 내 앞에서 꺼져요, 라고 말하지 않는다. 하지만 거의 그럴 뻔했다.

마침내 어느 날 나는 유홀에게 엄마와 관련된 심부름에는 나를 빼도 될 것 같다고 했다. 유홀은 그 빨간 눈으로 나를 뚫어지게 보더니 자신은 영재가 아닐지 몰라도 아는 게 있다고 말했다. 내가 전화로 누구와 통화하는지. 내가 대마초를 어디에 숨기는지. 유홀이 어떻게 알았는지는 짐작도 못 하겠다. 하지만 그는 코치님에게 우리가 유홀의 엄마 집에 간다는 이야기를 꺼내면 내가 새로운 살 곳을 찾게 되리라고 했다.

시즌이 끝난 뒤에는 내 마음대로 쓸 시간이 생겼다. 때로는 페곳 부부가 토요일에 나를 데리고 준 이모와 에미를 만나러 갔다. 이제 켄트는 없었다. 그 쇼는 끝났다. 에미 말에 따르면 그냥 이별이 아니라 3차 세계대전이었다고 한다. 켄트는 사기꾼이었고, 이모는 편집증에 걸린 쌍년이었다. 그건 시작에 불과했고. 나는 생각하기도 싫었지만 매곳은 어떤 무기가 등장했는지 등등 자세한 내용을 원했다. 아마 할머니할아버지와 함께 살다 보니 액션이 부족했던 모양이다. 그날은 2월의 어느 토요일로 무지하게 추웠다. 그런데도 어른들은 우리를 밖으로 내보내 숲속에서 놀게 했다. 아마 그래야 자기들이 이 똑같은 대화를 집 안에서 할 수 있을 테니까. 우리는 딱한 무리였다. 매곳은 페곳 부부가 사준, 군복 무늬가 들어간 사냥용 코트를 입지 않겠다고 했기에 얼어 죽기 직전이었다. 에미는 정말이지, 암소처럼 흑백 무늬가 들어간 보송보송한 코트를 입고 있었다. 우리는 발을 질질 끌며 무른 낙엽을 헤치고 도토리의 냄새를 차올리며 걸어갔다. 부지에는 오래되고 버려진 오두막이 하나 있었다. 통나무로 만들어졌고, 무너진 굴뚝은 있지만 지붕은 없는 곳이었다. 어린 시절의 나라면 요새라고 불렀겠지만 지금 그 오두막은 아무것도 아니었다. 아직 운전을 할 수 없기에 어쩔 수 없이 들어가 시간을 보내야 하는 멍청한 곳.

에미는 켄트와 이모가 무기를 쓰지 않고 입만 사용했다고 했다. 쌍방 모두가 그 부위에 심각한 열기를 머금고 있었다면서. 켄트는 목청이 컸지만 입과 관련해서는 이모야말로 AR-15 소총이었다. 즉시 재장전이 가능한 살상용 총. 매곳은 물러나지 않고 이모가 왜 그렇게 화를 냈는지 알고 싶어 했다.

"몰라. 켄트가 말썽꾼이라서?"

에미의 두 뺨은 밝은 분홍색이었고 속눈썹은 달라붙어 있었다. 너무도 예쁘고 슬펐다. 우리는 망가진 굴뚝 위에 앉아 있었다. 차가운 돌 때문에 엉덩이가 얼어서 떨어질 것 같았다. 에미와 매곳은 둘 다 매니큐어를 뜯어댔고 나는 틈새 사이로 돌을 던져댔다. 통나무는 거대했다. 귀퉁이 부분이 손가락을 서로 얽은 모양으로 쌓여 있고, 그 사이에 커다란 공간이 있었다. 예전에는 여기에 잘라내야 할 큰 나무가 몇 그루 있었다. 에미의 이상한 집이 우리 아래쪽 나무들 사이로 보였다. 페곳 가족이 들어가 있는, 뒤집어진 거대한 나무 그릇.

"잠깐, 다시 말할게." 에미가 말했다. "무기가 나왔어. 엄마가 긴수칼*을 꺼내서 휘둘렀어. 뭘 쫓아다닌 건 아니고. 모든 게 폭발하기 전에 저녁을 준비하려는 거였어."

그 칼이 켄트에게 향한 건, 이모는 의사가 아니라 간호사일 뿐이니 이 문제는 전문가에게 맡기라고 켄트가 말했기 때문이었다. 그 말로 뭔가가 탁 끊겼다. 간호사는 훈련받은 전문가가 맞고, 약 처방이 가능하다고 에미는 말했다. 이모는 그냥, 켄트의 독약을 더는 나눠주지 않기로 했을 뿐이라고. 이모는 시청에서 열리는 모임을 조직했고, 그때까지 모인 최대 규모의 군중에게 켄트의 회사에 반대하는 청원서에 서명하게 했다. 켄트는 그걸 여자 친구의 중대한 배신이라고 여겼다. 이모가 고통을 겪는 사람들에게 무자비하다고 켄트는 말했다. 이모는 켄트에게 그렇게 빌어먹을 겁쟁이처럼 굴지 말고, 자기가 일하는 의원으로 와서 주사기 사용으로 간염에 걸린 그 모든 선량한 사람들과 그 사람들의 농장이 여섯 달 안에 파산하는 꼴을 보라고 했다. 나는 솔직히 주사기에 관해서는 그 말이 이해되지 않았다. 켄트가 파는 건 알약이었으니까.

우리는 추위 속에 오랫동안 그곳에 머물렀다. TV에 나오는 아이들이었다면, 우리는 죽은 것처럼 보이는 숲이 아니라 어느 반짝이는 식당의 좌석이나 수영장이 딸린 대저택에 있었을 것이다. 전에는 모든 작은 것들이 일을 끝내고 와서 고개를 들이미는 실외에 있는 것이 좋

---

*　　미국의 식칼 브랜드.

았지만, 그 순간에는 탈탈 털린 느낌이었다. 우리에게 있는 것이라고는, 뭔가 귀한 부분이 있었다고 해도 오래전에 도둑맞은 이 황폐한 오두막뿐이었다. 적절한 무기만 있었다면 총으로 쏘아버릴 다람쥐 몇 마리와. 내가 대마초를 가져와 애들과 함께 피울 수 있었다면 그날은 좀 더 견딜 만했을 것이다. 매곳은 동참했을 거다. 에미는 의문이었지만. 준 이모는 에미를 얼음으로 만들어진 것처럼 보호했다. 에미는 운전을 할 수 있는 나이였지만, 이모는 완전히, 안 되지요, 리 카운티의 도로는 청소년에게 죽음의 덫입니다, 어쩌고 하는 말만 했다. 에미가 왜 반항하지 않는지 궁금할 법도 했다. 한때 결혼할 계획을 세웠던 사이임에도, 나는 에미를 아는 동시에 몰랐다. 나는 에미가 세상의 종말이라도 되듯 준과 켄트의 드라마를 헤치고 나아가는 동안 그 애의 얼굴에서 나오는 얼어붙은 숨결의 구름을 바라보았다.

간단히 말하면, 뭐든 준 이모가 그 긴수 칼로 만들던 저녁 식사는 완성되지 못했다. 고함이 쳐졌고 줄행랑이 이루어졌다. 켄트는 자기 회사의 최고 세일즈맨으로서 리 카운티에서 엄청난 양의 알약을 팔았고, 실제로 어마어마한 보너스를 타냈다. 진짜로 하와이 여행권을 얻었다. 그는 봄방학에 에미와 이모를 데리고 그곳으로 여행을 떠나려 했다. 그러니까, 뭐. 타이밍이 나빴던 거다. 이모는 실연으로 너무 동요한 나머지 해머 켈리에게 와서 집에서 며칠 지내달라고 했다. 그 개자식이 돌아올지 몰라서 말이다. 에미는 해머가 무척 친절했다고 말했다. 그는 밤새 소파에 앉아서, 사랑하는 소총을 품에 끌어안고 잤다.

나는 바보였고 앞으로도 늘 바보일 것이다. 그냥 언젠가는 충분히 나이가 들어, 두 다리 사이의 불알과 함께 쪼그라들어 죽고 싶다는 마음 없이도 린다 라킨스를 기억할 수 있게 되기만을 기도한다. 폭탄을 떨어뜨린 건 린다의 여동생이었다. 메이 앤 자신도 무슨 일이 벌어지는 건지 전혀 감을 잡지 못했다는 것이 유일한 구원의 기회였다. 그녀는 그냥 어느 날 교실에서 내 어깨를 쿡 찌르며 야, 라고 말했을 뿐이다. 언니가 결혼했다고.

"너네 언니 린다?" 나는 즉시 반쯤 발기했다. 씨발 대수학 시간에. 그런 다음 나머지 문장이 천천히 이해됐다. "결혼했다니? 누구랑?"

"힐스빌 출신 남자야. 로링 블레이크라고, 가축 차를 몰아. 넌 모르는 사람일걸. 우리 엄마도 토요일 전에 딱 한 번 그 사람을 만나봤어. 우린 모두 언니가 로터리 클럽에서 그 수학 뭐를 탔으니 지역 전문대학에 갈 거라고 생각했는데, 짜잔. 결혼했어."

"토요일이라고." 내가 말했다. 수업이 끝날 때라 우리는 숙제를 하고 있었다. 머릿속에서 수류탄이 터진 것과는 상관없이 나는 목소리를 낮추어야 했다.

"대단한 건 아니었어." 메이 앤이 말했다. "둘은 그냥 법원에 갔어. 우리가 가족을 초대했고. 둘이 팻백에서 돼지갈비를 가져왔는데 언니는 완전히, 그거 끝내줬어, 갈비 바비큐 말이야, 라는 식이었어. 언니는 흰 드레스를 입었고⋯⋯. 근데 내가 너한테 이걸 왜 다 얘기하는 걸까?"

"나도 몰라. 왜 그러는 거야?" 나는 뭐랄까, 별이 보였다. 충격을 받으면 눈이 좀 멀 수 있을 것 같았다. 충격이 가시면 토하고 웃고 울고 남들 다 보는 데서 자위하고 싶은 기분이 들 테고. 나는 그 모든 걸 대략 비슷한 정도로 원하게 될 것이다.

"그 이유는, 언니 말을 그대로 전하면⋯⋯." 메이 앤이 눈알을 굴려댔다. "너 요즘에도 미식축구 팀의 그 키 큰 빨간 머리 아이 데몬 만나니? 내가 결혼했다고 좀 전해줄래?라고 했기 때문이야. 끝."

"린다가 내 얘길 왜 해?"

"그걸 내가 어떻게 알아? 베이비샤워 선물이라도 보내든지."

린다에게 나에 대한 감정이 있을 거라고 생각할 이유는 전혀 없었다. 전혀. 린다는 심지어 맥도날드에 가거나 드라이브를 하거나 뭐라도 하고 싶어 한 적이 없었다. 하지만 린다가 나를 완전히 가지고 놀았다는 걸 알게 된 건 전혀 다른 문제였다. 린다의 생각이라는 수수께끼와 더는 그 전화가 걸려 오지 않으리라는 사실, 갑작스러운 금단 증상, 게다가 아무도 이 일에 대해 모른다는 게 비참함의 블랙홀이었다. 사실상 일어나지 않은 어마어마한 일.

앵거스는 그 시절 나에 대해 거의 모든 것을 알아낼 뻔했지만 이것만큼은 아니었다. 나는 앵거스에게 린다의 전화에 대해 말하지 않았다. 너무 부끄러웠으니까. 지금은 더욱 그랬다. 자기가 남자라고 생각했던 멍청하고 발정 난 개 같은 꼬마. 이런 것도 실연이라고 할 수 있다면 그 실연은 나를 심하게 내리눌렀고, 결국 그다음 주말을 망쳐버렸다. 우연히도 그 주말은 머더 밸리로 대단한 여행을 떠나는 날이었다. 유혹 없이 앵거스와 나만. 그 여행은 무엇보다 행복한 사건이 되었어야 했다. 앵거스가 면허를 땄기에 월마트가 아닌 어딘가로 운전해 함께 가는 것으로 기념하고 싶어 했다. 앵거스는 엄마와 함께 가봤던 집을 보고 싶다고, 벳시 할머니를 만나고 싶다고 마음을 굳혔다. 차를 타고 가는 길에 앵거스는 내 여자 친구들에 대해 평소처럼 놀리기 시작했다. 나는 앵거스에게 양말이나 처물라고 했다.

"그럴 수는 있지." 앵거스가 씩 웃으며 말했다. "근데 그게 재미있겠어?"

"농담 아니야. 난 씨발 내 사생활에 관심 끄라고 너한테 정중하게 부탁하는 거야. 100년이라는 기간 동안 닥쳐줬으면 좋겠어."

앵거스는 아무 말도 하지 않았다. 눈은 도로에, 손은 8시와 4시 방향으로 핸들에 둔 채로.

"내 연애 생활이 그렇게 재미있으면, 앵거스 너도 연애를 하지 그래?"

"왜? 어디 보자. 남자는 유치하고 여자는 짜증 나니까, 그럼 나한텐 뭐가 남지? 동물? 뭐, 그럴 수도 있지. 하지만 지금까지는 별로 그러고 싶지 않아."

그 이후로는 침묵 치료법이 이어졌다. 한 시간 넘게. 끔찍했다. 우리는 전에 실제로 싸운 적이 없었다. 순전히 재미를 위해 했던 터무니없는 싸움 말고는. 나는 앵거스에게 심하게 군 게 싫었지만 나라는 인간이 그런 걸 어쩔 수 없었다. 나는 별 의미 없이 매코브 부인의 자동차 대시보드를 주먹으로 쳤던 기억을 떠올리며 한동안 시간을 보냈다. 결국 앵거스가 다른 화제를 꺼내려 했다. 아빠가 걱정된다는 말이었다. 하지만 내가 보기에 코치님은 여느 때와 똑같았다. 나는 그렇게 말했다.

집에 도착할 때까지 분위기는 가벼워지지 않았다. 앵거스는 활짝 미소 지으며 차에서 뛰어내려, 전기 충격이라도 받은 것처럼, 모자가 날아갈지도 모른다는 듯 손으로 모자를 꽉 쥐고 사방을 걸어 다녔다. 집 밖, 집 안을 구경했다. 흰 티셔츠와 가죽조끼를 입은, 커다란 눈의 행복한 요정처럼 아, 이거 기억나!라고 말하면서. 당연히 기억나겠지. 하느님이 어린애였을 때부터 이 집에서는 아무것도 바뀌지 않았을 테니까. 나는 이곳이 앵거스에게 특별한 공간일 거라는 생각을, 내게 아버지의 무덤을 보는 것과 비슷한 공간일 거라는 생각을 전에는 딱히 해본 적이 없었다. 앵거스의 엄마가 어린 시절을 보낸 집. 앵거스의 엄마가 잤던 침대, 욕조. 죽은 부모는 까다로운 유령이다. 그 유령을 인형과 더 비슷하게 만들 수 있다면, 진짜 집 안에 넣고 옷을 입히는 등 그들이 가졌던 무언가에 집어넣을 수 있다면, 그들을 허공에 난 인간 모양의 구멍이 아니라 사람으로 그리는 데 도움이 된다. 그러면 사람 모양의 투명한 아이가 된 기분을 덜 수 있고.

사람들은 우리가 온 것을 기뻐하며 파티 음식을 마련해두었다. 딕 아저씨에게는 내게 보여줄 연이 있었다. 아직 날릴 준비는 되지 않았다. 벳시 할머니는 우리 미래에 대해 이야기하고 싶어 해서, 오래된 가구가 죽음을 맞으러 가는 거실에 우리를 앉혔다. 앵거스가 나이가 더 많은 3학년이었기에 먼저 입을 열었다. 벳시 할머니는 3학년이라면 대학에 대해 생각할 나이라고 했다. 앵거스는 확실히 대학에 가고 싶다고, 가서 심리학이나 사회학을 공부하고 싶다고 말했다. 나는 그게 뭔지조차 잘 알 수 없었다. 그래서 뭐? 앵거스의 계획이 그것이었기에, 앵거스에게는 존스빌에 머물 생각이 전혀 없었다. 앵거스가 내게 뭔가를 약속한 적은 없었지만 나는 배신당한 기분이었다. 앵거스가 우리를 떠나다니. 코치님은 어쩌고?

그래서 벳시 할머니에게 내 미래에 대해 이야기할 차례가 됐을 때 나는 이미 화가 나 있었다. 게다가 나는 계속 살아 있으면 좋겠다는 것 외에 미래에 대해 생각해본 적이 한 번도 없었다. 내가 떠올릴 수 있었던 생각은, 어쩌면 미식축구 장학금을 받아 대학에 도전해볼 수도 있겠다는 것뿐이었다. 벳시 할머니는 늘 해왔던 말을 했다. "스포츠 때문에 공부에 방해를 받지 않는다면야." 미식축구 장학금을 받으면 스포츠야말로 뭐랄까, 모든 것임을 전혀 이해하지 못한 채로 말이다. 그래도 할머니는 반대하지는 않았다. 어느 순간에는 리 카운티를 떠나 "주위를 둘러보는" 게 중요하다면서.

뭘 둘러보라는 거냐고 나는 묻고 싶었다. 도시? 내가 신경 쓰는 사람은 아무도 살지 않는 가혹한 거리와 둠의 성들? 나는 코치님과 앵거스 없이는 어느 곳에서의 삶도 견딜 수 없었다. 매티 케이트도. 나는 그녀도 포함했다. 페곳 가족도 가까운 곳에 있었고, 나의 팀원들도 마찬가지였다. 관중석에서 내 이름을 데에-몬 코퍼-헤드!라고 소리치는 리 카운티 전체도. 아무도, 아무것도 아닌 존재로 다른 곳에서 처음부터 다시 시작하라고? 나는 그 생각이 마음에 들지 않았다. 나는 이제야 겨우 존재하기 시작했으니까.

집으로 돌아가는 길도 나을 게 없었다. 뭐, 앵거스는 나아졌다. 말도 많고 기분도 좋았다. 하지만 나는 여전히 앵거스에게 상처를 받은 상태였다. 그럴 이유만 더 생긴 채로. 앵거스는 벳시 할머니 때문에 흥분해 있었다. 자기가 지원하려고 생각했던 대학들에 관해 이야기하고 싶어 했다. 버지니아주 동부에 봐둔 대학이 하나 있었으니, 앵거스는 정말로 바다 근처에 살게 될지도 몰랐다! 나는 그게 나한테 하는 자랑일 뿐이라고 느꼈다. 앵거스는 나보다 나이가 많았기에 먼저 떠나려 했다. 자신은 아무것도 두려워하지 않는다는 걸 내게 알리면서. 세상을 잘 아는 척.

나는 창문을 내리고 앵거스에게 관심을 껐다. 들판의 흙이 깨어나는 냄새가 났고, 꼭대기에서 촛불처럼 밝혀지는 그 모든 나무가 갖추어진 산이 보였다. 꼭대기의 그 빛깔이 봄의 첫 형광 녹색이었다. 그거면 어떤 인간에게든 충분해야 했다. 나도 알았다. 그건 인정할 수밖에 없다. 하지만 내게 어떤 풍경을, 그림처럼 예쁜 풍경을 보여준다 해도, 내가 절대 바다를 보지 못하리라는 사실에 여전히 화가 난다. 내 몸속에 심장 대신 썩은 과일이 들어 있는 듯한 기분을 느끼지 않으려면 무엇이 필요할지 궁금했다.

그렇게 차를 타고 가며 나는 애초에 나를 머더 밸리로 이끌었던 외로운 도주 말고는 아무것도 생각할 수 없었다. 앵거스와 함께 당시의 장소들을 지나며, 그 모든 딱한 관광 명소들을 알아보았다. 다른 누군가의 건초 더미에서 자려고 숨었던 헛간. 빗속에서 쓰레기통 뒤에 굶주린 채 웅크리고 있었던 소형 마트. 내가 모든 것을 잃고 창녀에게 죽으라고 저주했던 트럭 휴게소. 앵거스가 최근에 옷을 바꿀 때 썼던 돈보다도 적었을, 내가 평생 저금한 돈. 나는 앵거스에게 그런 장소를 하나도 짚어주지 않았다. 도주 당시에 나는 너무 어렸다. 그리고 아마 그때도 너무 어렸을 것이다. 앵거스는 우리가 100살까지 산다고 해도 먼저 100살이 되는 건 자기일 거라며 나를 놀리는 걸 좋아했다. 그 말은 사실이었다. 어떤 목적지로도 가지 못한다면 그동안 지나온 여분의 거리에는 어떤 점수도 주어지지 않는다.

38

더는 어린아이가 아니게 된 순간부터 여름방학은 내게 그저 출근 체크를 해야 하는 쓰레기 같은 직장일 뿐이었다. 직장 아니면 학교. 크게 다를 것 없었다. 하지만 코치님과 함께 살면서 여름이 돌아왔다. 나는 다시 어린애가 되었다. 다른 누군가가 더 힘든 측면, 예를 들면 청구서 요금 지불 같은 걸 해준다는 면에서는 말이다. 나는 고마워했어야 한다. 왜 고맙지 않았는지는 모르겠다. 성장은 한 방향으로만 이루어진다는 이유 말고는 아무 이유도 없었는데. 아기를 그 아기가 온 곳으로 다시 쑤셔 넣고 거기에서부터 다시 시작할 수는 없는 법이다.

아, 고맙다는 말이야 했다. 언제나. 내게 먹을 것을 준 매티 케이트에게, 여기저기 나를 데려다준 앵거스에게, 그 모든 기겁할 것들을 준 코치님에게. 고맙다는 말은 했지만 나는 동시에 약을 어디에 숨길 수 있을까, 이 모든 숙제를 하지 않고 빠져나갈 방법은 뭘까, 저 사람이 뭐라고 나한테 토요일 밤에 친구들과 돌아다니면 안 된다고 하나, 내가 빌어먹을 꼬마도 아닌데, 라고 생각했다.

그해 여름, 나는 직장과 나만의 돈을 갖고 싶었다. 코치님은 그런 건 신경 쓸 필요 없다고, 갖고 싶은 걸 말하기만 하면 자기가 처리하겠다고 했다. 바로 그것, 부탁해야 한다는 것이 나의 문제 그 자체였다. 코치님은 미식축구 캠프가 7월에 시작된다는 걸 기억하라고 했다. 2개월 뒤였다. 나는 코치님에게 반대하는 경우가 거의 없었지만 이번만큼은 달랐다. 그래서 코치님이 여기저기 알아본 결과, 페닝턴에서 팜 서플라이 점포를 관리하는, 브리그스 코치의 형제가 급히 사람을 구하고 있다는 걸 알아냈다. 브리그스는 내가 원한다면 그 자리는 내 거라고 했다. 주인이 심장마비에 걸리는 바람에 자기 형제가 총책임자라면서 말이다. 그쪽에는 트럭에 사료 자루를 실어줄 손과 근육이 좀 더 필요했다. 내게는 근육이 있었다. 게다가 나는 열다섯 살이었으므로 이제 합법적으로 직업을 가질 수 있었다. 코치님이 몇 가지 서류를 채워주었고, 나는 방학이 시작된 다음 날부터 일을 시작했다. 한 시간에 7달러를 모아 차를 살 생각이었다.

자동차야말로 문제니까. 나만의 자동차가 없다면 여전히 어린애다. 어디에 가든 부탁해야만 했다. 이제 앵거스에게는, 열여섯 살이 되었다는 한 가지 이유만으로 코치님이 준 99년식 지프 랭글러가 있었다. 출근할 수 있도록 앵거스가 나를 페닝턴까지 태워다 주었다. 최악의 경우에는 유홀이 데려다주었고. 일이 끝나고 어딘가에 가고 싶다면, 나는 그걸 다른 누군가의 일로 만들 수밖에 없었다. 열다섯 살이 가장 힘든 나이다. 에미는 녹스빌에 사방으로 사람을 실어 나르는 도시 버스가 있다고 말해준 적이 있다. 학교만이 아니라, 모든 나이의 사람들이 타고서 영화관, 스케이트 공원, 어디로든 갈 수 있는 버스가 있다는 것이다. 서둘러야 하는 경우 택시를 부를 수도 있었다. TV에서 그런 것들을 본 적이 있었지만 에미의 말을 완전히 믿지는 않왔다. 모든 평범한 사람이 쓸 수 있도록 그 모든 걸 갖추어두었다니.

팜 서플라이는 내가 여태 가져본 직장 중 최고였다. 손님들은 착했고, 내가 아는 한 쥐는 없었으며, 아무도 필로폰을 제조하지 않았다. 가게 전체에 이제 막 베어낸 풀과 치리오를 섞은 듯한 달콤한 사료 냄새가 났다. 그곳에서는 모든 일반적인 물건을 팔았다. 송아지와 양에게 줄 구충제, 말과 관련된 장비 일체, 잔디용 화학 약품, 전기톱. 5월에는 토마토 모종 같은 것도 팔았다. 사람들이 정원에 심을 수 있도록 말이다. 나는 아침마다 그 모든 것을 가게 앞 탁자에 올려놓았고 문 닫을 때는 다시 안에 들여놓았다. 그다음에는 병아리가 들어왔는데, 병아리 관리도 내 일이었다. 녀석들을 판지로 만든 운반용 상자에서 내려 가게 안에 있는 커다란 구유에 넣으면 사람들이 구유에서 녀석들을 보고 사 갈 수 있었다. 녀석들의 사료와 물을 채우고 언제나 전열 램프를 켜두고 그 녀석들 아래의 신문을 갈아주는 일. 젠장, 그 녀석들은 정말이지 똥을 눌 줄 알았기 때문이다. 병아리의 삶이란 그 도금된 구유 안에서 야단법석을 떨며 먹고 똥 싸고 오줌 싸는 것이었다. 주차장에서도 녀석들의 소리가 들렸다. 구슬 같은 눈알의 모든 암탉이 그런 식으로, 노란색이나 검은색이나 얼룩무늬가 있는 조그만 털북숭이로 시작했을 거라니 믿기 어려웠다. 문을 열기 전 아침에는 밤새 죽은 녀석들을 꺼내는 게 내 일이었다. 녀석들은 차가웠고 밟혀서 납작했다. 내가 쓰레기통으로 꺼내 간 녀석들 한 마리 한 마리가 고유의 조그만 슬픔이었다.

계산대에서 일하는 도나마리라는 여자가 나를 훈련시켰다. 내 엄마라도 된 것처럼 아가야, 아가야 하며. "다 기억할 수 있겠니, 아가야?"라고 말하는 것만 빼면 아주 좋았다. 자기도 고등학교를 졸업한 지 3년인가 4년밖에 되지 않았으면서. 하지만 도나마리에게는 실제로 자식이 셋 있었으니 너무 많은 궁둥이를 닦아주다가 말투가 그렇게 굳어진 듯했다. 나도 그런 도나마리를 나쁘게 생각하지는 않았다. 브리그스 코치의 형제는 위층 사무실에서 지냈다. 심장마비에 걸렸다는 주인은 수수께끼였다. 처음에는 그가 여름이 끝날 때쯤 돌아올지도 모른다고들 했다. 그런 다음에는 그 사람에 대한 이야기를 완전히 멈추었다.

고객에 관해서라면, 온갖 종류의 사람들이 들어왔다. 나이 든 남자들은 내가 곡물 자루든 굴레든 뭐든 짐을 실어주면 하역장 바깥에서 같이 수다를 떨고 싶어 했다. 나는 모든 큰 물건을 다루었다. 그들은 날씨나 담배 가격에 대해 불평했지만, 누군가 나를 알아보고 미식축구 이야기를 하고 싶어 하는 경우도 많았다. 우리 팀이 패스 위주의 팀인지 질주 위주의 팀인지에 관한 내 의견이라든지. 그러니까 멋진 일이었다. 유명해진다는 건.

그가 들어온 날, 내 귀에 종소리처럼 와 닿은 건 그의 목소리였다. 나는 그 목소리를 즉시 알아들었다. 그 웃음도. 그 소리를 들으면 언제나, 누가 그를 저런 식으로 웃게 만들었는지는 몰라도 그 사람이 나였으면 좋겠다는 생각이 들었다. 나는 가정용 비품 통로에서 재고를 채우다가 모퉁이를 돌아 가게 건너편이 보이는 곳으로 갔다. 냉장고에 보관되는 약물과 백신 옆에서 그가 나를 등지고 서 있었다. 하지만 그 자유분방한 머리카락이 힌트였다. 뱅 머리가 삐죽 설 정도로 심하게 수작을 걸고 있는 도나마리의 환해진 얼굴도. 도나마리는 그에게 냉장고를 열어주었다. 비교적 비싼 물건 몇 개가 자물쇠가 달린 곳에 보관되어 있었다. 나는 그리로 갈지 고민했지만, 그가 하이매그 미네랄 20킬로그램과 펠릿 형태의 소 사료 45킬로그램이 필요하다고 말하는 것을 들었으므로, 밖에서 만나게 되리라는 걸 알았다. 나는 도나마리에게 주문을 들었다는 신호를 보내고, 그 모든 걸 하역장으로 실어 나가기 위해 카트에 실었다.

그는 트럭을 돌렸지만 나를 제대로 보지는 못했다. 그냥 열린 창밖으로 팔을 내밀고는 내게 영수증을 건네주었다. 그는 물론 라리아트를 계속 가지고 있었다. 하긴 누군들 그러지 않겠는가.

"지금도 패스트모빌을 갖고 있네." 내가 말했다.

그는 담배에 불을 붙이다 말고 얼어붙더니 내게로 시선을 옮겼다. 누가 차가운 물을 끼얹은 것처럼 빠르게 고개를 저었다. "빌어먹을. 다이아몬드?"

"맞아." 내가 말했다. "어떻게 지냈어, 패스트맨?"

"나쁠 건 없었지." 그가 말했다. 하지만 그는 자기 픽업트럭에 짐을 싣는 사람이 정말 나라고 100퍼센트 확신하지 못하는 듯했다. 그는 백미러로 나를 지켜보았다. 내가 미네랄 블록이나 사료 자루를 짐칸에 실을 때마다 트럭이 약간씩 출렁거렸다. 그 멋진 녀석에게는 끝내주는 평대 스프링이 달려 있었다. 나는 돌아와 패스트포워드에게 영수증을 돌려주었다. 그러자 그는 좀 더 확신하는 듯했다.

"몰라볼 뻔했다." 그가 말했다. "전보다 덩치가 두 배는 커졌네."

몸무게 측면에서는 그럴 수 있었다. 게다가 5학년 이후로 최소 30센티미터는 더 키가 컸다. "최선을 다하고 있어." 내가 말했다. "이걸 전부 크리키네 농장으로 가져가는 거야?"

"절대 아니지. 그 똥구덩이는 망한 지 좀 됐어. 거기 남아서 늙은이가 우는 꼴을 지켜보고 싶긴 했는데, 안 그랬지."

"그럼 크리키는 이제 죽은 거야?" 앵거스와 내가 크리스마스트리를 한 그루 더 훔치려고 마지막으로 그곳에 갔을 때는 농장 대문에 은행 경매 팻말이 붙어 있었다.

패스트포워드는 담배를 한 모금 빨아들였다. 눈길이 옆으로 슬쩍 미끄러졌다. "그럴지도 모르지. 젠장, 내 알 바냐." 나는 그냥 그 자리에 서서 그 모든 모습을 뇌리에 새겼다. 저런 식으로 담배를 빨아들이고, 저런 식으로 알 바 아니고.

"그래서 형은 지금 어디 살아?"

"내 집을 구했지. 시더 힐에, 거의 6만 평쯤 돼."

"끝내준다, 형만의 농장이라니. 들소 키우는 그쪽이야?"

"거기보다 몇 킬로미터 못 미쳐서. 58번 도로 북쪽이야."

"끝내준다." 내가 말했다. 한 번 더. 그야말로 멍해진 채였으니까. 아니, 젠장. 아직 그렇게 나이가 많은 것도 아닌데 위탁 가정 출신 아이가 삶에서 그렇게 많은 걸 이룬단 말인가? "담배도 키워?"

"3천 평. 그냥 딱 적당해. 관리할 만하지."

"뭐, 담배 자를 때든 뭐든 도와줄 사람 필요하면 나 불러."

"고맙다. 근데 먼저 알아야 할 건, 너라는 녀석이 빌어먹을 장갑을 끼고 있을 수 있냐는 거야."

패스트포워드는 미소 지었고 나는 웃었다. 우리가 함께한 시간이여. 아니, 그래. 중독된 일을 놓고 우리가 웃고 있다는 건 사실이었다. 그 시절의 모든 순간은 좆같았다. 하지만 그 시절이 지옥이었다는 걸 아는 또 한 사람이 있으면 뭔가가 있는 셈이다. 나는 토미나 스왑-아웃을 본 적이 있는지 묻고 싶었지만 사실은 패스트포워드에게 중요한 유일한 사람이고 싶었다. 나는 예전에 그랬듯 그에게 경례했다. 일하러 돌아가야 했지만 경사로에 발이 붙어 있었다. 인간 자석, 패스트포워드. 패스트포워드의 F-100.

패스트포워드는 담배꽁초를 시멘트 바닥에 던졌다. "말했지만 가까이서도 널 못 알아볼 뻔했어. 경기장에서는 널 봤지만."

"내 경기를 봤어?"

"뭔 소리야, 88번? 난 제너럴스야. 그건 쉽게 잊을 수 있는 일이 아니라고."

시동이 걸리고 라리아트는 빠져나갔다. 나는 심장이 가라앉을지 두고 보았다. 패스트포워드가 나의 경기를 봤다니.

그 이후로 패스트포워드는 올 때마다 일삼고 내게 말을 걸었다. 그냥 아이버맥*이나 주사기 등 작은 것만 가져가서 트럭에 짐을 실어줄 필요가 없을 때도 많았지만, 나를 찾아 어떻게 지내는지 물어볼 때도 있었다. 기계로 제초기 손잡이에 가격표를 붙이다 말고 고개를 들어보면 내 쪽으로 다가오는 그 영화배우 같은 미소가 보였다. 거의 친구 같았다. 그랬는데도 패스트포워드가 그날 저녁에 놀겠냐고 물었을 때 나는 미칠 듯이 놀랐다. 토요일이었으니 그 말은 여자를 낚자는 뜻이었다. 그게 열여섯 살에서 기혼자 사이의 리 카운티 모든 인간이 토요일 밤에 주요 도로를 오가면서 하는 사업이었으니까. 즉시 패스트포워드는 내가 겨우 열다섯 살에 차도 없다는 걸 아는 건가? 나더러 어떻게 자길 만나러 오라는 거지? 같은 생각을 했다. 하지만 패스트포워드는 쿨하게도 5시에 데리러 올 테니 어떤 신나는 일을 하게 될지 알아보자고 했다. 자기 시절에 제너럴스였던 사람들 몇 명이 우리가 경기장에서 취하고 있는 새로운 방향에 대해 이야기하고 싶어 한다고 했다. 나는 당연히 좋다고 했다. 나는 코치님의 집에 전화를 걸어, 알아서 갈 테니 데리러 오지 말라고 말해야 했다. 긴장됐

---

*   살충제인 아이버맥틴을 말한다.

다. 내가 말했던, 어린애 같은 기분이 든다는 어려운 부분이 이런 거였다. 하지만 전화를 받은 사람이 유홀이었으므로 나는 그냥 말했다. 유홀에게 아무것도 빚진 게 없었으니까. 그날의 나머지 시간은 늘어졌다. 내 머릿속에 사료 가게의 게임이 들어 있지 않았기 때문이다. 병아리 급수기를 채우는 작업이 지루하게 느껴졌다. 나는 출동할 준비가 되어 있었다.

우리가 간 곳은 물론 페닝턴 갭이었다. 솔직히 말해 주요 도로 전체가 아무리 해봐야 2.5킬로미터 정도밖에 되지 않는 존스빌에서 여자를 낚는 놈은 삼류였으니까. 노턴의 페더럴 스트리트는 장단점이 있다. 반면 페닝턴에서는 모건 시내를 지나는 내내 헌팅을 하다가, 방향을 틀어 조슬린까지 그 먼 길을 돌아올 수 있다. 자동차가 너무 느리게 움직여 한 바퀴 도는 데 한 시간이 통째로 걸리는 큰 원을 그리면서 말이다. 걸어가는 게 더 빠를 수도 있다. 자동차 창문이 내려지고 몸이 밖으로 늘어지며 대화가 이루어진다. 자동차끼리, 아니면 자동차와 행인끼리 수작을 벌인다. 수많은 여자애들이 리 영화관 앞이나 세탁소 근처 모퉁이에서 죽치고 있다. 한 장소에 머물며 지나가는 쇼를 바라본다. 어떤 애들은 실외용 의자를 가져왔다. 전반적인 그림을 그리고 싶어서, 그리고 옷이 주된 강점인데 자동차에 타고 있으면 옷이 별로 보이지 않으니까. 옷만이 아니라, 알잖나. 옷이 어떻게 맞는지도 중요했다.

내게는 차를 타고 하는 첫 헌팅이었다. 그리고 우리가 스타였다. 마치 홈커밍 행사의 여왕이 푹신한 드레스를 입고 손을 흔드는 행진 때의 컨버터블 자동차 같았다. 우리 경우에는 손을 흔들지도 않았고, 사실 '우리'랄 것도 없었지만. 모든 건 패스트포워드 덕분이었다. 운전대에 손을 느슨하게 올려놓고 고개를 뒤로 젖힌 채 반쯤 눈을 감고 짓는 그 미소. 여자들아, 용기가 있다면 와서 가져가라, 라고 말하는 듯했다. 라리아트가 등장할 때마다 여자들이 파도를 일으키며 살아났다. 마치 낚시의 찌처럼 위아래로 흔들렸다. 딱 달라붙는 청바지와 홀터톱, 보는 것만으로도 사타구니가 아파오는 헐벗은 상반신.

우리는 넷이었다. 패스트포워드와 나, 로즈 다텔이라는 여자애, 레프트 태클로 4년 내내 패스트포워드와 함께 뛰었던 빅베어 하우. 무슨 뜻인지 알 거다. 쿼터백과 그의 사각지대를 지키는 수비수보다 끈끈한 한 쌍은 없다. 여자는 다른 얘기다. 못되게 굴려는 건 아니지만, 이 로즈라는 애는 패스트포워드와 급이 맞지 않았다. 뾰족한 팔꿈치에 날카로운 눈매, 뾰족하고 들쭉날쭉한 치아, 한계까지 뽕을 넣은 먼지색 머리카락. 로즈의 모습 전체가 이렇게 말하는 듯했다. 어디 덤벼봐, 자식아. 난 반격할 준비가 돼 있으니까. 로즈는 가운데에, 빅베어는 조수석에 앉았으므로 그들이 나를 태워준 이후로는 나와 문손잡이가 지나치게 친해져서 함께 밖으로 떨어지지 않도록 노력하는 시간이었다. 우리는 미식축구 이야기를 했다. 빅베어는 올해 수비수 라인업에 대한 내 생각을 알고 싶어 했다. 그런 다음 우리는 조슬린에 접어들어 차들의 대열에 끼어들었다. 빅베어는 창밖으로 비집고 나가 커다란 덩치를 라리아트의 보닛 위로 휘둘러댔다. 비집고 나가는 길에 그가 내 청바지 무릎에 신발 자국을 쿡 찍었다. 빅베어가 우리의 빌어먹을 보닛 장식품이었다. 그는 바지 속에 개미라도 든 듯 초조해하며 여자들에게 환성을 질렀고 차체 양옆의 금속을 정말로 빠르게 두드려댔다. 원숭이 드러머처럼. 빅베어는 족히 115킬로그램쯤 나갔으니 포드의 기술력과 보닛의 지지대는 인정할 만했다. 이런 행동은 오랜 시간에 걸쳐 검증된 것이 분명했고, 빅베어는 그 자체로 볼거리였다. 칼하트 작업복에 셔츠는 입지 않고, 전설적인 쥐 꼬리가 달린, 짧게 깎은 머리를 한 헐크와 비슷했다. 사람들 말로 빅베어는 안전상의 이유로 경기 중에 그 쥐 꼬리를 헬멧 안에 말아 넣고 다니곤 했다고 한다. 이런 식으로 우리는 시내를 돌았다. 신의 시점에서 우리를 내려다보면 아마 시계 방향으로 돌았다고 말할 수 있을 것이다. 그리고 신이 우리를 내려다보지 않았기를 바라도록 하자. 수상한 행동, 공개적 애정 행각, 부적절한 언어가 넘쳐났으니까. "씨발 최근에 어디 있었던 거냐, 이 새끼야"가 평범한 인사말이었다.

모든 시선을 받은 건 패스트포워드였지만, 그다음으로는 그와 함께 있는 사람들도 눈길을 끌었다. 나는 여자애 두 명이 서로를 팔꿈치로 쿡쿡 찌르며 손가락질하는 것을 보았다. 우리가 리 영화관 모퉁이를 두 번째로 돌았을 때 패스트포워드는 트럭에서 내려 나를 놀라게 했다. 거리 한가운데에서 시동을 켜둔 채 문을 열어놓고. 패스트포워드가 씨발 나와, 데몬, 이라고 말하므로 나는 그렇게 한다. 패스트포워드는 내게 소개해줄 사람들이 있다. 함께 경기했던 남자들과 그들의 여자 친구인지 아내인지 뭔지 모를 사람들이다. 일부는 아기를 데리고 있다. 패스트포워드는 이제 고등학교를 졸업한 지 몇 년 되었고, 그 남자들은 패스트포워드보다도 나이가 많다. 이름이 너무 빠르게 시끄럽게 오가서 기억할 수가 없다. 덕인지 벅인지 하는 한 남자는 어깨에 기도하는 손 문신을 새겼고, 그의 여자 친구는 미싱 티셔츠를 입고 있으며, 또 다른 남자는 집게손가락이 없다. 그 정도는 나도 알아보았다. 모두가 은퇴한 제너럴스 선수였다. 이 사람은 타이트엔드, 저 사람은 코너백. 패스트포워드는 나를 다이아몬드 원석일 때 자신이 직접 발견한 신동이라고 말했다. 이런 일이 여러 번 일어났다. 때로 패스트포워드는 트럭이 아직 굴러가는데 문을 확 열었고, 나는 그를 따라잡으려고 노력했다. 때로는 비교적 어린 사람들이 나를 이미 알고 있었다. 패스트포워드를 아는 것보다도 나를 더 잘 알았다. 패스트포워드는 업적을, 옛 업적과 새로운 업적을 연결해 두어야 한다고 했고, 나도 그걸 알 수 있었다. 사람들은 학교를 거쳐 갈 뿐이다. 옛 제너럴스의 위대함을 잊어버릴 위험이 있다. 그건 끝내주면서도 무시무시한 일이었다. 이제는 이 모든 사람들이 내가 저렇게 멋지기를, 혹은 모든 패스로 터치다운을 기록하거나 자기들에게 돈을 빌려주기를 기대할까? 오, 주여. 명성이란 대단히 다루기 어려운 것이다.

한편 로즈라는 여자애는 수수께끼의 화물이었다. 나는 어떤 여자애가 오래전 우리의 특공대 파티를 위해 만들어주었던 마약 쿠키를 떠올리고 그 이름을 기억해냈다. 이 로즈가 그 로즈라면, 우리는 역사상 최장기 여자 친구 오디션을 목격하고 있는 셈이었다. 내 말은, 로즈가 여전히 그 자리를 얻지 못했다는 것이다. 둘은 남매와 더 비슷해서 저녁 내내 이런 식으로 싸웠다. 로즈가 "당연히 내가 멍청한 거겠지만, 제일린 글래스는 네가 그렇게 말하지 않았다던데"라고 하면 패스트포워드는 "뭐가"라고 하고, 로즈가 "너도 뭔지 알잖아, 마우스 쪽 거래 말이야"라고 말하면 패스트포워드는 "징징거리네"라고 말하고, 로즈는 "그럼 네가 개랑 얘기해봐"라고 하면 패스트포워드가 "그건 안 되겠는데"라고 하는 식이었다.

어느 시점에 패스트포워드는 말보로를 다 피우고 담뱃갑을 움켜쥐어 구기더니 로즈의 손에 떨어뜨렸다. 로즈는 내게 자기를 내보내달라고 하더니 인도를 따라 행진해 갔다. 막대처럼 가느다랗지만 농장 소녀의 큼지막한 걸음걸이를 가진 그녀가 딱 달라붙는 청바지에 하이힐 샌들을 신고서 떠나갔다. 2분 후 한 블록을 지나쳐 갔을 때 그녀는 새 담배 한 갑을 가지고 라리아트에 돌아왔고 패스트포워드는 고맙다는 말 한마디 없이 담배에 불을 붙였다. 나는 내가 뛰쳐나가 직접 저 담배를 사 올 수 있으면 좋겠다고 생각하고 있었다. 패스트포워드는 그런 식이었다. 누구든 그의 보병이 되고 싶어 했다. 나는 오늘날의 제너럴스여서 자랑스러웠지만, 빅베어만큼 나이가 들어 패스트포워드의 레프트 태클이 될 수만 있다면 무엇이든 내놓았을 것이다.

로즈가 트럭 캐빈에 타면서 얼굴을 완전히 보인 다음에야 나는 그녀의 얼굴 왼쪽을 타고 올라가는 흉터를 보았다. 그 흉터는 입술 두 개를 모두 가로지르며 이어져, 일종의 비웃음을 짓는 것처럼 입술을 비틀어놓았다. 로즈는 두꺼운 화장을 하고 다니는, 대부분의 얼굴이 화장품으로 뒤덮인 그런 여자였다. 얼굴과 목이 만나는 부분에 색 경계선이 있는. 화장을 한 게 흉터 때문이라는 생각이 어쩔 수 없이 들었다. 하지만 그 흉터는 사실 감출 수 없었다. 나는 그게 어떤 느낌일지 궁금했다. 남자들에게 흉터는 그냥 전쟁의 상흔일 뿐이다. 우리 팀 수비 태클 데이비는 아주 어릴 때 진입로에서 놀다가 아빠가 차로 깔고 지나가는 바람에 이마에 심한 흉터가 있었다. 그리고 데이비는 여자 분야에서 A급으로 괜찮았다. 솔직히 말해 여자 자석이었다. 하지만 로즈 같은 여자는 저 흉터로 열외가 되는 걸까? 아니면 중급 여자 친구 레벨이 되어서, 패스트포워드에게 평생을 걸고 도박을 해도 망할 운명인 걸까? 나는 규칙을 몰랐다. 둘 사이에 무슨 일이 벌어지고 있는 건 사실이었으나 그건 사랑이 아니었다.

내 문제는 아니지만. 나는 고대하던 삶을 살고 있었다. 때로는 빅베어가 라리아트의 보닛에서 다른 자동차로 기어 올라가 지붕에 누운 다음, 창문 너머로 몸을 숙여 운전자와 이야기했다. 가끔 누군가가 그에게 대마초를 주면 그는 두어 모금을 빤 다음 우리 보닛으로 다시 기어와 안의 패스트포워드에게 건네주었다. 우리는 그 대마초를 돌려 피웠고, 나는 그걸 창밖의 빅베어에게 다시 건넸다. 태양이 산 위로 낮게, 커다란 빨간색 가슴처럼 걸려 있었다. 가게의 유리창에서 초록색과 빨간색 빛이 타올랐다. 여자들은 아름다운 얼굴을 숙여 각자의 비밀을 감추었다. 그들의 달콤한 몸, 포드와 쉐보레. 그 강물의 흐름. 이게 인생이지, 나는 생각했다. 내가 해냈어. 시내 헌팅을.

39

이유는 모르겠다. 오, 주여, 도우소서. 하지만 매곳에게 필요한 게 뭔지는 몰라도, 난 패스트포워드가 그걸 줄 수 있을 거라 생각했다. 내가 둘 모두와 친구라면 내게는 의무가 있는 셈이었다. 그래서 독립 기념일에 준 이모와 에미의 집으로 패스트포워드를 초대했다.

이번 만남이 파티 중의 파티가 될 거라는 소문이 났다. 준 폐곳은 폭죽과 친하지 않았지만 말이다. 준 이모는 우리 모두를 앉혀놓고, 터져 나간 신체 부위라는 면에서는 직업적으로 본 게 많다고 기꺼이 말해줄 터였다. 상관없었다. 에미는 인기에 관한 모든 평범한 선을 넘어, 몇몇 괴짜와 연극부 애들과 어울리고 있었다. 그 녀석들을 한데 모아놓은 뒤에는 뒤로 물러서서 구경해야 한다. 그들은 금지된 물건을 구하러 테네시주까지 가곤 했다. 수직, 수평 폭죽이라든지. 모금이 이루어졌다. 앵거스는 뭐랄까, 화약을 건드리는 건 멍청한 짓이야, 사양할게, 라는 식이었다. 하지만 나는 다가올 날을 기다리며 흥분했다.

패스트포워드는 이미 두 명의 승객을 태운 채로 나를 데리러 왔다. 시무룩한 로즈와, 마우스라는 이름의 여자였다. 아마 덩치가 아주 작아서 그런 이름이 붙었을 것이다. 쑥스러워해서가 아니고. 마우스는 MTV 복장 같은 은색의 보디슈트를 입었으며, 내가 차에 탈 때는 이미 한창 이야기하는 중이었다. 완전한 양키 억양으로. "걔가 2분 후면 방송에 나가는데, 난 진짜 미치겠는 거야. 아, 세상에, 알겠다. 저건 부분 가발 위에 바코드 머리를 한 거야! 그걸로 내가 뭘 어째야겠어? 그래서 내가 가발을 들어 올리고 파우더를 발라줬지. 머리카락 너머로 광이 나지 않게. 그런 다음 다시 가발을 씌우고 얘들아, 내가 협박을 하려 들면 엄청난 돈을 벌 수 있을 거야, 라고 했어."

패스트포워드가 자기 생각에는 마우스가 이미 부자라고 말했다. 마우스는 웃으며 커다란 핸드백을 끌어안았다. 그녀는 나를 돌아보고 거대한 속눈썹을 깜빡였다. "우린 만난 적 없는 것 같은데."

마우스는 연예인의 헤어와 메이크업을 해준다고 말했다. 내가 혹시 놓쳤을까 봐. 패스트포워드는 내가 우리 미식축구 팀의 떠오르는 스타라고 말했다. 다른 사람에게는 "제너럴스의" 떠오르는 스타라고 말했을 것이므로, 이 마우스라는 사람은 머나먼 은하계에서 온 게 틀림없었다. 그녀는 필리에서 왔다고 말했다. 필리는 암컷 말을 뜻하는 단어였으므로 이해가 되지 않았는데, 그건 필라델피아라는 도시를 말한다고 마우스가 밝혔다. 나는 매곳의 집까지 길 안내를 했다. 그렇게 해서 캐빈에 탄 사람은 우리 다섯 명이 되었다. 아늑했다. 마우스는 두 발을 대롱거리며 내 무릎에 폴짝 뛰어올랐다. 예쁜 것 같았다. 작은 몸에 비해 머리가 너무 크고 들창코였지만 메이크업 기술은 프로 수준이 분명했다. 헤어스타일은 내 얼굴에 닿는, 폭발하는 고래 분수 같았다. 그녀는 내 무릎에 놓인 인형 같았고. 그녀는 입을 끊임없이 놀려, 다가오는 브리트니 쇼인지 뭔지에 관해 말했는데, 그러다가도 가난을 한 번도 본 적이 없는 것처럼 몇몇 황량한 곳에 대해 말하느라 자기 말을 자기가 끊었다. 그녀의 커다란 핸드백은 이 시점에 바닥에 놓인 채 굴러다니며 짤그랑거리고 있었다. 프링글스 캔의 한쪽 끝이 튀어나온 게 보였다. 마우스는 쥐가 뭘 먹고 사는지 궁금할까 봐 보여주는 걸까.

매곳은 엿같이 초조해했다. 나는 패스트포워드가 곁눈으로 그를 살피는 걸 보았다. 나는 매곳에게 익숙했다. 검게 염색한 커튼 같은 머리와 형광 메시 소매, 매곳과 배트케이브*의 동료들이 크리스천스버그로 가는 길에 있는 고스족 옷 가게에서 사는 거대한 검은색 바지에 익숙해질 수 있는 한에서는 말이다. 그의 다리 위아래로 온통 체인이 이어져 있었다. 녀석에게 목줄을 채우려면 목줄을 연결하기 편리한 지점이 많이 보였다. 매곳은 언제나 내게 친형제나 마찬가지였지만, 그 순간에는 부끄러웠다. 마우스는 이런 경험을 한 뒤에도 살아남을 수는 없을 것 같다는 눈으로 매곳의 화장과 염색을 보고 있었다. 그나마 매곳은 최악의 상태가 아니었다. 녀석은 실수로 두피까지 검게 염색한 채 학교에 나타나는 걸로 알려져 있었으니까. 나는 준 이모의 집으로 가는 길을 안내했다. 패스트포워드는 운전대 위에 한 손을 대고 창밖으로 담배를 내민 채 슬림 셰이디**처럼 선글라스를 반쯤 내려쓰고 운전했다. 그러는 동안 채티 캐시***는 여행담을 끝없이 늘어놓으며 오마이갓, 저 개를 사슬에 묶어놨어, 사람들이 어떻게 저렇게 잔인할 수가 있지, 저 집 옆면에 자라는 초록색 저건 뭐야(그냥 평범한 이끼였다), 오마이갓, 하는 식이었다. 이모네까지 700미터쯤 남았을 때 자

---

*   배트맨의 비밀 기지.
**   에미넴의 또 다른 예명.
***   1950년대 후반에서 1960년대 초반의 미국 인형으로, 여기서는 마우스를 가리킨다.

동차들의 줄이 시작되었다. 그 차들은 길 양옆으로 완전히 삐뚤빼뚤하게 주차되어 있었다. 우리는 차를 세우고 자갈길을 따라 걸어갔다. 이미 숲 저편에서 음악 소리가 들려왔다.

"뜬금없는 곳에 멋진 인도가 있네." 거대한 굽이 달린 샌들을 신은 마우스는 패스트포워드의 팔을 잡고 휘청거리며 말했다. 마우스는 키가 패스트포워드의 허리에 간신히 닿았으며 마대 같은 핸드백을 들었다. 로즈는 뒤로 물러나 매곳과 나와 나란히 걸었지만, 우리가 말을 걸려는 시도라도 하면 우리 머리를 쥐어뜯을 것처럼 보였다. 매곳은 개가 으르렁거리는 듯한 로즈의 흉터를 확인했다. 아마 그게 끝내준다고 생각했을 것이다. 누가 알겠는가. 준 이모네 진입로 맨 아래에서 매곳은 멈춰 서서 대마초에 불을 붙였다. 로즈가 "험프리 보가트냐, 혼자 피우게?"라고 말했으므로 매곳은 우정을 쌓아보려는 미약한 손짓으로 그녀에게도 대마초를 건넸다. 매곳이 대마초를 피운 건 아마 오늘의 게임에 대비하느라 쓴 약물의 효과를 상쇄해야 했기 때문일 것이다. 녀석은 바짝 긴장하고 있었다. 매곳이 애용하는 건 노도즈****를 부숴서 코로 흡입하는 방법이었다. 매곳이 초등학교 때 알아낸 방법인데, 나는 한 번 해본 것만으로 충분했다. 진짜다. 살 밑에 개미가 파고드는 기분을 느끼지 않아도 인생은 충분히 악랄하지 않던가? 매곳은 그렇지 않다고 생각하는 모양이었다. 매곳은 노도즈에서 애더럴로 넘어갔다. 그건 의사에게 처방받을 수 있는 합법적인 약물로, 누구든 어디에서나 구할 수 있었다. 최근에 녀석은 드러그스토어에서 슈다페드를 조금씩 사다가 약 만드는 놈들에게 팔았다. 아마 돈 대신 놈들의 제품을 받았을 것이다.

****　카페인 알약의 일종.

로즈는 여유롭게 대마초를 빨며, 손을 내저어 얼굴과 커다란 구름 같은 머리카락에서 벌레들을 쫓았다. 나는 두어 모금을 피우고 안으로 들어갔다. 남자 두 명이 신발만 신고 아무것도 입지 않은 채 숲속을 내달리며 수영에 대해 소리치고 있었다. 근처에 연못은 없었다. 남자들이 서로에게 술병 로켓을 쏘아댔다. 다리 긴 여자들이 시든 데이지처럼 나무 사이에 축 늘어져 있었다. 그들은 실패한 시도를 재생하는 듯했다. 우리가 지면 안 되는데 졌던 미식축구 경기를 떠올리듯.

나는 준 이모를 찾아 패스트포워드와 만나게 해주고 싶었지만, 패스트포워드와 마우스는 이미 사라지고 없었다. 매곳은 친구인 마사, 즉 체인 바지에 손가락 없는 장갑을 끼고 다니는 패거리의 인기인 '핫토픽'을 발견하고 곧장 그리로 향했다. 이게 매곳을 구하는 임무라면 나는 실패하고 있었다. 나는 돔 집의 위층 덱에 있는 이모를 엿보았다. 평소처럼 트럭 휴게소의 샤워실보다도 핫해 보였다. 작은 빨간색 반바지에 큰 술잔을 들고, 목에 닿은 머리카락을 획 넘기고 있었다. 여자들 한 무리와 함께였다. 몇 명은 간호사복을 입었다. 히피 복장의 애니 선생님도 그 무리에 속한 것처럼 굴고 있었다. 애니 선생님이 에미의 성가대 지도교사인 건 사실이었다. 하지만 이젠 파티에까지 초대된다고? 좀 잘난 척하는 것 같았다.

준 이모네에는 진짜 뜰이 없었다. 그냥 숲속 공터가 있을 뿐이었다. 지금 그 공터는 에미넴 음악보다 시끄럽게 서로에게 고함쳐대는 사람들로 붐볐다. 집에서부터 나온 연장코드가 학교에서 빌려 온 커다란 스피커 몇 대로 이어졌다. 연극부 애들은 그런 헛짓거리를 하고도 빠져나갈 수 있었으니까. 그래서 이제 이웃 농장의 소들은 건초를 씹거나 에미넴의 음악보다 시끄럽게 울어대려 애쓰고 있었다. 나무가 흔들렸다. 우리 발밑의 흙도. 나는 어깨로 그 사이를 비집고 들어갔다. 이모가 계속 에미를 한 판의 계란처럼 지켰는데도 에미의 파티가 유명해지기 시작한 이유인 술통이 보였다. 이모는 우리가 술을 계속 마시려고 구불구불한 도로를 따라 차를 몰고 가게 놔두지 않았다. 여기서 마시고 잠을 자고 술을 깨라는 것이 이모의 방침이었다. 진지한 방침. 혀가 꼬부라지거나 발을 헛디디기 시작하면 이모는 자동차 열쇠를 빼앗고, 어디든 찾을 수 있는 바닥에서 자라고 명령했다. 부탁이니 똑바로 누워 자지는 말라면서.* 하루라도 더 살라는 것이었다. 이모는 리 카운티의 인구가 0을 향해 가고 있다고 믿었다. 어느 해를 고르든 태어난 아기보다는 음주 운전 사고와 토사물로 인한 질식으로 사망하는 사람을 더 많이 보았기 때문이다.

술통 근처에는 나로서는 놓쳐서 아쉬운 남은 파티 음식과 종이 접시가 널린 접이식 식탁들이 놓여 있었다. 에미도 있었다. 그녀는 미국 국기처럼 장식한 거대한 팬케이크 위로 허리를 숙이고 맨어깨 너머로 긴 머리카락을 획 넘기며 지나치게 큰 칼로 별이 하나씩 들어간 작은 파란색 사각형들을 잘라내려 애쓰고 있었다. 작은 흰색 상의와 엉덩이에 걸쳐진 흰 청바지, 그 사이에 보이는 상당한 맨살의 에미 자신도 빛나는 별이었다. 나는 이불 아래에서 그 배를 만졌던 걸 떠올리고 짜릿함을 느꼈다. 작은 진전밖에 이루어지지 않았더라도 첫 경험은 잊을 수 없는 법이다. 지금 에미는 넓은 세계로 나아갔다. 중국식으로 보이는 플립플롭을 신은 채 타박타박 돌아다니면서 냅킨에 네모난 케이크를 나눠주었다. 나는 자기 자신을 좋아하는 건 어떤 기분일지, 최상위에 머무르기 위해 필요한 변화를 편하게 일으키는 건 어떤 기분일지 궁금했다. 다른 여자애들이 지나치게 열심히 노력하

* 취한 상태에서 똑바로 누워 자면 구토 시 질식할 확률이 높아진다.

고 머리를 크게 부풀리고 화장을 진하게 하고 바지 위 뒤쪽으로 끈 팬티의 고래 꼬리가 보이는 하늘색 트레이닝복을 입고 다니는 동안에 말이다. 솔직히 나는 그쪽 여자들이 더 안전하게 느껴졌다. 엄밀히 말하면 에미는 나와 비슷했다. 아빠는 죽고 엄마는 엉망이고. 하지만 아무도 그 사실을 추측할 수 없었다. 에미는 태어날 때부터 발밑에 인도가 깔려 있던 사람으로 보였다.

나는 맥주를 빨리 마셔버리고 엄청나게 여러 번 인사를 건넸다. 내가 이곳에 있는 모든 여자애들과 남자애들을 알았기 때문이다. 오래전 함께 버스를 타고 다녔던 거친 애들 중 한 명인 매시 졸리는 내 등을 치며 "제기랄, 인마, 타이트엔드라니! 난 씨발, 네가 그렇게 될 줄 알고 있었어"라고 말했다. 나는 그래, 너야 씨발 그랬지, 라고 말했다. 매시 졸리는 나중에 다른 애들 몇 명과 함께 스콧 카운티에 있는, 수영할 만한 웅덩이가 있는 폭포로 갈 거라고 말했다. 바로 '악마의 욕조'로. 내 목 뒤 털이 삐죽 섰다. 하지만 나는 그냥, 좋지, 인마, 라고만 말했다. 녀석들이 너무 취해 어둠 속에서 수영할 수 없으리라는 걸 잘 알고 있었으니까.

나는 패스트포워드의 미소와 곱슬머리가 매끄러운 물고기처럼 군중 사이를 움직이는 모습을 지켜보았다. 남자들이 유명한 쿼터백과 이야기하려고 밀고 들어오고 있었다. 여자들은 더 심했다. 나는 에미가 그에게 케이크 한 조각을 전해주는 걸 보았다. 여자 특유의 방식으로 허리를 휘면서, 엉덩이가 티 나게. 패스트포워드도 웃고 에미도 웃었다. 패스트포워드는 케이크를 받으며 살짝 허리를 숙여 인사했다. 둘 사이에 너무 환한 별빛이 일어 선글라스가 필요했다. 나는 패스트포워드를 데려온 사람이 나라는 걸 에미가 아는지 궁금했다. 뭐, 패스트포워드가 날 데려온 셈이었지만.

"데몬! 도대체 어디 숨어 있었던 거야?"

나는 내 팔을 너무 세게 툭 치는 소녀의 이름을 생각해내느라 맥주에 절여진 뇌를 뒤졌다. 엄청 오래 못 본, 페곳의 사촌이었다. 제이 앤. 루비 이모의 딸이자 해머 켈리의 이복누이. 제이 앤이 내가 떠났다는 얘기, 그다음에는 미식축구 경기장에 나타났다는 얘기를 들었다며 도대체 어떻게 된 일이냐고 말하는 동안 여전히 이런 생각을 하고 있었다. 나는 제이 앤에게 근황을 전해주었다.

"윈필드 코치님? 미친, 디즈니 성처럼 생긴 그 집에 사는 사람?"

나는, 안에서 보면 그 집이 그리 크지 않다고 말했다. 거짓말이었다.

준 이모 자매 중에서는 루비 이모가 첫째였고, 그녀의 아이들이 가장 무뚝뚝한 편이었다. 하지만 모든 페곳 사람들이 그렇듯 아주 믿음직스러웠다. 나는 해머가 소총을 들고 앉아서 준 이모와 에미를 지켜준 일을 생각했다. 제이 앤은 해머와 에미에 대해 아느냐고 물었다. 모두가 아는 얘기였다. 에미와 준 이모가 이곳으로 돌아온 이후로, 해머가 줄곧 에미와 사귀고 싶어 했다는 얘기. 매곳은 이 일을 빌미로 언제나 에미를 놀려댔다. 에미는 언제나 코 피어싱 하나를 뜯어내거나 거세해버리겠다고 위협했고. "해머는 용감하지." 내가 말했다.

"걘 고무 물고기를 낚싯바늘까지 통째로 삼켰어. 천천히 확실하게 나아가는 게 경주에서 이기는 방법이지."

"노력 점수도 있으니까." 내가 말했다.

제이 앤은 이 파티가 이모와 사촌 몇 명이 참석하는 가족 소풍으로 정오에 시작되었다고 말했다. 그다음에는 준 이모의 간호사 친구들이 교대 근무를 마치고 나타났고, 그다음에는 카운터의 나머지 사람들이 찾아왔다. 그렇게 해서 이 떠들썩한 축제는 공식적으로 통제 불능이 됐다. 양반은 못 되는지, 준 이모가 여행용 가방 크기의 금속 웅급 구조 키트를 가지고 우리 사이로 걸어왔다. 누군가 음악을 껐다.

"다들 잘 들어. 난 오늘 비번이야. 그러니까 너희 몸에 구멍을 뚫을 생각이라면, 여기에 거즈랑 베타딘을 놔둘게. 알아서 해."

숲속의 누군가가 연속적으로 폭죽을 터뜨렸다. 타타탓. 모두가 웃었다.

"피해가 눈이나 팔다리에까지 미치면 집으로 들어가서 구급차를 부르면 돼. 그게 다야. 난 너희들을 사랑해, 진심이야. 여기 올 때 모습을 그대로 간직하길 바라. 너한테 하는 말이야, 에버렛." 이모가 손가락으로 권총 모양을 만들어 남동생을 가리켰다.

에버렛 삼촌이 솔로 컵을 들어 올렸다. "걱정하지 마. 누나의 예쁜 간호사 친구를 찾아갈게."

"아니, 그렇게는 안 되죠, 선생님. 내 친구들도 열두 시간짜리 교대 근무를 마치고 긴장을 풀려고 온 거니까, 네가 걔들한테 의사 노릇을 해달라고 하면 내가 직접 네 인생을 망가뜨릴 거야. 알겠어? 독립기념일 축하해. 멋진 시간 보내고."

모두 사상 최고의 연설을 들은 것처럼 환호했다. 이모는 한쪽 팔을 흔들며 다시 집으로 올라갔다. 기분이 나빠서가 아니라 그냥 이모다운 행동이었다. 나는 아직 인사를 하지 못했으므로 사람들 사이를 비집고 집으로 향했다. 집 안도 바깥과 거의 비슷하게 붐볐다. 대부분은 페곳 집안 친척들이었다. 담뱃갑 안의 담배처럼 주방에 다닥다닥 붙어 선 이모들, 재떨이의 꽁초처럼 가구 위에 뻗은 삼촌들. 루비 이모는 늘 피우는 담배 연기 구름 아래에서 발견됐다. 머리에 스프레이를 너무 많이 뿌려서, 거의 화재 위험이 있는 수준이었다. 이번 행사에는 반다나로 만든 상의를 입고 있었는데, 아마 그녀의 아이들은 그모습에 당황했을 것이다. 옛 홈커밍의 여왕들은 절대 죽지 않는다. 루비와 준 이모는 매곳과 에미와 함께 서 있었고, 나는 잠시 후에야 해머를 알아보았다. 해머가 에미와 함께 있었다. 그러니까 에미와 함께 말이다. 그는 에미의 어깨에 팔을 두르고 있었다. 고무 물고기를 삼킨 물고기처럼 확신에 찬 표정이었다. 나는 그리로 헤치고 나아가며 매곳을 쏘아보았다. 대체 내가 놓친 게 뭔지 궁금했다.

"데몬, 안녕." 에미가 허리를 숙여 나를 안아주며 말하더니, 나더러 입이라도 맞추라는 듯 축 늘어진 손을 내밀었다. "소중하지 않아? 석류석이야. 내 탄생석."

나는 에미의 손을 빤히 보았다. 준 이모가 나를 보고 웃었다. "반지 말이야."

"아." 석류석이란, 유리를 깨고 난 뒤에 빗자루로 쓸어버릴 아주 작고 빨간 조각이었다. "그래서 둘이 뭔데." 내가 말했다. "약혼했어?"

에미가 웃었고 이모들도 웃었다. 해머의 물고기 미소는, 가능한 일인지 모르겠지만, 더욱 활짝 피었다. 준 이모는 둘이 그냥 사귀고 있을 뿐이라고 확인해주었다. 반지는 생일 선물이었다. 이게 생일 파티였던가? 루비 이모가 걸걸한 목소리로 말했다. "해머는 이 계집애한테 몇 년이나 진드기처럼 달라붙어 있었어. 이제야 에미를 지쳐 쓰러지게 한 것 같구나." 더 많은 웃음. 매곳이 내가 뭐랬어, 라는 식으로 나를 쏘아보았다.

준 이모는 즐거워했다. 루비 이모의 남편과(이제는 전남편이지만) 한배를 탄 이후로 페곳 집안사람들 모두가 귀여워한, 키가 크고 예의 바른 바가지 머리의 해머 켈리. 그는 다스려야 할 거친 소년이 아니었다. 준 이모가 덮어놓고 그를 아끼는 모습을 보니 뭔가를 망가뜨리고 싶은 기분이 들었다. 그곳에서 벗어나야 했다.

방 건너편에서 애니 선생님이 보였다. 경악스럽게도 암스트롱 선생님이 아니라 말도 아저씨와 함께 있었다. 지구상에 말도 아저씨만 큰 파티와 어울리지 않는 사람이 있다면 그 사람을 위해 기도해야 한다. 어쩌면 애니 선생님은 말도 아저씨에게 페곳 집안의 독신 여성을 연결해주려는 건지도 몰랐다. 수위의 작업복을 벗고 쭈그러든 팔 대부분을 감추는 긴 소매의 분홍색 셔츠를 입은 그는 말도 아저씨가 분명했다. 두 번 보고 나서야 확신할 수 있었지만 말이다. 바로 그 순간, 무언가가 뒤쪽 창문 너머에서 내 시선을 사로잡았다. 숲속을 움직이고 있었다. 사람들이었다. 패스트포워드와 마우스가 그들을 따르는 군중을, 대부분은 내가 모르는 나이 많은 애들을 데리고 빠르게 언덕을 오르고 있었다.

나는 슬쩍 나갔다. 그들 모두가 망가진 오두막으로 올라가고 있었다. 나는 은색 점프슈트를 입은 마우스가 프링글스가 아닌 게 분명한 무언가를 프링글스 통에서 꺼내 나눠주는 모습을 볼 수 있을 만큼 가까이 다가갔다. 작고 검은 원반이었다. 사람들은 손에 돈을 들었고 패스트포워드가 특공대장처럼 모든 것을 지켜보고 있었다. 나는 감이 좋지 않다고 느끼고 튀었다.

폭죽놀이는 이미 시작됐다. 로먼 캔들*처럼 거지 같은 게 아니라 비명을 지르며 터지는 진짜 폭죽이었다. 불의 꽃. 나는 나무들 사이에서 틈새를 발견하고, 땅바닥에 앉아 그 꽃이 타닥거리며 피어나는 모습을 지켜보았다. 색깔을 번갈아 나타내며 다른 꽃을 만들어내는 꽃. 나는 어떻게 그런 일이, 하늘에 그림을 그리는 일이 가능한지 궁금했다. 저런 일을 한 건 중국인들이다. 그들의 글자가 상자에 적혀 있다. 이름만 영어로 적혀 있을 뿐이다. '폭포의 산, 작약의 왕관 혜성, 하늘 용의 알 인사.' 중국어로는 그 모든 것의 이름이 '수많은 사

---

*　　　날아가면서 별 모양의 불꽃을 여러 개 발사하는 폭죽.

람들이 주위에 있을 때 느끼는 오르가슴'일지도 모른다. 모든 것을 합쳤을 때의 결과가 바로 그것이니까.

나는 포플러나무 둥치에 기댄 채, 옛날 옛적에 행복을 맛보았던 숲속에서 잠시 시간을 보냈다. 뚱뚱한 초록색 잎사귀가 달린 뚱뚱한 나무들, 뚱뚱한 땅으로 배를 가득 채운 뚱뚱하고 큰 다람쥐들. 7월은 하느님의 달이다. 나의 아빠에게는 길의 끝이기도 했고. 나는 너무 많은 독립기념일을 분노로 보냈다. 엄마가 분위기를 가라앉힌다는 이유에서였다. 내게 목숨을 준 다음 본인 인생에서는 빠져버린 남자에 대해서는 한 번도 생각하지 않았다. 단 한 번도 시간을 내서 내가 본 모든 것, 아빠는 전혀 볼 수 없었던 것들을 세어보지 않았다. 그래, 인생은 구렸다. 배고픈 밤과 상처를 주는 사람들로 가득 차 있었다. 하지만 상자 속에 들어가 땅에 묻히는 것에, 그 무엇도 존재하지 않는 우주에서 둥실둥실 떠다니는 것에 비교하면? 나라면 그런 거래에 응하지 않을 것이다. 나는 바람개비 같은 초록색 불꽃이 나뭇가지 위쪽에서 빙빙 돌며 흰 불꽃을 튀기는 모습을 지켜보았다. 나의 아빠와 엄마, 남동생은 놀라운 것들을 엄청나게 많이 놓쳤다.

잠깐 졸았던 모양이다. 폭죽의 타닥 소리에 잠이 깼다. 이제는 완전히 어두워져 있었다. 나는 다시 오두막으로 돌아갔다. 그러다가 곤란한 상황을 맞게 될지 모른다는 걸 알았고, 그 사실이 유감스럽기도 했지만, 너무 궁금했다. 그 위에서는 더는 아무런 활동이 벌어지지 않고 있었다. 그냥 드러누운 남자들과, 정신을 잃기 전에 옷매무새를 다듬었어야 할 여자들이 있었다. 매시 졸리를 비롯한 몇몇 남자들이 통나무 벽에 기댄 채 가슴팍으로 머리를 축 늘어뜨리고 있었다. 역겨웠다. 주삿바늘은 언제나 나를 그런 식으로 동요시켰다. 땅에 놓여 있거나 아직 사람들의 손에 들려 있는 키트도. 마우스도 패스트포워드도 없었다.

나는 빠르게 언덕을 다시 내려왔다. 누군가가 모닥불을 피워두었다. 나는 패스트포워드가 부츠를 신은 채 쪼그리고 앉아 불꽃에 장작을 넣는 걸 보고 기뻤다. 파티는, 술통이 비어버리고 솔로 컵은 딱하게 흙에 뒹굴며 사람들은 비상용 캔과 병을 가져다 술을 마시는 단계였다. 페곳 집안의 이모들이 장비를 장악한 듯 음악은 구식이었다. 마이클 잭슨과 프린스. 사람들은 잔디 의자에 앉아 TV라도 보듯 모닥불을 바라보았다. 매곳은 혼자 서 있었다. 나는 생각했던 것보다 세게 뒤에서 그 녀석을 쳤다.

"제기랄, 너 때문에 흘렸잖아. 맥주." 불행할 정도로 취한 매곳이 체인 바지를 내려다보았다. 그 바지를 대체 어떻게 빠는 건지 궁금해질 수밖에 없었다. 그 일은 분명 페곳 아줌마의 몫일 것이다.

"닭살 커플은 어떻게 됐어?"

매곳이 생각에 잠겼다. "포기해, 인마. 에미는 브리트니이고, 너는 정말. 너는 스폰지밥이야."

"좆 까. 나는 제너럴스야. 1군 선수고."

"미안한데. 넌 사각 바지에 그걸 새기고 다니는 스펀지밥이야. 그거 뭐냐."

"등번호. 88번."

긴 침묵. "등-번호. 10-4."

"해머 켈리가 어떻게 브리트니 영역으로 날아갈 수 있었는지 설명해봐."

또 한 번의 침묵. "가설은 있지. 해머 켈리가 준 이모의 지스폿을 찾은 거야."

완전히 취한 녀석이 하는 말로는 꽤 괜찮은 추측이라고 생각했다.

패스트포워드가 모닥불 건너편에서 우리를 지켜보고 있었다. 나는 손을 흔든다거나 뭐든 멍청한 짓을 하지 않았다. 그냥 바라보기만 했다. 패스트포워드가 일어서서 담배꽁초를 불 속으로 탁 튕기고 다가올 때까지.

"신사 여러분." 그가 우리 사이에 서서, 우리에게 하나씩 팔을 둘렀다. 나는 몸을 몇 센티미터 키웠고 매곳은 눈에 들어간 머리카락을 빼냈다. 나는 패스트포워드에게 이 파티를 연 준 이모를 만나볼 기회가 있었느냐고 물었다.

"우리한테 반창고를 쓰게 해준, 자비심 넘치는 집주인 말이지?"

내가 웃었다. 패스트포워드는 사람들이 우리를 알아보는 걸 알고 우리 어깨에서 팔을 내렸다. 그는 준 이모와 이야기해봤다고, 좋은 사람인 것 같다고 말했다. 하지만 그녀의 딸은 만나보지 못했다.

"케이크를 나눠주던 애야." 나는 둘이 이야기했다는 걸 알고 있었다. 내가 봤으니까.

"껴안는 걸 좋아하는 그 덩치 큰 남자 친구가 달라붙어 있던 애." 매곳이 덧붙였다.

패스트포워드는 그의 말을 무시했다. "걔가 누군지는 알아. 그냥 제대로 소개를 못 받았다는 거지."

내가 했어야 하는 일인데 망쳐버렸다. "지금 가서 찾아봐도 돼." 내가 말했다. 하지만 패스트포워드는 별로 내키지 않는 듯했다. "다른 때도 괜찮고. 우린 여기 아주 많이 오거든. 에미랑 매곳은 남매 사이나 마찬가지야."

패스트포워드는 불가의 사람들을 지켜보고 있었다. 그 사람들은 모두 패스트포워드를 마주 보고 있었고. 꼭 패스트포워드가 어느 순간에든 놀라운 움직임을 보일지 모른다는 듯했다. 패스트맨이 없으면 너무 공허한 기분이 들어. 매곳이 끼어들더니 그 섹시한 사촌을 만나고 싶다면 일단 남자 친구와 그의 사슴 사냥용 소총한테 허락부터 받아야 할 거라고 말했다. 살면서 겪었던, 매곳을 때리고 싶었던 모든 순간 중에서도 그 순간은 기억에 남을 만했다. 나는 패스트포워드의 에너지가 우리에게서 빠져나가는 걸 느낄 수 있었다.

그때 로즈 이모가 난데없이 끼어들어, 사람들을 꿈틀꿈틀 헤치고 그에게 맥주를 가져다주었다. 나는 취해 있어서 그 움직임을 미식축구의 동작처럼 지켜보았다. 이모가 틈새를 찾고 수비의 강도를 파악한다. 리시버 쪽을 보며 빠르게, 비스듬히 움직여 런/패스 조합을 노린다.

패스트포워드는 그녀의 손에서 술병을 받아 비웠다. 로즈 이모는 친절함이라고는 없는 눈으로 그를 지켜보았다. 이모가 미식축구 선수였다면, 그녀는 겹겹이 쌓인 선수들 밑바닥으로 사람을 밀어 넣고 헬멧에 침을 뱉는 선수였을 것이다. 패스트포워드는 술병을 돌려주고, 이제는 우리가 떠나야 할 시간이라고 말했다. 이모는 술병을 떨어뜨리고 떠났다. 아이고. 매곳은 준 이모의 집에서 하룻밤을 묵기로 한 터였다. 나는 마우스를 찾으러 갔다.

나는 준과 루비 이모와 함께 잔디 의자에 앉아 있는 마우스를 보았다. 마우스는 두 여자의 턱과 뺨을 아주 여러 번 가리키는 동작을 해가며 뭔가를 설명하고 있었다.

"패스트포워드가 갈 시간이래."

마우스가 고개를 들었다. 새처럼 고개를 기울이고 있었다. 준과 루비 이모도 마찬가지였다. 세 사람 모두 누가 죽으면서 너한테 이래라저래라 할 권한을 준 거야?라는 식의, 여자들이 짓는 표정으로 나를 보았다.

"그래서 형한테는 뭐라고 말할까? 넌 차 태워줬으면 좋겠어?"

"내가 여기 이 여자분들한테 파운데이션으로 윤곽 잡는 법에 대해서 다 이야기하고 나면, 그래, 태워줘."

"그 패스트 뭐라는 애가 별로 마음에 들지 않아." 준 이모가 말했다. "걔 술 마시니?"

"아뇨, 이모." 나는 마우스를 힐끗 보며 말했다. "이모도 패스트포워드가 마음에 드실 거예요. 다들 좋아하는걸요."

마우스가 잔디 의자를 짚고 일어났다. 사실, 그 짧은 다리를 생각하면 의자에서 뛰어내려야 했지만. 우리는 패스트포워드를 찾아 길로 나섰다. 대부분의 주차된 차들은 아직 그 자리에 있었다. 파티는 죽어가는데도 말이다. 이모네 집은 오늘 이쪽 벽에서 저쪽 벽까지 취객이라는 카펫으로 뒤덮여 있을 터였다. 우리는 길 가운데를 걸어가며 숲속 사람들의 소리를 들었다. 소형 텐트의 축 처진 피부가 달빛에 빛났다. 나는 이런 날에 자는 건 별이 빛나는 밤의 낭비라고 생각했다. 그때 한 커플이 세게 하는 소리가 났다. 그래서 나는 사생활이 텐트를 친 이유라는 걸 알았다. 이런 말을 해서 유감이지만 그들의 비밀은 노출되었다. 마우스와 패스트포워드는 이야기를 나누고 있었다. 나로서는 들을 수 없을 만큼 조용한 소리였다. 패스트포워드는 일종의 정보를 달라는 듯했다. 마우스의 목소리가 더 컸으므로, 나는 질문을 듣지 못한 채 대답만을 들었다. "고등학교야. 확실해"와 "그러는 게 좋을걸. 난 끔찍한 태닝 스프레이가 나오는 악몽에 시달리게 될 테니까"라는 말이었다.

나는 그들을 따라잡고는 패스트포워드에게 페곳 집안사람들이 참좋은 무리 아니냐고 물었다.

"무리라." 마우스가 말했다. "무리 지어 나오는 게 뭐더라, 생각해보자. 포도. 바나나."

"애인." 패스트포워드가 말했다.

"귀리다! 맞아. 귀리 파티였어! 말[馬]을 조심해." 마우스가 패스트포워드의 엉덩이를 찰싹 쳤다.

나는 패스트포워드에게 준 이모나 에미와 이야기할 기회가 없었다니 유감이라고 말했다.

마우스는 우리가 이야기하는 사람들이 로빈슨 부인과 일레인이냐고 물었고, 나는 그 사람들을 모른다고 했다. "리 카운티의 로빈슨 가족 맞아?" 마우스는 코웃음 쳤다.

패스트포워드는 아줌마가 되게 침착한 사람이고 딸은 매력적이었다고 말했다. 하지만 남자 친구는 덩치만 크지 좀 모자라는 것 같다고 했다. "얼간이야." 그가 말했다. "제대로 시골뜨기 재질이더라."

"아아아, 맞아." 마우스가 동의했다.

나도 에미와 해머가 사귀게 된 새로운 상황에 신이 나지는 않았다. 그러나 해머는 좋은 사람이었기에, 내 생각을 말했다.

"자기 사촌이랑 자잖아." 마우스가 말했다. "너희 동네 사람들한테는 그게 정상인가 보지."

나는 그들이 혈연관계가 아니라 이혼으로 인해 사촌이 되었다고 설명하려 했지만 딱 부적절할 정도로 취해 있었다. 그 말은, 내 말이 얼마나 멍청하게 들리는지는 알 수 있는 정도로 취해 있었다는 뜻이다.

"그래도 역겨워." 마우스가 말했다. "우디 앨런이랑 입양한 애 같은 관계잖아. 같은 둥지의 알이라고."

나는 그런 종류의 알이 아니라고 말했다. 마우스는 내가 멍청하다고 생각하는 게 분명했다. 우리 앞에는 일종의 소란이 일고 있었다. 남자들이 "가자, 가자, 가자!"라고 소리를 질러댔다. 우리를 향해 달려오더니, 폭발. 뭔가가 어둠 속에서 우리 주위로 비처럼 쏟아져 내렸다.

"저게 니미럴 무슨 씨발 좆같은 거야?" 마우스가 물었다.

"키언 블로야." 내가 말했다.

"콘블로? 옥수수 말이야? 그러시겠지." 마우스가 말했다.

"콘이 아니라 키언. 로드킬 같은 거. M-80을 묻어두는 걸 말해. 예전에는 구덩이에 죽은 동물을 넣어뒀는데, 요즘은 대체로 자갈이랑 막대기만 넣어둬. 그래서 유산탄이 뿌려지는 거야."

나는 어둠 속에서 마우스의 얼굴을 볼 수 없었고, 그럴 필요도 없었다. M-80을 묻는 건 무식한 짓이었다. 패스트포워드가 남자들에게 위험 요소가 없는지 물어보려고 고함을 질렀고, 그들은 그렇다고, 한 개에만 불을 붙였다고 말했다. 마우스는 패스트포워드의 팔을 잡으며 빠르게 걸어갔다. "씨발 남북전쟁을 다시 하나 보네. 멋지다."

"아니면 다음 남북전쟁을 연습하는 걸 수도 있지." 패스트포워드가 말했다. 그 말은 사실이었다. 이 남자들 중 많은 수가 충분한 나이가 되는 날에 아프가니스탄을 날려버리러 가겠다고 서명할 테니까. 그게 그들이 세상을 볼 기회였다.

"오, 마이, 가앗. 할 일이 그렇게 없대?"

"딱히 없어. 맞아." 내가 마우스에게 한 말이었다. "딕시*에 온 걸 환영해."

내가 그런 말을 했다니 마음에 들지 않는다. 돌이켜보면 말이다. 나는 마우스에게 넌더리가 나긴 했지만 그래도 그냥 받아들였다. 내 인생의 상태를 깔보며 그걸 똥통이라고 부를 사람은 언제나 있겠지만 그 안에 들어가 뒹군다면 그건 내 잘못이다. 게다가 암스트롱 선생님이 한 말에 따르면 여기는 딕시조차 아니었다. 이곳의 우리 조상들

---

*　미국 남부의 여러 주, 특히 남부연합군에 참여했던 주를 일컫는 말.

은, 그들을 모아들이고 족쇄를 채워 전선으로 보내 양키를 쏘고 다른 누군가의 돼지 같은 대농장을 구하게 했던 남부연합군 깡패들을 피해야 했다. 북부가 있고 남부가 있고, 또 리 카운티가 있다. 패배-패배 상황의 세계적 수도라고 할 수 있는 이곳이.

그 누구도 자신을 자신만큼 채찍질하지는 않는다는 말이 있다. 하지만 우리한테는 그 채찍질을 도와주는 손길이 너무 많았다. 여러 인종과 게이들을 공정하게 대해야 한다는 사람들과 채식주의자 등등을 나는 응원한다. 나도 그들 생각에 동의한다. 하지만 **우리에게** 공정하게 대해야 한다는 생각이 누군가의 머릿속에 스치기나 할까? 아니, 그렇지 않을 것이다. 내가 그걸 어떻게 아느냐고? TV 때문이다. 코미디 채널이 너무 웃겨서, 총기 보관장의 자물쇠를 따고 자살하고 싶어진다. 정말이지 사람들은 우리가 지능이 낮고 동물과 섹스를 한다고 생각하는 건 물론 우리한테 케이블 TV조차 없다고 생각하는 걸까?

자주 일어나는 상황이 하나 있다. 예컨대 학교라고 해보자. 화장실 소변기 앞에서 남자애들 한 무리가 웬 머저리가 체육관에서 멍청한 짓을 한 일을 놓고 웃고 있다. 그들은 모두 기본적으로 괜찮은 녀석들이다. 안 그런가? 옳은 것과 그른 것을 구분할 수 있고 백만 년이 지나도 그 가난한 녀석의 면전에서 잔인하게 굴지는 않을 것이다. 그런데 그런 일이 일어난다. 그 머저리가 똥 칸에 있었던 것이다. 그가 어떤 표정을 지으며 칸에서 나온다. 모든 것을 들었다. 그러면 그들은 자신이 사실 그렇게 좋은 사람은 아니었다는 걸 깨닫는다.

멍청한 힐빌리 농담을 하는, 세상의 모든 똑똑한 사람에게 할 수만 있다면 하고 싶은 말이 이것이다. 우리가 바로 여기, 칸 안에 있다. 우리는 사실 당신들 말을 들을 수 있다.

40

그녀를 한 번 본 것만으로 나는 끝났다. 이게 사실이다. 첫눈에 반했다. 나는 우물에 빠져, 어떤 반짝이는 꿈 속으로 들어갔다. 누군가가 내게 밧줄을 던져줬대도, 결과적으로 몇 안 되는 사람들이 밧줄을 던져주긴 했지만, 그 밧줄을 타고 나오지 않았을 것이다. 설령 누가 돈을 주고 나오라고 했던들. 어떤 사람들은 그걸 중독이라고 부른다. 어떤 사람들은 사랑이라고 하고. 경계선은 미세하다.

난 딱히 그녀를 찾고 있던 것도 아니다. 린다 라킨스와 관련된 실책 이후로 나는 사랑에 관한 앵거스의 가설에 찬성할 준비가 되어 있었다. 다시 말해 굳이 그런 수고를 하지 말라는 이론 말이다. 나는 그냥 내 일에만 신경 쓰며 팜 서플라이에서 돈을 벌었다. 가게의 여름 마지막 세일 기간이라, 잔디나 정원과 관련된 모든 제품이 절반 가격에 판매됐고 과자와 음료수도 공짜였다. 계산원 도나마리는 이 파티를 위해 태어난 사람처럼 끝내주게 세일 행사를 조직해냈다. 그녀가 결코 치르지 못한 결혼식처럼 말이다. 고질라 같은 직원이었다. 경품, 풍선. 도나마리의 아빠 농장에서 가져와 양동이에 넣고 사방에 장식한 해바라기. 도나마리는 분홍색 솔로 컵을 사서 컵 바닥에 마커로 돼지 코를 그렸다. 뭔가를 마시려고 얼굴에 컵을 대면 돼지처럼 보이게 말이다. 어떻게 들리는지 안다. 하지만 스무 명쯤 되는 사람이 큰 원을 그리고 서서 이야기하며 음료를 마시다 보면 효과가 꽤 좋다.

우리는 미친 듯이 바빴다. 아이들이 일주일 내내 정신이 홀딱 깨 있을 정도로 많은 공짜 마운틴듀를 채우는 동안 사람들은 살충제를 쟁였다. 그들은 정신없이 돌아다니며 선반에서 공구를 쳐서 떨어뜨렸고 개 껌까지 씹으려 들었다. 나는 돌아버리게 바빴다. 재고를 채우고, 사람들이 이리저리 바꾸고 다니는 할인 스티커를 관찰하고. 그런 짓을 하는 건 대부분 아이들인 듯하다. 300달러짜리 휴대용 제초기에 50센트짜리 가격표를 붙이다니 범죄의 달인이 할 만한 짓은 아니었다. 어쨌든 무슨 이유에서든지 나는 그녀가 들어오는 걸 보지 못했다. 도나마리는 심장마비에 걸린 가게 주인 베스터 스펜서가 딸과 함께 올 거라고 말했지만 나는 그 생각을 전혀 하지 않았다. 관개용 물품 통로 건너편을 바라보다 그녀가 보였을 때까지는 말이다. 그녀는 작고 날씬하며 인어처럼 허리가 길었다. 은색이 도는 보랏빛 머리카락을 한쪽은 짧게 자르고 한쪽은 길게 길렀다. 천사의 얼굴이었다. 나는 그녀를 그리고 싶었다. 서로 교차해 엮은 신발 끈이 완벽한 다리를 따라 올라가는 샌들. 나는 그녀가 도나마리와 이야기하며 손을 움직여 자기 아빠의 어깨를 건드리는 모습을 지켜보았다. 그녀의 아빠는 휠체어에 타고 있었지만 내가 본 건 그게 전부였다. 그의 딸이 내게 최면을 걸었기에. 나는 기절하지 않고는 일어서지도 못했을 것이다.

그때 도나마리가 소리쳤다. "데몬, 이리 와서 베스터 씨랑 도리한테 인사해!" 그녀의 반짝이는 검은 눈이 내게 얽혔고, 나는 휘청거렸다. "도리, 안녕. 스펜서 씨." 젠장, 내가 무슨 말을 했는지도 모르겠다. 도나마리는 우리가 서로를 모른다는 걸 믿을 수 없다고 했다. 우리 동네에 고등학교는 한 곳밖에 없었으니까. 도리의 목소리는 나지막하게 흐르는 시냇물 소리처럼 예상보다 깊었다. 도리는 작년에 아빠를 돌보느라 학교를 거의 빠져야 했다고 말했다. 아빠를 데리고 병원에 가고, 뭐든 다 해야 했다는 것이다. 그리고 아빠의 상태가 지금도 이처럼 좋지 않기에 아마 학교로 돌아갈 수 없을 거라고 했다. 그들은 심장 전문의를 만나러 테네시주까지 차를 타고 가야 했다. 그보다 가까운 곳에는 심장 전문의가 없었다.

젤리로 변해버리지 않은 내 머릿속의 작은 부분은 한 가지 사실을 알아냈다. 이 가족의 사진에는 엄마가 없었다, 나와 마찬가지로. 운전을 하는 걸 보면 도리는 최소 열여섯 살이었다. 나와는 다르게. 좋지 않았다. 연상의 여인은 겪어봤다. 오, 주님께서 자비를 베푸시길. 나는 교육용 운전 허가를 받은 상태였다. 몇 년 전에는 크리키의 낡디낡은 인터내셔널을 타고서 거의 아무런 지도도 받지 못한 채 클러치와 기어를 활용하는 방법을 배웠으나 지금은 유홀의 머스탱 운전대를 잡고 여기에서 깜빡이를 켜라는 둥 저기에서 거울을 확인하라는 둥 유홀이 떠들어대는 소리를 들어야 하다니. 나야 물론 유홀의 말을 무시하기는 했지만 말이다. 운전면허가 없었으므로, 현실적인 면에서 나는 여전히 어린애였다. 내게는 기회가 없었다. 하지만 그녀의 눈. 도리의 눈은 그냥 검은 게 아니라 깊은 물처럼 반짝이는 검은색이었다. 나는 그 물 안에서 벌거벗고 헤엄치고 싶었다. 도리가 아빠의 휠체어를 밀고 자동문을 나서면 내가 죽는 쪽으로 시간이 미끄러지듯 흐르는 것만 같았다.

나는 쇼핑객이나 돼지 얼굴 컵과는 먼 곳에서 도리와 단둘이 이야기하기 위한 이유를 생각해내려고 미처 날뛰었다. 내가 볼 때는 분명히 파자마처럼 생긴 것을 입은 늙은 여자가 다가와, 스네이크-비-곤*을 취급하느냐고 물었다. 나는 모르는 척하려 했지만, 도나마리가 나를 엄마의 눈길로 바라보았기에 그 여자를 데리고 상품을 보여주러 갔다. 요정 소녀를 다시 보지 못할지도 모른다는 두려움에 가슴이 쿵쾅거렸다. 그녀는 님프였다. 나는 아니메를 보고 님프라는 존재를 처음으로 알게 되었다. 천국의 잃어버린 천사. 나는 그녀에게서 한 번도 눈을 떼지 않았고, 그러는 동안 파자마 할머니는 감자밭에서 본 뱀과 자기 말을 믿지 않는 아들 얘기를 늘어놓았다. 그렇군요, 나는 계속 말했다. 만져달라고 애걸하는 듯한 그 예쁜 팔다리를 지켜보면서.

나는 늦지 않게 돌아와 몇 마디를 건넸다. 전부 멍청한 소리였다. 뭔가 필요하다면 나한테 알려달라는 말이었다. 병아리가 다 팔려서 참 아쉽네. 그 조그만 녀석들이 단추처럼 귀여웠는데.

"8월이니까 달걀을 세기엔 늦잖아." 도리가 말했다. 님프가 할 만한 말 같았다. 나는 정말 그렇다고, 하지만 손님이 뭘 원할지는 알 수 없다고 말했다.

그녀는 특유의 놀라운 미소를 지어 보였다. 검은 눈이 반짝이며 눈썹이 올라갔다. 그 눈썹도 도리의 머리카락과 똑같은, 은빛이 도는 연보라색이었다. 그녀가 말했다. "뱀이여, 물러가라!"**

그때 도리의 아빠가 기침 발작을 일으켰고 둘은 떠났다. 그날 남은 시간 동안 나는 도리가 나의 별명 데몬 코퍼헤드를 알고 있는지 궁금

---

*   뱀 퇴치제의 일종.
**   이 말은 원문의 "Snake, begone!"을 옮긴 것이다. 앞서 노부인이 사 간 뱀 퇴치
     제의 이름과 발음이 같다. 한편 성경에서 흔히 악마를 뱀으로 표현한다는 점을
     생각했을 때 주인공의 별명인 데몬(악마)을 떠올리게 하는 말장난이기도 하다.

해졌다. 나를 쫓아버린 건가? 영영 알 수 없을지도 몰랐다.

앵거스에게 말한 건 멍청한 짓이었다. 하지만 나는 도리가 사라질까 봐 너무 두려웠다. 사랑하는 사람이 죽은 줄 알았는데 살아 있어서 타오르는 마음으로 깨어났는데, 정오쯤 되면 그냥 모호한 헛소리가 되는 꿈처럼. 그런 일이 일어나는 걸 견딜 수 없었다. 나는 앵거스에게 사랑에 빠졌다고 말했다.

"잠깐 기다려." 앵거스는 TV에서 눈을 떼지도 않은 채 말했다. 우리는 거의 속옷만 입고 빈백에 늘어져 있었다. 에어컨이 나가버렸고, 우린 서로에게 거의 부끄러운 게 없는 강아지들이었다. 마우스의 말을 빌리자면 한 둥지의 알이었다. 광고가 나올 때 앵거스는 내 스케치북 한 권을 집어 들더니 홀홀 넘기는 시늉을 했다. 상상 속 연필을 핥았다. "좋아, 500호. 이름이 뭐라고? 네가 잊어버리기 전에 적어둘게."

"좆 까." 내가 말했다.

"아, 저기, 내 좆은 건드리지 말고. 너의 일시적 애정의 대상에만 집중하자고."

"꺼져. 됐어."

우리는 매일 이런 식으로 옥신각신했다. 진짜 싸움은 아니었다. 진짜 싸움은 한 번밖에 하지 않았고 그 싸움은 끝났다. 앵거스는 이제 먼 곳에 있는 대학에 지원하는 대신 지역 전문대학에 갈 생각을 하고 있었다. 아무리 잘난 척하면서 말해봐야 우리는 정말로 먼 곳의 대학에 간 사람을 단 한 명도 알지 못했으므로, 아마 앵거스는 세상의 끝에서 뛰어내리는 게 불안해졌을 것이다. 코치님이 앵거스의 핑계였다. 자기가 나가면 코치님이 무너져 내릴 거라는 얘기였다. 그래서 우리는 다시 사이가 좋아졌고, 그 순간에는 〈서바이버〉를 보고 있었다. 도리와 함께 섬에 가면 그녀에게 집을 지어주고 작살로 물고기를 잡아주면서 도시 남자들의 빛을 바래게 할 수 있을 거라고 생각하며. 달리 말하면 멍청한 생각이었다.

잠시 후 앵거스가 목소리를 높였다. "그래서 누군데?"

"네가 아는 사람은 아니야. 얘기하기도 싫고."

"그러든지. 다음 주에 걔가 화장실에서 울고 있으면 어차피 알게 될 걸. 아주 잠깐 반한 데몬 때문에 또 한 명의 피해자가 발생하는 거지."

나는 더는 할 말이 없었다. 앵거스는 모든 것을 잘못 알았으니까. 학교 화장실에 대해서도, 잠깐의 반함에 대해서도. 안됐다, 앵거스. 내가 한 생각은 그것이었다. 이게 진짜 대단한 일이라는 걸, 완전히 새로운 감정이라는 걸 영영 못 듣게 됐으니까. 하지만 하루가 채 가기도 전에 다시 속내를 흘렸다. 나의 거칠고 멍청한 심장을 진정시킬 수 있는 인간은 지구상에 앵거스뿐이었으니까.

몇 주 뒤 그녀를 다시 보게 될 터였다. 말도 안 됐다. 나는 이 마법 같은 소녀와 15년 동안 같은 카운티에 살면서 한 번도 그녀와 우연히 마주치지 못했는데, 이제는 그녀가 내가 숨 쉬는 공기가 되다니.

아마 그 이유는, 내가 이제야 나한테 일어날 좋은 일에 대비하게 되었기 때문인지도 몰랐다. 앵거스가 늘 말했듯 거칠고 헝클어진 우주를 믿게 된 것이다. 10학년은 제대로 시작됐다. 우리는 두 번 연속 콜드게임으로 승리를 거뒀다. 나는 두 경기 모두 풀타임으로 뛰었고 터치다운 네 개를 기록했다. 쿠시 포크는 제너럴스에 몇 년 만에 나타난 훌륭한 쿼터백이자 훌륭한 친구였다. 슬프게도 매곳은 별로 그렇지 않았다. 고등학교에는 이런 사람과 저런 사람을 갈라놓는, 면도

칼처럼 날카로운 철조망의 벽이 있다. 내가 그런 규칙을 만든 게 아니다. 규칙은 그냥 존재한다. 내게 친구란 우리 팀원들이었다. 벌거벗은 게 정상적이라고 느껴질 때까지 탈의실에서 바지를 벗고 장난을 치고. 와이드 리시버의 어깨에 탐욕스러운 눈빛을 하고서 급식실에서 음식을 먹고. 우리는 가장 높은 곳을 헤엄쳤다. 여자애들이 우리의 항적을 따라 수영하며 여성 권력으로 향하는 직접적인 경로로서 우리를 눈여겨보았다. 이번에도 그냥 규칙이 그랬다. 누구한테든 물어보라. (앵거스만 빼고.)

내가 딱히 나 자신을 끝내주는 놈이라고 생각했던 건 아니다. 사실 그 반대다. 나는 늘 그랬듯 아무 가치 없는 똥 덩어리였다. 그냥 어쩌다 보니 30야드짜리 패스를 받아낼 수 있는 똥 덩어리였을 뿐이다. 나는 복도에서 어둠의 무리와 함께 있는 매곳을 보면 말을 걸었지만 매곳은 그냥, 나한테 잘해주지 마, 라는 듯 머리카락 커튼 사이로 나를 보며 눈알을 굴려댈 뿐이었다. 결국 말 걸기를 그만두었다. 나는 매일 이 모든 게 박살 나고 고아 계급으로 돌아가게 되리라고 예상하며 평판을 꾸며냈지만, 사람들은 내가 계속 머물게 해주었다. 결국 내가 그래, 이게 나야, 라고 느끼기 시작할 때까지. 나한테 이럴 자격이 있다고 느낄 때까지.

그래서 내가 개자식이 되었느냐고? 아마 그랬을 것이다.

방과 후에 나는 패스트모빌을 몰고 다녔다. 코치님은 전혀 모르게 했다. 일단 시즌이 시작되면 코치님은 죽도록 엄격했으니까. 코치님에게 훈련은 그저 헬스와 연습만이 아니었다. 훈련은 깨끗한 생활이었다. 충분히 자는 것이고. 패스트포워드는 코치님이 잠자리에 든 뒤 근처를 지나가며 나를 태워 갔다.

그날 밤 우리는 드라이브인 영화관에 들어갔다. 자주 그렇듯 두 번째 영화가 시작되기 직전이었다. 첫 번째 영화는 언제나 디즈니였고 두 번째는 공포 영화였다. 어린애들이 자기 몫의 영화를 보게 하고 진짜 영화가 시작되기 전에 녀석들을 뒷자리에서 재우자는 아이디어였다. 괜찮았다. 그런 방법이 아니면 가족은 어디에 가서 재미를 보겠는가. 하지만 분명히 말해두는데, 애들은 잠을 자지 않았다. 엄마와 스토너가 나를 그런 식으로 눕혀놓곤 했는데, 〈헬레이저〉에 나오는 못 대가리 남자가 평생 나의 작은 두뇌에 새겨졌다.

하지만 스크린은 어디에서나 보였으니, 이 차에서 저 차로 옮겨 다니며 사람을 사귀지 않을 이유도 없었다. 패스트포워드는 언제나 준비물을 잘 갖추고 왔다. 우리의 약물 파티 시절과 똑같았다. 다만 내가 죽는 날까지 기억할 그날 밤에는 데킬라와 PBR 맥주뿐이었다. 나는 혼자서 어슬렁거리다가 팀원 두 명을 발견했다. 클레이 콜웰과 터프 트러셀이었다. 클레이는 휠체어에 어린 남동생을 태우고 있었으며, 데드리프트로 쫙쫙 갈라진 몸에 고품질 약물을 숨기고 있었다. 이 녀석들도 나처럼 통행 금지령을 어기고 있었다. 나는 초조해졌다. 우리는 2군에 속한 다른 선수들을 발견했다. 우리와 자주 어울리는 녀석들은 아니었지만, 그들은 물 담뱃대를 내밀었고, 나는 기독교인으로서 예의를 갖추기 위해 몇 모금을 빨아준 뒤 떠났다. 그곳 전체에 퍼진 대마초 연기만으로도 어느 정도 취할 수 있었다. 9월치고는 추운 날씨였다. 몇몇 아이들이 자갈밭 뒤쪽 끝에 불을 피워두었는데, 거기서 생각할 수 있는 거의 모든 것이 허용됐다. 그곳을 지나면 숲이었다. 사람들은 그리로 담요를 가져가, 생각할 수 있는 일의 나머지를 했다. 나는 어둠 속에 숨어서 덜덜 떨며 대마초 기운이 번지게 놔두고 영화를 보았다. 영화는 〈데몬 아일랜드〉였다. 기억에 남는 제목이었지만 내용은 죽도록 멍청했다. 웬 돈 많은 십대들이 어떤 섬으로 휴가를 떠났다가, 둘씩 수갑이 채워진 채 알 수 없는 이유로 뛰어다니며 정글에 숨겨진 속옷을 찾으려 드는 내용이었다. 멍청하다고 했잖은가.

그리고 거기에 그녀가 있었다. 자동차 사이를 백조처럼 거닐면서. 맹세하는데, 그녀는 어둠 속에서 빛났다.

"도리?" 그녀의 이름을 말하는 것은 애원과도 같았다. 주님제발주님. 도리는 멈춰 서서 돌아보았다. 은빛 머리카락의 더 긴 쪽이 내게로 향했다가 다시 돌아갔다. 요정 님프 사슴 여우. 내가 가까이 다가갔다간 그녀가 도망칠지도 몰랐다. "나야, 데몬." 내가 말했다. 우리 사이에 아기가 잠들어 있을지도 모른다는 듯 너무도 조용하게. "너희 아빠 가게에서 만났었어. 네가 파티 때 아빠를 데려온 날 말이야."

도리는 움직이지 않았다.

"아빠는 괜찮으셔?"

도리가 다가오자 조그만 달걀형 얼굴이 보였다. 은색 눈썹과 뾰족한 턱, 빨고 싶은 입. 멘솔 냄새가 났다. 상상일지도 몰랐고.

"아빠는 절대로 괜찮아지지 않으실 거야. 오늘 밤은 아빠 혼자 놔뒀어. 난 여기 오면 안 돼."

"널 도와줄 사람은 아무도 없어?"

답이 없었다. 속삭이는 듯한 그녀의 시냇물이 더는 흐르지 않았다. 어쩌면 그녀는 내가 누군지 전혀 모르는지도 몰랐다. "엿 같다." 내가 말했다. "난 엄마랑 둘이 컸어. 내가 엄마를 많이 돌봐야 했고."

"엄마는 지금 어뗘신데?"

난 거짓말을 하고 싶었다. 하지만 그러지 않았다. "죽었어. 둘 다. 엄마랑 아빠랑."

"제엔장." 도리가 말했다. "그런데 난 미식축구의 영웅들이 좋은 집

안 출신일 거라고만 생각했네."

"비천한 고아라도 막강한 제너럴스가 될 수 있지." 내가 말했다. 주님께서 용서해주시길, 내가 그때 한 생각은 내가 88번이라는 걸 그녀도 알고 있다는 점이었다. 여자애들은 그런 데 끌린다. 도리는 발을 바꿔 짚었다. 날아가버리려는 새처럼. 그녀를 너무도 붙들고 싶어 정신을 잃을 뻔했다.

마침내 도리가 말했다. "거짓말이 아니라 넌 정말 주 정부의 재산이야? 사회복지국의 보호를 받고 있고, 그런 식으로."

나는 전보다도 더 멍해졌다. 뭍으로 오를 수 있는 지점을 찾아 내 머릿속을 헤엄치고 다녔다. 나는 도리에게 그걸 어떻게 아느냐고 물었다. 도리는 사회복지국에서 그녀의 아빠가 딸을 혼자 키우는 상황을 의심했다고 말했다. 아빠는 양육권을 잃지는 않았지만 잃을 뻔했다. 사실 도리는 다크서클을 알았다. 그 여자 이름은 잊고 있었는데, 도리가 말해주었다. 도리는 내가 잠가두고 열어보지 않는 것들을 알고 있었다. 내 눈이 그 검은 눈과 친구가 되었고, 이제 나는 그녀를 전부 볼 수 있었다. 작고 흰 원피스와 신발 끈을 묶는 샌들, 팝콘 한 봉지. 도리가 봉지를 바닥에 내던지고 나와 함께 도망치기를 바랐다. 숲이 아니라 더 나은 곳으로.

"아무튼. 난 가서 내 친구들을 찾아봐야겠어." 도리가 말했다. 친구들이라는 게 특정한 사람, 남자 친구 같은 걸 의미한다면 내가 그놈을 증발시켜야 했다. 도리가 한쪽으로 고개를 늘였다. "애들이 궁금해할 거야."

"근데 나는, 내가 네 친구들이 될 수도 있지." 내가 말했다. "네가 원한다면. 뭐랄까, 다음번이든 언제든." 보통 여자애한테 데이트를 신청하는 내 실력은 이렇게까지 끔찍하지 않다. 솔직히 말하면 한 번도 이런 적 없다. 이건 전설적이었다.

도리가 웃었다. "대체 뭣 때문에 그렇게 겁을 먹은 거야?"

"널 다시 못 볼까 봐."

"아, 세상에, 데몬. 너 아무것도 모르는구나?"

나는 도리에게 뭘 모르느냐고 물었다. 어둠 속에서도 그녀의 검은 눈이 나를 찾았다는 걸 알 수 있었다.

"넌 교도소에 들어가도 온갖 여자애들이 편지를 보낼 녀석이야. 하, 세상에. 네 면회객 명단에 올라가려고 다들 땅바닥을 구르며 서로 머리털을 뽑아버릴걸."

그러더니 도리는 떠났다. 나는 엉망진창이었다. 도리가 내 이름을 안다. 내가 생각하는 건 바로 그거였다. 그거 이상하네, 얼마나 대단히 좆같은 말이야, 내가 교도소에 들어가게 될 거라니, 라는 생각이 아니라. 내가 뭐라 할 수 있겠나. 사랑이란 핑계를 댈 수 없는 열차 사고다.

그 이후로 한동안 나는 너무 충격을 받아 아무 생각도 하지 못한 채 묵직하게 자리만 차지하고 있었다. 나는 수갑을 찬, 영화 속 커플이 나쁜 하루를 보내는 걸 지켜보았다. 땅딸막한 괴물 같은 게 삽으로 어떤 남자의 머리가 떨어질 때까지 휘갈겨댔다. 또 다른 남자는 맞서 싸우려 했는데, 괴물이 그의 불알을 뜯어버렸다. 내가 지어내는 게 아니다. 나는 약 15분 동안 이 밤이 영영 끝나지 않기를 바랐는데 지금은 그 밤이 끝나기만을 기다렸다. 그때다. 토미 워들스가 온다. 허술하게 쌓인 높다란 컵 상자를 들고 균형을 잡으며 무척 초조하게 걸어온다. 내가 가장 먼저 한 생각은 대체 어떤 인간이 구내매점에서 음료를 사느냐는 것이었다. 집에서 음료를 가져오는 게 더 싼데. 그리고 두 번째로 한 생각은 젠장, 토미잖아, 였다. 그게 토미라는 걸 어떻게 알았느냐고? 머리카락 때문이었다. 여전히 머리통에 비해 너무 많은, 똑바로 선 머리카락. 내가 소리치자 토미는 누구냐고 물었고, 나는 대답했다. 크리키의 농장에서 토미가 내게 입고 자라고 주었던 티셔츠를 지금도 가지고 있다면서.

토미는 음료 상자를 떨어뜨릴 뻔했다. 우리는 거의 5년 동안 서로를 보지 못했다. 리 카운티의 드라이브인 영화관은 분명 다른 차원으로 가는 관문인 듯했다.

토미는 여전히 최고의 인간이었다. 그는 모든 걸 알고 싶어 했다. 나는, 지금 사는 우리가 존재한다고 결코 믿지 않았을 그런 위탁 가정에서 산다고 말했다. 돈 때문에 유입된 게 아닌 착한 사람들, 좋은 음식. 토미 자신은 열여덟 살이라 위탁 가정에서 나왔다, 한 번도 입양되지 않았지만 괜찮다고 했다. 친구들과 함께 아파트에 산다면서. 그에게는 직업도, 여자 친구도 있었다. 빌어먹을, 토미 워들스라니. 토미와 함께 그의 룸메이트들을 만나러 갔다. 그들은 여덟 명으로, 카마로 한 대에 모두 타고 있었다. 드라이브인 영화관에서는 자동차별로 돈을 내기에 사람이 아무리 많아도 한 자동차 안에 끼어 타는 협잡이 벌어진다. 술을 섞을 컵을 잊고 가져오지 않았기 때문에 구내매점에서 음료를 산 것이었다. 이 녀석들은 농부에게서 늙은 말을 사서 캐나다에 있는 개 사료 공장에 팔겠다는 계획을 이야기하고 있었다. 첫 번째 잭콕을 한 잔 마신 뒤, 내가 지금 패스트포워드와 어울리고 있다는 게 떠올라 토미에게 말해주었다. 가서 인사하자고 했지만 토미는 괜찮다고, 여기 남아서 점점 더 취해가는 룸메이트들을 돌보는 게 좋겠다고 했다.

두 번째 잭콕을 마신 뒤 도리에 관한 속내를 털어놓았다. 내가 사랑에 빠졌다는 것 등등 전부 다. 도리 이야기를 하는 것만으로도 그녀를 찾아 달려가 그 친구들 문제를 해결하고 싶어졌다. 토미는 이해했다. 토미는 컴퓨터로 여자 친구에게 빠졌다. 그의 일자리는 신문사에서 휴지통을 비우고 탕비실을 청소하는 것이었지만 컴퓨터로 계정을 만들 수 있었고, 토미는 바로 그 컴퓨터로 여자 친구를 찾았다. 그녀는 끝내줬고 펜실베이니아에 살았다. 섹스할 가능성은 상당히 제한된 것으로 보였지만, 토미는 신사에 가까워서 여자 친구 사업의 그런 면에는 별로 집착하지 않았다.

영화가 끝나가고 있었다. 땅딸막한 악마는 영화 한 편이 허락하는 거의 모든 피해를 주었고, 나는 집으로 가는 차를 놓치고 싶지 않았다. 라리아트는 찾기 쉬웠다. 패스트포워드가 언제나 꼬리 판에 켜두는, 배터리로 작동하는 캠핑용 랜턴 때문이었다. 자동차가 꽤 흥거워 보였다. 불빛 근처에서 벌레들이 윙윙댔다. 패스트포워드는 키가 크고 깡마른 여자애에게 한 팔을 두르고 있었다. 남자들이 '세차장'이라고 부르는 여자였다. 그 여자의 면전에서는 못 그러지만. 그 여자는 시트를 덮어놓은 가구처럼 엉덩이뼈가 밖으로 튀어나오는 실크 재질의 원피스를 입고 있었다. 패스트포워드는 그녀를 무시한 채, 빅베어를 비롯한 옛 제너럴스 몇 명과, 리버헤드와 서리 중 누가 더 공격 플레이를 잘하느냐를 놓고 말다툼을 벌이고 있었다. 아무도 그다지 괜찮은 주장은 하지 못했다. 솔직히 말해 그날의 승자는 데킬라였다. 하지만 그 누구도, 단 한 발도 물러서지 않았다. 그들은 리버헤드 대 서리의 전장에서 죽을 생각이었다. 패스트포워드는 "온사이드 킥 리커버리"를 반복적으로 말했고, 나는 처음으로 그가 운전을 해도 괜찮을지 궁금해졌다. 내가 차를 몰고 우리 집으로 갈 수 있었다. 문제 없었다. 하지만 열쇠를 얻는 게 까다로운 부분이었다. 패스트포워드가 먼저 정신을 잃지 않는다면.

그때 다름 아닌 로즈 다텔이 나타났다. 내가 뭐랬나? 이 영화관은 관문이었다. 그녀가 어둠 속에서 난데없이 쿵쾅거리며 나타나 우리가 그리고 있던 작은 빛의 원으로 들어왔다. 패스트포워드는 깊은 감정을 가지고 "오버타임 추가"라느니 "합법적인 전진 패스" 같은 말을 웅얼거리고 있었으므로, 로즈가 종이 가방에 든 묵직한 무언가를 꼬리 판에 툭 던질 때까지는 그녀를 알아보지 못했다. 금속이 철컹하는 소리가 내 이빨에 전해졌다.

패스트는 휘둥그레진 눈으로, 조금은 더 정신이 맑아져 그녀를 보았다.

로즈가 그를 마주 노려보았다. "씨발 거의 켄터키까지 차를 몰고 가야 했어. BJ*가 11시에 문을 닫아서."

패스트는 몸이 떨린다는 듯 고개를 빠르게 저었다. "뭐?"

"그래, 인사는 됐어."

"아, 내가 예의가 없었네." 패스트는 세차장의 비단 같은 엉덩이와 너무 가까운 곳에 담뱃재를 털었다. 세차장이 그에게서 살짝 멀어졌다. "**진짜 고마워.** 네 그 엉망진창인 면상을 참아주고 내 트럭을 타고 다니게 해줄게. 근데 혹시 모를까 봐 하는 말이지만, 너보다 덜 끔찍한 여자들도 그 자리에 오르려고 더 많은 걸 했어."

우리 모두 쥐 죽은 듯 조용해졌다. 로즈는 나머지 우리 쪽을 돌아보았다. 그녀의 뾰족한 이가 반짝였다. "**너희 모두가 혹시 모를까 봐** 하는 말인데, 스털링 포드는 저 녀석의 죽은 창녀 엄마가 저지른 최악의 실수야."

그렇게 그녀는 어둠 속으로 사라졌다. 방금 일어난 일을 믿을 수가 없었다. 우리는 모두 비밀리에 독을 품고 있다. 하지만 저렇게 노골

---

*   미국의 대형 창고 매장인 BJ 홀세일 클럽을 가리킨다.

적으로 공격한다고? 면전에 대고 여자한테 끔찍하다고 한다고? 다른 남자들은 전혀 상관하지 않는 듯 호세 쿠엘보 두 병을 꺼내 마시며 빈 가방을 들여다보았다. 누군가 "너, 재한테 50달러짜리 주지 않았냐?"라고 말했다. 패스트포워드는 "저 쌍년"이라고 말했다. 나는 "내가 가서 거스름돈 받아 올게"라고 말했다. 그냥 그 말이 나왔다. 로즈를 따라갔다.

　로즈는 빠르게 자갈밭 뒤쪽으로 가고 있었지만 그 곱슬곱슬한 머리카락이 어째서인지 빛을 받고 있었다. 그때 뭔지는 몰라도 로즈가 불을 붙인 것에서 빨간 빛이 났다. 로즈는 모닥불의 원과 여기 나와 있기에는 너무 어려 보이는 애들 무리를 빙 둘러 숲속으로 사라졌다. 로즈가 불을 붙인 건 대마초였다. 나는 그 냄새를 맡고 로즈를 따라갔다. 겁을 주고 싶지는 않았으므로 큰 소리로 그녀를 불렀다.

　"좆 까." 그녀가 말했다. "누구야?"

　"나야, 데몬." 내가 다가갔다. 로즈는 대마초를 내밀었지만 나는 머리가 맑아야 한다고 느끼며 그냥 넘겼다. 어떤 흥정이 필요했다. "누구도 여자한테 그런 식으로 말하면 안 돼. 미안해."

　"네가 말한 것도 아니잖아." 로즈는 대마를 빨아들이고 내뿜었다. 분노에 찬, 들쭉날쭉한 날숨이었다. "걔, 너한테 자기가 그 집 주인이라디? 시더 힐에 있는 집 말이야."

　나는 대답하지 않았다. 로즈에게 아주 많은 걸 물어보고 싶었다. 그녀의 얼굴은 분노로 휘갈겨 쓴 것 같았다.

　"뭐, 저 녀석은 빈털터리야. 그 집 말한테 먹이를 주고 그 사람들 헛간을 청소해줄 뿐이지. 뉴욕에서 여기로 이사 온 웬 목장주들 밑에서. 저 녀석은 그 사람들이 게스트하우스라고 부르는 곳에 사는데, 그거 알아? 그 게스트하우스는 씨발 헛간이야. 저 자식은 말 궁둥이랑 정확히 똑같다고."

그럼 왜 계속 돌아오는 거야? 스크리미지라도 하듯이 서두르면서, 뭐든 패스트포워드가 원하는 걸 가져다주고? 나는 물어볼 수 있는 유일한 질문을 던지기로 했다. "너, 진짜로 패스트포워드의 엄마를 알아?"

로즈는 연기를 머금은 채 고개를 젓더니 그 연기를 뿜었다. "내가 태어나기도 전 얘기야. 우리 엄마가 구해주는 셈 치고 쟤네 엄마를 받아줬어. 쟤네 엄마는 쟤가 아주 어렸을 때 죽었고, 우리가 쟬 입양했거든."

나는 이것을 내가 패스트포워드에 대해 아는 다른 모든 것과 맞춰보려 애썼다. "패스트포워드가 너의 입양된 오빠야?"

"오빠였지." 로즈가 말했다. "쟤가 아홉 살이 될 때까지는. 부모님은 오늘날까지도 죄책감을 느끼시지만 파양할 수밖에 없었어. 믿어져?"

"세상에." 내가 말했다. "어쩌다가?"

"다른 애들의 안전 때문에. 스털링이 우리를 죽이려고 했거든, 아주 여러 번."

"오, 주여. 진짜야?"

"아, 그럼. 우린 뭐든 쟤가 시키는 걸 했어. 쟤를 우상처럼 숭배했거든. 막내 남동생 로니는 목을 매달 뻔했다니까. 스털링이 걔를 의자에 올려놓고 목에 밧줄을 건 다음에 개보고 뛰어내리라고 해서. 로니한테 그게 재미있을 거라고 했어, 그녀처럼."

"오, 주여." 내가 말했다. 처음과 달리 나는 최선의 플레이를 보여주지 못하고 있었다.

"날 이렇게 한 것도 쟤야." 로즈가 내게 얼굴을 쑥 내밀었다. "장도리로. 나한테 일부러 던졌는데, 내 입에 정통으로 맞았어. 하나 말해줄게. 얼굴이 터지면 니미 씨팔 피가 존나 많이 나."

너무도 큰 분노가 내 머릿속에 몰려들었다. 매곳의 엄마가 로미오 블레빈스의 얼굴을 갈랐던 일. 착한 사람, 나쁜 사람. 그게 무슨 의미라도 있을까? 바위처럼 거친 상황이 닥치면, 우리는 모두 그냥 여린 살점과 손에 쥔 무기일 뿐인 것을.

"미안." 내가 말했다. "근데 그건 너랑 패스트포워드 사이의 일이야. 패스트포워드는 여전히 내 친구고."

"넌 저 녀석의 새 장난감이야. 쟨 자기 장난감을 아끼지 않아." 로즈는 손가락을 핥더니 남아 있던 대마초의 불을 꼬집어 끄고 꽁초를 주머니에 넣었다. 어둠 속이라 많은 것이 보이지는 않았지만 로즈가 이모든 것을 내게 털어놓아 만족스러워한다는 건 어쩐지 알 수 있었다. 여기서 어떤 거스름돈도 돌려받지 못하리라는 것도.

"네가 겁내야 하는 건 이거야." 그녀가 말했다. "쟤가 내 얼굴을 찢어놓은 다음에 있지? 난 엄마한테 넘어져서 바비 인형 집 모퉁이에 부딪히는 바람에 상처가 난 거라고 말했어. 씨발 바비의 드림 하우스로 서른 바늘이나 꿰맨 거지. 저놈은 하이빔이라도 쏘듯 미소 지었고, 아무것도 저놈 잘못으로 여겨지지 않았어. 지금 이 순간 네가 물어봐도, 돈을 걸고 내 장담하는데, 저 녀석은 내가 이렇게 된 이유는 그거라고 말할 거야. 바비의 집이라고."

그런데도 넌 여기 남아서 첫 번째 자리를 원하잖아. 로즈의 말은 거짓말임이 틀림없었다. 아마 질투하는 것이리라. 설령 패스트포워드가 어떤 식으로든 로즈의 가족을 가지고 놀았대도 그에게도 나름의 할 말이 있을 터였다. 패스트포워드는 나 같은 애들을 쓰레기통에 던져버리는 걸 일삼는 사람들을 언제나 능가했다. 그게 진실이었다. 패스트포워드는 좋은 게 하나도 없는 곳, 예컨대 크리키의 농장에서 좋은 걸 만들어내는 방법을 보여주었다. 살아남는 방법을. 우리 중 몇 명에게는 그게 전부였다.

"어이! 88번." 누군가 숲 저쪽에서 외치고 있었다. 빅베어였다. 나는 그가 넘어져 욕하고 다시 일어서는 소리를 들었다. "어디 어디 숨었냐."

"여기야." 나는 사실상 그에게 달려가며 말했다. 그렇게 도망치고 싶었다.

나는 누구도 집에 태워다 주지 않았다. 내가 라리아트로 돌아가자 녀석들이 내게 로즈가 갈색 봉투에 담아 배달해준 걸 건넸다. 나는 로즈가 해준 말을 데킬라와 PBR 맥주라는 깊은 우물 속에서 잊어버리고자 최선을 다했다. 아무도 패스트포워드의 거스름돈을 기억하지 못하는 듯했고, 적당히 시간이 지나자 나도 잊어버렸다. 거스름돈 이상도. 나는 드라이브인 영화관을 떠난 것도 집에 들어간 것도 기억나지 않았다. 내 힘으로 계단을 반쯤 올라간 게 틀림없었다. 아침에 앵거스가 나를 발견한 곳이 거기였으니까.

나는 죽고 싶었다. 앵거스는 두루마리 휴지 하나를 다 써서 오줌과 토사물을 닦아냈다. 나는 도움이 되지 못했다. 눈을 뜨는 것만으로도 너무 아팠다. 앵거스는 나의 더러운 옷을 벗기고 나를 잠자리에 눕힌 다음 아래층으로 내려가 콜라를 가져다주었다. 콜라는 앵거스가 굳게 믿는 치료법이었다. 그녀는 병을 흔들어 탄산을 뺐다. 그녀가 돌아와, 차가운 잔을 내 손에 쥐어주었다. 앵거스가 침대 발치에 앉는 것을 느꼈다. 그것까지 아팠다. "코치님은 못 보셨어. 아직 안 일어나셔서." 앵거스가 말했다.

"다행이다."

"그래, 하느님과 하느님의 모든 요정들에게 감사할 일이지. 아니었으면 네 엉덩이가 풀처럼 시퍼렇게 변했을 테니까."

통금을 어기고 폭음을 하는 건, 공공장소에서가 아니라도 그 자체로, 후보군으로 밀려나거나 심지어 팀에서 쫓겨날 근거가 되었다. 코치님은 이런 규칙이 그저 우리의 경기 능력에 관한 것만은 아니라고 했다. 우리는 제너럴스였다. 애들이 우리를 우러러보았다. "이거 못 마시겠어." 내가 말했다. "바로 다시 토할 거야."

"아냐, 탄산이 없으니까 토는 안 할 거야. 매티 케이트한테는 네가 독감에 걸렸다고 말해뒀어. 하지만 매티 케이트도 감을 잡았을 거야. 매티 케이트네 아들이 너랑 다른 남자애들 몇 명이 어젯밤 드라이브 인 영화관에 피워놓은 자기들 모닥불에 오줌을 쌌다고 말했거든."

우리가 그랬나? 아, 세상에.

"매티 케이트는 별로 기분이 좋지 않지만 널 고자질하지는 않을 거야. 유홀은 아무것도 모르고."

유홀은 요즘 사실상 하루에 24시간, 일주일에 7일 이 집에 머물고 있었다. 마침내 코치님이 알 수 없는 이유로 그를 봉급 받는 진짜 조수로 승진시킨 것이다. 코치님조차 그게 못마땅한 듯했다. 배 속에서 액체로 된 뭔가가 굴러다녔다. 나는 신음하며 내 내장을 조심스럽게 살폈다. "몇 시야?"

"몰라. 아침이야. 괜찮아, 네 상황은 처리됐으니까. 독감 느낌이나 내봐."

토사물로 뻣뻣하게 굳은 머리카락에 쓰레기통 같은 입 냄새를 풍기는, 그런 내 모습을 본 사람이 앵거스가 아닌 다른 누군가였다면 난 죽어야 했을 것이다. "네가 짱이다." 나는 앵거스에게 말했다. "내 수호천사."

앵거스는 잠시 조용했다. 밖에서 우는 메뚜기 소리가 전기톱 소리처럼 들렸다.

"있잖아, 데몬? 이럴 기분 아니라는 건 아는데 한마디만 해도 될까? 너 좆같이 굴고 있어."

"너도 말했잖아. 그럴 기분 아니야."

"그래. 근데 저 바깥에 있는 어떤 천사는 널 수호해주지 않아. 내 말은 그게 다야."

나의 재앙은 패스트포워드 탓이 아니었다. 나 자신을 책임지는 건 나였다. 그 순간 내게 경기의 압박감이나 1군 선수로 산다는 것, 도리를 얻지 못하면 죽으리라는 것 등 너무 많은 걱정거리가 있었다면, 그걸 처리해야 하는 사람은 나 자신이었다. 유홀이 나를 잡으려고 벼르고 있다는 문제도. 그건 큰 문제였다. 나는 눈을 아주 조금 떠보려고 노력했지만 빛이 요란하게 나를 후려쳤다. 빛 자체가 소리를 내는 것만 같았다. 나는 흰 파자마를 입고 침대 발치에 앉은 앵거스라는 흐릿한 천사를 보았다. 그녀의 등 뒤, 내 책상 위에는 그녀가 준 배가 보였다. 앵거스는 그 배가 나와 똑같다고 말했었다. 갈 길이 먼데, 병 안에 갇혀 있다고.

나는 결국 앵거스에게 시즌 내내 알코올에 손을 대지 않겠다고 약속했다. 내 상태를 생각하면 하기 쉬운 맹세였다. 최소한 데킬라와 관련해서는 그 약속이 지켜졌다. 오늘날까지도.

41

파멸로 가는 길은 어디에서 시작될까? 나는 이 모든 걸 기록하는 이유가 바로 그것, 내가 한 어떤 선택을 이해하기 위해서, 라고 들었다. 아니면 누가 나 대신 해준 선택이나. 그 누군가는 내 마음속의 젖과 꿀을 상하게 한 깡패들일 수도 있었고, 그 전에 나타나 자신의 마음에 똑같은 짓을 했던 사람들일 수도 있었다. 젠장, 석탄계 사람들이나 누구든 리 카운티 십계명을 기록한 사람을 탓하도록 하자. 너는 네가 사랑할지도 모르는 모든 것을 버려야 할지어다. 책도, 숫자도, 소년이 그린 그림 속에서 살 만해진 인생도. 독실한 레드넥이여, 너는 이것들을 버리고 이곳에서 빛나도록 남겨진 유일한 별을, 남자다운 잔인함을 좇으라. 짓밟힌 잔디와 땀과 억눌린 성욕과 팝콘의 냄새를. 금요일 밤의 불빛을.

나는 살면서, 우리가 태어나기 전부터 우리에게 적대적인 방향으로 쌓여온 힘에 관한 놀라운 사실들을 알게 되었다. 그 힘에 대해 나의 사람들이 쓴 방법은, 그들이 언제나 우리에게 썼던 단어에, 무식한 개자식들이라는 단어에 어울리게 계속 살아가는 것이었다. 그렇게 거지 같은 일이 벌어진다.

이런 식이다. 10월 늦게, 시즌이 한참 진행 중일 때 우리는 파월 밸리와의 홈경기에서 6점 차로 이기고 있었다. 우리는 그날 밤 세 번째인가 네 번째로 스윕 플레이를 했다. 헬멧 뒤쪽에도 눈이 달린 나는 수비 측 엔드 96번을 지켜보고 있었다. 그는 머리와 머리를 맞대기 전부터, 라인업에서부터 티가 나는 그런 공격적인 놈이었다. 서 있는 자세에서, 놓친 것을 둘러싸듯 굽히고 있는, 그 분노에 찬 몸에서 느낌이 왔다. 운이나 사랑이라는 면에서 내가 가진 모든 것이 그의 몫을 훔친 것이라는 듯했다. 그는 자기 눈에 들어오는 최고의 선수를 몰아치는 것으로 제 몫을 되찾을 생각이었다. 첫 쿼터 내내 그는 내게 눈을 두고 있었다.

나는 이번 스윕에서 테일백을 위해 블로킹을 하고 있다. 96번이 빈틈을 찾아, 나와 외야의 해시 마크 사이로 돌아올 수 있도록 말이다. 96번이 있는 대로 열을 내며 나를 낮게 들이박는다. 옆에서 나를 다리부터 쓰러뜨린다. 내가 처음으로 느낀 건 숨이 쉬어지지 않는다는 것, 공기가 없다는 것이다. 96번을 비롯한 선수들이 내 위에 올라와 있다. 특이할 건 없다. 다리가 움직이지 않는다. 내가 96번을 기억하게 해줄 분노가 좀 더 실린, 평범한 태클이다. 96번은 느긋하게 일어선다. 내 신장을 팔꿈치로 찍어 나를 화나게 한다.

통증은 다른 것들만큼 빠르게 뇌에 접수되지 않는다. 다른 놈들은 아직 서 있는데 나만 쓰러져 있다는 데서 느껴지는 분노나 약간의 수치심과는 다르게. 내가 세 번째 혹은 네 번째로 알게 된 건 내 무릎이 잘못된 방향으로 굽혀져 있다는 것이다. 눈으로 보인다. 씨발 악마의 뻘건 궁둥이 같으니, 개좆같이 아프다. 내 계획은 두 다리를 몸 아래로 옮기는 것이지만, 무릎이 계획을 실행하지 않으려 든다. 무릎이 울부짖고 있다. 팀원들이 고함을 지른다. 코치님이 경기장 바깥의 누군가에게 고함을 지르고 있다. 사람들이 나를 보는 눈빛이 마음에 들지 않는다. 내가 다치긴 했다. 맞다. 하지만 이 게임에서 고통은 적이 아니다. 실패가 적이다. 너무 느린 것, 틈새를 놓치는 것, 패스를 잘못 계산하는 것. 이런 것들은 통제할 수 있다. 제대로 하는 것이 아군이고, 일을 망치는 것이 적군이다. 그 둘 사이의 거리만이 이곳에서 신경 써야 할 전부다. 나머지는 배경이다. 고통은 운동화 밑창 아래의 잔디 같은 거다. 고통은 날씨다. 나는 다리를 몸 아래로 끌어당기며 애써 생각한다. 날씨가 궂다고. 걸어서 떨쳐내라고. 절 빼지 마세요, 코치님. 전 멀쩡해요.

일은 그렇게 진행되지 않는다.

고통은 나를 망칠 수 있다. 고통이 날씨라면, 정신의 지붕을 뜯어가는 폭풍일 수 있다. 태클 이후의 몇 시간, 며칠은 섞어놓은 카드 한 벌 같다. 여전히 내 머릿속에 있을지는 모르겠지만 그 카드가 어느 순서로 나오는지는 장담컨대 알 수 없다. 나는 경기가 패배로 끝났다는 걸 안다. 그런 일이 벌어지도록 내가 경기장에서 실려 나갔다. 코치님에게 그렇게 심하지 않다고, 나를 다시 경기에 넣어달라고 말하던 나의 모습. 그게 아마 카드 패의 절반을 차지했을 것이다. 나는 2킬로그램짜리 아이스 팩을 올려놓고 앉아서 애원했다. 내게 와 닿던 유홀의 붉은 눈. 그는 이 일을, 이런 일이 내게 벌어졌다는 사실을 음미하고 있다. 내 다리를 얼음으로 찜질하고 감쌀 때 그가 쓴 불필요한 힘이 기억난다. 봉급을 받는 사람은 하찮은 것들의 부상을 돌봐주지 않는다고 생각하는 게 분명하다.

나는 경기를 지켜보려고 애쓰다가 초점을 잃은 걸 기억한다. 귓속에 울리던 소리. 통증은 소리, 당기는 힘이다. 불이다. 그다음에 나는 집에 있다. 계단 아래에서 위를 보고 있다. 코치님이 한쪽에서, 앵거스가 다른 쪽에서 나를 부축한다. 그 계단과, 무력하게 울부짖으며 밑바닥을 드러내던 나. 거의 나처럼 무너지면서 걱정하지 말라고, 아침이면 와츠 선생님이 와서 고쳐줄 거라던 코치님. 아래층에 있는 딕 아저씨의 소파를 조용히 내 침대로 만들어준 앵거스. 절름발이의 침대다.

나는 밤새 깨어 있지도 않았지만 딱히 잠들지도 않았다. 계속해서 이불 밑을 보았다. 존재하지 않는 피의 웅덩이가 느껴졌다. 어느 시점에 확인하려고 불을 켰다. 다리가 검게 변해 뒤틀려 있다. 안에 농구공이 쑤셔 박힌 다리 같다. 나는 속옷 차림이었다. 누군가가 내 유니폼 바지를 잘라버린 게 틀림없었다. 세상에, 그 장면이 담긴 카드는 내 패에서 사라지고 없었다. 졸면 악몽을 꿨다. 쇠톱으로 내 다리에 덤벼들어 다리를 제거하려 들고, 피가 날 때까지 다양한 신체 부위를 물어뜯는 악몽. 이상한 소리에 퍼뜩 눈을 뜨곤 했다. 그 소리가 나한테서 나온다는 걸 알기까지는 어느 정도 시간이 걸렸다. 고통은 물이다. 사람을 익사시키는. 잠시 물고문을 당하다가 고개를 들어 공기를 마시고 다시 잠긴다. 죽을까 봐, 그런 다음에는 죽지 않을까 봐 걱정된다. 아침에 와츠 선생님이 나타났을 때 그런 곳에 내가 있었다.

와츠 선생님은 우리 팀 의사였다. 여러 경기에 참석한 건 아니었지만, 테네시 대학교에서 함께 뛴 시절 이래로 코치님과 친구 사이였다. 그와 코치님은 내가 제대로 듣지 못한 이런저런 얘기를 했다. 전방 십자 인대니 반월판이니. 골절이 아닌지 확인하려면 노턴의 병원으로 가 엑스레이를 찍어야 했다. 나는 생각했다. 이 빌어먹을 침대에서 꺼내달라고. 아마 그 말을 소리 내서 했을지도 모르겠다. 앵거스가 눈을 크게 뜨고 문가에 머물며 귀 기울이고 있다. 와츠 선생님은 MRI도 찍어야 한다고 했다. 그러기 위해서는 테네시주까지 가야 했다. 거기는 일이 잔뜩 밀려 있으므로 3주를 기다려야 했고. 와츠 선생님은 내게 정형외과 의사를, 그러니까 뼈 전문가를 만나게 해줄 생각이었다. 이번에도 2주를 기다려야 했다. 그때까지는 처방전으로 버텨야 할 것이다. 이즈음 나는 관심을 잃었다. 그가 내게 삼키라고 준, 작고 흰 잠수함 모양의 알약이 내 머릿속에서 예쁘장한 노래를 부르기 시작했으니까. 이걸 위안으로 삼아, 자기야. 나랑 같이 중심가로 헌팅하러 가자. 그냥 내 손을 잡아. 로르탭*이 그녀의 이름이었다. 축복받은, 축복받은 여인.

나는 일주일 동안 학교도 연습도 빠졌다. 한 경기쯤이야 놓쳐도 된다고 생각했다. 아무도 좋아하지 않았다. 아마 유홀은 예외겠지만. 그러나 나는 딱하게도, 축 늘어진 팬티만 입고 거실을 가로질러 아래층 화장실까지 10미터를 고통스럽게 절룩거리며 걸어가는 것만 할 수있을 뿐이었다. 관중석에는 매티 케이트가 있었다. 그럴 때가 아니면 소파 침대에서 잠을 자며 인생을 흘려보냈다. 네 시간마다 깨서 필요하면 오줌보를 비웠다. 그 빌어먹을 난장판 같으니. 그런 다음 로르탭 덕분에 다시 여행을 떠났다. 의사는 약 용량을 두 배로 늘리라고, 알람을 맞춰놓고 24시간 내내 핏속에 그 좋은 물질을 두라고 했다. 뭔가를 먹은 기억은 나지 않는다. 틀림없이 먹었겠지만. 그저 알약을 삼킬, 라임색의 게토레이병이 서 있던 것만 기억난다.

코치님과 와츠 선생님은 뼈 의사를 (아니, 뼈 의사의 가없은 접수 담당자를) 공격하기 시작했다. 다음 주 월요일, 그 바쁜 인간이 수술에 들어가기 전 이른 시각으로 예약을 잡아주었다. 나는 별로 신나지

*   진통제 이름.

않았다. 그 의사가 나를 갈라보고 싶어 하면? 난 그럴 기분이 아니었다. 코치님은 걱정하지 말라고, 뼈 의사가 나를 고쳐줄 거라고 했다. 다음 주 금요일로 수술이 잡힐 수도 있었다.

학교에는 소문이 돌았다. 자리를 비운 데몬이 실제의 나보다 훨씬 흥미로웠다. 앵거스는 집에 돌아와 내 다리가 (1) 부러졌고 (2) 부러지지 않았고 (3) 삐었고(엄밀히 말하면, 염좌라고 해야 했다) (4) 절단되었고(무릎 위인지 아래인지는 골라라) (5) 내가 헬리콥터를 타고 내슈빌에 있는 뇌 전문 병원으로 이송되었으며 혼수상태에 빠졌다는 사실을 알려주었다. 앵거스는 웃었다. 나는 그냥 시계만 바라보았다. 앵거스는 팔에 마커로 소문 목록을 적어 와 큰 소리로 읽었다. 나는 아직 로르탭과의 다음 데이트를 한 시간 더 기다려야 했지만, 그 어떤 현실에서도 그만큼 기다리지 않을 생각이었다.

그때 앵거스가 이불을 덮어놓은 내 다리를 살펴보며 조용해졌다. 그때 나는 사생활 보호와 화장실로의 더 나은 접근권을 위해, 도움을 받아 계단을 기어올라 내 방에 있었다. 남자에겐 품위가 필요하니까. 앵거스는 데님 작업복에 빨간 양말을 신고 침대 발치에 책상다리를 하고 앉아 있었다. 가장 좋아하는 자기 모습으로 선택한, 악마의 뿔 모양으로 머리를 올린 채로.

"아프겠다, 그치."

나는 웃었다. 그냥 짧게. 아하. 나는 전에는 아픈 게 뭔지 안다고 생각했었다고 말했다. 하지만 이 다리는 내 새아버지한테 최악으로 얻어터진 얼굴이나 갈비뼈와도 바꾸고 싶었다. 심지어 돈을 주고라도. 앵거스의 잿빛 눈이 내 다리에서 얼굴로 천천히 올라왔다. "경제관념이 아주 엿 같네."

"무슨 뜻이야."

앵거스는 어깨를 으쓱했다. 약간 다가오더니 빨간 양말을 신은 발을 다시 꼬면서 침대 위에 편하게 자리 잡았다. "한 가지 실수를 다른 실수로 바꿀 필요는 없어. 거래를 통해 더 좋아지는 건 어때? 그냥 이 거지 같은 일을 극복하고, 앞으로 펼쳐질 더 나은 시간을 바라보는 거야."

"세상에, 그 생각은 못 해봤다. 장담하는데, 다음 주면 의사가 이 엿 같은 무릎에 대고 마법의 지팡이를 흔들어댈 거야. 그럼 내가 70야드 짜리 터치다운을 하게 될 테고, 우리는 방귀 대신 향수를 뿜어내겠지. 가서 치어리더라도 해보지 그래, 햇빛 아가씨?"

앵거스가 고개를 저었다. 작고 빠른 움직임이었다. 그녀는 내가 아니라 창밖을 보고 있었다. 데몬을, 다루기 힘든 이 아이를 어떻게 해야 할까. 아주 오래된 질문이었다. 나는 내면에서 심술이 끓어오르는 것을 느꼈다. 시큼한 토사물처럼. 억지로 다시 삼켰다. "미안." 내가 말했다.

앵거스가 다시 나를 보았다. 세상에, 저 눈이라니. "대체 뭣 때문에 겁을 먹은 거야?"

도리도 같은 질문을 했었다. 나는 확실히 새는 곳 몇 군데를 때워야 했다. "나처럼 산다는 게 무슨 뜻인지 넌 모른다는 얘길 하고 싶을 뿐이야. 가족도 뭣도 없이 경기에서 열외된다는 거."

맹세하는데 앵거스의 눈 색깔이 바뀌었다. 밝은 잿빛에서 더 어두운 잿빛으로. 앵거스는 한마디도 하지 않았지만 나는 앵거스가 무슨 생각을 하는지 알았다. 코치님은 내가 받지 않으려는 것들을 주려고 노력하고 있었다. 어쩌면 가족도 그중 하나였는지 모르겠다. 가족과, 앵거스가 휘두르고 다니는 은색 카드. 나는 허리를 숙여 지난 30분 동안 거의 눈을 떼지 못하고 있던 작은 주황색 약병을 집었다. 힘을 주어 뚜껑을 눌러 돌린 뒤 로르탭과 게토레이를 꿀꺽 삼켰다. 눈을 감고 숨을 쉬었다. 알약 자체에서 구원의 맛이 났다. 눈을 뜨고 앵거스의 시선을 마주 보았다. 앵거스는 이상하게 인내심이 강했다. 사람을 망가뜨릴 수 있는 방식으로.

"오해하지 마." 내가 말했다. "코치님은 훌륭하시고, 뭐 다 그래. 여러 번의 시즌을 거치는 동안 코치님이 만난 최고의 타이트엔드가 나니까. 내가 여기 있는 이유가 그거야."

"정말 그게 다라고 생각해?"

"제기랄, 앵거스. 내가 여기 온 직후에 코치님은 나한테 선발전을 치르게 했어. 내 속도와 볼 컨트롤을 시험했다고. 나는 꽤 잘해냈고. 꽤 잘한 것 이상이었겠지. 그래서 코치님이 여기 있어도 된다고 한 거야. 몰랐어? 크리스마스 직후에 아래층 코치님 서재에서였어. 거래가 이루어진 거라고."

앵거스는 몰랐던 모양이다. 뻔히 보였다.

"충격받은 것처럼 굴지 마. 코치님한테는 해야 할 일이 있어. 지금 이 순간 내 속도와 볼 컨트롤 능력은 개똥 같고. 별로 좋은 상황은 아니지."

앵거스가 이불에서 풀려 나온 실 한 올을 뜯기 시작했다. 제대로 잡아당겼다. 계속 그러다간 이불을 망가뜨릴 터였다. 어떤 집에서는 얻어맞고 또 어떤 집에서는 밥을 굶길 행동. 집마다 처벌은 매우 다양하다. "이 집에서 언제나 내 몫을 하려 했어." 내가 앵거스에게 말했다. "내가 원하는 건 그것뿐이야. 나는 공짜로 뭘 나눠달라는 사람이 아니야." 내가 노인네처럼 말했는지도 모르겠다. 순수한 힐빌리인 전직 광부 페그 아저씨처럼. 그러지 말아야 할 이유가 있을까.

"빌어먹을, 데몬. 넌 어린애야."

"내가?"

앵거스가 고개를 저었다. 이번에도 작게, 빠르게. 나는 까다롭게 굴려는 게 아니었다. 그냥 솔직한 거였다. 그게 내가 아는, 앵거스를 대하는 유일한 방법이었다. "네가 다쳤다는 이유로 널 쫓아내지는 않으실 거야. 그것도 자기가 시킨 경기에서 다친 건데." 앵거스가 말했다. "아버지를 좀 믿어봐."

나는 앵거스가 코치님을 '아버지'라고 부르는 걸 한 번도 들어보지 못했다. 그는 코치님이었다. 나는 코치님이 나를 포기할 거라고 생각하지는 않는다고 말했다. 나는 팀에 중요하니까. 나는 시즌을 마무리할 계획이었다. 제너럴스로서 명성을 쌓을 시간도 2년이 남았고. 나는 앵거스가 이해하지 못하는 걸 설명해주지는 않았다. 미식축구가 없으면 난 다시 아무것도 아닌 존재가 된다는 사실을. 찐따 데몬이 표면 아래에 여전히 있으며, 광채를 잃으면 난 아무것도 아니라는 사실을. 절대 도리를 얻지 못할 거라는 사실을.

어째서인지 앵거스는 자기가 내 기분을 나아지게 했다고 판단했다. 다시 소문으로 도는 나의 안타까운 운명을 이야기했다. "좋은 면을 보면 넌 홈커밍 선발위원회에서 엄청난 표를 받고 있어."

"말도 안 돼. 난 겨우 2학년인데."

"난 그냥 전달만 해주는 거야. 당신이 왕관을 쓰게 되셨다고요."

"그렇게는 안 될 거야. 아무튼 동정표를 받고 싶지도 않고. 내가 이긴다면 그 이유는 망가진 몸과 천박한 성격 때문일걸."

앵거스가 생각에 잠겨 고개를 끄덕였다. "그건 알겠다. 근데 가질 수 있는 건 갖는 게 좋아. 임무 수행 중에 다친 사람한테 주는 건 동정표가 아니야. 군인 같은 거지. 퍼플 십자 훈장 같은 거."

"퍼플 하트겠지." 내가 말했다. "멍청하긴."

앵거스는 깨달음에 자기 작업복 앞섶을 탁 쳤다. "멍청했네!"

앵거스의 광대 짓은 보통 내 기분을 나아지게 했지만 이 경우에 그 역할을 한 건 로르탭이었다. 나는 꾸벅꾸벅 행복의 나라로 떠나고 있었다. 오줌 먼저 눠야 했는데. 이 요양 방법에는 침대에 오줌을 싸는 위험이 상존했다. 고통이 참을 만하게 줄어들되, 약에 너무 심하게 취해 침대에서 궁둥이를 끌고 나오지도 못하는 상황이 되지는 않는 짧은 시간을 목표로 삼아야 했다. 앵거스는 내가 몸을 기울이며 매트리스에서 엉거주춤하게 나와 똑바로 설 때까지 큰 소리로 날카롭게 숨을 들이쉬는 모습을 지켜보았다.

"이런, 데몬. 속옷 옷장을 좀 업데이트해야겠다."

앵거스의 말은 틀리지 않았다. 오래된 면 속옷은 희어지거나 짱짱해질 모든 가망을 잃었다.

준 이모는 에미를 통해 학교 라인으로 소식을 들었을 것이다. 그러므로 내가 어떤 부상을 입었다고 그녀가 생각할지는 전혀 알 수 없었다. 하지만 잠에서 깨보니 이모가 와서 내 약병을 바라보고 있었다. 퇴근하고 곧장 온 듯 플라스틱 이름표가 달린 흰 가운을 입었다. 가운 밑에는 검은 스웨터와 바지를 입었고. 준 이모가 허리를 곧게 편 채 가는 허리에 경첩이라도 달린 듯 몸을 앞으로 숙인 그 섹시한 모습을 보니 도리가 생각났다. 아프지만 않았으면 바로 그 순간 텐트가 세워졌을 것이다.

"안녕하세요!" 내가 말했다. 목이 쉬고 기진맥진한 소리가 났다. 로르탭의 용량을 두 배의 두 배쯤 늘린 건지도 몰랐다. 똑같은 일을 매일 반복하다 보면, 무슨 일이 한 시간 전에 일어났는지 어제 일어났는지 잊어버릴 수 있다.

"이걸 얼마나 오래 먹었니?"

난 생각해보았다. "오늘이 며칠이죠?"

준 이모는 훅 숨을 내쉬더니 주위를 둘러보았다. 코치님이 문 앞에 서 있었다. 빨간 모자에 호루라기가 달린 끈을 목에 걸고서. 어느 순간에든 이모에게 수어사이드 달리기를 하라고 명령할 것처럼 보였다. "누가 얘한테 이걸 줬어요?"

"난 괜찮은 사람이 데몬을 보살피고 있다고 생각한다." 코치님이 말했다. "와츠는 네가 미니스커트를 입고 흰 양말을 신고서 치어리더를 할 때부터 의사였으니까."

이모가 다시 나를 돌아보았다. "데몬. 내가 다리를 한번 봐도 될까?"

나는 그러라고 했고 이모는 침대에 앉았다. 준 이모의 비누 냄새가 났다. 에미를 따라다니는 것과 똑같은, 달콤한 과일 향이었다. 이번에도 나는 도리를 떠올리며 그녀의 냄새를 알았으면 좋겠다고 생각했다. "돈을 얼마나 받으려고요?" 나는 혀 꼬부라지는 소리가 난다는 걸 어렴풋하게 의식하며 물었다.

이모가 내게 윙크했다. "가족의 친구니까 할인해줄게. 다 나으면 와서 우리 집 배수로나 뚫어줘."

뒤집힌 배 모양의 그 집에는 배수로가 없었다. 나는 대뇌 비질*을 뒤져보고 나서야 농담을 알아들었다. 이모가 이불을 내리더니 길고 낮게, 개를 부르듯이 휘파람을 불었다. 지금쯤은 개를 키우고 있어야 할 텐데. 루퍼스는 어떻게 된 걸까? 의사가 상처를 보고 휘파람을 분다는 건 무슨 뜻일까? 좋은 뜻은 아니었다. 이모는 내 다리의 여러 부분을 만지고 눌러보다 발목에서 맥을 짚었다. 준 이모가 내 몸을 더듬는 상상을 했다 해도, 진짜 그런 상상을 했다는 말은 아니지만, 이

---

*   '대뇌 피질(brain cortex)'을 일부러 brain cotton으로 잘못 쓰고 있다.

런 식은 아니었다. 이모는 완전히 사무적이었다. 괜찮은 운동복 반바지를 입으라고 앵거스가 나를 설득한 게 다행스러웠다.

준 이모가 내게 이불을 덮어주고 두 손을 무릎에 내려놓은 채 나를 보았다. 입술을 씹으면서. 나는 잠들어 있으면 좋겠다고 생각했다. 이런 좆같은 상황으로부터 깨어나기만을 기다리며.

"네 엑스레이를 봤어." 이모가 말했다. "별로 만족스럽지 않아. 네가 아직 MRI 결과를 기다리고 있다는 건 아는데, 그것도 좋은 소식은 아닐 거야. 미안해, 나도 정말 싫다. 하지만 이 부상에 도움이 되는 건 진단과 적절한 치료뿐이야. 헛된 희망이 아니고. 내 말 믿어. 너무 많은 환자들이 시도하는 걸 봐서 그래."

"골절은 없던데." 코치님의 말이었다.

이모가 몸을 틀어 그를 마주 보았다. "엑스레이 결과가 마음에 들지 않는 건, 성장판에 문제가 있다는 게 간과되었을 수 있기 때문이에요. 각도가 좋지 않았고 중외측 움직임이 없었어요. 와츠 선생님이든 누구든 데몬을 돌봐줬어야 할 사람이 후속 검사 오더를 잊었다면 제가 지금 당장 해드릴 수 있고요."

코치님은 아무 말도 하지 않았다. 손가락으로 끈을 돌리고 또 돌렸다. 이모가 다시 나를 돌아보았다. "넌 어떻게 하고 싶어?"

지옥 같은 통증을 멈추고 싶었다. 나는 어깨를 으쓱했다. "다음 주 금요일쯤 경기에 나갈 수 있을 정도로 낫고 싶은데요?"

"아, 데몬." 준 이모가 내 손에 자기 손을 얹었다. 내 가슴으로 무언가가 너무 세게 솟구쳐, 나는 가슴이 찢어지는 걸 막으려고 숨을 참았다. 준 이모가 고개를 젓고 있었다. 나는 반짝이는 밍크 가죽 같은 그녀의 머리카락에 초점을 맞추고, 이모가 하는 말이 그녀의 머리 위에 떠도는 거품이 되도록 놔두었다. 남은 경기에서 빠져야 해. 시즌 내내.

코치님이 빙빙 돌리던 끈이 툭 떨어졌다. 그가 뭐라고 말했다. 이모가 뭐라고 말했다. 코치님은 착한 태도를 버리고, 이모에게 이 집이 누구 집이냐고 물었다. 이모가 내 약병을 집어 들고 코치님에게 흔들어댔다. "불장난이라고요." 이모가 말했다. 그렇게 계속 이어졌다. 나는 엄마와 아빠가 그만 싸우기를 바라는 어린애였다. 어느 시점에 이모가 내게 돌아와, 내 얼굴 가까운 곳에서 내가 뭘 먹는 건지 알고는 있었냐고 물었다. 이모는 그게 하이드로코돈인지 뭔지라고 말했다. 그럼 옥시코돈은 아니네요. 내가 말했다. 이모는 사실 이게 옥시코돈보다 나을 게 없다고 말했다. 나는 단어를 찾으려 애쓰다가, 아마 코치님의 재수 없음 병이 옮아서 그랬겠지만, "통증은 활력 징후"니 뭐니 했던 켄트의 말은 다 어떻게 된 거냐고 물었다.

이모가 내게 식식댔다. "켄트 홀트는 그 회사에 고용된 좆같은 청부 살인 업자야."

이모가 입에서 나온 그 말에 내 시계가 멎었다. 이모와 코치님은 방을 나섰지만 복도에서 그들의 목소리가 들려왔다. 코치님은 50야드 라인에서 쓰는 목소리를 썼고, 이모도 꽤 시끄러웠다. 이모는 전에는 1년에 마약중독자를 두세 명 보았는데 요즘은 매일 본다고 말했다. 그러더니 코치님을 포기하고 나를 돌봐주러 돌아왔다. 통증이 나를 돌보는 몸 나름의 방식이라고, 몸이 내게 언제 멈춰야 할지를 알려주는 거라고 했다. 미래를 생각하라고. 이모는 아무것도 몰랐다. 내게는 미식축구가 미래였다. 고통을 이기고 경기하는 게 내가 하는 일이었다.

준 이모는 떠났고 나는 잠들었다. 혼란스러운 채로 깨어나 화를 냈다. 나는 무슨 약물 파티를 하는 어린애가 아니었다. 나는 의사의 처방에 따라 교과서대로 움직이고 있었다. 제너럴스로 산다는 건 진지

한 일이었다. 코치님은 그걸 알았다. 이모는 몰랐고.

내가 뼈 의사를 만나러 갔을 때쯤 농구공 크기의 무릎은 소프트볼 정도로 줄어들었다. 무릎은 일주일 내내 무지개 색깔의 멍을 자랑했다. 검은색-초록색-노란색-갈색. 코치님이 목발을 가져다주었고, 나는 돌아다녔다. 움직이니 기분이 좋았다. 지옥같이 아프다는 것만 빼면.

뼈 의사는 알고 보니 내줄 시간이라고는 전혀 없는, 해골 같은 손에 턱이 긴 남자였다. 그는 사람들의 몸뚱이를 가르러 가는 길에 병원 대기실에서 나를 확인했다. 내가 그 플라스틱 의자에 앉아 생각할 수 있었던 건 엄마가 약물 과용으로 죽고 내가 위탁 가정이라는 똥구덩이의 심연에 내던져진 그날 밤뿐이었다. 나는 그 이후로 허우적대고 있었다. 나는 내가 다섯 살이고, 트레이닝복 바지를 벗고 뼈 의사가 내 다리를 찔러보는 동안 코치님의 손을 잡고 있을 수 있으면 좋겠다고 생각했다. 의사도 첫 번째 엑스레이를 믿지 말라며 준과 똑같은 말을 했다. 그는 MRI 없이도 수술이 필요하다는 걸 알 수 있었다. 반월판이 어쩌고, 전방 십자 인대가 저쩌고. 다리를 안정시켜야 했다. 주치의가 깁스를 해주고 물리치료를 시작해야 했다. 듣기 싫을 정도로 많은 전문용어. 그는 로르탭 복용량을 더 올렸고, MRI를 찍은 뒤 돌아오라고 말했다. 나는 얼마나 있어야 내가 경기에 복귀할 수 있는지 코치님이 물을 줄 알았다. 그러나 그는 그렇게 하지 않았다.

밖으로 나와 차에 탄 뒤, 나는 코치님에게 그 해골 같은 손이 내 살을 가르는 건 원치 않는다고 말했다. 코치님이 나를 보았다. 입술 뒤의 네모난 이, 운전대를 잡은 주근깨 난 손. 나는 코치님에게 내가 무엇을 원하고 원치 않는지 대놓고 말한 적이 거의 없었다. 그 이유야 어느 위탁 아동이든 말할 수 있을 것이다.

"무슨 말인지 알겠다, 아들." 코치님이 말했다. 그러더니 코치님은 카폰으로 와츠 선생님에게 전화를 걸었고, 우리는 즉시 약국으로 가 새 처방전을 받았다. 코치님이 뛰어갔다 오겠다고 했지만 내가 가겠다고 했다. 뭔가를 증명하고 싶었다. 나는 밖으로 나가 목발을 짚고 주차장을 가로질렀다. 완전히 바보처럼 자랑스러웠다. 해냈어. 문이 휙 열릴 때 나는 그렇게 생각하고 있다. 해냈어. 약국으로 가는 통로를 따라가며. 약을 짓는 데는 15분이 걸린다고 했다. 나는 잡지와 콘돔을 살펴보고 자리를 찾아 인슈어* 상자 위에 앉았다.

마침내 내 이름이 불렸다. 코치님의 카드로 돈을 냈다. 흰 종이봉투 바깥 면에는 뭔가가 스테이플러로 박혀 있었다. 뻔했다. '옥시콘틴'이라 적혀 있었다. 그걸 보자 몸이 떨렸다. 나는 여전히 열심히 노력하고 있었다. 해냈어 놀이를 하고 있었다. 하지만 밖으로 나오면서는 비틀거리다가 어느 노숙자와 부딪혔다.

"야, 안 보여?" 그가 말했다. 너무 불쌍한 말투라, 그에게 미안하다는 말을 퍼부었다. 죄송합니다, 부주의했어요, 제 잘못이네요, 죄송합니다. 코치님이 자동차에서 지켜보고 있었다. 나는 노숙자를 한 번 더 보고 아침을 게워낼 뻔했다. 그는 자기가 눈이 멀었다고 말한 게 틀림없었다. 그는 눈이 없었다. 그저 주름진 얼굴에 동굴이 두 개 나 있을 뿐이었다. 커다란 안내견이 하네스를 차고 있었다. 그는 노숙자가 아니라, 그냥 절망적이고 좆같은 어둠 속에서 삶을 견딜 수 있도록 처방받는 뭔지 모를 약을 얻으러 월그린에 가는 사람이었다.

나는 동요하며 차에 탔다. 그 텅 빈 동굴. 안 보여, 안 보여, 안 보여.

---

*　　　영양 보충제 상표.

42

이건 합법적인 약이었다. 마약이 아니라. 나는 심장을 두근거리게 하는 그 모든 피와 함께 그 말을 믿었다. 코치님에게도 맹세했다. 의사의 지시를 문자 그대로 따르겠다고, 그러니 경기하게 해달라고.

코치님은 정말로 그렇게 했다. 4주 뒤, 나는 여전히 엉망진창이었기에, 바보였기에 경기에 들어갔다. 물론 전처럼 경기 내내 뛸 수는 없었다. 중요한 순간에만 뛴다는 아이디어였다. 코치님은 가장 필요한 순간의 스윕이나 장거리 패스 작전을 위해 나를 아껴두곤 했다. 내가 복귀한 첫 금요일에는 그럴 필요가 없었다. 노스우드를 상대로 할 때 코치님은 보통 2군 선수들이 경기장에서 뛰게 해주었다. 우리는 뒤로 달려도 그 머저리들한테 질 수 없었다. 나는 마지막 쿼터까지 벤치에서 복장을 다 갖추고 있었다. 우리는 4분이 남은 상태에서 28점 차로 이기는 중이었다. 코치님이 나를 보며 엄지를 획 치켜들었다. 그냥 관중석의 분위기를 띄우기 위해 나를 절뚝거리며 경기장에 들어가도록 했다. 모든 환성과 발 구르기가 사실상 옥외 관람석 사람들에게 데-몬! 코퍼-헤드!라는 헛구역질을 쏟아내게 했다. 위탁 가정에서 스타가 된, 포스터 속 소년. 그 어느 때보다 멋졌다. 앵거스의 말이 틀리지 않았다. 자는 동안 나는 리 카운티의 왕으로 추대됐다.

다음 금요일은 그렇게 녹록하지 않았다. 리버헤드와의 원정 경기였다. 헬스장에 가보니 상태가 심각했다. 상체는 괜찮았지만 역기를 들고 스쿼트를 하는 건 불가능했다. 그래도 동지들을 실망시키지는 않을 터였다. 하느님을 걸고, 우리 학교도 걸고. 돌아간 첫날, 급식실로 걸어 들어가자 사람들이 내게로 고개를 돌렸고 쟁반이 달그락거렸다. 모두가 일어서서 손뼉을 쳤다. 헤어넷을 쓴 영양사 아줌마들도 박수를 보냈다. 내 머릿속 대부분은 이렇게 생각했다. 저 사람들은 나를 몰라. 내가 무료 급식을 하던 아이라는 걸. 하지만 또 다른 작은 부분은 이렇게 생각했다. 이런 대우를 받자고 나 자신을 죽였구나.

그렇게 나는 약을 먹었다. 그리고 약 먹는 사람처럼 경기했다. 평소보다 반응이 느렸다. 코치님은 아무 말도 하지 않았지만 알고 있었고, 더 빠른 다리와 덜 미끄러운 손가락을 가진 선수들에게로 경기를 이끌었다. 솔직히 그게 다리보다 더 아팠다. 나는 실수를 줄이려고, 빵에 버터를 덜 발라보려고 애썼다. 아주 조금만. 로르탭이나 퍼코셋을 먹는 간격을 다섯 시간이나 여섯 시간으로 늘리고, 옥시코돈을 먹는 간격은 하루 반으로 늘렸다. 설명서에 따르면 두 약물을 번갈아 쓰거나, 때로는 약을 두 배로 늘려야 했다. 의사는 내가 연습을 할 수 있도록 제대로 취해 있게 했고, 경기가 있는 날 밤에는 복용량을 조금씩 줄여 플레이를 할 수 있을 만큼의 제정신을 일부나마 찾도록 했다. 내가 고통을 뚫고 경기할 수 있을 거라고 믿으며. 오, 주여, 나는 실제로 해냈다. 뭐든 그놈의 무릎에 남은 것을 찢어버릴 만큼 열심히. 통증은 이제 메인 이벤트조차 아니었다. 나는 어떤 면에서 마비되어 있었다. 약의 용량을 줄여볼 정도였다. 하지만 복용 간격을 지나치게 늘이면, 특히 옥시코돈 복용 간격을 늘릴 때는 유니폼을 입기 전부터 태클을 당한 느낌이 들고 말았다. 뼈가 쑤시고 배 속이 아프고 탈의실 화장실에서 토했다. 더 나빴던 것에 대해서는 이야기하기 어렵다. 나는 똥을 지리기 시작했다. 그런 일은 세차고도 빠르게 일어났다. 오한이 들고 몸이 떨리며 몸속의 모든 것이 그야말로 흐르는 물이 되었다. 너무도 이상했다. 대체로 옥시코돈은 니미럴 변비를 일으켰으니까. 하지만 금단증상이 일어날 때는 아니었다. 지금까지 나는 집에서만, 연습을 하러 나서기 전에만 그런 일을 경험했다. 하지만 엿같이 무서웠다. 걱정만으로도 설사가 날 지경이었다. 홈커밍이 다가오고 있었다. 경기만이 문제가 아니었다. 경기는 어쨌든 진흙과 풀물, 오줌, 벤치 뒤에서 컵이나 수건에 오줌을 누는 등등의 일이 일어나는 엄청난 아수라장이었으니까. 아직 몰랐다면 미안하다. 나는 하프타임에 벌어질 일, 홈커밍 선발위원회에 대해 더 많이 생각하고 있었다. 금요일 밤을 위해 모인 그 모든 사람들 앞에서 팔에 여자애를 매달고 경기장 전체를 행진하는 일에 대해서. 홈경기일 게 뻔했다. 흰 유니폼을 입고서 하는.

나는 다시 시간에 맞춰 옥시코돈을 먹기 시작했다.

홈커밍은 그야말로 말도 안 됐다. 맞다, 내가 왕관을 쓰게 됐다. 그러니까 데이트 신청을 한다는 면에서는 엄청난 압박감이 생겼다. 여왕이 필수적이었으니까. 여자애들이 난리였다. 내 로커에 음식을, 쿠키를 놔두고 갔다. 그건 다 좋았다. 하지만 그다음에는 사진이 들어왔다. 뿌루퉁한 입술에 딱딱한 젖꼭지, 지퍼를 푼 청바지에 건 엄지. 내가 할 수 있었던 생각은 이 사진을 찍은 건 대체 누구냐는 것뿐이었다. 이미 절반은 그 사람한테 넘어간 것 같은데, 그 사람이랑 홈커밍에 가지 그러나. 내가 바보인지도 모르겠다. 하지만 나는 추격 장면이 시작될 때부터 시작하는 게 좋았지, 차량이 폭발하기 직전인 마지막 순간에 뛰어드는 건 별로였다.

내 로커는 접근하기 쉬웠다. 앵거스, 매곳, 다양한 팀원들과 대마초로 맺은 인연들이 모두 실용적 목적에서 비밀번호를 알았다. 그러니까 이 구애의 선물이 익명으로 나타난다고 해도, 대부분은 그렇지도 않았지만, 나는 주변에 물어보기만 하면 됐다. 그리고 미안하지만 난 물어보지 않았다. 그냥 그렇게 마음이 끌리지 않았다. 오히려 마음이 끌렸던 사람은 터프 트러셀이었다. 터프는 내 옆 로커를 썼는데, 덕분에 엄청나게 많은 공짜 간식을 얻었다. 나는 데이트하지도 않을 여자애가 준 쿠키를 먹는 게 옳지 않다고 느꼈기 때문이다. 누구에게도 빚지는 게 싫다. 터프는 같은 계열의 이유로 자기가 여자애들의 사진도 가져야 한다고 생각했지만 내가 선을 그었다.

그러다가 어느 날에 보니 터프가 내 로커 옆에서 터지기 일보 직전의 크고 빨간 풍선처럼 기다리고 있었다. 여드름투성이에, 어디에도 숨을 수 없는 끓인 고기 같은 피부라는 축복을 받은 그 녀석은 미친 듯이 흥분해 죽어가고 있었다. "열어, 인마! 열어!"라면서. 빌어먹을 오늘이 내 생일이라도 된다는 듯이. 녀석은 뭔가 벌어지고 있다는 걸 안 게 틀림없었다. 나는 뭔지 몰라도 그냥 가져가라고, 그냥 처먹으라고 말하고 싶었다. 하지만 이제는 궁금해졌다. 자물쇠를 돌리고 열어보니 쿠키는 없었다. 여자애의 글씨가 적힌 봉투도 없었다. 그냥 서둘러 던져 넣은, 어떤 검은 조각이 스프링 노트의 철사에 걸려 있을 뿐이었다. 나는 잠시 시간을 들여 풀어낸 다음, 똥을 쌀 뻔했다. 속옷이었다. 끈 팬티. 나는 사람이 안에 들어 있지 않은 끈 팬티를 한 번도 본 적이 없었다. 아무것도 없었다, 레이스가 달린 앞면뿐 나머지는 비어 있었다. 한편 터프는 엔드존 세리머니와 천식 발작 사이의 무언가를 하고 있었다. 전에는 팬티를 한 번도 본 적이 없다는 듯이. 그럴 리 없었다. 녀석이 팬티를 본 적이 있는 건 확실했으니까. 녀석은 계속해서 안전 봉인은 뜯었느냐고 물었다.

"뭘 어쨌냐고?"

이제 우리에게는 관객이 생겼다. 그들은 데몬이 완전한 바보가 된 모습을 구경하고 있었다. 터프가 내게 물은 건 팬티가 깨끗하냐, 아니면 여자가 먼저 입고 넣어둔 거냐는 말이었다. 대체 내가 그걸 어떻게 안다는 건지 알 수 없었다. 터프가 내게서 팬티를 낚아챘다. 비웃음 가득한 얼굴로. "인마." 그가 말한다. "들이마셔!"

터프가 사타구니 부분을 내 얼굴에 들이밀자 나는 이해한다. 바로 내 눈 사이에 완연한 여자 성기가 있다. 나는 이런 일이 벌어진 뒤에 시민 윤리 수업을 들으러 가게 되어 있다. 로커 뒤쪽에는 립스틱으로 비키 스트라우트가 보냈다는 서명이 남겨져 있다. 그날 이후로, 그녀는 '한번 맡아봐'로 알려진다.

비키에 대해서는 유감이다. 그녀 입장에서 이건 도박이었다. 오늘 이날까지도, 비키 아이들의 심술궂은 친구들은 친구 엄마의 등 뒤에서 그녀를 '한번 맡아봐'라고 부르고 있을지 몰랐다. 그게 나 때문이었다. 이 여자들이 좀 더 일찍 나한테 들이댔다면 나는 뼈다귀에 달려드는 개처럼 굴었을 것이다. 하지만 지금의 나는 최고가 아닌 그 무엇에도 흔들리지 않았다. 내가 홈커밍에 간다면 내게는 한 명의 여왕만이 있을 테고 그 여왕은 비키 스트라우트가 아니었다.

그런데 내게는 그녀에게 전화를 걸 배짱조차 없었다. 나는 인생에 대해 알았으니까. 아직 데이트를 신청하지 않았다면 "좆이나 까세요"가 아닌 다른 대답을 머리에 품고 하루를 더 살 수 있다. 그러므로 데이트

신청은 이런 방식으로 이루어질 수밖에 없었다. 도리가 내게로 왔다.

월요일이었다. 나는 집에서 많은 시간을 보내고 있었다. 아마 도리는 주변 사람들에게 물어 그 사실을 알아냈을 것이다. 나는 침대에 누워 머릿속으로 경기를 돌려보다가 잠든 상태와 깬 상태 사이가 되었다. 도리가 꿈속에서 랩댄스를 췄다. 그게 완전히 성적인 생각으로만 이루어져 있었다는 뜻은 아니다. 요정 님프랑은 하지 않는다. 만일 한대도, 나는 그런 만화를 본 적이 없다. 아무튼 몸을 굴린 나는 죽도록 놀랐다. 그녀가 문 앞에서 나를 보고 있었다. 아니, 미친, 내 뇌파를 타고 날아오기라도 한 것처럼 신발 끈이 달린 샌들을 신고 거기 서 있었다.

"안녕." 도리가 말했다. 그 낮고도 흐르는 물 같은 목소리로.

나는 빠르게 일어나 앉아, 충분히 몸을 가리려고 이불을 뭉쳤다. 제기랄. "안녕." 내가 말했다. "날 어디서 알아. 그러니까 내 말은, 내가 사는 데를?" 젠장젠장젠장.

"여기 오기 전에 윈필드 코치님의 대저택을 몇 군데나 가봤을 거라고 생각하는 거야?"

"미안." 내가 말했다. "잠들어 있기엔 이상한 시간인데. 날 뭐랄까, 꼼짝 못 하게 만드는 약을 주거든."

도리는 침대 끝을 돌아 내 모든 잡동사니가 놓인 침실용 탁자로 향했다. 약병을 하나씩 들고 상표를 확인했다. 그런 다음 나를 마주 보고, 한쪽 무릎과 발을 올린 채 다른 다리는 달랑거리며 침대에 앉았다. 딱히 겨울 옷차림은 아니었다. 밖이 따뜻한 게 틀림없었다. 그녀는 발가락 두 개에 작은 은반지를 끼고 있었다. "그래서. 넌 얼마나 심하게 망가진 거야?"

"대부분은 아직 작동해. 나머지는 돌아오겠지."

도리가 내게 씩 웃었다. 세상에, 저 얼굴은 바닐라 아이스크림 한 스쿱 같았다. 둥근 뺨과 크림 같은 피부. 작은 요정 같은 코. 까만 가운데 부분이 나머지를 모두 삼켜버린 것 같은 반짝이는 눈. 도리의 분홍색 원피스는 두 번째 피부처럼 보이는, 뭔가 부드러운 것으로 만들어졌으며, 푹 파인 둥근 목이 그녀의 가슴이라는 두 개의 스쿱 위에서 내게 미소 짓고 있었다. 나는 도리에게 손을 뻗을 수 없어 울음을 터뜨릴까 봐 두려웠다.

"뭘 가져왔어." 도리가 어깨에서 핸드백 끈을 미끄러뜨렸다.

"그럴 필요 없는데."

"아, 내가 필요해서. 넌 전혀 모를 거야. 목숨이 달린 문제거든."

나는 수많은 후횟거리를 살피며, 입과 머릿속에서 보드라운 감촉을 느꼈다. 나는 샤워를 게을리했다. 그것 외에도 다른 잘못이 많았고. 도리의 검은 눈이 의문을 품고 흔들렸다.

"뭔데? 내가 맞혀야 해?"

"절대 못 맞힐걸."

"근데 맞히면, 너한테 데이트를 신청할 거야." 내가 말했다.

주님, 도와주세요. 저 미소라니. 양쪽 뺨이 아주 작게 파였고 아랫입술은 치아에서 약간 밖으로 뻗어 나왔다. 가능한 가장 매력적인 미소 같았다. 나를 초대하는 듯한.

나는 엉터리가 된 내 머릿속 로커를 뒤졌다. 당연히 속옷은 아니겠지. "나한테 필요한 거야?"

"절대 아니야." 도리는 재미있어하는 듯했다. 달랑거리는 발이 통통 뛰었다.

"알겠어. 그럼 1리터짜리 미키*나 기하학 숙제는 아니겠네."

*   술 이름.

도리는 교회처럼 엄숙하게 고개를 저었다.

"비슷해져가긴 해?"

"아주."

"달걀 절임 한 통. 아니, 잠깐. 퍼비**다."

도리의 웃음이 몽글몽글 솟아났다. 글러브박스가 탁 열렸는데 사탕이 굴러 나오는 것 같았다. 나는 말도 안 되는 것들을 한바탕 더 이야기했다. 그냥 그런 일이 일어나는 걸 보려고. 마침내 그녀가 힌트를 주었다.

"네가 좋아할 게 분명한 거야. 네가 나한테 말했었거든."

전혀 알 수 없었다. 나는 이번 만남 이전에 도리와 말해본 적이 거의 없었다. 실제 인생에서는.

"우리가 사료 가게에서 처음 만났을 때 말이야." 도리가 놀렸다. "'단추처럼 귀여웠다'면서……."

"아, 젠장. 그걸 기억하다니. 병아리 말이야?"

도리는 핸드백 안으로 손을 넣어, 분홍색 탐팩스*** 한 상자를 꺼냈다. 도리가 그 상자를 연 순간 조그만 녀석이 삐악거리기 시작했다. 나는 녀석을 도리에게서 받아 들었다. 강하고 작은 발톱이 파고들어 놀랐다. 이 녀석은 내가 가게에서 다루었던, 살았든 죽었든 하루 된 털 뭉치가 아니라 진짜 깃털을 가지고 있었다. 나는 녀석의 호두만 한 머리를 토닥이며 녀석을 진정시키려 애썼다. 도리는 그 매력적인 미소를 지으며 우리를 지켜보았다. 발을 계속 통통 튕기면서. 도리의 한 부분은 언제나 움직이고 있었다.

**　　　햄스터처럼 생긴 로봇 장난감.

***　　　탐폰 브랜드.

"어디서 났어?"

"어디서 났게?"

"너희 아빠 가게? 11월에? 말이 안 되는데."

"그치? 누가 병아리를 특별 주문하고서는 데려가지 않았어. 도나마리가 이 병아리 열두 마리 때문에 죽을 똥을 싸더라. 매일 우리 집에 전화를 걸길래, 내가 데려올 수밖에 없었어."

나는 깃털 너머에서 심장박동을 느낄 수 있었다. "이 녀석이 친구들을 그리워하지 않을까?"

"음, 뭐. 이게 목숨이 달린 문제라고 했지? 이 녀석이 살아남은 한 마리야. 슬픈 얘기지."

"나머지는 죽었어? 어쩌다가?"

"그게. 나한테 지프라는 개가 있거든? 아주 착하고 조그만 녀석이야."

"착해서 병아리들을 죽였단 말이야?"

"어쩌다 그렇게 됐는지조차 모르겠어. 내가 밖에 나가서 병아리들을 뛰어다니게 했는데, 아빠가 뒤뜰로 지프를 내보내셨어. 그다음 순간에는 풀밭에서 지프가 이 작은 녀석들을 진공청소기처럼 빨아들이고 있었고."

도리의 미소가 뒤집혔다. 슬픔 중에서도 가장 큰 슬픔이었다. 나는 삶보다도 그녀와의 입맞춤을 원했다. "생존자네." 나는 작은 친구에게 말하며, 그 녀석의 가슴에 아주 살짝 주먹 인사를 했다. "너랑 나랑."

내가 반려동물은 금지라거나 집 안에서 닭을 키운다는 발상의 터무니없음이라거나 그런 걸 하나라도 생각했을까? 어땠을 것 같은가? 새가 내 손에 들어왔는데 말이다.

나는 미쳐서 너무 많은 돈을 썼다. 월마트가 아니라 브리스틀의 진짜 꽃 가게에서 도리의 머리카락과 정확히 같은 색깔의 꽃을 샀다. 난초였다. 굿윌이 아닌 곳에서 새 정장 재킷도 샀고. 하프타임에 있을 복잡한 홈커밍 행사는 유니폼을 입고 진행되겠지만, 그다음에는 무도회를 비롯한 온갖 경기 후 활동이 예정되어 있었다. 차를 몰고 가서 도리를 데려올 수 없다니 죽을 것 같았다. 하지만 내게 있는 방법이라고는 유홀이 직접 감독하는 상황에서 그의 머스탱을 모는 것뿐이었다. 그러느니 잔디깎이를 타고 가지. 나는 앵거스에게 지프를 쓰게 해달라고 했다. 이번 한 번만 교육생 면허로 혼자 운전을 하겠다고 말이다. 리 카운티의 어떤 경찰이 경기가 있는 날 밤 제너럴스에게 딱지를 끊겠는가? 하지만 어림도 없었다. 앵거스는 여전히 도리 또한 이번 주의 맛에 불과하다고 나를 놀려댔다. 내가 할 수 있었던 말은 두고 보라는 것뿐이었다. 도리가 바로 그녀라고.

앵거스는 병아리를 도리와 나의 '러브차일드'*라고 불렀다. 수많은 짐승들이 그렇듯, 그 병아리도 결국 판지 상자에 들어가 뒷방에서 살게 되었다. 도리가 가게에서 급수기와 곡물 사료를 가져다주었다. 그녀는 그 주에 매일 우리 집에 왔다. 알고 보니 심장이 아닌 다른 많은 부분도 아팠던 아빠와 단둘이 지냈기에 무척 외로웠던 것이다. 도리는 진료를 받는 건 가망 없는 싸움이라고 했다. 의사들은 심장마비가 일어난 뒤에야 암을 발견했다. 그 시점에는 이미 암이 아빠를 먹어치우고 있었고. 폐암, 골암. 어느 날 도리는 내 방 문을 닫고, 내가 안아주는 동안 누워서 좀 울어도 되겠느냐고 물었다. 내 안의 모든 것이, 나의 내면 전체가 이 여자애 때문에 뒤집혔다.

---

* Lovechild. '사생아'라는 뜻이다.

홈커밍 데이트를 위한 쇼핑에 나를 데려가고, 나를 설득해 새 재킷을 사게 한 것이 도리였다. 전에는 재킷을 입어본 적도 없는데. 나는 도리에게 난 부자가 아니라고 말했지만, 도리는 웃으면서 적어도 침실에 300달러는 있지 않냐고 했다. 로르탭은 한 알에 10달러에, 옥시코돈은 80달러에 팔렸으니까. 나는 알약과 헤어질 생각이 없었지만 우리는 재킷을 샀다. 도리는 금요일 밤새 아빠와 있어줄 이웃을 구했다. 나는 그날까지의 시간을 카운트다운하고 있었다.

자동차 문제는 알고 보니 문제가 아니었다. 코치님이 마지막 훈련 킥오프보다 두 시간 앞서 우리를 나오게 했다. 나는 너무도 많은 것이, 하나만 예로 들자면 모두가 보는 앞에서 우레와 같은 설사를 하는 것이 너무 걱정되어 내가 먹어야 한다는 모든 알약을 먹었다. 사이드라인에 서서, 나였어야 할 우리 팀의 구멍을 지켜보고 있었다. 나는 그곳에 있으면서도 없었다. 관중의 소음과 경기장 조명이 녹아내려 내 귓속에서 긴 메뚜기 울음소리가 되었다. 무릎 뒤쪽과 치아에서 심장이 쿵쾅거리는 게 느껴졌다. 딱한 개자식. 나를 구할 수 있는 건 하나뿐이었다.

그녀는 젖은 꿈 같은 모습으로 나타났다. 보라색 머리카락이 폭포처럼 얼굴 한쪽으로 흘러내렸고, 반짝이는 파란색 원피스도 그녀의 완벽한 몸을 따라 물처럼 흘렀다. 나는 그녀에게서 그 물을 마셔버리고 싶었다. 우리는 킥오프 전에 주차장에서 만났다. 내가 꽃을 줄 수 있도록 말이다. 하지만 사실은 그냥 도리를 보기 위해서였다. 그녀가 왔다니 온전히 믿어지지가 않았다. 나는 유홀의 자동차에서 투명한 상자를 꺼내 와 도리의 손목에 슬쩍 미끄러뜨렸다. 도리는 크리스마스 아침의 아이 같았다. 머리카락에 꽃을 꽂았다. 완벽하게 어울렸다. 그녀는 누군가에게서 난초를 받아보기는커녕 난초를 본 적도 없었다. 도리를 떠나려니 죽을 것 같았다. 나는 도리에게, 응원단을 찾으면 개들이 하프타임을 위해 대기해야 하는 장소를 알려줄 거라고 했다. 학생으로 등록되어 있지도 않은 사람을 파트너로 데려오는 바람에 나는 이미 적잖은 드라마를 연출했다. 치어리더들과 로커에 쿠키를 놔두던 여자애들을 심각하게 분노케 했다. 하지만 나는 도리가 그에 관해 전혀 모르도록 했다. 나는 고등학교에 다니는 이 애들보다 쉰 살은 많은 느낌이었다.

"경기장에서 봐요." 도리가 말했다. 벌어진 입술의 저 미소. "나의 영주님." 도리가 몸을 뻗어 내게 입을 맞추었다. 기습 공격이었다. 나는 단단해졌다. 경기용 반바지와 낭심보호대 안에 느껴지는 그 감촉이란, 아, 세상에. V8 엔진을 유고 자동차의 보닛 안에 넣어둔 듯했다. 나중에 뭘 기대해야 할지 궁금하지 않을 수 없었다.

하프타임에는 어느 정도 감이 왔다. 우리는 전통적인 행사를 모두 했다. 홈커밍 왕족, 밴드 행진, 스피커로 우리의 이름이 불리는 가운데 걸어 나가기. 2군 녀석들은 빨간 헤어밴드에 미키마우스 치마를 입은 치어리더 파트너와 함께했다. 왕인 나는 나의 인어 여왕과 함께 어깨뽕을 넣고 핼러윈 익스프레스에서 사 온 플라스틱 왕관을 쓰고서 가능한 만큼 자랑스러움을 느꼈다. 사람들은, 나머지 우리가 신발이 너무 꽉 낀다는 듯 미소 짓고 서 있는 가운데 졸업생들을 기렸다. 도리만이 예외였다. 그녀는 섹시하고 핫하고 레모네이드처럼 쿨했다. 그 모든 일이 벌어지는 가운데 도리는 나중에 내게 줄 깜짝 선물이 있다고 했다. 지금까지 아껴둔 것이라고. 처음이란 한 번뿐이니까. 오, 주여.

후반전은 말할 가치가 없는 얘기다. 홈커밍 경기에서 지는 건 싫고, 패배의 원인이 되는 건 더 싫다. 누가 나를 탓했다는 건 아니다.

경기 후의 탈의실은 다들 그냥, 좆 까, 다음엔 우리가 저 새끼들을 조져버리자, 하는 식이었다. 하지만 나는 무도회라는 주요 행사가 헬스장 뒤에서 열리는 위로 파티가 되리라는 걸 알았다. 물론 도리는 옷을 차려입고 하는 파티와 춤에 잔뜩 신이 나 있었다. 아주 오랫동안 이야기해본 적 없는 사람들을 보고 싶어 죽을 것 같은 모양이었다. 반면 나는 마운틴듀와 보드카의 전면 공격이 더 필요했다. 나는 팀원들과 함께 밖에서, 그녀를 내 앞에 가까이 잡아둘 수 있는 곳에 서서 그녀의 어깨와 가슴에 안전벨트처럼 팔을 두르고 싶었다. 모든 남자들이 마치 이야, 땅도 없고 가진 것도 없는데 주님의 천사를 차지해? 라는 눈으로 나를 보도록. 그래, 그러고 싶었다.

그렇게 우리는 드나들었다. 평소에 헬스장에서 나는 겨드랑이와 라이솔의 냄새에, 얄팍하게만 느껴지는 여자 향수라는 아이싱이 더해졌다. 그 향기가 꼭, 사진을 찍기 위해 크리넥스 꽃으로 장식한, 트랙터 서플라이에서 빌려주는 격자 구조물 같았다. 뚱한 선생들은 간식 탁자 근처에서 징역을 살고 있었다. 스피커에서는 고막을 터뜨릴 듯 '송 송(Thong Song)', 데스티니스 차일드, 머라이어 캐리의 노래를 섞어 내보냈다. 이따금 헬스장 사람 전체가 '일렉트릭 슬라이드(Electric slide)'와 박자를 맞추는 충격적인 일이 일어났다. 도리는 나를 가장 친한 친구들에게 소개해주려 했지만 하도 시끄러워서 이야기를 나눌 수가 없었다. 도리가 인기 있었다는 건 뻔히 알 수 있었다. 할 수만 있다면 고등학교에 기꺼이 남았을 그런 애였다. 나는 무릎 핑계를 대며 춤에서는 빼달라고 애걸했지만 실제로는 춤추는 방법을 모르기 때문이었다. 지금까지 나의 주된 댄스 파트너는 로봇 춤, 웜 춤, 마카레나 등 우스꽝스러운 춤만을 알았던 엄마였다. 하지만 도리는. 모든 노래의 처음 몇 음만 나와도 작고 통통 튀는 공이 되어 와,

이 노래잖아!라고 외쳤다. 반짝이는 원피스를 입고 사방을 뛰어다니며 미소 지었다. 한 사람과만 춤을 추는 게 아니라 움직이는 모든 몸과 춤을 추었다. 딱 한 번, 빠른 노래가 속임수처럼 '뷰티풀 메스(Beautiful mess)'로 서서히 변했는데, 케그 반스라는 개자식이 도리를 느린 춤으로 은근슬쩍 흘려 넣었다. 내가 가서 그 녀석의 생명을 꺼버리기 전에 노래가 끝났고, 모두가 '잇츠 고나 비 미(It's gonna be me)'에 맞춰 몸을 흔들어대고 있었다.

우리는 내가 서 있을 수 있는 한 남아 있다가, 도리의 아빠 차인 임팔라 SS를 타고 떠났다. 그 차의 좌석은 소파 같았다. 앞좌석도 뒷좌석도. 도리는 우리가 가서 차를 세울 만한 장소가 생각난다고 했지만 일단은 자기 집에 들러 아빠의 상태를 확인해봐야 한다고 했다. 도리가 이웃을 불러두었으므로 그렇게 하는 의미를 알 수는 없었지만 따지지는 않았다. 집은 블랙웰 쪽으로 한참 떨어져 있었다. 깊은 시골이었다. 도리는 분속 1킬로미터의 속도로 떠들어댔다. 아빠가 깨어 있으면 나를 다시 소개해주겠다고 했다. 그때 가게에서 마주친 건 만남이라고 할 수 없으니까. 아빠가 미래 어느 시점에 내가 자기 딸과 사귀게 될 줄 모르고 내게는 아무 관심을 기울이지 않았으니까. 나는 도리도 나처럼 긴장한 건지 궁금했지만 그런 것 같지는 않았다. 그냥 도리의 모습 그대로 반짝반짝 빛나는 것뿐이었다. 수다스럽게. 나는 귀를 기울였다.

결국 나는 아빠 근처에도 가지 못했다. 내가 자동차 문을 열자 이빨로 가득 찬, 더러운 열 탐지 대걸레 같은 뭔가가 현관에서 내게로 곧장 달려왔다. 도리는 그냥 웃으며 "지프, 이 장난꾸러기야. 너 진짜 못됐다"라고 말하더니, 녀석을 덥석 안아 들고 그 더럽고 이빨 많은 얼굴에 입을 맞추었다. 내게는 지프가 정말 작고 귀엽다고 했다. 믿을 수가 없었다. 나는 차 안에서 기다렸다.

*****

나머지는 흐릿해진다. 나도 이게 싫다. 알약과 술, 내가 바보라는 사실, 이 모든 것 때문에 그 놀라운 밤은 내가 밖에서 창문을 통해 들여다보아야만 하는, 문 잠긴 집이다. 나는 그녀를 두 팔로 끌어안았던 걸 기억한다. 그녀가 액셀과 브레이크를 밟는 동안 내가 운전대를 잡았다. 샴쌍둥이 운전자였다. 우리는 그 얘기를 하며 웃었다. 우리가 주차한 어떤 생뚱맞은 공간은 철조망 대문으로 끝나는 산꼭대기의 자갈길이었다. 아래쪽에는 황폐해진 계곡과 토지 개간용 나무가 늘 그렇듯 머리가 벗어진 인형의 머리털 점처럼 열을 맞추어 심긴, 계단식의 오래된 광산이 있었다. 달은 밝고도 단단하게 떠서, 그 아래에 있는 강낭콩 모양의 산성 연못들에 닿아 예쁘게 비추었다. 나는 초조했다. 초조함이야말로 나의 본진이었으니까. 하지만 도리가 자신에게도 이번이 처음이라고, 나를 위해 아껴두었다고 말한 뒤에는 덜 그랬다. 내일 도리가 나를 찬다 해도 나는 그 말만으로 영원히 살 수 있었다. 그럴 거라 생각했다. 도리가 깜짝 선물을 주기 전까지는. 끝내 사람에게 달라붙는 것은 충격적인 일뿐이다. 나머지는 전부 녹아버린다. 지금도 나는 달빛을 받으며 그 말을 하던 그녀의 모습이 눈에 선하다.

"아빠가 우리한테 선물을 주셨어."

나는 아빠가 잠들어 있는 줄 알았다고 말했고, 도리는 그렇다고 말했다. 그래서 도리의 아빠가 선물을 주게 된 것이다. 몰랐으니까. 그녀는 눈을 반짝이며 납작한 포일 꾸러미를 들어 올린다. 꾸러미를 뜯기 전에 나를 약 올린다. 나는 도리의 아빠에게 콘돔이 있다는 걸 의아하게 여기지 않으려고 애쓴다. 하지만 그건 콘돔이 아니었다. 반창고와 비슷한 것이었다. 도리가 아주 조심스럽게 다루는 걸 보면 돈으로 만든 게 틀림없었다.

"샤인이야." 그녀가 말했다.

내가 아는 샤인*은 투명하고, 유리병에 든 것이었다. 마실 수 있는.

하지만 그게 아니었다. 도리는 그게 진통제 패치라고, 매우 특별한 것이라고 말했다. 펜타닐**이라고.

다음 깜짝 선물은 영영 내 뇌리를 떠나지 않을 터였다. 도리가 핸드백에서 꺼낸 키트. 도리가 먼저 패치를 긁어내는 데 쓴 숟가락. 도리가 그 밑에 들고 있던 라이터. 솜뭉치, 주사기, 주사기 뚜껑을 따고, 촉진제를 맞히는 간호사처럼 그걸 자기 입에 물던 모습. 내가 무슨 말을 했는지는 모르겠지만 도리는 내가 겁먹었다는 걸 알 수 있었다. 그녀는 나를 상냥하게 대했다. 지프에게 쓰는 것과 같은 목소리로. 도리는 이것을 아껴두고 있었다. 누군가와 함께 그걸 처음으로 하는 순간이 사람들 말로는 평생 최고의 기분을 느끼는 순간이라고 하니까. 피 전체에 예수님이 들어오는 것 같은 기분이라고 했다.

예수님이든 아니든, 나는 주사기를 경멸한다고 말했다. 도리는 입에서 주사기 뚜껑을 꺼내더니 내게 오랫동안 입 맞추었다. 그런 다음 바늘 끝을 패치에 너무도 부드럽게, 주의 깊게 밀어 넣었다. 그녀의 혀가 윗입술 가운데를 누르는 방식을 보니 사람이 줄 수 있는 최고의 선물에 집중하는 것처럼 보였다. 그녀는 패치에서 뭔가를 빼내 투명

---

*　　　불법으로 만든 증류주.
**　　마약성 진통제.

543

한 젤 한 방울을 자기 손가락에 짜낸 다음 손가락 끝을 내 입에, 혀 밑에 넣었다.

나는 도리가 작은 발을 좌석에 올려놓고 자신에게도 주사를 놓으려고 신발을 벗은 이후로는 더는 보지 않았다. 우리는 아마 그 이후로 한동안 잤을 것이다. 지금은 우리가 그랬을 거라고 말할 수 있을 만큼 많은 걸 알고 있다. 운전대라는 장비를 갖춘, 자궁 속의 두 아기처럼 함께 웅크리고서. 아마 도리는 치아를 딱딱 부딪쳤을 것이다. 내게 자신을 꽉 안아달라고 애걸했을 것이다. 그 이후로 다시, 또다시 그랬으니까. 하지만 나는 기억나지 않는다.

임팔라의 뒷좌석은 섹스를 할 만한 여느 소파처럼 좋았다. 그리고 우리는 섹스를 했다. 내 추측이다. 내 말은, 그래, 섹스를 하긴 했다. 하지만 젠장. 선진 드릴*을 기억하고 싶어도 그저 이런저런 장면이 조금씩 기억날 뿐이다. 나 자신이 한 일을 관음한 것처럼. 어느 시점에 나는 바지를 벗었다. 도리가 가엾게도 박살 난 내 무릎을 보고 경악해 수선을 떨었던 게 기억난다. 내게는 원피스가 도리의 머리 위로 단번에 벗겨져 그녀의 손에서 뭉쳐진 다음 떨어지는 걸 본 것이 그만큼 충격적이었다. 그 옷은 헬스용 양말 한 켤레 크기밖에 되지 않았다. 그녀의 몸 전체를 단번에 보는 충격이라니. 햇볕에 그을리지 않은 창백한 비키니 형태의 피부가 복숭아 같은 가슴과 음부를 덮은 투명한 옷처럼 보였다.

나머지는 그림엽서다. 그녀가 내게 올라탔다. 오, 주여, 그래. 그 웃음이 도리에게서 거품처럼 솟아올랐다. 살과 살이 닿는, 그 전기적 충격. 그녀를 만진 것. 그녀의 다리 사이에 얼굴을 들이민 것, 내 머리

---

* 깊은 구멍을 뚫기 전에 길잡이 삼아 작은 드릴로 구멍을 뚫는 작업.

카락을 세게 당기던 그녀의 두 손. 내 혀로 그녀의 클리토리스를 찾았던 일, 뭔가가, 미끄럽고 작은 땅콩이 그 안에 정말로 있다는 놀라움. 내 머릿속에서 들려오는 린다 라킨스의 폰섹스 목소리가 내가 이 모든 것을 하는 방법을 아는 이유다. 린다는 유능한 코치였다.

너무 과장해서 말한 건지도 모르겠다. 도리를 보호하고 싶은 마음, 그녀를 구원하겠다는 내 안의 불길은 아무리 시간이 흘러도 꺼지지 않을 것이다. 하지만 내가 자랑하기 좋아하는 스타일이었대도 말해 줄 게 별로 없다. 그냥, 나로서는 그때가 모든 일을 시작부터 끝까지 겪은 첫 순간이었다. 우리가 끝을 보았다면 말이지만. 다음 날 나는 그 점을 확실히 알 수 없다는 것이 무척 후회스러웠다. 하지만 도리는 내 여자였으니, 뭐. 이제는 무엇도 나를 해칠 수 없었다.

43

내게는 살아 있는 가장 행복한 남자가 될 시간이 일주일 있었다. 내 유일한 관심사는 나 자신을 그 아름다운 몸과 다시 함께하도록 하는 방법뿐이었다. 우리는 계획을 세웠다. 금요일은 안 됐다. 금요일이 시즌 마지막 경기였고, 이번만큼은 경기를 위해 많은 약을 복용한 채로 도리와 하고 싶지 않았기 때문이다. 게다가 우리는 리치랜드에서 세 시간 동안 버스를 타고 돌아올 터였다. 자정에 시작하고 싶지는 않았다. 나는 그녀를 존중했다. 토요일에 도리를 데리고 나갈 생각이었다. 드라이브인 영화관부터 시작해야지. 이른 시간에 갈 것이다. 도리는 실제로 어린이 영화를 좋아했으니까. 우리는 영화관에 들어갔다가, 그 모든 사교 생활과 음주가 시작되기 전에 떠날 생각이었다. 도리에게 팝콘을 사줄 테고, 우리는 서로를 껴안고 무슨 디즈니 공주 같은 걸 본 다음, 주차할 만한 곳을 찾을 것이다. 도리는 이번에도 아빠를 돌봐줄 사람을 구해두었다. 이런 일을 전혀 하고 싶어 하지 않는, 지난번과 똑같은 이웃 여자였다. 그 여자는 이런 일이 정기적으로 벌어질 거라면 돈을 내라고 넌지시 말했다.

거지 같은 일은 토요일 오후에 벌어졌다. 똥을 배달한 건 매곳이었다. 매곳이 전화를 걸다니, 나는 뭔가 심각한 일이 일어난 게 틀림없다는 걸 알았다. 우리는 이제 거의 말을 하지 않는 사이였으니까. 매곳은 페그 아저씨 상태가 나쁘다고 말했다. 내가 생각한 소식은 아니었다. 하지만 매곳은 준 이모가 그리로 가고 있으며, 중간에 들러 나를 데려갈 거라고 했다.

"오늘 밤에는 안 돼." 내가 말했다. "내일 갈게. 두 분이 교회에 갔다가 집에 오시면."

"잘 들어, 데몬. 할아버지는 침대에서 나오지 못하실 거야." 매곳의 목소리가 갈라졌다. 대기만성형인 매곳은 마침내 힘들게 남성이 되었다. 분노한 듯 까칠한 수염이 자랐고, 목젖이 크고 목이 긴 특유의 모습을 띠게 되었다. 눈 화장 때문에 더더욱 기괴해 보였지만. 아무튼 매곳은 내게 다른 방법은 없을 거라고 알려주었다. 준 이모가 평소처럼 이 일을 처리하고 있었으니까. 그래서 나는 도리에게 전화를 걸어 드라이브인 영화관에서 만나자고 했다. 나중에 이모에게 나를 그곳에 내려달라고 할 생각이었다. 시간이 얼마나 걸리려나?

페곳 가족의 집으로 가는 길에 나는 기분이 썩 좋지 않았다. 준 이모는 여전히 의사 장비를 갖추고 있었다. 청진기에 재미없는 신발. 나를 자기 자동차 앞자리에 묶어놓고 달달 볶기에 적당한 복장이었다. 무릎 수술은 받을 예정이냐, 아직 그 진통제는 못 끊었느냐. 나는 이제 시즌이 끝났으니 코치님이 그 문제를 들여다볼 거라고 말했다. 악마에게 가서 지옥이 얼어붙었는지 확인해보라는 말은 하지 않았다. 지옥이 얼어붙는 날이 바로 내가 그 뼈 의사한테 내 몸을 자르게 할 날이었지만. 이모는 페곳 부부를 마지막으로 본 게 언제냐고 물었다. 그것도 또 하나의 씁쓸한 주제였다. 나는 페곳 아줌마가 더는 연락하지 않을 때까지 저녁 초대장을 무시했다. 알겠지만 바빴으니까. 언제나 내일이 있으니까.

나는 에미가 우리와 함께 차를 타고 가지 않아서 놀랐다. 매곳이 우리와 함께 차를 타고 있다는 것도. 그는 정신 나간 거북처럼 검은 후드 속으로 목을 움츠린 채 뒷자리에 앉아 있었다. 나는 에미가 페곳 부부의 집에서 우리와 만날 예정인지 물었고, 이번에는 준 이모의 기분이 나빠질 차례였다. 그녀는 에미 아가씨가 요즘 몇 가지 규칙은 자신에게 적용되지 않는다고 느낀다고 말했다. 매곳이 이모네 집에 몇 주째 머물고 있다고도 했다. 이모는 매곳에게 덧붙일 말이 있을지도 모른다는 듯 어깨 너머를 힐끗 보았지만 매곳은 아무 말도 하지 않았다. 즐거운 외출이었다.

페곳 부부의 집은 주차된 자동차와 밀려드는 페곳 집안사람들로 북적거렸다. 몇 명은 못 본 지 한참 된 사람들이었다. 내가 워크래프트에서 밟아주었던 사촌 몇 명은 이제 그 사촌의 아빠뻘이 되어, 똑같이 수염이 나고 벅마크* 문신을 새기고 있었다. 해머 켈리가 태클과 익사하려는 사람의 손길을 뒤섞은 듯한 곰 같은 포옹으로 불시에 나를 끌어안았다. 나는 에미의 약혼반지가 아닌 반지니 뭐니 하는 그 모든 일이 있었던 날 이후로 그를 보지 못했다. 그는 피폐한 모습이었다. 나는 그에게 기운 내라고, 아직 세상이 끝나지 않았다고 말했다.

세상은 끝나지 않았다. 내가 아는 한은 그랬다. 하지만 이건 페곳 집안의 평범한 민속 모임이 아니었다. 뜰에 나와 있는 남자들은 목소리를 죽인 채 작업화를 질질 끌고 다니며 나무를 향해 연기를 뿜어냈다. 이모들은 오래된 공책 같은 얼굴로, 아무도 먹지 않은 음식이 담

---

*　무기 및 낚시용 장비 제조업체인 브라우닝사의 로고.

긴 접시에서 포일을 벗겨내고 있었다. 매곳은 들어가지 않으려 했다. 루비 이모가 나를 붙잡고, 아직 위층으로 페그 아저씨를 만나러 가지 않았다면 다른 사람이 내려올 때 가면 된다고 했다. 말이 되지 않았다. 나는 이미 아저씨와 대화를 나눴다고 했고, 루비 이모는 혀로 한쪽 뺨이 불거진 채 나를 쏘아보았다. 그녀의 엄마인 페곳 아줌마가 내 거짓말을 눈치챌 때마다 짓는 바로 그 표정이었다. 우리는 그렇게 서 있었다. 루비 이모는 죽도록 까맣게 염색한 머리카락의 뿌리가 희어져가는 채로, 나는 우리 모두가 부모님처럼 변하게 된다는 법이라도 있는 건지 궁금해하면서. 만일 그렇다면 나는 이른 나이에 죽기로 약속된 셈이었다. 그리고 매곳은, 젠장. 로미오 블레빈스처럼 좆같은 뱀 새끼를 아빠로 두었으니 교도소에 갇힌 엄마 유전자가 이기기를 진짜로 바라야 한다. 나는 루비 이모에게 매곳을 찾아오겠다고, 같이 위층으로 올라가 페그 아저씨를 보겠다고 말했다.

나는 냇가로 내려가, 우리의 장대한 어린 시절 놀이터에서 매곳을 발견했다. 그는 어둠 속에 웅크린 채 물 쪽으로 몸을 비스듬히 두고 있었다. "야, 스톰." 내가 소리쳤다. "오늘 날씨는 어떨까?"

매곳이 긴 목을 쭉 빼서 고개를 돌렸다. "울버린. 씨발 매니큐어나 칠해."

나는 앉아서 녀석의 어깨를 가짜로 툭 쳤다. 그 작은 폭력조차도 매곳이 후드 아래로 더 깊이 쪼그라들게 했다. 매곳은 보이지 않는 시냇물로 돌을 하나 더 던졌다. "우린 딱한 어벤져스야." 그가 말했다. "너도 그거 알지? 복수는 한 번도 우리 것인 적이 없어."

"너는 그렇겠지. 늘 구린 초능력을 고른 건 너야."

"그래. 그러니까 그 시절에도 내가 스톰 아가씨가 된 게 네 남성성을 모욕한 거구나."

"그냥 말하는 거야. 뭐든 고를 수 있는데 날씨라는 면에서 나쁜 일이 일어나게 한다고? 일부러 네 한계를 정하는 것 같잖아."

"아니면 날씨가 좋아지게 하려는 걸 수도 있지. 언제나 밝은 면을 보려고!" 그는 미소를 지으며 음흉한 눈으로 나를 보았는데, 어둠 속에서도 그 모습이 무시무시해 보였다.

"그래. '좋은 하루 보내, 진짜로 말이야'가 초능력으로서 그렇게까지 유용하다는 걸 설득해봐."

"네가 뭘 안다고 그래, 낭심보호대나 차고 다니는 대장님이. 나는 그런 좋은 하루가 있기만을, 뭐랄까, 8년이나 9년쯤 기다려왔다고." 그는 돌을 던지더니 충격적인 힘을 실어 던졌다. 그 돌이 반대편 강둑의 플라타너스와 연결되는 소리가 들릴 정도였다. 콱. 무작위적이고 정확한 타격.

그런 다음에는, 제기랄. 매곳이 울고 있었다. 소리를 끈 채 비명이라도 지르는 것처럼 숨이 괴롭게 나왔다. 나는 겁이 나서 녀석을 건드릴 수가 없었다. 그냥 그 자리에 앉아서, 이 녀석에게 무언가를 되찾아주고 싶다는 생각만 했다. 사람들이 우리를 많이 봐주던 어린 시절에서 무언가를 가지고 오고 싶었다. 하느님을 걸고, 페그 아저씨라든지. 아저씨에게는 욥과 같은 인내심이 있었다. 우리를 데리고 낚시를 하러 가고, 머리 위의 나무나 바닥에 걸려버린 우리 낚싯줄로부터 나와 매곳을 구하기 위해 낚싯대를 드리우고 또 드리웠다. 페그 아저씨는 매곳이 만지려 들지 않는 지렁이를 우리 낚싯바늘에 미끼로 걸어주었다. 매곳은 낚시를 싫어했을지 모른다. 설령 내가 그 사실을 알았더라도, 페그 아저씨가 우리를 더는 데려가지 않을까 봐 걱정돼 녀석에게 말하지 못하게 했겠지만. 그런데 지금 나는 녀석이 걸레 짜듯 자신을 비틀어 짜는 모습을 지켜보고 있었다. 녀석을 구할 어떤 힘이 존재하는지 전혀 모르는 채로.

페그 아저씨는 그날 밤 돌아가셨다. 노인은 흐름을 타고 떠났다. 그러는 동안 그의 몸과 침대와 산소 기계와 바닥 아래에서, 사람들이 가져온 음식과 뜰에서 피워대는 담배가 밤의 대부분 시간 동안 흘러다녔다. 아침에는 페곳 아줌마와 아줌마의 자매가 페그 아저씨를 씻기고 머리를 깎아주었다. 그런 다음 그들은 장례식장에 전화를 걸어 아저씨를 데려가게 했다.

매곳은 한 번도 아저씨에게 가서 작별 인사를 하지 않았다. 우리는 빌어먹을 달이 잠자리에 들 때까지 시냇가에 나가 있었다. 매곳이 지금 준 이모의 집에서 사는 이유는 둘의, 그러니까 매곳과 페그 아저씨의 다툼 때문이었다. 둘이 나눈 마지막 말은 서로를 지옥으로 초대하는 수준에 이르렀었고. 매곳은 자신의 반쪽은 그 말을 유감스럽게 여겼고, 다른 한쪽은 그렇지 않다고 했다. 그래서 이제 매곳은 영원히 둘로 쪼개진 채로 있게 될 터였다. 그게 마지막 기회였다는 걸 알았다면 내가 매곳을 데리고 위층으로 올라갔을 것이다. 더 열심히 노력했을 것이다. 페그 아저씨는 인생에서 매곳이 차지하고 있던, 오줌이 고인 공터의 가장 좋은 부분이었다. 우리 둘 모두의 인생에서.

그래서 도리와의 두 번째 데이트는 며칠 늦게 장례식장에서 이루어졌다. 도리가 자기 아빠의 임팔라를 타고 긴장한 채 나를 태우러 왔다. 도리는 장례식에 별로 가본 적이 없다고 했다. 너무 어려서 엄마 장례식에도 못 가봤다고. 도리가 내게 해준 말은 엄마가 자동차 사고로 죽었다는 것뿐이었다. 어린애들이 일요일 저녁에 자동차 경주를 하겠다며 상업 지구에서 시속 160킬로미터 넘는 속도로 달렸다는 것이다. 도리의 엄마는 TV 리모컨에 넣을 AAA 건전지 한 팩을 사러 퀵마트에 잠깐 들렀다가 재수 없는 시간에 그곳을 나섰다.

그날 우리 엄마의 장례식이 내 머릿속을 심하게 어지럽혔다. 이번 장례식이 엄마의 장례식과 얼마나 다른지 보자 충격이 세게 느껴졌다. 페곳 가족의 교회는 엉덩이로 반들반들하게 닳은 나무 벤치, 그리고 예수님과 양으로 이루어진 직소 퍼즐처럼 생긴 색유리가 있는 곳이었다. 시내에 있는, 가짜 첨탑에 신과 관련된 말도 안 되는 헛소리가 적힌 간판을 내놓은 그런 교회가 아니었다. 그냥 평범한 시골 교회, 작은 교회였다. 하지만 오, 주여, 어찌나 많은 사람이 몰려왔던지. 고인을 보기 위한 줄이 문밖으로 이어져 작은 묘지를 한 바퀴 돌았다. 줄을 선 사람들은 코트를 입은 채, 죽은 사람에게 작별 인사를 하겠다고 기다리며 덜덜 떠는, 삶의 모든 단계에 속한 사람들이었다. 페곳 가족이나 그들의 친척만이 아니라, 나로서는 페그 아저씨를 알 거라고 짐작조차 못 했던 사람들도 있었다. 농업용품점의 도나마리. 브리그스 코치님. 심지어 스토너까지 이제는 아기를 밴 신부가 된 미성년 웨이트리스와 함께 그 못생긴 얼굴을 내보이며 선량한 옛 이웃 역할을 했다. 웨이트리스의 아빠가 프로스 피자의 주인이었으니, 스토너는 아마 공짜로 리필을 받기 위해 그 여자를 임신시켰을 것이다. 나는 스토너와 말을 섞지 않았다. 무덤들을 빙 돌아가서, 사람들이 페그 아저씨를 위해 파둔 네모난 구덩이를 확인했다. 구덩이 옆에는 다시 집어넣기에는 두 배쯤 많은 양으로 보이는 흙더미가 있었다. 그 교회 묘지는 너무 작았다. 거기에 자리를 얻으려면 평생회원으로 가입해야 할 것 같았다. 나는 해머 켈리가 숲 가장자리에 혼자 떨어져서 있는 것을 보고 놀랐다. 나는 도리를 소개해주었고, 해머 켈리는 언제나 그렇듯 예의 바르게 굴었다. 형편없는 헤어스타일에 주근깨 난 얼굴로, 만나서 반갑다고 인사했다. 하지만 그는 비참해 보였다.

요전 날 밤에 그랬듯이. 나는 해머 켈리에게 했던 말 때문에, 이게 세상의 종말은 아니라고 했던 말 때문에 기분이 구렸다. 페그 아저씨는 해머 켈리에게 있던 사람 중 아버지에 가장 가까운 사람이었다.

도리가 줄을 서기엔 너무 춥다고 했으므로 우리는 안으로 들어갔다. 준 이모와 매곳이 있었다. 이모가 원더우먼 능력을 활용해 매곳에게 코트를 입히고 넥타이를 매게 했으므로 매곳은 멋진 젊은이/좀비로 보였다. 에미는 여전히 무단이탈 상태였다. 준 이모는 거기에 있는, 말을 걸 만한 사람을 모두 알았다. 페그 아저씨가 탄광에서 일하던 시절의 동료인 노인들까지. 언젠지는 몰라도 페그 아저씨가 더 젊었을 때, 우리 같은 말썽쟁이 꼬마들이 몰려들어 더 나은 동료들을 밀어내기 전에 아저씨와 함께 사냥이나 낚시를 다니던 남자들도 있었다. 동네 사람 절반은 왔을 것이다. 페그 아저씨는 대단한 사람이었다. 나는 아저씨에 대해 어느 정도 소유권을 주장할 수 있다는 게 자랑스러웠지만, 최소한 나만큼 혹은 나 이상의 소유권을 가진 이 모든 다른 사람들을 보니 약간 기분이 처졌다. 그래도 도리와 나는 가족들이 앉는 자리에 앉게 되었다. 준 이모가 자식과 손자들과 함께 우리를 그리로 보냈다. 이런 말이 멍청하다는 건 알지만, 그 사실에 나는 우쭐해졌다. 모두가 바라보는 가운데 팀 저지를 입고 경기장으로 달려 나가는 것과 비슷한 기분이었다. 가치 있는 존재가 된 기분.

예식은 엄마 때와 무척 달랐다. 목사가 페그 아저씨를 알았다. 그는 아저씨에 대한 온갖 이야기를 했다. 모두가 그 이야기에 귀 기울였다. 불행하게 죽은 사람에게 마음의 문을 쾅 닫아버리는 것이 아니라 한 인생을 두고 울고 웃었다. 송아지를 학교로 몰래 데려가 밤새 교장실에 가둬둔 것과 같은, 어린 시절의 장난. 바로 이 교회의 뒤쪽에 새총으로 자리공 풀을 쏘아, 흰색 비막이 판자에 총알구멍처럼 보이는 붉은 얼룩을 남긴 남자애들의 대장 노릇을 했던 이야기. 그런 다음에는 교회 전체에 페인트칠을 해야 했던 남자애들의 대장 노릇을 했던 이야기. 어른이 돼서 한 장난 이야기도 있었다. 페그 아저씨와 목사의 아빠가 카 포크 호수에서 보트를 타다가 배가 뒤집히는 바람에, 그 이후로 둘 다 서로가 상대방이 익사하지 않게 구해주었다고 주장하게 된 이야기라든지. 하지만 또 다른 순간에 페그 아저씨는 실제로 한 남자의 목숨을 구했다. 둘이서 수소를 거세하던 중이었다. 나는 이런 이야기를 하나도 몰랐다. 페그 아저씨가 구해준 남자가 도나마리의 할아버지였다. 설교에서 전달하려는 내용 전체가, 보이든 보이지 않든 사람들이 다양한 방식으로 얽혀 있으며 페그 아저씨가 우리 모두를 하나로 이어주는 커다란 피라미잡이 그물의 수많은 매듭을 지었다는 것이었다. 달리 말하면, 아저씨는 죽었지만 아직 여기 있었다. 나를 가장 아프게 죽인 게 그 점이었다. 우리 엄마의 장례식에서는 엄마의 관 뚜껑이 닫히자 엄마가 그냥 사라져버렸다. 엄마에 관해 알려진 좋은 점이 하나라도 있다면 그건 전부 내 몫이었고, 나는 너무도 화가 나서 전혀 관여하고 싶지 않았다. 나는 심지어 엄마의 춤을 조롱하기까지 했다. 아마 그게 엄마 최고의 모습이었을 텐데도.

도리는 그동안 내내 내 손을 잡고 있었다. 도리의 손이 내 주먹에 쥐인 새끼 새처럼, 내가 열심히 노력하면 보호할 수 있는 존재처럼 느껴졌다. 바로 그 순간 무언가가 뒤집히며 나의 적절한 남성성을 보이라고 말했다. 나는 여기에 내가 지을 수 있는 매듭이 있다고 생각하고 있었다. 절대 그 매듭이 풀리지 않게 할 생각이었다.

보통 매장을 한 다음에는 뜰에서 저녁을 먹는다. 그 말은, 교회에서 소풍을 하게 된다는 뜻이다. 하지만 때는 겨울이었고, 교회 안에 들어가기에는 사람이 너무 많았으므로 장례식장 지하의 만남의 방에서 행사를 열었다. 같은 날 위층에서는 내가 아는 다른 사람의 장례식이 열리고 있었다. 내가 대체한 1군 타이트엔드 콜린스였다. 그는 아직 열여덟 살도 되지 않았고 여자 친구와 아기와 크고 건장한 몸을 가지고 있었는데, 죽었다. 세상에. 나는 장례식장으로 가는 길의 복도에 붙은 팻말을 볼 때까지는 콜린스라는 성을 알았을 뿐 그의 이름조차 몰랐다. 그의 이름은 에이든이었다.

아래층에서는 페그 아저씨네 사람들이 캐서롤 접시와 시트 케이크, 주름진 비닐 랩으로 감싼 초록색 젤리를 운반하는 개미 행렬처럼 축 처져 들어왔다. 이미 최후의 식사를 한 사람을 생각나게 하는 것으로 음식을 가져오는 것만 한 일은 없다. 루비 이모는 음식 배치를 놓고 여동생들에게 이래라저래라 하며 준 이모와 티격태격하고 있었다. 그 닭장에는 암탉이 너무 많았다. 나는 남고 싶지 않았지만 페곳 아줌마와 이야기하지 않고 떠날 수는 없었다. 엄마가 죽었을 때 아줌마는 내게 친절하게 대해주었다. 나는 페곳 아줌마에게 많은 신세를 지고 있었으나, 그 점에서는 특히 그랬다.

아줌마를 찾기까지는 시간이 좀 걸렸다. 아줌마는 헝클어진 흰머리에, 자기 어깨보다 훨씬 큰 어깨가 달린 검은 원피스를 입고 조용히 앉아 있었다. 아줌마에게 야단을 해대는 모든 사람들을 손을 내저어 쫓아버리면서. 아줌마는 열다섯 살에 페그 아저씨와 결혼한 이후 매 순간 다른 사람들을 돌보아왔다. 그 많은 자식들과 그다음에는 매곳까지. 그 사람들 모두가 아줌마에게 이제야 좀 쉴 수 있게 되었다고 말하고 있었다. 그러나 사람들이 아줌마에게 손가락 하나 까딱하지 못하게 한다면 아줌마는 죽은 거나 마찬가지였다. 내 눈에 비친 아줌마는 그런 존재, 세상에 남겨진 고아였다. 모든 것을 잃은 사람이 서로에게 할 말을 알고 있을 거라고 생각할지 모르겠다. 하지만 나는 아니었다. 그래도 의자를 끌고 가 앉았다. 아줌마는 아플 정도로 세게 내 손을 쥐었다. 나를 보지도 않고 그냥 손만 잡고 있었다. 나는 아줌마를 도리에게 소개할 생각이었지만, 금세 누군가가 도리를 채 갔다. 사촌들을 꾀어내는 새로운 미끼였으니까. 도리보다 어린 모든 여자애들이 도리에게 질문을 해대며 도리의 예쁜 머리카락을 탐냈다. 그게 도리였다. 마법적인 존재. 나는 방 건너편에서 도리가 특유의 손동작을 하면서 이야기하는 모습을 보았다. 그녀는 언제나 손을 움직이면서, 자신이 속한 사람은 바로 나라는 것을 모두에게 알려주기 위해 나를 가리켰다. 예수님이 핏줄을 타고 흐르는 게 어떤 기분인지 알지 모르겠는데, 나한테는 그게 그런 기분이었다.

음식이 그렇게 많으니 남아서 먹고 가자는 유혹이 들었기에 우리는 그렇게 했다. 그러다가 그 모든 일이 벌어지던 와중에 에미가 나타났다. 웅성거리는 소리가 그 공간을 휩쓸었다. 플라스틱 포크와 닭다리가 허공에서 얼어붙었다. 나는 앞서 교회에서 에미를 보지 못했지만, 에미는 그곳에 있었던 게 틀림없었다. 그녀는 관에 넣었다가 손님들에게 가져가게 해주는 꽃을 한 송이 가지고 있었다. 준 이모가 '이리 와' 하는 눈으로 쏘아보았지만 에미는 휙 돌아서서 떠났다. 긴 다리가 달린 그 장미를 소총처럼 어깨에 걸친 채로.

나는 빠르게 음식을 먹고 매곳과 함께 대마초를 피우러 밖으로 나갔다. 도리는 즐거운 시간을 보내고 있었지만, 나는 이 파티를 즐길 만큼 즐겼다. 매곳도 이제는 페그 아저씨가 죽어 있는 그의 머릿속 전쟁터에서 일시적으로 떠나야 했고. 매곳과 내 문제가 똑같은 크기였다는 말은 아니다. 하지만 우리에게는 같은 치료법이 들었다. 대마초는 다재다능하니까. 우리는 장례식장 건물 뒤쪽에 온갖 쓰레기통을 줄지어 늘어놔야 할 이유가 무엇이냐에 대해서 무식한 말다툼을 벌이고 있었다. (매곳의 의견은 시체가 너무 많아서 그렇다는 거였다.) 그때 난데없이 여자들 싸우는 소리가 났다. 여자들의 대전투 같았다. 손톱이 손톱 뿌리 부분까지 파고드는 소리가 들릴 지경이었다. 우리는 친근한 안개에 감싸인 채 건물 모퉁이를 돌았다가, 머리카락을 한 줌 움켜쥔 로즈 다텔과 그 머리카락의 반대쪽 끝에 이어진 에미를 보고 충격을 받았다. 에미가 너무 시끄럽게 소리를 지르고 있었다. 그 예쁘장한 갈색 머리 일부가 뽑히려는 게 틀림없었다.

내 반사신경은 최고 수준이 아니었지만, 로즈 뒤로 다가가서 그녀를 잡아당길 수 있었다. 하지만 머리카락을 어떻게 할 기술은 없었다. 나는 자세를 바꾸어 초크 기술을 걸었고, 그러는 동안 에미가 로즈의 주먹에서 머리카락을 풀어내려 애쓰며 두 손을 모두 머리 위로 뻗었다. 마침내 에미가 비틀거리며 물러났다. 코피가 났고, 작고 풍성한 주름이 잡힌 치마는 옆으로 비뚤어졌으며, 스타킹은 갈가리 찢어졌고, 무릎에는 작은 자갈 여러 개가 박혀 있었다. 눈은 화염방사기 같았다. 로즈가 내게 붙잡힌 채 너무 강한 힘으로 몸을 비틀어댔기에, 그녀가 자기 몸을 지켜가며 살인자 소년 패스트포워드와 함께 자랐다는 걸 퍼뜩 떠올렸다. 로즈는 쿵쿵거리며 뒤뜰을 가로질러 가더니 픽업트럭에 훌쩍 올라타고 끽 소리를 내며 떠났다. 그 소리에 앞문으로 나오던 검은 옷차림의 옹송그린 형체들이 얼어붙었다. 동시에 에미도 멋진 모습이 완전히 망가진 채로 골목길로 사라졌다. 매곳과 나는 에미가 쓰레기통 사이를 비집고 들어가더니 쿵쾅거리며 세탁소 쪽으로, 서쪽으로 가는 것을 지켜보았다.

"이게 대체 무슨 일이야?" 내가 매곳에게 물었다.

위층 장례식에 참석한 사람 대부분이 나오기 시작했다. 그들은 아슬아슬하게 싸움 구경을 놓쳤다. 콜린스 가족을 생각하자 마음이 부서질 것 같았다. 그중 콜린스의 여자 친구가 틀림없는 사람을 보았다. 얼굴을 일그러뜨린 채 아기를 데리고 있는, 그 아기를 마지막 남은 10센트짜리 동전이라도 되는 것처럼 꽉 끌어안은 여자였다. 그녀는 구식 헤어스타일을 하고 있었다. 머리띠 뒤쪽으로 크게 혹을 만들어놓은 모습이었다. 그제야 학교에서 그녀를 보았던 게 생각났다. 좀 더 촌스러운 여자애 중 하나였다. 나는 가서 그녀에게 뭔가 말해야 한다는 걸 알았지만, 무슨 말을 해야 할지는 주님만이 아셨다.

"해머랑은 얘기했어?" 매곳이 물었다.

"그냥 유감이라고만. 페그 아저씨 일도 그렇고."

"페그 아저씨 일만 안된 게 아니야. 에미랑 헤어졌어."

"벌써? 뭐, 제기랄. 광속이네."

"네 덕이지, 인마."

"난 에미를 건드린 적도 없어." 나는 귀가 빨개지는 것을 느꼈다. "4학년 이후로는."

"너 말고, 멍청아. 잘나가는 네 친구 말이야. 그놈 조수가 화가 난 것 같던데."

내가 전혀 알아듣지 못했기에 매곳은 둘이 함께 있는 모습이 목격되었다고 정확히 말해줄 수밖에 없었다. 에미와 패스트포워드 말이다. 나는 썩은 사과가 가슴에 들어오기라도 한 것처럼 꿀쩍거리는 느낌을 받았다. "데몬의 친구, 그 패스트 뭐라는 녀석." 준 이모는 패스트포워드를 그렇게 불렀고, 내가 에미에게 소개해준 그 젊은이가 괜찮은 사람인지 물었다. 나는 매곳에게, 그런 의견을 내기엔 내가 패스트포워드를 잘 모른다고 했다. 그 말이 사실이었으면 좋겠다고 생각하며.

44

위로 혹은 아래로 끝까지. 지금의 내가 그랬다. 하루가 끝나기 전에 막대의 양쪽 끝으로 두들겨 맞는 기분이었다. 한 번에 양쪽 끝으로 맞은 적은 한 번도 없었고 중간으로 맞은 적도 별로 없었다. 오직 도리만이 내가 무슨 경험을 하는 건지 알았다. 코치님은 퍼코셋은 복용량을 줄이고 옥시는 완전히 끊고 최대한 무릎에 힘을 주지 말라고 했다. 고통이 문제가 아니라면, 내가 천천히 약을 끊고 치료를 받을 수 있을 거라고. 그러면 다음 가을에는 늦지 않게 다시 경기할 수 있는 상태가 될 거라면서.

나는 코치님이 시키는 대로 했다. 어쨌든 노력은 했다. 매일. 뭉쳐놓은 재킷에 토사물을 숨기고 이불을 땀으로 적시기 시작할 때까지. 그런 다음에는 포기하고 약 두 알을 먹은 뒤 그 모든 짓을 다시 시작했다. 보통 아침에 퍼코셋 몇 알과 옥시 반 알을 먹으면 제 기능을 하는 존재로서 수업 시간을 통과할 수 있었다. 이후의 오후와 저녁은 그야말로 통과해야 할 너무도 많은 시간으로 이루어져 있었다. 그러다가, 그러다가 결국은 완전히 끔찍하지만은 않은 다음 시간이 찾아왔다. 알약 한 알이라는 값을 더 치르고 산 한 시간이. 고통은 문제가 아니었다. 고통은 그냥, 소음이나 정말로 심한 냄새 같은 것이었다. 여기에 내가, 저기에 통증이 있다고 하면 둘이 서로 주먹을 부딪치며 거래를 하는 것이다. 내가 얘기하는 것은 피와 폐 안쪽에서 느껴지는 감각이다. 꼭 몸 안을 뱀에게 물린 것 같은 감각. 몸이 떨렸고 장이 헐거워졌다. 증상을 고치기 전에는 그 누구의 곁에도 두고 싶지 않은 몸뚱이었다. 문제는 이 약병이 얼마나 빨리 비워질 것이냐는 점이었다.

답은 12월 후반이었다. 와츠 선생님이 내 약을 몇 차례 다시 채워주었고, 나는 와츠 선생님과 코치님이 먹으라고 한 양만을 정확히 먹었다. 리치랜드에서의 딱한 패배를 거두기 직전까지 말이다. 내가 언제나 고분고분한 소년이었던 척은 하지 않겠다. 하지만 그때 내게는 나를 믿는 사람들이 있었다. 팀원들만이 아니었다. 카운티가 걸린 문제였다. 살면서 처음으로 내게는 사나이의 일이, 그리고 내 몫을 해낼 배짱이 생겼다. 씨발 좆같이 비열한 디펜시브엔드 한 명 때문에, 그리고 하느님이 평소대로 데몬에게 쓰레기를 퍼붓고 있었기에, 준결승에는 가지 못했다. 하지만 다친 이후에도 나는 코치님이 생각하는 그 남자가 되기 위해 할 수 있는 모든 것을 했다. 이제 코치님은 다가오는 시즌을 바라보고 있었다. 내가 약을 끊고 일어서는 시즌을. 그러니 나는 처방전을 한 장 더 써달라고 하느니 차라리 죽을 생각이었다. 다만 이 시점에는 죽는 것이 진짜 선택지처럼 느껴졌다. 매일, 매일 주황색 약병은 달그락달그락 처량한 소리를 내며 카운트다운을 이어갔다.

구원은 도리였다. 모든 것이 도리였다.

나는 도리와의 두 번째 첫 경험을 원했다. 실제로는 그게 다섯 번째나 여섯 번째 경험이었지만. 우리는 횟수를 빠르게 쌓아가고 있었다. 하지만 나는 도리에게 느끼는 감정이 어른들이나 결혼한 사람들이 느끼는 감정 혹은 그보다 더 좋은 감정이라는 걸 알리고 싶었다. 그런 사람들처럼 같이 있고 싶다고. 자동차 안이 아니라. 그게 내가 정한 목표였다.

우리는 대부분의 시간을 도리의 농장 주택에서 그녀의 아빠인 베스터 씨를 돌보며 보냈다. 그곳에서는 가스레인지 켤 때의 냄새와 성인용 기저귀 냄새가 났다. 섹시하지 않았다. 지프는 내가 문으로 들어갈 때마다 미쳐 날뛰었다. 쥐 가죽으로 만든 깔개라도 되는 것처럼 리놀륨 바닥에 몸을 납작하게 붙이고, 검고 구슬 같은 눈으로는 살기를 뿜어냈다. 베스터 씨는 병원 침대가 방 앞쪽에 있었으므로 오가는 사람을 볼 수 있었는데, 그런 사람은 슬프게도 많지 않았다. 카테터 교체 등 도리가 할 수 없는 일을 처리하러 일주일에 몇 번씩 방문 간호사가 찾아왔는데, 외로웠던 도리는 그들에게 미친 듯이 말을 걸었다. 도리는 대부분의 간호를 혼자 했다. 심지어 베스터 씨의 머리를 잘라주기까지 했다. 도리는 아빠가 아프게 된 이후 모든 친구들이 그녀를 뜨거운 돌이라도 되는 양 떨어뜨렸다고 했다. 베스터 씨를 다양한 전문의에게 데려가려면 하루 종일 차를 몰아야 했으므로 학교에 계속 다닌다는 건 불가능했다. 이 시점에는 그런 드라이브가 아마 도리의 인생에서 가장 좋은 부분이었을 것이다. 주 경계선을 넘을 때마다 경적을 울려대며 그들만의 거창한 모험을 하는 것이.

도리는 식료품을 사러 나가야 할 때면 내게 베스터 씨를 돌보게 해주었는데, 그건 대체로 그의 산소호흡기가 코에서 떨어지지 않도록 하는 일이었다. 베스터 씨는 내가 가까이 다가와 자기 인생 이야기를 듣기를 바랐다. 심장마비는 이 남자가 겪은 슬픔 중에서 가장 작은 일이었다. 나는 그의 나이가 궁금했다. 할아버지 같은 이 남자가 도리의 아버지라니. 알고 보니, 그는 실제로 열 살 연하의 아내와 결혼했다. 그 자신도 보기만큼 늙지 않았다. 쉰한 살이었다. 그는 해고되기 전에 광산에서 일했다. 본격적인 광산이 아니라 예비 시설인 안전 광주에서 일하기는 했지만. 그게 뭔지는 사실 잘 모르겠다. 그 일이 베스터 씨를 석탄 먼지와 석면의 길에 집어넣었다. 그는 먼지로 이루어진 작고 흰 털이 머리를 깎고 났을 때처럼 온몸에 난 채로 집에 돌아오곤 했다고, 세탁기 옆 주방 바닥에 작업복을 던져놓고 그에 대해서는 더 생각하지 않았다고 했다. 아무도 무슨 말을 해주지 않았기 때문이다. 베스터 씨의 폐가 상하고 난 뒤에 석면에 관한 보상금을 받았는데, 형제와 함께 그 돈으로 농업용품점을 차린 것이었다. 하지만 지금은 형제가 죽고 베스터 씨는 이런 꼴이었으니 어차피 목숨을 되사는 데 쓸 돈을 벌려고 애쓰지는 말라는 게 그의 조언이었다. 그리고 이런 말을 하지는 않았지만, 난 그런 모험을 굳이 할 것 같지 않았다. 무릎 하나가 지옥으로 날아갔으니 새 무릎이라면 사고 싶었지만. 난 그냥 자동차 엔진이나 미식축구 경기 같은 화제로 그의 관심을 돌리기 위해, 그의 얼굴 너머에 있는 두개골이나 얼룩덜룩한 피부 아래의 팔뼈를 쳐다보지 않기 위해 최선을 다했다.

그들의 집에서 눈에 띄는 특징 한 가지는 지붕 위의 말이었다. 플라스틱에 거의 실물 크기였다. 전에는 가게 꼭대기에 있던 것이지만 어린아이였던 도리가 집에 두게 해달라고 빌어서 거기 서 있게 됐다. 당시는 도리의 엄마가 죽고 가족생활의 다양한 측면이 곤두박질치던 때였다. 위층 전체가 죽은 엄마의 박물관이었다. 먼지 낀, 닫혀 있는 창문 블라인드. 도리와 아빠가 절대 내버리지 않는 옷들로 가득 찬 옷장. 도리의 방은 다른 종류의 이상한 공간이었다. 봉제 인형과 관련해서는 헤일리 매코브의 방과 라이벌을 이루었지만, 크리스티나

아길레라 더티 포스터, 그리고 콘돔을 숨겨두는 심스 디럭스 에디션 박스가 있었다. 도리는 방문 간호사에게서 콘돔을 공짜로 얻었다고 말했다. 우리는 참을 수 없었기에 도리의 침대에서 관계를 가졌지만, 한계는 있었다. 도리의 아빠는 거의 항상 잠들어 있었으므로 문제가 아니었다. 문제는 지프였다. 사랑스러운 집시윕시 녀석. 녀석은 내게 뇌를 쏟아낼 정도로 짖어대거나, 그게 아니면 전기톱처럼 나지막하게 우르릉거리며 깨끗하게 거세를 해주겠다는 식으로 나를 노려보았다. 난 절대 그 집에서 바지를 벗을 생각이 없었다.

나의 첫 번째 선택은 숲으로 나가 담요를 깔아놓고 주변에서 반딧불이가 춤추는 가운데 하는 것이었다. 완전히 디즈니스러운 거니까 도리가 미쳐 날뛸 터였다. 하지만 그때는 한겨울이었다. 창의력을 발휘해야 했다. 내가 생각한 특별한 장소는 크리키 농장이었다. 지금 그곳은 담보권이 실행되어 어떤 외지인에게 팔렸는데, 그 사람은 농사를 지으러 나타난 적이 한 번도 없었다. 필요하지도 않은 리 카운티의 땅을 도시 사람들이 사고판다는 얘기를 들었다. 그냥 리 카운티가 똥값이고, 그들에게는 현금을 숨길 또 하나의 장소이기 때문이었다. 크리키의 담배밭은 두 계절 동안 놀고 있었고 방목장은 엉겅퀴 천지였으며 이런 문제 중 어떤 것도 내가 고쳐야 할 일은 아니었다. 노인이 떠나버렸으니 뱀에게서 송곳니가 빠진 셈이었다. 나는 몇 차례 그 농장을 약탈하러 돌아가 즐겼다.

내가 염두에 둔 장소는 어린 시절의 동굴인 담배 따는 건물이었다. 그 건물은 차가운 지하실처럼 땅속에 세워졌는데, 1년 내내 돌벽이 서늘했으며 만져보면 축축했다. 그 냉기가 가공된 담배 줄기를 말랑말랑하게 유지해주었으므로 겨우내 손으로 줄기에서 잎사귀를 따며 작업을 할 수 있었다. 하지만 나는 그냥 혼자서 안전하게 있기 위해 그곳에 가곤 했다. 그곳에서는 아무도 나를 찾지 못했다. 부드러운 흙바닥과 어둠 속에서 풍기는 달콤한 담배 냄새가 언제나 내게 마법을 걸었다. 이번에는 무언가를 제대로 처리하려는 어떤 엄마의 배 속에서 삶을 시작하려는 것만 같았다.

나는 도리를 그리로 데려갔다. 선더버드 한 병과 페그 아저씨의 장례식에서 슬쩍해 온 양초 몇 개를 가지고서 말이다. 그걸 보면 내가 얼마나 오래 이 일을 계획해왔는지 알 수 있다. 나는 도리에게 깜짝 선물이 있다고 말했고, 도리는 완전히 생일을 맞은 것처럼 굴었다. 다른 모든 사람에게는 외진 길을 따라 차를 몰고 가, 날씨에 대해 불평해대는 대머리 나무의 까마귀 몇 마리가 내는 소리 말고는 아무 소리도 나지 않는 죽은 잡초 사이를 헤치고 걸어가는 것이 실망스러운 일이었겠지만, 도리는 달랐다. 도리는 사소한 것들에도 무척 흥분했다. 그걸 보면 살아 있는 것이 행복해졌다. 나는 요새의 중심에 들어가듯 묵직한 문을 밀어젖혔다. 우리는 조각보를 펼쳤고, 술병을 따기 전부터 옷을 벗고 서로에게 덤벼들었다. 도리의 차가운 입술과 작은 이가 내 귀를 깨물었다. 강렬한 시선의 그 갈색 눈과 그녀의 가슴이 주는 충격. 내 몸을 도리에게 넣을 때의 미끄러움, 그 흡인력. 일단 우리가 그렇게까지 가버리면 지상의 어떤 힘도 우리를 막을 수 없었다. 나는 살면서 너무 많은 시간을 굶주리며 보냈고 그 시절도 다르지 않았다. 매 순간 다른 사람과 함께하는 느낌, 그렇게 가까워진 느낌을 욕망했다. 나는 도리가 다시 내게 몸을 붙일 때까지는 숨을 들이쉴 수 없었다. 그런 뒤에야 갈망은 조용해지고 다른 좋은 것들, 이상한 것들이 내 머리를 스쳐 갈 수 있었다. 모든 인생의 아름다운 매끄러움, 젖을 빠는 아기들, 태어나는 송아지, 그 송아지가 어미 소에게서 특유의 방식으로 주전자에서 피가 쏟아지듯 쏟아지는 모습.

그런 다음 나는 누워서, 빨랫줄에 남겨진 누군가의 빨래라도 되듯 우리 위에 걸려 있는 담배를 올려다보았다. 지금쯤이면 보존 처리가 잘되어 있을 게 틀림없었다. 그중 일부를 내려 지그재그 종이에 싼 다음 친구들에게 돌릴까 생각했다. 돈 한 푼 없이 매일 담배를 꿔서 피우는 평소와는 다르게 말이다. 아무렇게나 떠오르는 평화로운 생각들. 나는 도리와 함께 머리가 터지도록 한 다음에만 이런 기분을 느꼈다. 도리는 내 위에 남아 있는 걸 좋아했다. 내 미끄러운 가슴과 배, 축 늘어진 축축한 거시기 위에 균형을 잡고서. 때로는 낮잠을 자곤 했다. 처음에는 매번 내가 제대로 한 건지 걱정했지만 도리는 내가 제대로 했다고 말했다. 그걸 도리가 어떻게 아는 건지, 다른 어떤 남자들이 도리를 제대로 된 방식으로 만지거나 만지지 않았는지에 대해서는 알고 싶지 않았다. 우리는 함께 완벽했다. 도리는 우리가 우리이기 전에는 아무것도 아니었다고 말했다. 그게 도리가 내 위에서 잠들 수 있는 이유, 우리의 완벽한 어울림이었다. 잠들지 않더라도 도리는 완전히 잠에 겨워 아무거나 물어보곤 했다.

그날 담배 따는 건물에서 도리는 다리가 천 개 달린 벌레를 짓뭉개면 체리 소다 냄새가 나는 걸 아느냐고 물었다. 도리가 입 말고는 아무것도 움직이지 않으며 던진 질문이었다. 그 질문에 나는 좀 움츠러들었다. 아니, 우린 벌거벗은 채였으니까. 나는 왜 그러냐고, 방금 그 벌레를 봤느냐고 물었다. 도리는 아니라고, 그냥 궁금해서 그런다고 했다. 또 동물들도 언젠가는 죽는다는 걸 알까, 물어봤다. 도리는 지프에 대해서 생각하는 게 분명했다. 그 짐승한테 미쳐 있었으니까. 그래서 나는 아닐 거라고 했다. "죽기 직전에는 알 수도 있지. 그런 상황에서는." 내가 말했다. "하지만 대부분은, 내 생각에 평범한 동물의 하루는 언제나 약에 취해 있는 것 같은, 행복하고 귀여운 거품 같을 거야."

나는 가슴에 닿는 도리의 미소를 느꼈다. 도리는 무엇에 대해서든 내 말을 받아들였다. 도리는 우리 병아리가 자라면 무엇이 될 거라고 생각하느냐고 물었다. 나는 굳이 추측해야 한다면 수탉일 거라고 말했다. 그쪽 방향의 소리를 냈으니까. 앵거스는 나를 짜증 나게 하려고 그 녀석을 러브차일드라고 불렀고, 나는 앵거스를 경멸하려고 그 별명을 가져다 썼다. 비록 지금은 그 병아리가 공구 창고에서 살며, 매티 케이트가 잊지 않고 나가 곡물을 던져줄 때를 빼면 '러브'를 전혀 받지 못하고 있었지만 말이다.

마침내 도리가 내게서 미끄러져 내려갔다. 도리의 이가 딱딱 부딪히고 있었으므로 그녀에게 플란넬 셔츠를 주었다. 도리는 빠르게 움직여 벽에 기대더니 가슴으로 다리를 당기고, 무릎을 포함해 온몸을 감싸도록 내 셔츠의 단추를 잠갔다. 그녀는 위에 머리가 달려 있고 아래쪽에 분홍빛 콩 같은 발가락이 나와 있는 격자무늬 베개처럼 보였다. 나는 그녀를 품에 안고 어딘가에 숨겨주고 싶었다. 내가 페그 아저씨의 장례식 양초에 불을 밝히고 선더버드병을 따 종이컵에 붓는 모습을 그녀의 반짝이는 검은 눈이 지켜보았다. 꼭 교회 같았다. 여러분의 죄를 위해 돌아가신 분을 기억하시오, 라고 말하는 그 부분처럼. 도리와 나의 경우 우리에게 가장 좋은 사람들은 우리를 두고 일찍 죽어버렸다. 우리가 죄악을 저지를 기회조차 주지 않고. 그래서 우리는 죄악의 진도를 따라잡아야 했다. 어쩌면 우리가 무슨 짓을 해도 틀린 것처럼 느껴지지 않는 이유가 그것인지 모르겠다.

우리는 와인만 있으면 장밋빛 희망을 품을 수 있었다. 우리가 나가기 전에 기분이 좋아지도록, 약에 고파하지 않도록 도리가 이미 내게 아주 작은 뭔가를 주었다. 나의 배는 언제나 나의 몰락이었다. 요즘은 옥시-비옥시로 이루어진 매일의 흐름에 너덜너덜해져 있었다. 그냥 말하겠다. 여자 친구 브라 전체에 칙필레*를 토하는 것만큼 분위기를 망치는 건 없다. 그런 일은 한 번밖에 벌어지지 않았는데, 도리는 너무도 다정하게 내 몸을 닦고, 자기 셔츠로 내 턱에서 토사물을 닦아주었다. 하지만 내가 생각할 수 있었던 것은 도리가 베스터 씨에게 유아식을 먹여주는 모습뿐이었다. 베스터 씨가 그 울퉁불퉁한 손으로 침대 난간을 잡고 숟가락 쪽으로 몸을 뻗는 모습 말이다. 그래서 나는 어떤 기분에 사로잡혔다. 벌써 엉망진창이 된 무릎으로 노인처럼 걸어 다니는 나였기에 도리가 치워야 할 또 하나의 난장판이 되지는 않기로 했다. 그래서 그 이후로 도리는 언제나 내가 그런 상황을 헤쳐나갈 수 있는 무언가를 준비했다. 자낙스, 클로노핀, 달리 쓸게 아무것도 없다면 아빠의 모르핀 패치 조금 등등. 하지만 보통은 뭐라도 있었다.

나는 그 시절에도 모든 걸 알았던 것 같다. 학교에서, 탈의실에서, 심지어 페그 아저씨의 장례식에서도 셔츠 자락에 얼룩이 묻은 사람들을 보았다. 초록색 풀물이나 분홍빛이 도는 흑갈색 얼룩. 나는 더러운 셔츠를 입고 나타나다니 저 사람들은 어떻게 저렇게까지 자존심이 없을까, 라고 생각했다. 그 색깔이, 안전한 것 이상으로 안전하다는 이런 약물이 배 속에서 한꺼번에 녹는 것을 막아주는, 알약의 코팅색이라는 걸 몰랐다. 80밀리그램에는 구릿빛 분홍색, 40밀리그램에는 초록색. 그것들이 입속에서 M&M처럼 녹는다. 잠깐 물고 있다가 꺼내서 셔츠 자락에 문지르면 반짝이는 흰색 진주 같은 순수한 옥시코돈이 보인다. 여태껏 발명된 어떤 알약보다 많은 아편이 담겨 있다. 1달러면 메디케이드 보조금으로 이런 것을 한 병 통째로 구할

*   미국의 닭고기 전문 패스트푸드 체인.

수 있다. 그걸 뭉개서 하나씩 하나씩 코로 들이마시거나, 녹여서 팜서플라이에서 살 수 있는, 양에게 예방주사를 놓을 때 쓰는 주사기로 주사한다. 팔오금이나 발가락 사이에. 사람들은 자신만의 괴물을 닥치게 할 방법을 성경에 있는 구절보다도 많이 찾아냈다.

도리에 관해서는 그녀의 형식과 내용을 모두 이해해야만 한다. 친구들이 모두 그녀를 버린 뒤에도 어떻게 어린아이처럼 급진적이고 재미있을 수 있었는지. 자기 때가 오기도 전에 늙어버린, 쌕쌕 숨을 몰아쉬며 울부짖는 남자를 어떻게 견딜 수 있었는지. 그녀의 발이 왜 계속 통통 튀었는지. 그녀의 반짝이는 눈은 사실 검은색이 아니라 파란색이었다. 도리에게 입을 맞추려고 허리를 숙이면 커다랗고 검은 동공 주변으로 아주 가는 초승달 같은 하늘색이 보였다. 도리 같은 인생을 살았다면 대부분의 사람은 수천 번쯤 정신을 잃었을 것이다.

코치님은 아마 내가 그때쯤 약을 끊고, 그레이비소스가 줄줄 새어나올 때까지 궁둥이로 데드리프트를 하러 헬스장에 다닌다고 생각했을 것이다. 앵거스는 크리스마스에 나무를 훔치러 가자며 귀찮게 굴었다. 나는 둘 모두를 피하려 애썼다. 나는 매티 케이트가 차려주는 음식이나 하룻밤의 잠자리만을 얻고 바로 튀곤 했다. 둘 다 무척 필요했으니까. 그래도 대부분의 경우에는 핑계를 댔다. 앵거스가 내게 눈알을 굴려댔다. 그게 화가 났다. 남자가 여자 친구랑 자러 가는 데는 이유가 필요 없었다. 그건 그냥 주어진 권리였다. 도리는 코치님과 앵거스 둘 모두에게 상냥하게 굴었다. 아빠의 농업용품점에서 양말이나, 당연하게도 러브차일드를 위한 닭 사료, 칼하트 작업복 등의 선물을 가져다주었다. 앵거스는 그 작업복을 정말로 좋아했다. 코치님에게는 엑스라지 사이즈의 보온복을 주었다. 무작위적이긴 했지만 탐팩스 상자에 들어 있던 병아리보다는 말이 됐다. 그러나 그중 어떤 선물도, 내가 가족생활과 크리스마스를 날려버려도 좋다는 허가증은 되지 못했다. 앵거스가 아는 그 모든 개념은 내가 만들어낸 것이었음에도.

유감이지만 크리스마스에 관한 내 관심사는 도리에게 무엇을 줄 것이냐밖에 없었다. 나는 앵거스와 보낸 그 놀라운 첫 크리스마스를, 앵거스의 취향에 딱 맞는 선물을 찾느라 전당포를 모조리 뒤지고 그 선물을 찾아냈을 때 100만 달러를 손에 쥔 듯한 기분이 들었던 일을 계속해서 떠올렸다. 정말로 누군가를 보고 그 사람에게도 내가 보이는 그 기분을 나는 다시 느끼고 싶었다. 도리에게서는 그런 기분이 들지 않았다. 도리는 너무 쉬웠다. 내가 크리스마스 포장지로 트로전 콘돔 한 상자를 싸서 주면 도리는 그게 자기가 받아본 최고의 선물이라고 할 터였다. 솔직히 실망스러운 일이었다. 헛간 옆면을 명중해도 점수가 올라가지는 않는다. 하지만 옛 시절, 그리고 앵거스와 함께했던 즐거움을 떠올리는 건 공평하지 않았다. 나는 온 마음을 다해 도리를 사랑했다.

여성스러운 방향이 안전한 베팅으로 보였다. 매니큐어나 화장품 같은 것. 하지만 나는 벼룩시장에서 찾을 수 없다는 점 말고는 그런 물건에 대해 아무것도 몰랐다. 앵거스도 도움이 되지 않을 것이다. 나는 도리가 어떤 음반을 좋아하는지 알고 있었다. 크리스티나 아길레라, 에이브릴 라빈. 핑크는 도리의 헤어스타일 아이돌이었다. 크리스마스 전주에 도리를 위해 시내로 심부름을 다니며 몰래 크리스마스 쇼핑을 하는 동안 내 머리통 속에서 덜그럭거리던 물건들은 이런 것이었다. 도리는 아빠의 약은 자기가 사야 한다고 구체적으로 말했지만, 나도 임무 수행에 자동차가 필요했으므로 도리를 설득해 우체국에서 둘의 우편물과 수표를 챙긴 뒤 월그린으로 가 처방전을 받겠다고 했다. 마지막 정류장은 식료품점이었다. 도리와 베스터 씨는 냉동식품만을 먹었다. 베스터 씨는 밥 에번스 매시트포테이토를, 도리는 미시즈 스미스 머랭 파이를 먹고 살았다. 나는 음식군의 균형을 맞추기 위해 치킨 너깃 같은 걸 사야 한다고 주장했다. 어쨌든 아무리 12월이라지만 화창한 날에 그런 걸 차에 내버려둘 수는 없다.

그렇게 해서 여기에 있게 됐다. 껌을 씹어대는 계산대의 트롤 인형 머리 여자가 고객과 함께 자기 남편의 항문 수술 간병 얘기를 하는 동안 나는 약 타 가는 곳의 기나긴 줄에서 기다렸다. 계산원과 수다를 떨던 늙은 여자는 신발 위에 단추로 채우는, 투명한 고무장화를 신고 있었다. 페그 아저씨는 그걸 갤로시라고 불렀는데, 매곳과 나는 그 단어를 욕설 대신 썼다. 이 갤로시 같은 놈아, 내가 널 갤로시 해버릴 거야. 페곳 아줌마에게 야단 맞을 일이었다. 약국에서의 상담이 길어졌다. 여자는 계산대에 놓인 책자에서 쿠폰을 찢어내더니, 그 뒷면에 볼펜으로 항문을 그리기 시작했다. 그 여자의 등 뒤에는 내가 방금 방문한 우체국에서 본 것과 똑같이 생긴 네모난 상자들이 벽을 꽉 채우고 있었다. 그곳의 모든 사서함은 장애 수당 수표로, 이곳의 모든 사서함은 그 수당으로 산 약이 담긴 흰 종이봉투로 가득 채워져 있었다. 나는 그 두 가지를 합치고 이런 귀찮은 상황을 없애버리면 어떨까 생각했다. 원스톱 쇼핑은 어떨까 하고. 네모난 상자들로 이루어진 월그린의 벽 너머에는 안에 슈다페드가 들어 있는, 인류에게 알려진 모든 종류의 감기약 상자가 가득했다. 맥시플루 CD, 드릭소랄, 사이누탭, 플루 맥시멈 스트렝스 등등. 그 위에 상자 500개는 있을 듯했다. 이 가게에서는 이제 감기약을 선반에 올려놓지 않았다. 매곳을 비롯한 좀도둑 친구들 덕분이었다.

엄청나게 많은 슈다페드를 바라보고 있는데 누군가가 내 어깨를 톡톡 두드렸다. 육중한 덩치에 작은 염소수염을 기르고 안경을 낀 사람이었다. 머리에 비해 머리카락이 너무 많았다.

"토미." 내가 말했다. "무슨 일이야?"

토미는 약 때문은 아니라고 했다. 그냥 점심으로 먹을 마운틴듀와 도리토스*를 사러 왔다고. 토미는 드라이브인 영화관에서 나를 만난 이후 몇 달 동안 벌어진 일들을 전해주었다. 지금도 신문사에 다니는데, 쓰레기통 작업에서 진짜 신문사 일이라고 할 만한 작업으로 승진했다고 했다. 그가 하는 일은 '조판'이라고 불렸다. 독자들의 눈길을 사로잡기 위해 페이지에 광고를 배치하는 것이다. 재앙과도 같은 룸메이트들을 떠나 자기만의 공간으로 이사할 만큼 돈을 벌고 있었다. 나는 토미를 인정할 수밖에 없었다. 위탁 가정 공장에서 괜찮은 인간이 되어 나오다니. 나는 새 턱수염이 녀석에게 어울린다고 말했다. 실제로는 그 수염 때문에 토미의 머리 위에 튀어나온 머리카락이 더욱 두드러져 보였지만, 알잖나. 오랜 친구니까. 나는 토미에게 도리 소식을 전해주고, 토미가 그때의 여자 친구와 지금도 사귀는지 물었다. 놀랍게도 답은 '그렇다'였다. 이름은 소피. 상냥한 여자였다. 지금도 펜실베이니아에 있으므로 그들은 아직 만나지 못했다. 내년에는 만날 수 있을지도 모른다.

줄이 움직이기 시작했다. 토미는 돌아가 광고를 살펴봐야 했지만 내게 한번 들르라고 했다. 그는 주소를 적어주며 그곳이 사실 집이 아니라 차고라 미안하다고 했다. 아직 화장실도 주방도 없지만 설치할 계획이라고 했다. 토미에게 집을 빌려준 사람들은 자기 집 화장실

---

*   토르티야 칩 브랜드.

을 써도 좋다고 한, 정말로 착한 부부였다. 부부에게는 아이 네 명이 있었고, 가끔은 토미가 그 애들을 봐주었다. 가족의 일부가 된다는 게 토미에게 엄청나게 큰 의미라는 걸 알 수 있었다. 토미는 아이들에게《마법의 시간여행》을 읽어준다고 말했다. 딸은 책을 좋아했다. '그랜드 테프트 오토' 게임에 빠진 아들은 별로 그렇지 않았다. 다른 둘은 그냥 어린 쌍둥이였고. 여자애 이름은 헤일리였다. 믿을 수가 없었다. 그 사람들은 매코브 가족이었다.

내가 토미에게 가장 먼저 물어본 것은, 그가 지내는 방이 진짜 차고인지, 아니면 세탁기-건조기 세트가 들어 있는 개 방인지였다. 그 이후로도 몇 가지 물어볼 게 있었다. 응, 차고 맞아. 응, 늘 돈 걱정을 해. 하지만 매코브 씨가 웨이트-오-웨이라는 체중 감량 제품을 파는 사업을 시작했어. 보통은 다른 사람들이 300달러를 내고 웨이트-오-웨이 판매 팀에 참여하도록 계약시키는 역할이야. 토미는 진심으로 매코브 씨가 곧 부자가 될 거라 믿었다. 제품을 본 적은 아직 없었지만, 그게 체중 감량 분야에서 완전히 판도를 바꿔놓을 거라면서. 아, 토미.

그는 내가 매코브 가족을 안다는 사실에 흥분을 감추지 못했다. 그들이 나의 오래전 위탁 가정이었다는 사실에. 나는 토미, 가서 짐 챙기고 당장 그 차고에서 나와, 뒤도 돌아보지 말고, 라고 말하고 싶었다. 하지만 토미는 그 가족에게 완전히 반해 있었다. 나는 녀석의 비눗방울을 터뜨릴 수 없었고. 언제 도리와 한번 들르겠다고, 우리가 그와 매코브 가족을 데리고 애플비든 어디든 가서 밥을 사겠다고 했다. 말도 안 되는 소리였다. 내가 왜 그런 말을 했는지조차 모르겠다. 애들을 보는 건 상관없었다. 특히 헤일리라면. 그 애가 그 엉망진창 가족에서 어떻게 버티고 있는지 보고 싶었다. 하지만 아마 주된 이유는,

그들이 보는 앞에서 최대한 많이 먹고 싶어서였던 것 같다. 나는 입에 햄버거 두 개를 쑤셔 넣을 생각이었다. 이상한 형태의 복수랄까.

하지만 토미가 떠나기 전에 매코브 씨의 사업에 관해 경고는 해주어야 했다. 나는 웨이트-오-웨이야 다 좋겠지만, 그 사업에 네 돈을 넣을 생각은 하지도 말라고 했다. 아, 토미. 알고 보니 토미는 이미 돈을 넣은 뒤였다.

45

남은 겨울은 아른거린다. 나와 10학년 위에 구름이 깔려 있는 듯하다. 내가 확실히 말할 수 있는 것은, 도리와 함께하는 공간이 점점 더 내 집이 되어갔다는 것뿐이다. 나는 도리의 집에 옷과 약을 두었다. 내가 밤에 흘린 땀이 매티 케이트가 지켜야 할 비밀로 변하지 않는 곳에. 나는 옥시의 양을 줄이려 했지만 일정을 잘 지키지 못했다. 도리가 조금씩 더해주는 약에 일정이 어긋났기 때문이다. 도리도 어쩔 수 없었다. 그녀는 그냥 나를 신경 쓰는 사람이었을 뿐이다. 그녀는 베스터 씨에게 음식을 먹이며 노래를 불렀다. '반짝반짝 작은 별' 같은, 꼬마들의 노래였다. 방문 간호사가 일주일에 사흘씩 교대로 찾아왔고, 도리는 나를 집에 들어와 사는 남자 친구가 아니라 사촌인 것처럼 말했다. 여전히 사회복지국을 걱정했기 때문이다. 하지만 우리의 안부를 확인하는 건 간호사들의 일이 아니었다. 그들은 도리에게 베스터 씨의 알약과 패치를 안전한 곳에 넣고 잠가두라고 경고했다. 아마 도리를 열일곱 살짜리가 아니라, 베스터 씨의 마약류를 관리하는 그보다 나이 많은 사람으로 생각했을 것이다. 그냥, 모두가 자신에게 주어진 일을 하는 또 한 가지 사례였다.

크리스마스가 왔다 갔다. 물론 도리는 내가 준 선물을 좋아했고, 앵거스는 내가 주지 않은 선물에도 심통을 내지 않는다는 걸 과시했다. 어쨌든 크리스마스가 대단찮은 일이라고 맹세까지 한 사람은 앵거스였다. 그렇게 나는 나 자신을 타일렀다. 그 집이 자연스러운 상태로 돌아가고 있다고. 그곳에서 나는 잠깐 평화를 어지럽힌 존재에 불과했다고.

하지만 앵거스가 그리웠다. 그녀의 태평함이. 뭐랄까, 섹스야 다 좋았다. 그걸 누가 부정하겠는가. 하지만 어떤 사람과 함께 빈백에 누워서, 오프사이드 방귀 위반으로 서로에게 팝콘 벌칙을 주는 것도 나름대로 할 만한 일이다.

내게는 운전면허증이 있었지만 갈 곳이 없었다. 도리의 집에서 살며 학교에 다닌다면, 도리가 나와 함께 학교에 갔다가 차를 가지고 집에 돌아가서는 나중에 나를 데리러 와야 했다. 우리는 우리만의 섬에 좌초해 있었다. 최근 몇 년간 생긴 친구들은 죄다 미식축구 팀원들이었는데, 무릎 부상을 입은 이후 나는 그들의 지도에서 지워졌다. 그게 고등학교다. 어떤 형태로든 어른의 인생에 펼쳐지는 우연에는 맞지 않는 사람들의 무리. 게다가 나의 옛 예비용 인맥이던 페곳 가족이 혼란에 빠져 있었다. 그러므로 이제 나의 인생은 전부 도리였다. 나는 그녀가 전자레인지로 음식을 데워 베스터 씨에게 주거나 그를 행주로 닦아주는 동안 할 일 없이 지냈다. 그럴 때를 제외하면 도리는 낮잠을 잤다. 나는 예전의 외로운 내 방식으로 슬쩍 돌아갔다. 다시 스케치북에 그림을 그렸다. 슈퍼히어로가 나오는 애들의 헛소리가 아니라, 밖에 나가서 돌아다니던 시절에 본 것들을. 항문 그림에 암호로 숨긴 비밀을 잠복근무 중인 갤로시 요원에게 전달하는, 윌

그린의 스파이 소녀가 나오는 3컷 만화를 그렸으니까, 뭐. 완전히 다른 범주의 헛소리였다.

귀찮음을 무릅쓰고 학교에 갈 때면, 다시 애니 선생님의 미술 수업을 들었다. 그러나 예전에 거둔 성공의 동기는 대체로 선생님에게 반해 있었다는 거였다. 작년에 배운 것을 반복하는 건 실망스러웠다. 선생님이 대조와 비율 같은 놀라운 것들에 대해 설명하는 걸 처음으로 보았을 때는 마법적인 재능을 보는 것만 같았다. 두 번째로 보니 선생님은 그냥 선생님이었다. 선생님은 지금도 내게 재능이 있다고 생각했지만 내가 멍해졌으니 나보다 더 실망했을 것이다. 상관없었다. 도리에게만 특별한 사람이면 됐다.

운전 교육을 받으면 자동으로 운전면허증을 딸 수 있다는 등의 유용한 부분을 제외하면, 학교는 남자가 되어가는 소년에게 당연히 그렇듯 중요성을 잃어갔다. 시민 윤리는 솔직히 그게 뭔지도 모르겠다. 수학은 클리블랜드 선생님 수업을 들었다. 클리블랜드 선생님은 코치님과 거래를 하고 있어서, 미식축구 팀 학생들은 진학 자격을 유지할 정도의 성적을 받았다. 영어는 더 어려운 수업을 들어야만 했다. 시간이 엄청나게 들어가는, 책을 읽는 수업이었다. 하지만 그중 몇 권은 끝까지 읽게 되었다. 그럴 생각도 없었는데. 홀든*이라는 녀석이 내 흥미를 끌었다. 학교를 싫어하고 도시로 가서 창녀들을 쫓아다니고 부자들의 헛짓거리를 지켜보다가 자신이 마음속으로 원하는 것은 들판의 가장자리에 서서 다른 소년들이 자신처럼 절벽 너머로 떨어지기 전에 그들을 잡는 것뿐임을 알게 된다니. 이해가 됐다. 내 말은, 그 모습이 눈에 보였다는 것이다. 나는 그 장면을 그렸다. 바크스

---

*   《호밀밭의 파수꾼》의 주인공 홀든 콜필드를 말한다.

선생님이 나를 데려갔을 때 켄터키주의 경계선에 있던 그 흰 절벽을 담아서. 나는 호밀이 자라는 모습을 본 적이 없었으므로 그를 담배밭의 파수꾼으로 만들었다. 찰스 디킨스가 쓴 책들도 그랬다. 그야말로 늙은 그 아저씨는 죽은 데다 외국인이기까지 했다. 하지만 오, 주여. 그는 어린애들과 고아들이 신세를 망쳤는데 아무도 쥐똥만큼도 신경을 쓰지 않는 모습을 그려냈다. 이 동네 출신이라는 생각이 들 정도였다.

*****

그해 겨울의 주된 사건은 데몬의 거창하고 멍청한 모험이었다. 계획이랄 게 거의 없긴 했지만, 어쨌든 그 계획은 나를 도발하다시피 한 앵거스가 생각해낸 것이었다. 덤비든가 닥치든가, 하는 식이었다. 나는 여전히 코치님의 집에 살고 있다고 모든 이해 당사자를 설득할 수 있을 만큼 많은 저녁을 그 집에서 보냈다. 코치님은 절뚝거리는 다리를 보며 수술에 대해 잔소리를 했고, 나는 약을 하지 않는, 과거와 미래의 타이트엔드인 척하려고 최선을 다했다. 어느 날 저녁 앵거스와 나는 우리 아지트에서 신기한 표범물개에 관한 자연 프로그램을 보고 있었다. 나는 기분이 좋지 않은 상태였다. 바다야말로 내가 삶에서 원한 유일하게 중요한 것인데, 빌어먹을 일본인이 만든 TV에서가 아니면 그 이상 바다에 가까이 갈 수 없다니. 나는 사실상 그런 뜻의 말을 했다. 그리고 지금까지도, 앵거스의 커다란 잿빛 바다 같은 눈이 나를 보던 모습이 기억난다. 너 대체 왜 그래? 앵거스는 뭔가 하고 싶다면 씨발 그냥 해버렸다. 그러니 그 눈길에 담긴 건 악의 혹은 자존감이었다. 내가 앵거스에게 말했다. 그래, 알았다. 난 갈 거야.

나는 도리에게 바다 이야기를 시작했다. 그야말로 잔인한 말이었다. 도리는 당연히 함께 가고 싶어 했다. 바다는 도리에게 경이롭게 느껴졌을 것이다. 도리에게는 모든 것이 경이롭게 느껴졌으니까. 아빠가 병들어, 의사를 만나러 다섯 시간씩 운전을 해야 하는 상황에 인생을 잡아먹히기 전에 도리가 학교에서 그토록 재미있고 인기 있는 소녀였던 건 그리 오래전 일이 아니었다. 지금 그녀는 나와 함께 놀러 나가기 위해 베스터 씨를 봐달라고 말하는 데 어려움을 느꼈다. 하지만 도리는 내가 얼마나 바다에 가고 싶어 하는지 알았고, 자기 없이 가달라고 애원했다. 그녀는 사진을 찍어달라고 했다. 그때는 모든 사람의 주머니에 핸드폰 카메라가 들어 있기 전이다. 나는 앵거스에게서 폴라로이드 카메라를 빌렸다.

도리가 없으면 다른 교통수단이 필요할 터였다. 패스트포워드는 가장 먼저 선택할 사람은 아니었으나 자동차가 있었고, 술만 충분하면 보통 모험에 참여했다. 패스트포워드는 전화로, 농장 일 때문에 정신이 없다고, 자기 말들에게 묶여 있다고 했다. 나는 그 말들이 패스트포워드의 것이 아니라는 얘기를 들었지만, 그 얘기는 나 혼자 간직했다. 나는 한번 생각해보라고 했다. 패스트포워드는 그러든지, 라고 했다. 다음으로는 매곳에게 말을 꺼냈다. 집에서 나올 수 있는 핑계라면 매곳이 뭐든 덥석 물리라는 걸 알고 있었다. 준 이모는 매곳을 쫓아내기 일보 직전이었으며, 매곳이 참고 살 수 없는 몇 가지 조건을 걸고 있었다. 그녀는 매곳의 옷차림을 꽤 잘 참아주었으므로 그 이상의 문제가 있는 게 틀림없었지만, 무슨 문제냐고 묻지 않았다. 사소한 대마초 사건으로도 그 집에서는 진짜 난리가 날 수 있었다. 켄트 세계대전 이후로 준 이모는 무슨 마약과의 전쟁을 벌이고 있었기 때문이다. 매곳은 겨우 대마 한 대를 피우기 위해서라도 도리의 집에 와야 할 정도였다.

1분도 채 걸리지 않아, 에미는 매곳에게서 여행 소식을 듣고 자기도 가겠다고 선언했다. 그래서 패스트포워드도 합류했다. 이 문제에 관해서 나는 닭이 먼저인지 달걀이 먼저인지 알 수 없었지만 우리가 준 페곳이 끼어 있는 일종의 애증의 삼각관계에 들어가는 중이라는 것만은 알았다. 이런 건 끼어들고 싶지 않은 기하학 문제다. 하지만 빌어먹을. 내게 중요한 건 바다뿐이었다. 나는 버지니아주의 버지니아 비치로 갈 터였다. 그곳 풀밭을 깔고 앉은 다음에는 어디에 머리를 대야 할지도 모르겠지만, 그냥 이름 때문에 고른 마을이었다. 풀밭이 아니라 모래밭이면 더 좋겠지만. 우리에게는 돈도 전략도 없었고, 실제 거리인 800킬로미터는커녕 8킬로미터 이상 가는 데 필요한 물자도 없었다. 패스트포워드는 도시에 인맥이 좀 있고 그 사람들이 오는 중이라고 했다. 그들이 쉽게 돈 벌 기회를 연결해줄 수 있다면서. 그 정도면 젊음과 극단적 미경험에 취해 있는 네 사람에게는 충분했다.

우리에게 다른 요소가 영향을 끼쳤다는 것도 인정할 수밖에 없다. 학교의 몇몇 애들이 봄방학에 바다에 가기로 했다는 계획을 뽐내고 다녔다. 애버크롬비를 입고, 아빠의 익스프레스 카드를 들고, 카맥스*에서 열여섯 살 생일 선물로 받은 자동차에 커다란 노란 리본을 달고 다니는 베티나 쿡 무리였다. "야! 머틀 비치에서 코가 비뚤어지게 마시자!"라고 말만 하면 순식간에 그런 일이 일어나는 애들. 그중 절반은 아마 바다에 관심도 없었을 테고, 나머지 절반은 가슴을 까고 그 엿 같은 모래언덕에서 정신을 잃는다 한들 자기가 그랬다는 것도 알

*   미국의 중고차 매매 업체.

아채지 못할 터였다. 나야 뭐, 씁쓸하다거나 그런 건 전혀 아니다.

하지만 내가 그 애들과 같은 리그에 있다고, 원하면 모든 것을 얻는 등급이라고 생각한다면 그건 미친 소리였다. 도리는 아빠를 심장-폐 전문가들에게 데려다줄 때를 제외하고는 주 경계선을 넘은 적이 없었다. 최근에는 월마트 건물 뒤쪽이라도 보면 다행이었고. 도리의 눈앞에 이번 여행을 대롱대롱 늘어뜨리고, 그녀는 갈 수 없다는 걸 알면서 떠나는 건 나로서도 머저리 같은 짓이었다. 내게는 그럴싸한 핑계가 없었다. 어쩌면 모든 아이들이 이런 식인지도 모른다. 너무 많은 것을 원하는 것이다. 예를 들면 모든 면에서 선을 넘는 매곳이 그랬다. 녀석은, 아이들을 낳는 것과 그 애들이 죽는 꼴을 보지 않는 것 말고는 이 세상에 아무것도 바라는 것이 없는 채로 열다섯 살에 결혼한 가엾은 조부모에게 미칠 듯한 스트레스를 주고 있었다. 우리는, 이 씨발 세상을 우리에게 달라는 식이었다. 우리는 베티나 쿡네 애들처럼 쩌는 척했다. 베티나는 카다시안처럼 굴었고. 우리는, 직업이 있는 부모와 고를 옷이 잔뜩 들어 있는 옷장과 강처럼 흐르는 현금이 있는 애들이 대도시의 꿈을 꾸며 살아가는 TV 프로그램을 이미 맛본 터였다. 용서받을 수 있는 그 학생들은 심지어 마약까지 했다. 그래도 그건 코미디였다. 그들이 가난하지 않았기에. 그들의 유니버스에는 남들과 다르다는 이유로, 달을 따고 싶어 한다는 이유로 사람을 멈춰 세우는 건 아무것도 없었다.

우리 유니버스에서는 다들 어딘가에 매인 채 살았다. 가족에게, 운이 좋다면 부모에게, 운이 덜 좋다면 키워준 어른에게. 그리고 시간이 지나면 결국 그 사람을 돌보게 되었다. 위대해질 운명을 타고 태어나지 못할 확률은 100분의 1 정도였다. 그래도 나의 사람들은 나를 고맙게 여길 것이다. 한편 누군가를 심하게 모욕하거나 수치심 혹은 충격을 느끼는 방향으로 너무 심하게 몰아붙이면, 하디스나 달러 제너럴의 주차장에서 상대방의 사람들을 만나게 된다. 상대방을 모욕한 당일에 그들을 만나게 될 가능성도 크다. 모든 일에는 여파가 따른다. 고개를 너무 높이 드는 사람에게도 비슷한 결과가 이어진다. 웃자란 잡초는 베인다. 그런 식이다. 그래서다. 우리는 모두가 함께 살아갈 수 있는 곳에서 '네 마음의 소리를 따르라'는 얘기와 균형점을 찾게 된다. TV나 영화에 그런 유니버스는 나오지 않는다. 산동네 사람들, 시골과 농장 사람들, 우리는 빌어먹을 어디에도 없다. 보이지 않는 존재가 된다는 건 심각한 일이다. 내가 아직 살아 있는지 확인하겠다는 이유만으로도 가장 시끄러운 소음을 낼 필요가 생기는 지점에 이르게 되니까.

첫째 날 밤에 우리는 '헝그리 마더'라는 곳까지 갔다. 배고픈 엄마라니. 농담이 아니다. 우리는 모두가 흥분한 채로, 딱할 만큼 엉망진창인 상태로 출발했다. 각자가 선택한 진정제가 필요했다. 그런 다음에는 그 약효를 떨쳐내기 위해 자야 했다. 또한 도리를 떠나는 데는 '미안해 자기' 섹스가 필요했는데, 거기에는 평소보다 오랜 시간이 들었다. 그래서 겨우 몇 카운티밖에 지나지 못했는데 날이 어두워지고 있었다. 그때 고속도로 표지판이 나타났다. 헝그리 마더는 알고 보니 레스토랑이나 딱한 인간 여성이 아니라 피크닉 테이블 등이 있는 공원이었다. 호숫가의. 때는 2월이었다. 우리는 봄방학을 기다리지 않았다. 부유한 애들을 한참 추월했고, 걔들보다 더 기꺼이 학교를 내팽개치기까지 했으니까. 공원은 비어 있었고 소풍 공간과 호수가 전부 우리 것이었다. 물가에는 널찍한 모래밭이 있었다.

"쌍, 얘들아. 니미럴 바닷가야." 매곳이 트럭에서 내리더니 몸을 잭

나이프처럼 펴면서 말했다. 그는 긴 팔을 넓게 벌리고 발가락으로 깡충깡충 몸을 튕겼다.

"섣부른 판단은 하지 말자." 내가 말했다. 모래는 짙은 갈색이었다. 칙칙한 호숫가 인도에 깔린 닳아빠진 환영 발판 같았다. 하지만 에미는 "비치, 비치, 베이비!"를 노래 부르며 옆으로 폴짝폴짝 뛰어 주차장을 가로질렀다. 스키니 진과 높은 가죽 부츠를 신은, 다리 긴 망아지 같았다. 우리 셋은 작은 울타리를 기어 넘어 모래밭에 올라섰다. 입구는 화장실과 자판기로 이루어진 작은 건물 옆의 잠긴 문이었는데, 사람은 어디에도 없었다. 패스트포워드가 담배에 불을 붙이고 트럭에 기대 평소처럼 고개를 뒤로 젖히고 눈을 가늘게 뜨며 우리를 지켜보았다.

이 모래밭은 폭이 50~60미터를 넘지 않았으며, 양옆에 장작을 쌓아 밧줄 울타리를 고정해두었다. 그 너머로는 평범한 흙바닥과 숲이 다시 시작됐다. 누군가가 트럭에 실을 만한 분량의 모래를 퍼다가 버려두었다. 그러면 누가 속을까 봐? 게다가 이 가짜 해변은 온갖 사람들이 버리고 간 것 때문에 상당히 역겨웠다. 빨간색 빨대가 뚜껑 너머로 튀어나온, 납작해진 음료수 컵. 모닥불의 검은 잔해. 찢어진 흰색 브라가 모래밭에 반쯤 묻혀 있었다. 매곳이 대마초에 불을 붙이고 마가리타빌에 대해 노래하기 시작했다. 에미가 젖은 모래로 커다란 공을 만들어 우리에게 던지자 그 공들이 산산이 깨졌다. 둘 다 어린 애처럼 웃고 있었다. 나는 진짜 바다에 간다는 점에 대해 둘의 관심이 떨어지는 것 같다는 불길한 예감이 들었다.

"너희들, 여긴 바닷가가 아니야. 그건 알지?"

"소똥을 밟았네! 가장 좋은 건 날아갔네." 이상한 장화를 신은 매곳이 까치발을 들고 엉덩이를 흔들며 모래밭을 가로질러 가면서 요들

582

송을 불러댔다.

온 세상이 내게 적대적이라는 걸 증명하려는지 갈매기 한 마리가 곡선으로 날아 들어와 우리 근처에 내려앉았다. 크고 하얀, 우리 모두가 사진으로 본 갈매기였다. 녀석은 물가의 갈색 찌꺼기를 따라 걸어가며 못된 시선을 내게서 떼지 않았다. "이-봐-아, 여긴 바다가 아니야!" 내가 소리쳤다. 갈매기는 전혀 신경 쓰지 않았다.

카우보이 부츠에 딱 달라붙는 흰 티셔츠를 청바지에 집어넣은 우리의 곱슬머리 말보로 사나이는 여전히 서 있었다. 나는 사실 그를 믿지 않았다. 아마 한 번도 믿지 않았을 것이다. 내 입장에 처한 어린 아이는 뭐든 자기가 찾을 수 있는 힘에 기대게 마련이다. 패스트포워드와 에미에 관해서라면 추측할 필요조차 없었다. 에미는 하루 종일 플러팅을 했다. 그녀는 등 전체에 단추를 채우는 연한 파란색 스웨터를 입었는데, 그 옷은 벗기는 순간을 상상하도록 디자인된 것 같았다. 대체 혼자서 저 옷을 어떻게 입은 거지? 패스트포워드는 에미에게 한쪽 팔을 두른 채 왼손으로 운전했지만, 평소와 비슷한 모습으로 보였다. 더 나은 여자가 나타나기를 기다리는 듯한 모습으로. 그는 때때로 에미에게 우리의 발치에 있는 통에서 큰 맥주 캔을 꺼내달라고 했다.

이제 우리는 패스트포워드가 꽁초를 튕겨버리고 어슬렁어슬렁 걸어오는 모습을 지켜보았다. 그는 허들을 넘듯 한 번의 동작으로 울타리를 넘었다. 무릎이 상하지 않았으니까. 쿼터백은 다른 사람들에게 자기 대신 추락을 감당하도록 한다. "이런, 이런." 패스트포워드는 주위를 둘러보며 말했다. "이게 뭐야? 구하라, 받을지어다."

"여긴 바다가 아니야. 바닷가도 아니고." 내가 말했다.

그는 물가로 걸어갔다. 나는 모래밭에 찍힌, 발가락이 뾰족한 그의 발자국을 지켜보았다. 그가 허리를 숙이고 케첩 얼룩이 묻은, 조개껍질처럼 생긴 노란색의 뭉개진 스티로폼 통을 집어 들고 귀에 댔다. "쉿." 입술에 손가락을 댄다. 눈을 휘둥그렇게 뜬다. "바닷소리가 들려."

나는 찌그러진 맥주 캔을 집어 들고 갈매기에게 던졌다. 새가 날아갔다.

에미가 별이 총총한 그녀만의 웃음을 터뜨린다. 패스트포워드가 그녀의 손을 잡고 그녀를 휙 돌린다. 그렇게 그들은 투스텝을 춘다. 패스트포워드의 왼손이 에미의 왼손을 잡고, 그의 오른손은 쫙 펼쳐져 에미의 날갯죽지에 닿은 채 작은 발걸음으로 그녀를 뒤로 밀어낸다. 리앤 라임스가 '캔트 파이트 더 문라이트(Can't fight the moonlight)'를 부르는 것 같다. 나머지 우리가 노래를 부르지 않는다면 그건 우리 손해다. 매곳이 긴 다리로 웅크리고 앉았다. 기도하는 사마귀처럼 팔꿈치를 무릎에 대고서 시무룩한 표정을 지었다. 그들은 전에도 이 짓을, 춤추러 나가는 일을 한 게 분명했다. 에미에게는 원하는 춤이 있었을 테고. 그들은 영화 속 커플처럼 보였다. 에미가 패스트포워드와 발걸음을 맞추며 등을 뒤로 젖히고 미소 지으며 그를 올려다보았다. 두꺼운 지갑의 윤곽선이 그의 뒷주머니에서 두드러졌다. 그들은 물가를 빙빙 돌았다. 그런 다음에는 패스트포워드가 에미의 허리를 잡아 일으키더니 그녀를 밧줄 울타리의 기둥 하나에 올려놓았다. 에미는 꽉 잡은 두 손을 머리 위로 들어 올리더니, 밝은 달이 그녀의 등 뒤 검은 소나무 사이로 떠오르는 가운데 균형을 잡고 섰다. 그 위의 에미는 완벽해 보였다. 교회의 첨탑처럼.

그때 패스트포워드가 그녀의 허리를 잡아 곡물 자루라도 되듯 자기 어깨에 척 걸쳤다. 에미는 웃으며 다리를 버둥거렸다. 그러자 아름다움은 끝났다.

헝그리 마더는 우리에게 일종의 농담이었다. 우리는 하루 종일 아무것도 먹지 않았다. 패스트포워드와 에미가 시내로 가서 피자헛이나 뭘 포장해 오기로 했다. 우리는 패스트포워드에게 주려고 주머니에서 돈을 꺼냈고, 매곳과 나는 가짜 해변에 남겨진 또 하나의 쓰레기가 되었다. 우리는 물가로 통나무를 끌고 가 앉았다. 달은 둥글다기보다는 달걀형이었지만, 어쨌든 스스로가 자랑스러운 듯 우리 발치에 닿는 물 전체에 반짝이는 은색 길을 깔았다. 올라와, 달이 말했다. 우리의 얼굴과 몸이 은색으로 칠해져 있었다. 옆에서 매곳을, 달빛에 코와 턱의 윤곽선이 드러난 그 모습을 보니 문득 그가 아이가 아니라는 생각이 들었다. 매곳은 면도한 사각 턱과 목울대를 갖춘 모습으로 성장했다. 화장도 덜 하는 것처럼 보였다. 어쩌면 지금은 그 길고 검은 속눈썹이, 매곳의 사촌들이 그를 죽이고서라도 갖고 싶어 했던 눈썹이 전부 그냥 매곳이었는지도 몰랐다. 나는 그가 패스트포워드와 사랑에 빠졌는지 궁금했다. 나머지 우리 모두처럼.

매곳과 나는 통나무 위에 혹처럼 앉아서, 우리를 예쁘게 비추는 달빛을 받았다. 그곳 전체가 솔직히 예뻤다, 내가 원한 곳이 아니라는 이유로 싫어했을 뿐이지. 반짝이는 물 반대편에는 소나무 떼가 둘린, 고깔 모양 산이 하늘까지 절반쯤 솟아 있었다. 달 주변에는 고리가 아른거렸다. 추웠고, 점점 더 추워져갔다.

매곳이 호수 너머 산에 소리쳤다. "저길 누가 가느냐?"

옛 시절에 그랬듯 언덕의 왕 놀이를 하는 것이다. 내가 소리쳤다. "여기서는 우리처럼 배고픈 개새끼들만 간다." 그러고 나서 한참 지난 뒤, 우리의 메아리를 듣기 위해 호수 건너 검은 산을 향해 소리쳤다. "내가 바로 **헝그리 마더**다." 우리는 소리쳤다.

헝그리 헝그리 헝그리. 마더 마더 마더.

메아리는 대마초의 도움을 받아 우리 머릿속에 딱 박혔다. 진실은, 우리가 얼마나 힘껏 소리 지르는지는 중요하지 않았다는 것이다. 아무것도 우리에게 되돌아오지 않았다.

에미와 패스트포워드는 아주 오래 자리를 비웠다가, 커다랗고 차가운 피자를 가지고 돌아왔다. 키스라도 한 듯 얼굴이 빨갛게 문대져 있었다. 상당히 부스스했다. 나는 에미의 스웨터 등짝의 단추가 비뚤어져 있는 것을 알아챘다. 우리는 바닷가에서 피자를 먹었다. 관광객에게는 추천하지 않는다. 모래 때문이다. 우리는 이번 여행에 야외에서 캠핑할 계획으로 담요를 잔뜩 가져왔다. 이제는 그 담요를 모두 꺼내 몸을 감싸고 물가에 앉았다. 매곳과 에미는 둘 다, 페곳 아줌마가 모든 손자들에게, 그들이 커서 더는 입지 못하게 된 옷들을 잘라 만들어준 조각보 담요를 덮고 있었다. 나는 매곳의 침대에 누워 그의 조각보를 바라보며 우리의 모든 좋은 시절을 짚어보곤 했다. 예컨대 초록색 코듀로이는 매곳이 루얼린 석탄 찌꺼기 위에서 놀다가 찢어먹은 것이었다.

피자를 먹은 뒤 우리는 잠잘 만한 곳으로 소풍객을 위한 쉼터를 봐두었다. 다 합쳐서 10초 정도 고민했다. 온도가 돌덩이라도 된 듯 빠르게 떨어졌다. 공원 근처에는 아무도 없었다. 우리는 오두막 몇 개를 발견해 그중 한 곳에 침입했다. 변명하자면 그곳은 잠겨 있지 않았다. 침대에는 쥐 오줌 냄새가 나고 이불이 깔리지 않은 매트리스가 있었다. 그 정도면 최악은 아니니까.

다른 사람들은 전등이라도 끄듯 잠들어버렸다. 나는 매곳의 코 고는 소리가 목소리와 함께 바뀌었다는 것을 알았다. 패스트포워드와 에미가 다락방을 차지하고 조용해졌으므로, 둘의 수작은 이미 끝난 듯했다. 내가 생각할 수 있는 건 도리뿐이었다. 도리는 베스터 씨와 어떤 하루를 보냈을까. 도리를 남겨두고 오다니 난 얼마나 개자식인가. 나는 땀도 심하게 나고 있었다. 날씨가 추웠는데도 그랬다. 그래서 자리에서 일어나 한밤중의 똥 사태를 막아줄 옥시코돈을 좀 먹었다. 알약은 몇 알밖에 없었다. 패스트포워드는 길에서 체포당하는 일은 없어야 한다고 심각하게 말했고, 대마초나 맥주 같은 사소한 물건만을 가져오라고 우리에게 명령했다. 리치먼드에 도착하면 값진 화물을 싣게 될 테니까. 그 말은, 패스트포워드가 계획해놓은 사업이 있다는 뜻이었다. 그는 자기가 그 일을 처리하겠다고 했다. 내 생각에는 약을 휠 캡에 숨기거나 차체에 덕트 테이프로 붙이려는 것 같았다. 패스트포워드는 물정에 밝았으니까. 나는 이 거래의 상대방이 패스트포워드의 왜소하고도 잘난 체하는 친구 마우스인지 궁금했다. 독립기념일에 프링글스 통에서 상품을 꺼내 팔던. 그녀는 자신이 필리 출신이라고 했지만, 쥐가 사는 둥지는 옮겨 다닐 수 있었다.

나는 즉시 옥시코돈이 아픈 배를 진정시키는 것을 느꼈다. 그러나 뇌는 진정되지 않았다. 잠이 오지 않았다. 집에서 너무 멀었고 쥐 오줌 냄새가 너무 많이 났다. 이불을 뒤집어쓰고 현관으로 나갔다. 안이든 밖이든 똑같이 추웠다. 안락의자가 있기에 그중 하나에 앉아 내 눈이 어둠과 친숙해지게 놔두었다. 나는 문이 열리고 또 다른 담요 번데기 하나가 몰래 고양이처럼 조용히 밖으로 나오는 걸 보고 놀랐다. 에미였다. 준 이모의 아파트에서 보낸 그 밤들이 생각났다. 몰래 방에서 나온 에미가 베개로 만든 요새 침대에 나와 함께 누워 있던 그 밤들이. 저기 보이는 긴 다리 아래로 물이 흘러갔다. 그녀가 다른 안락의자에 앉았다. 에미의 몸은 전혀 보이지 않았다. 그저 에미가 어린 시절에 덮던 조각보 이불로 만들어진 부리토가 보였을 뿐이다.

"안녕." 내가 말했다. "달은 일찍 잠들었는데, 우린 뭐가 문제일까?"

에미는 오랫동안 조용했다. 그러더니 말했다. "어떤 남자가 엄마의 목숨을 위협했어."

"세상에. 누가?"

"웬 약쟁이가. 그가 처음은 아니지만. 이 사람이 나타난 건 겨우 며칠 전 일이야. 그런 다음에는 매곳이랑 내가 엄마한테 말도 하지 않고 떠나버렸고. 지금 엄마는 집에 틀어박혀서 우리를 걱정하고 있을 거야. 정신 빠진 미친놈이 엄마 얼굴을 날려버리려고 맥-10을 겨눈 채 살금살금 돌아다닐 수도 있고."

총기에 관한 에미의 놀라운 지식 탓에 그 문장이 지나치게 신경에 거슬렸다. "대체 누가 왜 준 이모를 해치고 싶어 하겠어? 이모는 이 카운티의 인기 대장인데."

조각보로 만들어진 관이 아래쪽으로 살짝 움직이며 에미의 머리가 밖으로 나왔다. "넌 엄마가 어떤 일을 처리하고 있는지 몰라. 사람들이 매일 와. 그냥 엄마가 처방전을 써줬으면 해서. 진통제를 얻기 위해서라면 무슨 말이든 해. 신장 결석이라느니. 화장실로 컵을 가져가서, 자기 손가락을 찔러서 소변 검체에 피를 떨어뜨려 넣어. 엄마는 그 사람들이 의료 쇼핑을 하러 다닌다는 걸 알지만, 그중에는 엄마가 거절하면 정말 추잡하게 구는 사람들도 있어. 비명을 지르면서, 엄마한테 인정사정없는 쌍년이라고 해."

상상이 되지 않았다. 아니, 상상은 됐는데 상상하고 싶지 않았다. 그런 절망감을 모르지 않았으니까.

"그런 짓을 하는 건 **남자들**이야." 에미가 말했다. "여자들은 똑똑하게 해. 검사실로 들어가서, 엄마가 그 사람들을 보러 들어가기도 전에 엄마의 처방전 양식을 가지고 튀는 거야."

에미는 입을 한 손으로 가리고 있었다. 에미가 피가 나도록 손톱을 썹곤 했던 걸 떠올렸다. 이모가 그 버릇을 없애려고 에미의 손톱에 요오드를 칠했었다. 지금 내게는 에미에게 줄 것이 아무것도 없었다.

"엄마는 그런 사람 절반은 자기가 중독됐다는 걸 모른대. 웬 의사가 먹으라고 한 걸 먹었을 뿐이라, 이제는 갈망을 느끼면서도 그게 뭔지 잘 모른다는 거야. 그 사람들이 아는 건, 이젠 엄마가 그 사람들 약을 끊어서 죽을 것 같은 기분이 든다는 것뿐이래. 근데 왜 엄마가 자기들을 도와주지 않느냐는 거야."

이 모든 이야기에 나는 더 많은 알약이 그리워졌다. 그게 아무리 역겨운 일일지라도. 내가 얼마나 깊이 빠져 있는지 에미가 아는 걸까. 하지만 그녀는 자신만의 똥 덩어리에 감싸여 있었다. 에미의 말에 따르면, 녹스빌에서는 준 이모가 환자들을 도와줄 만한 곳으로 전원시킬 수 있었다. 하지만 리 카운티에서는 보험 적용 대상이 그런 알약뿐이었다.

"다들 이리 돌아오지 말 걸 그랬네. 녹스빌 상황이 그렇게 좋으면."

"아냐, 엄마는 녹스빌 병원에서 비참하게 지냈어. 수석 의사가 존스 홉킨스 출신의 도시 남자였는데, 지역 간호사들을 반푼이처럼 대했거든."

그건 잊어버리고 있었다. 그 남자는 이모를 로레타 린이라고 불렀다. 에미의 의자에서 더는 삐걱거리는 소리가 나지 않았다.

"아무튼 엄마는 고향은 고향이래. 사람들이 곤란해하고 있다면 엄마가 있어야 할 곳은 고향이라는 거야." 에미가 얼굴을 담요에 파묻으며 코를 문질렀다. 나는 에미가 울고 있었다는 걸 몰랐다.

"그래도 구려." 내가 말했다. "이모한테 분풀이를 하면 안 되지."

"아마 엄마가 해머한테 다시 와달라고 전화했을 거야. 엄마가 살해당하지 않게 지켜달라고. 아마 지금도 해머가 엄마랑 같이 있겠지."

에미는 울기 시작했다. 굳이 감추지도 않았다.

"어떻게 된 거야? 해머 말이야. 잠깐은 둘이 거의 약혼한 사이였잖아."

말실수였다. 에미가 완전히 상수도처럼 변했다. 나는 미안하다고 했지만, 에미는 계속해서 자기가 끔찍한 인간이라고 했다. 계속, 계속. 나는 에미에게 그만하라고, 에미는 여왕벌처럼 인기 있는 존재라고 말했다. 이모와 똑같다고.

"아니, 아니야." 에미는 울고 났을 때 특유의 방식으로 헐떡거렸다. 페곳 아줌마는 그걸 급정지라고 부르곤 했다. 잠시 후 에미는 나더러 마사 콜디론을 아냐고 물었다.

"핫토픽 말이야?" 어둠 속에서도 내가 잘못된 말을 했다는 걸 알 수 있었다. "미안, 걔 이름을 잊어버렸어. 그래, 알아. 매곳 머리 깎아주는 애."

"마사가 임신했어."

"오, 주여. 매곳이랑 관련된 건 아니겠지?"

에미가 입술로 숨을 훅 뿜어냈다.

"그래, 매곳은 아니구나. 그럼 마사는 어쩌겠대? 그 남자랑 결혼한대?"

"걘 그 남자를 경멸해. 나한테도 누구라고 말 안 해. 그냥 남자가 개자식이고, 이제는 자기 몸속에 로즈마리의 아기 같은 악이 들어 있다고만 하지. 그걸 없애버릴 수 없다면 자살하겠대."

"세상에. 넌 어쩌다 거기 얽혔는데?"

"걔가 우리 집에 자주 와 있거든. 아마 걔 친구는 매곳밖에 없을 거야. 내가 걔한테, 엄마가 편견 없이 무료 의원에 연결해줄 수 있을 거라고 했어. 그게 엄마 직업이니까. 근데 마사는 어른 한 명이 뭔가를 알면 모두가 알게 될 거라고 생각하더라. 아빠가 알면 자기 인생은 끝이래."

"젠장. 제대로 궁지에 몰렸네."

"그 궁지를 바로 낙태라고 해. 내가 마사를 녹스빌까지 태워다 줬어. 아무도 모르게." 에미의 의자가 불안하게 다시 흔들리기 시작했다. "데몬, 난 끔찍한 인간이야. 너도 그걸 빨리 알수록 좋을 거야."

"왜? 마사의 아기 때문에?"

"아니. 아마 아주 오랫동안 내가 누군가에게 해준 가장 좋은 일이 그걸 거야."

"그럼?" 이상하게도 내가 준 뱀 팔찌를 떠올렸다. 지금도 에미가 발목에 차고 있을지 궁금했다.

"난 엄마한테 거짓말을 했어. 엄만 우리가 캐시 매티아 공연을 보러 녹스빌에 간 줄 알아. 난 처음부터 끝까지 엄마한테 거짓말을 했어. 내가 지금 여기에 있는 것도 거짓말이야. 엄만 패스트포워드를 싫어해."

"그건 그냥 이모가 이모답게 구는 거지. 언제나 널 도자기 인형처럼 대했잖아."

"아니. 패스트포워드가 문제야. 엄마도 모든 남자를 싫어하는 게 아니야, 데몬. 너는 좋아해. 해머 켈리는 사랑하고. 내가 해머랑 헤어진 건 걔가 나한테 너무 좋은 사람이기 때문이야. 난 걔랑 사귈 자격이 없어."

나는 에미의 기분을 알았다. 그냥, 이야기를 해서 이 상황을 털어내야 했을 뿐이다. 에미는 이모가 매곳에 대해 죽을 만큼 걱정한다고 말했다. 그야 새로운 소식이 아니었다. 하지만 에미는 매곳이 어디서 약을 구하는지에 관해 나보다 잘 알고 있었다. 매곳은 옥시코돈보다는 필로폰 쪽에 꽂혀 있었다. 우리는 당시에 아직 그런 식으로, 뭔가에 '꽂혀' 있다고 말했다. 그게 무슨 취미라도 되는 것처럼. 에미는 알고 싶지 않은 것들, 예를 들어 매곳이 약을 얻기 위해 섹스하는 대상에 대해 말해주었다. 그 말에 내 뇌가 문을 쾅 닫아버렸다. 오, 주여. 매곳이. 레고와 어벤져스를 간신히 뗀, 덩치만 큰 저 어린애가.

결국 에미는 다시 자러 갔다. 나는 하늘 가장자리가 하얗게 변하기 시작할 때까지 밖에 머물렀다. 모든 작은 생명체가 얼어붙거나 숨어 있는 겨울밤은 너무도 조용하다. 그들을 생각하면 나는 가슴이 아프다. 나는 모든 자식들과 손자들을 위해 그 조각보를 만들어준 페곳 아줌마를 떠올렸다. 페곳 가족은 최고의 지인이었다. 험비와 머라이어라는 불운한 두 명은 예외지만. 그런데 그 모든 사촌 중에서 유일하게 나쁜 씨앗이 그 '예외'의 자식인 에미와 매곳으로 밝혀졌다. 다른 가족이 그들을 데려다가 올바르게 키웠는데도. 나도 어느 정도는 똑같이 친절한 대우를 받았다. 페곳 가족, 벳시 할머니, 코치님. 패스트포워드의 사연도 같았다. 많은 사람들이 우리에게 최선을 다했지만, 우리는 너무 배가 고팠던 엄마들한테서 태어났다. 네 개의 서로 다른 굶주린 심장이 네 마리 악마라는 새끼를 깐 것이다.

46

우리 네 명이 한 캐빈에 타자 차가 붐볐다. 여흥을 목적으로 시내 드라이브를 하는 건 괜찮았지만, 이번에는 버지니아주 전체를 가로질러야 했다. 다리가 저릴 거고, 쉰 맥주 냄새가 나는 다른 사람들의 숨을 들이쉬면서. 에미는 가장 편안한 자리를 골랐는데도 가장 심하게 불평했다. 다음번에 주유를 하고 나면, 한 명이 트럭 평대에 타고 가기로 했다.

나는 크리스천스버그를 지날 때까지는 더는 멈추지 말자고 결사반대했다. 지난번에는 예수 노래와 토사물의 불길 속에, 바다를 보러 가려던 나의 도전이 무너져 내렸다고 설명했다. 다들 내가 미신을 믿는 것뿐이라고, 아무 의미 없는 상황에는 아무 의미가 없다고 말했다. 우리는 주유소나 식당 등 평범한 것들에 관한 팻말이 있는 출구로 나갔다. 대학으로 나가기도 했다. 두 번이나. 대학교를 그렇게 가까이 두 군데나 지을 줄은 몰랐는데. 나는 앵거스를 떠올렸다. 앵거스는 마운틴 엠파이어에서 2년을 공부한 뒤 떠나겠다고 작정하고 있었다. 소위 진짜 대학교에 가겠다고 했다. 어쩌면 앵거스가 달의 뒷면

이 아니라 이 정도로 가까운 어딘가에 가게 될지도 몰랐다. 그렇더라도, 앵거스의 사람들은 누가 될 것인가? 대학이 그녀를 바꿔놓을 것이다. 시간이 지나면 그녀는 돌아오지 않을 것이다.

패스트포워드는 자기가 안에 들어가서 돈을 낼 테니 내게 기름을 넣으라고 말했다. 매곳과 나는 엉망진창이 된 트럭 평대를 정리해 승객이 탈 수 있는 공간을 만들었다. 잡동사니는 그냥 그 뒤에 던져두었다. 우리 중 누구에게도 여행 가방이 없었으니까. 뭐, 아마 에미한테는 있었겠지만 여행 가방을 가지고 왔으면 수상해 보였을 것이다. 매러손 역은 북적거렸다. 우리 뒤쪽 주유기에서는 정장에 넥타이를 맸으며 파란색 손수건이 주머니에서 튀어나와 있어 어딘가의 회장처럼 보이는 남자가 BMW에 기름을 채웠다. 주유기 반대편에는 벤츠 SUV가 위쪽에 밝은 초록색의 무슨 소형 플라스틱 배 같은 걸 매단 채 들어왔다. 키가 크고 깡말랐으며 똥 머리를 한 꼬마가 주유를 스포츠 행사로 생각하는 것처럼 그 차에서 뛰어내렸다. 녀석은 신용카드를 집어넣으며 까치발을 딛고 몸을 통통 튕겼다. 검은색 긴 바지 위에 운동용 반바지를 걸치고 있었다. 신발은 발가락이 따로따로 달린 고무 신발이었다. 진짜다. 그는 유전적으로 검은색 고무 발이 달린 채 태어난 것처럼 보였다.

나는 우리의 담요와 옷이 담긴 식료품 봉투와 맥주 상자 사이에 매곳이 둥지를 틀도록 도와주었다. 매곳이 뒤에 탈 예정이었다. 나는 동전을 던져 정하자고 했지만 매곳이 자원했다. 패스트포워드에게 감동을 주려는 노력이 매곳에게서 전에 보이지 않던 면모를 끌어냈다. 이타적이고 상냥한 모습 말이다. 게다가 아주 열정적인 걸 보면 녀석은 하루를 견디기 위해 뭘 좀 맞은 게 틀림없었다. 내가 기름을 채우는 동안 매곳은 저 위에서 난동을 피우는 야생말이라도 된 것처럼 잡동사니 더미 위에서 깡충깡충 뛰며 캐빈 뒤쪽을 두드려대고 "이랴, 이 개들을 길가로 내보내자! 이랴!" 같은 소리를 외치고 있었다. 에미가 그에게 닥치라고 여러 번 말했고 그 방법이 실패하자 안으로 들어가 여자 화장실로 향했다. 나는 매곳을 무시했다. 우리 뒤쪽의 손수건 회장님이 주유 캡을 딱 닫더니 자동차에 타며 눈알을 굴려댔다. 똥 머리는 주유기 사이에 머리를 집어넣고 우리를 보았다.

"이게 뭐야? 〈잭애스〉*의 본격적인 에피소드인가?"

고무 발로 그 자리에 서서, 씨발 어린애 보트를 끌고 다닐 목적으로 8만 달러짜리 SUV에 기름을 넣고 있는 꼬마 녀석이 우리더러 괴짜란다.

패스트포워드와 에미가 돌아와, 우리는 계속 동쪽으로 갔다. 직진하면 대서양이 있었다.

하지만 일단 리치먼드에 들러야 했다. 패스트포워드가 가는 길을 글로 적어 왔는데, 그게 혼란으로 이어졌다. 우리는 고층 빌딩과 둠의 성이 있는 도시의 한 구역을 지나 큰 강을 건너고 집들로 이루어진 구역을 가로지른 다음 다시 다리를 건넜다. 패스트포워드가 열받았다. 이번에도 느리게 출발해 다섯 시간 동안 운전하고 났더니 주위가 어두워지고 있었다. 그는 차를 세우고 핸드폰으로 전화를 걸었다. 패스트포워드는, 그러니까 패스트포워드와 에미는 우리 중 그런 물건을 처음으로 가진 사람이었다. 우리가 찾으려는 사람은 마우스였다. 통화 후, 우리는 완전히 다른 형태의 둠의 성을 가로지르며 원을 그렸다. 정확히 똑같이 생긴 벽돌 아파트 건물이 줄줄이 늘어섰고 나

*   출연자들이 황당하고 멍청한 짓을 벌이는 리얼리티 쇼 프로그램.

로서는 이렇게 많이 보게 될 줄 몰랐을 만큼 많은 흑인들이 있었다. 가로등이 탁탁 켜졌다. 패스트포워드가 다시 차를 세웠다. 이번에는 벤치와 어린이 놀이기구, 그 주위를 높다란 쇠사슬 울타리가 둘러싼, 포장된 광장이었다. 무엇이 들어오지 못하도록 혹은 나가지 못하도록 세운 울타리인지 전혀 알 수 없었다. 안에는 아이들이 있었다. 나이가 많은 녀석들은 농구를 하고 있었는데 모두가 흑인이었다. 저 위, 고향의 우리가 모두 백인인 것과 마찬가지였다. 거리 꼴을 보니 우리만큼 그들도 파산한 상태인 듯했다. 우리 모두는 태어난 곳에 살았다. 여럿이서 섞여 살려면 아마 돈을 더 내야 하는 모양이다.

패스트포워드는 트럭 밖에서 마우스를 욕하는 소리가 우리에게는 들리지 않는다고 생각한 게 틀림없었다. 어린 여자애가 노란색 홀라후프를 땅에 떨어뜨리더니 쇠사슬 울타리 너머로 패스트포워드를 빤히 보았다. 만화에 나오는 놀란 아이처럼 많은 머리가 그 애의 머리 전체에서 뻗쳐 있었다. 우리는 흐려져가는 빛 속에서 농구 하는 애들을 보았다. 그들의 흥미로운 머리 모양과 훌륭한 테니스화에 감탄하면서.

이 모든 일로 인해 마우스의 집에 도착했을 때 우리는 그리 기분이 좋지 않았다. 거기가 마우스의 집이었는지조차 모르겠지만. 다른 두 남자가 그곳에 있었다. 한 명은 거인 같은 몸집이었다. 마우스가 작은 것만큼 심하게 컸다. 다른 사람은, 누가 알겠나. 그 녀석은 소파에서 일어나지 않았다. 집에는 현관과 자동차 진입로가 있었다. 양옆에 겨우 몇 센티미터 간격으로 다른 집들이 있다는 사실만 무시하면 평범한 곳이었다. 이 동네 사람들은 침실에서 몸을 내밀면 서로 악수라도 할 수 있을 듯했다. 성경에 이웃을 사랑하라고 적혀 있는데, 도시 사람들도 나름대로 그렇게 하고 있다는 생각이 들었다. 하지만 그곳에서 이틀을 머물면서 그 사랑의 증거를 전혀 볼 수 없었다. 닫힌 블라인드, 개 짖는 소리.

마우스는 패스트포워드가, 그녀의 말로는 "미성년자 팬클럽을 줄줄이 달고" 온 것을 별로 좋아하지 않았다. 그녀는 거실 한가운데에 서서 눈을 가늘게 뜨고 담배 연기 너머로 우리를 올려다보며 추가적인 설명을 기다렸다. 긴 분홍색 손톱에, 모조 다이아몬드를 붙인 청바지를 입은 이 120센티미터짜리 여자 말고는 지구상의 누구도 패스트포워드를 깔보듯 말하지 않았다. 마우스는 맨발로 있다가도 우리가 그곳에 들어갈 때마다 서둘러 키 높이 신발을 신었으니까, 뭐. 130센티미터라고 해두자.

"쟤들이 엄마한테 꼰지르지 않는다는 걸 어떻게 알아?" 마우스가 물었다.

패스트포워드는 그런 일이 벌어지면 자기가 우리 머리에 총알을 박겠다고 했다. 에미는 배를 한 대 얻어맞은 것처럼 날카로운 웃음을 뿜어냈다.

"우리 엄마들은 죽었어." 내가 확실히 말했다.

매곳이 내게 눈을 희번덕거렸다.

"아, 잠깐. 한 명은 구칠랜드 여자 교도소에 있네. 미안, 기분 나쁘게 하려고 한 말은 아니야."

"괜찮아."

남성성을 되찾은 패스트포워드는 마우스한테 자기한테는 수익이 될 만한 인맥이 이 주의 미개발 구역에 있으며 그 사람들을 다른 곳에 연결해줄 수도 있다고 말했다. 마우스는 패스트포워드에게 만일 우리 모두를 데리고 여기서 지낼 생각이라면, 이 개똥 같은 집에서 한번 그럴 만한 자리를 찾아보라며 행운을 빈다고 했다. 개똥 같다는 말은 사실이었다. 소파는 가운데가 부러졌고 한쪽 벽에는 흰색의 주방 쓰레기봉투가 꽉 채워져 울퉁불퉁하게 기대어 있었다. 플로어 램프가 갓등 없이 대머리로 고독하게 서 있었다.

거대한 남자의 이름은 리언으로, 머리가 온전치 않았다. 그는 노란 고양이를 들고 주방에서 나와 소파 앞의 유리 탁자에 내려놓았다. "자, 여기." 그는 그렇게 말하더니 우리에게 미소 지었다. 그는 후드 티와 사각팬티를 입었으며, 보면 감이 오는 체형이었다. 엉망인 치아, 푹 파인 가슴팍, 상상할 수 있는 가장 깡마른 다리. 리언이 어색함을 깨보려고 노력한 이후 마우스가 눈알을 굴리며 "알아서 해"라고 말했다. 그녀는 탁자에서 고양이를 내동댕이치고, 가루약을 우리 모두가 코로 흡입할 수 있도록 한 줄씩 늘어놓았다. 눈을 감고 한 손으로 얼굴을 가린 채 뻐딱하게 기대 있는 소파 인간만이 열외였다. 나는 전에 패스트포워드가 약을 하는 모습을 본 적이 없었다. 맥주와 대마초만 봤지. 에미는 망설였지만 매곳은 프로처럼 덤벼들었다. 그때 패스트포워드가 나를 노려보는 바람에 나는 동료 압력을 느꼈다. 나는 이게 예의의 문제라는 걸 이해했다. 페곳 아줌마가 햄을 요리해줄 때와 비슷했다. 남아서 먹거나, 페곳 아줌마의 사람이 아니게 되거나 하는 것이다. 그래서 앞으로 나서서, 내 두뇌가 든 상자를 코카인으로 비워버렸다. 나는 집을 떠난 이후로 한숨도 자지 못해서 이미 깬 채로 꿈을 꾸는 것과 비슷한 상태였다. 이제는 앞으로 잠을 잘 가망성이 거의 없거나 아예 없어지며, 그 꿈에 악몽 같은 성격이 끼어들 것이었다. 기록을 위해 하는 말이지만, 나는 엔진이 차체보다 빨리 달려 나가는 그 기분을 즐기지 않는다. 앞으로도 절대 즐기지 않을 것이고.

그날 밤에는 누구도 많이 자지 못한 것 같다. 매곳과 나는 자전거 한 대 말고는 가구가 하나도 없는 방을 배정받았다. 우리는 베개로 쓸, 옷이 담긴 비닐 봉투와 담요를 가져왔다. 그러나 방에서는 휘발유 냄새가 났고, 나는 머릿속 눈으로 계속 폭발이 일어나는 걸 보았다. 폭발, 폭발. 매곳은 내게 흥분 좀 하지 말라고, 여기서 나는 냄새는 그냥 엉덩이 냄새와 자전거 바퀴 냄새가 섞인 것일 뿐이라고 말했다. 그는 이불이 몇 겹이든 잠들 수 있었다. 그게 매곳의 초능력 중 하나였다. 코골이 능력도. 나는 패스트포워드가 무슨 짓을 꾸미고 있을지 전혀 몰랐다. 나의 머릿속 일부는 가서 에미를 구해야 한다고 생각했고, 나머지 일부는 대체 내가 뭐라고?라고 생각했다. 에미가 이 세상의 불알을 쥐고 있는데 말이다.

계속해서 왔다 갔다 하는 무언가가 있었다. 진입로에 자동차 조명이 비쳤다. 벽 너머에서 음악이 쿵쾅거렸다. 누군가가 자 룰*에 미쳐 있었다. '올웨이스 온 타임(Always on time)'이 나의 끔찍한 밤에, 아마 내가 죽을 때까지 영원히 머릿속 사운드트랙이 될 모양이었다. 언성이 높아졌다. 잠시 후 매곳이 일어나 상황을 살피러 나갔다. 돌아와서 아무 일도 아니라고, 그냥 웬 남자들이 누가 누구에게 사기를 쳤다며 싸우고 있으며 소파 인간이 소리를 지른 거라고 했다. 나는 소파 인간이 왜 소리를 질렀느냐고 물었고, 매곳은 사람들이 엄청나게 많은 가구를 뜰에 내놓고 있는데, 그중에 소파 인간의 소파도 있다고 말했다. 나는 이곳이 소문으로만 듣던 장소라는 걸 알았다. 사람들이 일상적으로 칼에 찔리는 등등의 일을 당하는 곳. 잠을 자지 않고 지내는 시간이 길어질수록 휘발유가 폭발하고 사람들이 칼에 찔리는 환각이 더 많이 보였다. 1분이 한 시간 같았고, 한 시간은 나의 머릿속에 배달되는 커다란 똥 자루 같았다. 나는 뭐랄까, 정신이 나갔고, 진정하려고 결국 가져온 남은 약을 전부 먹었다. 거기에 더

---

* 미국의 래퍼, 영화배우.

해 도리가 선물로 슬쩍 넣어준 자낙스 1밀리그램까지. 예정보다 빨리 약이 떨어졌다. 그래도 바닷가에 도착할 때쯤이면 다시 기운이 날 테니까, 뭐. 구토와 식은땀이 앞날에 그림자를 드리우며 나의 황금 같은 순간을 망치려 기다리고 있었다.

나는 최악의 부분이 다가오는 것을 보았다. 패스트포워드가 바닷가에 관심을 잃고 있었다. 애초에 관심이 있었다면 말이지만. 그는 다음 날 아침 대부분의 시간을 마우스와 협상하며 보냈고, 오후는 공구함과 스크루 드라이버, 덕트 테이프 두 개를 가지고 트럭 아래에 누워서 보냈다. 매곳과 나는 현관에 앉아 대마초를 피우며 제 일을 하는 그를 바라보았다. 인도에서는 사람들이 지나가고 또 지나가면서도 F-100 아래에 튀어나와 있는 토니 라마 부츠에는 아무 신경을 쓰지 않았다. 그게 일상적인 매일의 풍경이라는 듯이. 장담하는데 고향에서라면 10분도 안 돼 사람들이 몰려들었을 것이다. 흥미를 느낀 아이들에 더해 공짜 조언과 전원 공구를 가져온 나이 든 남자들까지. 하지만 이곳 도시 사람들은 그냥 모르는 체했다.

나중에 우리는 차를 몰고 나가서 리치먼드에 있는 다양한 것들을 구경했다. 조각상, 주 의회 건물 등등. 우리는 파파이스에서 밥을 먹었다. 패스트포워드가 우리에게, 여기까지 오는 동안 너무 시간을 낭비해서 이제는 돌아가야 한다고 한 게 그때였다. 내일 아침에는 집에 돌아간다고. 빌어먹을 바다가 한 시간, 기껏해야 두 시간도 채 떨어져 있지 않았는데. 이번에도 내 꿈이 불꽃 속에 사그라져갔다. 개자식. 나는 앙심을 품었고, 누구에게도 별로 할 말이 없었다. 게다가 휘발유 냄새를 맡는 것도 질렸다. 그래서 마우스의 집으로 돌아간 뒤, 트럭 캐빈에서 자겠다고 말했다. 마우스는 나더러 미쳤다고, 거리는 물론이거니와 이 쓰레기 같은 집에서 자는 것도 안전하게 느껴지지 않는다고 했다. 여기는 자기 집이 아니며, 자신은 믿을 수 없을 만큼 대장 노릇을 하는 손님일 뿐이라는 듯이. 이해는 됐다. 그녀의 손톱만 해도 이 집의 어느 부분보다 잘 정비되어 있었으니까. 하지만 난 말한 대로 거리로 나갔다. 거기서 잤고.

집으로 돌아오는 길은 끔찍했다. 패스트포워드는 자기가 올린 점수에 엄청나게 잘난 척을 했고, 나머지 우리는 다양한 약과 기대감에 취해 있다가 무너져 내렸다. 행복한 커플은 가벼운 말다툼을 한 듯했다. 에미가 나와 함께 가운데 줄 창가에 앉고 싶어 했다. 다행히도 그들은 첫 번째 주유소에서 화해했다. 하지만 에미는 어느 정도 마음이 무너진 상태였다. 나는 알 수 있었다. 우리 모두가 그랬다. 매곳은 광기의 경계선에서 노래를 부르거나 정신을 잃고 있거나 뒷자리의 자기 왕좌에서 트럭 운전기사들에게 키스를 날렸다. 나는 살면서 늘 그랬듯 화가 나 있었다. 대체로는 멍청한 꿈을 믿은 나 자신에게 화가 났다. 게다가 금단증상이 너무 심해서, 창피하게도 예정에 없이 화장실에서 세워달라고 해야 했다. 도리가 나를 구해주기 위해 기다리고 있지 않았다면 나는 트럭 휴게소 변기에 빠져 죽었을 것이다.

가엾은 도리. 나는 별다른 이유도 없이 그녀를 버려두고 왔다. 돌아가는 데는 영원처럼 오랜 시간이 걸렸다. 패스트포워드가 속도제한에 맞춰서 운전했기 때문이다. 확신하건대 화물을 생각해서 그랬을 것이다. 게다가 트럭의 뚜껑 없는 평대에 미친 소년을 실은 채 경찰에게 단속당하고 싶지는 않았을 테니까. 법이라는 게 있으니까. 그래서 그는 어두울 때, 늦은 시간에 나를 내려주었다. 그리고 거기에, 현관 불빛을 받으며 그녀가 서 있었다. 아이스크림 같은 얼굴과 반짝이는 머리카락, 완벽한 몸에 단추를 채워 입은 커다란 스웨터를 걸치고. 우리는 안으로 들어갔고 나는 그녀에게 입을 맞추었다. 그때 지프가 내 청바지 다리에 이빨을 얽어 넣었다. 내가 녀석을 방 건너편으로 차버릴 수밖에 없을 정도로. 녀석은 굴러가며 몸을 비틀었다.

"미안, 자기야." 내가 말했다. 도리는 지프에게 나쁜 뜻은 없다고 했고, 나는 도리가 그렇게 생각하게 내버려두었다. 분명히 그 쥐 똥구멍 같은 개새끼는 나를 영원히 쫓아냈다고 생각했을 것이다. 도리는 즉시 사진을 보여달라고 했다. 제기랄. 나는 사진 찍을 생각을 전혀 하지 못했고, 앵거스의 카메라가 어디로 가게 되었는지 말해야 한다는 심한 압박감을 느꼈다. 아마 마우스의 거지 같은 남자 친구들 중 한 명에게 이미 저당 잡혔을 것이다.

도리는 내게 필요한 것을 주고 내가 자신을 안고 있게 해주었다. 내가 더는 아프지 않고 그녀의 침대에서 잠들 때까지 말이다. 그보다 나은 것은 없었다. 나는 마침내 몇 시간이나 잔 건지 전혀 모르는 채로 깨어났다. 도리는 지프를 밖에 놔두고 문을 닫아놓았다. 아마 처음일 터였다. 정말이지, 말로는 도리와 그 개의 관계를 설명할 수가 없다. 하지만 내가 일순위에 들어왔다. 나의 다양한 부분이 삶을 되찾았다. 베스터 씨는 아래층에 잠들어 있었고 지프는 없었으며 우리는 자유롭게 집에 있으면서 빈둥거렸다. 그리고 제기랄. 전화가 울렸다.

앵거스였다. 나는 속옷 바람으로 반쯤 발기한 채 얼어붙을 듯 추운 복도에 서서 내가 코치님의 집에 가는 게 왜 그렇게 중요한지 이해하려 애쓰고 있었다. 그것도 오늘. 누가 죽은 것도 아니잖아. 아직은 그렇지, 앵거스가 말했다. 하지만 코치님은 내가 일주일 내내 학교에 나타나지 않았다는 자동전화를 받았다. 더 자세히 알아보니, 나의 선생님 중 일부 혹은 전부가 내가 여전히 학교에 등록되어 있다는 사실을 모르고 있었다. 나는 코치님이 대체 뭐에 씌었기에 오프 시즌의 내 성적에 관심을 갖기 시작했느냐고 물었고, 앵거스는 내가 일부러 머저리같이 굴고 있다고 했다. 코치님은 널 신경 쓴다고, 알겠어? 코치님은 내게 다시 시즌 규칙을 적용하겠다며 소란을 피우고 있었다. 통금과 외출 금지. 앵거스는 나에 대해서 해줄 변명도 더는 없으니, 아부를 위해 입술에 침을 잔뜩 바르고 저녁 식사를 하러 오라고 조언했다. 나는 전화를 끊으며 이렇게 생각했다. 난 정신없어 죽겠는데 어떤 이유에서인지 앵거스가 그걸 즐거워하는구나. 빌어먹을.

나는 도리에게 나중에 보상해주겠다고, 하지만 일단은 코치님 집에서 밤을 보내야 할지 모르겠다고 말했다. 도리의 집 세탁기가 망가졌기에 더러운 옷 더미를 챙겼다. 세탁기가 고장 난 게 그리 최근 일은 아니었다. 우리는 이 문제에 관해 뭔가 조치해야 했지만, 도리는 그 낡은 메이태그 세탁기가 엄마 것이었기에 애착을 느낀다고 했다. 도리는 물건이 쌓이도록 놔두는 데 재주가 있었다. 이 세상에서 살기에는 너무 다정한 아이였다.

내가 저녁 식사 시간에 도착하기도 전에 코치님 집에서는 생난리가 났다. 나는 세탁실로 돌아가 흰옷과 색깔 있는 옷을 분류하고 있었다. 매티 케이트가 완전한 시스템을 갖추고 있었으므로 그녀의 빨래 더미를 망치지 않으려고 노력했다. 그런데 갑자기 유홀이 나타났다. 예부터 잘 알려진, 양말 신은 발로 하는 기습. 이제 나는 클로록스를 등진 채 꼼짝없이 붙들렸다.

"유홀." 내가 말했다. "표백제 한 잔 줘요?"

"하하!" 그의 웃음은 여우가 짖는 소리 같았다. 그는 목을 쭉 빼고 너무 가까이 허리를 숙였다. "글쎄, 한 잔 주겠다면 목숨을 걸고서라도 마셔봐야겠는데. 코치님을 위해서 말이야. 코치님이 내게 임무를 맡기셨으니까."

"네, 좋네요. 그 임무를 수행한 대가로 2달러쯤 더 받으면 커피 한

잔은 살 수 있겠어요." 나는 지친 정도를 지나 거의 죽도록 피곤했다. 입을 열었더니 페그 아저씨나 할 말이 나왔다.

"이건 일이야." 유홀이 식식댔다. "네가 알아들을 수 있게 쉬운 말로 해주마."

"일이라고요? 사람들 쓰레기를 이리저리 끌고 다니는 고귀한 소명에 더해서 이런 일까지 해요?"

그 빨간 눈에서 불길이 일었다. "너라는 약쟁이를 끌고 다니는 거지. 내가 맡은 쓰레기가 바로 너야. 지금 네 꼴은 마음에 들지 않는데. 코치님이 널 잘 지켜보라고 하셨다. 내가 널 다시 원위치로 돌려놓을 수 있는지, 아니면 네가 코치님이 생각하셨던 쓰레기로 밝혀지는지 보라고."

유홀의 눈은 제정신인 사람이라면 도저히 원하지 않을 만큼 내 눈에 가까워져 있었다. 얼굴 전체에, 눈꺼풀에까지 난 주근깨가 피가 튀긴 얼룩처럼 보였다. 나는 그를 등지고 색깔 있는 빨래 더미를 세탁기에 집어넣었다. 뚜껑을 쾅 닫은 뒤 다시 그를 마주 보았다. "그래요. 내가 씨발 심부름꾼을 왜 무서워해야 하는지 다시 말해보시죠."

유홀은 내가 자기 불알을 걷어차기라도 한 것처럼 물러났다. "보조. 코치다."

"네, 우린 모두 당신이 누구 똥꼬를 빨아주고 승진한 건지 궁금해했어요. 코치님 건 아니겠죠, 그건 나도 알아요. 코치님한테는 기준이라는 게 있으니까."

"넌 코치님에 대해서 좆도 몰라."

"안다니까요."

유홀은 머리와 어깨를 돌리더니 두 팔을 한데 얽어 자기 손을 서로 맞잡았다. "모른다니까. 내가 어떻게 승진했는지 모르잖아. 코치님이

법적으로는 씨발 네 아빠일지 몰라도, 코치님의 장부를 쓰고 짐빔병을 세우는 건 나야. 난 코치님을 알아. 그리고 분명히 말하는데, 꼬마야. 코치님한테는 알리고 싶지 않은 것들이 있다."

"코치님이 가끔 술을 마시고 정신을 잃긴 하죠. 그걸 금지하는 법은 없는데요."

"기금 유용을 한번 생각해볼까. 횡령 같은 거."

"헛소리하시네." 나는 그를 지나쳐 가려 했지만 그가 계속 내 앞길을 막아서며 장대 같은 몸으로 문을 막았다. 나는 테이크다운을 할까 고민했지만 결국 그가 옆으로 비켰다.

"알기는, 염병." 그가 말했다. "코치님은 그냥 운이 좋은 거야. 이 집안에 깨어 있는 어른 남자가 있으니까. 그 남자가 키를 잡고 상품을 지키고 있으니까."

"내가 상품이라고요?"

"너야 개똥이지. 난 너보다 휘-얼씬 더 맛있는 걸 얘기하는 거다." 유홀이 윗입술 위로 혀를 내밀며 자기 앞의 공기를 두 손으로 움켜쥐더니 엉덩이를 밀어댔다. 그 어떤 인간도 머리에 넣어두고 싶어 하지 않는 장면이 있다면, 그게 바로 유홀이 성행위를 하는 모습이었다. 나는 상상할 수 없을 정도로 역겨웠다. 그런 뒤에야 상품이라는 말을 알아들었다. 유홀은 앵거스를 얘기하는 것이었다. 내 누이를. 내가 이 작자의 더러운 얼굴을 뭉개놓을 것이다.

47

베스터 씨는 층층나무 겨울*에 죽었다. 4월, 딱한 세상 전체가 구원을 위해 기도하고 층층나무와 박태기나무가 길가에서 온통 예쁜 모습을 자랑하며 새로운 초록색 잎이 산을 밝히기 시작하는 달에. 그런 다음에는 늦은 한기가 찾아와 그 모든 것을 검게 바꿔놓는다. 그해에 맺은 모든 결실이 꽃송이 안에서 죽는다. 죽기에 적절한 시간이라는 생각이 든다. 당신이 구원을 믿는 단계를 지난 사람이라면 말이지만.

나야 죽은 사람들을 알았다. 도리도 마찬가지였다. 하지만 도리는 이번 죽음을 극복할 징조를 전혀 보이지 않았다. 도리는 울음도, 자기가 실수로 아빠를 약물 과용으로 죽게 했을지 모른다는 걱정도 그치지 못했다. 간호사들이 도리에게 너무 많은 것을 맡겼다. 모르핀과 펜타닐 패치, 도리가 으깨서 스포이트로 주어야 했던 알약들. 그 무엇도 도리의 잘못은 아니었다. 전력을 끊어버린 눈보라는 물론이고. 전화상에서 울먹이며 도리는 정신을 놓고 있었다. 잠들었는데 일어

---

*　봄이지만 잠시 추운 날씨가 지속되는, 층층나무에 꽃이 피는 계절을 말한다.

나보니 집이 얼어붙을 듯 추웠고 아빠의 산소호흡기가 멎었으며 불을 켤 수가 없었다고 했다. 나는 도리에게 전화를 끊고 구급차를 부르라고 했지만 베스터 씨는 이미 떠난 뒤였다. 내가 그곳에 있어야 했는데.

장례식은 엄마 때와 비슷했다. 모든 나쁜 면에서 그랬다. 프레드 고모라는 사람이 L. L. 빈스 옷을 걸치고 자기와 똑같이 생긴 조그만 딸을 데리고서 뉴포트 뉴스라는 곳에서 찾아와 일을 떠맡았다. 뉴포트 뉴스가 어느 주에 있는지 우리는 전혀 몰랐다. 무슨 담배 상표 같았다. 도리는 그 사람들을 거의 알지도 못했다. 그들은 똑같이 코에 주름을 잡으며 집을 한번 둘러보더니 베스트 웨스턴 호텔에 체크인을 했다. 교회도, 찬송가도, 베스터 씨가 관에 들어갈 때 입은 옷도 모두 프레드 고모가 결정했다. 인생 전체를 포기하고 베스터 씨를 진료 시간에 데려가고 숟가락으로 그에게 음식을 떠먹였던 딸에게는 아무 권한이 없었다. 도리는 예식 내내 흐느꼈다. 사람들은 관을 닫고 베스터 씨를 땅에 묻었다. 나는 도리가 베스터 씨와 함께 땅속으로 기어 들어가지 못하도록 꽉 잡고 있어야 했다. 그 이후 몇 주 동안 도리는 매일 베스터 씨의 진흙투성이 무덤에 가서 앉아 있었다. 이런 말을 하기는 싫지만, 나는 죽은 베스터 씨에게 질투를 느꼈다.

프레드 고모는 베스터 씨를 묻자마자 가게 직원들과 변호사 한 명을 소집해 재정 상황에 대해 의논하게 했다. 좋지 않았다. 가게는 채무를 청산하기 위해 매각될 터였다. 집값은 몇 년 전 석면 보상금으로 다 갚았으니 도리가 원한다면 그대로 머물 수 있었다. 하지만 관리비는 직접 처리해야 했다. 도리는 열여덟 살이 될 때까지 베스터 씨의 사회보장급여를 끌어다 쓸 수 있었는데, 그게 5주 뒤였다. 서류를 제출하기에도 모자란 시간이었다. 그렇게 프레드 고모는 뉴포트 뉴스로 돌아갔다. 모든 걸 끝내고 빠진 것이다.

베스터 씨를 돌보는 것이 도리의 인생 그 자체였다. 방문 의료진이 찾아와 병원 침대와 베스터 씨의 병 관련 장비를 내갔고, 도리는 그냥 울부짖었다. 베스터 씨의 산소 기계는 모든 시간에 벽 너머에서 뛰는 심장박동과도 같았다. 의식조차 할 수 없었다. 이제 그곳은 죽은 집이 되었다. 도리는 자기 자신을 어떻게 해야 할지 몰랐고, 엄청나게 많은 도움을 받지 않으면 잠들 수 없었다. 나는 기운이 나는 면들을 이야기해보았다. 이젠 우리도 다른 사람들처럼 파티를 하러 가거나 드라이브인 영화관에 갈 수 있다고. 도리는 내게 상처를 받아, 내가 아빠의 무덤 위에서 춤을 추고 있다고 말했다. 도리가 하고 싶어 하는 파티란, 80밀리그램짜리 옥시코돈과 자낙스를 한바탕 더 먹고 꿈의 나라로 돌아가는 캐딜락을 타는 것뿐이었다.

다른 나쁜 소식은 우리의 의료적 상황이 상당히 빠르게 무너졌다는 것이다. 꾸준히 공급되던 모든 합법적인 것들, 패치와 모르핀 알약과 80밀리그램 혹은 40밀리그램짜리 옥시코돈과 자낙스나 클로노핀 등등으로 이루어진, 베스터 씨의 다양한 신경 관련 알약이 하룻밤 사이에 사라졌다. 전에는 도리가 베스터 씨의 입에서 약을 끄집어냈다는 얘기가 아니다. 세상에, 그건 아니었다. 하지만 죽어가는 사람에게 의사들이 처방해주는 약은 여럿이서 돌려쓰고도 남았다. 그리고 그 점에서만은 도리가 영리한 살림꾼이었다. 옥시코돈 하나만 해도 베스터 씨는 메디케어로 1달러 비용에 살 수 있는 80밀리그램짜리 병 하나씩을 매달 처방받았다. 어디에서 팔아야만 하는지만 알면 그 알약은 1밀리그램이 1달러에 팔린다. 80 곱하기 30을 하면 그 돈만으로 다음번 처방전이 나올 때까지 한 달은 살 수 있다. 살 수 있고, 알고 보니 도리는 실제로 그렇게 살았다.

내가 아무것도 몰랐다는 말은 아니다. 도리는 언제나 직접 베스터 씨의 처방전을 가져오겠다고 유별나게 굴었다. 내가 월그린에서 토미를 만났던, 앞서 얘기한 한 번만이 예외였다. 나는 도리에게 필요한 것이 무엇이냐에 따라 일부 약물을 다른 것으로 바꾸려면 어딘가로 가야 한다는 걸 알았다. 글쎄, 그게 아니라면 어쩌다가 그 노인이 몰리*를 얻게 됐겠는가? 둘에 둘을 더하면 넷이 되는 거다. 하지만 아직 내게는 놀랄 일이 남아 있었다. 도리와 처음으로 함께 갔을 때였다. 그녀는 우리가 집에서 찾을 수 있었던 모든 것을 모으더니 외출을 하겠다고 했다. 하지만 도리 혼자 어디에 갈 상황이 아니었다. 나는 도리에게 내가 운전을 하겠다고 말하고 물러서지 않았다. 그렇게, 베스터 씨가 죽은 뒤로 우리가 한 첫 번째 데이트 장소는 통증클리닉이 됐다.

도리가 이용하는 곳은 페닝턴 갭 서쪽의 스트립 몰**에 있었다. 폭탄을 맞은 듯한 곳이었다. 다른 가게는 하나도 영업을 하지 않았으니까. 그런데도 그곳 주차장에는 200대쯤 되는 자동차가 주차되어 있었다. 일요일 저녁 7시 정각에 문으로 들어가기만을 기다리며 사람들이 줄을 섰다. 여자와 아이들은 자동차 안에서 잠들었고 남자들은 인도에 널브러져 있었다. 비가 오는 밤이었는데 대부분은 차양 아래에 웅크리고 있었지만 그중 일부는 그냥 비 내리는 곳에 나와 있었다. 마음속에서 뭐든 신경 쓸 기력을 더는 찾지 못하는 듯했다. 나는 도리에게 이 꼴이 마음에 들지 않는다고 했다.

도리는 눈을 감고 문에 기대 쉬고 있었다. 안전벨트가 겁나는 모습

---

*   MDMA. 일명 엑스터시를 말한다.
**   일련의 상점이나 가게가 한 줄로 배치된 쇼핑몰.

으로 그녀의 목을 가로질렀다. 나의 작은 님프. 이 자동차들은 키가
더 큰 사람들에게 맞게 만들어졌다. 나는 허리를 숙여 도리가 질식하
지 않도록 목에서 먼 곳으로 벨트를 치우고 입을 맞춘 뒤 도리가 정
신을 차릴 때까지 옆구리를 쿡쿡 찔렀다. 도리는 흐릿한 비 너머를
보며 아, 라고 말했다. 평소보다 붐빈다며. 그때는 5월의 첫째 날로,
카운티 전체가 사회보장급여 수표를 받은 터였다. 나는 도리에게 저
줄에서 기다리는 건 생각할 수도 없다고, 자정이 될 때까지 여기에
서 있게 생겼다고 말했고, 도리는 바보같이 굴지 말라고, 우리는 안
에 들어가지 않을 거라고 했다. 저 모든 사람은 의사를 만나 처방전
을 받으려고 기다리는 거였다. 우리 처방전은 아빠의 의사들한테서
받은 거야. 우리는 팔러 온 거고.

　나는 그 말뜻을 알아내려고 그녀를 빤히 보았다. 도리는 여전히 목
에 안전벨트 자국이 나 있었고 열두 살쯤으로 보였다. 베스터 씨가
죽은 이후로 더는 화장을 하지 않았다. 어쨌거나 울어서 화장이 망가
질 테니까. 나는 처음부터 함께 이곳에 올 걸 그랬다고 말했다. 이곳
이 별로 기분 좋아 보이지 않았으니까. 우리는 비밀을 만드는 것을 두
고 말다툼을 했다. 도리는 아무것도 비밀로 한 적 없다고 했다. 그냥
내가 이걸 좋아하지 않으리라는 걸 알았을 뿐이고, 지금은 내가 실제
로 이걸 마음에 안 들어 한다면서. 그러니 그게 이유라는 것이었다. 거
기다가 이 클리닉을 운영하는 사람이 내가 아는 사람이라고도 했다.

　그러더니 도리는 다시 정신을 잃었고, 나는 상황을 파악하려고 애
쓰며 오가는 사람들을 지켜보았다. 안에 들어가려고 기다리는 사람
들과 낡은 쉐보레 자동차를 세워놓고 흰 종이봉투를 들고나왔다가
돈을 가지고 떠나는 사람들이 있었다. 그들은 상품을 팔러 다니는 것
이었다. 마약 거래는 젊은 사람이나 하는 것이라고 생각할지 모르겠

지만 이곳 사람 중 아주 많은 수가 나이 든 축이었다. 내 말은 진짜로 늙었다는 뜻이다. 다리가 엉망이 되어 지팡이를 짚고 다니는, 뺨에 가득 씹는담배를 물고 사냥용 모자의 귀덮개를 내린 사람들. 페그 아저씨라면 이곳에 바로 어울렸을 것이다. 나는 켄트가 페그 아저씨에게 공짜 샘플 쿠폰을 주고 페곳 아줌마가 그 쿠폰을 변기에 내려버리겠다고 했던 밤을 생각했다. 아줌마는 아무것도 몰랐던 것이다. 그들은 이곳에 와서 한 달 치 식료품을 사 갈 수 있었다. 이 늙은 힐빌리들은, 과거 페그 아저씨가 수많은 식구를 먹여 살리기 위해 수사슴을 쏘아 죽인 뒤 사슴 고기구이를 팔거나 자기 텃밭에서 딴 토마토를 팔던 것과 똑같은 방식으로, 자기들이 가진 자원을 활용하고 있었다. 페그 아저씨는 집에서 밀주를 만들곤 했다. 뭐든 가진 것을 활용하는 것이다.

잠시 후, 나는 용기를 내, 빗속으로 나서려 했다. 이 일에서는 도리가 프로이고 나는 닭똥만도 못하다고 생각하면서. 그때 한 남자가 다가와 자동차 창문을 톡톡 두드렸고, 나는 그에게 번개 같은 속도로 옥시코돈 반병을 팔았다. 도리는 그 남자에게 얼마를 받아야 하는지 말해주었다. 그러니까 그걸로 충분했다. 우리는 하루를 마무리하기로 하고 푸드 라이온으로 향했다. 도리의 집에 화장지나 음식 등 모든 것이 완전히 떨어졌기 때문이었다. 계획이라는 면에서 도리는 엄마와 막상막하였다.

나는 도리에게 저 클리닉에 정말로 들어가면 어떻게 되느냐고 물었다. 도리는 그냥 돈을 내면 의사가 처방전을 써준다고 했다. 모두가 정확히 똑같은 것을, 삼위일체의 약물을 받았다. 옥시코돈, 소마, 자낙스. 하지만 그중 아주 많은 사람들은 너무 오래 기다리다가 결국 대기실에서 금단증상을 겪었다. 도리는 언제나 베스터 씨의 처방 약을 월그린에서 받아다가 앞으로 필요한 약을 헤아린 다음 즉시 이곳으로 와 나머지를 팔았다. 한번은 이 주차장에서 거의 2천 달러를 벌었다고 했다. 발작을 일으키거나 토하는 사람들을 찾아보면 된다고.

엄밀히 말하면 나는 충격을 받지 않았다. 이런 약 공장에 대해서는 잘 알려져 있었으니까. 약 공장이란 진짜 의사들이 운영하는 사업체다. 켄트의 TV에서 나왔던 것 같은, 고통 관리에 관한 새로운 철학이 있는 의사들이. 그들 모두가 처음에는 평범한 의사였을 것이다. 소아과 전문의든 뭐든. 스포츠용 약물도 다루었겠지. 그게 놀라운 점이었다. 도리는 그 클리닉을 운영하는 의사가 와츠라고 했다.

*****

나의 하루 중 가장 힘든 시간은 도리를 떠나 코치님의 집으로 돌아갈 때였다. 하지만 유홀이 나를 끌어내릴 핑계를 찾으려고 혈안이 된 가운데 규칙이 적용되고 있었으므로, 나는 3월과 4월 대부분의 시간에 시늉이라도 하려고 코치님 집에서 잤다. 하지만 베스터 씨가 죽은 이후로는 더는 도리를 떠날 마음이 들지 않았다. 도리는 살면서 한 번도 혼자였던 적이 없었다. 이곳에서 그녀는 아픈 사람을 돌봐주는 성자 같은 사람이었다. 그 모든 것 이면에 있는 사람이 어린애라고는 전혀 짐작할 수 없었다. 봉제 장난감으로 가득한 침실과 절대 거절하지 않는 아빠. 이런 일은 도리의 엄마가 죽은 이후 어린 나이부터 시작됐다. 롤러스케이트, 다이애나 비 드레스, 지붕 위의 말, 가끔 먹는 진정제. 도리는 뭘 원하든 갖게 되었다. 알고 보니 그녀의 개 지프는 4-H 행사에서 마련한 핼러윈 옥수수밭 미로에서 어떤 여자가 악어가죽 핸드백에 넣어 데리고 다니던 강아지였다. 당시 도리는 여덟 살인가 아홉 살이었다. 그녀는 밖으로 삐죽 튀어나온 그 복슬복슬한 작은 머리를 보고는 개와 핸드백을 둘 다 갖겠다고 울기 시작했다. 아빠가 그 여자에게 200달러를 줄 때까지 울부짖는 걸 멈추지 않다가, 악어가죽 핸드백에 든 강아지와 함께 집에 갔다. 나는 도리의 밑바닥에 다다르기 시작했다. 나는 코치님 집에서 무단이탈할 경우 잃을지 모르는 모든 것에 관해, 코치님과 할머니 등에 대한 의무 사항에 관해 설명하려 했다. 나의 미래 등등을. 도리는 그냥 슬프고도 슬픈 눈을 깜빡거리며, 왜 더는 자기를 사랑하지 않느냐고 물었다.

그때 우리 할머니가 나타났다. 당시는 어두운 시절이었다. 우리는 모든 것을 죽이는 뒤늦은 혹한을 맞이한 터였다. 엄밀히 말하면 베스터 씨도 그 추위로 죽었다. 얼음으로 전선이 차단되고 산소가 끊겼으니까. 그런 뒤에는 날씨가 약간 따뜻해지며 비가 내렸다. 이제는 거의 6월이었는데, 모두가 기억하기에 비가 내리지 않는 날이 하루도 없었다. 벳시 할머니가 나타난 날, 우리는 모두 왕의 식탁에 둘러앉았다. 머리 위에서 천둥이 우르릉거리는 가운데 할머니는 나의 다양한 실패 목록을 읊어나갔고 코치님의 얼굴은 축 처졌다. 똑같은 먹구름이 평생 나를 따라다닌 것처럼 느껴졌다.

벳시 할머니에 관해서라면 문제는 나, 오직 나뿐이었다. 내가 약속을 지키지 못했다. 나는 그 어떤 이유도 댈 수 없을 만큼 학교에서 낙제했다. 할머니는 나의 양육을 위해 코치님에게 다달이 보내던 돈을 끊었다. 내가 그곳에 머무는 문제에 관해서는 공놀이를 하든 말든 코치님과 나 사이의 문제였다. 할머니의 관심사는 내 교육이었다. 할머니는 말을 물가로 끌고 갈 수는 있지만 말이 물을 마시지 않으려 든다고 말했다. 더는 돈을 낭비할 필요가 없다고. 이제 나는 교육받지 못한 채로 얼마든지 나만의 길을 찾아도 된다고 했다. 머잖아 인생에는 공차기보다 많은 것이 있음을 알게 되리라고도 했다. 가엾게도 할머니는 한 번도 이 일이 어떻게 돌아가는지 이해하지 못했다. 미식축구를 발로 한다고 생각하다니.

표적은 나였지만, 코치님이 제대로 타격을 받고 있다는 걸 알 수 있었다. 과거에 할머니가 학교에 대해 열변을 토하면 코치님은 할머니 등 뒤에서 내게 윙크하곤 했다. 지금 코치님은 내 눈을 보지 않았다. 딕 아저씨는 머리를 축 늘어뜨렸다. 앵거스는 망가에 나오는 그 잿빛 눈으로 나를 파고들며 암호화된 지시 사항을 전달했지만, 나는 알아듣지 못했다. 배 속에서 녹슨 못을 먹은 것 같은 느낌이 났다. 집중력이 떨어졌다.

그러나 할머니의 말은 분명했다. 이제 지원금 수표는 보내지 않겠다는 것이었다. 할머니는 "운명의 수레바퀴가 거꾸로 돌아간" 것이라고 했다. 할머니는 이 일로 겁을 먹어서는 안 된다고, 그냥 극복해야 한다고 말했다. 피하지 않고 맞서면 불운에서도 좋은 것이 나온다고 알려져 있다면서. 나는 조언 감사하다고 말했다.

한동안 도리가 취한 태도는 그 사람들 다 엿이나 먹으라는 거였다. 그들은 자기가 나를 사랑하듯 나를 사랑하지 않으니, 내가 도리의 집으로 이사해 그들과의 관계를 완전히 끊어야 한다고 했다. 그 제안을 고려해본 적이 있다는 건 부정하지 않겠다. 진짜로 도리와 함께 부부로서 사는 방법을. 하지만 그때는 베스터 씨가 아직 살아 있었고, 내 생각도 그냥 공상이었다. 나는 심지어 실용적인 면에 관해 도리를 시험하는 질문을 던져보기도 했다. 예컨대 만일 우리가 전자레인지 음식이나 냉동식품이 아니라 진짜 저녁을 요리해야 한다면 어쩔 것인지 물어보았다. 도리는 요리라는 게 무슨 뜻이냐고 물었고, 나는 알잖아, 가스레인지로, 라고 말했다. 뭘 굽는다든지. 그릴드 치즈라든지. 도리는 배가 고프다면야 슬림짐과 팩 주스가 있다고 했다. 나는 이건 그보다는 이론적인 질문이라고 했다. 도리는 눈썹 사이로 선이 그어지는, 특유의 작게 찡그리는 표정을 짓더니, 가스레인지는 켜기 어렵고 오븐으로 요리해본 적은 한 번도 없으니 아마 매티 케이트한 테 가야 할 거라고 했다.

하지만 도리는 열여덟 살이었고, 열여덟 살은 성인이다. 가스레인 지 작동법을 알든 모르든. 사람들은 온갖 길을 거쳐 열여덟 살이 된 다. 누군가는 부모 두 명을 모두 땅에 묻었고, 누군가는 자식을 낳았 다. 소수의 사람들은 아마 어떤 직업도 가져본 적 없는 채로, 또는 하 루도 배고파본 적이 없거나 한 번도 누군가 죽는 모습을 본 적이 없 는 채로 그 나이에 이를 것이다. 누구도 시험을 거쳐서 열여덟 살이 되는 건 아니라는 게 문제다. 그런데도 그날이 오면 사람들이 새로운 규칙서를 건네준다. 도리는 씨발 플라스틱 말이 지붕 위에 올라가 있 으며 그녀의 명의로 된 집에서 살고 있었고, 나도 원하면 그곳에 살 수 있었다. 벳시 할머니는, 나를 구해줄 지원금 수표를 누구도 보내 주지 않는 상황에서 내가 성인기의 절벽을 넘어가리라는 전망에 대 해 완전히 비관적이었다. 그게 아주 무서운 일이라도 되는 것처럼 굴 었다. 나는 산을 탈 줄 아는 사람에게 못 오를 언덕이란 없는 거라고 말했다. 나는 평생 그렇게 살아왔다고.

나는 곧장 돌아와 도리에게 말했다. 우리는 익스트림 버터 맛 음식 을 전자레인지에 데워 축하하고 라디오를 켰다. 도리는 이제 완전히 우리 것이 된 커다란 집의 텅 빈 거실 바닥에 나와 함께 앉아 있으려 고 지프를 주방에 가두었다. 나는 매곳에게서 끝내주는 대마초를 좀 얻어 왔고, 도리는 궂은날을 대비해 베스터 씨의 펜타닐 패치 하나를 챙겨두었다. 오늘이 바로 그런 궂은날이었다. 여태까지 그랬고, 언제나 그렇듯이. 우리는 서로 이마가 닿도록 허리를 숙이고 서로에게 팔을 두른 채 졸기 시작했다. 태미 코크런이 '라이프 해픈드(Life happened)'를 부르는 소리가 들렸다.

나는 그때까지도 코치님의 집으로 돌아가 내 짐을 전부 꺼내 와야 했다. 앵거스가 도와주었다. 앵거스는 완전히 짜증이 나 있었다. 내게 짜증 난 것이 아니었다. 할머니에게 화가 나 있었지. "그 쌍년이, 딴사람도 아니고 너한테 불운에 대해서 가르치려 들다니." 앵거스는 책상 서랍을 비워, 내 티셔츠와 뭉쳐놓은 양말을 짐빔 상자에 던지고 있었다. 그 집에는 여행 가방이 있었지만, 여행 가방은 쓸데없이 일을 복잡하게 만드는 것으로 보였다.

"그냥 늙은 사람들이 하는 개소리지." 내가 앵거스에게 말했다. "늙은 사람들이랑 같이 일할 때 치러야 하는 대가야. 그 사람들은 똥도 돌처럼 딱딱해지고 거시기는 말라버렸는데, 우리한테 달리 뭘 휘둘러대겠어? 유일한 장점으로 모든 걸 다 안다는 그런 태도를 밀어붙이는 거야."

앵거스는 맨 아래에서 맨 위까지 책상을 뒤진 다음 서랍을 쾅 쾅 쾅 닫았다. 연습을 많이 한 듯했다. 꼭 직업 삼아 사람들을 자기 집에서 내보내고 그 일을 해서 돈을 받는다는 듯이. "할머니는 너한테 변명을 해보라고 했어. 근데 넌 시도조차 안 했고."

"뭘 시도해?"

"자기방어! 너 어떻게 된 거야, 데몬? 누가 네 불알을 잘라 가기라도 했냐?"

"할머니가 손에 내 성적표를 들고 있었어. 내 불알에서 피 대신 꿀이 흐른들 영구적인 기록을 바꿀 수는 없고."

앵거스는 시트가 깔리지 않은 내 침대에, 이제는 나의 옛 침대가 된 침대에 앉았다. 나는 지금도 그 자리에 앉은 앵거스를 떠올릴 수 있다. 카키 바지에 흰색의 민소매 티셔츠를 입고 구식 신문 배달부 모자를 쓴 모습. 나를 지켜보는 모습. 그녀는 한쪽 발을 깔고 앉아 있었다. 판스프링이 달린 채 태어난 사람처럼 정말로 발의 아치가 높았다. "넌 심각한 부상을 입었어. 지금도 콰지모도처럼 발을 절고 다니잖아."

"콰지모도가 뭔지는 잘 모르겠지만, 고맙다."

"넌 수술이 필요해. 할머니는 널 전혀 봐주지 않고 있어. 네가 할머니를 필요로 할 때 널 잘라버리는 거라고."

"난 수술 필요 없어."

쌀 짐이 거의 남지 않았다. 나는 높다란 세 개의 창으로, 내가 너무도 잘 아는 풍경으로 다가갔다. 죽은 말벌 두 마리가 초소형 자살 특공대라도 되는 것처럼 머리를 가까이 두고 창틀에 널브러져 있었다.

"네 여자 친구는 방금 아버지를 잃었어. 사람들은 가족이 죽으면 학교에 빠져. 빌어먹을 고리타분하고 늙어빠진 방귀 입 냄새 쌍년 같으니라고. 니미럴 연민이란 건 없는 거야?"

앵거스가 누군가에게 욕설을 퍼붓는 건 일상적인 일이 아니었다. 그녀는 켄터키의 욕설 경마에 출전한 순혈 경주마처럼 사납고도 아름다운 짐승이 되었다. 그냥 그녀에게 길을 비켜주어야 했다. 나는 앵거스가 주거나 빌려줬던 이상한 CD 중에서 내가 간직하고 싶은 것들을 골라내며, 그녀가 할머니를 악마의 깃대까지 몰아붙이도록 놔두었다. 앵거스는 가을에 학교에 돌아가겠다고 약속하라고 했지만, 나는 그래야 할 의미를 알 수가 없었다. 앵거스는 딱 2년만 더 학교에 다니면 미래가 완전히 달라질 거라는 등등의 말을 했다. 나는 이 근

처에서 고등학교 졸업장을 가지고 잡을 수 있는 훌륭한 직장 중 내가
지금은 들어갈 수 없는 직장을 하나만 말해보라고 했다.

나는 앵거스가 맨발바닥을 두 엄지로 누르며 생각에 잠기는 모습
을 지켜보았다. 그녀는 마침내 즉시 생각나는 게 아무것도 없다는 걸
인정했지만, 그렇다고 그녀의 말이 틀렸음이 증명된 건 아니었다.

앵거스의 시선이 획 문으로 향했다. 코치님이 거기에서 한쪽 팔을
뻗어 문틀에 기댄 채 바닥을 보고 있었다. 그는 할머니가 보내주던 돈
은 전혀 중요하지 않다는 걸 내게 알려주고 싶어 했다. 내가 머물고 싶
다면 지금도 여기가 내 집이라고. 나는 내 머리에 총을 겨눈 사람은 아
무도 없다고, 그냥 내가 나갈 때가 된 것같이 느껴진다고 했다.

진실보다는 총이 차라리 친절했을 것이다. 내가 너무 망가져서 미
식축구를 할 수 없다는 진실보다는. 코치님도 그 사실을 알았다. 나
는 최근 나 자신을 완전히 쓰레기처럼 굴려왔지만, 때로는 직접 내
모습을 보기도 했다. 대마초밭을 뒹구는 내 모습을. 뭐든 내가 성취
했던 조그만 위대함을 다시 찾을 수 없었다. 내 앞에는 더 이상의 성
공이 놓여 있지 않았다. 그런 성공이 있는 것처럼 여기에 머문다면
코치님에게 거짓말을 하는 셈이었다. 코치님에게 무임승차하는 것이
다. 난 그보다는 나은 사람이 되고 싶었다.

코치님은 상황이 달라질 수도 있다고 말했지만, 내가 여자 친구와
함께 살고 싶어 한다는 걸 받아들였다. 내게 행운을 빌어주고는 몸을
피했다.

이제는 앵거스가 방 안을 어슬렁거리며 아직 남은 몇 안 되는 내
물건을 건드리고 있었다. 앵거스는 내게 주었던 병 속의 배를 집어
들었다가 책상에 다시 내려놓았다. "너, 약에는 얼마나 빠져 있는 거
야?" 앵거스가 물었다. 까다롭지만 쿨한 척하려는 목소리였다. 어린

애가 "개똥 같네"라고 말하는 것처럼.

나는 여전히 와츠 선생님이 처방한 진통제를 먹고 있다고, 그걸 먹지 않으면 지금도 엄청난 통증이 느껴진다고 말했다. 그러고는 약을 가져갔다.

앵거스는 빤히 보기만 했다. "나한테까지 개소리를 할 필요는 없어, 데몬. 나한테는 아무 힘이 없으니까."

나는 앵거스에게 거짓말하는 기술을 완벽히 익히지 못했으므로 그냥, 그것보다는 좀 더 깊이 빠져 있다고 말했다. 더는 무릎 문제가 아니라고. 앵거스는 필로폰 쪽인지 헤로인 쪽인지 물었다. 현실에 대해 잘 안다기보다는 DARE 경찰관이 알려줄 만한 정보였지만, 앵거스도 완전히 무지하지는 않았다. 나는 앵거스에게 온갖 것을 다 하고 있긴 하지만 필로폰은 하지 않는다고 말했다. 주삿바늘을 보면 토하고 싶어지기 때문에 주사는 전혀 맞지 않는다고도. 앵거스는 놀라지 않은 듯했다. 앵거스는 내가 이 난장판에 들어온 길을 그대로 한 발 한 발 거슬러 나갈 수 있을지도 모른다고 말했다. 내가 어른과 이야기해보면 그 어른이 내게 조언을 해줄 수도 있다고. 그 어른이 코치님은 당연히 아니겠지만. 준 이모에게 말할 수 있을지도 몰랐다. 애니 선생님이나.

"어른이라고." 내가 말했다. 갑자기 성질이 났다.

앵거스가 어깨를 으쓱했다. 다시 병을 집어 들고 천천히 돌리며 그 안에 든 작은 돛과 모든 것을 바라보았다. 그녀는 내가 많은 곳에 가게 될 거라고 말했다. 하지만 내게 중력이니 뭐니 하는 거지 같은 것들에 대해 경고하기도 했다. 기적을 바라지 말라고. 앵거스가 고개를 들었다. "이건 가져갈 거야?"

"응. 네가 준 선물은 다 가져갈 거야. 난 10킬로미터 떨어진 곳으로 이사 가. 도리는 공기랑 레디-웝만 먹고 살고 우리 가스레인지는 켜지지도 않으니까, 아마 일주일에 두 번은 여기에 와서 저녁을 먹을 테고." 나는 그 말을, 우리 가스레인지라는 말을 하면서 자랑스러웠다. 그 문장의 나머지 내용과는 상관없이. 나는 앵거스에게 내 인생의 어른이란 나라고 말했다. 나는 내 여자와 함께 사는 남자라고. 사실상 어린 시절은 내가 본 한에서는 4성급 쓰레기 프로그램이었으니 어린 시절과 작별하게 되어 기쁘다는 말도 했다. 앵거스가 상자에서 내 셔츠 한 장을 꺼내더니 그 셔츠로 유리병 배를 돌돌 감싸고는 다시 상자에 조심스레 집어넣었다. 요람에 아기를 눕히듯이.

내가 앵거스에게 대놓고 물었다. "넌 도리 싫어하지?"

앵거스가 책상 의자를 꺼내 그 위에 거꾸로 앉았다. 스토너가 그렇게 하곤 했다. 두 팔을 의자 등받이에 걸친 채, 그 비열한 뇌로는 데몬을 통제할 생각만 하며. 앵거스와 스토너라니, 그렇게까지 다른 두 사람은 없을 것이다. 앵거스는 턱을 쑥 내밀고, 자기 입에 집어넣고 싶은 말이 있는데 그 말이 꼭 정확해야만 한다는 듯, 상처를 줘서는 안 된다는 듯 손의 평평한 부분으로 턱을 톡톡 두드리고 있었다.

"좋아하긴 해." 앵거스가 마침내 말했다. "네가 침대에 누워 있을 때 개가 항상 선물 가져오던 거 기억나? 훌륭했어. 갠 행복한 크리스마스 꼬마 요정이었어. 난 그게 정말 좋았어."

"병아리는 그렇게 좋아하지 않았잖아." 러브차일드의 슬픈 역사를 말하자면, 녀석은 공구 창고에서 빠져나왔다가 이웃의 저먼 셰퍼드와 문제가 생기고 말았다.

"그래, 맞는 말이야. 선물은 싫었지만 선물 준 사람은 좋아."

"근데 왜?" 내가 물었다. "개가 왜 좋아?"

내가 뭘 낚으려 한 건지 모르겠다. 앵거스가 자기 손을 맞잡았다.

"내가 너를 안 게, 한 4년 되나? 5년째지? 그런데 나는 그동안 내내 네가 행복해하는 걸 본 적이 없어. 이때, 저때 행복해한 경우는 있었지만 하루 종일 행복한 날은 하루도 없었어. 그런데 지금은 행복하잖아. 도리랑 함께 있으면. 나도 알아."

다른 누군가가 나의 행복을 바란 적이 있을까? 그랬다면 나를 아주 잘 속여 넘긴 셈이다. 나는 그런 사람이 있다고 생각한 적이 한 번도 없으니까. 아마 엄마는 내 행복을 바랐을지도 모르겠다. 내 행복이 엄마 자신의 계획에 방해가 되지 않는 한은. 사람들이 정말로 원하는 건 그것뿐이다. 그들은 상대가 자신의 계획에 맞아 들어가기를 바란다. 하지만 앵거스는, 오, 주여. 앵거스는 미친 기적이었다.

48

에미가 패스트포워드와 도망쳤다. 학교도 졸업하고 테네시 주립대학교 녹스빌 캠퍼스에 장학금까지 받고 합격했는데, 거기 가지 않겠다는 폭탄을 터뜨렸다. 준 이모는 어이를 상실했다. 그렇게 똑똑하고 그렇게 아름다우니 에미는 무엇이든 될 수 있었다. 그 제비 같은 놈의 여자 친구만 아니면. 이모가 규칙을 세우자 에미는 더는 집에 오지 않았다. 오래전부터 되풀이된 이야기다.

하지만 내게는 이 이야기가 새로웠다. 이번 이야기에서는 그 엄마가 지구상의 모든 돌을 뒤집어볼 때까지는 쉬지 않았기 때문이다. 우리는 매곳에게서 그 모든 이야기를 들었다. 매곳이 우리 소파에서 살기 시작한 다음이다. 에미는 야반도주로 사흘의 시간을 벌었다. 아마마사 콜디론과 어울리고 있을 터였다. 준 이모가 마침내 그리로 가서, 마사가 그로부터 몇 주 전 자기 부모님 집에서 쫓겨났다는 걸 알아냈다. 이제 이모는 누가 묶어놔야 할 정도로 화가 났다. 그녀는 경찰을 불렀다. 혹시 에미가 찾아올까 봐 아무 때나 우리 집에 전화를 걸었다. 이모는 매곳을 믿지 않았기에 나랑만 이야기하려 했다. 내가 거짓말을 했다면 아마 내 불알을 바비큐로 만들었을 것이다. 나는 네, 알겠습니다! 하는 식이었다. 나는 준 이모에게 패스트포워드의 핸드폰 번호를 알려주었는데, 최근 패스트포워드는 그 전화를 받지 않았다. 그는 시더 힐의 집을 떠났다. 로즈 말이 맞았다. 패스트포워드는 그냥 그곳에서 똥을 치우는 놈이었다.

나는 사람들이 할 법한 모든 말을 했다. 에미는 돌아올 거예요, 바보가 아니니까. 하지만 안 좋은 느낌이 들었다. 패스트포워드가 내게 어떤 존재였든, 그가 에미에게 나쁜 약이라는 걸 알 수 있었다.

"그렇게 확신하지 마." 매곳의 의견이었다. "장담하는데, 에미는 패스트포워드한테 모든 걸 떠먹여주고 있을걸."

대략 새벽 3시였다. 우리 인생에 대한 이야기를 하기에는 안전한 시간처럼 보였다. 우리는 도리의 침실 바닥에 앉아 있었다. "뭘 떠먹여?" 도리가 알고 싶어 했다.

"그냥 하는 말이야." 내가 도리에게 말했다. 때로 도리는 아주 사소한 말도 알아듣지 못했다.

"여자 거시기를 먹여준다는 거야." 매곳이 확인해주었다.

"자기 손으로?" 그 시기에 도리는 종종 현기증을 느꼈다. 매곳이 알루미늄 포일에 80밀리그램짜리를 올려놓았고 도리가 그 아래에 라이터를 켰다. 갈색 덩어리가 끓어올랐다가 녹았다. 그것은 금속과 타버린 타이어에서 나는 그 행복하고 귀여운 냄새를 풍기며 반짝이는 포일 위에서 미끄러져 다녔다. 내가 먼저 한 다음 도리에게 금속 빨대를 건네고 포일 다루는 작업을 이어받는다. 나는 무릎 아래로는 쓰레기일지 모르지만 아직 반사 신경이 살아 있다. 약이 계속 흘러 다니게 하려면 이쪽저쪽으로 기울여야 한다. 불을 뿜는 용을 따라다닌다. 우리는 녹은 고무의 달팽이 같은 흔적 말고는 아무것도 남지 않을 때까지 연기를 빨아들인다. 내가 할 수 있는 생각은 한 가지뿐이다. 그 약의 값, 80달러.

생산적인 정신 상태가 아니라는 건 나도 안다. 하지만 그 알약은 농업용품점의 이틀 치 일당, 골리 씨의 가게에서는 일주일 치 일당에 해당했다. 나는 두 일 모두 하지 않고 있었고. 돈을 일부 저금해두기는 했지만 그 돈이 빠르게 사라지고 있었다. 나는 터프를 비롯한 친구들한테서 약을 파는 사람들에 대한 정보를 얻었다. 그들이라면 적어도 내 자동차를 훔쳐 가고 귀에서 피가 흐르는 나를 웬 하수구에 남겨놓지 않을 터였다. 도리는 헤로인을 하자고 했다. 하룻밤 사이에 그 약이 펑 하며 온 동네에 퍼졌다면서. 값도 꽤 싸다면서. 이제 우리는 베스터 씨의 메디케어로 처방전을 받지 못하고 있었으므로 우리 약을 직접 샀다. 그랬기에 도리는 뭐랄까, 최고를 구하지 않을 이유도 없잖아?라는 식이었다. 나는 까다롭지만 똑바른 길에서 벗어나지 않으려 애썼다. 경찰을 두려워하지 않는다는 게 얼마나 아름다운 일인지 지적하면서. 옥시코돈 정도로는 경찰이 사람을 귀찮게 굴지 않는다. 옥시코돈 100알을 가지고 있어도 문제 될 게 없다. 처방전만 있다면 경찰은 사람을 건드릴 수 없다.

또, 내게는 주삿바늘 문제도 있었다. 도리는 내게 무척 상냥하게 인내심을 발휘했다. 불을 뿜는 용을 쫓아다니는 것이 우리의 행복한 타협책이었다.

대체로 뭔가 결정하는 일은 내게 맡겨졌다. 계획을 세우고 실행하고. 도리는 도와주려 했다. 그녀는 우리에게 넘겨줄 모르핀 패치를 가지고 있던 셀마라는 이름의 가정 방문 간호사와 계속 친구로 지냈다. 모르핀 패치는 쓰레기처럼 흔했다. 도리는 패치의 젤을 주사로 맞았지만, 젤 안의 약은 완전히 녹지 않고 불규칙하게 섞여 있었다.

셀마는 그 점에 대해 경고했다. 약물 과용이 되기 쉽다고. 그녀와 도리는 서로의 머리를 자르고 염색해주었다. 셀마는 나이 든 여자로 이혼한 수다쟁이였으며 집에 가봐야 아무도 없었기에 초대한 집주인이 부담스러워할 때까지 머물곤 했다. 하지만 뭘 어쩌겠는가. 우린 그녀에게 빚을 지고 있었다. 약물 조달은 지치는 일이다. 원래 있던 자리로 가기 위해 원을 그리며 달려야 한다. 나는 사실 가을에 학교로 돌아가야겠다고 생각했다. 머리도 몸도 경기로 되돌려놓겠다고. 나의 머릿속 일부는 그런 일이 일어날 거라고 믿었다. 9월이 오면 무릎이 나아질 것이다. 약을 끊을 것이다. 하지만 지금은 우리에게 처방전이 필요했다. 우리는 통증클리닉에 가서 거래를 해야 했다.

의사가 와츠 선생님이었기에, 나와 도리는 내가 들어가지는 않기로 뜻을 모았다. 나는 차에서 기다렸다. 도리는 지프를 두고는 어디에도 가지 않았으므로, 지프는 도리가 놔둔 자리에 앉아서 나를 심술궂게 바라보았다. 녀석의 입 주변에 난 잿빛 수염이 전부 노랗게 변해 있었다. 담배를 씹는 노인 같았다. 굉장한 하루가 될 터였다. 인도에는 열파가 감돌았다. 한 달이 끝나는 시기였으므로 줄이 길지는 않았으나 있긴 있었다. 나는 창문을 내리고, 사흘 동안 샤워 없이 너무 많은 담배를 피워댄 사람들의 냄새를 맡았다. 대부분 남자였다. 도리가 혼자 그 짧은 반바지를 입고 안에 들어간 게 싫었다.

도리는 따귀라도 맞은 것처럼 유리문을 통과해 나는 듯이 돌아왔다. 차에 타서 산산이 부서져 내렸다. "자기야, 자기야." 나는 그녀를 안는 동시에 지프가 으르렁거려도 당황하지 않으려고 애썼다. 도리는 얼굴을 손으로 세게 누르고 있었다. 빠진 이를 가리려는 것처럼. "아빠가 그리워." 도리가 말했다. 그 말에 죽을 것만 같았다. 나는 충분히 남자다운 사람이 되고 싶었다. 나는 도리의 손을 치우고 젖은 뺨과 휘둥그레진 겁먹은 눈에 키스했다. 그녀는 죽은 사람이라도 본 것 같은 표정이었다. 안에 있는 그 남자가 똥 쪼가리라고 했다.

"나도 알아, 자기야. 우린 그냥 일을 처리하러 여기 온 거야. 그놈이 처방전은 써줬어?"

도리는 지프를 안은 채 나를 보지 않고 고개를 저었다. "그 개새끼가 이 카운티 전체에 게임을 벌이고 있어." 도리가 말했다. 작년까지만 해도 산타에게 줄 쿠키를 내놓았을 애였는데.

클리닉 방문은 250달러였다. 거기에, 대기시간을 줄이기 위한 소위 직원 수수료가 150달러 더해졌다. 도리는 와츠가 이걸 설명하느라 30초를 쓴 뒤 처방전 패드에 펜을 탁 찍으며 그녀의 가슴을 빤히 보았다고 말했다. 도리가 돈을 내거나 나가기를 기다리면서.

나는 도리에게 우리한테는 그냥 계획이 필요할 뿐이라고 말했다. 첫 번째 처방전을 구하고 나면 우리는 그놈에게 바로 반격할 생각이었다. 도리가 전에 했던 것처럼. 우리한테 필요한 양을 센 다음, 줄이 길게 늘어선 한 달의 첫날에 돌아와 여기 주차장에서 사람들에게 약을 파는 것이다. 나는 도리가 울음을 멈추고 내 방법의 합리성을 알아보게 했다. 하지만 일단은 400달러를 내야 했다. 그게 우리 문제였다.

"수수료는 빼줄 수 있대. 만약에." 도리가 말했다. 돌처럼 차가운 표정으로 앞 유리를 내다보면서.

"만약에 뭐?"

"날 검사하면."

"그게 무슨 말이야?"

도리가 나를 보았다. "나랑 그 짓을 한다고, 데몬. 내 말이 그 말이야."

통증클리닉과 우리 집 사이에는 두 개의 신호등과 수없이 많은 정지 표지판이 있었는데, 나는 그 모든 걸 무시하고 지나갔다. 인생이 나를 더는 형편없이 취급할 수 없다고 생각하며, 분노에 미친 무모한 운전자가 된 채로.

일주일쯤 뒤에 우리 상황은 정말로 심각해졌고, 도리는 자기가 돌아가서 그 일을 견뎌야 할지 모르겠다고 말했다. 도리는 그만큼 나를 사랑했다. 아픈 나를 보는 걸 그토록 참지 못했다.

나는 그런 말을 한 도리를 싫어하지 않으려고 노력했다. 하지만 그 결과, 더 나은 선택지가 없는 나 자신을 싫어하게 되었다. 나는 도리에게 일자리를 구해 그녀를 돌보겠다고 약속했다. 내게는 도리뿐이었다.

우리가 쫓던 용에 대해 모르는 사람에게는 말로 설명해봐야 아무 소용이 없다. 사람들은 약에 취하는 것에 대해서, 그때 느껴지는 폭발에 대해서 말한다. 그러나 중요한 건 느껴지는 것만이 아니라 느껴지지 않는 것이기도 하다. 뱃속에 있는 슬픔과 두려움. 나를 쓸모없는 존재로 예단했던 모든 사람들. 터져버린 다리의 통증. 집이 됐든 부모가 됐든 안전이 됐든, 평생 사람을 어딘가에 붙들어두었어야 할 끈이 내게는 언제나 풀린 채 펄럭거리며 뇌의 뿌리를 찢어발기고 거칠게 채찍질을 해댔다. 그래서 눈알이 뽑힐 것만 같았다. 그러다가 어느 순간 그 끈이 바닥에 가만히 놓이면 안식을 얻는 것이다.

처음에는 그 상태로 돌아가는 것부터 시작한다. 그리고 머잖아 그냥 침대에서 일어나려고 노력하게 된다.

또 하루 금단증상을 피하는 것이 일이 된다. 그런 다음에는 그 일이 신이 된다. 아무도 그 교회에 다니고 싶어서 다니는 사람은 없다. 나쁜 하루란 아무것도 없이, 신도 아무 약도 없이 깨어나는 하루다. 악취가 나는 이불에 누워서, 여자 친구가 아니라 나의 냄새였으면 좋겠다는 생각이 드는 냄새를 맡으며. 누군가가 나를 두들겨 패서 타르를 쏟아내게 만들고 뼈도 몇 개 박살 낸 것 같은 기분이 든다. 진짜 사람이 그런 걸 수도 있다. 그런 일은 이런 생활 방식에 따라오게 마련이니까. 하지만 그보다 가능성이 높은 건 약이 사람 몸이라는 건물 밖으로 나오려 하면서 석고보드 전체를 주먹으로 뚫어버렸다는 것이다. 속이 텅 비면 나는 괴물이다. 내가 사랑하는 사람도 괴물 같다. 그녀의 눈이 머릿속에서 뒤로 넘어가고 그녀의 예쁜 다리가 통제할 수 없이 휘청거리는 모습을 지켜본다. 초등학교에 다닐 때 우리 모두가 알았던, 간질을 앓던 그 아이, 골라 햄처럼. 우리는 골라에게 겁에 질려 있었다.

나는 약을 끊으려고 노력했다. 도리보다 여러 번 시도했다. 내가 우리 중 더 강한 사람이라 생각했으니까. 하지만 사실은 내가 더 멍청했던 것이다. 도리는 그냥 더 많은 걸 알고 있었다. 그런 시도를 했던 언젠가 우리는 둘 다, 군복을 입고 돌격 소총을 든 남자들이 창문으로 들어오는 모습을 보았다. 남자도 창문도 있을 수 없는 곳에서. 우리는 우리 침대를 경멸하게 되었다. 그곳에서는 아무래도 거의 잘 수가 없었으니까. 낮과 밤이 뒤섞였다. 마침내 졸음이 찾아오면 비참함에서 벗어나기 시작한다. 그런 다음에는 다리가 덜컥 움직이며, 잠들지 않는 지옥으로 나를 다시 차 넣는다. 24시간이든 30시간이든 깨어 있을 수 있다. 세상이 끝날 때까지 카운트다운이 이어진다. 어느 순간에는 나의 온 세상인 사람을 보고, 가서 뭔가 가져다주겠다고 제안한다. 그녀를 너무도 쉽게 되살려내는 작은 약물을 주겠다고. 그걸 사랑의 행위로서 한다. 난 그 이상의 방법을 몰랐다.

우리의 살림이란, 오, 주여. 우리는 소꿉놀이를 하는 어린애였다.

냉동식품 상자가 쌓여갔고 쓰레기봉투는 넘쳐흘렀다. 쓰레기는 알아서 집을 떠나지 않으니까. 쥐들이 모험을 찾아 나왔다. 세탁기 상황 때문에 도리는 더러운 옷 더미를 곰팡이가 슬도록 놔두었고, 죽은 엄마의 옷장을 뒤졌다. 집시치마, 어깨가 큰 블라우스. 도리는 그 주의 영화 같았다. 나는 싱크대에서 세탁을 했다. 수도관이 엉망이 될 때까지지만. 도리는 뭘 변기에 넣을 수 있고 뭘 넣을 수 없는지 전혀 몰랐다. 예컨대 지프가 바닥에 놓인 내 속옷에 작고 동그란 똥 덩어리들을 짜냈다고 해보자. 실제 사례. 도리는 그 증거를 변기에 넣고 내려버리려 했다.

내가 도리를 나무라려고 하면 일이 잘 풀리지 않았다. 내가 소리를 치면 도리는 완전히 불쌍해졌다. 내가 일자리를 찾아보겠다고 하면 자기를 혼자 두지 말라고 했다. 우리는 이야기책에나 나올 법한, 약에 취한 고아들이었다. 뜰에는 커다랗고 오래된 사과나무가 서 있었는데, 그해 여름에 우리는 땅에 떨어진 벌레 먹은 사과를 먹었다. 나는 지금도 도리의 모습이 눈에 선하다. 죽은 사람의 실내복을 입고 너무도 배가 고파 무릎에 흙을 묻힌 채 땅에 무릎 꿇은 모습을.

전기세를 내지 못하게 된 이후로는 상황이 끔찍해졌다. 나는 KFC에 취직해보려 했으나 운이 따르지 않았다. 계산원만 아니라면 모든 거지 같은 일을 할 생각이었는데도. 나는 완전히 정신이 나간 상태는 아니었기에 옥시코돈이 금전등록기에 손을 대게 하리라는 걸 알았다. 나는 계속 일자리를 찾아보았다. 도리를 사랑하고 아꼈지만 때로는 그녀에게서 벗어나야만 했다. 쓸모없고 고용될 수 없는 존재라는 기분을 느낀 또 한 번의 파란만장한 하루가 지나고 나면, 터프와 대마초를 피우며 그에게서 미식축구 캠프와 내 어린 시절의 꿈을 살아가는 다른 녀석들 이야기를 들었다. 아니면 매곳을 만나러 갔다. 매곳은 다시 페곳 아줌마와 살고 있었다. 가스레인지에는 커다란 냄비가 올려져 있고 주방의 아주 말쑥한 그 모습은 옛 시절과 똑같았다. 그 집의 내장이 파여 나갔다는 것만 빼면. 페곳 아줌마는 잔가지처럼 말랐으며 몽유병에 걸려 있었다. 때로는 옷을 뒤집어 입었다. 아줌마는 나더러 어떻게 지내느냐고 묻고 국자를 내려놓은 다음 거실로 들어가 페그 아저씨의 빈 의자 옆에 서 있곤 했다. 그런 다음 돌아와서 어떻게 지내느냐고 물었다. 매곳도 나을 게 없었다. 녀석은 심각하게 중독된 상태였다. 나는 준 이모에게서 매곳을 취조해 마사의 행방이나 에미의 소식을 알아내라는 명령을 받았지만, 매곳은 아무것도 몰랐다. 매곳도 페곳 아줌마도 둘 다 신이 머리를 나눠줄 때 도망간 것만 같았다. 그들에게 유일하게 좋은 소식은 매곳의 엄마가 교도소에서 나온다는 것뿐이었다. 날짜는 정해지지 않았지만 석방 심사가 다가오고 있었다.

내 기분을 나아지게 해줄 게 분명한 유일한 사람은 토미였다. 어느 날 저녁, 페닝턴 갭에 갔다가 그를 보았다. 아니나 다를까, 그는 매코브 부부에게서 차고를 빌려 쓰고 있었다. 벽에는 원예 도구가 놓인 선반이 있었고 시멘트 바닥에는 얼룩이 져 있었다. 토미에게는 몸을 씻을 수 있도록 밖에서부터 양동이까지 연결된 호스가 있었다. 핫플레이트와 전자레인지도. 그런데도 토미는 매우 깔끔해서 나와 도리를 부끄럽게 했다. 책은 책장에 꽂혀 있고 옷은 우유 상자에 개어져 있었다. 이불도 정리돼 있었고. 화장실의 경우에는 집 안의 것을 써야 했다. 여기 바깥에다가도 화장실을 하나 내준다고 하지 않았어? 토미는 음, 그게, 매코브 가족이 이 집을 소유한 게 아니라 빌린 거래, 라고 했다. 게다가 집주인은 토미가 차고에서 살기 위해 매코브 부부에게 돈을 내고 있다는 걸 몰랐다. 역시, 그래야 매코브지. 하지만 토미는 두 손을 활짝 펼쳐 호스가 연결된 양동이 싱크대와 아직도 금속 부분에 흙이 달랑달랑 매달려 있는 손괭이를 가리키며 우리가 살면서 얼마나 많은 것을 이루어냈는지 믿어지느냐고 물었다. "나만의 집이야!" 토미가 말했다. 그야말로 상남자였다.

집에 있는 토미를 만난 건 운 좋은 일이었다. 대부분의 저녁에 토미는 신문사 사무실에 있었다. 그곳 사람들은 매일 근무가 끝날 때 토미를 불러, 수위로서 모두의 고약한 뒤처리를 하도록 시켰다. 그러던 중 광고를 담당하던 여자가 일을 그만두자 토미에게 조판을 하고 광고를 배치하는 일을 대신 맡겼다. 토미의 상사는 남자 바지를 입고 다니고 일하면서 술을 마시는 펑키 메이휴였다. 사람들은 신이 석판에 자기 나름의 기사를 쓰던 시절부터 메이휴 집안이 〈쿠리어〉를 운영해왔다고 했다. 펑키와 다른 두 사람이 사진과 기사를 전부 도맡았다. 그러면 밤에 토미가 들어와 모든 것을 짜 맞추었다. 토미는 언제든 그리 놀러 와도 된다고, 일행이 있으면 좋을 것 같다고 했다. 그래서 나는 그렇게 했다.

토미는 엄청난 책임을 지고 있었다. 그 신문은 대부분이 광고였다. 전면은 당연히 딸기 축제, 새로운 하수관 등등 중요한 요소를 다루어야 했다. 그다음에는 스포츠와 범죄 소식이었다. 그 외의 기사는 전국적인 사건에 관한 것으로 기계를 통해 들어왔다. 펑키는 그중 일부를 뽑아 신문에 실었다. 나머지는 전부 광고였다. 분류된 광고는 칼럼별로 실었으나 자동차 딜러, 가구 아웃렛 등등의 광고는 크기가 컸고, 토미에게는 그 광고를 디자인할 미술적 권한이 있었다. 그는 모서리를 장식할 경계선 테이프와, 다양한 주제를 다룬 거대한 컬러링북과 비슷한 클립아트 책이라는 것이 있었다. 자동차, 사냥과 낚시, 여성복. 토미는 원하는 그림을 찾아 잘라낸 다음 광고에 붙였다. 가구 가게에는 소파를 붙였고, 때로는 창의력을 발휘해 파파이스 닭고기 광고에 해적선을 붙였다. 뭘 붙일지는 토미가 그 책에서 어떤 그림을 찾아내 고르고 갈가리 잘라버리느냐에 달려 있었다. 신문사에서는 토미에게 새 클립아트 책을 자주 사주지 않았다. 그래서 토미는 사실상의 종이 스파게티로 이루어진 페이지들을 넘겨가며 짚 더미에서 바늘을 찾게 되었다.

토미는 새로운 인간, 책임을 맡은 남자처럼 보였다. 이제는 과거에 입던, 껑충하게 짧아진 소시지 팔 재킷이 아니라 몸에 맞는 옷을 입었다. 대체로는 격자무늬 플란넬 셔츠로, 소매를 말아 올리고 있었다. 그는 여전히 펜실베이니아에 있는 신문사에서 일하는 소피라는 여자친구와 사귀고 있었다. 토미는 그 신문사가 '리 쿠리어'보다 훨씬 큰 업체라고 했다. 하지만 그는 자랑스러워하며 자기 회사를 구경시켜주었다. 기계, 컴퓨터, 남자 한 명을 완전히 기절시킬 수 있는 퀴퀴한 재떨이 냄새가 나는 핑키 메이휴의 사무실. 쥐들이 휴지를 갈기갈기 찢어 둥지를 만들어놓는 바람에 공간 전체가 흰 솜털로 가득한 서랍을 열어본 적이 있는가? 그게 핑키의 사무실이었다.

토미는 뜨거운 밀랍 롤러에 인쇄용 막대를 집어넣는 방법을 보여주고, 내가 자기를 도와 그것들을 페이지에 붙이도록 해주었다. 그 모든 일이 안에 불이 들어오는, 커다랗고 비스듬한 탁자에서 이루어졌다. 인쇄용 막대에는 어느 줄에 맞춰야 할지 보여주는 파란 연필 자국이 있었다. 그 공간 전체에서 뜨거운 밀랍 냄새가 났다. 밀랍을 바른 종이의 작게 잘라낸 귀퉁이가 사방에 흩뿌려져 신발이나 손등에 달라붙었다. 치리오를 먹는 아기가 생각났다. 그게 토미가 치워야 하는 난장판이었다. 솔직히 이 모든 게 굴러가도록 하는 사람이 토미였다. 나는 지루해서 그를 찾아가기 시작했지만, 토미에게는 실제로 도움이 필요했다. 토미는 자기 월급에서 떼어 돈을 주겠다고 했다. 나는 오, 주여, 토미, 사람들한테 그만 좀 착하게 굴어, 라고 말했다. 나는 여전히 그의 티셔츠를 가지고 있었다.

어느 날 밤, 토미가 자기 머리카락을 잡아당기며 찾지 못할 클립아트를 찾는 모습을 보았다. 그는 쉐보레 영업소 광고를 만들어야 했는데, 자동차용 클립아트 책에는 견인용 트럭, 포드 자동차, 씨발 허비 더 러브 버그*밖에 없었다. 나는 야, 내가 빌어먹을 실버라도**를 그려줄게, 라고 말했다. 그리고 그냥 그려버렸다. 실물보다 더 멋지게. 범퍼에는 빛나는 별도 하나 달아주었다. 그렇게 모든 것이, 클립아트 제작자로서의 데뷔이 시작된 것이다. 나는 거의 모든 걸 그릴 수 있었다. 〈쿠리어〉의 광고에는 완전히 새로운 면모가 생기기 시작했고, 아마 그게 눈에 띄었을 것이다. 토미는 내가 기적적인 미술 기계라고 했다. 나는 토미에게 누가 해골을 판매한다면 그때는 토미가 일을 맡아야 할 거라고 했다.

---

*   디즈니 만화영화의 주인공으로, 폭스바겐 비틀을 의인화한 캐릭터다.
**   쉐보레의 대형 픽업트럭.

49

준 이모가 나를 보고 싶어 했다. 에미는 두 달 동안 무단이탈 상태였고 이모는 완전히 갈피를 잡지 못하고 있었다. 범죄 현장이 바로 패스트포워드라는 건 모두가 알고 있었다. 하지만 에미는 합의에 의한 성관계를 맺을 수 있는 나이를 훨씬 지난 터였고, 자신을 구해줄 필요는 없다는 메시지를 이모에게 보냈다.

나는 이 싸움에서 어떤 개와 싸워야 하는지, 그런 개가 있기는 한지 알 수 없었다. 하지만 준 이모가 내게 늘 잘해주었기에 그 집으로 차를 타고 갔다. 멀리서 보니 이모는 늘 그랬듯 홈커밍의 여왕 같았다. 맨다리를 현관 난간에 기대고 있었다. 나는 가까이 다가간 뒤에야 두 달이라는 시간이 그녀를 늙게 했다는 걸 알 수 있었다. 입 근처의 주름과 아주 작은 흰머리 가닥. 이모는 나를 와락 끌어안으며, 슬픔의 마지막 춤을 추듯 내 어깨에 고개를 묻은 채 나를 흔들어댔다. 내 인생에 크게 자리 잡았던 여자들이 모두 작아지고 있었다.

"미안." 이모는 나를 놓아준 뒤 말했다. 그녀는 한쪽 눈의 눈가를 훔쳤다.

"세상에, 이모. 그러지 마요. 중학교 내내 이 순간만을 원했는데요."

"네가 따라다니던 건 에미였을 텐데."

"저는 어느 문도 닫지 않는 편이라서. 위탁 가정에서 지내다 보면 그렇게 돼요."

이모가 나를 위아래로 훑어보았다. "애 좀 봐, 다 컸네. 사람들 때문에 그 많은 일을 겪었는데도. 스스로 살아가는, 똑바로 선 젊은이가 됐어. 도리는 어디 있니? 너희 둘 다 밥 먹으러 오라고 했잖아."

"전 이미 밥 먹었어요. 도리는 지쳐 있고요. 감사하대요."

나는 똑바로 서지 못한 기분이었고 도리는 제정신이 아니었다. 나는 마침내 소닉에서 교대 근무 자리를 구했고, 도리는 셀마의 지하실에 있는 무슨 무허가 미용실에서 머리를 잘라주었다. 우리는 처방전을 구했다. 나는 배수구를 뚫었고 세탁기 내부 호스를 교체했다. 삶이 어느 정도 제 궤도를 찾았지만, 우리 일정은 서로 달랐다. 나는 매일 많은 시간 제 기능을 유지하는 걸 목표로 했던 반면, 도리는 두 시간 동안은 가위로 그 누구의 눈도 찌르지 않는 데에 초점을 맞췄다.

"그럼 집에 갈 때 구운 닭고기 좀 잔뜩 싸 가."

내 배가 살짝 희망의 춤을 추었다. "그러실 필요 없는데요."

"내가 주고 싶어서 그래. 안 가져가면 쓰레기가 될 테니까. 내가 요리하는 음식은 대부분 병원 애들한테 가져다주게 되더라. 혼자 사는 요령을 **도저히** 모르겠어."

"죄송해요." 그 생각은 못 했다. 이모는 혼자 살아본 적이 없었다. 그녀는 열아홉 살에 에미를 돌보기 시작했다. 간호 학교에 다니는 동안에 페곳 가족의 트레일러에 살면서.

이모는 뒷주머니에 손을 넣었다. "걔를 위해서라면 내가 목숨까지 내놓으리라는 거 알지."

"알죠. 근데 에미는 그러지 않기를 바랄 거예요. 더 이상은요."

이모는 놀라서 나를 보았다. "난 그냥 그렇게 되는 거야, 데몬. 너도 나만큼 걔한테 화를 내야지. 우린 그 애들한테 온갖 좋은 걸 주는데, 그 애들은 허리를 숙여서 주우려 들지도 않아. 에미는 어린애처럼 굴고 있어. 매곳은, 생각하기도 싫다. 어디서부터 시작해야 할지 모르겠어."

"매곳은 괜찮을 거예요. 그냥 대마초에서 빠져나오는 길을 찾는 데 대부분 사람보다 시간이 많이 필요한 거죠."

"매곳한테 필요한 건 남자 친구야." 준 이모가 말했다.

내가 눈을 깜빡인 건지도 모르겠다. "그래도 괜찮으세요?"

"당연히 괜찮지. 내 생각이지만 엄마도 괜찮다고 하실걸. 시간이 지나면 말이야. 살아 있는 시체들의 밤에서 나오라고 매곳을 설득할 수 있는 착한 애를 찾을 수만 있다면야."

"매곳이 그렇게 현명한 선택을 할 것 같지는 않은데요."

이모가 씁쓸한 웃음을 내뱉었다. "우리 중 누구도 현명한 선택은 안 했잖아? 자, 좀 걷자. 길을 따라 올라가면, 해가 지면서 산등성이에 닿는 모습을 볼 수 있는 곳이 있어."

우리는, 내가 한때 패스트포워드와 마우스와 함께 걸으며 마우스가 쓰레기 같은 말을 하게 두었던 자갈길로 나섰다. 여름이 나를 지나쳐 가는 걸 나는 눈치도 채지 못했다. 여기, 여름이 있었다. 길게 쏟아지는 빛의 폭포 속에서 높다란 나무 사이로 들어오는 햇빛, 저녁 노래를 시작하는 새들. 그중에는 돌 위에서 재잘거리는 물소리 같은 걸 내는 새도 있었다. 거의 눈물이 날 만큼 예뻤다. 개똥지빠귀였다. 나는 이모가 우리에게 다시 리 카운티로 돌아올 거라고 말했던, 녹스빌에서의 밤을 떠올렸다. 이모를 로레타 린이라 부르며 그녀를 깔본 의사들은 엿이나 먹으라지. 이모는 녹스빌에서도 날아다닐 수 있었지만 이걸 원했다.

이모는 에미와 패스트포워드에 관해서, 그들이 사는 곳에 관해서 나만큼밖에 모르고 있었다. 로어노크 어디였다. 이모는 매일 잠에서 깨면 그리로 차를 몰고 가 에미를 데리고 돌아오고 싶어진다고 했다. 하지만 에미는 에미였다. 이모의 생각대로 하려면 특공대가 필요했다. 이모는 뭐든 내가 알려줄 수 있는 것을 절실하게 알고 싶어 했다. 나는 단어를 골랐지만 거짓말을 하지는 않았다. 패스트포워드는 자석처럼 사람들을 끌어당길 수 있는 녀석이라고 말해주었다. 에미도 자석 같은 사람이기에, 둘은 아마 서로 끌리는 걸 피할 수 없었을 거라고도. 이모는 패스트포워드가 위험한 사람이냐고 물었다. 나는 세상이 위험하다고 말했다. 이모는 패스트포워드가 어떤 약물에 손을 댔느냐고 물었고, 나는 내가 아는 한 패스트포워드 본인은 별다른 약을 하지 않는다고 말했다. 약보다는 돈 쪽에 꽂혀 있다고.

"오늘 밤 잠을 자는 데 도움이 되는 얘기는 아니네." 이모가 말했다.

나는 미안하다고 했지만, 이모는 바위와 딱딱한 공간 사이로 나를 밀어 넣었다. 우리는 햇빛이 산등성이에 닿는 모습이 보이는 곳까지 걸어갔다. 어둠이 계곡에 쏟아지기 시작했다. 돌아오는 길에 이모는 내 무릎에 관해 물었다. 나는 이제 무릎에 대해서는 생각하지 않는다고 말했다. 거짓말이었다. 나는 걸음을 디딜 때마다 무릎 생각을 했다. 하지만 그건 나 혼자 신경 쓰면 될 일이었다.

"이것만 말해줘." 이모가 말했다. "에미가 약을 먹니?"

"오늘 밤에 자고 싶으세요? 아니면 진실을 원하세요?"

"물어보잖아."

"그럼 말해드릴게요. 저는 제 나이에 약 안 먹는 애를 한 명도 몰라요."

이모는 조용했다. 나는 내가 한 말이 사실인지 판단해보려 애썼다. 앵거스는 예외였다. 토미조차도 근무시간을 지키느라 노도즈를 털어 넣었다. 늦은 밤까지 일하고 나면 매코브 가족이 그를 일찍 깨워 애들을 학교에 데려가게 했으니까. 우리가 집으로 반쯤 돌아왔을 때 이모가 다시 입을 열었다.

"그놈들이 우리한테 이런 짓을 한 거야. 너도 알지?"

아니, 몰랐다. 누구 얘긴지, 무슨 얘긴지.

이모는 에미한테 들은 이야기를, 자신이 병원에서 보는 것에 관한 이야기를 더 해주었다. 나는 최근에 이모를 죽이고 싶어 하는 사람이 있는지 물었지만 이모는 그 말을 일축해버렸다. "네가 걱정해야 할 사람은 내가 아니야. 네 나이 사람들만 문제가 아니거든. 내 말 무슨 뜻인지 아니? 사람들은 늙고 병들고 장애가 생기면 처방전을 원해. 일하는 사람들은 병가를 하루도 낼 수 없고 나를 1년에 몇 번씩 만날 수도 없으니 후속 조치도 할 수가 없어. 약 처방전만 필요하다고 하지. 그 개자식."

나는 개자식이 누구냐고 묻지 말았어야 했다. 그는 켄트였으니까. 이모의 말을 빌리자면, 그의 '흡혈귀 협회'도 포함이었다. 놈들이 여기에 금을 캐러 왔다. 이모는 퍼듀*사가 컴퓨터로 데이터를 비롯한 모든 것을 살펴보았고, 금광이라고 할 수 있는 리 카운티 등등의 표적들을 직접 골랐다고 말했다. 그들은 실제로 장애가 있는 통증 환자를 가장 많이 두고 있는 의사가 누군지 살펴보았고, 영업사원을 보내 대단히 공격적으로 마케팅을 펼쳤다. 이모는 내가 말하지 않아도 내 일을 알고 있다는 듯 계속해서 나를 보았다. 하지만 켄트는 내게 아

---

*   제약사 이름.

무엇도 아니었다. 내게 문제가 있다면 그건 내 탓이었다.

준 이모는 집으로 돌아온 뒤 내가 가져갈 수 있도록 아주 많은 음식을 싼 다음 자동차까지 바래다주었다. 작별 인사를 하는 대신 팔짱을 끼고 서서 나를 보았다. 이상하게도 나는 녹스빌 동물원에서의 그때를, 이모가 내 귀를 잡고 내게 무엇이 필요한지 안다고 말했던 때를 떠올렸다. 이모의 말은 정확하게 맞았다. 내가 아는 모든 좋은 사람 중에서 아마 이모가 최고였을 것이다.

토미는 신문에 실을 만화를 내가 그리게 해주었다. 어쩌다 그렇게 됐느냐고? 사연이 길다. 토미가 신문사 사무실에 간 게 시작이었다. 그게 사실상 토미와 크나큰 세상 사이에 벌어진 최초의 접촉 스포츠였으니까. 그때까지 토미는 어디에 있었을까? 마법의 시간여행 중이었다. 그에게 적당한 직업을 찾는 건 문제가 아니었다. 하지만 커다란 세상 그 자체는? 세상은 토미의 궁둥이를 채찍으로 후려치고 있었다.

기계를 통해 들어오는 전국 소식은 말했다시피 뽑기용 주머니였다. 선거, 올림픽, 지진, 랜스 암스트롱**, 뭐든 들어 있었다. 하지만 핑키의 요구 사항은, 남서부 버지니아든 테네시주나 켄터키주처럼 가까운 곳이든 그런 곳에 대한 언급이 있어야 한다는 것이었다. 대부분의 기사에는 그런 언급이 전혀 없었다. 설령 있더라도 가난이나 짧은 기대수명 등등에 관한 내용일 게 죽도록 확실했다. 중심 내용은 우리가 이 나라의 황무지라는 거였고. 토미는 "이 나라의 황무지"라는 진짜 헤드라인을 보여주었다. 다른 기사에는 "지도에 묻은 얼룩"이라고

** 미국의 자전거 선수.

적혀 있었다. 토미가 노란색 마커로 그 표현을 칠해두었다. 토미는 폴더에 이런 기사를 모으고 있었다. 진짜다. 다른 사람들의 헛짓거리에도 계속 째깍째깍 움직이기만 하던 과거의 토미는 어디로 갔을까? 저기, 빙글빙글 돌아가는 의자에 앉아 있었다. 삐죽 선 머리카락을 잡아당기며, 입에 거품을 물었다. 나는 뭐랄까, 토미, 넌 이걸 몰랐어?라는 식이었다. 모른 게 분명했다. 그는 멈추지 못하고 내게 헤드라인을 계속 읽어주었다. "지방 자퇴율 상승." "빅 톰, 〈서바이버〉에서 생존하다."

"엄밀히 말하면 그건 우리 편을 드는 기사야." 내가 말했다. "우리 동네 사람이 〈서바이버〉에서 이겼다는 거니까."

토미는 신문에 실린 빅 톰의 사진을 들어 보였다. 음, 좋지는 않구나.

나는 모든 사람이 누군가에게 쓰레기를 버려야만 하는, 인간 존재의 측면 전체를 설명하려고 애썼다. 새아빠는 엄마를 때리고 엄마는 애들에게 소리를 지르고 애들은 개를 찾아서 걷어찬다. (우리한테 개가 있었다는 말은 아니다. 대신, 나는 내 트랜스포머를 망가뜨렸다.) 우리가 미국의 개였다. 모든 형태의 인간에게 이제는 고유명사가 있는데, 어떤 이유에서인지 우리만 빠졌다. 힉스, 레드넥 같은 말은 대문자로 적히지 않았다. 이게 토미에게 새로운 소식이라는 걸 믿을 수 없었다. 하긴 나야 세상을 어느 정도 보았으니까. 사람들이 우리를 트레일러 쓰레기라고 부르며 우리한테 쓰레기를 던지는 분열의 게임이라든지. 물론 TV도 예외는 아니었다. 내가 코치님 집에서 나온 달에 칠러 TV에서는 힐빌리 혐오를 담은 프로그램을 마라톤으로 내보내고 있었다. 〈헌터스 블러드〉 〈런치 미트〉 〈레드넥 좀비〉. 코미디 프로그램은 더 심했다. 거기 나오는 사람들은 처음에 우리 모두가 같은 편인 것처럼 군다. 그러다가, 잠깐. 내가 켄터키 여자애랑 사귄 적이 있었는데, 걘 거짓말을 할 때도 이가 하나더라, 하하하.* 알고 보니 토미는 도서관 책에 어린 시절을 낭비했기에 케이블 TV 경험이 전혀 없었다.

토미는 계속해서 이유를 알고 싶어 했다. 나라고 뭘 아는 것처럼. "개인적인 감정으로 저러는 건 아니야."

토미는 셔츠 소매를 만지작거리며 내렸다가 다시 팔꿈치까지 말아 올렸다. 마침내 그가 고개를 들었다. 주님께 맹세하고 정직하게 말하는 건데, 눈에 눈물이 고여 있었다. "개인적인 감정이 **맞잖아**. 소피가 절대 여기에 오고 싶어 하지 않을까 봐 겁이 나. 소피 말로는, 걔네 엄마가 왜 좀 더 가까운 곳에 있는 사람을 사귀지 못하는 거냐고 계속 물어본대. 소피네 가족 전체가 나를 그냥 덩치만 크고 이도 없는 멍청이라고 생각하면 어쩌지?"

빌어먹을. 나는 소피의 가족이 〈레드넥 좀비〉나 〈딜리버런스〉를 보지 않기를 바랐다. 우리는 이런 쓰레기에 귀를 기울이지 않으려고 애쓰지만 결국 그게 살며시 다가와 강타를 날린다. 데몬의 슬램북 교육이 이루어졌던 그 슬픈 날처럼. 바깥의 모든 사람이 문제다. 그들은 우리가 똥이나 처먹는 쓰레기 패배자 개자식들로 나오는 걸 읽는다.

"네 이는 A급으로 괜찮아." 내가 말했다. "소피는 아마 네가 그 규칙의 예외라고 생각할 거야."

토미는 좌절한 표정으로 고개를 저었다. "사람들이 누군가를 걷어차고 싶어 한다는 건 알겠어. 근데 그게 왜 우리야? 그게 왜, 모르겠다. 다코타 같은 곳이면 안 돼? 플로리다면 왜 안 되는 거야?"

---

* 영어에서 lying through one's teeth는 아무렇지 않게 뻔뻔히 거짓말을 한다는 뜻의 관용어다. 원문에서는 이 숙어를 lying through her tooth로 바꿔 쓰고 있다. tooth는 teeth의 단수형으로, 이가 하나만 남고 다 빠졌다는 뜻이다. 낙후된 지역 사람들의 치아 건강이 좋지 않은 점을 꼬투리로 삼아 하는 농담이다.

"그냥 운이 나빠서겠지. 신이 우리를 농담 유니버스의 꼬투리로 만들었으니까." 그 시점에 나는 그 짓을 한 게 아마 신은 아니라는 걸 알고 있었다. 하지만 그보다 나은 선택지는 주어지지 않았다.

예전에 해골을 그리던 토미는 이제 대신 비웃음을 당했다는 증거를 모았다. 나는 자기 고문은 그만두라고 말했지만, 토미는 내가 나의 독에 취해 있듯 자기만의 독에 꽂혀 있었다. 만화조차 토미에게 적대적이었다. 만화는 매주 한 세트로 들어오는데, 토미는 마지막 페이지에 조판할 만화 네 개를 골라야 했다. 전부 다 형편없는, 웃기지도 않는 4컷 만화로 아이들이 전체 연령가 수준의 심술궂은 말이나 개소리를 지루하게 떠들어대는 내용이었다.

토미는 아무거나 세 개를 고를 수 있었지만, 네 번째 만화는 언제나 아주 오래전부터 실어온 〈스텀피 피들스〉여야 했다. 털이 덥수룩한 귀에 커다란 코, 내가 위탁 가정에서 입었던 어떤 옷보다도 심각하게 기운 옷을 입은 게으른 옥수수빵 인간들이 나오는 만화였다. 엄마는 잔소리를 하고, 아빠는 일해야 할지 모른다는 위협이 닥쳐올 때마다 빛나는 주전자를 들고 옥외 변소 뒤에 숨는다. 토미는 이런 만화를 실으며 무척 속상해했다. 나는 만화 배경을 플로리다로 만들기 위해 야자수를 그려 넣겠다고 제안했다. 우리 둘 다 그 방법에 속을 사람은 아무도 없다는 걸 알았지만. 이것도 똑같은 일이었다. 소위 지역적 관심사를 반영한 만화.

"지역적인 거 좋아하네." 내가 말했다. "누군지 몰라도 이걸 그린 놈은 여기 와본 적도 없을 거야. 이놈이 매주 우리한테 터무니없는 소리를 지껄여대는데 바깥의 모두가 웃어. 우리가 엿을 먹는 거지. 씨발 스텀피 피들스는 쓰레기야." 그 말을 증명하기 위해 놈을 구겨서 던져버렸다.

"아, 세상에." 토미가 쓰레기통에 대고 말했다. "핑키가 내 궁둥이를 무두질하게 생겼어."

"심지어 그림도 못 그렸어." 나는 만화를 꺼내 펼치고 빛이 들어오는 탁자 위에 평평하게 펴놓았다. "모든 캐릭터에게 똑같은 얼굴을 붙인 것 좀 봐. 남자든 여자든 아기든. 이건 그냥 게으른 거야."

토미가 어떤 거친 표정을 지었다. "그래, 네가 더 잘할 것 같아. 어디 한번 보자. 여기엔 슈퍼히어로가 필요해. 내가 지켜볼게." 그리고 토미는 정말 그렇게 했다. 과거, 크리키 농장에서의 나날에 그랬듯이.

나는 그 슈퍼히어로를 평생 생각해왔다. 그 녀석과 그 녀석의 유니버스를. 배트맨의 고담 시도 아니고, 슈퍼맨의 메트로폴리스나 캡틴 아메리카의 뉴욕이나 그린 랜턴의 코스트 시티나 앤트맨의 LA도 아닌. 나는 스몰빌을 말하는 것이다. 슈퍼맨의 착한 위탁 부모가 슈퍼맨이 날개를 키워내고 그곳에서 벗어날 때까지 그를 돌봐준 곳. 나는 어린 시절 그 내용을 읽고 페이지를 찢어버린 게 기억난다. 그게 왜 내 마음을 무너뜨렸는지 정말 알 수 없었다. 하지만, 오, 주여. 어린아이라도 기본은 안다. 왜 그들은 아무도 우리를 돌봐주려 하지 않을까?

나는 그를 광부로 만들었다. 곡괭이를 들고 작업복을 입고, 앞에 조명이 달린 단단한 모자를 쓴. 나는 자신만의 전쟁을 치렀던 옛 시절의 난폭한 파업 참여자처럼 빨간 반다나를 주었다. 망토는 없다. 그는 날지 않는다. 그냥 엄청나게 힘이 세고 빨라서, 산꼭대기를 훌쩍 뛰어넘어 달릴 뿐이다. 이 녀석은 구식이다. 나는 등장인물을 머리는 둥글고 팔다리는 긴 국수 같으며 계속해서 움직이는 복고풍으로 그렸다. 이건 플라셔 스타일*이다. 일부는 미키 마우스, 일부는 망가 같

---

*   20세기 초 활동한 애니메이션 스튜디오인 플라셔 스튜디오 작품 스타일.

다. 그건 내가 그릴 수 있는 스타일이었고 뿌리로 돌아가는 것처럼 느껴졌다.

첫 번째 칸에서 이 녀석은 산 위에 있는 작은 집에서 울고 있는 늙은 여자를 발견한다. 그 여자가 우는 건 돈을 내지 못해 전기가 끊겼기 때문이다. 어둡고 폭풍우가 몰아치는 밤이다. 두 번째 칸에서 히어로가 하늘에서 번개를 꺼내 쥐고 전선에 밀어 넣는다. 그 번개가 여자의 트레일러 집까지 멀리멀리 흘러가는 게 보인다. 전등과 가스레인지가 모두 다시 켜진다. 마지막 칸에서 여자의 라디오에서 흘러나오는 음표와 창밖 어둠 속에서 빛나는 빛을 그렸다. 여자와 늙은 남편은 현관에서 춤을 추고 있다.

당연히 그냥 어린애 장난이었다. 우리가 아는 한 만화란 다 그런 것이었다. 처음에 나는 히어로가 전봇대의 전선을 바꿔치기해, 그가 번개 대신 언덕 위의 대저택 전기를 훔치는 다른 버전을 그렸다. 그 만화에서는 작은 트레일러가 환해지는 동안 위쪽에서는 위성 TV, 실외 보안등 같은 모든 것이 꺼지는 모습이 보인다. 하지만 토미는 그렇게 그렸다가는 핑키와 문제가 생길지 모른다고 했다. 그래서 자연력을 썼다. 나는 엄청나게 많은 감정과 대비를 이루는 명암을 마지막 칸에 몰아넣었다. 거기서는 광부 히어로가 검은 숲에서, 불을 밝힌 현관의 행복한 노인 부부를 지켜보는 모습이 보인다. 나는 내 만화에 〈레드넥〉이라는 제목을 붙였다. 작가는 익명.

50

나는 전기세를 내는 데 성공했다. 이제 우리에게는 가스가 새는 가스레인지와 검은색으로 변해가는 보일러가 있었다. 나는 보일러를 시험해보려고 풍광기를 켜 그 안의 아수라장을 더욱 휘저어놓았다. 타 죽은 고양이 냄새가 났다. 도리는 가스가 아주 오래전부터 샜으며 아직 춥지도 않다고 말했다. 우리는 춥지도 않은데 왜 보일러를 켜느냐는 문제를 놓고 싸웠다. 내 입장은, 씨발 지금이 9월이라는 거였다. 세상은 돌아간다는 것. 도리의 입장은, 왜 내가 모든 일을 그렇게 힘들게 만들어야 하느냐는 것이었다. 우리의 행복한 집에서 하루를 더 살면 되는데.

도리를 알았던 최초의 며칠 동안은 24시간 내내 그녀를 생각하는 데 너무 많은 공을 들였다. 놀라움에 사로잡힌 채 어떻게 하면 그녀와 함께할 수 있을지 계획했다. 나는 욕망에 취해 있었다. 도리를 가진 지금은 모든 공기가 쉭쉭 샜다. 나는 바람 빠진 타이어의 인생을 살고 있었다.

전반적으로 말해, 나는 간신히 통제력을 잃지 않았다. 똥 멍청이처럼 정신을 잃지 않고 침대에서 나오는 정도를 겨우 해냈다. 나는 저 아래 소닉에서 레드불 슬러시를 한 잔 한 잔 팔면서 돈을 벌었다. 그런 다음 토미에게 가서 그의 일을 도왔다. 몇몇 사람들이 〈쿠리어〉에서 내 만화를 알아본 게 틀림없었다. 누군가가 편지를 보내, 그 만화가 〈쿠리어〉에 실린 것 중 처음으로 화장실 휴지 수준이 아닌 것이라고 했다. 토미는 좀 더 그리지 그러냐고 했다. 나는 때때로 만화를 그렸다. 하지만 만화 한 편을 완벽하게 그리는 데는 엄청나게 많은 시간이 필요했고, 도리는 저녁에 내가 집에 있기를 바랐다. 아침에도. 이상적이라면 하루 종일. 나는 돈이 있다는 게 대단히 편리한 일이며 도리가 집에서 뭐라도 하면 시간이 쏜살같이 흐를 수 있다고 이야기해주려 노력했다. 엄청난 싸움이 벌어졌다. 언제나 자리를 비울 거라면 왜 자기 집에 들어왔느냐고. 도리는 시무룩해졌고 모르핀 패치 절반에 해당하는 약을 주사로 맞았다. 그렇게 도리는 기절해 기권했다.

내가 만든 가시 침대였으니 내가 들어가 누워야 했다. 오히려 그랬기에, 나는 닥치고 그 안에 들어가 누우라고 말하지 않을 친구와 이야기를 해봐야 했다. 앵거스는 지역 전문대학에 다니며 메이저리그로 향하는 중이었다. 그러니 우리가 친구로 지낼 시간은 손꼽을 수 있었다. 나는 신용 점수가 만료되기 전에 그걸 현금화하기로 했다. 앵거스는 그러자고, 호보랜드에서 만나자고 했다. 호보랜드란 존스빌에 있는 작은 공원을 부르는 우리만의 이름이었다. 거기에는 참전용사 기념비, 소풍용 공간, 어디로도 이어지지 않지만 언덕을 따라 올라가는 계단 등 평범한 것들이 있었다. 소나무 숲도. 한번은 우리가 그 위에서 자던 한 남자를 놀라게 한 적이 있었다. 이 세상의 모든 소유물을 월마트 비닐봉지에 넣어 묶고 다니는 사람이었다. 그러니까, 뭐. 그래서 호보랜드라고 부른 것*이다. 그 시절 우리의 작은 상상력은 미쳐 날뛰었다. 우리는 안전거리를 두고 그를 깨우곤 했다.

나는 언덕 위, 소나무 아래에서 그녀를 발견했다. 그녀는 에이브러햄 링컨의 것처럼 생긴 가죽 모자를 쓰고 있었다. 다만 그렇게 높지 않았을 뿐이다. 그녀는 사란 종이로 싼 삼각형 샌드위치 더미를 쌓아놓고 담요 위에 앉아 있었다. 나는 그 더미가 우리의 모닥불이라도 되는 것처럼 그 맞은편에 앉았다. 우리는 입에 샌드위치를 쑤셔 넣었다. 매티 케이트의 BLT 샌드위치는 약을 하지 않는 사람들에게 약이나 마찬가지다. 우리는 입안이 가득 찬 채로 질문을 던졌다. 무릎은 어떠냐, 대학은 어떠냐. 앵거스는 큰물에서 헤엄치니까 좋고, 공통점이 아주 많은 사람들을 만나고 있다고 했다. 나는 자전거 반바지에 꼭대기가 높은 모자를 쓴 이 여자애를 보며, 정확히 어떻게 그럴 수 있는지 궁금해했다.

앵거스는 코치님이 나를 걱정한다고 했다. 나는 그 말을 가볍게 무시했지만, 앵거스는 그 주장을 밀어붙였다. 코치님은 앞으로도 1년 더 나의 법적 보호자였다. 집의 상황은 별로 좋지 않았다. 유홀이 학교에 추잡한 소문을 퍼뜨리고 있다면서. 나는 유홀이 코치님의 음침한 비밀을 쥐고 있다고 암시했던, 우리의 대면을 떠올렸다. 그 끔찍했던 허공으로의 씹질은 말할 것도 없었고. 하지만 앵거스는 학교에 도는 소문이, 애니 선생님이 남편 등 뒤에서 누군가와 바람을 피우고 있다는 내용이라고 했다. 말도 씨와 말이다.

오, 주여, 가엾고 수줍은 말도 씨. 그보다는 말도 씨가 컨트리음악 싱글 앨범을 내서 히트를 치는 게 빠를 것이다. 하지만 몇몇 부모들

---

*   '호보(hobo)'는 '노숙자'를 뜻한다.

은 이 소문에 전면적으로 달려들었다. 윤리를 문제 삼아 사람들을 해고하고 싶었기 때문이다. 나는 그게 평소에도 벌어지는 방귀 소동일 뿐이며 악취는 사라질 거라고 말했다. 앵거스는 미안하지만 그 이상이라고 말했다. 유홀은 내가 그 스캔들에 공모했으며, 독립기념일 날 준 페곳의 집에서 두 연인이 함께 있는 걸 목격했다고 말했다. 사람들이 유홀의 말을 믿지 않았다면 내게 물어봤을 것이다.

유홀의 앞니가 그놈의 두개골 뒤통수와 데이트를 해야 할 모양이었다. 나는 앵거스에게 유홀이 그녀에게 접근하려 들지는 않았느냐고 물었다. 앵거스의 눈이 조금 휘둥그레졌다. 하지만 그녀는 긍정도 부정도 하지 않았다.

시간이 지나면서, 나는 도리와의 인생이 개 같은 쇼로 변해가고 있다는 얘기를 할 차례를 얻게 되었다. 도리가 집안을 돌보지도, 어떤 식으로든 노력을 기울이지도 않는다고. 나는 앵거스가 여자 대 여자로 도리에게 한번 이야기해보라고 제안했다. 도리가 착실해지게 말이다. 앵거스는 토마토가 튀어나올 정도로 심하게 웃었다. 그러더니 바로 그 자리에서, 방금 내가 '여자 대 여자'가 아닌 것의 사전적 의미를 정의했다고 말했다.

나는 주장을 굽히지 않았다. 도리는 노예처럼 자기 아빠를 돌보았지만, 지금은 큰 그림에 아무 관심이 없었다. 앵거스는 그게 무슨 그림이냐고 물었다. 나는 집 청소를 하고 괜찮은 음식을 만드는 것이라고 했다. 도리가 그런 일을 한 번도 해본 적이 없다는 건 인정했다. 또 집에 혼자 남겨지는 걸 원하지 않는다는 점도 새로운 건 아니었다. 그러니 이 똥은 내가 싼 똥이었다. 앵거스는 팔꿈치를 괴고 뒤로 기대며 특유의 히죽거리는 웃음을 띠고 나를 보았다. 입이 한쪽으로 완전히 당겨졌다.

"네가 도리를 선택했잖아, 데몬. 진지한 거래였다고. 기억나지? 그건 뭐였는데?"

기억이 났다. 도리의 얼굴과 몸을 지켜보며, 그녀가 마약처럼 내 핏줄을 후려치는 걸 느꼈던 일이. 너무도 살인적인 아름다움이었다. 도리는 지금도 그랬다. 섹스도 여전히 훌륭했다. 예전처럼 폭죽이 연달아 터지는 것 같지는 않았다. 우리가 주사기 반 개를 나눠 썼기 때문이다. 하지만 가끔은 제대로 감이 왔고, 그럴 때면 다른 방면에서는 아무런 결실도 없고 변비에 걸린 듯한 나날이라는 우리의 거대한 황무지에서 하늘 용의 알 폭죽이 터지는 것만 같았다. 나는 앵거스에게 자세한 내용은 알려주지 않았다. 앵거스가 일어나 앉더니 소풍을 하느라 어지른 물건들을 챙겼다.

"도리의 어떤 점을 사랑하든 넌 그걸 안고 살아야 해. 다른 것들도 안고 살아야 하고." 앵거스는 그야말로 요다 같은 인물이었다. 아마 앵거스와 이야기한 것은 좋은 일이었을 것이다, 설령 좋지 않았더라도.

나는 집으로 가는 길에 고등학교를 지나쳤다. 지나치게 고민하지 않고 학교 주차장에 들어갔다. 거의 3시였다. 나는 애니 선생님의 자동차를 발견했다. 스토커 같긴 했지만, 이 방법이 아니라면 어떻게 선생님과 이야기하겠는가? 퇴학당한 녀석이 학교 건물에 들어간다고? 그랬다가는 뇌 일부에 뭐가 씰지도 몰랐다. 영화 〈데드 존〉에서처럼.

끔찍한 생각이었다. 종이 울렸고, 데몬의 잃어버린 삶이 내 앞에 펼쳐졌다. 예전의 내 형제들 모두가 연습을 하려고 경기장으로 달려 나가 젊은이 특유의 태평한 태도로 서로의 머리를 쳤다. 나는 '살아 있고 싶음' 시계에 추가할 한 시간을 사기 위해 글러브박스를 뒤져 자낙스를 찾았다. 애니 선생님의 자동차가 보이지만 미식축구 경기장은 보이지 않는 먼 끝에 임팔라를 댔다. 선생님은 사실상 마지막으로 학교에서 나왔다. 긴 치마를 입고 커다랗고 납작한 폴더를 든 채 빠르게 움직였다. 나는 자동차를 슬쩍 움직이며 경적을 가볍게 눌렀다. 그 바람에 선생님이 펄쩍 뛰었다. 그런 뒤에야 선생님은 나를 알아보았다. 나는 촛불이 잔뜩 켜진 선생님의 케이크였다. 선생님은 조수석 문을 들어 올리고 온통 미소 지으며 들어왔다.

"학교로 돌아오는 거라고 말해줘. 채점할 사생화 폴더가 있는데, 전부 화장실 칸에 그려진 것처럼 생겼어."

"정말 열심히 그린 티가 나, 에이든."

선생님이 웃었다. 나는 선생님이 허리를 숙여 나를 안아주고 싶어한다는 걸 알 수 있었다. 어린 시절 판타지가 살아나려 했다. 나야 이미 애인이 있었지만. "데이먼. 겨우 2년만 더 다니면 돼. 불가능하니?"

"전 어린애가 아니에요. 이젠 돌봐야 할 것들이 있어요."

선생님이 나를 빤히 보았다. 선생님 등 뒤에서 어떤 움직임이 내 눈을 사로잡았다. 빨간색 스크리미지 조끼를 입은 클레이 콜웰이 패스를 놓치고는 공을 쫓아 뛰고 있었다. 눈이 뭔가에 찔리기라도 한 것처럼 눈물이 고였다. 나는 선생님은 훌륭한 교사이며 내가 선생님 시간을 낭비해서 죄송하다고 말했다. 선생님은 아주 많은 아이들이 자기 시간을 낭비하지만 나는 별똥별과 같다고 말했다. 별똥별이란 선생님의 말을 그대로 빌린 것이다. "내가 돈을 벌려고 이 일을 하는 게 아니라는 건 알지?" 선생님이 약간 인상을 찌푸렸다. "알아? 내가 여기서 정규직 교사 월급조차 받지 못한다는 거?"

나는 선생님은 선생님일 뿐, 그게 다라고 생각했다. 하지만 아니었다. 선생님은 미술과 합창반 지도만이 자기가 맡은 수업이며, 그걸로는 봉급을 다 받을 수 없다고 했다. 과학 선생님도 똑같이 두 수업만을 했다. "불평하는 게 아니야. 난 의뢰받은 미술 작업이랑 밴드 활동으로 그럭저럭 지내고 있어."

"여름에 아이스크림 트럭도 몰고요." 애니 선생님과 암스트롱 선생님은 번갈아가며 그 트럭을 몰았다.

"아이스크림도, 맞아. 내가 하려는 말은……. 내가 무슨 말을 하려는 거지?" 애니 선생님은 고개를 갸웃했다. 고리 모양의 귀고리가 춤을 췄다. "그래, 난 아이들이 자기가 보고 있는 게 무엇인지 알아보는 방법을 배우도록 돕는 게 좋아. 근데 정말, 진심으로 말하면? 나는 아주 오래전부터 언젠가 불똥이 튈 거라고, 내가 부채질을 해서 그 불똥을 불길로 만들 수 있을 거라고 생각해왔어. 이 세상에 정말로 필요한, 완전히 새로운 시각을 일으킬 수 있을 거라고 말이야." 내가 그 불똥이라는 듯했다. 선생님은 교사들이 탕비실에 숨어서 인생의 수많은 세월을 보낸다고 했다. 나 같은 누군가가 저 바깥 어딘가에 있으리라는 희망을 놓지 않으려고 애쓰면서. 선생님은 울 것처럼 보였다. 선생님이 아니면 나라도.

나는 선생님을 실망시켜 죄송하다고 했다. 하지만 내가 여기에 선생님을 찾으러 온 건 선생님과 말도 씨에 대한 역겨운 거짓말을 들었기 때문이며 내가 그 거짓말에 전혀 발을 담그고 있지 않다는 걸 알리고 싶어서라고 말했다.

선생님은 무릎을 내려다보며 천천히 고개를 끄덕였다. "평소라면 그런 건 신경도 쓰지 않았을 거야. 그런 얘기는 배탈을 일으키는 독감처럼 돌거든. 네가 슈퍼히어로 이야기를 좋아하니까 하는 말인데, 우리 남편은 강철 같은 남자야. 이런 건 그냥 남편한테 부딪혀서 튕겨 나가."

우리는 마지막까지 남아 있던 사람들이 자동차를 찾는 모습을 앞

유리 너머로 지켜보았다. 우리는 둘 다 각자의 생각에 빠져 있었다. 암스트롱 선생님과 반란의 깃발, 우리 대부분이 아예 알지도 못하는 온갖 종류의 사소하고 추잡스러운 것들에 대한 생각에. 나도 개 같은 것들이 사실 튕겨 나오지 않는다는 걸 알 만큼은 살았다. 선생님이 나를 힐끗 돌아보았다. "하나 말해줄게. 내가 걱정하는 건 잭이야. 말도 씨."

"아." 내가 말했다. 나는 말도 씨의 이름을 잊고 있었다. 알았었는지도 모르겠지만.

"지금 말도 씨는 자기 일을 하는 것만으로도 불길을 뚫고 걸어가는 것과 같은 상태야. 애들이 손가락 욕을 해. 난 말도 씨가 일을 그만두고 의료보험을 잃게 될까 봐 걱정이야. 몸이 좋지 않거든. 넌 몰랐을지도 모르지만."

"말도 씨 손은 봤어요." 내가 말했다. 그런 일에 쓸 수 있는 방법이 있는지는 알 수 없었지만.

"루이스랑 나를 걱정해준 건 참 상냥하지만, 우린 이런 일을 아주 여러 번 겪었어. 세상에는 우리 결혼을 두고 자기들이 신경 쓸 일이라고 생각하는 사람이 늘 있거든."

애니 선생님은 1960년대까지도 흑인과 백인의 결혼을 금지하는 법이 있었다고 말했다. 그러니까 애니 선생님과 암스트롱 선생님을 포함한 우리 모두가 태어나기 전의 일이었다. 그러나 태도는 남는다. "이 동네의 어떤 딱한 인간들은 완전히 망가지거나 빼앗기지 않고 남아 있는 마지막 자산이 백인이라는 인종이라고 생각해."

나는 오래전 언젠가 우리 쪽 사람들이 멜런전 아기들을 만드는 것에 관한 법도 있었는지, 아니면 우리는 높으신 분들이 보기에 너무 오지에 살아서 신경 쓸 가치조차 없었는지 궁금했다. 아주 오래된 이야기였다. 누가 누구를 어떤 이유로 깔보는지는.

나는 도움이 될지는 모르겠지만 암스트롱 선생님은 7학년 MVP였다고 말했다. 애들이 언제나 선생님의 염소수염을 잡으려고 들었으나 결국은 그의 팀이 되고 말았다고.

선생님은 이미 알고 있었다. "애들은 문제가 아니야. 부모들이 문제지. 암스트롱 혐오자 동아리가 있는데, 그 사람들이 사실상 학부모-교사 회의의 태스크포스처럼 활동한다니까. 자기들이 편견에 사로잡혀 있다는 걸 인정하지 않으려고, 암스트롱을 공산주의자라면서 해고하고 싶어 해. 공산주의자가 뭔지 알기라도 하는지!"

나는 그 사람들이 그냥, 암스트롱 선생님이 우리 머리에 생각을 심어줄까 봐 두려워하는 것이라고 말했다.

선생님이 미소 지었다. "상상이나 돼? 교사가 애들 머리에 생각을 심는다니."

선생님은 내가 걱정해야 할 사람은 나뿐이라고 했다. 내가 압박감을 느끼고 있다는 걸 알고, 도움이 필요하다면 자신과 암스트롱 선생님에게 말해야 한다고. 내가 학교에 다니든 다니지 않든 자신들의 문은 열려 있을 거라고. 선생님은 차에서 내리려다 말고 나를 돌아보았다. 눈이 약간 반짝거렸다. "레드넥한테 안부 전해줘. 레드넥의 관점이 마음에 든다고 말해주렴."

나는 귀가 달아오르는 걸 느꼈다. "왜 제가 레드넥을 알 거라고 생각하세요?"

선생님은 내 얼굴에 대고 웃었다. "데이먼. 다른 선생님들이 네 손글씨를 알아보듯이 난 네 그림을 알아봐. 대체 왜 그 만화에 네 이름을 적지 않는 거니?"

나는 선생님이 내 임팔라에서 내려 자기 일이나 봤으면 좋겠다고 생각했다. 하지만 선생님은 반쯤은 차에 타고 반쯤은 차에서 내린 채

기다렸다. "신문에 실렸잖아요." 내가 마침내 말했다. "저 바깥에, 사방에 깔렸다고요. 만화가 끔찍하다면, 사람들이 전부 그게 제 그림이라고 말하는 게 싫었어요. 끔찍하지 않다면, 제가 잘난 척을 하는 셈이 될 테고요."

"왜 이러실까. 만화는 네 일이잖아. 정비소 사람이 엔진을 잘 고쳐주고 요금을 청구하면 그게 자랑이니?"

나는 선생님에게 그 둘이 무슨 상관인지 모르겠다고 했다. 선생님은 엉덩이를 차에 완전히 다시 들여놓았다.

"아무도 이런 얘기는 안 해주겠지만, 예술은 일이야. 사람들은 네가 하는 바로 그 일을 하고 돈을 받아. 너보다 훨씬 나이가 많고 기술은 떨어지고 아주 고루한 내러티브만을 갖춘 사람들이."

나는 선생님에게 고맙지만 나의 만화는 작은 감자나 마찬가지라고 했다. 이 동네 사람이 아니라면, 스몰빌에 머무는 슈퍼히어로에게 누가 쥐똥만큼이나 관심을 갖겠는가? 선생님은 그렇게 확신하지 말라고 했다. 우리가 있다고, 웨스트버지니아와 켄터키가 있다고. 테네시주도 있고. 우리는 작든 크든 감자가 아니었다. 선생님은 그렇게 다 큰어른이 되고 싶다면 감자처럼 생각하는 건 그만두어야 한다고 했다.

*****

나는 앵거스가 말한 대로 했다. 도리가 있는 집으로 돌아가, 그 상황을 안고 살았다. 나는 싱크대에서 곰팡이 수염을 키우는 접시들과 쓰레기통에서 미끄러져 내리는 쓰레기봉투, 산처럼 쌓이는 쓰레기를 안고 살았다. 맥머핀 포장지나 지미 딘 소시지 박스를 찾아 100만 갈래로 찢어놓을 때마다 집 전체를 돌며 승리의 달리기를 하는 지프도 안고 살았다. 쓰레기장에서 산다는 면에서 도리와 나는 골리 씨의 어린 시절과 맞먹었다. 나는 너무 바빠서 별다른 일을 할 수 없었다. 소닉에서 일하고, 나를 통째로 삼켜버리는 다른 엿 같은 일들도 해야 했으니까. 클리닉에 가서 처방전을 받아 온다든지. 와츠 그 인간은 이제 도리에게 눈길을 두지 않았다. 슬픈 건 와츠가 나를 알아보지도 못했다는 것이다. 나를 처음으로 이 하수도에 흘려보낸 게 그 개자식인데. 처방전을 얻은 뒤에는 전화를 걸고, 온갖 말도 안 되는 시간에 차를 몰아 이런저런 비천한 인생들을 만났다. 우리 약을 사거나 팔고 청구서 요금을 내고 우리 짐승에게 밥을 주기 위해.

나는 이따금 벳시 할머니와 딕 아저씨를 생각했다. 지금 그들이 나를 보면 뭐라고 생각할까. 딕 아저씨가 나를 위해 희망을 갖고 싶어서 연에 써서 올려 보낸 말들. 나는 한심한 인간이지만 할 수만 있다면 거짓되거나 잔인하게 살지는 않으려고 노력했다. 그런 노력에 무슨 의미가 있는지는 몰라도 엄청나게 노력했다. 중독은 게으른 사람들에게 어울리지 않는다. 약쟁이로 사는 삶의 위험에는 끝이 없다. 그의 삶에는 치명적인 기습이 기다리고 있다. 사람들 얘기는 꺼내지도 않았다. 약 얘기만 하는 것이다. 나는 머리가 썹창 났다고 해도 최선을 다하는 방법은 아는 사람이었다. 코치님이 내게서 본 것이 그것이었다. 코치님은 내게 규율이 있다고 했다. 나라면 다른 단어를, '생존'이라는 단어를 썼겠지만. 나는 태어난 그 순간부터 하루하루 모든 것을 포기했다. 엄마가 무너져 내리지 않게 하고, 그다음에는 스토너가 내게 보여준 것보다 더 큰 증오심을 보여주고, 그런 다음에는 뭐든 내게 던져진 쓰레기 같은 일거리를 가장 빠르게 처리했다. 배터리에 들어 있는 산을 빼내는 것이든 담배꽃을 따는 것이든. 미식축구도 했다. 나는 오직 한 가지 방식으로, 나 자신을 완전히 바치는 방법으로만 살아왔다.

도리가 셀마에게서 도둑질을 했다는 이유로 그렇게까지 화난 이유가 아마 그래서일 것이다. 내게는 나만의 뒤틀린 명예심이 있었다. 도리는 말도 안 되는 것부터 훔치기 시작했다. 가위라든가 헤어 관리 용품이라든가. 그런 다음에는 금장신구와 비타믹스를 가지고 집에 왔다. 나는 어린애를 꾸짖듯 도리를 꾸짖어야 했다. 친구이자 모르핀 공급자이자 준(準)고용주에게서 도둑질을 하는 것의 도덕관념만이 아니라, 걸렸을 때의 모든 결과에 대해서도. 성숙한 인간이 된다는 건 자신이 가진 기술을 안다는 뜻이기도 한데, 우리 중 누구에게도 절도의 재주는 없었다. 매곳은 사정이 달랐다. 그는 특급 좀도둑이자 어느 드러그스토어가 어디에 카메라를 숨겨놓았는지 다 알고 있는 배후의 조정자였다. 감탄이 나올 지경이었다. 반면 도리와 나는 무능했다. 나는 머릿속으로 〈무능력자들〉이라는 만화를 그리기 시작했다. 도리에게 소리를 질러봐야 재앙으로 이어질 뿐이었다. 도리는 울고, 나는 도리가 싫다고 말하고. 그렇게 되면 나는 산산이 부서졌다. 도리가 이 세상에서 원하는 것은 사랑받는 것뿐이었다. 도리를 나의 아기 인형으로 생각해야 했다. 게으르게 산다고 인형을 탓하지는 않는다. 그냥 예쁜 눈이 뜨였다 감기는 걸 지켜본다. 밤에는 이불을 덮어주고.

도리는 내 생일이 다가온다는 걸 기억했고 나한테 뭘 갖고 싶은지 물었다. 몇 가지 할 말은 있었다. 임팔라의 기어가 양동이에 든 못처럼 갈리는 소리를 내기 시작했다. 하지만 나는 그냥, 내 여자만 있으면 된다고 했다. 그림처럼 예쁘고 언제까지나 내 것인. 도리는 그게 결혼하자는 말이냐고 물었다. 나는 안 될 것도 없다고 말했다. 우리는 절대 결혼하지 못할 터였다. 우리는 전화 요금제를 함께 결정하는 것도 어려운 상태였으니까. 하지만 도리는 이 대화를 기억하지 못할 것이다. 도리는 패치 약물을 주사했고 침대 가장자리 너머로 팔을 늘 어뜨린 채 누워 있었다. 나는 무릎을 꿇고 그녀의 발가락에 끼워진 작은 반지들에 입을 맞췄다. 피 맺힌 점이 흰 발 위 보석처럼 두드러 졌다. 나는 그 점을 어루만지며 다른 시대의 매곳과 나를, 우리 스스 로를 찔러 피로써 형제가 되기로 약속했던 일을 떠올렸다. 진실해지 는 방법은 자신에게 상처를 내는 것밖에 없다는 듯이.

도리는 빠르게 정신을 잃었다. 우리의 상상 속 결혼식을 제대로 꿈 꾸고 있었다. 나는 나중에 외출할 예정이었으므로 40밀리그램짜리를 하나 먹고, 오락가락하는 기분이 잦아들기를 기다리며 바닥에 앉아 도리의 말에 귀 기울였다. 토미가 신랑 들러리가 될 터였다. 귀여운 데. 도리는 토미한테 늘 친절하게 굴지는 않았다. 내가 토미의 사무 실에서 너무 많은 시간을 보내기 때문이다. 하지만 혈관에 활력이 흐 를 때면, 도리는 사랑으로 가득했다. 지프가 우리의 반지를 가져다줄 테고 셀마와 앵거스가 신부 들러리가 될 것이다. 아니면 앵거스가 신 랑 들러리가 될 수도 있겠다고 했다. 앵거스가 결혼식에 어떤 식으로 들어와야 할지 헷갈린다면서. 신랑의 여자 들러리, 라고 했다. 도리는 자기가 입을 드레스에 대해서 얘기했다. 모두가 참 아름다운 신부라 고 말할 거라고도 했다. 우리가 참 어리다고도.

도리가 완전히 정신을 잃자 나는 조심스레 그녀를 옆으로 돌려 눕 히고 베개를 받쳐준 뒤 집을 나섰다.

51

일주일이 더 흘렀다. 또 한 번의 개 같은 쇼가 있었다. 월요일 밤이다. 매곳이 나더러 페곳 아줌마의 집으로 자기를 데리러 와 드라이브를 하자고 한다. 좋지. 내가 아는 한, 우리는 여자들에게서 벗어나는 두 남자였다. 매곳이 친구를 데리고 가자며 우드웨이에 있는 어떤 수상한 집까지 길을 안내한다. 그런데 그 친구는 알고 보니 스왑-아웃이다. 둘이 서로 안다니 내게는 새로운 소식이다. 다음으로 내가 알게 된 건 우리가 월그린 뒤에 와 있고, 매곳과 스왑-아웃이 드라이브스루 쪽 창문에 시멘트 벽돌을 던졌다는 것이다. 우리는 스왑-아웃이 그 작은 구멍으로 기어 들어가는 걸 보고 있다. 녀석이 기어 올라가 맨 꼭대기 선반의 상자들을 비운다. 우리는 3분도 채 못 돼서 그곳을 빠져나온다. 나는 더프 팻 고속도로에 차를 세우고 무릎 사이에 얼굴을 묻을 수밖에 없다. 매곳은 돌아버리게 기분이 좋아져서, 자신이 슈다페드를 훔치는 씨발 로빈 후드라고 소리 지른다. 나는 둘 모두를 우드웨이에 다시 내려주고 나는 듯이 그곳을 떠난다.

화요일. 패스트포워드가 전화를 건다. 옛 우정을 생각해 드라이브를 한번 하고 싶냐고 묻는다. 어디로? 패스트포워드는 리치먼드라고 말한다. 나는 패스트포워드에게 죽어도 싫다고 말하고, 마우스의 쥐구멍에 대한 내 의견을 들려준다. 그건 그렇고 에미는 어때? 패스트포워드는 에미와 갈라섰다고 말한다. 나는 전화를 끊고 준 이모에게 전화를 걸어 에미가 집에 돌아왔는지 알아본다. 에미는 돌아오지 않았다. 이모는 이유를 묻는다. 젠장. 상황이 나쁘다.

수요일. 엄밀히 말하면 끔찍하지는 않지만 내 균형을 무너뜨린다는 점에서는 그래, 나쁘다. 토미는 사람들이 신문사에 〈레드넥〉에 관한 편지를 보낸다고 말한다. 대중적 관심의 상승이라나. 데이나 퀵마트에서 소프트아이스크림 기계를 치웠을 때처럼 뭔가 중대한 일이 벌어지지 않는 한 아무도 신문사에 편지를 보내지 않으니까. 핑키는 토미에게 그 만화를 매주 실으라고 명령한다. 모든 수단을 동원해서. 무슨 수단이든 상관없으니까. 토미는 어쩔 수 없이 그게 평소 쓰는 클립아트 책에서 나온 게 아니라고 고백한다. "지역 인재의 기여"라고 한다. 핑키는 그 말을 토미가 직접 만화를 그렸다는 뜻으로 받아들이고, 일주일에 10달러의 보너스를 제안한다. 토미는 만화 한 편당 10달러를 익명 작가가 어떻게 생각할지 의논해보겠다고 한다. 매주 만화를 싣는 건 엄청난 압박이 될 것이다. 내 마음속 절반은 내가 이미 제 기능을 하는 사람과 죽은 마약쟁이 블랙홀 고깃덩어리 사이의 칼날처럼 얇은 경계선에 걸쳐 있으며 그 제안을 받아들였다가는 그 선을 넘게 될 거라고 말한다. 그리고 다른 절반은 핑키에게 20달러를 요구하라고 말한다.

슈퍼히어로를 필요로 하는 사람은 이 지역에 얼마든지 공급된다.

아이디어는 사방에서 떠올랐다. 지금은 담배꽃을 따고 담배를 자르는 시간, 가을이었으므로 담배에 관한 시리즈를 그린다. 그 높다란 식물의 꽃을 따려고 일하는 꼬마들을 그린다. 머릿수건을 두르고 짧은 양말을 신은 여자아이들, 야구 모자를 쓴 남자아이들. 그들 모두가 별을 보기 시작한다. 담뱃잎농부병으로 어지러워서 빙빙 돈다. 레드넥이 휙 날아 들어와 들판을 가른다. 그는 한 손에 하나씩, 모든 담배꽃을 단번에 딸 수 있는 칼을 쥐고 있다. 그런 다음 아이들을 픽업 트럭 뒤에 태우고 핫도그를 사주러 간다. 마지막 칸에서는 그들이 어딘가에 들렀다 가는 걸 알 수 있다. 트럭이 저 멀리 통통 튀어가는 가운데, 그들이 두 개의 무덤에 남겨놓은 담배꽃이 클로즈업으로 그려져 있다. 하나는 아빠에게, 하나는 남동생에게 주는 것이다.

나는 레드넥에게 디소토 트럭을 주었다. 꼬리가 달린 1950년대 모델로. 그냥 알아두라고 하는 말이다. 라리아트가 아니었다고.

그 만화 때문에 사람들이 묘지에 담배꽃을 놔두는 엄청난 사태가 벌어졌다. 핑키는 사진작가 가이 그릴리를 묘지로 보내 사진을 찍게 했다. 미친 짓이었다. 신문이 신문에 나다니. 담배꽃은 신문사의 앞 계단에도 놓였다. 핑키는 러셀 카운티의 주간지와 브리스틀의 일간지에서 전화를 받았다. 어떻게 하면 그 만화를 실을 수 있느냐는 문의였다. 그래서 핑키는 토미와 이야기하러 쳐들어왔다. 핑키가 근무 시간 이후에 들어오는 건 너무도 희귀한 일이었기에, 토미는 잠긴 현관문이 열리는 소리를 듣고 오줌을 지릴 뻔했다. 페닝턴의 가게 절반이 최근에 무단 침입을 당했으니까. 그렇게까지 보람이 있을 것 같지 않은 가게도 포함해서 말이다. 출장 사무소라든가, H&R 세무사라든가. 이 사건은 내가 그 자리에 없던 날 저녁에 벌어졌다. 내가 소닉에서 해고당한 이후로 조금 술에 취해 지냈기 때문이다. 나는 핑키를 만난 적이 한 번도 없었다. 토미는 바가지 머리를 한 핏불이 담배 한 대를 다 피우자마자 다음 담배에 불을 붙이며 CIA 특수작전부에 속하기라도 한 듯 사람을 내려다보는 장면을 떠올리라고 했다. 토미는 말을 참 잘했다. 핑키는 레드넥 계약을 공식화해야 할 때가 왔다고 했다. 돈이 연관돼 있으니, 이름이 있는 진짜 사람이 계약서에 서명해야 한다고 했다. 그때까지도 만화를 그린 사람을 토미라고 생각하면서.

그래서 토미는 내 정체를 밝히고 말았다. 그는 핑키가 무력을 쓰기 직전이었다며 그녀를 탓했지만, 나는 바보가 아니었다. 나는 예전 크리키 농장에서 토미가 소리도 지르지 않고 호된 채찍질을 당하는 모습을 보았다. 결국 토미도 내 이름을 밝히기로 한 건 자신의 결정이었다고 인정했다. 그는 내가 그 점에 화를 낼 게 아니라 기뻐해야 한다고 말했다. 내가 자신의 입장이었어도 같은 일을 했을 거라고.

애니 선생님은 전에 내게 집 전화번호를 알려주었다. 문은 언제나 열려 있다느니 뭐니 하면서. 사람들이 그런 말을 진심으로 할 거라고는 생각하지 않는다. 그 사람들은 그냥 엉망진창이 된 사람을 두고 떠나 자신의 운 좋은 삶으로 돌아가는 데에 죄책감을 느낄 뿐이다. 하지만 나는 전화를 걸었고, 선생님은 지금 오라고, 안 될 건 뭐냐고 했다. 저녁을 먹자고.

그 집을 못 알아볼 수는 없었다. 앞면이 조각보처럼 색칠되어 있었다. 안에서 개가 짖었지만 암스트롱 선생님이 그만하라고 하자 조용해졌다. 지프와는 달랐다. 암스트롱 선생님은 나를 맞아들이고, 저녁을 준비하고 있으니 얼마든지 주위를 둘러보라고 했다. 나는 그렇게 했다. 볼 게 정말로 많았으니까. 벽에 걸린 조각보. 산 풍경을 묘사한

천 그림은 가을 색깔의 나무 등등으로 이루어져 있었는데, 애니 선생님이 베틀로, 거실의 절반을 차지하고 있는 장치로 직접 짠 것이었다. 그림이야 나도 그릴 줄 알았지만 오직 색실로만 만들어낸 현실적인 그림이라니, 이건 다른 차원이었다. 나는 그것들을 만져보고 싶었다. 풀과 울퉁불퉁한 바위를 느껴보고 싶었다. 어떤 그림에는 폭포가 있었다. 애니 선생님은 그곳이 악마의 욕조라며, 나에게 가본 적이 있느냐고 물었다. 나는 배 속이 얼음처럼 차가워져서 아뇨, 선생님, 이라고 말하고는 다시는 그 그림을 쳐다보지 않았다. 선생님의 개는 이름이 헤이즐 디킨스였다. 검은색에 작고 털이 길었으며 다리는 짧았다. 녀석은 조용히 나를 졸졸 따라다녔다. 내가 뭘 흘리면 뒤치다꺼리를 하려는 것 같았다. 집은 깨끗했지만 지나치게 깔끔하지는 않았고 사방에 앰프 등 음악 관련 물건이 놓여 있었다. 나는 선생님네 밴드 음악을 들어본 적이 한 번도 없었다. 젊은 사람들이 좋아하는 음악은 아니었다.

선생님 부부는 책장이나 창틀 위 사방에 나무를 깎아 만든, 색칠된 조각상을 두었다. 거의 어린애들이 만든 것 같아 보였지만, 훨씬 나았다. 미소 짓는 곰, 아담과 이브, 고래에게 잡아먹히는 세무 관리 등. 암스트롱 선생님은 자신이 그런 조각상들을 수집한다고 말했다. 사람들은 민속 예술, 힐빌리 예술, 독학 작품이라고 불렀지만 선생님은 그냥 예술이라고 했다. 한 조각상은 힐빌리 미술의 슈퍼맨으로 흑인이었다. 그는 늘 하고 다니는 망토와 상징 등 모든 것을 갖추고 있었다. 커다란 작업화를 신고 허공에 주먹을 쳐든 채로. 나는 흠, 이런 생각을 한 게 내가 처음은 아니구나, 라고 생각했다.

선생님들이 양말 바람으로, 결혼한 채로 있는 모습을 보는 건 기분 좋은 일이었다. 애니 선생님은 운동복 비슷한 바지를 입고 머리를 포니테일로 묶었다. 애니 선생님의 이처럼 스포티한 제인 폰다*적 측면은 절대 짐작할 수 없을 것이다. 나는 암스트롱 선생님이 국자를 집으려고 애니 선생님 등 뒤로 손을 뻗다가 선생님의 엉덩이를 몰래 톡 치는 모습을 보았다. 저녁밥은 콩 수프, 샐러드, 옥수수빵이었다. 나는 모든 걸 한 번씩 더 달라고 했다.

애니 선생님은 신이 나서 〈레드넥〉에 대한 조언을 해주었다. 내가 전화를 건 이유가 그래서였다. 선생님은 내가 서명하기 전에 무슨 계약서든 살펴봐주겠다고 했고, 돈에 대해서도 열심히 생각해봐야 한다고 했다. 처음부터 제대로 흥정하지 않으면 나중에 기회를 잃을 수 있다는 것이었다. 선생님은 협동조합인지 뭔지 그런 말을 했다. 나는 애니 선생님에게 핑키가 만화 한 편당 10달러를 제시했다고 했고, 선생님은 아, 데이먼, 그건 말도 안 되게 싼 값이야, 라고 말했다. 나는 그 여자한테 돈을 더 달라고 밀어붙이면 이상한 기분이 들 거라고 했다. 별로 기독교인답지 않든지 뭐든지. 선생님은 내가 정신 상태를 바꿔야 한다고 말했다. 선생님은 다시 생각해보더니, 직접 핑키에게 전화를 걸어 내 보상에 대해 이야기해봐야겠다고 했다. 선생님은 내 에이전트라고 말할 생각이었다.

암스트롱 선생님이 말했다. "아마토 앤드 암스트롱에서 전화했다고 해."

애니 선생님은 장난스러운 눈길로 그를 보았다. "그래야겠다." 나는 애니 선생님의 성이 암스트롱 선생님과 달리 아마토라는 걸 늘 잊어버렸다. 서로 다른 성을 쓰면서도 둘은 서로에게 미쳐 있었다. 둘이 생각을 읽기라도 하는 듯 서로를 도와주는 걸 보면 불 보듯 뻔히

*   미국의 배우.

알 수 있었다. 페그 아저씨라면, 굴레를 씌워놓은 한 팀의 노새라고 했을 것이다.

나는 암스트롱 선생님에게 존스빌 중학교는 어떻게 되어가느냐고 물었고, 선생님은 평소와 똑같다고 말했다. 불타는 폐허에 오줌을 누고 있는 셈이라고. 선생님이 우리한테 교실에서 쓰게 해줄 것 같은 언어예술은 아니었다. 나는 약간 충격을 받았지만 그 충격에 쓰러지지 않으려고 노력했다. 둘을 선생님이 아니라 사람으로 만나는 거였으니까. 둘은 나를 어린애로 대하는 게 아니었다. 우리는 학교 이사회에서 암스트롱 선생님을 해고하고 싶어 하는 이유에 대해 이야기했다. 나는 석탄 회사 사람들이 자신들의 위장을 폭로했다는 이유로 선생님에게 화가 났기 때문이냐고 물었다. 그들이 이 동네가 아닌 곳에서 온갖 다른 사업체를 운영하며, 우리가 맞서 싸우지 못할 만큼 멍청해지도록 학교를 엉망진창으로 유지하고 있다고 말한 점에 대해서 말이다. 선생님은 고개를 옆으로 돌리며 우스꽝스러운 표정을 짓고 아, 들켰네, 라고 말했다. 애니 선생님은 두 손을 들더니 허공에서 흔들었다. 이 둘은 대단히 쿵짝이 잘 맞았다. 암스트롱 선생님은 완전히 포커페이스로, 수업 시간에 그런 말을 한 건 전혀 기억나지 않는다고 말했다.

"이 사람은 밴조 연주로 더 많은 돈을 벌 수 있어." 애니 선생님이 말했다. "그놈들이 이 사람을 그 학교에 잡아두는 건 그냥 이 사람을 모욕하기 위해서야."

나는 잠시 생각해보고 애니 선생님에게 말도 씨에 대해 물어보았다. 애니 선생님은 말도 씨가 떠나서 지금은 킹스포트에 있는 어느 공장에 있다고 말했다. 거기서라면 청소년들의 모욕이라는 악의를 느끼지 않고도 자유롭게 화장실을 청소할 수 있다고. 그럼 잘된 일이었다.

나는 말도 씨가 떠나버려서 아쉽다고 말하고, 애니 선생님과 암스트롱 선생님은 어떻게 유홀이나 그놈의 불쾌한 엄마가 내는 것 같은 소문을 견디며 살 수 있느냐고 물었다. 암스트롱 선생님은 혐오자들이야 어디에든 있으니 리 카운티가 독점적인 곳은 아니라고 했다. 인종적으로 뒤섞인 부부였기에 그들은 이 모든 이야기를 들어왔다. "저번에는 시카고 시내에서 어떤 차가 우리한테 요거트를 던졌어."

"요플레 요거트였어!" 애니 선생님은 농담이라도 하듯 신나서 말했다. "그 작고 귀여운 용기에 담겨 나오는 것 말이야. 알지? 대체 웬 인종차별주의자가 브랜드가 있는 딸기 요거트를 먹는 거지?"

나는 도저히 모르겠다고 말했다. 시카고 인종차별주의자요? 암스트롱 선생님은, 엄밀히 말하면 그 사람이 요플레를 먹고 있었는지는 모른다고 말했다. 그냥 던지려고 산 것일 수도 있다고.

둘은 장난을 치는 것처럼 보였지만, 여기서는 심각한 뭔가가 진행되고 있었다. 꼭 힌트를 주는 것 같았다. 애니 선생님은 이 지역의 좋은 점을 사랑하고, 좋지 않은 점에 대해서는 암스트롱 선생님과 서로의 뒤를 봐준다고, 그거면 충분하다고 했다. "단 한 사람만 있으면 세상이 괜찮은 곳이라고 느끼는 데 큰 도움이 돼." 선생님이 말했다. "하지만 도움은 쌍방이어야지." 그렇다면 둘은 편을 먹고 나와 상대하기로 한 셈이었다. 학교를 그만두고 도리와 함께 살게 되었다는 점에 대해서. 애니 선생님은 이번 계약을 성사하는 것이 매일 찾아오지 않는 돌파구이며, 자기가 나였다면 맑은 머리로 이 도전을 맞이하고 싶을 거라고 말했다. 다시 말해 내가 약을 끊어야 한다는 뜻이었다. 약쟁이 친구들이 없으면 그렇게 하기가 더 쉬울 테고. 그들은 예의를 지켰지만 그래도 마찬가지였다. 사랑이란 강력한 곳에서 오는 것이어야지, 어디든 손 닿는 데서 낚아채서는 안 된다고 했다. 가족은 고를 수 없지만 배우자는 괜찮은 재출발을 위한 기회였다. 나는 그곳에 앉아 주머니 속 자낙스를 만지작거리며 생각했다. 아, 씨발. 우리 집 창문이라도 들여다보고 있었던 거예요? 어쩌면 내가 망상에 빠진 건지도 몰랐다. 실제로 약 기운이 떨어지면 그런 일이 일어났다. 하긴 그렇게 치면 이 사람들은 선생님이니까. 이 동네 어린애들이나 가족들에 관해서라면 이들은 책도 쓸 수 있었다.

나는 너무도 혼란스러운 기분으로 그 집을 떠났다. 그래서 차에 시동을 걸기 전에 자낙스 한 알을 삼켜야 했다. 핑키 메이휴에게서 괜찮은 거래를 따내는 것이야 좋았다. 하지만 나는 엿같이 화가 나기도 했다. 도리는 모든 것을 내게 의존했다. 내가 도리를 버리면, 솔직히 말해서 도리는 아마 울다가 굶어 죽을 것이다. 내가 떠났으니 자기가 전쟁에서 이겼다고 생각하는 지프가 그녀의 시체 위에 엎드려 있을 테고. 음흉한 농담을 하고 엉덩이를 찰싹 쳐대는 선생님 부부와 떨리지 않는 손으로 만든 아름다운 것들로 가득한 집이라니. 그런 걸 원하지 않을 사람이 과연 있을까? 하지만 일반적인 방식으로 어떻게 그런 곳에 이르겠는가? 나는 행복한 부부를 별로 알지 못했다. 특히 서로에게 행복해하는 부부를. 암스트롱 선생님과 애니 선생님은 내게 걱정거리만을 더 안겨주었다. 도리와 헤어져야 한다는 생각을 내 머리에 심어주었으니까. 나는 절대로 그렇게 할 수 없었다. 착한 사람은 사랑하는 사람을 포기하지 않는다.

나는 토미에게 좋다고, 한 팀으로서 이 일을 해보자고 말했다. 애니 선생님이 핑키에게 강속구를 던져 만화 한 편당 50달러를 받도록 해주었다. 그 만화를 다른 신문사에서 실어 갈 때마다 보너스도 받기로 했다. 우리는 일주일에 한 번씩 만화를 싣기로 1년짜리 계약을 했다.

토미와 나는 그 과정에서 돈을 나눌 터였다. 토미가 읽은 수천 권의 책들이 어느 순간에는 결실을 맺을 것이다. 토미가 스토리 아이디어를 내는 데 도움을 줄 수 있었다. 그림 자체에도 그렇고. 만화 제작의 마지막 단계는 모든 것을 펜으로 그리는 것이었는데, 그러려면 떨리지 않는 손이 필요했다. 나는 토미에게 우리가 한 굴레를 쓴 노새들이 될 거라고 말했다.

진실은, 내가 직접 그런 약속을 하기에는 무서워서 눈이 멀 지경이었다는 것이다. 나는 얼마나 약을 심하게 사용하고 있는지에 관해 나 자신마저 속이고 있었다. 날 봐, 일어나서 나갈 수 있잖아. 통제를 벗어난 건 아무것도 없어. 나는 모르핀이 있을 때는 발꿈치를 들고 다녔다. 그때까지도 주삿바늘을 보면 소름이 돋는다는 이유만으로 어떤 주사도 맞아본 적이 없었지만, 그게 재미와 본격적인 마약중독 사이에 그어진, 내가 넘지 않으려는 선 때문이라고 나 자신에게 말했다. 소닉에서, 그 이후로도 많은 곳에서 해고당했지만 여전히 내가 시간에 맞춰 나타날 수 있는 인간인 척하고 있었다. 그런 곳에서 해고당한 건 게을러서가 아니었다. 사실 나는 주문을 두 배는 빨리 처리했다. 다만 내가 큰 프라이팬을 들고 일하는 곳에 함께 있고 싶어 하는 사람은 아무도 없었다고만 해두자.

하지만 토미가 내 뒤를 봐주는 지금은 헛짓거리를 그만둘 생각이었다. 핑키 메이휴의 쥐 소굴 사무실에서 그 계약서라는 것에 서명한 날, 그렇게 생각했다. 내가 무엇보다도 원하는 것이 성장이었다. 내 어린 시절이 엉망이었다는 걸 생각하면 설명하기 어려운 일이다. 태평하다는 게 대체 뭘까? 그게 뭔지 내가 안 적이 있다 하더라도 지금은 기억나지 않았다. 하지만 나는 여전히 완전한 성인기에 들어가지 못하고 그 바깥에 처박힌 채, 성인들의 문 안쪽으로 연기만 피워대면서 시멘트 벽돌을 들고 창문을 눈여겨보고 있었다. 우리가, 이 세상의 너절한 소년들이 원하는 건 그게 전부였다. 남자로 사는 것.

계약이 만료될 때쯤 나는 거의 열여덟 살이 될 것이다. 나는 엄마의 사회보장급여에서 나를 위해 빼둔 돈을 받게 될 것이고, 나만의 자유로운 인생을 시작하게 될 터였다. 일도 재능도 있는 남자로서 내 노동의 대가를 받을 것이다. 나는 도리와 결혼할 것이다. 약을 끊을 것이다.

나는 이렇게 생각하며 잠자리에 들었다. 좋아, 앵거스. 거친 흐름을 믿어보겠어. 상황이 나아지는 것 같아. 몇 시간 뒤, 전화 소리를 듣고 깼다. 내가 절대로 소식을 전해 듣고 싶지 않은 사람, 로즈 다텔이었다. 나는 그 이상한 여자애에게 아무 유감이 없었고, 그녀도 마찬가지일 거라고 생각했다. 틀렸다. 로즈는 내게 감정이 있었다. 그녀는 나를 경멸했다. 에미와 패스트포워드 때문이었다. 모두가 이 일을, 둘이 사귀게 된 것을 내 탓으로 돌렸다. 로즈는 유잉 위쪽의 작은 주차장에서 만나자고 했다. 에미가 나한테 주라고 전해준 물건이 있다면서. 나는 내일 오후에 갈 수 있겠다고 말했다. 로즈는 안 된다고 했다. 지금 오라고.

품위를 지키기 위해 하는 일들을 할 차례였다. 나는 씨발 새벽 3시에 바지를 입고, 이름 없는 고속도로의 이름 없는 휴게소로 나간다. 나쁜 소식일 게 분명한 그 소식이 무엇인지 알아보기 위해서다. 그곳은 바크스 선생님이 몇 년 전 나를 버린 날에 데려갔던 공원과 그리 멀지 않다. 하얀 바위 절벽을 올려다보니 이상한 생각이 내 머릿속을 차지한다. 뛰어내리기, 날기 또는 추락하기. 이제는 달이 그 위의 들쭉날쭉한 산등성이에 닿고 있다. 나는 차가운 시멘트 더미에 앉아 헤드라이트가 길을 따라 다가오기를 기다린다.

로즈는 차에서 내리되 자동차 옆을 떠나지 않고 낮은 목소리로 말했다. 그녀의 모습이 제대로 보이지 않았다. 그녀는 패스트포워드가 조지아주에서 살고 있었다고 말했다. 패스트포워드는 마우스를 빼버리고, 애틀랜타의 멕시코 마약상들과 직접 거래하기로 했다. 로즈는 다양한 기술적 문제에 대해 이야기하면서 패스트포워드가 존경할 만한 사업가인 것처럼, 그가 승진하려고 똑똑한 한 수를 둔 것처럼 말했다. 패스트포워드의 사업 감각 중 일부는 에미를 미끼로 사용하는 것과 관련되어 있었다. 나는 피곤했고 몸이 떨렸다. 모든 단어가 다 들리지는 않았다. 나는 미끼라니 그게 무슨 뜻이냐고 물었다. 내가 생각할 수 있었던 것은 페그 아저씨의 낚시 도구 상자뿐이었다.

로즈가 말한 게 바로 그거였다. 낚시용 미끼. 남자들을 꾀어 패스트포워드와 거래하도록 그들과 섹스를 하는 것. 나는 로즈에게 그건 불가능하다고 말했다. 에미를 알면 그런 장면은 절대 상상할 수 없을 거라고.

"너야 못 하겠지." 로즈가 말했다. 그녀는 담배에 불을 붙여놓고 있었다. 나는 주황색 빛이 솟아오르다가 어두워지는 것을 지켜보았다. "내일 당장 에미가 널 찾아와도 넌 못 알아볼 거야."

"난 알아봐."

"지금 이 순간 엉망이 된 에미 모습은 못 알아본다고. 못 알아보세요, 선생님. 나는 알아봤어. 그래서 너한테 말해줄 수 있는 거야. 걔, 사람들 말대로라면 망가졌어. 패스트포워드가 역겹다면서 걜 거기다 버리고 떠났고." 나는 담배가 땅에 떨어지는 것을 보았다. "그러니까 넌 두 사람의 인생을 망친 거야. 에미랑 나랑. 나라면 패스트포워드한테 붙어 있었을 텐데. 난 머리가 좋거든."

669

나는 로즈에게 지옥에나 가라고 말했다. 나는 그녀가 하는 말을 한 마디도 믿지 않았다.

나는 자갈을 밟아 오는 발소리를 들었다. 어느새 로즈가 냄새로 알아볼 수 있을 만큼 가까워져 있었다. 그녀가 주먹으로 나를 떠밀었다. 무언가가 내 손에 툭 떨어졌다. 침처럼 약간 축축하게 느껴지는 것이.

나는 로즈의 트럭이 어둠 속으로 사라질 때까지 그 모습을 지켜본 다음 자동차에 올랐다. 실내등 때문에 잠시 눈이 보이지 않았다. 손을 펼쳐 바라보았다. 뱀 팔찌였다.

52

나는 준 이모에게 전화를 걸기가 겁났지만, 그러겠다고 약속한 터였다. 몇 가지 자세한 내용은 말하지 않았다. 죽을 것 같은 기분이 들었던 건, 이모가 에미가 살아 있다는 소식을 듣는 것만으로도 너무 기뻐했기 때문이다. 애틀랜타라는 말에는 그렇게 좋아하지 않았다. 이모는 고막에서 피가 날 정도로 욕을 해대며, 애틀랜타는 빌어먹을 너무 큰 도시라 문을 두드리고 다닐 수 없다고 했다. 에미가 녹스빌로 돌아갔기를 바랐다면서. 내 의견으로는, 빌어먹을 대도시라는 점에서 그 둘이 거의 비슷했지만.

이모는 이제부터 우리가 해야 할 일은 마사를 찾는 것이라고 했다. 알고 보니 이모는 낙태에 대해서도, 그보다 훨씬 더 많은 것에 대해서도 알고 있었으며, 마사를 품 안에 받아들여 메타돈* 치료 센터에 입원시켰다. 그러나 가장 가까운 치료 센터가 녹스빌에 있었고, 마사는 그곳 사람을 아무도 몰랐다. 상황은 엉망진창이었다. 마사는 자리

---

*   모르핀이나 헤로인에 의존하는 환자의 금단증상을 치료하는 합성 진통제.

에서 일어날 수 있게 되면 아는 사람들과 같이 있겠다고 여기로 돌아왔다가 중독 재발로 다시 사라지곤 했다. 어쩌면 마사는 애틀랜타로 가려는 건지도 몰랐다. 준 이모는 마사의 궤도에 접속하면 에미에게로 갈 수 있으리라고 생각했다. 그 시점에 이모는 그냥 생각을 큰 소리로 말하고 있었다. 직장에 있었는데도, 사람들이 기다리고 있는데도, 전화를 끊기 싫어서. 나는 내가 필요하면 전화하라고 했다.

나는 준 이모에 대한 걱정을 머릿속에서 없애려고 한동안 차를 타고 돌아다니며 만화로 그릴 만한 소재를 찾았다. 최고의 아이디어는 보통 그런 식으로 떠올랐다. 그때의 내 계획은 도리가 직장에 있는 동안 조용한 집으로 돌아가 뭔가를 완성하는 것이었다. 하지만 집에 가보니 도리가 침대에 앉아 패밀리 팩으로 사 온, 크럼블을 얹은 막대 아이스크림을 먹고 있었다. 머리를 해주겠다는 약속을 너무 많이 빼먹거나 너무 티 나는 물건을 훔쳐, 결국 셀마가 다시 나오지 말라고 한 모양이었다.

"친구로서 나한테 부탁하는 거랬어." 도리가 설명했다.

"잘됐네." 내가 말했다. "돈도 못 벌어 오고 제일 친한 친구랑도 끝장났지만, 셀마가 너한테 소리를 지르지 않았다는 이유로 다 괜찮다니."

도리는 내가 이해심이라고는 없는 못된 개자식이라고 했다. 그러더니 지프에게 뽀뽀하는 소리를 내고는 녀석이 핥을 수 있도록 아이스크림을 내밀었다. 흰 크림이 녀석의 노인 같은 수염에 묻었다. 녀석의 털북숭이 머리가 위아래로 움직이는 모습을 보니 포르노가 떠올랐다. 나는 모든 걸 이해하는 개자식이었다. 셀마가 도리에게 소리를 지르지 않은 건, 자갈이 든 상자에 소리를 지를 때와 정확히 똑같은 결과가 나올 것이기 때문이었다.

그 이후로 도리는 침대에서 일어날 이유를 더는 찾지 못했다. 그래서 내가 도리의 TV를 치워버렸다. 한때는 도리가 TV를 다시 계단 위로 끌어 올릴 수 있었다. 아빠의 산소 기계와 휠체어를 움직이고 다니던 투지 넘치던 시절에는 말이다. 하지만 철저히 약과 아이스크림만으로 이루어진 식단을 하는 요즘 도리의 몸무게는 존재하지 않는 수준으로 가벼워졌다. 그녀와 지프는 쿵쿵거리며 아래층으로 내려갔다. 내게는 말을 걸지 않았다. 그런 뒤로는 소파에 누워 〈뷰〉〈가격이 딱 맞아〉〈댓츠 소 레이번〉*을 보며 하루하루를 보냈다. 내가 케이블 비용을 더는 내지 않았으므로 우리는 자동 채널밖에 볼 수 없었다. 그래봐야 차이도 없었다. 내가 집에 와서 보면 〈닌자 거북이〉가 나오고 있을지도 몰랐다. 도리의 눈은 빛나는 유리 같고.

그러다가 어느 날, 나는 한계점에 부딪혔다. 기어 수리비로 터무니없는 견적을 받았고, 집에 와보니 냉장고는 아무것도 들어 있지 않은 채 지난번 정전의 악취를 풍기고 있었다. 나는 빈 보드카병을 화면에 꽂아버렸다. 방 건너편에서도, 나는 여전히 팔 힘이 좋았다. 실제로 부서진 건 아무것도 없었다. 그냥 표면이 우그러졌고, 화면을 따라 색깔이 줄을 지어 피처럼 흘러내렸을 뿐이다. 멍청이. 저 TV를 팔았으면 최소한 자낙스 한 병은 살 수 있었을 텐데. 가장다운 생각은 아니었다.

도리는 움직이지 않고 담요를 두른 채 죽은 TV를 멍하니 바라보고 있었다. 내가 집에 마약을 가져오기만 기다리면서. 나는 잠깐만 떨어져 있자고, 도리의 약을 끊어버리자고 미친 생각을 해보았다. 도리가 금단증상을 겪게 놔두자고, 그럼 내게 고마워할 거라고. 하지만 난 절대 그렇게 하지 않을 것이다. 도리는 내 인형이었다. 나는 무정하

*   각각 토크쇼, 게임쇼, 어린이 시트콤 프로그램.

지 않았다.

외로웠다. 그게 내 상태였다. 그 시절에는 토미가 나를 구해주었다. 그는 이야기 상대로 가장 흥미로운 녀석이 되어주었다. 그는 여전히 무한 리필 뷔페에라도 온 것처럼 책을 읽었다. 어린이책은 아니었다. 이제는 뉴스가 그의 독서 목록에 들어왔다. 토미로서는 비참하게도 〈쿠리어〉는 우리 지역에 관한 해로운 기사를 실었다. 그러나 토미는 누군가가 인쇄해 사람들에게 읽히지 않으면 나머지 모든 소식이 낭비될 거라고 느꼈다. 뭐든 말하기만 하면 토미가 덤벼들었다. 앨라배마에 불어온 토네이도, 이라크 전쟁, 미국 자동차 구매 순위 3위에 도요타가 들어왔다는 소식. 그는 우주에도 완전히 빠져 있었다. 토미는 사람들이 40억 달러짜리 탈것을 만들어 위로 올라가 화성 주위를 돌아다니게 할 예정이라고 했다. 나는 토미 말을 믿지 않으면서도 믿었다. 사람들이 돈이 있을 때 뭘 하는지 알잖나. 그들의 우주와 우리의 우주는 서로 다른 두 개의 유니버스다.

그 시절에 나는 노턴의 농장 협동조합 일자리에 매달리고 있었다. 일이라는 측면에서는 베스터 씨의 옛 가게와 거의 똑같았다. 선반을 정리하고 가격표를 붙이고 사료를 끌고 다니고. 하지만 사람들은, 오, 주여. 매니저 리타는 그렇게 늙지는 않았으나 이미 두 종류의 암을 앓았고, 무슨무슨 절제술을 받았으며, 내가 커피 한 잔 마시기도 전에 방광이 샌다는 얘기를 했다. 한편 계산원 레스는 전직 광부로, 몸의 모든 부위가 어떤 식으로든 잘못돼 있었다. 그중에는 확신하건대 구라로 지어낸 것도 있었을 것이다. 둘의 시합은 절대 끝나지 않았다. 심판을 봐야 한다면 난 레스 편을 들 터였다. 그는 바퀴 달린 보행 보조기를 사용했고 손을 너무 심하게 떨었다. 고객들은 그가 아이버

멕병을 깨뜨리기 전에 늘 자기가 산 물건들을 서둘러 봉투에 담았다. 그를 보면 왜 집에 안 계세요, 할아버지?라고 묻고 싶어졌다. 장애 수당이나 타면서 돈 나오는 직업은 다른 사람이 갖게 하시죠. 하지만 아마 그의 아내가 그 빌어먹을 병자의 오르간 리사이틀은 집 밖에서 열라며, 아니면 자기가 다 끝장내버리겠다고 했을 것이다.

하루가 끝난 뒤 차를 몰고 신문사로 가, 토미의 전국 단위 재앙 이야기를 듣는 건 위안이 됐다.

그는 〈레드넥〉에 관한 제안을 아주 많이 내놓았다. 우리는 의사를 주제로 한 큰 시리즈를 실었다. 레드넥이 망가진 석탄 활송 장치를 거대한 롤러코스터로 만들어, 휠체어를 탄 사람들이 테네시주에 있는 의사를 만나러 갈 수 있게 한다. 그들은 소외 지역 무료 의원에 가고, 그 의원에는 매년 자원봉사 의사들이 날아 들어온다. 나는 그 텐트를, 그 광기를 직접 본 적이 있었다. 엄마가 나를 그곳에 들여보내려 노력했지만 우리는 한 번도 성공하지 못했다. 사람들은 줄을 서기 위해서만도 몇 주씩 기다린다. 나는 레드넥이 아이들을 밟혀 죽지 않도록 구하게 했다. 레드넥이 오래된 석탄 공장에서 창문과 막대를 뜯어내 구부려 안경을 만들어서 필요한 아이들에게 주었다. 단단하고 반짝이는 석탄으로는 새로운 치아를 만들어 노인에게 주었다.

토미의 극심한 두려움에도 불구하고, 소피는 힐빌리라는 이유로 아직 그를 버리지 않았다. 둘은 연차 휴가를 충분히 쌓으면 직접 만나겠다는 계획이었으며, 그때까지는 두 집 모두 불타고 있는 것처럼 서로에게 컴퓨터로 편지를 보냈다. 내 말은, 토미가 편지를 하나하나 읽거나 쓰면서 모니터에 몇 시간씩 매달려 있을 수 있었다는 것이다. 나는 어떻게 그렇게 할 말을 많이 생각해내느냐고 물었다. 토미는 신경 쓰는 것과 슬픈 것, 가장 행복한 것을 모조리 서로에게 말한다고

675

했다. 그거면 된다고. 토미는 그 세 가지면 시간이 끝날 때까지도 대화를 이어갈 수 있을 거라고 했다. 그러지 못한다면 다른 범주를 생각해낼 거라고.

토미는 그런 말을 함으로써 내 가슴에 주먹을 꽂았다는 걸 몰랐을 것이다. 가엾은 토미, 나는 그렇게 생각하고 있었다. 도리랑 나는 섹스 축제를 벌이고 있는데 상상 속 여자와 함께하다니. 그런 뒤에 도리와 나는 그 어떤 범주도 예견되지 않는, 씨발스러운 단계에 접어들었다. 토미에게는 내가 절대 갖지 못할 것이 있었고.

하지만 내게는 토미가 있었다. 우리는 태양 아래 거의 모든 것에 대해 이야기했지만, 몇 가지 주제는 내가 피했다. 그중 하나가 도리였다. 우리의 그리 행복하지 않은 사랑의 보금자리도. 우리의 과외 활동도. 하지만 토미는 바보가 아니었다. 어느 날 밤, 우리가 몇 달 어울렸을 때쯤 토미는 사실 신문사에 손님을 불러서는 안 된다고 말했다. 그러니까 다른 어딘가에서 만화를 그려야 한다고. 나는 이 말이 핑키에게서 전달된 것이라고 생각했다. 그녀는 내가 자기 건물을 염탐하는 약쟁이라고 생각했을 것이다. 나는 토미에게, 나를 위해 맞서지 않았다니 상처받았다고 했다. 내가 이 사무실에서 뭘 훔치기라도 할 것 같냐고.

토미는 비스듬한 조명 탁자 위로 허리를 숙인 채 시선을 내리깔고 있었다. 내가 이제야 익숙해지기 시작한 작은 턱수염을 한쪽 손이 당겨댔다. 배 속이 울렁거렸다. 토미는 맞서는 남자였다. 아마 내가 아는 한은 이 세상 최후의 그런 남자였다. 뼛속까지. 그가 나를 포기했다면 나는 길 잃은 인간이었다.

"여기엔 훔칠 가치가 있는 게 별로 없어." 마침내 그가 벽에 걸린 페그보드와 엄청나게 지저분한 테두리 테이프, 엑스—액토 칼들을 보고 어깨를 으쓱하며 말했다.

"무슨 뜻이야? 그런 물건이 있었으면 내가 훔쳤을 거라고?"

토미가 내 눈을 들여다보았다. "난 너랑 동업하기로 계약했어. 난 널 믿어야만 해, 데몬."

"그래." 내가 말했다. "근데?"

토미는 내가 보았던 그 어떤 순간보다 슬퍼 보였다. 우리는, 우리 둘은 슬픈 것들을 꽤 봐왔는데도. 토미는 제 기능을 하는 내 능력이 문제라고 했다. 그는 이곳에 이토록 많은 기계가, 면도칼 등등이 있으니 내가 다칠 가능성을 생각해야만 한다고 했다. 나는 토미가 이런 말을 하는 걸 죽도록 고통스러워한다는 걸 알면서도 못된 말을 했다. 차고에서 쇠스랑과 가스통과 함께 사는 게 아니라 진짜 집에서 진짜 여자 친구랑 살 만큼 빌어먹을 제 기능을 하고 있다고. 그런 다음 사과를 하고 무너져 내려, 약에 약간 중독돼 있다고 인정했다. 하지만 내 행동을 바로잡을 의도는 얼마든지 있다고.

"어떻게 할 건데?" 토미가 물었다. 팔꿈치를 조명 탁자에 대고, 턱은 손에 얹고서.

"그냥 할 거야. 약을 끊을 거야. 그냥, 무릎 때문에 그래. 아직도 지옥같이 아파."

슬픈 사냥개 같은 눈, 주먹에 기댄 턱.

"하지만 카우보이답게 헤쳐나갈 수 있어." 내가 말했다. "때가 됐어. 최근에 그 생각을 하고 있었어. 난 이것보다 나쁜 상황도 겪어봤어. 아니, 세상에, 토미. 우린 크리키의 SM 캠프도 겪었잖아."

"그렇게 간단한 문제가 아닌 것 같아. 도움을 받는 게 좋을 것 같아."

나는 웃었다. "도움이라고. 도움을 어디서 받아."

"여기서 두 집 떨어진 곳의 교회 지하실에 익명 중독자 모임이 있어. 일주일에 여러 번 밤마다 모임을 해. 거기 가기 시작하면 여기 와도 괜찮아."

"그러니까 씨발 나한테 익명 중독자 모임에 가라고 뇌물을 주는 거네."

"그런 뜻이 아니야. 미안. 알아, 그 모임은 익명이어야 한다는 거."

"지랄, 네가 뭘 아는데?"

토미는 조명 탁자에서 일어나 주머니에 손을 쑤셔 넣은 채 한 바퀴 빙 돌았다. "소피 말이야." 그가 말했다. "소피의 부모님은 둘 다 알코올중독자야. 근데 소피의 엄마는 술을 끊었어."

"소피 엄마한테는 잘된 일이네. 우리 엄마가 그 좆같은 익명 중독자 모임에서 얻은 건 모든 걸 포기하고 더 높은 힘에 자신을 맡기라는 압박뿐이었어. 그게 엄마 인생의 총합이었어, 토미. 엄마는 자기한테는 아무런 힘도 없다고 생각했어. 그냥 인생이 자기한테 던지는 똥들을 받아들이기만 했다고. 마지막 약으로 목숨을 잃을 때까지."

토미는 다시 조명 탁자에 앉아 두 손에 고개를 얹었다. 나는 엄마처럼 살지는 않을 거라고, 모두가 자신한테 쓸모없는 존재라고 말하게 놔두지 않을 거라고 했다. 나는 지금까지 나 홀로 서서 살아남았다. 이제 와서 그걸 포기하지는 않을 터였다.

"또 하나." 토미가 아주 조용히 말했다. "소피의 엄마는 술을 끊기 위해서 아빠를 떠나야 했어. 소피 말로는 중독자랑 같이 사는 한 너도 중독자래."

나는 두어 차례 주먹으로 내 손을 내려친 뒤, 더 나쁜 짓을 하기 전에 그곳을 떠났다. 토미는 왜 그냥 그 말을 하지 않았을까? 상관없었다. 나는 도리를 떠나지 않을 테니까.

내가 착한 사람이 아닌 만큼 토미는 착한 사람이었다. 내가 할 수 있는 말은 그것뿐이다. 우리는 계약을 맺었다. 나는 다음 날 저녁 그곳에 돌아갔고 우리는 화해했다. 토미는 나를 믿는다는 증거로 자신의 차고 집 열쇠를 내게 주었다. 나는 그곳에서 일하기 시작했다. 나와 쇠스랑과 가스통만 있는 곳에서. 그러다 보면 토미가 조판을 마친 뒤 집에 왔고, 우리는 함께 작업을 했다.

그곳에 혼자 있자니 매코브 가족의 개 방에 돌아가 있는 것과 비슷했다. 헤일리가 깜짝 방문을 하는 것까지 완벽했다. 헤일리는 불쑥 들어와 나를 혼이 쏙 빠지게 놀라게 했다. 열세 살 버전의 헤일리가 궁금하다면 반짝이는 바비 인형 분위기를 상상한 다음 그걸 빨리 감기 하면 된다. 헤일리는 그동안 내내 간직했던 하울리 요정 그림을 보여주었다. 나는 일을 하려는 중이었지만, 뭘 어쩌겠는가. 나는 헤일리에게 울부짖는 쌍둥이는 어떻게 지내느냐고 물었고, 헤일리는 유치원에 갔다고 했다. 다음 날 밤, 헤일리는 꼬마 엄마라도 된 것처럼 엉덩이 양옆에 그 말썽꾸러기들을 달고 왔다. 나는 평범한 질문을 하려고 노력했다. 오하이오는 어떤지, 남자 친구는 있는지. 헤일리는 남자 친구가 네 명 있다고 했다. 자기 몸집의 반만 한 그 애들을 안고서, 내가 남자 친구 5호가 될지도 모른다는 듯 후끈한 눈으로 나를 보았다. 저리 가세요, 아가씨. 나는 생각했다. 내 도움이 없어도 곧 원하는 걸 얻게 될 테니까. 결국 매코브 부인이 찾아와 헤일리를 집으로 다시 쫓아 보냈다. 그런 다음에는 그 여자가 3XL 운동복 바지를 입고 엄마 스타일의 머리를 한 채 거기에 서서, 내 귀가 떨어질 때까지 말을 해댔다. 자기 남편이 천재라고, 남편의 웨이트-오-웨이 사업이 이제 막 날아오르려 한다고. 똑같은 옛날 얘기였다. 나는 이제 이 미치광이 가족에게 칼로리 섭취량이든 뭐든 의존하지 않았으므로, 그냥 그 모든 말을 무시했다.

딱 하나, 미친 소리만 빼고. 매코브 부인은 매코브 씨가 감당하지 못할 무언가에 끼어든 것 같아서 무섭다고 했다. 매코브 부인이 모르는 어떤 남자와 매코브 씨가 무슨 거래를 했다는 얘기였다. 그 남자가 집에 왔는데, 매코브 부인은 그의 생김새가 마음에 들지 않았다. 그녀는 나의 미식축구 인맥을 생각했을 때 내가 그 사람을 알지도 모른다고 생각했다. 유홀 파일스라는 사람을. 씨발. 나는 무슨 수를 써서라도 그놈과 거리를 두라고 말했다. 하지만 궁금해질 수밖에 없었다. 저게 사실일까? 저 여자가 내 사슬을 잡아당기려고 애쓰는 걸까? 유홀이 여기서 나를 찾아내려는 걸까?

*****

마사가 나타났다. 그녀는 준 이모가 무슨 유명 관광지라도 되듯 "우드웨이에 있는 그 마약 밀매소"라고 부른 곳에 살고 있었다. 지난번에 우리가 스왑-아웃을 태웠던 그곳이었다. 이모는 내가 그리로 가서 데려오기를 바랐다. 나는 매곳이 그 착한 사람들과 친구 사이니, 매곳이 마사를 데려오는 게 좋겠다고 했다. 그 방법이 실패하면 경찰을 불러야 한다고. 이모는 어림없다고 했다. 그녀는 고등학교 시절에 사귀었던 부보안관 주시 월스에게서 팁을 얻었다. 에미가 도망친 이후로, 주시는 언제나 그랬듯 거들먹거리며 보고를 들으러 오곤 했다. 이모는 괜찮은 단서를 얻게 될 확률을 믿고 그를 참아주었을 뿐이다. 이제는 단서가 생겼기에, 순찰차를 타고 다니며 잘난 척이나 하는 그 인간과 함께 가서 일을 망쳐버리지는 않을 것이다. 준 이모의 단 하나 목표는 에미를 찾는 것이었다. 그러기 위해 마사가 이모를 믿고 입을 열도록 해야 했고. 매곳은 도와주기로 했다. 단, 나도 도와줄 경우에만.

이모의 말에는 설득력이 있었다. 마사가 자신을 보고 좋아하지 않으리라는 걸 알았으니까. 자신이 마사를 돕기 위해 그렇게 많은 일을 했는데도. 실은, 이모가 도와주었다는 게 마사가 이모를 피하는 이유였다. 그래서 매곳과 내가 가기로 결정됐다. 우리가 어떻게든 마사를 이모의 집으로 데리고 돌아올 수만 있다면 거기서부터는 이모가 처리하기로 했다.

우리는 대낮에 우드웨이로 차를 몰고 갔다. 매곳은 너무 취해 있어서, 나의 쓰레기 같은 기어에 대해서도 말하지 못했다. 우리는 건물 가까이 차를 대고 차 안에 앉았다. 그 자체의 뒤틀린 우주를 이루고 있는 현관을 보며 감탄했다. 오래되고 썩은 매트리스, 서랍이 없는 서랍장, 프로판 가스통, 톱질용 받침목, 옆으로 누운 냉장고와 그 위에 쌓인, 연결된 플라스틱 의자 네 개. 목발. 가짜 야자수. 리틀 타이크스 코지 쿠페. 한창때의 남자가 쪼갰겠지만, 그가 더는 이곳에 남아 있지 않았기에 태우지 못한 채 거대하게 쌓아놓은 장작더미. 이건 3세대 이상의 사라진 세대들이 남긴 찌꺼기였다. 나는 잠시 후에야 가느다란 담배 연기와 그 아래에 있는 마사를 보았다. 그녀는 숍-백* 위에 앉아 있었다. 우리는 마사에게 우리랑 드라이브하겠느냐고 물었다. 마사는 어디로 가느냐고 묻지도 않았다.

그보다 망가진 사람은 드물었다. 머리카락, 치아, 그녀의 모든 것은 씻기지 않았거나 분해되는 중이었다. 낡은 줄무늬 청바지는 지퍼가 터져 있었다. 해골 같은 두 팔은 그렇게 추운 날씨에도 맨살이었다.

---

*   진공청소기 브랜드.

그녀가 조수석에 앉을 수 있도록 매곳이 뒷자리에 탔고, 나는 그녀의 냄새를 전부 맡을 수 있었다. 오래된 치즈 같았다. 썩은 고기나. 나는 간신히 마음을 내, 뭔가 먹어야 하느냐고 마사에게 물었고, 마사는 그래애, 라고 말했다. 하지만 그런 다음에 마사는 드라이브스루에 도착하기도 전에 정신을 잃었다. 나는 마사에게 햄버거를 하나 사주었지만 이모네 집에 음식이 더 많을 거라며 매곳이 먹어버렸다. 그런 다음에는 매곳도 잠들었다. 우리는 칡덩굴이 나무에서 늘어져, 공격하고 싶은 것처럼 가드레일 위로 뻗어오는 소름 끼치는 길을 지났다.

이모의 집에서 약 1.5킬로미터 떨어진 곳에서 마사가 정신을 차리고 우리가 어디에 있는지 보더니 차에서 뛰어내리려 했다. 자기가 안전벨트를 매고 있다는 걸 잊고서. 나는 차를 세우고 마사를 내버려두었다. 여기에서 탈출할 방법은 없었으니까. 여기에 있는 건 페그 아저씨가 우리를 데리고 낚시하러 가던 파월강의 강둑뿐이었다. 아름다운 곳이었다. 독미나리가 지루한 거인처럼 그 주변에 서 있었다. 마사는 비틀거리며 강둑을 내려갔다. 나는 그제야 마사의 한쪽 발이 맨발임을 알아챘다. 아마 주사를 맞고 정신을 잃었다가 잊어버린 모양이었다. 나는 도리가 그렇게 하는 걸 여러 번 보았다. 도리와 마사를 동시에 내 머리에 넣고 있자니 죽도록 겁이 났다. 매곳을 자동차 안에 잠든 채로 내버려둔 채 마사를 쫓아갔다. 그녀가 강둑에 쪼그리고 앉아 몸을 떠는 걸 지켜보았다. 얼굴을 무릎에 대고 완전히 웅크린 그녀는 두 손을 모두 뒤엉킨 머리카락에 얽어 넣고 있었다.

"준 아줌마가 날 보게 할 수는 없어." 마침내 마사가 말했다. "아줌마는 날 뼛속까지 싫어해."

"이모가? 아니야."

"날 따라가라고 한 게 아줌마지?"

나는 이모가 원하는 건 그녀를 돌보는 것뿐이라고 말했다. 마사가 너무 심하게 몸을 떨기에 그녀의 몸속 어딘가가 고장 난 걸지도 모른다는 두려움이 들었다. 마사는 이모의 돈을 더는 받지 않겠다고 말했다. 그러면 자신은 더 나쁜 인간이 되는데, 이 이상 비천해질 수는 없다면서. 마사는 이미 두어 차례 자살을 시도했다. "아줌마는 에미를 오염한 게 나라고 생각해."

나는 그렇게 생각하는 사람은 아무도 없다고 말했다. 하지만 내게 충격적이었던 건, 에미도 다음과 같이 말을 했다는 것이다. 난 **끔찍한 사람이야.** 패스트포워드는 멋대로 돌아다니며 자만심 넘치게도 자신은 아무 잘못도 저지를 수 없다고 생각했다. 이 여자들을 곤란한 처지에 빠뜨리고서. 나는 간신히 마음을 내, 마사의 등을 어루만졌다. 그녀의 얇은 여름 셔츠 위로 손을 둥글게 움직였다. 등뼈에서 단단하고 울퉁불퉁한 것이 느껴졌다. 도리의 등도 지금 그랬다.

나는 마사에게 준 이모는 절대로 사람들을 포기하지 않는다고 말했다. 에미와 연락할 방법이 있다면, 이모가 여전히 미칠 듯이 에미를 사랑하며 그녀가 집으로 돌아오기를 바란다고 전해줘야 한다고 했다. 마사는 앉아서 손등으로 코를 문지르며 그 말을 받아들였다. 나는 마사에게 뭔가 목표를 주고 싶었다. 그녀가 계속 살아가도록 하기 위해서. 하지만 그러다 보니 내가 지쳤다. 마사와 매곳을 이모의 집에 내려줬을 때쯤은 주위가 어두웠고, 나는 그날에 발생한 또 한 명의 희생자가 됐다.

집으로 가는 내내 나는 도리를, 그녀가 가고 있는 방향을 생각했다. 오, 주여, 나는 방금 그 방향을 보았다. 도리는 절대 약을 끊지 못할 것이다. 그녀에게는 그럴 이유가 없었다. 나는 도리 없이 사는 걸 상상할 수 없었지만, 도리가 어느 날 눈을 뜨고 내 짐을 덜어주고 싶어 하기만을 기다리며 영원히 이렇게, 외롭게 살아갈 수도 없었다. 지금 우리 사이에 남은 말은 그저 싸움의 전희일 뿐이었다.

도리는 이야기책에 나오는, 보트에 탄 채 물에 손가락을 끌고 있는 소녀처럼 바닥에 손을 끌며 소파에 누워 있었다. 도리의 배 위에서 지프가 구슬처럼 생긴 눈으로 보초를 서고 있었다. 내가 도리를 가만히 흔들자 지프가 으르렁거렸다. "자기야, 내가 뭘 좀 가져다줘야 할 것 같은데. 오늘 뭘 먹긴 했어?"

도리는 눈을 뜨지 않고 옆으로 몸을 굴렸다.

"자기가 일어나야 해. 일어나, 응? 할 얘기가 있어."

이곳을 떠난다면 어디로 갈지, 나는 알 수 없었다. 그 어느 곳도 불가능해 보였다. 어쩌면 잠깐만 떠나는 것일지도 몰랐다. 나는 도리의 배에서 지프를 밀어내고 그녀가 일어나 앉도록 도와주었다. 그녀는 초점을 잡느라 눈을 깜빡였다.

"뭐 먹고 싶어?"

도리는 배에 손을 얹고 고개를 저었다. 나는 도리에게 먹어야 한다고 말했다. 도리의 눈이 크게 뜨였다. 내가 그곳에 있다는 사실이 한 번에 한 단계씩 그녀에게 인식되는 것 같았다. 그러더니 그녀는 내가 자신을 해치기라도 할 것처럼 나를 보았고, 나는 끔찍한 인간이 된 기분이 들었다. "자기야, 자기야." 내가 그녀의 머리카락을 쓰다듬으며 말했다. 도리의 머리는 사방으로 자라나 있었다. 이제야 진짜 머리 색깔이, 금발이 드러났다. 나는 도리를 사랑한다고, 절대 무슨 일이 있어도 그녀에게 상처 주고 싶지 않다고 말했다. 도리가 말했다. 있잖아, 데몬. 나 임신했어.

53

　나는 매일 매 순간 그 점에 대해 생각했다. 임신으로 우리는 약을 끊을 것이다. 이제는 도리에게 약을 끊을 이유가 있었다. 간단하잖아. 나는 말했다. 아기를 생각해. 아니, 간단하지 않았다. 도리는 자신이 마약을 사용한다는 걸 굳이 감춘 적이 한 번도 없었다. 도리의 생각에는 그 모든 게 사랑에 관한 문제였다. 옥시를 부수어 나랑 정확히 반씩 나누어 빠는 것이. 내가 남은 것을 핥을 수 있도록 자신이 주사하는 모든 패치를 아껴두는 것이. 이제 그녀는 내게도 꾀를 부렸다. 내가 집을 떠난 뒤에만 주사를 맞았다. 그게 도리가 하려는 상냥한 행동, 착한 행동이었다. 나도 아마 내 나름대로 똑같은 행동을 하고 있었을지 모른다.

　주님의 풀밭에서 보낸 나의 수많은 시간을 표현하기에 적합한 단어는 내가 알기로 **멍청하다**는 것뿐이다. 하지만 이 멍청함은 새가 날도록 하거나 메뚜기가 무릎을 문질러대고 함께 노래하게 만드는 멍청함이 아니다. 그거야 본능이다. 그러나 약쟁이는 붕 떠 있다. 뇌세포에 가해지는 그 설탕이 다른 모든 목표 의식을 빨아낸다. 자신이 통제권을 쥐고 있다고 생각할지도 모른다. 한 번에 몇 시간씩 혹은 하루 종일 그 생각을 하며 돌아다닌다. 시계가 다 돌아가고, 과거의 자신이라는 사람이 악마가 찾을 수 있는 모든 구멍을 통해 빨려 나갈 때까지. 교훈을 얻어 다시 일어서려 하지만 다시 쓰러지고 만다.

도리를 위해, 나는 준 이모와 이야기하러 갔다. 나는 도리가 진료를 받아야 한다는 걸 알았다. 임신한 사람한테 해주는 것들, 심장박동 검사인지 뭔지가 있었으니까. 나는 엄마가 비타민을 받았던 걸 기억하고 있었다. 더불어 도리가 약을 끊게 하는 데도 어느 정도 도움을 줄 수 있을지 몰랐다.

내가 몰랐던 건, 준 이모가 자신의 소식에 너무 들떠 있어 내 소식에는 그리 흥분하지 않으리라는 점이었다. 마사가 애틀랜타에 있는 에미의 소재지에 관해 알았다. 이모는 실제로 거리 주소를 받았으며 그리로 갈 생각이었다. 웬 시궁창 같은 곳임은 틀림없었다. 이모는 내게 이 모든 말을 하는 내내 감자 껍질을 벗기고 있었다. 길고 가는 껍질이 빠르게 싱크대로 떨어져 내렸다. 내가 아는 사람들은 손으로 게으름을 부리는 경우가 거의 없었다. 남자들은 담배를 피우거나 물건을 고쳤다. 보통은 두 가지를 동시에 했고. 언젠가 한 남자가 한 손에는 전기톱을, 다른 손에는 카멜 담배를 들고, 죽은 포플러 나무의 높은 가지에 올라 그 나무를 위에서부터 베어내는 모습을 본 적이 있었다. 여자들은 아이의 머리를 빗어주거나 코를 닦아주거나 단추를 달거나 감자를 벗겼다. 담배도 피웠고. 물론 이모는 안 피웠지만 말이다. 나는 이모의 주방 조리대 스툴에 앉아 그녀의 손을 그릴 수 있으면 좋겠다고 생각했다. 내가 물었다. "왜 에미가 집에 오고 싶어 할 거라고 생각하세요?"

감자 절반을 깎는 동안 답이 없었다. 갈색과 흰색의 껍질이 싱크대 안에 쌓여갔다. 그러더니. "에미는 지금 자기가 뭘 원하는지 알 상황이 아니야."

"사람들은 그런 말 듣는 걸 싫어해요." 내가 말했다. "에미는 열여덟 살이라고요."

이모의 눈에서 불길이 솟았다. 하지만 고개를 들지 않은 채 감자 껍질을 계속 벗기며 말했다. "우리가 말하는 건 성인의 선택 문제가 아니야. 에미는 아무 생계 수단 없이 거기에 처박혀 있어. 갠 끔찍한 사람들이 주는 약에 중독되고, 더 나쁜 경우에는 강간을 당하면서 거기서 이용당하는 거야. 생각조차 못 하겠다."

"부끄러워할 거예요." 내가 말했다. "그런 부분도 있다는 거죠. 에미는 이모가 알게 하느니 차라리 죽을 거라고요."

이모의 손이 멎었다. "너도 같이 가야 해."

나는 웃음을 터뜨릴 뻔했다. 준 페굿에게는 이 모든 일이 가능하게 보인다니. 본인이 라라 크로프트*라도 돼서 우리가 함께 무덤이라도 털러 가는 듯했다. 나는 안 된다고, 도리를 그렇게 오래 떠날 수는 없다고 말했다.

준 이모는 눈을 가늘게 뜨며 나를 보았다. 여전히 작업을 계속하고 있었다. 감자 깎는 칼의 사각-사각 소리가 이제는 화난 것처럼 들렸다. "넌 네가 무슨 말을 하는 건지 알고나 있니? 도리는 성인 여자야. 곧 엄마가 될 거고. 네가 감시하지 않는다고 해서 도리가 뭘 할 거라 생각하니? 침대에 오줌이라도 쌀까? 집을 불태워?"

나는 둘 다 가능하다는 걸 인정하기 싫었다. 내게는 다른 핑계도 있었다. 가게에서 하는 일이라든지, 토요일까지 마무리해야 하는 만

*   게임 '툼 레이더' 시리즈의 강력한 여성 주인공.

화라든지. 이모는 자긴 일요일에 갈 거라고 말했다. 사각-사각-사각. 나는 그 사람들은 무서운 사람들이고, 이모는 주시 윌스처럼 총을 들고 다니는 사람과 같이 가야 한다고 말했다.

주시라니 말도 안 되지, 이모가 여러 가지 이유를 들어 말했다. 하지만 무시무시한 사람들이라는 점은 그대로 인정했다. 이모는 에미가 자기 남자를 훔쳐 갔다고 주장하는 웬 로즈라는 여자한테서 그년이 다시 여기에 나타난다면 그 예쁜 얼굴에 흉터를 만들어달라고 비는 것이나 마찬가지라는 협박을 받았다고 했다. 이모도 무기 없이 에미를 찾으러 갈 생각은 없었다. 준 이모의 남동생 에버렛은 총기 공개 소지 허가증이 있으며 그 허가증이 조지아에서도 효력이 있다고 맹세하면서 이모와 같이 가기로 했다.

나는 그를 터미네이터 2로 상상했다. 에버렛 삼촌. 그는 페곳 패키지에 딸려오는 그 훌륭한 생김새와 친절함을 모두 갖추었으며 고등학교 때는 라인백이었다. 에버렛 삼촌 부부는 빅 스톤에 헬스장과 태닝 숍을 가지고 있었다. 꽤 근육질이었고. 그러니까, 뭐. 준 이모는 완전히 미쳐 있었다.

"알았어요, 그럼. 저는 필요 없겠네요." 내가 말했다.

"하지만 네 또래의 친구가 필요해. 네 말대로 에미는 부끄러워하니까. 에미는 널 믿어."

나는 남자가 아니라 어린애로서 초대받았다는 게 불쾌했다. "그럼 해머를 데려가세요." 내가 말했다. "이 세상 최후의 착한 남자잖아요. 사슴 사냥 총에 약혼 전 석류석 반지니 뭐니 다 가지고 있고."

그 말에 이모는 내게 정말로 화를 냈다. 해머를 이 문제에 끌어들이는 건 잔인한 짓이라면서. 해머가 원한 것은 에미를 사랑하고 지켜주는 것뿐이었다. 둘이 함께하기만 했다면 그렇게 됐을 것이다. 이모는 껍질을 벗겨낸 감자를 물에 넣고 삶고는 앞치마에 손을 닦더니, 그 손으로 이마에 흘러내린 머리카락을 쓸어 넘겼다. 여러 세대에 걸쳐 페곳 가족에게 물려 내려오는 작은 습관이었다. 그 손, 아기처럼 넓게 드러난 이마, 그들의 눈에 떠오르는 똑같은 표정. 아주 잠깐, 나는 매곳과 함께 맨발을 딛고서 손바닥 치기 놀이를 하며 서로를 진흙탕으로 밀쳐버리려 했던 일곱 살짜리가 되었다. 내가 이기고, 매곳은 지지 않으려 하던.

알고 보니 그 모든 게 할 수 있는 일이었다. 나 자신은 준 이모의 자동차에 올라, 일요일의 터무니없는 시간에 남쪽으로 향하고 있었다. 애틀랜타는 어느 쪽으로 가든 거의 여섯 시간이 걸렸다. 이모는 해가 떠 있는 동안 뱀파이어들이 나오기 전에 도착해 일을 처리하고 싶어 했다. 에버렛 삼촌은 조수석에서 낮잠을 잤다. 그의 커다란 머리가 앞으로 끄덕거렸고, 켈텍 PMR-30은 둘 사이의 콘솔에 놓여 있었다. 총기 비공개 소지 허가증은 주 경계선을 넘지 못하는 것이고, 준 이모는 모든 것을 교과서대로 진행했다. 나는 이모가 꼭 필요하다고 생각하는 듯한 물건들과 함께 뒷자리에 탔다. 낡고 부드러운 조각보, 탄산음료 쿨러, 크래커 상자 등등이었다. 그러니까 여기에서는 두 가지 서로 다른 영화가 나오고 있었던 것이다. 앞자리는 〈블레이드 2〉, 뒷자리는 〈래시 컴 홈〉.

난 도리에게 거짓말을 했기에 기분이 좋지 않았다. 아니, 사실은 도리에게 아무 말도 하지 않았다. 하지만 내가 버지니아를 떠난다는 말을 들었으면 도리는 산산이 부서져 내렸을 것이다. 그보다 큰 걱정은 약 없이 하루 종일을 버텨야 한다는 것이었다. 이른 시간에 약을 좀 한 건 사실이었지만, 이동할 때 쓸 추가적인 약이 없었다. 규칙은 정해졌다. 우리는 플로리다에서부터 이어지는 옥시코돈의 고속도로, I-75번 도로를 탈 생각이었다. 이모는 모든 면에서 너무도 깨끗하고 준비되어 있었기에, 경찰이 우리를 불러 세우기를 원할 지경이었다.

준 이모와 에버렛 삼촌은 다섯 시간 내내 말다툼했다. 동네에서 벗어나는 가장 빠른 길이 베터런스 고속도로인지, 58번 도로인지. 자동차 온도가 너무 따뜻한지, 딱 맞는지. 이지 치즈*가 신의 선물인지, 괜찮은 깡통을 역겹게 낭비하는 존재인지. 이모는 80년대 음악을 틀어주는 라디오 방송을 켜려 했고, 삼촌은 에디 래빗이나 로잔 캐시 노래를 우스꽝스러울 정도로 높은 목소리로 불러 우리를 미치게 했다. 결국 이모가 삼촌에게 채널을 바꾸게 해주었다. 그런 다음, 이모는 비스티 보이스와 제이-Z의 노래에 자기가 만들어낸 가사를 꿍얼꿍얼 붙여댔다. "우우, 쌍년아, 여기 너한테 줄 왕자지가 있다."

"하나도 안 맞잖아, 누나. '송 크라이(Song cry)'는 아름다운 사랑 이야기라고."

"그냥 들리는 대로 부르는 거야. 내가 듣기엔 그래."

"늙어서 그래. 청력이 제일 먼저 떨어진다더라."

다섯 살 터울인 이모와 삼촌은 순식간에 열두 살, 일곱 살 시절로 돌아갔다. 그들은 예전 페콧 가족 모임에서 삼촌이 자기 신발에 오줌을 쌌는지, 개가 차에 치인 건 누구 잘못인지에 대해 말다툼했다. 손위 형제들이 1년 내내 삼촌의 점심 도시락을 훔치는 바람에, 엄마가 자기 도시락을 싸주지 않는다고 삼촌이 믿게 했다는 얘기도.

"아, 세상에, 에버렛. 그 얘기를 언제까지 할 거야? 그런 일은 없었다니까."

---

*　캔에 든, 뿌려 먹는 간편식 치즈 상표.

"아니, 있었어. 슬프지만 기억력이 가장 먼저 떨어지나 보네."

내게 놀라웠던 건 페곳 아줌마가 도시락을 쌌다는 점 자체였다. 매곳은 늘 학교에서 점심을 사 먹었다. 매곳이 그 집에 도착하기 전에 일곱 남매가 페곳 아줌마를 지치게 했다는 걸 알 수 있었다.

정오쯤 우리는 애틀랜타를 마주 보고 있었다. 구름까지 닿는 높은 빌딩이 멀리서 삐죽 솟아 있었다. 꼭대기는 뾰족하거나 네모졌고, 색깔은 강철과 하늘의 색깔이었다. 영화에서 보는 것과 비슷해서, 그게 진짜라는 걸 눈으로 받아들일 수 없었다. 이 얘기는 해야겠는데, 이모의 자동차는 꽤 좋은 것이었다. 실내가 흰색 가죽으로 되어 있는 지프 체로키. 이 모든 것이 멋져서, 잠깐은 이 자동차 여행의 혼란스러운 측면들을 잊고 간식을 돌려 먹을 수 있었다. 나는 아직 하루 중 상태가 좋은 편이었다. 기분이 슬프고 짜증스러워지기 전의 편하고 유쾌한 상태. 그런 다음에는 땀과 하품이 나고 가려움과 소름, 전율, 구토가 찾아온다. 나는 시계 보듯 이런 단계들을 읽어낼 수 있다. 나는, 씨발 시(時) 정각이 되기 전에 집에 갈 수 있으리라는 낙관적인 생각을 했다.

이모에게는 지도와 전투 계획이 있었다. 녹스빌에서 보낸 세월 덕분에 도시에서의 운전도 당황하지 않고 잘했다. 여기서는 중앙 차선을 타야 한다느니, 저기서는 빨간불에 우회전을 해야 한다느니. 그녀는 교차로에 자동차보다 사람이 많은 시내의 요란한 지역에서 정신 나간 방향 틀기를 해대다가 피치트리 스트리트**에 접어들었다고 선포하며, 눈에 보이는 나무는 복숭아나무든 뭐든 거의 없고 하늘까지 높이 솟아 있는 탑들로만 이루어진, 비디오게임에 나올 것 같은 협곡

** 복숭아 거리라는 뜻.

을 따라 차를 몰아갔다. "커피 한잔 마시고 가자." 이모는 그렇게 말하더니, 내가 그 전으로도 후로도 한 번도 본 적 없는 운전 솜씨로 평행 주차를 했다. 구멍을 찾는 토끼처럼 매끄러운 실력이었다. 나는 이 능력을 이모의 초능력 목록에 추가했다. 우리는 아주 작은 레스토랑에 들어갔다. 이모가 그곳의 규칙을 알고 있었다. 우리는 먼저 돈을 내고, 어느 모로 봐도 전혀 커피 같지 않지만 커피인 항목들로 이루어진 기나긴 목록을 보고 주문했다. 톨 플랫 프라포 어쩌고. 이모는 우리 배짱을 키워주려는 듯 그 말을 하며 내게는 블루베리 머핀을 사주었다.

우리는 작은 탁자에 앉았다. 그제야 둘이 조용해졌다. 나는 이모를 만난 날을, 밖에서 벌어지는 모든 일 때문에 밥을 먹을 수 없었던 녹스빌의 식당을 떠올렸다. 그때도 지금과 비슷한 기분이었다. 누가 건드리기만 해도 펄쩍 뛸 만큼 긴장한 느낌. 내 머릿속 한구석은 이 모든 것에서 벗어나 녹색의 진짜 세상으로 돌아갈 문을 찾느라 불안했다. 하지만 지금의 나는 어린애가 아니었다. 난 많은 것을 알았다. 일단 자낙스가 그런 느낌을 바로잡는 데 큰 도움을 주리라는 것을 알았다. 우리 근처의 커플이 커피를 마시면서 속삭이며 싸우고 있었다. 수백 명의 사람들이 코트로 감싼 몸을 끌어안은 채 바깥을 지나갔다. 그들은 발만 내려다보면서 빨리 걸어갔다. 나는 그들이 머릿속에 가지고 다니는 경고 벨은 무엇에 작동할지 궁금했다. 이곳에는 더 많은 사람들을 제외하고는 살아 있는 게 하나도 없었으니까. 다른 모든 것은 죽어 있었다. 벽돌, 시멘트, 엔진으로 움직이는 강철. 자동차 경적과 착암용 드릴 소리를 제외하고는 아침 노래도 저녁 노래도 없었다. 강철 대들보 건축물로 이루어진 그 모든 산. 그런데 이모는 이게 이 마을의 **좋은** 지역이라고 알려주었다.

차에 다시 탄 이후, 이모는 삼촌이 권총을 보조석 글러브박스에 숨겨놓은 것을 알고 엄밀히 말하면 그것도 총기 은폐라고 했다. 삼촌은 은밀히 말하면 자신은 누나가 그 엿 같은 라테를 마시는 동안 500달러짜리 켈텍을 도둑맞고 싶지 않다고 했다. 나는 이 꼬마들아, 싸움을 그만두지 않으면 총을 창밖에 던져버릴 거야, 라고 말하기 일보 직전이었다. 짜증 단계가 아마도 진행되고 있었다.

이모가 적어 온 길 안내에 따라, 우리는 사람이 덜 붐비는 동네에 이르렀다. 사실 이곳은 붐비는 것과는 정반대였다. 걸어 다니는 사람이 단 한 명도 없었다. 그곳은 리 카운티의 다양한 지역을 가까운 거리 안에 모아놓은 것처럼 보였다. 이모는 그곳을 블러프라고 불렀다. 2월이었으니 아직 상당히 황량했지만, 상황만 맞으면 푸르러질 가능성이 보였다. 딱해 보이는 나무, 제방, 죽은 채 작은 집들 사이에 돋아 있는 웃자란 잡초. 우드웨이 마약 밀매소에 필적할, 쓰레기 천지인 현관들. 버려지거나 널빤지가 쳐지거나 타버린 다른 집들. 하지만 열 집 중 한 집은 깔끔했으며 멋지게 페인트로 칠해져 있었다. 페곳 가족 같은 노인들이, 젊은이들이 지옥으로 가는 동안에도, 자기 자리를 지킨 게 틀림없었다. 하지만 모든 것이 다닥다닥 북적거렸다. 사이에 공간이 하나도 없는 집들이 많았다. 타이어가 인도에 널브러져 있었고 쓰레기는 사슬 울타리까지 바람에 날려 갔다.

"니미, 여기가 어디야?"

"에버렛." 이모가 말했다. "좀 닥쳐야겠다."

우리가 가장 먼저 본 인간은 길거리에 옆으로 누운 늙은 남자로, 그는 자전거를 타는 것처럼 천천히 다리를 움직이고 있었다. 몇 블록 떨어진 곳에서는 큰 옷을 걸친 젊은 남자 몇 명이 젖소의 가득 찬 젖통처럼 묵직하게 축 처진 검은 비닐봉지를 들고 다녔다. 그런 다음에

는 거리 모퉁이에 휠체어를 타고 모자를 쓰고 장갑을 낀 채 앉아 있
는 노인이 한 명 더 보였다. 그는 아무것도 지나다니지 않는 곳을 뚫
어지게 보고 있었다. 여기저기서 작은 가게에 사람들이 머물러 있었
지만, 대부분의 거리는 인적이 없었다. 아마 일요일이었기 때문일 것
이다. 독실한 사람들은 교회에 있고 나머지 사람들은 잠으로 죄악을
떨쳐내는 시간.

"젠장, 니미럴 것들." 에버렛 삼촌이 때때로 그렇게 말했다. 결국 이
모가 분통을 터뜨렸다.

"에버렛. 넌 어떤 문제도 겪고 있지 않는, 내가 아는 열두 명밖에 안
되는 남자야. 확실히 깡패는 아니고. 그게 좋은 점이라는 것에는 좀
동의할 수 없을까?"

우리가 찾아간 주소는 알고 보니 험해 보이는 집이었다. 우리는 집
앞에 차를 대고 시동을 끈 뒤 가만히 앉아서 집을 바라보았다. 낮고
넓은 건물은 지붕이 납작했고 흰 페인트에 곰팡이가 슬었으며 수많
은 창틀은 판지로 덮여 있었다. 치아가 빠진 잔인한 미소처럼 보였
다. 에버렛 삼촌이 켈텍을 집어 들며 안전장치를 확인했다. "둘은 차
에 남아 있어. 내가 케이크를 구워볼 테니까."

이모가 빵 터지며 울면서 웃는 듯한 소리를 냈다. "그딴 말을 하다
니, 진짜 죽여버린다."

삼촌이 무릎에 총을 올려놓았다.

"난 그냥 가서 문을 두드릴 거야." 이모가 말했다. "에미가 여기 있
는 걸로 밝혀지면, 우리 모두가 들어가서 에미와 이야기할 수 있는지
물어볼 거야. 오, 주여, 에버렛. 행실 똑바로 해."

이모는 문으로 다가가기 위해 팸퍼스 기저귀와 파란색 비닐처럼
보이는 것들의 더미를 넘어가야 했다. 청바지에 빨간색 겨울 코트를

입은 그녀는 밖에서 누가 집 안에 들여주기만을 기다리는 아이처럼 보였다. 보통 때는 의사 복장을 하고 다니며 권위적인 면을 한껏 보여주었는데. 기다림이 길어졌다. 우리는 자동차 창문을 내리고 귀 기울였다. 언제든 행동에 돌입할 준비가 되어 있었다. 에버렛 삼촌의 숨소리가 들렸다. 내 의견을 말하자면, 그는 겁에 질려 있었다. 더 많은 노크, 더 많은 기다림.

다른 사람은 누구라도 포기했을 것이다. 약 10분이 흐르자 이모는 빙 돌아 창문을 두드리며 에미의 이름을 부르기 시작했다. 나는 우리가 에미를 찾게 될 거라고 완전히 믿은 적이 없었지만, 이모가 매달린 홈통 밑으로 몸을 숙이고 깨진 여닫이창을 손마디로 쾅쾅 치는 모습을 보니 그녀는 정반대로 생각했다는 걸 알 수 있었다. 이모의 머릿속에는 다른 어떤 선택지도 들어 있지 않았다. 나는 '심해의 기적' 수족관에 대해 온몸에 새겨진 기억을 가지고 있었다. 에미와 이모가 상어 수조를 놓고 정면으로 대결하는 모습, 둘 다 물러나지 않는 모습. 나는 그날 에미가 터널에 들어가도록 도와주었지만, 에미에게 거짓말을 하기도 했다. 나는 그렇게 말했어야 했다. **뭔가 두렵다면 거기서 빠져나와. 모든 게 안 괜찮을 테니까**, 라고.

옆집은 괜찮은 집 중 하나였다. 셔터에 페인트가 칠해져 있고, 시든 꽃들 사이에 빙빙 돌아가는 정원 장식이 하나 있었다. 한 남자가 현관에 앉아 이모를 지켜보고 있었다. 우리는 그가 "이봐요, 아가씨" 같은 말을 외치기 전까지는 그를 알아보지 못했다. 삼촌과 나는 둘 다 펄쩍 뛰었다. 그런 다음에야 우리는 그를 보았다. 코트에 천 슬리퍼를 신은 노인이었다. 대체로 벗어진 갈색 머리 주변에 흰 머리카락이 둥글게 나 있었다. 이모가 그쪽 현관으로 걸어가 그와 악수했다. 우리는 둘이 대화하는 모습을 지켜보았다. 이모는 고개를 끄덕이며 험한 집 쪽을 돌아보았다. 자기 눈을 건드리고 질문을 던지고 고개를 끄덕이며.

이모는 자동차로 돌아와 안전벨트를 맸지만 시동을 걸지는 않았다. "거기 사는 사람들이 있었는데 퇴거당했대. 젊은 여자 몇 명을 포함해서. 그중 한 명이 백인이었다더라. 퇴거라는 말은 저 사람이 쓴 말은 아니었어." 이모는 머리를 맑게 하려는 듯 빠르게 저었다. "총격이 있었대. 그래서 떠났고."

"누나. 그냥 집에 가야겠어." 삼촌이 말했다.

"여기서 그리 멀지 않은 집으로 간 것 같대. 주소는 모르지만 완전히 새로운 곳이라고 했어. 막 지어진 것 같은. 엄밀하게 말하면 아직 거기서 아무도 살지 않은 곳이래."

"누나를 쫓아내려고 개소리를 지어낸 거야." 삼촌이 말했다. "누가 여기에 집을 짓겠어?"

"내가 딸을 찾는다고 했더니 저 사람은 이해한다고 했어. 새 집이 그 사람들이 지금 쓰는 곳이래, 뭐에 쓰는지는 몰라도. 하지만 에미가 그 집에 있을지도 몰라."

"이건 말도 안 돼, 누나. 너무 위험해."

"엿이나 처먹어, 에버렛. 갱처럼 터프하다고 나불대던 놈은 어디 간 거야?"

그 말에는 답이 없었다.

이모는 쫙 편 손으로 운전대를 쾅 내리쳤다. "여기서 사람들이 부리는 말썽은 죄다 내가 회사에서 매일 열 번은 보는 것들이야." 이모는 자동차를 드라이브 모드로 돌렸고 우리는 움직였다. 블록 이쪽저쪽으로. 똑같은 노인이 여전히 휠체어를 타고 있었고, 또 다른 노인이 여전히 길에 누워 있었다. 다리 움직임은 멈추었다. 우리가 뭘 찾는 건지도 알 수 없었다. 조금이라도 새로워 보이는 건 아무것도 없었다. 배가 고프고 몸이 가려웠다. 땀이 나려 했다. 삼촌이 계속 총을 집어 들었다가 놓았다. 결국 이모가 그의 손을 탁 쳤다.

그때 우리는 그 집을 보았다. 그 집이 말도 안 되는 새로운 것들의 하늘에서 뚝 떨어진 것만 같았다.

우리 셋 모두 차에서 내렸다. 앞마당은 불도저로 새로 민 흙바닥이었고, 창문에는 공장 스티커가 붙어 있었다. 현관문은 타원형의 가짜 교회 창문이 달린 모던한 스타일이었다. 이모가 노크했지만 답은 없었다. 작은 금속 상자 같은 것이 문손잡이에 매달려 있었는데, 휙 열자 거기에 놓인 열쇠가 뻔히 보였다. 이모가 자물쇠에 열쇠를 넣고 돌려보았다. 그러자 우리는 안에 들어가 있었다.

모든 것이 새로웠다. 멋진 나무 바닥, 강한 페인트 냄새. 진짜 가구는 하나도 없었다. 비닐봉지와 저울이 놓인 카드 테이블 하나와 하얀 코카인 가루뿐이었다. 구석에는 한 남자가 벽에 등을 기댄 채 머리를 앞으로 처박고 늘어져 있었다. 우리는 숨을 참으며 그 모습을 지켜보았다. 지나치게 큰 검은색 야구 모자 챙이 얼굴을 가리고 있었으므로, 그가 자는 건지 죽은 건지 약에 취한 건지는 순전히 추측해야 했다. 나는 쫙 벌어진 다리와 펴진 손을 보고 3번이 맞다고 생각했다.

이모가 삼촌의 어깨를, 그다음에는 그의 권총을 건드리더니 남자를 가리켰다. 그녀는 손을 쫙 펴서 들었다. **저놈을 저기 잡아둬.** 이모와 나는 집 안을 움직였다. 복도, 침실 여러 개. 우리는 거의 소리를 내지 않았지만 그곳이 너무 비어 있어서 어쨌든 메아리가 들렸다. 나는 반쯤 닫힌 문을 밀어 열었다가 오줌을 쌀 뻔했다. 어린애들이, 어린애 두 명이 펼쳐놓은 피자 상자 더미 위에 있었다. 한 명은 잠들었고, 다른 한 명은 앉아서 여섯 개들이 맥주 팩의 플라스틱 고리를 가지고 놀고 있었다. 깨어 있던 녀석이 휘둥그레진 눈으로 우리를 쳐다보았다. 이모와 내가 찾던 것이 바로 자신일지 모른다는 듯 우리를 보았다. 이모는 손으로 입을 가린 채 멈춰 섰다. 나는 그녀를 문밖으로 끌어내야 했다.

모든 방을 확인하지는 않았다. 다음 방에서 에미를 찾았기 때문이다. 에미와 다른 소녀 한 명이 매트리스에서 정신을 잃고 있었다. 둘 다 반쯤 벌거벗은 채였다. 내 말은, 정확히 절반 벌거벗었다는 것이다. 에미는 짧은 치마와 찢어진 검은색 레깅스를 입고 위에는 아무것도 입지 않은 반면, 다른 소녀는 블라우스와 장신구, 반짝이는 노란색 재킷을 걸쳤으나 그 밑으로는 다리와 거시기밖에 없었다. 둘이서 하나의 옷을, 속옷까지 나눠 입어야 했던 것처럼. 이모는 여전히 입을 손으로 가리고 나를 보고 있었다. 제기랄, 내가 뭘 해야 할지 아는 것처럼. 도망쳐야 한다고, 나는 생각했다. 이 방에서는 섹스처럼 농익은 냄새가 났다. 에미의 멍든 얼굴과 창백한 피부를 보니 토할 것 같았다. 나는 그리로 다가가 에미를 일으켰다. 도리보다는 무거웠지만 큰 차이는 없었다. 아마 40킬로그램쯤 됐을 것이다. 나는 한때 그 무게의 세 배를 데드리프트로 쉽게 들어 올릴 수 있는 남자였다. 지금의 나는 그 누구도 눈을 뜨기 전에 그곳에서 일행을 데리고 나올 수 있었고.

이모는 손짓으로 우리 두 사람을 앞에 태운 뒤 에미와 함께 뒷자리에 타고 에미를 담요로 감쌌다. 삼촌은 "씨발, 씨발, 씨발, 어디로 가는지도 모르겠다"라고 외치며 지나치게 빨리 차를 몰았다.

"오, 주여. 그 아기들은." 이모가 말했다. "그중 한 아이가 에미의 아기면 어쩌지?" 그러다가 다음번에는 "대체 무슨 생각이야? 에미가 집을 나간 건 겨우 6개월 전인데"라고 말했다.

"조지아주 사회복지국에 전화해도 돼요." 내가 말했다. 우리는 모두 한참 제정신이 아니었다.

삼촌은 시내 고속도로로 가는 길을 찾은 뒤 차를 세웠다. 이모가 자기 지도를 그에게 주며 I-75번 도로로 돌아가는 길을 알아보라고 한 다음, 차에서 내려 트렁크를 열고 의료 도구함을 가져왔다. 차들이 쌩쌩 지나가며 우리를 흔들어대는 가운데 우리는 갓길에 앉았다. 그동안 이모는 뒷자리에서 에미의 몸 위로 웅크리고 심장 소리에 귀 기울이면서 뼈와 장기를 촉진해보았다. 에미의 머리카락은 무서운 방식으로, 이상하게 짧게 잘려 있었다. 일부가 사라진 것처럼 보였다. 이제는 에미의 눈이 뜨인 채 우리 모두를 휙휙 오가고 있었다. 하지만 그녀는 아무 말도 하지 않았다. 아마 에미는 우리를 꿈으로 생각하는 듯했다. 나는 지퍼 달린 후드티를 벗은 뒤 에미에게 입히라고 이모에게 주었다. 이모는 에미를 다시 감싸주며 말했다. "집에 가자."

아드레날린이 과하면 때가 되기 전에 늙어버린다. 나는 사람들이 그런 말을 하는 걸 들은 적이 있다. 내가 확실히 아는 건, 지나치게 많은 아드레날린이 하루의 속도를 너무 빠르게 만든다는 것이다. 나는 조지아주를 벗어나기 전부터 땀을 흘리는 단계를 넘어섰다. 나는 이모의 흰 가죽 시트를 더럽히지 않으려고 삼촌에게 차를 세워달라고 해야 했다. 이모는 나를 뒷자리에 태우고 배탈을 가라앉혀줄 알약과 세븐업을 주었다. 그걸 먹으면 졸려올 거라고 했다. 몸의 떨림과 땀을 멎게 해줄 약은 없었다. 이모는 내게 담요를 둘러주고 우리가 강아지라도 된다는 듯 나를 에미에게 기대게 했다. 그렇게 에미와 나는 이모에게 도미노처럼 기댔다. 우리만의 작은 뒷좌석 재활 병실이었다. 이모는 우리 둘을 모두 죽여버리고 싶다는 표정을 지은 채 똑바로 앉아 있었지만, 우리가 죽도록 내버려두지는 않을 터였다.

삼촌은 이제야 자유롭게 라디오를 통제하게 되었고, 오랫동안 누구도 말을 하지 않았다. 나는 졸다 깨다 했다. 그러다가 테네시주 경계선 어딘가에서 이모가 말을 시작했다. 낮게, 조용히. 나도 곧 자식이 생기니 그 녀석에 대해 생각해야 할 터였다. 이모는 내가 태어나기 전에 우리 엄마와도 똑같은 얘기를 했다고 말했다. 엄마와 친구였기에. 그건 몰랐다. 페곳 가족이 엄마를 트레일러에 받아준 이유가 이모 때문이었다. 둘은 실제로 그 트레일러에서 잠시 함께 살았다. 그러다가 이모가 에미와 함께 이사를 나가고, 내가 태어난 것이다. 이모는 우리 아빠도 알았다. 엄마와 아빠는 엉덩이가 붙어 있는 것이나 마찬가지이므로, 한 사람을 모르면서 다른 사람을 아는 건 불가능했다고 말해주었다. 나는 아빠가 어떤 사람이었는지 물었다. 이모는 나와 똑같았다고 말했다. 생김새도, 하는 말도, 하는 짓도. 자신이 받은 거친 카드 패에 어울리지 않는, 지나치게 큰 마음을 가진 아름다운 남자였다고.

나 같지 않았다. 그러니 아마 저 말은 하나도 사실이 아닐 것이다. 나는 이모에게 아빠가 어떻게 죽었는지 물었다.

이모는 나를 보며 인상을 찌푸렸다. "날 시험하는 거야? 아니면 정말로 모르는 거니?"

나는 너무 맛이 가서 아무것도 꾸며낼 수 없었다. 나는 아빠가 독립기념일에 악마의 욕조에서 죽었다는 건 알지만 그게 전부라고 말했다. 이모는 아빠가 물에 빠져 죽었거나 목이 부러져 죽었다고 말했다. 아마 동시에 두 가지 원인으로 죽었을 것이다. 아빠는 강둑 높은 곳에서 다이빙을 했으니까. 왜 그런 일이 벌어졌는지 물었다. 이모는 아빠가 술에 취했거나 뽐내려던 것이라는 말이 있었지만 엄마는 그게 자기 잘못이라고 맹세했다고 말했다. 아빠가 엄마에게 가느라 너무 서둘렀다는 것이다. 엄마가 물이 깊은 줄 모르고 물속에 들어갔기에. 엄마는 수영할 줄 몰랐다.

이모는 내가 한 번도 보지 못한 상태에 있었다. 안도했으면서도 녹초가 되었고 수다스러웠다. 다른 누구도 해주지 않은 얘기를 해주었다. 이모는 나를 볼 때마다 엄마와 친구였던 시절에 엄마에게 더 노력했어야 한다는 생각이 든다고 말했다. 하지만 사고며 뭐며 온갖 일이 벌어진 이후에, 아빠가 죽는 걸 본 이후에, 엄마는 완전히 이 세상에 속하기를 원하지 않았다. 이모는 내 상황은 다르다고, 내게는 이 세상에 속할 만한 이유가 아주 많다고 말했다. 그녀는 내 두개골 안쪽에 적힌 무언가를 읽으려는 듯 나를 뚫어지게 바라보았다. "앞으로 태어날 아기를 생각해. 얼마나 어려운지는 알지만 넌 약을 끊을 거야."

나는 이모가 뭘 아는지 의심스러웠다. 땀에 젖은 이불 속에서 빌어먹을 존재 전체를 비추는 빛이 꺼지기만을 울부짖으며 고문하듯 아픈 뼈와 시간을 보내고 난 뒤 돌아와서 그 말을 해보라고 하고 싶었다. 하지만 예의가 있었기에 이런 말을 하지는 않았다.

이모는 말을 이어갔다. 나와 에미의 앞길에 무엇이 놓여 있는지에 관해 이모는 내가 모르는 것들을 몇 가지 알고 있었는데, 그래서 죽을 것 같다고 했다. 이모는 녹스빌의 메타돈 치료 센터에 누군가를 연결해줄 때마다 잔인해진 기분이 들었다. 마사만이 아니었다. 마사 정도는 어림도 없었다. 그곳에 갔다가 출근 전에 돌아오려고 새벽 3시에 일어나는, 아이들까지 차에 태우고 다니는 환자들이 있었다. 그보다 가까운 병원이 없었기 때문이다. 하지만 새로운 뭔가가 나올 예정이었다. 이모는 자기 의원에서 바로 그 약을 처방해줄 수 있기를 바랐다. 아주 많은 서류 작업이 필요했다. 서복손*. 아직 우리 중 누구도

---

*   아편제 중독 치료제.

모르는 단어였다.

이모는 우리가 가장 먼저 해야 하는 일은 이런 아수라장이 우리 잘 못이라는 생각을 멈추는 것이라고 했다. "그놈들이 너희한테 이런 짓을 한 거야." 이모는 그 말을 되풀이했다. 그 말이 우리 구원의 열쇠라는 듯이. 문이 존재하기라도 하는 듯이.

우리는 어두워진 뒤에야 돌아왔다. 그때쯤 에미는 어느 정도 정신을 차렸다. 그녀는 콜라를 마시며 별말을 하지 않았다. 이모는 나를 놓아주기 전에 몇 가지 약속을 시켰다. 하지만 그때쯤 나는 너무 맛이 간 상태였다. 자랑스럽지는 않다. 나는 임팔라의 조수석 글러브박스에 뭘 넣어두었다. 지난 몇 시간 동안 그것 말고는 아무것도 생각하지 않았다. 이모의 진입로에 앉아서 80밀리그램을 한 뒤, 도리가 있는 집으로 차를 몰아갔다.

54

나는 그녀가 깨어 있는 것을 보고 놀랐다. 그녀는 피 묻은 잠옷을 입은 채 소파에 앉아서 두 손에 얼굴을 묻은 채 울고 있었다. 지프가 태엽을 감은 장난감처럼 원을 그리며 마구 내달렸다. 피 냄새와, 산산이 부서진 작은 엄마 때문에 정신이 나가 있었다. 도리는 무슨 일이 벌어진 건지 모르는 듯했다.

나는 젖은 수건을 가져다가 도리를 닦아주고, 요즘 그녀가 언제나 입고 다니는 베스터 씨의 줄무늬 잠옷 바지를 벗겼다. 그리고 깨끗한 티셔츠와 팬티를 가져다주었다. 그녀를 안고 흔들고, 그날 하루 종일 뭘 맞았는지 음식을 먹기는 했는지 물었다. 도리는 계속해서 어디에 갔었느냐고 묻기만 했다. 왜 집에 오지 않았느냐고, 왜 전화를 받지 않았느냐고. 나는 아직 핸드폰을 가지고 다니는 데 익숙하지 않았고, 가격을 생각하면 핸드폰을 잃어버리는 게 너무 무서워서 대체로 조수석 글러브박스에 넣고 잠가두었다. 핸드폰이 하루를 보낸 곳이 바로 그곳이었다. 핸드폰은 거기에서 만료된 보험 서류와 옥시코돈을 향해 진동했다.

나는 도리를 진정시키려 노력했다. 그녀를 사랑한다고, 이렇게 늦어서 미안하다고, 당연히 마음이 아프다고 말했다. 그렇게 피가 많이 난 걸 보면 임신은 끝난 게 틀림없었다. 이 생각에 도리는 멍해졌다. 도리는 그 일로 우는 게 아닌 듯했다. 그냥 너무 혼란스럽고 엉망이 된 자신의 꼴이 부끄러웠던 것이다. 어쩌면 임신한 걸 잊어버렸는지도 모른다. 내가 그 이야기를 꺼내자 완전히 새로운 폭풍이 불어닥쳤다. 도리는 아기를 잃었다.

도리는 모르핀 패치를 주사하겠다고 애걸했고, 나는 도리를 내버려두지 않았다. 그게, 우리 사랑 이야기의 요점이었다. 도리가 내게서 꿈틀꿈틀 벗어나 약에 손을 대려 하고, 나는 그녀를 소파에 잡아두고. 내 손아귀는 그녀의 조그만 손목뼈에 수갑처럼 느껴졌을 것이다. 더 많은 눈물, 더 많은 비난. 아빠는 한 번도 이렇게 못되게 대한 적이 없다고 했다. 나는 그녀를 사랑하지 않는다고, 필요한 것을 갖지 못하게 한다고 했다. 나는 세상의 악당이 된 기분이었지만, 진실은 진실이었다. 한 번 더 주사를 맞으면 도리가 끝장날 수도 있었다. 나는 그녀가 이미 얼마나 많은 약을 맞았는지 알 방법이 없었다. 도리의 주사 도구가 탁자 위 사방에 널브러져 있었다. 솜, 라이터와 숟가락. 오늘 쓴 건지 어제 쓴 건지 알 수가 없었다. 나는 도리가 펜타닐과 함께 사용한 식초의 냄새를 맡았다. 도리의 패치를 보자 미치도록 겁이 났다. 순수한 약이 피부에 들어가기 위해 거쳐야 하는 젤리층. 거기에 바늘을 찌르면 확률 게임이 된다. 이미 최소 다섯 번, 토미의 사무실에서 집으로 돌아와 도리가 소파에서 몸부림치는 걸 본 적이 있었다. 그녀의 폐가 세차게 공기를 들이쉬었고 눈은 뒤로 돌아갔다. 그중 한 번은 입술 주변이 파랬다. 나의 파란 요정. 나는 그녀를 다시 깨우느라 흔들고 따귀를 때려야 했다. 그날 밤보다 나 자신이 싫었던 적은 없다. 그녀에게 물을 끼얹고, 있다면 목에 아이스팩을 댔다. 엄마한테는 해줄 방법을 몰랐던 것들. 약물 과용을 할 때마다 도리는 이후로 며칠씩 누워 끙끙대며 온몸의 모든 것이 아프다고 말했다. 나는 그건 근육이 숨을 쉬느라 너무 열심히 노력하기 때문이라고 했다. 하지만 정말 그런 건지 또는 내가 무슨 짓을 한 건지 알 수 없었다.

그냥 오늘 밤만 버티자. 나는 지금 계속해서 도리에게 말하고 있었다. 멍이 남지 않도록 손아귀 힘을 풀어야 했다. 도리에게서 투지가 흘러나가는 데는 1분밖에 걸리지 않았다. 나는 도리의 머리를 쓰다듬고 그녀에게 입을 맞추며 우리는 괜찮다고 말했다. 대체로는 나 자신에게 하는 말이었다. 앞으로의 나날을 지우려는 말. 이제 우리에게는 태어날 아기가 없었다. 이유가 없어졌다. 나는 도리에게 임신 문제에 관해 얼마나 확신하느냐고 물어보려 했다. 도리가 임신 자가 테스트를 해봤더라도 나는 본 적이 없었다. 도리에게 그런 테스트기를 사준 적도 없었다. 우린 정말 뭔가를 잃은 걸까, 아니면 그런 게 아예 없었던 걸까? 도리는 그 얘기를 하지 않으려 했다. 그녀는 자신의 여성 관련 문제를 늘 부끄러워했고, 그 일을 혼자만 알고 있으려 했다. 하지만 사람과 살다 보면 당연히 기초적인 걸 알게 된다. 도리의 월경은 대단히 불규칙했다. 때로는 오랫동안 끊겼고, 그러다가 복수라도 하듯 돌아왔다. 아프게, 유혈 낭자하게. 나는 이번 일도 내가 영영 알지 못할 또 한 가지 일로 받아들여야 했다. 이 아기도 내 남동생과 함께 잃어버린 이름 없는 것들의 검은 구멍에 있을까, 아니면 운 좋게 후보 선발전을 완전히 피했을까?

도리는 이제 베스터 씨와 같았다. 혼자 놔두면 안전하지 않은 사람이었다. 그녀는 몇 년이나 베스터 씨 곁에 머물며 자신을 완전히 내주었다. 도리의 책에서는 그게 사랑이었으니까. 내 책에서도 그랬다.

도리가 잠드는 동안 그녀를 안고 있던 그때, 문득 도리를 사랑하는 일이 첫째 날부터 나를 산 채로 삼켰다는 것이 실감 났다. 그냥 도리가 몰랐을 뿐이다. 내가 자신의 부양자라는 것을, 내가 우리의 약과 식료품을 구해 오기 위해 세상과 맞서고 있다는 것을, 살얼음판 딛듯 위태로운 조합 일자리에서 자비를 베풀어달라고 내가 빌고 있다는 것을. 우리 자동차도 우리 인생의 다른 모든 것처럼 위태로웠다. 나는 임팔라가 술주정뱅이처럼 삼켜대는 기어오일을 트렁크에 싣고 다녔다. 내가 차 수리를 받고 그 값을 내지 못한다면, 우리는 침대에서 굶어 죽은 우리를 발견할 누군가를 기다려야 할 터였다. 지프의 사료조차 떨어졌다. 이 중 어떤 것도 도리를 흔들지 못할 것이다. 그녀는 하루 종일 울고 밤에는 내 셔츠를 두 손에 꼭 말아 쥔 채 잘 것이다. 내가 자기를 떠날 거라고 확신하면서. 모두가 자기를 떠나니까.

도리가 잠든 뒤에도 소파에서 오랫동안 그녀와 함께 있었다. 하지만 점점 더 초조해졌다. 뭔가를 바로잡아야겠다는 거의 폭력적인 기분이 들었다. 더러워진 이불, 마약 키트, 거의 없는 것이나 마찬가지인, 도리의 식사 부스러기가 담긴 바닥의 접시들. 나는 간신히 마음을 내, 버틸 수 있는 한 오래 가만히 있으면서 그녀의 느린 숨소리에 귀 기울였다. 구석에서 갈색 딱정벌레들이 기어 나와 더듬이를 움찔거리며 보상을 찾아 바닥을 가로지르는 모습을 지켜보았다.

새벽 2시 언저리에 도리를 위층 침대로 옮겼다. 도리는 전날보다도 몸무게가 덜 나갔다. 공기로 변해가고 있었다.

나는 도리와 함께 침대에 누울 수 없었다. 그런 하루를 보내 피곤하고 만신창이였는데도. 도리는 가슴에 무릎을 대고 주먹은 얼굴에 댄 채 아기가 된 것처럼 웅크리고 있었다. 도리에게 이불을 덮어준 다음 다시 아래층으로 내려가 더럽고 고약한 천과 조각보를 소파에서 벗겨내 전부 세탁기에 쑤셔 넣었다. 접시를 집어 싱크대에 넣었다. 벌거벗은 소파로 돌아와 누워서, 무슨 홍수가 다가와 건조하고 뻑뻑한 내 눈구멍을 씻어주기를 바랐다. 이제 나의 유일한 일이자 목표는 도리를 살려두는 것이었고, 난 그렇게 할 방법을 몰랐다.

55

준 이모는 에미를 멀리 떨어진 어떤 시설에 보내기로 했다. 거기서 에미의 약을 끊게 해줄 터였다. 엄마가 현관 매트라도 되는 것처럼 닳도록 드나들던 속성 재활 센터와는 전혀 달랐다. 스토너가 돈을 냈던 3주짜리 고급 프로그램도 아니었다. 스토너야 그 센터에 갔다는 이유로 엄마에게 죽고 싶을 만큼 모욕을 주었지만. 이번 치료에는 아마 에미 인생의 몇 년이 필요할지도 몰랐다. 밑바닥부터 다시 시작하는 것이다. 시설은 애슈빌에 있었다. 이 근처에는 그런 재활 캠프가 없었다. 리 카운티는 배정받은 인생을 계속해서 살아가는 곳이니까.

이모는 내게 전화를 걸어, 작별 인사를 하고 싶다면 오늘 해야 한다고 알렸다. 이런 최고급 치료에 어떤 돈이 들어갈지 궁금했지만 돈 얘기를 하는 건 무례한 일이다. 그냥 그 시설의 창문에 철창이 있는지 같은 것만 물었다. 에미가 탈출하려 할 테니까. 이모는 에미가 가만히 있을 거라고 꽤 자신했다. 이유는 로즈 다텔이었다. 로즈가 에미에게 연락해, 신체 부위 몇 개를 몸에서 떼어내주겠다고 했다. 세상에.

나는 일이 끝나고 가겠다고 했다. 여전히 조합에서 해고당하지 않은 상태였다. 아마 조합에서 고용한 다른 모든 애들도 나처럼 약쟁이였기 때문일 것이다. 나는 무거운 궁둥이를 끌고 늦게 출근했다. 그러면 리타와 레스가 그들만의 메디케어 전쟁에 일시 정지 버튼을 누르고 힘을 합쳐 눈알을 굴려댔다. 일상에는 익숙해지는 법이다. 내게는 그 일이 필요했고, 가축용 싸구려 주사기 공급선이 끊기면 우리 집에 문제가 생길 터였다.

이제는 겨울 막바지였다. 지는 해가 하루의 상당 부분에 소유권을 주장했다. 나는 이모네 집으로 차를 몰아가며, 검은 나무들 너머 분홍빛 하늘을 바라보았다. 이모가 문을 열었다. 지친 얼굴이었다. "위층에서 짐 싸고 있어. 잠깐, 네가 위로 올라가도 되는지 가서 볼게."

코트를 입은 에미가 아래층으로 내려와 산책을 하고 싶다고 했다. 우리는 망가진 오두막으로 올라갔다. 에미가 재빨리 모자를 당겨 썼지만, 나는 망가진 머리를 구해보려는 노력이 있었다는 걸 알 수 있었다. 뾰족뾰족하게 한 움큼씩 자른 머리는 일종의 픽시 컷이었다. 구조된 이후로 몇 주가 지났지만 그녀는 지금도 너무 말랐고 너무 잘 놀랐다. 젊은 몸에 들어 있는 늙은 사람이었다. 남자들은 그런 상태를 거칠게 타고 빗속에 내버려뒀다고 한다. 하지만 다른 면에서 에미는 완전한 에미로 회복되었다. 그녀는 담배를 피우고 싶어 했다.

"굴뚝 냄새를 풍기면서 저 집에 돌아가면 네가 담배를 피웠다는 걸 이모가 알 거야."

"엄마는 허락보다는 용서를 더 잘해."

"그래, 그럼. 이모가 널 물들였다고 날 탓하게 돼." 나는 필요한 걸 내놓았다. 에미는 나무에 기대더니, 내 라이터 불꽃이 종이로 빨려들어가 타닥거릴 정도로 세게 숨을 들이쉬었다. 들이쉬고 내쉬고. 눈을 감고. 오, 주여, 나도 아는 기분이었다. 니코틴이 죽도록 갖고 싶은 다른 모든 것을 대신하는 그 순간.

"그러기엔 너무 늦지 않았어?"

에미의 말은, 내가 자신의 비행에 영향을 끼쳤다는 말에 관한 것이었다. 나는 너무 많은 것이 궁금했다. 패스트포워드가 이제 일종의 마약왕이 된 것인지, 그가 정말로 에미를 쓰레기처럼 그냥 버린 것인지. 어떻게 내가 숭배했던 사람이 괴물로 바뀐 것인지. 그건 그렇고, 로즈 다텔은 씨발 뭔지. 에미는 이런 일에 관해서는 하나도 이야기하기 싫어했다. 우리는 뼈만 남은 오두막으로 들어가 어렸을 때 함께 끌고 들어온 통나무 벤치에 앉았다. 에미는 담배를 피울 때 담배를 몸에서 멀리 두었다. 머리카락에 냄새가 배는 것을 막기 위해 여자애들이 하는 행동이었다. 오랜 습관. 그녀는 잠시 무릎에 얼굴을 파묻고 있다가 다시 일어나 앉았다. "데몬, 나 무서워서 죽을 것 같아."

"뭐가?" 나는 에미가 로즈라고 말할 줄 알았지만, 아니었다. 그녀는 떠나는 게 두렵다고 했다. 그곳에서 자신을 세뇌할까 봐. 그곳의 누구도 자신을 이해하지 못할까 봐. 그녀가 한 말의 진짜 뜻은 아무도 에미의 원래 모습을 알지 못하리라는 것이었다. 여왕벌, 에미 페곳.

"넌 쩔어줄 거야." 내가 말했다. "네가 재활 센터를 지배할걸."

하지만 난 사실 몰랐다. 여기서 우리가 될 수 있는 것은 과거의 우리 자신뿐이다. 나는 약쟁이 엄마와 위탁 가정 출신이다. 잠깐은 스타였고, 어느 정도는 그 출신 덕에 유명했다. 그러나 예정을 정확히 지켜 빠르게 타버렸다. 에미는 녹스빌에서 자라 난데없이 이리로 돌아왔지만, 완전한 족보를 가지고 리 카운티 고등학교에 착륙했다. 페곳 가족의 딸, 집으로 돌아온 왕족으로서. 애슈빌에서 그녀는 그냥 망가진 미녀의 분위기를 풍기는 자만심 넘치는 백인 여자애에 불과할지도 몰랐다.

나는 잊지 않고 뱀 팔찌를 주었다. 에미는 두 손을 오므려 팔찌를 이 손에서 저 손으로 넘기며 잃어버린 보물이라도 되는 듯 바라보았다. "이게 어떻게 된 건지 진짜 궁금했어."

나는 이 일에서 로즈 이야기는 빼놓았다. "네가 왜 계속 그걸 차고 다니는지 궁금했어."

에미가 놀라서 나를 보았다. 그러더니 허리를 숙여 작은 가죽 부츠의 지퍼를 열더니 자기 발목에 팔찌를 감았다.

"가짜 보석이잖아." 내가 말했다. "이모가 선물 가게에서 쓰라고 5달러를 줘서 산 건데, 아마 거스름돈까지 받았을 거야. 그 돈은 내가 챙겼을 거고."

"챙겨서 집에 있는 엄마한테 가져다줬겠지."

"뭐, 그래. 엄마한테 담배랑 멜로옐로를 사다 주려고 챙겼지."

"근데 내가 왜 이걸 간직했는지 궁금하다고?"

그랬다. 궁금했다.

에미는 허리를 숙여 내 뺨에 차가운 두 손을 대며 내게 입이라도 맞출 것처럼 내 눈을 보았다. 그러더니 다시 통나무 벤치에 주저앉았다. "도리를 돌봐주려고 노력해봐." 그녀가 말했다.

"세상에, 에미. 난 노력하고 있어. 그런 거 아니야." 뭐가 아닌지는 말할 수 없었다.

"도리는 너랑 사귈 자격이 없어."

"미움에 찬 말이네."

"네가 걜 사랑하는 건 알아. 난 미움에 차서 말하는 게 아니야." 에미는 나무를 쳐다보며 고개를 저었다. "내가 해머 켈리랑 함께할 수 없었던 이유도 그거야. 해머도 너랑 똑같이 좋은 애거든. 너희 안에는 무슨 일이 있어도 녹지 않을 무슨 금속 같은 게 있는 것 같아."

"아, 나는 녹아내렸어. 제대로 부서진 쓰레기를 보여줄 수 있어."

에미는 여전히 나를 보지 않고 있었다. "내 말은, 넌 아침에 눈을 떠도 매일 똑같은 너라는 거야. 난 그렇지 않아. 난 포기해. 사람들한테 맞추려고 내 방식을 바꿔."

사람들한테 맞추려고 바꾼다는 건 좋은 거래인 것 같았다. 도리라면 나를 위해 그렇게 해주지 않을 테니까. 도리는 매일 점점 더 비어가겠다는 자신만의 계획을 고수했다. 나는 이제 도리를 아래층으로 옮기지 않았다. 그냥 침대에 있게 해주었다. 상황이 나아지면 우리가 함께할 것들에 관해서도 더는 이야기하지 않았다. 그날 아침에 도리는 어른처럼 굴지 말고 그냥 어린 시절의 연인이었어야 한다고 말했다. 그랬다면 내가 떠나갈 수 있었을 거라고. 그 말을 듣고 도리에게 너무도 화가 났다.

이모네 진입로에서 나오면서 길가에 주차해둔 픽업트럭을 보았다. 내가 아는 차는 아니었다. 눈에 띄는 잘못된 점도 없었다. 타이어가 멀쩡해 보였다. 나는 무슨 도움이 필요한 건지 알아보려고 내렸다. 해머였다. 팔꿈치는 운전대에 대고, 머리카락은 앞으로 축 처져 눈에 들어가 있었다. 손마디가 그의 눈에 파고들었다.

나는 창문을 톡톡 두드렸다. "너 괜찮냐?"

해머는 창문을 내리고 눈을 깜빡이며 나를 보았다. "저 집엔 안 들어가."

"괜찮아. 둘 다 이해할 거야. 너희 둘은 다음 단계로 넘어간 거니까."

"아니. 아냐, 난 안 넘어갔어. 다음 단계로 넘어간 건 에미야."

"그래." 심각한 고장. 내가 고칠 수 있는 건 없었다.

"에미한테 대신 전해줄래? 그냥 작별 인사만 해줘. 모든 게 다 미안하다는 얘기도. 난 전혀 에미를 탓하지 않아. 내가 아직도 에미를 사랑한다고 말해줘."

토미네 사무실로 가는 길에 핸드폰이 울렸지만, 나는 무시했다. 전화를 거는 사람은 늘 도리였다. 내가 집으로 돌아오기를 바라는. 내게는 아직 스케치조차 거의 하지 못한, 내일이 마감인 만화가 있었다. 도리는 내가 집에서 그림을 그리면 된다고 주장했다. 하지만 내 연필과 잉크 펜을 잡고 놔주지 않았다. 내내 떠들어댔고, 내가 자기에게 뭔가 가져다주기를 바라며 울었다. 지프도 있었고.

내가 토미의 사무실에 도착한 뒤까지도 핸드폰은 계속 울렸다. 한 시간 후 만화를 거의 다 그리고 내 내면의 훌륭한 금속을 좆같이 녹여버리기 직전이었으므로 전화를 받았다.

도리가 아니었다. 앵거스였다. "아, 주여. 데몬, 너 어디야? 제발 와줘, 지금 당장."

누가 피라도 흘리는 건가? 난 코치님을 보고 싶지 않았다. 부끄러운 단계를 지나면, 그냥 날 죽은 사람으로 치라는 단계가 찾아온다. 하지만 앵거스는 제정신이 아니었다. 나는 911에 신고해야 하느냐고 물었고 앵거스는 퍼렇게 질리도록 욕설을 퍼부었다. 경찰은 안 된다. 문제는 유홀이었고, 앵거스는 가능하다면 그를 죽이려는데, 내가 필요하다고 했다.

그리로 가는 데는 20분이 걸리지만, 나는 10분 만에 도착했다. 두 사람이 거실에서 고양이와 쥐처럼 탁자 주위를 한 번은 이쪽으로, 한 번은 저쪽으로 돌며 비명을 지르는 모습이 보였다. 하지만 누가 쥐인지는 잘 알 수 없었다. 유홀은 얼굴이 시뻘게져 목에 핏줄이 솟구쳐 있었고, 광기를 부르짖는 만화 속 광인처럼 입에서 침을 줄줄 흘리고 있었다. 난 더 이상 기다리지 않아. 씨발 오늘 밤에 나한테 넘기든지, 이 좆같은 배가 통째로 가라앉는 걸 보게 될 거야.

앵거스가 나를 보았다. 그다음에는 유홀이 나를 보더니 다른 동물처럼 웅크렸다. 문을 눈여겨보면서.

"저놈 못 나가게 해." 앵거스가 소리쳤다. 나는 유홀에게 태클을 걸었다. 앵거스가 탁자의 종이 몇 장을 쥐고 우리를 지나쳐 문으로 나갔다. 나는 차 소리가 들리는지 귀를 기울였으나 앵거스는 차를 몰고 나가지 않았다. 나는 추가적인 통지가 이루어지기 전까지 그 개자식을 깔고 앉아 있어야 했다. 유홀은 몸부림치는 긴 팔로 나를 꼬집고 할퀴려 했다. 나는 코치님이 어디 있느냐고 물었고, 유홀은 어디 있을 것 같냐고, 주저앉아 술이나 처먹고 있다고 했다. 그러더니 내 허벅지에 이빨을 박아 넣어 나를 놀라게 했다. 니미 씨발. 나는 놈의 턱을 후려갈겼지만, 각도가 훌륭하지 않았다. 나는 간신히 그를 뒤집어 눕혀서 내 몸의 모든 부분과 그의 이빨 사이에 어느 정도 거리를 벌렸지만 놈은 여전히 몸부림치며 침을 튀기고 있었다. 왜 앵거스가 차를 몰고 떠나지 않는 건지 알 수 없었다. 그때 내 귓속에서 테이프가 늘어난 것처럼 그녀가 한 말이 생각났다. 저놈 못 나가게 해.

나는 오랫동안 유홀을 잡아둘 수 없었다. 놈이 내 아래에서 움찔거리는 게 꼭 굴러다니는 야구공으로 이루어진 바닥에 앉은 듯한 기분이었다. 또한 나는 이모네 집에서 여기까지 오는 동안 약을 먹었으므로 최적의 싸움 컨디션은 아니었다. 교활한 개자식이 약점을 노려, 내 아픈 무릎의 뒤쪽을 잔인하게 홱 당겼다. 니미 씨발. 그러더니 놈은 게처럼 허둥지둥 기어 문으로 나갔다.

바깥의 어둠 속에서 나는 장님이나 마찬가지였다. 현관에는 조명이 전혀 없었다. 앵거스의 랭글러가 진입로에 있었다. 내 임팔라가 코치님의 캐디를 가로막고 있었다. 두 자동차 여전히 그대로였다. 유홀의 소중한 머스탱도 그곳에 있었다. 놈이 자동차 주위를 빙 돌며 창문을 두드려댔다. 앵거스가 안에 있는 게 틀림없었다. 사람들은 집에 있으면 차 열쇠를 늘 차 안에 둔다. 우린 그렇게 한다. 필로폰 중독자들이 있는 숲속에 있거나 누군가가 지나친 빚에 시달리는 상황만 아니라면 말이다. 나는 반짝이는 빛을 보았다. 앵거스가 유홀의 자동차 안에서 짤그랑거리는 금속 꾸러미를 내게 흔들고 있었다. 앵거스가 모든 자동차 열쇠를 모아, 유홀이 자기 모선에 타지 못하도록 문을 잠가버린 것이다.

나는 천천히 다가가 놈을 후려갈기고 조수석 쪽으로 빠르게 돌아갔다. 앵거스가 문을 열었고 내가 뛰어들자 다시 잠갔다. 자동차에서는 놈의 기름진 냄새가 진하게 풍겼다.

"젠장." 나는 숨을 쉬려 애쓰며 말했다. 놈의 비명이 유리 때문에 어느 정도 풀이 죽었다. "저놈이 타이어 레버를 가져와서 창문을 깰 거야."

앵거스가 나를 빤히 보았다. "사랑하는 머스탱인데 그럴 리가."

"그래, 네 말이 맞다. 저 녀석 평생의 사랑이지."

앵거스의 눈이 매우 커졌다. "데몬, 저놈이 나를 원해."

"무슨 뜻이야?"

"네가 말해주려 했잖아. 내가 듣기 싫어했지만."

유홀이 앵거스에게 덤벼들었다. 앵거스가 어린아이였을 때부터 그녀의 물건들을, 속옷을 보관해왔다고 말했다. 욕조에 있는 그녀를 지켜보았고. 놈은 더는 기다리지 않을 생각이었다. 그러니까 앵거스와의 섹스를. 이제는 앵거스에게 강요할 수 있었으니까.

"그게 웬 역겨운 미친 소리야?" 난 토하고 싶었다. 귀가 울렸다.

"협박이야." 앵거스가 이상하게 조용해졌다. 나는 앵거스가 자기 자신을 정신 나간 상황에서 빼내, 그녀만이 갈 수 있는 곳으로 데리고 가는 모습을 지켜보았다. 이 일이 다른 앵거스에게 벌어지는 것처럼. 유홀은 학교 이사회를 찾아가 음주나 그보다 심한 문제로 코치님을 해고시킬 수 있다고 말했다. 학교의 돈과 발전 기금을 횡령했다고 말하겠다고. 앵거스가 유홀과 섹스하지 않으면 그런 일이 벌어질 거라고 했다.

유홀은 이제 자동차를 두드려대지 않았다. 놈이 보이지 않았다. 너무 조용했다. 머리가 잘 돌아가지 않았다. 오일이 얼어붙은 것 같은 기분이었다. "젠장. 다른 열쇠를 가지러 간 거야."

"다른 열쇠는 없어. 저 새끼가 화를 냈었거든. 다른 열쇠를 잃어버렸다고."

"확실해?"

"응. 근데 타이어 레버는 아직 가능하지."

"물지는 못하니까 짖어대는 거야." 내가 말했다. "그냥 개소리를 지어내는 거라고. 오, 주여. 발전 기금을 훔쳤다고? 그건 교회 헌금함을 터는 거랑 마찬가지잖아. 코치님은 절대 그러지 않으시지."

앵거스는 코치가 안 그럴 사람이긴 한데, 실제로 그렇게 했다고 말했다. 자기도 모른 채로. 유홀이 모든 장부를 작성했다. 놈이 자기 엄마의 은행 계좌로 미식축구 기금을 옮겼다. 몇 년째 그런 게 분명했다. 나는 그게 사실이라면, 유홀과 유홀의 엄마가 힐타운에 있는 쥐덫 같은 그 집을 태워버리고 사람답게 살았을 거라고 했다.

유홀은 때가 무르익을 때만을 기다리고 있었다. 그게 유홀이 앵거스에게 한 말이었다. 탁자 주위로 얼마나 오랫동안 앵거스를 쫓아다닌 걸까? 앵거스는 그리 오래되지는 않았다고 했다. 그 시점에 이르기까지 상당히 시간이 걸렸다고. 그날 오후 앵거스는 코치님의 서재에 들어갔다가 유홀이 엄청나게 많은 서류에 코치님의 서명을 위조해두었다는 걸 알게 되었다. 법률 대리인 선임장 같은 것들이었다. 벳시 할머니의 수표도 바꿔서 훔치고 있었다. 그때 유홀이 서재에 들어왔고, 앵거스는 그의 얼굴에 이런 문서를 들이밀었다. 그렇게 한 가지가 다른 한 가지로, 협박 등등으로 이어진 끝에 유홀이 앵거스를 침실로 몰아넣으려는 사태가 터진 것이었다.

들어야 할 이야기가 많았다. 앵거스는 왜 코치님의 서재를 들여다본 걸까? 미친 얘기였다. 어떤 남자가 집에 전화를 걸어, 유홀이 코치님의 돈을 소위 사업에 아주 많이 집어넣고 있다고 말했다. 그 돈이 코치님 본인에게서 나온 것인지 확인해야 한다며. 앵거스가 그 전화를 받았다. 그렇게 된 것이다. 빌어먹을. 매코브 씨가 다른 놈의 사기를 폭로했다.

우리는 아주 오랫동안 차 안에 앉아서, 광기 어린 인간의 다음 움직임을 기다렸다. 내가 걱정하는 것은 타이어 레버부터 임팔라까지였다. 겁쟁이는 집까지 걸어서 돌아갔을지도 몰랐다. 자정 즈음에 우리는 주위가 얌전해졌다고 판단했다. 이 모든 쇼가 벌어지는 동안 자고 있던 코치님의 상태를 확인했다. 나는 앵거스를 다른 곳에 데려다주겠다고 했지만, 앵거스는 평정심을 되찾고 있었다. 우리는 서재로 들어가 코치님이 스미스 앤드 웨슨 40구경짜리를 보관해두는 서랍을 열고, 앵거스의 침대로 돌아갔다. 나는 총이 장전되어 있는지 확인하고 앵거스에게 안전장치를 보여주었다. 좀 까다로운 장치였다. 손바닥으로 쥐고 있어야 하는 그립 안전장치. 앵거스도 알고 있었다.

나는 잠시 앵거스의 방에 함께 앉아 있었다. 여러 가지 면에서 치러야 할 대가가 엿같이 많았지만. 나는 이런 도둑질이 벌어지고 있다는 걸 코치님도 알았을 가능성에 대해 물었다. 앵거스는 그럴 가능성이 없다고 했다. 코치님은 유혹을 믿었고, 그런 다음에는 너무 오랫동안 취한 채로 지냈다. "그래서 죽을 것 같아." 앵거스가 말했다. "유혹은 내가 이런 일을 자초한 거랬어. 난 아빠에 대해 알면서도 목소리를 높이지 않았어. 그건 사실이야, 데몬. 우린 알고 있었어."

"넌 아무것도 자초하지 않았어." 내가 말했다. "제기랄. 그렇게 생각하는 건 아니지."

"나도 알아."

"이건 네가 당한 일이야. 너랑 코치님 둘 다." 나는 이런저런 이야기를 들어왔다.

"나도 알아."

앵거스가 약간 휘청거렸다. 나는 앵거스가 무너져 내릴지도 모른다고 생각했지만 그렇지 않았다. 앵거스는 침대에 앉아, 내일부터 자신이 해야 할 일을 처음부터 끝까지 말했다. 갚아야 할 돈, 해결해야 할 똥. 변호사들. 앵거스는 어린애처럼 보였다. 늘어난 흰색 잠옷을 입고 웅크린 채 침대 머리 판에 기대앉아 한쪽 손가락에 머리카락을 꼬아대고 있었다. 그러면서도 이 집안의 가장처럼 말했다. 내가 생각할 수 있었던 것은 자신을 바라보는 그 헬보이 같은 눈을 평생 견뎌온 꼬마 앵거스뿐이었다. 그렇게 앵거스도 가죽이 두꺼워진 것이다.

나는 앵거스에게 내가 떠나고 나면 묵직한 서랍장을 밀어 문을 막으라고 했다. 그리고 앵거스가 정말 그렇게 하는지 두고 보았다.

56

4월이었다. 베스터 씨가 떠난 지 1년도 채 되지 않았다. 그리고 그 일은 내가 예상한 방식대로 일어났다. 집에 와보니 그녀가 있었다. 이른 저녁, 아직 어둡지는 않았다. 빌어먹을 지옥 같은 4월. 4월은 지긋지긋했다. 11월도. 생일, 크리스마스, 층층나무와 박태기나무, 심지어 미식축구 시즌까지도. 오래 살다 보면 사랑했던 모든 것이 돌아서서 내 눈을 태워버릴 수 있다. 이상한 건 아무것도 없이 태어나 아무 것도 없이 끝을 맞는 인간이 그사이에 너무도 많은 것을 잃을 수 있다는 점이다.

처음엔 아무것도 느껴지지 않았다. 너무도 여러 번 했듯 그녀를 닦아주고 품위를 갖춰주었다. 그런 다음은 집을 청소했다. 그녀가 어지럽힌 것과 마약 키트를 치웠다. 어디로든 전화를 걸기 전에 이것저것 숨겼다. 전화 걸 곳이 많지는 않았다. 셀마에게는 도리를 알고 지내야 할 이유가 다 떨어져버렸다. 다른 모두가 그랬듯이. 나는 도리의 고모를 다시 보고 싶지 않았으나 구급대가 가장 가까운 친족이 필요하다고 했으므로 도리의 핸드폰을 살펴보았다. 프레드 고모가 연락처에 있었다. 나는 먼저 다른 번호 몇 개를 지웠으나 굳이 수수께끼를 추적하려 든 사람은 아무도 없었다. 리 카운티에서 발생한 또 한 번의 약물 과용. 그런 사건은 수백 건이었다.

바로 그렇게, 나는 "그곳에 들어가 여자를 발견한 소년"이 되었다. 사람들은 내가 그 집에 침입했다는 둥 갖은 소리를 해댔다. 이야기가 이야기의 등에 올라타고 자라났다. 내 옷을 비롯한 모든 것이 그 집 전체에 널려 있었는데도. 프레드 고모는 나를 전혀 기억하지 못했다. 나는 그녀가 변기라도 닦는 것처럼 바닥에서 내 청바지를 집어 들며, 미니미 딸한테 도리에게 남자 친구가 아주 많았다는 말을 하는 걸 지켜보았다. 나는 그 쌍년에게 지옥으로 꺼지라고 했어야 하지만 목구멍이 열리지 않았다. 나의 사랑하는 도리. 내 의견은 전혀 요청되지 않았다. 전과 똑같이 고모가 모든 것을 선택했다. 교회, 음악, 프리사이즈 장례식. 그들은 도리를 베스터 씨와 엄마 곁에 묻었다. 유일하게 제대로 처리한 점이었다.

나는 예배 내내 돌덩어리가, 아니면 얼음덩어리가 된 것 같은 기분만 느꼈다. 조의를 표하겠다고 온 소수에 대한 냉담함 때문이 아니었다. 이건 그 사람들 잘못이 아니었으니까. 그들은 대부분 베스터 씨의 간병을 도와주었던 방문 간호사들이었다. 도나마리를 비롯한 가게 사람들과, 도리에게 질리기 전 그녀와 친구로 지냈던 학창 시절의 여자애들도 몇 명 있었다. 죄책감일까, 호기심일까. 사람들이 죽은 자를 보러 오는 이유가 무엇인지 누가 알겠는가. 장례식은 너무도 잘못돼 있었다. 하지만 그게 뭐가 중요한지 알 수 없었다. 나는 이미 이 세상에서 도리를 위해 할 수 있는 모든 것을 했다. 그 모든 것의 결과는 허무했지만.

앵거스를 본 것은 놀라운 일이었다. 내가 교회로 들어가려는데 그녀가 내 뒤로 다가와, 대낮에 장님을 안내하듯 나를 데려가다시피 했다.

묘지 옆에서, 우리는 모두 둥글게 서서 한 시간 넘게 기다렸다. 프레드 고모와 톤토*가 길을 잃었기 때문이다. 교회에서 묘지까지의 거리가 4~5킬로미터밖에 되지 않았는데 길을 잃었다. 그들은 전에도 베스터 때문에 이곳에 와본 적이 있었지만 그때는 내가 운전했다. 이번에는 둘이 따로 왔는데, 내가 알려준 길에는 도무지 신경을 쓰지 않았다. 핸드폰에 내비게이션인지 뭔지가 있다면서. 하지만 이 후미진 동네에서 그딴 건 맛이 간다.

그날 자체는 잔인했다. 푸른 하늘이 폐에서 빌어먹을 심장을 찢어내리는 듯했다. 나무에는 꽃송이가 맺혔고, 노란색 수선화가 땅에서 터져 나왔으며, 층층나무는 페티코트를 입고 둘러서 있었다. 베스터 씨 쪽 사람들이 산 옆면으로 멀리 위쪽까지 이런 작은 무덤 중 어딘가에 있었다. 그런 산에서 계곡 너머를 보면 서로서로 겹쳐지며 너무도 다양한 색조의 파란색으로 솟아난 다른 산맥들이 보였다. 꼭 그 산들이 자랑하는 듯했다. 과거에는 사람들이 죽음에 관해 좀 더 낙관적인 기대를 가지고 좋은 전망을 찾다가 이런 곳을 골랐다고 생각할 수밖에 없다.

끝내주는 경치에도 사람들은 기다리다가 수다를 떨며 조바심을 내기 시작했다. 그러나 목사는 프레드 고모에게 돈을 받는 것이었으므로, 그녀가 이 쇼의 한 부분도 놓치지 않게 할 생각이었다. 꽤 많은 사람들이 자동차로 돌아가 떠났다. 나는 도리의 작고 흰 관에 흙 한 줌을 던져주고 싶은 생각이 전혀 없었다. 도리는 살면서 그런 일을 충

---

*   TV 시리즈 〈론 레인저〉에 나오는 캐릭터로, 주인공 론 레인저를 돕는 동료 아메리카 원주민이다.

분히 당했으니까. 앵거스와 나는 길을 따라 올라가 묘지를 지나서 소나무들이 서 있는 작은 곳으로 들어갔다. 우리는 어떤 바위 위에 앉아서, 새들이 벌레를 찾아 땅을 이리저리 뛰어다니는 모습을 지켜보았다. 녀석들은 고개를 홱홱 젖히며 쌓인 잎을 치웠다. 앵거스는 내게 괜찮겠느냐고 물었고, 나는 마침내 어느 정도 무너졌다. 앵거스는 내가 코를 훌쩍이게 해주었다.

나는 한참 만에 코치님에 대해 묻는 예의를 차릴 수 있었다. 스캔들이며 뭐며. 앵거스는 자신과 코치님이 함께 학교 이사회를 찾아가 사태를 해명했다고 말했다. 코치님은 정직당할 수도 있었지만 가을 시즌 이후에 처분을 받을 터였다. 코치님 없는 제너럴스라니, 거리에 폭동이 일어날 테니까. 앵거스는 코치님이 무슨 처분이 결정되든 괜찮다고, 응보를 받고 싶어 한다고 말했다. 나는 코치님이 직업을 잃으면 뭘 해서 돈을 벌 생각이냐고 물었다. 앵거스는 이미 작업 중이었다. 그 큰 집을 팔거나 세놓을 생각이었다. 그녀가 지역 전문대학에 수업을 들으러 갈 수 있고 코치님은 술을 끊을 수 있는, 노턴의 아파트를 살펴보는 중이었다. 그곳에 익명 중독자 모임이 있었다. 앵거스는 코치님에게 시간을 정해주기로 했다. 그녀는 앞으로 1년 더 남아서 코치님을 돌보겠지만, 그다음은 가라앉든 뜨든 코치님의 몫이었다. 앵거스는 다른 형태의 대학에 가기 위해 떠날 테니까. 나는 그건 좀 잔인하지 않냐고 물었다. 앵거스는 아니라고 했다. 그녀는 다른 사람들이 취해 있을 수 있도록 자기 인생을 던져버릴 생각은 전혀 없다고.

앵거스가 말을 끊었다. "네 얘기 하는 거 아니야, 데몬. 그건 알지?"

나는 내 일은 내 일이지, 그들이 신경 쓸 문제가 아니라는 걸 안다고 말했다. 앵거스는 나를 반박하며 코치님이 지금도 나의 보호자라고 했다. 내가 주정뱅이 보호자에게 배정되다니, 그게 어떻게 공정한 일이라는 걸까? 나는 그것도 불공평한 일들의 목록에 올리라고 말했다. 하지만 앵거스의 기분이 나빠지는 것을 알 수 있었다. 앵거스는 지난 2주 동안 완전히 새로운 인생 계획을 세웠는데, 그 2주 동안에는 여전히 나와 도리가 있었다고 했다. 하지만 이제는 다시 생각해야만 한다고. 나는 꼭 그럴 필요는 없다고 말했다. 앵거스는 나더러 어디서 살 거냐고 물었다. 나는 알아보겠다고 했다. 앵거스에게 화가 난 건 아니었다. 나는 아무것도 아니었으니까. 나는 앵거스가 하려는 말을, 우리가 여전히 가족이라는 말을 들었다. 그냥 그렇게 느껴지지 않았을 뿐이다.

앵거스는 우리의 첫 번째 크리스마스에 내가 주었던, 베일이 달린 작은 검은색 모자를 쓰고 있었다. 당시에 앵거스는 이 지역 전체에 장례식의 여우로 알려지게 될 거라고 농담했었다. 오, 주여. 괜찮은 농담이었다. 우리는 늦지 않게 매장지로 돌아가 나머지 과정 전체를 지켜보았다. 셀마가 끝까지 남은 몇 안 되는 사람이었다. 그녀는 상냥했고 나를 안아주었다. 하지만 전반적으로 앵거스를 제외하면 참석자들은 내게 별 관심을 기울이지 않았다. 소수의 몇몇 사람들은 내게 고인을 아느냐고 물었다.

나는 서둘러 그 집에서 내 물건을 빼야 했다. 장례식이 끝나고 프레드 팀이 돌아와, 노란 고무장갑을 끼고 라이솔과 쓰레기봉투를 들고서 위험물 처리반처럼 돌아다니며 청소했기 때문이다. 가구, 그림, 도리가 늘 간직했던 엄마의 소중한 옷이 모두 봉투에 담겨 밖으로 던져졌다. 이틀 후에 한 남자가 와서 모든 것을 쓰레기장으로 가져갈 터였다. 벼룩시장조차 열리지 않았다. 그들의 생각에 우리의 인생은 전적으로 쓰레기였다.

다행히 그들은 임팔라를 무시했다. 그 차가 내 것이라고 생각한 듯했다. 내 물건 전부가 그 안에 들어갔다. 그들이 청소를 하는 이틀 동안 나는 멀리까지 차를 타고 갔다가 돌아와 차 안에서 자며 검은 쓰레기봉투 더미가 산처럼 쌓여가는 모습을 지켜보았다. 그들은 나무에 난 이 나뭇가지를 박박 문질러 없앨 생각이었다. 알고 보니 뉴포트 뉴스는 버지니아주에 있었다. 같은 주인데, 다른 행성 같았다.

아무도 해결하려 들지 않았던 또 하나의 수수께끼는 지프였다. 지프를 발견한 사람도 나였다. 녀석은 평소처럼 도리의 위가 아니라 이불 밑에 누워, 몸을 웅크리고 도리의 차가운 배에 기대 있었다. 지프의 핏줄에도 도리와 같은 약물이 흘렀을지 나는 영영 알지 못할 것이다. 지프가 죽은 게 사고였는지 아닌지는 내 인생의 의문이다. 911에 신고하기 전 청소의 일환으로, 나는 시나몬 롤처럼 말려 있던 녀석의 딱딱하고 작은 몸을 들어 올려, 녀석이 집 안 전체로 늘 끌고 다니던 초라한 줄무늬 수건에 감쌌다. 아마 그 걸레가 나라고 생각했겠지. 그런 다음에는 다른 일이 너무 많이 벌어지고 있어 지프를 잊었다.

그 작은 수건 꾸러미가 밖에, 검은 쓰레기봉투 더미 위에 나타났다. 한 번도 도리에 대한 사랑을 그치지 않고, 한 번도 나와 함께 저녁을 먹고 싶어 하지 않았던 사납고 작은 존재. 나는 그 녀석을 집 뒤로 데리고 가 공구 창고 뒤에 묻어주었다. 내게 남겨진 단 하나의 작별 인사였다.

57

매곳이 나를 추적할 때까지 차에서 며칠이나 살았는지 모르겠다. 매곳은 이제 다시 페곳 아줌마와 살고 있었다. 그 녀석은 살면서 여기저기 옮겨 다니긴 했지만 집이 없었던 적은 한 번도 없었다. 그야 피는 물보다 진하니까. 물이 든 자루 안에서 태어난 나로서는 알아야만 한다. 친척도 노숙자도 없지만 적어도 난 물에 빠져 죽지는 않을 테니까, 만세! 그게 페곳 아줌마의 복음이었다.

페곳 아줌마는 나를 한 차례 거절했다. 나도 자존심이 있었다. 그리로 돌아가겠다고 애원하지는 않을 생각이었다. 하지만 지금 아줌마는 사실상 내가 들어오기를 바랐다. 그 마음이 상당히 설득력 있었다. 어쩌면 페곳 아줌마는 결국 매곳에게 좋은 영향력을 끼칠 누군가를 바라게 된 건지도 몰랐다. 아니면 망가진 경첩이나, 페그 아저씨가 너무 오랫동안 아프다가 죽었기에 벌어진 다른 모든 문제를 고쳐줄 사람이 필요했거나. 매곳의 재능은 다른 방향에 있었다.

나는 결국 많은 것을 고치지는 못했다. 내가 그곳에 머문 나날들에 관해서는 할 말이 별로 없다. 대체로는 기억나지 않기 때문이다. 매곳과 나는 줄곧 술을 마셨고, 그러다 보면 주말이 지워지며 어느새 월말이 되었다. 그럼 우리는 5월이 다 무슨 소용이야?라고 생각했다.

약쟁이들은 사실 취하려는 게 아니라 그냥 금단증상을 피하려 하는 것뿐이라던 예전의 말 기억나는가? 지워버려라. 도리가 떠난 뒤 나는 커다란 0을, 완전한 허무를 좇고 있었다. 상당한 성공도 거두었다. 조합에서의 일자리는 마침내 데몬의 폭망한 직업 이력에 추가되었다. 가엾은 페곳 아줌마. 나는 가끔 나타나 아줌마를 식료품점에 데려다준 걸 빼면 그 집에서 아무것도 하지 않았다. 아줌마는 운전을 하지 않았고 매곳은 페그 아저씨의 트럭을 모는 데 전혀 쓸모가 없었으므로 내가 아줌마를 태워주지 않았다면 우리는 굶어 죽었을 것이다. 아저씨의 트럭을 몰지 못하는 것도 매곳의 망가진 남성성이 올린 또 하나의 스트라이크였다. 그는 수동 자동차를 모는 방법을 영영 배우지 못했다.

나는 돈이 꼭 필요해진다면 담배 철이 다가왔으니 그때 돈을 좀 벌 수 있을 거라는 모호한 생각을 했다. 노동력이 심하게 부족했다. 이 지역의 거의 모든 애들이 취해 있었으니 아직 땅을 가진 몇 안 되는 농부들은 그 고된 노동을 할 괜찮은 일손을 구하기 위해 모든 곳을 찾아보아야 했다. 대체로 이런 노동력은 멕시코 국경을 넘어 우리에게 왔다. 그 모든 헤로인과 함께. 내가 아는 한 둘의 연관성은 없었다.

내가 아직 실 한 오라기나마 쥔 것은 〈레드넥〉이었다. 나는 토미가 망해서 타버리게 놔둘 수 없었다. 다른 사람도 아니고 토미라면 더 나은 대우를 받아 마땅했다. 그는 이 시점에 자기 몫을 훨씬 더 하고 있었다. 처음에 우리는 아주 많은 아이디어를 브레인스토밍으로 떠올렸는데, 지금 그는 그 아이디어를 컷 만화로 스케치하고 있었다. 해골 형태로. 처음에는 내가 일주일에 한 번이라도 토미의 집으로 가서 뼈에 살을 채워줄 만큼 정신을 차렸다. 팬층을 위해서는 내 스타일이 필요했다. 하지만 토미의 거친 스케치에는 나름의 이상하게 무시무시한 상상력이 담겨 있었다. 우리가 신문에 실은 것보다 더 진실한 시각이었다. 우리의 사람들, 우리의 산, 우리의 모든 걱정. 유령의 유니버스였다. 나는 토미의 그림을 '넥본'*이라고 불렀고 그걸 간직해도 되겠느냐고 물었다. 토미는 악취미라면서도 그러게 해주었다.

모든 일이 일어난 날, 우리 사이에서 바닥을 친 사건으로 알려진 그 일이 벌어진 건 6월이었다. 종이봉투에 대고 나 자신의 호흡으로 숨을 쉬고 있다는 기분이 드는, 그런 덥고 비가 많이 오는 날. 하지만 그날 벌어진 나쁜 일 중 날씨는 최악이 아니었다. 최악은 로즈 다텔이었다. 우연히 로즈를 만난 그 사건이 관에 못을 박았다. 그날로 돌아가 집에서 나오지 않을 수만 있다면 뭐든지 내놓고 싶다. 하긴, 말하는 대로만 되면 소원이 없겠지만. 우리에게는 모두 삽으로 치워야 할 다양한 똥이 있으니까.

매곳과 나는 스왑-아웃이 다른 남자 몇 명과 그때까지도 살고 있던 그 유명한 우드웨이 마약 밀매소에 있었다. 사람들이 헛간의 고양이라도 되듯 그곳을 오갔다. 그들의 이름을 딱히 언제나 신경 쓰지는 않았다. 매곳에게는 그곳의 서비스가 필요했다. 나야 괜찮았다. 나는 장례식장에서 셀마에게 동정심의 옥시코돈 한 병을 얻어냈고, 투자액을 몇 배로 늘렸다. 매달 첫 번째 주 금요일의 통증클리닉은 예수님이 몇 배로 불렸다는 성경의 빵과 물고기였으니까. 하지만 나는 매곳을 우드웨이로 태워다 주고 사교성을 발휘하려 노력했다. 스왑-아웃과 수다를 떨고, 그가 지금도 골리 씨와 관계가 있는지 물었다. 아

*   '목뼈'라는 뜻이다.

쉽게도 없었다. 골리 씨는 내 마음속 한자리를 차지하고 있었다. 그런 다음에는 매곳과 다른 약쟁이들이 모두 쓰러지는 링-어라운드-더-로지*를 하는 단계에 들어갔고, 나는 밖에 앉아서 심하게 취한 채 최대한 그 상황을 이용하려 했다. 여름의 구취를 들이쉬며 그 현관의 역겨운 영광을 누렸다. 썩은 매트리스, 서랍이 없는 서랍장, 입을 쩍 벌린 채 옆으로 누운 냉장고, 그 위에서 작은 대기실을 이루고 있는, 서로 합쳐진 네 개의 검은색 플라스틱 의자. 나는 바로 이 현관에서 마사를 구한 날을 떠올렸다. 전생의 일 같았다. 그녀가 어떻게 되었을지 궁금했다. 준 이모가 분명 마사를 고쳐주었을 것이다. 매곳과 나는 할 수만 있으면 이모를 마주치지 않으려고 했다.

현관의 절반은, 너무 오래 그곳에 쌓여 있던 나머지 흰 먼지투성이 거미줄이 갈가리 찢겨 얇게 덮인 장작더미가 차지했다. 나는 어미 쥐가 통나무 안으로 뛰어들었다가 새끼 쥐들의 목더미를 물고 나와 더미의 한쪽에서 다른 쪽으로 옮기는 모습을 지켜보았다. 어미 쥐는 새끼를 한 마리씩 데리고 나왔다. 완전히 사무적이었다. 정시에 맞춰 사무 공간을 옮기는 것만 같았다. 녀석이 이 폐허의 어느 부분은 다른 부분보다 덜 위험하다고 생각한 까닭이야 알 수 없었다.

흙먼지 같은 갈색의 쉐보레 픽업트럭이 길을 따라 내려왔다. 한 시간 넘게 어떤 종류의 자동차도 보이지 않았는데. 나는 그 차가 집 쪽으로 다가와 놀랐다. 더 놀라운 건 로즈 다텔이 거기서 뛰어내려 문을 쾅 닫고, 피자 상자를 든 채 빠르게 움직였다는 것이다.

"젠장, 로즈. 나한테 줄 파이를 구워 온 거야?"

---

*   아이들이 손을 잡고 둥글게 서서 노래를 부르며 빙빙 돌다가 노래가 끝날 때 모두 넘어지는 놀이.

로즈가 급제동을 걸고 멈추었다. 머리카락이 어쩐지 달라져 있었다. 덜 부스스했다. 하지만 얼굴은 바뀌지 않았다. 흉터로 생긴 그 비웃음. "쌍, 넌 여기서 뭘 하는 거야?"

"나도 너한테 물어보고 싶은데."

"나는 프로스 피자에서 일해. 거기랑 전화 회사에서. 2년 됐어."

"프로스 피자가 씨발 이 먼 우드웨이까지 배달을 한단 말이야?"

"단골한테는. 단골은 현금을 내니까. 질문 더 있어? 아니면 일 좀 해도 될까?"

"맘대로 해."

나는 저 안에서 로즈에게 현금 이상의 무언가를 지불할지 궁금했다. 로즈는 그럴 수 있을 만큼 오래 머물렀다. 아마 피잣집 사장은 로즈가 회삿돈을 전부 어디에 퍼붓는지 전혀 모를 것이다. 나는 우리의 지난번 만남을, 로즈가 내게 침을 뱉은 음료수를 내밀듯 에미에 관한 소식을 전해주었던 어두운 고속도로 주차장을 떠올릴 수밖에 없었다. 내가 막 안으로 들어가 매곳에게 마무리 기도를 하고 이 쓰레기장을 날려버릴 때가 되었다고 조언하려 했는데, 로즈가 다시 나왔다. 그녀는 장작더미 가장자리에 앉았다. 어미 쥐가 내다보았다.

"아직 패스트포워드가 너한테 전화 안 했어?" 그녀는 담뱃불을 붙이며 웅얼거렸다.

"전화를 왜 해?"

로즈는 어깨를 으쓱하며 손목 뒤쪽으로 흐르는 코를 닦았다. 저 안에서 팁을 준 게 맞았다. "전화 안 할 이유도 모르겠는데. 걘 언제나 사람들한테서 뭘 얻으려 하잖아. 패스트포워드가 리 카운티에 돌아왔어. 넌 몰랐을지도 모르지만."

"아, 그래? 어디 살아?"

"어떤 아줌마가 가지고 있는, 무슨 크고 오래된 집이야. 그 동네 사람들은 스펄록이라고 부르는데, 진짜 마을은 아니야. 더필드 근처에 있어. 찾기 어려운 곳이야."

로즈가 자기 청바지 무릎에 뭔가를 탁 튕기고 샌들 끈을 정리했다. 우리 동쪽의 산 사이에서 천둥이 우르릉거렸다. 그러더니 하늘이 훨씬 더 어두워졌다. 신에게 정전이 일어난 것처럼 갑작스러웠다. 나는 내 담배에 불을 붙였다. 로즈가 내게 담배를 권하지 않았으니까. 우리는 우드웨이 밀매소에 속한 것처럼 보이는 여러 가지 자동차들을 바라보며 앉아 있었다. 몇 대는 살아 있고, 몇 대는 죽어 있고, 몇 대는 조준 연습의 희생양이 된 자동차들.

로즈는 마지막 연기를 내뿜고 발꿈치로 담배꽁초를 갈아버렸다. "그거 알아? 나한테는 이번이 마지막 배달이야. 난 그리로 갈 거야."

"어디로?" 내 정신은 헤매고 있었다.

"패스트포워드네로. 너도 나랑 같이 가고 싶으면 가서 인사나 해."

나는 나한테 호의를 베풀지 말라고 했다.

"그런 게 아니야." 로즈가 말했다. "사실, 패스트포워드가 다음에 누군가를 불러서 불알을 긁어달라고 할 때는 나 대신 너한테 휘파람을 불지 모른다고 생각했어."

그럴지도 모른다. 내가 지금도 패스트포워드라는 자석의 인력에 굴복한다면 말이다. 하지만 나는 꽤 오래전에 그 개자식과 다시 말을 한다면 친절한 말을 주고받지는 않겠다고 결심했다. 추락한 영웅은 산산이 부서져 생각할 수 없을 만큼 날카로운 조각이 된다. 마침내 내 목에 걸린 건 에미였다. 식도에서 쓴물이 느껴졌다. 그런 다음, 안으로 들어가 매곳을 데리고 나왔다. 나조차 놀랄 일이었다. 우리는 로즈의 픽업트럭을 따라 우드웨이를 떠났다.

우리가 58번 도로에 다시 접어들기도 전에 크고 뚱뚱한 빗방울이 앞 유리를 후려치기 시작했다. 임팔라의 와이퍼 날을 새것으로 갈아야 했지만, 임팔라 필요 목록에서 그건 한참 아래에 있었다. 차주 명의를 바꾸는 것부터 시작해서. 나는 눈을 가늘게 뜨고 흐릿한 창문 너머를 바라보며, 머리카락 한 올만큼이라도 제정신이었으면 좋겠다고 생각했다. 그렇게 앞에 빨간색 구슬처럼 보이는 후미등을 놓치지 않으려 애썼다. 로즈는 내 예상보다 일찍 고속도로에서 방향을 틀어 드라이 크리크 도로에 접어들었다. 그 길은 절대 가고 싶지 않은 곳으로만 이어졌다. 더필드로 가는 합리적인 방향이 아니었다. 하지만 로즈가 한 말 그대로일지도 몰랐다. 패스트포워드의 집은 정확히 더필드에 있지 않은 걸지도. 1.5킬로미터쯤 들어갔을 때 우리는 반쯤 길을 막고 있는 버려진 픽업트럭에 이르렀다. 로즈는 그 트럭을 빙 둘러 갔지만, 나는 전에도 그 차가 서 있는 것을 본 적이 있었기에 멈추었다. 이번에 나는 그 차주를 알아봤고 차의 손상은 수리 가능했다. 해머 켈리가 바람 빠진 왼쪽 뒷바퀴를 보고 있었다.

나는 창문을 내리고 큰 소리로 인사했다. 왜 비가 오면 2미터 떨어진 곳에서도 소리를 지르게 되는지는 모르지만, 실제로 그랬다. 가엾은 해머. 물에 빠진 고양이도 그보다 가엾어 보일 수는 없을 것이다. 코에서 빗물이 뚝뚝 떨어졌고, 흰 티셔츠가 두 번째 피부라도 되는 것처럼 잔뜩 젖어 젖꼭지와 가슴 털이 비쳐 보였다. 그는 눈에 들어간, 푹 젖은 채 수그러져 있던 머리카락을 빼내고는 우리를 바라보았다. 나는 그가 제정신이 아니라는 걸 알아보았다. 공구를 꺼내놓고 있었지만 다음 단계로는 나아가지 못하는 듯했다. 나는 로즈가 우리를 두고 갔을 거라 생각하며 차에서 내렸다. 로즈는 백미러를 보고 있었는지 후진했다.

나는 로즈한테 다음에 가야겠다고 소리쳤다. 하지만 로즈는 아니라고, 기다리겠다고 했다. 세 놈이 타이어 하나 가는 데 얼마나 걸리겠느냐면서. 세 놈은 빠르게 한 놈으로 줄어들었다. 나는 해머에게 반대편에서 타이어에 끼워 넣을 무언가를 찾아오라고 했다. 해머가 그러는 동안 나는 잭을 설치하겠다고. 하지만 그때 매곳이 해머에게 임팔라에 타라고 소리쳤고 해머는 그렇게 했다. 나는 매곳이 그 안에서 상품을 꺼내는 것을 볼 수 있었다. 에미/패스트포워드 재앙의 모든 사상자 중에서도 해머가 가장 딱했다. 그는 자신이 에미를 잊지 못할 거라고 했고 그 말을 지켰다. 그 녀석과 함께 취하는 것이 우리의 여가 생활이 되었고, 결국 해머는 슬픔에 잠겨 울먹이는 엿 같은 주정뱅이가 되는 지경에 이르렀다. 그 녀석은 술을 속에 담아두지 못했다. 그가 성격 형성기 전체를 그렇게까지 똑바로 좁은 길로만 걸어온 것은 환경 부적응이라는 부작용을 낳았다. 나는 매곳한테, 그 녀석에게 센 술은 아무것도 주지 말라고 경고해두었다. 최소한 그 녀석이 연습용 바퀴를 뗄 때까지는 말이다. 하지만 내가 해머의 펑크 난 타이어에서 대형 너트를 뽑아내던 그 순간, 나는 녀석이 내 임팔라의 대시보드에서 필로폰을 코로 흡입하는 걸 보았다. 로즈도 보았다. 그녀는 한 번도 그런 수작을 놓치지 않았으니까.

개구리라도 빠져 죽을 만한 비가 내리는데, 나 혼자만 나와서 해머의 타이어를 교체하는 것이 마음에 들지 않았다. 그리고 왜 이곳이 드라이 크리크 도로라고 불리는지 알게 되었다. 이곳은 개천의 밑바닥이었다. 이번에는 말라 있지 않았고.* 진흙탕이 사방에서 내게, 또 자동차 밑으로 몰아쳐 들어왔다. 잭이 버텨줄지 걱정됐다. 전속력으

---

*   '드라이 크리크'는 '마른 개천'이라는 뜻.

로 타이어를 빼고 스페어를 끼웠지만, 그다음에는 빌어먹을 대형 너트들을 조여야 했다. 나는 원래 하는 대로 그것들을 깔끔하게, 휠 캡 옆에 한 줄로 늘어놓아두었다. 이제는 너트들이 어디에도 없었고, 휠 캡은 씨발 오리처럼 까닥거렸다. 나는 정신이 나갈 것 같아 비를 저주하며, 몰아치는 물 밑을 양손으로 더듬어서 젖은 채 굴러다니는 자갈 사이에서 대형 너트를 찾으려고 애썼다. 젠장, 젠장, 젠장, 젠장. 나는 살인을 저지를 수 있을 정도로 짜증이 났다. 임팔라 문을 홱 열고, 둘 모두에게 나와서 씨발 너트 찾는 것 좀 도와달라고 했다. 하지만 우리 중 누군가가 제정신이었다 하더라도 이건 망한 상황이었다. 마치 맨손으로 가재를 잡는 것과 비슷했다. 그 물난리에서 실제로 가재를 찾을 확률이 더 높았을 것이다.

우리는 결국 해머의 트럭을 버릴 수밖에 없었다. 트럭은 그가 나중에 새 너트와 맑은 머리로 돌아와 가져가면 될 것이다. 마지막 순간에 해머는 트럭 선반에 놓인 라이플총을 가지고 돌아와야 한다는 걸 떠올렸다. 아마 총이 트럭보다 더 큰 가치를 가졌겠지. 나는 로즈에게 해머를 집으로 데려다주겠다고 했지만, 로즈는 패스트포워드의 집이 겨우 3킬로미터쯤 떨어져 있으니 가는 길에 거기 들러서 몸을 말리고 대마초를 피워 흥분도 가라앉히라는 등의 말을 했다. 그런 다음 로즈는 모터보트라도 된 것처럼 항적을 남기며 출발했다. 해머는 더필드에 살았다. 나는 여기가 어딘지 전적으로 확신할 수 없었다. 그 울부짖는 개천에서 빠져나와야 한다는 것만 알았을 뿐이다. 그래서 로즈를 따라갔다. 해머는 뒷자리에 있었다. 우리 계획에 대해서는 조그만 단서조차 가지고 있지 않았다. 그와 패스트포워드는 내가 아는 한 한 번밖에 만나지 못했다. 준 이모네 파티에서였다. 에미가 해머에게 속해 있던 그 짧고 반짝이는 순간, 해머가 그녀를 도둑맞기 전. 나는 나중에 패스트포워드가 마우스와 함께 웃으며, 해머를 덩치나 크지 좀 모자라는 얼간이라고 불렀던 걸 떠올렸다. 둘을 다시 소개해서 좋을 일은 전혀 없었다. 내 머리에서 최후까지 취하지 않은 가닥들이 집으로 가라고 말했다.

그리고 나는 그달에만 천 번째로 대꾸했다. 집으로 가라니, 어디로, 누구한테? 난 쓸모도 없는 씹새끼야. 누가 신경 쓰겠어. 이런 말을 하기는 싫지만 도리를 발견한 날 밤에 나의 마음속 일부는 안심했다. 이제는 매 순간 그녀가 죽을까 봐 걱정하지 않아도 된다는 생각에서였다. 그 두려움만 없으면 내가 나아질 거라고 생각했다. 너무도 틀린 생각이었다. 우리 사이에 남아 있는 좋은 것은 아무것도 없었지만, 그 두려움은 나를 여전히 다른 사람에게 연결된 사람으로 만들어주었다. 지금은 어디에서도 나를 필요로 하지 않았다.

비가 더 심해졌다. 그런 건 본 적이 없었다. 우리는 흐르는 강으로 변하지 않은 곁길에 접어들었지만 앞 유리 너머가 전혀 보이지 않았다. 나는 로즈가 멈춰 서면서 켜진 라이트의 희미한 빨간 불을 보고 따라서 차를 세웠다. 로즈가 비의 전면 공격이 그치기를 기다리려는 줄 알았다. 그때 로즈의 라이트가 꺼졌고, 나는 그녀의 윤곽선이 트럭에서 어떤 집의 윤곽선으로 달려가는 것을 보았다. 다음 순간, 맷곳도 차에서 내려 그리로 달려갔다. 우리 모두가 갔다. 차는 계속 타고 있다간 물에 빠져 죽을 수 있는 어항처럼 느껴졌다. 우리가 현관에 이르자 누군가가 우리를 안으로 들였다.

로즈는 이곳이 "어떤 아줌마"의 집이라고 말했다. 그래서 나는 실내복을 입은 아줌마가 임대료를 낼 거라고 생각했다. 아니었다. 그녀의 이름은 템플이었다. 그야말로 끝내주게 섹시했다. 짧은 반바지에 긴 금발. 그녀와 로즈 사이에 아무 애정이 없다는 건 분명했다. 하지만 그녀는 우리 남자들을 구조된 강아지처럼 대했다. 수건을 가져다

주고 뜨거운 커피를 타주고, 우리를 거실에 앉힌 뒤 일종의 히피 도자기같이 생긴 대마초 담뱃대를 주었다. 알고 보니 템플이 직접 만든 담뱃대였다. 흥미로운 여자, 흥미로운 집이었다. 낡고 오래된 곳으로 가구가 많지는 않았다. 이제 막 함께 살기 시작한 건지도 몰랐다. 나는 에미의 망가진 모습을 떠올렸고, 패스트포워드가 이 예쁜 여자를 씹어서 뱉을 때까지 얼마나 걸릴지 궁금했다. 템플과 로즈가 약 관련 일이 뻔한 무언가에 대해 암호로 이야기했고, 템플은 그가 여기에 없다고, 빅베어 하우를 비롯한 몇몇 남자들과 함께 차를 몰고 나갔다고 했다. 템플이 함께 가지 않은 이유는 그게 지옥같이 지겨웠기 때문이다. 그들은 미식축구 얘기 말고는 아무 얘기도 하지 않았기에. 나는 흠, 이 사람한테는 희망이 있을지도 모르겠는데, 라고 생각했다. 그녀는 패스트포워드가 제너럴스의 영토로 돌아온 이후 지금까지도 고향 친구들과 근황을 주고받고 있다고 말했다. 그들은 늘 즐겨 가는, 강가의 어떤 곳으로 갔다. 악마의 욕조로.

그 말에 내 뱃속이 공중제비를 돌았다. 담뱃대 너머에서 해머의 눈썹이 높이 솟았다. 파티에 늦게 도착했지만, 이제는 그도 우리가 누구 이야기를 하는지 알아들었다. 로즈는 수영하러 가기에는 엿 같은 날이라고 했다. 템플은 당연히 그렇지만 아침에는 풍경이 그림처럼 예뻤다고 했다. 이런 여름 폭풍은 난데없이 몰아칠 수 있다고. 그 모든 게 사실이었다.

해머는 일어서서 빈 커피 잔을 엎더니 우리도 가야겠다고 말했다. 템플은 약간 놀라 컵 쪽으로 손을 뻗었다. 그녀는 폭풍이 지나갈 때까지 얼마든지 기다려도 된다고 했다. 해머가 말했다. "우린 지금 갈 거야." 바로 그렇게, 해머의 평생이, 모두가 사랑하며 예의 바르고 숫기 없으며 사람들의 부탁을 언제나 들어주던 삶이 끝났다.

58

폭풍은 잦아들 것처럼 보였다. 하지만 아무리 조금 남아 있다 하더라도 우리는 그 속으로 곧장 들어갈 예정이었다. 우리는 이름 없는 자갈길을 따라 동쪽의 스콧 카운티로 향했다. 해머는 내가 악마의 욕조에 처음 가본다는 말을 믿지 않았고, 내가 거짓말을 한다는 생각에 꽂혔다. 그는 이런저런 페곳 무리와 함께 여러 차례 그곳에 갔다 왔으니 나도 가보았으리라 확신했다. 매곳은 사실을 알고 있었기에 입을 다물었다. 둘 다 이 길이 맞으니 계속 가라고 말했다. 해머는 패스트포워드를 잡아 그와 맞짱을 뜰 생각이었다. 뽕을 맞은 해머는 완전히 새로운 사람이었다. 그는 무언가를 책임지는 사람 같은 분위기로 뒷자리에서 라이플총을 안고 있었으며, 지금 당장 내가 그를 집으로 데려갈 방법은 없다. 그는 새엄마인 루비 이모와, 이모의 딸로서 최근에 아기를 낳은 제이 앤과 함께 살았다. 페곳 가족은 식구가 많았다. 그들이 이 일을 내 탓으로 돌리고 산 채로 내 가죽을 벗길 터였다.

해머와 매곳은 앞자리와 뒷자리 사이로 진 한 병을 주고받았다. 그 진도 해머의 트럭에서 마지막 순간에 건져 온 것이었다. 해머는 그날 아침부터 술을 마시기 시작했을까? 그랬다면, 나는 해머가 의식을 잃지 않았다는 데 감명받았다. 매곳은 남은 술을 아주 잘 활용하고 있었다. 나는 원칙상 대체로 술병을 그냥 넘겼다. 내가 운전대를 잡았으니까. 혈중알코올농도를 0.10%대 중후반으로 유지하는 게 최선이었다.

　나는 그 둘이 다가오는 먹구름을 보지 못했다고 생각한다. 어떤 식으로든 제대로는. 나는 우리를 전장으로 몰아가고 있었다. 해머의 주장은 명쾌했다. 패스트포워드가 자기 여자를 훔쳐 갔고, 그 상품을 모욕했다는 것이었다. 해머는 심지어 애틀랜타 이후로 에미를 보지도 못했다. 어느 정도의 피해가 발생했는지 사실 몰랐다. 나는 더러운 매트리스에 옷을 절반씩 벗고 누워 있던 여자애들의 모습을 무덤에 가는 날까지 머릿속에서 지울 수 없을 것이다. 그 애들은 누군가가 버려둔 바비 인형 같았다. 사람 같지도 않았다. 그 아래에서 벌어진 일이 뭔지는 모르지만, 에미는 그걸로 광채를 잃었다. 아마 영원히. 에미도, 준도. 에미는 한 번도 내 여자였던 적이 없다. 지금 복수를 하려는 사람은 내가 아니었다. 하지만 그렇더라도, 나는 주먹이 근질거리는 걸 느꼈다. 어떤 놈의 잘난 척하는 턱을 갈기고 싶었다.

　거리가 늘어날수록 그 근지러움도 심해졌다. 숲이 깊어졌고 길은 좁아졌다. 나는 기어의 단수를 낮추는 동시에 액셀을 밟으며, 바큇자국이 나 있는, 뱀처럼 구불구불한 자갈길을 따라 가파른 언덕을 올라갔다. 내가 가진 것 이상의 집중력이 운전에 필요했는데도 내 정신은 이리저리 튀어 다녔다. 크리키 농장의 패스트포워드. 특공대 사열. 토미와 스왑-아웃이 오줌을 지릴 정도로 둘을 위협했던 그 깡패. 아무것도 보지 못한 것처럼 군 나 자신. 패스트포워드는 그 둘에게 완전한 똥 쪼가리 이상도 이하도 아니었다. 그리고 토미는 너무도 여린 마음을 가졌기에 그 모든 것을 느꼈다. 우리의 소위 보호자 대신 매번 매를 맞았다. 자기밖에 모르는 그 개자식. 나를 제 똥개로 만든 놈. 아아, 착한 토미. 그 모든 일을 겪고 나서도 그는 지금까지 내 친구였다. 운이 따라준다면 우리는 패스트포워드를 찾지 못할 것이다. 만일 우리가 그를 찾는다면 피가 흐를 테니까.

우리는 쏟아지는 빗속에서 벌어지는 그 어떤 빌어먹을 일요일 대소동의 범주에 전혀 맞지 않는 옷을 입고 있었으며, 차에서 내린 순간부터 서로를 욕하고 있었다. 나는 해머에게 총을 두고 가라고 했다. 총이 비에 상할 수 있다고 주장했지만, 실제로는 살인과 관련된 부분이 더 걱정됐다. 그러나 해머는 언제나 사랑해온 말린 336C와 헤어지지 않으려 했다. 내가 주장을 굽히지 않자, 그는 총에 밀랍을 씌우고 표면 처리를 했다고, 대체 서부의 개척자들은 씨발 비가 내릴 때마다 뭘 했다고 생각하는 거냐고 소리쳤다. 매곳이 두 걸음 물러나, 완전히 사나워진 우리의 골든 리트리버 소년을 바라보았다. 제기랄. 뿡을 맞은 해머는 수조에 갇힌 호랑이나 마찬가지였다.

알고 보니 우리가 차를 댄 곳은 그리 좋은 곳이 아니었다. 우리는 흙길을 1.5킬로미터쯤 가서야 악마의 욕조로 가는 오솔길에 접어들 수 있었다. 나는 이게 다가올 재앙에 대한 경고인지, 아니면 약에 전 남자 세 명이 비에 젖은 채 끝날 무식하고 쓸모없는 추격전이 될 것인지 마음속으로 다투었다. 그때 우리는 라리아트를 보았다. 강둑 위의 가파른 언덕에 주차되어 있었다. 누구도 주차 자리라고 생각하지 않을 곳이었다. 자동차로 갈 수 있는, 오솔길의 시작점에 가장 가까운 자리. 우리 중 누구도 말을 하지 않았다.

해머가 앞장 서서 오솔길을 나아갔고, 내가 마지막으로 갔다. 나는 해머의 어깨 위에서 끄덕거리는 라이플총의 총열과 매곳의 등 뒤로 늘어진 포니테일을 지켜보았다. (매곳의 머리를 잘라주던 마사가 오래전에 떠났다.) 갑자기 높은 퍼센트의 광기가 여기, 이 설익은 패스트포워드 곰 사냥이 벌어지는 숲속에 끼어 있다고 느껴졌다. 나는 머릿속으로 이날이 전환을 맞은 지점까지 되짚어갔다. 로즈 다텔. 미쳤다, 망할 이스트 우드웨이까지 피자를 배달했다고? 함정이 틀림없었다. 다텔은 언제나 패스트포워드가 어디에 있는지 알았고, 내가 어디에 있는지도 쉽게 알 수 있었다. 패스트포워드가 자신의 종인 로즈를 이용해, 그도 알고 있듯 내가 절대 오고 싶어 하지 않을 곳으로 나를 꾀어낸 것이다. 의도가 있을 게 분명했다. 어떤 의도인지가 문제였다. 해머와 그의 말린 336C가 이 일에 끼어들었다. 그건 누구의 계획도 아니었다. 우리는 돌아가야 했다.

하지만 해머는 빠르게 걸었다. 내 생각보다 술에 덜 취했거나 약에 훨씬 더 취한 상태였다. 나는 무릎이 엿같이 아팠다. 엉망이 된 뼈가 불안정한 날씨에, 그리고 울퉁불퉁한 땅을 걸으면서 자극받았다. 엄청났다. 우리는 곧장 계곡으로 이어지는 오솔길에 이르렀다. 이렇게 휘청거리는 다리로는 미끄러운 바위 위로 몰아치는 물을 헤치고 갈 도리가 없었다. 나는 녀석들에게 못 하겠다고 소리쳤다. 해머가 웃으며 바로 철벅거리고 들어가, 이건 물 건너기 1번 코스밖에 되지 않는다고, 다른 코스가 열 개는 더 있다고 마주 소리쳤다. 어쩌면 열세 개 있을지도 모르고. "너도 거시기가 있다면 엔드존까지 달려, 넌 스타잖아." 그가 소리쳤고, 나는 생각했다. 저 녀석은 나한테 몇 년 동안이나 화가 나 있으면서 참고 있었던 거야. 우리 같은 나쁜 녀석들 모두에게 그리고 자신이 어려운 일을 하도록 놔둔 회피 성향의 어른들에게 화가 나 있었구나.

나는 물속으로 몸을 밀어 넣었다.

두 번째 건널목이 첫 번째보다 빠르고 깊었다. 거기서부터 건널목은 계속 이어졌다. 매곳은 계곡이 이런 모습인 건 한 번도 본 적이 없다고 했다. 보통은 물이 졸졸 흐르는데, 지금은 돌발 홍수가 난 상태였다. 나는 때로 두 손을 짚고 몰아치는 물속에서 발 디딜 곳을 더듬어가며 무릎으로 기어가야 했다. 물 아래에서는 모든 것이 미끄럽고 흔들거렸다. 내가 물에 젖은 청바지를 입고 있었기에 더 그랬다. 내 무릎뼈가 망가진 기어처럼 갈려나갔다. 해머와 매곳은 내 앞에서 흔들리지 않는 걸음으로 성큼성큼 물을 헤치고 나갔다. 아니면 균형을 잡으며 이 바위에서 저 바위로 폴짝폴짝 뛰었다. 그들이 그런 식으로 생각조차 하지 않고 몸을 쓰는 모습을 보니 목이 막혀왔다. 그런 움직임은 내가 아마 영영 잃어버린 것일 터였다.

나는 매곳에게 기다리라고 소리치고 또 소리쳤지만, 매곳은 셔츠를 벗어 터번처럼 자기 머리와 포니테일을 감싸고 있었다. 오직 매곳의 머리만이 알 수 있는 이유에서였다. 그랬기에 그는 내 말을 듣지 못했다. 해머는 이제 보이지도 않았다.

나는 이 모든 물에서 빠져나갈 탈출용 해치를 찾아봤지만 선택지가 별로 없었다. 물에 빠져 죽거나 날아가거나. 오솔길의 양옆으로 절벽이 솟아올랐다. 바위의 벽이 단단한 검은색 햄과 치즈가 들어 있는 거대한 샌드위치처럼 층층이 쌓여 있었다. 이 아래는 온통 나무와 시내였고, 저 위 절벽 꼭대기에는 더 많은 숲이 깊고도 어둡게 자리 잡고 있었다. 소나무와 월계수 덤불, 독버섯, 이끼 베개들.

오솔길을 따라 내게로 달려 내려온 두 사람이 아니었다면 나는 그때쯤 돌아섰을 것이다. 그들은 해머도 매곳도 아니었다. 셔츠도 신발도 없었다. 그들은 젖은 옷 꾸러미를 든 채, 사람들이 바위투성이 땅을 달릴 때 그러듯 위험하게 발걸음을 교차하며 함성을 지르면서 달리고 있었다. 서로에게 그러는 건지, 빗줄기나 자기들 머릿속 풍차를 향해서 그러는 건지는 모르겠지만. 워-워! 나는 대로에서 드라이브를 하던 때, 패스트포워드가 나를 끌어내 옛 제너럴스 형제들을 만나게 해주었던 그 시절에 만났던 그들을 알아보았다. 한 명의 어깨에 기도하는 손 문신이 있었다. 그들은 함성을 멈추고, 내 친구들이 앞에 있다고 고함을 쳤다. 고맙다, 얘들아. 나는 걔들이 휴거라도 한 줄 알았는데.

"아, 그래." 내가 말했다. "패스트포워드랑 같이 있어?"

"패스트포워드는 아직 폭포에 있어." 한 명이 그렇게 말하자, 기도하는 손은 아직 폭포에 있는 사람은 두 명이라고 확인해주었다. 패스트포워드와 빅베어. 그리고 나는 말했다. 쿼터백이 가는 곳에 레프트 태클이 가는 법이지. 그러자 그들은 웃으며 말했다. 그래, 지금도 그 둘은 결혼한 사이야. 기도하는 손은 눈을 가늘게 뜨고 젖은 속눈썹 너머로 나를 보고 있었다.

"경기장에서 널 봤는데. 맞지? 백업 리시버였나 뭐였나, 몇 년 전에 그랬잖아. 코너백이었던가?"

나는 그 문제를 깊이 파고들 용기가 없었다. 게다가 내 머릿속에는 이게 패스트포워드가 놓은 덫이냐, 아니, 나쁜 선택이 겹겹이 쌓인 순전히 우연한 악몽이냐, 라고 윙윙대는 벌이 있었다. 나는 어쩌다가 이런 날에 수영을 하러 왔느냐고 물었다. 그들은 똥 같은 뇌를 가진 남자 네 명이란 그런 남자 한 명보다 더 멍청하다고 말하더니, 그게 사상 최고의 농담인 것처럼 웃었다. 실제로는 웃기지 않았다. 그야 잘 알려진 사실이었으니까. 표지판은 우연히 축적된 악몽 쪽을 가리켰다.

이들에게서는 많은 걸 알아낼 수 없었다. 그저 패스트포워드가 지금도 폭포에서 말썽을 부리고 있다는 것뿐이었다. 그는 웬 우스꽝스러운 바위 표면으로 기어 올라가고 싶어 한다고 했다. 처음에는 벌거벗고 물에 뛰어들겠다고 했는데, 그건 미친 소리였다. 수영을 하기에는 홍수가 너무 심했으니까. 그런 다음에 그는 절벽을 기어 올라가기 시작했다. 다른 녀석들은 패스트포워드가 머저리같이 잘난 척하는데 질려서, 물에 젖지 않은 약을 놔둔 트럭으로 돌아갈 작정이었다. 패스트포워드는 남았고 빅베어는 그를 떠나지 않으려 했다. 언제까지나 충성스러운 빅베어. 그들은 내게 물에 젖지 않은 약이 있는 땅으로 함께 가자고 했다. 분명히 말하지만, 대단히 매력적인 요청이었다. 그러나 매곳과 해머가 이 난장판에 들어가 있었다. 나는 매곳을 그 녀석이 하는 헛짓거리로부터 지켜주느라 내 인생의 절반을 보냈고, 이제 우리는 해머까지 이 짓거리에 얽어 넣고 말았다. 내가 책임져야 했다.

엉덩이를 깔고 미끄러져 가야 했지만 나는 마침내 그들을 따라잡았다. 오솔길의 마지막 부분은, 포효하는 시내 위쪽의 빌어먹을 절벽에 나 있는, 엉덩이 넓이의 미끄러운 흙길에 불과했다. 찰나가 흐른 뒤에 나는 여기가 바로 거기라는 걸, 내가 그곳에 왔다는 걸 깨달았다. 매곳이 내 앞의 강둑에 앉아서 몸을 흔들며, 셔츠로 감싼 커다랗고 젖은 머리를 두 손으로 안고 있었다. 해머는 비명을 지르고 있었다. 주변에서 물이 울부짖는 가운데 바위 위에 무슨 모세 같은 존재처럼 서서. 라이플총은 여전히 그의 어깨에 걸쳐진 채 사람이 아니라 하늘을 겨누고 있었다. 주여, 감사합니다. 하지만 해머 자신은 극도로 불안해 언제든 총을 쏠 수 있는 상태였다. 나는 주위에서 다른 사람은 한 명도 보지 못했다. 빅베어도 패스트포워드도 없었다. 왜 해머가 이 울부짖는 지옥의 욕조에서 허파가 찢어지도록 비명을 지르는지 알 수 없었다. 내가 살면서 두려워해 온 모든 욕조 가운데 그 어떤 것도 여기에 견줄 수 없었다. 이곳은 매끄러운 바위를 깎아낸 거대하고 둥근 구멍이었다. 폭이 약 1미터쯤 되었고, 물이 그 안으로 쏟아져 들어갔다. 뒤쪽 끝의 길고 높은 폭포가 미친 물 미끄럼틀처럼 긴 돌 활송 장치를 통해 우리에게 있는 힘껏 물을 뿌려댔다. 하지만 물은 옆면으로도 넘쳐 들어왔고, 거대한 세탁기처럼 그 구멍 안에서 빙빙 돌았다. 우르릉대는 강 위에서 대롱거리는 밧줄 그네가 이곳이 수영할 만한 곳이었던 행복한 시절을 떠올리게 했다. 지금 이 순간은 그곳에서 더러운 옷조차 빨고 싶지 않았다. 그리고 해머가 그 광기 속으로 허파에서 끄집어낼 수 있는 모든 증오를 퍼부었다. 씨발 개자식아 넌 걔 머리카락 하나도 건드릴 자격이 없어 이 씨발 짐승 같은 놈아 넌 걔랑 같은 공기를 들이마실 자격도 없어.

해머가 말한 짐승이 패스트포워드였다. 나는 폭포 위에 또 다른 폭포가 있다는 걸 그제야 알아보았다. 그리고 그 위 높은 곳, 절벽에는 아니나 다를까 패스트포워드가 벌거벗은 몸으로 뽐내듯 서 있었다. 젖어 있는, 짙은 색깔의 대걸레 같은 머리카락과 쫙쫙 갈라진 복근, 사타구니와 거시기. 탈의실에서 보낸 세월에 생겨난, 태연하게 몸을 내보이는 과시적인 태도. 그는 우리의 머리 위 높은 곳, 어두운 숲속에서 균형을 잡고 있는 호리호리하고 하얀 사선처럼 보였다. 그의 등 뒤에서는 검은 나무들과 하늘과 천둥이 우리를 둘러싸고 전쟁을 벌였다. 나는 패스트포워드의 친구들이 그의 옷을 가지고 도망친 건지 궁금했지만, 아니었다. 청바지와 셔츠가 아래쪽에 젖은 채 쌓여 있는 게 보였다. 그가 옷을 벗었다. 아마 그냥, 다른 애들이 말했듯 잘난 척을 하는 것일 터였다. 실제로 헤엄칠 계획은 없이 말이다. 그런 다음에는 흥분해서 기어 올라간 것이다.

해머는 전혀 긴장을 풀지 않았다. 나는 살금살금 매곳에게 다가갔다. 무서워서 정신이 나갈 것 같았다. 발을 헛디뎌 미끄러질 수 있었다. 나는 매곳 옆에 쭈그리고 앉아 가까이 허리를 숙였다. "무슨 일이야?"

"해머가 찬찬히 따져볼 게 있으니 벌거벗은 궁둥이를 이리로 끌고 내려오라고 했어. 그런 다음에는 저놈이 에미는 자기든 해머든 신경 쓸 가치가 없는 애라고 했고. 저 위에서 에미를 쓰레기처럼 말했어."

제기랄.

해머는 계속해서 소리를 질러댔고 패스트포워드는 고요히 그곳을 지배했다. 언제까지나 질문하는 듯 고개를 뒤로 젖힌 채, 우리 위에 서서. 너희가 가진 건 그게 전부야? 나는 해머의 얼굴을 볼 수 없었지만 그의 몸은 떨리고 있었다. 손도, 팔도. 추위로, 필로폰 기운이 떨어져서, 해머 수류탄에서 뽑혀 나온 핀 때문에. 매곳이 내 쪽으로 몸을 숙여서 어깨가 닿았다.

"스토너가 기르던 개 기억나? 스토너가 녀석을 화나게 하려고 그 앞에서 고기를 흔들어대던 거?"

"해머는 사탄이 아니야." 내가 말했다. 나는 그 말을 믿어야만 했다. 해머가 이 순간 입에 거품을 물고 있긴 해도 살인자는 아니라고. 나는 개에게 쓸 만한 말투로 그에게 말을 걸었다. 최대한 평정심을 갖고 그의 이름을 부르고 또 불렀다. 해머. 진정해. 해머. 저놈한테는 아무것도 없어. 괜찮을 거야. 해머. 우리 여기서 나가자. 해머. 하지만 소리가 너무 많았다. 우르릉거리는 폭포와 천둥. 나 자신의 피가 귓속에서 쉭쉭 몰아쳤다. 나는 해머가 무슨 말을 들었는지 전혀 알 수 없었다. 그가 내 말을 조금이라도 들었는지.

다음 10초 안에 일어난 일은 내 머릿속에 너무도 선명하게 남아 있다. 해머가 우리를 돌아보더니 체중을 옮겨 실었다. 나는 그가 균형을 잃었다고 생각했지만, 아니었다. 그냥 그 묵직한 라이플총을 어깨에서 내려 두 손으로 든 것이었다. 그런 다음, 패스트포워드의 오른쪽으로 한참 떨어진 곳, 숲에서 셔츠로 만들어진 빨간 깃발이 나타났다. 덩치 크고 겁먹은 한 사람이 존재하지 않다가 거기에 나타났다. 바로 그 순간, 그는 해머와 라이플총을 보고 소리쳤다. "뛰어내려! 저 새끼가 널 없애려고 해!"

일을 낸 건 그 목소리에 담긴 두려움이었다. 목소리는 빅베어에게서, 패스트포워드의 사각지대를 지키는 확고한 경비병에게서 나왔다. 우리가 하는 행동은 무엇도 패스트포워드를 뒤흔들 수 없었을 것이다. 총도, 심지어 총격도. 하지만 옆에서 경고하는 그 목소리에 벌거벗은 쿼터백은 움찔하며 4분의 1쯤 몸을 돌렸다. 그 정도면 발을 헛디뎌 미끄러지기에 충분했다. 그의 몸이 조화롭게 움직이며 가장 어려운 일을 해내려 했다. 무게중심이 자동적으로 낮아지고 팔은 몸에 붙었으며 무릎은 반쯤 굽혀졌다. 오, 주여, 그 끔찍한 아름다움이라니. 그런 뒤에 패스트포워드는 통제력을 잃었다. 팔다리로 이루어진 굴러가는 공이 되었다면 그는 살아날 수 있었을지도 모른다. 마구 내팽개쳐지는 뼈와 살로서, 바위로 이루어진 비탈에서 더 많은 바위 위로 굴러 내렸다면. 아마 그 추락을 막을 나뭇가지가 하나 있었을지도 모르겠다. 꼴 보기는 싫어도 그 방법이 통했을 수 있다. 하지만 결국은 자존심이 결정권을 쥐었다. 그는 몸을 쭉 펴며 땅을 밀어내고 다이빙했다. 강꼬치고기처럼 머리를 아래로 한 채 두 팔을 활짝 펴고 물에 닿으려다가 굴렀다. 닿았을 때의 소리는 인도에 수박을 던졌을 때의 소리와 그리 다르지 않았다.

그 이후는 모르겠다. 내가 해머를 붙잡고 있으려 했던 게 틀림없다. 빅베어가 여전히 절벽 위에 있었다. 그리고 패스트포워드는, 물을 사이에 두고 우리 맞은편에 있던 그는 바위에 얼굴부터 처박힌, 벌거벗은 아무것도 아닌 존재였다. 다리가 물에 잠겨 있었다. 한쪽 다리는 허벅지까지, 다른 한쪽은 바깥으로 뻗어 무릎까지 물에 잠겨 있었다. 패스트포워드가 살아서는 용납하지 않았을, 추한 팔다리 배치였다. 내가 패스트포워드의 죽음을 알았던 건 바로 그 때문이다. 패스트포워드를 이루던 모든 마법이 그에게서 빠져나갔다. 이제 해머는 내게 소리 지르고 있었다. 그의 얼굴은 충격으로 이루어진 밋밋한 벽이었다. 그는 총에 대해 이야기하고 있었다. 그냥 총을 내릴 생각밖에 없었다고. 제기랄, 내가 총을 쏠 거라고 생각한 거야? 난 총을 쏠 생각이 없었어, 총을 내리려던 거야, 저리 올라가려 했어. 오, 주여, 데몬. 해머는 자기 잘못이라고 했다. 저 녀석이 다쳐서, 저기에서 의식을 잃은 채 미끄러지고 있는 것이. 우리가 그를 물에서 다시 건져야 한다고 했다. 나는 해머에게 움직이지 말라고 했다. 내 생각에, 다른 사람들보다 내게 부서진 머리가 더 잘 보였을 것이다.

하지만 해머는 아무도 죽게 놔둘 수 없다고 했다. 그런 일이 일어나게 둘 수는 없다고. 그는 세 번, 어쩌면 네 번 그 말을 했다. 사람이 죽게 놔두진 않을 거야. 그러더니 그는 물속으로 들어갔다. 매곳과 나는 안 돼 안 돼 안 돼, 라고 소리쳤다. 그 모든 것이 안 된다고. 해머가 폭발하는 듯한 그 흰색 노호 속에 들어가 있고, 나머지 우리는 모든 것을 잃어가고 있었다. 시간과, 희망과, 거품이 이는 우리의 망가진 정신을 모두 다. 해머는 패스트포워드가 뛰어내린 그 바위 근처에 있더니, 없어졌다. 그의 머리와 어깨가 물 밖으로 까딱거리며 나왔다가 내려가더니 다시 올라왔다. 한번은 해머의 눈이 크게 뜨이는 게 보였다. 그 시선이 똑바로 나를 향하고 있었다. 그가 올라왔다가, 올라오지 않았다. 우리는 멀리서 천둥소리를 들었다. 그런 뒤, 빅베어가 우리와 함께 있었다. 그가 비탈을 내려와 어떻게든 물을 건너왔다. 지금 여기에 있는 걸 보면, 야생동물처럼 숨을 쉬고 있는 걸 보면 강을 건널 수 있는 하류 쪽으로 달려갔던 게 틀림없었다. 우리 모두가 그런 소리를 내고 있었다. 물과 죽음과 해머를 향해 울부짖고 있었다. 그에게 다시 나타나달라고 애걸했다.

해머는 다시 나타났다. 하류의 바위 위에. 나는 그 아래에서 그의 흰색 티셔츠와 넓은 등, 물살에 두들겨 맞은 두 다리를 보았다. 물의 밀치는 힘이 그의 긴 몸을 나침반의 바늘처럼 천천히 돌리고 있었다. 옆면에서, 곧장 하류를 향하도록. 강물 자신의 끔찍한 힘과 같은 방향을 가리키도록.

다른 몸뚱이는, 벌거벗은 몸은 움직이지 않았다. 나는 억지로 그 모습을 보았다. 그 광경이 내 눈에 흉터를 남긴 게 틀림없다. 나는 지금도 그 빌어먹을 윤곽선이, 부자연스러운 팔의 각도와 단단한 대퇴근, 양파 두 개 같은 엉덩이 근육이 모조리 보이니까. 패스트포워드가 유지하려고 무진 애를 썼던, 기름칠을 잘해둔 기계. 패스트포워드는 그런 일이 별로 중요해지지 않을 때까지도 몸을 유지하려고 부단히 애를 썼다. 웬 낭비란 말인가. 대부분의 부위가 여전히 작동할 준비가 된, 달궈진 시체라니. 한 남자의 마지막 치욕, 인생으로부터의 마지막 해고.

누가 가서 도움을 청할 건지에 관해서는 다툼의 여지가 없었다. 매곳과 빅베어는 나보다 두 배는 빠르게 오솔길과 여울을 건널 수 있었다. 라리아트에 누군가의 핸드폰이 있었다. 그들이 차를 몰고 나가 신호를 찾기로 했다. 긴급 구조대가, 내 평생 가장 긴 날의 해가 질 때쯤에 도착했다. 그들은 세 개의 들것을 가져왔다. 시체를 실을 것 두 개와 나를 실을 것 한 개. 나도 사상자로 신고되었던 것이다. 사실 나는 뒤에 남아 있기라는 어려운 역할을 했다.

매곳과 빅베어가 떠나고 난 뒤 나는 조심스레 말린 총 쪽으로 움직여, 악마의 빌어먹을 목구멍으로 차 넣었다. 총은 그 정체 그대로, 탄소강으로 만들어진 관처럼 가라앉았다. 해머가 그 총에 밀랍을 바르고 표면 처리를 하며 보냈던 수많은 주의 깊은 시간이라니, 웬 낭비란 말인가. 나는 실제로 그렇게 생각했다. 망가진 뇌는 메인 이벤트를 피하기 위해 어떤 곁가지 쇼든 보려 드니까. 라이플총은 실제 역할을 전혀 하지 못했지만, 이런 상황에 무기가 남아 있으면 전혀 도움이 되지 않는다. 그래서 나는 길 저쪽으로 차버렸다.

말린이 가라앉은 뒤 나는 서둘러 절벽의 오솔길을 되짚어 내려갔다. 거기서부터는 게걸음으로 바위를 가로질러 반대편으로 갈 수 있었다. 그런 다음, 해머를 좀 더 마른 땅으로 끌고 갈 수 있는 자갈 모래톱으로 나아갔다. 내게 보이는 것은 그 몸에 여전히 들어 있던, 들어 있어야 할 모든 세월뿐이었다. 그의 도움에 의존하는 모든 사람을 위한 세월. 그의 아이를 낳아줄 어느 상냥한 소녀를 찾을 세월. 그는 상상할 수 있는 최고의 아빠가 되었을 것이다. 내게 보이는 해머는, 그의 팔 뒤쪽과 손, 목덜미는 탄소강의 색깔이었다. 나는 억지로 마음을 내, 그의 손목을 만져보았다. 살이 지나치게 단단했다. 더는 인간적이지 않았다. 그 몸속에 맥박이 있다 하더라도 더는 전달될 수 없는 것만 같았다. 시체는 내게 새로운 존재가 아니라고, 계속해서 나 자신을 타일렀다. 이런 언덕쯤이야 오를 줄 아는 사람에게는 아무 것도 아니라고. 흰 관에 들어 있던 우리 엄마. 우리 침대의 도리. 나는 나머지 세상이 다가오게 놔두기 전에 도리와 단둘이 한 시간 넘게 앉아 있었다. 하지만 그날 내가 아무리 크게 상심했더라도, 나는 도리가 있어야 할 곳에 있다는 걸 알았다. 해머는 경우가 달랐다. 이 몸은 마땅히 누려야 할 좋은 것을 모두 강탈당한 몸이었다.

나는 침수당한 그 덩어리를 물에서 끌어낸 뒤, 셔츠를 벗은 다음 그의 머리 밑으로 미끄러뜨려 넣었다. 그를 끌고 가다가 얼굴이 모래에 긁히는 걸 바라지 않았으니까. 페곳 아줌마가 그를 보고 싶어 할 터였다. 준 이모도, 루비 이모도, 그들 모두가. 나는 그의 얼굴을 지켜야 했다. 마침내 나는 다른 시체가, 해머의 적이 있는 바로 그 돌 절벽으로 그를 데려갔다. 일단 해머를 그리로 데려다 놓고 나니 그 둘이 같은 바위 위에 있다는 게 싫었다. 그래봐야 여전히 3미터는 떨어져 있었으니 어느 모로 보나 나란히 누워 있는 건 아니었다. 하지만 그조차 너무 가까웠다. 하나가 다른 하나를 오염할 수 있을 것만 같았다. 둘은 다른 물질이었다.

내게는 둘을 반듯이 눕힐 용기가 없었다. 나는 그들이 눈을 뜨고 있으리라는 걸 알았고, 절벽 위에서 웅크린 채 나를 지켜볼지도 모른다고 느꼈다. 꼭 허파 조각을 질식해서 내뱉는 것처럼 느껴졌다. 나의 분노와 슬픔과 멍청한 후회는 그렇게 느껴졌다. 그 순간에도 나는 그런 일을 겪고 생존할 수는 없음을 알았던 것 같다. 우리 중 누구도. 앞으로 매곳에게 닥칠 일은 아무도 알 수 없을 것이다. 하지만 나는 현장에서 여러 계절을 났기에 빅베어가 어떤 일을 겪을지 알고 있었다. 그는 아마 자신과 영영 화해할 수 없을 것이다. 그 모든 일이 오줌이 마려워서 일어났다. 그는 위쪽 숲에 들어갔다가 길을 잃고 말았다. 엿 같은 월계수 덤불을 들쑤시다가 말도 안 되게 엉뚱한 순간에 튀어나왔다. 최고의 본능을 따르다가, 가능한 최악의 결과를 초래했다.

물에 뛰어든 사람은 나였어야 했다. 꼭 그런 일이 일어났어야만 한다면 해머가 아니라 나한테 일어났어야 했다. 난 다른 아무것도 믿지 않을 것이다. 내게 있는 단 한 가지 좋은 약속은 그것, 물에 빠져 죽지 않으리라는 것 외에는.

59

사람들이 우리 모두를 끌어냈을 때는 세상이 어느 정도 돌아가 있었다. 보안관이 차를 타고 가 루비 이모에게 직접 소식을 전했다. 어디 사는지는 몰라도 해머의 아빠에게 전화를 걸어야 했다. 텍사스였다. 매곳이 준 이모에게 전화를 걸었고, 이모는 차를 몰고 가 페곳 아줌마에게 소식을 전했다. 패스트포워드에게는 가까운 친척이 없었으므로 누구에게 전화를 걸어야 하는지 말할 수 없었다. 그러나 로즈 다텔이 라리아트 옆에서 기다리다가, 오솔길을 따라 내려오는 그를 보았다. 그녀는 미쳐서, 패스트포워드를 데리고 온다고 생각되는 남자들에게 몸을 던졌지만 사실 그들이 데리고 온 건 해머였다. 시신들은 잘 감싸여 있었다.

로즈는 들것에 누운 사람 중 한 명이 나라는 걸 모르는 듯했다. 내 얼굴은 덮여 있지 않았지만 보온 담요로 덮여 있었으므로 나도 시체로 보였다. 내 머리 쪽을 들고 가는 응급구조사의 이름은 네이션이었다. 바위처럼 단단한 그는 그런 식으로 묶인 채 바위투성이 땅과 우르릉대는 물 위로 공중 부양하는 것에 겁먹은 나를 말로 진정시켰다.

창피했다. 엄밀히 말하면 난 다친 게 아니었다. 그냥 아주 많이 지친 것뿐이었다. 구급차 두 대가 와 있었는데, 네이선은 내가 그중 한 대에 타야 한다고 말했다. 단호하게. 그들에게는 나를 병원으로 보내, 약물 노출을 치료해야 할 의무가 있었다. 그 모든 일에 무엇이 수반될지 몰랐다. 내가 웬 거지 같은 일에 노출된 것만은 확실했다.

시신 두 구는 모두 다른 구급차로 옮겨졌다. 그 녀석들은 다른 시간표에 따라 움직였다. 서두를 필요가 없었다. 그렇게 해머는 그의 여자를 훔쳐 가고 그의 인생을 망가뜨린 개자식과 마지막 길을 함께 가야 했다. 역겨웠고 충격적이었다. 나는 내 임팔라를 몰아 그곳에서 벗어날 수 있는 누군가에게 열쇠를 주려고 노력했다. 로즈가 시체 3호가 나라는 걸 알고 다가온 게 바로 그때였다. 그녀는 내가 구급차에 실리는 와중에 비명을 질러댔다. 내가 구급차에 탄 뒤에는 쫙 편 손으로 창문을 두드려댔다. 사람들이 그녀를 구급차에서 떼어내야만 했다.

매곳은 나와 같은 구급차에 탔다. 우리 둘 다, 각기 다른 곳에서 내려와 심하게 몸을 떨고 있었다. 그는 불안을 넘게 해줄 자낙스를 은근슬쩍 건네주었다. 그리고 병원에 도착한 뒤에는 놀랍게도 간호사가 나의 통증 강도에 대해 묻고는 작고 주름진 흰색 종이컵에 옥시코돈을 담아 가져다주었다. VIP 서비스. 주님께서 그 간호사를 축복하시길. 간호사는 나를 밤새 데리고 있으면서 관찰할 거라고 했지만, 내게는 지켜볼 가치가 거의 없었다. 게토레이를 5리터쯤 마시고, 플라스틱 계량컵에 대단히 유사한 양의 산출물을 내놓았다. 통증 척도에 너무도 훌륭하게 대답했기에, 사람들은 존나 달콤한 잠을 잘 수 있도록 나를 약물로 기절시켰다. 내가 대단히 잘해낸, 가장 쉬운 시험이었다.

아침에는 다른 간호사가 내 상태를 확인하더니 손님이 있다고 말했다. 누이를 만나고 싶은지 알려달라고. 심장이 두근거렸다. 앵거스이리라는 생각에서였다. 제기랄. 로즈였다. 모습만 봐서는 사냥을 떠날 준비를 마친 듯했다. 위장복 바지, 검은 바람막이. 그녀는 후드를 젖히고 내게 식식댔다. "좆같은 살인자 새끼."

나는 협잡꾼이 들어왔다는 걸 알리려고 간호사 호출 버튼을 눌렀지만, 그곳에는 구해야 할 다른 사람들이 있었던 게 틀림없다. 로즈는 이리저리 성큼성큼 돌아다녔다. 끔찍하게 담배를 피우고 싶은 듯했다. 나는 알 수 있었다. 방 안을 열 바퀴쯤 돈 뒤, 비옷을 벗어버리고 손님용 레이지보이에 몸을 던졌다. "무슨 일이 일어났는지 정확히 말해." 그녀가 말했다.

"너만의 이야기를 이미 생각해낸 것 같은데."

"총은 어디 있어." 그녀가 물었다.

나는 무슨 총을 말하는 거냐며, 총에 맞은 사람은 아무도 없다는 걸 그녀에게 다시 알려주었다. 끔찍한 사고라고, 그게 다라고.

로즈가 벌떡 일어나더니 다시 어슬렁거렸다. 내게도 나름의 갈망이 있었다. 내 머릿속으로 돌아가는 것만 아니면 지구상 어디로든 가고 싶다는 갈망. 여기, 병원은 완전히 다른 세상이었기에 그렇게 떠나버리기가 쉬웠다. 백지장처럼 깨끗하고, 뱃속이 시커먼 음흉한 알약이 아닌 약은 전부 주어졌다. 전에 나는 병원 대기실 구역에만 들어가보았다. 그때는 배에 뭔가 채워지기를 기다리고 있었다. 하지만 이곳은 붐비면서도 비어 있고, 깨끗하면서도 냄새가 났다. 파인솔*, 탈의실, 오줌의 흔적. 로즈에게서도 그녀만의 냄새가 났다. 담배 연기가 곁들여진, 부싯돌 같은 시큼한 냄새였다. 마치 밤새 이런 식으로

* 　　소독 및 청소에 사용되는 가정용 청소 제품 브랜드.

어슬렁거린 것만 같았다.

"정확히 어쩌다 그런 일이 벌어진 건지 알아야겠어." 그녀가 말했다. "패스트포워드의 마지막이 어땠는지."

나는 싸우기에는 너무 흐리멍덩했다. 나는 진실을 말했지만, 미식축구 경기 재연처럼 두드러지는 플레이만을 전해주었다. 그가 높은 절벽에 올라갔다. 빅베어가 소리를 질러 패스트포워드를 놀라게 했다. 패스트포워드가 미끄러져서 떨어졌다.

"빅베어가 왜 그런 짓을 해?"

"빅베어한테 물어보지 그래?"

"빅베어는 터프 트러셀의 집에 갔어. 술을 마시고 혼수상태가 됐고."

나는 로즈도 똑같이 하는 게 좋겠다고 했다. 로즈가 나를 노려보았다. 그러더니 고개를 젓고 창밖을 내다보았다. 풍경이라고 할 만한 건 없었다. 그냥 잿빛 하늘과 구름뿐이었다. 밖에서 까마귀 몇 마리가 깔깔대며 수다 떠는 소리가 들렸다. 그들은 어느 가까운 지붕에서 거래를 하고 있었다.

"그런 식으로 하려는 게 아니었어." 로즈가 마침내 말했다.

"그게 무슨 말이야? 모두가 죽는 방식을 네가 결정했다는 거야?"

로즈는 계속 나를 노려보았다. 마침내 내 손발이 차가워졌다.

"개자식. 다 계획된 거란 말이구나. 넌 패스트포워드가 그 집에 없다는 걸 알았어. 씨발, 뭐야, 로즈? 난 절대 그 빌어먹을 악마의 욕조에 가고 싶지 않았어. 내 말은, 평생 절대로 가고 싶지 않았다는 거야."

"빌어먹을 노아의 방주처럼 되면 안 되는 거였어."

"왜지? 패스트포워드는 내가 거기를 싫어한다는 걸 알았는데."

로즈가 깡마른 어깨를 으쓱했다. 하지만 패스트포워드는 알고 있었다. 약에 취한 소년들은 비밀을 말해버리고, 패스트포워드는 오래

전부터 내 비밀을 알고 있었다. 나는 로즈에게서 더 많은 것을 알아내려 애썼다. 대체 그가 내게 무엇을 원했던 건지, 아빠의 죽음을 마주 보는 것으로 남성성을 증명하게 하고 싶었던 건지. 그런 건 전혀 말이 되지 않았지만 로즈도 물러나지 않았다. 어쩌면 그녀도 모르는지 몰랐다. 이젠 우리 중 누구도 알 수 없을 것이다.

"너희가 해머를 데려가서 일을 망쳤어." 로즈가 하려는 말은 그것뿐이었다. 그런 뒤, 벌떡 일어나 좀 더 어슬렁거렸다. 취조는 끝났다. 방의 반대편으로 가더니 아무것도 만지지 않고 주변을 훑어보았다. 사람들이 방 안에 다른 누군가를 들어오게 했다. 그 사람이 갈색 커튼 뒤에 숨어 있었다. 하지만 나는 밤새 그 사람의 소리를 전혀 듣지 못했다. 내가 아는 한 또 한 구의 시체나 마찬가지였다. 로즈가 돌아와 의자에 털썩 앉았다. "너희 모두가 사망 사건의 공범이야."

"패스트포워드는 추락했어, 로즈. 자기한테 해로울 정도로 높이 기어 올라갔다고. 그게 끝이야."

"패스트포워드를 말하는 게 아니야. 해머 얘기지."

"무슨 소리야?"

"해머는 불법 약물을 맞았어. 네가 공급한 거였고."

"넌 거기 있지도 않았잖아. 헛소리 좀 작작해."

"아, 내가 봤는걸. 그날 일찍."

나는 간신히 생각을 헤치고 그 시점까지 돌아갔다. 아, 그거. "네가 본 건, 내가 고장 난 자동차 운전자를 돕던 모습이야."

"나는 해머가 네 카마로에서 뽕을 들이마시는 걸 봤어."

내가 큰 소리로 웃었다. "대단한 목격자 납셨네. 임팔라랑 카마로도 구분 못 해?"

"뭐든 간에." 로즈는 문을 지켜보며 엄지손톱을 씹었다. "내가 뭘 봤는지 알아. 네가 약을 공급했는데 누가 죽으면 그건 중범죄야. 난 그걸 확실히 알아."

"네가 본 건 내가 비를 맞으면서 친구의 타이어를 교체해주려던 장면뿐이야. 누가 찾으러 가면, 내가 8학년 때 한 번 손댄 이후로는 한 번도 건드린 적 없는 약을 해머 몸속에서 발견하게 될 거야. 이 동네에서는 누구든 그 점을 증언해줄 수 있어. 그러니까 거짓말하지 마. 그냥 난 빼줘."

나는 몸을 굴려 로즈를 등지고 누웠다. 이런 이야기를, 곤란에 빠진 누군가에게 약물을 공급하는 것에 관한 이야기를 들어본 적이 있었다. 이번 경우에 곤란이란 죽음이었다. 로즈는 내게 불리한 증거를 하나도 가지고 있지 않았지만, 여전히 매곳을 못 박을 수 있었다. 나는 뱃속에서 분노가 차오르는 것을 느꼈다. 로즈는 떠나지 않았다. 아무도 내 열을 재러 오지 않았다. 결국 문제는 로즈가 니코틴 없이 버틸 수 있는 시간보다 내가 더 오랫동안 성질을 터뜨리지 않을 수 있느냐는 것이었다. 내가 졌다. 나는 일어나 앉아서 소리쳤다. "씨발, 왜 굳이 말벌 둥지를 차려고 해? 페곳 가족이 충분한 벌을 받았다고 생각하지 않아? 해머는 씨발, 그 뱀 궁둥이 같은 놈을 구하려다가 죽었어. 그 자식 때문에 울고 싶다면 마음대로 해. 너한테 해머의 신발을 닦아줄 자격조차 없다는 것만 알아둬." 로즈는 내가 이 말을 하는 내내 아무런 표정도 짓지 않고 앉아 있었다. 나더러 다 했느냐고 물었다. 이 문제는 해머에 관한 것이 아니라고, 나머지 우리에 관한 것이라고 했다. 그녀는 모든 것을 잃었고, 이제는 우리 모두에게 그게 어떤 기분인지 확실히 알려주어야만 한다고. 그런 다음에야 그녀는 감정적으로 변해 크리넥스 한 뭉치를 꺼내더니 코를 풀었다. 그녀는 패스트포워드를 잃는 것이 죽는 것처럼 느껴진다고 했다.

나는 이불을 끌어당기려 했다. 사람들이 내게 똑딱단추가 달린 멍청한 옷을 입혀놓았다. "이런 개씨발, 로즈. 그 새끼가 널 어떻게 취급했는지 봐. 그놈은 자기를 알았던 모든 사람에게 잔인했어."

로즈는 내가 패스트포워드를 이해하지 못한다고 했다. 하지만 나는 이해했다. 패스트포워드의 내면에는 사람들을 감염하고 코를 꿰는 아름다운 독이 있었다. 나는 패스트포워드가 위험한 동물이었고, 위험한 동물은 오래 살지 못하는 것으로 알려져 있으니, 모든 일이 이렇게 끝날 수밖에 없었다고 말했다.

로즈는 그 말을 부정하지 않았다. 하지만 그녀가 패스트포워드를 구원할 사람이 될 수도 있었다. 그녀는 눈물과 광기로 가득한 비참한 얼굴로 나를 똑바로 보며, 자신은 믿었다고 맹세했다. 패스트포워드가 그녀에게 준 흉터가, 로즈가 평생 그에게 속했다는 걸 확인하는 그만의 방식이었다고.

나는 해머 켈리가 죽는 것을 보았다. 그리고 페콧 집안사람이 한 명 한 명 문으로 들어와 주님, 사실일 리가 없어, 라고 말하는 지금은 그들에게 진실을 말할 때마다 그 모습을 처음부터 다시 보아야 했다. 병원에서 나와, 그 가족을 마주하기가 두려웠지만 이해했다. 그들에게는 살아남아 이야기를 전해줄 누군가가 필요했다. 그들은 고마워했고 나를 탓하지 않았다. 우리는 모두 이 일을 극복할 방법은 없으리라는 데에 동의했다. 해머는 페콧 집안의 MVP였다.

준 이모가 함께 지내러 페콧 아줌마네 집으로 왔다. 일주일 내내 회색 운동복 바지를 입고 타박타박 돌아다니며 커피를 타고 수프 빈*

---

*   강낭콩으로 만드는 요리의 일종.

을 만들고 페곳 아줌마의 주름진 머리를 쓸어주었다. 아줌마는 멍하니 주방 탁자에 앉아 있었다. 나머지 가족들은 본부인 페곳 가족의 집과 해머가 살았던 루비 이모의 집 사이로 파도처럼 밀려들었다가 빠져나갔다. 그들은 시신이 어디에 묻혀야 할지에 관해 텍사스에 있는 해머의 친척들이 할 결정을 여전히 기다리고 있었기에 장례식을 계획할 수 없었다. 해머의 아빠는 아주 오랫동안 이곳에 들른 적이 없었고, 우리는 해머에게 친족이 있다는 걸 거의 잊고 있었다. 하지만 마지막 순간에 카드를 쥐는 건 그 사람들이다. 페곳 집안사람들은 요리를 하고 술을 마시는 등 평범한 문제, 죽음의 문제를 처리할 수 없어 앞으로 나아가지 못했다. 그저 헐거운 매듭과 이야기뿐이었다. 꼭 여러 번 이야기를 되풀이하면 다른 결말에 이를 수 있다는 듯한 태도였다.

매곳은 위층으로 올라가 내내 약에 취해 지냈다. 그러므로 가족의 기록에 이 이야기를 남기는 것은 전적으로 내 몫이었다. 엄청난 책임이었다. 나는 최선을 다했다. 몇 가지 자세한 내용은 빼놓았지만. 우리는 패스트포워드를 따라가 복수하려던 게 아니었다. 진도, 뽕도 없었다. 말린은 해머가 트럭에 남겨놓았던 게 분명하다. 아마 도둑맞았을 것이다. 타이어에 펑크가 난 해머와 마주친 건 순전히 우연이었다. 잃어버린 대형 너트는 이야기에 넣을 수 있었다. 이 이야기의 많은 부분이 사실이었다. 우리는 몸을 말리려고 어느 지인의 집에 들렀다가 친구 몇 명이 악마의 욕조에 갔다는 말을 들었다. 같이 가지, 뭐, 날씨도 어처구니없고 한데. 남자들은 원래 그렇잖아, 어쩌고저쩌고.

이야기에서 중요한 건 주인공의 마음이다. 해머는 자신의 안전은 생각조차 하지 않고 절벽에서 떨어진 젊은 남자를 구하려 뛰어들었다. 사실이었다. 언제나, 영원히 진실이었다. 나는 원한다 해도 그 점을 바꿀 수 없었다. 아, 정말이지 바꾸고 싶었는데. 우리 모두가 그랬다. 우리는 해머가 그를 살려둘 이기적인 마음을 타고났으면 좋았겠다고 생각하게 되었다. 그래서 회한과 그의 선량함에 대한 경탄으로 가득 찼다. 그게 내가 페곳 가족에게 줄 수 있는 위안이었다.

로즈는 이 이야기에 끼어들 자리가 없었다. 나는 그녀를 빼놓았다. 죽기 전 해머를 취하게 했다는 이유로 매곳을 고자질하겠다는 로즈의 계획에 관해서 귀를 기울였음에도, 경찰의 개입이나 시신에 대한 약물 검사 이야기가 전혀 들리지 않았다. 그래서 매곳에게도 말하지 않았다. 아마 로즈의 협박에는 이빨이 없었을 것이다.

지금까지 한 달 넘게 나는 매곳의 2층 침대 위층에서 잠을 잤다. 더 나은 약이 있었던, 우리의 얼간이 어린 시절 외박과 무척 비슷했다. 페곳 아줌마는 페그 아저씨가 죽은 뒤로 늘 TV를 켜두는 습관이 들었다. 사람이 있는 느낌을 받기 위해서라고 했다. 나는 그 소리에 익숙해져 있었다. 하지만 악마의 욕조를 겪고 나니 모든 것이 바뀌었다. 집에는 사람이 가득했는데, TV의 웅얼대는 소리가 그들의 목소리와 섞여 들리면 소름이 끼쳤다. 도쿄팝*과 오이 향 면도 크림을 홍보하는, 거실에서 무작위로 들려오는 이상하게 활기찬 목소리 때문이었다. 로널드 레이건의 장례식이라니, 오, 주여. 그들은 붐비는 거리를 조감으로 보여주었다. 100만 명의 사람들이, 가진 총을 모두 쏴버린 뒤로도 한참을 더 살았던 그 유명한 늙은이 때문에 엉엉 울고 있었다. 내 생각에 그는 필요 이상의 세월을 살았다. 우리 상처에 소금을 뿌리는 격이었다. TV와 현실이란 이상한 혼합이었다. 주방 탁자에서는 둘 이상의 여자들이 창자가 빠져나오도록 흐느끼는 반면 에버렛 삼촌은 소파에 늘어져 US 오픈을 보고 있었다. 골프가 볼만

---

*   다양한 일본 망가를 출판하는 출판사.

한 스포츠라도 된다는 듯이, 우리가 아는 사람 중에 그걸 해본 사람이 있다는 듯이.

여자들의 주된 화제는 에미였다. 그중 절반은 에미에게도 해머의 죽음을 전해줘야 한다고 했다. 그 말은, 해머를 그렇게 엉망진창으로 남겨두고 떠난 것에 대해 에미가 좋으면서도 역겨운 기분을 느껴야 한다는 뜻이었다. 이 패거리의 주동자는 여러 해에 걸쳐 해머에게 가망 없는 여정을 그만두라고, 에미는 절대로 그를 받아주지 않을 거라고 말해왔던 제이 앤과 루비 이모 분파였다. 사상 최단 기간의 연애가 끝났을 때, 그들은 해머를 떠나 그의 마음을 무너뜨린 에미를 절대 용서하지 않았다. 복수하고 싶어 했다. 나는 로즈가 한 말을, 자기가 아프니 나머지 우리도 아파하는 걸 보고 싶다던 말을 떠올렸다. 이 세상 전체의 얼마나 많은 부분이 바로 그 불길로 움직이는지 궁금해질 수밖에 없다.

이런 말다툼의 반대편에는, 해머가 죽었다는 사실을 서둘러 전할 필요는 딱히 없다는 사람들이 있었다. 해머야 내년에도 죽어 있을 테니까. 에미는 갇혀 있고, 그 어떤 장례식이 있어도 나올 수 없을 터였다. 진짜 장례식이, 그러니까 텍사스가 아닌 곳에서 치러지더라도 말이다. 모든 일은 에미가 약을 끊은 상태가 좀 더 확실해진 뒤로 미뤄둘 수 있었다. 그게 준 이모의 의견이었다. 이 지구상에서 에미가 연락할 수 있는 유일한 사람은 준 이모뿐이었으니까, 뭐. 다툴 여지는 없었다.

나는 에미에게 일어난 일에 대한 치료제가 있다고 믿기 힘들었다. 나는 그렇게까지 추락한 사람을 본 적이 없었다. 에미가 보내졌다는 그곳은 교도소인 것 같았고, 교도소가 무엇도 고치지 못한다는 건 잘 알려진 사실이다. 앞서 말했던, 다쳐서 다른 사람들이 다치는 걸 보고 싶어 하는 사람들을 고치면 모를까. 장례식이 있는데도 못 나온다니? 엄마를 제외한 누구와도 통화할 수 없다니? 구칠랜드의 머라이어조차 그 이상을 할 수 있었다. 하지만 준 이모는 이 점을 상당히 기뻐하는 듯했다. 그녀는 내게 사진을 보여주었고, 사진은 놀라워 보였다. 산과 나무, 성처럼 생긴 건물들, 호수. 말 여러 마리. 풀밭 여기저기에 여자애들이 앉아 있는, 잔디를 깎아놓은 크고 넓은 뜰. 소녀들은 서로에게 상냥하게 구는 게 틀림없었다. 사진을 봤는데도 믿어지지 않았다. 여기서 거기로 가는 길은 없었다.

독이 있는 뱀은 물게 마련이다. 주님께서 우리에게 적어주신 규칙 중 하나일 뿐이다. 로즈는 떠나지 않았다. 페곳 아줌마는 법원으로부터 편지를 받았다. 내가 그 자리에 있었다. 나는 준 이모가 그 편지를 읽고 탁자에 내려놓은 다음 집을 나서는 모습을 지켜보았다. 사망 사건은 조사될 예정이었다. 경찰은 매슈 페곳이 고인 중 한 명에게 불법 약물을 공급했다는 제보를 받았다. 치명적 사고가 발생하기 약 세 시간 전에 말이다. 아무도 살인 얘기를 하지는 않았다. 그건 사고였다. 하지만 매곳은 사망 방조죄로 형사 기소를 당할 수 있었다.

"벌써 두 아이가 죽었어." 준 이모가 문을 나서기 전에 말했다. "그런데 한 명을 더 교도소로 보내는 게 빌어먹을 도움이 된다는 거야? 오, 주여. 이 세상이 싫다."

싫든 말든 준 이모는 언제나 돌아왔다. 구체적으로 그날, 주님만이 아실 어딘가로 세 시간 동안 차를 몰고 갔다가 돌아왔다. 그녀는 이 와중에도 계속 병원에 출근했다. 질병은 계속되었고, 병원에는 도움이 끔찍이도 필요했기 때문이다. 준 이모는 머잖아 자기 집으로 돌아갈 예정이었지만 지금은 그녀가 가장이었다. 이번에는 매곳을 위해

변호사를 사는 등 소송을 주도할 예정이었다.

로미오와 머라이어의 이야기는 내게 그냥 전설이었다. 로미오의 끔찍한 학대, 머라이어의 엑스-액토 칼을 이용한 복수, 배심원을 속여 매곳의 엄마를 감옥에 가둬버린 악어가죽 부츠의 변호사. 이제 우리는 그 일이 다시 펼쳐지는 모습을 지켜보았다. 페곳 가족이 다시 그 늪에 빠졌고, 이모는 그들을 산 채로 끄집어낼 작정이었다. 나는 페곳 아줌마가 머리이어라는 십자가를 지고 있다는 걸 알았지만, 그 오랜 세월 동안 그녀가 십자가를 진 게 준 이모 때문이었을 게 틀림없다는 생각은 해본 적이 없었다. 준 이모는 동생을 실망시켰던 것이다. 처음에 루비 이모는 매곳이 해머에게 약을 줬다는 사실에 화를 냈다. 그러나 준 이모는 이 사건이 가족을 무너뜨리게 놔두지 않을 작정이었다. 매곳도 한 가지 점에서는 이 상황에 보탬이 됐다. 그는 지나치게 어리거나 망가졌거나 그 두 상태가 합쳐져 있었기에 성인으로서 재판을 받을 수 없었으니까. 그 어떤 가정도 자기 집에 유소년이 있다는 이유로 이토록 즐거워하며 주님께 감사드린 적은 없을 것이다. 매곳의 재판 날짜는 머라이어가 나오기로 예정된 때와 같은 달로 잡혔다.

나는 재판 때 이곳에 없을 예정이었다. 준 이모는 집으로 돌아가기 전날, 나를 위층으로 불러 카드 패를 깠다. 나를 서복손 클리닉에 넣어줄 수 있다고 했다. 내가 뭘 하고 지내는지 탐색하는 질문은 던지지 않았다. 이모는 변죽을 울리려는 게 아니었다. 보내준다는 병원은 이모가 다니는 병원이 아니었다. 치료는 이곳에서 이루어지지 않을 것이다. 그렇다고 애슈빌도 아니었다. 그런 돈은 없었다. 하지만 이모는 나를 메디케이드에 다시 등록해줄 수 있었다. 바크스 선생님이 나를 버린 이후로 내 보호자들 중 누구도 생각하지 못했던 단순한 일이었다. 메디케이드는 2주간 내가 재활 의료 센터에 갈 비용을 대줄 터였다. 대단한 건 아니었다. 그냥 내가 최악을 면하게 해줄 정도였다. 그런 다음에 나는 쉼터에, '하프웨이 하우스'에 들어갈 수 있었다. 내가 '하프'라는 말을 듣고 떠올린 것은 앞면 절반이 뜯겨나가 내부의 의자와 욕실 가구가 드러난 집뿐이었다.

준 이모와 나는 트윈 침대가 놓여 있고 창문 위에 나지막하게 솟은 지붕이 달린 작은 다락방에 있었다. 그곳에는 옛 시절에 바른, 여자 아이용 벽지가 붙어 있었고, 사람들이 최고의 자리라고 부르는 창가의 벤치도 있었다. 페곳 아줌마가 온갖 새가 그려진 쿠션을 만들어 그 벤치에 두었다. 나의 가장 오래된 기억은, 거기에 앉아서 엄마가 바깥의 우리 집 덱에서 담배 피우는 모습을 지켜본 것이었다. 이번 주에는 이곳이 다시 준 이모의 방이 되어 있었다. 그녀의 물건이 사방에 있었다. 신발, 빗, 내가 4학년 때 에미에게 반한 이후로 사랑해온 과일 샴푸 향. 나는 최고의 자리에 앉았고, 이모는 침대에 앉아 내 인생을 설명해주고 있었다. 그녀는 내가 열여덟 살이 되면 사용할 수 있는 사회보장급여 이야기를 꺼냈다. 필요하다면 이모가 그때까지 나를 도와줄 수 있었다. 그리고 하프웨이 하우스에서 일자리도 소개해줄 것이다. 재미있는 일자리는 아니었다. 아마 창고에서 상자를 싣는 일일 것이다. 그냥 사람을 바쁘게 하는 게 요점이었으니까.

"한동안은 일만 하고 놀지 못할 거야." 이모가 침대 위에서 자기 발을 깔고 앉으며 말했다. 그녀는 의사 복장이었다. 출근할 준비가 되었지만, 아직 맨발이었다. "하프웨이 하우스에서 요구하는 건, 출근은 할 수 있지만 바로 돌아와야 한다는 거야. 돌아다니는 건 안 돼. 네 친구들도 다 회복 중인 사람들일 거야. 그게 습관을 들이는 최고의 방법이거든."

나는 가만히 앉아서 이모의 말이 흘러나오도록 놔두었다. 그녀의 과일 향을 맡으면서. 문득 내 눈 사이에 그녀의 말이 꽂혔다. 언제나 준 이모였다. 내가 녹스빌의 여자들에게, 다른 말로는 돔형 집의 여자들에게 끌리는 이유. 처음부터 내내 준 이모였다. 에미가 아니었다, 어린 시절 풋사랑 이후로는. 이건 내가 산탄총 쏘듯 양육되었기에 한 번도 제대로 생각해보지 못한 전면적인 형태의 사랑이었다. 나의 배 배 꼬인, 조그만 누더기 심장이 처음부터 늘 원했던 것. 엄마였다. 그렇게 단순한 존재.

나는 이모에게 왜 매곳이 아니라 나냐고 물었다. 이모에게는 나름의 이유가 있었다. 필로폰 중독은 심각했다. 의료적 치료법이 없었다. 이모는 내가 아편류 약물만을 사용해왔기에, 나를 취하게 하지는 않으나 금단증상을 일으키지도 않는 다른 약물로 나쁜 약을 대체할 수 있다고 말했다. 그냥 알약 한 알을 먹고 인생을 살아나갈 수 있다는 것이었다.

"그렇군요." 내가 말했다. 내 인생 전체를 총체적으로 지워버리고 싶다는 부분은 말하지 않고.

"매슈를 위해서라면 난 뭐든지 할 거야. 너도 알겠지만. 근데 재활은 직접 두 발 딛고 서서 해야 하는 일이야. 매슈는 아직 준비가 안 됐어."

나는 안절부절못하는 모습을 보이지 않으려고 두 손을 깔고 앉아 있었다. 약간의 약이 필요했다. 너무, 너무 심하게. 매곳이 준비되지 않았다면 나는? 준 이모 자신과 페곳 아줌마는 매곳이 한 번이라도 책임을 진 적이 있는지 의구심을 품고 있다고 말했다. 매곳은 그냥, 그렇게 생겨먹지 않았다고. 그러니 다른 누군가가 매곳을 그 프로그램에 철저히 따르도록 해야 했다. 자발적이어서는 안 됐다. 그 말은, 법이 개입해야 한다는 뜻이었다. 그들은 그런 일이 벌어지기를 기다리고 있었다. 그러기 위해서는 체포나 상당한 겁주기가 필요할 거라고 생각했다. "우리는 좀도둑 혐의가 걸릴 거라고 생각했어." 이모가 고개를 저으며 말했다. "누군가 죽어야 할 줄은 몰랐어." 그때 이모는 약간 감정이 북받치는 듯했지만 나 자신을 탓하지는 말라고 했다. 그날 일어난 일에 대해 비난해야 할 사람이 100명은 더 있다면서, 매곳과 나는 명단에 올라 있지도 않다고 말했다.

"저도 한몫했어요." 내가 말했다. "우리 모두 약간 정신이 나갔거든요."

준 이모는 내 얼굴에 뭔가 쓰여 있어서 읽어보려는 듯한 표정으로 나를 바라보았다. "아, 세상에, 데이먼. 거긴 네 아버지가 죽은 곳이야. 이번 불을 지른 건 네가 아니잖니."

나는 분노가 끓어오르는 걸 느꼈다. 귀가 울렸고 소리를 지르고 싶었다. 맞다. 그곳은 내가 가장 싫어하는 곳이었다. 그게 내가 그곳으로 유인된 이유였다. 내가 받은 니미럴 패가 바로 그것이었다. 나는 준 이모에게서 고개를 돌려, 금발의 십대 엄마가 담배 한 대를 다 피울 때마다 다음 담배에 불을 붙이곤 하던 덱을 내다보았다. 엄마는 우리가 쓸 공짜 물건을 얻으려고 팰맬 담배 쿠폰을 모았다. 한번은 주크박스처럼 생긴 라디오를 타냈다. 그 라디오는 플라스틱으로 만들어졌고 두어 달 뒤에는 더는 작동하지 않았지만, 난 그게 주님이 직접 만드신 물건이라고 생각했다.

몇 분이 흘러갔다. 이모는 이야기를 그치지 않으려 했다. "남자애들이 미치는 건 자연스러운 일이 아니야." 이모가 말했다. "그런 일이 일어나는 건, 걔들이 너무 많은 걸 빼앗겼기 때문이야."

나는 예를 들면 뭘 빼앗겼느냐고 물었다. 이모가 일어나서 화난 채로 방 안을 돌아다녔다. 제대로 교육받지 못했지, 이모가 말했다. 재능을 활용하는 어떤 분야에서도 실력을 갖출 기회가 없었어. 미래가 없지. 저놈들이 그걸 전부 빼앗아 가고, 우리에게는 뇌를 삶아버릴 도구만을 주었어. 진짜 개자식들이 여기에서 천 킬로미터는 떨어진 곳에 있다는 걸 알아내기 전에 우리가 서로를 죽이기를 바라면서.

나는 그런 식의 생각에는 동의하지 않는다고 말했다. 가까운 거리의 개자식들을 아주 많이 알고 있으니까.

이모는 내가 잘 아는 슬픈 미소를 지었다. 다루기 힘든 아이. 하지만 이모는 떠나는 대신 다시 침대에 앉았다. "지금 네가 답해야 할 질문은, 너 자신을 위해서 기꺼이 할 수 있는 게 뭐냐는 거야. 거짓말은 하지 않을게. 네가 전에 했던 그 어떤 일보다 어려울 거야."

글쎄다. 버릇을 고쳐야 한다는 이유로 매일 매질을 당하던 게 떠올랐다. 5학년 내내 배가 고팠던 것도. 이모는 내가 고생이라는 분야에서 개인 신기록을 세울 기회를 찾고 있다고 생각한 걸까? 나는 받아들이기엔 너무 많은 정보라고 말했다. 당신은 내가 강하다고 생각하지만 난 강하지 않아요, 난 언제나 다음 약을 원할 거예요, 라는 말은 하지 않았다.

이모는 내일 돌아올 테니 그때 좀 더 이야기하자고 말했다.

나는 이 모든 일이 어디에서 일어날지 물었고, 이모는 녹스빌이라고 했다. 그 말에 나는 기겁했다. 내가 생각하는 행복한 마을은 아니었다. 이모는 내 생각과는 다르다고, 시내에 있는 큰 아파트가 아니라고 했다. 거기에도 뜰이며 뭐며 갖춰진 평범한 집들이 있다고. 이모는 내게 필요한 종류의 생활환경은 외곽에 더 많다고 말했다. 나도 익숙해질 수 있을 거라고. "익숙해져야 할 거야. 네가 이 일을 한다면, 최소한 1년은 여기로 돌아오지 않았으면 좋겠거든."

"1년이요."

"나도 알아. 앞이 깜깜하겠지. 나도 마찬가지야. 난 여길 떠났다가,

일종의 다른 사람이 되어서 돌아와야 했어." 이모는 너무도 아름답고 친절해 보였다. 그녀 때문에 죽을 것 같았다.

"제가 지금 이 모습 그대로를 좋아한다면요?" 정색하면서 말했다. 자잘한 재주는 아니었다.

"네가 문제라는 말이 아니야. 약 문제도 아니고. 잘못된 건, 아주 많은 다른 것들이야. 네가 여기에 있는 한은 그 문제들이 나아지지 않을 테고."

1년은 생각할 수 없었다. 내가 어디로 가겠는가, 누가 되겠는가. 엿 같은 그녀. 우리 모두가 그렇게 엉망이라면, 리 카운티 전체가 알아서 비워져야 한다는 건가? 나는 58번 도로에 꽉 막힌 채 길게 늘어선 자동차와 픽업트럭들을 상상했다. 우리 뒷줄에 선 건 우리 이웃들이었다. 스콧 카운티, 러셀, 태즈웰. 켄터키주의 절반. 빈집과 추수하지 않은 들판, 반만 차 있는 맥주 캔, 현관에서 삐걱거리다가 점점 조용해지는 안락의자를 두고 떠나는 사람들. 방목장에서 우는, 젖을 짜지 않은 소들, 단풍나무 아래 뜰에 버려진 채 서 있는 개들. 그들은 세상의 모든 악이 둥지를 틀도록 파견된, 망가진 천국에서 도망치는 주인들을 지켜본다.

나는 이모에게 생각해보겠다고 했다. 이모도 내가 거짓말을 하고 있다는 걸 알았을 것이다.

60

　같은 날 오후에 나는 짐을 쌌다. 세속의 물건들은 이제 상자 두어 개로 줄어들었다. 난 그보다 적은 것만을 가진 노숙자들을 알았다. 셔츠 몇 장, 여벌 신발 한 켤레. 훌륭한 무릎 두 개가 있던 반짝이는 어린애가 타낸 미식축구 트로피 여러 개. 나는 그것들을 내버렸다. 스케치북과 상자 하나를 가득 채운 미술 도구는 간직했다. 그게 내 양심에 무겁게 내려앉았다. 나는 토미를 피해 숨어 있었다. 나의 진짜 귀중품은 병에 넣은 뒤 예전에 페그 아저씨의 것이던 낡은 가죽 면도용품 가방에 넣어두었다. 매곳이 그걸 자기 물건으로 챙겨두었는데, 어느 시점에 내 것이 되었다. 나는 페그 아저씨의 훌륭한 가방을 약품과 관련된 목적으로 쓰는 데 별로 마음에 걸리지 않았다. 그러나 때로는 나를 바라보는 아저씨의 시선이, 나라는 존재가 되어버린 육신의 낭비를 보는 그의 눈길이 느껴졌다. 지금이 그런 때였다. 매곳은 잠들었거나 약에 취해 정신이 나가 있었다. 나는 그의 어깨를 툭 치고, 떠난다고 말했다.

　그가 침대에서 바닥으로 굴러떨어졌다. 놀랍도록 매끄러운 동작이었다. 그는 천장을 쳐다보며 누워 있었다. "체크아웃 시간, 나간다, 나가." 그가 말했다. 실은 노래를 불렀다. 나도 거의 알아들을 수 있는 어떤 노래였다.

"진짜야, 인마. 난 갈 거야."

매곳이 바닥에서 머리를 들어 올리고는 멍하니 내게 인상을 찡그렸다. 낮잠을 자는 동안 룸메이트를 맞이하게 된 동물원의 동물 같았다. 개미핥기, 톱상어. 그의 머리가 다시 바닥으로 떨어졌다. "어디 가게?"

"아직 결정 못 했어. 어디로 갈지는 딱히 생각 못 했어."

"그럼 생각하지 마. 안 그래도 초췌한 뇌세포가 닳고 해지는 걸 막아야지."

"아냐. 여기 있을 수는 없어."

매곳이 일어나 앉았더니 가슴팍으로 무릎을 당기고는 긴 팔로 끌어안았다. 얼굴만이 아니라 두 손에 이상한 보석이 아주 많았다. 여전히 검은색에 빠져 있기도 했다. 하지만 고스족 느낌은 한참 벗겨졌다. 아마 패션과 관련된 선택이라기보다는 방임 때문이었을 것이다. 매곳에게서는 종종 그렇게 좋지 않은 냄새가 났다.

"개인적인 감정 때문은 아니야." 내가 말했다. "넌 아마 내가 같이 살았던 사람 중에 가장 편한 사람일 거야. 코 고는 것만 빼면."

매곳은 손등으로 얼굴을 문지르더니 내가 속옷을 비닐 봉투에 쑤셔 넣는 걸 지켜보았다. 그의 코 피어싱에서 늘어진 검은 고리가 영원한 코딱지 같은 인상을 주었다. "내 잘못이 아니야. 아데노이드 때문이라고, 브로. 난 이렇게 태어났어."

나는 속옷 봉투를 종이 상자에 툭 던져 넣었다. 그게 나였다, 페곳 가족과 끝을 보고 떠나는. "난 뭔가 망가뜨리기 전에 여기서 나가야 해. 이 가족이 문제야. 빌어먹게 착해서, 결국은 뭔가 빚진 기분이 들어. 그다음에는 진짜로 열받고. 뭔가를 바로잡거나 그 빚을 갚아줄 방법이 없으니까. 알아?"

매곳은 슬픈 눈으로 나를 보았다. 그는 몰랐다. 영영 모를 것이다.

나를 놀라게 한 건 분노였다. 분노가 계속해서 파도처럼 밀려온다는 것이. 왜일까? 맨몸으로 나와 사는 건 내게 평범한 일이었다. 나는 아직 나와 함께 계속 지낼 사람들을 만나보지 못했다. 준 이모는 엄마가 아니었다. 한 10분 정도는 이모에 대한 소유권을 주장할 뻔했지만. 이모는 그냥, 망가진 소년인 내 모습 그대로가 아니라 나보다 나은 버전을 원했을 뿐이다. 나의 태양 아래 새로운 건 아무것도 없었다. 그런데도 지금 자동차 운전대를 잡은 나는 모든 커브를 지나치게 빨리 돌았다. 눈에 들어오는 모든 게 증오스러웠다. 나무에 늘어진 칡덩굴, 페닝턴 중학교 앞에 서 있는 아무것도 모르는 직원용 차량, 뜰에 플라밍고 장식을 놓아둔, 고물 같은 할머니들의 집. 나는 그중 어느 것이든 차로 들이박을 수 있었다. 하지만 그랬다면 멈춰 서야 했을 것이다. 나는 계속 움직여야만 했고. 오후 내내 분노에 찬 묵직한 발에 체중을 실었다. 아무 목적지가 없는 곳으로 빠르게 달려가는 건 쩌는 일이니까.

그런 다음에는 에너지가 빠져나가면서 새로운 종류의 나쁜 상태가 다가오는 걸 느꼈다. 나는 플러너타운을 돌아가는 외진 길에 멈춰 서서 페그 아저씨의 가죽 가방과 조수석 글러브박스 안에 보관해두었던 비상용품을 확인하고, 가슴의 압박감을 덜기 위해 필요한 걸 먹었다. 통증은 아주 오래된 것으로, 끝나지 않았다. 존스빌에서 차를 세우고 기름을 채웠다. 계속 운전한다면 그 괴물들을 계속 앞설 수 있을지도 몰랐다. 차로 돌아와 서쪽으로 향하며, 내가 기꺼이 갈 수 있는 지구상의 장소를 하나라도 떠올리려고 노력했다. 결국 떠올리지 못했지만. 그런 다음에는 내가 **견딜** 수 있는 어딘가를 떠올려보았다. 이번에도 아무것도 떠오르지 않았다. 집도, 차도, 뜰도, 방목장도 생각나지 않았다. 그 어디도. 남자는 이런 걸 죽어야 한다는 뜻으로 받아들일 수 있다.

길에 조금이라도 관심을 둔다는 면에서 나는 오락가락했다. 정지 팻말이나 과속 단속 장치라는 면에서는 이런 일이 말썽으로 이어질 수 있지만, 우리 동네에서는 그런 걸 크게 신경 쓰지 않는다. 나는 결국 유잉을 한참 지나게 되었다. 그렇게 먼 곳까지 갔다는 걸 전혀 모르다가, 오른쪽의 흰 절벽을 알아보았다. 그 절벽이 산등성이를 따라 늘어서서 빛을 받고 있었다. 나는 계속 움직였고, 산은 여전히 그 자리에서 웃고 있었다. 이 위에 있다, 멍청아. 우린 위에 있고 넌 아래에 있어. 그 절벽이 150킬로미터는 이어졌다. 저 위에 올라가 내가 추락할지 날아갈지 보기 위해 뛰어내려보고 싶다는 생각을 하며 내 정신이 혼자 떠올랐던 그 운명적인 날 바크스 선생님이 나를 데려왔던 곳에서, 나는 주차할 자리를 찾았다. 내 말은, 추락할지 날아갈지 정말로 **보았**다는 것이다. 나의 말썽 많은 뇌는 그런 식이니까. 녀석에게는 훌륭한 눈이 있다. 저 위의 그를 보라. 절벽 가장자리에 서서 두 팔을 쫙 뻗고 다리를 곧추세운 소년을. '뛰어내려 박살 날 것이냐, 항해할 것이냐.' 패스트포워드의 종말을 보기 전부터 뇌가 몇 번이나 나를 그 흰 절벽 위에 올려놓았는지 모른다. 천 번은 족히 되었다. 방금의 질문을 하려고. 그 질문이라고 해봐야, 솔직히 말해서 현실적인 질문은 아니었지만.

위로 올라가는 오솔길이 시작되는 자갈밭에는 아무도 없었다. 팻

말에는 샌드 케이브 동굴, 화이트 록스, 킬로미터 수가 적혀 있었다. 자세한 내용은 들어오지 않았다. 나는 저 위의 동굴로, 저 흰 바위로 사람들이 등산을 하러 간다는 이야기를 들은 적이 있었다. 할 만한 일이었다. 내 머릿속에는 계획이라고 할 만한 게 아무것도 없었다. 그저 움직이고 싶은 마음뿐이었다. 나는 자동차에 열쇠를 두고 왔다.

걸어가는 게 차를 타고 가는 것보다 조금이라도 낫다고 생각한 이유는 잘 모르겠다. 결국은 속도 문제였다. 나는 유령보다 빨리 달려야 했는데, 내가 아는 유령은 끝이 없었다. 부모님이나 페그 아저씨를 헤아리지 않더라도. 나보다 나이 든 사람들의 죽음은 자연스럽다. 나는 내가 살아 있는 날의 그늘 아래 있던 바로 그 사람들을 잃어가고 있었다. 나의 인형 아기, 그녀가 계속 머물도록 할 만큼 잘 사랑해줄 수 없었던. 나의 어린 시절 영웅, 위험한 짐승이었던. 해머, 결국 끝장나고 만. 엄마가 밖에 있는데 교도소에 갇히면 매곳도 죽을 게 분명했다. 신발의 닳아빠진 고무 밑창이 오솔길의 흙에 닿았다. 다시, 다시, 또다시. 무릎뼈가 갈려나가고 심장이 두근거렸다. 생각할 수 없는 문제들이 두개골의 문을 두드려댔다. 아빠. 나는 아빠를 위해서 그 지옥의 물구멍으로 갔다. 아마 그제야 아빠에게 좆 까라고 말하러 간 것일지도 몰랐다. 나와 엄마를 버려줘서 고맙다고. 아니면 무언가를 증명하려던 건지도 모른다. 패스트포워드가 나를 도발했는데 내가 그리로 갔다. 악마의 목욕을 하고, 두 손에 피를 묻힌 채 빠져나왔다. 그런 뒤에는 어디로 가야 할까? 내가 아는 할 일이란, 내 발을 바위투성이 땅에 계속 갖다 대며 뇌 대신 몸에 무언가가 이해되기를 기다리는 것뿐이었다.

나야 이해하지 못했으니까. 오솔길을 따라 미식축구 경기장 열다섯 개 정도 되는 거리를 걸어 올라갔을 때, 아무것도 느껴지지 않는다는 걸 알았다. 약 때문에 기분이나 가슴의 통증이 무뎌진 것만은 아니었다. 내 말은, 더위도 추위도 느껴지지 않는다는 것이다. 맛도. 엄밀히 말하면 눈이 먼 것은 아니지만 아무것도 보이지 않는, 그 혀와 피부와 눈의 무감각. 내가 어디로도 이어지지 않는 옥시코돈의 길로 가는 첫 표를 가지고 약국에서 뛰쳐나온 날 그 남자가 한 말과 똑같았다. 안 보여, 안 보여, 안 보여. 이런 무감각은 사람이 완전히 어둠에 빠져 더는 아무것도 신경 쓰지 않을 때까지 점점 심해진다. 내 안의 무언가는 내 몸이 유령을 포기하든지 이 세상으로 돌아가든지 둘 중 한편을 고를 때까지 이 산을 상대로 내 뼈를 갈아대고 싶어 했다.

　오솔길에 닿은 시선, 사슴이 다니는 길, 이끼, 아무것도 없음. 나는 아주 오래된 나의 원한을 질겅거렸다. 몸이야말로 원초적인 개자식이었다. 몸은 모든 기쁨에 접근할 수 없도록 내게 징계를 내리면서도, 자신이 요구하는 것들의 목록을 100번씩 베껴 적게 만들 수 있었다. 나는 오줌과 똥을 쌀 것이다. 배가 고파질 것이다. 그 순간에 나를 죽이려 드는 건 갈증이었다. 목구멍에 반다나를 꽉 조여놓은 것처럼 목이 바싹 말랐다. 목마름이 너무 심해져서, 물이, 조그만 시내가 눈에 들어오자 배를 깔고 엎드려 개처럼 마셨다. 물에서는 달콤한 맛이 났다. 약간 소나무 느낌도 있었다. 사람들은 그런 짓을 하면 끔찍한 병을 얻게 된다고들 말한다. 그 안에 수많은 동물들이 오줌을 쌌으니까. 나는 의아했다. 씨발 내가 끔찍한 질병에 관심을 가져야 하나? 나는 거의 죽은 선수들을―피부, 혀, 눈을―상대로, 미래의 모든 나날을 포기하는 것에 관한 설문조사를 실시했다. 뭔가가 그리워진다면, 그런 게 있기라도 하다면, 무엇일까? 실제적인 결론에는 이르지 못했다.

　나는 그 문제에 관해서는 가느다란 선에 앉아 있는 셈이었다. 실제로는 바위에 앉아 있었지만. 윙윙대는 조그만 벌새 한 마리가 폭격하듯 날아들었다. 무시해서는 안 되는 녀석이었다. 녀석의 날개에서 나온 바람이 녀석 아래에 있는 사방의 잡초들을 날려댔다. 꼭 전쟁 영화에 나오는 헬리콥터의 소형 버전 같았다. 녀석은 자리에 앉지 않고, 그냥 뾰족한 주둥이를 꽃들 안에 집어넣으며 여기저기 곤두박질쳤다. 녀석이 좋아하는 꽃들은 주황색에, 장식품처럼 대롱대롱 매달려 있었지만, 모양은 작은 여자 생식기 같았다. 음순까지 다 달린. 가라, 작은 녀석. 내가 말했다. 네 몫을 먹어.

봉선화. 날 건드리지 마.* 그 이름이 다른 시절에서 내 머릿속으로 불쑥 들어왔다. 봉선화는 우리가 낚시를 하러 가던 강둑 전체에서 자랐다. 페그 아저씨가 우리에게 초록색 깍지를 건드려 터뜨리는 방법을 보여주었다. 그러면 조그만 파편들이 튀어나왔다. 젠장. 페그 아저씨가 저기에, 강둑 위쪽, 나보다 조금 뒤에 앉아 있었다. 내 시야에서 조금 벗어난 곳이었다. 나는 모든 게 다 죄송하다고 말했다. 그러자 페그 아저씨가 말했다. 그게 그렇게 어렵냐? 아저씨의 목소리, 아저씨의 말. 나의 귀. 이런 게 조금이라도 말이 된다는 얘기를 하려는 게 아니다.

나는 일어서서 계속 움직였다. 네, 아저씨. 어려워요. 살기도 어렵고, 삶의 반대인 죽음이 다가오는 걸 지켜보는 것도 어려워요. 나는 씨-폭탄은 빼놓았다. 아저씨가 아직 나와 함께 있는지 아닌지 확실하지 않았으니까. 나는 오솔길과 흙과 이끼를 보았다. 숲은 그 자체의 쇼였다. 장난삼아 버섯도 곁들여져 있었다. 어둠 속에서도 빛날 것처럼 생긴, 주황색 귀 모양의 버섯들. 나는 환각에 시달렸다. 진통제를 제외하면 연료통에 연료가 전혀 들어 있지 않았으니까. 하지만

---

*   봉선화의 영어 이름이 touch-me-not이다.

무언가가 느껴지기는 했다. 오솔길에 진흙투성이 흔적을 남겨놓은 사슴 가족. 나는 살면서 너무 많은 사슴 고기를 먹었기에 몇 퍼센트는 사슴이 된 것 같았다. 나는 이끼의 친절함을 느꼈다. 인간이 만든 세상에서 벗어나기만 하면 이끼는 사방에 있었다. 신이 깐 바닥재. 베개처럼 폭신한 것, 바늘꽂이 같은 것, 보풀이 있는 카펫 같은 것 등 온갖 종류였다. 성냥처럼 빨간색 머리가 달린 잿빛 막대 이끼도 있었고. 나의 죽어버린 아주 작은 일부가 그 이끼를 보고 깨어나, 안녕, 어디 있었어, 라고 말했다. 이곳은 씨발 놀라운 색채의 세계였다.

한 시간이 더 흐른 뒤 나는 숨을 고르려고 크고 오래된, 이끼 낀 통나무에 앉아 주머니에 들어 있는 대마초를 떠올렸다. 매곳이 준 작별 선물이었다. 도리가 죽은 이후로 대마를 별로 피우지 않았다. 그냥 그럴 기분이 아니었다. 마약이라는 지옥의 다양한 수준을 설명하기란 어렵지만, 그 세계에는 대마에 적합한 쾌락을 넘어서는 어두운 영역들이 있다. 나는 대마를 꺼내 감탄하며 바라보다가 불을 붙였다. 매곳이 흰 담배를 완벽하게 말아놓았다. 양옆이 연필처럼 뾰족했다. 사실 그 모습을 그리고 싶다는 열망을 느꼈다. 아주 오랫동안 느껴보지 못한 또 하나의 근지러움.

나는 육상 신기록 따위 세울 생각 없이 천천히 걸었다. 해가 낮아져, 결정해야 할 것들의 선으로 나를 몰아갔다. 절벽 꼭대기에 올라가지는 않을 생각이었다. 오늘은. 그러자 최초의 개자식이, 몸이 끼어들어 밤을 어떻게 날 것이냐고 투덜댔다. 나한테 그러고 싶은지 묻지도 않고. 그냥 불평뿐이었다. 물도, 음식도, 머리 위의 지붕도 없다고. 끔찍하게 소변을 보고 싶다고 했다. 마지막 문제는 쉽게 처리했다. 나머지는 여전히 나를 죽이려 들었다. 나는 엉성한 피신처도 겪어보았고 굶주린 채로 너무 오랜 시간을 보냈기에 전문가 자격증을 딸 수 있을 정도였다. 오를 줄 아는 사람에게 너무 높은 언덕이란 없다고 생각하며, 엿같이 구불구불한 산길을 터덜터덜 올라갔다. 숨을 쉬기가 힘들었다. 오솔길이 나무들 위로 휘어져 자갈 비탈길로, 그다음에는 샌드 케이브로 이어졌다. 그 동굴은 넓은 아치 아래에 어둡고 서늘하게 자리 잡고 있었다. 심각하게 컸다. 그 안에 싱글 와이드 침대라도 하나 둘 수 있을 듯했다. 앞서 이곳저곳에서 분별없는 장난이 벌어졌다는 증거가 모래투성이 바닥에 흩어져 있었다.

내가 보이스카우트였다면 모닥불 피우는 방법을 알았을 것이다. 저녁으로 먹을 콩 통조림을 가져와야겠다는 생각도 했을 것이다. 통조림 따개도. 물도. 살 의지가 아예 없거나 거의 없는 무식한 비행 청소년으로서, 내게는 이런 것이 하나도 없었다. 지금 나를 지켜보는 것처럼 느껴지는 사람은 앵거스였다. 아까 본 페그 아저씨와는 달랐다. 나는 앵거스가 진짜로 여기 있는 게 아니라는 걸 알았다. 하지만 나는 앵거스에게 닥치라고 했고, 앵거스는 좀 더 웃었다. 그거였다. 내가 가고 싶어 하는 곳은 앵거스와 이야기할 수 있는 곳이었다. 멍청하고, 가죽보다 질기고, 늘 혹은 보통 상황을 나아지게 하는 앵거스와. 그녀는 언제나 어느 순간에는 흐름을 믿어야 한다고 말했다. 인생은 완전하고 전면적인 쓰레기장의 불이 아니니까. 그 말은 앵거스가 틀렸다. 앵거스는 엉망진창이 된 나의 어린 시절이 나를 더 나은 사람으로 만들었다고 했다. 그 말도 틀렸다. 앵거스는 엄청나게 많은 단점과 불쾌한 습관에도 불구하고 내가 멀리까지 갈 거라고 믿었다.

나는 괜찮은 바위를 찾아 태양이 컴벌랜드 산들에 녹아드는 모습을 지켜보았다. 버터밀크 파이처럼 층층이 쌓인 주황빛이 지평선에서 식어갔다. 구름이 빠르게 지나가며 산꼭대기에 빛과 어둠의 점을 던져댔다. 빛은 마실 수 있을 것처럼 보였다. 빛이 산에 쏟아져, 모든 우듬지의 곡선에 물고기의 비늘처럼 황금색 테두리가 생긴 것이 보였다. 그런 다음, 빛은 쏟아져 내려가며 그것들을 다시 그림자 속으로 풀어주었다. 나는 그 쇼에 완전히 마음을 빼앗겼다. 차가운 물속에서 오랫동안 헤엄치다가 깨어나서. 수면을 깨는 것은 충격적인 일이다. 흰색은 너무 희고 파란색은 너무 파랗다. 나의 숨결 그 자체인 공기.

나는 움직이다가 뒷주머니에 들어 있는 라이터가 느껴지자 그 존재를 잊었던 나 자신을 비웃었다. 물러나, 보이스카우트. 나는 앵거스에게 말했다. 오, 주여. 앵거스의 조그만 조각만 얻을 수 있어도 나는 많은 돈을 냈을 것이다. 내가 열망했던 그 모든 반짝이는 것들이 오고 가는 동안에도 단단하게 남아 있는 앵거스. 여름이 끝나면 그녀는 진짜 대학으로 떠날 것이다. 그녀는 거부할 수 없는 입학 제안을 받았다. 나는 말벌처럼 화가 났다. 테네시주 내슈빌의 밴더 거시기라나.* 그놈들이 컨트리음악 히트곡과 브레이니악들을 편리하게도 한 곳에서 만들어낼 수 있을 줄 누가 알았겠는가.

그래, 친구야. 내 마음속의 난장판을 뒤져 앵거스에게 행복을 빌어주기 위해 필요한 것을 찾았다. 멀리 날아가서, 내가 지금 기어 나오려고 애쓰는 동시에 남몰래 그 물도 마시고 있는 진창에, 내가 내 인생의 피라고 부르는 이 진창에 다시는 떨어지지 마. 나는 사람들이 내게서 아들이나 피를 나눈 형제, 시즌에서 우승할 가능성을 보던 그곳을 떠나기가 너무 무서웠다. 앵거스가 이 말에 대해 뭐라고 할지는 알 것 같았다. 길을 믿어. 아무도 길에 머물지는 않아. 장기적으로 보

---

*   밴더빌트 대학교를 말한다.

면 너는 너만의 유령들과 함께 혼자 있는 거야. 너는 배야. 그 유령들이 유리병이고.

나는 차가운 바위에 등을 바짝 댄 채 모래투성이 바닥에 웅크려 그날 밤을 보냈다. 목이 마르고 배가 고프고 결국에는 약 기운도 떨어졌다. 동굴 표면을 조금씩 기어 다니는 귀뚜라미 한 마리 한 마리가 모두 코퍼헤드였다. 마른 잎사귀를 부스럭거리는 다람쥐 한 마리 한 마리가 곰이었고. 내가 아침까지 살아남는다면 산을 내려가 준 이모를 찾아서, 날아갈 준비가 되었다고 말할 생각이었다.

61

1년은 멀리 떠나 있기에 충분한 시간이 아니다. 내가 나중에 알게 되었듯 3년조차도 충분하지는 않을 수 있다. 준 이모가 맞게 말했던 수많은 것들 중 하나였다.

그게 내가 한 일 중에 가장 힘든 일이었냐고? 아니다. 그냥 내가 선택할 수 있었던 일 중에 가장 힘들었을 뿐이다. 약을 끊는다는 건 아픈 사람을 돌보는 것 대 아픈 사람이 되는 것과 비슷하다. 사람들은 용기를 낸 것에 대해 아주 많은 점수를 받지만, 갇혀서 지낸다. 아침마다 일어나 다시 낮의 차갑고 외로운 빛을 받으며 내가 이걸 이어갈 수 있을 만큼 용감한지 나 자신이 결정해야 한다.

재활 센터는 사실 아주 많은 측면에서 병과 결혼하는 것과 비슷하다. 역겨움이 끼어든다. 부정하려 해본다. 실제로는 느껴지지 않을지도 모르는 친절함으로 그 감정을 대체하려 애쓴다. 그렇게 꾸며내다 보면 해낼 수 있다. 다른 사람들이 나보다 나은 짝을 만났다며 잘난 척하는 모습을 지켜본다. 그 사람들이 온갖 멍청한 소리를 하게 놔둔다. 주님께서는 감당할 수 없는 짐은 주지 않으신다는 둥. 토하는 것이 편해진다.

　나는 프로그램에 들어오기 전부터 만져서는 안 되는 존재의 생활 방식에 익숙해져 있었으니 남들보다 앞서 있는 셈이었다. 달리트. 그가 늘 쓰던 단어였다. 골리 씨의 어린 시절에 불가촉천민이 진짜로 있었다. 나는 이제 그 사람들에 대해 아주 많은 글을 읽었다. 다음번 약을 구하고, 그 약값을 낼 방법을 구하고, 처방전을 불법으로 구하고, 몰래 돌아다니고, 훔치고, 금단증상에 시달리고, 사슬을 물어뜯고, 예수님한테 미친 듯이 화를 내고, 새로운 약쟁이를 사귀려 하고, 그럴 마음만 생긴다면 내 간을 그레이비소스에 찍어 먹으려 드는 옛 약쟁이들을 피하려 드는 일에서 해방되는 순간, 얼마나 많은 시간을 손에 쥐게 되는지 놀라울 정도다. 이게 제정신을 유지하는 것에 따르는 의외의 장점이다.

　녹스빌 북쪽 끝에 있는 핼리 도서관 지점은, 내가 해독 및 치료 부트 캠프를 졸업해 서복손을 혀 밑에 넣고 제대로 사용하는 방법을 배우고 하프웨이 하우스에 사는 데 익숙해진 이후 내 인생의 다른 반쪽이었다. 하프웨이 하우스를 부를 때 전문가들이 더 좋아하는 용어는 단약 생활 시설이었다. 그곳의 원주민들이 사용하는 단어는 하드코어 녹스빌이었지만. 내 룸메이트들은 비참할 정도로 시설을 들락거렸다. 그들이 보기에는 일상의 먼지 하나하나에 자극이 심겨져 있었다. 라디오에서 나오는 노래, 입에서 느껴지는 맛, 병에 든 걸 곧장 주사할 수 있는 메타돈의 체리 맛 탄산음료 냄새. 약물 검사가 다른 어떤 과목보다도 낙제하기 쉬웠다. 그 집, 하프웨이 하우스에서 우리는 구강 청결제조차 쓸 수 없었다. 나는 장난감 돈처럼 아무렇게나 가지고 놀던, 엄마가 몇 달 몇 년 동안 모아온 단약 토큰에 대해 아주 많이 생각했다. 그것들은 사실 빌어먹을 금화였다. 나는 매곳을, 그가 이 일을 망쳐놓으려고 얼마나 의무적으로 노력했을지를 생각했다. 준 이모와 폐곳 아줌마 말이 맞았다. 매곳이 약을 끊게 하는 데에는 매곳의 개인 연락처에 있는 그 누구보다 높은 힘이 필요할 터였다. 그리고 실제로 그 누군가가 개입했다. 소년원이 매곳에게 최악의 악몽이자 가장 좋은 기회가 되었다. 그는 2년 후 그곳에서 나와, 이제는 테네시주 브리스틀에서 엄마 머라이어와 함께 살고 있었다. 결과는 아직 확정되지 않았지만.

하드코어 녹스빌에서 내 제정신을 유지해준 기둥은 바이킹, 기즈모, 차트레인이라는 이름의 세 녀석들이었다. 바이킹과 기즈모는 켄터키주의 서로 다른 카운티인 벨과 할란 출신이었는데, 둘 다 가장 가까운 아웃렛보다 리 카운티와 더 가까웠다. 두 사람 다 귀까지 옥시코돈 금단증상에 잠겨 있는데 갈 곳이라고는 없는, 비슷하게 파산한 동네 주민이었다. 녹스빌의 치료 업체는 폭넓은 인류의 저수조에서 사람들을 끌어모은다. 이 둘은 나보다 그리 나이가 많지 않았고, 서로 어울리지 않는 한패였다. 바이킹은 덩치 큰 금발의 표본으로 입이 엄청나게 험했고, 기즈모는 없혀사는 이모처럼 공손한 덩치 작은 녀석으로 우스꽝스러운 치아에 약간 말을 더듬었다. 둘 다 나처럼 절대로 도시에서는 살지 않겠다는, 박살 난 야망이 있었다. 우리 집은 준 이모가 예상했듯 외곽에 있었다. 전직 약쟁이들이 자기들 사이에 살아도 별로 신경 쓰지 않는 사람들의 동네였다. 부유하지는 않았다. 집들은 작고 다닥다닥 붙어 있었으며, 울타리는 사슬로 만들어져 있었고, 개들에게서는 실외의 목소리가 났다. 이 중 어떤 것도 문제는 아니었다. 우리가 초조해했던 건 도시의 거리로 나갔을 때 우리와 시선을 맞추지 않으려 하던 그 모든 사람들의 눈이었다. 지속적인 사이렌, 밤새 창문을 두드려대는 분홍빛 조명. 우리 자신은 둘째 치고 누구라도 이런 장소에서 제정신을 유지할 수 있을 거라고 생각하다니 경이롭고 충격적이었다.

차트레인이 우리의 구원자가 되었다. 그는 녹스빌에서 태어나고 자란 인물로 거리의 천재이자 우리를 이끌어주는 빛이었다. 한동안은 그런 줄 몰랐지만. 니미 보몬트에는 절대 가지 마, 인마. 우리 형이 거기서 살해당했어, 진짜야. 그 동네 애들은 자기가 누군지 확실히 보여준다고. 차트레인은 우리에게 그런 말을 해주곤 했고, 우리는 동시에 고개를 끄덕이곤 했다. 보몬트에 신나는 일이 없다면 그 어디에도 신나는 일이란 없는 거야, 우리는 차트레인에게 그렇게 말했다. 약 6개월이 지난 어느 시점에야 우리는 인연을 맺었다. 그 이후로는 모든 게 잘됐다.

차트레인은 도시 사람들은 활력을 아끼느라 서로의 눈을 들여다보지 않는다고 설명했다. 각각의 사람에게는 정해진 양의 활력만이 있는데, 오후 3시가 되기 전에 낯선 사람들에게 그 활력을 다 뿌려버리기보다는 집안사람들을 위해 간직해두는 게 이상적이라는 거였다. 듣기에는 간단한데 내게는 획기적인 전환점이었다. 나는 나 자신에게 활력 아끼는 법을 가르쳤다. 이것도 웨이트트레이닝 같은 기술이다. 반복 연습을 한다. 매일 밤 열 번씩, 저 사이렌에 활력을 쓰지 말라고, 파멸로 가는 길에 비명을 질러대는 저 생명에 대해 걱정하지 말라고 말한다. 월마트 슈퍼센터에서 주변의 손님들에게도 활력을 쓰지 마라. 애들이 대머리가 되도록 녀석들의 머리카락을 쥐어뜯기 직전인 엄마들에게 광기도 슬픔도 느끼지 말고 그냥 할 일이나 해라. PBR 맥주 상자와 팸퍼스 기저귀가 잔뜩 들어 있는 카트. 상표 없는 콩과 할인 판매 중인 딱딱해진 빵밖에 들어 있지 않은 카트. 심지어 언젠가 실외 주차장에서 카트를 모아들이다가 본 그 남자한테도 활력을 쓰지 마라. 그는 한 아름 안고 있던 분홍색 생일파티 풍선을 해치백 자동차에 집어넣으려고 애쓰다, 그것들이 계속해서 자기 얼굴로 튀어나오자 지옥에나 떨어지라고 욕을 하고 있었다. 그러다가 결국은 주머니에서 주머니칼을 꺼내 풍선을 하나만 남겨놓고 전부 찔러 터뜨렸고. 그는 해치백 문을 쾅 닫더니 차를 몰고 집으로, 슬프게도 풍선 하나짜리 생일을 맞이하게 된 어떤 소녀에게로 돌아갔다. 고백하는데, 그 여자애한테는 활력을 좀 썼다. 그 애의 미래에는 재활 센터가 있을지도 몰랐다.

차트레인도 자기 조언을 완벽히 따르지는 않았다. 그는 자신을 얼마든지 내주었다. 그래도 그 방법이 통한 까닭은 아마 그에게 평범한 사람보다 많은 활력이 있기 때문일 터였다. 그는 어린 시절에 스타 운동선수였다. 나는 그 얘기를 할 계획이 없었지만, 결국 우리는 고등학교 스포츠를 계기로 친해지게 되었다. 차트레인은 농구를 했다. 1학년 때 이미 1군 슈팅 가드로 게임당 평균 20점 이상을 기록했다. 차트레인의 말로, 그는 혜성 같은 존재였다. 디비전 1 대학의 스카우터들이 그에게 눈독을 들이고 있었다. 하지만 그 어떤 대학교 입학 제안도 그가 빠르게 아프가니스탄을 한 바퀴 둘러보고 오는 걸 막지는 못했다. 그곳에서 그는 두 다리를 잃었다. 우리를 직장과 지원 모임으로 태워다 주는 셔틀 밴이 차트레인도 일주일에 두 번씩 이스트 시티 YMCA로 데려가 휠체어 농구를 하게 해주었다. 이번에도 그는 쩔어줬다. 나는 그가 경기하는 모습을 자주 보러 갔다. 타고난 장점을 잃어버릴 때까지만 미식축구를 했던 사람으로서, 다리가 없으면서도 여전히 농구를 하는 사람에게 엄청난 존경심을 느꼈다. 모든 감정을 느끼는 새로운 인생에서 자기혐오로 가득 찬 오수 구덩이와의 거래가 끝장날 것처럼 느껴졌다. 차트레인의 존재 자체가 이렇게 소리치는 듯했다. 보고 배워, 형제. 활력뿐만 아니라, 이해할 수 없게도 그에게는 테두리에 금이 둘린 앞니와 농구 코트에서 휠체어를 돌진시키고 회전시키느라 강화 타이어처럼 변한 굳은살 박인 손이 있었다. 이 중 어느 것도 그에게 돈을 대는 제대군인부 덕분은 아니었다.

단약 생활 시설에 관해 한 가지 말해주겠다. 사람들은 잃을 수 있는 것을 모두 잃었다고 생각하며 이곳에 들어왔다가, 있는 줄도 몰랐던 존재들이 탁자 위에 있다는 걸 알게 된다. 차트레인한테는 여전히 그가 달도 딸 수 있을 거라고 생각하는, 어딘가에 살아 있는 엄마가 있었다. 그러나 아빠가 죽고 형이 죽고 아기 엄마가 죽고 자기 눈앞에서 수많은 사람들이 총에 맞아 죽는 걸 보았다는 점에서, 해외에서만 그런 것도 아니라는 점에서 나와 거의 같았다. 게다가 다리도 없었고. 기즈모는 기즈모 나름대로, 5인 가족을 들이받아 그 가족을 1인 가구로 만들어버린 차에 타고 있었다. 기즈모가 평생 살면서 유일하게 사귀었고 결혼하고 싶어 했던 여자인 그의 여자 친구는 멋진 외모를 앞 유리에 넘겨주고 징역을 살고 있었다. 그녀가 차를 몰았던 이유는, 둘이 싸웠는데 기즈모가 운전을 할 수 없을 만큼 일부러 과음했기 때문이었다. 그러니까 거기도 안고 살아야 할 짐이 많았다. 바이킹은 그보다도 예상치 못한 것, 바로 귀를 잃었다. 그는 나무둥치만큼 키가 크고 어깨가 넓었으며 딱 그만큼 귀가 안 들렸다. 옥시코돈 덕분이었다. 그는 처음에는 귀가 울리는 정도였는데, 어느 날 자고 일어나보니 그 울리는 소리만이 남았다고 했다. 우리 모두가 울리는 소리를 들었다. 이런 사실은 모든 면에서 약을 끊는 데 도움을 주었다. 바이킹은 더티핑크 크레용 색깔의 보청기를 끼고 다녔다. 하지만 그냥 목소리가 너무 클 뿐이지, 여전히 말을 꽤 잘하고 얼굴을 마주 보고 말하기만 하면 상대방의 말을 상당히 많이 알아듣는다는 점에서 인상적이었다. 의사들은 그가 단약 상태를 유지하면 청력이 돌아올 수도 있다고 말했는데, 그게 바이킹에게 고귀한 힘을 주었다. 그는 벨 카운티에 아기가 있었다. 그 아기가 "아빠"라고 말하는 걸 한 번도 들어보지 못했고.

바이킹과 기즈모는 둘 다 창고에서 일했으며, 거기에서 성격 좋은 노새처럼 노동의 굴레를 졌다. 물어보거나 대답할 질문은 없었고, 최소 둘 중 한 명은 하루 종일 징징대는 집게차의 소리에도 전혀 신경이 거슬리지 않았다. 그들은 일터에서 담배를 피울 수 있었다. 재활센터에서 우리에게 유지해도 좋다고 허락한 유일한 중독이 니코틴 중독이었다. 이유는 모르겠다. 아마 담배를 피운다고 해서 주류 판매점을 털고 싶다거나 낯선 물체를 차로 들이받고 싶다는 생각이 들지는 않기 때문일 것이다.

나는 창고 일도 괜찮다고 생각했지만, 내게는 노새의 훌륭한 무릎이 없었다. 나는 현재 리 카운티에 존재하는 것보다 많은 수의 의사들에게 진찰을 받았고, 그들은 내가 혹시라도 괜찮은 건강보험을 제공하는 일자리를 찾으면 무릎 교체 수술을 받으라고 조언했다. 한편 나는 엄마의 발자취를 따라 월마트 슈퍼센터에서 재고를 채우는 직원으로 고용되었다. 엄마와 달리, 나는 아마 그 커다란 구역 전체에서 가장 정신이 맑은 약쟁이였을 것이다. 나는 빠르게 커리어의 사다리를 올라 신선 식품 파트로 옮길 수 있었다. 직원 흡연실, 다른 말로 약물 거래 본부는 피했다. 이 직업에서 진짜 단점이라 할 만한 것은 찾지 못했다. 사과나 그린빈을 사는 사람들은 보통 마음에 어느 정도 즐거움이 있다. 나는 15분이라는 시간을 거꾸로 헤아리고는, 기계가 나와 가짜 천둥을 울리며 식품에 물기를 뿌릴 때마다 그 사람들이 움찔하며 젖은 개처럼 몸을 떠는 모습을 지켜보았다. 나는 그 사람들과 함께 웃는 것이지 그 사람들을 비웃는 게 아니라고 나 자신을 타일렀다. 하지만 사실은 슬펐다. 아마 그 사람들한테는 그게 채소에 내리는 진짜 비와 가장 가까운 것이었을 테니까.

하나 말해주겠다. 세상에는 시골 가난뱅이와 도시 가난뱅이가 있다. 나는 살면서 아주 많은 시간을 TV 앞에서, 와, 도시에서는 돈 나무가 자라네, 라고 생각하며 보냈으나 이제는 더 큰 그림을 보고 있었다. 뭐랄까, 그래, 모든 돈 나무가 도시에서 자라는 건 사실이었다. 그러나 도시에는 떨어지는 게 아무것도 없는데도 그 돈 나무 그늘에 앉아 있는 사람들이 많았다. 차트레인은 언제나 '난리법석'에 대해 이야기했는데, 나는 어느 정도 시간이 지난 뒤에야 그가 음식에 굶주리듯 돈에 굶주린 채로 어린 시절을 보냈다는 걸 이해했다. 차트레인한테는 돈과 음식이 같은 것이었으니까. 그 녀석을 씹으려는 건 아니지만, 차트레인은 암소와 수소 둘 중 누구한테서 우유가 나오는지도 모를 터였다. 차트레인이 아는 어떤 절실한 사람도 배가 고플 때 밖으로 나가 사슴을 총으로 쏘지는 않았다. 그들은 주류 판매점의 계산원들을 쏘았다. 강철과 시멘트로 만들어진 커다란 숲에서 현금 없이 산다는 건, 나로서는 생각조차 할 수 없을 만큼 굶주린 인생이었다.

나는 도시와 화해했지만, 이가 빠진 구멍에 혀를 밀어 넣어보는 것처럼 도시에 없는 것들을 더듬어보지 않고는 하루도 살 수 없었다. 암소나 사과나무만을 이야기하는 것이 아니다. 그보다 심오한 얘기다. 예를 들면 날씨가 그렇다. 살아 있는 것들이 숨을 불어넣은 냄새가 나는 공기, 나로서는 정체 모를 풀과 나무들, 땅의 생명들. 무엇보다도 소리가 그리웠다. 도시에는 소음이 있었지만 그 너머에는 아무것도 없었다. 아침저녁으로 수다를 떠는 새들의 소리, 한밤의 귀뚜라미 소리, 8월에 들리는 매미들의 윙윙대는 톱 소리가 있어야 할 곳에는 공백만이 존재했고, 나는 그 공백에 도무지 익숙해질 수 없었다.

존스빌 한가운데에서도 어느 먼 곳에서는 언제나 수탉 소리가 들려왔다. 그건 영화의 배경음악과 같았다. 음악의 존재를 눈치채든 못 채든, 소리가 완전히 꺼지면 영화의 마음은 없어진다. 나는 자주 멈추어 스스로에게 지금이 무슨 계절인지 물어야 했다. 나는 지구상의 내 자리에 나를 붙들어둔 존재가 바로 그 사운드트랙이라는 걸 모르고 있었다. 그 외에도 나뭇잎의 색깔과 이번 주 도랑 옆 길가에서 피는 꽃, 야생 사향연리초나 보라색 국화나 미역취가 있어야 했는데. 별들도. 내가 아는 하늘은 잠결처럼 어두운 하늘이었다. 이 부연 분홍색 하늘, 그러니까 눈먼 자의 암흑 같은 게 아니라. 우리 중 많은 사람들에게는 그게 약이었다. 매일 다시 깨어나기 위해 필요한.

　도시에서 얻는 수많은 것에 비하면, 이쯤이야 작은 대가로 여겨야 한다는 건 안다. 도시에는 일자리가 있었다. 통금 시간이 있는 재활센터에서 살지만 않았다면 놀거리도 더 많았을 것이다. 시내버스, 걸어갈 거리에 있는 도서관과 식료품점. 체크, 체크, 체크. 하나 더 있다. 집 열쇠다. 나는 사람들이 집 안에 있든 밖에 있든 언제나 앞문을 잠가두는 곳에서는 한 번도 살아본 적이 없었다. 보통 우리는 문 열쇠가 어디에 있는지조차 몰랐다. 차트레인은 이 말을 믿지 않았다. 우리는 바이킹이나 기즈모나 내가 출근하면서 문 잠그는 것을 잊는 일이 여섯 번인가 열 번쯤 벌어진 뒤 이런 사정을 설명하려 애썼다. 차트레인은 그냥 우리가 멍청하다고 생각했다. 그는 우리한테 힐빌리라느니 촌놈이라느니 온갖 욕을 했다. 진짜 세상에 살기에는 맞지 않다고. 우리는 차트레인이 우리를 사랑한다는 걸 알았다. 우리 모두가 번갈아가며 그를 데려다주고 용변을 보도록 도와주었다. 차트레인의 하체에서 망가진 건 다리만이 아니었으니까. 우리가 차트레인에게 마주 할 만한 욕은 허락되지 않은 것이었으므로 우리는 그 욕을 하지 않았다. 하지만 차트레인이 문을 잠그지 않을 경우 우리 집에 이런저런 일이 일어날 거라고 생각하는 것만은 이해할 수 없었다. 우리 집에 훔쳐 갈 게 부족하다는 건 너무 뻔했으니까. 우리는 약을 할 수도 없었고, 전자 제품을 살 여유도 없었다. 우리의 유일한 보석은 차트레인에게 영구적으로 박혀 있었고, 어쨌든 우리는 소위 진짜 세상에 산다는 것에 대해 배웠다. 집 문을 잠가야 한다는 것을.

*****

나는 이 이야기를 전하면서 시시때때로 모든 것이 무너져 내리기 시작하는 순간을 콕 짚으려고 노력해왔다. 여기서 모든 것이란 나를 말한다. 하지만 정반대 순간도 있다. 내 마음속에서 어떤 작은 견과가 깨져 나무가 자라기 시작한 순간 말이다. 그 순간을 짚어내기란 더 어렵다. 그건 내가 알기 한참 전부터 자랐을 테니까. 아마 여러 해 전부터 자랐을 것이다. 그러다가 어느 날, 어라, 내 귀 사이에 난 이 작은 금이 빌어먹을 엄청나게 훌륭한 나무로 자라버렸네, 하게 되는 것이다.

데몬의 단단한 견과 중에서도 유독 단단한 것들을 깨는 일은 여러 해에 걸쳐 대체로 앵거스에게 맡겨졌다. 그녀가 늘 주변에 있으면서 나를 참아주었기 때문이다. 존스빌 중학교 학생들의 머릿속 견과 연쇄파괴범으로 악명 높은 암스트롱 선생님도 있었다. 하지만 절대 짐작하지 못할 사람도 있었다. 토미였다. 우리 산동네 사람들이 미국의 걸어차인 개가 되었다는 소식에 무너져, 신문사에서 머리카락을 뜯던 그 옛날의 슬픈 토미. 그 슬픔은 〈스텀피 피들스〉의 놀라운 몰락으로 이어졌고, 그 몰락이 도전이라도 하듯 연필을 내밀게 했다. 그래,

네가 더 잘할 것 같아. 어디 한번 보자. 우리는 그냥 똥을 던져대는, 시간으로 단련된 위탁 가정의 두 아이일 뿐이었다. 거기서 무슨 좋은 결과가 나오겠는가? 어디 두고 보라.

현재 토미는 신문사에서 외롭게 지냈다. 나도 그 정도는 알고 있었다. 토미가 엄청나게 많은 이메일을 보냈기 때문이다. 그는 여전히 책을 읽었고, 책과 거기서 얻은 아이디어를 이메일로 보내왔다. 최근에 읽은 더 박스카 칠드런 시리즈의 줄거리 전체를, 내가 잠들기 전까지 가장 자세한 내용까지 말해주던 때와 똑같았다. 지금 그는 애팔래치아의 모든 것에 관한 역사에 빠져 있었다. 미국의 개라는 문제가 가장 중요한 집착이 되어, 토미는 한 발짝도 움직이지 않았다. 하지만 우리는 괜찮았다. 옛날에 그랬듯 우리는 토미의 여자 친구 소피에 대해서나 내가 새로 사귄 재활 센터 친구들에 대해서 이야기했다. 이젠 우리 둘 다 여자 친구와 관련된 면에서 같은 배를 타고 있었다. 우리의 〈레드넥〉 만화는 한동안 진전이 없었다. 펑키한테서는, 결국 돌아와 12개월의 계약을 완료하겠다고 약속하는 조건으로 어느 정도 배려를 받았다. 이 조항은 애니 선생님이 우리 계약서에 써준 것이었다. 선생님은 나의 몰락이 다가오는 걸 알았던 게 분명하다.

토미가 이야기하고 싶어 했던 책에 관해서라면, 나는 그 책이 다 무슨 얘기인지조차 모르겠다. 솔직히, 처음과 끝이 있는 괜찮은 박스카 이야기나 들었으면 좋겠다고 생각했다. 지금 토미가 말하는 책은 어디로 가는 건지 알 수 없었으니까. 이론 얘기였다. 나는 토미에게 도시 생활의 힘들고도 놀라운 경험에 관해 이야기했고, 토미는 그 모든 이야기를 책에 나오는 단어로 내게 다시 설명해주었다. 토미는 위쪽, 우리 고향의 사람들은 토지 경제 인구이고, 도시는 화폐 경제라고 했다. 나는 토미에게 이곳의 모든 사람이 돈을 가진 건 아니라고,

소중한 재산이라고는 판지 한 장밖에 없는 사람들도 있다고 했다. 너무 불쌍해서 입은 셔츠라도 벗어주고 싶을 정도라고. (토미라면 그렇게 했을 것이다.) 토미는 내 말이 그 말이야, 라는 식이었다. 너희 도시에서는 돈이 모든 것의 기초야. 돈이 있는 사람한테든 없는 사람한테든, 돈만이 필요한 모든 걸 얻는 수단이지. 음식이든 옷이든 집이든 음악이든 즐거운 시간이든.

　당신한테는 이게 평범한 말로 들릴지 모르겠다. 위쪽 우리 고향에서는 사정이 다르다. 내 말은 그래, 거기서도 돈과 직업이 필요하긴 하다. 하지만 그럭저럭 살아나가기 위해서 할 다른 일도 많다. 특히 나이 든 사람들과 작물을 기르는 농부들은 그렇다. 토마토 텃밭 같은 게 있으니까. 사냥과 낚시도, 조각보와 옷을 만드는 등 여자들이 하는 그 모든 일도 그렇고. 크든 작든 거기서는 언제나 살아갈 장소가 있다. 나는 빌린 트레일러 뒤뜰에서 소를 키워 잡아먹는 사람들도 알았다. 나는 이제야 준 이모네 둠의 성이 그토록 두려웠던 이유를 어렴풋이 이해했다. 딛고 설 땅이 있다는 것, 그게 우리의 모든 기반이었다. 그건 사람들이 자기 텃밭에서 따서 주는 호박과 딱딱한 콩 자루 같은 거다. 거기서부터 이어지는 비슷한 행동이고. 할머니들이 모여서, 임신한 고등학교 여자애를 위해 아기 옷을 뜨개질하는 현관의 안락의자. 교회 아줌마들이 주말에 집에 가져가라며 더 배고픈 아이들에게 싸주는 샌드위치. 솔직히 말해, 나는 우리를 활력 경제라고 부르겠다. 아니면 모두가 새로운 제품 때문에 망하기 시작하기 전까지는 그랬다고 해야겠다. 우리는 활력을 비축하지 않았다. 우리는 서로에게 그리고 우리가 만나는 모든 사람에게 활력을 나눠주었다. 오래지 않아 우리에게도 공짜 조언과 전동 도구와 함께 그 활력이 필요하게 될 테니까. 장례식에 나오는, 덮개를 씌워놓은 음식. 결혼식에 현관에서 연주되는 음악. 담배를 따기 위한 추가적인 일손. 그 얘기를 하는 것만으로도, 차트레인이 진짜 세상이 아니라고 불렀던, 잠기지 않은 문으로 이루어진 삶이 그리워진다. 차트레인이 리 카운티에서 하루라도 머무는 모습은 그려지지 않는다. 우리는 모두 각자에게 익숙한 것을 원하니까.

토미와 나는 이런 헛소리에 대해 너무 많이 이야기했다. 다만 내가 도서관에서 보낸 이메일은 전부 어느 정도는 라이라라는 이름의 섹시한 사서와 벌인 장난에 대한 것이었다. 그녀에 대해서는 나중에 더 이야기하겠다. 나는 그런 이야기에서 뭔가 나올 거라고는 생각하지 않았다. 대부분 토미는 그냥 화를 냈다. 그는 우리 토지 경제 인구가 살아가기 위해 하는 수많은 일, 농사나 낚시, 사냥, 직접 술 담그기가 바로 우리에 대한 혐오감 어린 농담으로 바뀐다고 지적했다. 토미의 말은 틀리지 않았다. 만화적인 측면에서 그런 개소리는 절대 사라지지 않았다. 밀짚모자, 낚싯대, XXX병.* 스텀피 피들스를 죽이면 어덜트 스윔**의 지글 빌리***가 나온다. 하지만 내가 할 수 있는 말이라고는 토미, 너도 알고 나도 알다시피 둘 중 어느 쪽이 더 낫다고는 할 수 없어, 뿐이었다. 장기적으로는 이 모든 게 그냥 난리법석일 뿐이야. 우리가 떠는 난리법석이 다르다고 한들, 그게 뭐 어떻다고?

그러자 토미가 말했다. 그 부분은 아직 고민 중이야.

62

고아로서 터뜨린 대박 덕분에 나는 대부분의 식구들과 달리 전일제로 일하지 않았다. 필요하면 도와주겠다고 했던 준 이모가 나를 계속 살폈다. 하지만 나는 나름의 방식대로 돈을 내는 데 익숙해져 있었다. 월세는 내 사회보장급여 계좌에서 나왔고, 나머지는 월마트에서 하는 아르바이트로 충당했다. 단약 생활의 여흥이란 인생에서 가장 좋은 것 전부였다. 숨쉬기, 잠자기, 새롭게 통제력을 되찾은 내장 즐기기 등 소위 무료라는 모든 것. 직접 요리한 엉터리 요리 먹기. 캐멀 담배를 피우고 푼돈을 걸고 포커 치기. 켄터키주 출신의 두 소년이 어린 시절 켄터키 농담인 줄 알았던 테네시 농담 하는 걸 듣기. 자막이 달려 있으면 좋겠다는 생각이 드는 언어로 된, 소름 끼치는 동네 이야기 듣기. 나는 도서관에서 많은 시간을 보냈다.

우리 도서관 지점의 수석 사서가 라이라였다. 그녀는 아버지 시절의 전형적인 사서가 아니었다. 체리처럼 붉은 머리카락을 짧은 생머리로 잘랐고, 소매 부분 전체에 《모비 딕》이라는 책의 내용을 나타내는 문신을 새기고 있었다. 가라앉는 배, 굽이치는 파도, 분노에 찬 고래. 그녀는 어떤 날씨에도 반바지와 거미줄 무늬 쫄쫄이, 오토바이 부츠를 신고 다녔다. 완전히 무표정하게 추파를 날렸다. 도리 이후로 나는 누구와 잔 적이 없었다. 단 한 번도. 다른 몸을 그렇게까지 잘 알고서, 내 몸의 모든 부분에 닿았던 그 몸을 알고서, 그 몸이 지금은 땅속에 차갑게 묻혀 있다고 생각하는 것은 죽음의 한 차원이다. 어떤 날에는 그 생각이 나를 죽였다. 또 어떤 날에는 아무것도 느껴지지 않았다. 섹스는 내가 유리 벽 저편에 넣어둔, 열기 어린 인생의 모호하고도 말썽 많은 부분일 뿐이었다. 상담자들은 정말 그럴 수 있다고 경고하며, 회복이 확실히 이루어질 때까지 연애는 하지 말라고 조언한다. 엄마와 관련된 다중적인 문제가 있고, 나를 빨아먹을 게 분명한, 섹시하지만 엉망인 사람을 구원하고 싶어 하는 경향이 있는 젊은 남자한테라면 이런 조언에 밑줄 세 개를 그을 테고. 라이라는 꽤 훌륭해 보였지만, 나는 나라는 사람의 연애에 대해 알았다. 나는 산 채로 집어삼켜지지 않는 한 그 짐승을 막대기로 찔러볼 수 없었다. 이 짐승은 숨결에서 대마초 냄새를 풍기며 직장에 왔고, 어느 면으로 보나 파티를 즐기는 여자처럼 보였다. 나는 정말 그런지 알아보지 않는 편을 선택했다.

우리는 마음을 나눌 다른 방법을 찾았다. 그녀는 확실히 책을 좋아했으며 내게 몇 권을 권했다. 그중 일부는 나를 더 똑똑하게 만들었고 일부는 그냥 이상했다. 그녀는 내가 검정고시 공부를 하도록 도와주었는데, 알고 보니 검정고시 공부는 양 구충제가 섞여 있는데도 지나치게 비싼 약과 치욕으로 이루어진 학교에 물리적으로 2년 더 다니는 것보다 훨씬 더 쉬웠다. 추락한 제너럴스로서 내 학교 생활은 그런 식이었을 게 분명하니까. 나는 고등학교에서 가장 어려운 부분은 사람이라는 점에 대부분의 인류가 동의하리라고 생각한다.

라이라가 비밀리에 사랑한 것은 컴퓨터였다. 그녀는 내게 이메일 계정을 만들어주고 도서관 스캐너를 활용해 그림을 업로드하는 방법을 보여주었다. 앞서 말했듯 〈레드넥〉은 6개월간 묵혀두어야 했지만, 머릿속에 서로 문질러댈 막대 두 개가 생긴 순간부터 나는 바로 다시 일에 착수했다. 토미가 신문사에 필요한 물건을 갖춰두고 있었으므로 우리는 스케치를 주고받을 수 있었다. 그가 스토리 아이디어를 이야기하면 내가 그림을 그렸고, 다시 토미가 명암을 넣고 잉크 작업을 했다. 두 직공 모두 정신이 맑으니 우리의 효율은 1등급이 되었다. 핑키는 우리 계약을 1년 더 갱신하고 싶어 했다.

약간 슬프긴 했지만 그 제안은 받아들이지 않기로 했다. 우리는 둘 다 다음 단계로 나아가고 있었다. 토미는 마침내 여자 친구를 만났다. 진짜 연애였다. 소피는 토미에게 미쳐 있었고 소피의 엄마 가족도 마찬가지였다. 그들은 모든 친척이 토미를 확인해볼 수 있도록 그에게 거창한 저녁 식사를 대접했다. 토미는 집으로 돌아와 핑키에게 사직 2주 전 통보를 하고 매코브 가족의 다용도실에서도 풀려 나와 펜실베이니아 앨런타운으로 이사했다. 토미와 소피는 폴란드계 미국인 클럽에서 결혼했고, 결혼식은 폴카 밴드가 나오는 성대한 피로연으로 이어졌다. 누가 손수건 좀 빌려주기 바란다. 농담 아니다. 토미에게 가족이 생기다니. 다음번에 만나기 전에 토미는 아빠가 될 터였다.

내 입장을 보자면, 나는 어른이 되어 슈퍼히어로에서 벗어나게 되었다. 대단히 필요한 힐빌리 슈퍼히어로라도. 플리셔 스타일의 〈레드넥〉은 좀 답답했다. 그 툭 튀어나온 눈과 국수처럼 생긴 팔다리가 유치하게 느껴졌다. 뭔가 좀 더 하드코어적인 것을 원했다. 라이라가 나를 교육하고 있었는데, 나의 게으른 정신이 장난삼아 해온 생각과는 다른 교육이었다. 그녀는 나를 도서관의 성인용 만화와 그래픽 노블 코너 쪽으로 데려간 뒤 온라인 만화의 세계에서 무슨 일이 벌어지고 있는지 보여주었다. 그게 내 정신을 뒤흔들었다. 라이라는 나만의 웹사이트를 만들도록 모든 것을 하나하나 가르쳐주었다. 이 작업은 대체로 그녀가 격렬하게 키보드를 두드려댈 수 있도록 내가 길을 비켜주는 일로 이루어졌다. 그러는 동안 나는 그녀의 왼팔에 새겨진 극적인 바다 풍경을 넋 놓고 바라보았고. 나는 사이트에 내 그림을 업로드할 수 있었고, 그런 식으로 내 사업을 시작했다. 매코브 씨의 사업 대부분이 그랬듯 첫해에는 돈을 전혀 벌 수 없었다. 하지만 매코브 씨와 다르게 나는 그 사업을 고집스럽게 계속했다. 내 사이트는 데몬 코퍼헤드라는 나의 필명으로 만들어진 나만의 작은 우주였다. 나는 미식축구 경기장이나 리 카운티의 이야기에서 떨어져 있었고, 다시 엄마의 이름을 쓰는 데 익숙해졌다. 대부분의 사람들이 나를 필즈라고 불렀다. 하지만 내게는 잃고 싶지 않은 완전히 다른 부분이 있었다. 아빠라는 부분.

시작은 넥본에 관한 오래전의 아이디어였다. 토미의 허락을 받은 나는 해골의 눈을 통해 본 우리의 유명한 지역 역사 장면 일부를 그렸다. 녹스 탄광의 재앙, 내추럴 터널의 기차 탈선 사고. 나는 도리와 보낸, 내 인생에서 가장 슬펐던 시절에 떠올린 아이디어도 건드려보았다. 집을 유지하려 애쓰는 약쟁이 커플이 나오는 만화 〈무능력자들〉 말이다. 남자는 크래시, 여자는 버니였다. 두 십대는 자신들을 직접 키우려 애쓰고 있었다. 그들은 마약 판매자를 만나러 차를 몰고 가면서 자동차 엔진에 핫도그를 구우려 했고, 물담뱃대나 대마초 클럽으로 집을 수리했다. 나는 내 능력을 최대한 활용해, 마약에 중독된 젊은이들이 저지르는 웃길 만한 난장판을 슬프고도 참되게 그렸다. 쓸쓸하기도 했다. 어느 만화에서는 크래시가 약 공장용 처방전을 채우는데 약국 여자가 그에게로 허리를 숙여 경고한다. "이건 센 거야, 애야. 퍼듀 영업 사원도 밤에 잠을 자려고 이걸 먹어."

이런 만화를 팔 시장이 있었다는 말은 아니다. 하지만 큰물에서의 나날은 이제 막 시작되고 있었다. 누구라도 발에 맞는 신발이 하나씩은 있다지 않은가? 인터넷이라는 수단을 만나면, 외롭고 별난 발이 그 신발을 찾을 확률은 엄청나게 높아진다. 나의 괴상한 만화에는 소수의 팔로어가 생겼고 그들이 점점 불어났다. 1년 뒤, 나는 구독권을 팔았다. 많이 팔리지는 않았다. 다행히 나는 돈을 벌려고 그 일을 하는 게 아니었다. 내가 교육받지 않은 상태로 남아 있으려고 진심으로 노력하는 와중에 암스트롱 선생님에게 배운 것 한 가지는, 훌륭한 이야기란 삶을 베끼기만 하는 것이 아니라 삶을 마주 밀어낸다는 것이었다. 차트레인 같은 녀석들이 너무 큰 옷을 입고 치아 가장자리에 금을 박는 이유가 그것이다. 딕 아저씨가 연에 단어를 적어 태양으로 날려 보내는 이유도 그것이고. 내가 그림을 그리는 이유도 그것이다.

앵거스와는 계속 연락하며 지냈다. 그녀는 내 만화를 팔로했다. 그녀는 그 만화를 좋아했으며 내슈빌 전선의 최신 소식을 전해주었다. 대학은 힘들고, 대학 애들은 버릇없고 건방지며, 교수를 포함한 모두가 산악 지방 사투리를 놀린다고 했다. 앵거스는 장학금을 받고 그 학교에 간 터라, 그녀의 표현대로라면 케이크나 먹는 자본주의의 왕자들과 어울리게 될 줄은 몰랐다. 앵거스가 승자다운 성격을 계속 유지하는 걸 보니 좋았다.

그녀는 어떤 수업이 마음에 드는지, 여대생 클럽에 속한 부유한 여자애들은 어떤 헛짓거리를 하는지 말해주었다. 그들은 관심에 너무 굶주려 있어서, 날씨가 너무 더운 척하며 교실에서 장신구를 벗곤 했다. 몇몇 구린 조교들이 시선으로 그 여자애들 옷을 몰래 벗기고 있다는 얘기도 했고. 마을로서의 내슈빌은 마음에 든다고 했다. 선술집, 서점, 얘기도 못 들어본 나라의 놀라운 음식들. 이론적으로 우리는 둘 다 테네시주에 있었지만, 반나절이 걸리는 자동차 여행과 우주 두어 개만큼 떨어져 있었다. 그녀는 내슈빌에서는 어느 날에든 유명한 누군가를 볼 수 있다고 말했다. 브룩스나 던, 캐리 언더우드 등등. 그들이 거기에 살지는 않아도, 앨범을 만들려고 기다리며 내슈빌에 머물렀기 때문이다. 그녀는 다름 아닌 돌리 파튼도 한 번 보았다. 돌리 파튼이 식료품점에서 상추를 사고 있었다고 했다. 나는 내가 본 채소를 사던 연예인은 중고차 광고에 나와 "이 가격이라면 정신이 나갈 만하죠"라고 말하는, 정신 나간 인간뿐이라고 했다.

　토미가 마침내 자기 인생을 살기 시작하면서 그의 이메일은 드문드문해졌다. 이론적으로 보면, 이제 귀가 가득 채워지는 사람은 소피가 되었다고 생각할 수밖에 없었다. 중독자 모임 사람들이나 일 때문에 나를 만나는 상담자들을 제외하면, 이제 내가 무슨 일을 겪고 있는지 묻는 사람은 앵거스뿐이었다. 내가 지금도 약물 사용을 얼마나 많이 생각하는지, 내가 어떻게 버티는지. 거친 흐름은 어떻게 되어가는지, 아직 그 흐름을 믿을 준비는 되지 않았는지. 나는 앵거스에게 블랙커피가 내게 영감을 주고 있으며, 깊고 검은 심연에 다시 부딪힐까 봐 두렵다고 말했다. 매일 아침, 내가 남은 평생 다른 약물을 혀 밑에 넣지 않기 위해 그 자리에 넣는 분홍색 알약에 대해서도. 지금까지는 괜찮았다. 나는 익명 중독자 모임의 경험담 모음집을 만화 버전으로 그리고 싶다는 비밀스러운 근질거림을 털어놓았다. 바이킹, 기즈모, 차트레인에 대해서도 말했다. 앵거스는 앵거스대로 함께 공부를 했거나 파티를 했던 누군가에 대해 말했다. 봄방학에 여행에 데려갔던 거시기라는 놈에 대해서. 하지만 그 누구의 이름도 전면으로 나오지는 않았다. 대체로 그녀는 방학마다 집에 돌아왔고, 때로는 벳시 할머니와 딕 아저씨와 함께 지냈다. 그게, 앵거스가 그 집으로 돌아갔다는 점이 내게는 놀라웠다. 나는 모두가 목적을 이루기 위해 가죽이 닳도록 노력하는 내슈빌 같은 곳에서라면 앵거스도 자신에게 어울리는 사람들을 찾을 수 있으리라 확신했다. 하지만 그렇지 않은 모양이었다.

한편 매곳과는 다시 연락이 됐다. 그는 이제야 내가 고등학교에서 누렸던 잠깐의 발작적인 인기를 용서할 준비가 되었다. 그는 〈무능력자들〉이 웃겨 죽겠다고 생각했으며, 너무 삼류거나 외설적이라서 쓸 수 없는 아이디어를 계속 보내왔다. 녀석에게 중간이란 없었다. 매곳과 매곳의 엄마는 하필 펫스마트에 취직했다. 매곳은 직장에서 만난 남자 친구를 사귀었다. 나는 축하한다고, 그 남자 친구라는 녀석이 얼굴 뭉개진 불도그냐고 물었다. 매곳은 아니거든, 스컹크 똥내야, 내 남자 친구는 파충류 파트 매니저야, 라고 말했다. 우리는 여전히 데몬과 매곳이었다.

그러나 나의 가장 큰 팬은 알고 보니 애니 선생님이었다. 이제 선생님은 그냥 애니라고 불러주기를 바랐다. 암스트롱 선생님은 루이스라고 부르라고 했다. 두 사람은 내 사이트에 팬으로서 극찬을 잔뜩 늘어놓았는데, 다양한 가명으로 적혀 있어도 늘 그게 두 사람의 짓이라는 걸 알 수 있었다. 그들은 "혁신적"이라느니 "환상적"이라느니 하는 단어를 썼다. 이 사람들이 어린애나 약쟁이가 아니라 선생님이라는 틀림없는 단서였다. 애니 선생님의 예측과는 달리 나는 그저 가장 수준 낮은 놈일 뿐이었지만, 그런 댓글을 보면 내가 둘의 학생 중 가장 눈부신 성공이라는 생각이 들 법했다. 루이스는 평소처럼 학교 이사회와 큰 말썽을 겪고 있었으므로, 그게 영예로운 일인지는 의심스럽다고 할 수 있겠지만.

　모든 것을 바꿔놓은 건 뜬금없이 걸려온 토미의 전화였다. 그는 '우리 동네 사람들의 역사'라는 문제를 놓아주지 않았다. 어쩌면 향수병에 걸린 건지도 몰랐다. 아니면 새로운 가족에게 우리 〈레드넥〉에 관해 설명하기가 곤란했든지. 그야 그럴 만도 했다. 아무튼 토미는 너무 흥분해서 '여보세요'라는 말조차 하지 않았다. 데몬! 우리가 왜 미국의 개똥이 됐는지 알겠어. 이건 전쟁이야. 처음부터 벌어지던 전쟁. 근데 아무도 이해를 못 해. 우리조차도. 네가 이 문제에 관한 그래픽 노블을 그려야 해. 니미럴 새벽 3시에 이딴 소리를 했다. 나는 듣고 싶어 못 견디겠는데, 내일 얘기하자고 했다.

　하, 그리고 듣게 됐다. 토미는 두 종류의 경제 인구, 그러니까 토지 경제 대 화폐 경제라는 부분까지는 자기가 맞게 추적했다고 주장했다. 하지만 도시 사람들이 개인적으로 우리에게 맞서는 건 아니었다. 문제는 책임지는 자리에 있는 자들이었다. 정부든 뭐든. 그들은 언제나 돈 버는 사람들의 편에 서서 토지 경제 인구를 깔아뭉갰다. 현금화니 국제금융업이니, 토미가 말한 다양한 요소들 때문이었다. 내가 이해할 수 있었던 중요한 요소는 돈을 버는 사람들이 세금을 낸다는 거였다. 반면 자기가 있는 자리에서 뭔가를 길러 먹거나 이웃과 노동을 교환하는 사람들한테서는 좆도 걷어 갈 수 없었다. 그건 마치 순무에서 피를 짜내려는 것이나 마찬가지였다. 그래서 책임지는 자리에 있는 자들이 모두의 머릿속에 토지 경제 인구를 깔보는 생각을 꾸며 넣기 시작했다. 우리가 유소년 혹은 동굴 원시인처럼 인간의 초기 단계에 있다면서. 머리 생김새도 이상하고.

　토미는 요즘 TV를 보고 있었으며, 이제야 사방 어디를 보든 이런 헛소리가 존재한다는 걸 알게 되었다. 우리 시골 촌뜨기들을 흉보며 우리의 수준을 높이려 드는, 토지 경제 인구에게 모욕을 주어 우리를 미국에 합류시키려 하는 장기적인 전쟁. 이때 미국이란 그들의 미국, 도시였다. TV는 유례없는 슬램북이었다. 어쩌면 도시의 모든 사람이, 무례하다는 점을 제대로 인식하지 못한 채, 거기에 장단을 맞추고 있을지도 몰랐다. 여기, 우리가 이렇게까지 씨발 열받은 이유를 도저히 이해하지 못할 정도로.

토미는 아주 많은 이메일을 보내고 나서야 이 전쟁이 얼마나 오래 전으로 거슬러 올라가는 것인지 말해줄 수 있었다. 사람들을 그들이 가진 신성한 땅에서 뽑아내 임금노동자로 바꿔놓으려는 공격은 레드넥 광부들의 전쟁보다도, 석탄이 나오는 땅의 탈취보다도, 목재가 나오는 땅의 탈취보다도 이전에 벌어졌다. 위스키 반란은 실제 전쟁이었다. 옥수수 술에 매긴 세금을 내지 않으려 한다는 이유로 조지 워싱턴이 우리 사람들에게 미합중국 군대를 끌고 왔다. 우리 사람들은 돈을 받고 옥수수 술을 팔지도 않았는데 말이다. 대체로 그 술은 그냥 이웃끼리 즐기려고 만든 것이었다. 어떻게 하면 밀주에서 세금을 걷을 수 있을까? 답은, 군대를 끌고 가면 된다는 것이다. 이걸로 사람들이 세금과 총기에 대해 느끼는 감정이 아주 많이 설명되었다.

토미는 이런 전쟁의 역사에 관한 그래픽 노블을 세상이 기다리고 있다고 말했다. 나는 토미에게, 그럼 사람들이 말을 세우고 기다려야겠다고 말했다. 그런 만화를 어떻게 그려야 할지 아주 흐릿한 아이디어조차 떠오르지 않았으니까. 그런 다음 잠자리에 들었다가 일어나 그리기 시작했다. 토미는 불쏘시개를 던지듯 스토리라인을 제공했다. 나는 그 만화를 〈힐빌리 전쟁〉이라고 부르고 싶었지만 토미는 안된다고, 그랬다가는 사람들이 평범하고 촌스러운 헛소리를, 산동네 사람들이 서로에게 총 쏘는 이야기를 떠올릴 거라고 말했다. 또, 토미는 우리와 같은 배를 탄, 다른 종류의 토지 경제 사람들이 있다고도 지적했다. 자신들의 땅에서 쫓겨난 체로키 사람들이 그랬다. 다른 모든 원주민 부족도 마찬가지였다. 해방된 뒤, 자신만의 농장을 가지고 싶어 했지만 포기하고 도시로 떠날 때까지 끝없는 슬픔만을 갖게 된 흑인들도 그랬고.

놀랍게도 앵거스가 이 일에 완전히 빠져들었다. 나는 아주 오랫동안 앵거스가 만화에 관심을 갖게 하려고 노력했지만 실패했었다. 그런데 대학에 가더니, 자기가 발명하기라도 한 것처럼 그래픽 노블을 발견했다. 언제나 자신이 미쳐 있는 최신 그래픽 노블을 내게 보내주었다. 일상적인 SF나 범죄물이 아니었다. 그녀는 어두운 것에 빠져 있었다. 나치 강제수용소의 유대인 쥐들. 장례식장에서 자라는 어린이들. 그녀는 〈무능력자들〉이 강렬하다고 말했다. 나는 아주 오래전부터 앵거스에게 그 말을, 성인 만화는 지도 위 어느 곳에든 있다는 말을 해왔다. 하지만 그중 어디에도 우리는 나오지 않는다고 그녀가 말했다. 틀린 말은 아니었다.

나는 결국 그 만화를 〈하이 그라운드〉라고 부르게 되었다. 우리의 산에서 몸과 영혼을 지키기 위해 벌어진 200년간의 전쟁. 나는 각 장을 다 그리는 대로 내 사이트에 올리기 시작했다. 그 결과 이상하면서도 강렬한 팬클럽이 생겼다. 일부는 역사 교수들이었고, 일부는 오랜 친구들이었다. 그러다가 한 남자가 이메일을 보내, 자기 회사에서 그래픽 노블을 출간하는데 내 만화에 관심이 있으니 내가 가진 모든 내용을 보내줄 수 있겠느냐고 물었다. 그는 뉴욕에 있었다. 정말로 내가 내 물건을 넘겨줄 거라고 생각하는 건가?

나는 전화로 애니 선생님과 상당히 자주 이야기하고 있었지만, 이 소식을 들은 그녀는 직접 나를 만나고 싶어 했다. 애니 선생님의 말을 빌리자면, "도서 계약이라니, 예수님이 자전거라도 타실 일이네"라고 했다. 그녀는 내가 가진 모든 것을 살펴보고, 제안서를 만들 수 있게 도와주기로 했다. 녹스빌까지 오겠다고도 했다. 이 시점에 애니 선생님은 임신 8개월 차쯤이었다, 내가 말했는지는 모르겠지만. 그 시기에는 몸을 까딱 잘못 놀리는 것만으로도 거지 같은 일이 벌어진다. 합리적인 방법은 내가 애니 선생님에게 가는 것이었다.

엄밀히 말하면, 그러지 못할 이유는 없었다. 단약 생활 시설의 주민으로 3년 반을 한 달 한 달 보내면서, 나는 통금 없는 인생, 운전대를 잡을 수 있는 권한, 주말 외박을 얻어냈다. 시설 관리자들은 사실상 나가라고 말하는 셈이었다. 바이킹은 이제 벨 카운티로 돌아갔고, 기즈모는 여러 선택지를 가늠해보고 있었다. 여기에 들어오려고 줄 서서 기다리는 녀석들은 문자 그대로 끝이 없었고. 하지만 나는 어디라도 가는 상상을 할 수 없었다. 특히 그곳으로 돌아가는 건.

운전은 문제가 아니었다. 내 면허는 아직 살아 있었다. 시설의 다른 녀석들은 그걸 마술적인 일이라고 여겼다. 그들은 모두 약물 과용으로 면허를 여러 차례 취소당했으니까. 그런데 나는 과속이나 신호 위반 한번 걸린 적 없었다. 나는 리 카운티에서는 모든 경찰이 친척이거나 약쟁이거나 둘 다라고 설명해주려 애썼다. 내게는 임팔라가 없었다. 리 카운티를 떠나기 전 내가 마지막으로 한 행동은 터프 트러셀을 설득해, 그 자동차와 그 안에서 발견되는 모든 알약의 값으로 내게 200달러를 주도록 한 것이었다. 그는 한 달도 채 못 돼 사람들이 "지긋지긋한 구역"이라고 부르는 421번 도로의 가드레일에 그 차를 박아버렸다. 터프는 충격적이게도 멀쩡했고, 임팔라는 영원한 안식을 맞았다. 이 소식을 듣는 것은 어린 시절에 키우던 개를 안락사

시켜야 한다는 말을 듣는 것과 같았다. 하지만 내 인생에는 다른 자동차들이 있을 터였다. 나는 단약 1주년을 기념하고자 차트레인네 엄마의 친구한테서, 막 다루어지긴 했지만 살 만한 가격의 쉐보레 베레타를 건졌다. 개똥지빠귀의 알 같은 파란색이었다. 그로부터 한 달 정도가 지나서, 그 차를 몰고 시내로 가는 용기를 냈다. 1년이란 운전대를 놓고 지내기에 긴 시간이다. 바로 시내 운전에 돌입하다니 대단한 시작이었다. 나는 눈을 뜨고, 애틀랜타의 스타벅스 앞에서 준 페곳이 보여주었던 평행 주차의 기운을 끌어오려 애썼다. 나는 오늘날까지도 그때 보여준 준 이모의 솜씨에 경탄하고 있다. 남자들은 그보다 못한 이유로도 여자와 결혼해오지 않았던가.

그러니까 내게는 자동차가 있었다. 애니 선생님의 초대와 자유도 있었다. 〈CSI〉에서 말하는 것처럼 수단과 동기, 기회가 모두 있었던 셈이다. 지금 나를 붙드는 것은 오직 순수한 공포뿐이었다. 어떤 한 장소를 그리워하고 온 마음으로 원하면서도, 터치다운을 기록하는 순간 그 장소가 나를 제거해버릴 것이라고 전적으로 확신하는 게 어떻게 가능한지 설명하기란 어렵다. 나는 그때까지도 매주 만나던 상담사인 안데르센 박사에게 이 점을 이야기했다. 그 상담은 물과 전기처럼 시설에 딸려 나오는 것이었다. 바크스 선생님하고는 정반대였다. 나이 많은 여자로, 맨 위까지 단추를 채운 회색 스웨터에 검은색 통굽 신발 차림, 전문적이고 교육을 잘 받았으며 내 생각에는 급료도 꽤 받는 사람이었다. 그녀는 덴마크 출신으로 이름이 밀카였으며, 그 모든 점을 고려하더라도 매우 호감 가는 사람이었다. 그녀는 내가 엄청나게 많은 쓰레기 같은 것들을 헤쳐나가도록 이야기를 해주었다. 솔직히 말해서 상담 외의 다른 것을 할 수 있으리라는 생각이 전혀 들지 않는 상담사와 함께 그 작업을 하니 훨씬 집중이 잘됐다. 안데르셴 박사는 내가 리 카운티에게 가는 방향에 무게를 실었다. 최소한 내 두려움을 살펴보라고 했다. 나는 그녀에게 제거라는 말의 어떤 부분이 이해되지 않느냐고 물었다.

안데르센 박사는 데몬이 리 카운티로 가서 그의 단약을 지지하는 친구들을 만나는 이야기를 써보라는 과제를 주었다. 내가 제출한 이야기는 이랬다. "안데르센 박사님의 머릿속에만 존재하는 행성에서는 모두가 즐거운 시간을 보냈고 아무도 취하지 않았습니다." 그녀는 특유의 조그마하고 비뚜름한 미소를 지어 보였다. 그녀는 과제에 대한 내 태도에 익숙했다. 그렇다고 과제를 내주는 걸 막지는 못했지만. 사실상 첫 만남에서부터 그녀는 회복 일기를 쓰라고 나를 볶아댔다. 나는 글을 쓰지 않고 그림을 그린다고 답했다. 그녀는 이 일기는 오직 나만을 위한 것이라고 말했다. 다른 사람에게 보여줄 수도 있지만, 내가 그러기로 선택할 때만 보여주라는 것이었다. 요점은 나의 트라우마 일부를 선명히 알고 처리하는 것이었다. 바로 그 실뭉치를 어디서부터 풀어가야 할지 알 수 없었다. 그녀는 약물 오남용, 유기 등등과 관련한 나의 시련이 어디에서부터 시작되었는지 구체적으로 짚어보라고 제안했다. 그녀는 이 방법이 많은 사람에게 자신의 이야기를 되찾는 유용한 도구라고 했다. 사실 그게 내가 만화를 그림으로써 하려는 일 아니냐고.

어쨌거나. 나는 이런 문제의 시작점을 찾기가 힘들었다. 사람들은 자기 문제가 어디에 있는지 안다고 생각하지만, 페이지를 내려다보면 그게 아니라는 걸 깨달을 뿐이다. 문제는 거기에 없다. 문제는 더 일찍 시작됐다. 조지 워싱턴과 위스키에까지 거슬러 올라가는 이런 전쟁이라든지. 내 경우에는 1장이라든지. 일단 나는 알아서 태어났다. 최악의 임무는 내게 맡겨졌다는 말이다. 그게 우리다.

63

12월에 애니 선생님이 내게 이메일을 보내, 아기가 좀 비뚤어져 있어서 곧 출산을 계획해야 할지도 모른다고 말했다. 나는 재빨리 나라는 몸뚱이를 그곳으로 끌고 가야 했다. 나는 선생님에게 전화를 걸어, 내 헛소리는 잊어버리고 아기 걱정이나 하라고 했다.

"우린 **걱정**을 하는 게 아니야." 그녀가 말했다. "아기는 그냥 규칙을 거부하는 거야. 엉덩이부터 거꾸로 세상에 나오려고 하고 있어. 누구 아기라서 이러는 것 같아?"

선생님은 너무도 그녀다운 목소리여서, 나는 그녀의 배가 수박처럼 부풀어 있으리라고는 상상할 수 없었다. 애니와 암스트롱 선생님의 아기라니, 끝내줄 수밖에 없었다. 쉽게 흔들리지 않고, 엄청나게 아름답고, 리 카운티 뒷담화 엔진에 넣을 옥탄가 높은 연료가 되겠지. "부탁이니까 와." 애니 선생님이 말했다. "난 이미 휴가를 냈어. 근데 베틀에 앉을 수 없을 만큼 살이 쪘고, 소금 뿌린 크래커라도 하나 먹으면 속이 쓰려서 요리를 하고 싶지도 않아. 그냥 뭍에 갇힌 바다 코끼리처럼 굴러다니고만 있어."

선생님에게는 다른 생각할 거리가 필요했다. 그녀는 그림을 보고 싶어 했다. 이상하게도 나는 바다코끼리 버전의 애니 선생님이 보고 싶었다. 나는 하루만 생각해보겠다고 했다. 전화를 끊기 전에, 애니 선생님은 고등학교에서 윈필드 코치님을 기리기 위한 거창한 금요일 행사를 계획하고 있다고 말했다. 미식축구 선수들만의 문제가 아니라 마을 전체의 문제였다. 코치님은 스캔들 이후 인생을 정돈하기 위해 은퇴했는데, 코치님을 대체하기 위해 고용된 사람이 제너럴스를 전에는 상상도 할 수 없었던 결과로 이끌었던 것이다. 즉 4승 6패의 시즌 패배로.

"윈필드는 그야말로 추락한 영웅이야." 애니 선생님이 말했다. "사람들이 윈필드한테 이 엄청난 파티를 열어주는 건, 새 코치를 화형시키는 게 불법이기 때문인 것 같아."

선생님은 내가 윈필드 코치에게 악감정을 가지고 있어도 이해한다고 말했다. 준 이모도 같은 의견일 터였다. 과도한 압박이나 약과 관련된 실수는 부정할 수 없었다. 하지만 선생님은 내가 쓰레기통 뒤에서 잠을 자며, 사회복지국의 최고 히트 상품 세트보다 더 안정적인 무언가를 찾는 모습을 한 번도 보지 못했다. 코치님은 나를 받아주었다. 나는 내게 일어난 최악의 일은 와츠의 탓으로 돌렸다. 그 일의 가장 좋은 부분에 관해서는 코치님에게 눈을 돌리고 그게 모두 의미 있는 일이었다고 말해주어야 했다.

리 카운티에 간다면, 앵거스와도 마주치게 될지 몰랐다. 그녀는 졸업한 뒤 코치님의 미해결된 문제 몇 가지를 처리하러 돌아간 터였지만 그게 일시적인 것일 뿐이라고 상당히 확실하게 밝혔다. 더 큰 물고기를 튀기려는 게 분명했다. 나는 앵거스에게 이메일을 보내지 않았다. 내 친구들은 이제 모두 죽었거나 자기 차례가 오기만을 갑판에서 기다리고 있었으므로, 거의 아무에게도 말하지 않았다. 애니 선생님한테만 말했다. 준 이모한테도. 리 카운티에 가서 그녀를 만나지 않는다면 죽을 것 같았다. 나는 안데르센 박사에게 한번 해보겠다고 했고, 안데르센 박사는 온 입으로 미소 짓는 희귀한 행동을 했다. "난 네가 제거될 가능성이 낮다고 생각해." 그녀가 말했다. 나는 어디 두고 보라고 말했다.

나는 운전만으로도 패배할 위험을 느꼈다. 시간이 더 걸리더라도 다른 길을 아무거나 탔어야 했다. 내 몸을 속여 우리가 다른 어딘가로 가고 있다고 믿게 해야 했다. 몇 킬로미터를 갈 때마다 기억 하나가 내 얼굴에 계란을 던졌다. 컴벌랜드 갭은 내가 초대받지 않은 채로 고약한 냄새를 풍기며 준 이모네 집에 갔을 때 들렀던 화장실이었다. 깁슨 스테이션은 매코브 부인이 내게 더러운 바비 인형과 안에 검은 부스러기가 들어 있는 중고 토스트 기계를 전당포에 맡겨보라고 한 곳이었다. 시더 힐은 어린 시절 영웅이 거짓말쟁이라는 걸 내가 깨닫기 전 그가 자신만의 농장을 샀다고 믿은 곳이었다. 그의 머리통이 깨지는 걸 보기 전. 나는 사람들 말마따나 트라우마를 처리하고 있었다. 최근에 나는 거의 무시할 수 있을 정도로 담배를 끊었다. 그냥 포커를 치는 밤이나 비 오는 우울한 날에만 피웠다. 라이라가 지나치게 까불어댄 날, 도서관에서 집으로 걸어가는 길에 가끔. 괜찮았다. 하지만 지금은 자동차에서 줄담배를 피우고 있었다.

페닝턴 외곽에서 죽어버린 스트립 몰과 와츠가 운영하던 과거의 약 공장을 지나쳤다. 그곳이 폐쇄되었다는 걸 알고 있었다. 준 이모는 영혼 없는 그 변태 자식이 자기 몫을 받았다고, 연방의 기소가 이루어질 예정이라고 말해주었다. 그때는 옥시코돈과 관련된 흐름이 바뀌어 소송이 최고조로 이루어지기 시작하던 해였다. 앵거스는 내 슈빌 사람들조차도 이제 옥시코돈 이야기를 하고 있다고, 다만 만화책에나 나올 만한 말로 사악한 기업 악당들에 관해서만 이야기하고 있다고 했다. 새까맣게 타버렸지만 그 약 공장 같은 곳 덕분에 그 주차장에서 약을 사고팔며 살아 있는 시체로서의 인생을 이어가던 수많은 소시민들에 대한 이야기는 전혀 없었다. 나는 과거의 믿음직스러운 구매자들을 떠올렸다. 지팡이를 짚고 털북숭이 귀덮개가 달린 사냥 모자를 쓰고 다니던 남자, 치와와를 데리고 오던 딱하고 뚱뚱한 여자. 대체 그들은 지금 어떻게 지내고 있을까? 준 이모의 말에 따르면, 리 카운티의 재활 사업은 지금도 교회 생활 단체와 잡지 〈포도 줄기〉, 그리고 지하실에서 이루어지는 12단계의 만남으로만 제한되었다. 나로서는 이모가 이 문제에 관해 아예 이야기를 꺼내지 못하게 하는 게 최선이었다. 퍼듀사가 엄청난 액수의 배상금을 물게 됐는데, 그중 한 푼도 여기까지 돌아오지는 않았다.

애니 선생님은 나를 자기들 집에 머물게 할 작정이었다. 그래야 내가 〈하이 그라운드〉 그림을 전부 그녀의 주방 탁자에 늘어놓을 수 있기 때문이었다. 다음 날 아침에는 준 이모와 아침 식사 겸 데이트를 했다. 그것 말고 다른 계획은 없었다. 친구들을 만나야겠다는 모호한 생각을 하기는 했지만, 그걸 계획으로 바꾸어놓으려는 행동은 안데르센 박사가 자살적 사고라고 부르는 방향으로 흘러갔다. 코치님의 행사를 보려고 금요일에 파이브스타 경기장에 간다고? 진심으로? 그곳의 모든 사람이 내게 약을 팔려 들 것이었다. 나를 사랑해서 공짜로 나눠주지 않는다면. 그곳 자체가 자극이었다. 야드라인, 골대, 나의 초능력이었던 활송 장치. 내가 운을 쌓고 또 잃어버린 곳.

나는 칡덩굴 계곡과 파월강과 별로 얼굴처럼 생기지 않은 산을 지났다. 한겨울에는 그 모든 것이 약간 못생겨 보였지만, 분명 상황이 바뀔 게 분명한 미운 오리 새끼처럼 못생긴 것이었다. 중학교 앞의 야외용 오븐, 골동품 같은 할머니의 뜰. 나는 현관에 나와 있는 사람들을 보았지만, 배운 대로 시선을 피했다. 활력을 아끼느라고. 7월이었다면 내 마음은 이미 그 아름다움에 무너져 내렸을 것이다. 실제로는 외로워서 죽을 것만 같았다. 이렇게 익숙한 모든 것들이 있는데, 내 눈을 들여다보며 나를 형제라고 부르거나 주님께서 너를 사랑하신다거나 네가 **바로** 그 사람이라거나 사료 가게에서 날 봤다고 말하는 사람이 아무도 없다니, 어떻게 그럴 수 있을까. 여기에 존재한다는 건 알려진다는 것이었다. 그게 아니라면 리 카운티는 아무것도 아니었다.

애니 선생님의 집을 찾기는 전혀 어렵지 않았다. 나는 베레타가 올바른 방향으로 돌 때마다 약간씩 놀랐다. 눈을 가리고도 이곳의 길을 찾아갈 수 있었던 건 내가 아니라 임팔라였던 것만 같은 기분이었다. 나는 파란색 현관문을 두드렸고, 헤이즐 디킨스가 안에서 짖어대며 뛰어다니는 소리가 들렸다. 아무도 나오지 않았다. 나는 문을 열고 큰 소리로 인사했다. 헤이즐 디킨스가 앉아서 나를 보았다. 나는 문을 닫고 다시 노크했다. 이 모든 짓을 한 뒤에야 초인종에 붙어 있는 쪽지를 보았다. 미안, 병원에 가. 가짜 신호일 수도 있지만. 루이스가 전화할 거야. 편하게 있어.

그때에야 실감이 났다. 둘은, 기겁할 아기를 낳으려 하고 있었다. 나는 매코브 가족의 쌍둥이를, 밤새 울부짖던 그 애들과 아무렇지 않게 척척 꺼내놓던 젖가슴을 생각했다. 애니 선생님이 자신이 하려는 일이 무엇인지 알 거라고는 정말이지 생각되지 않았다. 지금 이 사람들에게는 나도, 상자에 담긴 내 그림도 필요하지 않았다. 나는 준 이모에게 전화했다. 이모는 환자를 봐야 했고 직원 회의도 해야 했으며 그다음에는 보건부에서 하는 무슨 회의에도 참석해야 했지만 내게는 환영이라고 했다. 에미가 예전에 쓰던 방을 쓰라고. 오늘 밤이 아니면 아침에라도 날 만나겠다고 했다.

그러니까 나는 안전그물 없이 잘려 나간 것이다. 하루 종일 준 이모네 집에 앉아 있을 생각은 없었다. 나는 베레타의 고삐를 자유롭게 풀어주었고 우리는 목적 없이 돌아다녔다. 코앞에 들이미는 것 같은, 너무 화창한 겨울날이었다. 페그 아저씨와 함께 낚시하던 강의 다리로 차를 몰아갔다. 반짝이는 물을 지켜보다가 어쩔 수 없이 다시 차를 몰았다. 호보랜드로 가서, 팔꿈치를 괴고 누워서 나를 똑바로 바라보던 앵거스를 생각하며, 그 작은 마을의 자락을 올려다보며 앉아 있었다. 나는 일어나서 떠나야 했다. 태양이 집과 우편함들을 빛으로 두드려댔다. 눈에 들어오는 모든 것에 눈물이 고였다. 결혼한 사람과 사랑에 빠진 것 같은 기분이었다. 난 절대 이것을 가지지 못할 것이다. 여기에서 혼자 맨정신으로 지낸다는 건 내 능력을 넘어서는 일이었다. 나는 지금도 나의 모든 굶주린 부분으로 그러기를 원했으니까.

나는 더 외로운 도로만을 고집했다. 나의 사고 과정을 제대로, 아니 조금이라도 설명할 수는 없지만, 결국 악마의 욕조로 이어지는 오솔길에 가고 말았다. 이게 4단계에 하는 행동인가? 용기와 도덕적 평가? 진심으로 그건 아닐 것이다. 그보다는 이미 헤어질 준비가 되어 있는 사람에게 시비를 거는 것과 비슷했다. 나는 내가 이곳을 싫어해 다시는 돌아오지 않게 만들 장소를 찾아야 했다.

자갈밭에는 다른 차가 한 대 더 있었다. 그러니까 이곳은 지금도 공개되어 있는 셈이었다. 사람 둘이 더 죽었다고 폐쇄되지는 않았다. 젊은 남자들이 무모하게 군 기나긴 역사를 생각해볼 때 당연한 일이었다. 여자들도 망가졌고. 전에는 한 번도 그런 생각을 해본 적이 없었다. 엄마가 여기에 있었다. 나와 똑같은 길을 걸으면서. 내가 본 것과 그보다 더 나쁜 것을, 자신이 사랑한 남자의 종말을 지켜보면서. 그 남자의 시신을. 나는 귀중품이라고는 트렁크에 든 내 그림 상자 말고는 아무것도 없는 자동차 문을 잠그며 이상한 감정을 느꼈다. 도시의 습관이었다.

알고 보니 악마의 욕조는 내가 하루 종일 들렀던 곳 중 지뢰가 깔려 있지 않은 유일한 곳이었다. 나는 아무것도 알아보지 못했다. 오솔길은 뼈처럼 하얗게 말라 있었고, 시내는 말라붙은 조류(藻類)의 흰 깔개가 깔린 징검다리가 놓여 있어 쉽게 건너갈 수 있었다. 신발도 젖지 않았다. 공기에서는 달콤한 사과나 다른 무언가의 냄새가 났다. 파인솔이나 약 같은. 오솔길을 따라 난 작은 나무들은 덥수룩한 노란색 꽃으로 뒤덮여 있었다. 겨울에 피는 풍년화. 페곳 아줌마는 이걸로 연고를 만들어 우리 상처에 발라주곤 했다. 그 모든 게 냄새 때문에 밀려들었다. 이제 겨울의 낮잠에서 깨어난 벌들이 꽃 위에 잔뜩 날아들어 윙윙대는 소리로 정적을 채우고 있었다.

나는 무서운 부분이 다가오기를 기다렸으나 그런 일은 벌어지지 않았다. 절벽은 시내를 따라 높이 솟아 있었다. 밝은 색깔의 이끼에 뒤덮여 있어서 내가 사는 녹스빌 동네의 벽처럼 낙서된 것같이 보였다. 무릎이 아파서 몇 차례 통나무에 앉았다. 무릎은 늘 아팠으니까. 나는 나 자신을 불쌍히 여기는 단계를 넘어서 있었다. 리 카운티의 모든 소년이 그렇듯 나는 노새를 쓸 데가 별로 없는 세상의 자랑스러운 노새처럼 길러졌다. 나는 이 문제에 대한 인기 있는 해결책을 시도해보았는데, 그런 해결책은 대체로 이른 죽음으로 이어졌다. 비법은 다른 노새들을 찾는 것이었다. 나는 자리에 앉아서, 물가를 따라

폴짝폴짝 뛰어다니며 벌레를 쪼는 작은 굴뚝새들을 지켜보았다. 녀석들은 태엽을 감은 장난감처럼 고개를 이쪽저쪽으로 기울여댔다. 저 위 숲속에서는 암컷들이 저항할 수 없는, 나쁜 남자 특유의 꾸르륵대는 울음소리를 내는 수컷 칠면조들의 소리가 들렸다. 올빼미도 보았다. 녀석은 나무껍질과 완전히 똑같은 색깔로 숨어 있었지만, 녀석에게 앙심을 품은 시끄러운 까마귀 떼 때문에 정체를 들켰다. 아마 올빼미가 녀석들의 새끼를 먹은 일 때문이었을 것이다.

오솔길은 마침내 지나가기 까다롭게 변했지만, 결코 위험해지지는 않았다. 나는 예상보다 이르게 물구멍에 도착했다. 폭포는 온순하게 똑똑 떨어졌고, 웅덩이 자체는 깊고도 편안해 보이는 파란색이었다. 미술 수업을 반복적으로 들으면 색채에 대해 많은 걸 배우지만, 그 파란색은 설명할 수 없다. 얼어붙은 땅을 찍은 사진에서 보이는 색깔이다. 가운데 깊은 부분은 공작의 푸른색이고, 그 색깔이 점점 희미해지다가 자갈이 있는 가장자리에서 맑아진다. 잔물결이 이는 윗부분은 살아 있었으며 그 아래는 완벽하게 고요했다. 내 눈은 계속해서 청색의 가운데로 돌아갔다. 그런 모습은 거의 보이지 않지만, 아이들은 제대로 된 크레용을 주면 언제나 물을 그 색깔로 칠한다. 세상에는 우리가 가진 것 말고 더 나은 게 있다는 걸 태어날 때부터 아는 것처럼.

나 혼자 그곳을 독차지한 건 아니었다. 반대편에 한 가족이 있었다. 내가 알았던 가장 무시무시한 뇌가 펼쳐져 있던, 그 바위 단상 위에. 나의 부모가 함께 앉아 햇볕 속에 다리를 쭉 뻗고 입 맞추던 마지막 장소일지도 몰랐다. 아빠는 그날 나에 대해 알았다. 내가 태어나리라는 것을. 아빠가 자기 엄마에게 편지를 보냈다. 지금 저쪽에 있는 가족은 어린아이 둘을 데리고 있는 부모였다. 더 어린 녀석은 쭈

그리고 앉아 이것저것 찔러보는 나이였고, 큰 여자애는 보더 콜리처럼 물가를 이리저리 어슬렁거리고 다녔다. 엄마는 안 된다고, 수영복을 안 가져왔다고 했고, 아빠는 아니라고, 아이가 물에 들어가고 싶어 하지는 않을 거라고, 물에 들어갔다가는 애가 땡땡 얼 거라고 말했다. 이 사람들은 이곳 출신이 아니었다.

나는 인사를 건넸다. 그들은 날이 좋다고, 아름답지 않냐고 했다. 나는 어느 도시에서 왔느냐고 물었고, 그들은 오스트레일리아에서 왔다고 했다. 나는 그 말에 놀랐다. 지구 반대편 사람들이 여기에 오다니. 나는 바위들을 가로질러 그들이 있는 쪽으로 갔고, 그들은 내게 물병을 내밀었다. 나는 나뭇잎 배 띄우는 방법을 보여주어 보더콜리 여자애의 시선을 끌었고, 그 애는 완전히 나뭇잎 배에 빠져 이리저리 뛰어다니며 가장 큰 나뭇잎 배를 쫓았다. 미식축구 헬멧 크기의 플라타너스가 최고였다. 나는 일행이 있어 좋았다. 부모 둘이 살아 있고 채찍으로 맞는다는 것의 의미를 모르는 것처럼 보이는 아이 두 명이 있는 이 가족이. 결국 그들과 함께 등산로를 돌아가게 되었고, 그들은 내게 모든 것의 정체를 물었다. 겨울 꽃이 핀 풍년화, 굴뚝새. 나는 그들에게 씹을 수 있는, 루트비어 맛이 나는 사사프라스 잔가지를 주었다. 가족이 차에 타기 전에 소녀가 내 무릎을 끌어안았고, 나는 혼자가 아니기를 너무도 바랐다.

준 이모와의 아침 식사가 이모의 긴 밤과 또 다른 긴 하루 사이에 간신히 끼워 넣어졌다. 우리의 준 이모는 활력제를 먹은 토끼 같았다. 늘 그랬듯 아름답고 지쳐 있었으며, 몇 살인지는 몰라도 자기 나이처럼 보였다. 우리는 팬케이크에 시럽을 부었고, 이모는 옥시코돈에 대해, 자신이 도움을 주어 시작된 소송에 대해 이야기했다. 시작은 시청에서의 모임과 켄트를 분노하게 만든 청원서였다. 그 모든 일이 여전히 진행 중이었다. 최악으로 남용된 약들은 시장에서 빠지고, 오남용을 막도록 변형되었다. 이모는 이런 조치가 장기적으로는 도움이 되겠으나, 자신은 남은 평생 동안 난장판을 걸레질하려 노력하고 있다고 했다. 한 세대의 아이들 전체가 가족 없이 자라고 있었다.

나는 여기, 그런 아이가 있네요, 라는 말을 하지 않았다. 이모는 알고 있었으니까.

루비 이모는 교회에 애도 모임을 만들었다. 페곳 아줌마는 강하게 버티고 있었다. 아줌마의 자식이나 손자들이 매일 아줌마의 집으로 가면 아줌마가 저녁을 차려주었다. 매곳과 매곳 엄마는 둘 다 여전히 펫스마트에서 일하며 약을 끊고 지냈다. 나는 매곳에게 곧 만나러 가겠다고 약속했다. 가족 전체가 이제는 매곳의 남자 친구에 대해 알았다. 그중 일부는 그 관계가 매곳이 자라면 졸업하게 될 단계이기를 기도했고, 대부분은 할렐루야를 외쳤다. 준 이모가 매곳의 남자 친구를 직접 만나보았다. 그는 실제로 그 가게의 파충류 전문가로서, 트레일러 주택에 살며 유리 상자에 뱀을 엄청나게 많이 길렀다. 나는 딱 좋은 것 같다고 말했다.

준 이모가 눈에 넣어도 아프지 않다고 여기는 사람은 여전히 에미였다. 에미는 회복 중인 다른 여자애 몇 명과 애슈빌의 아파트로 이사했다. 내 상황과 어느 정도 비슷했다. 밤에 치는 포커와 포르노는 아마 빠졌겠지만. 준 이모는 그 아파트가 한때 그레이스 켈리가 살았던 오래된 건물에 있다고 말했다. 나는 그레이스 켈리가 누군지 몰랐지만 놀란 것처럼 굴었다. 그때 이모가 심각해지며 에미가 나를 아프게 한 적이 있느냐고 물었다.

"어떻게요?"

이모는 두 손으로 머리카락을 쓰는 특유의 동작을 했다. "모르겠어. 참 매력적인 앤데. 너도 내 말이 무슨 뜻인지 알지? 남자들이 에미의 불꽃에 달려드는 나방 같다니까. 난 에미가 그 모든 것에 좀 지나치게 의존했던 게 아닌가 싶어."

나는 다른 사람 생각이야 어떨지 모르지만, 한 번도 에미의 나방이었던 적이 없다고 말했다. "뭐, 그래요. 초반에는 그랬을지도 모르죠. 에미는 저한테 사랑의 첫 재앙이었으니까요. 하지만 전 하루 더 싸워보려고 살아남았어요."

이모는 미소 지었다. "넌 우물에 빠지더라도 절반만 빠지는 적은 한 번도 없었지. 안 그래?"

"그럼요." 내가 말했다. "전 끝까지 들어갑니다." 그런 다음 나는 이모의 연애 생활은 어떠냐고 물었고, 이모는 탁자 너머로 손을 뻗어 내 코를 꼬집었다. 내가 열두 살짜리라도 되는 것처럼.

그녀는 에미가 애슈빌을 마지막 한 조각까지 사랑한다고 말했다. 그녀는 레스토랑 매니저로 일하고 있고, 약을 하지 않으며, 신체에 긍정적인 댄스 모임에 소속되어 있었다. 믿을지는 모르겠지만 그런 게 실제로 존재한다. 그 모임에서는 공연을 한다. 에미는 연극 쪽으로 갈 생각이 있으니까, 뭐. 에미가 돌아온 것이다. 별들에 돌아가는 마차를 매어두고. 나는 에미가 향수병을 느끼기도 하는지 물었다.

이모의 커피 잔이 입으로 반쯤 가다가 얼어붙었다. "언제나 느끼지. 에미 말로는 그래. 하지만 여기로 돌아오지는 않아. 여기서 살 생각은 없대." 이모는 너무 큰 슬픔을 담아 그 말을 했다. 이 동네의 아주 오래된 상심이다. 가장 큰 성공을 거둔 사람들은 날아가버리고, 실패작들은 남는다.

이모는 내가 그날 밤에 열리는 코치님을 위한 행사에 갈 거라고 생각했고, 내가 가지 않겠다고 하니 안도했다. 그녀는 지금도 내 몰락을 코치님 탓으로 돌렸다. "그래도 그 사람 딸, 앵거스 말이야. 너희 둘은 아직 친구니? 어제 보건부에서 걜 우연히 마주쳤는데."

이메일에서 앵거스는 이곳에서 보내는 여름과 단기 아르바이트를 블랙코미디처럼 표현했다. 사람들이 죽은 자에게 말을 거는 양로원. 망가진 애들을 설득해 선생을 살해하지 않도록 하려는 교내 지원 프로그램. "인상적인 아가씨더구나." 이모는 앵거스를 그렇게 불렀다. 내 생각에는 앵거스에게 그런 말이 쓰인 건 역사상 처음일 게 거의 확실하다. 아닐지도 모르겠지만. 이제 내가 뭘 알겠는가. 앵거스 이야기가 나올 때마다 내 뱃속에 무슨 일이 일어났다. 정말로 그녀를 보고 싶었고, 정말로 보고 싶지 않았기 때문에. 다른 모든 것이 바뀌었다. 그러니 앵거스도 바뀌었을 것이다. 난 그걸 받아들일 수 없었고.

이모는 늘 그렇듯 빨리 떠나길 싫어했지만 떠났다. 나는 베레타에 타고, 5분을 꽉 채워 운전대에 손을 올린 채 앉아 있었다. 그런 뒤에야 베레타가 어디로 가야 할지 결정했다. 머더 밸리였다.

할머니와 딕 아저씨는 정신을 못 차렸다. 내가! 나타나다니! 내가 제대로 처신하지 못한 부분에 한해서라면 지난 일은 지난 일이 된 게 확실했다. 195센티미터라는 키에 도달한 것이 과거에 저지른 모든 죄악에 면죄부를 준 게 틀림없었다. 할머니는 계속해서, 예전에도 내가 아버지를 더 닮을 수는 없을 거라고 생각했는데 지금 모습을 한번 보라고 말했다. 딕 아저씨는 아저씨대로 내 자동차에 흥분했다. 아저씨는 휠체어를 타고 자동차 전체를 둘러보며, 이쪽은 위로, 저쪽은 아래로 살피더니 "파란색이구나!"라고 말했다. 그들은 나를 저녁 식사에 초대했고, 내게 집에 들어와 살 생각이냐고 물었다. 나는 그냥 방문한 거지만, 어쨌든 감사하다고 말했다.

나는 딕 아저씨의 최신 연을 살펴보고 이것저것 도와주며 그날 하루를 보냈다. 사다리에 올라 배수로를 치워주었다. 8월 이후로 끼어서 계속 열려 있던 퇴창도 빼주었다. 그 집은 예전처럼 잘 관리되는 배가 아니었다. 벳시 할머니는 제인 엘렌이 졸업했다고 말했고 딕 아저씨가 내게 윙크했으므로, 나는 그 말이 무슨 뜻인지 알아들었다. 결혼했다는 뜻이었다. 나는 둘을 위해 차를 몰아주는 건 누군지 궁금했다. 저녁 식사 준비는 아주 오래 걸렸다. 모든 게 벳시 할머니의 몫이었는데 할머니가 느려지고 있었으니까. 할머니의 다리는 그 어느 때보다도 스타킹에 넣어놓은 호두 자루처럼 보였다. 할머니가 앉아서 냄비를 저을 수 있도록 가스레인지 옆에는 의자가 놓였다. 나는 고통을 알아본다.

저녁 식사 시간에 둘은 내가 쓰는 책에 대해 듣고 싶어 했다. 나는 믿을 수가 없었다. 두 분이 그걸 어떻게 아는 거지? 앵거스였다. 앵거스가 내가 컴퓨터에 올린 그 모든 이야기에 대해서, 그리고 출판될 나의 역사책에 대해서 말해주었다. 어느 경우에도 "만화"라는 단어나 "십대 마약중독자 크래시와 버니의 모험" 같은 말은 나오지 않았으므로, 앵거스가 상황을 존중할 만하게 비틀어놓은 게 틀림없었다. 난 그게 고마웠다. 나는 내 책의 한 장에서 멜런전에 관해 다룰 거라고 말했고, 딕 아저씨가 그걸 도와주시리라 믿는다고 했다. 딕 아저씨는 간지럼이라도 탄 것처럼 웃었다. 나중에, 나는 그 책이 말보다는 그림으로 이루어져 있다는 걸 알려야 할 터였다.

둘은 내게 코치님에 대해서 좀 이야기했고, 앵거스에 대해서는 더 많이 이야기했다. 앵거스가 내게 직접 이야기하지 않은 것들, 예를 들면 대학교에서 가장 똑똑한 학생으로서 장학금을 받는다는 얘기였다. 앵거스의 전공은 심리학이었다. 그건 나도 알았다. 그리고 앵거스는 학교를 더 많이 다니려고 돌아갈 계획이었다. 그건 몰랐다. 상담사가 되려 한다고 했다. 나는 이제 모퉁이를 돌아왔으므로, 내가 아는 대부분의 남자들과는 달리 "대가리 의사다"라고 소리치며 엄폐물을 찾아 뛰지는 않을 터였다. 앵거스는 그 일을 끝내주게 할 것이다. 나는 두 분에게 그렇게 생각한다고 말했다.

저녁을 먹은 뒤 딕 아저씨는 잠자리에 들었고 벳시 할머니는 다시 앞치마를 입었다. 나는 할머니가 나무 의자에 앉아 지켜보는 동안 모든 접시를 설거지했다. 할머니에게 그냥 앉아 계시라고, 이건 내가 하겠다고 했다. 벳시 할머니는 남자가 주방 청소를 하는 모습을 한 번도 본 적 없다는 것처럼 굴었다. 아마 실제로 그랬을 것이다.

나는 할머니가 계속 앵거스 이야기를 하기를 바랐으므로 이런저런 질문을 던졌다. 앵거스가 여기에는 얼마나 자주 오는지, 지금도 지프 랭글러를 가지고 있는지. 지금도 쩌는 포스를 가지고 있는지. 뭐, 그 단어를 쓴 건 아니지만 말이다. 내가 정말로 알고 싶었던 건 그녀가 지금도 똑같은 앵거스냐는 것이었다. 그게 대체 무슨 질문인가? 당연히 결혼하거나 임신하거나 그 계열의 무슨 일을 했다면 앵거스는 내게 알려주었을 것이다. 하지만 벳시 할머니는 내가 듣지 못한 앵거스의 이야기를 듣고 있었다. 나는 계속해서 우회적으로 그 문제를 파고들었다. 물을 부으면서 입을 제대로 벌리고 있는 것처럼. 한데 한 방울도 들어오지 않았다. 마침내 벳시 할머니에게 대놓고 물어보았다. 앵거스는 남자 친구 있대요?

나는 할머니가 콩 캐서롤을 넣고 구웠던 유리 접시를 닦고 있었다. 할머니를 보지 않고, 그냥 철 수세미로 계속 그 접시를 파댔다. 마침내 할머니가 말했다. "감이 오긴 하는데."

나는 접시를 떨어뜨리지 않으려고 조심했다. 뒤를 돌아보았다. "무슨 감이요?"

할머니는 안경을 벗고 있었다. 얼굴이 껍데기 없는 달팽이 같았다. 천천히, 천천히 할머니는 이중 초점 렌즈를 앞치마 귀퉁이로 닦았다. "말하면 안 되지."

"그게 무슨 뜻인데요? 남자를 안 좋아한대요?"

할머니는 이 질문에 담긴 속뜻에도 놀라지 않은 듯했다. 질문은 그냥 지나갔다. 나는 벳시 할머니한테도 같은 점이 궁금했다. 하지만 할머니는 자기가 생각한 건 그게 아니라고 했다.

"알-겠어요." 내가 인내심을 발휘하는 척하며 말했다. 다시 캐서롤 접시로 돌아가 그 빌어먹을 것을 티끌 하나 없이 닦아놓았다. 하지만 벳시 할머니한테서 다른 이야기는 나오지 않을 것 같았다. 지금 할머니가 자리에서 일어나 떠난다면, 아마 할머니를 따라 위층으로 올라가 졸라대며 나 자신을 부끄럽게 할 터였다.

"할머니가 저한테 말해주셔도 앵거스는 진짜 신경 안 쓸걸요." 내가 말했다. "앵거스는 저한테 누이나 마찬가지예요."

"근데 네가 직접 앵거스한테 물어보지는 않았구나."

"그렇죠." 내가 말했다. 들통 났다.

"뭐, 네가 물어봐야 할 것 같은데. 내 생각엔 앵거스가 구체적으로 한 사람한테 빠져 있는 것 같아서."

그런 식의 말이라니. 그것도 대상이 앵거스라니. 이건 현금처럼 확실한 말로 받아들여야 했다. 앵거스가 빌어먹을 결심을 했다면 상대 남자는 알 수밖에 없었다. "그럼 내슈빌에서 만난 사람인가 보네요."

"난 말 못 해. 앵거스가 나한테 대놓고 말한 적도 없고. 하지만 너도 알다시피, 난 틀린 적이 별로 없단다."

나는 좋은 녀석이었다. 앵거스한테 좋은 녀석. 나는 그들이 매우 행복하기를 바란다.

그날 밤, 전과 똑같은 침대에서 잤다. 모든 모서리에 나무 깃대가 달려 있는 그 배에서 말이다. 나는 밤의 절반은 깬 채로, 내가 생각할 수 있는 모든 깃발을 들어보고 있었다. 도울까. 항복할까. 앵거스는 친누이나 마찬가지였다. 이 세상에서 앵거스가 행복해지는 것보다 많은 걸 바랄 수는 없었다. 그러니까 난 앵거스와 내슈빌 씨의 결혼식에 갈 것이다. 앵거스의 남자 들러리가 될 것이다. 도리가 그 상냥하고 흐릿한 머릿속에서 앵거스를 우리 결혼식에 참석할, 나의 여자 들러리로 삼았듯이. 앵거스도 내게 그렇게 해주었을 것이다. 이젠 내가 행복한 커플에게 팝콘을 던져줄 차례였다. 나는 앵거스를 놔주었다. 아침에 일어나 코치님을 만나러 가려면 그렇게 해야만 했다.

64

머더 밸리에서 리 카운티로 돌아가는 길은 나를 불안하게 했다. 이번에도 사제 폭탄이 너무 많았다. 이 길은 앵거스와 내가 유일하게 진짜로 싸웠던 곳이었다. 앵거스가 우리 모두를 두고 떠나고 싶다고, 대학에 가고 싶다고 고백했고, 나는 내가 이 길을 따라 끌고 온 십자가에 나 자신을 못 박는 고난을 헤아리고 있었기에. 여기서는 트럭 휴게소의 창녀에게 강도를 당했고, 저기서는 건초 더미에서 잠을 잤고. 나는 그렇게 분노가 담긴, 나의 조그맣고 못된 돼지 저금통을 흔들어댔다. 그 기억과 그 기억에 따라오는, 와이퍼가 앞 유리에 붙은 단단한 서리를 긁어내는 소리에 치아에 힘이 들어가는 기분이었다. 밤새 기온이 뚝 떨어졌다.

그때 나는 깨달았다. 나는 무척 운이 좋았다. 앵거스가 그만큼이나 오래 나를 참아주었다니.

코치님이 사는 노턴의 아파트 건물은 근처에서 가장 좋은 곳이었다. 거의 이 동네에 속하지 않는 것처럼 보일 정도였다. 화려한 페인트 작업이 되어 있어, 실외의 계단과 현관은 잿빛에 테두리만 하얗게 칠해져 있었다. 새로 심은 나무와 주차장 전체에 깔린, 깎아놓은 잔디. 인도. 나는 인도가 평범한 존재라도 된다는 듯 그곳에 나와서 스케이트보드를 기울여대는 아이들을 보았다. 녀석들은 아무것도 몰랐다.

내가 미리 전화를 해두었으므로 코치님은 놀라지 않았다. 충격은 내가 받았다. 빨간 모자와 호루라기는 사라지고, 가죽 슬리퍼와 딱한 늙은 남자의 냄새가 들어왔다. 덥수룩한 눈썹은 희었다. 코치님은 내 등을 척 두드렸고, 나를 거실의 가구에 앉혔다. 옛날 집에 있던 가구임을 알아보았다. 하지만 아파트는 안도 바깥만큼 새것으로 보였다. 진공청소기를 돌린 자국이 있는 카펫, 한 번도 쓴 적 없는 난로. 코치님은 깔끔한 방에 사는 완전히 새로운 남자였다. 그게 중독을 끊은 인생이다. 새로운 출발을 기념하고, 남겨두고 온 모든 것에 대한 슬픔을 빨아들이는 것. 코치님의 경우에 엄청나게 많은 무작위 스포츠 장비가 그것이었다. 앵거스는 자신이 직접 서둘러 큰 집을 밀어버리고, 쓰레기들을 뒷방에 밀어 넣은 다음, 집을 무슨 나스카 모임의 사무용 공간으로 바꾸었다고 말해주었다. 그 집의 임대료가 코치님과 앵거스가 내는 아파트 임대료의 두 배였다. 그래서 그들은 코치님이 일자리를 내려놓고 정신을 차리는 데 집중하게 된 뒤로도 그럭저럭 살고 있었다. 코치님은 앵거스가 떠나 있던 내내 이곳에 있었고, 지금도 엉뚱한 가지에 앉은 새처럼 보였다. 코치님은 집을 팔기로 했다고 말했다. 세입자들이 집을 비웠고, 앵거스가 지금 집을 보여줄 수 있도록 정리하는 중이었다. 지금 앵거스는 그 집에 가 있었다.

나는 코치님에게 어젯밤 파티에 못 가서 죄송하다고 말했다. 아, 이런. 코치님은 밝아지며, 그곳에 왔던 모든 사람의 이름을 댔다. 여러 세대의 제너럴스 선수들. 경기장의 아버지-아들 라인백들. 코치님은 대단했다고, 나도 왔어야 한다고 계속 말했다. 나는 코치님에게, 그 미소에서 빠진 치아밖에 보지 못했을 거라는 말은 하지 않았다. 쿼터백 패스트포워드. 코너백 해머 켈리. 자기가 쏜 총에 맞아 죽은 빅베어. 나의 전임자인 콜린스. 쿠시 포크는 보고 있으면 내 머리를 쥐어뜯고 싶어지는 잔인한 운명이었다. 녀석은 좁은 길에서 벗어나는 첫걸음을 떼자마자 약물 과용으로 사망했다. 그 착한 가족, 목사인 아버지가 주님의 자비가 미치지 못한 곳에서 놀라워하며 관을 마주 보고 있었다. 하지만 코치님은 다른 차원에 있으면서 만족하는 것으로 보였다. 새로운 코치나 시즌 패배에 대한 이야기는 꺼내지 않았다.

우리는 유홀 이야기도 하지 않았다. 그는 횡령 혐의를 받았지만 상황이 복잡해지면서 벌금과 집행유예로 풀려났다. 나는 애니와 암스트롱 선생님에게서 이 소식을 들었다. 두 분은 몇 년째 유홀과 그의 고약한 엄마가 끊임없이 일으키는 문제를 참아주고 있었다. 그 둘이 이사 갈 집 주소를 남기지 않고 풀밭을 스르륵 미끄러지는 모습을 보고 유감스러워한 사람은 아무도 없었다.

나는 코치님이 커피 한 주전자를 마시게 도와주고, 내가 하고 싶었던 그 모든 더 큰 문제에 대한 이야기를 피하며 한담을 나눴다. 코치님이 내 안에서 무언가를 발견해준 것이 고맙다고, 내가 망쳐버린 부분은 죄송하다고. 코치님의 실수는 그저, 한 주가 끝날 때쯤 나 같은 녀석들에게서 짜낼 수 있는 노동력을 넘어서서 나 같은 아이들의 가치를 보지 못하는 흔한 잘못일 뿐이었다. 농장, 전쟁터, 미식축구 경기장. 난 그런 엉망진창에 대해 할 말이 없었다. 하지만 코치님과 나는 12단계를 거치는 형제였으니까, 코드가 맞았다. 나는 도망치지 않았다.

*****

나는 배 속이 꼬인 것 같은 느낌으로 저택에 차를 세웠다. 말이 되지 않았다. 그 녀석은 그냥 앵거스였으니까. 반가워, 잘 가. 앵거스의 랭글러 모습을 보자 마음이 좀 침착해졌다. 바퀴 네 개가 달린, 닳아 빠진 친구. 앵거스는 내슈빌까지 왔다 갔다 하면서 그 차를 3천 킬로미터 이상 탔다고 말했었다.

내가 문에 고개를 집어넣은 바로 그때 앵거스가 상자를 들고 거실로 들어왔다. 그녀는 놀라서 살짝 두 걸음을 딛다가 상자를 떨어뜨릴 뻔했다. "예에수님이 팝시클 막대에 못 박혀 돌아가실 일이네."

"나도 같은 생각이야." 내가 말했다. 집 안은 얼어 죽을 것같이 추웠다. 이미 전기와 난방을 끊은 듯했다. 앵거스는 빨간색 터틀넥에, 양한테서 최소한의 가공만을 거쳐 그녀의 발에 오게 된 것처럼 보이는 양털 스타일 부츠를 신고 있었다. 지나치게 알록달록하고 귀덮개와 꼰 털실이 늘어진 뜨개 모자도 쓰고 있었다. "이러다가 수도가 얼 수도 있어." 내가 말했다. "불 좀 피워줄까?"

앵거스는 상자를 내려놓고 성 크기의 난로를 보며 인상을 찡그렸다. 우리는 어렸을 때 그곳에 마시멜로를 구워봤는데, 한 번도 제대로 된 적은 없었다. "아냐. 내 손에 현금이 들어올 때까지는 여길 태워버리지 말자."

앵거스는 서서 내 덩치를 가늠했다. 요즘은 사람들이 그렇게 했다. 나는 내가 느끼는 것보다 훨씬 커 보였다.

"하긴 네 무임 노동력을 좀 활용해야겠다." 앵거스가 말했다. "네가 책을 팔아서 나하고는 말할 수 없을 정도로 유명해지기 전에 말이야. 그건 그렇고 애니 선생님은 어때?"

"아, 젠장." 나는 암스트롱 선생님에게서 그때 울린 것이 거짓 경보가 아니었다는 얘기를 들었다. 계속 소식을 듣고 있어야 했는데. 차를 몰고 있는데 전화가 걸려왔고 메시지로 넘어갔다. 나는 그제야 메시지를 큰 소리로 읽었다. 우디 거스리 아마토 암스트롱. 3.22킬로그램, 55.8센티미터.

"정말이지." 앵거스의 입이 완전히 한쪽으로 움직였다. 내가 가장 좋아하는 앵거스의 히죽거림이었다. 버니를 그릴 때 그 웃음을 빌려다 썼다. 눈치챘는지는 몰라도 앵거스는 아무 말도 하지 않았다. "너무 늙어서, 어린애가 우디라는 이름으로 학교에 가면 어떤 일이 벌어질지 모르는 거야?"

"나라면 그 걱정 안 해." 내가 말했다. "다섯 살만 돼도 다른 이름을 쓰게 될걸."

"하드-온이라든지."

"바로 그거야."

또 한 번의 침묵. 우리는 완벽하게 맞지 않는, 식어버린 엔진이었다.

"모자 멋지네."

앵거스가 모자를 벗어 바라보았다. "그치? 내슈빌 길거리의 어떤 남자한테서 샀어." 풀려난 머리카락이 펄쩍 뛰어 활동을 시작했다. 어째서인지 전보다 여자 같았다. 우리는 처음 만났던 바로 그곳에 서 있었다. 나는 뭔가에 정말로 불을 붙이고 싶은 것만 같은 초조함을 느꼈다.

"내가 여기 처음 온 날 기억해? 널 남자라고 생각했던 날."

히죽거림이 움직였다. "앵거스, '앵거스 소 할 때'."

"왜 그랬어?"

"뭘 왜 그래?"

"왜 내가 하루 종일 그런 식으로 굴게 놔뒀어? 그냥 말할 수도 있었 잖아."

앵거스는 미소를 멈추었다. "이제 와서 묻기에는 좀 늦은 것 같은데."

나는 앵거스에게 시비를 거는 기분이었다. 누군가와 헤어지는 데 도움이 되는, 그런 시비가 분명했다. "그렇지. 내가 이런 걸 좀 잘 잊 어버리거든. 네가 언제나 모든 벌들의 여왕이 되어야 했다는 것이라 든지."

잿빛 눈은 몇 차례 날씨 변화를 거치다가 가라앉았다. "나한테 그 게 어땠을지 조금이라도 생각해볼 수는 없어? 난 그 문제에 대해서 발 언권이 없었어. 내가 만나본 적도 없는 어떤 애가 우리 집에 들어와 서 산다는데. 코치님이 이제야 아들을 얻었다는데."

"그래서 멍청이한테 카펫을 깔아주려 했다는 거네."

앵거스가 어깨를 으쓱했다. "계획한 게 아니야, 그냥 그렇게 된 거 지. 어쩌면 이게 내 기회일지 모르겠다고 생각한 게 기억나. 우리가 형제로 지내는 게 더 낫겠다거나, 뭐." 앵거스는 내가 따라잡기를 기 다리며 나를 빤히 보았다. "이 집에서 여자로 지내서 좋은 일은 하나 도 없었다고, 알아?"

그런데 난 그 모든 걸 놓쳤다. 유혹의 사악한 빨간 눈이 앵거스라 는 조그만 여자아이의 몸에 닿았던 것, 그녀의 아빠가 했던 방임, 그 모든 것의 근본적 원인은 하나였다. 그러다가 내가 다가와 이 집을 정복하는 것으로 그녀를 대접했다. "젠장." 내가 말했다. "그건 다 미 안해. 넌 모든 형제 중에서도 최고의 형제였어. 자매든지. 네가 골라, 넌 A군 선수야."

앵거스가 미소 지었지만 그 미소는 공허했다. "어제 축하 파티에는 안 왔던데."

"넌 내가 이 동네에 와 있다는 것도 몰랐잖아."

"사실 알고 있었어. 준 아줌마가 말해줬거든. 그런데 네가 파티에 안 온 거야. 네가 인사도 하지 않고 이 동네에 훅 들어왔다가 나가나 보다 했지." 앵거스가 허리를 숙여 상자를 집어 들었다. 하지만 그녀의 눈에서 그녀가 숨기려는 것을 보았다.

"그런 짓은 안 해." 거의 그럴 뻔했지만.

나는 앵거스에게 마지막으로 집을 한번 둘러봐도 되냐고 물었다. 정말로, 그냥 마음을 가라앉히기 위해서. 나는 위층의 빈백 라운지로 갔다. 지금 그곳은 천장에 얼룩이 진, 텅 빈 공간이었다. 다시 아래층으로 내려와보니 앵거스가 코치님의 옛 서재 바닥에 앉아, 자기 주위에 종이 더미를 완벽한 원으로 벌려놓고서, 보관해야 할 서류가 무엇인지 최종적으로 확인하고 있었다. 나는 앵거스가 하는 일에 대해 물었고, 앵거스는 그 일에 대해 일부 이야기해주었다. 지나치게 스트레스에 시달리는 아이들을 위한 교내 서비스였다.

"벳시 할머니 말로는 네가 학교에 다니려고 또 떠날 거라던데. 박사인지 뭔지 한다고."

"사회복지사야. 엄밀히 말하면 이미 떠난 상태고. 원격 프로그램 같은 거라 수업의 많은 부분을 온라인으로 진행해. 한 번에 몇 달씩만 직접 가 있으면 돼."

"내슈빌이야?"

"켄터키."

나는 강한 감정을 느끼며 바이킹과 기즈모를 생각했다. 나는 그녀가 건네준 파일을 받아 쓰레기 상자에 넣었다. 용기를 끌어내느라고. "아무튼. 벳시 할머니가 그러는데, 너 어떤 남자한테 마음을 두고 있다며."

앵거스가 아주 오랫동안 아주 이상한 눈으로 나를 보았다. 그래서 나는 화제를 돌려, 사회복지에 관해 물어볼 예의 바른 질문들을 생각해내려 했다. 정신병원에 가는 거냐고 뭐냐고. 앵거스는 자신의 주된 관심사는 아이들이라고 했다. 학대 상황, 수감된 부모. 나는 이 동네에서라면 공급이 부족하지는 않겠다고 말했고, 앵거스는 자기가 생각한 것도 그거라고 말했다. 직업 안정성이라고.

"여기 남을 생각이라고. 여기에."

앵거스가 고개를 끄덕였다. "넌 아닌 것 같네. 너도 알겠지만 유명한 만화가는 어디서든 될 수 있어. 이 지역에도 이제는 진짜 광대역 통신이 들어오거든."

"지난 하루 반 동안 난 그 생각밖에 안 했어. 그게 내가 원하는 것 전부인데, 상상이 되지 않아. 그러니까 여기 남는 것 말이야. 지금의 나를 생각하면. 넌 대체 어떻게 하는 거야?"

"나도 몰라. 한 번에 하루씩? 그냥 해야 할 일을 하는 거지."

"하지만 넌 신의 재목이야, 앵거스. 나머지 우리랑은 달라. 그건 알지?"

그 망가 눈. 앵거스가 모르는 게 정말 가능할까?

과거에 우리는 절대로 서로에게 손을 대지 않았다. 한 번도. 규칙은 엄중했다. 하지만 무엇 때문인지 손을 뻗어 그녀의 오른손을 펼쳤다. 그 위에 하트를 그리고 손을 다시 쥐어준 다음, 주먹을 돌려주었다. "미안, 여신의 재목이라고 했어야 하는데. 그때 처음 헷갈린 이후로는 한 번도 헷갈린 적 없어. 그냥 알려주려고."

앵거스는 종이를 더는 살펴보지 않고, 엄청나게 얽힌 운동용 고무 밴드 상자로 고개를 돌렸다. 숨을 내쉬더니 바닥에 누웠다. "이거 진짜 엿 같네. 심하게 닳아빠진 스포츠 장비 한 트럭을 갖고 싶어 할 사람은 모르지?"

"사실, 아는 것 같아." 나는 차트레인의 팀 동료들을 생각하고 있었다. 레글리스 라이트닝*.

앵거스가 일어나 앉았다. "그럼 네가 니미럴 겁나게 큰 차를 몰았으면 좋겠는데."

"꽤 작아. 근데 귀여워. 나와서 한번 볼래?"

"네가 귀엽다고 하는 것들이라니." 앵거스가 내게 상자를 떠밀었다. "이거나 쓰레기 더미에 내다 줘. 왼쪽에 보이는 첫 산더미야. 모를 수가 없을걸. 나도 곧 나갈게."

바깥 날씨가 추워져 있었다. 아직 정오조차 아니었다. 나는 김 서린 숨이 입에서 나오는 모습을 지켜보며 서 있었다. 나는 그 숨을 나의 내면이 여전히 살아 있다는 뜻으로 받아들였다. 눈이 내리기 시작했다. 그냥 여기저기 떨어지는 작은 얼룩이었다. 나는 담배에 불을 붙였다. 30초 뒤 앵거스가 나왔고, 나는 스모킹 건을 등 뒤로 숨겼다. 앵거스가 웃으며 코치님에게 말하겠다고 했다. 그렇게 우리는 괜찮아졌다. 우리는 앵거스가 끌고 나온 거대한 쓰레기 더미를 살펴보았다. 나는 앵거스에게 어디 가면 300달러짜리 궤도차 크기의 쓰레기통을 구할 수 있는지 말해주었다. 앵거스는 베레타를 확인해보고, 나라면 당연히 바다 색깔의 차를 구할 줄 알았다고 했다. 난 그런 생각은 하지도 못했는데.

"본 적은 있어? 비극적으로 중단된 초기의 시도를 한 이후에 말이야."

그런 시도를 두 번 했다. 앵거스가 말하는 크리스천스버그로의 학

---

*   '다리 없는 번개'라는 뜻.

교 여행 때. 나는 리치먼드-마우스 대사고에 대해서는 별로 얘기해 주지 않았다. 나는 캐멀을 다 피우고 꽁초를 비벼 껐다. "그 얘긴 하기 싫다."

"그래, 안 가봤구나. 그래도 바다는 아직 사라지지 않았어. 혹시 모를까 봐."

"확실해?"

"그럼요, 아저씨. 관청에 가서 확인받으셔도 됩니다."

"그럼 네 말 믿을게. 넌 대학 학위도 있으니까."

잠시 눈이 오는 가운데에도 해가 나왔다. 악마가 자기 아내를 패고 있다는 뜻이라고들 했다. 그때 눈이 멈추었다. 악마의 아내가 그 개자식을 떠난다는 뜻으로 받아들였다. 나는 크리스마스에는 코치님이랑 뭘 할 거냐고 물었다.

앵거스는 턱을 뒤로 당기며 이상한 표정을 지어 보였다. "크리스마스는 무슨. 그건 다 네가 한 짓이잖아."

"근데 넌 크리스마스에 빠져 있는 것처럼 보였어. 내 말이 틀려?"

"아니. 하지만 네가 오기 전에 우리는 크리스마스 치르는 방법을 몰랐고, 네가 집에서 나간 이후로는 마법이 다시 떠나버렸어. 그 마법은 전부 너였어, 데몬."

우리는 잠시 조용했다. 나는 기억 속의 우스꽝스러움으로 땐 작은 모닥불로 몸을 덥히며 앵거스도 그렇게 하고 있기를 바랐다. "난 지금도 그 배를 가지고 있어. 병에 든 것 말이야. 내가 가졌던 다른 모든 건 지금쯤 잃어버렸거나 갖다 버렸어. 근데 그건 간직했어. 넌 내가 많은 곳에 가게 될 거라고 생각했지. 우린 그냥, 유리병 부분이 다가오고 있다는 걸 모른 거야."

앵거스가 입을 열었다가 다물었다. 빈 오른손을 펴서 바라보았다.

그 안에 무언가가 있다는 듯이. 그러더니 손을 등 뒤로 돌렸다. "너랑 애니 선생님이 책을 엮지 못하게 된 건 유감이야." 그녀가 말했다.

"어떻게든 해볼 거야. 결국 애니 선생님도 나한테 다시 연락할 테고. 내 말은, 아기 한 명이 얼마나 가겠어?"

앵거스가 웃었다. 하지만 무언가 기운이 빠져가고 있었다.

"한 번 더 해볼 수도 있지." 내가 말했다. "크리스마스 말이야. 넌 뭘 갖고 싶어?"

"이 집을 살 거액의 수표."

"내 예산 범위는 알잖아. 슬프게도 그 방면으로는 딱히 나아진 게 없어. 그래도 말썽쟁이-착한 아이 척도에서는 약간 나아졌는데."

앵거스가 나를 똑바로 바라보자 내 안에서 무언가가 동요했다. 난 그 무언가에 이름을 붙일 수 없었다. 아니면 그 이름을 인정하기에는 너무 겁이 났다. "알았어. 너한테 줄 선물이 있어." 앵거스가 말했다. "포장은 안 했어. 그냥 생각한 거야."

"그래. 어디 있는데?"

"음. 여기서 800킬로미터 떨어진 곳에. 모래 더미 바로 옆에 붙어 있어."

내가 웃었다. "고맙다."

"진심이야. 너한테 바다를 줄게."

"겨울이잖아."

"그거 알아? 바다를 둘둘 말아서 어디 치워두지는 않아. 바다는 그냥 그 자리에 있어. 가든 안 가든 마음대로 해, 친구. 염병할 대서양을 주겠다는데."

"포장도 돼?"

앵거스는 모자의 귀덮개를 양손으로 끌어 내렸다. 그렇게 하지 않으면 공중으로 떠오를지도 모른다고 생각하는 듯했다. 그러더니 내 얼굴 쪽으로 자기 얼굴을 들어 올렸다. 나보다 30센티미터는 작았기에, 할 수 있는 한에서. 그녀는 커다란 잿빛 눈으로 내게 다가왔다. 농담 아니야. 앵거스는 시험 일정인지 뭔지 때문에 직장이 일주일 쉰다고 했다. 그녀는 내게 녹스빌로 돌아가야 하는 마감일이 있냐고 물었다. 그런 건 없었다.

"그래서 어쩔래, 데몬. 그만 정리하고 이 쓰레기 더미를 날려버릴까?"

나는 앵거스를 따라 코치님의 아파트로 돌아갔다. 앵거스가 필요한 물건을 챙기도록 말이다. 우리는 아주 약간 위험도가 낮은 방법으로 베레타를 선택했다. 앵거스는 바다처럼 파란 그 자동차가 자초한 일이라고 했다. 차에서 재떨이 냄새가 나는데도 개의치 않았다. 우리는 게이트 시티까지는 창문을 계속 열어두었다. 날씨를 생각하면, 빌어먹게 썰렁했다. 하지만 고속도로에 접어들었을 때쯤에는 창문을 올려도 괜찮았다. 그런데도 난 어떤 이유에서인지 떨고 있었다. 내 가죽을 벗고 튀어나갈 준비가 된 것 같았다. 앵거스는 나보다 두어 걸음 앞서 있었다. 언제나 그랬듯이, 앞으로도 그렇겠지만. 정말로 행복하게. 완전히 쿨하게.

그녀는 자동차용 간식이 든 가방을 뒤졌다. M&M 한 봉지를 뜯어 내 얼굴에 던지자 얼굴에 맞고 튀어나왔다. 나는 여행 중 반칙이라고 선언했다. 앵거스가 바닥에서 주워 내 입에 던져 넣었다. "그래서 정리 좀 하자. 네 동기에 관해서 말이야. 선탠을 하러 가는 건 아니지?"

나는 그렇다고 말했다. 그냥 엄청나게 큰 물을 보고 싶다고.

"좋아." 앵거스가 말했다. "추울 테니까. 하지만 겨울에 가는 데에는 장점이 있어." 앵거스는 그런 장점들을 짚었다. 사람이 없다. 스피도 수영복을 입고 뽐내며 돌아다니는 인간들도 없다. 우리가 그곳을 독차지하게 될 것이다. 모텔은 절반 가격일 테고. 이건 앵거스가 흐름을 믿고 하는 말이었다, 우리가 모텔에 묵게 될 거라는 건. 나는 우리가 어디로 가는지 극도로 불확실하다고 느꼈다. 앵거스는 지금도 나의 누이일까?

앵거스가 자기 이마를 탁 쳤다. "아, 이런. 굴."

"굴이 왜."

"굴은 겨울에만 먹을 수 있어! 6월, 7월, 8월에는 독이 있다고. 이름에 R이 들어가는 달이 될 때까지 기다려야 해."

대단히 의심스러웠다. "왜?"

"믿을지 모르겠지만, 훌륭한 고급 학위를 가진 나조차도 몰라. 어쩌다 보면 옳는 그런 거야. 친구들이랑 같이 뉴올리언스에 몇 번 갔거든."

나왔다, 친구. "기다릴 만한 가치가 있다는 거야? 페곳 아줌마가 크리스마스에 굴을 넣은 수프를 끓이곤 했는데 딱히 좋지는 않았거든."

"그거랑은 전혀 달라. 바닷가에서는 굴이 신선하니까. 깨서, 껍질에 들어 있는 채로 후루룩 마시는 거야. 날것으로. 엄밀히 말하면, 내 생각엔 아직 살아 있는 채로 먹는 걸 거야."

"그게 좋은 거야?"

"얼마나 맛있는지 못 믿을걸. 바다와 키스를 하는 것 같아. 데몬." 그녀는 내가 얼굴을 볼 수 있도록 몸을 앞으로 숙이더니, 그 포스 있는 시선을 내게 박아 넣었다. 나의 완벽한 운전 기록에 위협이 될 만한 표정이었다. "바다가 너한테 마주 키스하는 것 같기도 하고."

아, 세상에. 이 여자가 남자를 점찍어두었다. 내 누이가 아니었다.

우리는 셰넌도어 계곡을 지나는 내내 이야기했다. 하루의 마지막이 언덕 위에서 길게 이어졌고, 어둠이 우리 주변을 가까이 감쌌다. 눈 송이들이 헤드라이트 불빛을 받아 빙빙 돌며 반짝였다. 때 아닌 반딧불이 같았다. 나는 터무니없이 깨기 어려운 돌대가리였다. 나는 오른팔을 앵거스의 좌석 등받이에 둔 채 왼손으로 운전하며, 그녀의 목 뒤에 난 가는 머리카락을 엄지로 쓸었다. 여행 자체가, 그냥 그곳으로 가는 길이 아마 지금까지 내 인생의 가장 좋은 부분이었을 것이다.

우리가 있는 곳은 거기다. 크리스천스버그 출구를 한참 지난 곳. 리치먼드를 지나, 여전히 동쪽으로 가는 길. 나를 산 채로 삼키지 않을 게 확실한, 단 하나의 큰 존재를 향해.

제도적 가난과 그것이 자기가 속한 사회의 아이들에게 끼치는 해로운 영향을 열정적으로 비평한 작품《데이비드 코퍼필드》를 쓴 찰스 디킨스에게 감사한다. 그런 문제는 여전히 우리와 함께 있다. 내가 사는 지역과 시간대로 그의 소설을 변용해, 그가 품었던 분노와 창의력, 공감 능력의 도움을 받아 몇 년째 노력한 결과, 나는 그를 나의 천재적인 친구로 생각하게 되었다.

인심 좋은 수많은 사람들이 위탁 가정에서의 아동 보호 서비스, 약물중독과 회복의 메커니즘과 절망, 애팔래치아의 역사, 만화, 고등학교 미식축구 등 다양한 범위에 이르는 전문 지식을 제공함으로써, 이 소설의 액자에 스케치를 그리고 색을 채워 넣는 데 도움을 주었다. 실수는 내 탓이고, 핍진성은 이들의 덕이다. 카밀 킹솔버, 리드 스노, 사일러스 하우스, 케일라 레이 휘터커, 린다 스노, 어맨다 프리먼, 크리스틴 돗슨, 수 엘라 코백, 아트 밴 지에게 감사한다. 우리 모두는 이 소설의 범주를 넘어서, 위험한 아편제 처방을 획기적으로 드러냄으로써 궁극적으로 마약 위기에 대한 대중의 관심을 환기한 밴 지 박사에게 감사한다. 나는 환자들에 대한 그의 헌신에 경탄한다.

아드리아나 트리기아니와 낸시 볼마이어-피셔가 공동 설립한 오리진 프로젝트는 우리의 학교를 풍요롭게 하며 나의 허구적 백그라운드 프로젝트에 영감을 주었다. 이 이야기의 일부는 나의 할머니와 할아버지인 루이즈 킹솔버와 로이 킹솔버, 왕고모 릴리언 라이트 크래프트에게서 따온 것으로, 왕고모는 지금도 산 자의 자신감을 가지고, 애팔래치아가 아닌 곳에서 보낸 나의 세월이 수치심으로 인해 내 혀에서 지워버리려던 언어로 말씀하신다.

이 책의 모든 원고는 통찰력 있는 독자들, 특히 샘 스톨로프, 테리 카튼, 사일러스 하우스, 루이자 조이너의 조언으로 개선되었다. 주디 카마이클은 폭풍우 치는 바다를 가라앉히고, 나의 작은 배가 가라앉지 않도록 막아주었다. 스티븐 홉은 모든 페이지를 읽고 지도해준 것 외에도 내가 책상에서 밥을 먹게 해주고, 사실을 찾아가는 모험에서 나와 함께해주었으며, 나를 때때로 햇볕으로 끌어내 이 이야기가 나를 데려가야만 했던 어두운 곳에서 나를 데리고 나왔다.

그런 어두운 곳에서 매일 배고픈 채 깨어나는 아이들, 가난과 진통제에 가족을 잃고, 담당관은 계속해서 그들의 서류를 잃어버리며, 투명 인간이 되었다고 느끼거나 투명 인간이 되고 싶다고 느끼는 아이들에게, 이 책은 너희를 위한 것이다.

시끄러운 세상이다. 우리나라만이 아니라 전 세계적으로 사회 모든 분야의 갈등이 극심해졌다. 사회경제적 계급에 따라, 거주하는 지역에 따라, 성별에 따라, 성적 지향에 따라, 종교에 따라, 직업에 따라, 인종에 따라, 장애 유무에 따라, 환경이나 동물권 이슈에 대한 입장에 따라, 심지어 주로 활동하는 인터넷 커뮤니티가 어디인지에 따라 일상적으로 싸움이 벌어진다. 싸움의 정도도 심각하다. 입에 담기 힘든 욕설을 인터넷의 익명 공간에서 쏟아놓는 것은 일상이 되었다. 오프라인에서도 자신과 다른 사람에 대한 심각한 폭력, 테러로 정의할 만한 사건들이 벌어진다. 조직적인 테러와 전쟁의 위협도 커졌다. 불과 10년 전과 비교해도 하루하루가 위험하게 느껴질 정도다.

이런 갈등의 곰팡이꽃처럼 정치적 갈등이 피어 있다. 그것이 경제적 양극화 등 다른 원인을 나타내는 증상인지, 아니면 그 자체로 사회적 갈등을 유발하는 요인인지는 모르겠다. 내가 느끼는 건 이 영역이 완전히 썩어버렸다는 것뿐이다. 정치인들이 뇌물을 받고 법을 어기는 등 부패했다는 의미라기보다는(그런 일이 없다는 말도 아니고, 이런 차원의 부패가 정치라는 영역 자체의 부패와 관련이 없다는 뜻도 아니지만), 정치라는 영역 자체가 완전히 변질되어 기능을 상실한 것처럼 보인다는 것이다.

내가 이해하는 정치는 사회에서 발생하는 여러 갈등을 최대한 토론과 합의로 해소하는 말[言語]의 장이다. 그러나 최근에 정치와 관련한 모든 영역에서 사람들은 서로의 의견을 전혀 궁금해하지 않게 되었다. 오랜 친구 사이처럼 이미 서로에 대한 깊은 신뢰가 있는, 대단히 안전한 영역에서가 아니라면 (심지어 그런 영역에서도) 사람들은 서로에게 "이런저런 사회 문제를 어떻게 해결하는 게 좋다고 생각하느냐"라든지 "이런저런 정책에 대해 어떻게 생각하느냐"는 식의 의견을 묻지 않는다. 묻는다고 하더라도 그 의견에 정말 관심이 있어서 묻는 게 아니다. 그 의견을 통해 상대의 소속을 알아내려는 것뿐이다. 상대가 '좌빨'인지 '우꼴'인지, 'PC충'인지 '일베충'인지 빠르게 분간하면, 그 뒤로는 상대를 무작정 옹호하거나 무작정 배격하는 일밖에 남지 않는다. 정치적 의견이란 해당 집단에서 패키지로 제공하는 것 외에 존재할 수 없으며, 어떤 정치적 의견의 수준은 그것이 현실의 문제를 해결하는 데 어떤 효과를 발휘하는지보다는 의견을 낸 사람이 빨간색인지 파란색인지를 얼마나 선명하게 보여주는지에 따라 판단된다는 식이다. 정치란 대화와 타협이 아니라 싸움의 장이 되었고, 좋은 정치인이란 공동체를 화합으로 이끌어가는 인물이 아니라 상대를 '썰어버리는' 싸움꾼이 되어버렸다. 이런 상황이 불편한 수많은 사람들은 아예 정치적 영역에 관해 입을 다물고 담론의 장에서 빠지는 편을 선택했다.

우리나라만이 아니라 미국에서도 이런 현상이 나타나고 있다. 아니, 어쩌면 미국에서 가장 징후적으로 나타나고 있다고 할 수도 있겠다. 최근 약 10년 동안 미국에서 정치적 의견이란 "도널드 트럼프에게 투표할 것인가"라는 질문에 대한 답으로 요약될 수 있었다. 트럼프에게 투표한다는 행위는 공화당이나 다른 공화당 후보에 대한 일반적 지지와는 다른 의미를 띠었다. 트럼프가 공화당 내에서도 사고 뭉치 소수자였기 때문만이 아니다. 트럼프는 기존의 정치인들이 최소한 표면적으로라도 옹호하던 사회적 가치, 즉 다양한 사회 구성원과의 평화로운 공존이라는 가치를 공격했다. 질서 유지를 위한 최소 합의인 법이라는 선을 침범하면서까지 말이다. 미국 최초의 흑인 대통령 오바마를 당선시키고, 여성과 성 소수자, 인종적 소수자 등을 배려하는 방향의 다양한 제도와 법안을 마련하며 사회의 진보에 안심하던 수많은 사람들은 트럼프의 당선, 재선 실패 후에도 이어지는 그에 대한 지지, 그리고 재선 가능성을 목격하고 충격에 빠졌다. 이들은 역사의 퇴보에 비통해했고, 트럼프를 지지한 '악당' 혹은 '무지렁이'들에 대한 분노에 사로잡혔다. 상대 정당인 민주당이 실책하더라도, 이들은 "그래서 트럼프한테 투표할 거야?"라는 질문에 "그건 안 되지"라고 대답하는 사람들의 모임으로 환원되었다. 또는 '진보가 과해서' 이런 반동이 일어났다는 잘못된 진단에 따라 기존의 공동체 건설과 확장 움직임에 반대하면서 자신들 진영에 분열을 일으키기도 했다.

그러나 이 모든 상황에서 트럼프의 지지자들은 크게 동요하지 않았다. 트럼프의 주된 지지층으로 알려진 사람들, 그야말로 멸칭이라고밖에는 할 수 없는 "백인 쓰레기", 화이트 트래시(White Trash)라 불리는 사람들은 진보 진영에서 공동체를 건설하고 그 외연을 확장했다는 주장에 전혀 동의하지 않았다. 이들이 살던 미국 중서부 시골의 공동체는 오바마가 당선되기 한참 전부터 경제적으로 파괴되었기 때문이다. 연방정부 차원에서 이들의 공동체를 재건해야 한다는 목소리나 진지한 정책적 접근은 없었다. 오히려 빈곤과 그로부터 비롯한 다양한 생활 양상은 조롱거리가 되었다. 예컨대 이들이 고등교육을 받지 못하고, 평생 한 지역을 떠나지 않고 살기에 다른 인종이나 문화권의 사람과 접촉한 경험이 적으며, 개인의 개성보다는 가족-이웃으로 촘촘하게 구성된 사회로의 동질화를 중요하게 여기는 등의 특징은 이들을 문화적으로 멸시하는 명분, 나아가 제거해야 할 적폐로 보는 이유로 여겨졌다. 이런 식으로 소외된 사람들에게 '위대한 미국'을 재건하겠다는 트럼프의 주장은 옛 공동체를 회복할 수 있으리라는 기대를 품게 했을 법하다. 그렇게까지 나아가지 않았더라도, 이들이 트럼프가 파괴하려는 도시 사람들의 공동체에 별다른 아쉬움을 느낄 수는 없었을 것이다(트럼프가 정말로 이들의 이해관계를 대변할 수 있는 인물인지, 아니면 소설에 등장하는 탄광주인 자본가들처럼 그들을 이용하는 존재일 뿐인지는 또 다른 문제다).

사실, 미국인은 아니지만 '도시 사람들의 공동체'에 훨씬 가까운 입장인 나 역시 꽤 오랫동안 트럼프를 지지하는 입장을 단순한 백래시로만 이해했다. 고백하지만, 멍청해서 혹은 편견에 사로잡혀 있거나 남들의 입장을 배려할 줄 몰라서 인류가 이루어낸 진보를 짓밟아버리려는 것처럼 보이는 그 사람들을 비웃고 공격하는 것이 전혀 부끄럽지 않았다. 가끔 부끄러워하다가도 혹은 내가 잘 모르는 사람을 섣불리 공격해도 될까 싶어 머뭇거리다가도 의분으로 금방 그 감정을 덮어버릴 수 있었다. 이 글의 서두에서 나는 사회적 갈등이 심해졌다는 둥 정치적 양극화가 심해졌다는 둥 사람들이 더 이상 서로의 의견에는 관심을 기울이지 않고 그저 서로에게 딱지 붙이는 일에만 관심을 갖는다는 둥 떠들어댔다. 그러나 나 역시 그중 한 명에 불과했다. 나는 미국에서 '레드넥' '힐빌리' '화이트 트래시'라 불리는 사람들을 이해할 생각이 전혀 없었고, 그들의 주장보다는 정체성을 패키지로 배격했다.

바버라 킹솔버의 《내 이름은 데몬 코퍼헤드》가 위대한 작품인 까닭은 이런 내게 브레이크를 걸어주었다는 데 있다. 이 책은 사회적 갈등이 극도로 치달은 요즘 세상에, 이런저런 이유로 선명성 경쟁에 참여하거나 상대에 대한 순수한 분노로 달아올라 있는 모든 사람에게 부끄러움과 '내가 저 사람을 잘 모를지 모른다'는 머뭇거림을 되찾아준다. 소설가의 가장 큰 무기, 즉 '재미있는 작품'을 통해서 그렇게 한다.

미국 중서부 힐빌리들에 대해 오직 적개심만을 가진 독자라도 호기심을 갖고 지켜보다가 결국 응원하게 될 만큼 이 책의 주인공 데몬 코퍼헤드는 매력적이다. 작가 특유의 생생하면서도 현실적인 묘사를 통해 주인공이 처한 최악의 상황들이 너무도 실감 나게 전달되는데, 역시 특유의 유머러스한 시각을 통해 그런 상황에서도 꺾이지 않고 살아남는 주인공의 회복 탄력성이 두드러진다. 주인공을 비롯한 그곳 공동체 사람들의 비참한 현실이 아무런 윤색 없이 절절히 전달되는데도 읽는 행위 자체가 마냥 괴롭지만은 않게, 아니 오히려 흥미진진하게 느껴지는 까닭이다.

이는, 이 작품이 오마주하고 있는 《데이비드 코퍼필드》를 비롯해 《올리버 트위스트》《위대한 유산》 등을 쓴 작가 찰스 디킨스의 수많은 작품에서 보이는 특징이기도 하다. 디킨스의 생전에 수많은 독자들이 그의 작품을 끝까지 흥미진진하게 읽을 수 있었고, 심지어 지금까지도 많은 사람들이 그의 작품을 단순한 고전이 아니라 리메이크할 만한 흥미로운 이야기라고 느끼는 까닭은 그가 영국 노동자와 길거리의 아이들, 성매매 종사자들의 삶에서 보기 좋은 부분만 발라내고 치장해 독자가 힘들어하지 않을 정도로 윤색했기 때문이 아니다. 오히려 작가의 관심은 주인공을 그런 사회의 밑바닥에 사정없이 내

팽개쳐 그 현실을 낱낱이 드러내는 데에 있었던 것으로 보인다. 다만 주인공이 절대 굴하지 않고 괴로움 속에서도 완전히 꺾이지 않고 살아남았기에 그가 처한 현실을 읽는 것은 독자에게 견뎌야 하는 괴로움이 아니었다. 독자들은 오히려 주인공을 응원하며, 그가 처한 현실—이런 서사적 도구가 없다면 쳐다보기도 싫었을 비루한 현실—을 외면하지 않게 되었다.

이는《내 이름은 데몬 코퍼헤드》에도 똑같이 적용될 수 있는 특징이다. 우리는 19세기 공장 노동자나 굴뚝 청소부들이 겪던, 지금은 옛날이야기처럼 느껴지는 가난이 아니라 21세기의 '리얼'한 가난—쓰레기장의 노동자, 마약중독자, 담배 농장의 어린 일꾼, 망해버린 그 농장의 주인, n잡을 뛰어야 하는 공립학교 교사, 격무와 박봉에 시달리는 사회복지사, 아동 위탁을 통해 생계비를 벌어보고자 하는 갖은 사람들—을 확인한다. 단, 뛰어난 탄력성과 의지, 유머 감각까지 가진 주인공을 통해서다. 데몬은 안 그래도 팍팍한 세상, 소설로든 드라마로든 구질구질한 현실을 들여다보고 싶지 않다는 거대한 충동을 이기고 현실을 보게 하는 환상적 매력의 소유자이고, 그의 이야기를 전달하는 작가의 솜씨는 나무랄 데 없다.

더욱이 작가는 다양한 역사적, 사회적 통찰을 작품 안에 녹여냄으로써 이러한 빈곤이 일종의 운명처럼 주어진 상태가 아니라 사회의 구조가 만들어낸 것임을, 따라서 인간의 힘으로 바꿀 수 있는 것임을 날카롭게 짚어낸다. 남북전쟁 이후로 미국에서 가장 큰 내전이었다는 애팔래치아 탄광 노동자들의 투쟁—이때 광부들이 목에 두른 빨간색 스카프가 이들을 '레드넥'이라 부르는 계기가 되었다—에서 극적으로 드러난, 조지 워싱턴 때부터 이어져온 지방의 자립 경제와 도시의 국제 경제 사이의 대결 등 작가가 작중 인물 토미의 입을 빌려 제시하는 역사적 정보와 사회경제적 구조에 대한 분석이 특히 그렇다.

혹자는 물을지 모르겠다. 그래서 결국 작가가 요구하는 것이 '레드 넥'들에 대한 공감과 이해, 그들의 주장에 대한 수용이냐고. 그들이 트럼프를 찍는 이유를 이해해야 하는 거냐고, 설령 이해한다 한들 그게 우리의 가치관이나 정치적 행동에 어떤 영향을 미치는 것이 마땅하냐고. 달리 말하면 그동안의 진보주의자들이 건설하고 확장해온 공동체가 공격받는 것을 방치해야 하느냐고. 만일 그것이 작가의 기획이라면, 이 작품에 설득당할 가능성이 있다면, 오히려 그래서 책을 펼치지 않겠다고 말이다.

이런 기우를 품고 있을지 모르는 독자에게 내가 하고 싶은 말은 안심하라는 것이다. 주인공 데몬은 물론 힐빌리다. 다른 사람들이 그를 힐빌리, 화이트 트래시라고 부르기 때문이다. 그러나 우리는 데몬을 그가 힐빌리가 무엇을 의미하는지도 모르던 어린 시절부터 지켜보며, 그가 힐빌리라는 이름에 딸려 오는 정체성을 패키지로 받아들인 인물이 결코 아님을 알 수 있다. 그가 생각하는 공동체에서는 여성과 성 소수자, 인종적 소수자, 장애인을 비롯한 사람들이 전혀 배제되지 않는다. 데몬은 자신이 처한 극한 상황에서 눈을 돌리지 않듯 이들이 겪는 삶의 경험에 대해서도 검열하거나 윤색하려는 시도를 전혀 하지 않으며, 그들을 자신과 근본적으로 다른 인물로 여기지도 않는다. 그뿐만 아니라 작가는 이런 등장인물들의 삶을 구성하고 개연성 있게 그려내기 위해 그와 같은 삶을 규정하는 사회경제적 구조에 대해서도 성실하게 관심을 기울인다. 작가가 가진 페미니즘적, 인종적 관심은 애팔래치아의 역사나 이곳의 소외된 백인들에 대해 가지는 관심에 전혀 뒤지지 않는다. 만약 어떤 트럼프 지지자가 이 책을 읽는다면, 거꾸로 이 작품이 'PC충'들의 프로파간다이므로 그런 주장에 넘어갈 위험을 피하기 위해 책 자체를 읽지 않겠다고 주장할 수 있을 정도다.

나는 작가의 메시지가 양쪽 진영 중 하나에 매몰된 정치적 주장이라기보다는 양측 모두가 갖추어야 할 태도의 문제라고 생각한다. 작품에서 데몬은 힐빌리들의 처지를 학교에서의 어색한 상황에 빗대 설명한다. 그 상황이란 변기 칸에 어떤 '찐따'가 들어 있는 줄 모르고, 다른 학생들이 세면대 앞에서 그 '찐따'의 욕을 하는 상황이다. 누구에게도 그 '찐따'를 구체적으로 괴롭힐 생각은 없었지만 '찐따'가 문을 열고 나오는 순간 모두가 어색해지는 상황. 나는 사실 나 자신을 포함한 많은 사람들이 세면대 앞에서 '찐따' 흉을 보곤 한다고 생각한다. 단지 그 사람이 거기에 있다는 걸 모르기 때문이다. 하지만 '찐따'가 이미 문을 열고 나온 뒤에는 뱉은 말을 주워 담을 수 없다. 작품에서는 이 상황이 특히 힐빌리들에 대한 특정한 태도를 의미하는 것으로 그려지지만, 나는 그 자리에 사실 누구든 집어넣을 수 있다고 생각한다. 특히 내가 속한 한국이라는 사회에서는 더더욱 그럴 것이다.

그리고 이 측면에서 작가의 메시지는 명백하다. 그러지 말라는 것, 내 눈에 보이지 않더라도 누군가가 존재하고 있다는 걸 의식하라는 것. 작가는 자서전에서 자신이 문과와 이과, 미국 중서부 산골과 대도시의 연구실 등 도저히 접점이 없을 것만 같은 두 사회의 경계에서 살아왔으며 둘 모두를 소중히 여긴다고 밝힌 적이 있다. 그리고 나는 수많은 다른 장점을 차치하더라도, 양쪽을 모두 이해하고 양쪽 사람 모두와 함께 살 수 있었던 작가의 지혜가 녹아 있다는 점이《내 이름은 데몬 코퍼헤드》를 우리 시대에 꼭 필요한 문학적 걸작으로 만들어 준다고 느낀다.

어쩌면 간단한 지혜일지 모르겠다. 상대방이 존재한다는 인식. 내가 아는 것이 전부는 아닐지 모른다는 머뭇거림. 내가 잘 모르고 저지른 잘못에 대해 느끼는 부끄러움. 한마디로 말하면 예의. 이건 태도의 문제다. 그리고 나는 주인공 데몬 코퍼헤드에게서, 그리고 작품 《내 이름은 데몬 코퍼헤드》에서 과열된 선명성 경쟁 속에 부패하고 증발해버린 정치의 영역을 복원하는 길, 폭력과 싸움이 아니라 말로서 공존의 길을 찾아갈 가능성, 덜 위험한 사회와 평화에 대한 희망을 본다.

강동혁

바버라 킹솔버 Barbara Kingsolver

현대 미국을 대표하는 생태주의 소설가, 에세이스트, 시인. 1955년에 메릴랜드주에서 태어나 켄터키주 시골에서 자랐다. 어린 시절 콩고에서도 잠시 살았으며 현재 미국 남부 애팔래치아 지역에 거주한다. 드포 대학교와 애리조나 대학교에서 생물학, 생태학, 진화생물학 학위를 받았고, 소설을 쓰기 전에는 프리랜서 작가로 활동했다. 2000년에는 '사회 변혁 문학'을 지원하기 위한 벨웨더상을 제정했다.

1980년대 중반부터 단편소설과 시를 발표했는데, 데뷔 장편소설 《콩나무들(The Bean Trees)》(1987)이 평단의 갈채를 받으며 미국 전역의 고등학교와 대학교 문학 수업 교재로 채택됐다. 1998년 출간된 《포이즌우드 바이블》은 퓰리처상과 펜 포크너상에 노미네이트됐으며, 애팔래치아산맥의 대자연 속에서 살아가는 세 여성의 이야기인 《본능의 계절》(2000)을 발표한 직후 국가인문학훈장의 영예를 안았다. 장편소설 《화가, 혁명가 그리고 요리사》(2009)가 오렌지상(여성소설상)을 수상했으며, 찰스 디킨스의 《데이비드 코퍼필드》에서 영감을 얻어 집필한 장편소설 《내 이름은 데몬 코퍼헤드》가 2022년 제임스 테이트 블랙 소설상, 2023년 퓰리처상과 여성소설상을 수상하면서 21세기 새로운 고전으로 자리매김했다. 그 밖의 작품으로, 킹솔버 가족이 시골에서 보낸 한해살이를 담은 논픽션 《작은 경이》(2001) 《자연과 함께한 1년》(2007), 장편소설 《동물의 꿈(Animal Dreams)》(1990) 《천국의 돼지들(Pigs in Heaven)》(1993), 단편집 《고향(Homeland and Other Stories)》(1989) 등이 있다.

라이터스 다이제스트 선정 '20세기 가장 중요한 작가', 미국 고등학교 필독서 선정 작가로서 데이턴 문학 평화상, 남아프리카공화국 내셔널북어워드, 미국서점협회·미국도서관협회 최고상 등을 수상하며 해마다 새로운 기록을 써 내려가고 있다.

옮긴이 강동혁

서울대학교에서 사회학과 영문학을 전공하고, 같은 대학원에서 영문학 석사학위를 받았다. 대중적으로 널리 읽히면서도 새로운 생각거리를 제공해주는 책을 쓰거나 소개하겠다는 목표로 활동 중이다. 옮긴 책으로는 〈해리 포터〉 시리즈, 〈불의 날개〉 시리즈, 《타국에서의 일 년》 《프로젝트 헤일메리》 《트러스트》 《그 후의 삶》 《타이탄의 세이렌》 《크로스로드》 《어부들》 등이 있다.

내 이름은 데몬 코퍼헤드

1판 1쇄 발행 2024년 4월 30일
1판 4쇄 발행 2024년 6월 7일

지은이 · 바버라 킹솔버
옮긴이 · 강동혁
펴낸이 · 주연선

(주)은행나무
04035 서울특별시 마포구 양화로11길 54
전화 · 02)3143-0651~3 | 팩스 · 02)3143-0654
신고번호 · 제 1997 — 000168호(1997. 12. 12)
www.ehbook.co.kr
ehbook@ehbook.co.kr

ISBN 979-11-6737-168-3 (03840)